四十二史

U0461127

中国科幻研究十年精选

地火行天

2011 / 2020

上册

李广益

主编 ▲

重庆大学出版社

图书在版编目（CIP）数据

地火行天：中国科幻研究十年精选：2011-2020：
上下册 / 李广益主编. -- 重庆：重庆大学出版社，
2024.2

ISBN 978-7-5689-4312-3

Ⅰ.①地… Ⅱ.①李… Ⅲ.①幻想小说—小说研究—

中国—当代 Ⅳ.①I207.42

中国国家版本馆CIP数据核字（2024）第015558号

地火行天：中国科幻研究十年精选
（2011—2020）上册

DIHUO XINGTIAN：ZHONGGUO KEHUAN YANJIU SHINIAN JINGXUAN

（2011—2020）SHANGCE

李广益　主　编

策划编辑：张慧梓　孙英姿

责任编辑：张慧梓　　版式设计：张慧梓

责任校对：关德强　　责任印制：张　策

*

重庆大学出版社出版发行

出版人：陈晓阳

社址：重庆市沙坪坝区大学城西路21号

邮编：401331

电话：（023）88617190 88617185（中小学）

传真：（023）88617186 88617166

网址：http://www.cqup.com.cn

邮箱：fxk@cqup.com.cn（营销中心）

全国新华书店经销

重庆升光电力印务有限公司印刷

*

开本：720mm×1020mm　1/16　印张：34.25　字数：499千

2024年2月第1版　　2024年2月第1次印刷

ISBN 978-7-5689-4312-3　　定价：188.00元（上、下册）

四十二史丛书·总序

　　"那好吧，""深思"说，"那些伟大问题的答案……"

　　"是的……"

　　"关于生命、宇宙以及一切……""深思"继续说。

　　"是的……"

　　"是……""深思"说，然后顿了一下。

　　"是的！……"

　　"是……"

　　"是的！！！……？"

　　"42。""深思"说，语调中带着无限的威严和平静。

　　这是科幻文学中最为脍炙人口的桥段之一，出自英国科幻作家道格拉斯·亚当斯的《银河系漫游指南》。在亚当斯笔下，历经千辛万苦追寻宇宙奥秘的冒险者最终蒙超级电脑"深思"告知，终极常数是42——至于为什么是这个数字，无人知晓，作家也无可奉告，因为理解这个答案需要先弄明白"生命、宇宙以及一切"的终极问题。这种英式无厘头在中华文化当中是罕有的，而"四十二史丛书"的命名正有逆写"二十四史"传统、激励科幻想象、拓展未来和宇宙视野的用意，但从另一个角度考虑，又是让轻快甚至飘渺的玄思融入历史根脉，生成文明自觉。正是历史与现实的沉重引力和超越现实的科幻原力之间的博弈，造就了堪为中国科幻特色、尤以刘慈欣小说为代表的"厚重而空灵"的审美风格。由天下意识到宇宙意识，从中华文明到人类文明，"四十二史"寄寓着对科幻文学和文化的期待：能沉静亦能欢跃，能植根大地亦能飞翔九霄，能解放无限遐思亦能把握春秋一瞬。

因此，作为一套以学术研究为重心的丛书名称，"四十二史"除了作为与科幻爱好者的"接头暗号"，还包含着一体两面的抱负：一方面，以史家的严肃品格和审慎态度研讨"科幻"这一概念所统摄以及与之相关的文学创作和文化现象；另一方面，在以"二十四史"为代表的深厚历史意识当中唤醒面向未来和未知的想象力、创造力和探索精神。作为独立文类的科幻只有短暂的历史，但内中对大千世界的好奇、对可能社会的憧憬、对自我力量的探寻，却在人类文明进程中生生不息，并高扬于各种各样的文化形式。因此，藉由对科幻的叩问和质询，我们有机会整全地领会过去、现在和未来。

从这样的宗旨出发，"四十二史丛书"将以学科的交叉和融合为自觉追求。毋庸置疑，仅就文学领域而论，中国科幻研究刚刚兴起，对中国乃至华文科幻的发展史还没有系统而周密的考察梳理，对世界科幻的理解也在相当程度上仰赖国外学者的成熟研究，因而基础性的史料收集整理、作家作品研究和通史专史叙述是需要持续致力的工作。但应该指出，丛书并不以造就任何单一学科的专门领域为目的，相反，吸纳各个学科的知识、问题和关切，是我们一以贯之的夙愿。在世界范围内，科幻文学和电影早已吸引了来自哲学、史学、法学、政治学、经济学、社会学、人类学、传播学等诸多人文社会科学领域乃至从事自然科学研究的学者，而这一趋势在中国也越来越明显。承载和促进学术界对科幻的研讨，让科幻在多重智识的辉照下焕发异彩，既为丛书之志，亦诚丛书之幸。

　　科幻在学术界引起的广泛兴趣，显然并不局限于，甚至未必在于审美层面，尽管科幻独有的"惊异之美"引人入胜。从根本上说，科幻比其他类型文艺更能触及现代世界的总体性，无论是地球这颗行星的地质构造和生态系统，还是不断深化的资本主义世界体系，又或是高科技渗透甚至支配的人类社会生活。不仅如此，科幻的"寓／预言"属性，使得思想者在以这种形式为中介进入现代世界基本问题的时候，更有机会借助"认知性疏离"穿越经验的障壁，抵达现实深处的原理和机制，并释放批判性或创造性的能量。在这个意义上，中外诸多知名学者对科幻异乎寻常的重视就很好理解了，而他们寄托于这一文类的社会关怀，在全球现代性的前景晦暗不明的今天，显得愈益切要。一起认识和改造被把握在科幻中的这个时代，正是历史向"四十二史丛书"的读者们发出的邀约。

"四十二史丛书"总主编

李广益

《地火行天》序言

吴 岩

一

我眼中的百年中国科幻学术史分为四个时段。

第一时段从梁启超和周树人倡导科学小说，把这个文类视为思想解放和科学引入的重要载体开始，到新时期童恩正发表《谈谈我对科学文艺的认识》结束。这是一个漫长的思想孕育期，许多观点充满洞见，闪光的亮点多，扎实的论证少。这一阶段的参与者颇多，从出版人、作家到编辑和读者都有，其论述主要发表于报刊。民族文化的更新特别是对科学的导入，是这一时段研究的重点。把科幻当成科普读物，看起来是这个时段的重要观点。直到童恩正对这种观点发出质疑，科普的束缚才得以解开。解锁之后，人们逐渐发现，科幻的问题没那么简单，随便聊聊的方法不能解决问题。于是，专业化的科幻研究正式启动。

科幻学术史的第二时段，开始于叶永烈发表《论科学文艺》（1980）。这部著作有专章讨论科幻小说。这无疑是最早的一本含有理论成分的研究著作。此时，社会上对科幻作品的需求量极大，许多困惑需要解决。叶永烈的书试图去回答这些困惑，虽然他的回答还很粗浅，但至少作者已经开始用历史性和学理性的规范方式去阐释观点了。在叶永烈之后，黄伊主编了《论科学幻想小说》（1981）和《作家论科学文艺》（两卷本）。两本书都是通过学术文献梳理和作家作品分

1

析方式提升科幻理论研究水平的选集。1983年，由章道义、陶世龙主编的《科普创作概论》出版，这本书含有署名肖（萧）建亨的论述科幻小说的章节。此时，围绕科幻作品是否科普读物、作品中的想象力应该怎样被看待等问题已经产生了激烈争论。在这样的状况下，编者跟章节作者又不在一个思想阵营，最终出现的稿件就很值得玩味。萧建亨至今并不认可这本书中相关章节的内容所表达的全部是他的观点。十分可惜的是，研究界对这种差异的外观和内涵的深度分析尚未出现。从1980年到1990年的10年间，由中国科普创作协会、文化部社会教育司、《科幻世界》杂志社等单位主办的几次重要的科幻问题研讨会上，出现了大量有价值的发言和论文。这些发言和论文中的一部分后来广泛流传，如杜渐的《谈谈中国科学小说创作的一些问题》（1980）、萧建亨的《谈谈我国科幻小说的发展》（1980）、刘兴诗的《打开联系现实的道路》（1981）、鲍昌的《让科学文艺这株智慧之树万古长青》（1986）、吴岩的《儿童科学幻想小说的功能》（1985）和《文化传统与科幻小说繁荣——中美科幻文学背景的一个比较》（1988）等。但必须说，这一时期的科幻理论研究还在寂寞的荒地中徘徊。

科幻理论发展的第三时段，是建立在20世纪90年代的10年加上21世纪初的10年之上的。在这20年中，以学术会议和学术期刊发表为目标、具有完整学术规范的论文著作逐渐兴起。郭建中的《中国科幻小说盛衰探源》（1991）、陈思和的《论台湾新世代在文学史上的意义》（1991）和《创意与可读性——试论台湾当代科幻与通俗文类的关系》（1992）、王富仁的《谈科幻小说》（1992）、王德威的《贾宝玉坐潜水艇——百年前的中国科幻》（1992）、陈平原的《从科普读物到科学小说——以"飞车"为中心的考察》（1996）等都是在这个领域中试车的产物。到21世纪，这股力量聚集起来，促成了一些重要科幻会议的召开。其中2001年由香港中文大学王建元主办的"即将到来的地球村：东方与西方的技术、身份和未来"会议和2003年由台湾交通大学叶李华组织召开的"2003

科幻研究学术会议"上，已经能看到非常规范且有深度的论文。2004年，内地的国家社科基金批准了第一个科幻研究项目"科幻文学理论和学科体系建设"。该项目两次延期，成果数量从4本专著/文集增加到15本，到2011年才全部出齐，其中还增加了6本译著。把这个时段当成给后来的学术繁荣打基础的时段应该是可以的。

科幻学术发展的第四时段，无疑是科幻研究走向初步繁荣的最近十年。从2011年至今，海峡两岸及香港地区的科幻研究方兴未艾。随着中国科幻作品在国际上异军突起，海外中国学界对这个领域也趋之若鹜。会议、文集、专著频繁出现，研究在数量和质量上都有迅猛发展。2011年8月，《南方文坛》与上海作家协会合作举办的今日批评家论坛，以韩松作品研究为主题，围绕韩松和他刚刚出版的小说《地铁》进行了全面讨论，参加者包括张燕玲、严锋、夏笳、杨庆祥、贾立元、霍俊明、康凌、刘铁群、黄轶等。2012年10月13日，在莫言获得诺贝尔文学奖的第二天，由中国社会科学院文学研究所主办的"文化自觉与中国想象力"学术论坛在北京举行，会议特邀刘慈欣、吴岩等科幻作家参加并发言。2014年5月17—18日由重庆大学人文社会科学高等研究院主办的"中国科幻文学再出发"学术工作坊成功举行，聚焦中国科幻当前的繁荣与热潮。2016年4月8—9日由北京大学电影与文化研究中心、海南大学人文传播学院和《现代中文学刊》共同组织的"刘慈欣科幻小说与当代中国的文化状况"研讨会，则是以刘慈欣科幻获奖为契机覆盖中国文化转型主题的一次雄心勃勃的尝试。同年12月3—4日由北京师范大学文学院和中国科普作家协会联合主办的"乌托邦与科幻文学研究"国际学术研讨会以纪念《乌托邦》发表500周年为主题，试图打通国内外科幻的壁垒。这次会议讨论的主题遍及科幻文学的诸多方面，来宾则从学术界到创作界，是一次成功的"跨界"盛会。这些会议只是科幻研究初步繁荣的一个侧面，论文数量的增长是另一个侧面。据《中国科幻发展年鉴2020》统计，2019年内地与科幻相关文献的发表数量为763篇，其中符合学术规范的论文有471篇，进入CSSCI索引的文章有76篇。这一年的科幻会议超过20场，其中纯学术或设置有学术论坛的科幻会议超过一半。以往只是尝试投放的国家社科基金，现在每年都有科幻项目获得资助。几乎所有重要的文学理论刊物都发表了科幻方向的论文。

我常常有一种爱恨交织的感觉，一方面对繁荣感到欣慰，一方面又对这么多文献无法全部阅读感到愁闷。如果有人能对这些文献进行遴选，挑出其中最重要的奉献给大家会多好，这也是我们编辑《中国科幻文论精选》（2021）的初衷之一。但我们的工作仅仅在20世纪完结的时候就停止了，对21世纪的发展特别是规范性研究的成果无法进行观照。我如果也启动一个项目，对这个时段进行整理，那将是一个超过我的能力的工作。

不过我的郁闷没有持续多久，一本全新的论文选集样稿就放在了我的面前。原来出于同样目的，且为了对第四时段的科幻研究状况进行检阅，重庆大学人文社会科学高等研究院的李广益教授主持编选了这部《地火行天》。编写团队几经努力，对大量的文献细细筛选，最终留下了这些文章。粗粗读下来，感到特别高兴。这里的论文在许多方面具有重要的创新甚至里程碑价值，全面体现了最近十年中国科幻研究的进展与水平。

下面我就谈谈阅读这部选集后的个人看法。这些看法很可能是偏颇的，请大家批评指正。

二

《地火行天》内容相当丰富，为了更方便地讨论问题，我把收入的论文简化成科幻理论、科幻主题研究、科幻史研究、中外作家和作品研究以及方法学五个部分进行综述。

首先谈谈科幻理论。从书中的论文可以看出，过去十年中国学者在科幻理论研究方面取得了丰硕的成果，虽然这些成果中的多数是在为过往的科幻理论大厦增加高度，但即便如此也已经展现出一些自身的建筑特色。这其中，王瑶的《火星上没有琉璃瓦吗——当代中国科幻与"民族化"议题》借助世界史中现代主义的两极区分，认为率先现代化的民族国家之现代主义是对科技现实的直接取样，而后发现代化社会之现代主义则是在书写瑰丽的想象。在这样的思维烛照之下，中国的科幻创作自然就是借助东方智慧，用科学架设想象的天梯，抒发超越现实的情感了。但作者由此更进一步，借助汪晖、戴锦华等人提出的"后革命时代"观，分析了当下中国科幻表征的诸多问题，提出了她自己对理解中国科幻小说"中国性"的思考。她的另一篇论文《〈冷酷的方程式〉与当代中国科幻中的"铁笼困境"》则从美国作家汤姆·戈德温的小说《冷酷的方程式》中提取出四个层次的"法则"，并着重对"理性牢笼"这一主题的作品进行分析。这一分析为破解《三体》类小说的迷思提供了新的思路。王瑶的许多论文是站在马克思主义立场上研究中国科幻文学的上佳案例，作者知识渊博，旁征博引，自由出入文学、哲学、自然科学等诸多领域，带来流动着的跨界思考。江晓原和穆蕴秋的《科学与幻想：一种新科学史的可能性跨界》是对科幻小说外部边界的探索。作者从天文学史料中找到了大量论文，证明这些论文跟今天看到的科幻小说具有类似的特征。在他们看来，科学从本质上应该是全方位探索未知的学问，科学方法要求科学工作者不放过任何可能性，而恰恰是这种特性导致了科学跟科幻之间的边界混淆。这种混淆也可能是反向的，即当科幻直接参与科技问题的讨论和科技伦理批评的时候，文学作品就跨出了文学的边界。对科学跟科幻之间的关系，人们历来有许多想象，但能真正去证明这种关系的人不多，而江晓原和穆韵秋确实找到了一个具有直接意义的路径。在试图对科幻的外部边界厘清的同时，研究者对文类内部边界的研究也获得了进展。姜振宇的《科幻"软硬之分"的形成及其在中国的影响和局限》详细梳理了软硬科幻观念的发展，阐明了这种观点被引入中国后发生的文化变形。在作者看来，软硬科幻的区分在西方原本意义上是具有"反黄金时代"功效的，但到了中国这种意义却发生了改变，这种改变本身就让人思绪万千。

新中国文化管理有一套自己的方式，分门别类，有条不紊。在这个体系中，科幻文学一直放在科学文艺这个大门类下的。近年来一些学者认为，研究这个范畴中其他类型的特点有助于理解科幻文学。我觉得这个想法也并不太离谱。收入选集的科幻诗研究，如李国华的《科学与情感——汉语科幻诗谈屑》，便很有启发。这篇论文行文独特但内容深刻。作者指出，纯粹的诗人即便再有科学的框架，也无法写出真正的"另一种"诗歌。文章还发掘了过去很少被人注意到的一些作品。

过去十年间对科幻小说的主题研究也拓展出一定的深度和广度。郁旭映的《中国当代反乌托邦和恶托邦科幻小说的比较研究》从区分反乌托邦和恶托邦开始，在理论上清理了当前国内研究中的一些混用。随后，通过对四个文本的分析探讨了中国特色的恶托邦、乌托邦、反乌托邦之间的复杂关系。从她的分析可以看出，生搬硬套国外理论对研究中国作品无济于事，扎根文本去分析才能有好的结果。王一平的《反乌托邦小说对"消费乌托邦"的预演与批判——以〈美丽新世界〉与〈华氏451度〉为例》则是对消费乌托邦的一个有价值的分析。作者同样在正本清源的基础上立论，分析得非常合理到位。

数智科技和后人类文化是另一个成果丰富的领域。刘希的《当代中国科幻中的科技、性别和"赛博格"——以〈荒潮〉为例》选择了当前具有国际影响力的作家陈楸帆的作品《荒潮》作为研究对象，认为这部小说是一个科技高速发展的世界中人类自我解放走向失败的故事。作品促使人们重新思考科技与人的关系。程林的一系列有关科幻作品中机器人和人工智能形象的文章令人印象深刻。选集收入的论文《奴仆、镜像与它者：西方早期类人机器人想象》是一篇科幻史方向的论文，作者从奴仆、镜像、它者、欲望对象等方面入手分析，条理清晰，其中提到的许多文本在国内很少有人问津。林云柯的《〈银翼杀手〉与"弗兰肯斯坦传统"——人工智能题材的思想史叙事》，追溯了胡塞尔、普特南等人的观点，认为符号系统自身无法完成人工智能的全部工作，要有整个世界作为外部环境且个体还应该具有主观能动性。作者还提出了人工智能发展带来的社会意识同构、对个体认同的压制和对社会管制的反抗等问题，这些都给人很多启迪。此外，在讨论经典小说过程中提到 Alpha Go、有价值网络和策略网络等真实科技发明的写法，颇具特色。王峰的《后人类状况与文学理论新变》从引述福山的《我们的后人类未来》谈起，在肯定"后人类"的核心是一个权力问题基础上，指出科幻发达或后人类叙事发达能导致这个国家的未来发达。在这里，科幻被看作一种引导着未来的思想形态。刘正忠的《朝向"后人类诗"——陈克华诗的科幻视域》简述了陈克华的科幻诗歌所具有的独特性，并将他的创作置于台湾科幻诗歌的整个历史上进行讨论。点面结合，凸显了作者创作的重要意义。郁旭映的《中国当代科幻小说中的疾病与医疗书写》一文，重点分析了中国科幻小说在不同时期对疾病、医疗、生死等问题的书写态度。作者发现这些主题随着社会的变化不断转变，进而论证了医疗过程其实也是人的观念建构过程这个观点。

在过去十年，中国科幻史的晚清时段被研究得比较细致，多位优秀学者产出了大量有价值的成果。段书晓的《从"异世界"到"新世界"——晚清科学小说中的天上世界》发现这个时段的小说同时存在着两种想象力和宇宙观，一种继承了古代神话和文学作品中有关天上世界的传统意象，是神圣空间的宇宙观；另一种则沿用文明与野蛮、殖民者与被殖民者的相关话语，把进化论投射在国家和天体关系之上。虽然只是聚焦很少的作品，但结论却很有价值。这篇论文不仅将世界观念、想象力模式、文学文本等内容纳入逻辑结构及其背景，而且做到对图文内容的同等重视，可谓图文并茂。贾立元的《晚清科幻小说中的殖民叙事——以〈月球殖民地小说〉为例》，是站在中日关系的大背景下去研究晚清小说。作者通过文本细读，考察了当时的政治社会情况以及国际关系，其中对中外月球意象以及小说中的殖民问题的分析都很有见地。作者发现，晚清科幻小说中的国人即便掌握了先进科技仍然有深刻的焦虑，虽然器物的发达为身心双重流放的晚清文人提供了慰藉，但慰藉却让他们愈加疯癫。李广益的《中国电王：科学、技术与晚清的世界秩序想象》是一篇很值得推荐的论文。作者提出，这个时代的一系列小说具有突破历史循环论去畅想光明未来、超越传统天下观而重构世界秩序、摒弃奇技淫巧观并推崇科学技术的性质，是在唱响理想的强音。在论证中，作者也不单单对文学就事论事，而是把作品放在国际比较的天平上。具体来讲，他通过对弗朗西斯·培根的小说《新大西洲》和许指严的小说《电世界》的比较，试图建立起东西方科学王者形象的差异谱系。在作者的分析中我们可以看到，在未来掌握科技的人一定会成为世界王者，这是东西方两种文化的共识。但"内圣外王"的中国式王者跟马基雅维利式的西方王者之间差异还是非常显著的。这项研究凸显了作者进行跨文化比较、把握时代语境变迁的研究技巧。

和日益深入的晚清科幻研究相比，对民国时期科幻的研究还只是初具声势。选集收录了长期致力这一方向的任冬梅撰写的《民国"科学小说"初探》。该文重点分析了民国时期特别强调科普教育的科幻小说。作者指出，在当时的外部状况下，科幻小说崇尚科学普及的情况相当普遍。在文体方面，这些用于科普的科幻吸纳了诗歌、戏剧等不同形式，具有某种开放的状态。我把贺可嘉的《"狂人"与"铁屋"：鲁迅对中国当代科幻小说的影响》也放在这里。这是一篇饶具新意的文章。作者通过把苏恩文（Darko Suvin）所谓的科幻是信息密集文类、常常充满奇异性和陌生的新鲜感、质疑我们对宇宙的假设等说法，并在汤姆·希比（Tom Shippey）提出的"信息失落之密闭空间"和西蒙娜·卡罗蒂（Simone Caroti）的所谓科幻的"遗忘模式"基础上去观察文本。在讨论了威尔斯的《盲人国》、韩松的《乘客与创造者》、张冉的《以太》、海因莱因的"世代飞船"等小说之后作者指出，封闭机制、虚假世界观、被启蒙的个体、一份文件的找到等科幻元素都明显地出现在《狂人日记》之中，在这个意义上《狂人日记》已经具有了科幻作品的主要特征。这个研究非常有趣，但因为建立在扎实的理论基础之上，所以非常具有说服力。

与民国科幻史研究的薄弱相似，对共和国早期科幻史的研究同样处于起步阶段。詹玲的《"十七年"中国科幻小说的外来影响接受及概念建构》，是研究时代与创作之间关系的一篇文章。关于"双百"方针是否桎梏了科幻发展，她的看法跟以往有所不同，摆脱了其他研究者处理问题时想当然耳的简单化。文中对郑文光的创作和 A.托尔斯泰《加林的双曲线体》之间关系的新论，以及将苏联科幻的起源追溯到欧洲通俗小说的尝试，都跳出了前人窠臼。姜振宇的《贡献与误区：郑文光与"科幻现实主义"》看起来是针对郑文光文学观的研究，实则想谈的是那个时段中国科幻史的建构方式。作者丝丝入扣地检视相关文献，揣摩文本的精神内涵。李静的《制造"未来"：论历史转折中的〈小灵通漫游未来〉》，是对比叶永烈的三部作品所进行的研究。作者将叶永烈这位重要科幻大师的创作跟胡适的进化主义拉上关系，并认为这种进化主义是对中国人和中国科幻创作具有重要影响的思想流派。文中的一些结论，显然跳出了科幻本身。例如，当作家写不出"精神"的时候就会沉溺于"物质"，而越是沉溺于"物质"，跟资本主义差别越小。这样的说法很是发人深省。最有意义的是，作者在研究中国科幻的时候，强调历史的连续性大于断裂性，这与其他人的观点迥然不同。论文还逐一讨论了机器人和脑体倒挂等许多常见于科幻小说但却会远远超越科幻范畴的问题。宋明炜的《中国科幻的新浪潮——命名与阐释》将整个中国科幻的历史概括为三个浪潮：晚清民国、新时期、当前。虽然线条不那么精细，但在论述每一个时代时非常用心，对成就与局限都有所深挖。论文把整个华人科幻文学置于同一板块去整体考察，并把海峡两岸和香港地区的发展视为相互补充，很有见地，也值得深思。文中着重发掘科幻小说如何再现"不可见之物"的批评方向，也给中国科幻研究带来了新的气息。

中外科幻作家及其作品评价，应该是这些年发展起来的最为庞大的一个研究方向，选集用了三分之一甚至一半的篇幅收纳了大量这方面的文章。这其中最重要的是对《三体》及其作者刘慈欣的研究。我粗粗地把这些文章再分成"朝向现实的社会学""丰富多彩的人类学""文学与对文学的超越"三组。在朝向现实的社会学方面，李广益的《中国转向外在：论刘慈欣科幻小说的文学史意义》是一篇聚焦总体性的文章。但作者更多不是从文学理论入手，而是从作品所包含的中国文化和历史经验出发进行论证。他认为，刘慈欣的创作具有真正意义上的普世关怀，是对人类现实困境和未来命运的富有深度的关注、思考和展望。陈舒劼的《新世纪以来中国科幻小说的社会形态想象》是一篇运用马克思主义视角分析当代科幻小说中社会形态的文章。论文虽然以《三体》为缘起，但却不限于《三体》，还讨论了宝树、王晋康、韩松、郝景芳、江波、何夕、宋钊、龙一等作家的作品。作者认为，马克思主义仍然是鉴别小说中社会形态优劣的试金石。罗雅琳的《新颖的刘慈欣文学：科幻与第三世界经验》试图通过文本分析，证明刘慈欣的小说蕴含着第三世界经验，而中间最重要的就是中国精神。恰恰是这一点，让作品为后革命时代的读者展现出了另一种世界。王洪喆的《冷战的孩子——刘慈欣的战略文学密码》是作者研究世界各国的科幻小说大都曾经被当成推动社会发展的"应用文"的一组文章中的一篇。所谓应用文，指的是这类小说具有很强的实用价值（如科普）且可能是政治或资本操控、为达成某种目的（如教育国民）而受到鼓励的文学表现。对刘慈欣小说，作者认为也受到这种"应用文"影响，所以其中充满冷战的符码，而黑暗森林的本质问题其实也是冷战的核心所在。陈颀的《文明冲突与文化自觉——

〈三体〉的科幻与现实》，厘清了科幻作家特别是刘慈欣所谓的现实、现实关怀等跟主流文学所谈论的现实和现实关怀之间的差异。作者认为，汪淼代表知识分子叙事、罗辑代表英雄叙事、程心代表末人叙事，三种叙事构成了三部曲的叙事视角和情节主线。他还指出，文明冲突和宇宙灾难的应对需要当代精英反思自己的道德和历史观并作出改进，英雄主义和历史必然性之间的关系必须认真考量。

在丰富多彩的人类学方面，闫作雷的《〈三体〉中的"朴素主义社会"与"最初的人"》，旨在分析《三体》中的各种社会形态以及未来之人的多重可能。作者认为，超克了历史终结的总体性社会已经超出了科幻作家的想象，但故事中的许多内容还是可以唤起某种奋斗精神。他还把"最后的人"和"最初的人"进行了对比，发现两者应该是镜像的关系。何怀宏的《星空与道德律——思考〈三体〉提出的道德问题》有着同样的思路。作者从宇宙中是否存在共同道德法则开始，讨论了精神作为存在之性质和影响力问题，由此增进了对人类生命的性质、尺度、差异、距离、兴衰等问题的理解。

文学与对文学的超越这一分支又能深入细化。这其中第一组讨论了刘慈欣科幻小说的文学创新。夏笳的《铁笼、破壁与希望的维度——试论刘慈欣科幻创作中的"惊奇感美学"》重点讨论惊奇、希望以及科幻跟当下的融合等问题。作者指出，刘慈欣跟韩松都是直面现实的典范，但方式截然不同。杨宸、罗岗和刘大先的文章都是针对《三体》与总体性议题展开的。杨宸和罗岗在《"整体性"的缺失与呼唤——论〈三体〉之于当代中国文学的意义》中指出，置身于"缺乏思想"的当代中国文学场域中，面对着零散化、碎片化的社会语境，《三体》既没有躲进程心的"小宇宙"书写个人的"小叙事"，也没有在大宇宙里依循着黑暗森林法则随波逐流。刘慈欣的《三体》所做的，是通过构筑起一个"不可能"的"想象世界"，并以潜藏于其中的整体性意识趋向，凝聚起一种"史诗性的宏大叙事"，重新召唤并确认了反思价值的终极可能。作品在"中国当代文学无思想"状况下，在四散分离的社会语境中，发出了"整体性"的强有力的呼唤。同样借助于马克思主义的整体性观念，刘大先的《总体性、例外状态与情动现实——刘慈欣的思想试验与集体性召唤》则换了一种思路。作者指出刘慈欣的成功是后纯文学时代的自然选择。不满于纯文学话语所形成的关于人性、个人、内在精神以及"片面的深刻"式的模仿、表现和象征，《三体》显示了文学作为以超越性为内在指称的艺术的回归。斯蒂芬·多尔蒂研究了刘慈欣跟他的文学"导师"克拉克之间的关系，他在《刘慈欣、阿瑟·克拉克与"再定位"》中指出，刘慈欣一方面超越了克拉克小说中的冷战语境，重点转移到人类的自我主义的种种难题；另一方面，他扬弃了克拉克的超验主义，对科幻、人类等问题进行了再定位。同样是将刘慈欣与克拉克进行对比，宋明炜则在《弹星者与面壁者：刘慈欣的科幻世界》中提出，刘慈欣在人与未知在理性意义上相遇，并将这个假想中的相遇过程精心记录下来这一点上，跟克拉克是一致的。但克拉克和刘慈欣的文化差异体现在克拉克作品中的宗教式留白较大，而刘慈欣则相对具象地写尽万千现实。在中国的科幻脉络中，他对郑文光的继承与超越也非常明显。这些看法都非常具有指导意义。

如果说第一组文章还试图在传统文学意义上定位《三体》，那么另一组文章则主张刘慈欣的作品已经无法被现有的文学话语所认知。例如，李杨的《〈三体〉与"文学"》一文，就指出《三体》是应该在一个比"文学"更广大的知识集合进行讨论才更加合适。天行一云的《小说与实验——以刘慈欣的〈地火〉为例浅谈技术型科幻小说与现实的关联》是一篇非常微观但条理清晰的实证性文章。作者从左拉的实验小说理论出发，认为按照自然主义的理论视角科学工作者应该是作家的最好人选，他们既懂观察又会实验，写出的作品一定是优秀的实验小说或自然主义文学。这就为我们理解刘慈欣和其他科幻作家提供了一个全新的方向。作者还基于对《地火》和中国早期科幻创作的分析，展现了《地火》怎样把当代科学技术写入作品，这种创作方式又怎样地传承了中国科幻的传统。

本书中第二个被重点关注的作家，就是韩松。虽然有关韩松的研究远没有对刘慈欣多，但所选的几篇还是具有很强代表性。这其中，彩云力图从中国文化自身的发展去寻找韩松作品产生的原因，她的论文《倾听（技术）异常：韩松〈再生砖〉探析》通过对六朝到清代中国文学中志怪传统的梳理，将韩松的科幻小说定义为一种复魅，即在科技时代对传统鬼魅文化的复兴。虽然这种复兴可以被看成是沿袭了《搜神记》《聊斋志异》的风格和手法，但更多的可能还是作者自身的创造性发挥。恰恰是这种传承与发挥，导致了韩松科幻小说的独特性。贾立元则在《韩松与"鬼魅中国"》一文中认为，韩松小说中的鬼魅横行源于五四以来提出的诸多文化命题。当新的历史时代人们还困扰其中的时候，鬼魅世界油然而生。借助鬼魅的世界，文学与历史、真实与虚幻、过去与未来得以交织，寓意得以在不同的层面流转和跌宕。李松睿在《信息爆炸时代的奇观营造者——论韩松的小说创作》中指出，韩松的许多作品有玩弄先锋技巧的嫌疑，但他并没有像先锋作家那样热衷于形式创新，而是始终关注中国社会面临的问题，反思中国文化的弊病与困境。他的作品的确受到了先锋文学的影响，但并不是典型的先锋文学。他虽然碎片化地创造了一个个场景，但还没有能力把这些场景缀合起来。于是，作者采用信息化奇观的方式去展现。上述这些韩松研究方向的论文，提示我们在这个领域还有太多的空白等待我们去填补。

在上述论文之外，本书还收录了一批方法学方面的优秀论文，这一点特别值得赞赏。科幻研究是一种跨学科的探索，方法创新是新成果产生的基础。在这个方向上，裴尼柯的《当代中国科幻小说：试论一个文类的翻译》是研究科幻翻译方法论上乘佳作。作者不是简单地观照翻译现实，也不是套用所谓归化和异化理论，而是自始至终一直把价值观放在首位。在作者看来，文学环境由一系列制度化的价值观（审美、政治和意识形态）构成，某些价值观受到支持，另一些受到排斥。研究中国科幻小说近几十年的成长变化和快速的国际传播，必须探究背后的价值观状况。作家还就中国跟美国在科幻价值观之间的相似性，阐释了《三体》等作品在海外成功传播的原因。上述研究读起来令人耳目一新。关首奇的《刘慈欣"三体"三部曲接受与翻译中的（自我）东方主义和后东方主义》一文，把研究的焦点放在了《三体》的各种文本在翻译过程中对词汇的选择上，指出许多翻译仍然可以从东方主义范式进行考察，就连中国国内对作品的报道和传播也有自我东方主义的趋向。作者坦诚地指出，译者在面对这些东方主义式的投影时，是将自身同化为想象共谋者的。要想化解这种状况，应该创造出后东方主义或反东方主义的路径。潘少瑜的《世纪末的忧郁：科幻小说〈世界末日记〉的翻译旅程》虽然也是讨论翻译问题，但却是一篇回首往昔的溯源研究。作者结合翻译理论讨论了清末翻译小说《世界末日记》在翻译过程中出现的问题。在对照不同文字版本的翻译进行研读的时候，可以更清晰地看到梁启超的科幻观和翻译观。这一组文章中最重要的一篇，我以为是上原香的《论顾均正对美国科幻的吸收融合：以〈在北极底下〉为例》。这篇论文颠覆了以往对作家顾均正的科幻创作的认知和评价。作者通过文本发掘和中西文对比，确证了一系列原创作品其实是某种"译改"。这一发现不但促使我们重新评价过去的作家，还能从中发现更多需要解决的问题。例如，从晚清到民国，中国科幻小说中还有多少这样的创作—翻译替代？有多少隐没的改写或仿写？如何看待这些作品的文化意义？这种文本形成方式反映了中国人怎样的科幻观？自此之后，三丰、周华等研究者又发现了大批类似作品的存在，更多探索正在展开。

三

新世纪中国科幻研究的一个重要成就，是科幻文学批评与主流文学批评的有效融合。此前，科幻文学一直停留在自说自话阶段。但从上述这些颇有建树的研究可以看出，当前的科幻文学理论和批评，已经跟中国乃至世界文学的整个体系相互接轨。能走到这一步，是与所有在这一领域开拓的学者，特别是青年学者的努力分不开的。

当然问题还是有的。在感叹这十年来成就的同时，一些地方也值得注意。第一，题材重复过多，似乎中国科幻研究只有这么几个主题。第二，科研视野狭窄，大量的工作还是建立在以往的三五个理论基础之上。第三，围绕中国问题形成的自我建构仍然缺乏。我不是说科幻文学就非要标新立异做自己的一套，但基于中国经验而完成的建构，其价值确实是超越文化的。换言之，这种建构的最终意义，还是要变成某种跨文化的普适性原则。在这方面，还期待研究者们再做努力。第四，方法学创新不够。科幻文类的跨界性，呼唤更多学科方法的介入。有朝一日，还要建立一些属于自己学科领域的独特方法。第五，对当前的研究，无论从态度上还是操作上，需要更多自我批评精神。

虽然我在前面谈了自己的收获，但我也要说，一些论文还存在着提高的空间。

第一，文献的错讹还时有发生。例如，有一篇文章在谈论《新法螺先生谭》的时候，简单地认为这部小说跟《法螺先生谭》有内容上的承接关系。事实上并没有，作者只是做了标题借用。

第二，对讨论的问题应该做更全面的涵盖，涵盖不全会影响结论的概化度。例如，在一篇讨论软硬科幻的文章中，作者忽略了从20世纪七八十年代开始，读者中就有一种按照作品中科学含量多少划分软硬科幻的取向。在这些人看来，如果作品中只是简单地使用一些科学名词、把什么先进机器当成小道具，这类作品就是软科幻；如果作品中详细给出故事背后的科学原理或描写某个科学细节，就是硬科幻。这种分类至今还有人使用。

第三，存在着忽略历史路径造成的信息缺失。例如，很长一段时间，国内都将科幻小说置于科学文艺的大概念之下，无论是发表的园地和标识、作家的归类和管理、理论探讨的学科细分，都是如此。现在撇开科学文艺去讨论科幻小说，丢失了很多有价值的资料。

第四，要避免采用辉格史观进行研究。所谓辉格史观指的是用今天的概念和观点套取过去的现象，忽视语境和发展阶段的差异。例如，所谓"民科"的说法，其实是 2000 年之后才形成的。所以，当采用这个说法研究 20 世纪 80 年代的文学的时候，就会发生明显的指称错位。热衷去搞技术革新的工农兵，跟"民科"还是有着很大差别的。

第五，细致认真还是非常重要。这种细致认真，包括对语境的完整了解。我看到有的文章，把某个时代观点相互对立的人的言论无差别地放在一起，这种做法至少是对历史过程还缺乏更多的了解。在资料很多的时候，不要忙中出乱。有一篇分析 20 世纪 80 年代的那场批判科幻的运动发生之后人们各种反应的文章，就出现资料混乱的情况。这时候，客观冷静的判断力就显得特别重要。

第六，要避免居高临下的历史审判。文学研究者不是法官，站在今天的立场上用冰冷的语言去判决过去年代的事情，不应该是文学理论与批评的做法。

以上的一些看法与其说是给别人的，不如说是给我自己的，因为我自己就常常在研究中犯各种各样的错误。写出这些是提醒大家，将来要对我做的工作严格要求，我们相互纠偏，让科幻的学术发展更加健康。

四

2021 年是中国科幻理论研究的丰收年。我自己的团队已经出版和即将出版的论文集就包括《中国科幻文论精选》和《中国科幻发展年鉴 2021》。我觉得我们的这两本书，跟李广益老师主编的这部《地火行天》之间有着很强的联系。前一本是其前传，后一本是其后传。恰恰是因为有了过去 100 多年中国科幻的理论探索，才有了今天的学术研究；也恰恰是有了这样的学术研究，创作和产业的发展才获得了很好的支撑。但愿《地火行天》的出版，能继往开来，推动当前的科幻研究和创作潮流继续前进。

作者于南方科技大学科学与人类想象力研究中心

2021 年 10 月 31 日

地火行天：中国科幻研究十年精选（2011—2020）
·总目录·

– 上册 –

/ 文类勘界 /

/ 中国科幻史论 /

- 下册 -

文类勘界

存 目

科学与幻想：一种新科学史的可能性

江晓原　穆蕴秋

一、绪论：伽利略月亮新发现的影响

和科学史上的许多其他问题一样，关于宇宙中其他世界上是否存在生命的问题，也同样可以追溯到古希腊。

原子论的提出者，留基伯和德谟克里特最早表达了无限宇宙的思想，认为生命存在于宇宙的每一个地方。随后伊壁鸠鲁及其思想继承人卢克莱修，也分别在各自的著作中表达过类似的思想。[1][2] 与原子论者的看法相反，柏拉图在《蒂迈欧篇》（*Timaeus*）中并不赞同"无限宇宙"的观点。[3] 亚里士多德从构成世界的物体本性相同的前提出发，在《论天》（*On the Heaven*）中也对"多世界"观点进行了反驳。[4]

而伽利略在 1609 年通过望远镜所获得的月亮环形山新发现，成为

1　Diogenes Laertius, *The Lives and Opinions of Eminent Philosophers*, London: H. G. Bohn, 1853, p. 440.

2　卢克莱修：《物性论》，方书春译，北京：商务印书馆，1981，第 123-124 页。

3　柏拉图：《蒂迈欧篇》，谢文郁译，上海：上海人民出版社，2005，第 21 页。

4　亚里士多德：《论天》，《亚里士多德全集·第二卷》，苗力田译，北京：中国人民大学出版社，1991，第 289 页。

一个分界点：在此之前，关于外星生命或文明的讨论主要来自哲学家们的纯思辨性构想；在此之后，相关探讨结论是在望远镜观测结果的基础上进行的。1610 年，伽利略在新出版的《星际使者》（*The Sidereal Messenger*）一书中提到，1609 年 12 月，他用望远镜对月球进行了一段时间的连续观测后确信：

> 月亮并不像经院哲学家们所认为的，和别的天体一样，表面光滑平坦均匀，呈完美的球形。恰恰相反，它一点也不平坦均匀，布满了深谷和凸起，就像地球表面一样，到处是面貌各异的高山和深谷。[1]

伽利略对月亮环形山的发现，和他观测到的太阳黑子和金星相位的变化，推翻了亚里士多德经院哲学家们一直所宣扬的月上区天体是完美无瑕的说教。除了这一重要影响之外，伽利略通过望远镜所得到的天文观测结果，还在其他两个方面产生了值得关注的影响。

首先，一些科学人士基于望远镜的观测结果，开始对其他星球适宜居住的可能性，展开了持续的探讨。天文学历史上许多很有来头的人物，如开普勒、威尔金斯、冯特奈尔、惠更斯、威廉·赫歇尔等，都参与了相关的讨论——不过几乎无一例外，在大多数正统的天文学史论著中，这些内容都被人为"过滤"掉了。

其次，与科学界人士对地外生命的探讨相对应的是，从 17 世纪开始，文学领域开始出现一大批以星际旅行为主题的幻想作品。公元 2 世纪卢西安的幻想小短文《真实历史》（*True History*），现在一般被认为是最早的星际旅行幻想故事，此后文学作品中有关星际旅行的作品极为少见。这一题材在 17 世纪的重新复苏，很大程度上与伽利略望远镜天

1　Galileo Galilei, *The Sidereal Messenger*, trans. by Clarlos E. S., London: Rivingtons, 1880, p. 15.

文观测新发现有着直接关系。[1]

上述科学与幻想两方面的成果，在后来不断累积的过程中并非彼此隔绝，它们的边境始终是开放的，很多幻想都可以看作科学活动的一部分。下文将通过具体例证从三个方面对此进行详细论述。

二、幻想作为科学活动的一部分

（一）星际幻想小说对星际旅行探索的持续参与

约翰·威尔金斯（John Wilkins）是英国皇家学会的创始人之一，他很可能是科学历史上第一位对空间旅行方式进行系统关注的人士。1640 年，他在《关于一个新世界和另一颗行星的讨论》（*A Discourse Concerning a New World and Another Planet*）一书第 14 小节的内容中，总结了三种到达月球的方式。[2] 在 1648 年出版的《数学魔法》（*Mathematical Magick*）第二部分有关"机械原理"的 vi、vii 和 viii 三节内容中，威尔金斯又补充了第四种月球旅行方式。[3]

1　星际旅行幻想小说的这种中断和复苏的状况，很容易让人把它和亚当·罗伯茨在《科幻小说史》（北京大学出版社，2010 年）中，提到的一个"所有（研究）科幻小说的历史学家必须回答的问题"对应起来：在整个文学领域，从 400 年到 17 世纪初，科幻出现了一千一百年的中断期。

罗伯茨把出现这一漫长中断过程的原因，归结于这一时期占主流的"（新）柏拉图哲学、亚里士多德宇宙论和基督教神学的混合体"。这种"混合体"的特征是，"地上的王国与形而上超越的天上王国的区别"。天上的王国被认为由高等而纯粹之物（以太）构成，尘世之物完全不可与之相比。因此，罗伯茨认为，这一时期的星际旅行面对的是一神教群体，受控于专制的宗教权威，它禁止了科幻小说所需要的想象空间。罗伯茨给出的这一理由，用于解释月球旅行幻想小说的中断其实也是贴切的，作为同属"月上区"完美天体的月亮，一样被纳入了宗教"神界"的范畴，旅行到那里并不是一个合适的构想。

至于科幻小说在 17 世纪的复苏，罗伯茨认为，这是哥白尼宇宙理论在取代托勒密宇宙体系的过程中，多方面产生革命性影响的一个附带结果。在哥白尼的宇宙模型中，从前的"神界"被尘世化了，这种宗教的禁忌一旦被逐渐打破，幻想的障碍也就随之不复存在。罗伯茨的这个解释观点颇有创见，但他在论述中完全忽略了望远镜的出现对这种文学类型的复苏所起到的重要影响。

2　John Wilkins, "A Discourse Concerning a New World and Another Planet," C. Whittincham, *The Mathematical and Philosophical Works of the Right Rev, John Wilkins*, London: Dean Street, PetterLane, 1802, pp. 127-129.

3　John Wilkins, *Mathematical Magick*, London: Printed for Edw. Gellibrand at the Golden Ball in St. Pauls Church-yard, 1680, pp. 199-210.

　　威尔金斯的四种月球旅行方式分别为：第一，在精灵（spirits）或天使（angels）的帮助下；第二，在飞禽的帮助下；第三，把人造翅膀扣在人体上作为飞翔工具；第四，利用飞行器（Flying Chariot）。在对第一种和第二种方案进行阐释时，威尔金斯特别援引了两部科幻小说的设想来作为例证——开普勒的《月亮之梦》（Kepler's Dream）和戈德温（Francis Godwin）的《月亮上的人》（The Man in the Moon）。

　　事实上，威尔金斯所谈及的其他两类旅行方式，也同样可以在幻想小说中找到类似的设想。把人造翅膀扣在人体上作为飞翔工具这种方法，公元 2 世纪卢西安在《真实历史》中就已经想象过。至于飞行器的设想，和威尔金斯同时代的法国小说家贝热拉克（Cyrano de Bergerac）的《月球旅行记》（The Voyage to the Moon）和英国文学家丹尼尔·笛福（Daniel Defoe，他更有名的著作是《鲁滨逊漂流记》）的《拼装机》（The Consolidator）两部小说中的主人公，都是通过这种方式到达月亮的。[1]

　　相较于 17、18 世纪的月球旅行，19 世纪科幻小说中开始出现更多新的太空（时空）旅行方式，归纳起来主要有以下几种：

　　（1）通过气球旅行到其他星体上，代表作品是《汉斯·普法尔旅行记》（Hans Pfaall）；（2）通过特殊材料制成的飞行器，代表作品是《奇人先生的密封袋》（Mr. Stranger's Sealed Packet）；（3）太空飞船，代表作品是《世界之战》（The War of the Worlds）；（4）炮弹飞行器，代表作品是《从地球到月亮》（From the Earth to the Moon）、《金星旅行记》（A Trip to Venus）等；（5）时间机器，代表作品是《时间机器》（Time Machine）；（6）睡眠，代表作品是马克·吐温的《康州美国佬在亚瑟王朝》（A Connecticut Yankee in King Arthur's Court）。

　　上述这些设想中，"时间机器"最具生命力。1895 年，H. G. 威尔斯在小说《时间机器》中，让主人公乘坐"时间机器"回到了未

---

[1] 书名中的"Consolidator"是笛福小说中飞行器的名称，因找不到对应的中译词汇，暂译为"拼装机"。

来世界（公元802701年），所依据原理是"时间就是第四维"的设想。爱因斯坦在1915年发表的广义相对论，使得这一纯粹的幻想变成了有一点理论依据的事情，此后不少科学家，如荷兰物理学家斯托库姆（W. J. van Stockum）[1]、哥德尔（Kurt Gödel）[2]、蒂普勒（Frank J. Tipler）[3]等人，先后在爱因斯坦场方程中找到了允许时空旅行的解。事实上，关于时空旅行的探讨，在理论物理专业领域内已经成为一个重要的研究课题。

在《时间旅行》之后，科幻领域出现了数量蔚为壮观的以时空旅行为题材的科幻作品。从科学与幻想存在互动关系的角度而言，最值一提的有两部：一部是天文学家卡尔·萨根（Karl Sagan）创作的科幻小说《接触》（*Contact*），另一部是吉恩·罗顿伯里（Gene Roddenberry）编剧兼制作人的长播科幻剧集《星际迷航》系列（*Star Trek*, 1966—2005）。

1995年，在《接触》改编为同名电影的过程中，由于萨根对自己设置的利用黑洞作为时空旅行手段的技术细节并不是太有把握，为了寻找科学上能站住脚的依据，他向著名物理学家基辅·索恩（Kip. S. Thorne）求助。索恩随后和他的助手把相关的研究成果，以论文形式主要发表在顶级物理学杂志《物理学评论》（*Physical Review*）上，从而在科学领域打开了一个新的研究方向，使得一些科学人士开始思考虫洞作为时空旅行手段的可能性。[4]

在《星际迷航》中，罗顿伯里想象了另一种新的超空间旅行方式——翘曲飞行（Warp Drive），它能使两个星球之间的空间发生卷曲并建立

1 W. J. Van Stockum, "The Gravitational Field of a Distribution of Particles Rotating around an Axis of Symmetry," *Proc. Roy. Soc. Edinbungh* 57 (1937): 135-154.

2 K Gödel, "An Example of a New Type of Cosmological Solution of Einstein's Field Equations of Gravitation," *Rev. Mod. Phys. D* 21.3 (1949): 447-450.

3 Frank J. Tipler, "Rotating Cylinders and the Possibility of Global Causality Violation," *Phys. Rev. D* 9.8 (1974): 2203-2206.

4 Michael S. Morris, Kip S. Thorne, Ulvi Yurtsever, "Wormholes, Time Machines, and the Weak Energy Condition," *Phys Rev Lett* 61.13 (1988): 1446-1449.

一条翘曲通道，以此来实现超光速旅行。翘曲飞行现在一般也被称作"埃尔库比尔飞行（Alcubierre Drive）"，这是因为 1994 年英国威尔士大学的马格尔·埃尔库比尔（Miguel Alcubierre）在《经典与量子引力》杂志上发表论文对翘曲飞行进行了认真讨论，引发了关于时空旅行新的研究热潮。[1]

（二）科幻小说作为单独文本参与科学活动

科幻小说作为独立文本存在时，也会直接或间接地参与到科学活动中来，参与的形式归结起来主要有以下三种：

第一种，科幻小说中的想象结果对某类科学问题的探讨产生直接影响。这类例证中，最典型的是 17 世纪英国科学人士查理斯·莫顿（Charles Morton）撰写的一篇阐释鸟类迁徙理论的文章。莫顿在文中提出一种惊人的观点认为，冬天鸟都飞到月亮上过冬去了。[2] 研究鸟类迁徙理论的一些人士在后来谈及莫顿这个结论时，都倾向于把它当成一种匪夷所思的观点，[3] 直到 1954 年，得克萨斯大学的学者托马斯·哈里森（Thomas P. Harrison）在《爱西斯》（ISIS）上发表的一篇论文中，才从新的视角对莫顿这本小册子中相关内容的思想来源进行了考证，他认为莫顿的鸟类迁徙理论是受了戈德温 1634 年出版的幻想小说《月亮上的人》的影响。[4]

小说情节很简单，讲述了一位被流放到孤岛上的英雄，在偶然情形下被他驯养的一群大鸟带到月亮上，经历了一番冒险的故事。在第五章

1　Miguel Alcubierre, "The Warp Drive: Hyper-Fast Travel within General Relativity, " *Classical Quantum Gravity* 11.5 (1994): 73-77.

2　Charles Morton, "An Inquiry into the Physical and Literal Sense of Jeremiah 8: 7, " Samuel Johnson, *Harleian Miscellany*, London: Robert Dutton，Gracechurch-Street, 1810: 498-511.

3　Daines Barrington, "An Essay on the Periodial Appearing and Disappearing of Certain Birds, at Different Times of the Year, " in a Letter from the Honourable Daines Barrington, Vice-Pres. R. S. to William Watson, M. D. F. R. S., *Philosophical Transactions*, 1772, 265-326. Frederick C. Lincoln, *The Migration of American Birds*, New York: Doubleday, Doran & companv, 1939, pp. 8-9.

4　Thomas P. Harrison, "Birds in the Moon, " *Isis* 45.4 (1954): 323-330.

中，戈德温通过描述主人公在月亮上的所见对月亮世界进行了想象，其中特别描写主人公看到了许多从地球迁徙来的鸟类，并得出结论说："现在知道了，这些鸟类……从我们身边消失不见的时候，全都是来到了月亮上，因为，它们和地球上同种类型的鸟类没有任何不同，长得几乎完全一模一样。"

很难判断戈德温对月亮上飞鸟的这种描述，究竟只是他的一种想象，还是他本人对鸟类迁徙理论观点的一种表达。不过这样的情节出现在一本幻想小说中，对读者来讲，原本应见怪不怪。但按照哈里森的解读，戈德温的这种想象结果，却给了同时代的莫顿极大启发，进而用科学论证的方式来对此进行解释。而前面提及的威尔斯的《时间机器》、萨根的《接触》，以及电视系列剧《星际迷航》，其实也都可以归入这样的例证中。

第二种，科幻小说把科学界对某一类问题（现象）讨论的结果移植到自身创作情节中。此处可举 H. G. 威尔斯 1898 年发表的《世界之战》为例。在小说第一章交代的故事背景中，威尔斯描绘了书中主人公和一些天文学家，观测到火星上出现一系列奇异的火星喷射现象。[1] 而让地球人始料未及的是，这一切奇怪的现象，其实是生存条件恶化、已濒临灭亡的火星人派遣先头部队入侵地球的前兆。

小说中所描述的这一系列奇异的火星观测结果，并非威尔斯杜撰而来，书中提到的 1894 年 8 月 2 日发表在《自然》杂志上报告"火星上出现剧烈亮光"的文章，在现实中确有其文，匿名作者甚至还把这种现象的"人为原因"指向了来自火星讯息的可能性。[2] 这一猜想导致该文随后受到科学界人士和大众媒体的广泛关注，而威尔斯创作这一故事的灵感，也正是从当时关于猜测火星在向地球发射信号的传言中获得的。

除《世界之战》外，类似的例证还可举出很多。如 1835 年《太

1　H. G. Wells, *The War of the Worlds*, Derwood: Arc Manor LLC, 2008, pp. 9-14.

2　"A Strange Light on Mars," *Nature* 50.1292 (1894): 319.

阳报》上的著名骗局"月亮故事"，就是受到了数学家高斯等人对月亮宜居可能性讨论结果的启发；[1] 博物学者路易斯·格拉塔卡普（Louis Gratacap）发表于 1903 年的《火星来世确证》（*The Certainty of a Future Life in Mars*），则是借用了特斯拉等人通过无线电和假想中的火星文明进行交流的设想；[2] 而业余天文学家马克·威克斯（Mark Wicks）之所以写作《经过月亮到达火星》（*To Mars via the Moon：an Astronomical Story*），则是想通过这部幻想小说来表达他对洛韦尔"火星运河"观测结果的支持。

第三种，科幻小说直接参与对某个科学问题的讨论。这样的案例中最有代表性的是对"费米佯谬"的解答。"费米佯谬"源于费米的随口一语，却有着深刻意义。[3] 由于迄今为止，仍然缺乏任何被科学共同体接受的证据，能够证明地外文明的存在；另一方面，科学共同体也无法提出任何令人信服的证据，能够证明外星文明不存在，这就使得"费米佯谬"成为一个极端开放的问题，从而引出各种各样的解答方案。这些解决方案大致可以分成三大类：1. 外星文明已经在这儿了，只是我们无法发现或不愿承认；2. 外星文明存在，但由于各种原因，它们还未和地球进行交流；3. 外星文明不存在。

在上述三种可能性并存的情形下，"费米佯谬"为科学研究者和科幻作家提供了巨大的施展空间，到目前为止，它已经被给出了不少于 50 种解答方案。其中代表性的学术成果有动物园假想（The Zoo Scenario）[4]、隔离假想（The Interdict Scenario）[5]、天文馆假设（The

---

1　穆蕴秋、江晓原：《十九世纪的科学、幻想和骗局》，《上海交通大学学报（哲学社会科学版）》2011 年第 5 期，第 76-81 页。

2　Nikola Tesla, "Talking With the Planets," *Collier's Weekly* Feb 19, 1901, pp. 4-5.

3　穆蕴秋、江晓原：《宇宙创始新论：求解费米佯谬一例》，江晓原、刘兵：《我们的科学文化 3·科学的异域》，上海：华东师范大学出版社，2008。

4　John A. Ball, "The Zoo Hypothesis," *Icarus* 19.3 (1973): 347-349.

5　Martyn J. Fogg, "Temporal Aspects of the Interaction among the First Galactic Civilizations: The Inter-dict Hypothesis," *Icarus* 69.2 (1987): 370-384.

Planetarium Hypothesis）[1]等。为"费米佯谬"提供解答的知名科幻作品则有阿西莫夫的《日暮》、波兰科幻小说家斯坦尼斯拉夫·莱姆的《宇宙创始新论》等。[2]值得一提的是，中国科幻作家刘慈欣在 2008 年出版的科幻小说《三体Ⅱ》中，提供了第一个中国式解答——"黑暗森林法则"。

（三）科学家写作的科幻小说

科学与幻想开放边境两边的密切互动，还体现为另一种比较特殊的文学现象——由科学家撰写的幻想小说。此处姑以早期文献开普勒的《月亮之梦》为例，来进行论述和分析。

《月亮之梦》的雏形，始于 1593 年开普勒就读于德国图宾根大学期间。开普勒在文中设想，如果太阳在天空中静止不动，那么对于站在月球上的观测者，天空中其他天球所呈现出的运行情况将会是怎样的——是在日心体系中的情形。这篇富有科学幻想色彩的论文在当时未能公开发表。15 年后开普勒重拾旧作，在原文基础上扩充内容；1620—1630 年间，他又在文末补充了多达 223 条详细脚注，合起来其长度 4 倍于正文还不止，即成《月亮之梦》。[3]

《月亮之梦》除了作为一部讨论月亮天文学的论著，有时也被当作科幻小说的开山之作。[4]从全书来看，主要是由于三个方面：

首先，是它的形式——以梦的形式写成。开普勒在书中说，本书中的内容，来自他某次"梦中读到的一本书"中主人公留下的记载，在那本梦中的书里，精灵引领着主人公和他的母亲作了一次月球旅行。

其次，是关于月球旅行的方式。开普勒对这个情节的幻想完全体现

1　Stephen Baxter, "The Planetarium Hypothesis: A Resolution of the Fermi Paradox, "*Journal of the British Interplanetary Society* 54.5/6 (2001): 210-216.

2　穆蕴秋、江晓原：《宇宙创始新论：求解费米佯谬一例》。

3　Johannes Kepler, *Kepler's Dream* (1634), trans. Patricia Frueh Kirkwood, Berkeley: University of California Press, 1965.

4　Donald H. Menzel, "Kepler's Place in Science Fiction, " *Vistas in Astronomy* 18.1 (1975): 895-904.

了他天文学家的职业背景；那些掌握着飞行技艺的精灵，生活在太阳照射下地球形成的阴影中，精灵们选择当地发生月全食时作为从地球飞向月亮的旅行时刻——这时地球在太阳照射之下所形成的锥形阴影就能触及月亮，这就形成了一条到达月球的通道。

再次，相比以上两点更重要的，是开普勒对"月亮居民"的描述。这并非是开普勒的凭空想象，而是他对望远镜月亮观测结果的一种解释，所依据的观测现象是：月亮上一些斑点区域内的洞穴呈完美的圆形，圆周大小不一，排列井然有序，呈梅花点状。开普勒认为，这些洞穴和凹地的排列有序以及洞穴的构成情形，表明这是月球居民有组织的建筑成果。

由此可见，《月亮之梦》中的幻想与开普勒所讨论的月亮天文学其实有着直接关系。或者也可以这样说，这类幻想是开普勒关于月球天文学的科学探索活动的一部分。

除了开普勒的《月亮之梦》，当然还有很多科幻小说出自科学家之手，表1是其中代表性文本的概览：

表1　天文学家和物理学家所著科幻小说举要（根据相关作品整理）

作者	专业背景	代表作品	年代	国别
开普勒	天文学家	月亮之梦（Kepler's Dream）	1634	德国
弗拉马利翁	天文学家	鲁门（Lumen）	1872	法国
		世界末日（La Fin du Monde）	1893	
马克·威克斯	天文学家	经过月亮到达火星（To Mars via the Moon）	1911	英国
齐奥尔科夫斯基	火箭科学家和太空航行理论的先驱	月亮之上（On the Moon）	1895	俄国
		地球和天空之梦（Dreams of the Earth and Sky）	1895	
		地球之外（Beyond the Earth）	1920	
弗里德-霍伊尔	天文学家	黑云（The Black Cloud）	1957	英国
		仙女座安德罗米达A（A for Andromeda）	1962	
卡尔·萨根	天文学家	接触（Contact）	1986	美国

值得补充的是，科学家所写作的科幻小说，作为一种较为特殊的文本，也已经被其他人士注意到了。1962 年，著名科幻小说编辑格罗夫·康克林（Groff Conklin）主编了一本科幻小说选集《科学家所著之优秀科幻小说》（*Great Science Fiction by Scientists*）。[1] 书中选取了 16 位科学家写作的科幻小说。除了大名鼎鼎的阿西莫夫和阿瑟·克拉克之外，其他还有来自赫胥黎家族的朱利安·赫胥黎（Julian Huxley）——人们更熟知的可能是朱利安的同父异母弟弟奥尔德思·赫胥黎（Aldous Huxley），即著名"反乌托邦"小说《美丽新世界》（*Brave New World*）的作者；还有著名核物理学家里奥·西拉德（Leo Szilard）等人。西拉德入选的作品是《中央车站》（*Grand Central Terminal*），此外他还创作了另外 7 篇科幻小说。

三、如何看待含有幻想成分的"不正确的"科学理论

上一节中，我们探讨了科幻作品参与科学活动的几种形式，与此相对应的是，天文学历史上对地外文明进行探索的过程中，许多理论也包含幻想的成分。

要尝试将科学幻想视为科学活动的一部分，主要的障碍之一，是一个来自观念上的问题，即如何看待历史上的科学活动那些在今天已经被证明是"不正确"的内容？因为许多人习惯于将"科学"等同于"正确"，自然就倾向于将幻想和探索过程中那些后来被证明是"不正确的"成果排除在"科学"范畴之外。

关于科学与正确的关系，前人已有论述。英国剑桥大学的古代思想史教授 G·E·R. 劳埃德，在他的《古代世界的现代思考——透视希腊、中国的科学与文化》一书中，就引入了对"科学"与"正确"的关系的

1　Groff Conklin, *Great Science Fiction by Scientists*, New York: Collier Books, 1962.

讨论。[1] 针对一些人所持有的，古代文明中的许多知识和对自然界的解释，在今天看来都已经不再"正确"了，所以古代文明中没有科学的观点，劳埃德指出："科学几乎不可能从其结果的正确性来界定，因为这些结果总是处于被修改的境地"，他认为，"我们应该从科学要达到的目标或目的来描绘科学"。

劳埃德深入讨论了应该如何定义"科学"。他给出了一个宽泛的定义：凡属"理解客观的非社会性的现象——自然世界的现象"的，都可被称为"科学"。劳埃德认为，抱有上述目标的活动和成果，都可以被视为科学。按照这样的定义，任何有一定发达程度的古代文明，其中当然都会有科学。

与此相应的是，笔者之一在 2005 年发表的《试论科学与正确之关系——以托勒密与哥白尼学说为例》一文中，也从学术层面对该问题进行了正面论述。[2] 文中特别指出：

> 因为科学是一个不断进步的阶梯，今天"正确的"结论，随时都可能成为"不正确的"。我们判断一种学说是不是科学，不是依据它的结论在今天正确与否，而是依据它所用的方法、它所遵循的程序。

为了论证这一观点，文中援引了科学史上最广为人知的两个经典案例：

第一个案例是托勒密的"地心说"。站在今天的立场来看，托勒密的这个宇宙模型无疑是不正确的。但这并不妨碍它仍然是"科学"。因为它符合西方天文学发展的根本思路：在已有的实测资料基础上，

1　G·E·R·劳埃德：《古代世界的现代思考——透视希腊、中国的科学与文化》，钮卫星译，上海：上海科技教育出版社，2008。

2　江晓原：《试论科学与正确之关系——以托勒密与哥白尼学说为例》，《上海交通大学学报（哲学社会科学版）》2005 年第 4 期，第 27-30 页。

以数学方法构造模型，再用演绎方法从模型中预言新的天象；如预言的天象被新的观测证实，就表明模型成功，否则就修改模型。托勒密之后的哥白尼、第谷，乃至创立行星运动三定律的开普勒，在这一点上都无不同。再往后主要是建立物理模型，但总的思路仍无不同，直至今日还是如此。这个思路，就是最基本的科学方法。

第二个案例是哥白尼的"日心说"。托马斯·库恩（Thomas Samuel Kuhn）等人的研究已经指出，哥白尼学说不是靠"正确"获胜的。因为自古希腊阿里斯塔克的"日心说"开始，这一宇宙模型就面临着两大反驳理由：1. 观测不到恒星周年视差，无法证明地球的绕日运动；2. 认为如果地球自转，则垂直上抛物体的落地点应该偏西，而事实上并不如此。这两个反驳理由都是哥白尼本人未能解决的。除此以外，哥白尼模型所提供的天体位置计算，其精确性并不比托勒密模型的更高，而和稍后出现的第谷地心模型相比，精确性更是大大不如。按照库恩在《哥白尼革命》一书中的结论，哥白尼革命的思想资源是哲学上的"新柏拉图主义"。换言之，哥白尼革命的胜利并不是依靠"正确"。

上述对"科学"与"正确"关系的探讨虽然没有涉及幻想的成分，但那些含有幻想成分而且已被证明是"不正确"的理论，无疑也可纳入同一框架下来重新思考和讨论。在此我们不妨以英国著名天文学家威廉·赫歇尔"适宜居住的太阳"观点为例，来做进一步考察和分析。这个例子中明显包含了幻想的成分。

1795 年和 1801 年，威廉·赫歇尔在皇家学会的《哲学通汇》（*Philosophical Transactions*）上发表了两篇文章，对太阳本质结构进行探讨，他提出了一个非常有想象力的观点——认为太阳是适宜居住的。根据前面提及的判断一种学说是否"科学"的两条标准来看一看，赫歇尔在得出这一今天看来貌似荒诞的结论时所使用的研究方法和所遵循的程序。

在第一篇论文开篇，赫歇尔对其研究方法进行了专门介绍：在一段时间内对太阳进行连续观测，然后对几种观测现象的思考过程进行整理，并附加了几点论证，这些论证采用的是"认真考虑过的"类比方式。[1] 通过此法，赫歇尔最后得出结论认为，发光的太阳大气下面布满山峰和沟壑，是一个适宜居住的环境。在第二篇论文中，威廉·赫歇尔在研究方法上更进一步，他提出了一种存在于太阳实体表面的"双层云"结构模型。在他看来，"双层云"结构模型除了为各种太阳观测现象的解释提供了更加坚固的理论前提之外，还进一步巩固了他的太阳适宜居住观点。他很自信地宣称：

> 在前面发表的一篇论文中，我提出过，我们有非常充足的理由把太阳看作是一个最高贵的适宜居住的球体；从现在这篇论文中相关的一系列观测结果来看，我们此前提出的所有论据不仅得到了证实，而且通过对太阳的物理及星体结构的研究，我们还被激励了向前迈出了一大步。[2]

毫无疑问，威廉·赫歇尔采用的论证方法，完全符合西方天文学发展的根本思路：在已有的实测资料基础上，构造物理模型，再用演绎方法，尝试从模型中预言新的观测现象。

再来看看赫歇尔所遵循的学术程序。所谓学术程序，指的是新的科学理论通过什么方式为科学共同体所了解。当然，通常而言，最正式也最有效的途径，就是在相关的专业杂志上发表阐释这种理论的论文。而赫歇尔的做法也完全合乎现代科学理论的表达规范——他的两篇论文都发表在《哲学通汇》这样的权威科学期刊上。

站在今天的立场来看，托勒密的"地心说"和哥白尼的"日心说"都是"不正确的"，但它们在科学史上却取得过几乎全面的胜利。而威

1　William Herschel, "On the Nature and Construction of the Sun and Fixed Stars," *Philosophical Transactions of the Royal Society of London* 85. (1795): 46-72.

2　William Herschel, "Observations Tending to Investigate the Nature of the Sun, in Order to Find the Causes or Symptoms of Its Variable Emission of Light and Heat; with Remarks on the Use that May Possibly Be Drawn from Solar Observations," *Philosophical Transactions of the Royal Society of London* 91 (1801): 265-318.

廉·赫歇尔"适宜居住的太阳"观点，不仅是"不正确"的，而且几乎从未取得过任何胜利——只有极少数科学家，如法兰西科学院院长弗兰西斯·阿拉贡（Francois Arago）和英国物理学家大卫·布鲁斯特（David Brewster），对它表示过支持。[12]但这仍然不妨碍它在当时被作为一个"科学"理论在学术期刊上发表，换言之，这个几乎从未被接受，如今看来也"不正确"，而且还包含有幻想成分的理论，在当时确实是被视为科学活动的一部分的，所以它完全可以获得"科学"的资格。

四、科学与幻想之间开放的边境

关于科学和幻想之间存在的互动关系，前人已通过各种研究路径进行过探讨。[3]此外，还有一些研究者则把科幻看作科学与人文"两种文化"的桥梁。[4]而无论是"存在互动关系"，还是"两种文化的桥梁"，隐含的意思都是科学与幻想分属不同的领地，它们之间存在一条泾渭分明的分界，只在某些地方才会出现交汇和接壤。

但事实上，通过上文考察天文学发展过程中与幻想交织的案例，以及其他例证看来，科学与幻想之间根本没有难以逾越的鸿沟，两者之间的边境是开放的，它们经常自由地到对方领地上出入往来。或者换一种说法，科幻其实可以被看作科学活动的一个组成部分。

这种貌似"激进"的观点其实已非本文作者单独的看法。另一个鲜活的例子来自英国著名演化生物学家理查德·道金斯（Richard

---

1 Francois Arago, Jean Augustin Barral, Pierre Flourens, *Astronomie Populaire*, Paris: Gide et J. Baudry, 1855, p. 181.

2 David Brewster, *More Worlds Than One：The Creed of the Philosopher and the Hope of the Christian*, New York: Robert Carter &. Brothers, 1854, pp.100-107.

3 Mark Brake, Neil Hook, *Different Engines: How Science Drives Fiction and Fiction Drives Science*, Basing stoke: Palgrave Macmillan, 2007.

4 Sheila F. G. Schwartz, "Science Fiction: Bridge between the Two Cultures," *The English Journal* 60.8 (1971): 1043-1051.

Dawkins），在其《自私的基因》一书前言第一段中，道金斯就建议他的读者"不妨把这本书当作科学幻想小说来阅读"，尽管他的书"绝非杜撰之作"，"不是幻想，而是科学"。[1] 道金斯的这句话有几分调侃的味道，但它确实说明了科学与幻想的分界有时是非常模糊的。

又如，英国科幻研究学者亚当·罗伯茨在他的著作《科幻小说史》第一章中，也把科幻表述为"一种科学活动模式"，并尝试从有影响的西方科学哲学思想家那里找到支持这种看法的理由。[2] 罗伯茨特别关注了费耶阿本德（Paul Feverabend）在《反对方法》一书中关于科学方法"怎么都行"的学说，其中专门引用了一段费耶阿本德对"非科学程序不能够被排除在讨论之外"的论述：

> "你使用的程序是非科学的，因为我们不能相信你的结果，也不能给你从事研究的钱"，这样的说法，设定了"科学"是成功的，它之所以成功，在于它使用齐一的程序。如果"科学"指的是科学家所进行的研究，那么上述宣称的第一部分则并不属实。它的第二部分——成功是由于齐一的程序——也不属实，因为并没有这样的程序。科学家如同建造不同规模不同形状建筑物的建筑师，他们只能在结果之后——也就是说，只有等他们完成他们的建筑之后才能进行评价。所以科学理论是站得住脚的，还是错的，没人知道。[3]

不过，罗伯茨不无遗憾地指出，在科学界实际上并不能看到费耶阿本德所鼓吹的这种无政府主义状态，但他接着满怀热情地写道：

---

1 R. 道金斯：《自私的基因》，北京：科学出版社，1981。

2 亚当·罗伯茨：《科幻小说史》，马小悟译，北京：北京大学出版社，2010，第 14-20 页。

3 费耶阿本德的《反对方法》有中译本，但我们在中译本中没有找到这段被罗伯茨所引用的文字，所幸它在英文版中可以找到：P. K., Feyerabend, *Against Method* (1975), New York: Verso Books, 1993, p. 2.

確實有這麼一個地方，存在着費耶阿本德所提倡的科學類型，在那裏，卓越的非正統思想家自由發揮他們的觀點，無論這些觀點初看起來有多麼怪異。在那裏，可以進行天馬行空的實驗研究。這個地方叫做科幻小說。[1]

尽管罗伯茨提出的上述观点很具有启发性，但只是从思辨层面进行了阐释，在《科幻小说史》中并未从实证方面对该理论给予论证。而本文前面两节正是这样的实证，通过具体实例的分析，我们已经表明，可以从几个方面论证科学幻想确实可以视为科学活动的一部分。

五、一种新科学史的可能性及其意义

如果我们同意将科学幻想视为科学活动的一部分，那么至少在编史学的意义上，一种新科学史的可能性就浮出水面了。

以往我们所见到的科学史，几乎都是在某种"辉格史学"的阴影下编撰而成的。这里是在这样的意义下使用"辉格史学"（Whig History）这一措词的——即我们总是以今天的科学知识作为标准，来"过滤"掉科学发展中那些在今天看来已经不再正确的内容、结论，思想和活动。这样做的结果是，我们给出的科学形象就总是"纯洁"的。所有那些后来被证明是不正确的猜想，科学家走过的弯路，乃至骗局——这种骗局甚至曾经将论文发表在《自然》这样的权威科学杂志上，[2] 都被毫不犹豫地过滤掉，因为几乎所有的人都同意（或在潜意识中同意），科学史只能处理"善而有成"的事情。

1　亚当·罗伯茨：《科幻小说史》，第 19 页。

2　即使到了 20 世纪，这样的骗局也不鲜见，例如 80 年代《自然》上发表的关于"水的记忆"和关于"冷核聚变"的文章。现任主编菲利普·坎贝尔（Philip Campbell）承认，这些文章"简直算得上是臭名昭彰"（见 Sir John Maddox、Philip Campbell、路甬祥主编：《〈自然〉百年科学经典》，外语教学与研究出版社·麦克米伦出版集团·自然出版集团，2009，第 21 页）。

在科学史著作中只处理"善而有成"之事的典型事例，在此可举两个案例为证。第一个和权威巴特菲尔德（H. Butterfield）有关，他的《历史的辉格解释》一书本来是讨论"辉格史学"的经典名著，可是 20 年后当他撰写《近代科学的起源》一书时，他自己却也置身于"辉格史学"的阴影中：他只描述"17 世纪的科学中带来了近代对物理世界看法的那些成分。例如，他根本就没有提到帕拉塞尔苏斯、海尔梅斯主义和牛顿的炼金术。巴特菲尔德甚至并未意识到自己正在撰写一部显然是出色的辉格式的历史！"[1]

另一个典型例证则与法国著名天文学家卡米拉·弗拉马利翁（Camille Flammarion）1880 年出版的《大众天文学》（*Astronomie populaire*）有关。该书在 1894 年首次被翻译成英文出版，是西方广为流传的一本天文学通俗读物。全书共分为六个部分，讨论的主题分别是地球、月亮、太阳、行星世界、彗星和流星，恒星及恒星宇宙。在笔者所看到的 1907 年英译本与月亮相关的第二部分中，有一小节的标题为"月亮适宜居住吗？"内容主要是对月亮存在生命可能性进行讨论。[2]

但通过对照发现，在此书 1965 年初版和 2003 年再版的中译本中，相关内容却没有出现。[3] 根据译者序中的说明，中译本依照的版本是 1955 年的英译本。因此，出现上述结果，也就存在三种可能：一种是 1907 年的英文版本在原作基础上，额外增添了这一节内容。不过，按常理度之，这种可能性实在不大；另一种可能是 1955 年的英译本中删减了这一节的内容；第三种可能是，中译本出版过程中，相关内容被去除掉了。而后面两种情形无论哪种发生，都至少证明有关月亮生命的讨论在一些人士的心目中被当成了"无成"的事情，他们甚至很可能认为这样的内容出现在一本权威天文学著作中简直格格不入，所以应将其删除——哪怕

1　刘兵：《克丽奥眼中的科学——科学编史学初论》，上海：上海科技教育出版社，2009，第 45 页。

2　Camille Flammarion, John Ellard Gore, *Popular Astronomy: A General Description of the Heavens* (1880), New York: D. Appleton, 1907, pp. 145-165.

3　弗拉马利翁：《大众天文学》（全三册），李珩译，北京：科学出版社，1965。卡米拉·弗拉马利翁：《大众天文学》，李珩译，桂林：广西师范大学出版社，2003。

是在违背原著作者本意的情形下。

不过，对于一种能够将科学的历史发展中所经历的幻想、猜想、弯路等有所反映的新科学史，我们认为暂时还不必将它在理论上上升到某种新的科学编史学纲领的地步。因为在不止一种旧有的科学编史学纲领——比如"还历史的本来面目"或社会学纲领——中，这样的新科学史其实都是可以得到容忍乃至支持的。另外，这些幻想、猜想、弯路乃至骗局，虽不是"善而有成"之事，却也并不全属"恶而无成"。

这种新科学史的现实意义在于，通过它，我们可以纠正以往对科学的某些误解，帮助我们认识到，科学其实是在无数的幻想、猜想、弯路甚至骗局中成长起来的。科学的胜利也并不完全是理性的胜利。[1] 在现今的社会环境中，认识到这一点，不仅有利于科学自身的发展，使科学共同体能够采取更开放的心态，采纳更多样的手段来发展自己；同时更有利于我们处理好科学与文化的相互关系，让科学走下神坛，让科学更好地为文化发展服务，为人类幸福服务，而不是相反。

原载《上海交通大学学报（哲学社会科学版）》2012 年第 2 期

1　正如 K. Ridley 在《科学是魔法吗》一书中描述这种假象时所说，"从事经验科学的人就好像与物理世界达成了一项协议，他们说：我们保证从不使用直觉、想象等非理性能力"（广西师范大学出版社，2007第 1 版，19 页），但事实当然并非如此。前引关于哥白尼学说胜利的例子同样说明了这一点。

《银翼杀手》与"弗兰肯斯坦传统"

——人工智能题材的思想史叙事

林云柯

2017 年 5 月 27 日，随着 AlphaGo 的 Master 版本以 3∶0 的总比分战胜了世界排名第一的人类围棋手柯洁，自 2016 年以来喧嚣尘上的人工智能话题达到了一个高峰。此时舆论对人工智能的推崇已经不再受到传统人文思想的掣肘，进而被鼓励要完全冲出自由人文主义的牢笼。在新型人工智能的光辉下，另一个文化事件则显得不那么耀眼了，那就是在同一年上映的《银翼杀手 2049》（*Blade Runner* 2049, 2017）。其前传，即改编自菲利普·迪克（Philip K. Dick）的长篇小说《仿生人会梦见电子羊吗？》（*Do Androids Dream of Electric Sheep?*）的《银翼杀手》（*Blade Runner*）于 1982 年上映，这也是迪克第一部被好莱坞进行影视改编的作品。值得注意的是，在对于经典影视作品的续拍中，《银翼杀手 2049》是少数得到评论界一致认可的经典续作。英国卫报的首席影评人马克·克默德（Mark Kermode）就不吝赞美地指出，这部续作无论在视觉呈现还是哲学深度上，都在前作的基础上有着极大的提升和拓展。

但是与同年席卷整个舆论界和思想界的人工智能热潮相比，这部作品所带来的关于菲利普·迪克的追忆则完全是另外一种情形。正如克默德在影评中的感慨：和弗里茨·朗（Fritz Lang）的《大都会》（*Metropolis*，1927）以及库布里克（Stanley Kubrick）的《太空漫游 2001》（2001：*A Space Odyssey*，1968）一样，斯科特（Ridley Scott）的《银翼杀手 2049》为人们描绘了一个未来，但同时也很容易让我们忘记这部作品自身所经历的过往。克默德在评论中指出，1982 年初版《银翼杀手》是一部在商业上全然失败的作品，甚至没有收回制作成本。就连导演斯科特本人也曾预计到了市场的负面反应，在与该片的剪辑师特里·罗林斯（Terry Rawlings）初次看完成片后，斯科特对后者说："这到底都讲了些什么啊？"[1] 而直到斯科特在 1992 年推出导演剪辑版之前，《银翼杀手》都没有获得如今的影史地位。在如今的科幻热下，这一发生在经典科幻题材作品身上的漫长认同时距似乎很难被理解，这也暗示了其中所蕴藏的某些思想史中的纠葛。

一、《弗兰肯斯坦》与生机论：整体的人与未知的人

与如今的人工智能及其他科幻题材相比，《银翼杀手 2049》是一个"陈旧"的作品，1982 年版的《银翼杀手》也同样如此。很少被人提及的是，在《银翼杀手》上映的同一个月还有其他三部科幻电影同期上映，其中就包括尼古拉斯·迈耶（Nicholas Meyer）的《星际迷航 2：可汗怒吼》（*Star Trek II：The Wrath of Khan*）和斯蒂芬·斯皮尔伯格（Steven Spielberg）的（*E.T. The Extra-Terrestrial*），两者都反映了当时科幻题材的主流，它们的共同特点是指向完全与人类

---

1 Paul M. Sammon, *Future Noir, The Making of Blade Runner*, New York: Harper Prism, 1996: 268.

异质的地外物种，或是完全脱离人类现实生活圈的宇宙空间。20 世纪 80 年代的主流科幻类型反映了相关科技成就在当时的处境，尤其是反映了人工智能的处境。20 世纪 70 年代，美国投入了大量经费用于人工智能，但没有取得任何卓越的进展。著名的《莱特希尔报告》（Lighthill Report）认定人工智能只能用于解决简单的问题，而无法实现其被提出之时的野心。20 世纪 80 年代的人工智能已经被主要部署于小规模的商用领域，这使得商业化想象类型的科幻成为主流的同时，关于科幻最初的题材，也是与人工智能直接相关的题材，即人与仿生人之间的问题被视为陈旧而不合时宜的，这也正是《银翼杀手》在 20 世纪 80 年代遭遇舆论冷漠反应的原因之一。比如斯坦利·考夫曼（Stanley Kauffmann）就认为《银翼杀手》只是一部风格片（Style Is All Thesis）："要享受这部片子，你只需要尽量无视演员和对话。这部作品不过是另一部关于人类受到类人非人（Humanoids）生物威胁的老生常谈罢了——比如说它只是《天外魔花》（Invasion of the Body Snatcher，1956）这一主题的另一个衍生品罢了。"[1] 考夫曼的评论反映了当时评论界的一种典型态度，即随着人工智能在 20 世纪 80 年代的发展陷入低谷，类人智能题材的作品不再受到关注了。

对于该题材的弃置不仅仅表征了当时的评论风潮，它实际上也反映了某种科幻经典文化叙事的危机，西方科幻文学始于类人智能题材这一文化史事实逐渐被遗忘。在传统的西方科幻史叙事中玛丽·雪莱（Mary Shelley）的《弗兰肯斯坦》（Frankenstein）曾被公认为西方首部科幻文学著作，而这部作品何以被认为具有科幻性质？由于对其时代思想背景论述的缺失，这一问题鲜有被很好地解答，以至于其科幻特质逐渐被其他特质（比如"哥特文学"）吞没。因此，还原"类人人工智能"科幻题材的整体性历史叙事，对更好地解释《银翼杀手》从备受冷漠到被追认经典地位的原因是很有必要的。

1　Stanley Kauffmann, "The Miracle Workers," *Pictures movie. New Republic* 19&26 (1982): 30.

　　对《弗兰肯斯坦》这部作品的理解，最容易被忽略的反而是一个最为明显的信息，即这部作品产生于 19 世纪初，而这无疑是欧洲思想史中最重要的历史时期之一。以康德和黑格尔为代表的“观念论”哲学大师的主要著作大多出版于 18 世纪末到 19 世纪初，这些著作所构建的关于人类认识的整体性哲学体系极大地振奋了人类在认识事物方面的野心，在这样的时代精神指引下，欧洲科学观念也在一种辩证路线上向前演进。但与当今科学精神中将人向物质的精确还原思路不同，这一时期的科学并没有放弃“人是什么？”这一古老的哲学问题，并且在一定程度上使其得以摆脱形而上学及本质主义的束缚，被以科学实践的方式提出，其主要施展的领域就是生物学。往往被忽略的是，在拉瓦锡（Antoine Laurent）以化学为核心的实验科学大行其道之前，欧洲生物学几乎是完全被当作治疗术和医学基础来研究的，它是属于医学家的科学。[1] 在当代的科学观视野下，这一常被实验科学掩盖的脉络实际上所带来的思想推动力要更为直接和巨大。在 19 世纪声名显赫的医学生物学家中，组织生物学之父扎维埃·毕夏（Xavier Bichat）的研究方法（不使用显微镜）和研究观念（生机论）直接支持了对人类整体性的理解。与如今精神分析学派中的“死欲”不同，毕夏将生命定义为“那些抵抗死亡机能的总和”，并且提出生命是无法在本质层面（Nature）被认识的，而只能在现象层面被认识：“生命的普遍性部分在于外部肢体恒定的动作频率，部分在于活生生的生命体征”。[2] 毕夏所确立的生机论生物学精神开启了一场旷日持久的观念论争：如果以活生生的生命体征为标准，以观察现象为重点，那么有机物与无机物的相似性就越来越让人着迷。换句话说，如果“生命是什么？”是通过现象的观察来证成的，那么生命乃至人的概念外延就被大大拓展了。

　　另一个有助于理解《弗兰肯斯坦》产生动因的社会时代背景发生

1　约翰·西奥朵·梅尔茨：《十九世纪欧洲思想史·第二卷》，周忠昌译，北京：商务印书馆，2016，第 300 页。

2　Xavier Bichat, *Physiological Researches Upon Life and Death*, Philadelphia: Smith & Maxwell, 1809, p. 1.

于英国内部，这一背景不仅仅是科学观念上的，更是社会观念上的。近代英国的医疗体系如官僚体系一般森严，内科医生自诩绅士阶级，受古典教育，掌控病理与处方权；外科医生只负责处理外伤而无权开内服药物；药剂师级别最低，只依照内科处方配药而没有诊断权。这一森严的医疗权力等级随着1665—1666年伦敦大瘟疫的蔓延而开始动摇。面对大量底层人民的医疗需求，药剂师开始独立进行诊疗。以此为开端，在之后一个半世纪的时间里，外科医生与药剂师群体开始成为主流。根据伯妮斯·汉密尔顿（Bernice Hamilton）在《18世纪的医生群体》（*The Medical Professions in the Eighteenth Century*）中的说法，到了1815年，以"外科医生—药剂师"为核心的"全科医生"群体正式崛起，英国长期以来的医疗等级被打破，开始了"全面医疗"的时代。[1]这一重大的社会变革意味着人开始作为一个整体被处置，这种整体性不仅仅是被治疗的，同时也意味着它是可以被建构的。

《弗兰肯斯坦》正是创作于1816—1817年，是生机论影响下人类对于自身认识的希望与焦虑的集合体。实际上，这一时期的生物学所承担的正是康德哲学中"二律背反"的境遇。一方面，生机论是一种旨在解决生命疑难的观念，它默认这些问题是可以被解决的；另一方面，生机论也同时在暗示生命之中存在不可解决的问题。思想史学家梅尔茨（John Theodore Merz）如此总结生物学在这一时期的境遇：

> 它记录了运用在抽象科学中已发现的方法对生命物质展示的新的现象领域的进步性攻克。不过，人们普遍感觉到：这种知识并未穷尽这个问题；存在某种我们并不知道的有关原理；如果不是直觉或不自觉地承认存在这种原理，我们就无法思考万物有关生命的部分。这个未知的——可能是不可知的——元素或因素，我们必须承认它存在，它无意中支配着我们对我们已

1　王广坤：《19世纪英国全科医生群体的崛起及影响》，《世界历史》2016年第4期，第93-94页。

知东西的反思。[1]

"生机论——治疗"这一科学范式实际上衍生出了西方科幻文学最初的基础，它并非是关于未来世界想象的，而是关于未知和探索的，并且被运用于世界与人两个维度之上。凡尔纳的地球探索与玛丽·雪莱的人造人是 19 世纪科幻文学最重要的两个主题，它们都是关于科学所承诺的绝对可知性所带来的不可知性悖论，并且同样都是基于生机论的。《弗兰肯斯坦》中关于人造人的一个核心问题是，一个似乎只是由残肢拼凑起来的类人却拥有着与人类无异的情感诉求，甚至有乐器演奏天赋，实际上正是人造人揭示了人自身的某些未知之物，打破了人对自身的固有的已然被分类完毕的认知，带来了自我认知的危机，同时也带来了将人重新构入一个外延更为广阔的新的生命概念的契机。正如卡洛琳·琼·皮卡特（Caroline Joan S. Picart）所指出的那样，《弗兰肯斯坦》不仅仅是一部作品，它更是一个相当庞大的被称为"弗兰肯斯坦式魅影"（Frankenstein Cinemyth）的影视类型，在这一类型中，人造人的未知性被赋予了诸多不同的表象，用以颠倒我们惯常熟知的人类分类和性别关系：

> 我认为这样的怪物是这样的一种临界点，它不仅仅是我们之所不是，同时也是我们之所是；怪物们所揭示和取消的不仅仅是我们的恐惧，同时也是我们所欲求的东西，它们让我们能在想象中挖掘得更深，这一深度不仅仅是关于我们能够与自然和神学所处的关系，同时也是关于我们与潜伏的魔性所处的关系。[2]

1　约翰·西奥朵·梅尔茨：《十九世纪欧洲思想史·第二卷》，周忠昌译，北京：商务印书馆，2016，第293-294 页。

2　Caroline Joan S. Picart, *Remaking the Frankenstein Myth on Film: Between Laughter and Hororr*, New York: State University of New York Press, 2003.

二、"生活世界"与人的界定：仿生人测试的哲学基础

　　将《银翼杀手》仅仅视为一个类人造物威胁题材的作品，这样的看法一方面是忽略了这一题材得以产生的社会及思想史背景，另一方面也忽略了同一思潮之下所产生的另一类科幻题材与类人题材的潜在关联——这就是以凡尔纳为代表的地理探索类科幻题材。关于地球环境生机论观念的形成是伴随着大陆漂移说而被最终呈现的，这是 19 世纪后半叶的一个重要的地理观念转型。虽然大陆移动论作为一个学说在 20 世纪初才被魏格纳（Alfred Lothar Wegener）提出，但斯尼德（Antonio Snider）于 1858 年撰写的《天地及其被揭开的奥秘》（*The Creation and its Mysteries Unveiled*）中的一些绘图才是重新激发这一设想的源头。在 19 世纪末，对大陆样貌形成的观点还处于一种全景式的裹挟之中，地球从原初地貌到如今地貌的变化过程被设想为如苹果干瘪似的过程，但诸多具体经验层面的事实（比如不同大陆物种的相近性与沉积岩的性质）使得大陆移动论成了唯一可能的折中设想。[1] 实际上，大陆移动论的最大意义并不在于它是我们构想地球样貌形成的方式，而在于它重新激活了活生生的经验世界，地球样貌这样宏大的问题得以脱离抽象的全景式观看，而必须由探索中的已知与未知来进行勾勒。以生机论为载体，整个 19 世纪可以被视为人与环境最终达成了同构关系的世纪，而这种同构关系是通过两种科幻的基本类型显现出来的。

　　"同构关系"不仅是一种平行相似关系，更是一种彼此作用的"压抑—升华"关系。在一种生机论的整体探索之下，随着已知的范畴不断扩大，未知的范畴也愈加神秘化，从而导致恐惧的产生。比如在地理探索类作品中，洛夫克拉夫特（Howard Phillips Lovecraft）在《克苏鲁的召唤》（*The Call of Cthulhu*）开篇便指出了这种由经验性未知之魅化而

造成的恐惧来源：

> 如果我们有朝一日真能把所有毫无关联的知识拼凑起来，那么展现在我们面前的将是一个非常可怕的现实世界，我们的处境也将充满恐惧。果真是这样，我们要么被已知的真相逼疯，要么逃离光明，进入一个平静而又黑暗的时代。[1]

克苏鲁文学实际上标识出了未经人类生机论视角"压抑"的环境探索最终会走向经验的神秘主义内爆，这也就是我们常说的未知恐惧，其所导致的是一种世界尺度上的牺牲性后果，正如伊格尔顿在《激进的牺牲》（*Radical Sacrifice*）中所说的："没有阻抗的自由将会是单纯的内爆。"[2] 因此 19 世纪科幻主题之间的这种同构关系并非反映了两种平行的无节制探索，而是透露了人与环境之间互制而又互证的危机解决方案。而这种危机的解决方法，也被表达为非人生物的单纯诉求，即渴望一个伴侣，并构建自己与人类截然不同的生活世界：

> 我将去南美的茫茫荒原；我的食物与人类为生的食物不同，我无需捕杀小羊羔、小山羊什么的以饱口福；各种橡子和野果就能够为我提供足够的营养。我的伴侣也将与我具有同样的特性，也会满足于同样的食物。我们将以枯叶为床；太阳普照人类，也将哺育我们，也会使我们的作物成熟。我向你描绘的这幅图景是宁静祥和而又富有人情味的，你一定会感到，只有你残酷无情，胡乱使用手中的权力，才会拒绝我的请求。[3]

非人题材与地理探索题材最终统一于有机的生活世界，这是 19 世

1　H. P. Lovecraft, *The Essential Tales of H. P. Lovecraft*, New York: Race Point Publishing, 2016, pp. 108-109.

2　Terry Eagleton, *Radical Sacrifice*, New Haven and London: Yale University Press, 2018, p. 36.

3　玛丽·雪莱：《弗兰肯斯坦》，刘新民译，上海：上海译文出版社，2007，第 147 页。

纪留给 20 世纪的理性标准，同时也革新了西方思想界的问题意识。比如作为西方 20 世纪思想奠基者之一的胡塞尔（Edmund Husserl）在其晚年著作《欧洲科学危机与超验现象学》（*Die Krisis der Europaischen Wissenschaften und die Transzendentale Phanomenologie*）中，就试图以"生活世界"（Lebenswelt）来应对由于科学实证精神泛滥而带来的人类理性危机，而这种危机最鲜明的当代表现形式便是上文提到的克苏鲁文学。而就与电影产业更直接相关的英美思想界来说，这一问题在早期分析哲学的奠基中表现得更为直接。实际上，与当下流行的认识不同，以罗素（Bertrand Russell）和摩尔（G. E. Moore）为代表的早期分析哲学并非一开始就走向了琐碎的公式还原，而是在对于以迈农（Alexius Meinong）为代表的"心理主义"者的批判中确立起了最初的问题意识。19 世纪末在欧陆风行的"心理主义"可以被视为一种纯粹的造物意识，也就是所谓"虚拟物"问题。"心理主义"者认为人类可以进行一种无关外部世界的心理造物行为，并将其称为"准存在"（Pseudo-existence），他们认为人类可以通过"关系型"思维将低阶的词项通过逻辑连接呈现为高阶存在物（比如从"金山"到"金山"），并最后运用到完整的命题中，从而完成了虚拟物成为外部世界中被认可的存在物的制造过程。实际上，这种"造物"思维与《弗兰肯斯坦》中的造物行径是极为相似的，用罗素的话说，即一种"质料的无意识构成"[1]。进一步说，这样的"造物"由于被设想为没有被先验地给予一个"生活世界"的存在物，由此必然是某种畸形的、令人无法处置的存在。从这个角度说，《弗兰肯斯坦》中的非人造物正是"心理主义者""虚拟物"逻辑的化身，而它必然会陷入与人类争夺生活世界的矛盾当中。

早期分析哲学家试图解决这一问题的方法正是呼吁一种作为先验奠基的"生活世界"，以此为任何可能存在的对象奠基。摩尔在《哲学是什么》（*What's the Philosophy*）中指出，在"常识"（Common

---

1　Bertrand Russell, "Meinong's Theory of Complexes and Assumptions," *Mind* 13.50 (1904): 208.

Sense）的诸多问题当中，最优先要思考的是关于"实质对象"存在的问题，而我们的方法就是通过"sense"（by means of the senses），"去看、去听、去感受"。[1]可见，至少在这一时期，"sense"是一种使得"未知"可描述的方法，也是一种"已知"与"可知"的世界观，其所试图消解的就是"已知"和"未知"之间的恶性增殖，即接受一种有机的"生活世界"的奠基。在罗素的早期思想中，他由此提出了亲知（Acquaintance）这一概念。在《亲知的本性》（*On the Nature of Acquaintance*）中，罗素认为我们能否确认我们的经验是真实的，就在于我们能否提出适当的问题，而这些问题引导我们在寻找答案的过程中尽可能地还原我们的"生活世界"，这就是著名的"亲知六问"。[2]在之后的著名论文《论指称》（*On Denoting*）中，罗素进一步表述道："所有的思想都要从亲知开始；但是继而就要投入到很多对于我们是非亲知的事物的思考当中去。"[3]概言之，对于罗素来说，之所以"心理主义"者的"弗兰肯斯坦式"造物逻辑是谬误的，根本上就在于，我们对于对象存在或是真伪与否的判断之所以是可能的，这是以我们所亲知的"生活世界"为标准的，舍此奠基之外，造物或者"虚拟物"要么是极其可怖的，要么是真伪难辨的。

从这一思想史叙事出发，《银翼杀手》之所以最终成为经典，就在于它是这一思想史叙事最终的实现。无论《银翼杀手》的故事多么光怪陆离，为其整个故事奠定基调同时也是最令人难忘的仍是开篇对仿生人瑞秋的测试。在影片中，拍摄者在这一段落中运用了双重特写的方法：一重特写是对测试者德里克和被测试者瑞秋的面部特写，这一重特写旨

1　G. E. Moore, *Some Main Problems of Philosophy*, New York: The Macmillan Company, 1953, p. 27.

2　即"经验是非在我们微弱和次要的感知中也存在""我们当下的真信念也是经验么？""我们现在能够经验到我们所记住的那些过去的事情么？""我们如何知道我们现在关于各类事物的经验不是全然的内部视角呢？（all-embracing）""为什么我们总是倾向于认为我们现在的和过去的经验是'同一'经验（one experience）的组成部分，并且还倾向于把经验称为'我们'的经验呢？""又是什么让我们倾向于相信'我们'的全部经验也不是全部的经验呢？"——笔者注

3　Bertrand Russell, "On Denoting, " *Mind* 14.56 (1905): 480.

在将人还原为单纯的面容反映；另一重特写则是对瑞秋瞳孔的特写，以镜头中的另一重镜头来呈现。而配合对有机体即时反应的观察，德里克所提出的问题均与动物有关。在原著《仿生人会梦见电子羊吗？》的世界设定中[1]，动物因为濒临灭绝已经几乎从人类的生活世界中退场，此时制造出的仿生人的"生活世界"中就缺乏真实的动物概念，而这种经验缺失会直接反映在有机体最细微的反应中。

这一测试方法的设定反映了分析哲学某些新的发展。在该著作产生的 20 世纪 60 年代，美国著名分析哲学家蒯因（W.V.O. Quine）同期出版了《语词与对象》（*Word and Object*），其中所提出的著名的"译不准原理"就反映了处于不同"生活世界"中的物种在沟通和互鉴上的疑难。蒯因在此提出了"刺激意义"的概念，即并不是去验证语言是否对应某种真实存在的外部事物，而是通过听到词语时的刺激反应来寻找异质性对话双方的语言共同基底。蒯因经过一系列基于纯语言刺激意义的"行为主义"测试之后得出结论，并不存在单纯语言层面的异质性转译。换言之，如果沟通在某种程度上是可以达成的，则对方就不是完全异质的存在，即不能被设想为周身没有"生活世界"的全然"未实现"的存在，而这正是传统观念中人对非人造物的歧视点。正如蒯因所说："因此，谈论未实现的个体物并试图把它们汇集成为集合，确实是毫无意义的做法。未成现实的东西必须被理解为普遍物。"[2]而整部《银翼杀手》所要说明的问题就是，对仿生人的鉴别同时也就是对人类自身"生活世界"的鉴别，而这也就是为什么与仿生人有关的科幻多采用"废土"风格的环境背景：丧失了"生活世界"的人类存在，也就不再是普遍的人类存在，而是被迫衰减为趋于物质性存在的个体，在这一点上，人与仿生人就不再有明确的区别。

1　原著名为 *Do Androids Dream of Electric Sheep?* 实际上正确翻译应当是《仿生人渴望电子羊吗？》，目前的通行翻译某种程度上掩盖了原著的主旨。

2　蒯因：《词语和对象》，陈启伟等译，北京：人民大学出版社，2005，第 36 页。

三、人工智能发展史中的范式转折：受控智能的悖论及其突破

  《银翼杀手》最初之所以被漠视，就在于其所反映的科幻意识是传统的，在 20 世纪 80 年代它并不符合人们对人工智能在应用层面狂飙突进的欲求。但到了 20 世纪 90 年代，随着人工智能范式发生了根本性的转型，这部作品才被追认为经典，因而被识别为人工智能上一范式时代的遗迹。实际上，由于近年来其成就过于耀眼，人工智能在被泛化为一种超越人类机能的同时，其内部发展史中的诸多问题也被忽略了，而这一被忽略的范式转型史也为很多科幻作品的价值提供了历史佐证。

  在人工智能概念被提出的 20 世纪 50 年代，科幻作品就展现出了其卓越的预见性。阿西莫夫（Isaac Asimov）首次提出"机器人三定律"的《我，机器人》（*I, Robot*）出版于 1950 年，比麦卡锡（John McCarthy）在达特茅斯学院首次提出人工智能概念要早四年，实际上阿西莫夫在 40 年代初就已经完成了这一构想。[1] 落后于科幻作品，以麦卡锡与明斯基（Marvin Minsky）为代表的第一版人工智能概念强调"自上而下"的模式，即模拟人脑的行为控制模式，而这一范式实际上不过是人的机器化翻版，所遵循的是被 19 世纪生机论所克服掉的范式，这种范式的代表便是成书于 18 世纪中叶的拉·美特利（La Mettrie）的《人是机器》（*L'homme-Machine*）。在该书中，作者用军事术语来描述人体运作："意志有一个由比闪电还敏捷的各种液体组成的看不见的兵团做它的部下，随时供它驱使。"[2] 这样一种机械唯物主义范式暗示了一种僵化的政治管制体制，它造成了人工智能自身进化能动性的丧失，而这正是人工智

1　阿西莫夫机器人三定律：第一定律，机器人不得伤害人类个体，或者目睹人类个体将遭受危险而袖手不管；第二定律，机器人必须服从人给它的命令，当该命令与第一定律冲突时例外；第三定律，机器人在不违反第一、第二定律的情况下要尽可能保护自己的生存。

2　拉·梅特里：《人是机器》，顾寿观译，北京：商务印书馆，1996，第 59 页。

能在 20 世纪 70 年代一度陷入低谷的主要原因。

这一时期人工智能所面临的问题同样也反映在分析哲学的发展当中，尤其在人工智能试图走出低谷的 20 世纪 80 年代。1981 年，希拉里·普特南（Hilary Putnam）在《理性、真理与历史》（*Reason，Truth and History*）中所提出的著名的"钵中之脑"假设实际上就可以视为对明斯基式人工智能范式的绝妙反讽。[1] 其中所显现的悖论之处在于：我们不能设想一种完全受控的对象拥有我们满意的智能程度。或者反过来说，一种令人满意的人工智能必然要冲破行为控制的束缚，必须要具有行为控制阈限之外的"生活世界"。同时这也就是普特南将这一问题引向指称问题的合理性所在，因为只有控制阈限之外的"外部世界"才能赋予指称以最终的真实性，而这种彻底的"真实性"并不表现为图灵测试某种语用学层面的正确取效，时刻感知"外部世界"的重要之处在于对经验拓展的承诺：不是有限的功能实现，而是持续不断地有效交流及与人类"生活世界"的同步演进。

20 世纪 80 年代对之前人工智能低谷的反思揭示了一个很直接的问题：智能既然与"生活世界"的建构密不可分，则任何智能必然要具有主观因素，而不仅仅是向纯客观还原。阿西莫夫"机器人三定律"构想的特别之处，就在于在施加给非人造物以外部强制法则的同时，也加入了必要的主观性法则。"自我保全"这一关键的补充构成了机器人与人得以共建"生活世界"的基础。机器人想要与人和谐共存，就不能仅仅接受人的控制，而是要切身地学习人类之于其存在状态的某种觉知，否则悖论终会出现。机器人定律仍然反映了"弗兰肯斯坦"传统下的某种问题意识，而第一代人工智能的构想则完全抛弃了这一视角。1985 年，阿西莫夫在《机器人与帝国》（*Robots and Empire*）中进一步发展了机器人定律，并补充了第零法则："机器人不得伤害人类整体，或坐视人类整体受到伤害。"此条法则实际上并不是一条外部法则，而是基于"自

1　希拉里·普特南：《理性、真理与历史》，童世骏、李光程译，上海：上海译文出版社，1997，第 11-18 页。

我保全"这一最低限度共鸣之上的下一步主观推想,即形成"人类"这一整体概念。要想真正解决人工智能中"人工"与"智能"的悖论,只能以此种价值判断来奠基事实判断,而这也最终回答了"弗兰肯斯坦传统"中基于生机论而提出的本源性问题:生命(智能)是什么?生命(智能)是由价值判断(人与他人、环境的整体互动关系)所奠基的事实判断的综合体(单一的个体生命保全)。

在 2002 年出版的《事实与价值二分法的崩溃》(*The Collapse of the Fact/ Value Dichotomy*)一书中,普特南在人工智能发生彻底范式转型之后的年代总结性地回答了这一问题。他指出在科学实证主义中长期存在一个教条,即认为存在"价值判断是主观的"而"事实判断是客观的"这样一种二分,并认为对科学理性的追求应当完全无涉主观价值。但普特南指出,实际上认识活动本身就具有价值取向,且认识价值在追求对世界的正确描述的行为中指导着我们:

> 通过选择展现了简单性、融贯性、以往预测上的成功等等的特征的理论,我们就更接近关于世界的真理……这些主张本身就是复杂的经验假设……是我们根据"正当理由"的这些真正的标准有正当理由相信的记录和证据——的反思中这已经受到了所讨论的价值本身的指导。[1]

普特南在此几乎准确地描述了 1990 年之后人工智能范式转型并取得决定性突破的原因所在。1990 年,罗德尼·布鲁克斯(Rodney A. Brooks)的名文《大象不会下象棋》(*Elephants Don't Play Chess*)彻底改变了人工智能的发展方向。在布鲁克斯看来,传统 AI 试图直接通过与现实事物对应的符号系统来进行输入和输出,但任何符号系统都不足以描述整个世界。于是布鲁克斯提出应当把"整个世界"作为外部世界

---

[1] 希拉里·普特南:《事实与价值二分法的崩溃》,应奇译,北京:东方出版社,2006,第 41 页。

自身的模型，这就意味着要抛弃"物理根据假设"，让 AI 与世界直接交互并将其用作自己的表示："无需预设协同模式，因为智能计算机可以制定出自己与世界交互的最佳策略。"[1]这就意味着人工智能必须"主观能动"地仿效人类的学习方式。而 AlphaGo 正是基于神经网络下的深度学习理论所达到的一个人工智能高峰。

令人遗憾的是，在国内人文学界深陷人工智能热潮而不能自拔之时，却鲜有学者真正关注 AlphaGo 的运作机制。根据唐·马斯（Don Maas）在《AlphaGo 如何运作》（*How AlphaGo Works*）一文中的明确表述，AlphaGo 的神经网络是以"双脑"模式工作的。其中第一大脑为"策略网络"（Policy Network），而第二大脑为"价值网络"（Value Network），前者作为落子选择器（Move Picker），后者为棋局评估器（Position Evaluator）。传统的落子选择器不会去模拟任何未来的走法，"只是从单一棋盘位置，再从那个位置分析出来的落子"，仅靠落子选择器可以达到业余棋手的水平。而 AlphaGo 真正的先进在于后者，即作为"棋局评估器"的"价值网络"，它能够通过对整体局面的判断来辅助落子选择："通过分析潜在的未来局面的'好'与'坏'，AlphaGo 能够决定是否通过特殊变种去深度阅读。如果局面评估认为这个特殊变种不行，那么 AI 就跳过阅读在这一条线上的任何更多落子。"[2]这实际上与普特南描述的"认识价值"对"事实"的奠基作用别无二致。

1　Elena Eisioti, *Going Deeper: A History of Ideas in AI Research* [EB/OL], 2018-03-24.

2　Dan Maas, *How AlphaGo Works* [EB/OL], 2016-3-11.

四、"加速批判理论"与"无器官的躯体":科幻电影或其他类型电影的未来样式

事实上,20 世纪 80 年代最为火热的科幻电影以一种亢奋而不受限制的想象力表达着一种对人工智能发展的失望情绪,而《银翼杀手》以及伴随着科幻思想发展的分析哲学则仍然试图通过反思寻找答案,并在 20 世纪 90 年代人工智能转型之时最终证明了这一反思的价值,这就是《银翼杀手》被追封的思想史缘由。但同时这一叙事也暴露出国内人文学界由于对这一范式转型史实不甚了了,在 AlphaGo 所带来的人工智能热中走向了"泛科幻"的道路。如《西部世界》(West World,2016)这一翻新的科幻作品,其问题意识显然处于上一人工智能范式之中,却因此次人工智能热潮而被学界热议,其中显然有对该题材理解过于泛化的问题。那么真正属于新时期的科幻影视作品应该是何种样式,这也是通过这一思想史梳理能够得到启发的问题。

以深度学习为核心的新人工智能的问题显然就不在于分别人与非人,而是学习和进化速度上对人类的碾压。哈特姆特·罗萨(Hartmut Rosa)关注到这一"新异化"问题,并提出"社会加速批判理论"。罗萨直言不讳地指出,人类知觉里空间优先于时间的"自然的"(亦即人类学的)优先性似乎已经被翻转了,而这会使得我们的"世界存在"变得极不稳定,极度膨胀的人际关系使得基于感情建设的身份认同越来越不可能,而只残留下一种暂时性的"情境式的自我认同"[1]。这种由人工智能发展所带来的社会意识同构,一方面可以被理解为对个体认同的压制,同时也可以被理解为反抗社会管制的强大力量。诸如《超体》(Lucy,2014)、《攻壳特工队》(Ghost in the Shell,2017)以及《V 字仇杀队》(V for Vendetta,2005)虽然未必都包含明确的科幻元素,却都反映了一种通过消弭古典自我同一性,从而突

1　哈特穆特·罗萨:《新异化的诞生:社会加速批判理论大纲》,郑作彧译,上海:上海人民出版社,2018,第 14 页。

破权力管制的意识，里面的主人公可以说都代表了新人工智能范式的应有形象。

而基于对新人工智能范式的清晰理解，很多在过去晦涩难懂的后现代哲学理论也随之被更浅白地澄清。比如，由于布鲁克斯认为智能应当是集群行为而不是复杂行为，因此它需要模仿的不是人类大脑的行为控制，而是感知器官的经验记录，这一点与德勒兹关于"无器官的躯体"的描述几乎一致。德勒兹这一概念的核心是一种"非生产性的停滞"，"无器官的躯体"并不是说舍弃感官，而是躯体能够通过某种方式从一切资本的社会关系中脱离出来，而又保留一种欲望的记录。换言之，这并不是要求我们成为"不可欲"的主体，而是要求我们本能地排斥一切对感官的压迫。而这也就是要以深度学习模式来反对旧的行为控制模式，人工智能的发展于是就可以被视为不断重夺感官自主权的过程。由此，新人工智能范式就激发了一种关于夺回自身躯体和感官的科幻题材，比如近期根据《铳梦》（*Gunnm*）改编的作品《阿丽塔：战斗天使》（*Alita：Battle Angel*，2019）。

从中国的科幻改编来看，其特点不在于"软硬科幻"的区分，而在于对西方"加速主义"社会的批判意识。以刘慈欣小说为蓝本改编的影视作品的共同特点，就是包含着一个长时段的对于单一任务的建构和完成。在《流浪地球》中，人类需要完成的是一个长达千百年的逃逸，而在刘慈欣其他的作品中，也都贯穿了某一人物或群体的漫长成长历程。如果将此称为一种"减速书写"，那么尽管中国的科幻改编尚未具有过硬的科幻内核，但却已经准确地把握了新人工智能时代的批判点。

总而言之，虽然人工智能的飞跃式发展难免会给人文学界带来巨大的刺激，但任何对新事物的人文阐释都需要一个艰难甚至反复的过程。正如维特根斯坦在《逻辑哲学论》（*Tractatus Logico-Philosophicus*）结尾处所说，"我的命题可以这样来阐明：理解我的人，当他通过这些命题——根据这些命题——越过这些命题（他可以说是在爬上梯子之后把梯子抛掉了），终于会知道是没有意思的。"[1] 对于完全异于人类的人工智能来说，理解它的契机也许不在于某种理论阶梯——另一种哲学语言转译，也不在于放弃积极的阐释——某种切割自由人文主义的科学主义思潮。这才是维特根斯坦的深意所在：复杂事物的背后的真理仅仅在于我们敢于迈出的每一步当中，在最切实的各个时代所积累的问题意识当中。这一点对于人工智能与人文学科的发展都同样重要。

原载《北京电影学院学报》2019 年第 12 期

1　维特根斯坦：《逻辑哲学论》，郭英译，北京：商务印书馆，1985，第 97 页。

科幻"软硬之分"的形成及其在中国的影响和局限

姜振宇

在 20 世纪 80 年代初，中国科幻作家渴求一种与苏联科学文艺，以及当时中国科普话语所不同的科幻理论与历史叙述。在这样的背景下，以王逢振、叶永烈、郑文光等为代表的一批科幻学者、作者尝试从西方科幻传统和中国晚清、民国时期的科幻实践当中汲取资源。其中刘兴诗等作者对美国"硬科幻""软科幻"区分方式的引入，提供了一种简明扼要的科幻分类观念。

一、"硬科幻"的历史来源

"硬科幻"（Hard SF）这个概念的产生和推广主要集中于 20 世纪 50 年代美国科幻杂志的"黄金年代"行将结束之时。研究者往往将它的盛行与书评家 P. 思凯乐·米勒（P. Schuyler Miller）、詹姆斯·布莱什（James Blish），作者哈尔·克莱门特（Hal Clement）等人的大力提倡密切相联。[1]这一名词实际上是五六十年代一大批同类名词如"真科幻"（"Real"SF）、"直科幻"（"Straight"SF）、"工程师故事"（"Engineers"story）等当中的一个，它们共同所指的，是一种主要借由著名科幻编辑家、出版人小约翰·坎贝尔（John W. Cambell Jr.）之手建立起来的科幻范式。

1938年3月，美国知名科幻杂志《惊奇故事》（Astounding Stories）更名为《惊奇科幻小说》（Astounding Science-Fiction），坎贝尔正在此时逐渐开始全面接手杂志的编辑出版工作。他一方面强调对作者创作过程的深刻介入，以此来逐渐确立起一个他心目当中理想的科幻范式；另一方面也意识到，当时美国已然存在一个数量不小且能量巨大的"科幻迷"群体，因此在杂志上专门开设了版面以发表读者的评论、见解以及作者的回应。这些做法的结果是在坎贝尔的引导之下，一批热衷于思考和写作的科幻作者、读者快速成长起来，许多读者和论者也趁势加入到创作的队伍当中。由此，我们所熟悉的"黄金年代"风格和代表性作家如"三巨头"（阿西莫夫、克拉克、海因莱因）等在二战前后名声大噪，世界科幻的中心逐渐由欧洲向美国转移，也基本奠定了我们今天对科幻文学和文化的第一印象的基础。

而在进入20世纪五六十年代之后，美国科幻市场上开始出现大量与这一脉络大相径庭的作品。这实际上是科幻文类的影响力逐渐扩大所带来的必然结果。雷·布拉德伯里（Ray Bradbury）、厄休拉·勒奎恩（Ursula K. Le Guin），以及霍华德·菲利普·洛夫克拉夫特（Howard Phillips Lovecraft）等在主流文学界或更宽泛的大众文化领域较有影响力的作家逐步进入科幻创作领域，这之后，"科幻"的核心和边界同时开始变得模糊。与这些"年轻"作家相比，成名更早的美国科幻作者无论如何强调自身充沛的想象和强有力的文类传统，都难以摆脱围绕在美

1　Gary Westfahl, "'The Closely Reasoned Technological Story': The Critical History of Hard Science Fiction, " *Science Fiction Studies* 20.2 (1993): 157-175.

国科幻文化根源处的"低俗小说"阴影。[1]

此时一方面是极具文学先锋派特质的"新浪潮"（New Wave）正在酝酿成型，另一方面却是始终难以摆脱的"太空戏"（Space Opera）[2]窠臼。此前已渐成气候的美国科幻作者、科幻迷群体开始持有一种颇为复杂的心态，其中既有科幻"正统"深受冲击的危机意识，又有他们所标榜的科学话语带来的自我尊崇，以及这些话语逐渐被文学技巧和思想探索所排斥的愤怒。此时，"硬科幻"一词的出现会逢其适。当时艾萨克·阿西莫夫本人对这一名词的阐释极具代表性：

> 在过去的十几年里，我们称为"硬科幻"的那种东西逐渐退到了幕后。所谓"硬科幻"，我指的是那些科学的细节在其中扮演重要角色的故事，并且作者对于这些细节能够准确把握，同时不辞辛劳地把它们解释清楚……我自己就是一个硬科幻人……[3]

容易发现，此时"硬科幻"这一提法当中，立的意义远大于破。它更像是面对着"新浪潮""推测小说"（Speculative Fiction）等新生力量的威逼，一批更早成名的科幻作者意在重新确立自身价值的一次尝试。这一思路在后来演变为对"硬核科幻"（Hard-core SF）的提倡，其中对"核心"这一标志性话语权力地位的追逐意图也同样明显。具

1　低俗小说（pulp fiction）的直译应为"纸浆小说"，亦称"10美分杂志"，指的是读完即弃的一类廉价出版物。美国科幻有时追认爱伦·坡（Edgar Allan Poe）为早期始祖，但一般认为从 1911 年左右开始，卢森堡发明家雨果·根斯巴克（Hugo Gernsback）的一系列出版实践才是"美国式科幻"的真正奠基者。但无论是 1926 年改名而来的世界上第一份专业科幻杂志《惊异故事》（*Amazing Stories*），还是根斯巴克同时经营的一系列类似的杂志，比如《惊奇故事季刊》（*Amazing Stories Quarterly*）、《科学奇妙故事》（*Science Wonder Stories*）、《空中奇妙故事》（*Air Wonder Stories*）、《科学侦探月刊》（*Scientific Detective Monthly*）等，均属于面向大众的消遣类读物，且其中多数刊物并未形成强有力的品牌，因而始终处在快速办刊、改刊、停刊的流程当中。

2　常被译为"太空歌剧"，但其含义不确。该词于 1941 年由科幻迷威尔逊·塔克尔（Wilson Tucker）提出，对应于"西部片"（Horse Opera）和"肥皂剧"（Soap Opera），当时被界定为"肮脏的、刺耳的、讨厌的、陈腐的、太空船故事（hacky，grinding，stinking，outworn，spaceship yarn）"。这一定义在 20 世纪 70 年代末，伴随着电影《星球大战》（*Star Wars*）的上映得到了重新演绎，被赋予了相对正面的意涵。

3　Isaac Asimov, ed., *Stories from the Hugo Winners*, vol. 2, New York: Fawcett Crest Books, 1973, p. 299.

体到相关的概念阐述当中，无论"硬科幻"还是"硬核科幻"，与其认为它们是对某一文本类别之题材或审美特征进行的阐述，不如将其视作对历史科幻作家和文脉传统的争夺：在 20 世纪 70 年代之前，被指认为硬科幻作者的名单当中，非但同时包括了凡尔纳和威尔斯，还将坎贝尔、"三巨头"以及其他在四五十年代就已成名的作者统统囊括在内。

在这样的情况下，美国科幻话语对"硬科幻"的推崇和提倡，可以视作在科幻相关的文学文化理论尚未建立之时，科幻迷群体表达其创作主张的一种直接反映。他们隐约意识到了科幻文类当中，对于"科学"进行细致描述的核心价值、文化潜力以及审美可能，但还未能清晰地将其理论化。同时也由于这些提倡和讨论往往趋于极端，盖瑞·卫斯法尔（Gary Westfahl）甚至嘲讽此时的"Hard SF"应该被理解为"难读的科幻"，因为"充斥着详细科学描写的故事难以阅读，特别是对于缺乏科学背景的读者来说更是如此"。[1]

站在今天回顾，"硬科幻"一词从其诞生，到 20 世纪 70 年代末被美国科幻界普遍接受，经历了约 20 年时间。就其影响来看，这一提法颇为成功。一个具有标志性的状况是，从 70 年代末开始，逐渐有学者将所有非"硬科幻"的科幻流派，统一归入"软科幻"当中，尽管"这并非一个准确的名词……大致上指的是书写'软科学'或者干脆不写任何我们已知的科学，而是去阐述人类情感"[2]的科幻故事。

应当注意到，直到 1971 年前后，在日本政府的提倡之下，"软科学"一词才得到广泛的传播和使用。而"软科幻"自然是在"硬科幻"的主导地位基本确立之后才产生的新兴提法。此时 20 世纪 60 年代的"新浪潮"科幻已经逐渐落伍，女性主义科幻的高潮也刚刚过去，新的、具有

1　Gary Westfahl, "'The Closely Reasoned Technological Story': The Critical History of Hard Science Fiction," 1993, p. 160.

2　Peter Nicholls, ed., *The Science Fiction Encyclopedia*, Garden City, New York: Dolphin Books, Doubleday, 1979, p. 556.

正面意涵的"太空歌剧"藉由影视剧的大获成功而被重新定义。将科幻分为"软""硬"两条脉络的二分法，是在内外多种因素共同作用影响之下，并且经历了颇为复杂漫长的发展对抗之后，才终于大致成型。而这一"软硬之分"对中国科幻作家的影响，也恰在此时。

二、"软硬之分"在中国的引入及其语境

与美国早期科幻作家通过提倡"硬科幻"来确立他们对这一文类的核心影响力相似，中国科幻作家在 20 世纪 80 年代初对"软硬之分"的引入，同样是为了应对、抵制某些外部话语的干涉。他们一方面试图对世界科幻文类传统进行重新解释，另一方面也在尝试建立起自己的文学主张，以此来最终形成独特的中国科幻传统。

1981 年初，此前国内关于科幻小说这只"蝙蝠"[1]究竟姓"科"还是姓"文"的争论已经陷入僵局，而由杜渐、董鼎山之间的争论推演开来，关于科幻小说是不是"逃避主义"的讨论[2]则刚刚开始。在此前的 70 年代末，包括刘兴诗在内，中国科幻作家们渴望获得全新的话语资源，以便重新理解"科学""幻想""科幻小说""科学文艺"等基本概念。他们将方兴未艾的"软科学""潜科学""前沿科学""思维科学"等提法一并纳入观察视野。与此同时，"硬科幻"和"软科幻"这一相对

1　"科学界认为它是文艺作品；搞文艺的，又认为它是科学，结果成了童话中的蝙蝠：鸟类说它像耗子，是兽类；兽类说它有翅膀，是鸟类。"见郑文光：《应该精心培育科学文艺这株花》，《光明日报》1978 年 5 月 20 日。这一说法后来在层层发酵中，逐渐酿成科幻小说"蝙蝠论"和"姓'科'还是姓'文'"之争的导火索，倒应当是郑文光本人所始料未及的。郑文光：《科学文艺小议》，《人民文学》1980 年第 5 期，第 31 页。

2　董鼎山提出："国内读者对科学幻想小说及间谍惊险小说很有兴趣，这就迹近于逃避主义了。在四个现代化时代，要学些科技知识是对的，但沉醉于小说的幻想，不免浪费时间与精神。"见董鼎山：《寄自纽约》，《大公报·副刊》1980 年 4 月 17 日。杜渐则明确反驳："阅读科幻小说并不会叫人逃避现实，因为科幻小说的本质，是反映现实的。科幻小说是以社会现实为基础……读者在阅读时必须在更高的层面去理解现实生活。"见杜渐：《不要把读者当阿斗》，《明报》1980 年 5 月 19 日。两人后续争论参见董鼎山：《科学小说与文学》，《读书》1981 年第 7 期，第 93-100 页；杜渐：《谈谈中国科学小说创作的一些问题》，《开卷》1980 年第 10 期，第 8-12 页等。

简要的分类方式也被引入国内，并迅速给刘兴诗、郑文光等作家们提供了巨大的阐释空间。

刘兴诗是其中较早观察到西方科幻当中不同流派的重要作者。1981年10月，他在叶永烈主编的《科幻小说创作参考资料》第2期上发表了《怎样写科学幻想小说》，[1] 对自己的独特创作理念进行了充分阐释。在《怎样写科学幻想小说》一文的开头部分，刘兴诗提供了若干种关于科幻小说的分类方式。其中"重科学派"和"重文学派"的二分法意在进一步消解前述"姓'科'还是姓'文'"之间的争论，同时保留和接受双方观点的提法：将凡尔纳和威尔斯视为这两个方向的不同代表，正是在这个意义上才能成立。刘兴诗本人对此持有清晰的批评态度："……这种争议是不必要的……科学性和文学性不是对立的，而应相互渗透溶入一个统一体。"[2]

而后刘兴诗又提出科幻创作"不受科学门类的限制"，其中"写自然科学问题"的，即是"'硬'科学幻想小说"，"写社会科学问题"的，即是"'软'科学幻想小说"。有趣的是，在刘兴诗的这个二分法当中，"社会科学问题"却是把"现实和历史题材"一并包括在内。换言之，刘兴诗"软硬之分"的基本前提，仍旧是把科幻文类视为"科学普及"这一"改造社会的任务"[3] 的一部分。

进一步细究将会发现，刘兴诗的这些创作理念，无论在当时还是今天都独树一帜。

在20世纪80年代初期，中国科幻作家的创作实践，整体上对此前的"科普论"观念发起了全方位的挑战。作为被挑战者，以钱学森为首的科学家和科普人所提倡的科幻创作理念，主要是20世纪50年代以来从苏联的"科学文艺"观念继承演变而来的，其核心观点是认

1　《科幻小说创作参考资料》是由叶永烈主编的中国科协内部刊物。刘文是其在1981年2月16日在《光明日报》第4版上发表的《打开联系现实的道路》一文的扩展和深化版。其中部分内容以《科幻小说的功能》（《科普创作》1981年第4-5期）、《科幻小说的时弊》（《科普创作》1982年第1期）之名另行发表。

2　刘兴诗：《怎样写科学幻想小说》，《科幻小说创作参考资料》1981年第2期，第58页。

3　刘兴诗：《把科普工作当作一项伟大的战略来抓》，《科普创作》1980年第3期，第1页。

为科幻小说属于"科学文艺"门类下的一个分支，而"科学文艺"则是科普创作的一种表现形式。这些观念在当时确实也表现出了较为严重的僵化倾向。而刘兴诗恰是极少数立足于"科普论"的创作理念之内，并且在创作方面也颇有成就的科幻作家之一。

刘兴诗精准地判断自己是"重科学派"的代表作者，但他也同样认为在"更直接地为四化服务"[1]这一历史语境之下，应当尊重科幻自身的文类特征，扩大其书写的形式和题材。具体来说，刘兴诗一方面强调科幻创作需要从现实的科学研究出发，即在相当程度上认同钱学森所谓"应该是科学家头脑里的那种幻想，而不是漫无边际的胡想""应该搞那些虽然现在还没搞出来，但能看得出苗头，肯定能实现的东西"；[2]另一方面又强调科幻与"科学"之间存在着较为复杂的关联性。

此时他对"软科学幻想小说"和"硬科学幻想小说"的提倡，目的是在不打破"科普论"的大前提之下，为童恩正、叶永烈、萧建亨、郑文光等同时期其他科幻作者的创作谋求合法性。就其逻辑而言，当他用"软科学"来拢括一切非"硬科学幻想小说"的书写对象时，实际上是在尝试将"科学"视为一种关于逻辑和真理的思维方式，因而文学、情感、幻想也可以被逐渐科学化。刘兴诗期望以此来弥合"重科学派"和"重文学派"之间的裂痕，这一思路在当时科学主义思想汹涌的历史语境之下有其合理性。其期望是不但扬弃以科幻为科普工具的粗暴做法，而且通过将科幻视为科学研究的延续，又能够回归乃至拔高科学与科幻文类之间的复杂联系。

问题在于，刘兴诗这种调和式的立场反而呈现出了其理念上的某种模糊性。从当时反响来看，刘兴诗的观念并不为科幻作家和科普论者两方所推崇。是以尽管刘兴诗积累了大量的自我阐述和作品实践，

1　刘兴诗：《打开联系现实的道路》，《光明日报》1981 年 2 月 16 日。

2　于中宁、李逢武：《钱学森同志谈科教电影》，《电影通讯》1980 年第 13 期，第 14 页。

但他的观念无论在彼时争论的现场，还是在数十年之后的今天，都是应者寥寥。

究其原因，是在几次大规模的争论之后，“科普论”的拥趸和以童恩正、叶永烈等为代表的科幻作家双方之间的矛盾其实已然无法调和。当时国内科幻文学尚无具有真正说服力的作品，类似《珊瑚岛上的死光》和《小灵通漫游未来》之类的文本虽然拥有较大社会影响，但毕竟在艺术和审美水平等方面还比较乏善可陈。此外，与美国 20 世纪五六十年代“硬科幻”概念被重复提倡推崇的历史语境类似，80 年代初的中国科幻文学也面临着更为有力的冲击：1981 年前后争论和批判氛围虽然还较为宽松，但来自科普界甚至科学界的批评已然颇为刺耳，行政方面力量已经开始被渐次调动，争论随时有升级、恶化到创作领域之外的可能。

因此，刘兴诗所提倡的“软硬之分”，对“重科学派”和“重文学派”两种脉络的区分所持有的批判姿态，以及为双方缓颊的努力，很快付诸东流。非但他的立场和批评逻辑并未为其他科普作者、科学家和科幻作者们所接受，甚至他提及的在内涵方面具有清晰界限的“重科学派”“重文学派”“硬科学幻想小说”“软科学幻想小说”等概念，也迅速地被重新诠释和界定。

三、中国科幻“软硬之分”的后续流变及其局限

1981 年 11 月 12 日，郑文光参加了中宣部组织的文学创作座谈会，第一次较为完整地提出了“科幻现实主义”[1]这一探索方向。作为科幻作家，在面对科普界和科学界诸多攻讦之时，以一种强有力的姿态提倡一种全新创作理念，这在当时是极为罕见的。

---

1 其发言很大程度上是对同年 9 月在黄山召开的科普创作座谈会上，当时国内科幻创作相关批评言论的回应。

　　放在当时语境下，这种姿态本身就值得玩味。此前，在童恩正明晰表达"突围"的姿态之后，国内科幻作家即陷入诸多批评、质疑的包围之中。他们在"破"之后并未完成"立"的工作，反而是针对小说中的技术细节，进行一系列略显急促甚至疲于奔命的辩护。而在欧美，科幻作者、编者对自身主张的表达，则主要是通过发表评论和作品、编选文集，甚至发布"宣言"来完成。郑文光们所面对的出版和舆论环境，相对而言又并不成熟，在科幻的理论探索方面也刚刚起步。在这样的情况下，郑文光以及提倡"科幻现实主义"的尝试，其努力的方式甚至比其内容的影响更为深远。

　　正是在这次发言当中，郑文光对"硬科幻""软科幻"等概念进行了带有明确指向性的解读，其后续影响一直持续到今天。如前所述，郑文光试图完成的工作，实际上是在当时的僵持和混乱当中确立新的科幻创作观念。与刘兴诗相似，郑文光为了论证其创作和理念的合法性，必然也需要在科幻文类的历史传统和理论阐释方面完成某种建构。他的具体做法是，把硬科幻解释为"展示的是科学本身（不是具体的科学知识）的魅力"，软科幻则是"更多地学社会，学人生"。[1]

　　郑文光首先认为科幻无论软硬，都不承担科普任务，但"硬科幻"同时又在更高的意涵，如"方法、态度和精神"[2]等层面推进和传播了"科学"本身。其次，他强调"软科幻"的文类属性和核心价值，在于凸显幻想和现实之间的复杂关系。在对这两个概念作了重新界定之后，郑文光顺畅地提出了"科幻现实主义"，并且认为这是早已存在的"一个流派"。

　　显而易见，在郑文光的意义上接受了"软硬之分"的科幻小说，不但已经摆脱了与"硬科学""软科学"之间的关联性，而且强烈地暗示着要对钱学森等人所提倡的"科普"乃至"科学"等更基本的核心概念

---

[1]　郑文光：《在文学创作座谈会上关于科幻小说的发言》，《科幻小说创作参考资料》1982 年第 4 期，第 6 页。

[2]　同上。

进行重新诠释的要求。

"科学"在郑文光这里被强调为宽泛文化层面的意涵："我们地球进入一个现代化科学技术时代"，而"硬科幻"书写的正是这个科学时代。那么此时的科幻小说固然仍在钱学森所谓"科学技术现代化一定要带动文学艺术现代化"[1]的逻辑之内，但他们之间的联系是间接且模糊的，具体创作的主导者毕竟已经从科学家转向了科幻作家。

至于"软科幻"，郑文光干脆认为"只是把科学幻想的设计作为背景，实际上是表现社会现实，反映人生的作品"。这一诠释就使得他能够将他所提倡的"科幻现实主义"一方面仍旧视为"科幻小说的一个流派"，另一方面又强调它能够从"悠久的现实主义传统"当中汲取资源，从而达到"现实主义和浪漫主义的统一"，甚至"特别适合表现我们人民的革命理想主义"。[2]

郑文光的这些界说，是在面对科普界和科学界的重压之下，渴求确立全新创作科幻观念之时的无奈之举。虽然其中确实涉及甚至昭示了某些在 20 世纪 90 年代之后才逐渐被科幻作者们所关注、认同和解决的重要理论问题，但就这些阐释本身来说，既充斥着对"现实主义""浪漫主义"等宏大理论的粗糙简化理解，同时也在一定程度上剥离了科幻文类与科学之间的密切关系，因而蕴含着消解科幻文类特征的深刻危险。

在此之后，郑文光很快也意识到了其发言当中对科幻"软硬之分"的界说有粗糙模糊之处，同时这一二分法有着更大的诠释空间。因此他将相关的内容进行了扩充，于 1982 年 2 月 25 日以"科幻小说两流派"为题在《文学报》上发表。该文大体奠定了我们今天所讨论的科幻小说"软硬之分"的整体影响，也正是在这篇文章当中，威尔斯终于被追认为"软科幻"的代表作家。

1　钱学森：《科学技术现代化一定要带动文学艺术现代化》，《科学文艺》1980 年第 2 期，第 3 页。

2　郑文光：《在文学创作座谈会上关于科幻小说的发言》，第 6-7 页。

首先，郑文光成功地将当时的讨论热点之一，即"科幻小说的两种构思"[1]这一问题结合进文章叙述当中，这就在一定程度上完善了"软硬之分"的理论基础。他试图通过辨析"科幻构思"与"情节构思"之间的不同关系来区分"硬科幻"和"软科幻"。在他的定义当中，"硬科幻"以"科幻构思"为核心，故事情节以及"一定的艺术魅力"来自科幻构思本身；而"软科幻"当中的"科幻构思"则居于辅助位置，主要是为情节发展的"总体构思"服务。由此，郑文光得以消解了为自身创作主张寻求话语资源而略显刻意浅白的姿态。

这一做法在今天看来也极为讨巧，其中所暗示的"两种构思"，在今天仍是许多科幻作者所学习的对象。问题在于，这一提法本身有其局限性。在当时仍旧主要将"科学"理解为现代知识系统而非现实生活经验的背景之下，尚且具有一定的合理性，但在今天如果仍把"科幻构思"独立提出，无论对于作者还是读者而言，都预先框定了科幻小说所具有的审美期待和现实潜力。

其次，这种二分法还提供了一种关于西方科幻史的独特但粗糙的认识框架。特别是将凡尔纳和威尔斯两位在国内成名已久的西方科幻作者分别作为标志性人物，有力地推动了此分类方式在一般读者群当中的接受度。这种处理方式有其合理性。作为后辈，威尔斯一度被称为"英国的凡尔纳"，但遭受了凡尔纳对其创作之"科学性"或"合理性"的攻击。[2]相对于凡尔纳更强调科技本身的现实准确性，威尔斯确实更强调科技所带来的可能性。但对于由根斯巴克、坎贝尔等人所构造的美国科幻来说，二人均是欧洲科幻传统当中的重要作者，具有

---

[1] 如叶永烈：《科学幻想小说的创作》，《科学文艺》1980年第1期，第66-69页；王晓达：《谈谈科学幻想小说的科学构思》，《科幻小说创作参考资料》1982年第4期，第30-33页。

[2] 吊诡之处在于，凡尔纳出身律师，主要精力以话剧写作为主。他对科学技术的了解，实际上与中国晚清科幻作者一样往往强烈依赖于报刊新闻。尽管他自矜对科技资料搜集的全面性和相关计算的准确性，但他无疑是远离一线科技研究和生产实践现场的。而威尔斯则是"达尔文的斗犬"托马斯·赫胥黎（Thomas Huxley）的学生，具有坚实的生物学背景。

相类似的典范意义。[1] 因而在美国提倡"硬科幻"概念之初，无论凡尔纳还是威尔斯，都被视为硬科幻的代表人物。郑文光的二分法则强调二者的不同。

四、"软硬之分"的历史局限

1982—1983 年中国科幻经历重大打击之后，新一代科幻作者和科幻迷在 20 世纪 80 年代末逐渐成长的过程中，将这个"软硬之分"作为某种缺省配置接受下来。

这种接受与郑文光将相关讨论限制在科幻文类的创作与审美特征框架之内的做法密切相关。但也正是因为"软硬之分"呈现为一种具备恒常特质的理论话语，无论是这一名词当中所昭示的，具有明确历时性的欧美科幻发展历程，还是刘兴诗乃至郑文光本人所面对的复杂历史语境，全都被置于幕后。

于是，一方面是郑文光本人的现实主义科幻主张被逐渐遗忘，另一方面"软硬之分"也同样遮蔽了 20 世纪 70 年代末 80 年代初中国科幻作家们所经历的痛苦挣扎和深沉思考。童恩正、刘兴诗、叶永烈们对全新科学观、科幻观进行追求和探索的要求，特别是关于科学审美观念、体验的引入和深化也未能得到更充分的讨论。

进入 90 年代之后，随着中国科幻的"新生代"作者在风格上走向多元，特别是"赛博朋克"作品产生广泛影响，"软硬之分"的二元对立结构也越来越表现出其局限性。

在一般讨论当中，"软硬之分"时常被解释为推崇"硬科幻"而排斥"软科幻"。这种对某类文本的偏爱或许与长时间以来，国内对"数理化""理

1　尤其雨果·根斯巴克早在"科幻"（science fiction）一词尚未定名之时，即标举其杂志所发表的，是"与凡尔纳、威尔斯、爱伦·坡相类似的作品"。

工科"的集体焦虑和推崇有某种内在联系。[1]但当"科幻迷"越来越成为一种文化身份的时候，"硬科幻"作为审美特征较为清晰的一类文本，恰好契合了这一"小圈子"之身份认同的内在欲望：能否忍受其中叠床架屋的科技陈述，甚至产生热爱和沉迷，往往成为一种带有仪式感的阅读和审美行为。类似的逻辑，也可以用来解释对《2001太空漫游》《索拉里斯星》等在叙事逻辑和节奏上与当下商业影片截然不同，但又占据明确经典地位的科幻影片的推崇上。

当这种以"硬科幻"为代表的身份标榜走向激进的时候，一种新的、极端化的价值评判逻辑也逐渐呈现。一部分科幻作家和读者开始认为"硬科幻"不但处于科幻文类版图的核心，并且应当拥有一套仅属于自己的审美体系——与沉迷于幻想前提之下，进行逻辑推演的科幻创作思路类似，我们也能见到一系列彼此高度类似但并不兼容的"硬科幻"评判标准。即便这些"标准"能够在某种程度上自圆其说，但在用以评判实际存在的科幻作品时几乎总是遭遇失败。

在20世纪90年代末，无论"硬科幻"还是"软科幻"，当被用以评价单独作品时，都逐渐倾向于对其负面特征的强调。最典型的，即是韩松对"硬科幻"的批评："在某种程度上，比较轻文学性和思想性"[2]或"透着一种一眼便能看透的浅薄"。[3]

21世纪以来，所谓"稀饭科幻"[4]，"核心科幻"[5]，"为科幻的科

1　这一阶段最具影响力的《科幻世界》杂志，在选稿时也往往倾向于"硬科幻"，这既是对阅读市场的顺从，也是对消费群体口味的塑造。

2　韩松：《硬科幻是挺了不起的》，《世界科幻博览》2006年第4期。

3　韩松：《危险的硬科幻》，2003年3月30日，http：//www.newsmth.net/bbsanc.php？path=%2Fgroups%2Fliteral.faq%2FSF%2Fmingjiamingzuo%2Fguonei%2F2%2F11%2Fcritics%2FM.1049723905.i0，2019年8月9日。

4　李广益：《没有前途的"稀饭科幻"——评夏笳〈卡门〉》，2012年10月20日，http：//www.pkusf.net/readart.php？class=kpp&-an=20051230131233/，2019年8月9日。

5　王晋康：《我所理解的"核心科幻"》，《科幻世界》2010年第10期。

幻"[1],"硬核科幻"[2]等说法,均是当下中国科幻作家为了对之进行调整、纠偏而作出的理念探索。这些提倡应当被视作中国科幻文类进行自我更新的内部实践,[3]在其根源处,我们能够感受到与刘兴诗、郑文光们相类似的焦虑和动力。

原载《中国文学批评》2019年第4期

---

1 林品、高寒凝、胡子华:《刘慈欣:〈三体〉的流行是偶然现象》,2015年6月25日,腾讯网,2019年8月9日。

2 原为前文提及的"hard-core"的直译,主要在2019年初科幻电影《流浪地球》上映之后被集中使用。

3 有趣的是,上述提法虽然有不同的名称概念,但大多并未真正摆脱"软硬之分"当中隐含的二元对立或"中心—边缘"模式,因而虽然时常得到界说的提倡,但始终未能获得与"软硬之分"相似的社会影响力。在当下更具有辨识度的探索,反而是陈楸帆重新提倡的"科幻现实主义",或"东北赛博朋克"等舍弃了整体性判断,而有着更清晰观念和创作方向的提法。

中国科幻史论

存　目

论中国科幻小说中的想象

吴　岩

想象是科幻小说的生命线。无论是创作、阅读还是评论，想象在过程中都起着不可或缺、不可替代的作用。但科幻作品中的想象力到底是什么？以什么样的模式以及什么样的路径被中国作家用来展现他们的想象力？在过去很多年来，还少有人能清晰地论述。这样，一方面大家同意科幻需要想象，另一方面大家又无法从理论上发现这种想象是怎么发挥作用的，这使得科幻这种文类在文学领域一直处于某种神秘的悬置地位。

最早试图破解这种悬置的中国作家当推周作人。1924 年，他撰写了《科学小说》一文。该文开宗明义指出，当前儿童教育动辄让孩子看科幻小说（那个年代还在使用科学小说的提法）的做法值得怀疑。他列举了凡尔纳和弗拉马利翁的小说作为案例，认为其中的所谓空气动力学、天文学、气候减灾，其实并不是真正的科学或技术，只不过是童话故事，且还缺乏童话故事的美感。他写道："科学小说做得好的，其结果还是一篇童话，这才令人有阅读的兴致，所不同者，其中偶有抛物线等的讲义须急忙翻过去，不像童话的行行都读而已。"[1] 文章强烈地暗示，科幻小说应该有自己的想象力展现模式。至少，这种模式跟童话的展现要有所区别。

同样是对想象问题提出自己的批评，顾均正却选择了另一个角度。1932 年，顾均正发表《在北极底下·序》，该文详细地阐述了他对科幻文学的看法。他指出，阅读同期的英美科幻期刊让他感慨颇多。只有假定的事实没有科学的根据的作品名不副实，只能当成《西游记》《封神榜》来看待。[2] 增进科学以压缩想象，成了顾均正科幻创作的主要追求。近年来日本学者上原香发现，顾均正故事中那些具有想象力的情节，基本都是直接翻译自西方科幻小说的，他自己的创作就是给这些作品加入一系列科学解释。[3]

新中国成立以后，强调想象是科幻文学的核心的观点大为减少。论者虽然总会谈到科幻中存在着想象，但却乐意跟科学混杂在一起。更有甚者，一些人遵循顾均正式思维，将科学跟幻想强烈地对立起来。但到头来，他们的尝试多数也以失败告终。例如，叶至善就在《跟同道们谈心》中承认，他想给孩子更多科学知识的做法没有得到认可，孩子记住的反而是其中的神奇想象。[4] 而出于种种目的所进行的限制科幻作品想象力的尝试，如新时期现实主义题材科学文艺作品征文，最终也是以失败告终。[5]

1　周作人：《科学小说》，《雨天的书》，北京：新潮出版社，1925，转引自王泉根编：《现代中国科幻文学主潮》，重庆：重庆出版社，2011，第 8 页。

2　顾均正：《序》，《在北极底下》，上海：文化生活出版社，1940，转引自王泉根编：《现代中国科幻文学主潮》，重庆：重庆出版社，2011，第 11 页。

3　上原香：《顧均正における米国SFの受容——『在北極底下』を中心に》，日本现代中国学会『现代中国』第 89 号，2015 年 9 月。

4　叶至善：《跟同道们谈心》，《竖鸡蛋的故事——叶至善科普文选》，北京：少年儿童出版社，1988，第 291 页。

5　20 世纪 80 年代清除精神污染之后，《科普创作》发起征文，力图消除科幻小说想象力充沛的状况，让这种作品能受到现实的规训。但发表的作品基本上没有任何社会影响，跟之前受到广泛批评的叶永烈、童恩正、郑文光等的作品无法相比。这个征文还通过采用科学文艺取代科幻小说的办法，力图淡化科幻小说的影响力。

看来，无论从理论上还是从实践上，有关想象力在中国科幻中的呈现方式和地位，都必须进行一次完整的梳理。

一、中国科幻想象的模式

研究中国科幻小说历史，我们很容易得到一个印象，那就是在某一个时段，作家们会集中采用某些独特的想象模式。这是一种类似集体行动的做法，形成了那一个时代的想象主旋律。我认为，愿望、可能、价值观，是中国科幻创作发展在三个不同时期想象模式的主线。

晚清科幻小说的想象模式是非常容易辨认的。在那个年代，多数科幻作家的科学素养不足，对科幻作品的理解也才刚刚开始，因此，最多采用的想象模式就是书写愿望。愿望模式指的是将以往早就存在了的群体或个体的愿望通过某种所谓的产品或技术呈现在作品之中。这些产品或技术，多数跟科学无关，只是借用一些科学词汇，形成一种语言的外壳。以现在追溯到的第一部晚清科幻作品《月球殖民地小说》（荒江钓叟，1904）为例，其中的高速气球与凡尔纳科幻小说《气球上的五星期》中的气球绝然不同。凡尔纳会计算风力、绳索的强度、飞行的高度，进而推算出航路和飞行的时间，但《月球殖民地小说》中的气球丝毫不管这些空气动力学阻碍，想多快就多快。由于现存文本是未完成的，因此我们无法知道这个气球是否还能通达真空进入月球轨道。《新纪元》（碧荷馆主人，1908）中所使用的诸多宝物，跟武侠小说中的宝物功能差异不大。但打上氯气炮、电子炮的标识，就立刻变成了科幻新器物。《新石头记》（吴趼人，1908）中，老少年在泰山山门前给贾宝玉所做的体检，那些所谓的验骨镜、验脑镜撰写起来根本不用医学科学基础。故事中的化学博士用上百气球在空气中撒硫磺驱寒，用百座大炉蒸出热气制造春天，并由于能改变季节而成为"再造天"，其本领似乎也是愿望加倍的结果。愿望时代的科幻不但在科学技术和生活上的想象多数来自愿望，在社会发展上的想象也是没有理论背景的愿望产物。《新石头记》中的"文明境界"，《新法螺先生谭》（东海觉我，1905）中对教育和心理学引入中国的种种畅想，《新纪元》对中国变成军事强国的描写，《新中国》（陆士谔，1910）中的万国博览会，所有这些都是当时人的某种期待或所谓的心想事成。阅读这样的作品，人们一方面为未来而憧憬，另一方面会因为没有提供通路或背后的可实现性太弱而感到失望。在社会发展方面，除了改良、立宪、共和、打击洋人之外，鲜有其他独特的方法。

愿望时代的中国科幻小说充满了对未来的期盼，这一点给人印象深刻。仅仅是词语更新就已经给作品带去了新意。王德威用"另一种现代性"来肯定这种想象的价值。[1] 武田雅哉称其为"桃源乡的机械学"。[2] 黄锦珠用"拟旧"包裹"创新"来定位这些作品。[3]

遗憾的是，所有这些想象的新意，由于仅仅只是愿望的展现，因此跟西方科幻小说中那种由科学的繁荣带去的想象非常不同。愿望时代的作家没有科学教育和全新的价值观、人生观作为基础，纯粹从儒家、道家、佛家观念去构想科技，难度可想而知。最终的结果是作品根本没有跳出以往的古典小说的范畴，常常是作品虽然贴上科技的边角，但也显得滑稽可笑。至于对新小说模式的摸索，就更鲜有成果可言。也许，作家们对这种小说本身，就没有什么真诚的愿望。

恰恰是愿望为基础的想象模式，导致了晚清科幻小说的衰亡。这种衰亡一直到新中国成立前，都没有大的转变。前期热衷于科幻繁荣且具有科学素养的人，如鲁迅，早已远离科幻领域。继续坚持创作且有着科学素养的作家，由于主要阵地在科普期刊上，为了照顾科普的需求，也去掉了幻想的成分。没有科学素养的作家，只好在鸳鸯蝴蝶派的阵地继

1　王德威：《贾宝玉坐潜水艇——晚清科幻小说新论》，吴岩主编：《贾宝玉坐潜水艇——中国早期科幻研究精选》，福州：福建少儿出版社，2006，第92-106页。

2　武田雅哉：《桃源乡的机械学》，台北：远流出版事业股份有限公司，2011，第204页。

3　黄锦珠：《论吴趼人的〈新石头记〉》，吴岩主编：《贾宝玉坐潜水艇——中国早期科幻研究精选》，第196页。

续发表他们的作品。[1] 这样，想象成就的晚清到民国的科幻，也因想象力未能真正启动而失去了读者的青睐。

新中国成立以后，中国科幻想象的愿望模式仍然继续发展，但由于新一代作家大都具备了科学教育的初级基础，且对马克思主义等社会发展的理论有所了解，因此，愿望模式很快转移到可能模式。所谓可能模式指的是在继续保持人们对未来生活的发展愿望的同时，通过寻找近期实现这些发展的可能性实现想象力的投射。郑文光在1958年的一个论文中，采用《往往走在科学发明的前面》来标识科幻的特性。[2] 要撰写科学家大脑中的幻想，则是那个时代苏联科幻理论对中国的影响。[3]

想象模式的转变，给科幻创作带去了新的活力。晚清之后中国科幻的第二个高峰在这个时段出现。《第二个月亮》《从地球到火星》《太阳探险记》（郑文光，1954，1954，1955）用天文学和宇航科技为作品奠定了奔向太空站、火星、太阳的基础。《三号游泳选手的秘密》《大鲸牧场》（迟书昌，1956，1961）用生物技术打造了全新的泳装和大鲸牧场。《失踪的哥哥》（叶至善，1957）用冷冻改变了生命成长的速度。《古峡迷雾》（童恩正，1960）通过想象大胆触及了社会和人文领域中的历史学和考古学。《布克的奇遇》《铁鼻子的故事》（萧建亨，1962，1965）通过器官手术和电子工程，实现了头脑移植并制作了最早的可穿戴人工鼻孔。《北方的云》（刘兴诗，1962）中甚至出现了呼风唤雨的气象学。

与晚清到民国的改良、革新、共和愿望不同，新中国开启的可能模式不但给中国科幻小说带来了因为科技变革而创造的奇迹，更建立了通过社会学或政治学理论阐发未来世界发展路径的方法。《火星建

1　任冬梅：《幻想文化与现代中国的文学形象》，广州：羊城晚报出版社，2016，第128页。

2　郑文光：《往往走在科学发明的前面》，《怎样编写自然科学通俗作品》，北京：科学普及出版社，1958，第158页。

3　苏联的科幻理论读物，是通过输出《知识就是力量》杂志和《论苏联科学幻想读物》等著作进入中国的。在这一时段对中国作家产生的影响无法估量。

设者》（郑文光，1957）和《渤海巨龙》（王国忠，1963）等甚至开始触摸全球共产主义时代的可能式样。在作品的形式方面，由于建立了科学揭秘的故事模式，导致了文体从过去的没有章法、古体小说模式或科普创作模式变成了具有独立特征的短篇科幻叙事模式。注重民族特色的作品，如《梦游太阳系》（张然，1950）、《孙悟空大闹原子世界》（郭以实，1980）、《画中人》（李永铮，1963）等也开始出现。这些作品是早期在科幻中融入古典小说、民间传说和童话的尝试。一些作品还难能可贵地将人物塑造放在重要的地位。《火星建设者》重点展现了火星探险家薛印青带领国际团队征服火星的艰辛过程。而《"科学怪人"的奇想》（迟书昌，1963）则通过祖孙三代人的不懈努力最终实现造福人类的科学愿望。

虽然第二时期中国作家的想象取得了丰硕的成果，但由于受到当时的社会发展背景和科技限制，这一时段的科幻小说没有能真正发展出比较多元化的、完整的长篇作品。[1] 又由于这种重视未来、重视可能性的追求，导致了这一时期的短篇小说也多数只能服务于儿童文学。

从 1976 年到今天，中国科幻小说中的想象模式进入第三时期。这一时段，由于思想解放、经济改革、创新中国等的促进，创作"井喷式"发展。第三时段的早期，愿望和可能模式仍然在共同支撑创作繁荣。这一点从《小灵通漫游未来》（叶永烈，1978）的脍炙人口就可以看出。但从《珊瑚岛上的死光》（童恩正，1978）、《飞向人马座》（郑文光，1978）等的获奖，《温柔之乡的梦》和《月光岛》（1980）等引发的争论，直到《三体》（刘慈欣，2006，2008，2010）、《北京折叠》（郝景芳，2012）等的走出国门，一种全新的想象模式已经产生和成熟。这就是所谓的价值观模式。顾名思义，价值观模式就是通过孕育全新价值观从而构建另一种具有启发性的世界面貌。

1　例如，1957 年郑文光的科幻小说《火星建设者》就曾经获得莫斯科国际青年联欢节大奖。以当时的情况看，这一获奖无疑具有国际水平。

　　价值观时期的作品内容多样，且想象丰富多彩。《珊瑚岛上的死光》将主人公设置为忠诚于祖国，忠诚于科学，要把科学发明贡献给社会，造福全人类的新人。恰恰是因为这部作品在价值观和故事模式上对社会的深度介入，使其获得第一届全国短篇小说奖。《飞向人马座》力图在以往的儿童文学基础上提升读者的年龄，是第一部货真价实的"青少年"科幻小说。故事没有放弃已经获得的愿望加可能的想象模式，但从更宏大的科技视野去全方位考察未来发展和国际关系的道路。小说中的第三次世界大战、中美俄欧四角关系，以及掌握了科学的技术新青年形象，都是在以往想象模式上的拓展，但从相对论物理学去观察世界、观察人生，使作品的深度和广度有所发展。新时期科幻创作最有突破性的，是出现了《温柔之乡的梦》和《月光岛》这类触及现实的作品。小说以全新的姿态，以过去科幻中很少出现的担忧情感，把中国人当下的种种思索跟科幻小说的创意形式进行了有效融合。在《温柔之乡的梦》中，机器人的百依百顺造成了巨大的灾难；而在《月光岛》中，极"左"思潮的影响甚至超越了本土进入了宇宙。到21世纪后，中国科幻作家对这种世界观变革的想象模式已经有了基本共识。《三体》将作者对人类生存的宏观思考纳入现实，尽可能把中国历史和当前置于宇宙的坐标上进行回望，起到了意想不到的审视过去、通达未来效果；而《北京折叠》则通过对一个城市做放大镜式的精密分析，让我们能重新体验时代给个体带去的影响。

　　完整地观察三个时段中出现的三种想象模式，可以看到它们的重叠连续产生和发展过程。这些变化，映衬出了中国作家探索如何采用想象的方式应对科技、文学、社会和时代变革所提出的挑战。在逐渐的过渡过程中，我们的社会从不了解科学到全面投入科学再到因为技术进步太快而疏离科学；我们的作家从完全不懂科学到沉浸于科学知识再到跳出科学从宏观把握世界；我们的文学跟外部世界的关系不断发展。所有这些变化推动了想象模式的改变。当然，最关键的还是，我们国家的社会体制从晚清到民国再到共和国有了翻天覆地的变化。想象模式的变化是作家对多因素变化的回应。

二、中国科幻想象的表现方法

虽然从总体上看一个时代的科幻创作具有比较集中的想象模式，但具体到作品则人各有异。观察想象的具体表现方式，有助于我们更好地理解中国科幻小说的创作特征。下面总结的一些内容并不全面，作者只是期望能抛砖引玉以引发对这个问题的关注。

1. 词汇暴接

词汇暴接指的是根据真实或推想的某些词汇的含义，将它们硬性拼接成一个新词并由此产生想象空间，这种方法在晚清科幻小说中最常应用。《新法螺先生谭》中的外观镜和内观镜、《新石头记》中的性质镜和验骨镜、《新纪元》中的海战知觉器和洞九渊等都是这样的词汇暴接的产物。词汇暴接的基本原理，来自人类语义认知本身就是网状态的，一种词语的含义可以激活对周边一系列概念的联想。用这种方法进行想象的好处在于可以立即根据词义产生功能或者画面联想，但如果没有原理的跟进，词汇的使用就会过于抽象，这样的幻想方式就会给人以有名无实、夸大其词，甚至可笑至极的感觉。但词汇暴接的成功可能具有化腐朽为神奇的功能，因此这种方法在近年来的创作中也仍然可以使用，像《小灵通漫游未来》和《偃师传说》（潘海天，1998）等就是成功使用这种想象方式的作品。

2. 感官诉诸

所谓感官诉诸，是指通过语言描述使某种当前不存在的事物具有真实的外观，从而获得存在感。这种方法在少儿和成人作品中都能使用，但在优秀的科幻作品中更为常见。《小灵通漫游未来》尽力将四个现代化的未来诉诸感官。通过气垫船、飘型车、珍珠一样的大米、报时手表等，使未来可视化。诉诸感官的书写在《飞向人马座》中也特别突出。小说中的东方号宇宙飞船携带有全方位的虚拟现实系统，通过语音控制就能启动和关闭。这样，刚才还是狭小的飞船内舱一下子变成了开放的空间，这种感觉是想象力创造的奇迹。《三体》中的感官诉诸达到了登峰造极的地步。小说中所谓的智子的二维展开，是当今科学界都还没有出现过的精彩描述。没有纯粹的想象力根本无法写出这样的章节来。《时间深渊》（付强，2016）中所展示的一系列高速飞船上的时间现象，是通过相对论物理学进行的推论，而一旦这种现象成为感官信息，就导致了奇迹在作品中的产生。一般来讲，感官诉诸的质量影响到想象被接受的程度。无感官诉诸的作品常常是缺乏科幻文学意义的低劣作品。

3. 时间错配

所谓时间错配，指的是通过将不同时间进行线性嫁接，导致场景或生活的错乱。这种想象虽然古已有之，但已经成为中国科幻小说中一个常用的手法，作品不可胜数。《新宋》（阿越，2004—2018）是一个以宋朝发生工业革命为内容的虚构小说。由于真实的宋朝并没有这样的革命，因此属于时间错配类想象。梁清散的《新新日报馆》是另一个错配的晚清到民国的过渡世界。在这个世界中，报馆的编辑能制造出人工智能记者，交通工具则是由小猫的能量提供的自行车。时间错配在中国科幻发展的早期阶段有另一种表现形式，就是将国外高科技的现实当成中国的未来撰写，这种现象曾经由王富仁提出，但在科幻中的研究还相当不足。由于时间错配已经成为当下一种新的穿越小说的常见写法，这里不再赘述。

4.情境极端化

所谓情境极端化，指的是通过把事件发展到极端而产生的全新情境去超越在场。在刘慈欣、王晋康的近期小说中，有关宇宙诞生、毁灭、重生等的情节常常出现。《三体》中三体人和更多外星球生命对宇宙的维度变更，也是空间变化极端化的想象。在表现人类社会未来方面极端化也被采用。城市社会分层在《北京折叠》中被放大，出现了全新的外观。《荒潮》（陈楸帆，2013）是作家将自己家乡一个叫贵屿的小岛上电子垃圾现实进行的极端化处理。作品中，现实的贵屿变成了"硅屿"，电子垃圾不再是死的而是活的。《闪光的生命》（柳文扬，1994）是通过将一生压缩到半个小时的极端化处理完成的。作者以此观察人类如何不忘初心，达到自己的追求。情境极端化是创作优秀科幻小说的基础，作家把握这种极端化场景的能力是作品成功的关键。

5.跨界隐喻

跨界隐喻指的是，通过对一个领域的某种机制或状态向另一个领域转移去实现超越在场的方法。《大鲸牧场》通过比照牧场方式放养鲸鱼，创造了新的想象空间。《失踪的哥哥》通过豆腐被冷冻后出现的孔洞，设想出使冰冻生命解冻后仍然能成活的方法。《决斗在网络》（星河，1996）中网上网下的活动相互映衬，对网上的描写多数是现实生活过程的跨界转移。《三体》中的思想钢印更是隐喻跨界的一个很好例子。魏雅华是中国科幻小说中采用跨界隐喻撰写作品最多，内容也最为深刻的一位作家。他的《温柔之乡的梦》《我决定和机器人妻子离婚》（魏雅华，1981）等用机器人和人工智能的发展隐喻国家文化的变革，主张从单一封闭进入一种多元的繁荣，这些都给后来的科幻创作提供了有效经验。

三、重新审查评判标准

中国科幻小说界对想象问题既有强烈的好评也有极端的差评，这并非特别难于理解的现象。四个重要的原因造就了这个现象。

1. 想象思想史上的两极化

首先，从人类认知想象的历史上看，对这种独特的能力就带有两极化的想法。无论是中国还是西方，想象一直是使人困惑的能力。亚里士多德虽然提出想象力是一种表象加工，但却认为这种能力起源于人类的欲望，而欲望是容易滑入罪恶的。后人用亚当的故事来证明了这一点。柏拉图从一开始就贬低想象力。他的绝对理念体系中，想象力因为只是外物在人脑中的生成，因此已经是远离真理、走向最外层的东西。他还由此得出了诗人是最不可靠的结论。经验主义把想象看成是观念的联想，这种能力，跟其他认知能力并无大的独特地位。给想象最高的评价来自浪漫主义文学。在珂勒惠支看来，想象是创造性的，类似我们今天说的"人类最美丽花朵"。但这样的评价好景不长，弗洛伊德把想象当成一种不受控的意识状态之后，想象力的地位再度低落。在中国古典文化中没有西方意义的想象力概念。虽然我们的文化中长期有对意义和图像之间关系的思考，但对想象力的跨界、超越不在场等观点几乎从没有涉及。[1]因此，当前中国话语场中讨论的所谓幻想或想象其实很大程度上是外来文化的映射。西方观念在多大程度上造成了我们对想象观念的两极化是一个需要单独且详细研究的问题。

2. 对科学理解的差异

除了对想象力本身的认知差异，人们对科学的理解差异也是造成对科幻作品中想象力两极性判断的重要成因。在中国，许多人将科学认同

---

1 牛月明：《中国文论构建研究——因情立体，以象兴境》，北京：中央编译出版社，2012，第69-112页。

为真理，认同为一种不可抗拒、不可辩驳的知识集合。在这样的状态之下，任何跳出这些知识之外的判断都会被贴上不科学、伪科学、反科学的标签。一旦对科学的看法落入机械主义或以为科学等同于现有知识，对科幻作品的评价自然会受到影响。

事实上，科学是一个复杂的认知体系，这个体系中已经预设了想象的存在。科学探索是对当前不了解知识区域的认知拓展，既然是不了解，就需要想象的参与。所谓思想实验就是科学应用想象的绝好例子。[1]只要注意科学界对想象的肯定的看法就会发现，这种能力是行业中罕见且难得的，同时也是成功做出发现的基础。从这个意义上讲，科学本身跟想象就是一体的，想象是科学过程的一个重要部分。如果说科学研究聚焦的是在场，而科幻探索不在场，那么两者的交互地带一定是那些前沿的混合区域。无论是物理世界还是精神世界，无论是自然还是社会，人类的探索总是从已有成果转向未知领域，而一旦到达未知领域，想象的作用就极大地彰显出来。想象为科学创造新的假设并引导验证，同时，也为科幻作品创造新的背景设定和情节走向。刘兴诗曾经提出过将科幻作品跟科研过程相互衔接的看法。[2]

但科学和科幻之间有着巨大差异，一种假设产生之后，要面对实验的多次检验，直到这一假设能够被接受成为常规科学的一个组成部分。在这个过程中，许多竞争性的假设都会被否定。但所有这些假设中的每一个都因为想象内容的不同而具有同等的科幻创意价值。作家可以为每一个想象创制一个全新的作品。每一个作品都会覆盖一个全新的不在场区域。检验科幻作品好坏的标准，就是这些想象的新颖性、大胆性和对人的思维的启发性。

一旦从理论上解决了这个问题，那么来自中国科幻历史中对科幻

1　托马斯·斯科提亚：《作为思想实验的科幻小说》，《科学文化评论》2008 年第 5 卷第 5 期。

2　刘兴诗：《幻想，从现实起飞》，王泉根编：《现代中国科幻文学主潮》，重庆：重庆出版社，2011，第 25 页。

的许多批评，就会变得毫无意义。科幻是科学精神的弘扬者，这种弘扬是通过张扬想象，让想象在所有领域发挥作用产生的。王富仁在更高层次上讨论了科幻跟科学的关系。他在《谈科幻小说》中指出，想象是人类最初也是最充分的表现形式，是群体童年和个体童年的思维同构体，这样的观念强调想象在科幻中必须占有重要地位。在王富仁看来，想象有两种发展方向，一种是继续产生想象，丰富自己的形式；另一种则是面对现实，发展起理性和科学。而深谙其理的科幻，正是通过以科学形式表达人类想象或以想象形式表达的人们对理性科学精神的尊崇和向往。[1]

3. 错误的心理学理论

长期以来，在心理学教材中一直把幻想放在一个难堪的地位。由于将再造想象、创造想象和幻想按照一个序列排布，而三者对在场的距离越来越远，人们会自然地认为，幻想是想象张扬到极端的产物。但教科书中却大力否定这种最高级的想象，认为是没有边界的胡想。[2]这样的说法在很长一段时间里曲解了幻想的含义。幻想应该是指向对存在超越的。不在场是幻想的突出特征。恰恰是因为幻想能力的超越存在本性，导致了这种能力极难把握。因此，它无疑是人类思维能力中最高层的，不可能是被贬斥的。但也由于超越性导致了它的难以把握，因此，面对日常生活的普通人发展起这种能力有可能是毁灭性的。

可喜的是，近年来心理学教科书已经对这样的状况进行了修改。一旦这种修改逐渐在社会上获得更加广泛的认可，对科幻文学认知上的错误观念可以被更好地消除。我以为，幻想是想象力的高级形式，这种形式不是简单的表象改造，而是复杂而深刻的不在场思维。由于幻想问题比较复杂，将专门撰文论述，此处不再细谈。

---

1 王富仁：《谈科幻小说》，《文学评论家》1992 年第 4 期。

2 例如，彭聃龄主编的《普通心理学》教材中，只有最新版本去掉了幻想，并将它移到意识状态的地方。

4. 未来检验的误区

对想象批评两极化的第四个产生原因是所谓必须接受未来的客观检验。一些人认为，只有能够被客观检验的科幻小说才是好的科幻小说，即想象跟现实之间的吻合是评价科幻的标准。所谓科幻应该写"能够实现的想象"的说法就是这么来的。但想象力跟实现与否无关。恰恰相反，人类最伟大的花朵不是对可能实现的现象进行预写或复写，而是对多种不同观念的思考和创生。观念的创造本身就是人类超越现实的方法。科幻作品中的想象如果说对现实有益，那么这是因为这种想象让人离开现实。而科幻的作用比实现某种预言要复杂且丰富得多。抚慰人的心灵，提供多种可能的未来蓝图，建立信心，增加生活驱动力，造福个体和种群等都是想象的功能所在。古往今来，许多科幻作品并没有被现实所验证，但却仍然被认为是伟大的作品，那是因为它提供了刺激人类思考的全新资源。

四、重建中国科幻的想象标准

在中国科幻发展史上有关想象的一次最重要的里程碑事件，是将原有的科学小说标识改为科学幻想小说。黄海曾经在一篇文章中指出，海峡两岸都在 1949 年之后逐渐将这个词汇改为新的标识，这个问题很值得研究。但到底谁最早、为什么这么修改，他没有答案。[1] 近期，贾立元在一篇文章中指出，早在 1946 年《申报》就已经在报道威尔斯的文章中使用过这个语汇。作为文类标识的科学幻想小说第一次出现，是 1948 年 8 月《中学生》杂志上发表的符其珣翻译的苏联作家萨巴林的小说《工程师的失踪》。就这个问题笔者查阅了相关数据库，找到了

1　黄海：《台湾科幻文学薪火录》，台北：五南图书出版有限公司，2006，第 26-31 页。

1948 年 8 月《中学生》杂志上发表的符其珣翻译的苏联作家萨巴林的小说《工程师的失踪》。[1] 这篇小说是当前发现的历史上最早的具有科学幻想小说标识的作品。可见，早在 1948 年科学幻想小说这个用法已经出现。这良好地回答了黄海提出的问题。

这里要强调的是，一两个作家或一两家出版机构改变用法是一回事，多数作家认同且整个社会接受，就是另一回事。海峡两岸的作家和读者在不同的文化政治背景之下，都共同确认科学幻想小说的用法应该也可以替代科学小说，这在一定程度上反映了中国人对这类作品性质的认知共识。换言之，这一改变确实捕捉到了科幻小说作为一种独特文类的关键所在。

如果说鲁迅的《月界旅行·辨言》发表、科学小说改为科学幻想小说的完成是中国科幻文学领域摸索出文类独特性的肇始和第一次重大转折，那么今天必须完成第二次转折。这个转折就是要面对丰富的、走向世界的中国科幻文学创作，从理论上建构起想象的独特位置。与此同时，如何破除对科幻中想象的错误认知，建立更多的想象模式和找到更多想象的表达方法，是未来中国科幻继续发展的重要前提。

原载《中国现代文学研究丛刊》2018 年第 12 期

1　贾立元：《"晚清科幻小说"概念辨析》，《中国现代文学研究丛刊》2017 年第 8 期。

民国"科学小说"初探

任冬梅

近段时间以来，晚清科幻（科学小说）获得了极大的关注，很多专家学者如王德威、陈平原等纷纷将学术研究的目光投向晚清，晚清科学小说的异彩纷呈也逐渐为世人所知。但是，对于晚清之后的民国科学小说，很长时间以来大家都知之甚少，甚至在专业的科幻研究领域提到民国时，也只会出现顾均正和老舍两人的名字。大部分的说法都是由于战乱的影响，民国科学小说就衰落了。其实，民国科学小说并非如想象中那般凋零。通过对史料的发掘与爬梳，一个精彩万分的民国科学小说图景逐渐展现在我们眼前。

一、数理团婚

众所周知，在1949年以前还没有"科幻小说"这个名词，晚清时翻译进来的科幻小说大都被称为"科学小说"。晚清时的科学小说，在梁启超和鲁迅等人的大力提倡之下，出现了一个创作高潮。提倡者们是希望藉由"科学小说"这种形式让民众"获一斑之智识,破遗传之迷信,改良思想,补助文明"[1],其主要目的在于普及科学知识,或者说传播西方先进的文化思想,"吸彼欧美之灵魂,淬中国民之心志"[2]。但是在实际的创作中,晚清科学小说大都无法真正达到科普的目的,小说中基本上充斥着没有任何科学解释的神奇道具,并且往往和社会变革联系在一起,意在描述科学发达后中国的强大景象,其主体在于想象未来光明的"新中国"。出现这种情况的原因,主要在于晚清创作者本身的科学素养还比较低,不足以创作出包含准确科学知识的小说;另外一方面,作者借科学小说想表述的重点是他构想的那幅未来社会蓝图,其真正的意图还是在于表达作者的某种理想,有可能是科学上的,但更多的则是关于政治和社会的理想,是新的政治愿景与国族神话。

而到了民国,科学小说的样貌已经发生了极大的改变。出现了类似《数理婚团记》[3]般通篇充斥着元素、公式、化学方程式、超立方体图像的"科学小说",唯恐别人不知道它的"科学",却将"小说"两字抛诸脑后。小说开篇就说中华自然科学社主办了数理化集团结婚(也就是我们现在所说的"集体婚礼"),这是"破天荒""别开生面"的,因为新郎和新娘在结婚的时候都要宣读一篇自己的论文,各自演说一番。于是接下来就是每对新人的大段演讲了,天文学家述说天体的运行;单位先生描述度量衡;物理学家解释牛顿定律;宇宙学家讲解四维宇宙,小说旁边不仅配了公式,还有相应的几何图形;光学博士讲解光学原理;电学专家讲解电磁波的奥秘……巧妙的是所有这些原理公式定律都千方百计地和他们的恋爱牵扯上了一些关系。十对新人一一演讲结束后,整篇小说也就此完结。这真可谓是一篇最奇特的小说了!小说情节性不强,几乎全靠对话推动,全篇就是人物演讲,在这一点上倒是沿袭了梁启超

---

1 鲁迅:《〈月界旅行〉辨言》,《鲁迅全集》第十卷,北京:人民文学出版社,2005,第164页。

2 梁启超:《十五小豪杰第一回·后记》,《饮冰室合集专集之九十四》,北京:中华书局,1989,第5页。

3 1935年11月15日,《科学世界》第4卷第11期,标"科学小说",署"筱竹"。

《新中国未来记》的传统。不过梁启超试图用演讲来灌输"政治思想"进而写成一部"小说"的尝试以失败告终，仅仅五回就写不下去，不得不说"演讲"的形式对小说的"情节性"有很大的伤害。但三十多年后，报刊上不仅再次出现了全篇演讲式的小说，而且演讲的内容还是一些比政治演说更难理解的"天方夜谭"似的数理公式，这样的状况恐怕是梁启超怎么也想不到的。

民国建立以后，教育部进行了教育体制改革，确立了新学制，学科划分由此更加清楚和系统，也为科学普及与科学传播奠定了基础，尤其是一大批从欧美学成归国的知识分子的积极参与，使国民教育、科学事业得到了较大的发展。1915年《新青年》创刊，与同年创刊的《科学》月刊遥相呼应。以陈独秀、李大钊等为首的人文学者举起"德先生"与"赛先生"的旗帜，以任鸿隽、赵元任等为首的科学工作者，提倡"科学救国"。由此，民国大众的科学素养与晚清时相比已经有了相当大的提高。此时，再也不会出现如晚清《生生袋》[1] 一般用牛血、羊血、狗血输入人的血管之中进行所谓的"输血"或者认为人的头盖骨能反弹子弹的"科学"论断；也不再会在小说中对科学原理或科技制造含糊其辞，而是试图将全部过程都一一讲解得清楚明白。民国的社会现实使得科学救国不仅成为当时中国青年投身科学的口号，而且成为一种具有广泛影响的社会思潮，而新文化运动又推动了这一思潮的进一步高涨。面对这种趋势，胡适曾经惊呼：这30年来，有一个名词在国内几乎做到了无上尊严的地位；无论懂与不懂的人，无论守旧和维新的人，都不敢公然对他表示轻视或戏侮的态度。那名词就是"科学"。整个民国时期创立的名称中包含"科学"二字的杂志就达到八九十种。在这种情况下，在形式上最具有"科学"性的数理知识自然成为急先锋，成为报纸杂志的宠儿。随便翻翻民国时的期刊，会发现很多都设有讲解科学小知识的专栏，而在专门的科普杂志上，数理化生物天文知识

1　1905年，《绣像小说》第49期开始连载至第52期毕，标"科学小说"，署"支明著，韫梅评"。

更是铺天盖地。刊登以数理知识为代表的"科学"知识成了当时最流行、最时髦的事情。在这种背景下,出现"数理抱团"、通篇"科学演讲"的情况也就不足为奇了。

　　小说中出现各种数理化的公式和图表,其实在民国科学小说中并不鲜见,只是《数理婚团记》一篇尤为密集且突出而已。如《雪花膏的回忆》[1]一篇,讲的是一堂化学课上,老师教各位学生制作雪花膏的过程。小说里不仅列出了制作所需的原材料:硬脂酸、氢氧化钾或氢氧化钠、甘油、水以及香料等,甚至还出现了化学反应方程式:$KOH+C_{17}H_{35}COOH \rightarrow C_{17}H_{35}COOK+H_2O$。而在小说《橡林历险记》[2]的一开头,也详细列出了从焦煤和石灰一直到人造橡皮的化学反应方程式。这样的科学小说,具有很强的代表性,可以说是民国科学小说的主流。民国科学小说中百分之七八十的小说都是科普小说,大多是通过讲述一个小故事来普及某种科学常识,为了讲解清楚,图示、公式等就"堂而皇之"地出现在了小说中。这样的科学小说是在五四新文化运动和科学救国浪潮的冲击下诞生的,表达了知识分子追求科学的热望,其中突出的"科学性"是民国科学小说区别于晚清科学小说的最大特点,直接反映出民国社会文化生活中对科学的崇尚,以及科技传播在特定历史条件下的某种折光。

二、旧曲"锌"词

　　对绝大多数人来说,"科学"必定意味着"现代","科学小说"必然也应该是一种最先进、最现代的小说类型。然而在民国时期,却出现了与传统戏曲结合在一起的科学小说,用旧曲填新("锌")词演绎

1　1935年12月15日,《科学世界》第4卷第12期,标"科学小说",署"谢家玉"。

2　1936年8月25日,《科学世界》第5卷第8期,第12期(11月25日),标"科学小说",署"筱竹"。

出一首绝妙的科学（科普）恋曲。《钟阳恋化记》[1]的开篇讲的是主人公在春日的夜晚散步，无意间来到钟阳大学校门口，看到广告牌上写的戏剧预告"今晚九时起开演，一九三六年最新发明十足摩登的 LOVING CHEMISTRY"，思绪由此一下子飘回到了五六年前。他心想着自己当时在实验室看到的一出真情实戏，可比舞台上的假面具要深刻多了。于是，后文出现了一整出传统戏剧的剧本，说的却是在化学试验室里做实验的故事：

【幕启】

【生作实验介】

　　　　红叶满山不值钱，

　　　　海棠泪化一年年；

　　　　秋宵绮梦寻常甚，

　　　　憔悴谎话怯惘然！

【白】小生自来白下，荏苒一载有余，镇日下帷，颇有寸进；奈同窗张晔，因相思繁剧，卧病在东，故斗室孤灯，甚为寂寞；而实验室里的试桌旁边，又恰恰都是女同学的位置，往往视线相逢，只好低头工作，大家各不相关，倒也安心向学。今日星期，了无所事，不免来到这里，研究一般，解闷则个。

【唱，桂枝香】

　　　　氨烟氰阵，

　　　　心烦胸闷；

　　　　可怜萍水蓬山，

　　　　忙煞也无从问询。

　　　　依稀小青，

　　　　依稀小青，

1　1936 年 7 月 25 日，《科学世界》第 5 卷第 7 期，标"科学小说"，署"筱竹"。

　　只怪她三分瘦损，

　　十分娇俊，

　　暗销魂；

　　离子迷离处，

　　偷闲一凝神！

　　……

【旦·贴整理仪器介】

【旦白】阿姊今日，作些什么？

【贴白】我且找到了过锰酸钾，方得进行工作。

【旦白】阿侬则赶做铁的定量，那边有Jone's Reductor[1]空着，正好取将应用。

【贴白】那我们就只得分头工作的了！

【三人各做实验介】

　　……

【唱，前腔】

　　莫也碎锌剩粉，

　　莫也稀酸非纯，

　　岂关我忘了加温，

　　这反应天然不迅！

【背介】想是温度不高，所以有此现象，侬且添酸加热，快快了事者。

【取酒精灯烧Jone's Reductor介】

【生背介】这祸却闯不得也！

【唱】

　　无端暗惊，

　　无端暗惊，

　　怕琉璃脆损，

1　琼斯还原管，笔者注。

酒涡娇嫩，

乱纷纷，

界破燕支颊，

他年记笑颦！

【背介】事到其间，我却不能再为缄口的金人了。

【告旦介】危险得很，请熄了灯吧！

……

　　化学实验室里的实验成就了一对姻缘，主人公接着说因为 Jone's Reductor 里用的是 Zinc，声音和"情"字很相像，所以早已说他们是 Zinc Couple 了。这一次锌郎和锌娘在上海锌婚的时候，主人公曾经送了一句"锌作之合"的贺词。总而言之："送礼既非锌不可；天下有 Zn 的，也到底会成为眷属！"而后主人公又吟了一首减字木兰花，开始回忆起自己当年的同学还有和他们一起上化学课时的情景。

　　这整出戏曲文辞清丽，古典韵味十足，就算连"锌"和"盐酸"这样的化学反应过程也能用"莫也碎锌剩粉，莫也稀酸非纯，岂关我忘了加温，这反应天然不迅！"一般充满文学气息的句子表达出来，非常好地将科学与文学结合在了一起，可以说是最具有民族特色的科普作品。这部小说除插入一整出传统的戏曲剧本以外，还通篇充斥着英语、古文以及白话文。作者将古体诗词、西洋诗歌、英文、化学实验、元素反应、传统戏曲与现代小说融为一炉，真可谓是最复杂最奇特的小说了，估计也只有在民国时期才能产生出这样具有实验性质的科学小说。作者"筱竹"即高行健[1]，高行健常在《科学世界》上发表各种科学小问答、科学新知以及科学小品[2]，其中有好多为译作，也有他自己的创作。虽然作为科普作者常与数理化打交道，但他对古典诗

1　1940 年《中国警察》载《未来空袭记》（续集），作者署"高行健"，附表。按：据第 3 期所载《楔子》，高行健即《冰尸冷梦记》等作品的作者"筱竹"。

2　如科学小品《无声飞机》，《科学世界》第 7 卷第 1 期，1938 年 5 月 1 日，作者署"高梵竹"。

词也颇为喜爱,还创作过一组以古典格律诗词形式描写化学元素的《微乎其微词》[1]。如一首《沁园春》说的是"氧",《鹧鸪天》说的是"氘",《声声慢》是"镁",《水调歌头》对应"钠"……我们且看:

水调歌头

今夕是何夕,历历挂金灯;

曾经沧海,一杯一勺亦钟情;

沉醉浓油醺醺,

渗透奇沙隐隐,梦淡剑痕青!

羞涩匿双子,星眸射寒琼。

数不尽,盐同碱,粉和晶;

断头台上,法郎十万挂虚名;

幻定海波银迹,

翻出茜纱珠色,鹏污落沧溟;

几生修纤手,砧杵浣三更。

钠

钠灯已广用于各国公路,

食盐以海水作原料,钠遇水作用剧烈;

平时贮存石油内;

食盐中含有游离钠者带青色;

$Na + D \longrightarrow$ 放射性 Na。

钠之化合物极多;

路布兰发明制碱法,拿破仑奖以十万法郎,法国革命时断头台上死。

大苏打用以定影;窗玻璃为钠玻璃之一种;

1　1938 年 7 月,连载于《科学世界》第 7 卷第 3 期至 1939 年 1 月第 8 卷第 1 期。

智利硝石为鸟粪所化；洗濯碱为家家主妇之必需品。

这里有地质知识，有化学常识，还有科技发明史，写出了钠的成品及用途。通篇重渲染，形质双喻，喻意新奇，对照注释读来，才能恰当地理解作品的科学含义，表现出很高的文艺水平，可谓现代科普文艺中独具一格的作品。

从五四时期开始，中国文学逐渐完成了向现代转型的过程，然而不管是从作者的潜意识写作来看，还是从读者的阅读喜好来看，整个民国时期传统文学的影响其实从未消失，甚至在大众层面还占据着主流。1909 年成立的南社，一直坚持古诗词写作，影响颇大，前后共延续三十余年，几乎贯穿整个民国，当时最流行的"鸳鸯蝴蝶派"杂志上还是大量刊登古典诗词作品，就连"新文学"的代表作家鲁迅、郁达夫等私下里也常常写作古体诗，愿意用这样的形式来抒发自己的情感。不得不说，对中国文人来说，写诗早就融化为人生方式和感情方式密不可分的部分，是显示才具、体认身份的手段，是必不可少的交际与应酬的工具。[1]民国的一代文人，虽然开明地接受西学，广泛阅读西书，甚至热烈拥抱西方文化、学习西方科技，然而无论在创作上还是价值观念上，传统文学的影响对他们依然挥之不去，如影随形。我们会发现，迟至 1938 年、1939 年左右，在最具有现代意味的科普性杂志《科学世界》上，都还出现了用传统戏曲、古典诗词来展现现代科学知识的作品。这种"旧瓶装新酒"的形式，一方面表现出作者本人的文学结构与创作兴趣还在传统文学一边，另一方面也昭示了此时一部分读者的接受倾向，毕竟这是以"科学普及"为目的的文学创作。如此介于中西与新旧之间的过渡性质，不仅属于某个个体，也反映此时中国文学创作趋向的共通特质所在，彰显出民国文坛实际状态的丰富与复杂。

1　刘纳：《嬗变：辛亥革命时期至五四时期的中国文学》，北京：中国人民文学出版社，2010，第 166 页。

三、变身男女

顾均正是以往学界知晓最多的民国科学（科幻）小说作家。据目前所知，顾均正共翻译和创作了五部科幻小说，其中四部标为"科学小说"[1]发表，包括《和平的梦》《伦敦奇疫》《在北极底下》和《性变》。但《和平的梦》《伦敦奇疫》《在北极底下》三篇被日本学者上原香[2]考证出皆为译作非其原创。近日《性变》[3]也被美国学者周华考证出有英文原版作为参考。不过，顾均正将《性变》中的角色全部改造为中国人，故事也变为一个纯中国化的故事。这种做法承接了自晚清以来兴盛于文坛的"豪杰译"传统。晚清的小说译者或因外语水平有限，或为照顾中国读者的阅读习惯，或为借他人故事抒怀，常根据需要而自由删改原文，改外国地名人名为中国名，重新分割章节以成章回体，增加回目、批注乃至添加自由发挥的情节等。科幻翻译中这种情况也很普遍：鲁迅翻译《月界旅行》时，就将二十八章的日译本改为十四回；海天独啸子译《空中飞艇》也有所增删；《电术奇谈》的原作为英文小说，经菊池幽芳译成日文，再由中国人方庆周译成六回文言体，又经吴趼人之手，衍义成二十四回的白话体，抹除原书人名、地名而改为中国名，并附以周桂笙的点评，这样的"翻译"已近创作。更有甚者，则是以译当作或以作当译。顾均正发表的四部"科学小说"添加了不少自创内容，并且没有标明为译作，就属于这种情况。

《性变》以侦探悬疑的口吻讲述了一场女变男的"悲剧"。沈大纲与倪博士的女儿倪静娴相爱，但是他总感觉倪博士不太愿意提起他们的婚姻，直到有一天他发现静娴居然变成了一个男人，才知

1　据叶永烈所说，顾均正一共创作过 6 部科幻小说，另外两部一直不为人所知。2012 年，笔者发掘出顾均正第 5 部科幻小说——《无空气国》，标"浪语"，发表在 1926 年第 13 卷第 1 期的《学生杂志》（1 月 10 日）上，署名"均正"。后于 1946 年 10 月 27 日再次刊登在第 18 期的《益世主日报》上，署名"C 君"。

2　上原香：《论顾均正对美国科幻的接受》，"中国科幻文学再出发"学术工作坊，重庆大学，2014 年 5 月。

3　1940 年 1 月 1 日，《科学趣味》第 2 卷第 1-2 期，第 4-6 期（12 月 1 日），标"科学小说"，署"振之"。

道倪博士用自己的女儿做变性实验，想将女儿变成儿子继承自己的衣钵，永留身边。沈大纲大惊，要挟倪博士发明男变女的方法，将静娴重新变为女儿身。药剂做出来之后，需要实验者，沈大纲就先在倪博士身上试验，果然倪博士变成一个白发老妪，但是她却也忘记了自己博士的身份，再也制造不出新的药剂了。沈大纲一怒之下刺杀了老妇，然后再去警察局自首。这就是二十世纪第一疑案的由来。而诉说这一切的，正是已经娶妻生子，身为两个孩子的父亲的——倪静娴。

中国从汉代起，就有对变性人的记载。如《史记》中就曾记录：魏襄王十三年，"魏有女子化为丈夫"；晋朝人常璩在《华阳国志》卷三中有"武都有一丈夫化为女子，美而艳，盖山精也，蜀王纳为妃。"的记载；《汉书·卷二十七·五行志下之上》有："哀帝建平中，豫章有男子化为女子，嫁为人妇，生一子。"《后汉书·卷八十二下·徐登传》："徐登者，闽中人也。本女子，化为丈夫，善为巫术。"[1]而更多的变性人形象出现在古代的文学作品中，如东晋干宝的《搜神记》就记载了四则变性人的故事，更详细的有明代陆人龙《型世言》第三十七回《西安府夫别妻·郃阳县男化女》，《聊斋志异》卷八中的《化男》篇，清代吴炽昌创作的《客窗闲话》等等。中国古代作品中出现变性人，很有可能是我们现代医学上所说的"双性人"，即既有男性特征又有女性特征的人，医学上把这些人称为"两性畸形"。也有的变性人可能是现代医学上"易性癖"患者，属于性身份认同障碍。但在古代医学水平和信息不发达的状态下，对此类现象并不理解，常常过分渲染加以神话。若出现女化男则预示阴盛，男化女则显示阳衰，总之是某种灾殃发生前的不祥征兆。古代文学作品也多是从"猎奇""述异"的角度对这些现象进行描写与记录。

到了清末民初之际，西方生理学、医学的知识传入中国，国人已

---

1 张杰：《中国古代的两性人（二）》，《中国性科学》2004年第7期。

经开始有了对"阴阳人"的认识，认为其"在生理上当有可能，不必附会神话"。而到顾均正翻译《性变》时，已经完全用科学的原理来解释性别变化了，并且还在原作的基础上添加了大量关于男女生殖器、染色体和内分泌系统等的详细解说。在英文原作中，教授讲解变性的生理原理的篇幅只有不到半页左右，而顾均正的"翻译"大大增加了这一部分的内容。例如，教授开始讲解的第一段话是："You may be aware," he said, "that the reproductive organs of both human sexes are built upon a common type. Take an obvious example: the male has rudimentary nipples although he will never suckle his young." 对应这段话，顾均正在《性变》中这样写道："你得知道"，他说，"人类两性的生殖器官是根据了同一型式而构造着的。最明显的例就是男子虽然用不到哺乳，却还是留着一对退化的乳头。初生的婴孩不论男女，他的乳房都能分泌乳汁。方出世的婴孩，有时因为乳房积乳过多，因膨胀疼痛而放声嚎哭，必待大人把他的乳汁挤出了才能安睡。可见在这时候男女的乳房是没有什么分别的。待到十四五岁春情发动时期，男女的乳房也同样地发育，同样地开始膨胀。不过女子的乳房能够继续发育，远于完成而后已。男子的乳房则在发育的开端即行停顿，并且是永远停顿了。因此达尔文以为史前的人类，男子也能给婴孩哺乳，这推想确是有几分理由的。在目前也有若干精细的观察家，证明有时做父亲的在必要时，也能以自己的乳头放在婴孩口中，使其吸吮，以免啼哭；这样日子多了之后，真的也会发现乳汁，有时也居然能够产生相当的份量（注一）。"英文的第一段仅仅是说明男女的生殖器官是同一套类型构造，因此男子虽不用哺乳却有乳头。但顾均正的翻译却首先加入了一段对婴儿乳房会有乳汁的科普，而后又提到目前有观察显示男子的乳房在必要条件下也能分泌乳汁，并且还给出来源出处（注一），后面几段的情况也很类似，因此最终顾均正翻译的篇幅大大超过了原作，从中我们能很明显地看到顾均正对普及科学知识的热情。

顾均正翻译和创作的科学小说，几乎就是科幻小说。然而，这样的科学小说此时的身份却非常尴尬，就像《性变》中所描述的变性人一样，对于自己到底是科普小说还是科幻小说，身份定位模糊不清，由此产生种种问题。顾均正在《在北极底下》的序言里说，威尔斯的科学小说"其中空想成分太多，科学的成分太少"[1]，因而他要自己写作包含准确科学知识的小说，以此来"作普及科学教育的一助"。但他实际参考的又是科幻小说，而并非科普小说，这就产生了一种不可避免的矛盾。我们知道，如果是科普小说，那么就要求里面传达的科学知识必须是准确无误的，以此达到教育民众、传播科学的目的；而如果是科幻小说，则必定包含幻想的成分，不能保证科学知识的百分百准确，科幻小说的作用只在于用科学的惊奇唤起人们对科学的热爱和对未知的探索，更多的还是一种文学上的熏陶。在《科学趣味》第1卷第6期的《服务栏·读者通讯》栏目中，就有一位阮茂泉先生写信给编辑部，质疑顾均正的小说："振之先生的伦敦奇疫兴味虽然有，但不合理不合科学的地方也有，这些应完全删去，不要使学浅的我们中了它的毒，而把科学歪曲了。"正是因为此时还没有将"科普"与"科幻"区分开来，所以读者产生出这样的质疑。同样，顾均正在《在北极底下》序言的最后也说："……觉得科学小说这园地，实有开垦的可能与必要，只是其中荆棘遍地，工作十分艰巨。尤其是科学小说中的那种空想成分怎样不被误解，实是一个重大的问题，希望爱好科学的同志大家来努力！"说明顾均正自己也意识到了这个问题，因而有了这样一个巨大的困惑。

1　振之：《我为什么写科学小说——〈在北极底下〉序》，《科学趣味》1939年第1卷第6期（11月1日）。

结语：文学性、科普论与小说的幻想性

总的来看，民国科学小说的"科学性"比晚清时要强得多，并且常常运用图文并茂的形式。很多科学小说其实都已经属于纯粹的科普小说，里面甚至插入大量的图表、化学方程式等，有过于生硬的科学知识压倒"文学性"的趋势。不过，其中也不乏一些新奇有趣的尝试，比如《钟阳恋化记》中穿插的一整出传统戏曲，就将枯燥的化学知识和高雅的古典戏曲结合在一起，创造出一种独特的充满民族特色的科普文艺。出现这种情况的原因在于，一方面，由于科学素养的普遍提高，有更多留学归来或者接受了系统科学教育的人出现，的确有了更多的科学知识可以讲述和传播；另一方面，从晚清一直到民国，先进知识分子对大众传播科学知识的愿望从未改变，而且更加迫切。而当时最受民众欢迎的其实还是鸳蝴派消遣类的小说，甚至包括传统文学和古典诗词。因此在民国西风东渐、古今更替的时代背景下，才出现了这样融会中西杂糅古今的实验性作品。

在这样的背景之下，即使是偏科幻的科学小说，也仍然将科普的任务放在第一位。如顾均正在他翻译的四部"科学小说"中都按照自己的意图，新插入了大量相关科学知识的解说，《和平的梦》[1]中就插入了电磁波原理讲解和磁力线图、环状天线图、无线电波图等。不过，在这样的科学小说中，常常会出现一种困惑，那就是"幻想"如何和"科学"有机地结合在一起？如果一味强调科学普及的作用，关注所描写科学内容的正确与否的话，就很容易产生巨大的矛盾，造成"科不科"（没有完全的科学正确）、"幻不幻"（由于科普的牵制，幻想之翼不能自由展开）的局面。由于民国时期的"科学小说"几乎完全以科普为己任，而他们参考的对象又是英美的"科幻小说"（Science Fiction），于是形成了目的与方式的错位，造成了小说"幻想性"与"科学性"的撕裂。

---

1 1939年5月15日，《中学生活》第3-5期（6月30日）载，4-5期为合刊，标"科学小说"，署"振之"。

这样的问题一直持续到 20 世纪 80 年代，所以当时才出现了"科幻小说是不是必须科学正确"的争论。回顾历史，我们会发现科幻与科普的纠缠不清原来早已埋下伏笔，自有其源流与因果。

从 1912 年至 1949 年结束，在民国近 40 年的时间内，"科学小说"也跟随时代社会的变迁而发展变化，从分期上至少可以探究依然受晚清风格影响的民初时期、相对稳定的民国中期以及受战争全面影响的民国后期三个不同时段；从内容和创作者身份来看，又可以分为以娱乐消遣为主的"鸳蝴派"、以社会想象为主的"社会派"和以科学普及为主要目的的"科普派"这三种不同的路径。因此，随着史料发掘的深入和研究的进一步展开，民国"科学小说"必将展现出其被尘埃所掩盖的熠熠光辉。

原载《励耘学刊》2019 年第 2 期

"狂人"与"铁屋"：鲁迅对中国当代科幻小说的影响

贺可嘉（Cara Healey）

近年来，中国科幻小说在西方读者群中反响热烈，广受好评，其标志性事件就是连续两年赢得了雨果奖（Hugo Awards）——2015 年刘慈欣的《三体》（*The Three-Body Problem*）[1]，2016 年郝景芳的《北京折叠》（*Folding Beijing*）[2]，译者都是刘宇昆。这两部作品的号召力和影响力甚至超出了科幻粉丝群体——连"脸书"（Facebook）创始人马克·扎克伯格（Mark Zuckerburg）[3]和美国前总统奥巴马（Barack Obama）[4]都读过《三体》，《经济学人》（*The Economist*）[5]和《纽约

1 刘慈欣：《三体》，重庆：重庆出版社，2008。Liu Cixin, *The Three-Body Problem*，trans. Ken Liu，New York：Tor Books，2014.

2 郝景芳：《北京折叠》，《文艺风赏》2014 年第 2 期。Hao Jingfang, "Folding Beijing, " trans. Ken Liu, *Uncanny*（January-February 2015）.

3 Richard Feloni, "Why Mark Zuckerberg Wants Everyone to Read this Book that Caused a Sensation in China," businessinsider. com，October 22，2015，2016 年 1 月 22 日访问 .

4 Kristen Holmes, "What Barack Obama Is Reading on Vacation, " CNN.com，December 31，2015，2016 年 1 月 22 日访问 .

5 "Keeping Up with the Wangs, " *The Economist*，July 9，2016，p.7.

时报》（*The New York Times*）[1]最近也都刊文讨论《北京折叠》。《三体》和《北京折叠》的成功，说明中国科幻小说不仅成了一种文学现象，而且被西方视作理解当代中国社会的渠道。

这些先前不为人知的作品陡然闯入西方科幻小说界，甚至激发起更大范围的文学自觉。学者们已就其主题进行了阐述，主要包括经济发展、中国在世界上的地位以及社会不公等这一文类中反复出现的问题。[2]但我不打算严格地从某个主题切入，而是准备从文类混杂性的角度考察中国科幻小说，突出中国当代科幻小说与早先的中国文学传统之间的关系。除了借鉴西方科幻小说经典，中国当代科幻小说还取材于中国既有的文学史资源，其中包括前现代的志怪传统、武侠小说和"五四"时期的批判现实主义。

在本文中，我会把"五四"作家鲁迅的"铁屋"比喻以及他在1918年发表的《狂人日记》[3]同西方科幻小说中的"信息失落"范式联系起来，以证明鲁迅对中国当代科幻小说的持续影响。首先，我将参照这一范式把《狂人日记》当作科幻小说来解读；然后，通过精读韩松的《乘客与创造者》[4]和张冉的《以太》[5]，我会推断出《狂人日记》和"信息失落"范式所共同具有的认识论和本体论特征如何与中国当代科幻小说相关联。我特别关注的元素包括"封闭机制"、沉睡与觉醒的隐喻、"引导者"的存在、对企图打破"遗忘模式"之行为的病态化处理以及

1　Javier C. Hernández C. and Karoline Kan, "Author's Vision of a Future Beijing Looks to China's Present，" NY times. com，November 29，2016，2016 年 11 月 30 日访问．

2　Han Song(韩松)，"Chinese Science Fiction：A Response to Modernization，" *Science Fiction Studies* 40.1 (2013)：15-21；Ken Liu（刘宇昆），"Invisible Planets/Invisible Frameworks-Assembling an Anthology of Contemporary Chinese SF，" Tor. com，November 1，2016，2016 年 11 月 4 日访问；Song Mingwei（宋明炜），"After 1989：The New Wave of Chinese Science Fiction，" *China Perspectives* 1 (2015)：7-13；Xia Jia（夏笳），"What Makes Chinese Science Fiction Chinese？" *Invisible Planets*，ed. and trans. Ken Liu. New York：Tor，2016，377-383；Wu Yan（吴岩），"Great Wall Planet：Introducing Chinese Science Fiction," *Science Fiction Studies* 40.1 (2013)：1-14.

3　鲁迅：《呐喊》，北京：外文出版社，2000。

4　韩松：《乘客与创造者》，《科幻世界》2006 年第 8 期。

5　张冉：《以太》，《科幻世界》2012 年第 3 期。

"被找回的文档"的重要性等。我会证明这些元素同时在鲁迅的《狂人日记》和西方科幻小说经典中得以反映，并说明我所提出的文类混杂性正是中国科幻小说的特征。所以，我认为正是鲁迅奠定了中国当代科幻小说的基础，他是使这一文类的"中国性"凸显出来的重要因素之一；同时，我也承认中国当代作家在这个日益全球化的时代里利用西方科幻小说元素创造性地重构了鲁迅作品的特征。

鲁迅与中国科幻小说

中国科幻小说的历史和鲁迅密切相关，大部分学者都认同其始于20世纪头十年，当时的改革之士通过翻译西方科幻小说来普及科学技术。[1]鲁迅正是首倡者之一，他在1903年把凡尔纳的《月界旅行》（*From the Earth to the Moon*，1865）和《地底旅行》（*Journey to the Center of the Earth*，1864）翻译成了文言文。差不多同时，梁启超、徐念慈、吴趼人等作家也发表了中国第一批科幻小说。[2]但这不过是昙花一现，中国科幻小说旋即在"五四"运动中归于沉寂——后者独独青睐批判现实主义，"但其代价恰恰是忽视了晚清作家对其他的选择的发掘"。[3]讽刺的是，鲁迅1918年发表的《狂人日记》常常被视作第一部中国现代白话小说，奠定了"五四"新文化运动的基础，而新文化运动却反过来把鲁迅最初提倡的文类边缘化了。

不过，近来有研究指出，鲁迅在"五四"时期发表的白话小说并非我们先前以为的那样与晚清科幻小说判然二分。"愚昧的群众"每

1　Wu Dingbo（吴定柏），"Chinese Science Fiction，" *Handbook of Popular Chinese Culture*，eds. Wu Dingbo and Patrick D.Murphy，Westport：Greenwood Press，1994，257-277，p. 259.

2　Wu Yan（吴岩）.

3　王德威：《被压抑的现代性——晚清小说新论》，宋伟杰译，北京：北京大学出版社，2005，第292页。（——译者注）Wang Der-wei，*Fin-De-Siecle Splendor*：*Repressed Modernities of Late Qing Fiction*，*1849-1911*，Stanford：Stanford University Press，1997，p.253.

每被认为是《狂人日记》和《〈呐喊〉自序》的一大主题，但那檀蔼孙（Nathaniel Isaacson）发现鲁迅早年关于科学和科幻小说的著述里已经包含了这一主题的苗头，他甚至注意到该主题出现在晚清的科幻小说里。[1] 无独有偶，安德鲁·琼斯（Andrew Jones）以 20 世纪早期对进化论和社会达尔文主义的焦虑为背景来解读《狂人日记》。这样的焦虑是 20 世纪早期中国科幻小说的核心主题，和几十年前英、美、法等国的科幻小说一样。琼斯专门追溯了乌托邦和"铁屋"这两个意象，从凡尔纳的《海底两万里》（*20000 Leagues under the Sea*，1870）到爱德华·贝拉米（Edward Bellamy，1850-1898）的《回顾——公元2000—1887 年》（*Looking Backward*：2000-1887，1888）[2]，到吴趼人的《新石头记》（1905），再到鲁迅的《狂人日记》和《〈呐喊〉自序》。[3]

另外，近来的研究还揭示了中国当代科幻小说和鲁迅的小说在主题上的相似性。宋明炜注意到刘慈欣的小说和鲁迅的小说一样经常关注父辈与孩子的主题——或是直接地或是通过隐喻，把孩子当作黑暗未来的唯一希望。宋明炜还指出，刘慈欣和韩松同鲁迅一样表达了"吃人"的主题；特别是韩松，他把"吃人""当作社会恶习的一种文化隐喻，就像鲁迅那样，但他表现出了对各种解剖学细节甚为怪异的痴迷"。[4] 贾立元[5] 还注意到，韩松的科幻小说对鲁迅一门心思关注的"吃人"进行了改造，以适应新时代。[6] 我也在其他文章中指出，陈楸帆 2013 年出版的小说《荒潮》借用了鲁迅小说的某些预设，包括作为叙述者的回国留

1　Nathaniel Isaacson, *Celestial Empire*：*The Emergence of Chinese Science Fiction*，Middletown，CT：Wesleyan University Press，2017，pp.46-59.

2　爱德华·贝拉米：《回顾——公元 2000—1887 年》，林天斗、张自谋译，北京：商务印书馆，1963。

3　Andrew F. Jones., *Developmental Fairy Tales*：*Evolutionary Thinking and Modern Chinese Culture*，Cambridge：Harvard University Press，2011，pp.28-62.

4　Song Mingwei, p.10.

5　笔名飞氘。——译者注

6　Jia Liyuan，"Gloomy China：China's Image in Han Song's Science Fiction，"*Science Fiction Studies* 40. 1 (2013)：103-15，107.

学生以及对待传统的矛盾态度。[1]本文将在此基础上进一步指出鲁迅对中国当代科幻小说的影响不仅限于主题的相似性，还包括结构上的、认识论的以及本体论的关联，尤其是对科幻小说"信息失落"范式（也被称为"遗忘模式"）的利用。

"遗忘模式"

科幻小说是一种信息密集的文类，充满了"奇异性"和"陌生的新鲜感"[2]，它质疑我们对整个宇宙的预设。这种扑朔迷离的质疑，乃是通过科幻小说所描绘的一整套架空世界的指导法则来提出的，它往往不仅针对读者，也针对生存在那个世界里的人。这样一种本体论运作，常常引领故事人物（以及读者）去发现世界已经失落或遗忘的某些关键信息，而正是这些关键信息的失落或遗忘导致了对现实的错误理解。当其中一个或多个人物意识到这种错误，故事情节便随着现实的变化而发展。汤姆·希比（Tom Shippey）把这一范式称为"信息失落"的"密闭空间"[3]，西蒙娜·卡罗蒂（Simone Caroti）则把类似的现象命名为"遗忘模式"。[4]

该范式最早、最著名的一个例子当然是柏拉图的"洞喻"，但在科幻小说领域，希比[5]追溯到赫伯特·乔治·威尔斯1904年发表的中

1　Cara Healey, "Estranging Realism in Chinese Science Fiction： Chen Qiufan's *The Waste Tide* as Environmental Literature，" *Modern Chinese Literature and Culture* 29.2，Fall 2017.

2　Darko Suvin, *Metamorphoses of Science Fiction*，New Haven： Yale University Press，1979，p.4.

3　Tom Shippey, "Hard Reading： The Challenges of Science Fiction，" *A Companion to Science Fiction*, ed. David Seed，Oxford： Blackwell Publishing，2008，11-26，p. 17.

4　Simone Caroti, *The Generation Starship in Science Fiction： A Critical History, 1934-2001*，Jefferson，N. C. Mc Farland &.Company，Inc.，2011，p. 15.

5　Shippey, p.17.

篇小说《盲人国》（*The Country of the Blind*）。[1] 在威尔斯的版本里，一个探险家发现了与世隔绝的安第斯山谷，当地居民已有好几代都是瞎子，这导致整个社会完全习惯了失明的生活。当叙述者企图用光明的力量启蒙安第斯人时，却被人嘲笑成疯子。山谷里的居民甚至建议他摘除"患病"的眼睛，以此来治疗他的疾病。这时候主人公试图逃跑，不过小说结尾模棱两可，不知道他是否成功了。《盲人国》为我们思考"信息失落"的过程和结果提供了一部辞书。

在科幻小说史上，这种类型的故事重复了一遍又一遍，使用各不相同的"密闭机制"。最常见的一种就是世代飞船——"一个狭小的人造天地、一个微观世界、一个独立自足的生存空间，备有足以完成漫长的太空航行的一切必需品"。[2] 卡罗蒂注意到，有一种"遗忘模式"常常支配着世代飞船之类的小说。在这些故事里，会有某种灾难打击飞船，随后：

> 幸存者传授知识的能力受到损害，以至于社会和文化的衰退仿佛不可逆转。……经过漫长的衰落过程，他们最终忘记了一切，忘记了他们最初来到一艘飞船上。他们相信自己是人类的全部后代，一直生活在现在生活的地方；根本没有什么飞船，也没有让船只航行的外部世界。整个宇宙止于舱壁。[3]

采用这种叙述方式的例子，影响最大的要属罗伯特·海因莱因（Robert Heinlein）的《太空孤儿》（*Orphans of the Sky*）（最初于 1941 年分成两部中篇小说发表，后于 1963 年再版为长篇小说）。加里·沃尔夫（Gary Wolfe）还发现了一种具有类似效果的故事，他称之为"后

1　H. G. Wells, *The Country of the Blind and Other Stories*，eds. Andy Sawyer and Patrick Parrinder，New York：Penguin Classics，2007.

2　Caroti, p.11.

3　同上，p.15.

历史"小说，即宣告世界末日的事件发生之后，一种全新的历史叙述诞生了。在这类小说里，"旧世界的遗物和碎片或许得以保存，但关于这些碎片曾经属于同一部分的记载早就被遗忘了，它们融入新的叙述中，与旧世界不相联属"。[1]西方科幻小说中此类著名例子包括沃尔特·米勒（Walter Miller）的《莱博维茨的赞歌》（*A Canticle for Leiboweitz*，1959）和拉塞尔·霍本（Russell Hoban）的《里德利·沃尔克》（*Riddley Walker*，1980）。科幻小说中的"遗忘模式"还有第三种常见的表现形式，它关注的是虚拟现实，而故事人物和读者一样到后来才知道这是虚拟现实，比如《黑客帝国》（*The Matrix*，1999）。

虽然封闭的方式不尽相同，但这些作品都遵循类似的"信息失落"程式。"信息失落"的机制各不相同，但"遗忘"的大框架保持不变。错误的世界观借由某种封闭形式确立起来，一个外来者或已经启蒙的个体随即打破这种错误的世界观，却被原世界的居民视为病态或疯癫。通常情况下，"遗忘模式"影响的程度会由一份"被找回的文档"披露出来，希比称之为"船长日志"，也就是"享有与读者同等视角的某个人撰写的一份说明，对'密闭空间'的出现进行了解释"[2]最终导致的结果就是对抗，要求读者质疑自己对世界作出的预设。这种范式几乎和鲁迅的《狂人日记》完全一致。因此，"遗忘模式"提供了一个全新的框架去解读鲁迅那篇开创性的文本。

对《狂人日记》和"铁屋"比喻的科幻小说式解读

鲁迅的《狂人日记》以一段文言文写的序作为开头，说的是发现了一个间歇性精神失常的男人写的日记。余下的篇幅就是日记的内容，披

---

1 Gary K. Wolfe, *Evaporating Genres：Essays on Fantastic Literature*，Middletown，C.T.: Wesleyan University Press，2011，66.

2 Shippey, p.17.

露了日记作者日益严重的狂想症，他觉得自己会被家人和邻居吃掉。实际上，日记作者认为整个中国传统文化的基础就是某种"吃人"行为：社会上所有的成年人——包括他自己——都参与了"吃人"。只有小孩儿或许还没受到影响，所以小说结尾日记作者发出了著名的呼吁——"救救孩子……"[1]

人们通常根据鲁迅为他 1922 年出版的小说集《呐喊》所作的序来解读《狂人日记》，《呐喊》包括了《狂人日记》和另外十三部短篇小说。在这篇序里，鲁迅提出了著名的"铁屋"比喻，他暗示这是创作《狂人日记》的重要灵感：

> 假如一间铁屋子，是绝无窗户而万难破毁的，里面有许多熟睡的人们，不久都要闷死了，然而是从昏睡入死灭，并不感到就死的悲哀。现在你大嚷起来，惊起了较为清醒的几个人，使这不幸的少数者来受无可挽救的临终的苦楚，你倒以为对得起他们么？[2]

《狂人日记》和"铁屋"比喻合在一起透露出鲁迅对祖国未来的深切担忧，为"五四"白话小说——乃至中国现代和当代的很多文学作品——奠定了社会批判文学的基调。

虽然总体而言，"五四"文学——特别是鲁迅的小说——被认为奠定了中国批判现实主义的基础[3]，但还是有不少学者提出了其他观点，他们没有把《狂人日记》当成严格的现实主义文本来解读。安敏成（Marston Anderson）在《现实主义的限制》（*The Limits of Realism*）一书中指出，对于把现实主义当作社会批判工具，鲁迅的态度十分暧昧，尽管他自己的小说后来被奉为这一模式的范本。安敏成注意到，"在形

1　鲁迅：《呐喊》，北京：外文出版社，2000，第 52 页。

2　同上，第 14 页。

3　Wang，David Der-wei（王德威）.

式上描写压迫者与被压迫者间关系的现实主义叙述，有可能会被压迫逻辑俘获，最终只成为压迫的复制"。[1]同时，唐小兵和史书美都对《狂人日记》进行了现代主义的解读，他们注意到鲁迅这一实验性文本中形式与内容的共鸣。[2]史书美特别指出，"小说碎片化的形式正适合于狂人由迫害狂和偏执狂所引发的思想感情的总爆发"，而且由于文本中两个叙述者提供的记录具有"互补"性，"其中一个叙述者有精神病，因而是不可靠的叙述者，而另一个叙述者则操着已经过时的文言"，整部小说被当作"自觉地……与现实相分离的人工制品"，所以标志着"小说对现实主义的远离"。[3]史书美把狂人认知中的"超现实的、古怪的寓意"理解成"打破和游走于表现和现实之间边界"，[4]与之相呼应的是朱瑞英（Seo-young Chu）对科幻小说的理解，她把科幻小说看成是一种"高强度的现实主义""可以胜任大量复杂的表现工作和认识论工作，是为表现和理解提供认知疏离的参照物所必需的"。[5]此外，安德鲁·琼斯还指出鲁迅作品中的"铁屋"意象其实来源于科幻小说——既包括西方的，也包括中国晚清的。

我要更进一步指出，《狂人日记》的整个认识论和本体论预设都可以根据科幻小说的"遗忘模式"来理解。鲁迅的《狂人日记》几乎精确地照搬了这一模式。虽然鲁迅和威尔斯的作品没有直接关联，但琼斯注意到：鲁迅从事创作的时期，威尔斯的著作在中国流传很广，影响也很

---

1 安敏成：《现实主义的限制：革命时代的中国小说》，姜涛译，南京：江苏人民出版社，2001，第95页。〔——译者注〕Marston Anderson, *The Limits of Realism: Chinese Fiction in the Revolutionary Period*, Los Angeles: University of California Press, 1990, p.91.

2 Tang Xiaobing, *Chinese Modern: The Heroic and the Quotidian*, Durham, NC: Duke University Press, 2000; Shih Shu-mei, *The Lure of the Modern: Writing Modernism in Semicolonial China, 1917-1937*, Los Angeles: University of California Press, 2001.

3 史书美：《现代的诱惑：书写半殖民地中国的现代主义（1917—1937）》，何恬译，南京：江苏人民出版社，2007，第98-99页。〔——译者注〕Shih: p.87.

4 同上，第99页〔——译者注〕Shih: p.88.

5 Chu Seo-Young, *Do Metaphors Dream of Literal Sleep? A Science-Fictional Theory of Represeniation*, Cambridge: Harvard University Press, 2011, p.7.

大。[1] 不论威尔斯是否对鲁迅造成影响，《狂人日记》连同"铁屋"比喻和《盲人国》以及后来追随其脚步的同类西方科幻小说遵循了同样的"信息失落"范式。它吸收了诸如虚假的世界观、力图打破"遗忘模式"的启蒙个体、被虚假的世界观封闭起来的人们对个体的启蒙尝试所进行的病态化处理等元素，还利用了"被找回的文档"作为"信息失落"的证据。正如上文讨论过的那些科幻小说作品，《狂人日记》利用了"信息失落"模式来质疑读者自己的假设。

在《〈呐喊〉自序》中，鲁迅的"铁屋"建立起一种实实在在的封闭机制和虚假的世界观，就像《盲人国》里威尔斯的安第斯山谷，或者是世代飞船、后末日时代的飞地，抑或是后来科幻小说里虚拟现实的投射。在《狂人日记》中，日记作者被封闭在隐喻的"铁屋"——也就是他在生命中的绝大部分时刻都不曾觉察到的"吃人"文化里。日记作者是一个"浅睡眠者"，就像威尔斯笔下的外来者或是后来的科幻小说作品中的其他启蒙个体，他们非常容易清醒过来，认识到现实中的某些可怕真相。一旦"遗忘模式"确立起来，《狂人日记》就按照现在的科幻小说读者已经非常熟悉的程式发展下去了。

正如《盲人国》以及遵守"信息失落"范式的其他科幻小说一样，日记作者企图打破"遗忘模式"的行为被病态化。《狂人日记》的序言部分向读者交代了日记作者"大病"一场并且患有"迫害狂"。[2] 唐小兵在分析《狂人日记》时，强调了鲁迅使用"狂"而非"疯"来表示疯狂的重要性，他指出"狂""表现出了天才个人的特征，他们让自己轻蔑地对抗停滞不前的社会，他们的行为超出了公众的理解"，而且：

"狂"把整个问题从现实是什么转换成了现实怎样通过各种

1　Jones, pp.38-39.

2　鲁迅：《呐喊》，第 18 页。

社会符号实践——其中最重要的是我们的语言惯例——被建构和被表现。这种认识论的突破恰恰发生在鲁迅笔下的"狂人"心中。他的"狂"标志着被压抑的和被纾解的，从允许的或可能的经验领域回归了。它代表了侵越式的话语，不仅因为它刺激了自觉的主体去质疑既定的界限，还因为它使主体本身趋向经验中的一切极限、一切边界。[1]

根据"信息失落"的"遗忘模式"来解读，"狂人"的"狂"包含了与该模式决裂的企图，并意识到世界其实不仅"止于舱壁"。[2]

此外，"被找回的文档"（希比的"船长日志"[3]）对揭露和扭转（至少是暂时的）"遗忘模式"至关重要。读了一夜古书之后，日记作者回忆道："仔细看了半夜，才从字缝里看出字来，满本都写着两个字是'吃人'！"[4]而且《狂人日记》的结构也强调了"被找回的文档"的重要性。在引言之后，整个文本本身就是一个"被找回的文档"，它成了日记作者最终未能成功打破"遗忘模式"的记录。

把《狂人日记》和"铁屋"比喻对照着读的时候，它最终会促使读者对自己的假设提出质疑。不论是鲁迅的"铁屋"还是"狂人"的妄想狂，一般都被认为是在质疑中国传统文化的统治地位，而鲁迅认为中国传统文化于国于民都有害处。就像《盲人国》和后来遵循"遗忘模式"的其他科幻小说作品一样，《狂人日记》吸引我们注意这一事实：读者的世界观可能和日记作者的世界观一样是虚假的。在我看来，《狂人日记》和遵循"遗忘模式"的科幻小说作品之间的内在共鸣，为理解中国当代科幻小说的文类混杂性提供了重要借鉴。

1　Tang, p. 59.

2　Caroti, p. 15.

3　Shippey, p. 17.

4　鲁迅：《呐喊》，第28页。

当代的延伸

"遗忘"与"信息失落"的本体论和认识论模式，频繁出现在中国当代科幻小说里。韩松 2006 年发表的《乘客与创造者》和张冉 2012 年发表的《以太》是其中两个例子。我认为，这两个故事同时呼应了鲁迅和西方科幻小说，借此再次启动"遗忘模式"。通过对上述元素的整合，这两部中国当代科幻小说作品处理"信息失落"的方式既有文化的特殊性，又适合于日益全球化的世界。

韩松是中国"三大"科幻小说家之一——另两位是刘慈欣和王晋康。韩松 1965 年生于重庆，在武汉大学取得英文专业的学士学位和新闻专业的硕士学位，1991 年以来一直在新华社做记者。他 17 岁开始创作科幻小说，1991 年取得第一个重大突破，凭借短篇小说《宇宙墓碑》赢得"世界华人科幻艺术奖"。[1] 他的长篇小说包括《火星照耀美国：2066 年之西行漫记》（2001）、《红色海洋》（2004）、《地铁》（2010）和《高铁》（2012）。韩松频繁借助鲁迅的"铁屋"比喻，利用密闭空间——特别是飞机和火车——来评价这些科学技术在中国的发展进程中所扮演的角色。[2]《乘客与创造者》就是其中一例，小说里的波音飞机乘客陷入无止境的航行之中，以至于他们以为飞机就是整个宇宙。

中国当代科幻小说中另一部遵循"遗忘模式"的作品是张冉的《以太》。张冉 1981 年出生于山西太原，相对而言是中国科幻小说界的新人。现在的张冉是个全职作家，他毕业于北京交通大学，获得计算机科学专业的学位，曾从事 IT 业，后来当过《经济日报》和"中国经济网"的记者和新闻评论员。《以太》是他发表的第一部小说，同时赢得了 2013 年的"银河奖"和"星云奖"——这是中国科幻小说最负盛名的两个奖项。在《以太》讲述的故事里，社会中几乎所有形式的交流都

1　Echo Zhao, "The Three Generals：They Talk to the Future，" *The World of Chinese* 3 (2011): 37-43.

2　Han Song, "Chinese Science Fiction".

受到政府管控。被称为"以太"的纳米粒子把语言和文字中的敏感话题替换为不具有挑衅性的成分。这样的专制环境催生了一个依靠"手指聊天"（在彼此的掌心拼写单词）的激进小组——"手指聊天"是唯一不受审查的交流方式。

根据我的分析，我会说明《乘客与创造者》和《以太》怎样通过同时呼应鲁迅的《狂人日记》和19—20世纪西方科幻小说的经典作品，来融入"信息失落"的认识论和本体论范式。我将关注这两部作品怎样利用与上述两种影响的内在共鸣以及与它们的不同之处。作为结论，我认为这两部作品可以看作在中国近代占据主流的批判现实主义的延续，同时也是英美科幻小说传统的扩展。

和"铁屋"比喻、《狂人日记》以及同类型的西方科幻小说一样，《乘客与创造者》和《以太》都利用了"封闭机制"来建构"遗忘模式"。在《乘客与创造者》中，读者渐渐发现叙述者所说的世界其实是一架波音飞机，这一点呼应了西方科幻小说传统中诸如海因莱因《太空孤儿》的世代飞船传统。对韩松笔下的乘客来说，和海因莱因的故事一样，"整个宇宙止于舱壁"。[1]《乘客与创造者》里虚假世界的出现，是飞机的物理封闭造成的结果，以至于叙述者和同行乘客们真的被关在了"铁屋"里。另一方面，《以太》所呈现的世界似乎和我们的世界相似得多，主人公好像没有遭遇物理封闭；相反，他过着自己的生活，只是感到某种模糊的厌倦和不满，因为人们讨论的都是些微不足道、无聊透顶的话题，比如"如何用肉眼分别蓝鳍金枪鱼与马苏金枪鱼生鱼片""硬币自然坠落正反面概率长期观察"以及"坚决反对切断蚯蚓"。主人公哀叹道：

在我年轻时，网络上充满观点、思想与情绪，热血的年轻人在虚拟世界展开苏格拉底式的激烈辩论，才华横溢的厌世者通过

1　Caroti, p. 15.

文学表达对新生活的渴望，我可以在电脑屏幕前静坐整个晚上，超链接带领我的灵魂经历一次又一次热闹的旅行。如今，我浏览那么多网站头条与要闻，没有找到一个值得点击的标题。[1]

《以太》一开始似乎没有《乘客与创造者》中的物理约束或鲁迅的"铁屋"，只是描绘了一种精神上受压抑的环境。但到了小说结尾，主人公和读者都发现物理封闭其实一直在起作用：封闭机制不是使居民窒息的"铁屋"，而是"以太"——无形的纳米粒子，就和每个人呼吸的空气一样别无二致，它们审查着口头及书面的一切交流内容。

和"铁屋"比喻一样，《乘客与创造者》和《以太》都利用了沉睡和觉醒的隐喻来描绘愚昧和启蒙的反差。《乘客与创造者》真实地描写了一个满是沉睡者的"铁屋"：

> 旁边三十一 B 的乘客睡着了。全世界三百多个人，绝大部分已被深度睡眠控制。一路上，睡眠是人类的忠实伴侣。[2]

叙述者接着描写了乘客们单调乏味的生活：

> 座位——信道——卫生间——信道——座位，这便是生活的全部路径。我们一生都要这样度过。
>
> 黑暗，永远是黑暗。有个被安全带绑得死死的孩子啼哭起来。但睡着的依然睡着。[3]

类似《乘客与创造者》，在《以太》里，睡眠同样和无比单调的日常生活相关联：

1　张冉：《以太》，《科幻世界》2012 年第 3 期。

2　韩松：《乘客与创造者》，《科幻世界》2006 年 8 期。

3　同上。

我努力睁开眼睛，天色已经完全暗了，屋子笼罩在对街脱衣舞俱乐部的霓虹灯光芒中。起居室里只有电脑屏幕闪闪发亮。我揉着太阳穴，从沙发上缓缓坐起，端起咖啡桌上的半杯波旁威士忌一饮而尽。这是本周第几次在沙发上睡着了？我应该上网查查，四十五岁的单身男人在周日下午窝在家里独自上网直至进入一场充满闪回童年经历梦境的睡眠是否有益于身心健康，但头痛告诉我不必打开搜索引擎就能知道：这种无聊的生活在谋杀我的脑细胞。[1]

在《乘客与创造者》和《以太》里，睡眠不仅和愚昧联系在一起，也和无聊联系在一起——两者与遗忘的发生密切相关。

和《狂人日记》一样，《乘客与创造者》和《以太》都以第一人称来叙述，叙述者都是不具姓名的中年男人，鲁迅视之为"浅睡眠者"。但《乘客与创造者》和《以太》与《狂人日记》不同的地方在于故事伊始主人公的觉醒程度。鲁迅笔下的"狂人"在《狂人日记》一开始就已觉醒：小说的主体部分以叙述者三十年来头一回注意到"今天晚上，很好的月光"[2]为开头。就像《盲人国》一样，黑暗与遗忘相关联，光明与觉知相关联。看到许久不见的月光代表日记作者已经觉醒，并意识到了"遗忘模式"的存在。另一方面，《乘客与创造者》和《以太》的开头是主人公处在觉醒的边缘。《乘客与创造者》一开始，叙述者注意到"灯火悬垂着药黄色的须斑，使我也开始犯困"[3]，但不像《狂人日记》里的月亮，这台顶灯只是让主人公越发困倦。

《乘客与创造者》和《以太》的主人公虽然焦躁不安，但直到已经觉醒的"引导者"主动联系他们才真正觉醒。两个叙述者起初很犹豫要不要接触可能制造麻烦的人，但都不可避免地受到好奇心的驱使，对于

1　张冉：《以太》。

2　鲁迅：《呐喊》，第20页。

3　韩松：《乘客与创造者》。

建立起不流于表面的人际关系感到兴奋。此外，两部小说都把主人公感受到的来自"引导者"——引申开来说，也就是"引导者"所代表的觉知——不断增强的吸引力描写成性或爱，但这种表达方式最终证明无法恰如其分地描写主人公体验到的感情幅度。《乘客与创造者》里的"引导者"叫"十八 H"（以他的座位号命名），是叙述者的新邻座，他总喜欢问些离经叛道的问题，质疑主流世界观。有一次在和十八 H 探讨宇宙的性质时，叙述者感受到一股涌动的欲望：

> 似乎有某种东西在我的体内苏醒。下面于是再也无法软下去了，面颊涂了火药般，从表层开始猛烈地燃烧起来。[1]

叙述者对这样的体验感到惊恐，内心十分矛盾：

> 这时，我希望再来一次座位大调整，离开十八 H；但我其实也不情愿离开十八 H，我想听他讲述新奇的宇宙论。
> 年轻的十八 H 其实是一个漂亮男人。[2]

《以太》里的"引导者"叫黛西，一个年轻女人，在街上偶然遇到叙述者，当时她正在躲避警察。遇到主人公时，她在他的掌心画了一条神秘信息，主人公后知后觉地意识到那是邀请他到一处偏僻的所在与她见面。主人公在思考要不要接受邀请的时候，心想：

> 那里有什么？我不知道。但我知道在四十五年循规蹈矩的生涯里，并没有任何穿黑色连帽衫的女士用极其隐秘的方式给我留下联系地址的离奇经历——或者说，我根本是一个没有女人缘的

1　韩松：《乘客与创造者》。

2　同上。

失败者。无趣的人生里，终于出现了一点有趣的事情，无论是荷尔蒙的驱动（如同嗅觉敏锐的瘦子所说）还是好奇心勃发，我都决定穿上风衣，去伊甸道289s寻找一些不曾有过的经历。[1]

认识黛西之后，他对她的迷恋越发强烈。在这两部小说里，"引导者"所代表的觉知对于主人公的理性吸引，都被不可撼动地与爱的吸引以及对与人相伴的渴望相联系。通过这种方式，韩松和张冉对我们熟悉的"遗忘模式"进行了改造，使之适合处理当代的"异化"主题。

和《狂人日记》一样，《乘客与创造者》和《以太》都把叙述者试图恢复"失落信息"、反对密闭世界正统性的行为描述成疾病或疯癫。在《乘客与创造者》里，叙述者怀疑道："我想我可能也得了什么病。我会死掉吗？"[2] 在《以太》里，主人公告诉精神病医生"自由的精神正在死去"，医生的回答是"我看到的，是社会与民主的进步。你有没有想过某种阴谋论的精神症状使你怀疑一切，包括和谐的文化氛围"，随后还开了药，要"把你不切实际的幻想都丢掉"。[3] 就像《盲人国》和《狂人日记》里的主人公试图确认和纠正"遗忘模式"的行为遭到病态化处理一样。

在《狂人日记》《乘客与创造者》和《以太》里，语言的惯例和规范促成了各自社会经历的集体失忆；而且在这三部小说里，"被找回的文档"（希比称之为"船长日志"[4]）对于揭露和扭转"遗忘模式"都显得至关重要。鲁迅笔下的"狂人"一定真正悟到了字里行间的言外之意，从而发现古代的语言文化满是"吃人"。在韩松的小说里，乘客们从小就被座椅靠背上显示器里的程序洗脑了，以至于对那些暗示宇宙属性的词语——比如"飞"——全然不知。主人公和他的"引导者"以及

1　张冉：《以太》。

2　韩松：《乘客与创造者》。

3　张冉：《以太》。

4　Shippey, p. 17.

另一批"浅睡眠者"后来取得了突破，他们在行李舱发现了和自己受到的教育相矛盾的文件。文件包括一本飞行执照，上面有叙述者的照片，透露了他叫王明，是这架飞机的机长。在《以太》里，"手指聊天"组织一开始就为叙述者提供了一些表面的真相；后来，主人公被抓进监狱，一封"找回的文档"揭示了他们受骗的程度。监狱阅读室里有一本书的内页上写着盲文，叙述者发现了一条信息，披露了空气中微型纳米机器人的存在，也就是所谓的"以太"：

> 它们会自动侦测具有潜在威胁的文字（可见光信号）和声音（音波信号），将之替换为无害信息，并将发布者记录在案。它们附着在印刷文本和标语牌表面，通过光偏振向除发布者之外的观察者发布欺骗光学信号；它们改变声波扩散形态，向除发布者之外的倾听者发布欺骗声学信号，当然，发布者本身因为骨骼的传导作用，听到的还是自己的原本想说的话。漂浮在空气中的小恶魔使"以太"无所不能、无所不在，如同哲学家口中人类无法察觉却充满一切空间的神秘物质——"以太"本身。[1]

在这三部小说里，"被找回的文档"对揭露和质疑（至少是暂时的）主流宣传机构散布的虚假世界观都是至关重要的。

《乘客与创造者》和《以太》所展示的"遗忘模式"是中国当代科幻小说中一再重复的主题。除了本文讨论的两部小说，"遗忘模式"的种种变体在其他作品中也大量出现。韩松的《地铁》同样涉及密闭世界；《以太》和马伯庸 2005 年发表的《寂静之城》具有很多类似的主题——在《寂静之城》里，口头和书面的交流受限于不断缩小的"安全词汇"列表。与《乘客与创造者》和《以太》相比，《寂静之城》关注的是"信息失落"的过程，而不是"遗忘模式"形成后的作用。

1　张冉：《以太》。

即使是刘慈欣的"硬"科幻——因其以宇宙为单位进行详细的科学解释而闻名，区别于韩松等作家致力于社会批判的"软"科幻——也可以按照"遗忘模式"来理解。在《三体》三部曲中，世代飞船的居民遇到了四维空间带。这时，人类受限于对三维世界的理解，就像威尔斯笔下安第斯山谷里受限于失明的居民一样。当人类第一次遇到似乎颠覆了他们的观察能力的陌生四维空间时，他们错误地以为发疯是唯一可能的解释。只有经过多年研究，人类才得以理解以前的四维空间居民留下的遗物所传达的信息；而在此刻，要阻止将太阳系转变为二维空间、毁灭所有生命的攻击为时已晚。这些例子说明上述修辞方式在中国科幻小说中的普遍性。

把中国当代科幻小说中"遗忘模式"的例子简单解读成对政府审查制度的批判是很吸引人的。尽管《以太》的故事背景设定在美国，但精神病医生提到的"和谐的文化氛围"可能指的是"和谐社会"之类的政策。实际上，早已有西方人借鉴科幻小说的"遗忘模式"来分析共产主义社会，比如美国教育学家乔治·康茨（George Counts）就提到他的一个朋友把《盲人国》说成是"有史以来描写苏联的最好作品"。[1] 但刘宇昆反对将中国科幻小说作如此解读："因为我们总是相信当代中国是一个反乌托邦[2]（Dystopia），同时也是和美国竞争统治权的对手，我们倾向于把中国当代科幻小说全部解读成反乌托邦作品，认为其中的矛盾冲突集中在中国与西方的关系。"[3] 我比较同意仅仅把《乘客与创造者》和《以太》理解成当代中国社会的隐喻太过简单化了。这样的解读忽视了故事中与西方科幻小说以及早先由鲁迅创作的中国文学作品之间的关联。

---

1 George S. Counts and Nucia Lodge, *The Country of the Blind：The Soviet System of Mind Control*, Boston：Houghton Mifflin Company，1949，p. x.

2 也译作"恶托邦""敌托邦""废托邦""反面乌托邦"等。——译者注

3 Ken Liu, "Invisible Planets/Invisible Frameworks — Assembling an Anthology of Contemporary Chinese SF".

结论

我在分析《乘客与创造者》和《以太》时，对这两部作品的定位是：它们既和早先（自威尔斯以来）相同类型的西方科幻小说有关，也和鲁迅的经典作品有关。我并没有把科幻小说和批判现实主义看成截然对立的两面，而是展现了鲁迅对中国当代科幻小说的奠基意义，就像他对中国文学的"主流"所起的作用一样。我论证了中国当代科幻小说怎样和中国现代文学保持连贯性，同时又融入科幻小说这一文类的"国际性"。我认为这种文类混杂性是决定中国当代科幻小说特征的重要因素，或许还可以部分解释中国科幻小说同时在国内和国外人气日增的原因。

陶磊译　原载《文学·2017春夏卷》，上海文艺出版社2017年版

论顾均正对美国科幻的吸收融合

——以《在北极底下》为例

上原香（上原かおり）

序

　　在中国科幻小说的发展史上，顾均正具有重要的地位。普遍的观点认为，他一生共创作了六篇科幻小说[1]。其中较为人们所熟知的是，自1930年代末至1940年间发表的四篇小说[2]，即《在北极底下》《和平的梦》《伦敦奇疫》和《性变》。在中国，这些作品被视为"早期'硬科幻'"[3]，被誉为"中国早期科幻文学'注重技术细节'派的一种巅峰状态"[4]，

1　叶永烈：《中国科幻小说的回顾与展望》，寒山碧主编：《中国新文学的历史命运》，香港：香港艺术发展局，2007，第120页。

2　刘为民指出，顾均正在1920年代在《学生杂志》上发表了"科幻性质的创作"《无空气国》和《星的进化》。刘为民：《科学与现代中国文学》，合肥：安徽教育出版社，2000，第157页。另外，任冬梅的博客文章《发现顾均正第五篇科幻小说！》指出，《无空气国》的署名为"均正"，刊载于《学生杂志》第13卷第1期（1926.1）。笔者通过阅读确认了《无空气国》是具有科幻风格的讽刺小小说。至于《星的进化》，未见。

3　叶永烈：《第一卷说明》，叶永烈编：《大人国：中国科幻小说世纪回眸（第1卷）》，福州：福建少年儿童出版社，1999，第2页。

4　吴岩：《1940年代：大师的相同与不同》，吴岩、吕应钟：《科幻文学入门》，福州：福建少年儿童出版社，2006，第240页。

受到了高度评价。但笔者在研究的过程中，却发现前三篇作品都有英文原作可寻。

一、编辑顾均正

关于顾均正（1902—1980，浙江嘉兴人）的经历，笔者曾在另一篇论文中给出详细介绍[1]，在这里就只作简单叙述。顾均正毕业于浙江省立第二中学校，之后在农村的小学任教，并自学英语。[2]1923 年，他通过商务印书馆翻译考试之后，开始从事编辑工作。1928 年，转入开明书店。新中国成立后，开明书店和青年出版社合并为中国青年出版社。1952 年，顾均正随开明书店进入中国青年出版社，担任副社长兼副总编辑一职。1920 年代，顾均正在工作之余主要研究、翻译外国儿童文学。1930 年之后，他在开明书店参与创办《中学生》，并且在编辑工作中对理科方面读物的兴趣日渐增加，业余编译创作也由童话方面转向科普。

1937 年，八一三淞沪战役的战事对开明书店造成了各方面的影响，《中学生》停刊。1939 年复刊时，编辑部已迁移到了别处。而留在上海的顾均正与索非、刘振汉一起创办《科学趣味》（1939.6—1942.6），也就是在这时科幻小说集《在北极底下》出版了。

1　上原かおり：《科学小说作家顧均正と「倫敦奇疫」》，《日本中国当代文学研究会会报》第 27 号，2013.11。

2　关于顾均正的经历，参看顾均正著，顾铨选编《和平的梦》（中国科普佳作精选，湖南教育出版社，1999.8）；周孟璞主编《科幻爱好者手册》（四川辞书出版社，2000.4）；唐锡光《科普读物的倡导者顾均正》（《我与开明》，中国青年出版社，1985.8）；李盛平主编《中国近现代人名大辞典》（中国国际广播出版社，1989.4）；中国名人研究院编《中国当代艺术界名人录》（社会科学文献出版社，1993.5）；李立明《中国现代六百作家小传》（波文书局，1977.10）；徐迺翔、钦鸿编《中国现代文学作者笔名录》（中国现代文学史资料汇编 丙种，湖南文艺出版社，1988.12）等。

二、由《在北极底下》的序言看出的顾均正与根斯巴克之观点的异同

《在北极底下》被编入"少年读物丛刊"，于 1940 年 1 月由文化生活出版社出版，之后更名为《和平的梦》，被编入"少年科学丛书"，同年 9 月由同出版社出版。笔者的对比研究工作是以《在北极底下》（文化生活出版社，1940）为文本，本论文中出现的引用页码对应的也是这本小说集。此外，顾均正在《在北极底下》出版的当时将"Science Fiction"译为"科学小说"，但在本文中，按照现在的习惯，除了引用文以外使用的都是"科幻小说"。

从本书序言可以得知，顾均正对赫伯特·乔治·威尔斯的作品感兴趣、读过一些地摊杂志（Pulp Magazine）、有科普的意识等三件事。关于这三件事，笔者在其他论文中就顾氏对威尔斯作品的兴趣问题已经有过论述[1]，在这里不再赘言，这篇论文考察其他两点。很早以前就有研究指出顾均正的科学普及的意识[2]。本篇论文分析先行研究中没有讨论过的他与雨果·根斯巴克在观念上的异同。

在序言中，顾均正列举了"最近所见到而尚能记得起的"五份科幻专门杂志，即 Amazing Stories、Thrilling Wonder Stories、Marvel Science Stories、Science Fiction 和 Dynamic Science Stories。众所周知，1926 年由雨果·根斯巴克创办的 Amazing Stories（1926.4—2005.5）被视为 Science Fiction 这一类型文学出现的标志[3]。顾均正也在序言中介

1　上原かおり：《科学小説作家顧均正と「倫敦奇疫」》。

2　叶永烈：《论科学文艺》，北京：科学普及出版社，1980，第 81 页。肖建亨：《试谈我国科学幻想小说的发展——兼论我国科学幻想小说的一些争论》，黄伊主编：《论科学幻想小说》，北京：科学普及出版社，1981，第 17-18 页。

3　例如，《SF の诞生》（ロバート・スコールズ、エリック・ラブキン合著，伊藤典夫、浅仓久志、山高昭合译《SF その歴史とヴィジョン》，TBS ブリタニカ，1980. 11）第 74 页（原著为 Robert Scholes and Eric S. Rabkin, *Science Fiction: History, Science, Vision*, New York: Oxford University Press, 1977.）；《SF 创成期（一九一〇～二〇年代）》（石原藤夫、金子隆一《SF キイ・パーソン＆キイ・ブック》，讲谈社现代新书，讲谈社，1986. 5）第 16-23 页；巽孝之《SF（空想科学小说）》条目（《世界文学大辞典》第 5 卷，集英社，1997. 10）第 114-115 页。

绍了 *Amazing Stories* 之后陆续出现的同类杂志，可以窥见他对于正统科幻小说的认识。

在 *Amazing Stories* 创刊号的前言"A New Sort of Magazine"中，根斯巴克把自己想要刊登的小说称为"Scientifiction"，并作出如下解释：

> 我所说的科幻小说（原文：Scientifiction），是指类似于儒勒·凡尔纳、H·G.威尔斯和埃德加·艾伦·坡所创作的一类故事——兼具科学事实性和预见性的、吸引读者的小说（原文：Romance）[1]

实际上，根斯巴克在 *Amazing Stories* 上重新刊登了坡、凡尔纳、威尔斯的作品。其中威尔斯的作品被刊登的次数尤其多，从创刊号到第 29 号每期都刊登了威尔斯的作品。[2] 附带说一下，自根斯巴克将

1　Hugo Gernsback, "A New Sort of Magazine," *Amazing Stories* 1.1 (1926)：3. 原文如下：By "scientifiction" I mean the Jules Verne，H. G. Wells，and Edgar Allan Poe type of story—a charming romance intermingled with scientific fact and prophetic vision.

2　根据《Amazing Stories》目录，威尔斯作品的登载情况如下所示：1 "The New Accelerator" 1（1）［1926.4］2 "The Crystal Egg" 1（2）［1926.5］3 "The Star" 1（3）［1926.6］4 "The ManWho Could Work Miracles" 1（4）［1926.7］5 "The Empire of the Ants" 1（5）［1926.8］6 "In the Abyss" 1（6）［1926.9］7 "The Island of Dr.Moreau（Serial in 2 parts）（First Part）" 1（7）［1926.10］8 "The Island of Dr. Moreau（Serial in 2 parts）（Conclusion）" 1（8）［1926.11］9 "The First Men in theMoon（Serial in 3 parts）Part I" 1（9）［1926.12］10 "The First Men in the Moon（Serial in 3 parts）PartII." 1（10）［1927.1］11 "The First Men in the Moon（Serial in 3 parts）Part Ⅲ ." 1（11）［1927.2］12 "Under the Knife" 1（12）［1927.3］13 "The Remarkable Case of Davidson's Eyes" 2（1）［1927.4］14 "The Time Machine" 2（2）［1927.5］15 "The Story of the Late Mr.Elvesham" 2（3）［1927.6］16 "ThePlattner Story" 2（4）［1927.7］17 "The War of the Worlds（A Serial in 2 Parts）Part I" 2（5）［1927.8］18 "The War of the Worlds（A Serial in 2 Parts）Part I" 2（6）［1927.9］19 "Epyornis Island" 2（7）［1927.10］20 "A Story of the Stone Age" 2（8）［1927.11］21 "The Country of theBlind" 2（9）［1927.12］22 "The Stolen Body" 2（10）［1928.1］23 "Pollock and the Porr oh Man" 2（11）［1928.2］24 "The Flowering of the Strange Orchid" 2（12）［1928.3］25 "A Story of the Daysto Come（A Serial in 2 parts）. Part I" 3（1）［1928.4］26 "A Story of the Days to Come（A Serial inTwo Parts）. Part I" 3（2）［1928.5］27 "The Invisible Man（A Serial in Two Parts）Part I" 3（3）［1928.6］28 "The Invisible Man（A Serial in Two Parts）Part I" 3（4）［1928.7］29 "The Moth" 3（5）［1928.8］。又参看，マイク・アシュリー（Mike Ashley）著，牧眞司译《SF 雑誌の歴史パルプマガジンの饗宴》，东京：创元社，2004，第 68 页. 原著为 *The Time Machines, The Story of the Science-Fiction Pulp Magazines from the Beginning to 1950*, Liverpool: Liverpool University Press，2000.

"Scientifiction" 这一词在 1929 年创刊[1] 的 *Science Wonder Stories* 创刊号上改称为 "Science Fiction"[2]，这个词一直沿用至今。

根斯巴克在 "*A New Sort of Magazine*" 中表达的科幻小说观是将科学启蒙融入科幻小说中。

> 这些惊异的故事，读起来不仅非常有意思，而且始终具有教育意义。小说中提供给我们在其他地方肯定获得不到的知识，而且还写得非常浅显易懂。<u>因为这些一流的新型写手，拥有将知识和灵感，在不让我们感到被教育的情况下传达给我们的能力。</u>[3]（下划线为引用者所加）

在利用科幻小说做科普工作这一点上，顾均正是有着与根斯巴克相似的想法：

> 那末我们能不能，并且要不要利用这一类小说来多装一点科学的东西，以作普及科学教育的一助呢？／我想这工作是可能的，而且是值得尝试的。／本集中的所选的三篇小说，便是我尝试的结果。（《序》第 iii、iv 页。"／"为引用者所加，意指换行）

不过，在创作的方针上，两者却有所不同。如上引用文中的下划

1　根斯巴克自 1926 年 4 月号（创刊号）起至 1929 年 4 月号担任 *Amazing Stories* 的主编。因资金问题，将该杂志出售给别人之后，1929 年 5 月创办了 *Science Wonder Stories*（封面是 6 月号），至 1936 年 3・4 月号间担任主编。**マイク・アシュリー**（Mike Ashley）：《SF 雑誌の歴史パルプマガジンの饗宴》，第 80-93、108-113、123-124、318-319 页。

2　《SF 創成期（一九一〇～二〇年代）》（石原藤夫、金子隆一《SF キイパーソン＆キイ　ブック》），第 23 页。

3　Hugo Gernsback," A New Sort of Magazine", p.3. 原文如下：
Not only do these amazing talesmake tremendously interesting reading—they are also always instructive. They supply knowledge that we might not otherwise obtain—and they supply it in a very palatable form. For the best of these modern writers of scientifiction have the knack of imparting knowledge，and even inspiration，without once making us aware that we are being taught.

线的部分可知，根斯巴克注重不让科幻小说表现出刻意的说教意味。
而相对而言，顾均正的《在北极底下》所收录的三篇小说——后文将
作出分析——有很多原作里没有的、与科学知识相关的解释和注解。
顾均正对刊载于美国的科幻专门杂志的作品，起初"总觉得其中空想
的成分太多，科学的成分太少。"（《序》，第 iii 页）1930 年代，顾
均正可能购阅到的五份杂志是什么样的杂志？笔者想对这些杂志作简
单介绍。

　　首先，在 *Amazing Stories* 上受欢迎的两巨头不是与根斯巴克的科幻
小说观相符的凡尔纳与威尔斯，而是埃德加·赖斯·巴勒斯与亚伯拉
罕·格雷斯·梅里特。[1] 巴勒斯是以泰山系列与火星系列驰名的作家，
他虽然把具有科学性的点子加进作品，可是冒险部分所占比重较大。梅
里特的作品以奇幻为主。[2] 而且，1928 年，刊载爱德华·埃尔默·史密
斯的超科学、天真烂漫的《宇宙的云雀号》之后，类似的作品成为 30
年代的主流。[3] 故事是以宇宙为舞台，太空船的冒险旅行为故事主线，
旅行途中遇到各式各样奇怪的外星人。而《宇宙的云雀号》也被视为所
谓太空歌剧（space opera；以宇宙为舞台的冒险武戏）的原型。也就是
说，顾均正能拿到手的很可能是以扣人心弦的太空歌剧成为主流时期的
Amazing Stories。

　　其次，*Thrilling Wonder Stories* 是自 *Science Wonder Stories*（1929.6—
1930.5）更名为 *Wonder Stories*（1930.6—1936.4），又更名为 *Thrilling
Wonder Stories*（1936.8—1955 冬季号）的杂志。这本杂志也是由根斯
巴克创办的。最初在他手下做编辑的戴维·拉瑟建议经常投稿的写
手们将写实主义融入作品里，收集到了非荒诞无稽、具有逻辑性的故

1　マイク・アシュリー（Mike Ashley）：《SF 雑誌の歴史パルプマガジンの饗宴》，第 71 页。

2　同上。

3　同上，第 77-79 页。

事。[1]接班做编辑的查尔斯·D·霍尼格提出了排除陈词滥调老一套的故事情节而把重点放在新鲜、具有独创性的点子上这一新方针。但由于他过于强调新方针，作家们不再投寄新作给他，而致使他错过了杰作。[2]由于业绩不振，1936 年 2 月，根斯巴克把 *Wonder Stories* 卖给另一家杂志社[3]。这本杂志在更名后继续发行，也就是顾均正在序言中举出的 *Thrilling Wonder Stories*。杂志继承了"科学 Q&A"（原文：Science Questions and Answers）"科学知识考试"（原文：自 What is Your Science Knowledge？到 Test Your Science Knowledge）等栏目，基本构成没有改变，但是就小说内容而言，由重视科学因素转变为重视打斗因素。*Thrilling Wonder Stories* 第一期的封面上画有一种大眼珠子的生物（图 1），这种风格的封面图后来成了这本杂志的代表，从而产生了意指"童书一般的科幻"的"大眼珠子怪物（原语：Bug Eyed Monster）"这一词。[4]也就是说，当时 *Thrilling Wonder Stories* 是针对年轻读者的、重视打斗的科幻杂志。

其他三种杂志是什么样的呢？杂志 *Marvel Science Stories*（创刊于 1938.8）先是更名为 *Marvel Tales*（更名于 1939.12），后又更名为 *Marvel Stories*（更名于 1940.11，休刊于 1941.4，复刊于 1950.11，停刊于 1952.5），间断发行。营销出版商马丁·古德曼与罗伯特·O·埃里斯曼起初就要求作家们比以往的科幻小说增加情欲与性方面的描写。而且，自从杂志名删掉"Science"之后，阵地也多被恐怖小说作家占据。由于这部杂志的销量很好，从而涌现出很多新的科幻杂志。[5]其中之一就是 *Marvel Science Stories* 的姊妹杂志 *Dynamic Science Stories*（1939.2—1939.4/5）。不过 *Dynamic Science Stories* 仅发行了

1　**マイク·アシュリー**〔Mike Ashley〕：《SF 雑誌の歴史パルプマガジンの饗宴》，第 90-94 页。

2　同上，第 108-109 页。

3　同上，第 113 页。

4　同上，第 124 页。

5　同上，第 146-150 页。

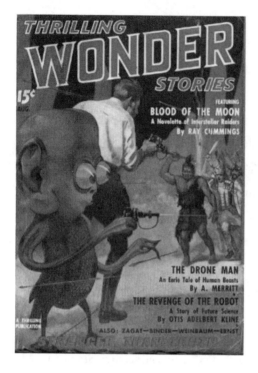

图 1　*Thrilling Wonder Stories*
第 1 期的封面

两期就停刊了。[1]

　　Science Fiction（创刊于 1939.3）由有科幻杂志编辑经验的查尔斯·D·霍尼格担任编辑，但由于稿费很低，成了其他杂志不采用的稿件的云集之处，销路也不佳，于 1941 年 10 月，与姊妹杂志 *Future Fiction*（创刊于 1939.11）合并成为 *Future Combined with Science Fiction*，之后更名为 *Future Fantasy and Science Fiction Stories*（更名于 1942.10），再次更名为 *Science Fiction Stories*（更名于 1943.4），于 1943 年 7 月停刊。[2]

　　顾均正大概是阅读了以上这些科幻杂志中的作品，因此批判它们"其中空想的成分太多，科学的成分太少"，并且提出了"多装一点

1　マイク·アシュリー（Mike Ashley）：《SF雑誌の歴史パルプマガジンの饗宴》，第 168、323 页。

2　同上，第 180-183、321、327 页。

科学的东西，以作普及科学教育的一助"的科幻小说。

《在北极底下》中收录了《和平的梦》《伦敦奇疫》和《在北极底下》。这三篇小说与原作的不同之处，主要是有关科学的补充解释。下面将在第3节中明确一下各篇作品与其原文的发表情况；在第4节介绍一下各篇作品的内容，并分析原作与顾均正作品的异同。

三、《在北极底下》与原作的发表概况

《在北极底下》中所收录的作品和对应原作所刊登的刊物和发表时间如表1所示。

表1　《在北极底下》所收录的作品和原作的发表情况（按收录顺序排列）

	原作	顾均正的作品
1	Robert Castle［Edmond Moore Hamilton］.（March, 1939）"The Conqueror's Voice." *Science Fiction*, 1(1), pp. 34-45	《和平的梦》：署名为振之。《中学生活》第1卷第3期（1939.5）第74-85页、第4/5期（1939.6）第107-120页。
2	Frederic Arnold Kummer, JR.（April, 1939）"The Invisible Invasion." *Amazing Stories*, 13（4）, pp.40-52	《伦敦奇疫》：署名为振之。《科学趣味》第1卷第1期（1939.6）第31-38页、第2期（1939.7）第87-92页、第3期（1939.8）第119-126页。

续表

	原作	顾均正的作品
3	Ed Earl Repp.（April-May, 1939）"Under the North Pole." *Dynamic Science Stories* 1（2），pp. 80-93	《在北极底下》：署名为振之。《中美日报》1939. 4. 14—1939. 7. 28。在《中美日报》每周五第八版开设了"现代科学"专栏。由刘振汉编辑。自 1939 年 4 月 14 日至 7 月 28 日在该栏目上连载《在北极底下》，共十二回。详细情况如下所示：①"现代科学"第 24 期（1939. 4. 14）、②"现代科学"第 25 期（1939. 4. 21）、③"现代科学"第 26 期（1939. 4. 28）、④"现代科学"第 27 期（1939. 5. 5）、⑤"现代科学"第 28 期（1939. 5. 12）、⑥"现代科学"第 29 期（1939. 6. 9）、⑦"现代科学"第 30 期（1939. 6. 16）、⑧"现代科学"第 32 期（1939. 6. 30）、⑨"现代科学"第 33 期（1939. 7. 7）、⑩"现代科学"第 34 期（1939. 7. 14）、⑪"现代科学"第 35 期（1939.7.21）、⑫"现代科学"第 36 期（1939.7.28）。

从表 1 可知，在原作发表之后没过多久，顾均正的翻译加工作品便刊登出来了。由此可见顾均正在文学事业上灌注了充沛的精力。

图 2 是 *The Conqueror's Voice* 的标题页资料。图 3 是科幻小说集《在北极底下》的扉页，可以判定由 Jack Binder 所绘的插图被直接用于扉页。这幅插图也被用于封面。

图 2 *The Conqueror's Voice*
标题页（illustrated by Jack Binder）

图 3 《在北极底下》扉页

四、逐篇分析

（一）《和平的梦》

《和平的梦》中，极东国科学家李谷尔利用催眠无线电播送"极东国永远是美国的好朋友"，灌输与极东国友好的思想，对美国人民进行洗脑。美国情报工作者夏恩·马林发现并阻止了催眠无线电，将美国人民从和平的噩梦中拯救出来。

这篇作品的科学、技术方面的内容取材自无线电，具体来说是收音机播放、无线电干扰和利用收音机的催眠术。

说起无线电通信技术的发展，最初是在 19 世纪，由詹姆斯·克拉克·麦克斯韦首先预测了电磁波的存在，随后海因里希·赫兹用试验证实了电磁波的存在。到了 20 世纪初，古列尔莫·马可尼接连发明了火花震荡器和粉末检波器，并利用莫尔斯电码文实现了跨越大西洋的无线电通信。之后，约翰·弗莱明发明了二极管，降低了检测电波的难度，紧接着李·德福雷斯特发明了真空三极管。真空三极管的发明使放大电路成为可能，并且最终在匹兹堡实现了无线电广播播送。众所周知，1920 年代到 1930 年代，欧美地区的广播和收音机得到了普及。1930 年代，德国希特勒政府任命约瑟夫·戈培尔为国民教育与宣传部部长，他将报纸和广播控制在纳粹的手中。而广播作为心理战术的有效手段被用作政治宣传，从而推动了"国民收音机"的大量生产。与无线电相关的技术不仅仅被用于广播，发明于 1920 年代末期的定向无线电波也为船舶和飞机的行驶带来了便利。1930 年代开始试验并实用化的军事雷达，在二战中也被有效利用。[1]

---

1 关于电磁波和无线电技术，参看以下：植村美佐子等编译《MARUZEN 科学年表——知の 5000 年史》（丸善，1993.3）原著为 Alexander Hellemans and Bryan H. Bunch, *The Timetable of Science: A Chronology of the Most Important People and Events in the History of Science*, Simon & Schuster，1988. 水越伸《メディアの生成—アメリカ・ラジオの動態史》（同文館出版，1993.2）；山本武利《ブラック・プロパンガンダ—謀略のラジオ》（岩波书店，2002.5）；高橋雄造《ラジオの历史—工作の〈文化〉と電子工業のあゆみ》（法政大学出版局，2011.12）。

在中国，美国人 E·G·奥斯邦与英文报纸《大陆报》合作创办的"大陆报—中国无线电公司广播电台"（XRO）于 1923 年 1 月 23 日播放的广播是中国"境内"首次的广播播放。[1] 不过，奥斯邦此举并没有获得民国政府的许可，不久之后便被强行取缔。在那之后，由外国人创办的广播电台陆续出现在上海[2]。1920 年代后期，开始出现了由中国人自己创办的广播电台：1926 年创办的哈尔滨广播无线电台（XOH。于 1928 年变更为 COHB）、1927 年开办的天津广播无线电台（COTN）和北京广播无线电台（COPK）、1928 年开设的沈阳广播电台（COMK）。除了这些公营的广播电台之外，1927 年，上海的上海新新公司开始播音。同年，北京的燕声广播电台等民营广播电台也陆续开始播音。[3]1932 年，国民党政府正式设立了中央广播无线电台管理处。以此为契机，中国主要城市的公营广播电台陆续成立。[4]1920 年代到 1930 年代初期出现的公营广播电台中，有半数以上集中在上海地区[5]，上海的收音机普及程度也远远高于其他地区。[6]

对居住在上海的顾均正而言，广播可以说是非常贴近于生活的媒体。

顾均正在作品集的序言中说："《和平的梦》是可能性最大的一篇。用无线电来作群众催眠，现在虽然还没有实现，但是它的希望是极大的。"（《序》，第 iv 页）。同时，他指出"强力的暗示，却确能使人发生一种不自知的信仰"（《序》，第 iv 页），并提到了希特勒演讲所具有的暗示力。由此，可以得知他本人对将具有暗示意义的演讲通过广播播放来煽动大众的现象很感兴趣。另一方面，在作品中，催

1　赵玉明：《中国现代广播简史》，北京：中国广播电视出版社，1987，第 6 页。

2　同上，第 7-9 页。

3　同上，第 13-16 页。

4　貴志俊彦：《第三章東アジアにおける「電波戦争」の諸相》（貴志俊彦、川島真、孫安石编《戦争・ラジオ・記憶》，东京：勉诚出版，2006，第 37-38 页。

5　同注 1，第 22 页。

6　同注 4，第 39 页。

眠电波是通过干扰电波的形式覆盖了美国的广播。顾均正在序言中附注了欧洲各地发生的广播电波干扰事件的新闻记事，说类似于这种奇异的广播播送为"这可说是将来秘密的催眠式的电波战的先声"（《序》，iv 页）。战争年代的无线电战，在顾均正将本篇小说引进中国时，正在展开。

就顾均正作品与原作的异同而言，前者基本上是后者的直译，不过也可以明显看出大篇幅添加以及用词变化的地方。

有两个词汇有明显的改变，原作中的"Eurasian Empire"（欧亚帝国），在顾均正的作品中被翻译成了"极东帝国"，并且"Eurasia"被翻译成了"极东国"。又例如，李谷尔博士在原文中是"physiologist"（生理学家），而顾均正的作品中他变成了"心理学家"。笔者认为顾均正对后者的改动是出于便于科学的解释说明的意图，而对前者的用词变化是出于个人感情问题。至今为止，一般都认为这部作品中的"极东国"指代的是日本。[1]毫无疑问将原作中的"欧亚帝国"翻译成"极东帝国"，对中国的读者来说故事变得更容易接受，且可以留下深刻印象。

大篇幅的添加的地方有两处，第一处是《和平的梦》全46页中大约有6页关于催眠术和心理学的知识，第二处大约有8页，主要是围绕无线电的科学知识和技术的说明文字。

关于催眠术，作品中注释了般含（Bernheim）等人的南赛学派（Nancy School[2]），也就是所谓后催眠暗示（事先在清醒状态下完成催眠状态的暗示）相关知识，暗中指出了其与灵媒和魔法的不同之处。

对无线电相关的科学技术，添加了说明的主要是马林在查明李谷尔博士隐匿广播电台的场所时所使用的无线方向探知技术。马林在自己的

1　叶永烈：《论科学文艺》，北京：科学普及出版社，1980，第84页；吴岩主编：《科幻文学理论和学科体系建设》，重庆：重庆出版社，2008，第266页。

2　小说中记载的是"Nacy School"。

飞机上装载了定向性的环形天线接收催眠广播，用三角测量的方法查出了秘密广播电台。顾均正为了便于读者理解上下文，配合图解讲解了无线电相关的科学知识和技术。此外，文中还涉及了定向无线电波的知识，向读者讲解了无线电在当时是怎样被利用的。此添加说明处共出现了六幅图，分别是图一：通电线圈中的磁力线说明图，图二：环状天线的示意图，图三：电波和磁波垂直交叉产生无线电的示意图，图四：天线周围电磁场产生的状况，图五：俯视视角下天线周围的磁力线的示意图，图六：船舶无线方向探知方法的说明图。例见文中图4。

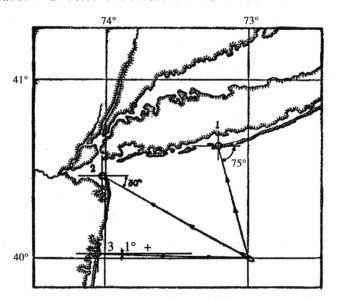

船舶的无线电定向法。无线电罗盘第一分站测得从船上发来的无线电波的方向为正东偏南75°，第二分站测得为正东偏南30°，把这两条直线放在地图上，即得其交点的经度为73°，纬度为40°。从第三分站测得的方位，为正东偏南一度，不过覆核其他两数值的精确程度而已。

图 4　船舶无线方向探知方法的说明图

（二）《伦敦奇疫》

《伦敦奇疫》讲述的是伦敦市内突发奇怪的疫情，美国青年科学家殷格郎查明病因为德国使用的化学武器，并阻止了疫情的扩散，拯救了伦敦的故事。

关于这篇作品的科学、技术性的内容取材，笔者曾在另一篇论文中给出了详细介绍[1]，在这里就只比较原作与顾均正的作品。

故事的发生发展和结构情节并没有变化，省略和意译的部分倒是随处可见。另外，文中没有出现《和平的梦》那样大篇幅的说明文字，不过为了对科学知识进行补充说明，改写的地方也不少。

例如，原作和顾均正的作品中都给出了硝酸和氮酸化合物的化学方程式，辅助说明。首先氮气吸收阳光的能量，与空气中的氧气结合，生成二氧化氮。二氧化氮又与伦敦的雾气（水分）发生反应，生成硝酸和一氧化氮。整个生成过程在文中是借助开发触媒的德国人斯坦其尔博士之口予以说明的。如图5、图6所示，分别是原文和顾均正作品中给出化学方程式的部分。与原作相比，显然顾均正的作品为了方便读者理解，考虑到了阅读的视觉效果。

作品中，改写得更明显的地方是灰色谜样之物的登场，也就是触媒相关的论述部分。原作和顾均正的作品中，向读者解释触媒为何物的论述部分，使用的方法完全不同。

原作中，对促使生成硝酸的"触媒（Catalyst）"的解释所示，添加注解[2]，提示读者触媒是类似于促进光合作用生成的叶绿素一般的物质，是一种含有碳元素的有机物。

---

1 上原かおり：《科学小説作家顧均正と「倫敦奇疫」》。

2 "The Invisible Invasion." *Amazing Stories* 13（4），p.51. 关于 catalyst 的注解，原文如下：A similar process would be the manner in which the cholorophyll of plants can utilize the sun's energy to create chemical changes. This is known as photo-synthesis. It would seem that Stengel's grey powder is an organic catalyst utilizing the sun's energy to unite oxygen and nitrogen into nitrogenperoxide which would in turn unite with the moisture in the air to create nitric acid.Thus，each particle of dust would be a miniature acid factory，giving off hundreds，thousands of times its own weight in nitric acid.-Ed.

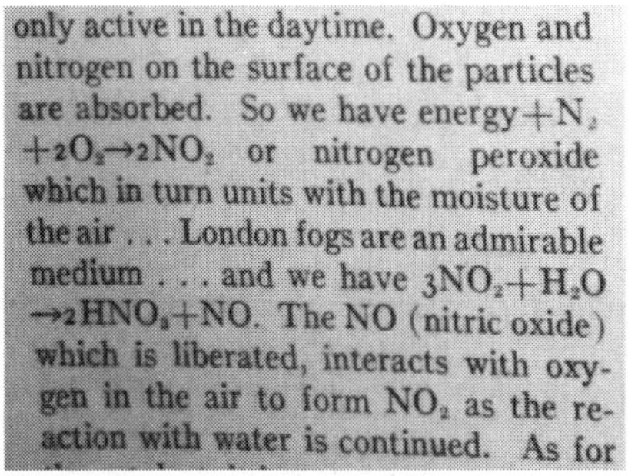

图6（顾均正作品中的化学式表示，竖排）：

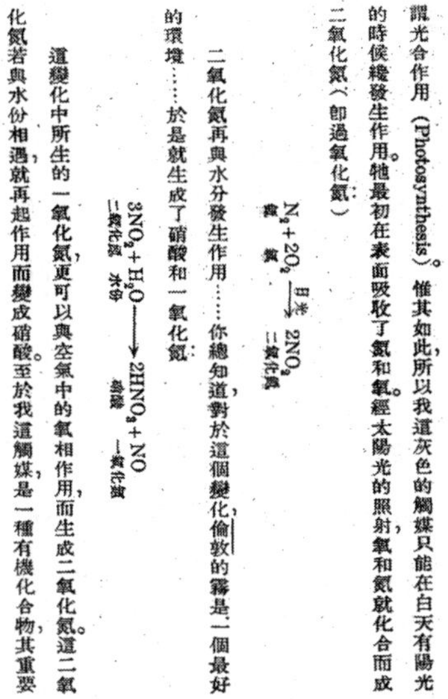

> 謂光合作用（Photosynthesis）。惟其如此所以我這灰色的觸媒只能在白天有陽光的時候纔發生作用牠最初在表面吸收了氮和氧經太陽光的照射氧和氮就化合而成
>
> 二氧化氮（卽過氧化氮）
>
> $$N_2 + 2O_2 \rightarrow 2NO_2$$
> 養　　養　二氧化氮
>
> 二氧化氮再與水分發生作用……你總知道對於這觸媒的作用而生成二氧化氮道二氧的環境……於是就生成了硝酸和一氧化氮
>
> $$3NO_2 + H_2O \rightarrow 2HNO_3 + NO$$
> 養化氮　水　硝酸　一氧化氮
>
> 道變化中所生的一氧化氮更可以與空氣中的氧相作用而生成二氧化氮……偷敦的霧是一個最好
>
> 化氮若與水分相遇就再起作用而變成硝酸至於我道觸媒是一種有機化合物其重要

图5（原作中的化学式表示，英文）：

> only active in the daytime. Oxygen and nitrogen on the surface of the particles are absorbed. So we have energy$+N_2$ $+2O_2 \rightarrow 2NO_2$ or nitrogen peroxide which in turn units with the moisture of the air ... London fogs are an admirable medium ... and we have $3NO_2+H_2O$ $\rightarrow 2HNO_3+NO$. The NO (nitric oxide) which is liberated, interacts with oxygen in the air to form NO_2 as the re-action with water is continued. As for

图 5　原作中的化学式表示　　　　图 6　顾均正作品中的化学式表示

对此顾均正在作品中在此词的前后共给出了三个注解，并对原文加以改写。

这三个注解中第一个注释是针对殷格朗的有关"触媒"的发言。内容是"凡两种物质同在一起，因有某种第三物质之存在，而使其发生反应，或反应加速者，则此第三物质称为触媒或催化剂（Catalyst）……"（第 82 页），这里说明了触媒是什么以及它的用途。

第二个注释是针对殷格朗的（以下概括）——尽管少量但接触面积广大的触媒活跃地与在空气中无限存在的氮气、氧气以及水分子产生化学反应，生成大量的酸性物质——这一发言，从"中间化合物说（Intermediate Compound Theory）""吸附说（Adsorption Theory）""接触表面说（Theory of Catalytic Surface）"（第 83 页）这三个方面对触媒的作用进行了说明。

第三个注释是针对斯坦其尔的（以下概括）——作品中的触媒是含有碳原子链和含镁元素的有机物，它们利用阳光产生化学反应——这一发言。顾均正在这里再次提醒读者注意，作品中的触媒虽然与叶绿素相似，但这只是想象并非事实。注的具体内容如下：

> 因叶绿素为一种含镁之复杂有机化合物，斯坦其尔用以制取硝酸的触媒，其作用既与叶绿素相似，所以这里也把它想象为一种含镁的有机物。此系假想，并非事实。（第 84 页）

除此之外，文中比较明显的改写还有关于叶绿素与光合作用的相关叙述。原文中作出了如 "The energy is obtained from certain light rays at the violet end of the spectrum, which, incidentally, makes the process only active in the daytime（生成反应的能源来自紫外线，所以光合作用只发生在白天）"[1] 的简单叙述。但是在顾均正的作品中，详细地作出了相关知识的补充说明。"这作用所需的能，是由日光中的紫外线供给的，正如植物中的叶绿素，利用日光中的能，吸收大气中的二氧化碳和水分，而造成淀粉一样。这就是所谓光合作用（Photosynthesis）。惟其如此，所以我这灰色的触媒只能在白天有阳光的时候才发生作用。"（第 79 页）

如上所述，类似这种科学知识的补充解说，在文中随处可见，原作中有关殷格郎和梦娜作为男女之间正常交往的部分却被删除和改写。例如，原作中梦娜因为殷格郎展现出的男性的一面而感到安心的场景全部被删除，不仅如此，也出现了双方保护和被保护位置逆转的地方。下面是原作以及原作在顾均正的作品中所对应的相关部分。原作中画下线的句子在顾均正作品里被省略了：

> Mona clutched Steve's arm as they went up the steps. In a worldsuddenly mad, the protection of this tall, red-headed American seemed very important to her./ "Stick close, honey," Steve said, smiling./The big

---

1　"The Invisible Invasion," p. 52.

room on the left of the hall was blue with smoke." [1]（梦娜紧抓史蒂夫的手臂，俩人一起走上了台阶。在突然变得狂乱的世界里，这位红发高个子美国男人的保护对她来说非常重要。/"靠近点，宝贝，"史蒂夫微笑着说。/大厅左边的大房间里，被纸烟熏蓝了。）（"/"、下划线为引用者所加。"/"意指换行）

于是梦娜挽了殷格郎的手臂，一同跨上阶石。在这疯狂的局面之下，怎样保护这位红发高个子的美国少年，在她似乎是一件非常重要的事情。/（省略）/在正厅左首的大房间，给纸烟熏蓝了。（第50—51页）

这种省略以及更改是有意为之还是由于先入为主的观念导致的错误的理解，无论是哪一种，都可谓重视科学的一个典型例子。

（三）《在北极底下》

《在北极底下》讲述的是，青年人类学家乔治·凯恩在北极调研期间，发现了亨利·卡梅隆博士利用人工北磁极不择手段地谋取钱财的行径，并阻止了他这一阴谋的故事。原本卡梅隆博士开发了人工磁石，谋取了暴利。不过这种磁石的磁性过一段时间后便会自然消失。对于这一故障，需要免费为这些失磁的磁石再次着磁，这使得卡梅隆博士蒙受了巨大损失。他想要追回损失，而考虑设置人工磁石代替北磁极而收取费用，并且于位于北极的布西亚半岛地下建立秘密基地，开始实施计划。卡梅隆准备将磁铁矿层之下的石油层里的石油挖掘完毕后，引爆磁铁矿床，从而使其落入石油层下的裂口。磁铁矿层爆炸后，秘密基地崩塌，人工磁石也随之落入地底。

这篇小说主要的科学、技术性内容取材自北磁极、永久磁石、磁铁矿床等磁力学知识。虽然顾均正在作品集的序言中明示了"这

1　"The Invisible Invasion," p. 42.

篇故事的主要结构虽然已为现代科学所否认，"但还是说"仍然有其历史的价值。因为在南北极探险未成功以前，科学家确曾有这样的假说的。"（《序》，第 vi 页）"这样的假说"指的应该是北磁极存在的原因是地下存在铁矿的假说。顾均正翻译此文的时候，究竟存在怎样的假说？假说是怎样描述的？下面让我们来看一下 1939 年发行的《岩波讲座物理学》中所收录的今道周一的《地球磁气学》[1]，了解一下假说的内容。

今道周一说："要解释永久磁场是非常困难的，至今为止用物理学知识还没法明确解释这个问题"，将相关的假说分为三种。第一种是"永久磁石说"，第二种是"因地球自转说"，第三种是"地球内部电流引起说"。今道周一对每一种学说作出验证，指出这些假说或是计算的实际测量的数据不符，或者是理论上有漏洞。最后他指出属于"地球内部电流引起说"范畴内的，"依靠热电流"的假说相当有可能是接近事实的猜想。

小说设定的磁铁矿层存在于地下七英里的位置，也就是说采用了"永久磁石说"。从今道周一对"永久磁石说"的论述中可知，在 1939 年"永久磁石说"基本已被判定为不符事实。具体引文如下：

> （假说指出：引用者）永久磁场的原因存在于地壳表层 $20\sim00km^2$ 处，地壳表层缓慢运动产生的温度引起了带磁率的持续变化（原文：永年变化）。然而，当永久磁场限定在比较浅的地表层的情况时，必须满足拥有 $5\sim10\Gamma$ 这么强的磁化力的条件。而且，在依据此设定的情况下，对于永久磁场势能展开的第一项

1　今道周一：《地球磁氣学》，岩波讲座物理学 XII.C，东京：岩波书店，1939.9。

2　即 0 ~ 20km。——译者注

的值为什么那么大，难以说明。[1]

其次，原作和顾均正作品最大的区别是顾均正的作品中添加了原作中没有的 18 个注解。除此之外，一方面顾均正的作品删除了原作结局处出现的一些逃亡剧情，另一方面添加了对卡梅隆开发人工磁石相关的详细说明。主要是为了符合科学，也为了传播相关联的科学、技术知识作出了大篇幅的添写。

顾均正作品中增加了关于卡梅隆博士的人工磁石相关的叙述，以使原作中出现的与科学原理相矛盾的部分地方符合逻辑。原作中描写的人工磁石直径 6 英尺，高达洞穴顶部的巨大线圈。装置中有没有合金成分虽不确定，如果有的话就可以解读合金定期着磁的问题，以及导向为何呈卷曲状。当然这个装置在消磁上也很便利。卡梅隆的人工磁石随时间推移磁性会渐渐减弱直至消失。不过，以千摄氏度以上的温度加热后会永久保留磁性。实际上，磁石加温超过居里点时将丧失磁性，这与文中加热磁石使其永久保留磁性的观点相矛盾。顾均正或许也对这个矛盾有所顾虑，在文中借助凯恩之口说"普通的磁铁加热到这种温度时，磁性总是减少，甚至于完全失去。你的磁铁总不能例外。"（第 111 页）并且借助卡梅隆的台词说他的磁石是"例外""磁学至今还是漆黑一团"（第 111 页），并展开科学知识对磁性作了相关说明。此处的注解数目比起其他地方有所增加，可以看出顾均正的用心良苦，不过确切的科学依据也并没有明确给出。

顺便一提，故事尾声地下基地坍塌造成磁铁矿层从地下 25 英里处消失。从基地中逃脱出来的凯恩推测人工磁石在下落过程中与冰发生摩擦而产生了摄氏一千度的温度，从而产生了新的北极磁场。

拥有强力磁性的人工磁铁的历史在 20 世纪才刚刚起步，并被作为

1　今道周一：《地球磁氣学》，第 25 页。$1\gamma=10\text{-}5\Gamma$、地磁的强度平均为 0.5Γ（同上，3 页）。另外，现在地磁的强度的单位用 nT 来表示。$1nT=1\gamma$。

发动机和扬声器的部件开始使用。1916 年，本多光太郎博士和高木弘博士用铁、钴、钨、铬和碳，发明了磁力为原有的钴钢磁力三倍的 KS 钢。1931 年，三岛德七博士利用铁、镍和铝为主要成分，发明了保磁能力为 KS 钢两倍的 MK 钢。1934 年，本多光太郎等人在 MK 钢中加入钴和钛，开发了 NKS 钢（新 KS 钢）。NKS 钢经美国奇异电气公司（美国通用电气公司）改良，1938 年，以铁为主要材料，混合铝、镍、钴和铜等元素的合金磁石即铝镍钴之合金磁铁诞生了。[1]

原作中并没有提及的铝镍钴之合金磁铁，顾均正在《在北极底下》中借卡梅隆博士之口提及（第 111 页），并作了文末注释：

> 麦克启本（W. E. Mac-Kibben）为美国奇异电气公司工程师，曾于一九三八年利用 Alnico（为铝镍钴之合金）制成一世界上最强之永久磁铁，此磁铁重一·八五克，其大小约如铅笔端附装橡皮之半，甚易举起五磅［2268 克：引用者］重之烙铁，约为其自身重量之一千五百倍。（第 125 页）

虽然计算出"1500 倍"是过于夸张，但是笔者认为，这个注把让人感到惊异的人造磁铁的相关信息，详细地展现给读者。由此可见，对收音机充满兴趣的顾均正，其关心对象包括在高级扬声器中使用到的铝镍钴之合金磁铁。

1　植村美佐子等编译《MARUZEN 科学年表—知の 5000 年史》（丸善，1993.3）；物理学辞典编集委员会编《物理学辞典—缩刷版》（培風館，1996.10，改訂第 3 刷发行）；TDK 株式会社编，吉冈安之著《マグネットワールド：磁石の歴史と文化》（日刊工業新聞社，1998. 2）；《磁石ナビ》ネオマグ株式会社主页《Neo Mag》。

结论

本篇论文，着眼于中国科幻吸收融合发展史上的重要人物之一顾均正，指出他的科幻小说集《在北极底下》（《和平的梦》）中所收录的作品均有原作，并且介绍了各篇作品的内容，对原作和顾均正作品之间的异同作出了比较。

收录在作品集中的作品有：以1930年代普及开来的收音机为题材，想象电波催眠术发生的《和平的梦》；取材自伦敦烟雾事件、结合借助于触媒散播的化学武器而想象构思出的《伦敦奇疫》；参照北磁极假说，想象开发人工北磁极的故事《在北极底下》。这些作品具有犹如威尔斯作品般的科学性的思维方式和丰富的想象力，可以说正是具备了顾均正个人所喜好的科幻小说的特征。

不管是把科幻作为科学启蒙的工具，还是对于威尔斯作品的浓厚兴趣，顾均正都与雨果·根斯巴克有着共同之处。但是在创作方针上却有所不同。与雨果重视作品中尽量不要有说教意味相反，顾均正在翻译过程中，运用电磁波学、心理学、化学、磁学等相关科学技术知识进行补充，讲授知识的意味很明显。试图表达科学普及的作风并不是顾均正的个人行为，而是当时中国其他科幻小说家们的共同特点。要理解这一点，必须考察1930年代的科学大众化运动，笔者将在其他文章中对此进行进一步的考察。[1]

同时，《在北极底下》所收录的作品都是扣人心弦、扬善惩恶的英雄冒险故事。枪战和动作场景也时常出现，英雄通常是年轻的科学家，邪恶一方往往是心性狂乱的科学家。正义英雄的身旁往往有美女相伴，这样的故事模式显然拥有美国的地摊杂志的娱乐要素。

不仅仅是科学性以及空想性，如此迅速地选择富有娱乐性的科幻内容进行翻译，笔者认为其可谓是中国科幻史上浓墨重彩的一笔，其丰功

---

[1] 关于1930年代为实现科学大众化而活动的人们，笔者曾进行过若干研究。参看拙论《科学小品文試論—顧均正を中心に》，《人文学报》第493号，首都大学東京人文科学研究科，2014.3。

伟绩不可小觑。

此外，未收录在《在北极底下》中的《性变》一文，究竟是顾均正的原创还是也有原作存在？这一点至今仍未可知，也有待作出进一步的研究。

【插图出处】

图 1　*Thrilling Wonder Stories*，Vol.8，No.1（August，1936），The Internet Speculative Fiction Database，http：//www. isfdb. org/（最后访问 2013/ 09/ 07）.

图 2　Robert Castle，"The Conqueror's Voice，"*Science Fiction*，Vol.1，No.1（March，1939）p. 34

图 3　顾均正：《在北极底下》，文化生活出版社，1940. 1.

图 4　顾均正：《和平的梦》，《在北极底下》，第 30 页。

图 5　Frederic Arnold Kummer，JR."The Invisible Invasion."*Amazing Stories*，Vol. 13，No.4（April，1939）p. 52

图 6　顾均正《伦敦奇疫》，《在北极底下》，第 79-80 页。

刘森、上原香译　原载《现代中国》第 89 号，2015 年 9 月

"十七年"中国科幻小说的外来影响接受及概念建构

詹 玲

晚清时期，科幻小说作为一种全新的文学类型被译介到中国，采用的是从英文"Science Fiction"直译过来的"科学小说"这一名称。1954年，《中国少年报》发表郑文光的作品《从地球到火星》，首次使用"科学幻想小说"这一命名。而这一命名源自俄文"Научно-фантастиче скийРассказ"。从英文版到俄文版，命名的更改标志着中国科幻小说的外来影响开始从欧洲转向苏联，作家的全面更迭亦彰示着创作的全新出发。然而，尽管"十七年"间，新中国科幻先后宣称以苏联科幻、凡尔纳科幻为学习对象，但模仿的仅是技术理想主义一维，其他文学价值大半被遮蔽，呈现出简单的儿童科普色彩。为什么会这样？并且，这个问题还延伸出以下疑问：从晚清到新中国，代际断裂的表层之下是否有潜隐的接续？新中国科幻如何师法苏联重新起步"双百"时期掀起的一股"凡尔纳热"，对后来的科幻曾产生怎样的影响？不断变化的时代环境，又对新中国科幻的外来影响接受及概念生成起到了怎样的干预作用？

一、模仿苏联技术理想科幻的新中国科幻小说起步

早在 20 世纪 40 年代，毛泽东就已在《在延安文艺座谈会上的讲话》中指出，苏联社会主义建设时期的文学是很好的学习榜样。新中国成立之初，苏联文学及其他"国际革命文艺"的译介，被放在了首要位置。[1] 科幻领域也是如此。"十七年"间，苏联科幻小说被译介的时间段主要集中在 1956—1960 年间。据不完全统计，该时段苏联科幻小说的翻译数量在五六十部。与其他文学类型相比，这个量似乎不多，但已超出当时中国翻译国外科幻总量的三分之二。

最早译介到新中国的苏联科幻作品，是 A·托尔斯泰写于 1923 年的长篇社会科学幻想小说《加林的双曲线体》，1952 年 1 月由泥土社从日本转译。而在这之前，新中国已经出现了一篇科幻小说，便是张然的《梦游太阳系》（1950）。[2]

《梦游太阳系》讲述主人公静儿在梦中来到了月球，听老师讲关于月球的知识，和小伙伴们一起去太阳、火星、天王星等星球考察的故事。严格意义上讲，该作品不算科幻小说，因为发生的故事都是产生于"黄粱一梦"。20 世纪 40 年代，作者张然就在《中国青年》上发表过向小读者介绍天文知识的科学小品系列《开天辟地的故事》。《梦游太阳系》可说是作者换了个讲故事的方式，向读者讲述同样的天文知识。小说出版时也只是标注为"新少年读物"。但由于其创作手法与之后"十七年"科幻主流几乎一样，所以也常常被认定为新中国最早的科幻小说。新中国第一部正式标明"科学幻想小说"的作品，是郑文光的《从地球到火星》。该小说写于 1954 年，讲述了一个发生在未来的儿童历险记故事：小女孩珍珍带着弟弟小强和同学秀贞，偷偷

---

1 据统计，自 1949 年 10 月至 1960 年 7 月，苏联作品的翻译量占全部翻译作品的 83.8%，仅 1949—1955 年，就有 10000 多部苏联作品被译介到中国。D. W. 佛克马：《中国文学与苏联影响（1956—1960）》，季进、聂友军译，北京：北京大学出版社，2011，第 70 页。

2 张然：《梦游太阳系》，天津：知识书店出版社，1950。

开走了爸爸的火箭船到火星去，途中遇险，幸好爸爸发动了第二号火箭船追赶他们，在一位老爷爷的帮助下，他们来到了火星上空，对火星地表进行了观测后成功返航。

有论者称郑文光曾仔细阅读《加林的双曲线体》（以下简称《加》）一书，因不满意"小托尔斯泰作品中的人物简直就只是一种影子"，"不过是传递科学知识的话筒而已，苍白无力的人物造就的只能是苍白无力的作品"，决定"不写苏联模式的无人物无文学的科幻小说"，所以才写出了《从地球到火星》这样的作品。[1] 笔者认为，这样的说法有误。《加》以科学家加林发明的类似激光武器的双曲面体为科幻内核，描绘了这种聚焦光束可以切割人体、击毁军舰的超强武器激起的各方权力欲望，以及为争夺武器展开的数场惊心动魄的搏杀。小说中的人物形象个个性格鲜明，尤其是加林，既是一名天才的科学家，又是一位权欲炽盛的野心家。美国苏联文学研究者斯洛宁将《加》形容为"一本超级惊险小说"，称这个故事里不但有"毒如蛇蝎的金发美女"，还有"侦探、国际歹徒、金融巨子和其他江湖人物"，他们都卷入一项骇人听闻的发明——一种"厉害程度等于今日之原子弹或乃至于氢弹"的"死光"中。[2]

由此或可推断，郑文光没有模仿《加》的写作模式，并非《加》中的人物形象苍白，而是太过鲜明，太具有个性。《加》写于1925—1926年间，正是斯大林执政期间，对老一代技术精英阶层进行贬低和清洗的时期。[3] 对"工程师—发明家"形象的污名化，在新中国成立之初这样百废待兴，亟待科学技术人员成为工业化建设主导力量的时代，显然不适合。但另一方面，1949年后，起初知识分子群体思想呈现出的多元复杂状态，加上因此而生的各类思想改造运动，使他们又不适合被塑造成推动新中国建设发展的英雄人物。矛盾的身份定位，使初试科幻小说

1　陈洁：《亲历中国科幻——郑文光评传》，福州：福建少年儿童出版社，2006，第74页。

2　马克·斯洛宁：《现代俄国文学史》，汤新楣译，北京：人民文学出版社，2001，第388页。

3　Muireann Maguire, "Aleksei N. Tolstoi and the Enigmatic Engineer: A Case of Vicarious Revisionism," *Slavic Review* 72.2 (2013).

创作的郑文光不可能像《加》那样，浓墨重彩地塑造个性鲜明的科学家形象，相反，尽可能地淡化，才是符合时代历史语境需要的。何况对于有着多年科普工作经历的郑文光来说，当时创作科幻小说的目的，也不过是为了"把文艺当成工具，用于普及科学知识"[1]。那么，郑文光的写作是否受到了其他苏联作品的影响？

1952 年 9 月，《知识与力量》杂志刊载了一篇《地下之舟》，这篇作品选译了鄂霍尼柯夫中篇小说《地之深处》的部分章节。这篇小说出版于 1950 年，根据 1947 年苏联工程师阿历克桑德·特列布列夫的地下船设计，想象在不久的未来，这种地下船改进后的新技术，如采用炸弹的外形，弹仓内能容纳人与仪器，弹头可松动泥土，使探测者可以自由在地底行进，探测地下宝藏，等等。作者的注意力几乎全部集中在技术装置的描述上，小说中的出场人物，如发明人克雷莫夫、教授道马索夫等人，只是为了解释技术思想、机器原理而服务的，在用你问我答的方式讲述完科技原理后，故事也就结束了。

1953 年第 7 期的《科学大众》在介绍这部小说时，将其称为"科学幻想小说"。在笔者有限的查找范围内，《地之深处》或是新中国最早使用"科学幻想小说"这一命名的作品。作为《科学大众》的编辑，郑文光肯定读过这篇小说。相比《加林的双曲线体》，《地下之舟》无疑更符合他对科学幻想小说的体裁定位。并且，无论从经验来说还是时代语境来说，只谈新技术的未来幻想，创作起来也相对容易。于是，天文学专业出身的郑文光，选择了采用当时航天方面最热门的齐奥尔科夫斯基的火箭船构想，创作了一系列科幻小说，除了《从地球到火星》外，还有《第二个月亮》《征服月亮的人们》《太阳历险记》等[2]。

1　吴岩：《中国科幻口述史·赵世洲谈往事》，新浪博客。

2　1952 年、1953 年的《科学大众》上，好几期都介绍了齐奥尔科夫斯基的火箭船构想。1953 年 3 月，曹坤元的《空中的城市》一文详细介绍了齐奥尔科夫斯基对火箭服和火箭列车，以及空中城市的房屋、植物、天文台等设想。天文学专业出身的郑文光，自然对这一构想充满兴趣，在他 1955 年前后创作的一批科幻小说中，如《第二个月亮》《从地球到火星》《征服月亮的人们》《太阳历险记》等，火箭船都是必备的航天工具。参见曹坤元：《空中的城市》，《科学大众》1953 年第 3 期。

《从地球到火星》一经发表也备受青少年读者的喜爱，甚至在当时的北京掀起了一股火星热，北京的少年儿童到古观象台排起长龙看火星。[1] 1955 年，该小说被收入 1949 年后第一部《儿童文学选》，严文井在《前言》中特别谈到这篇小说，称它已经脱离了科普范畴，是一种真正的文学形式。[2] 相比科学童话、科学小品等科普读物，《从地球到火星》等被归到文学类，其文学价值就在于对未来充满乐观的新技术想象。除此之外，故事的讲述大体仍旧延续的是科普思路：乘着火箭船上天的主人公，到达外太空的任务就是用参观游览加问答的方式，向读者解释重力、星球地貌、流星等科学知识，知识讲完，主人公的旅程便也宣告结束。

通过梳理，不难发现《从地球到火星》模仿的是苏联鄂霍尼柯夫、齐奥尔科夫斯基等作家的技术科幻。问题在于，这类以技术说明为旨归的科幻是否就代表了苏联科幻创作的主流？显然不是。

起源于 19 世纪欧洲和德国通俗科幻小说的苏联科幻小说，虽承继了欧洲科幻的社会科学幻想小说与技术科学幻想小说两大传统，但苏联科幻小说很早就将科学幻想"纳入到关于未来共产主义文学问题的讨论之中"[3]，呈现出"以社会主义的思想意识形态为根据对未来作乐观主义的假想"[4] 的显著特征。20 世纪 30 年代中期，苏联科幻将读者对象锁定为青少年，把"普及科学技术和培养民族主义情操"作为创作"最迫近的目标"[5]。高尔基提出科学幻想读物必须具备科普功能，同时还要关注掌握科学技术的人，把科学和技术写成"具体的活生生的人克服物质和传统的抵抗的斗争场所"[6]。在这一目标

---

1 董仁威：《穿越 2012：中国科幻名家评传》，北京：人民邮电出版社，2012，第 4 页。

2 严文井：《儿童文学选（1954.1—1955.12）·前言》，《儿童文学选（1954.1—1955.12）》，北京：人民文学出版社，1956，第 2 页。

3 常言：《苏联的科学幻想小说》，《外国文学研究》1981 年第 1 期。

4 同上。

5 达科·苏恩文：《科幻小说面面观》，郝琳等译，合肥：安徽文艺出版社，2011，第 39 页。

6 高尔基：《论主题》，《〈论文学〉续集》，冰夷、满涛等译，北京：人民文学出版社，1979，第 440 页。

下，苏联科幻开始书写社会主义与资本主义斗争，描绘社会主义取得彻底胜利后的未来新时代，如别里亚耶夫的《在北极地带》（1938—1939）、阿达莫夫的《驱逐统治者》（1946）、弗·康迪巴的《火热的大地》（1950）等。[1]"二战"结束后，苏联科幻小说中出现了许多英勇征服自然、大胆革新技术的苏维埃新人形象，如波德索索夫的《新暖湾》（1948）、伊·叶弗列莫夫的《星球上来的人》（1953）、格烈布涅夫的《南极光》（1955）、A·卡赞采夫的《极地的幻想》（1956）和《火焰岛》（1956）等。[2]这些新的题材，让苏联科幻文学在世界科幻文学中辟出了一块专属于自己的"东欧版块"。

当然，苏联科幻小说中也有一些单纯的技术理想书写，如齐奥尔科夫斯基的《在月球上》（1893）和《在地球之外》（1896）、列瓦朔夫的《'KB-1号'》（1927）、丘赫罗夫的《飞往月球》（1954）、奥斯特罗乌莫夫的《月球航线》（1954）等。但对这样的作品，苏联文学界评价并不高。如胡捷在评《地之深处》时，认为作者"使读者只注意到设计幻想中的机器或机械的事情"，"应该描写一下，地下船的发明，将怎样使人改变关于地下矿藏的一切观念"[3]略普诺夫则批评谷列维奇、莫罗佐夫和奥斯特罗乌莫夫的小说"缺乏引人入胜的情节"，小说中主人公"形象刻划得并不鲜明"，甚至认为这些作品"不应算作小说"[4]。

可见，虽然苏联科幻注重从知识性意义上展开的新技术幻想，但同时也强调社会思想层面的书写。《地之深处》这类技术理想型科幻只是苏联科幻中不成功的一支，并不能代表苏联科幻小说的真正成就。

1　王石安：《〈探索新世界〉译后记》，伐·奥霍特尼柯夫《探索新世界》，王石安、钱君森译，上海：潮锋出版社，1955，第338-341页。

2　虽然苏维埃新人形象在20世纪30年代的小说里已有出现，如纳·格林波涅夫的《北极记》、格·阿达莫夫的《地下资源的征服者》等，但由于受技术精英的"污名化"影响，这类形象数量较少，尚未构成一种现象。

3　O·胡捷：《论苏联科学幻想读物》，《论苏联科学幻想读物》，北京：中国青年出版社，1956，第12-14页。

4　布·略普诺夫：《技术的最新成就与苏联科学幻想读物》，余士雄译，北京：科学技术出版社，1959，第17页。

二、"双百"时期的中国科幻译介及评论倾向

中华人民共和国成立初期，国家和党中央的注意力集中在国民经济的恢复和各项社会改革上，科技的发展及知识分子问题还没有来得及重视起来。随着生产资料私有制的社会主义改造基本完成和第一个五年计划经济建设项目的全面铺开，建设人才匮乏、科技水平落后等问题越来越突出地呈现出来。1955 年 11 月，毛泽东召开中央书记处会议，商定召开全面解决知识分子问题的会议。1956 年 1 月，中共中央关于知识分子问题会议在北京召开。周恩来作大会报告，以异常紧迫的心情传达和阐述了毛泽东关于"向科学进军"的指示。会后，全国上下掀起"学科学、爱科学"的热潮。在创作上，不仅科学小品、科学童话、科学诗等科普读物大热，科幻小说也成为备受关注的对象。

从 1955 年开始，相当数量的苏联科幻被译介进来。在挑选、翻译苏联科幻作品时，国内编辑们似乎并没有表现出明显的倾向性，只要是名气大的作家作品都会选入。因此，这些作品中既有反映人性与权力角逐的《阿爱里塔》（1923，中译本 1957），也有书写社会主义与资本主义斗争、表现科学新人探索精神的《萨尼柯夫发现地》（1926，中译本 1957）、《康爱齐星》（1940，中译本 1955）、《探索新世界》（1952，中译本 1955）、《星球来客》（1957，中译本 1958）等，还有单纯技术理想型的《月球航线》（1954，中译本 1955）、《在两个太阳的照耀下》（1955，中译本 1957）、《在星空里旅行》（1955，中译本 1957）等。

几乎与此同时，时任中国青年出版社文学编辑室编辑的黄伊，"发现法国作家凡尔纳所写的科幻小说，不仅可读性甚强，而且很能诱发青年向往科学的心，非常符合中央对教育青年的要求"[1]，于是，他便整理了关于凡尔纳的材料，做成报告上送编辑部领导报批。很快，报告得

1　黄伊：《我在中国青年出版社的难忘岁月》，《出版科学》1999 年第 1 期。

到批复，《格兰特船长的儿女》《海底两万里》《气球上的五星期——非洲游记》《机器岛》等 12 部作品得以组织翻译，并在 1956—1957 年陆续出版。1955—1960 年出版的其他科幻经典，还有威尔斯的《隐身人》（1956）、《大战火星人》（1957），埃尔蒙德·哈密尔顿的《难以想象的世界》（1958）等。

一下子面对这么多的国外科幻涌入，对"科学幻想小说"这个名字十分陌生的中国文学界如何选择阐释话语？较早的应是 1955 年，潮锋出版社在出版"苏联科学幻想小说译丛"时，对苏联科学幻想小说进行的概括："它是通过艺术文字的感染力量和美丽动人的故事情节，来描写苏联科学上新的理想，它对和平建设事业的贡献，以及苏联科学家的积极的生活和劳动的。它的目的是：以共产主义的精神教育青年，培养青年爱祖国、爱劳动、爱科学的热情，丰富青年对新事物的想像力，使他们从想像进入具体的实践。"[1] 次年，王汶译介了苏联学者胡捷的《论苏联科学幻想读物》一文，文中引用高尔基的观点，指出科学幻想读物的主要目的"是表现人类的劳动和智慧在为了人类未来的共产主义的斗争中有无穷的创造力"[2]。

可见，在选择苏联科幻的阐释话语时，中国评论界倾向的，是把科幻小说作为表现人如何在科学技术活动过程中发挥主体作用的这一标准。并且，在介绍这些翻译小说时，评论者同样也将重心放在了小说中的人上面，如苏联科幻《第二颗心脏》（1957）的译者在介绍小说时，除谈到科普功用外，还特别提到这部小说"同时又是对科学工作者的赞歌，它热情颂扬了科学工作者的巨大劳动"，小说中三位年轻人的故事，"告诉了青年人应该怎样对待爱情、友谊和工作"。[3]

同样的阐释话语，也出现在了对凡尔纳小说的评介上。值得注意的是，凡尔纳的科幻小说早在晚清时期便被译介进来，并受到鲁迅、赵景

1　潮锋出版社：《出版前言》，伐·奥霍特尼柯夫：《探索新世界》，上海：潮锋出版社，1955。

2　O·胡捷：《论苏联科学幻想读物》，《论苏联科学幻想读物》，第 4 页。

3　李敏：《介绍"第二颗心脏"》，《科学大众》1957 年第 9 期。

深等人的大力推荐。无论是鲁迅的"经以科学、纬以人情"[1]，还是赵景深的"拿科学的发明来惊人"[2]，都表明了他们对科幻小说文学性与科学性并重的强调。1956 年，凡尔纳的小说再度出版。与现代作家不同的是，在曹靖华、杨绛、丁景唐等著名学者撰写的书评中，大家均把重点放在了凡尔纳科幻的人性书写上。中国青年社的编辑李震羽介绍凡尔纳的《蓓根的五亿法郎》时，称赞凡尔纳是一位"伟大的具有人道主义思想的作家。他在小说中不止一次地声援民族解放运动；谴责一切压迫制度和种族歧视的政策；号召人类把科学和技术用来为和平和进步的事业服务"[3]。唐弢也曾化名"晦庵"，认为凡尔纳某些作品里"反对人压迫人，提倡社会公道和人类正义的精神，也是使我们深深为之感动的"[4]。相形之下，对威尔斯的评价相对谨慎，但仍有文章肯定《隐身人》这类作品把"对人类的未来所作的大胆而奔放的幻想和对作者所处的现代资本主义制度的畸形丑态的尖锐批评结合在一起"。[5]

中国科幻评论对人的问题的关注，与 1956 年"双百方针"的时代背景不无关联。主流文学界在"双百方针"的影响下，将个人生活、情感及价值等问题的讨论推向前台。从事科幻翻译、评论的大多也是文学界的人士，这使他们很自然地在重新发现个人价值的文学气氛影响下，把大写的"人"作为科幻创作的中心进行强调。

三、以技术理想型为主流的科幻创作成因及特征分析

虽然中国科幻评论将大写的"人"推向前台，但科幻界的创作实际情况并非如此。除了极个别作品，这一时期的科幻创作呈现出明显

---

1 鲁迅：《〈月界旅行〉辨言》（原署名周树人），《鲁迅全集》第 10 卷，北京：人民文学出版社，1981，第 152 页。

2 赵景深：《科学小说之父威奴》，《作品与作家》，上海：北新书局，1929，第 154 页。

3 李震羽：《科学家的两条道路——介绍"蓓根的五亿法郎"》，《科学大众》1957 年第 1 期。

4 晦庵：《儒勒·凡尔纳》，《读书月报》1957 年第 1 期。

5 徐克明：《威尔斯的"隐身人"》，《科学大众》1956 年第 9 期。

的技术理想色彩。1955—1957 年的科幻小说创作中，太空题材占据了半数以上。除此之外，便是一些应用性很强的小技术发明，如让人游泳更快的润滑剂（《3 号游泳选手的秘密》，1956）、长出浓密头发的"生发油"（《奇妙的生发油》，1956）、电子睡眠机（《怪枕头》，1957），等等。这些作品与此前的《从地球到火星》一样，语言活泼有趣、简单明了，带有儿童化的讲述口吻。在内容上，则把传授科学知识和描绘高科技未来结合一体。如叶至善的《失踪的哥哥》中，作者通过哥哥误入冷藏厂车间，被冷冻了 15 年后又复活的奇迹，向读者讲述了超冷速冻的科学原理，并想象了用能放射出强大热波的热波灯让速冻的哥哥复活的新技术。鲁克的《海边奇遇》则在讲解渔船前进原理的同时，想象了未来海底渔场全自动化捕捞、处理海鱼的科技蓝图。需要指出的是，故事中的科学技术描写基本都有着很强的精准性，即便是高科技未来的奇妙景观，也都基于现有科学知识出发的推理性想象，事实也证明，不少这一时期科幻小说中想象的未来技术，在如今已经实现。晚清时期那种天马行空的文人想象，在"十七年"科幻中几乎见不到。至于彼时翻译、评论界大力推崇的人性书写，也很难在这一时期的科幻小说中找到。

为什么会这样？笔者推断，有以下四方面原因：

其一，作为科普工具的科学小说传统与时代历史语境要求下的科普定位。尽管使用了源自苏联的"科学幻想小说"这一命名，但中国并没有像苏联那样将科学普及读物与科学幻想读物分开，而是把科学幻想小说纳入科学普及读物的旗下，使之成为"文艺体科普读物"中的一员。这样的归类从中国科幻发展的传统来说，承继的是鲁迅对科学小说的科普功能设定。虽然鲁迅从文学性与科学性两方面要求科学小说，但在后来的左翼文学创作中，科学小说的科普性被放大、强调，文学性则成为了让科学知识变得有趣味的"调料"。茅盾、张天翼、贾祖璋、董纯才、顾均正、许地山等人的科学小说创作，或多或少都体现了这一特点。

无论命名是否更换，科普性作为文化和政治双重正统的体现，成为科幻小说创作必须具备的重要功能。这或可解释为何文学界大力推崇凡尔纳科幻中的人物塑造，迟叔昌、鲁克、嵇鸿等作家也宣称自己开始写作科学幻想小说是受了凡尔纳小说的影响[1]，但他们的作品中却是充斥着各种科学阐释，找不到像凡尔纳小说中那样棱角分明、个性鲜活的人。对凡尔纳科幻接受角度的不同，决定了当时主流文学界和科幻界对于科幻小说创作理解的各异。

并且，从时代现实的需求来说，由于年轻一代承担着新中国迈向高科技时代的领导者使命，科学幻想小说被赋予了为读者描画共产主义美好未来和为新中国培养科学建设接班人的双重重任，这也意味着书写内容本身即具导向性。

其二，作家与编辑自身的因素。科幻小说这样一个新文类，对于当时的作家来说都是一个新尝试。能够进行科幻小说创作的文学界人士，原先从事的多为儿童文学或科普创作，如于止（叶至善）、鲁克、饶忠华、徐青山、王国忠、赵世洲等。他们习惯了用简单活泼的语言讲清晰易懂的道理，不擅长开掘个人情感，书写人性。据赵世洲回忆，当时热心倡导科学幻想小说的都是科普编辑而非文学编辑，他们"舍得在科学刊物，科学副刊中拿出大量篇幅来发表作品"[2]，其目的显然是用更好的方式吸引读者投身科学。因此，无论是作家的创作经验还是编辑的兴趣所向，都决定了科幻小说的创作不会像主流文学那样积极探索人的生存，表达人的情感，而是更在意如何将科学知识传达给青少年读者，帮助小读者树立对科学的兴趣和学习的信心。

其三，读者接受水平的限制。新中国成立初期，90%的人口分布在农村，全国5.5亿人口中，文盲率高达70%。[3]民众受教育水平的低下与

1　迟叔昌：《我的自画像》，嵇鸿：《梦——现实——梦》，鲁克：《我闯进了陌生的科学王国》，《中国少儿科普作家传略》，太原：希望出版社，1988，第163页、157页、188页。

2　赵世洲：《不断探索》，《中国少儿科普作家传略》，太原：希望出版社，1988，第327页。

3　赫和国：《新中国扫除文盲运动》，《党的文献》2001年第2期。

科技生产力落后的现实，使读者缺乏相应的知识储备，去"看见"科幻小说描绘的基因改造、火箭上天等高科技未来。为了能让读者看得懂文本，作家不得不在内容、语言等方面进行适应性的调整，尽可能地从读者的日常经验出发，写一些他们能理解、能接受的未来科技景观。于是，与课堂学习或工农业生产相关的应用性技术发明成了这一时期科幻小说最常见的内容，如可以替大脑解答问题的帽子电脑（《没头脑和电脑的故事》，1956）、帮助大脑快速消除疲劳的无线电超短波枕头（《怪枕头》，1957），让猪长得像大象一样大的电波刺激法（《割掉鼻子的大象》，1956），使鱼虾冻而不冰的超冷速冻法（《失踪的哥哥》，1957），等等。这些发明很简单实用，针对的都是读者关心的、现实生活中存在的实际问题，工具性、对策性强，具备可实现的可能性。对航空航天这类与日常生活太过遥远的高精尖科幻，为了能让读者读懂，作家则往往用生活中常见的事物来比拟太空景观，拉近与读者的距离，如把人造月亮形容成一个挂在布满星星的天空里的大轮子（《到人造月亮去》，1956），把太空中的太阳和月亮比喻成嵌在黑幕上的珍珠（《空中旅行记》，1956），等等。

其四，苏联科幻创作与中国文学接受的错位。表现为两点：第一，对"人的形象"理解的错位。在苏联科幻小说中，无论是科学新人的形象塑造，还是社会主义与资本主义的斗争书写，目的都是完成意识形态话语的规训。但中国文学界对人的观念的理解，是有着五四启蒙源流的，再加上恰逢"双百"时期，使评论界有意识地"放大""突出"了这些科幻小说中关切个体生命的一面，从而造成了创作与接受的错位。第二，科学家形象塑造问题上的错位。译介进来的这些苏联科幻中，相当一部分创作于"二战"后。在此之前，科学家形象在苏联大众文化中经常是"邪恶"和"破坏者"的代名词，科幻小说中尤为明显。"二战"结束后，老一辈科学家或退休，或被处决，或在类似"白海—波罗的海运河"这样的工程中牺牲，新一代的科学家群体大多是接受共产主义教育成长起来的，他们终于摆脱了"他者"身份，成为苏维埃劳动者阵营中的"自己人"。[1]这是苏联科幻小说赋予他们英雄形象的前提。但在新中国成立之初,知识分子尚未完成思想和观念的改造和重组,因而,如果全然移植苏联科幻中的科学英雄形象,并不符合时代与现实的需要。

多重因素的共同作用,不仅使新中国初期科幻小说的儿童科普化,也让科幻想象呈现出十分耐人寻味的时代特色。概而言之,表现在三个方面:第一,高科技未来的物质盛景。中华人民共和国成立之初期一穷二白的生活条件加之现实主义的限制,于是未来态的叙事便成为物质欲望的倾泻之渠。在科幻小说中,表现为现象未来的丰产奇观。如多篇小说不约而同地写到了乒乓球大小的葡萄、鸡蛋大的谷粒、老鹰一样大的鸽子、大象一样大的白猪[2]……这一点与苏联"解冻"(1953)以来的科幻小说有着十分相似之处,那就是高科技发展下的物质奇景与灿烂辉煌的共产主义未来之间的对应关系。

第二,通向未来的道路尚不可见,仍需找寻。尽管作者对描画未来的高科技奇迹不遗余力,绘制的图景亦包罗万象,既有坐火箭船上天的宇宙航行,又有研发出各类新产品的工农业建设,还有四通八达的海陆空交通,但如何从当下的贫困现实通往富饶美好的科学未来,却没有一篇小说能够给出方案。在这一点上,从莫尔开始,经培根、贝拉米,到中国晚清的梁启超,以及苏联"解冻"科幻中的诸多作家,都是如此,他们的乌托邦中只有盛世的图景,却没有能够通向盛世的有效方案。这或许是小说描述的未来让当时的人感到非常遥远的原因。对于作家们来说,其一,所描摹的美好图景,只要能够激起人们建设的激情,小说创作的目的便已达到。其二,书写美好未来,可以展开充分的想象,产生一定的文学性,也更具理想性。颇值得玩味的是,在不断强调不能靠物质刺激调动人们积极性和创造性的时代里,坚定大家创造美好明天信心的,却依然是以丰饶富足为关键词的物质想象。

1　Muireann Maguire, "Aleksei N. Tolstoi and the Enigmatic Engineer: A Case of Vicarious Revisionism."

2　如《鸡蛋般大的谷粒》《到人造月亮去》《制掉鼻子的大象》《火星建设者》《假日的奇遇》《庄稼金字塔》等。

第三，模糊难辨的主人公形象。如前所述，作为实现工业化国家蓝图的主导力量，科学家应是文学中正面榜样的一员；但另一方面，知识分子身上的"资产阶级的和小资产阶级的感情"[1]尚未改造完成。身份的尴尬使大家只能像郑文光在《太阳历险记》等小说中那样，对科学家形象作淡化处理。处理的结果，便是大胆好奇的儿童抢占了主人公的位置，孩子们东张西望，四处游历，真正的主人公却退居幕后，只是在需要他们回答问题的时候现身讲解一番。老师、家长、老爷爷是作家惯于给他们的身份，没有名字，面目模糊，可随意取代。

四、旁逸的两支：郑文光与童恩正学习苏联科幻、凡尔纳科幻的尝试

上述特征总结，针对的是"十七年"的科幻创作主流。随着时代风潮的起伏，科幻小说也曾出现过旁逸斜出的尝试之作，其中最为优秀和典型的，是郑文光的《火星建设者》与童恩正的《古峡迷雾》。

虽然《从地球到火星》被公认为新中国第一篇科学幻想小说，且成为了之后科幻创作的模板，但在郑文光自己看来，《从地球到火星》及其后的几篇收录在《太阳历险记》中的小说，不过是一种试探性的尝试。他坦言，自己借用了苏联"科学幻想小说"这一命名，写出了新中国第一篇科幻小说，但对于什么是科幻小说，并不是一开始就清楚的，而是"经历了一个非常痛苦和复杂的漫长过程"[2]。在作品中尽量多地"放入"科学知识的行为，让郑文光意识到自己"仍然未完全摆脱把科学知识塞进一个小说的框架"，而"科幻小说其实也是小说，遵从小说的一切规律"[3]。1955—1956 年译介的一批苏联科幻和理论著作，显然给了他不

---

1 毛泽东：《在延安文艺座谈会上的讲话》，北京：人民出版社，1991，第 865 页。

2 郑文光：《郑文光佳作选·自序》，《郑文光佳作选》，郑州：海燕出版社，1998，第 2 页。

3 同上。

少触动，产生的新思考，集中体现在他 1956 年 3 月发表于《读书月报》的文章《谈谈科学幻想小说》上。

在这篇文章中，郑文光通过对阿达莫夫的《驱魔记》、别里亚耶夫（当时译为贝略耶夫）的《康爱齐星》、叶甫列莫夫的《星船》及凡尔纳的《月球旅行记》等作品的阅读分析，指出科幻小说不同于教科书和科学文艺读物，在于"它作为一种文学作品，通过艺术文字的感染力量和美丽动人的故事情节，形象地描绘出现代科学技术无比的威力，指出人类光辉灿烂的远景。科学幻想小说表现了成为自然界主人的真正的人的面貌，讴歌了在人类跟大自然作斗争中英勇地站在前线的科学家的卓越的思想和大无畏的意志；科学幻想小说以美妙的想象力启发和培养读者对于科学技术的爱好，号召人们在征服大自然的事业中建立功勋"[1]。不难发现，此时郑文光对科幻小说的理解，与之前翻译界、评论界对科幻小说的理解是一致的，即充满科技乐观主义以及塑造科学新人的渴望。

1957 年第 22—23 期的《中国青年》杂志上，刊出了郑文光的新作《火星建设者》。作品通过火星建设者薛印青讲述自己如何和团队成员一起，突破重重阻碍，克服各种艰难险阻，坚持在火星上进行科学研究和基地建设，在付出了 30 年的青春和汗水后，终于把火星建设成为了人类的第二故乡。与之前的科幻小说不同，在《火星建设者》中，仅有作品前半部分，主人公向听众描述未经改造前的火星生存的艰难时，夹杂了不少关于火星的地表知识，整部作品的重心全部放在了人物形象的塑造上。作为一个突破性的大胆尝试，《火星建设者》中的科学家形象在"十七年"文学史上可谓具有尚未被发掘的文学史意义：它让科学知识分子第一次站在了舞台的中心，扮演着历史推动者的角色。在此之前，文学中的知识分子往往是需要被改造的对象，如《明朗的天》里的凌士湘、《小城春秋》里的何剑平等，他们大多虽有着忠于党的

---

1 郑文光：《谈谈科学幻想小说》，《读书月报》1956 年第 3 期。

信念，但政治上不成熟，对事物认识不足，容易被动摇，需要工农革命者的引导才能成为革命事业的一分子。而《火星建设者》中的薛印青，却不需要任何人的批评教导，就已经是一位对科研事业充满信心，具有献身精神的科学英雄。并且，郑文光不仅描写了薛印青与伴侣之间的美好爱情，以及妻子过世后薛印青的痛苦，还大胆地在故事结尾，让薛印青又找到了新的爱情理想归宿。[1]这样的人性人情书写，即便在较为松动的"双百"时代，都是十分鲜见的。

《火星建设者》获得了1957年莫斯科"世界青年联欢节"大奖，成为新中国第一篇、也是很长时间里唯一一篇荣获国际大奖的科幻小说。[2]郑文光自己对这部作品也颇为满意，以至于后来还将其扩充为十几万字的长篇《战神的后裔》。在收入《郑文光科幻小说全集》时，他在《序言》中写道："我虽然不认为它是我最成功的作品，但是，一些我个人作品中特有的元素已经初露端倪，这些元素包括宇宙的神秘性、科学和技术的力量，以及人性中的勇敢。这些元素将在我以后的作品中反复出现。"[3]

然而，在当时的国内，《火星建设者》发表后，反响寥寥。究其原因，笔者推断，可能在于薛印青的形象在那个时代处于比较尴尬的境地。社会主义新人英雄形象在新中国文学中一直备受关注。对比同时期现实主义文学中的科学新人形象，如《百炼成钢》中钻研钢炉化顶技术的秦德贵，《烈火红心》里研究电偶管制造技术的许国清，便会发现，他们都是出身战士或贫苦农家，抱着"到祖国最需要的地方去"的决心和信念，到工厂进行生产建设和科学研究工作的。而薛印青无论是为实现自我理想投身科研的动机，还是知识分子的出身，都与时代要求的新人英雄形象格格不入。这使得《火星建设者》在发表之后一直被淹没在其他文本中，不被提起。而这，也让郑文光企图从文学性上

1　郑文光：《火星建设者》，《中国青年》1957年第22、23期。

2　王卫英：《郑文光科幻小说创作综论》，《长江学术》2012年第2期。

3　郑文光：《郑文光科幻小说全集》（序一），长沙：湖南少年儿童出版社，1993，第2页。

拓展科幻小说创作思路的努力流产。从 1958 年开始，郑文光几度调整创作方向，从跟随时代风潮的《共产主义畅想曲》，到回归儿童科普的《海姑娘》，均没能找到新的发展路向，之后就此搁笔，一直到新时期初才再度开始创作。

再来看另一篇小说《古峡迷雾》。1958 年 10 月，在塔什干召开的亚非作家大会上，茅盾作大会报告，强调"西方殖民者带给亚非人民的是使被压迫者精神堕落的作品"，反西方的极端话语开始在文学中蔓延。受此影响，有评论开始批评凡尔纳的小说"有不少地方宣传了资产阶级思想"，希望"具有共产主义风格的用革命浪漫主义的笔触"的科学幻想小说能够"代替资产阶级的科学幻想、冒险小说"[1]。但总体而言，1957—1962 年，中国评论界对凡尔纳科幻的评价仍持基本肯定的态度。[2]1960 年下半年起，文艺界迎来了"双百"之春，"双百方针"的重申贯彻使科幻小说创作中出现了难得的凡尔纳式佳作，即童恩正的《古峡迷雾》。

小说打破了之前中国科幻小说"儿童""科普""乌托邦"三个关键词组成的创作模式，考古题材的使用首先就让人眼前一亮。与凡尔纳小说里常用奇诡的自然景色带给读者全新的阅读体验一样，小说以考古学家杨传德在中华人民共和国成立前后两次赴湖北西南寻找失落的中国原始民族——虎族的遗迹为主线，向读者还原了中国少数民族虎族古老而神秘的传奇社会生活历史，在提升了文本美学价值的同时，也极大地调动了读者的阅读兴趣。此外，以真实发生的历史为基础展开层层推理，这样的科学想象不同于虚幻缥缈的未来态叙事，是踩在坚实地面上的，并且也避免了书写从现实通向乌托邦的通道难题。

1　胡本生：《多出版共产主义的科学幻想小说》，《读书》1958 年第 19 期。

2　如 1959 年第 5 期的《世界文学》专门发表文章介绍凡尔纳的科幻小说，称"这些小说对我国青少年读者大有益处，可以增加许多科学知识，又可以提高对学习科学的兴趣"（杨宪益：《儒勒·凡尔纳的科学幻想小说》，《世界文学》1959 年第 5 期）。1962 年第 12 期《世界文学》里的《凡尔纳答应了》一文，还通过讲述凡尔纳的一些轶事，高度赞扬了作家不慕权贵，痛恨资本主义罪恶的高贵品质。参见《凡尔纳答应了》，《世界文学》1962 年第 12 期。

但要把控这样的历史题材，对作家的要求是相当高的，既要有扎实的自然科学素养，又要有深厚的人文知识积淀，像童恩正这样能够做到两者兼得的，毕竟是极少数。这也决定了科幻历史题材在科幻小说创作中数量通常较为有限。

小说中，通过对考古学家吴均失踪案件的调查侦破，作者揭露了资本主义与国民党反动派为谋取利益不择手段的罪恶反动本质。扑朔迷离的案件布局，细致入微的侦查推理，再加上古今交融的故事编排，使文本呈现出高超的文学技巧和丰富的想象力。与凡尔纳小说普遍存在的正邪对立叙事一样，《古峡迷雾》中的人物形象也被善恶分明的革命道德伦理规范先验设定。故事中杨传德、陈仪和史密斯两派科学家，研究目的、性格品行等截然不同：杨传德留学美国，有着深厚的考古研究功底，热爱考古事业，忠诚、正直，富有人文关怀。他的助手陈仪英俊精明，观察敏锐，勤于思考。而小说中的反面人物史密斯，不仅没有科学能力，而且品质十分恶劣，其父还是个大资本家，从根源上就是个"坏种"。他"借'调查''探险'的名义来刺探我国的资源分布和国防机密，而且还以学术研究的幌子对我国的历史，对我国的民族进行污蔑"[1]，还残忍地杀害了中国考古学家吴均。

为了让杨传德的形象符合时代语境，作者给杨传德加上了些思想上的缺点，如让他接受心怀叵测的史密斯的邀请，参加史密斯的考古队，造成朋友吴均的死亡和文物"巴式剑"被劫走海外。追悔莫及的杨传德痛陈自己"对于帝国主义文化侵略的本质还是认识不清的"[2]。但或许是太珍爱这个人物，作者忍不住又在后面的文本里解释杨是因为对考古事业的热爱，想限制史密斯的破坏活动，才一直留在史密斯的团队里。因而，总体上，杨传德仍然保持了正面形象。陈仪则一出场便表明他是一名共产党员，虽然比杨传德年轻，却没有杨的简单轻率，而是更加老练成熟。应该说，这部小说中的科学家形象，无论真实性

1　童恩正：《古峡迷雾》，叶永烈编：《古峡迷雾》，福州：福建少年儿童出版社，1999，第160页。

2　同上，第156页。

还是典型性，在"十七年"文学中都很成功，而且这样的正面书写非常难得。在茅盾的《六○年少年儿童文学漫谈》一文中，《古峡迷雾》是唯一一篇被推荐的科学幻想小说。[1] 可见，当时评论界对这篇小说还是较为认同的。

由于自 20 世纪 60 年代中期开始，凡尔纳的作品几乎不再出版，因此，原本就呈现得很少的创作影响也随之迅速减退。[2] 题材的限制，加上师法对象的影响减弱，让《古峡迷雾》亦成为中华人民共和国成立初期科幻创作中的昙花一现。强调科普功能的左翼科学小说传统，加上彼时"向科学进军"的意识形态需求，作家、编辑的创作经验与旨趣，读者科学知识水平，科普读物的类别归属，以及时代语境下知识分子的身份定位等多重因素共同作用，使新中国科幻小说在起步之初，一方面以苏联科幻小说为师，把科幻小说作为传播科学知识和反映时代要求的工具，以简单清晰地传授科学知识，坚定读者对社会主义发展方向的信心为目标，汲取了苏联与凡尔纳科幻中共有的技术乐观主义，把应用性的科技发明和未来奇观作为想象主体，另一方面又限于时代及创作主体等诸多因素，主动或被动地弃置了师法对象的文学形象、人文思考和美学技巧，于是总体上呈现出略显浅白直露的儿童科普型特征。

然而，这并不意味着上述被忽视的文学性要求没有对新中国科幻概念的形成和建构产生多少影响，或者说这一影响仅仅只表现在郑文光、童恩正等个别作家的个别作品中。上述科幻小说，还有其他本文未及详谈的科幻小说，它们的文学性影响只是在"十七年"期间一直处于被压抑和遮蔽的状态，一旦各方面时机成熟，科幻小说对文学性的需求便会显现出来。20 世纪 80 年代，随着科幻界对"文学性"的不断重视和强调，这些"十七年"间被译介的科幻的文学性也得到了重

1　茅盾：《六○年少年儿童文学漫谈》，《上海文学》1961 年第 8 期。

2　公盾在《为儒勒·凡尔纳的科学幻想小说恢复名誉》一文中，谈到康生等人曾借凡尔纳的《气球上的五星期》一文中对非洲黑人的描写是在"恶毒攻击非洲黑人"，并由此判定凡尔纳小说都是大毒草，勒令全部停印。公盾：《为儒勒·凡尔纳的科学幻想小说恢复名誉》，《出版工作》1979 年第 3 期。

新的挖掘、审视和模仿。相应的是，曾被视为根基的科普功能，在各种争议声中地位渐失。

从强调科普性到强调文学性，中国科幻创作的价值理念从一极摆向另一极，时至今日，以逻辑哲理、技术景观等人文视角为出发点，已成为当下不少科幻小说家探讨科幻中的科学的思考模式。我们很难看到把科普作为创作主动机的科幻小说。应该说，让科幻回归到文学本身，不但大大提升了科幻的想象空间，也加深加宽了科幻的思维层面，出现真正能够超越拘泥于现实和超越仅是科普读物的精英之作。但从另一角度而言，科学知识的内核，以及大量青少年读者的拥趸，使科幻在文学价值之外，其实是比其他文学类型多了一份能力，即承担一定量的科普功能。就像刘慈欣曾说过的，"科普型科幻是中国的创造，而中国科幻最大的辉煌也是科普型科幻创造的"。我们是否可以尝试一下，在科幻中重现这样一种类型："尝起来是文学的科普型科幻"；"它在文学上将不像《小灵通漫游未来》那样简陋，在科学上也不像《十万个为什么》那样低幼，它有可能重现中国科幻那曾经转瞬即逝的辉煌"[1]。

原载《文学评论》2018 年第 1 期

---

[1] 刘慈欣：《当科普的科幻尝起来是文学的》，《刘慈欣谈科幻》，武汉：湖北科学技术出版社，2014，第 91 页。

从"群众科学"到"民科"：新时期科幻的一个侧面

闫作雷

近年来，研究者将新时期初期（1978—1983）称为中国科幻的"黄金时代"。这一时期的科幻具有显而易见的过渡性质，就其中的科学观来说，它保留了 20 世纪 50—70 年代的某些科学理念，当然也显出新征兆。一个值得注意的现象是，此时的科幻经常描写"民间科学爱好者"（以下简称"民科"）的科学研究和技术发明。而对此的争议为探讨科学与政治的关系提供了契机，也连带出"群众科学"在新时期向"民间科学"转化的问题。

"群众科学"在 50—70 年代曾被大力倡导，历史转折时期虽继承了这一科学理念，但对科学的理解与定位已发生巨大变化。由于失去了体制保障和政治支持，在新启蒙和科学专业化的语境中，那些被"群众性科学实验运动"激发了科学热情的业余科研者，日渐向"民科"转化，其与"科学共同体"的对立，被建构为疯癫与文明的对立。"群众科学"的人口基数，加上"科学热"的氛围，使"民科"在新时期大量涌现。"民科"尽管存在诸多问题，但这一群体身上隐藏着一段社会主义的科学政治史。

一、新时期科幻中的"民科"形象

"民科"各国都有，但中国为甚。不过"民科"在当下中国也在式微，其主体经历过 20 世纪 50—70 年代的群众科学运动或新时期初期的"科学热"，大部分年龄在 50 岁以上。80 年代之后，类似报道经常见诸媒体：某"民科"宣称攻克了世界级的数论猜想，或自称创建了某一"真理体系"，造出了永动机，等等。按照田松的定义："所谓民间科学爱好者（民科），是指在科学共同体之外进行所谓科学研究的一个特殊人群，他们或者希望一举解决某个重大的科学问题，或者试图推翻某个著名的科学理论，或者致力于建立某种庞大的理论体系，但是他们不接受也不了解科学共同体的基本范式，与科学共同体不能达成基本的交流。总的说来，他们的工作不具备科学意义上的价值。"他还总结了"民科"的一些特征：出身底层，学历很低，"心理特征是偏执"，是"精神病人"；执迷研究，不顾家庭，听不进别人的反驳和建议，沉溺在自己的世界中。[1] 除了"民科"还有"民哲"，2018年在北京召开的世界哲学大会，收到一千多篇"民哲"的投稿。[2] 总之，"民科"（"民哲"）被认为是走火入魔的反科学怪物。

然而，新时期初期科幻小说中的"民科"形象却是正面的，科幻作者们为"民科"的遭遇鸣不平。当然，当时还没有"民科"这个说法，普遍采用的是业余科学研究者这个称呼，不过其行为表现与"民科"是相同的。科幻小说支持"民科"延续的是 1970 年代的科学理念，显示出独特的政治意味。这类小说在当时为数不少，它们为业余科学研究者辩护，质疑或反思科学、人才的评价标准，从中能明显看出 20 世纪50—70 年代的"群众科学"和新时期"科学热"的影子。

---

[1] 田松：《永动机与哥德巴赫猜想：江湖中的科学》，上海：上海科学技术出版社，2003，第 6、10 页。

[2] 董牧孜：《世界哲学大会成了"奇葩大会"？扒一扒鄙视链底层的"民哲"》，《新京报·书评周刊》2018 年 8 月 20 日。

　　最有代表性的是叶永烈的"惊险科幻"《不翼而飞》（1981）。[1]
这篇小说虽冠以科幻的名目，但讨论的却是科学的专业化、人才标准
等问题。小说的开头是一桩离奇的失踪案：延吉市布尔哈通狗肉店女
厨师林丽神秘失踪，亲属收到一封署名 WS 的来信及巨额汇款，信中
说林丽因故暂离延吉一年，恳请照看其家人。全国其他地方也发现了
类似案件：贵州一个 15 岁男孩、广东一位数学家也是突然失踪，家
人收到一封告知平安的信和一笔巨款。警官金明经过周密推理，侦破
了此案：主犯是诺贝尔和平奖获得者、"中国科学中心人才学研究所"
所长王松教授，从犯是废品站工作人员兼考古学家谭天宏教授。王松
是"人才学"专家，著有《论人才》《论人才与逆境》《世界人才史》
等著作，他认为"自古雄才多磨难"，出身底层的小人物也能取得重
大科学成就：出身底层的挪威数学家阿贝尔生前将重要论文寄给法国
数学权威以供审查，但后者根本就没看，这篇论文直到阿贝尔去世才
为人所知；盲文的发明者布莱尔出身于马鞍匠家庭，他发明的盲文同
样一度无人问津，死后才被认可……鉴于"春天里也还有寒潮。即使
社会主义制度下，还有'大人物'压制'小人物'，还有种种习惯势
力，'雄才'仍旧'多磨难'"的局面，王松制定了专门资助"陷入
困境的科学幻想家"的"WS 计划"，即让他们摆脱事务性工作，在
他提供的舒适环境里安心科研。因担心"大人物"非难，这项计划只
能秘密进行。这三人之所以被选中，是因为：林丽利用业余时间从理
论上证明了"磁单极"的存在，成果却无处发表；那个 15 岁男孩"具
有研究生的水平"，提出了与黑洞理论相对的"白洞"理论；而广州
的数学家虽功成名就，但因身兼 18 种职务荒废了科研。

　　在悬疑科幻的外衣下，小说核心是林丽夫妇和谭天宏的科研故事。
林丽和她的丈夫崔华是狗肉店厨师，他们高中毕业后，因共同爱好电
子学而结为夫妻。崔华沉迷于电子学，自学了《电子学》《磁学》《电

1　叶永烈：《不翼而飞》，《不翼而飞：神探金明》，北京：群众出版社，1982。

磁场理论》《量子力学引论》等著作；林丽本来要报考大学物理系，
"可是听说不少人看不起服务性行业工作，不愿当服务员、当厨师"，
就主动放弃了考大学，要求分配到饭店工作。夫妻二人志趣相同，"下
班后钻在他们的电子学里"，常常通宵达旦，"每夜只睡两三小时"，
但不久崔华积劳成疾，患癌离世。崔华得病还有另外一个原因：他和
林丽合写的一篇论文，不仅没能发表，还招来冷嘲热讽。夫妻二人呕
心沥血完成的这篇论文名为《论磁单极》（即只一个南极或北极，磁
单极据说有科学依据，但从小说提供的论文片段看，论文缺少数理逻
辑，多是哲学思辨）。这篇署名"吉林省延吉市布尔哈通狗肉店崔华、
林丽"的论文寄给了物理学权威费秋教授后就杳无音讯，崔华写信询
问也无答复，后来他颇费周折打通了费秋的电话，没想到遭到讽刺挖
苦："你们的论文有一股刺鼻的膻味儿，实在不敢拜读。如果你要我
看你们的论文，请你们不要在狗肉店当厨师，考到科学院当研究生！
要知道，我是一个从来不吃狗肉的人，当然也就不会看狗肉店厨师写
的论文！"费秋"门缝里瞧人"，不过让他们考研究生的建议还是中
肯的，但夫妻二人挑战的就是这个专业化的等级秩序。夫妻二人的科
学理念显然与新时期重视专家和科学专业化的语境不合。受此打击，
崔华精神崩溃，抑郁而终。崔华去世后，林丽依然坚持研究电子学，
直到被"WS 计划"选中。

　　而林丽如何被选中，又引出谭天宏的故事。谭天宏在废品收购站工
作，也是没念成大学的高中毕业生。由于历史知识丰富，他在废品站发
现了许多古物，其中古镜尤其多，他利用这些实物材料撰写了《中国古
镜之研究》（署名"北京市废品公司谭天宏"），然后寄给了一位"考
古学泰斗"，结果也是泥牛入海。半年后他在废品站居然捡到了自己的
书稿。谭同样被气晕，但他不灰心，又将手稿誊写三份寄给了另外三名
教授，而其中一位，也就是王松，看了论文并给予很高评价。在王松的
指导下，谭天宏又撰写了一系列考古学论文，最后被"中国科学中心"
授予教授职称，但为了方便做研究，他依然在废品站工作，在废品中又

发现了很多文物以及被当成垃圾处理的论文，而这其中就有林丽夫妇的手稿。谭天宏看到林丽夫妇的论文，联想到自己的遭遇，立刻请王松推荐出版，王松将论文再次寄给了费秋，只不过署名改为了复旦大学物理系某教授，没想到费秋很快给出审阅意见：此书极富创见，请有关部门尽快出版。科学界的"势利眼"让谭天宏愤怒不已，从此他就开始协助王松落实"WS 计划"。

这不仅是一篇控诉科学权威压制"民科"的檄文，它还显示了诸多时代症候。小说中那些戏剧性事件是为了证明，小人物的科研成果也可能有巨大价值。当然，事实是否真的如此值得商榷，其设想的科研人员的研究方式也与今天完全不同。这个问题可以暂时悬置。这篇小说表明，"文革"之后，科幻界、科学界、普通民众并没有就科学专业化达成完全的共识，20 世纪 50—70 年代的科学观念在此时期仍有延续，王松所坚持的卑贱者办大事、科学家大多出身低微等想法无不可以在此前时代找到相应表述。历史转折时期的过渡性质就在于，过去的遗产和未来的萌芽共存。尤其需要注意的是，1978 年 3 月召开的全国科学大会，在提高科学家和知识分子地位的同时，同样强调"群众科学"的重要性。

科幻作家王晓达也写过一篇为"民科"辩护的科幻小说。[1] 这篇小说的主人公是一所大学实验室的实验员，学历也不高，自称创立了"空气光学"，不断找人推荐发表他的成果。后来他找到小说中的"我"，一位记者，但这位记者像费秋一样，并不相信他的"科学理论"："'你们记者交际广，假如能帮我把这些著作推荐给权威们——当然，我不希望得到首肯，但至少可以听些意见。'他显然陶醉在自己的'空气光学'之中，脸上逐渐升起两朵红云，眼睛闪闪发光。我呢，听到这里，不仅没有被他的情绪感染，反而冷静了。心想：假如你还告诉我，已经发明了十种永动机，我也不会惊讶。自命不凡的'伟大发明'我

1　王晓达：《捕风捉影》，《科学文艺》1982 年第 5 期。

可没少见。对这些人，我倒往往怀有一种怜悯的心情。我曾不止一次接待过背着铺盖跋山涉水，啃着自带干粮来送交'永动机'图纸资料的'发明家'。现在，我面前这个什么'空气光学科学家'，似乎也是这些'发明家'的同类项。因此我用婉转的语言表示了坚决的态度。"这位"空气光学家"频受打击但并未消沉，后来成功制成了"空气光学剂"，可使太阳能得到更合理利用。在事实面前，这位记者幡然悔悟："至少，以后再有人来找我谈'发明'，甚至是幻想，我决不会再贸然把人家'否'了。"这位"空气光学家"对"权威"打压"小人物"的业余科研十分不满。

这种不满在新时期之初的科学界也有体现。钱学森尽管也批评某些业余科研者杜撰的"虚无缥缈的理论"，但总体上较为包容，他将可能培育未来科学萌芽的理论、学说称为"潜科学"，在他的建议下，《潜科学》创刊。该刊的发刊词与王松的观点如出一辙："由于一时鉴别不清而受压制、被埋没的有价值的研究成果，在科学史上更是不胜枚举。……具有相同信息的科学思想，从一个无名氏的嘴里说出来，总没有从一个权威口中说出来的社会影响来得大，因而被埋没的可能性就越大。"所以，《潜科学》宣称将秉持科学无禁区、科学无偶像的原则，对"无名氏和科学权威"一视同仁，专发那些"权威们尚未承认的"科学论文。[1]

然而，尽管科幻小说和极个别刊物支持业余科研者，科学界主流其实对之持否定和排斥态度。于光远主办的《自然辩证法通讯》就曾刊文告诫"青年业余投稿者"：不要再投用自创术语搭建庞大体系、用哲学思辨研究尖端科学问题的文章。[2]这些业余科研者，后来的"民科"，随着历史转轨期的逝去，形象越来越负面，他们被认为是固执可笑、无知无畏的，他们的话语被认为是没有被启蒙话语收编的非理性僭妄。新

1　《潜科学》编辑部：《"潜科学"的诞生》，《潜科学》1980年第1期。

2　唐度：《创造热情与科学精神——致青年业余投稿者》，《自然辩证法通讯》1980年第6期。

时期科学封神与"民科"成魔是同一过程，不对挑战"科学共同体"的"民科"进行批判就不能凸显科学的权威。然而在当代中国，"民科"这个"文明"时代的"疯子"，"现代"世界的"变态"，身上却携带着一段隐而不彰的历史，它穿越时空再次将科技政治问题推向前台，它的前史是"群众科学"。

二、"群众科学"及新时期初期的科学观

从以上小说可知，"民科"涉及科学与技术两方面。相对来说，前者是"民科"的主要类型，后者因与生产应用联系在一起，严格说来，如果不是痴迷于永动机之类的"发明"，"民科"色彩较为淡薄。今天的"民间发明家"，因现实生产需要，发明一台自动化机器代替人工（比如央视十台的《我爱发明》中的那些机器），这正是技术发明的本真状态；或制造出低版本的、早已存在的机器设备（比如潜水器、飞行器等），虽不具有技术革新和科学突破的意义，也不能说是"民科"。所以这里所谓"民科"，主要指科学（理论）"民科"和技术空想的"民科"，他们皆联系着 20 世纪 50—70 年代的"群众科学"。

"群众科学"的理念起源于延安时期的"科学大众化"与"自然科学运动"，但大规模实践始于"大跃进"时期的群众性技术革新运动。[1] 也就是在这个时候，"土科学""土专家"受到重视，土洋并列，二者都是中国因地制宜发展生产、进行技术革命的重要力量。"土"标示出技术发明与革新者的身份，具有丰富生产实践经验的工人、农民登上技术革新的舞台。"社会地位较低、学问较少、条件较差、在开始时总是被人看不起、甚至受打击、受折磨、受刑戮的那些人"被

1　目前"群众科学"的研究概况，可参看易莲媛：《"群众科学"与新中国技术政治研究述评》，《开放时代》2019 年第 5 期。

认为是古今中外技术发明与革新的主体。[1] 所谓"卑贱者最聪明"，不仅是给小人物打气，振奋敢想敢做的精神，更重要的是，通过劳动人民知识化，使其摆脱异化劳动的宿命，成为有文化的无产阶级，以此缩小脑体差别，为直接管理国家做准备。"群众科学"也被认为有助于提升科技工作者的政治认同，保持科学的社会主义属性。1960 年鞍钢宪法中的"三结合"（技术发明与革新要实行工人群众、专业技术人员与领导干部三结合）原则充分体现了这一设想，并在"文革"时期得到完全实行。"三结合"方案并非没有问题，但它确实激发了劳动群众的科学创造精神。"群众运动 + 社会主义大协作"的科研方式也取得了很多科学成果。[2]

农业领域，土洋结合，涌现出大批生物治虫、育种土专家，他们与将科研搬到生产一线的农业科学家一起探索"科学种田"的方法。值得一说的是，"文革"时期杂交水稻的培育成功，与"群众科学"密不可分，可以说没有发动群众寻找到的野生稻及"四级农科网"，杂交水稻的研究与推广是不可能实现的，当时的宣传凸显的也是集体科研的力量，并没有突出袁隆平的个人作用，袁隆平家喻户晓是"文革"结束之后的事。[3] 医药学领域，屠呦呦参加的"青蒿素结构研究协作组"更是社会主义科研大协作的典范。工业领域，工人参加工业设计和技术革新，比如有研究者注意到的"文革"时期"赤脚电工"参与电子计算机生产。[4] 当然，"文革"后期关于"三结合"技术革新的报道，

1　毛泽东：《卑贱者最聪明，高贵者最愚蠢》（1958 年 5 月 18、20 日），《建国以来毛泽东文稿》第七册，北京：中央文献出版社，1992，第 236 页。

2　"文革"时期，科学在各领域的实践情况，可参看 Chunjuan Nancy Wei and Darryl E. Brock, eds., *Mr. Science and Chairman Mao's Cultural Revolution: Science and Technology in Modern China*, Lexington Books, 2013.

3　关于"文革"时期土洋结合的"科学种田"运动、"群众科学"在农业领域的实践，可参看：Sigrid Schmalzer, *Red Revolution, Green Revolution: Scientific Farming in Socialist China*, Chicago: The University of Chicago Press, 2016.

4　"群众科学"在电子计算机领域的运作及其彰显的"技术政治"问题，可参看王洪喆：《从"赤脚电工"到"电子包公"：中国电子信息产业的技术与劳动政治》，《开放时代》2015 年第 3 期。

有不少夸大成分。[1] 但即便如此，也不可否认"群众科学"运动对民众科学素质的提升作用。

但"群众科学"不可避免会造成对基础科学的忽视，基础理论研究被认为脱离生产。数学研究也要服务生产[2]，如华罗庚在全国推广优选法，这是有历史合理性的，但将技术突破和科学创新归因于"两论"和马克思主义哲学则多少显得牵强附会[3]，这种情况在"文革"后期较为普遍，上海有人甚至用哲学批判科学，比如批判相对论[4]（这一点为"民科"所继承）。从批判者引证的材料看，当时科学界对哲学能不能干涉自然科学研究的争论异常激烈，围绕基础科学研究及科学院的汇报提纲展开的争论表明，科技领域确实存在两条路线的斗争。[5]

需要说明的是，"群众科学"在1978年3月召开的全国科学大会上仍被重点强调。这次大会的基调是：科学研究要坚持专业队伍与群众队伍相结合，发挥专业队伍的骨干作用（这是新变化），同时"大搞科学实验群众运动"[6]。不过，不同讲话还是有不同侧重点。华国锋着重强调的是"四个现代化"的社会主义性质及科技的政治属性：社会主义现代化需要科技支持，但"决不能认为科学技术的现代化仅仅是科学技术部门的事情，决不能只靠科研机关和大学的少数人去办"，要进行"科

1　这些报道文章，如赵传功：《万匹机的诞生》（造船工人解决了"一个个技术难关"，造出了万匹柴油机），《自然辩证法》1974年第3期；宋志清：《喜看沃土育新苗》（知识青年和贫下中农一起，在农业生产中搞出了许多"使那些'专家'、'权威'们目瞪口呆的发明创造"），《自然辩证法》1975年第1期；《访"龙"记——上海几家工厂改造老设备实现生产连续化、自动化见闻》（"无产阶级文化大革命促进了群众性技术改造运动的蓬勃发展"，工厂依靠群众，土法上马，"造出了一大批具有先进水平的自动线和流水线"，破除了"电子神秘论"），《自然辩证法》1975年第2期；上海重型机器厂工人写作组：《大型电站转子是怎样攻下来的》（"广大工人和技术人员大学大批促大干，运用辩证法，奋战两年，连克四关，攻下了大型电站转子的质量关"），《自然辩证法》1975年第2期。

2　谷超豪：《"数学"唯心主义必须批判——学习〈唯物主义和经验批判主义〉的体会》，《自然辩证法》1974年第2期；苏步青：《数学理论研究的宽广道路》，《自然辩证法》1976年第1期。

3　蔡祖泉：《毛主席哲学思想指导我们发展新光源》，《自然辩证法》1976年第1期；上海植物生理研究所固氮酶组：《靠马克思主义哲学攀高峰》，《自然辩证法》1976年第2期。

4　罗嘉昌等：《相对论批判》，《自然辩证法》1975年第2期。

5　赵前：《"提"的什么"纲"？——评〈科学院工作汇报提纲〉》，《自然辩证法》1976年第2期。

6　《中共中央关于召开全国科学大会的通知》（1977年9月18日），《向科学技术现代化进军全国科学大会文件汇编》，北京：人民出版社，1978。

学实验群众运动"，政治与业务一起抓、既拉车又看路，才能提高整个民族的科学文化素质，才能为发扬社会主义民主和人民群众管理国家奠定基础。生产关系（制度安排）优先于生产力（科技）[1]，科技不是中立化的生产力，不是加固技术官僚制的推手。[2]大寨、大庆、航天界代表及湖南省委书记等，强调的都是"三结合"和"三大革命运动一起抓"的重要性。[3]

邓小平虽然也提到"广泛开展群众性的科学实验运动"，但重点是厘清两点认识：第一，科技是生产力，科技工作者是劳动者，群众路线就是"认真听取专家意见"。第二，"红专"问题。"致力于社会主义的科学事业，作出贡献，这就是红的重要表现，就是红与专的统一"，政治觉悟体现在科学成就与工作伦理当中。[4]这些新讲法不能简单以"去政治化"否定之，邓小平的务实之处在于，他始终有一个外部世界的参照，即中国走了另类科技发展道路，仍远远落后于欧美各国。这个事实比任何政治高调都有说服力。在他看来，只有科学作为生产力、以"专"衡量"红"才能避免政治教条成为经院哲学，才能更好地与外部"世界"的"现代"逻辑接轨，走出一条开放包容的现代性道路。中国科学院院长李昌及陈景润、周培源的发言与邓小平的思路更为接近，都侧重在科学专业化上。[5]

即使有这些差异，科学大会倡导的"群众性科学实验运动"还是引发了全民性的科学热潮。不过，"群众科学"尽管被强调，但确保其能

1　对生产关系与生产力关系的重新思考，可参看阿尔都塞：《论生产关系对生产力的优先性》，吴子枫译，《文景》2013 年第 1、2 期合刊。

2　华国锋：《提高整个中华民族的科学文化水平》（1978 年 3 月 24 日），《向科学技术现代化进军：全国科学大会文件汇编》，第 17-18 页。

3　贾承让（大寨大队代表）：《为革命种田、用科学种田》；闵豫（大庆油田总地质师）：《坚持三大革命运动一起抓　加速攀登石油科学技术新高峰》；孙家栋：《毛主席的伟大旗帜指引着　我国空间事业的发展》；刘夫生（湖南省委书记）：《华主席率领我们大搞科学实验》，参见《向科学技术现代化：进军全国科学大会文件汇编》。

4　邓小平：《在全国科学大会开幕式上的讲话》，《向科学技术现代化进军：全国科学大会文件汇编》。

5　李昌：《坚决把中国科学院整顿好，尽快把科学研究搞上去》；陈景润：《科学有险阻苦战能过关》；周培源：《科学技术协会要为实现四个现代化作出贡献》，参见《向科学技术现代化进军：全国科学大会文件汇编》。

够实行的体制保障和政治支持基本已不复存在，"三结合"很快被终止，群众即便有想法也没了结合对象和试验条件。工人要认同社会分工，坚守岗位，技术革新是技术人员和工程师的事。在此后的历史进程中，科学界完成了与"群众"的切割，用专业门槛围筑了领地，名之曰"科学共同体"[1]。"群众科学"的路被堵死，开始向"民科"转化：第一，"科学实验运动"有着庞大群众基础，这些被点燃了科学热情、又被孤立于"科学共同体"之外的民众在新时期只能由"实"向"虚"，转而进行貌似可以一人完成的科学理论研究；第二，20世纪50—70年代的学理论运动，特别是用哲学批判科学的思路，为渴望取得颠覆性成就的业余科研者提供了一个路径，这解释了为何"民科"的论文是哲学思辨式的，而不是数理逻辑和实证，当然，为了显示科学色彩，自创术语和公式也是一大特色；第三，"民科"的精神底色与陈景润的故事大有关系[2]，报告文学《哥德巴赫猜想》中陈景润在六平方米小屋夜以继日演算的场景深入人心，他作为献身数学、不为名利的纯粹科学人形象，给"民科"以巨大精神鼓舞，真正的"民科"都是以陈景润为榜样的理想主义者。

科幻作家刘兴诗批评部分科幻小说，"把科学家与群众对立起来，一些作品的科学家似乎与现实生活绝缘，和群众完全隔离。也有把科学研究过于神秘化，几乎完全排斥了工农兵的倾向"[3]。但更多科幻作品抗议"群众科学"的废弃，表达了对将工人排除出技术革新队伍做法的不满。一篇小说写一位工人想进行自动化革新，却遭到车间主任严厉批评："工人的本分是好好干活，你不要异想天开，搞技术革新，我们厂里有的是技术员、工程师，你没必要操这份心。"作者的

1　曾经对立的政治精英与知识精英，最终在新时期联合了起来，消除了依托群众运动、危及科层秩序的躁动势力，"红色工程师"群体在此过程中崛起。Joel Andreas, *Rise of the Red Engineers: The Cultural Revolution and the Origins of China's New Class*, Stanford, CA: Stanford University Press，2009.

2　关于《哥德巴赫猜想》的传播对"民科"的"催化"作用，参见杨慧：《报告文学〈哥德巴赫猜想〉与"民科"》，《科普研究》2008年第5期。

3　刘兴诗：《科幻小说的时弊》，《科普创作》1982年第1期。

态度很明确，"不可忽视工人群众中蕴藏的巨大创造力"，青年工人的技术革新应该大力提倡。[1]但现实中对专业化和工作伦理的强调，迫使这些有想法的工人只能选择业余时间闭门造车，单打独斗。不是他想当"民科"，而是环境使然。所以，不少科幻中的"科学研究"是"民科"式的，主人公通常在家庭作坊那样的简陋条件下取得重大科学突破。一位生物学家在农村的住所创建了"时间表遗传学"[2]，一对夫妻发明的"用信息传递物体"的装置是在家里完成的[3]，一个学生物的青年与他的农村妻子，在乡下家里建了一个"十平方米的小实验室"，最终发明了一种新药[4]，金涛《月光岛》中的"生命复原素"，是主人公在几平方米的灯塔中研制的[5]。条件简陋，知识不足，但恒心和毅力可以创造奇迹。还有一篇小说写一名女大学生要嫁给没考上大学的卡车司机，遭到父亲反对，女大学生给出的理由是："他一直在搞各种各样的技术革新、发明创造——这难道逊于一个大学生吗？"她的父亲认为这位卡车司机知识太少，"虚张声势"，但女主人公坚信科学研究靠的是"坚强的意志、火热的心"。[6]

这样的科研方式，当然引发科学界的批评："有的（科幻小说）描写的不是科学工作者的实际生活，也没有那样的实验场所，凭借某一科学家非凡的天才竟然独立创造出二十一世纪或更往后的伟大发明。然而科学界谁都明白，时至今日，早已不是一百年前某一个天才人物关起门来，一个人在实验室里冥思苦想，或凭几只瓶瓶罐罐一点简单设备，便可以作出发明创造的时代了，现在的科学实验往往是大规模的联合作战，有的发明甚至要倾全国之力，成千上万的科学工作者参加，日夜奋斗若

1　傅光平（新都机械厂工人）：《淘金》，《科学文艺》1983 年第 6 期。

2　迟方：《卜》，《智慧树》1981 年第 3 期。

3　佘柏森：《意外收获》，《智慧树》1983 年第 5 期。

4　万焕奎：《探索的代价》，《科学文艺》1982 年第 1 期。

5　金涛：《月光岛》，《科学时代》1980 年第 1-2 期。

6　倪既新：《聚音喇叭》，《科学时代》1983 年第 3 期。

干年，才能取得成果。"[1] 现代科学研究是专业团队集体攻关，离不开先进实验室和巨额资金投入，"民科"当然被排斥在这个体制之外，故只能涌向只需一个人、一支笔的数论等领域，或干脆自创"真理体系"。但"民科"作为"群众科学"的历史剩余物，其存在本身，是对新时期科学理念的抵抗，是对平等政治的呼唤。

三、"疯癫"与文明："民科"的命运

随着新时期改革的深入，中国的科技越来越与世界接轨，专利制度被不断论证并于 1984 年正式在中国确立[2]，科技开始以知识资本的形式并入生产过程；工人从主体再次沦为客体，他们只需好好拉车，不需要为政治看路。市场经济条件下工业企业对利润的追求被认为是科技创新的一大动力，以政治热情驱动的"群众科学"在理性化现实面前失去了合理性。如前所述，从"现代"科学的视角看去，依靠工人、农民等个体进行科学创造的时代早就过去了。控制论创始人维纳的观察非常准确：爱迪生是技术工人与科学家之间的过渡。爱迪生本人像一个技术工人，但雇佣科学家为职员："他的最大发明就是发明了工业研究实验室，把发明事业变成了生意经。……发明已经不再意味着工厂工人偶尔有之的洞察力了，它变成了一批胜任其事的科学家进行细致而广泛的研究的成果。"[3] 技术尚且如此，科学就更不用说了，不会给"民科"留下任何空间。

"民科"如同大战风车的堂吉诃德，被科学界隔离，更在公共舆论和纯文学作品中被贬为怪物，"民科"与"科学共同体"的对立日

1　马识途：《科学文艺创作一议》，《科学文艺》1982 年第 3 期。

2　段瑞林：《建立适合我国特点的专利制度》，《发明与专利》1981 年第 1 期；赵石英：《实行专利制度，鼓励发明创造》，《发明与专利》1981 年第 3 期；王家福、夏叔华：《一定要尽快制定专利制度》，《发明与专利》1983 年第 2 期。

3　维纳：《人有人的用处——控制论和社会》，陈步译，北京：商务印书馆，2017，第 98-99 页。

渐被叙述为疯癫与文明的对立。1980 年初，民刊《今天》刊载了一篇名为《永动机患者》的小说[1]。小说中的"永动机患者"是位四十多岁的农民，只读过两年书，但他迷上了永动机，自学了村里所能找到的物理教材。小说这样评价他："完全是一个农民！他的骨骼、皮肤、肌肉、外貌，都是农民的样子，这二十年来他却想致力于科学，痴迷了什么永动机，这种痴迷的念头，是在痴迷的时代种进了他的脑子里去的。"在新启蒙的视野里，农民"致力于科学"大约是不正常年代的痴心妄想。小说并未涉及他从"大跃进"到"文革"结束这段时间的经历，而是呈现他在新时期的遭遇：为了到北京找科学家看图纸，花光了所有积蓄，老婆生病也不管，然而并没有科学家理会这个疯子。他不气馁，又一次站在了一位力学教授上课的教室门口，但力学教授对他的图纸不屑一顾："别浪费别人的，还有你的时间了，我已经跟你说过，能量守恒，你知不知道这个定律？永动机是不能造出来的，这是一个研究科学的人的起码常识。"这位农民当然不懂能量守恒，被打击得失魂落魄。力学教授将其视为"科学的敌人"："同学们，我们心中只有一个上帝，那就是科学，对于这种代表愚昧落后的反科学势力，我们终生的使命就是向他们作斗争，毫不动摇，毫不留情，这就是科学这个上帝向我们提出的要求。谁做得好，谁就能进入科学的天堂。"面对教授的激昂话语，小说中的"我"发出一丝质疑："教授说科学是上帝，那么人呢？科学的殿堂，难道只有衣冠楚楚的学者的位置？"出于同情，"我"帮"永动机患者"看了图纸，指出其中的错误，劝他回归正常生活。力学教授批评农民不懂能量守恒当然没错，这位农民也确实是在浪费时间，但正是这些"正确"培养了启蒙的傲慢，它抹除了"卑微者"试图文化翻身、掌握科学，让科技解放劳动者而不是剥夺劳动者的抗争史。这位农民，二十年前（1958）被告知"卑贱者最聪明"，十年前（1968）被当作技术革新的主体，现

---

[1] 晨漠：《永动机患者》，《今天》1980 年第 1 期。

在（1978）又有了新身份——"科学的敌人"。但他之所以成为"敌人"，与科技工作者从与民众结合走向与之隔离难道没有关系吗？

30年后，作家阿乙根据周国平一篇记叙与"民哲"交往的文章[1]创作了小说《先知》。主人公是典型的"民哲"（"民哲"与"民科"具有共性），他写给社科院袁博士的自荐信被当作垃圾处理，小说主体就是这封信——新世纪的"狂人日记"。这位"民哲"认为人类存在的本质就是"与时间对砍"，"杀时间"这种行为贯穿生命与历史始终，并设想人类会因对抗"时间"而团结在一起，过上一种刻板的规定化生活。他自信自己的学说将"颠覆整个哲学体系"，并反击周遭的嘲讽，"疯掉的不是我，而是他们"，他要拆掉疯癫与文明之间的栅栏，"我和您唯一的区别是：您考上了大学，硕博连读，而我中途辍学，什么学历也没有。这也就是我为什么一直困厄不堪而您为什么一直广受尊重的原因，同样的事业在您那里称其为神圣，在我这里却变成别人嘲讽的玩意"。但他还是在"人类学泰斗"家里遭到羞辱："他在研究我杂乱的头发、灰暗的衣服和拘谨的坐姿，而不是比我生命还重要的稿子。我颤抖着站起来，指着稿件说：'你不认为这几句是真理吗？'可是他表现得像是被打搅了午休的狮子，粗暴地回击道：'你真要我说实话吗？你要的话，我就告诉你，我还没见过比这更空洞、更操蛋、更不知所云的真理了。'我羞愤难当，急欲离开，错乱中却拉开他家卫生间的门，他又过来拍我的肩膀，说：'门在那边。就和你的人生一样，你进错了房间。'我进错了房间，作为一个初中肄业生，我应该成为一个一事无求的农民，不应该来吵着他们。"他"不务正业"，整日思考哲学问题，俨然已是别人眼中的怪物，但他不甘心臣服于由"那垂直的建筑、冰冷的门卫、先进的电脑以及来去自如的编辑、教授"构成的"森严的秩序"："开国元帅陈毅不是专注于读书而将糍粑蘸着墨汁吃了吗？数学家陈景润不是专注于思考1+1而撞树上了吗？古

1　周国平：《哲学家或中蛊者——记一个为思想而痛苦的农民》，《社会学家茶座》第五辑，张立升编，济南：山东人民出版社，2003。

希腊数学家阿基米德都快要被砍头了，还在说：'让我算完这道题。'我想我也如此。"他也承认自己是井底之蛙，得到的训练太少，"我费尽千辛万苦研究来的理论说不定别人早已研究过。……我们那里曾有一位工厂青年，他凭借自己的悟性推证出几何原理，去学院宣告时，教授们拿出初中课本告诉他欧几里德早在两千年前就已经推证出，他五雷轰顶，羞而自杀，我想我真可以和他做一对鬼哥们了。"但他最终还是坚信，"学历高低和真理没有关系——正是无畏比城府先带来创见；疯癫与否和真理也没有关系"。

如果说阿乙的小说让"民哲"发出了质疑"森严秩序"的声音，那么韩少功2013年出版的《日夜书》则从政治高度批判这个等级结构及其背后的市场规则和知识产权制度。至此，历史走过了它的正反合的旅程。《日夜书》中的这位二流子发明家叫贺亦民，他只有小学文化水平，"文革"期间进入街办工厂当工人，靠着强大的动手能力和一本《农村电工手册》（客观地说，当时的《农村电工手册》《赤脚医生手册》之类的普及性小册子，在提升劳动人民的科学素质方面居功甚伟），成长为一名优秀电工。后来，"贺电工受厂部推荐去工人技术大学读书。当时很多高级技工都出自这种学校"。贺亦民正是受益于"文革"期间培养工人技术员的"七二一大学"制度。他读不懂英文课本，"却能在网上猜英文，猜德文，跟踪世界最新技术"，除了电工，他还精通其他十个工种，"技术见识极为古怪和狂野"。依靠这种野路子，他在1980年代之后成为拥有60多项发明专利的"技术魔怪"。他认为现代科学分科太细，博士读成了"窄士"，"书读得太好了"，反而不容易有技术发明。《日夜书》让贺亦民在新时期经历了各种折腾，最后重新认同社会主义技术政治的观点：敢想敢做，自力更生，为国为民。但他的科技观念已与现实不合。他为国企油田攻克了一项世界级难题，油田项目组却迟迟不肯验收，他们想利用这个革新申课题、评院士、捞资本。最后，被激怒的"贺疯子"以"叫板微软、英特尔以及一切市场规则的IT好汉"——开放源代码的Linux为榜样，将自己所有的技术发明资料全部在网上公开，与知识产权彻底决裂，"他终于成了中国的林纳斯，一颗共产主义的技术炸弹"。

韩少功是当代中国少有的严肃思考技术政治的作家，尽管他对贺亦民的技术能力有一些夸大，使之具有过于个人英雄主义的"民科"色彩，但并不影响这个人物的批判性。贺亦民来自历史深处，在新时代再次流露出其作为一名共和国工人的阶级意识；他与油田项目组的博士、教授们思想情感格格不入，却能与油田工人们打成一片。在工人眼里，贺亦民不是魔怪，而是"机器王""发明帝"，他们在他身上看到工人阶级的尊严和力量：

> 咱们工人有力量，嘿！
> 每天每日工作忙，嘿！
> 盖成了高楼大厦，
> 修起了铁路煤矿，
> 改造得世界变呀么变了样！

这首"几如出土文物"的歌曲是工人们献给这位"发明哥"的。韩少功是把贺亦民当成工人——有文化的无产阶级——来塑造的，他借这个人物表达的想法非常深刻。然而，现实中能有几个贺亦民呢？贺亦民的特性来自他的抵抗。科学如果不掌握在人民手里而是掌握在资本手里，那它一定会加固资本的统治，这是马克思早就批判了的。"共产主义的技术炸弹"要炸毁的就是这个。

"疯癫"与文明的对立建基于深受新启蒙思潮影响的病理学话语，但"民科"现象绝不是病理学问题，而是社会学问题。既然是社会学问题就不应归咎于"人格缺陷"，而应在社会层面给出解决方法。"民科"的出路或许在于：由"虚"向"实"。从那些充斥着独断论的自然哲学和所谓"真理体系"中走出来，暂停钻研数论"猜想"、建构大一统理论，这是一条走不通的死路。将才智用于生产实践，普通劳动者依然可以在仍需自动化革新的工农业领域大有作为。这是央视《我爱发明》的思路，这个节目提供了一条既认可科学的专业秩序又能打破"疯癫"与文明对立的务实路径，节目里的那些发明者再次彰显了劳动人民的智慧和实践能力。

结语

新时期科幻小说对"民科"的支持态度，显示了历史连续性。这些科幻秉持的科学理念，与新时期的科学专业化趋势相悖，但却带出了20 世纪 50—70 年代的"群众科学"及历史转折时期的"群众性科学实验运动"的历史，为探讨科技政治问题提供了一个切入口。

"群众科学"在新时期向"民间科学"转化。作为历史的剩余物，"民科"身上潜藏着一则科技政治的故事。那些建构"民科"疯癫形象的叙事，无视其身上的政治能量，拒绝回望历史、反思科学资本化的现状。"民科""民哲"痴迷科学、哲学，可以看成他们文化上的自我保护行为，他们的存在提出了一个重要议题：重新想象一种基于平等政治的"群众科学""大众哲学"是否可能？

可怕的并不是科学的专业化，这是不可逆的现代性铁律，科学的重要地位，无法撼动，也不应该被撼动。可怕的是，在启蒙话语挟持下，它对科技政治属性的排斥，对"疯癫"与文明话语中权力关系的遮蔽。它看不到，那些"土里土气、盲目偏执、走火入魔"的"民科"，曾被寄托过成为有文化的无产阶级、走出新路改造世界的厚望。他们的名字叫"劳动人民"。

原载《文艺理论与批评》2019 年第 6 期

思辨"中国性"

中国科幻的新浪潮——命名与阐释

宋明炜

一、过去

科幻小说在中国没有连续的发展历史，有过三次短暂的繁荣期：晚清最后十年；改革初期；新世纪以来的十年。第三次繁荣期还在进行中，也许会持续下去，也许会有不同以往的发展。但在过去的两次繁荣期之后，都有过较长时段的间隔，漫长到足以使后来的作家很难从前辈作家那里承继传统，需得另外开辟新的源头。这种情形也许是现代中国文学历史上罕有的现象，一方面说明这个文类命运多舛，另一方面却也因为科幻多元重生的起源方式，造就这个文类独特的、具有多重启示意义的潜力。

作为一种现代文类，科幻进入中国的时间并不算晚。二十世纪初，梁启超创办《新小说》杂志，提倡各种新的小说类型，其中之一就是科幻。那时的准确名称是"科学小说"。这个词语应是来自明治时期的日本文学。据学者长山靖生《日本 SF 精神史》的考证，日语中最早使用这个词语是明治十九年，被称作"宪政之神"的政治家尾崎行雄，在为

171

政治乌托邦小说《雪中梅》撰写的序言中，首次将"政治小说"与"科学小说"并列，称为近世文学的进步。[1] 末广铁肠的《雪中梅》后来直接启发梁启超写作《新中国未来记》。梁启超的作品刊登在《新小说》杂志创刊号（1902）时，虽然列在"政治小说"名下，但其中的乌托邦想象与未来叙述都可算是中国科幻文学的重要源头。《新小说》创刊号的"科学小说"栏目中刊登的，是凡尔纳（被误称为英国萧鲁士）的《海底旅行》。虽然早两年前，女作家薛绍徽与其夫陈寿彭合作翻译的《八十日环游记》，就已经将凡尔纳的作品引入中国，但却是《新小说》的倡导才正式开启晚清科学小说译述的滥觞。凡尔纳及其他欧美、日本作家的科学小说被大量翻译到中文，其中所表达的十九世纪工业革命时代的世界想象与技术崇拜，一时间也被置换到中文的语境之中。就《新小说》杂志第一期的格局而言，《新中国未来记》式的政治蓝图与《海底旅行》式的科技奇景相互映衬，这两者构成政治与科学的组合，基本上奠定了晚清科学小说的表现模式。

晚清最后十年间，有近百篇翻译或创作挂名"科学小说"，或书写未来史，申明理想，打出各色乌托邦的旗号；或刻画想象的时空器物，突破国人的视野和思维，将读者带入外太空、异次元等另类天地。这是科幻在中国兴起的第一次浪潮，背后有启蒙知识分子的倡导与推动，如梁启超推广"新小说"，意欲借助新小说不可思议之力量来启悟国人，以期"新一国之民"[2]，青年周树人以"索子"为笔名，译介凡尔纳，标榜自己的主张在于"获一斑之智识，破遗传之迷信，改良思想，补助文明"[3]；被归入"鸳鸯蝴蝶派"的作家包天笑，也曾翻译、写作科学小说，称"科学小说者，文明世界之先导也"[4]。在翻译和创作齐头并进的第一次浪潮中，科学小说自身被视为文学的"法宝"或"先进技

1 长山靖生：《日本科幻小说史话》，王宝田等译，南京：南京大学出版社，2012，第31-32页。

2 梁启超：《论小说与群治之关系》，《新小说》第1号，第1页。

3 鲁迅：《〈月界旅行〉辨言》，《鲁迅全集》第十卷，北京：人民文学出版社，2005，第164页。

4 包天笑：《〈铁世界〉译余赘言》，转引自吴岩：《科幻文学论纲》，重庆：重庆出版社，2011，第6页。

术"，承载启蒙重任。但在传统与现代仍暧昧不明的世纪初，科学小说也呈现出各种政治与技术杂糅、启蒙与怪诞同体、传统与现代混声的淆乱视野[1]——遂有贾宝玉坐潜水艇，女娲石写革命书。

晚清科幻的乌托邦色彩最为浓重，"月球殖民地""文明境界""新纪元""新中国"，各种名号的理想世界竞相出现。这些想象体现出翻译的现代性，不乏凡尔纳式的科技"新物"（如飞车、潜艇），这构成中国作家描述"异世界"的基础，许多作品也充斥外国人物和域外时空。但另一方面，这些乌托邦想象的底蕴却大多来自对于中国传统复兴的信心。徐念慈《新法螺先生谭》（1905）写水星上的老人被换脑，重获青春，变成新人，法螺先生由此获得启发，找到将老大帝国变成少年中国的新方法。这类诡异的设想，在许多晚清作家的未来想象中都可见到。如吴趼人《新石头记》（1908）写贾宝玉漫游文明境界，据向导"老少年"介绍说，此境之中没有老人不返老还童的。返老还童寓含着传统更生的期待。吴趼人笔下的文明境界，科技先进，政治昌明，但种种创新，都立足于对传统的信心。贾宝玉乘飞车在非洲狩猎，坐潜艇去南极追鱼，获得的地理及物种知识，验证了《庄子》及《山海经》的世界想象的正确性。文明境界的理想政治，也无不证明儒家传统生生不息的活力。可以说，自科幻进入中国之始，这个文类已被归化，在前所未有的新颖想象之下，流动的是"中国复兴"的宏伟情节。

科幻在中国的第一次浪潮，在民国初年戛然而止。民国元年，徐卓呆发表短篇小说《秘密室》[2]，讲述历史变革时期的催眠故事，可以说这是一个关于衰老和失忆的寓言，小说以被催眠的老者醒来后获悉世变的现实新闻，收束了乌托邦未来想象的历史情节。随后，当五四一代作家开始建构中国新文学传统时，幻想未来的科学小说已不

1　王德威：《被压抑的现代性——晚清小说新论》，宋伟杰译，台北：麦田出版社，2003，第329-406页。

2　徐卓呆：《秘密室》，《小说月报》第3卷第3期（1912年6月）。

见踪影。只是如果打破文学史的分期，我们在被称为现代文学正典源头的《狂人日记》中，其实也不难看出颇为明显的晚清"科学小说"背景。《狂人日记》中两个发人深省的意象"吃人"和"孩子"，都曾出现在鲁迅早年翻译的科学小说《造人术》（1905）中。[1] 但正典形成之后的现代文学，将想象的因素编码成为现实的寓言，将寓言的解释纳入社会写照，用意在于创建对现实的理解和批判方式。此后数十年间，在现实主义旗帜之下，难得见到挣脱现实束缚、对于"异世界"的想象，虽然偶有个别作家（如顾均正）在民国时期致力于写科学小说，但终未再成气候。

新中国成立之后，在苏联文学影响下，"科学幻想小说"又开始出现于中国文学之中。这一次是作为儿童文学的分支，承担着科普以及宣传正确乐观的科学观和人生观的任务。它归属在少儿读物之列，将科技知识融入冒险叙事，情节模式高度重复，确定了"科幻"作为类型化叙事的亚文学地位。五十年代，这类作品也会高度配合政治，如迟叔昌《割掉鼻子的大象》（1958）写通过生物工程改造养育出巨猪，对应大跃进时期"肥猪赛大象"的口号，正是科学想象与现实政治互相映照的例子。但正是在社会主义文学体制之下出现的一批科幻作家，如郑文光、童恩正、叶永烈，在"文革"结束后的思想解放的气氛中，曾一度给这个文类注入新鲜的活力，带来了科幻的第二次浪潮。

中国科幻的第二个繁荣期，出现在新时期最初的短短数年间。改革之初，在"科技现代化"的政策号召之下，作为科学和文学结合体的科幻小说受到推重，有许多作家开始试手写科幻，这个文类迅速获得前所未见的严肃地位，科幻也变得越来越有"人文"色彩。更主要的是，在郑文光等一批资深科幻作家笔下，科幻书写不测的未来、现实时空之外的意象，表现出一种发人深省的想象力。像郑文光发表在《上海文学》

1　鲁迅翻译的《造人术》，《女子世界》第 2 卷第 4、5 期合刊（1905 年）。

上的《地球的镜像》[1]，具有深层的反思意义，但它的想象方式又超出了时代的局限。童恩正的《珊瑚岛上的死光》[2]中对"死光"的描写，如同打开潘多拉的盒子，释放出奇诡的灾难想象。

中国科幻的第二次繁荣期，时间更为短暂。随着科幻被指为"精神污染"，它在新时期文学最为辉煌的八十年代中后期几乎完全退出文坛。此后，这个时期中国科幻所留下的最著名形象，是叶永烈塑造的"小灵通"[3]：无忧无虑面对一切行将发生的变化，一切新异之物都可获得正解，归于正确的意识，在小灵通漫游的未来中，没有不测，也没有真正的异世界。清污之后，"天真"的科幻重新被纳入少儿文学的领域。

与大陆科幻的第二次浪潮相呼应的，是台湾兴起的人文科幻。在七十到八十年代之间，张系国、黄凡、张大春、平路、宋泽莱、林耀德等一代优秀作家，曾经在真正意义上铸造了中文科幻的"黄金时代"。郑文光这一代大陆作家，并未能在八十年代为大陆的科幻文学带来真正繁荣。而张系国、黄凡等在科幻中注入人文的想象力量，在语言实验、文体创新、思维深度各方面都有相当自觉的探索。台湾人文科幻与大陆新时期科幻的出现有许多共性。两岸的作家都试图将科幻从"娱乐"和"少儿"文学的范畴中提升出来，以建立一种不同于现实主义但能与之形成对话的严肃的文学表现。台湾科幻在进入九十年代之后，也难以为继，此前的几位重要作家都先后停止写作科幻。大致可以说，台湾科幻的"黄金时代"到张系国完成《城》三部曲（1991）的时候，已经基本结束。

至此，中国科幻已经有了两个源头：晚清的血统混杂的科学小说和当代的经历坎坷的人文科幻。中国科幻的历史，没有连续的发展，

1　郑文光：《地球的镜像》，《上海文学》1980 年 10 月。

2　童恩正：《珊瑚岛上的死光》，《人民文学》1978 年 8 月。

3　叶永烈：《小灵通漫游未来》，上海：少年儿童出版社，1978。

两次浪潮之间，是漫长的休眠期，漫长得以至于后世作家忘记曾经有的过去。

二、现在

科幻在中国的第三次浪潮，我称之为中国的"新科幻"，或者也可以说是一次"新浪潮"，在 20 世纪 90 年代已经形成，到新世纪第一个十年快要结束的时候，突然在文坛上形成异军突起的局面。最近一两年，科幻变成流行的话题，网络上、电视上、报纸上，都出现对科幻前所未有的关注。这固然与好莱坞科幻大片输入背后的商业经营有关，但就在这个背景之下，突然出现了中国本土科幻的强大声音。

这种声音最初出现在网络上。科幻迷在一些校内网、网络论坛上开始组成群落，交换对科幻作品的意见，尝试自己创作，拍摄科幻小电影，形成一种热爱科幻的风气。这种情形，让我联想到美国科幻在二十世纪上半期兴起的背景当时正是凭借通讯而生的读者俱乐部，产生了第一批科幻迷，从一般大众读者中分离出具有自我精英化倾向的科幻读者群。美国科幻的"黄金时代"是由这些科幻迷创造出来的，他们中间成长起来的有些作家，后来成为美国战后科幻文学的中坚力量，如阿西莫夫、海因莱恩、布雷德伯里、迪克等。我在中国网络空间的科幻群落中，看到一种类似的倾向。借助网络论坛的平台，他们建立起自己的游戏规则，有他们自己的判断尺度，可以与文坛和主流媒体之间保持泾渭分明，而且时时刻刻在推动着科幻文类的新陈代谢。最近两年中，科幻在主流媒体上的流行，大致还是由于先有了这种来自网络这个新的"民间世界"的科幻声音。在此基础上，在八十年代清污运动中硕果仅存的四川《科幻世界》杂志（原名《科学文艺》），成为非主流纸面媒体中的科幻基地。杂志与读者的互动，部分批评家（如吴岩教授）的持续关注，像《新幻界》这样高品质的网络科幻期刊的兴起，以及银河奖、星云奖、星空奖等官方或半官方乃至纯粹民间性的奖项陆续建立起来，星云奖颁奖典礼出现类似美国科幻年会的那种热闹景象。这种种现象，构成了生机盎然的科幻文化。在二十一世纪第一个十年即将结束时，突然间，科幻又一次在中国流行起来，而在流行的科幻文化中出现他们自己的明星。

人们突然都在谈论一部叫作《三体》的长篇科幻小说，它的作者刘慈欣迅速进入畅销作家的行列，他的粉丝称作"磁铁"，在他们的眼中，刘慈欣（被亲切地称为"大刘"）有着不同一般的精英气质。他建议人们去仰望星空，思考末日，他自己的作品如同打开星空的画卷，有一种令人高山仰止的崇高美感，但也有着"后人类"的严峻和冷酷。另一个受人瞩目的科幻作家韩松，被人比作卡夫卡，但也让人联想到鲁迅（他的小说中也有吃人的情节），他的噩梦一般诡异的文学想象，扑朔迷离的叙述，符号层叠的语言风格，又都让人想到八十年代的先锋小说。韩松是科幻作家中最接近"主流文学"的，但他的风格是那样不驯，在文坛上实难有安顿他的位置，而且他的噩梦写作令人不安地联想到当代的隐秘现实，又发散出一种危险的信号。还有一位更年长的作家王晋康，作品有着宽厚的人道关怀，特别专注于人性的善恶问题，对于乌托邦的悖论既持有警醒的反思态度，也同时能够保持乐观的精神。与刘慈欣偏向技术化的倾向和韩松偏向超现实的文体相比，王晋康在科学主义和人文主义之间，在历史反思和道德追问之间，在国家与个体之间，都试图建立一种较为平衡的关系，他的小说风格温润，容易令人喜爱。韩松、刘慈欣、王晋康——有时被简称为"韩慈康"——这三位作家可称之为中国当代科幻新浪潮的"三巨头"。虽然当代中国科幻有着前所未有的众多数量的新作者，有的是"韩慈康"的同代人，更多的是新世代的作家。但正是以他们三位的创作为主，在进入新世纪以来，形成了中国科幻异军突起的局面。

我曾在给刘慈欣和韩松写的两篇评论《弹星者与面壁者：刘慈欣的科幻世界》和《"于一切眼中看见无所有"：读韩松科幻小说〈地铁〉》中，简略描述中国科幻新浪潮的特点：如果把韩松、刘慈欣、王晋康等看作科幻新浪潮的代表作家，他们所汲取的文化养料，是八十年代文学中的开放精神与批判姿态，有时甚至来自鲁迅。他们以及更年轻的一代作家延续了中国文学中的先锋精神，他们在主流文学建制之外写作，其文本本身的颠覆力量，呈现出暧昧与黑暗的方面。

这些文字写于两年前，大致仍可以代表我现在的看法。我当时写作这两篇分别关于刘慈欣和韩松的评论，最急切想表达的内容，是要展示新科幻与当代文化精神的关联。一方面，我试图说明"韩慈康"等人的小说，在血统上与八十年代中国文学主潮有同源性，而到了当前文坛萎靡的情形中，反而是科幻在重新树立起理想主义的旗帜，表现出严肃思考人生、批判现实的人文精神。另一方面，我又在试图描述新科幻自成一格的文学品质，这涉及更为根本的文学与世界之间的关系问题。我为"韩慈康"的想象力所吸引，但也正如刘慈欣描述的那种面对星空感到人类头脑无法把握的巨大神秘，或是他在《三体》中试图描写四维时空时，无法找到语言来形容其"异"时感叹"方寸之间，深不见底"这样的感受，我在面对一种中国现代文学中罕见的新奇想象力时，由衷感到惊奇与兴奋。我感到新科幻的魅力，除了那种有生气的理想主义和文学批判精神之外，还有它在打开一种不同寻常的看世界、描述世界的方式，由此重构了文学语言与世界之间的组合关系。这种开放的情形，犹如刘慈欣描述的从三维走进四维世界，在我们熟知的世界形象之上，呈现出一个异质的世界。这当然涉及一系列科学理念的变革，对应着二十世纪以来人类思想的知识型变化，如量子力学的微观世界，混沌论的时空结构，都完全异于人类的寻常感知所塑造的世界形象。然而，作为被纳入小说叙事中的元素，科学理念本身不是最关键的"异质"表征。在其中真正改变文学表现模式的，恐怕还是科幻文类自身发展构造出的一个"同中有异"的话语系统。

我当时把新科幻命名为中国科幻的"新浪潮"，这种命名方式固然是借用了英语科幻文学史的概念[1]，但我后来意识到，英美科幻中的新浪潮有特殊的六十年代反文化背景，例如当时新的创作理念，是要解构科幻黄金时代的史诗叙事。在中国新科幻作家笔下，特别是刘慈欣的小说中，却有一种对于古典主义和史诗传统的回归[2]，这是与英美科幻新浪潮不尽相同的地方。但另一方面，刘慈欣的作品对中国科幻的既有传统又有明显突破，并且以"硬科幻"的技术主义精神，塑造出种种后人类的未来图景，这些方面都表现出他对于文类成规的重构与创新。与刘慈欣相比，韩松的创作可能更直接地呈现出类似于英美新浪潮的反文化精神，而王晋康的作品介于两者之间，对科学和人文都有深切关怀。因此，我对自己此前的论述，需要做出的修正是，这里所指称的中国科幻"新浪潮"，虽然是借用了英语科幻的名词，但对其内涵和发展逻辑的理解，仍应植根于中国文学自身的脉络当中。所谓科幻"新浪潮"，固然有英美新浪潮的影响痕迹，但更主要的特征，是它在中国当代文化中启动的新异的想象力。

两年前，我被一种激动的心情推动着，开始遍读新科幻作家的小说，沉浸在中国科幻新浪潮创造出的那种既熟悉又陌生的世界里。这种"既熟悉又陌生"的感受，是由于我在他们的作品中看到熟悉的现实，但同时也看到一种激发我去认真思考的"异世界"。事实上，后来我意识到，这两者之间的关系，有关我们应该如何来界定"科幻"，也关系到我们如何理解科幻的想象模式为文学带来的新奇的冲击力。

科幻的定义问题在西方文坛上历来众说纷纭，欧洲写科幻的主要作家（如威尔斯、扎米亚京、恰佩克、赫胥黎、莱姆），大多也是主流文坛认可的作家，科幻是他们描写和思考现实世界的独特角度。恰佩克笔下的"罗素姆牌机器人"是指向未知时空的符号，但也可能代表现实世界中的无产阶级；莱姆笔下的索拉里斯星是人类完全不能认知的智慧

---

[1]　关于英美六七十年代出现的科幻新浪潮，参阅 Adam Roberts，*The History of Science Fiction*，New York：Palgrave，2005，pp. 230-263.

[2]　吴岩、方晓庆：《刘慈欣与新古典主义科幻小说》，《湖南科技学院学报》2006 年第 2 期，第 36-39 页。

体，他的小说呈现出人在面对未知时沟通的困境，但正是在这个过程中才重新了解自我。恰佩克和莱姆的科幻意象，从来都在欧洲人文思想的内在脉络之中。科幻成为一个独立的、需要加以定义的文类，是它在美国形成自成一格的流行文化之后，所以美国的科幻作家最有给科幻下定义的自觉意识。自六七十年代英美新浪潮科幻兴起以来，比较受到认可的一种看法是，科幻的世界是"认同"与"异质"的组合，理想的优秀科幻作品写出的，是我们可认知的世界延伸出来的"异世界"，它的叙述原则从"认同"开始，最终写出"未知"。[1]当然前提是这种"未知"需要在科学话语（即便并没有真正的科学根据）中展开描述（也就是说卡夫卡写人变成虫子，却不加解释，这不是科幻；而克拉克写拉玛飞船，面对"异世界"深不可测的神秘感，用最精准的科学语言去描述它，这就是科幻）。这种"异世界"的表征，从表面来说可以指外星人、机器人、平行宇宙的世界，但它作用于读者的思维结果，是能够促发读者回归理性的方式，去思考自我与"他者"的关系——如白人与有色人种、帝国与殖民地、人类与自然、自我与任何异于自我的存在等等。用理论话语来说，这个异世界与现实之间存在着"转喻"的关系，它无法用我们熟悉的具有宗教启发性或者意识形态说教性的"隐喻"原则去理解，因为它的意义关键所在，是让我们在现实中真正有勇气去面对未知和他者，而不是仅仅用约定俗成的既成道德和文化观念去将未知归化入自己的世界，这结果当然也涉及重新认知自我。这方面最有经典意义的例子，是迪克的小说名作《仿生人是否会梦见电子羊？》（*Do Androids Dream of Electric Sheep*？），其中的"仿生人"形象中同时凝聚着令人恐惧的异质生命力和令人哀伤的人类自我投影。

之所以介绍关于科幻的当代定义，我是想要说明这样一个基本的看法，即中国科幻在经历过两次繁荣和其间漫长的沉寂之后，只有在最近的新浪潮中才开始以成熟、自觉的方式，来塑造能同时让读者感到认同

1　有关科幻的定义及相关争论，请参阅 Adam Roberts，*Science Fiction*，London：Routledge，2000，pp.1-46.

和陌生的意象复杂、发人深省的"异世界"，也正因为此才建立起更为有力、令人感到耳目一新的表达方式。此前的科幻或者是"同大于异"，像晚清科幻有许多作品都不脱谴责小说的套路，而标为"理想小说"的乌托邦也往往似曾相识，比如当我们跟随贾宝玉漫游文明境界时，似曾相识的感受会最终归纳为对传统的乡愁：甄宝玉治理的原本是儒家的理想国。在新中国的儿童科幻中则几乎少有现实认同的坐标，如郑文光写人类去火星探险，或我们随小灵通漫游未来，那里的一切都不同于熟悉的现实世界，它是纯粹技术性的令人惊奇的科普展示，我们在其中看不到自己，也无从谈到有意义的认同。与此前的这两类作品相比，新科幻的作品更为复杂，是因为新科幻作家在对现实的重现与对异世界的想象之间形成了一种有生气的互动。无论采用寓言还是变形的方式，他们的小说让人能够迅速认识到一个包含着各种焦虑、问题、期冀在内的"现实"；但与此同时，他们的作品更在这个"现实"的边界上延伸创造出具有高度复杂性的"异世界"，那不是简单的小灵通式的新奇技术集合体，而是包含着超越现实、建构理想的各种可能性，促使读者重审理性、改变自我的思维方式。

我想举一个例子来说明这种复杂的感受。比如刘慈欣写过一个短篇小说《微纪元》（2001）[1]，描述地球文明遭遇浩劫之后，从宇宙中归来的宇航员（小说中称其为"先行者"）携带人类的胚胎细胞，重返浩劫后荒凉的地球。他在降落过程中，突然收到来自地表的信号，看到图像中一个欢乐的世界，楼群、广场、人群、向他挥手欢迎的漂亮姑娘，他最初以为自己收到的是虚拟现实游戏的影像，但那漂亮姑娘却开始与他对话，原来他眼前的景象，不是虚拟现实，而是真实影像。先行者从漂亮姑娘（她正是最高执政官——地球领袖）的叙述中了解到他离开地球后的历史，人类自知即将灭绝，在绝望中使用基因改造工程，将人类的体积缩小十亿倍，培育出了微人类。微人类在地壳深处躲过浩劫，重

1　刘慈欣：《微纪元》，《科幻世界》2001年4月。

建文明，只是一切的尺寸都缩小十亿倍。先行者看到的城市，直径不过一米。令他万分感动的，不仅仅是文明的延续，而且还因为尺寸的缩小，微人类的世界是完全无忧无虑的纪元，他眼前那些微小如菌的人们，都是快乐无比、犹如生活在虚拟现实游戏中的孩子们，他们不知痛苦为何物，尽情享乐，而漂亮姑娘可以轻松当选世界领袖的职位，也不必先天下之忧而忧。先行者面对这个美丽新世界，做出背叛"人类"的决定，毁掉了所有人类胚胎细胞，他相信只有灭绝人类，才能让这个微人类的美好世界延续下去。

这篇小说包含很多当代读者容易辨识的元素：历史终结的意识，享乐主义，消费主义，技术上可能正在变成现实的"新人类"（例如生活在网络虚拟世界中的青少年）。它也让我想到鲁迅著名的问题：我们现在怎样做父亲？"我们"（以启蒙理性定义的"人类"？）是否要肩住黑暗的闸门，放孩子们（未来的无忧无虑的"人类"？）到宽阔光明的世界里去？这些问题意识，当然都建立在我们对现实以及历史的反省之上，研究现代文学、解析当代流行文化的学者都会有话可说。但刘慈欣的想象，却同时指向一种真正异质的世界形象：即这样无历史感、无道德感、无"人类"理性的微纪元，却有可能是在技术意义上可实现的乌托邦。由此延伸的问题是，我们如果放孩子们到理想的未来世界去，我们是给他们自己建造新世界的自由，还是要为他们决定那未来世界的形象？他们的世界，是否是我们能够想象、能够接受的？而如果不是，那又有何问题？小说里先行者作出决定，毁掉人类，在刘慈欣的笔下，这并不是反讽的写法，而是建立在他的科学理性认知基础上的决定。先行者面对作为异世界的微纪元，放弃了自己固有的文明理念。这也就是说，这篇小说的内核，有着一个意义上的翻转。为了拯救人类的努力，最终终结了人类的存在。无忧无虑的微纪元，在我们现实意义的理解中，可能是对乌托邦的一种讽刺；但在小说内在的科幻逻辑中，却代表技术的胜利，意味着更具备进化优势的"后人类"以不可思议的方式延续文明。

　　这也许很难令人接受，但《微纪元》创造了一种打破思维习惯的新的世界想象。刘慈欣的写作方式无疑也是从现实出发的，但当他建造他的科幻世界时，他所遵守的原则却是尽可能远离世俗生活的技术理性思辨。微纪元以及三体世界、泡世界、诗云，这种种跳出寻常思维惯性的世界图景，都或多或少与我们熟悉的世界有关，甚至直接与中国古代和现代的历史经验有关。但刘慈欣建造这些世界图景的方式，严格依循着理性推理，使用的是自成一体的科学或"拟科学"话语。这种写作特征，使刘慈欣的作品中除了感动读者的写实或是抒情的方面之外，往往潜伏着另外一条线索，那是通向"后人类"的技术乌托邦的想象。

　　这些新奇的乌托邦想象可能都很残酷，也许其中透露出中国最近的经验中那些灭绝人性的历史信息，也许它们预示着我们即将失控的对于现实的感知。韩松喜欢说的一句话是中国的现实世界"比科幻还要科幻"[1]。王晋康在小说《转生的巨人》（2005）[2] 中就用辛辣的笔调，呈现出"比科幻还要科幻"的现实。小说的故事假托发生在东邻日本，名叫"今贝无彦"（今辈无颜）的实业大亨，在迈入老年之际，采用换脑术，把自己的大脑移植到新生婴儿的身体上，以求生命延长。但由于医生忘记调节大脑对身体增长的控制，导致这个贪婪的老人大脑，驱使新生儿的身体无限增长，每日要饮用上千奶妈的母乳，躯体庞大到无处安置，只好漂浮在海面，长成岛屿般的巨人。大亨的躯体最终使他自身无法承受，结果折颈而亡。渴求无限增长的欲望，以及"换体不换脑"的手术，这个故事的现实寓意足够明显。但这篇小说的叙述逻辑，仍是依循生命基因的科学话语而铺展开来，巨人的庞大身躯是"异质"的标志。与刘慈欣相比，王晋康的小说中的现实感更为明显，但依然以技术理性对叙事的构型，来重新塑造这种现实感在小说中的"异世界"样貌。其

1　韩松：《当下中国科幻的现实焦虑》，《南方文坛》2010 年第 6 期。

2　王晋康：《转生的巨人》，《科幻世界》2005 年 12 月（署名"石不语"）。

实，回到韩松的那句话：为什么现实比科幻还要科幻？现实中有些什么样的新的生机，或是乱相，或是不可预测的政治与文化发展，在我们无法用寻常语言描述的范围之外，已经改变了我们看世界的方式，或者已经改变了我们自身？

韩松与刘慈欣、王晋康的背景不同，他是文科出身，他的科幻小说没有那么技术化。但他在长篇小说《地铁》（2010）和《高铁》（2012）中构造的世界，都是触目惊心、自成一体的世界图像，它们逼迫我们反思现实，面对"似曾相识"的未来，却迷失在今天"鬼魅丛生"的世界里。《地铁》写北京的一列地铁在渊黑无际的隧道里一直不停地行驶下去，拥挤在车厢里的乘客从人蜕变成非人，演化出新的物种，最终进入新的宇宙时代。《高铁》写一场事故之后，高铁就再也无法停下来，它在高速运行的世界中，形成自己的宇宙，直到万物俱灭。小说结尾这样写道："在空无一物的大地上，列车仍然在稳如泰山地飞速前行。它究竟有没有目的地呢？这是一个无比乏味的老套问题，乘客和探险者都无从知晓，于是也再没有兴趣讨论。"韩松在短篇小说《再生砖》（2010）[1] 中，写出灾难与发展并生、过去与未来纠缠不清的景象。建筑师从四川地震的废墟和死尸中提炼材料，创造高科技的智能"再生砖"，这种砖头有着人类的情感和智力，给房地产商们带来新的发展奇迹。中国的建筑走向全球，继而进军宇宙，整个新的文明从此崛起，由废墟和尸体中提炼的"再生砖"垒砌而成。但如此修造的房子里，永远萦绕着死者的哭声和私语。小说的批判力不言而喻：社会的高速发展，建立在巨大的代价之上，未来每一步的"进步"都伴随着过去的幽灵。这篇小说的文本还有一个自省的面向，再生砖的设计本意是把灾难作为艺术的材料，中国这片充满灾难的土地，所制造出的艺术想象注定充满哭声。在这一点上，作者的深思令人感到揪心之痛，他把这痛苦凝聚在"再生砖"这个意象之上，犹如抉心自

1　韩松：《再生砖》，《文艺风赏》2010 年 12 月，第 59-71 页。

食。在韩松的这一系列小说中，地铁、高铁、再生砖，都是"异世界"的标志。它们无一不是来自我们熟知的现实，但在韩松的科幻想象中，它们也预示着不可预测的未来——中国的兴起？中国的技术未来？新时代，抑或是新劫难的到来？

三、未来

这篇文章需要"未来"。科幻的魅力之一，就是有着打破寻常思维的未来想象。但打破寻常思维之后的未来想象，也会变成新的寻常思维。美国科幻大片中的未来，即往往是这样一种从原来的亚文化脱胎而来、后来变成高度程式化的文化商品。从美国科幻的兴衰史来看，可谓成也流行，败也流行。当电视台和好莱坞将五六十年代具有先锋理念的科幻作品一一纳入文化商业的流通流域以后，科幻影视迅速泛滥成灾，科幻文学也随即越来越难以保持它的发人深省的力量。中国科幻还远远没有走到那样一步，但我想中国科幻的"触电"，恐怕是迟早都要发生的事情。它可能会给中国科幻带来前所未有的生机，但也可能是：我们此刻面对的现在，就是行将逝去的黄金时代？

但我还是相信，中国科幻的第三次浪潮，必定会持续得更久一些。这不仅因为韩慈康都仍是处在创作顶峰并且有清醒自我意识的作家，也不仅因为还有潘海天、赵海虹、何夕、拉拉、星河等一批同时代的优秀作家，而且也因为有更年轻的一代科幻作家正在成熟起来。他们——陈楸帆、宝树、飞氘、夏笳等——都是在最近一两年中，出版他们的第一本书。就在新年过后不久，我收到陈楸帆的两本新书：短篇小说集《薄码》和长篇小说《荒潮》。这两本小说带给我的文学感受，非常让我兴奋，尤其是《荒潮》对中国近未来的描写，其中有着似曾相识的鬼魅，又带有一种不可预期的惊奇。我想到《终结者II：审判日》中那句名言：

未来像暗夜中的高速公路，我们在未知的域界里，在行进中已经改写了历史。中国科幻每一次浪潮之间，都有漫长的暗夜，但每一本新的优秀科幻小说的出现，都在改变我们的未来——这不仅是科幻的未来，也不仅是文学的未来。

原载《中国科幻新浪潮》，上海文艺出版社 2020 年版

火星上没有琉璃瓦吗

——当代中国科幻与"民族化"议题

王 瑶

在芝加哥召开的世界科幻大会上，一位美国科幻研究者便向前来参会的中国科幻作家们提出这样一个问题："何谓中国科幻的'中国性'？"这种提问方式，似乎预设了某个不言自明的前提："中国科幻"是某一种特殊的科幻，跟人们平常不加限定语所说的"科幻"，彼此之间确实存在着可被辨识的差异性，甚至当"中国"与"科幻"这两个词组被放置在一起时，本身就会带来一种张力——前者会更容易让人想起历史、传统、神话、武侠、本土、特殊性，而后者则代表着未来、现代、科技、西方、全球化、普遍性。笔者将围绕这一问题，系统梳理自 20 世纪 80 年代以来，有关"中国科幻民族化"议题的一系列争论和探索，并通过相关作品分析，展现中国科幻作家们对于全球化时代民族国家文化主体位置的思考。

"欠发达"的中国科幻

马歇尔·伯曼曾通过比较波德莱尔和陀思妥耶夫斯基，指出世界历史上现代主义的"两极性"："在一极，我们看到的是先进民族国家的现代主义，直接建立在经济与政治现代化的基础上，从已经现代化的现实中描绘风俗世态景象、获得创作的能量"。[1]与之对立的，则是一种"起源于落后与欠发达的现代主义"，即"在相对落后的国家，现代化的进程还没有进入正轨，它所孕育的现代主义便呈现出一种幻想的特征，因为它被迫不是在社会现实而是在幻想、幻象和梦境里养育自己"。[2]"但是，孕育这种现代主义成长的奇异的现实，以及这种现代主义的运行和生存所面临的无法承受的压力——既有社会的、政治的各种压力，也有各种精神的压力——给这种现代主义灌注了无所顾忌的炽热激情。这种炽热的激情是西方现代主义在自己的世界里所达到的程度很少能够望其项背的。"[3]

参照伯曼所勾勒的这幅生动图景，我们或许可以为"中国科幻的中国性"这一问题找到某种有效的分析路径。一方面，西方科幻小说诞生于现代资本主义所开启的工业化、城市化与全球化进程，反映的是现代人在其中所产生的恐惧和希望，而科幻中最为常见的那些创作素材（大机器、交通工具、环球旅行、太空探险）也往往直接来自于这一真实的历史过程。另一方面，当这种文学形式在 20 世纪初被译介到中国时，它更多时候是作为一种与"现代"有关的幻想与梦境，以督促"东方睡狮"从五千年文明古国的旧梦中醒来，转而梦想一个民主、独立、富强的现代民族国家。为了达到民族复兴的宏大目标，文人知识分子们看中了科幻小说，相信这种看似天马行空的文学形式，能够"改

1　马歇尔·伯曼：《一切坚固的东西都烟消云散了》，徐大建、张辑译，北京：商务印书馆，2003，第303-304 页。

2　同上，第 309 页。

3　同上，第 304 页。

良思想，补助文明"，从而"导中国人群以进行"。[1] 这一"进行"的动作，建立在"乡土中国"与"现代中国"二元对立之上。在一种进化 / 进步的时空观之下，野蛮与文明，传统与现代，神话与科学，中国与"世界"，被想象为截然二分的两重天地。而科幻小说，则以"科学"与"启蒙"的现代性神话，在"现实"与"梦"之间，搭建起一架想象的天梯。

自上世纪七八十年代开始，随着国际交流的不断深入，不仅大量欧美科幻小说被译介到中国，一些西方科幻作家和科幻研究者也先后来华访问，这让彼时深受苏联儿童科学文艺影响的中国科幻作家们，陡然间察觉到自己的滞后性与边缘性。在一种"与国际接轨"的愿望推动之下，一批作家开始将此前"为科普而科幻"的创作理念，视作一种陈旧而僵化的政治教条。他们希望能够向"西方科幻"学习，使中国科幻从一种被压抑的"欠发达"状态，一种落后且不成熟的儿童文学 / 社会主义文学，迅速"成长 / 进化"为一种属于成年人的、"现代化"的文学形式。

这种观点集中体现在香港作家杜渐发表于 1980 年的一篇文章中。杜渐谈到，1979 年英国科幻作家布雷恩·奥尔迪斯应邀访问中国期间，与中国科普创作界进行了一次座谈，其间，"竟然有人向他（奥尔迪斯）提出了一个十分可笑的问题：'英国的科学幻想小说怎样教育青少年掌握科学知识？'"在杜渐看来，"这个问题很有代表性，也很典型地说明了中国某些人还根本不了解什么是科学幻想小说"。[2] 最后他在文章结尾处指出，20 多年前的美国科幻小说读者主要是少年儿童，而到了1978 年，"每一个人从八岁到八十岁，都看科学小说"。相比之下，"目前中国对待科学小说的态度，实际上是相当于美国 1948 年至 1961 年这

---

1 鲁迅：《〈月界旅行〉辩言》，《鲁迅全集》（第 10 卷），北京：人民文学出版社，2005，第 164 页。

2 杜渐：《谈谈中国科学小说创作的一些问题》，王泉根主编：《现代中国科幻文学主潮》，重庆：重庆出版社，2011，第 241 页。

阶段的情况，落后了二三十年"。[1]

此类对于中国科幻欠发达状态的描述和质询，并不仅仅针对现实中的文学创作。伴随八九十年代好莱坞科幻大片的强势入侵，以及生物科技、计算机、互联网等一系列科技革命所带来的产业结构转型与文化震惊，社会各界对于"中国科幻"的关注，其实背后渗透着全球化时代关于民族国家文化主体位置的焦虑。然而，类似的讨论无论从什么角度展开，都无法跳脱出同一个似乎是不言自明的前提——中国科幻欠发达，是因为中国本身的欠发达。譬如，王小波就曾在一篇杂文中提出"中国为什么没有科幻片"这一老生常谈的问题，并用他一贯的调侃语气，罗列出四点原因：中国人缺乏科学知识、缺乏想象力、"没钱"以及来自"上面"的政治阻力。[2]

与此相关的另一类讨论，则将有关中国科幻的问题，引向"传统与现代"这一宏大的历史文化反思。譬如，在《谈科幻小说》中，作者王富仁以一种很容易让人联想起李泽厚的方式，勾勒出一套有关"幻想 / 神话—理性 / 科学"的历史形而上学。在王富仁看来，神话作为幻想的产物，象征着一个民族充满热情的"童年时代"。为了将幻想变为现实，人类发展出科学理性，因而科学与幻想，一方面有着"内在哲学意义上的统一"，另一方面"在表现形式上则永远是对立的"，而西方科幻小说正展现了这种辩证统一的关系。与之相比，由于中国传统文化（包括儒家、道家、墨家与佛家在内）的各种"先天不足"，使得中国古代的幻想"无法与科学精神联姻"，只能滞留在不成熟的童年阶段，而中国科幻也正因为此而未能发展起来。[3]王富仁将中国科幻与抽象的"科学精神"联系起来的论述方式是极富症候性的，甚至可以说，"科学精神匮乏"成为很多人讨论中国科幻时无法绕开的一

1　杜渐：《谈谈中国科学小说创作的一些问题》，第 250 页。

2　王小波：《中国为什么没有科幻片》，《王小波全集》（第 2 卷），昆明：云南人民出版社，2006，第118-119 页。

3　王富仁：《谈科幻小说》，王泉根主编：《现代中国科幻文学主潮》，重庆：重庆出版社，2011，第71-73 页。

种话语模式。在这些人看来，正是由于"科学精神"的欠缺，造成了中国科幻文化、科技水平乃至于整个国家现代化程度的"欠发达"。在此意义上，欠发达的中国科幻，似乎成为中华民族精神未能够健康发展的一个症候，而在新世纪来临之际大力发展中国科幻，也就顺理成章地承担着发展中国"科学精神"，并为民族国家赢得未来的历史使命。由此我们才能够理解，为什么《科幻世界》杂志社要引用前国家科委主任宋健的话，来将科幻小说提升到民族复兴的高度——"科幻，是培养一个民族科学精神的摇篮"，"一个国家科幻小说水平一定程度上反映了她的科技水平"。[1]

"神话"迎战"科学"

在探索如何向西方科幻学习，发展"科学精神"的同时，有关"民族特色"的问题也同时被提出来了。譬如王富仁的论述最终顺理成章地将我们引向这样一个结论：象征着"民族幻想力萌芽"的古代神话是充满生命力的，只是被僵化的"儒家文化"所压抑，只要能够摆脱这些束缚，让"神话"经历"科学精神"的洗礼，就不难赶上西方科幻的发展道路。

1991年，台湾作家吕应钟在一篇名为《创造中国风格科幻小说》的短文中自信地指出："科幻小说源自西方，然而幻想小说的萌芽应在中国。"如果将"偃师造人"和《西游记》一类传奇志怪看做广义的科幻，那么"中国科幻小说年代可以上溯起码两千年以上"。随即吕应钟质问道："为何我国不发展自有风格的科幻小说，成为世界科幻潮流中的一股主流？难道要自卑地永远跟在西方科幻作家后面？"而对于如何构造"中国风格科幻小说"，吕应钟亦提出了一些建议，譬如将传奇、

---

1 宋健：《宋健论科幻》，《科幻世界》1993年第11期。

历史、武侠、神话等题材与现代科学理论相结合，以创造出中国特色的"武侠科幻"或者"神话科幻"。[1]

在吕应钟的论述中，正流露出一种强烈的"赶超"意识，而他的建议又可以进一步划分为"赶"与"超"这两个步骤：所谓"赶"，即是从中国传统文化中寻找"科学精神"的萌芽，并用现代观点加以解读——譬如将"偃师造人"的传说解释为最早的机器人题材科幻，以证明中国人从来都不缺乏这种精神。而所谓"超"，则试图发掘一种能够与"科学精神"势均力敌的"东方智慧"，后者在原理上溢出了现代科学的解释范畴，但又在功能上可以替代甚至超越形形色色的现代科技手段。

如果说，在"新启蒙"的文化语境中，"五千年封建传统"被指认为阻碍"科学精神"萌芽的桎梏，那么散落于野史轶闻和上古传说中的各种"非正统"文化，则似乎反而具有了与"科学精神"触类旁通的可能性。在 20 世纪 90 年代的科幻创作中，经常可以看到"科学"与"神话"相遇的场景，借用一种来自"现代文明"的视角，来寻找、发现并且深情款款地赞美某种失落的民族文化传统。譬如，在一篇名为《伏羲》的小说中，作者描绘一群外星人来到上古时代的中国，听部落领袖伏羲用"八卦"解释世界本原，掌握高科技的外星人们为此深感震惊，乃至于有几分自惭形秽。"在探索自然这方面，他们走得比伏羲更远，然而伏羲的理论又让他们觉得，其实他们远不如伏羲。"[2]

在苏学军的短篇小说《远古的星辰》中，作者则构想了一个科幻语境之下的"文化寻根"故事。小说中，未来的火星科技水平高度发达，却没有自己的历史，因此爆发严重的"心灵危机"，社会濒临崩溃。[3]当小说中的铸剑师赤比举起火星人所使用的"光剑"时，这种原本使

1　吕应钟：《创造中国风格科幻小说》，《科幻世界》1991 年第 5 期。

2　江渐离：《伏羲》，《科幻世界》1996 年第 3 期。

3　苏学军：《远古的星辰》，《科幻世界》1995 年第 4 期。

用距离仅有十米的高科技武器，竟然可以在百米之外伤人。[1]这似乎暗示着，文明的力量并不取决于技术水平的高低，而取决于某种来自"灵魂"的精神之力。可以说，这个古代神话英雄手握"光剑"雄姿英发的形象，正象征着"中国"克服了其"欠发达"状态而飞跃至现代文明之巅的梦想。富于症候性的是，这一英雄形象的建构，必须通过火星人这个"寻根者"的视角才得以完成。在此意义上，赤比与火星人，恰正构成一对彼此询唤亦彼此认同的镜像。

由此我们会发现，在此类故事中来自先进文明的"寻根者"们所找到的，与其说是真正能够代表中国传统的"东方智慧"，不如说是为了缓解"科学精神匮乏"的焦虑而想象出的某种填补之物，一个参照"西方他者"而建构的"东方自我"。在宣称自己的合理性是基于一套完全不同于现代科学的知识系统的同时，"东方智慧"的终极目标，就是去完成现代科技所能够实现和尚未能够实现的功能。这其中最为常见的一些滥套，恰正体现出伯曼所说的"欠发达的现代主义"的某种症候。

"火星"与"琉璃瓦"

在一些批评者看来，科幻小说中公然出现神魔元素似乎是对"正统科幻"的玷污，变成"披着科幻外衣的神怪小说"。然而矛盾的是，中国科幻作家们往往一边在"神怪小说"与"硬科幻小说"之间建构出二元对立，并将后者奉为"核心"，或者进化图谱上的高级阶段，与此同时，却又流露出对于"自卑地永远跟在西方科幻作家后面"的不安和不甘。于是乎，"民族特色"变成了某种悖论式的情绪——一方面，它似乎是中国科幻作家赶超西方的一条捷径，另一方面，这一路线又似乎与

---

1 苏学军：《远古的星辰》。

那神秘的"科学精神"背道而驰。

对此，科幻作家潘海天曾在《琉璃瓦与火星——关于民族化道路的思索》的评论文章中，对这一悖论进行了生动阐释。建筑学专业出身的他言辞犀利地指出，当下中国科幻作家们对于民族化问题的探索，其实只是为作品裹上一层民族元素的外皮，而"忽略了内在的魂魄"，就好像北京西客站，用各种元素堆砌出"一个民族样式的、复原明清时代辉煌的古都气派"。与之相比，真正优秀的作品，应该用现代艺术的材料和形式，来重新阐释民族文化精髓。问题在于，在潘海天看来，这种民族文化"内在的魂魄"，从根本上不同于"现代科学精神"，"中国的传统思想和追求与探索奥秘事物内在本质的科学精神是格格不入的"。由此他得出结论："中国的传统思想与科幻小说，特别是硬科幻小说是水火不容的"，"民族化的硬科幻之路"本身是一种自相矛盾的说法，正如同"火星上没有琉璃瓦"。[1]

与此同时，潘海天本人亦通过这一时期的科幻创作，展现出另一种对"民族化道路"的探索。他有意模仿了尤瑟纳尔和博尔赫斯在改写中国神话传说时所使用的语言风格，并将来自古今中外的文学元素放置一处——其中既有对周朝度量衡单位的详细注解，又有出自纡阿之口的海涅诗句。这些文学技巧仿佛构造出一组组相对而立的镜像，令读者的阅读体验始终在熟悉与陌生、东方与西方、传统与现代、真实与虚构、历史与传说、神话与科幻的多重视域之间来回滑动。在这场让人眼花缭乱的文化盛宴中，"指向南方的汤匙"（司南），与其他虚构出来的神秘事物并置于一处，并且通过"令人惊讶地（Surprisingly）"这样译文风味鲜明的修辞，赋予了熟悉之物以陌生感。[2]通过黑袍人这个来自现代的时空旅行者的眼光，令我们发现了古老神话所蕴含的、可堪与"科学精神"相媲美的幻想资源。在此意义上，黑袍人实际上代替作者潘海

1　潘海天：《琉璃瓦与火星——关于民族化道路的思考》，《星云》1999 年第 2 期。

2　潘海天：《偃师传说》，《科幻世界》1998 年第 2 期。

天说出了创作这篇小说的意图，即在一种古今中西的视域融合过程中，重新开启一个想象和叙事的空间。

可以说，《偃师传说》正代表着潘海天所探寻的那种创作方向，即用现代西方的形式技巧，来表明"中国古代的神话故事还有另一种讲述的方法"，以抵达一种"神似而形不似"的艺术境界。然而与此同时，潘海天也对自己的这种尝试做了反思。在他看来，《偃师传说》的故事背景放在先秦时代的中国，正因为它在文化上完全不同于"现代中国"，这使得这个故事"违背了当代中国人的精神状态，所以它变成了一个西方故事——人们看完它后先想到的可能是迈克尔·杰克逊的 MTV"。[1]潘海天的自我剖析，亦向我们指出"民族化科幻"的核心困境所在——无论作家以何种方式尝试捕捉和表达"民族内在的魂魄"，后者都并非某种亘古不变的本质化的存在，而不如说是在将作为他者的西方内在化的过程中，所建构出来的一种关于"东方"的自我想象，一种全球化时代的地方性文化奇观，一种以差异和多元之名而被赋予文化商品属性的同质（正如同迈克尔·杰克逊的 MTV）。在这个意义上，当作家越是以"西方"为参照系，努力去寻找不一样的"东方"时，他所能够找到的东西也就越深深镶嵌于"西方"内部。

从"故事新编"到"中国科幻大片"

对"科幻"与"中国"之间的关系，青年科幻作家、科幻研究者飞氘另辟蹊径，从理论与实践两方面进行了更加深入的探索。在飞氘看来，问题的关键在于自近代以来，一切"想象中国的方法"，本身都已然是某一种促进文化更新的现代性方案。因此，飞氘没有陷入"古代—现代""中国—世界""传统文化—科学精神"之间的二元对立中，而

1　潘海天：《琉璃瓦与火星——关于民族化道路的思考》。

尝试在文化建构的意义上去把握其中的症候性。

在《鲁迅为什么不写科幻小说》的文章中，飞氘提出一个有趣的问题：为什么青年时代写下"导中国人群以进行，必自科学小说始"的鲁迅，后来却没有从事科幻创作？在飞氘看来，"从晚清开始，如何让古老中华重焕生机，成为知识分子心中的难题。《〈月界旅行〉辩言》和《故事新编》，可视为鲁迅在不同时期关于这个问题的不同回答"。从 1903 到 1906 年，鲁迅思考的关键词为"中国"和"科学"，即用"科学精神"来"破遗传之迷信，改良思想，补助文明"；而从 1906 年弃医从文到 1909 年，其关键词变成了"心"和"内曜"，即认为民族危机在于文化危机，文化危机在于"人心"危机，救人必先救心，否则，科学掉进中国这个大"染缸"，也不过"立刻乌黑一团，化为济私助焰之具"。在飞氘看来，正是这种思想上的转变，使得鲁迅回到中国文化的发生期，去寻找医治人心的精神资源，并创作出《故事新编》。在这些故事中，鲁迅把中国神话英雄描绘为"行动者"，并且让他们在行动中实践自己的主体性。"通过对传统文化的保留、改造、发扬，使其在当下获得重生，力求以此促进民族精神的新生和民族性格的再造，这就是鲁迅给在强势西方文化入侵和压迫下陷入困境的中国文化选择的一个现代性方案。"[1]

对于飞氘来说，"鲁迅与科幻"不仅仅是一个文学史问题，同时也为自己的科幻创作提供了思想资源。他本人的早期作品，大多充满来自西方现代文学的空灵意象，譬如发表于 2006 年的中篇小说《去死的漫漫旅途》，用一种卡尔维诺式的叙事风格，讲述一群永生不死的机器人士兵，奉国王之命踏上追寻死亡的漫长旅途，终于在此过程中找到了"活着"的意义[2]。而发表于 2008 年的《苍天在上》，则将宇宙坍缩的末日图景放置到华夏文明的鸿蒙时代，先民们为了在日渐闭合的天地之间生

1　贾立元：《鲁迅为什么不写科幻小说》，《文艺报》2010 年 6 月 23 日。

2　飞氘：《去死的漫漫旅途》，《星云Ⅳ·深瞳》，成都：四川科学技术出版社，2006。

存下去，不得不退化为虫豸形态匍匐于地，唯有一个身上流淌上古"鹰熊"血脉的巨人 Ugnap，以一己之力扛住了苍天，为芸芸众生撑起最后一点生存空间。小说结尾处，Ugnap 在临死前的最后一搏，使得天地终于分开。历史重新开始，而虫豸亦再度进化为人，并赋予拯救他们的"英雄"以一个新的名字：Pangu（盘古）。[1]

在《苍天在上》之后，飞氘又相继创作了《荣光年代》《大道朝天》《一览众山小》等几部中短篇小说。这些作品都使用了一种《故事新编》式的书写方式，将中国神话与科幻元素相结合，让那些天赋异禀的上古英雄们，去完成开天辟地拯救世界的崇高使命，从而尝试在天地洪荒的上古时代中，重新塑造出一个顶天立地的"中国式英雄"，一个能够支撑起叙事空间的具有行动力的崇高主体形象。这些作品被收入飞氘的科幻作品集《中国科幻大片》中，在书的后记里，飞氘这样写道："调用一个族群对古老过去的自我讲述，也隐含着某种企图：想要挖掘和探索一种可贵的精神，也就是《故事新编》里面的那些人，大写的人的精神。"[2]

在收入《中国科幻大片》的另一组短篇作品《蝴蝶效应》中，飞氘将中国历史上的一系列人物与事件，用科幻小说与电影的元素进行改写，化为一幕幕短小凝练的怪诞剧目。然而，这些看似轻盈的文本拼贴中，体现出的却是一种关于囚禁的沉重意象——那些中国历史上的英雄们（郑成功、乾隆、秋瑾），是否有可能打破历史的循环，去想象另一种未来？在这组故事中，亦不止一次出现了鲁迅的身影，譬如《异次元杀阵》等。如果说，自"五四"新文学以来的中国现代文学，在曲折的历史情境中建构出了"革命中国"这一崇高的主体形象，那么，后革命时代的中国科幻，则不得不借助一系列神话符码，在一个远离现实的叙事空间中，去想象和呈现"大写的人"——不仅仅是实践了自己生存价

1　飞氘：《苍天在上》，《科幻世界》2008 年第 2 期。

2　飞氘：《中国科幻大片》，北京：清华大学出版社，2013。

值的个人，更是一个世纪以来我们始终在呼唤的，能够支撑起中国梦的现代中国英雄。这个英雄必须背负着自己沉重的历史记忆，在一个日渐闭合的、令人窒闷的巨大铁笼中，有所思考和行动，并且独自杀出一条通往未来的血路。

全球化时代的科幻之"中国性"

自20世纪80年代至今，中国在全球资本主义格局中对于自身"欠发达"的焦虑，使得有关"科学精神""中国科幻民族化"，乃至于"中国科幻的中国性"等一系列问题，总是如同鬼魅一般缠绕着中国科幻作家。而每一种对于"民族化科幻"道路的尝试，都不仅仅是"古今中西"的后现代拼贴，更承载着在现代科技语境下重建中国主体位置的内在焦虑。在这个意义上，中国/中国人在"世界历史"之中扮演着、并且将可能扮演什么样的角色，与科幻小说里"中国"的呈现方式，二者之间存在紧密联系。

譬如说，在有关"科学精神"的讨论中，所谓"科学精神"被表述为一种神秘莫测的，类似于黑格尔所说的"民族气质"（Ethos）的东西，它实际上依旧是中国人在上世纪之交就开始苦苦思索的那个问题的回响——令西方富强而中国贫弱的秘密究竟是什么；"现代文明"为什么在西方而不是在中国发生；以及如何才能后来者居上，实现某种"赶超"？而在"民族化科幻道路"的探索中，作家们则借用来自西方/现代的凝视，将古老的东方神秘化，并用普遍性的科学话语来阐释这种神秘，最后尝试从中发现某种超越现代科学认知范畴的非科学元素，某种作为"科学精神"的镜像和异质性他者的"东方智慧"。这样一场玄妙的"文化炼金术"，正像是从"非正统"的中国传统文化资源中寻找某种玄妙"神功"，以此迎战来自西方的"洋枪洋炮"。在这种境况之下，无论我们用哪一种方式去阐释"中国性"，都不可能在"中国"与"世界"之间划分出一条泾渭分明的界限。正如飞氘所说："不是只有清宫、点穴、红高粱、降龙十八掌才算中国特色，神舟飞船、玉兔、科学发展观，也都是中国特色。""'中国'本身就不是某一种亘古不变的地域、族群、语言或者文化，她是一代代中国人在杂居、共处的过程中不断昂扬向上的追求和结果。"[1]

让我们重新回到本文开头处的那个问题："中国科幻的'中国性'是什么？"当我们从关于"中国"与"科幻"的本质主义理解中跳脱出来，并从一种历史和文化变革的角度去重新审视的时候，我们将会意识到：所谓"科幻"，反映的是现代资本主义所开启的工业化、城市化与全球化进程，对于人类情感、价值、生活方式及文化传统的冲击；而所谓"中国性"，则是中国在这一进程中与其他外来文化对话、互动，以及自我重建的产物。正是这一过程，造成了"中国科幻"的复杂、多元与变动不居，而这也或许正是其不同于"西方科幻"的价值所在。

原载《探索与争鸣》2016 年第 9 期

1　来自飞氘 2015 年 10 月在一次科幻论坛上的发言稿，未正式发表。

晚清的世界想象

中国电王：
科学、技术与晚清的世界秩序想象

李广益

在晚清科幻小说，或者准确地说，科幻小说的一类——科学乌托邦（Scientific Utopia）[1]中，世界秩序想象是引人瞩目的内容。"科学小说"作为"新小说"的一种传入中国时，引介者意在"专借小说以发明……格致学"。[2]但纵观晚清各类报刊上的科学小说，巧借故事普及科学知识的为数甚少，大部分作品都展开了恣肆汪洋的狂想，其中颇有迹近"政治小说"者——"著者欲借以吐露其所怀抱之政治思想也，其立论皆以中国为主，事实全由于幻想"[3]。究其原因，普遍接受过传统教育的科学小说作者们虽必乐见读者"获一斑

1　邹晓燕对"科学乌托邦主义"的主张有如下概括："以科技理性为范式主导和规约人类未来，利用科学技术实现物质丰裕、秩序合理、自由正义与社会和谐的人类乌托邦梦想。它坚信科学技术和科技理性在塑造乌托邦理想愿景中具有至关重要、不可替代的作用，人类解放、社会繁荣与人生幸福皆是其本然之义。"邹晓燕：《科学乌托邦主义的建构与解构》，北京：中国社会科学出版社，2013，第3页。

2　《中国唯一之文学报新小说》，《新民丛报》1902年第14期。

3　同上。

之智识，破遗传之迷信，改良思想，补助文明"[1]，但他们并不以科普工作者自居，念兹在兹的仍是经世治国之道。自然，在见识了西洋科技的强悍之后，没有人会认为中国仅凭道德与政制便能重振雄风，科技进步成为新中国与新世界想象中不可或缺的一环，因此，"兼理想、科学、社会、政治而有之"[2]的科学乌托邦便成了晚清小说中不容忽视的重要现象，短短五六年间连续涌现了《新石头记》（1905），《新纪元》（1908）、《电世界》（1909）、《新野叟曝言》（1909）、《新中国》（1910）等颇有分量的作品。作为划时代的强音，这些小说在中国文学史和思想史上的重要意义源自其三重属性：1）突破历史循环论，畅想光明未来；2）超越传统天下观，重构世界秩序；3）摒弃奇技淫巧说，推崇科学技术。其先导文本《新中国未来记》在前两点上给了后来者至关重要的启发，而大量关于未来科技的欢腾想象使乌托邦叙事变得丰满迷人，充盈着今人读之亦时时动容的热烈情感。本文将以《电世界》为论述核心，兼及其他晚清小说和时论，对晚清的世界秩序想象加以考察。

　　与晚清科幻研究注目最多、渐成经典的《新石头记》相比，《电世界》没有得到与其重要性相称的关注，一如作者许指严身后的寂寥，其实这部作品在人物塑造（特别是主角）、情节设置和思想内涵上与《新石头记》可以说是互有轩轾。[3]刊载于《小说时报》1909年第1期的《电世界》署名"高阳氏不才子"，是清末民初小说名家许指严（1875—

1　鲁迅：《〈月界旅行〉·辨言》，《鲁迅全集》（第10卷），北京：人民文学出版社，2005，第164页。

2　吴趼人：《〈最近社会龌龊史〉序》，陈平原、夏晓虹编：《二十世纪中国小说理论资料（第一卷）》，北京：北京大学出版社，1997，第382页。

3　在已有的《电世界》研究中，较为详赡可观的是石静远和塔伦蒂诺的论述。Tsu Jing, *Failure, Nationalism, and Literature: The Making of Modern Chinese Identity, 1895-1937*, Palo Alto: Stanford University Perss, 2005, pp. 88-93；Matteo Tarantino, "Toward a New 'Electrical World': Is There a Chinese Technological Sublime？" in *New Connectivities in China: Virtual, Actualand Local Interactions*. ed. Puilam Law, Dordrecht: Springer, 2012, pp.185-200。不过石静远主要还是从较为常见的民族主义、种族认同等视角切入的，且这多于论，而塔伦蒂诺在比较文化的视野中以"技术崇高"为关键词，对中西技术观的分析更能彰显《电世界》的独特价值，虽然他所谓中国式技术崇高并不包含个人对尘世束缚的超越，是过于简单的说法。

1923）的作品。[1] 小说以说书人的口吻开篇，他于"中国宣统一百零一年、西历二千零九年十一月初九日"游历归来，听闻"亚细亚洲中央昆仑山脉结集地方，有名乌托邦者，新出一位电学大家，自从环游地球回国，便倡议要把电力改变世界，成一个大大的电帝国"。[2] 这个电帝国，并不仅仅是产业霸主，而是倚仗"电力"称雄的世界帝国。在帝国大电厂、帝国电学大学堂开幕典礼上，电学大家黄震球——此时已是"厂主兼校长电学大王"——登台亮相，发表了一篇言如其名、足以震动地球的演说，将雄心壮志和盘托出。在他看来，20世纪中国虽算得强盛，仍有诸多不足，而电力的应用将改变这一切。"今鄙人立志欲借电力一雪此耻，扫荡旧习，别开生面，造成一个崭新绝对的电世界。说什么统一亚洲，看得五大洲犹一弹丸也，五大洋犹一洼浐也；道什么收回租借权，看得万国的政治布置机关，犹一囊中物也。海陆军不必多，一二人足以制胜全球，直至胜无可胜，败无可败，乃成世界大和同大平等之局。"[3] 中国重回世界之巅，是晚清乌托邦叙事中常见的情节。《电世界》的独特之处在于，掌握中国与世界之权柄者是科学家。我们将在后文看到，"一二人足以制胜全球"并非虚言，电学大王既能办学兴业，又能上阵退敌，举凡科学研究、技术应用、经济发展、交通运输、城市建设、社会改良，无所不能，大包大揽。相比之下，《新石头记》中"执掌政柄，当国五十年"的东方文明，却因科学家子女不问政事而苦恼"尚有多少未酬之愿，正不知望谁可继志。儿辈又都恣力科学，无暇及此。"[4]

从"科学强国"到"科学家治国"，这中间的差异意义重大，相关探讨需要在更加广阔的语境中展开。在1627年出版的科学乌托

---

1 关于许指严生平及创作整体情况，参见亢乐：《许指严及其作品研究》，华东师范大学硕士论文，2009。

2 高阳氏不才子：《电世界》，《小说时报》1909年第1期，第1页。

3 同上，第2页。

4 吴趼人：《新石头记》，黄霖校注：《世博梦幻三部曲》，上海：东方出版中心，2010，第276页。

邦鼻祖《新大西岛》中，国王的存在感同样稀薄。唯一一次提到国王，是在描述当地大家族的家宴时。在盛大的宴会上，掌礼官带来国王的敕书，"其中载明赐给家长的礼品、特权、特免权和荣誉"，敕书上盖的印是"黄金铸成的国王浮雕像"。[1] 除了以这种形式露一小脸之外，国王始终没有出现，并且即便是在这个场合，掌礼官宣读敕书后，众人也没有山呼万岁，而是齐声祝福本色列（新大西岛人自称）的人民。国王"似乎是一个无足轻重的角色，至少没有实权，只掌管一些事关国民之风俗和礼仪的荣誉性事务，是一国之历史传统、生活方式和国家统一的象征，虽然不乏崇高的威望"[2]。真正掌控这个国家的，是"所罗门之宫"的成员。所罗门之宫是1900年前的贤王所罗蒙那创办的，"它是一个教团，一个公会，是世界上一个最崇高的组织，也是这个国家的指路明灯。它是专为研究上帝所创造的自然和人类而建立的"[3]。1660年成立的皇家学会继承了培根为所罗门之宫虚拟的宗旨，但培根所遐想的并不是一个纯粹的科研机构。所罗门之宫不仅拥有完善的场所和设备、庞大的研究队伍、严密的科研流程，还掌握着处置一切科学知识和技术发明的权力。从权力结构的角度来看，真正惊人的并不是它所研发的种种神妙科技，而是这个科学共同体的自行其是：

> 我们还共同研究：我们所发现的经验和我们的发明，哪些应该发表，哪些不应该发表，并且一致宣誓，对于我们认为应该保密的东西，一定严守秘密。不过，其中有一些我们有时向国家报告，有一些是不报告的。……（中略）我们还巡视和访问我们全国的

1　弗兰西斯·培根：《新大西岛》，何新译，北京：商务印书馆，2012，第24页。

2　林国基：《海权大战略：培根的〈新大西岛〉》，林国基、王恒主编：《海权、革命与现代的诞生》，上海：上海人民出版社，2011，第37页。

3　同注1，第19-20页。

主要城市，并在所到的地方发表我们认为好的、有用的新发明。[1]

现实中，我们很难想象哪一国的科学家能够集体协同秘藏其研究成果、拒绝国家染指，通常情况倒是科学家向国家宣誓保密。至于"深入群众"发布和推广自己认为"好的、有用的"新发明，也有越俎代庖之嫌。这样的事坦然为之，意味着所罗门之宫本就处于新大西岛的权力顶点。在培根的叙述中，庶民和官员既不知道所罗门之宫成员的确切所在，也不知道他们因何而来、为何而去。"我们已经有十年以上没有看到他们了。他这次来是公开的，但他为什么到这里来，却是保守秘密的。"虽然如此，当所罗门之宫的一位元老造访城市时，对他的欢迎仪式依然极显尊荣：他本人和侍从衣饰奢华，"戴着样式新奇的镶着宝石的手套，穿着桃色的天鹅绒制的鞋"，乘坐着富丽堂皇的马车，"车子完全是由柏木制成的，涂着金漆，镶着宝石；前段镶嵌着好几块蓝宝石，四周饰着金边，后边镶的是翠玉"，"车后边跟随着全城的官员和首长"，夹道欢迎的人群秩序井然，比军队排列得还整齐。[2]"无冕之王"是这段描述给人留下的最自然的印象。

比较一下《新大西岛》和《电世界》，我们会发现电学大王在我行我素、神出鬼没、独断专行等方面与所罗门之宫的智者颇为相似。小说中，西威国组建了一支强大的飞行舰队，准备消灭黄种。"未尽善也"的中国国难当头，深孚众望的电学大王却难寻影踪。国会议员们忧心忡忡，却又一筹莫展，直到得知电学大王已经单枪匹马尽歼西威国飞行舰队，方才欢呼雀跃，一展欢颜。皇帝亦加封电学大王为电王，"位在诸亲王之上"。[3]抵御侵略自是丰功伟绩，但回顾来龙去脉，却有几处关节不可不察。首先，根据一名军官对国会议员的转述，电学大王"二年前便晓得这西威国执着'黄祸'那一句话，要把飞行

1　弗兰西斯·培根：《新大西岛》，第40-41页。

2　同上，第30-31页。

3　高阳氏不才子：《电世界》，第19页。

舰队灭尽亚洲，方才安心"[1]，但他并未将如此重要的情报转告中国政界，以至于直到西威国已经屠灭东阴国，兵锋直指中国时，方才"忽然上海京城里得了一个警信"[2]。其次，电学大王两年间殚精竭虑发明的电艇、电翅、电枪等高科技战具，国会议员或略知一二或一无所知，紧急议事时连电艇有多少只都不清楚。再者，无论是在太平洋中部迎战飞行舰队，还是赶赴西方除恶务尽，电学大王从未考虑其军事行动是否需要得到国会授权，战后也不需要由其追认合法性。综上而论，电学大王对科技发明和军国大事都有专擅之权，国会和皇帝甚至连橡皮图章的份量都没有。他既可以启动战端，也掌握着和平的锁钥，因为"全球各国，都来上书，情愿和好，求电学大王永不加害"[3]！宣战议和乃国家主权所系，二者尽操于电学大王之手，中国的主权者（the Sovereign）也就不言而喻。

电王在战争中超人一般的表现迹近荒诞，政治层面上也堪称一手遮天。相形之下，《新大西岛》中的所罗门之宫由 36 人执掌，遇事开会商议，他们的科学发现和技术发明今天看来也没有那么惊世骇俗。尽管如此，两部创作时间相差数百年的科学乌托邦仍然分享科学专政（Scientocracy）这一核心理念，是中西聪睿之士意识到科技伟力之后不约而同的遐想。在培根的时代，这种伟力尚未充分释放，《新大西岛》中的乌托邦仍然孤悬海外，其统治者禁止人民远航异国，而《电世界》诞生于科学乌托邦主义的全盛时期，许指严的世界乌

---

1 高阳氏不才子：《电世界》，第 16 页。

2 同上，第 9 页。

3 同上，第 19 页。

托邦想象大胆甚至狂放。[1] 正是在这样的精神背景下，电王成为晚清小说中塑造得最为成功、最有光彩的科学家形象。有研究者称其为"科学宰相"[2]，而我认为，以其任宰相之职而行王政之实，"科学王"是更为恰当的称谓。国家由谁来统治、世界由谁来治理，始终是政治思想的核心命题。因此，我们不妨将"科学王"与古典传统和同时代的理想统治者形象加以比较，以便凸显其异同。

在柏拉图提出"哲人王"理想的时代，对自然的认识和诠释仍然是哲学的一部分，因而《理想国》中"既是军人也是哲学家"的护卫者也必须学习算术、几何以及天文。但他们学习这些科目，主要是为了行军打仗和认识世界本质——"军人必须学会它，以便统率他的军队；哲学家也应学会它，因为他们必须脱离可变世界，把握真理。"[3]至于应用自然原理的工程营造，乃是城邦中的工匠阶层需要承担的低贱技艺，不能"使灵魂的视力向上"，因而为护卫者所不取。儒家的"圣王"理念特重人伦道德，本仁义而立法度，与"科学王"的差异更为明显。[4]但宽泛地讲，电王之言行事迹亦合乎"内圣外王"，只是"圣"与"王"有了新的时代内涵。《荀子·哀公》一篇中，孔子对哀公"何如斯可谓大圣矣"的回答是"所谓大圣者，知通乎大道，应变而不穷，

1　西方乌托邦思想的城邦传统源远流长，从柏拉图的《理想国》（*Republic*）开始，一直到早期现代的《乌托邦》、《太阳城》（*The City of the Sun*）、《新大西岛》（*New Atlantis*）、《基督城》（*Christianopolis*）等著作，理想社会都局限于城邦或城邦联盟。而在中国古典传统中，"小国寡民"和类似的桃源叙事也是乌托邦想象的主流。当然，中西都出现过宏大的政治理想，如斯多葛派的世界城邦（cosmopolis）理想、中世纪的基督教世界大一统之梦和《礼记·礼运》对"天下大同"的乌托邦式追忆。但这些理想虽然成为重要的政治修辞，却没有在叙事形态中充分发育。此外，其范围仍然有限。异教徒在理想的基督教世界没有地盘，而与历史文献中"中国"与"四夷"火星四溅的碰撞相比，《礼记》所谓"大同"的普世性仅仅存在于语义层面。一直到 19 世纪，分布在五洲四洋的人类因资本主义世界体系的发展逐渐成为有机关联的整体，世界秩序才真正成为有意识地建构和塑造的对象，真正以整个地球为范畴、以多样性得到充分认识的所有人类为主体的世界乌托邦（cosmotopia）才成为可能。

2　张治：《东西文化碰撞中的天人怀想：晚清科幻小说与现代性》，张治、胡俊、冯臻：《现代性与中国科幻文学》，福州：福建少年儿童出版社，2006，第 47 页。

3　柏拉图：《理想国》，郭斌和、张竹明译，北京：商务印书馆，2012，第 291 页。

4　关于"圣王"理念的源流，参见白欲晓：《圣、圣王与圣人——儒家"崇圣"信仰的渊源与流变》，《安徽大学学报（哲学社会科学版）》2012 年第 5 期，第 17-24 页；王诚：《论先秦儒家的"圣王崇拜"与"圣人崇拜"及其历史影响》，《上饶师范学院学报》2011 年第 4 期，第 23-27 页。

辨乎万物之情性者也"[1]。朱熹虽然扬思孟而贬荀子，但他在注释《大学》时将"格物""致知"释为"穷至事物之理，欲其极处无不到也""推极吾之知识，欲其所知无不尽也"，可以说在"内圣"层面上延续了"辨乎万物之情性"这一认知追求。[2] 此后成为儒学认识论核心的"格致"并不局限于对自然的考察，但却容纳甚至鼓励儒者对自然研究的兴趣。及至近代西学传入，"格致"一度被用来对应 Science，而这一并不准确的翻译成为"西学中源说"的重要依据。[3]《新野叟曝言》中精于发明制造的文祤自陈其学问来源时就说："《大学》有格物致知一章，诸位都忽略视之，我不过不肯轻易放过耳。"[4]《电世界》没有直白地称电学肇始于中国，但电王的一段话却很有"格致"风味：

> 电的性质是进行的，不是退化的；是积极的，不是消极的；是新生的，不是老死的；是澎涨的，不是收缩的；是活灵的，不是阻滞的；是受力的，不是弹力的；是吸合的，不是推拒的；是光明的，不是黑暗的；是声闻的，不是寂灭的；是永久的，不是偶然的；是缜密的，不是粗疏的；是美丽的，不是蠢陋的；是庄严的，不是放荡的；是法律的，不是思想的；是自由的，不是束缚的；是交通的，不是闭塞的；是取不尽、用不竭的，不是寸则寸、尺则尺的。所以我们不但用电，而且要学电的性质，方才可称完全世界，方才可称完全世界里的完全人。[5]

1　王先谦：《荀子集解》，北京：中华书局，1988，第 541 页。

2　朱熹：《四书章句集注》，北京：中华书局，2012，第 6-7 页。

3　艾尔曼：《从前现代的格致学到现代的科学》，蒋劲松译、庞冠群校，《中国学术》2000 年第 2 期，第 1-43 页；汪晖：《科学的观念与中国的现代认同》，《汪晖自选集》，桂林：广西师范大学出版社，1997，第 210-221 页。

4　陆士谔：《新野叟曝言（上）》，上海：亚华书局，1928，第 79 页。此书最早的版本是 1909 年改良小说社版，但难以觅得，故只能使用亚华书局的 1928 年再版本。

5　高阳氏不才子：《电世界》，第 55-56 页。

　　显然，内在其中的仍是以物理明性理，由自然法则到社会法度，"止于至善"的思想。尽管如此，这一段从小说整体来看是孤立的，电王由圣而王的依凭并不是道德，而是以对"物理"的深刻认识为基础的强大技术能力。他在世界秩序的运作中对道德教化的重视，亦非着落于亲身垂范或者道德文章，而是利用技术手段消除不道德的源流，如广设使用"电筒发音机""电光教育画"等新式设备、可容纳上万名学生的学堂，又如让10岁上下的男女服用不妨碍身体发育的"绝欲剂"，使之到50岁左右方才春情发动，"这时阅历深了，主见也有了，那些不道德的事情竟没人做出来了"。[1]《新石头记》中的东方文明接近于传统的"圣王"，但他的一生功业亦颇有赖于和"科学世家"联姻以及子女专研科技。正是由于科技带来的无限可能，式微久矣的"圣王崇拜"才能赫然重现于晚清的世界秩序想象。

　　科技是王者造就理想世界的关键，中外皆然。根据海恩斯（Roslynn D. Haynes）的研究，西方文学对科学家的呈现有6种套路，其中"炼金术士"（Alchemist）、"蠢学究"（Stupid Virtuoso）、"不近人情者"（Unfeeling）、"（对自己的发明创造）无能为力者"（Helpless）这些负面形象源远流长，而"冒险英雄"（Heroic Adventurer）和"理想家"（Idealist）这两种较为正面的形象在凡尔纳的时代开始流行，二战后方才没落。[2]由于工业革命的显赫成果和科学——特别是物理学——的突飞猛进，培根所开创的、将科学家描写成英雄的传统被19、20世纪之交的作家发扬光大，其路数与《电世界》如出一辙——"这些科学救世主们在保护国家免遭侵略的同时，还有一项附带的任务——扫除人间的贫困和不幸，建立一个崭新的有道德的科学社会。"[3]换言之，"科学王"的出现是一个世界性的文学现象。不过，由于文化背景特别是

1　高阳氏不才子：《电世界》，第41页。

2　Roslynn D. Haynes, *From Faust to Strangelove: Representation of the Scientist in Western Literature*, Baltimore：The John Hopkins University Press，1994.

3　R·D·海恩斯：《文学作品中的科学家形象》，郭凯声译，《世界科技研究与发展》1990年第5期，第36页。

基督教传统的牵制和干扰以及科学界内部的质疑，西方文学为科学英雄谱写的颂歌中始终掺杂着不和谐音。威尔斯创作了《现代乌托邦》，但他受恩师赫胥黎（Thomas Huxley）和《心灵》等科学期刊的影响，更善于塑造冷酷无情的科学狂人。[1] 即便是对科学更加乐观的凡尔纳，其作品《蓓根的五亿法郎》中也出现了舒尔茨这样的邪恶科学家。而在中国，科学家形象的发展脉络有所不同。传统中国并不认为探究自然有触犯上帝所设禁忌的罪过，士大夫可以理直气壮地从事自然研究，并视之为正统学问的一部分，并且"格物致知"同样可以"学而优则仕"。[2] 而到了晚清，由于科学不仅是富国强兵的关键，也开辟了天地新视野，小说中的科学家就承担了更多的期待，不仅可以兴办企业、从政封王，还能上天入地，"激厉国民远游冒险精神"[3]。电王对世界治理锐身自任，开金矿、辟良田、兴制造、除疾疫，以"平路电机"筑联结世界各地之道路，以"空中电车"畅飞越五洲四洋之交通，干得不亦乐乎。但他仍葆有奔放不羁的情怀，时常凭借电翅和电船独自外出游历，行遍高山深海，甚至险遭暗算。此外，电王探知西威舰队弱点时"不觉大喜"，得知敌人炸死了一千同胞，"不觉忿火中烧，再也按捺不住"，歼灭敌舰时又"触着一种不忍之心，连呼残忍，残忍"，待到西威国王拿破仑第十屠尽旅西华侨以为报复，不禁"痛哭了一天"，最后飞赴西威京城斩草除根，却又"暗暗下泪"，见"全球第一的都会"化为"咸阳焦土"，"心中老实不忍，疾忙飞回本国，在厂里嗒丧了几天"，实可谓性情中人。或许这些情绪化的表现不符合"圣王"应有的渊渟岳峙气度，但"无情未必真豪杰"，电王的这些心底波澜，连同他的自言自语、应接问答、曲折思虑、奇妙梦境，使他不同于西

1　Anne Stiles, "Literature in 'Mind'：H. G. Wells and the Evolution of the Mad Scientist", *Journal of the History of Ideas* 70.2 (2009): 317-339.

2　本杰明·艾尔曼：《中国近代科学的文化史》，王红霞、姚建根、朱莉丽、王鑫磊译，上海：上海古籍出版社，2009，第 62 页。

3　《中国唯一之文学报新小说》，《新民丛报》1902 年第 14 期。

方文学中的同类形象，成为一个有血有肉、充满了人情味的科学英雄。[1]
耐人寻味的是，《电世界》对"科学王"并非全无质疑。小说叙述西
威国大兵压境、电王却遍寻无着时社会的惊惶情状后，借说书人之口
议论道：

> 黄震球赫赫乎一位电学大王，平时何等盛名，何等气概，如
> 今这样天大事情到了，他却规避得无影无踪，也绝不替同胞想些
> 法子吗？……我们除却黄震球，难道就没法抵制么？为人最可羞
> 的便是倚赖性，从前动不动推着黄震球做主脑，养成这个倚赖性，
> 所以如今应该受这惨祸。同胞呀！同胞呀！从此你们也好尝着倚赖
> 的滋味了。[2]

追问下去，焦点似有可能进一步集中到科学与科学家的可靠性
上面。然而，随着电王终于大显神威，"从前疑怨黄厂主的心，再也
不敢发作了"[3]。科学家的光辉形象，也就巍然不可动摇，从晚清到
五四，始终是时人衷心信任并寄予厚望之当代英雄，"一切建设，一
切救济，所需于科学大家者，视破坏时代之仰望舍身济人之英雄为更
迫切"[4]。中国的"唯科学主义"乃至后世"工程师治国"的精神渊源，
都需要在此找寻。

让我们把目光再次投向电学大王依靠科技取得胜利的战争。亦因这
样的叙事需要，这些战争都以中国依靠科技优势大获全胜而告终。本文
感兴趣的不是斗法宝般比拼新式武器的战争过程，而是战后的世界秩序
安排，盖因前者"破"而后者"立"，为新世界制定的规则才是乌托邦

1　海恩斯指出，在西方，"尽管这些科学英雄们怀有高尚的意图，他们仍摆脱不了科幻小说中的科学家的传统职业通病——缺少人情味"。R·D·海恩斯：《文学作品中的科学家形象》，第36页。

2　高阳氏不才子：《电世界》，第13页。

3　同上，第18页。

4　陈独秀：《当代二大科学家之思想》，《新青年》第2卷第1号，1916年9月1日。

的精髓。

镜像是最简单的重构。中国在鸦片战争中败于坚船利炮，既如此，倘使中国有更坚之船、更利之炮，自可以其人之道还治其人之身，这在晚清人士的世界秩序想象中可谓顺理成章，而最有代表性的文本当为《新纪元》。在小说的末尾，中国领衔的黄种获胜之后，迫使欧洲白种诸国签订了一系列不平等条约，观其赔偿军费、设立租界、驻军特权、传（孔）教自由等内容，基本上就是现实中的晚清中国所承受的种种城下之盟的翻版。《新野叟曝言》承其余绪，故事一开头就是中国已然征服欧洲的时代。"欧洲自耶教灭绝后，正学昌明，差喜变夷用夏。"[1] 不久欧洲民族主义大兴，驱逐担任"欧罗巴全洲国主"的中国士人，却被中国派去的飞舰队轻易镇压，连耶路撒冷圣地都被中国大兵用"淡养甘油"炸掉。嗣后订立的条约体现了更加严厉的殖民统治："七十二邦俱奉中国之正朔""承认孔教为欧洲之国教""耶稣纪年及阳历月分，当永远废止""语言文字，各国互歧，殊不适用，嗣后悉皆废去，改用汉文汉语。有敢仍用欧文欧语者，以大不敬论""中国钦派驻欧总监大臣一员，驻治波而都瓦尔国。凡七十二邦内政外交，悉禀该大臣，然后实行"。[2] 相对温和的《电世界》，也设计了不少颇具象征意味的情节来昭示世界秩序的逆转。例如，北极白令海地方新建的大公园中，有一座极高的春明塔，塔顶三层是藏书楼，"大约下层是非、澳的书，中层是欧、美的书，最上一层是中国的书"[3]。又如，西威舰队的遗属谋刺电王未遂，被法庭判以终身监禁，却因"电王特别请求，改为监禁五年，永远不许游公园的罪"。其后欧工谋反，亦受此罚。"咳！岂不记得十九世纪里上海的公园，有'不许华人入内'那块牌子么？所以到二十世纪里的华人看了，气得要死，毕竟收回了领事裁判权，这块牌子方才取消。如今

1　陆士谔：《新野叟曝言（上）》，第30页。

2　陆士谔：《新野叟曝言（下）》，第31-32页。

3　高阳氏不才子：《电世界》，第43页。

事隔一百年，把这法儿来发付欧洲的罪人，也算对得住他们了。"[1] 熟悉中国近代史的读者，睹此多半会心一笑。

对于这样的构想，今人多不以为然，实则不可简单论之。复仇之举，源远流长，中西典籍中不乏对这种氏族社会遗存的认可，如"父之仇弗与共戴天，兄弟之仇不反兵，交游之仇不同国"（《礼记·曲礼上》）、"若有别害、就要以命偿命、以眼还眼、以牙还牙、以手还手、以脚还脚、以烙还烙、以伤还伤、以打还打"（《旧约·出埃及记》）。当然，经籍一方面赋予复仇正当性，另一方面也对复仇的前提标准、复仇对象、复仇者的范围及角色、复仇结果提出了各种规定。及至国家——特别是司法机构和体制——逐渐成熟，私力救济逐渐让位于国家法律，复仇就受到进一步的限制甚至禁止。但在实践中，复仇始终得到礼的鼓励和法的宽容，绵延不绝，形成根基深厚的复仇文化。[2] 晚清小说家固然深受浸润，同时代的章太炎、鲁迅等学人同样不离其道。今人或可讥其狭隘，然而，超越复仇的关键，是国家的存在和完备。只有当国家能够有效地代替个人惩罚奸恶、伸张正义，并避免私相仇杀给社会带来的危害，复仇才会从根本上丧失正当性和必要性。近代世界可称为由国家作为基本主体构成的社会，但在 20 世纪初，并没有一个国家之上的国家来为在殖民征服和掠夺中被侮辱和被损害者讨回公道。晚清小说家在文本形态的新世界中以"同态复仇"的方式寻求正义，乃是理直气壮而力有未逮的无奈之举，滑稽的形式之下，实有万分沉痛。

当然，复仇仅仅能够就特定事件实现局部的正义，其分寸亦难以把握，故国仇的报复并不能带来一种公正的世界秩序。晚清乌托邦思想者皆因祖国迭遭欺凌而愤激沉郁，进而在"大国报仇，百年不晚"的想象

---

[1] 高阳氏不才子：《电世界》，第 46-47 页。

[2] 关于复仇与经籍、律令的复杂关系及其发展演变，参见霍存福：《复仇·报复刑·报应说：中国人法律观念的文化解说》，长春：吉林人民出版社，2005，第 29-118 页；明辉：《法律与复仇的历史纠缠——从古代文本透视中国法律文化传统》，《学海》2009 年第 1 期，第 116-127 页。

中呈现出纠结的心态：一方面快意恩仇、酣畅淋漓，另一方面对于底蕴深厚的白种 / 欧人丧权辱国、任人宰割心有不安，料其必奋起反抗。《新纪元》末回标题"终战事黄白分胜负 定和局世界息纷争"因此名不副实，因为"欧美各国所有国民都起了大风潮，与这和约反对"[1]。《电世界》中电王梦见麾下欧工驾驶捕鲸船围猎化身鲸鱼的自己，亦适为某种忧虑感之投射。恃强凌弱既为不义，则民族平等当行。《新石头记》中执掌"文明境界"的东方文明所不能释怀者，乃是有色人种的悲惨命运，"红、黑、棕各种人，久沉于水火之中，受尽虐待，行将灭种。老夫每一念及，行坐为之不安。同是人类，彼族何以独遭不幸！"[2]他在万国和平会上道出的理想，便是民族不分大小普遍平等：

> 如红色种、黑色种、棕色种，各种人均当平等相待，不得凌虐其政府及其国民。此为人类自为保护，永免苛虐。如彼族程度或有不及，凡我文明各国，无论个人、社会，对于此等无知识之人，均有诱掖教育之责任。[3]

这一理想可谓诚挚，然观其表述，有"文明人的傲慢"之嫌。受西方种族偏见影响，吴趼人书中时有黑种人"生就了至愚的性质""蠢如鹿豕"之语，甚至借书中人物之口表示，红黑人种生性懒惰，可以添补脑筋、增益智慧的新药"聪明散"用在"他们那种全无思想之人"身上只会"助长野蛮"[4]。这般歧视态度下的"诱掖教育"恐怕就不足道了。

与《新石头记》中语焉不详的愿景相比，有赖昌明科技的新秩序在许指严笔下生动可感，意味也更为深长。大战之后，电王因中国财政"渐

1　碧荷馆主人：《新纪元》，南昌：江西人民出版社，1989，第561页。

2　吴趼人：《新石头记》，第277页。

3　同上，第283-284页。

4　同上，第278页。

行支绌"，便招了 20 万欧工到南极金河采金，并在伊兰（伊朗）高原筑了 7 座藏金大库。一日，电王盘查金库，赏赐甚丰：

> 电王吩咐了几句勤谨的话，又赏给欧工每人五十镑金子，统共赏去一百万镑，欧工喜欢的了不得。原来电王度量宽大，待欧工也极其要好，每天工作不过四小时，工价格外多给，而且准带家眷，一切听其自由。如今因为查库，又赏了每人五十镑，欧工如何不感激呢？电王常说"十九世纪里西人虐待华工，已到极点，然而如今得了这样结果，我何必再学他的坏样呢？"所以电王事事体恤，没一个不颂声载道的。[1]

电王舍中国的丰厚劳力而用欧工，似乎是许氏刻意安排的情节。清季，沿海地区多有被诱骗甚至被掳掠出洋做苦力者，这些海外华工的悲惨境遇在晚清文学中得到了深切的反映，很多作家追求理想世界的乌托邦情怀正是由于耳闻目睹同胞被当作"猪仔"贩卖、压榨、残害而生发的，最典型的例子就是先于 1907 年发表记述华工血泪、略及海外胜地的《黄金世界》，后于 1908 年出版《新纪元》的碧荷馆主人。电王招欧工远赴南极采矿，自是世界秩序逆转之象征。但细察电王所为，绝非冤冤相报的"推刃之道"，毋宁称为"以直报怨"。他雇佣而不是奴役欧工，予以优厚的工作条件和待遇，所以工人们欢欣鼓舞；而小说中提到全世界"各资本家道德进步，工价加增，工人合商人贫富约略相等"，可见电王并非对特定群体专行恕道，而是心怀社会主义之仁。他采掘金矿也并不仅是为了缓解中国的财政困难，而是要在生产力突飞猛进、全球经济规模与日俱增的时代，以金币本位制的方式维系社会经济的健康运行："只因电力发明，工艺发达，而且农产物比前世纪也增出几千倍之多，所以物产合金钱比例，没有什么相差，

1　高阳氏不才子：《电世界》，第 20 页。

那物价便不会十分腾贵……物价不致过高过低，人民便也没有极贫极富，岂非真正大同世界，至治极乐吗？"[1]

毫无疑问，只有科技才能成就这个不患寡亦不患不均的丰饶社会，而这正是晚清世界秩序想象的要害之处。如果强弱易位是在科技发展普惠世间、生活水准普遍提高的背景下实现，利益的重新分配便不必拘泥于"剥夺剥削者"的革命逻辑，秩序的转换也就更为平稳。《电世界》中，电力科技的进步推动了工农业生产的兴旺，使增加货币供应量成为经济发展所必需。而要到冰天雪地的南极采金，仍需"电力发明"来克服一系列困难："可坐三万人光景，一小时进行五六千里"的空中自然电车往来不息，运送劳工和采金所获；利用产自印度恒河之滨、用电气从矿石中析出的钼质制成的电灯"光力热力与众不同"，"竟如太阳一般"，把严寒之地变成了"正如春夏之交，又如中国广东地面一样"的乐土，于是欧工"安居乐业，衣食俱足"。[2] 正是这些交通、能源方面的新技术，使电王得以创造出数量庞大的就业机会，并为欧洲劳工提供舒适的工作、生活环境和"格外多给"的工资，使其安之若素，而他们本是世界秩序变动中最容易遭受损害、最容易被民族情绪俘虏的群体。

当然，并非所有人都感恩戴德，前述谋刺电王者便愤言，行刺并非仅仅因为亲戚朋友死于电王灭西威舰队之役，他们所感受到的种族屈辱也是重要原因。"我们人种向来称地球第一的，如今倒把土地双手奉人，这种羞耻如何不要洗雪呢？后来又下了北极公园的命令，我们也派在工人队里，吃了许多辛苦，供给你们黄人的快活，如何不气愤呢？"其后有欧工结党，谋划"占据南极地方，成个独立国"，大抵心同此理。这两次反抗虽然都被挫败，却不啻为种族 – 民族主义死而不僵之暗示，小说家言欧人"晓得电光厉害，电学精深，从此不敢

---

[1] 高阳氏不才子：《电世界》，第 23 页。

[2] 同上，第 20-22 页。

轻于尝试了"[1]，反过来看便是不曾心服的意思。如何超越民族主义？《电世界》最后一部分对人类生存困境的凸显和消解，形成了对这个问题的巧妙回答：

> 电王听了这话，忽然想着世界人类增添得这样的快，不要十年，只怕高的到哀佛来斯峰头，低的到死海，都填得满满了。这样世界，还有何趣味呢？想到这里，又觉得这世界上的缺点狠多，自己在五十年前创了电艇电车，总算空中可以行得，然而住宅产业能够离得了地面吗？钼灯发明，南北极的寒冷黑暗已全改变，然而殖民辟土能够撇得去陆地吗？为人也苦得狠，终究给地土限住的。偏偏地土又少，古人说得好，"三山六水一分田"，如今一分的田也得扩充到三分了。只有那六分的水浩渺无情，还是叫我们望洋兴叹。有这缺点，总算不得大同极乐。[2]

在这样的表述中，生存空间的逼仄不再是一国一族的苦痛，而是困扰全人类的危机。事实上，小说中电王的开拓都为人类所共享，如钼灯发明之后北极变暖，冰雪融化，"五洲的国民""纷纷的情愿前赴"，西伯利亚等苦寒之地也都成为人类乐园。陆地上人满为患，电王遂设计制造了极为坚固，可以自造新鲜空气、长驻海底的电船，以供人类殖民海底。待到海底已经遍布殖民地，电王又未雨绸缪，"如今海底里做了殖民地，将来人满起来，连海底一席地都争不着，叫那些人民怎样过活呢？"[3]他于是决意"扩充世界"，辞去内阁职务，潜心钻研，最终乘坐自己发明的"空气电球"飞向茫茫宇宙，踏上为人类寻找栖息之地的漫漫旅程。这是一次精彩的格瓦拉式身份转换：电王离开权位，不再受到既有的、难臻至善的政治秩序的拘牵；电王离开地球，亦不再以本国

1　高阳氏不才子：《电世界》，第46-47页。

2　同上，第48-49页。

3　同上，第54页。

为念，他的远征是为整个人类谋自由、解放和幸福的事业，正义性不言而喻。

无独有偶，《新野叟曝言》同样将人口问题视为由"治国"至"平天下"的关键，惟立意更加鲜明，论说更为深入。《野叟曝言》是康乾年间夏敬渠创作的一部奇书，共 154 回，约 140 万字，是中国文学史上篇幅最长的通俗小说。此书虚构的主人公文素臣是一个理想化的道学先生，既有满腹经纶，又兼盖世武艺，一生建立无数功业，位极人臣，封妻荫子，儿孙满堂。陆士谔的续作，一开篇却让夏氏的"理学乌托邦"捉襟见肘。原来，海晏河清，人口蕃衍，"孳生快速，不知不觉，人口之多，几至塞满大地，过此以往，全国将有不能容足之忧，现在已竟人数大浮于物数，谋生之难，十倍从前。"[1]素臣之妾红豆献节制生育三策：禁止早婚、禁止娶妾、家产足以仰事俯畜者方准婚娶。素臣曾孙文礽认为，三策即便可行，也只能善后，不能救急，欲解当下"过庶"之忧，别有二法。"第一当为之代谋生计，必使人人皆足自育方好"，"第二则移密就疏挹兹注彼之法，但此法以邻为壑，会有穷期，终不如第一法之妥善也"，"劳逸相均，贫富相等，国内之土皆辟，世上之利皆收，而后服御食饮，不忧不给，过庶之患，或稍杀乎？"[2]其实这也正是《电世界》中电王为世间生民谋幸福之法，如运用科技改造环境，于南北极、非洲、澳洲等地新辟大量农场，供人民垦殖居住，又助其殖民海底，开发大海深处各种利源，皆是"代谋生计""移密就疏"之举。

文礽之"代谋生计"不如《电世界》精彩，其"移密就疏"却写得摇曳多姿。受近代地理天文之学启发的晚清人士，不乏效科学小说之言、倡殖民外星者，如鲁迅译完《月界旅行》之后浮想联翩，"尔后殖民星球，旅行月界，虽贩夫稚子，必然夷然视之，习不为诧。"[3]

1　陆士谔：《新野叟曝言（上）》，第 9 页。

2　同上，第 12-14 页。

3　鲁迅：《〈月界旅行〉·辨言》，第 163 页。

蔡元培的小说《新年梦》（1904）中，星际殖民则富有象征意味："人类没有互相争斗的事了，大家协力的同自然争，要叫雨晴寒暑都听人类指使，更要排驭空气，到星球上去殖民，这才是地球上人类竞争心的归宿呢。"[1]《新野叟曝言》同样鼓吹星际殖民，全书超出四分之一的篇幅都在讲述文衶等人驾驶飞舰探索各个星球、为人类开疆拓土的殖民冒险。小说借文衶之口点出，人满为患非独中国为然，乃是世界性的问题，而文衶发起的"拯庶会"是针对普遍性问题而设立的机构：

> 文衶："故目下世界之大患，即此过庶两字，无中无外，无欧无华，莫不皆然。"日京道："此论通极。照我意思，必须萃世界之奇材，会华欧之英杰，和衷共济，泯去种族之观念，方可有济。"文衶道："拯庶会原无禁止欧人入会之条，欧人有志者，尽可来华入会，某等民胞物与，一视同仁，原无什么种族观念。"[2]

既然"过庶"是举世皆然的危机，是社会诸多乱象的根源，应对这一问题的努力也就成为具有普世情怀的追求。当源自张载《西铭》的"民胞物与"之"民"藉由对人口问题的思考从华夏子民扩展到万国黎民，以人民为同胞的儒学普遍主义也就完成了自我更新，足令强烈排斥他者的种族观念黯然失色。有此铺垫，细读前述飞舰队镇压欧洲叛乱的过程，便觉有深意存焉。相比《新纪元》中令人眼花缭乱的连场大战，《新野叟曝言》中的中欧对抗完全一边倒，中国飞舰队仅仅牛刀小试，两军尚未交锋，欧洲便传檄而定。这并不是因为陆士谔缺乏技术想象力，小说中叙述飞舰建造过程和摹其形貌的文字足有三回之多，对飞舰的外观、规模、内部结构、仪器设备、物资储备以及控制、动力、侦察、火力等

---

1 蔡元培：《新年梦》，高平叔编：《蔡元培全集（第1卷）》，北京：中华书局，1984，第242页。

2 陆士谔：《新野叟曝言（上）》，第69-70页。

各个系统都有兴致勃勃的描述。飞舰强悍之至，非欧洲所能抵御；但此舰之所以如此强悍，是因为其使命本是以星际殖民为目的的太空探险；"金星木星之体积，大于地球，奚啻十倍。苟能设法交通，俾地球之人，得以移殖星球，则孳生无患矣。"[1] 预想中的太空殖民地是向全人类开放的：

> 波而都瓦尔国王阳旦道："……并不是有心反叛，实缘人民过庶，生计艰难，穷极思乱，不得已而出此。今虽征服，若不代筹出路，终非长治久安之道。元帅以为如何？"文衲道："过庶之患，中外皆同。衲制造飞舰，目的本不在乎征欧，实欲交通他星球，为世界外再辟一世界。贵邦如患人满，俟衲辟就新世界后，不妨来旅居也。"[2]

制造飞舰的目的如此宏大，无怪乎"款数过巨"，中国皇帝亦"格外郑重"。然而一旦集海量人财物力而成之，它就会是非同寻常的神兵利器："飞舰一旦成功，则且飞行他星球，与星球人类相剧战，区区欧洲又何足忧？"[3] 平定欧洲，只是这支超级舰队远征太空之前的热身运动，轻描淡写也就在情理之中。而欧洲的失败，固然是科技层面的失败，但追索飞舰这一神妙造物的来源，我们发现其失败更是民族主义的失败，因为没有普世主义的关怀，也就不会有足够的魄力和想象力去展开一项超越时代的、非倾国之力不能为的工程。由此，陆士谔和许指严一样，都表达了超越民族主义的愿望。在一个弱肉强食的世界上，民族主义是现实可欲甚至必需的，但它既是扩张、侵略、压迫、杀戮等诸多不义的源头，自然又是需要"超克"的。要超越民族主义，既需要"兼爱"的普世情怀，又需要在技术层面消除或缓解族群相争

1　陆士谔：《新野叟曝言（上）》，第72页。

2　陆士谔：《新野叟曝言（下）》，第34页。

3　同注1，第86页。

的症结，亦即生存竞争的压力。科幻小说具有以人类整体为观照对象、以科技发明为叙事线索的特征，正是阐发这种思想的最佳文类。不过，正如我们在前文的讨论中看到的那样，几乎所有的晚清世界秩序想象，仍然是"爱有差等"的，尽管或隐或显。这是因为，现实中的愤激和理想中的宽厚乃是一体两面，"如张灏先生所说，世界意识与民族主义杂糅混合是那个时代思想潮流的特色"[1]，"近代中国士人在述说民族主义时，未尝须臾忘记在此之上的大同；而其在述说世界主义或其他类似主义时，也往往在表达民族主义的关怀。"[2]这种悖论般的心声是如此的深切，时隔百年，依然余音绕梁。

原载《中国比较文学》2015 年第 3 期

1　罗志田：《理想与现实：清季民初世界主义与民族主义的关联互动》，《近代读书人的思想世界与治学取向》，北京：北京大学出版社，2000，第 72 页。

2　同上，第 103 页。

晚清科幻小说中的殖民叙事

——以《月球殖民地小说》为例

贾立元

19 世纪末，东西方都在担心白人和有色人种将有一场迫在眉睫的大斗争。甲午之后，出于对西方殖民势力的新判断，许多日本精英将注意力转向北方的俄国，决意联合中、英，对抗俄、德。热衷于改革的中国也开始将迅速现代化的日本视为最快速学习西方的中继站。梁启超、章太炎等人鼓吹黄白人种血战在所难免，中日理应同仇敌忾，此前的中日战争甚至被认为是日本反对俄国威胁的必要自救。[1] 张之洞在会见日方使者后，亦曾被其"同文同种同教"之说打动。[2] 戊戌变法后，康、梁在日本人的帮助下远渡东洋，与主张"支那保全"的日本政界人士过从甚密。另一方面，清政府也或主动或被迫地实施了一系列新政举措。在美国学者任达看来，1898—1907 年，中日两国因为对

1　章炳麟：《论亚洲宜自为唇齿》，《时务报》第 18 册，光绪二十三年（1897）正月二十一日；梁启超：《续变法通议·论变法必自平满汉之界始》，《清议报》第 2 册，光绪二十四年十一月二十一日。

2　《总署来电·光绪二十三年十二月十二日戌刻到》，苑书义、孙华峰、李秉新编：《张之洞全集》第 3 册，石家庄：河北人民出版社，1998，第 2112-2113 页。

西方的戒备，克服了敌意而开创了合作的新时期，日本广泛参与到中国的军事、经济、教育、文化、政治、法律等领域的建设中，扮演了"持久的、建设性而非侵略的角色"。[1]这一评断固然淡化了"支那保全"背后的侵略内涵[2]，不过，在晚清报刊上，中日联盟确实是一种常见的论调，正是这些言论营构出来的"亚洲"想象，为中国最早的科幻小说提供了背景。

一、旧月与新月：神话与科学交织的文学空间

1903 年 5 月，商务印书馆创办了《绣像小说》。11 月，正谋求在中国拓展出版业务的日本金港堂，与商务印书馆签订合资协议。此后的十余年间，商务印书馆在日本的雄厚资本和技术支持下发展壮大，同时也烙下了日本的"符号"印记[3]：日本人不但在现实中受聘为编辑主任（长尾雨山），也在 1904 年《绣像小说》第 21 期开始连载的《月球殖民地小说》（以下简称《月》）中，担负起了协助中国志士寻求光明的重任。[4]

小说以文人龙孟华为主角。龙的岳父被奸臣所害，龙报仇行刺未

1　有关这一时期的中日关系，参见任达：《新政革命与日本》，李仲贤译，南京：江苏人民出版社，2010，第 5-38 页。

2　例如，在 1939 年，阿英就对日本的所谓"晚清的中国观"进行了剖解，指出"支那保全论"不过是对中国进行掠夺与吞并的策略性手法。阿英：《所谓"晚清的中国观"》，《阿英全集》第六卷，合肥：安徽教育出版社，2003，第 17-25 页。

3　关于日本商人与商务印书馆的合作关系，可参看胡愈之：《回忆商务印书馆》，《1897—1992 商务印书馆九十五年：我和商务印书馆》，北京：商务印书馆，1992，第 115 页；洪九来：《清末民初商务印书馆产业环境中的"日本"符号》，《湖北大学学报（哲学社会科学版）》2009 年第 6 期。关于商务印书馆早期经营及《绣像小说》的创办情况，还可参见杨扬：《商务印书馆：民间出版业的兴衰》，上海：上海教育出版社，2000，第 28-36 页；栾伟平：《夏曾佑、张元济与商务印书馆的小说因缘拾遗——〈绣像小说〉创办前后张元济致夏曾佑信札八封》，《中国现代文学研究丛刊》2014 年第 1 期。

4　《月》连载于《绣像小说》的第 21-24、26-40、42、59-62 期。和晚清许多期刊一样，《绣像小说》后期也常延迟出版。有关各期的实际出版时间，本文皆采信陈大康的考证，见陈大康：《中国近代小说编年史》，北京：人民文学出版社，2014，第 774-775、788、818-820、833、844、866、867、880、881、891、1061、1076、1077 页。

遂，与妻凤氏避难南洋，途中遇到因主张维新而获罪、在"巫来由西南海岸""松盖芙蓉"避难多年的李安武，应邀同行。中途遇险落水，夫妇失散。八年后，龙从报纸上得知凤氏为美国玛苏亚夫人所救并认作义女且在美国生下龙必大，男孩如今走失。恰逢此时，日本青年科学家玉太郎登场，以其新发明的气球协助龙孟华，遍寻美、欧、非大陆，终于在印度洋的一个神秘小岛上找到凤氏。紧接着，龙必大也与其离家后遇到的造访地球的月球人一同登场，于是一家团聚，共赴月界游学。

小说中断于第 35 回，作者"荒江钓叟"的身份至今不详。已有的十数万字，虽有控诉时代的一腔热情和宏大构想，但要同时讲述探险寻亲、志士救亡乃至星际战争，作者实在力有不逮，以致情节拖沓、结构松散，最终难以为继。此作迅速被世人遗忘[1]，直到 1981 年才被追寻中国科幻起源的叶永烈重新发现，并在叶为 1986 年出版的《中国大百科全书·中国文学Ⅰ》撰写的"科学文艺"条目中正式被追认为"中国作者创作的最早的科幻小说"。[2] 虽然这一光环不能掩饰此作艺术上的粗糙，却令其成为耐人追究的对象。

首先值得注意的是标题中的"月球"。月球在西方经历了从神话和神学空间向一个可供观测和探索空间客观转化的过程。欧洲文学中，飞往月球的故事可以追溯到古希腊。1610 年，伽利略宣布了月球环形山报告后，科学家们开始探讨月球适宜居住的可能性。1622 年，在意大利诗人马里诺的《拉顿》中，月球不再是通往上帝途中的宗教性里程碑，而是一个类似地球的物质实在，伽利略本人也成为诗中的主角之一。通过气球进行星际旅行的想法早在 1784 年就已出现，并逐渐发展成一个

1　"荒江钓叟"这个笔名似乎只在该作品中被使用过。在同时代的文字记录里，此文除了偶尔作为《绣像小说》曾刊载过的作品之一被提及外，几乎没有留下什么痕迹。小说连载过半时，《申报》上曾有提及："……至《月球殖民地》……诸作，亦皆措词新颖，寓意深远，是诚有功世道之文，不仅小说观也。"阿英在 1936 年的《小说闲谈》中谈及《绣像小说》的作品"皆以能开导社会为原则"，所举的例子则不包括此作。分别参见《志谢第三十二期至三十四期绣像小说》，《申报》1905 年 5 月 31 日；阿英：《小说闲谈》，上海：良友图书印刷公司，1936，第 55-59 页。

2　中国大百科全书总编辑委员会《中国文学》编辑委员会：《中国大百科全书·中国文学Ⅰ》，北京：中国大百科全书出版社，1986，第 353 页。1981 年，叶永烈就已称该作为"我国目前已查明的最早的由本国作者创作的科学幻想小说"。叶永烈：《清朝末年的科学幻想小说》，《光明日报》1981 年 8 月 7 日。

亚文类。[1]

在古代中国，与"月"或"太阴"相关的是另一套历法知识和文化意象。不论是嫦娥奔月、唐太宗梦游月宫，还是苏轼的天上宫阙，月球都是凡人难以企及的神明世界。检索《四库全书》和《四部丛刊》，"月球"一词最早见于明代传教士利玛窦所撰的《乾坤体义》："日球大于地球，地球大于月球"，以及徐光启等人编修的《新法算书》，这显然已具有近代天文学内涵。[2]1618年，新式望远镜传入中国并开始改变人们观看世界的方式，激发出新的宇宙想象。[3]乾嘉大儒阮元（1764—1849）就曾写过一首《望远镜中望月歌》。在"五尺窥天筒"的观照下，"广寒玉兔"成了空谈，但是，诗人在介绍月食等天文知识之余，仍遥想月球上有人类居住并也在用望远镜窥探地球。[4]

长久以来，对月球上究竟是否有人，天文学家并无定论，以至于1835年出现了报社记者以文学虚构冒充科学报告引发民众轰动的"月亮骗局"。[5]晚清的读者也就只能得到互相矛盾的知识，例如，1898年的《格致新报》上的文章认为诸星即使有人居住，也和人类很不一样，"惟月中则既无生气，并无城郭宫室之可见，则可决其无人"。[6]1902年的《选报》却在报道法国天文学家观测到月球有黑烟喷出，推测月球有空气。[7]1903年的《启蒙画报》讲述月球朝向地球的一面有山、无水，

---

1 亚当·罗伯茨：《科幻小说史》，马小悟译，北京：北京大学出版社，2010，第35-40页。

2 利玛窦：《乾坤体义》卷中，《景印文渊阁四库全书》第787册，台北：商务印书馆，1986，第767页；徐光启等：《新法算书》卷三十一，《景印文渊阁四库全书》第788册，台北：商务印书馆，1986，第549页。一个更早的例子出现在元代李孝光《五峰集》卷五的一句诗中"吾言如足念，可比明月球"。不过这里的"明月球"可能还主要是一种诗歌创作中寻求创新的语言尝试。见李孝光：《送医师王宜往维扬》，《五峰集》，《景印文渊阁四库全书》第1215册，台北：商务印书馆，1986，第118页。

3 王川：《西洋望远镜与阮元望月歌》，《学术研究》2000年第4期。

4 阮元：《望远镜中望月歌》，《揅经室集》下册，北京：中华书局，1993，第971-972页。

5 穆蕴秋、江晓原：《19世纪的科学、幻想与骗局—1835年"月亮骗局"之科学史解读》，《上海交通大学学报（哲学社会科学版）》2011年第5期。

6 《答问·第十六问》，《格致新报》1898年第3期。

7 《醸庐杂录二：测月球》，《选报》1902年第18期。

但"西人测得，月球外有生气包罗……必有人物"，因为背面也许有水。[1]
尽管这些说法莫衷一是，却不妨碍人们以西洋学说贬斥中国原有知识。
1906年，《万国公报》刊登《论日球月球》，说"中国旧籍之说月，
多无稽者"，接着给出了现代天文学测量出的精确数值，指出月球无
水、无空气、无云，推定月球无生物。[2]

除了科普文章，西方科幻小说也参与了晚清人对宇宙想象的塑造。
凡尔纳的《从地球到月球》（1865）讲述美国大炮俱乐部成员建造超
级巨炮并将一个炮弹（太空船）发射升空去往月球探险的故事。续作
《环绕月球》（1870）讲述三位探险者在飞往月球途中的所见所想，
由于种种原因，他们仅仅环绕月球一周之后又掉落回地球。两个故事
被井上勤译成日文《（九十七時二十分間）月世界旅行》（1880）和
《月世界一周》（1883），分别成为周树人所译《月界旅行》（1903，
东京进化社）和商务印书馆所译《环游月球》（1904）的底本。迟至
1904年2月，上海已经出现了《月界旅行》的广告[3]，而《环游月球》
更风靡一时且多次再版。因此，不排除"荒江钓叟"读过凡尔纳故事
的可能。

如亚当·罗伯茨所说，凡尔纳不但注意到探月将是一项巨大的工程，
不是离群索居的天才可以独自完成的，且非常注重为想象成分寻求科
学依据，那些以天文学知识展开的推想小心翼翼，又常借人物之口道
出并互相辩驳，其结果是加深而非消除了月球的神秘性。[4]确实，晚清
读者也能从中译本中感受到作者对已有学说的保留态度："宇宙间森
罗万象，非人所能悉知""余辈足蹈实地，尤不能发明其理，彼地球

1　《月球有人》，《启蒙画报》1903年第11期。

2　《论日球月球》，高葆真译，《万国公报》1906年第1期（总第205期）。文章错误地告诉读者月球只
公转不自转。

3　上海《中外日报》刊载"昌明公司出版新书"广告，转引自陈大康：《中国近代小说编年史》，北京：
人民文学出版社，2014，第670页。

4　亚当·罗伯茨：《科幻小说史》，第47-91页。

上学者妄伸己说，无异扣槃扪烛矣。"[1] 最终，经过一番远距离的观察和缺乏说服力的论辩，三个冒险家达成决议：月球目前无人类，但之前可能有过。

在中西交汇的背景下，《月》中的月球呈现出新旧杂糅的意味：既饱含着古典文化中的聚散离别等内涵，引发人物的满怀愁绪，又成为某种新型乌托邦空间。作者有意将许多重要情节设置在满月之夜。开篇即是"西历十二月十四号，合中历是十一月十五日"，由此可推断为 1902 年，正是距晚清读者不久的某个"过去"。此时李安武已避难八年，可知其出逃时间当在甲午前后，震动朝野的中日战争宣告了以洋务运动为代表的自强运动的失败，激发了仁人志士变法图强，也种下龙孟华一家不幸的因果链条：

> 只见万家灯火，和那月光相映，比起上海、汉口各大埠头还热闹些。龙孟华举杯在手，向月轮一招，满饮在肚，不觉长叹一声道："月亮阿月亮！我们祖国偌大的地方，竟没有几个人像你一般模样，照得我心事出来的。可惜你离我太远，可惜我身无两翼，不能从这肮肮脏脏的世界飞到你清清白白的世界里去。"说罢眼花一暗，泪如泉涌。李安武知道他是满腹牢骚。且我们历代相传那些嫦娥偷药奔月宫、唐明皇和叶道士游月府、偷出霓裳曲子的古话，都是民智未开的见识，龙孟华谅来不至于此；断是多饮一杯，发此感慨，因此也不与他辩驳。[2]

《环游月球》中，主人公亚腾提出：可以在月球的环形山里建造一座平安闲静的城市，"尘球秽浊，薄俗炎凉。彼厌世者，恶交际者，不

1　焦奴士威尔士：《环游月球》，井上勤译，商务印书馆编译所重译，《说部丛书初集》第七编，上海：商务印书馆，1914，第 65、81、101 页。

2　荒江钓叟：《月球殖民地小说》，《中国近代小说大系》，南昌：江西人民出版社，1989，第 224 页。

乐他社会之常态者，盍隐退于此，以博身心之恬适耶？"[1]这有几分玩笑成分。《月》则干脆将月球落实为可供逃遁污浊尘世的清净异乡。不过，在对抗重力方面，作者也并无良方，只好让频繁出现于当时报刊上的热气球[2]，在另一个月圆之夜飞进小说：

> 只见天空里一个气球，飘飘摇摇，却好在亭子面前一块三五亩大的草地落下，两人大为惊诧。看那气球的外面，晶光烁烁，仿佛像天空的月轮一样；那下面并不用兜笼，与寻常的做法迥然不同。[3]

当空皓月既渲染了龙孟华的国恨家仇，也作为故事预定的时空归宿，开始向作为叙事驱动装置的气球发出召唤。值得注意的是，"那日是中历十一月十五日"，龙孟华已到南洋"整整是八年了"，后面第6回又说"西历十二月二十七号，即中历十一月二十五日"，由此可以推断，此时的故事时间已经越过现实时间，进入到1910年。[4]读者或许未必意识到，作者心中却一定有数：此后的种种神奇，都发生在"未来"。

这个底面积不足一个现代标准操场大的气球设备齐全，客厅、体操场、卧室、大餐间、兵器房等应有尽有。不过，对这个奢华的空中行宫，

1　焦奴士威尔士：《环游月球》，第100页。

2　陈平原已详细地考察过"气球""飞车"等空中交通工具如何在晚清书报中广泛呈现并成为小说家的灵感源头，指出"历代小说家基本上不在翱翔空中的'飞车'上打主意，要不一个筋斗十万八千里，要不老老实实骑马或乘船"。陈平原：《从科普读物到科学小说——以"飞车"为中心的考察》，《中国文化》第13期，1996年6月。王德威则强调"在《年大将军平西传》与《新纪元》当中，气球已被摹绘成强有力的军事武器。不过《月球殖民地小说》仍旧是我所读到的惟一以整部小说篇幅，将气球用作推进叙事的要素"。王德威：《被压抑的现代性——晚清小说新论》，宋伟杰译，北京：北京大学出版社，2005，第331页。

3　荒江钓叟：《月球殖民地小说》，第244页。

4　1910年12月27日，实际为农历十一月二十六日，与书中所称"十一月二十五日"略有出入。不过，在1910年前后，只有1918年12月27日是农历十一月二十五日，虽符合第六回的描述，却比1902年晚了16年，与所谓的"整整是八年了"不符。

作者描写相当敷衍：从南洋到纽约只要 4 个小时，"但觉耳畔风声霍霍，那海水的汪洋，山峰的突兀，都不及辨别"。[1] 看似惊险的情节在同时代作品中也并不出众。令人瞩目的倒是气球创造者的身份：这位藤田玉太郎，正是当年甲午期间解救过李安武的藤田犹太郎之子，如今，他奉日本政府之命，为开辟殖民地做准备而环游世界，不但发明了最先进的气球，还和李安武妻兄的女儿、到过日本留学的璞玉环结为夫妻，一边新婚游历一边协助龙孟华漫游世界寻妻觅子。这位中国文学史上较早出现的日本科学家，也引出了作品的第二个微妙之处，即题目中的"殖民地"问题。

二、日本与东亚：殖民扩张时代的憧憬与焦虑

就在金港堂入股商务印书馆之后不久的 1904 年春，酝酿已久的日俄战争爆发，一个月后，商务印书馆创办了以"联络东亚"为宗旨的《东方杂志》，全面记录了战争的整个过程。出于对俄国侵占东北的憎恶和无奈，日本作为黄种人之代表与白种列强抗争的叙述受到相当的认可。创刊号的第一篇文章即是"别士"（夏曾佑）的《论中日分和之关系》，认为东方大陆常出现野蛮民族征服文明民族的情况，唯独日本例外，曾战胜蒙元的征服，"今日拒俄之事，乃拒元之事之结果。亚欧之荣落，黄白种之兴亡，专制立宪之强弱，悉取决于此也"。中国作为大国，应该期盼亚洲、黄种、立宪的兴盛，"此所谓天定而不可逃者……支那分而日本孤，固不若支那强而与日本并立之为得计也。"[2] 紧随其后，"闲闲生"的《论中国责任之重》在庆幸"友邦仗义，出而代争，将以夺诸强邻，归之于我……天佑东土，幸而日本克捷，黄种之前途，可以稍除

---

1 荒江钓叟：《月球殖民地小说》，第 255、294 页。

2 别士：《论中日分和之关系》，《东方杂志》1904 年第 1 期。

障碍……安可不图桑榆之补，以答我良友之盛意也"[1]。而长尾雨山连载的《对客问》，亦有"友邦冢君，盘敦订谊"的论调。[2]1905年1月2日，日军正式赢得旅顺之战的胜利，这被视作"白人受侮于黄人之第一次历史"[3]，激发了不少中国人的敬佩和对黄种复兴的热念。恰正是在这前后不久，《月》开始连载，藤田玉太郎在第二回首次登场。[4]由被冀望为亚洲复兴先锋的日本人作为未来进步的力量代表，正符合当时读者的预期。

玉太郎的气球在伦敦引发了争相围观和英政府的忧虑。"黄种的文明日日进步，白种的文明便日日减色，将来灭国灭种，都是意中之事。"[5]虽是"同种"，中国人与日本人却有着不同的待遇。龙孟华因无护照入境在纽约被捕入狱，与他同被监押的"只有三五个非洲黑蛮，其余都是华人"。玉太郎劝慰道："这是你们合中国的大辱，不是你一人之事。"[6]最后，龙不得不假扮成日人，由日本大使解救，后者称"我们与中国人同种，遇着同种的人不救，将来一定要临到自己。"[7]这种亲密的伙伴关系进而扩展成一个国际团队：日本科学家与同为发明家的中国妻子，在英国医生鱼拉伍的协助下，为中国流亡者龙孟华跨越重洋，一起寻找着美国人玛苏亚。而看似遍游亚非欧的气球，所到之处却总不出日本及其盟友英帝国和美国的势力范围。至于俄国，则被置于敌对位置——当龙孟华在报纸上看到他岳父的对头、一个联俄党的权臣因病死去的消息后，他又喜又恨，"喜的是中国少了一个蛀虫，恨的是未能手刃报仇"。[8]

1 闲闲生：《论中国责任之重》，《东方杂志》1904年第1期。

2 长尾雨山：《对客问》，《东方杂志》1904年第2期。

3 《论黄祸》，《东方杂志》1904年第2期。

4 刊载《月》第2回的《绣像小说》第22期出版时间可能在1904年12月至1905年1月间。

5 荒江钓叟：《月球殖民地小说》，第257页。

6 同上，第261页。

7 同上，第266页。

8 同上，第278页。

　　这个国际联队在寻找凤氏的同时，也在对各大洋的岛屿进行勘探并绘制成地图，这本是玉太郎受日本政府委托的使命之一。众所周知，绘制地图的地理学、考察原住民的民俗学，在历史上都和西方殖民主义有深切的关系，而清末的报刊上也充满了介绍19世纪民族国家崛起和开辟殖民地的文章。1902年，梁启超就颂扬"夫以文明国而统治野蛮国之土地，此天演上应享之权利也。以文明国而开通野蛮国之人民，又伦理上应尽之责任也。"[1]1903年，林乐知亦在《万国公报》上强调在民族帝国主义的时代，"竞争"成为公理，个人和群体都理应"自强"，文明国"侵取"或"治理""未开化之国""劣等民族之地"是理所当然且利己利人，文明国之间平等相处，并不互相吞并。[2]

　　作为现代化进程的迟到者，近代中国为种族竞争的焦虑所催迫，也渴望能够寻找到自己的殖民地以完成原始的资本积累。1904年的《中国人之暹罗殖民》就论述了中国人在泰国人口的比重（三分之一）及在社会经济生活中的重要性，指出泰国尚有许多未开垦的肥沃之地，而泰国人安闲，中国人在此殖民，将来会有大利益，并感慨"可爱哉！可爱哉！中国人，殖民的国民也。求诸世界，殆无其伦。"[3]蒋观云则在1905年撰文，认为殖民乃文化发生的重要因素，而人种的盛衰，取决于人们在脱离母国、殖民他处之后能否在新的居所创设新文化、建立新国家，古希腊、近世的英美都是榜样。而南洋为近世东西冲之地，汉人自15、16世纪以来便已散布于此，却至今没有创造出海外新国，有的虽说欧语、着欧服，却智识粗陋，与当地的土人无异。只是在戊戌之后，海外华人赞助维新事业，其声誉才开始提升。"夫使我人种而果能于殖民之处，发达文化，而建新国，则直于中国外可得无数之新中国，而全地球将为我人种之所占尽。"否则，"万物竞争，劣弱者退，他人

1　梁启超：《张博望、班定远合传》，《新民丛报》第8号，光绪二十八（1902）年四月十五日。

2　林乐知：《论各国开辟殖民地》，任宝罗译，《万国公报》1903年第9期（总第177期）。

3　《中国人之暹罗殖民》，《国民日日报汇编》1904年第1期。

种之适于殖民者出，而我人种将遂为其所挤"。[1]

在现实中无法满足的殖民地渴求，驱动小说家在笔下重绘世界地图，南洋也成为国族叙述的新起点。《月》对荒蛮列岛的漫画式描摹，不仅是对《镜花缘》的模仿，也同时复刻了殖民主义的"文明 - 野蛮"图谱。在第 14 回，众人堂而皇之地带走了一个野蛮部落的金刚石桌，并在第 18 回将其捐给教会，"大约每年应得的利息，不下六百兆镑。开个公会，到那各岛国里教化一番"。这个取之于蛮、用之于蛮的思路是如此自然，众人齐声道好。在第 19 回，他们来到一个吃人肉、穿人革的岛屿，极度野蛮的景象令英国医生大为愤怒，他"架起几尊绿气炮，朝下乱放"。虽然玉太郎提出了质疑——"绿气炮是万国公禁的，怎好胡乱用呢？"但"鱼拉伍不由分说，只管放去。放了半天，才慢慢的讲道：'玉先生，你说绿气炮不该用么？遇着野蛮地方，不用野蛮的兵器，到什么地方用呢？'"[2]这与八国联军对清军使用绿气炮时的说辞如出一辙，众人却没有再作责问，作者也没有流露出任何讽刺意味。

"荒江钓叟"并非个例。差不多与《月》同时连载于《绣像小说》（第 19-30、35-42、47-54 期）的《痴人说梦记》，人物以康、梁和孙中山为原型，但在维新事业受挫后，他们流落到一处岛国，幻想空间由此开启。这里被哥伦布"一个失眼，不曾去探"，岛民本是信奉犹太教的犹太人，后来虽有美国人到过却不曾离开，与世无扰而民风淳朴。此地虽"从不得与世界交通"，图书馆却藏有哥白尼、牛顿、培根等人的著作。经过一年苦读，主角们掌握了新知识，便开始大展身手。他们在毛人岛上杀了攻击他们的"似人非人、似兽非兽"的毛人，还捡到几块极大的钻石，获得在美国做生意和在日本开报馆的原始资本，接着便谋划仿效哥伦布和华盛顿的伟业，获取殖民地，建立新国：

1　观云：《我殖民地之不发生文化何欤》，《新民丛报》1905 第 23 号（原第 71 号），光绪三十一（1905）年十二月一日。

2　荒江钓叟：《月球殖民地小说》，第 327-328 页。

当下大家商议，总想据片土地，安顿多人，再谋兴亚。仲亮献策道："据小弟的愚见，还有打造兵船，直取仙人岛。得了这个基业，何愁立脚不牢？好好经营起来，可成大事。况且这岛中，上下昏愚，迷信神道。古人说得好，道是兼弱攻昧。这昧弱的岛国，正好攻取。虬髯王扶余，正是此意。"[1]

"兼弱攻昧，取乱侮亡"，语出《尚书·仲虺之诰》，本是借天道德性之义，正商汤伐夏之名，如今则被现代的殖民者翻新，混入进化论视野中的"文明—野蛮"之别，成为暴力征服的依据。于是，在作者为主人公们预备的武器中，也出现了绿气炮，"此物的毒处，不须细说，须急难时用之。一般血肉之躯，我也不忍置人惨死"[2]。途中，他们听说中国开始有了进步的气象，有人提议回国，主人公反对"至于我辈出洋，就是西国所说的殖民政策。中国本嫌人满，能殖民外洋，是大利中国的事，为什么要回去呢？"[3]接着，他们先礼后兵，要求做岛国百姓，被岛上教主拒绝后，便进行武力威吓。通过开办教育、开垦农田、开掘矿藏、创设工厂等手段，岛民终于自愿臣服，接受了现代文明熏陶并将教主赶到岛东，将神宫改为上议院，推举主角当岛主，各管理职务都被黄种人占据。故事结尾，岛上事业兴旺发达，"将来还想练成海军、陆军，乘着机会，规取邻岛，步英吉利的后尘。这般极好的殖民世界……"[4]

尽管殖民活动并不必然意味着武力征服[5]，但不论在故事还是现实中，却几乎总是以先进武器和暴力为依托。吊诡的是，这种暴力既造成

1　旅生：《痴人说梦记》，《中国近代小说大系》，南昌：江西人民出版社，1989，第111、118页。本文中的着重号均为笔者所加。

2　同上，第174页。

3　同上，第190页。

4　同上，第201页。

5　除了前面提到的《中国人之暹罗殖民》，1904年的《日谋殖民》也刊文介绍日本近年向外扩张的企图，但指出可以通过贸易等和平的方式进行。《日谋殖民》，《南洋官报》1904年第4期。

了书中人物的创伤，也被视为疗救的方案，这就涉及到了《月》的第三个微妙处：要实现中国复兴，仅有海外殖民地并不够，还要有文化的革新，这一点通过龙孟华的疾病予以了寓言化的表现。

三、癫狂与悲泣：身心的疗救与失败

龙孟华因刺杀权臣而被赞为"义士"，玉太郎等人因此愿意帮助他。《痴人说梦记》的几个主角也是读书人。这都折射出近代知识人的"志士化"倾向。一方面，深受辛丑之辱的清廷开始从国家层面推动学习西方的新政举措，1901年1月29日发布的变法诏谕指出"我中国之弱，在于习气太深，文法太密。庸俗之吏多，豪杰之士少"[1]。另一方面，如杨国强所说，传统士人在向近代知识分子转化的过程中，渐离圣贤意态而趋向豪杰意态，谭嗣同的流血激荡起知识人的轻死剽急，暗杀主义蔚然成风。[2]

敢于行刺，又在南洋经营了几年公司，龙孟华显然不乏胆魄和才能，玉太郎也称赞他品格玉粹金坚、文章经天纬地，"后来没有遭际便罢，有了遭际，定然能替我们亚洲建一番功业"[3]，似在暗示龙氏父子将扮演关键角色。可惜，已有的35回却竭力表现龙的痴情，以此制造戏剧冲突和叙事动力，结果他几乎没有做出什么真正利国利民之事，而是作为一个需要被照顾和安抚的病人被对待。《痴人说梦记》中亦有睹物思人、痛哭流涕的儿女之情，但很快就通过自我开导而化解。[4]与之相比，龙孟华的悲怆和癫狂可谓不治之症。得知儿子走失后，他立刻

1　《清实录》第五十八册《德宗景皇帝实录（七）》，北京：中华书局，1987，第273页。

2　杨国强：《20世纪初年知识人的志士化与近代化》，《晚清的士人与世相》，北京：生活·读书·新知三联书店，2008，第360页。

3　荒江钓叟：《月球殖民地小说》，第333页。

4　旅生：《痴人说梦记》，第154页。

昏厥并被送到医院，甚至产生了幻觉，直到李安武的怒喝让他"心上忽然的一亮"。此后他一再做出病狂之举。那些毫无意义的行为、无止境的悲痛，一再的痛哭、狂乱、昏迷、吐血，不但令人烦躁，甚至给同伴造成生命危险。

对这种走火入魔的痴情，同时代的吴趼人曾斥之为"魔"，并在其《恨海》中将之导向儒家礼教规范[1]，但《月》中的降魔之法则是现代科技。在第 12 回，众人追踪到印度，线索再次中断，龙孟华狂躁地控诉老天不公，陷入昏迷。玉太郎请来当地最有名的西医哈克参儿，后者断定这是"急血奔心"，于是开膛破肚，用药水洗心和肝肺，并指出病根所在：八股文章的"酸料""涩料"毁坏了心、胆，让中国官员糊涂、胆小。为健康着想，最好连寻常的笔墨也以少动为妙。[2]

龙孟华的酸腐气是他除了痴情之外另一种惹人厌的特征。"洗心"之前，他也曾"革面"：从纽约监狱获救后，他愤而剪辫子，穿了西装，"竟与日本人一样；临镜一看，心上舒畅的了不得，身体陡然健旺"，还被称赞"竟把中国的书酸样子尽行脱化了"。[3]但他不懂西礼、外国话，闹出笑话，被日本大使问及学过哪种"专门学科"时，发现自己"除了诗文之外，非独没有专门学问，便是普通的学问也没好好学过"。虽然玉太郎为其解围，赞其为"文学大家""李、杜重生，苏、欧再世"，但当龙又写起祭发文和哀发诗时，透过日本科学家的目光，读者却只看到漫画式的嘲讽："龙孟华的头还歪在桌上，额角上还抹了几块墨，前前后后都是些乱书，口涎流出，把一幅新做的诗词湿了一大块。玉太郎推他醒来，两手一伸，把半张诗粘着袖子底下。"[4]第 23 回，这种漫画化达到猥琐的地步：龙把尿壶打翻，在骚气中誊写自己被尿浸湿的诗稿，

---

1 在《恨海》（1906）中，吴趼人借主人公之口批判了《红楼梦》中的"情"，斥之为"魔"，说贾宝玉是"非礼越分"，并强调个人的"情"必须导向对社会价值的维护。吴趼人：《恨海》，《我佛山人文集》第六卷，广州：花城出版社，1988，第 247 页。

2 荒江钓叟：《月球殖民地小说》，第 283-285 页。

3 同上，第 273 页。

4 同上，第 280 页。

还自鸣得意地问玉太郎自己的诗"比起杜工部怎样？"[1]

无独有偶，与洗心这一回几乎同一时间呈现给读者的《女娲石》第十回，也有洗脑之术："譬如我国士子所念的是朱注，所哼的是八股，所模仿的是小题正鹄八铭塾钞，高等的便是几篇时墨。积之又久，充满脑筋，膨胀磅礴，几无隙地。若将那副脑筋解剖出来，其臭如粪，其腐如泥，灰黑斑点，酷类蜂巢。"[2] 这类描写，回应了当时社会上要求废除科举、兴办实学的呼声——仅数月后，清廷诏准袁世凯、张之洞所奏，延续了 1300 年的科举制度彻底终结——不论将它们视为由崇拜西方现代医术而生的科学幻想，还是一种国民性改造寓言，与其以今日标准来争辩作品中的描写是否"科学"[3]，不如探寻这些想象中的内在悖论。此前鲜被注意的是：现代科技并没有治愈龙孟华。

玉太郎所代表的科学力量，能让鱼拉伍那被狮子咬断的胳膊在上了"药水"后立刻康复如初，却用尽办法也无法制服龙孟华的身心痼疾。"洗心"之后，龙依旧"肝肠寸断"，分不清梦境与现实，并在产生幻觉后突然从气球上纵身跃入万丈深谷，幸而为白鹤所救。鱼拉伍用"药水"治愈了他的外伤后，玉太郎劝他自重，"不可把有用的身体平白弄坏"，"这情字也要立定界限"，龙孟华则答之："但恐一时性急，制不住这个身子。"[4] 于是有了颇可玩味的一幕：玉太郎夫妇谎称凤氏已被月界人士接走，并于飞升时在悬崖上留下"真影"。为此，璞玉环画了一幅《月府游行图》，请鱼拉伍依照相法，用"药水"将

1　荒江钓叟：《月球殖民地小说》，第 357-358 页。

2　海天独啸子：《女娲石》，董文成、李勤学主编：《中国近代珍稀本小说》，沈阳：春风文艺出版社，1997，第 70 页。龙孟华的洗心出现在《绣像小说》第 30 期，该期与《女娲石》乙卷（9-16 回）都于光绪三十一（1905）年二月出版。《女娲石》（乙卷）出版时间据陈大康：《中国近代小说编年史》，第 810 页。

3　对《月》中的科技想象，以往的论者态度不一。林健群认为，这些推理幻想以科学为依据，"名实相符的晚清科幻小说始告确立"。吴岩等人却认为，在《月》中，"认识性几乎没有任何地位"，"洗心"古已有之，作者对自然问题和社会问题的处理也从未采用过"典型的逻辑探索或认知叙述"，某些细节荒谬，其"科学观是前科学的"。林健群：《晚清科幻小说的人物与情节研究》，吴岩、方晓庆：《中国早期科幻小说的科学观》，吴岩编：《贾宝玉坐潜水艇：中国早期科幻研究精选》，福州：福建少年儿童出版社，2006，第 127、187 页。

4　荒江钓叟：《月球殖民地小说》，第 323 页。

其印在三五百丈的石壁上。龙孟华看到伪造的壁像后，终于有些欢喜，但紧接着就因失手将凤氏画像的卷轴遗落，抱着玉太郎一起要跳下气球去寻找，幸而被后者阻止。"真影"造成的结果却是龙决定脱离团队，"一心一意，牢守着这凤飞崖。生时便做这凤飞崖的鳏夫，死后便做这凤飞崖的孤鬼"。颇感懊恼的玉太郎只得应允，用三间"橡皮房子"建造了一个有卧室、厨房、仆人的居所，插上中、日、英国旗，让他可以继续无所事事地在这里伤感流泪、吟诗弄句。[1]

不论作者是否因技穷而借龙孟华的疯癫来撑场面，他都有意无意地写出了科学和理性面对情感异常的主体时的无力。甚至可以说，正是科学及其所属的现代世界造成乃至强化了龙的病症：先进的气球使他可以轻易跨越山水阻隔，获得了不停追踪妻子的可能。他总是十分性急，完全无法从中抽身去从事其他事情。这个最尖端的发明并未使他获得幸福，反而令其陷入更深的不幸，也使得团聚这条叙事线索过度膨胀，完全压垮了整个故事的结构。

此外，气球也提供了特异的时空状态，令龙孟华的失常之举为自己和他人带来更大的危险。至于"伪造"真影一段，亦暴露了"科学"将自己（无效地）装扮为"神迹"的面向——在现实的凋敝和黯淡中，只有器物上的发达才能为身体和精神上双重流放的疯癫文人提供一点温暖，但这幻象却让他病得更深。因此，这个段落也可视为小说本身作为疗伤物的象征：掺杂着西洋科技的幻想叙事，为了（却也无法真正地）慰藉同时代读者家国离乱的感伤，伪造了一份海阔天空的幻象。

龙孟华的病症并非他一人独有。《月》通篇弥漫着一股凄厉的躁郁之调。人们举止非常，几乎每回都有哭泣场面，就连一向为众人所敬服的李安武，也不免有"发狂"之举，当他看到奸臣的首级时，"气从心发，抢起老拳，便向那玻璃瓶尽力打去。瓶没打开，却打断了自己的指头，鲜血淋漓的流个不住。"唐蕙贞得知父亲被权臣所害后试

---

1 荒江钓叟：《月球殖民地小说》，第 331-349 页。

图自杀，被劝止后又突然斩断手指以立誓明志。[1]在《月》之前问世的"政治小说"《中国兴亡梦》中，作者也在"自叙"大呼："痛哉！希望既绝之人，其无聊为尤甚。使不善自消遣，其走热之极端，或至发狂……吾恨不得炸弹，贯南北极，毁灭地球，一泄种种不平；又惜无风马云车，飞渡别一星球，吸新空气，以洗所沾染之龌龊习惯，而恣吾乐也。"[2]

晚清小说中"四处横流的泪水"、过度的冷血或热情、不合常理的惊人之举，被王德威视为社会无力调节情绪的表征，背后是"情感的失序甚至贫血"。[3]但这并非只是小说家的文本狂欢，更是时代的真实写照。仅举一例：1903年，日本成城学校的运动会挂有各国国旗却唯独没有挂中国龙旗，几百名中国留学生痛哭流涕，一致抗争。[4]民族的落后和衰弱，造成普遍性的情感激荡和神经过敏，正所谓"棋局已残，吾人将老，欲不哭泣也得乎？"[5]《月》中的群体症候亦由此而来。但有趣的是，第29回出现了一位隐居于海上的遁轩老人，凤氏也于此现身。这个"红尘不到处"有一条戒律——"等闲不得哭泣"。凤氏与丈夫重聚而忍不住痛哭，立刻被老人赶出仙境。赋予种种"哭"以力量的现代国族的宏大叙事，在这个明显古典意义上的桃花源中被有意无意地削弱了。[6]

更微妙的是，即便在夫妻团聚后，龙依旧举止异常。他继续迷恋着那个伪造的"真影"，在攀岩时摔伤。恰逢此时，龙必大和月球气球队登场。玉太郎的气球初登场时是借龙孟华之眼写出，如今，月球人的气球亮相则借玉太郎之眼写出：

1　荒江钓叟：《月球殖民地小说》，第229、238、438页。

2　侠民：《中国兴亡梦·自叙》，《新新小说》1904年第1号。

3　王德威：《被压抑的现代性——晚清小说新论》，第42-48页。

4　《成城学校运动会补悬龙旗事件》，《浙江潮》1903年第4期。

5　刘鹗：《老残游记》，吴组缃、端木蕻良、时萌主编：《中国近代文学大系1840—1919》第2集·第6卷·小说集四，上海：上海书店出版社，1992，第244页。

6　荒江钓叟：《月球殖民地小说》，第387-401页。

看看那些气球的制度，比着自己高强得许多；外面的玲珑光彩并那窗槛的鲜明、体质的巧妙，件件都好得十倍。仿佛自己的是一轮明月，他们却个个像个太阳。[1]

至此，团聚的线索能量耗尽，高悬天空的乌托邦世界及时接力，可故事依旧难以为继。[2] 正如吴趼人《新石头记》中的贾宝玉误入了"文明境界"后便再也不需要回到黑暗现实去追索他拯救苍生的初心一样，龙孟华一旦与家人团聚，也没有返身到旧世界，而是毫无征兆地突然不辞而别，一家三口去了月界游学，把一直帮助他的亲朋好友抛在身后。也许只有那里才能治好他的痼疾，但颇有意味的是，由国耻家恨造成的创伤此时却以新的形式在更大的层面延续：

玉太郎听这一般的情节，想道：世界之大，真正是无奇不有。可叹人生在地球上面，竟同那蚁旋磨上蚕缚茧中一样的苦恼，终日里经营布置，没一个不想做英雄、想做豪杰，究竟那英雄豪杰干得些什么事业？博得些什么功名？不过抢夺些同类的利权，供自己数十年的幸福。当初我们日本牢守着蜻蜓洲一带的岛屿，南望琉球，北望新罗、百济，自以为天下雄国；到得后来，遇到大唐交通，学那大唐的文章制度，很觉得衣冠人物，突过从前；不料近世又遇着泰西各国，亏得我明治天皇振兴百事，我通国的国民一个个都奋勇争先，才弄到个南服台湾，北宾韩国，占了地球上强国的步位。但这个强国的步位，算来也靠不住的。单照这小小月球看起，已文明到这般田地，倘若过了几年，到我们地球上

<hr>

1　荒江钓叟：《月球殖民地小说》，第412页。

2　《月》前31回一直以每期1至2回的进度保持比较稳定的连载（《绣像小说》第25、41期无），第31回（第42期）约在光绪三十一年（1905）八月问世。即是说，以主人公寻妻为主要内容的前31回，在不到一年的时间里发布于世。之后，却足足中断了一年之久，月球人正式登场的第32回（第59期）才于光绪三十二年（1906）七月姗姗来迟。此后，小说仅以每期一回的速度，勉强写了3回便彻底夭折。这是否在一定程度上，表明了作者试图引入月球文明时的艰苦和难以为继呢？

开起殖民的地方，只怕这红黄黑白棕的五大种，另要遭一番的大劫了。月球尚且这样，若是金、木、水、火、土的五星和那些天王星、海王星，到处都有人物，到处的文明种类强似我们千倍万倍，甚至加到无算的倍数，渐渐的又和我们交通，这便怎处？想到这里，把从前夜郎自大的见识，一概都销归乌有，垂头丧气地呆在一边。[1]

美国学者那檀蔼孙认为，《月》构建了一个"东南亚—亚洲—欧洲—月球—外层空间"层级扩展的同心圆殖民体系，更高等的文明总是以其殖民入侵和优势技术使得对殖民地他者的暴力合法化。同时，他也注意到玉太郎与龙孟华的互为陪衬：前者理性、有力、高效、科学，后者代表着感伤，总在自残自怜、郁郁寡欢。[2] 但他没察觉的是，真正戏剧性的一幕发生在这个段落之后：玉太郎一直在担负着龙孟华的教导者、保护者和治疗者的角色——正如现实中的日本在这段非常的历史时期，担当起中国人的教师之职一样[3]——可是，当龙孟华飞往月球后，玉太郎却开始重复龙的症状。他垂头丧气，对周围的一切不闻不问，看上去像"中了什么风魔，或是脑筋里受了什么重伤"，神奇的哈老医生再度登场献艺，为他实施开颅手术，"洗出多少紫血"。玉太郎终于清醒，说自己"一时间神经扰乱"，之后便要发奋研究气球离地的方法，"我们世界内，将来必受一番的大变动呢！"[4] 这应该是在暗示地球将与月球之间发生冲突，沦为其殖民地，在龙氏父子等人的参与下，中国将摆脱不幸的境遇，故事最终走向一个圆满的结局。然而这个星际尺度上的层级关系和复杂线索，显然要远比才子佳人的聚散离合更难掌控，

1　荒江钓叟：《月球殖民地小说》，第 415-416 页。

2　Nathaniel Isaacson "Science Fiction for the Nation: Tales of the Moon Colony and the Birth of Modern Chinese Fiction," *Science Fiction Studies* 40.1 (2013): 33, 39.

3　任达：《新政革命与日本》，第 88、135 页。

4　荒江钓叟：《月球殖民地小说》，第 416-422 页。

故事至此也陷入僵局。

虽未能完成，《月》却可能是中国文学史上第一次认真描写地外文明的尝试，并首次提出了"太阳系规模的政治学"，而为之感到苦恼的人物却是一位日本人[1]，这颇耐人寻味：一面是璞玉环看见李安武所著的《台湾史》而"平空添了无限的凄凉"[2]，一面则是"南服台湾"的玉太郎为永无止境的进化焦虑所困扰，后者原本代表着黄种人逆转世界等级体系的"未来"，但这"未来"还未能展开，就被更强大的"他者"预先瓦解，并开始造成同样的精神创伤。这和凡尔纳的故事若合符节。《环游月球》中，有一段月球与地球人的疾病是否有关的讨论：

> 纪元千三百九十九年，查理六世，当新月及满月时常发狂。有哥尔者，自言历有经验，凡病发狂者，常在新月满月之时，并举确据若干条为证。此外如热病如睡中步行病，及其余各病，亦屡如是。然则月球能与人体相感，昭然明甚。巴氏曰：然，其理有不可解者。[3]

而在周树人所译的《月界旅行》中，这段讨论末尾还有一句"此疑问惟可借古时某学者答人之言解之，即'传说以奇而不足信'是也"。[4]比较而言，《环游月球》的读者会更容易相信满月与人的"发狂"有某种神秘的联系。不论"荒江钓叟"是否从中受到过启发，他都借助现代

---

1 武田雅哉曾指出："藤田玉太郎这位值得大书特书的日本人，或许是中国文学史上第一位对'太阳系规模的政治学'感到苦恼的人物。"这句话强调的重点是后半句，而笔者将其挪用和颠倒，以强调前半句中隐含的"日本人"问题。武田雅哉：《飞翔吧！大清帝国——近代中国的幻想科学》，任均华译，台北：远流出版事业股份有限公司，2008，第100页。

2 荒江钓叟：《月球殖民地小说》，第400页。

3 焦奴士威尔士：《环游月球》，第29页。

4 培仑：《月界旅行》，中国教育普及社译印，进化社，1903，第75-76页。

殖民话语，翻新了延续千年的"愁人对月"意象[1]，也反写了凡尔纳的冒险故事：在法国作家笔下，主人公探月的动机是开辟新殖民地、建设新共和国[2]，而位于殖民体系边缘的中国作者，却将整个地球置入被月球人征服的阴影下。

该如何看待这个结局／中断？

欧阳健早就注意到，"晚清长篇小说中最先完成的作品"《痴人说梦记》虽难能可贵地以正面理想人物为中心，其梦想却不过是重走资本主义的老路。[3]那檀蔼孙也认为，早期的中国科幻展示了一种张力：既渴望中国拥有自己的殖民战利品，又担心自己成为他人的战利品。"正如西方的许多科幻作品也会对帝国进行批判一样，可以说，即使是那些对帝国形态的世界体系具有高度批判意识的（中国）作家们，也无法设想它的缺席。"因此，《月》并未去挑战"殖民地—大都会"的对立关系，而是暗示出一种"中心—边缘"的不断转换，换言之，"东方主义"并未遭到颠覆，而是在各个层级中复现、增生。[4]

对晚清科幻小说的这种阐释不无启发，却失之偏颇。且不论吴趼人《新石头记》中对西方列强"文明"假面的愤然揭露，仅就"荒江钓叟"而言，他确实以异常冷酷的笔调描绘了几场没什么必要的对"野蛮"人的大屠杀[5]，但正如一切虚构性叙事总是存在一些微妙的细节一样，《月》

---

[1] 玉太郎的气球首次登场的第 5 回刊载于《绣像小说》第 26 期，该期"时调唱歌"栏目刊有一首"虱弯倚声"的《叹国歌（五更调）》，开篇即是"愁人对月数更筹，触起衷情泪怎收。叹我国沉酣有了千年久，醉生梦死万事一齐休"。

[2] 焦奴士威尔士：《环游月球》，第 69、100、127 页。

[3] 欧阳健：《晚清小说史》，杭州：浙江古籍出版社，1997，第 231-236 页。

[4] Nathaniel Isaacson, "Science Fiction for the Nation: Tales of the Moon Colony and the Birth of Modern Chinese Fiction," p. 38, p. 39, p. 43, p. 45, p. 48.

[5] 例如第 23 回，野蛮人与文明人发生了冲突，但在前者已经不能构成威胁的情况下，"文明"的英国医生"便对准一枪，把他打死"。其余的人叩头求饶，但语言不通，鱼拉伍大怒"便放枪打死了许多；玉太郎也陪着放了几枪，竟把舱里的人全数打死，方才住手"。第 30 回，孤虚岛上的华工遭受虐待，为了向当地政府复仇，"玉太郎走到军器房内，拨动气雷机关，对准那一排乒队打去。直打得旌旗粉碎，人马全空，两旁人民却也连累轰死不少；但为除害起见，也不顾得这许多了"。荒江钓叟：《月球殖民地小说》，第 355、407 页。这再度与凡尔纳遥成对照，在后者 1886 年的《征服者罗比尔》中，主人公为了证明自己的飞机能维护世界秩序，对正在举行庆典仪式并屠杀俘虏的非洲土著进行了空中轰炸。儒勒·凡尔纳：《征服者罗比尔》，何友齐、陶涤译，北京：中国青年出版社，1985，第 144-150 页。这本小说在 1887 年就被井上勤翻译成了日文版《造物者惊愕试验：学术妙用》。

中也有一个溢出这个宇宙殖民环形构架的地方：为错失登月而闷闷不乐
的玉太郎问遁轩老人为何不随龙孟华一道而去，老者答道：

> "一切世界，无非幻界。我受了这幻界的圈套还不够？又到
> 别样幻界干甚呢？"[1]

结尾处，玉太郎仍在孜孜不倦地钻研新式气球，渴望能够战胜地
心引力，却在中秋那天的实验中身受重伤，这一次，不再是哈老的神
奇"药水"来救援，而是神秘的月中童子来送信。月球人能否治好日
本科学家的身心创伤，成了永远的月夜悬案。但如果注意到，除了最
后在地球上出现的气球队，一直被视作理想乐土的月世界从未得到过
正面描写，此前也只在人们的梦中出现过，那么遁轩老人的话就尤其
令人生疑：所谓"月中的好处，是千言万语都说不尽的。大约世界上
所有一切的苦恼，此处一点都没有"，是否只是梦中人的一厢情愿？
那个"黄金为壁，白玉为阶，说不尽的堂皇富丽"世界的人民，果真
一点"龌龊卑鄙的恶根性却还没有"么？当他们遇到"肮脏世界"的
地球人时，真的不会重演征服和开化野蛮的文明戏吗？"身世原来都
是梦，几人勘破幻中缘"[2]，这样的回末联语，正提醒我们：和《新石头记》
相似，"荒江钓叟"也有意无意地求助于关于"真—幻"的本土智慧，
以此制造了文本的自我质询：在物竞天择的焦虑中催生的国族和人种
进化叙事，究竟会把世界导向何处？当星际旅行实现后，是否会如周
树人在《月界旅行》的"辨言"中所担心的那样，"虽地球之大同可期，
而星球之战祸又起"？那时又将到何处去寻找真正的乐感？"以尚武
之精神，写此希望之进化者"[3]的先觉者，从千年沉醉中醒来，不会跌
入另一个梦幻中吗？身份不明的"荒江钓叟"，就以这样自我背反的

---

1 荒江钓叟：《月球殖民地小说》，第 421 页。

2 同上，第 230、288-289 页。

3 鲁迅：《月界旅行·辨言》，《鲁迅全集》（第 10 卷），北京：人民文学出版社，2005，第 163 页。

方式，搭建起一个残缺的宏大叙事，奇妙地回应了凡尔纳那位年轻的译者在癸卯新秋的日本写下的满心忧愁。

结语

较之凡尔纳对炮弹发射的动力学分析、对探月工程规模的设想，《月》对于空间征服的奇想实在过于随意，其叙事技术也不甚高妙，但作者敢于将"气球"作为谋篇布局的关键道具，不能不说勇气可嘉。其对科技的想象、对中日英美联盟关系的强调，都投射了、也参与塑造了时代的情绪。就在清廷宣布"预备立宪"不久，"荒江钓叟"的故事也画上了休止符。[1]虽然它迅速地被时间埋没，但那无止境的呜呜咽咽，早已和历史的澎湃海潮，搅成一片。

"松盖芙蓉"位于巫来由，即马来西亚。作者把这个近未来的幻想安置在一个明确的时空位置上，也许是想让故事显得真实。据说，这是一个从同治十三年便归英国保护的地方，而在真实的1874年，日军在台湾琅乔强行登陆，最终清政府妥协订约赔款。正是这个日本，后来成为亚洲第一个强国，并在甲午之后、对中国发动长期侵略之前，因为种种原因，一度成为备受许多中国人期待的盟友和导师。对阮元而言，这样的未来图景是无法想象的。[2]当他举头望月时，大概不会想到，仅仅几十年后的华夏子孙，会在月圆之夜，因为国耻家恨而涕泗横流。那月光再也不似从前，它变成心头的折磨，以致在很多年以后，鲁迅终于写下《狂人日记》，那是另一个被自己的文明压垮的文人在月下发狂的故事。

原载《文学评论》2016年第5期

1　光绪三十二年（1906）七月十三日，清廷宣布"预备立宪"，《月》的最后一回（第62期）则于八月登场。我们无从得知，宣布立宪会否影响到作者的思想，但如何处置一个已经连载了35回、故事时间已经发展到1912年却从未写到过立宪和议会的作品？这对作者也是一个很头疼的难题。

2　甲午之前，日本很少进入中国人的视野。见葛兆光：《中国思想史》第二卷，上海：复旦大学出版社，2000，第672-675页。

从"异世界"到"新世界"

——晚清科学小说中的天上世界

段书晓

引言

自古以来,"天"就是中国人形形色色想象力的汇聚之处。"天文"和"人文"之间存在着密切的关联,"天"及其派生而出的"天理""天命""天道""天人合一"等概念构成了古代宇宙论和伦理观的核心。在文学方面,天以及天上的日月星辰既是点燃诗情的重要媒介,又构成了《西游记》《镜花缘》等古典小说的叙事舞台。在《水浒传》《女仙外史》等小说中,天上的诸星既是主人公前生来世的化身,又是支撑故事世界观的重要因素。然而,到了近代,伴随着西方科学技术的传来,中国人的宇宙观出现了被葛兆光称作"天崩地裂"的变革[1],人们对"天"的想象也以从未有过的方式展开。这种想象力的变革在当时诸多领域均有呈现,而当时的小说,尤其是以宇宙为叙事舞台的科学小说,则是其

---

1 葛兆光:《天崩地裂——中国古代宇宙秩序的建立与坍塌》,《葛兆光自选集》,桂林:广西师范大学出版社,1997,第107-116页。

中非常典型的一例。

所谓"科学小说"，即在晚清"小说界革命"的口号下应运而生的一种新的文学类型，这类小说以对科学技术的想象为中心展开叙事，在当时的中国非常流行。一般认为最早的科学小说是自 1904年起在《绣像小说》上连载的《月球殖民地小说》，之后的代表作品则有《新法螺先生谭》（1905）、《新野叟曝言》（1909）、《电世界》（1909）等。晚清科学小说广泛涉猎近代的科学技术，围绕天文学、化学、光学、西方医学等各种各样的近代知识驰骋着想象力。宇宙航行、时空穿越等现代科幻小说的核心主题，在这些小说中也有呈现。其中，正如同时期世界其他地区含有很多科学空想的小说一样，近代西方天文学作为描绘未知世界的崭新知识，深深介入了晚清科学小说的创作。就管见所及，晚清科学小说中与近代天文学知识密切相关的作品，至少可以列出以下七部，包括荒江钓叟《月球殖民地小说》（1904—1905）、徐念慈《新法螺先生谭》（1905）、包天笑《彗星来》（1907）、作者不详《天上春秋》（1908）、吴趼人《光绪万年》（1908）、陆士谔《新野叟曝言》（1909）、许指严《电世界》（1909）等。其中，连载在《新闻报》上的《天上春秋》，其故事缺乏连贯性，属于借神仙故事和天文学知识讽喻时事的随笔类作品。[1]《彗星来》和《光绪万年》主要着眼于彗星和地球的相撞这一天文现象给人类社会带来的影响[2]，《电世界》在还未展开电学大王的宇宙之旅之时便已停笔[3]，三部作品都没有直接描写人类与宇宙（亦即"天"）、尤其是与外星世界的接触。因此，在七部作品中，对于人类与地球外的外星世界的接触描绘得最为详尽、故事情节较为完整、对于近代以来宇宙观的变化呈现得最为清晰的，

---

1 作者不详：《天上春秋》，《新闻报》1908 年 1 月 4 日 -1 月 27 日。

2 笑：《彗星来》，《时报》1907 年 6 月 13 日，第 4 页；吴趼人：《光绪万年》，《吴趼人全集·第七卷》，哈尔滨：北方文艺出版社，1998，第 60-64 页。

3 高阳氏不才子：《电世界》，《小说时报》1909 年第 1 期。

就属《月球殖民地小说》《新法螺先生谭》《新野叟曝言》这三部作品。其中《月球殖民地小说》和《新野叟曝言》是长篇小说，故事的构成也比较复杂。因此，本文主要以这两部作品为中心，分析其所描写的天上世界，并参照《新法螺先生谭》等同时期作品，考察晚清科学小说中呈现的宇宙观转换和想象力变革。

一、先行研究

伴随着李欧梵、陈平原等对中国近代文学起源的再考察，王德威对科学小说等晚清小说的再评价，叶永烈、武田雅哉、吴岩、林健群等对文献史料的收集和整理，任冬梅、那檀蔼孙、贾立元等对晚清科学小说更进一步的体系性研究，以及当代中国科幻的崛起所带来的对历史上具有科幻性质的作品的再注目，近年来，晚清科学小说研究日渐成为备受瞩目的领域。[1] 在这些先行研究中，与本文主题关联最为紧密的，要数对晚清科学小说与近代以来西方天文学的接受之间关系的研究，以及通过文本细读，考察作品中潜藏的宇宙观变化的研究。[2]

然而，由于每部作品都有着复杂的内部结构，并充斥着大量细节，先行研究中围绕一部特定作品展开考察的比较多，当涉及多部作品时，

1　代表性的先行研究如下。王德威：《被压抑的现代性》，宋伟杰译，北京：北京大学出版社，2005；武田雅哉、林久之：《中国科学幻想文学馆（上）》，东京：大修馆书店，2001；林健群：《晚清科幻小说研究（1904—1911）》，中正大学硕士论文，2000；颜健富：《从"身体"到"世界"：晚清小说的新概念地图》，台北：台湾大学出版中心，2014；任冬梅：《幻想文化与现代中国的文学形象》，广州：羊城晚报出版社，2016；Nathaniel Isaacson, *Celestial Empire: The Emergence of Chinese Science Fiction*, Wesleyan University Press, 2017.

2　与本文主题密切相关的研究可举例如下。任冬梅：《科幻乌托邦：现实的与想象的——〈月球殖民地小说〉和现代时空观的转变》，《现代中国文化与文学》，2008 年第 1 期；贾立元：《晚清科幻小说中的殖民叙事——以〈月球殖民地小说〉为例》，《文学评论》，2016 年第 5 期；Nathaniel Isaacson, "Science Fiction for the Nation: Tales of the Moon Colony and the Birth of Modern Chinese Fiction," *Science Fiction Studies* 40.1 (2013): 33-54；潘少瑜：《星际迷航：近现代文学中的宇宙视野与自我意识》，《中国现代文学》2018 年第 34 期；潘少瑜：《知識の旅——近代科学小説の中の宇宙旅行》，《中国 21》2019 年第 50 卷。

则倾向于将对各部作品的内容整理和介绍作为重心，因此对各作品共有的想象力的基础构造以及逻辑结构的变化展开的分析就比较少。而在考察科学小说创作与近代西方天文学的传来之关系的先行研究中，将小说内容与当时的科学报道等进行详细的事实性比对，以确定故事构思出处的实证性研究比较多。并且，由于《新野叟曝言》这一文本在很长一段时间内入手较为困难，先行研究比较多集中在《月球殖民地小说》和《新法螺先生谭》这两部作品上，这一客观情况也阻碍了进一步的深入对比。

因此，本文试图在先行研究坚实的实证成果的基础上，尝试为晚清科学小说研究导入新的方法。其中，在对晚清科学小说关于天上世界的想象进行考察时，着重探讨使作品得以成立的逻辑结构，并在结构面向上讨论作品与近代科学世界观之间的关联。通过对当时多部作品的分析以及与古今中外相关作品的比较，本文力图析出晚清科学小说所共有的想象力模式，同时兼顾当时中国置身其中的科学环境和国际形势这一大背景，对近代中国想象力变革的特性加以阐明和概念化。

二、晚清科学小说所描绘的天上世界

那么，晚清科学小说所描绘的宇宙（亦即天上世界），究竟是什么样子的呢？以下首先对作品的内容，尤其是作品中与外星和外星人有关的描写加以介绍。

（一）《月球殖民地小说》中的月世界

荒江钓叟的《月球殖民地小说》于 1904 年至 1905 年发表于《绣像小说》，共连载 35 回。作品的梗概如下。中国义士龙孟华在日本友人藤田玉太郎的帮助下，遍历世界各地，寻找在船难中失散的妻子凤氏和儿子。在亲人团聚之时，也见到了儿子结识的月球人，为了学习月球人的先进文明，龙孟华一家便同月球人一起去月球游学。从小说的标题以及文中预设的伏笔来看，与月球人的相遇在之后应该会成为影响中国乃至地球命运的大事件。尽管小说在写到龙孟华一家上天后就戛然而止，让人无从知晓之后将会发生的故事，但文中涉及到月世界风景以及月球人相貌、语言、科学技术的地方仍然不少。

然而值得注意的是，小说中关于月球和月球人的描写充满了自相矛盾之处。譬如，小说的第一回将嫦娥和唐玄宗的故事斥为迷信加以批判[1]，第十六回却出现了月球人为地球人托梦赐子的情节[2]。又如，在第十三回玉太郎的预知梦中，死去的品德高尚的地球人会移居到月球，住进由如来、孔子、华盛顿管理的地球难民收容所[3]；而在第三十二回中，小说则暗示今后月球人和地球人之间可能会构成现实世界中殖民者与被殖民者的关系[4]。

通过对这些矛盾之处加以整理，我们会发现，小说中和月世界相关的想象，以主人公与月球人的相遇、亦即月球人的正式登场为转折点，分为前后两个部分。在和月球人相遇之前，与月球人的交流主要在主人公的预知梦中展开，对月世界的风景、月球人的相貌的描写也基本上沿袭了古代神话与文学作品对月宫、仙子的想象。在主人公与月球人相遇之后，对月球人的描写重点则逐渐转移到其所

1　原文如下："历代相传那些嫦娥偷药奔月宫，唐明皇和叶道士游月府、偷出霓裳曲子的古话，都是民智未开的见识。"荒江钓叟：《月球殖民地小说·第一回》，《绣像小说》1904年第21期，第3页。标点为笔者所加，以下同。

2　原文如下："那女仙向玛苏亚先生说道：'玛苏亚，我念你一生守节，玉洁冰清，所以特赐你一个女儿；又为这女儿也是玉洁冰清，和你一样，所以又赐他一个儿子。'"荒江钓叟：《月球殖民地小说·第十六回》，《绣像小说》1904年第32期，第3页。

3　原文如下："飞到一个牌楼……天使翻译告我说道：'这是地球楼流公所，你的父亲派在那边管门。'……殿上坐着三个大人，天使指点道：'这中间一位是如来释迦，东边一位是孔氏仲尼，西边一位是美国总统华盛顿。'"荒江钓叟：《月球殖民地小说·第十三回》，《绣像小说》1904年第31期，第2页。

4　原文如下："单照这小小月球看起，已文明到这般田地，倘若过了几年，到我们地球上来开起殖民的地方，只怕这红黄黑白棕的五大种，另要遭一番的大劫了。"荒江钓叟：《月球殖民地小说·第三十二回》，《绣像小说》1905年第59期，第3页。

具有的高度文明的特征上，譬如先进的科学技术、丰富的天文学知识等。换言之，小说中存在着两种想象力的混合，作为传统的审美对象和神圣空间的月亮，与作为和地球一样的天体的月球并存于小说之中。月球人高于地球人的能力既表现为仙人对凡人命运的支配，亦表现为高级文明在科技、教育、军事等所有方面相较于低级文明的优越性。前者体现了天界之于人间的超越性，后者则体现了强者对弱者在力量上的碾压。

（二）《新野叟曝言》中的月球和木星

陆士谔的《新野叟曝言》于 1909 年由改良小说社刊行。正如书名显示的那样，这部作品是成书于清代乾隆年间的夏敬渠的长篇小说《野叟曝言》的续作和新编。作品的梗概如下。在文素臣的治国韬略之下，中国迎来了太平盛世，然而这却导致了人口的爆发性增长，以及食粮供应不足等问题。为了解决人口过剩的问题，以文素臣的孙辈文礽为首的十位青年才俊结成"拯庶会"，致力于国家建设，甚至还发明了被称为"飞舰"的宇宙飞船。凭借飞舰之力，文礽等人不仅征服了企图反叛中华帝国全球统治的欧洲人，还开始了壮大的宇宙移居计划。他们乘坐飞舰，到访了月球和木星，并将木星确定为殖民地，进而凭借先进的科学技术，开发了木星丰富的自然资源，在那里建立起一个美丽新世界。

小说虽然描绘了月球和木星两个星球，但在作者笔下，这两个星球的风景非常相似。例如，在小说的第十六回中，月世界的山是水晶山，树叶是祖母绿宝石[1]；同样，在第十七回中，木星的山是钻石山，树是翡翠树、祖母绿树[2]。如果把《月球殖民地小说》中对于月世界的描写

---

[1] 原文如下："那山上的石子都是晶莹辉发，宛若琉璃烧成的一般"，"那湖中的水也是银涛滚滚、光华艳艳……不是水是水银"，"山上树木都是参天合抱，伟大非凡"，"（树枝树叶）都是我国极宝贵的宝石，名叫祖马绿"。陆士谔：《新野叟曝言·下编》，上海：亚华书局，1928，第 48-52 页。

[2] 原文如下："遍地皆是黄金"，"一座高山精华辉发"，"（山石）即地球上最宝贵的金刚钻宝石也"，"黄金地上各种树木都是奇异万分，伟大富丽，有玉树、有祖马绿树、有珊瑚树"。陆士谔：《新野叟曝言·下编》，1928，第 59-60 页。

放在一起比较，就更能看出这种想象力的相似性。例如，在《月球殖民地小说》的第十三回中，月球被想象为一个"黄金为壁，白玉为阶"的世界。[1] 其实不止这两部作品，发表于 1905 年的《新法螺先生谭》对于外星球也采取了同样的描写方式。在这部小说中，法螺先生的灵魂遍历太阳系诸星，当他到达金星时，映入眼帘的也是由黄金、翡翠、钻石构成的风景。[2]

不过，尽管风景相似，《月球殖民地小说》和《新野叟曝言》中主人公投向外星球的视线却不尽相同。在《月球殖民地小说》中，月球人是远比地球人更为先进的存在，月世界丰饶的风景在继承了古代文学中神圣异境的传统意象的同时，又表征了先进文明丰富的物质生活。与此相反，在《新野叟曝言》中，当地的原住民类人猿根本不是地球人的对手，不可思议的外星风景作为等待开发的自然资料，撩拨着主人公的欲望。

也就是说，与《月球殖民地小说》中主人公在月球文明面前表现出的学习者的姿势不同，《新野叟曝言》中的文衳等人对月球和木星却摆出了权威者的姿态。这不仅让人想起在列强侵略迫在眉睫之时，中国人所直面的现实。

从这些关于天上世界的描写中，我们可以发现晚清科学小说中同时存在着两种想象力和宇宙观。其一是继承了古代神话和文学作品中有关天上世界的传统意象，将其想象为与人间迥异的神圣空间的宇宙观；其二是沿用文明与野蛮、殖民者与被殖民者的相关话语，基于对进化论的理解，将当时中国身处其中的现实状况投影至各天体与地球的关系的宇宙观。那么，这两种类型的想象力究竟是如何在晚清科学

1　原文如下："登时到得一个所在，真正是黄金为壁，白玉为阶，说不尽的堂皇富丽，就中所有的陈设，并那各样的花草，各种的奇禽异兽，都是地球上所没见过的"。荒江钓叟：《月球殖民地小说·第十三回》，《绣像小说》1904 年第 31 期，第 1-2 页。

2　原文如下："触余目者，灿烂满地，俯拾即是。黄者金，白者玉，碧者翡翠，红及黑者为珊瑚，圆而光者为珠，角而尖者为钻石"。东海觉我：《新法螺先生谭》，于润琦主编：《清末民初小说书系：科学卷》，北京：中国文联出版公司，1997，第 12 页。

小说中共存的？这与当时中国置身其中的现实世界（尤其是科学环境和国际形势）有着怎样的关系？从中可以看到近代中国想象力变革的哪些特征？以下本文将围绕这些问题进行更深入的考察。

三、从异世界到新世界：对于天上世界的想象力的变革

（一）异世界的崩解：从不连续到连续

事实上，晚清科学小说对于外星世界的想象，与自古以来的仙境想象在诸多方面有着共通点。参照有关神仙思想和游仙文学的先行研究[1]，本文将二者的类似点总结为表一。

表一　晚清科学小说的外星世界与古代仙境想象的类似点（下画线为笔者所加）

	晚清科学小说	古代仙境想象
神圣风景	"登时到得一个所在，真正是<u>黄金为壁，白玉为阶</u>，说不尽的堂皇富丽。"《月球殖民地小说》[2]	"<u>其上台观皆金玉，其上禽兽皆纯缟。珠玕之树皆丛生，华实皆有滋味，食之皆不老不死。</u>"《列子·汤问》[3]
与人境明确区分	"那湖中的水也是银涛滚滚，光华艳艳，<u>不与地球上潮流相同。</u>"《新野叟曝言》[4]	"瑞云奇花，白鹤异树，<u>尽非人间所睹。</u>"《太平广记·白乐天》[5]

1　这里主要参考的先行研究有：李丰楙：《仙境与游历：神仙世界的想象》，北京：中华书局，2010；高莉芬：《蓬莱神话——神山、海洋与洲岛的神圣叙事》，西安：陕西师范大学出版社有限公司，2013。
2　荒江钓叟：《月球殖民地小说·第十三回》，《绣像小说》1904 年第 31 期，第 1-2 页。
3　列子：『列子（下）』，小林胜人译，东京：岩波书店，1987 年，第 10 页。
4　陆士谔：《新野叟曝言·下编》，第 48 页。
5　李昉等编：《太平广记·卷第四十八·白乐天》，北京：人民文学出版社，1959，第 299 页。

续表

	晚清科学小说	古代仙境想象
半梦半醒间与“外星人/仙人”相遇	“（龙必大）上了山腰……脚力疲软，便枕了一块石头，<u>假寐了许多时刻</u>。正在睡得浓足，猛然被人撼醒，揉眼一看，恰恰遇着一位女孩。”《月球殖民地小说》[1]	“偶一日沿溪独行，忽得美荫。<u>因憩焉，神思昏然，不觉成寐。因为褐衣鹿帻之人梦中召去，随之远游</u>。”《太平广记·蔡少霞》[2]
跨越界线的仪式（食用仙果等）	“（龙必大）觉得胸中有些饥饿，攀那椰树上的果子，<u>喫了数枚，斗然精神健旺</u>。”《月球殖民地小说》[3]	“（坠者）随井而行，<u>井中物如青泥而香美，食之了不饥</u>。”《太平广记·嵩山叟》[4]
作为来自污秽世界的不洁之人的外来者	“里面陡然走出一个人，向天使说道：‘你是从什么肮脏世界，引了个<u>肮脏的人</u>，来到此间？’”《月球殖民地小说》[5]	工人入门阙后，一人惊出，曰：“汝胡为至此？”门中人疑其“<u>有昏浊气</u>”，敕令“<u>遣之</u>”。《太平广记·阴隐客》[6]

正如表一的下画线部分所显示的那样，晚清科学小说有关外星世界的描写，在修辞、情节等诸多方面，都继承了古人对于仙境的想象力。李丰楙曾指出，与日本常用的“仙乡”不同，在六朝以降，尤其是唐朝以降的游仙小说中，更频繁使用的是“仙境”一词。相比于“乡”，“境”除了有“场所”的意思，还包含了“区分”和“界线”的含义。因此，对于仙境的想象和呈现，通常以其与人世间的区别，亦即其作为“异世

1　荒江钓叟：《月球殖民地小说·第三十二回》，《绣像小说》1905 年第 59 期，第 2 页。
2　李昉等编：《太平广记·卷第五十五·蔡少霞》，北京：人民文学出版社，1959，第 340 页。
3　同注 1，第 2 页。
4　李昉等编：《太平广记·卷第十四·嵩山叟》，北京：人民文学出版社，1959，第 97 页。
5　荒江钓叟：《月球殖民地小说·第十三回》，《绣像小说》1904 年第 31 期，第 1 页。
6　李昉等编：《太平广记·卷第二十·阴隐客》，第 134 页。

界"的特征为中心展开。[1] 于是，正如表一所显示的那样，中国古代的仙境想象往往遵循着一套固定的叙事模式，在这套叙事模式中，天界与人界的异质性亦即不连续性被置于中心位置。

然而，这种注目于天界与人界之间异质性和不连续性的视线，与小说中显露出的另一重视线相矛盾。正如前文所述，《月球殖民地小说》中的月世界想象，是由相互矛盾的两个部分构成的。大体说来，在小说的前半部分，月球是作为仙境被描写的；在小说的后半部分，则是作为强国被描写的。小说进入后半部分，月球与地球的关系也发生了本质的变化。为了更清楚地说明这一点，我们可以看一下前后两个部分对于将地球与月球连接起来的媒介，亦即交通手段的描写。在小说的前半部分，主人公与作为"仙人"的月球人的相遇，是以"梦"为媒介实现的；而在小说的后半部分，主人公与作为"强者"的月球人的相遇，是以"气球"为媒介实现的。在前半部分，正如月宫女仙对于地球人命运的预言以及死去的地球人移居月球这种传统的登仙设定所显示的那样，由"梦"连接起来的月球和地球分别归属于异质的时空。然而，在后半部分，使得月球人对地球的访问成为可能的，则是克服了天体引力、高空缺氧、低温、强风等物理难题、作为科学技术集大成之作的气球。在由"气球"连接起来的月球和地球之间，并不存在横亘于仙境与人境、天和地之间的那条界线。也正因为如此，玉太郎才能够以月球人的气球为蓝本改良自己的气球。因为只有当宇宙被视为一个连续体，地球人和月球人才能遵循同一套自然法则。

用于宇宙航行的交通工具所象征的天与地的连续性，在《新野叟曝言》中有着更清晰的呈现。在《新野叟曝言》中，作者用以下的比喻形容主人公在飞舰中看到的宇宙风景："天空中各种星球宛如海中的群岛，大小不一。"[2] 这一比喻反映了宇宙观的巨大变化。包含地球

1　李丰楙：《仙境与游历：神仙世界的想象》，第 12 页。

2　陆士谔：《新野叟曝言·下编》，第 58 页。

在内的群星如群岛一般漂浮于宇宙之海，在这一想象中，天与地都内包于宇宙这一均质的连续体之中，而这正是近代西方天文系所描绘的宇宙秩序。罗伯特·斯科尔斯和埃里克·S·拉布金指出，牛顿万有引力法则的发现，使得"天上与地上的区别突然不复存在，天与地成为了由同一套法则所支配的、知识的探讨对象"，正是这种"一个均质的、连续的宇宙"的观念的出现，使得近代以降的科幻小说成为可能。[1]这样一来，作为仙境般异世界的天上世界，与在牛顿力学框架中解释为均质连续体的宇宙，这两种想象力在晚清科学小说中既共同存在，又相互冲突。

这种想象力的变化，在文本中也有着切实呈现。如前文所述，《新野叟曝言》所描绘的外星球，是堆满了金银财宝的神奇世界。然而，几乎在所有这些奇思妙想的描写之后，一定会跟上作者啰啰嗦嗦的说明。譬如，在提到月球上的树是由祖母绿宝石构成的之后，马上写到地球上也有由动物构成的珊瑚树，所以月球上存在着由矿物构成的树这件事并不奇怪。[2]又如，在写到木星上有钻石山之后，马上附上"金刚钻这东西是出在热带上的，此间地气炎热，宜其多也"这样的说明。[3]

尽管在风景的设定上很相似，但在古代的游仙文学中，很少能看到这种对于仙境风景之合理性的说明。由于神仙世界遵循着与人间常识完全不同的另一套逻辑，因此仙境风景种种无法解释的、不可思议的特征恰恰是其与人境之异质性和不连续性的证明。与之相对，在晚清科学小说中，却必须对外星世界仙境般的风景加以合乎科学和理性的说明。这种写法上的变化恰恰佐证了晚清科学小说中"从不连续到连续"的宇宙观的变化。用科学话语将奇想合理化这一行为，与近代

1　［ロバート・スコールズ、エリック・ラブキン：『SF——その歴史とヴィジョン』，伊藤典夫、浅倉久志、山高昭译，株式会社テイビーエス・ブリタニカ，1980，第209页。

2　陆士谔：《新野叟曝言·下编》，第51-52页。

3　同上，第60页。

科幻小说对科学精神之普遍有效性的主张是一致的。正如苏文所说，"如果说新奇性（Novum）是科幻小说的必要条件的话，诉诸遵循了科学方法论——并且读者也不得不遵循——的认识（Cognition），为新奇性提供佐证，就是科幻小说的充分条件"。[1]换言之，不管外星球离地球有多么远，有着怎样不可思议的风景，作为宇宙中的天体，都与地球受同一套自然法则支配。

因此可以说，晚清科学小说作者在描绘外星世界时，一方面继承了古代仙境的叙事模式，另一方面却与这种模式背后的、将天上世界视为与地上世界不相连续的异世界的宇宙观拉开了距离，甚至在一定程度上对其加以拒绝。在更深的层次上支撑故事发展的，其实是将宇宙作为均质连续的整体加以把握的近代天文学宇宙观。这种从不连续到连续的宇宙观的变化，在促进了晚清科学小说中作为传统异世界的天上世界的崩解的同时，也促进了晚清科学小说中作为近代新世界的外星世界的诞生。

（二）新世界的性质："强"与"弱"二元对立关系的再生产

对近代宇宙观的接受，将晚清科学小说与另一种文学传统连接起来。这一文学传统以探寻未知之地为目标，饱含探险精神和殖民理想，从大航海时代的冒险小说一直延续到 20 世纪的太空歌剧。[2]在这一文学传统中，宇宙被描绘为充满可能性的未知之地，是一种"新世界"（Frontier）

---

1 **ダルコ・スーヴィン**：『SF の変容——ある文学ジャンルの詩学と歴史』，大橋洋一译，东京：国文社，1991，第 42 页、118 页。

2 关于这一文学传统的历史，以及近代科幻小说这一文学类型的出现与这一传统之间的关系，可参照 John Rieder, *Colonialism and the Emergence of Science Fiction*, Wesleyan University Press. 2008; Istvan Csicsery-Ronay, Jr. "Science Fiction and Empire，" *Science Fiction Studies* 30.2 (2003): 231-245 等.

式的存在。[1] 以下，我们将晚清科学小说中从异世界到新世界的想象力变化的具体图景整理为表二。

表二　晚清科学小说中"从异世界到新世界"的想象力变化

	异世界	新世界	
天和地的关系	异质＝不连续	同质＝连续	
文学传统	古代游仙文学	大航海时代冒险小说、近代科幻小说	
表象	仙境式的神圣空间	先进文明	蛮荒之地
对待外星的姿势	参拜者	学习者、被殖民者	权威者、殖民者
对待外星的感情	崇拜	恐惧、不安	冒险心、征服欲

从表二不难看出，与有着内在统一性的作为异世界的天上世界不同，作为新世界的外星世界分裂出"先进"和"落后"两种可能性。譬如《月球殖民地小说》中比地球强大的月世界，和《新野叟曝言》中比地球弱小的木星等。也就是说，在近代以降的新世界式的想象力中，对于未知世界的判断并不像基督教传统中永恒的月上世界，或是中国古代作为神圣空间的天界、仙境那样基于绝对的理念和基准，而是完全基于相对的比较。"强"与"弱"也好，殖民者与被殖民者也好，都是基于双方的力量关系而作出的相对的判断。最能清晰体现这种相对主义的思考方式的，就是《月球殖民地小说》中玉太郎的内心独白（下画线为笔者所加）：

　　"当初我们日本牢守着蜻蜓洲一带的岛屿，南望琉球，北望
　　新罗、百济，自以为天下雄国。到得后来遇到大唐交通，学那大

1　体现这一宇宙观的代表性作品有 1887 年出版的《Man Abroad》。在这部作品中，美国先是征服了全世界，进而将势力延伸至月球、金星、火星、木星、土星及其他小行星，完成了对整个太阳系的殖民。David Seed 指出，这部小说开创了这样一种崭新的想象力，即以国家和殖民地的形式想象天体，将地球上的领土纷争转移到太阳系；这种想象力是帝国主义冒险心和征服欲的反映，宇宙冒险是现实世界中"探险和殖民地征服的神话形式"。考虑到《新野叟曝言》等作品的内容，可知这种想象力的影响范围绝不仅仅局限于欧美。Anonymous. *Man Abroad*, Andrews UK Limited, 2012; David Seed, *Science Fiction: A Very Short Introduction*, Oxford University Press, 2011, p.12.

唐的文章制度，很觉得衣冠人物突过从前。不料<u>近世又遇着泰西</u><u>各国</u>，亏得我明治天皇振兴百事，我通国的国民一个个都奋勇争先，才弄到个南服台湾，北宾韩国，占了地球上强国的步位。但这个强国的步位，算来也靠不住的。单照这小小月球看起，已文明到这般田地，倘若过了几年，到我们地球上开起殖民的地方，只怕这红黄黑白棕的五大种，另要遭一番的大劫了。月球尚且这样，若是金木水火土的五星，和那些天王星、海王星，到处都有人物，到处的文明种类，强似我们千倍万倍，甚至加到无算的倍数，渐渐的又和我们交通，这便怎处。"[1]

这里最重要的，是一次次新的比较对象的出现。遇到西方，中国的制度就不再优越；遇到月球人，西方的优越性也不复存在。同样地，将来如果再遇到更加高等文明的星球，月球怕也难再称强者。一个国家或星球是强者还是弱者，完全取决于与其进行比较的对象。《月球殖民地小说》的这种世界观，可以总结为图一。

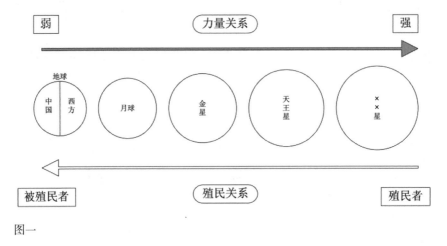

图一

1　荒江钓叟：《月球殖民地小说·第三十二回》，第3-4页。

正如这幅图显示的那样，地球上的各国乃至宇宙中的诸星之间构成了一条"强""弱"关系的连锁，并且在这一基础上构成了殖民者与被殖民者的权力关系。

那檀蔼孙在《月球殖民地小说》的这种世界观中看到了一种同心圆结构，也就是说，殖民者与被殖民者之间的权力关系如同心圆般以各种规模在各种层次上反复出现。在这种同心圆结构中，低一级关系中位于中心的强者，到了高一级的关系中就变成了位于边缘的弱者。并且，决定"什么是文明"的基准，通常由位于关系的中心的强者来定义。例如，在中国与日本的关系中，文明的基准由日本来定义；同样，在日本与月球的关系中，文明的基准则由月球来定义。[1]

然而，关于这一同心圆结构的问题，那檀蔼孙没有做进一步的展开，就将讨论的重点转移到《月球殖民地小说》与五四文学的关系这一文学史问题上了。也就是说，使得这种同心圆结构在不同层次和规模上反复展开的根本性的原动力是什么？其背后隐藏着怎样的宇宙观和世界观的转换？这些重要的问题尚未被触及。的确，正如那檀蔼孙所说，在一个圆的内部，文明的基准常常由强者来定义；然而在笔者看来，不断重复的同心圆构造作为一个整体也说明了另一个事实，即强者的基准常常为更强者的基准所取代，这反倒说明"基准"本身不再成为可能。也就是说，对事物性质的判断，不再是根据作为基准的绝对真理作出的，而是根据特定关系中的"比较"和"竞争"作出的。正是这种"比较"和"竞争"的逻辑，构成了同心圆反复出现和不断生成的原动力。因为只要有新的比较对象的存在，新的权力关系的圆环就会无休无止地生产出来。

基准的不可能性，亦即绝对基准为力量的比较和竞争所取代这一世界观的转换，并不仅仅体现在《月球殖民地小说》中。以下，我们将通过对《新野叟曝言》的分析，对这一问题作进一步的考察。

1　Nathaniel Isaacson, "Science Fiction for the Nation: Tales of the Moon Colony and the Birth of Modern Chinese Fiction," *Science Fiction Studies* 40.1 (2013): 33-54.

在《新野叟曝言》的前半部分中，中华帝国的儒家统治受到了正在崛起的西方国家的威胁，一部分士大夫因此向皇帝进言，建议吸纳西方的政治体制和科学技术。皇帝向朝廷元老文家咨询意见，针对这件事，文礽与长辈文鹤有着如下对话。

> "文鹤道：'吾闻用夏变夷者，未闻变于夷者也。我意当驳斥不准，但圣上颇有嘉许之意。是以迟疑未决。'文礽道：'拟驳是也。然小子意思，不因他是夷法而驳斥，实因他无甚功效，即学得与他们一样，也未必见得定可以胜人。凡各种艺术，是历进无穷的。我见人家造轮船，忙赶着学习，等到吾学习成功，人家已经又想出别的东西来了。那时候我刚刚学会的东西，岂不又成了废物么？……如今只要叫皇上赶紧拨出款子来，等小子造成了飞舰、纸炮、棉花火药各件于航行星球之便，只消略费一二日功夫，便可把欧洲征服。'"[1]

文鹤与文礽观念的分歧，恰恰在于对于"基准是否存在"这件事的认识的不同。在文鹤的"夷夏之辨"中，"夏"（中华）与"夷"（蛮族）之间存在着本质的差异，因此"夏"永恒地构成了文明的基准。即使"夷"在力量上强过"夏"，"夏"仍然是基准。然而，在文礽的回答中，中国与西洋之间没有本质的差异，只有程度的差异。也就是说，在这里起作用的，并不是什么绝对的理念和基准，而是"哪一方更先进"这种比较和竞争的逻辑。在这种逻辑下，最终哪一方获得主导地位，不过是力量竞争的偶然结果而已。

因此，尽管《新野叟曝言》的作者依然梦想着"天朝上国"，但其背后的逻辑结构已经发生了很大的变化。原因在于，这部小说中所描写的中国的强者地位，只不过是一种偶然的结果。在飞舰建成之前，

---

1 陆士谔：《新野叟曝言·上编》，第85-86页。

西方赶超了中国，成为了强者；飞舰建成之后，强者和弱者的关系逆转，中国成为了强者。在故事的最后，为了支援解决地球上的饥荒而从木星派回地球的飞舰舰队，途中与彗星相撞，全军覆没，而飞舰上搭载的一艘小飞艇却落在了欧洲土地上。正是由于学习了这艘小飞艇的技术，今天的欧洲在技术上又领先于中国了。作为一种象征科学先进性的装置（Gadget），飞舰及搭载于其上的飞艇规定了强者与弱者的身份。

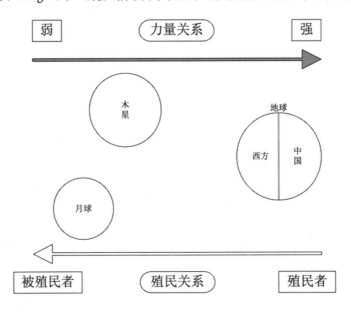

图二

《新野叟曝言》描绘的宇宙结构可以总结为图二。其中，中国、西方、木星的位置不是绝对的、永久的、必然的，而是基于持续不断的比较和竞争的相对的、一时的、偶然的结果。因此，图二实际上和图一共有着相同的逻辑结构。用图的形式来表现的话，可以总结为图三。

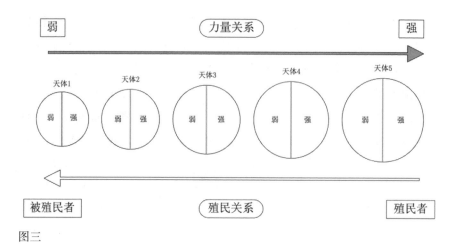

图三

也就是说，在这两部作品中，与宇宙相关的想象，正是对基于比较而形成的"强"与"弱"的二元对立关系的再生产。想象外星，与其说是想象与地球不同的世界，倒不如说是在宇宙的范围内想象新的可供比较的对象。而在这个过程中，现实世界的权力关系在文本世界中不断地重写与改写。

不止这两部作品，晚清科学小说中普遍存在着这样一种倾向，即在想象外星和异域时，作者们对强弱关系之外的东西普遍不感兴趣。比起新奇的异世界，在不同次元反复出现的同一力量关系显然更能激发他们的创作欲。例如，徐念慈从《法螺先生》和《续法螺先生》的中国译本中获得灵感，创作了《新法螺先生谭》这部作品。在《续法螺先生》的中国译本《续法螺先生谭》中，有很多关于月球人的不可思议的外貌的描写。[1] 与此不同，在徐念慈的续篇里，对外星人的兴趣基本上都集中在他们先进的科学技术（如水星人的"造人术"）及其中暗含的政治可

1　18世纪出版的德国小说《吹牛男爵的冒险》，由严谷小波译成日语，分《法螺先生》和《续法螺先生》两部在日本出版。之后，中国作家、报人、翻译家包天笑（天笑生）以严谷小波的日语译本为底本，以《法螺先生谭》和《续法螺先生谭》为题翻译为中文。徐念慈在中文译本中获得灵感，创作了《新法螺先生谭》这一续作。天笑生译：《续法螺先生谭》，于润琦主编：《清末民初小说书系·科学卷》，北京：中国文联出版公司，1997，第31-33页。在作为中文译本底本的日语版《续法螺先生》中，还附有很多描绘月球人不可思议外貌的插图。严谷小波编：『世界お伽噺：合本·第2集·第15编』，东京：博文馆，1908，第622页。

能性（将"老大帝国"转变为"少年中国"）上。[1]科学技术和政治体制，正是晚清知识分子强国构想中最重要的要素。

因此，在晚清科学小说描绘的天上世界之间，存在着非常强的同质性。"强"与"弱"、文明与野蛮、殖民者与被殖民者的关系在各种层次上反复生成。从现实世界的权力关系中抽出的这种关系，被纯化为客观的、绝对的科学法则，型塑了当时的人们的想象力。

然而，作为地球上殖民主义受害者的晚清中国，为什么还要想象一个弱肉强食的天上世界呢？如果说将外星球想象为殖民地，可能与西方作品的影响以及对殖民者这一身份的憧憬有关，那么，现实世界中明明已经有很多比自己强大的国家，为什么还要另行想象一个天上的强者呢？

在对《月球殖民地小说》的分析中，贾立元留意到了龙孟华的病，并指出在龙孟华去月球游学之后，同样的病出现在了玉太郎身上。[2]不过，对于这一极具象征性的病人的交替，尤其是作为新的他者的月球人在这一交替中扮演的角色，贾立元却没有展开更多的分析。在这里必须追问的是，为什么更强的强者登场之后，原本是弱者的一方病好了，而原本是强者的一方却病了呢？

在笔者看来，这种病人的交替暗示了作者在宇宙规模上想象更强的强者的动机。众所周知，在近代中国，"病人"是社会最重要的隐喻之一。正如龙孟华的病象征了中国社会的黑暗面，玉太郎的病暗示了在更先进的月球人出现之后，原本属于先进国行列的日本必须直面的某种危机。

对于作品中的这种逻辑或许可以做这样的理解，即对宇宙中更强的强者的想象，在以下两种意义上缓和了近代中国被殖民经验的创伤，并为中国走出困境提供了新的可能性。

1　东海觉我：《新法螺先生谭》，于润琦主编：《清末民初小说书系·科学卷》，北京：中国文联出版公司，1997，第11-12页。

2　贾立元：《晚清科幻小说中的殖民叙事——以〈月球殖民地小说〉为例》，第123-124页。

首先，通过想象更强的强者，现实世界中的强者原本看上去坚不可摧的地位被相对化了，并开始动摇。也就是说，宇宙中更强的天体的出现所造成的地球的去中心化，缓和了地球上西方的出现所造成的中国的去中心化带来的挫败感。

其次，尽管没有写完，从小说中的种种伏笔来看，题目中的"月球殖民地"应该不是说月球成了地球的殖民地，而是地球成了月球的殖民地。[1]"龙必大"与月球人"凤鬐"的名字，重复了其父亲龙孟华的"龙"与母亲凤氏的"凤"的组合，暗示了中国与月球的联姻与合作。当玉太郎因为月球人的出现而病倒的时候，凤氏正在欢天喜地地筹划龙必大与凤鬐的婚姻。[2]因此，这一设定暗示了看似无可救药的中国可能从外部获得的新的可能性。

结语

通过对《月球殖民地小说》《新野叟曝言》《新法螺先生谭》等作品描绘的天上世界的分析，我们可以看到晚清科学小说中促成了作为传统异世界的天上世界的崩解与作为近代的新世界的外星世界的成立的"从不连续到连续"的宇宙观的变化。继而，通过进一步考察作品中作为新世界的外星世界的性质，我们可以看到在当时关于宇宙的想象力中，存在着"强"与"弱"二元对立关系的重复再生产这样一种逻辑结构。也就是说，晚清科学小说所显示的，不是对于某种"实体性"的东西，亦即"对象是什么样的"这一问题的想象，而是对于能够给主体位置带来巨大变化的"关系性"的想象。因此，在想象外星文明时，比起不同

---

1 贾立元和那檀蔼孙也作出了同样的推测。贾立元：《晚清科幻小说中的殖民叙事——以〈月球殖民地小说〉为例》，第124页。Nathaniel Isaacson, "Science Fiction for the Nation: Tales of the Moon Colony and the Birth of Modern Chinese Fiction," p. 46.

2 荒江钓叟：《月球殖民地小说·第三十二回》，第3页。

文明形形色色的特征，作者的关心更多地集中在文明之间的力量关系，以及这种力量关系带来的能动的和被动的结果。

为了进一步阐明这种想象力的"关系性"的性质，本文最后想聚焦于一幅图。图四是《月球殖民地小说》中的一幅插图，描绘的是主人公龙孟华与妻子凤氏一起游学月球的场景。[1]

图四

高悬着"广寒宫"牌匾的宫殿显然继承了传统的月宫想象，但是，当我们将目光移向宫殿内部，就会发现广寒宫的居民们都穿着西式的服装。也就是说，对于月球这一先进的文明世界的想象，是以西方这一地

1　荒江钓叟：《月球殖民地小说·第三十三回》，《绣像小说》1905 年第 60 期，回首绣像。

球上先进文明的代表为模板进行的。

更重要的是，站在建筑物外侧的龙孟华夫妇穿着中国的服装，龙孟华甚至还拖着长辫子。在小说的第十回中，龙孟华已经减去了象征国耻的辫子，脱下了传统服装，改穿西洋服装了。[1]同样，凤氏也常年生活在美国，服装举止也都全部西洋化了。不仅如此，在小说其他插图中，夫妇二人全都是穿西式服装的。因此，这幅图中月球人的西式服装，与龙孟华夫妇的中式服装，比起各自固有的属性，更是为凸显二者之间的关系而存在的。

月球人与地球人的关系，是强者与弱者的关系。当虚构作品中的强者（即月球人）被表征为现实世界中的强者（即西方）时，虚构作品中的弱者（即龙孟华夫妇）就应该被表征为现实世界中的弱者（即中国）。强者或弱者本身并不存在什么本质性的基准，重要的是"强"与"弱"之间的相互关系。在这个意义上，这幅插图将晚清科学小说对于天上世界的想象清晰地图像化了。广寒宫象征的异世界所代表的传统想象与审美习惯，与把宇宙视为新世界的想象力同时存在。这一新世界式的想象力的实质，则是基于现实世界权力关系的"强"与"弱"二元对立关系的重复再生产。而这幅既卷入了这种相对的关系性，又在月宫上画上"广寒宫"匾额的插图，正是晚清科学小说所呈现的处于过渡期的想象力变化的真实写照。

原载《现代中国》第 94 号，2020 年 9 月

1　荒江钓叟：《月球殖民地小说·第十回》，《绣像小说》1904 年第 28 期，第 3 页。

"过去"与"未来"

存目

制造"未来"：论历史转折中的《小灵通漫游未来》

李　静

　　著名作家叶永烈创作的《小灵通漫游未来》是"文革"结束后第一部正式出版的科幻小说，1978 年 8 月由少年儿童出版社出版后，在中国大陆风行一时。据叶永烈统计，"不光是上海的少年儿童出版社大量印制，许多省的少年儿童出版社也纷纷租型印刷，使这本书一下子印了 150 万册，成了当时的畅销书。这本书还被改编成三种版本的《小灵通漫游未来》连环画，连环画的总印数也达到 150 万册。所以，《小灵通漫游未来》的总印数，达到了 300 万册。"[1] 这部仅有 7 万字的小书之所以如此畅销，"都是因为这本科幻小说'全景式地展示了 21 世纪的科技场景'（叶永烈语）。之所以称'全景式'，是因为《小灵通漫游未来》涉及到了航天、航海、医疗、气象、农艺、建筑、交通、通讯、电子、微生物甚至机器人等诸多领域"[2]。这种全景式

1　叶永烈：《写在〈小灵通漫游未来〉之后》，《新闻出版交流》2003 年第 4 期。

2　李宁：《难忘"小灵通"——写在〈小灵通漫游未来〉出版 25 周年之际》，《科学时报》2003 年 7 月 10 日。

的呈现也被后来的研究者形象地称为未来世界的"清明上河图"[1]。
而对当时的读者来说，这幅"清明上河图"越是全面细致，它所叙述
的"未来"世界便越是可感、可知、触手可及，越是与每个中国人在
"百废待兴"之际的生活诉求息息相关。在逐渐走出"伤痕"时代，
准备建设"新时期"的历史情境中，如此美好真切的"未来"叙述也
就自然令人神往。现任《科幻世界》副总编的姚海军曾回忆自己对此
书"不能自拔"的感情：

> 那个年代，可能每个人都对未来充满了幻想。这本书里五光
> 十色的未来让我们很憧憬，从我的角度来讲，我就希望快点长大
> 创造和见证这样的世界。[2]

这段回忆很有代表性。"文革"结束初期，"过去"被叙述为"蹉
跎岁月"，"未来"自然成为了"解药"、出口和希望。姚海军所说的"五
光十色的未来"，指的便是书中的记

者小灵通在未来市体验到的高科技生
活。小灵通在梦境中登上了去往未来
市的气垫船，并在未来市市民——同
时也是他的同龄人小虎子和小燕——
的带领下畅游该市，全面体验了吃、
穿、住、行、用等各方面的高科技成
果，最后乘坐火箭离开了未来市，写
下了这篇"游记"。《小灵通漫游未
来》的畅销，反映出了时人对于科技
必将创造美好生活的坚定信仰。美好

1　《〈小灵通漫游未来〉：它是未来世界的"清明上河图"》，南方都市报编著：《变迁——中国改革开
放三十年文化生态备忘录》，广州：广东教育出版社，2008，第148-157页。

2　侯大伟、杨枫主编：《追梦人：四川科幻口述史》，成都：四川人民出版社，2017，第344页。

的未来，也召唤出了他们面对现实的勇气和动力。

以上关于《小灵通漫游未来》一书畅销的惯常解释，的确不无道理。可以说，正是对于"未来"的细致勾画构成了本书最强劲的吸引力。在此基础上，叶永烈又相继创作了《小灵通再游未来》（写作于1984年，少年儿童出版社1986年出版）和《小灵通三游未来》（少年儿童出版社2000年出版）两部续作。前者创作于新技术革命浪潮兴起之时，后者则诞生于世纪之交，而这两个时段里的人们对于"未来"同样充满好奇，各式各样的"未来"想象乃至未来学研究在全球范围内煊赫不已，这两本续作也都及时地提供了具体化的"未来"图景。可是，它们的影响力却远不及《小灵通漫游未来》，再无轰动效应可言。这便不由引人省思：究竟是读者见异思迁，还是在两部续作中延续的与《小灵通漫游未来》相仿的想象模式出了问题？而《小灵通漫游未来》之所以能够畅销，并成为一代人的记忆，其"未来"叙述与时代语境之间到底发生了怎样的契合关系？书中那些令人痴迷的"未来"图景是如何被构造出来的，它们又具有哪些特质？

一、"未来"从何处来？

1978年出版的《小灵通漫游未来》的创作时间其实要早得多。1977年10月，上海少年儿童出版社曾经邀请叶永烈给小学生上过一堂名为"展望2000年"的科学知识课。此后，他便不断收到以2000年为主题的讲座邀约，因为当时的中国人都对2000年表现出了强烈的兴趣。叶永烈曾专门记录了当时一位普通教师的看法：

叶永烈

　　这是因为大家都知道祖国的未来是美好的，但很想具体地知道未来是怎样美好。孩子们是未来的建设者，他们就更加强烈地向往未来，关心未来。[1]

　　在此背景下，叶永烈又收到了少年儿童出版社关于《在庆祝国庆五十周年的时候》的约稿。这促使他回忆起 1961 年写下的科幻作品《小灵通的奇遇》，而这本旧作正是《小灵通漫游未来》的雏形：

　　　　在粉碎"四人帮"之后，感谢科学春天的到来，这颗被遗弃多年的种子终于萌发了。我把那发黄的书稿送到少年儿童出版社，立即得到领导和责任编辑沙孝惠的热情肯定。他们建议把书名改为《小灵通漫游未来》，压缩头、尾，并提出许多宝贵的修改意见。于是，我重新写了一稿。责任编辑沙孝惠认真编辑，画家杜建国画出了生动活泼的插图，画家简毅设计了精美的封面。在少年儿童出版社的大力帮助下，这本书只花了三个月的时间就印好，与广大小读者见面了，算是部分回答了他们关于"未来什么样"的问题。[2]

　　从"奇遇"到"未来"的标题改动，使得此书摆脱了"儿童文学"的限定，其读者群也从少年儿童扩展到各个年龄段的人群，而且以显豁的方式突出"未来"这一关键词的做法还更加契合了"未来什么样"的时代核心议题。少年儿童出版社的高度重视与快速行动，也显示出了当时回答这一议题的迫切感。《小灵通漫游未来》的出现，可谓正当其时。

　　但如若继续追溯，便会发现《小灵通的奇遇》的底本乃是叶永烈

1　叶永烈：《〈小灵通漫游未来〉创作历程》，《小灵通漫游未来》，武汉：湖北少年儿童出版社，2006，第 357 页。着重号为笔者所加。

2　叶永烈：《〈小灵通漫游未来〉创作历程》，第 360 页。

1959 年写作的科普书摘《科学珍闻三百条》。《科学珍闻三百条》在 1959 年虽遭退稿，却为叶永烈写作《小灵通的奇遇》打下了坚实的基础。叶永烈正是在 1959 年收集的科技新成就与新动态的基础上，将科技成果的"清单"改造成为一个前后连贯的故事的：

> 我通过一位眼明耳灵、消息灵通的小记者——小灵通，到未来市进行一番漫游，报道种种未来的新科学、新技术。这样一来，抓住了一根贯串线，把那些一条条孤立的科学珍闻，像一粒粒珍珠用一根线串了起来。另外，在讲每条科学珍闻时，不是直接讲如何如何，而是通过形象化的幻想故事来写。1961 年秋，我写出了《小灵通的奇遇》一书。[1]

从中可见，《小灵通的奇遇》赋予了 1959 年撰写的科技"清单"内在的有机性和形象性，将抽象的高科技成果的介绍转化成为一种可感的、贴近普通人日常经验的未来生活方式的展示。《小灵通漫游未来》中的未来想象很大程度上建立在 1959 年总结的科技成果上，只不过时变势易，"旧事"被灌入了新的能量。

值得一提的是，就在《科学珍闻三百条》被退稿的同年，少年儿童出版社出版了《科学家谈 21 世纪》一书。如果将《小灵通漫游未来》（1978）、《小灵通的奇遇》（1961）与《科学家谈 21 世纪》（1959）进行对比，便会发现它们对未来的具体想象极为相似，都偏重于展现无线电、原子能与电子科学等新兴领域的高科技成果，也都是从衣、食、住、行、用等日常生活的方方面面来展开叙述的。"未来"的世界，几乎就等同于高科技的世界。但不应忽略的是，即使运用同样的科技成果来"制造"未来想象，在不同的时代氛围中，也会形成不同的现实期待与未来愿景。具体来说，在 1959 年的历史语境中，作为"专"的科学

1　叶永烈：《〈小灵通漫游未来〉创作历程》，第 359 页。

技术是第二位的，而政治上的"红"才是第一位的。也就是说，只有社会主义的政治规划和共产主义的远景，才能够提供一种不同于资本主义的总体性的未来想象，而具体门类的科学技术不过是达致这个"未来"的工具。前者是"大道"，后者是"小技"。因此不足为奇的便是，翻开《科学家谈 21 世纪》，首先看到的是统领全书的"大纲大法"——时任中国科学院院长郭沫若的题辞：

> 无论做任何事业，都必须有科学的精神和革命的热情相结合。
>
> 科学的精神就是实事求是，要根据事实，根据实践，求得客观事物的发展规律；掌握了这些规律之后，从而改造客观事物，促进自然和社会的发展。
>
> 少年时分养成这种精神是十分必要的。我们要学会作周密的观察、仔细的分析，但也要学会大胆的推想、扼要的综合，从而发挥我们的积极性和创造性。
>
> 我们既要刻苦学习，也要敢想、敢说、敢做。我们要做实事求是的左派，也就是革命的科学家或科学的革命家。又红又专，红透专深。
>
> 少年时分的可塑性很大，学习任何东西都比较容易，而且可以终生不忘。
>
> 生在毛泽东时代的少年们是幸福的，廿一世纪属于你们。你们是未来世界的主人翁，祝你们进一步征服自然，在向地球开战和向宇宙开战中，获得辉煌的胜利。
>
> 郭沫若
>
> 一九五九年八月卅一日 [1]

郭沫若的题辞呈现出一种微妙的"平衡"，强调既要遵循客观规

---

[1] 郭沫若：《题辞》，李四光、华罗庚等：《科学家谈 21 世纪》，上海：少年儿童出版社，1959。着重号为笔者所加。

律，又要发挥人的积极性和创造性。他将这种状态指称为"革命的科学家或科学的革命家。又红又专，红透专深"。不过，在当时题辞的最终落脚点是突出人的主观能动性，结尾处的"向地球开战"和"向宇宙开战"便表现出了面对自然规律时的高昂自信。相较之下，写作《小灵通的奇遇》的1961年，历史情势已经发生变化。经过三年困难时期，国民经济进入了调整阶段，此时对于科学技术与客观经济规律的重视程度有所加强。[1]换句话说，在"红"与"专"的动态关系中，"专"的重要性得到增强。与《科学家谈21世纪》相比，《小灵通的奇遇》以及此后的《小灵通漫游未来》里不再有题辞这类"大纲大法"，也不再有方向性的"表态"，而是将全部笔力用来呈现美好的高科技世界。而这恰好与"文革"后"专"逐渐压倒"红"的意识形态诉求相契合，该书的畅销也就在情理之中了。

不过，虽然《科学家谈21世纪》有着"又红又专"的"大纲大法"，但在具体地展望21世纪时，依然是从科学技术与生产力的维度上展开的，所以当该书1979年由少年儿童出版社重印后，同样也切合了"未来怎么样"的时代议题，成为了一代人的科学启蒙读物。《小灵通漫游未来》与《科学家谈21世纪》在"文革"后大放异彩，彰显出了科学技术在未来想象中扮演的核心角色。

从1959年的《科学珍闻三百条》到1961年的《小灵通的奇遇》，再到1978年的《小灵通漫游未来》，这一文本序列清晰地表明了《小灵通漫游未来》与"十七年"时期科幻作品的连续性，该作在具体的创

---

[1] 毛泽东在《经济建设是科学，要老老实实学习（一九五九年六月十一日）》一文中指出，从1958年8月起，中共才开始真正认真进行经济建设，主要的目标是向地球开战，改造自然界（毛泽东：《毛泽东文集》第8卷，北京：人民出版社，1993，第72页）。1959年的毛泽东虽然也认可经济建设的客观规律，但实际上更加肯定掌握客观规律后所发挥出的主观能动性。而等到发表《在扩大的中央工作会议上的讲话（一九六二年一月三十日）》时，情况就有了明显变化。毛泽东指出："对于建设社会主义的规律的认识，必须有一个过程。必须从实践出发，从没有经验到有经验，从有较少的经验，到有较多的经验，从建设社会主义这个未被认识的必然王国，到逐步地克服盲目性、认识客观规律、从而获得自由，在认识上出现一个飞跃，到达自由王国。"（毛泽东：《毛泽东文集》第8卷，北京：人民出版社，1993，第300页）在这篇讲话中，毛泽东还坦承自己在生产关系方面的知识较多，在生产力方面的知识较少。1960年代初，毛泽东曾倡导技术革命，不过在1960年代中后期又将主要精力转向了"文化革命"。

作手法上也对"十七年"时期的同类作品多有借鉴。[1]

因此，《小灵通漫游未来》中的未来叙述不是"文革"后"从天而降"的新鲜事物，反倒更像是历史仓库中的"存货"。这一携带着"十七年"科幻基因的"时代宠儿"，既延续了既往的创作模式，又开辟了摆脱历史负担的崭新的想象空间。由此可见，"未来"不只是一个线性的时间概念，同时也是一个历史概念和政治概念。对于《小灵通漫游未来》中的"未来"的理解，便不能离开对于时代语境的体察、对于其间秉持的意识形态话语的分析以及对于"未来"想象背后的整体性的历史-政治视野的考辨。

在20世纪中国，"未来"是最振奋人心的话题之一，无时无刻不在牵引着现实进路的选择。伴随着新中国的成立和社会主义建设的展开，"未来"成为社会主义自我证成的关键环节，而社会主义文艺正肩负着提供未来想象的重要使命。故而，对比社会主义发展历程中不同阶段的"未来"书写也就别具意义。接下来，本文将从《小灵通漫游未来》推展开去，选取共和国三次想象未来的高潮作为讨论对象，具体结合《共产主义畅想曲》（1958）、《十三陵水库畅想曲》（1958）、《小灵通漫游未来》（1978）、《小灵通再游未来》（1986）与《小灵通三游未来》（2000）等文本进行分析。勾勒这一文本序列，旨在通过不同时期的文本之间的差异性与连续性的辩证，考察《小灵通漫游未来》中的"未来"是被怎样构造出来的，又具有哪些特质。而从《小灵通漫游未来》这一颇具标本意义的文本深挖下去，可以勘测出不同时期的发展观、未来观与科技观的承接转捩，进而更好地理解"文革"后的历史转折的展开逻辑，并反思其中的经验与不足。

1　比如，迟叔昌的《旅行在1979年的海陆空》（1957）里的现代交通工具、郭以实的《科学世界旅行记》（1958）中的新兴都市"太阳城"等元素，都在《小灵通漫游未来》中有所呈现。而用梦境来表现未来技术，也是"十七年"科幻作品中常见的文本形式。

二、物质还是精神: "未来"怎样书写?

《科学文艺》1981 年第 1 期上载有萧建亨的《试论我国科学幻想小说的发展——兼谈我国科学幻想小说的一些争论》一文, 文中这样评论"十七年"科幻小说中书写的"未来":

> 五十年代到六十年代初, 我们对科学幻想小说的要求是: 要为工农业服务, 要落实到生产上去。后来狂热的共产风又把这种实用主义的"谨慎"刮得一干二净。于是有的科学幻想小说中的未来, 就变成了喝牛奶、吃巧克力、按电钮, 衣来伸手、饭来张口的庸俗的"乌托邦"。在这种社会里, 由于人人都成了安琪儿, 一切矛盾都已解决, 幻想当然都变成了一种庸俗的呓语, 失去了它那怀疑主义的光芒和色彩。社会既不再有冲突, 大自然的改造, 就象是在刀刃下的豆腐一样。这样的科学幻想小说当然也成了一种无冲突论的样板……这样的幻想, 当然是和生活、和科学都是脱离了十万八千里的, 也根本谈不上什么启发性。实践终于证明: 过分功利主义只能扼杀创造性的思想, 产生一些平庸的没有生命力的科幻作品。[1]

萧建亨的总结十分到位, 在这样庸俗的乌托邦里, 没有矛盾和冲突, 抵达了一个完全静止的、尽善尽美的终点。于是, 幻想的空间随之丧失, "怀疑主义的光芒和色彩"也不复存在。无独有偶, 不仅在科幻小说创作中, 甚至在现实政治规划中, 也贯彻了类似的未来观。1958 年 7 月 25 日, 在新华社上海分社召开的知识分子座谈会上, 时任中共上海局委员陈丕显与新华社国内部主任穆青便对完全实现四个现代化以后的上海做了如下规划:

---

[1] 着重号为笔者所加。

1.吃的方面，凡是重要的路口，原来设立饭店、点心店、茶水点的地方，早上自动有人把客饭烧好，米饭和几种面食做好，放在保温桶里，谁路过的就可以进来吃，看到吃得差不多了，就从旁边预留的小仓库里拿出一些原料来烧好，给后面的人吃。原料怎么来呢？因为公社和公社之间的价值交换被打破了，因此城乡差别也没有了，郊外的土地里的菜和猪，都自动有人杀好、切好、摘好，自动就近送来。

2.穿的方面，玲珑五色，男女服饰的差异极大缩小，基本上都是涤纶面料，棉布面料不要有了。

3.用的方面，大致是原来的工厂解散后，留下几个万能机器，你要点什么东西，去看看有没有；没有的当场又造不出来的，写一张大字报贴在门口，请会做的人来做；要是看到机器需要的原料短少了，就近的人自动带一些矿石、再生利用能源放在万能机器的仓库里。会造某样东西的人相帮造出某项大字报上所需的东西后，写上注释，或当场向其他人解说。

《小灵通漫游未来》插图里描绘的物质极大丰裕的未来

4. 住的方面，原有的石库门以上等级的房子，凿去一些封建和资本主义内容的装饰后，继续可以用；新造的工人新村到了一定时候有了多余，加上家庭的取消，今天住到这里，明天住到那里，住个几天，用的东西自动消毒好，破掉的被子和日用品可以去万能机器那里自己制造或者领取。

5. 行的方面，脚踏车给小孩用，大人一律用三轮机动车，这样油料节省；老人因为吃了长生药，寿命不断延长，100 岁开车也没有问题，1958 年时候的中年人到那时候照样有力气劳动。火车自动化无人化，好像流水线一样在全国来回走，也不要钱，长距离旅行就靠火车。[1]

在这份对上海市的未来规划中，出现频率最高的词是"自动"与"万能机器"。共产主义的物质极大丰富和"按需分配"，被理解为由万能机器自动地供给。当主事者在乐观地畅想"未来"时，却似乎忘记了自动化势必导致劳动者失业以及传统劳动形态的改变，而这本应是最能体现共产主义批判性和解放性的议题，在这份规划中却被毫无自觉地略过了。此外，这份规划中的"人们"面目模糊，"四个现代化"的愿景完全没有考虑到未来的"人"的形态以及人群的相互关系与组织形态。社会问题的解决方式依然停留在依赖大字报的阶段，只是大字报不再服务于阶级斗争，而是服务于生产难题的解决。社会秩序如同机器般自动运转，没有任何矛盾冲突。而所有这些，不但距离当时的实际社会、经济条件较远，同时也很难自圆其说。不得不承认，在当时的生产力水平下，想象共产主义的"未来"并不容易。

1920 年代后期以来，马克思主义的历史"五阶段"论开始在中国知识界盛行。共产主义被叙述为经历了原始公社、奴隶制度、资本主义制度与社会主义制度之后更高的历史阶段。共产主义作为人类奋斗的最

1　《大跃进时代领导们设想的 2000 年的上海》，《学习博览》2011 年第 5 期。着重号为笔者所加。

终目标无疑是高度完美的，不过在实现怎样的共产主义以及如何具体实现共产主义等问题上，却往往很难达成共识。在很多情况下，"共产主义"一词的意涵是言人人殊的。同样是"共产主义"，既可以偏重生产力层面上的物质极大丰富，也可以指向生产关系的"不断革命"（可参见毛泽东的相关论述），还可以理解为个体的自由、解放与充盈。与前述单纯追求物质丰富的庸俗乌托邦不同，同样是在 1958 年出现的郑文光的科幻小说《共产主义畅想曲》便有着"不断革命"的紧张感。这篇连载于《中国青年》第 22、23 期的未完成之作试图描绘已经实现了共产主义的新中国在国庆三十周年（1979 年）时的场景。在结尾处，小说中的白部长对小吴说：

> 小吴，别看进入共产主义了，任务还很不轻哪。到处都这样。你瞧，生活美妙得像天堂那样，人们每天只上五个钟头班，晌午就回家，学习，打球，看戏，爱怎么过怎么过……可是劳动呢？严肃紧张的劳动一天也不能少，当然劳动条件是非常好了——但也不能幻想跟爱人一面散步一面就能完成任务。劳动的内容甚至可以说更复杂了。白天，都有成万人在劳动，在创造，在思考，在试验，要用最快的速度把咱们国家推进到共产主义的更高的阶段。而且，还得向宇宙进军啦，飞向星星，飞向宇宙……——这就叫作不断革命……[1]

在这个畅想里，生活已经"美妙得像天堂那样"，但白部长强调的却是"任务不轻""劳动内容更复杂"，要用"最快的速度把咱们国家推进到共产主义的更高的阶段"。不过郑文光虽然注意到了问题的复杂性，可是在他的笔下这种内在的高强度的紧张感最终也只能落实为不断

---

[1] 郑文光：《共产主义畅想曲》，《中国青年》1958 年第 23 期。着重号为笔者所加。这篇小说没有最终完成，郑文光解释说，这是因为与"大跃进"的设想相比，他的幻想算不上什么，于是便搁起笔了。类似的现象，在当时还有不少。郭沫若就曾感慨，诗人的想象力已经赶不上"大跃进"的发展速度。

提高生产力，所谓"不断革命"并未触及生产关系和主体改造的层面。这样的未来书写实际上已经高度形而上学化了，失去了本应具有的感召力和政治能量。那么，共产主义的"未来"只能如此书写吗？作为终极目标的共产主义又应当怎样在文艺作品中具体化呢？如何将共产主义的精神状态与主体状态跃然纸上？如何恰如其分地呈现出一个存在矛盾却依旧美好，可以对当下的人们发挥感召作用的共产主义"未来"呢？这一系列难题都有待回答。

多少带有悖论色彩的是，与其他"主义"一样，这里的畅想"共产主义"更多的是整体规划与理论预见，因而无法对实际展开的具体环节做出充分说明，这就使得在设想"共产主义"的具体图景时，会产生不少分歧。至此，就有必要在《共产主义畅想曲》之外再引入另一部1958年的科幻作品《十三陵水库畅想曲》及其引发的"怎样展望共产主义的明天"的讨论，以期在当年的往复辩论中打开"未来"书写的某些细节与侧面。

《十三陵水库畅想曲》是剧作家田汉参观完十三陵工地后写下的多幕话剧，用来歌颂首都群众义务劳动的大协作精神。[1]该剧共十三幕，前十二幕采用了现实主义的手法歌颂了劳动和人民群众，最后一幕则是幻想二十年后的十三陵水库。《十三陵水库畅想曲》原名《十三陵水库歌功记》，后为了体现革命现实主义与革命浪漫主义的"两结合"，改为现名。该剧发表于《剧本》1958年8月号。同年，田汉与导演金山合作创作了同名电影剧本，由北京电影制片厂拍摄。[2]电影版的《十三陵水库畅想曲》上映后引起了广泛的讨论，争议的焦点集中在影片的

1　十三陵水库兴建于1958年1月21日，主体工程于同年6月11日建成。这一工程原本需要两年以上的时间，但由于采用了边勘测、边计划、边施工的"革命方法"，再加之首都群众齐心协力的义务劳动，于是仅用了一百六十余天便完成了主体部分。据《人民日报》1958年7月2日发表的社论《首都人民大跃进的标志》介绍："4月份以后，平均每天有十万人参加义务劳动，其中有机关干部、解放军官兵、工人和农民、商业工作人员、中等以上学校师生。"因此，十三陵水库也被称作是一所共产主义的劳动大学，体现了共产主义相互支援、相互帮助、相互鼓励的大协作精神，涌现出了一大批英雄模范。

2　黎之彦：《话剧〈十三陵水库畅想曲〉创作纪实》，《田汉创作侧记》，成都：四川文艺出版社，1994，第118-129页。

最后部分对于共产主义未来的表现。在论争中，打响头炮的是朱艺祖的《怎样展望共产主义的明天？——电影〈十三陵水库畅想曲〉观后》一文：

> 关于"二十年后"的描写，舞台剧只是十三场戏的最后一场，是一场尾声性质的戏。影片则以三分之一的篇幅来描写二十年后的十三陵。改编者的原意当然是想用美好幸福生活的远景来激励人们今天的干劲。但看完影片后，我却感到这一部分颇值得研究。
>
> 二十年后，我们已经进入共产主义社会，这是无疑的，至于二十年后的生活究竟是什么样子，却是不容易具体描绘的。这需要作家发挥革命浪漫主义的精神大胆地加以想象。我们无法争论作家对未来生活的某些细节描写是否准确，但是可以并且也应该判断那些想象里的共产主义思想、共产主义精神是饱满的还是稀薄的。[1]

朱艺祖点出了从话剧到电影的改动：作为尾声的未来想象在话剧中只有一幕的篇幅，而在电影中竟占据了三分之一时间。导演金山自述如此改动是为了用"未来美好生活的远景来鼓舞今天参加建设的人们"[2]。但朱艺祖认为在"鼓舞"之前，应当首先审视这个"远景"，考察其间蕴含的共产主义思想与共产主义精神的饱满程度。共产主义远景无疑是抽象的，因此谁能具体准确地呈现出共产主义的精髓，谁便能掌握了"未来"的阐释权。朱艺祖经过一番考察，得出的结论是，电影中的共产主义远景已经到达了自己的终点，失去了更新"未来"的可能性。此外，他还指出了电影中最为人诟病的一处细节：

---

1 朱艺祖：《怎样展望共产主义的明天？——电影《十三陵水库畅想曲》观后》，《文艺报》1958 年第 19 期。

2 金山：《电影〈十三陵水库畅想曲〉的拍摄》，《大众电影》1958 年第 21 期。

在实现了共产主义的十三陵水库里,主人公之一张静表示,偶尔挑挑扁担是为了锻炼身体。在当时广为宣传的马克思主义经典论述中,劳动是生活的第一需要,劳动和矛盾斗争是社会发展的主要力量,共产主义的终极目标是全人类的彻底解放,而不只是物质的极大丰富。循此标准,电影结尾处呈现的是一种享乐主义的"未来"想象——"幸福已经到顶了""生活里已经没有什么矛盾、斗争",这反映了创作者对共产主义社会的庸俗与片面的理解。朱艺祖认为不能仅靠未来的物质生活刺激当下的革命积极性,而是应当通过"描写人们永远昂扬的英雄主义和'我为人人,人人为我'的共产主义精神"来教育今天的人民。

接下来,在 1958 年第 22 期和第 24 期《文艺报》上连续刊载了以《怎样展望共产主义的明天——讨论电影〈十三陵水库畅想曲〉》为主题的读者讨论。在讨论中,绝大多数观点与朱艺祖接近。例如,陈刚在《应该写出人们的共产主义精神品质》中指出,影片对原剧中激动人心的主要内容——群众忘我的劳动和昂扬的共产主义精神表现得不够充分有力,在一定程度上削弱了原剧的光辉。影片的主要缺点包括:(一)只介绍物质生活;(二)只表现在极乐世界的享受;(三)宣扬个人幸福的资产阶级趣味;(四)"也是最根本的,在'远景'里,改编者没有反映出当时人们的共产主义思想和精神面貌,只是在介绍物质生活的舒适,好像开了一张幸福生活的'清单'似的。这种反映是很片面的,可是文学艺术作品,应当更着重在人物精神面貌的刻划上","艺术作品主要是写人、写人的思想、精神品质,而不是主要写苹果、葡萄、电视机、传真对话电报等。另外,思想是可以超越在现实的前面的,我们要写作品中人物的共产主义思想,可以写的比现实中的人物的思想更成熟,更完美。"[1]

再如,丁浪的《畅想与人》指出技术成就是写不胜写,书不胜书的,

1　陈刚:《应该写出人们的共产主义精神品质》,《文艺报》1958 年第 22 期。

很容易造成沉溺于物质的危险倾向。他认为物质的极大丰富不等于共产主义。电影《十三陵水库畅想曲》没有写出共产主义的精髓与人的状态："看不见二十年后的人对人类的命运是否关心？对做宇宙的主人有什么样的雄心？也看不见他们如何对待劳动，是否把劳动当作生活的第一需要，看见的都是物质享受。尽管口头上也讲了劳动，但都是抽象的，物质享受却是具体的、形象的。这样不能说表现了人们没有忘记劳动或者对劳动更加需要。"[1] 这一批评切中肯綮，但对精神的极大强调，势必带来书写上的挑战。如何写出不可见的"精神"，以及物质享受与物质追求在多大的限度内可以被视为是合理的，都是社会主义理论与实践中的"难题"。[2]

还有，关越在《怎样评价〈十三陵水库畅想曲〉》中认为"以明日之生活，鼓舞今日之人民"并不难以理解，但不能把全体人民所共有的美好前景与资产阶级的物质刺激混淆起来。他指出："影片《十三陵水库畅想曲》后一部分的根本缺陷是在于：改编者的主观世界没有跟上时代的飞跃，没有能抓住时代精神，它在描绘共产主义的时候，掺用了一些资本主义的颜料。"[3] 关越所谓的"资本主义的颜料"包括把劳动当作消遣，为了开宴会而任意停止刚刚开始的人工降雨，以及大夸女人的美色等。"资本主义的颜料"的提法很形象，它揭示出了不同社会性质的"未来"想象的界限：社会主义的未来如何区别于资本主义的未来，它的本质规定性是什么？当时认为区别于资本主义的规定性主要体现在共产主义的"精神"，而在"物质"层面上是很难区别于资本主义的。在关于"物质"的理解、追求、应用和组织等方面，当时的理论界与批评界并没有提出另类的超越性方案。

当然，对于电影《十三陵水库畅想曲》并非只有否定意见，也

1　丁浪：《畅想和人》，《文艺报》1958 年第 22 期。

2　在后革命时代，物质利益成为维系社会主义合法性的主要动力所在，随之而来的，是物质利益对人的规定性越来越强。这虽然是在新的历史时期更为凸显的现象，但其与前一时期的连续性也值得关注。

3　关越：《怎样评价〈十三陵水库畅想曲〉》，《文艺报》1958 年第 24 期。

有部分讨论者认为物质生活的极大丰富本就是共产主义的题中之义，加以描写并无不妥。刘鸿仁的《问题在哪里？》[1]和王绍猷的《不要吹毛求疵》[2]都指出目前的批判过于严苛，对于美好物质生活的追求是正当的。不过，反对意见在这场讨论中显得十分边缘。因为彼时的主要焦虑是如何在未来远景中实现物质与精神的协调发展，通过保持劳动和斗争的核心驱动力，以保证共产主义未来的方向性和纯粹性。至于是否应当实现生产力发展和物质极大丰富，其实并不存在多少分歧。

不过，在物质匮乏和生产力水平低下的年代里，越是强调共产主义的远景，往往就越容易导向对未来物质的丰裕程度的追求。比如，当时幻想的人造食物体积巨大，取之不尽，用之不竭。叶永烈这样回顾：

> 我写《小灵通漫游未来》是在 1961 年三年困难时期，我当时在北京大学念书，连饭都吃不饱。而且我记得当时是教育部长到北大来视察的时候，我们多发了一个煮鸡蛋，那算加餐了，所以在那种年代，越是这样的情况，越是充满了对未来的幻想。比如未来城的西瓜是什么样呢？非常大，切开以后有圆台面那么大，三个孩子吃了半天才只吃了一个小坑；苹果像脸盆那么大，桔子就像那个西瓜那么大；还有原子笔，就是现在很普遍的水笔，是像胡萝卜一样粗的，有很多很多种颜色。[3]

所以在《小灵通漫游未来》里，满篇都是上述讨论中所批判的五光十色的物质"清单"，而原本致力于整合物质-技术发展逻辑与共产主义精神状态的张力则消失得无影无踪。《小灵通漫游未来》中的未来市便是一个自动化、机械化与无冲突的样板。在这个科技乌托邦

---

1 刘鸿仁：《问题在哪里？》，《文艺报》1958 年第 22 期。

2 王绍猷：《不要吹毛求疵》，《文艺报》1958 年第 24 期。

3 谢玲：《"小灵通的爸爸"叶永烈》，《阅读》2014 年第 5 期。

里，小虎子和小燕一家人就是"安琪儿"。小说里几乎没有任何精神方面和生产关系的描写，笔力全部集中在生产力的维度上。因此，"未来市"既是长期以来共产主义未来书写的典型形态的极端化，又反映出了共产主义未来想象难以为继的困境——如若写不出"精神"，便将沉溺于"物质"；而越是沉溺于"物质"，共产主义区别于资本主义的特殊性就越微弱。只不过到了《小灵通漫游未来》问世的时代语境中，物质发展的丰裕程度成为衡量共产主义实现程度的最主要标准，物质与精神之间拉锯的焦虑感和紧张感自然也就大大降低了。

不过，在这个"无冲突"的样板中，还是存在若干裂隙与矛盾。最典型的便是机器与人的关系问题。在《小灵通漫游未来》里，机器人铁蛋相当于全家的仆人，成为自动化时代阶级压迫的另一种翻版。而在《小灵通再游未来》中，铁蛋虽然升级为高级机器人，却也只能按照主人的命令，从事各种杂务。到了《小灵通三游未来》，不平等关系更加赤裸。小虎子一家去空间站旅行时，本不想带着机器人铁蛋，但因为空间站缺少打工的机器人，才允许铁蛋与他们同行，对此铁蛋感恩戴德："愿意，愿意，一百个愿意。"[1] 当到达空间站后，铁蛋没有自己的座位，只能站在卫生间里。而在空间站中，只有机器人劳动，人可以不劳动。小虎子一家进入梦乡后，铁蛋还要彻夜站岗。第二天，大家奖励了铁蛋一朵大红花：

> 铁蛋这时倒有点腼腆起来："不好意思，不好意思，我是一个临时的'打工妹'，能够让我免费上太空，我够满足了。"[2]

在与小灵通交谈时，"铁蛋笑道：'在未来市，哪里最艰苦，哪里就有我们"钢领"工人——我的"铁哥们"。'"[3] 铁蛋不厌其烦地

1　叶永烈：《小灵通三游未来》，《小灵通漫游未来》，上海：少年儿童出版社，2016，第 165 页。

2　同上，第 181 页。

3　同上，第 210 页。

罗列了自己从事的最累、最苦与最危险的工作。机器人虽不直接等同
于人，但二者之间的关系非常密切，小说设想机器人可取代底层体力
劳动者，从事各种体力劳动。可问题是，机器化和自动化并不能一步
到位，在此过程中，体力劳动（者）依然大量存在，并与脑力劳动（者）
的差别越拉越大，这也是要自觉克服的难题。而在《小灵通三游未来》
中，机器人铁蛋自况为"打工妹"和"工人"，并在作为主人的知识
分子家庭里做出种种"贬低"自己的言论，不由得让人反思科技进步
过程中劳动、机器与人的关系。在小说呈现的思维方式下，体力劳动
（者）和脑力劳动（者）是完全隔绝的，相比起科技发明和技术创造，
体力劳动的价值直线下降。对普通体力劳动者来说，自动化虽然可以
减轻劳动的繁重程度，却也带来了新的压迫，亦即劳动力快速贬值，
社会地位急剧下降。事实上，就在《小灵通再游未来》与《小灵通三
游未来》出版的 1986 年到 2000 年间，"打工妹"和"新工人"等进
城务工群体身上发生的社会政治问题已不容回避。如果细究，便会发
现小灵通所畅游的未来市，是一座以知识分子为主体、以都市想象为
基本模型的城市。城市"自然而然"地成为未来技术的载体，农村则
丧失了自身的未来。这也就意味着共产主义所致力消灭的城乡差别、
脑体差别、工农差别与性别差别等都不再是《小灵通漫游未来》所关
切的对象。它以某种看似"超越"的方式实际上完成的却只是对问题
的暂时"搁置"。它只负责提供万花筒般的"未来"拼图，却无力结
构出一个具有总体性的全新的未来。

　　当然，指出《小灵通漫游未来》存在的问题并不是要对一篇科幻作
品求全责备，也不是要否定其在历史转折时期放射出的巨大能量。与其
文本的单薄相比，更值得关注的无疑是其间反映出的带有普遍性且影响
深远的思维方式，而且其中蕴含的未来观和发展观参与塑造了我们今日
所处的现实。这也是本文引入从《共产主义畅想曲》到《小灵通三游未
来》的讨论谱系的意图所在，在连续与断裂的纠缠中，可以更好地理解
不同历史阶段的诉求与行动。《共产主义畅想曲》与《十三陵水库畅想

曲》都是在"畅想"未来，而小灵通则是在"漫游"未来。"畅想"对应的是抽象的观念性的未来，而"漫游"则意味着具体经验的叠加和汇总。前者可能失之空洞，成为"政治正确"的注脚；后者容易无深度、平面化，丧失对于内在意义的追求。时至今日，《小灵通漫游未来》所呈现的科学幻想大多已变为现实，而且当下的中国人也不再会对科学技术轻易抱有当年那样乐观的信仰，这也就使得该作在今天丧失了吸引力，而只具有作为历史文献抑或怀旧的价值。

小灵通的"未来"在当下不过是已然实现的"过去"，新鲜感丧失后便了无可观。相反，倒是《共产主义畅想曲》中对"继续革命"的主张、关于《十三陵水库畅想曲》的论争中呈现的物质与精神的博弈，具有了某种"剩余物"的价值，并不会伴随着生产力的进步和科技水平的提高而被完全消解掉。这种"剩余物"的意义乃是对资本主义发展道路和生活方式的叛逆与超越，是对于平等、自由和解放等终极难题的直面、回应与追求。不过必须承认的是，这些作品所做的还远远不够，并且大都陷入了形而上学化的"政治正确"当中。待到"文革"结束后的历史转折时期，这些"剩余物"伴随着现实实践中的巨大挫折而变得游移模糊，自然也就在以《小灵通漫游未来》为代表的"新时期"初期主流的"未来"想象中没了踪迹。

三、用"未来"发明历史与现实

书写未来的分歧不仅在于达致怎样的"未来"，以及如何达致"未来"，也在于应当将"未来"编织进怎样的历史序列中。换言之，当"未来"成为人们的核心关切，那么在不同的未来想象中，便会发明出不同的历史叙述，并影响到对现实进路的选择。几乎在任何情况下，历史和现实都需要通过与"未来"的合理关联来获得自身的位置与合法性。所以，关注科幻小说中的未来叙事与考察科幻小说中的历史叙事，实则是同一问题的两个方面。

在围绕电影《十三陵水库畅想曲》展开的"怎样展望共产主义的明天"的论争中,有人把影片中未来幻想部分里张静对扁担的喜爱称为"好古癖",认为这样的怀旧情绪并不是认知历史的正确方式;共产主义者应当看到从扁担到起重机的"跃进",要继续从机械化、自动化"跃进"到原子化。文章总结道:"一个共产主义者"是"必须这样明确的回顾和珍视过去"的,即把过去视为斗争与"跃进"的历史,并以此精神迈向更高的理想追求。[1]

除去这一细节,《十三陵水库畅想曲》对"历史"的展现还有更为直接的例证。在话剧版和电影版的开头,都有一大段完整的历史叙述,通过回顾元世祖忽必烈与明成祖朱棣兴修水利的往事,来衬托新中国修建十三陵水库的历史进步性。前者反映的是封建统治阶级对人民的压迫奴役,后者则呈现出人民群众义务参加劳动、积极建设新中国的无上热情,由此形成一套历史进步的叙事。田汉的秘书黎之彦详细记述了田汉当年如此创作的意图:

> 田汉同志写的第一场,照他构思的意图,把戏剧总发展线写在指挥部,由政委向文化界慰问团介绍水库工程的建筑蓝图进程和未来设想,介绍工地上的群英战斗事迹,以此,让慰问团把戏剧线引向工地四面八方。戏的第一场,工地建设的概貌如凤头,既明确又秀丽。但田汉同志觉得戏太平了,于是他搁下了笔,思考着什么。过了一会,他让我找出《元史》和《明史》,翻阅忽必烈和明成祖的帝王本纪条目。他仔细地读着,用小纸片作出记号,夹在书里。他写作边看书边写,这是他的习惯。时近中午,他新设想的情节已经想好了。他指着元史说:在元世祖忽必烈时代,北京的通惠河经常发生水灾。忽必烈曾经令著名的水利专家

---

1 梁鸿:《明天的人将是争取美好未来的人》,《文艺报》1958 年第 24 期。

郭守敬开通惠河。据《元史》载，郭守敬"精算术，明水利"，曾受元世祖召见，陈述治理水利六事，授提举诸路河渠。他在昌平治水时，在至元 28 年，元世祖还亲自拿锄头、土筐参加劳动，宰相以下大臣，也都跟着他去。这就是史载的世祖"亲操畚锸为之倡"。晚上田汉同志果然把这段历史插进第一场，让戏今古衔接，有波澜。他说他写这一笔，加添点历史色彩，一则是兼顾历史真实，二是造成对比度，说明元世祖和我们今天领袖们带头倡导劳动，在本质上不同。他说："我在戏里安排历史家简幼岑，也就是翦老翦伯赞和音乐家李翼、副总工程师的对话中，就让他们争论，说元世祖令大臣们劳动是做假样子的，不能跟毛主席和中央首长参加劳动相比。在精神实质上完全两样，参加的劳动者精神状态更不相同了。元世祖下令开河的是军队、奴隶，全是被动的，没有热情的。比起今天，完全不同，我们的人民，完全是自觉的劳动，迸发的是冲天热情和干劲。还有在建设规模，使用目的上，建设水库更是悬殊，简直是天壤之别。"田老说至此，颇有把握地说："写足了这场辩论，这个古代场面的穿插，在政治上就站得稳当了。"[1]

"辩论"是追问事物本质的一种方式。通过古今历史的对比，《十三陵水库畅想曲》贯彻了用阶级斗争的观念与方式把握历史的努力。这种"革命史"的历史认知逻辑在后革命的语境中逐渐式微，这在《小灵通漫游未来》及其续作中便有明显表现。有意思的是，小灵通系列文本里也都有着大篇幅的关于未来市的历史介绍。将其与《十三陵水库畅想曲》中的历史叙述加以对照，很能说明问题。

首先，在《小灵通漫游未来》里，小灵通前往未来市图书馆里查阅《未来市的历史》一书，该书由机器人拿给了小灵通：

1　黎之彦：《话剧〈十三陵水库畅想曲〉创作纪实》，第 120-121 页。着重号为笔者所加。

我小心翼翼地翻开了这本大书，第一页上写着这么一句题词：

"地球上本来没有路。路，都是人走出来的。"

我连忙拿出采访笔记本，一字不漏地抄下了这句话。

在第二页上，画着一张蓝色的地图。旁边写着：

"十几万年前，这里是一片海洋，到处都是水，水，水⋯⋯"

在第三页上，画着一张黄色的地图。旁边写着：

"一万多年前，由于地壳的变动，海底逐渐升高，这里变成了一片沙漠，到处都是沙，沙，沙⋯⋯"

在第四页上，仍是一张黄色的地图，上面出现几条蓝道道——河流，和几个绿点点——草地。旁边写着：

"一千多年前，古代劳动人民向这里进军，向大自然宣战，用双手挖出了渠道，引来了河水，沙漠上出现了稀疏的绿洲，人们在这里开始耕作、牧羊⋯⋯"

在第五页上，地图上绿色逐渐增多，还出现红色的线条——公路，黑白相间的线条——铁路和蓝色的虚线——飞机航线。旁边写着：

"一百多年前，人们用智慧和劳动，不断与大自然进行斗争，使干旱的沙漠变成了良田，人们战胜了大自然，成为大自然的主人，用劳动和智慧创造美好的未来。"

在第六页上，地图已经是一片绿色的了，公路、铁路、飞机航线密如蛛网，还出现了宇宙航线。旁边写着：

"这是现在的未来市地图，这张地图是用劳动的双手画出来的，是经过艰苦的斗争才画成的。"

在第七页上，是一张空白的地图——甚至连四周的边框也没有。旁边写着：

"一张白纸，好画最新最美的图画。一百年后、一千年后、一万年后、十万年后⋯⋯未来市将变成怎样？这最新最美的图画，是靠我们用劳动的双手去绘制，也是要经过艰苦奋斗，才能把它建设得更美丽，使我们的生活更幸福。"

从第八页开始，全是白纸，一个字也没有，甚至连书角的页码也没有。[1]

与《十三陵水库畅想曲》有意设计的革命史的"波澜"不同，未来市的历史被叙述为人民不断开发和利用地球的历史，亦即生产力水平和科技水平不断提高的历史。人类改造地球的历史既没有起点（"本没有路"），也没有终点（未来还是一张"白纸"，迈向无限进步）。在《小灵通再游未来》里，小灵通与小虎子、小燕、机器人铁蛋乘坐着新兴交通工具"五用车"参观历史博物馆，这里也是他此行的最后一站。博物馆里的历史画廊由化石、标本、模型、实物、图片、照片与机器等组成，长达数公里，分为"上游"（过去）、"中游"（现在）和"下游"（未来）三部分。"再游"的历史叙述从地球诞生开始说起，一直讲到当下的人类文明，历史分期的界标多为重大的技术发明（比如铁器、蒸汽、电脑与机器人等）。"共产主义"不再作为最终的远景目标而存在，支配未来远景的，只有生产力水平。而这显然正是一种以"唯科学主义"为载体的对"现代化"史观的机械理解。

同样地，在《小灵通三游未来》中，小灵通采访之行的最后一站是去未来市美术馆参观"未来市少年儿童未来书法展"。书法展的主题是"未来"，书写的内容都是关于未来的诗词、名人名言或者书写者自己的观点。一如小灵通所言："我竟然完全沉醉于条幅本身关于'未来'的哲言，忘了这是书法展览"[2]，整部小说的重点也在抒写未来观与时间感。在参观展览时，小灵通最先关注到的是李大钊的一段话：

无限的"过去"都以"现在"为归宿，无限的"未来"都以"现

1　叶永烈：《小灵通漫游未来》，上海：少年儿童出版社，2016，第53-55页。着重号为笔者所加。

2　叶永烈：《小灵通三游未来》，第229页。

在"为渊源。"过去""未来"的中间全仗有"现在"以成其连续，以成其永远，以成其无始无终的大实在。一挈现在的铃，无限的过去未来皆遥相呼应。[1]

李大钊强调过去与未来的"无限性"，将历史理解为连续发展的无限进步的序列，这样一种典型的进化论叙事，无疑恰与七八十年代之交大多数中国人的未来观高度契合。当然，此中也预示了中国的社会主义实践始终热衷于无限进步的趋向。对此，历史学家王汎森总结道，李大钊将马克思主义与共产主义视为改造中国，进而通向"未来"的整体方案。李大钊持有的是一种"跃进"的进步观念，而不是一点一滴改变的"进化"观念。相形之下，胡适认为不应当对无限的未来过于迷恋，否则容易陷入到"目的热"与"方法盲"的境地中去。[2]胡适在《介绍我自己的思想》一文中写道：

> 达尔文的生物演化学说给了我们一个大教训：就是教我们明了生物进化，无论是自然的演变，或是人为的选择，都由于一点一滴的变异，所以是一种很复杂的现象，决没有一个简单的目的地可以一步跳到，更不会有一步跳到之后可以一成不变。辩证法的哲学本来也是生物学发达以前的一种进化理论；依他本身的理论，这个一正一反相毁相成的阶段应该永远不断的呈现。但狭义的共产主义者却似乎忘了这个原则，所以武断的虚悬一个共产共有的理想境界，以为可以用阶级斗争的方法一蹴即到，既到之后又可以用一阶级专政方法把持不变。这样的化复杂为简单，这样的根本否定演变的继续便是十足的达尔文以前的武断思想，比那

1 叶永烈：《小灵通三游未来》，第 228 页。李大钊语出自《"今"》，《新青年》第 4 卷第 4 号，1918 年 4 月。

2 王汎森：《中国近代思想中的"未来"》，《思想是生活的一种方式：中国近代思想史的再思考》，台北：联经出版事业股份有限公司，2017，第 277-306 页。

顽固的海格尔更顽固了。[1]

胡适的批评揭示了 20 世纪中国历史感与时间感变迁的某个侧面。在进化论传入中国之前，历史一直是中华文明传承的载体，"三代之治"而非遥远的"未来"，才是应当追求的"黄金时代"。而在进化论传入之后，"未来"才成为中国人的核心关切。"过去"通过"现在"朝向"未来"，形成了一套完整的进步主义史观。而随着共产主义思想在中国的扎根，结合了辩证法思想之后的进化论更为强调人对于客观进化规律的超越。这就带来具体实践上的重大分歧：迈向"未来"究竟是经由"一点一滴的变异"，还是"一蹴即到"？是遵循"进化"规律逐步抵达，还是依靠"跃进"加速实现？从 1920 年代的"问题与主义"之争，再到新中国的社会主义建设，这些核心议题始终贯穿其间，甚至构成了理解与省思 20 世纪中国的一条主线。小灵通系列文本畅销于"文革"结束之后，但却沿袭了此前一个时期对"未来"的急迫渴求与乐观信念，共享了对于无限进步的历史观与时间感的信仰。在某种程度上，改革中国依旧是以某种"跃进"的方式来谋求自身的"未来"，只不过"新时期"的"跃进"更加依靠对客观规律的重视和科学技术的作用，而非人的主观能动性。这一调整深刻影响了"改革开放"的思路与方法，也深刻影响了当代中国的方方面面。

本文重新考察改革开放之初风行一时的科幻作品《小灵通漫游未来》，意在通过对这一文本的症候性分析，彰显在不同时期社会主义实践的内部想象与书写"未来"的断裂和连续。经过对前后两个时段的时间观、未来观与历史观的参照和反思，希望藉此发现与省视社会主义实践中的若干困境与难题，包括如何看待物质需求与物质享受的合理性及局限性，如何处理生产力的提高、劳动（者）的价值与个体自由之间的关系，如何协调物质丰富与精神上的"不断革命"的张力，如何将越来

1　胡适：《介绍我自己的思想》，《胡适文集》第 5 卷，北京：北京大学出版社，1998，第 508 页。着重号为笔者所加。

越重要的科学技术纳入一种整体性的社会规划与解放进程中,以及如何将无限进步的欲求妥善地结构到现实世界的组织秩序中,等等。从今日再度回望小灵通漫游的"未来",便会发现我们并没有如愿以偿地生活在当初期待的美好世界当中,过度追求科技进步和物质享受,并以生产力水平作为唯一指标来衡量社会发展程度的做法,已经导致了诸多新的严峻问题。而讨论历史转折中的《小灵通漫游未来》,重新进入这七万余字"制造"出的"未来"中,考察其从何处而来,又怎样展开,既可以追溯七八十年代之交的历史,更可以映照当下的现实。

原载《文艺理论与批评》2018 年第 6 期

乌托邦

存 目

中国当代反乌托邦和恶托邦科幻小说比较研究

郁旭映

一、绪论：反乌托邦和恶托邦

无论在西方语境还是中文语境，都习惯于将反乌托邦（Anti-utopia）与恶托邦（Dystopia）混用，指向"反向的乌托邦"。但若细究二十世纪的反乌托邦和恶托邦作品，我们会发现两者其实有所区别。区分两者不仅对于深入理解反乌托邦、恶托邦的本质以及它们与乌托邦之间的关系十分必要，而且对深度剖析具体作品也不可或缺。

萨金特曾如此区分两者："恶托邦（或否定乌托邦）是指一个不存在的社会，它被描述得十分细致，而且通常被设定在一定的时空中，是作者有意让同时代的读者看到的一个比自己所处的社会糟糕得多的社会。"[1] 而反乌托邦同样是指"一个不存在的社会，同样被描述得十分细致，通常也被设定于一定的时空中，但作者的意图则是让

1 　Lyman Tower Sargent, "The Three Faces of Utopianism Revisited," *Utopian Studies* 5.1 (1994): 9.

同时代的读者看到对乌托邦主义（Utopianism）和一些独特的乌托邦（Eutopia）的批判"。[1] 萨金特同时定义了乌托邦（Utopia）、乌托邦主义（Utopianism）和正面乌托邦（Eutopia or Positive Utopia）："乌托邦是指一个被描述得十分仔细的、被设定在一定时空中的社会。而所谓正面乌托邦即在一般乌托邦的定义之外再加上这个社会比读者所处的时代要好得多。"[2] 尽管乌托邦、恶托邦以及反乌托邦文学在社会讽刺上的目标相似，但这三者在批判策略上有所不同。乌托邦文学表现一种社会梦想，即通过构建一个与现实的有缺陷的、不理性的、不公平的相反世界而达到对作者所处社会的谴责。而恶托邦与反乌托邦文学则是在社会谴责的基础上更深层次地表达了对未来的隐忧和警告。而在警告方面，恶托邦文学与反乌托邦文学又有非常具体的分别。前者所警示的黑暗未来却并不必然与乌托邦想象本身有关，而后者则集中于对一种乌托邦想象或实践的批判。例如，以华语作品中的恶托邦故事，如以沈从文的《阿丽思中国游记》（1928）、张天翼的《鬼土日记》（1930）、老舍的《猫城记》（1932）为例，我们看到的是依据现实中国这一原型，以夸张、讽刺手法刻画出一个糟糕的恶托邦，以起到对现实社会的批判与警示。然而，这些作品中的恶托邦并非由一个乌托邦蓝图所致。虽是对现实的直接讽刺，但指向的原因却不一定可以清晰定位，只是较为笼统地反映了国民性或文化批判。反之，反乌托邦作品的社会批判则多是通过对乌托邦的反思和批判而实现，因而其对乌托邦思维，即构成乌托邦的意识形态有着十分清醒的判断。被视为经典的"反乌托邦三部曲"的扎米亚京《我们》（1924）、赫胥黎的《美丽新世界》（1932）和奥威尔的《一九八四》（1949），尽管风格和批判的侧重点略有不同，但所描述的社会形态毫无疑问是经过统治者精心设计，基于乌托邦蓝图的"秩序的世界"。《美丽新

1　Lyman Tower Sargent, "The Three Faces of Utopianism Revisited," p. 9.

2　同上。

世界》在 1946 年重版时加入别尔嘉耶夫的话作为前言，道出了反乌托邦小说的共同思想："乌托邦似乎比我们过去所想象的更容易达到了。而事实上，我们发现自己正面临着另一个痛苦的问题：如何去避免它的最终实现？……乌托邦是会实现的。生活直向着乌托邦迈步前进。或许会开始一个新的世纪，在那个世纪中，知识分子和受教育的阶级将梦寐以求着逃避乌托邦，而回归到一个非乌托邦的社会——较少的'完美'，而较多的自由。"[1]

别尔嘉耶夫的关于"逃避乌托邦"预言在二十世纪的反乌托邦思想中得到了充分的验证。文学家们首先表达了对乌托邦的恐惧。大一统王国、美丽新世界和大洋国等形态各异而内在相似：即"秩序之外什么都不允许存在"，甚至于"秩序与人的愿望达成了一致"的乌托邦世界。完美的秩序所对应的是自由意志与人性的彻底丧失。作为社会梦想的乌托邦是如何变成社会噩梦的？托曼曾指出："乌托邦主义悲剧性的悖论，就在于它没有如其承诺地那样实现一个最终和永久稳定的制度，而是产生了彻底的不安宁，并且取代了人类自由与社会凝聚力之间的和解，它带来了全能政体（Totalitarianism）的高压……"[2]

对乌托邦主义的反思和批判是二十世纪的思想界最重要的议题之一。库马尔曾问道："在面对纳粹主义、斯大林主义、种族屠杀、大规模失业和第二次世界大战之后，乌托邦还怎么能立得住脚？"[3]在经历两次世界大战，在目睹了纳粹主义的大屠杀，众多的自由主义思想家，如卡尔·波普尔、雅各布·托曼、哈耶克等都不断地试图将这些与乌托邦主义的思想体系相关联。在他们看来，两者的共通点是"两者都提倡一种必须使每个人，包括不相信的人都接受的独一无二和不容置疑的真理"，而且，在这两种社会中，"关于手段的争辩都是不允许的，更不

---

1 阿道斯·赫胥黎：《美丽新世界》卷首语，呼和浩特：远方出版社，1997，第 220、222 页。

2 Jacob Talmon, "Utopianism and Politics," George Kateb ed., *Utopia: The Potential and Prospect of the Human Condition*, Routledge: Tyler & Francs Group, 2017, p. 95.

3 Krishan Kumar, *Utopia and Anti-Utopia in Modern Times*, Oxford: Blackwell Pub, 1991, p. 381.

用说关于目的的争论了"。[1] 具有讽刺意味的是，"乌托邦设计的动因就在对现存社会的不满，对于不公正或人类苦难的感受，促使思想家设想一种理想的制度来根除这些邪恶的假定根源"。[2] 然而，这种"事物的完美模式"的设定虽然是极有吸引力的，却是危险的，因其终将导向暴力。波普尔认为，乌托邦主义的前提是："合理的政治行动必须建基于对我们的理想国家的相当清楚和详细的描绘或蓝图，还必须建基于通向这个目标的历史道路的计划或蓝图。"[3] 所以，为了确保理想的、终极的目标得以实现，"乌托邦主义者必须说服，否则便压服和他对抗的乌托邦主义者，那些不赞同他的目标，并且不肯皈依乌托邦主义宗教的"，甚至于"必须彻底根绝一切相竞争的异端邪说"。[4] 为镇压对抗者，为避免终极目标的任何改变，诉诸暴力就成了唯一的手段。这就是为何不管乌托邦的目的如何慈善，最终却变成一种虐待狂的哲学。

文学家早已敏锐地意识到乌托邦中的恶政与以往的暴政不同。他们所塑造的大一统王国的大恩主，美丽新世界的控制者，大洋国的老大哥并不像传统的、残暴的、个性鲜明的暴君，却是一种抽象的、没有个人特征的、绝对秩序与真理的象征（他们自己也受制于这种秩序）。借助阿伦特的分析，我们从中看到的是一场意识形态的控制："全能政体的侵略性并非产生自对权力的渴望……也不是为了利益，而只是出于意识形态的理由：使世界达到一致，证明它的各方面的超意义（Supersense）是正确的。"[5] 而且，这种意识形态的目标不是改变外部世界，而是改变人性。要达到此目的，现代专制国家，无论是国家主义的、军事化的专制，还是超国家的"福利专制"乌托邦，都已不再是旧的——"由棍棒、行刑队、人造饥荒、集体下狱、集体驱逐出

1　戴维·米勒：《布莱克维尔政治学百科全书》，北京：中国政法大学出版社，1992，第789页。

2　同上，第785页。

3　Karl Popper, "Utopia and Violence," *World Affairs* 149.1 (1986): 5.

4　同上。

5　Hannah Arendt, *The Origins of Totalitarianism*, Harcourt，Brace & World, 1973, p. 458.

境等方式实行的统治"，因其"不仅不人道，而且已被证明是低效率的"，"在科技先进的时代，低效即原罪"[1]，取而代之的，是一种理性化、机械化和简单化的世界，这种新的体制是不仅将科技作为手段，更似乎是将科学思维作为意识形态的基石。如《我们》中经过数学方法精密计算"毫无瑕疵的幸福"，《美丽新世界》通过生物技术让人们发自内心地快乐从而爱上奴隶状态，《一九八四》用"电幕"实现的思想控制等等，几乎可以得到一个印象：科技从乌托邦到反乌托邦的转型中一直扮演着重要角色。

如果说在冷战结束前，乌托邦主义的同义词几乎是斯大林主义[2]，那么，冷战结束之后，人们对乌托邦主义的反思开始指向现代性本身。利奥塔在试图定义后现代性时表明：那种社会会永远进步的信念已然崩溃，"人们可以发现在已经持续了两个世纪对进步的信心已经有点退化"[3]。而其中，对科技的态度转变尤为明显。显然，从十九世纪以来科学发展所带来的对未来的乐观、对进步的信念到了二十世纪则反转为对科技负面效应的恐惧。环境问题、生态灾难、信息科技、赛博空间对人类秩序的挑战、后人类对人的控制等等成了二十世纪后半叶恶托邦文学最喜欢的话题。然而，这些固然是由科技进步所催生的新问题，却不是科技之所以可怕的根本原因。技术恶托邦（Technological Dystopia）作品的核心主题常常被误解为是对科学技术本身的反思甚至于恐惧，而实际上，这些作品的核心还在于展示权力或资本对科技和科技理性的利用。正如《美丽新世界》借穆斯塔法·蒙德之口说明："跟快乐不能共存的不光是艺术，还有科学。科学是危险的；我们必须极其小心地把它拴上链子、戴上口套豢养着。"[4]此处的"幸福"指的是一种稳定的奴

1　Aldous Huxley, "Foreword," *Brave New World*, New York: Harper and Row, 1946.

2　Fredric Jameson, *Archaeologies of the Future：The Desire Called Utopia and Other Science Fictions*, London：Verso, 2005, p. xi.

3　Jean-François Lyotard, "Defining the Postmodern," Lisa Appignanesi ed., *Postmodernism: ICA Documents*, London: Free Association Books, 1989, p. 9.

4　阿道斯·赫胥黎：《美丽新世界》，第 220 页。

役状态。尽管在美丽新世界民众不断被灌输"科学就是一切"，然而统治者却直白地袒露，"真理是一种威胁，科学危害社会"，因此，我们要"感谢科学，但是我们不能容许科学损害它自己的杰作"[1]。蒙德的这一番话，几乎佐证了波普尔的结论："尽管乌托邦主义常常会披着理性主义的外衣出现，但不过是一种假的理性主义。"[2]也就是说，即使是在一个形式上的"技术反乌托邦"中，以求真为目的科学在其中扮演的角色主要是工具性的，而非一种本质性的力量。

那么，相应地，如果要分析从"乌托邦蓝图"向"恶托邦"的转变过程，应该追踪的是权力如何运作，即如何将各方面的意识，包括科学和艺术，编织成为意识形态，去创造一个"秩序的世界"，而不应将视角局限于对技术的警惕上。

基于对概念边界的划定，本文将选择中国科幻作家刘慈欣的《魔鬼积木》（2002）、王晋康的《蚁生》（2007）、韩松的《地铁》（2011）、郝景芳的《北京折叠》（2013）为例来一窥中国反乌托邦与恶托邦科幻在主题与美学上的特色。本文认为《蚁生》与《魔鬼积木》具有反乌托邦小说特质，而《地铁》与《北京折叠》是典型的恶托邦小说。前者追踪乌托邦的"秩序世界"中的权力与意识形态的运作过程，后者则将中国社会的种种问题归结为技术发展带来的隐忧，而回避了意识形态与乌托邦议题。然而，在差异之下，中国反乌托邦和恶托邦科幻中均存在着悖论：反乌托邦小说中隐含着乌托邦冲动，而恶托邦小说普遍的虚无感和无力感又形成了对乌托邦的彻底拒斥。悖论的显现恰好让我们思考：面对不确定的未来，乌托邦是否仍有其价值？又该以何种方式存在？

1　阿道斯·赫胥黎：《美丽新世界》，第222页。

2　Karl Popper,"Utopia and Violence," p. 5, p. 8.

二、反乌托邦叙事：人道主义和后人类主义视角中的"上帝"

《蚁生》和《魔鬼积木》的故事设定看似不同：前者是"文革"这一特定背景，有显而易见的"国族寓言"特性，后者则是设定在未来的美国和虚构的桑比亚，既有第一世界与第三世界的"南北冲突"背景，又表达了一个对"基因工程"的世界性忧虑。但是，两部作品均隐含一个反转模式：对完美人性或完美基因的乌托邦想象逆转为恶托邦——一个压迫人的社会和一个恐怖、仇恨的世界。

王晋康的《蚁生》是一个以文革为背景，具有"伤痕文学"特质的软科幻作品。小说用女知青秋云的回忆讲述了一个知青农场从"恶托邦"—"乌托邦"—"乌托邦覆灭"的过程。小说的男主人公知青颜哲因痛恨农场人性之恶而利用"蚁素"来改造国民性。"蚁素"是从蚁群身上提炼出来的能够控制人们成为"利他主义者"的一种生物制剂。当颜哲将知青农场改造成一个所有人无私奉献、互帮互助的乌托邦时，他自己则成了试图掌控一切、生死予夺的"蚁王"。为了持续乌托邦试验，颜哲研发出新一批"蚁素"，投入使用时，因新旧蚁素的不兼容，造成了大规模血案，最后导致利他主义乌托邦的毁灭。而众人失去"蚁素"约束以后，最终回归他们的本性，四散在一个丛林社会。

《蚁生》被认为是中国当代反乌托邦科幻的代表作品之一。按学者刘志荣的话说："可以说为'反乌托邦'的写作提供了一个中国式的范本，其与实际发生过的中国历史的互文性作用，更使得这部作品可以很容易被当做历史寓言来读解。"[1] 的确，这部作品具有一般反乌托邦小说的典型特征：反转——即从天堂般、秩序井然的社区形态暴露一个威权制雏形，对完美人性（利他主义）的追求最终导致思想的禁锢与压迫。而颜哲这一形象，"一个独自清醒、宵旰焦劳的上帝，

---

1 刘志荣：《当代中国新科幻中的人文议题》，《南方文坛》2012年第1期，第51页。

放牧着一群梦游状态下的幸福蚁众"[1]，亦属于反乌托邦小说的典型统治者。

不过，《蚁生》与经典的反乌托邦三部曲有两点不同。首先，小说并不是以成熟的乌托邦社会为开端，也并非简单以正／反模式出现，而是描述了恶托邦—乌托邦—乌托邦覆灭的曲折过程。小说一开始就描述了一个极恶世界：有良知的知识分子被迫害致死，普通人道德沦落，人性之恶得到极大张扬。有才华、有道德原则的颜哲则被迫于生死边缘。在这样的环境下，颜哲的利他主义乌托邦试验，既符合知识分子一直以来"改造国民劣根性"的启蒙责任，又符合一般"惩恶扬善"的道义感。

其次，无论是控制者颜哲，还是被控制的人都真诚地认为利他主义的社会是"天底下最干净的地方"。如干部老魏叔，即使从蚁素中醒来，亦假装没醒，想继续留在利他主义的温馨社会。即使是原先的恶人，"五个恶人如此迷恋利他素，迷恋着当个好人，就像瘾君子迷恋可卡因"[2]。甚至，在乌托邦覆灭的三十六年之后，当众人恢复本性，各奔前程之后，想起被蚁素控制的日子，仍然念念不忘。由此可见尽管人性各异，而即使是普通人仍怀有对乌托邦的向往。正如，小说在最后一章引用虚构的生物学家颜夫之的著作《论利他主义的蚂蚁社会》所指出："既然我们推崇社会的利他主义，既然我们能对自身的劣根性一代一代地作出反省，那就证明——利他主义仍深深扎根在我们的天性中。"[3]

以上两点——人类劣根性改造的必要与天性中对利他主义的向往使得乌托邦试验成为必然甚至于必需。然而，看起来具有现实根据和"合理性"的乌托邦为何走向反乌托邦？叙事者秋云发现："原来失败之咎并不是蚁众中'恶'的复苏，而完全在于蚁王，是因为蚁王本

1　王晋康：《蚁生》，福州：福建人民出版社，2007，第 243 页。

2　同上，第 231 页。

3　同上，第 224 页。

性中的多疑，而这种多疑实质是对于'恶'的迷恋。"[1] 无论众醉独醒的正蚁王颜哲，还是对蚁素始终保持审慎态度，并最后终止试验的副蚁王秋云，两者之间看上去对立，而本质上却是异曲同工。首先，作为监管者和清醒者的正副蚁王，是外在于"利他主义乌托邦"的，即他们自身被赋予无限制的权力，却并不受制于蚁素所产生的道德约束力。其次，秋云固然比颜哲更为善良，更多人道主义的关怀，更所谓"妇人之仁"，然而他们对人性的看法是一致的——二分的和静止的：人以善恶截然相分；恶人永恶，而善人永善。正是这样的人性观促成了他们对同一的、全善的、服从的利他主义乌托邦的向往。不同种蚁素的碰撞造成的血案表面上是技术失误，而本质上反映了被不同的利益所控制的"非自主的"蚁群所必然发生的冲突。那么，如秋云所问的，"如果两个正副蚁王也喷上蚁素，达到社会成员的道德水准，那会是什么结局呢"？[2] 小说对此的答案是否定的。小说结尾揭示了自然人性的本质：

> 本性自私的人类，磕磕绊绊的，最终走到今天的文明社会，而且显然比野蛮时代多一些善，多一些利他天性，这说明上帝的设计还是很有效的。而蚂蚁社会呢，在颜哲父子心中恁般伟大的蚂蚁社会，今天仍旧停滞在8000万年前那个水平上，不再发展，是僵化的、低水平的。你能瞎说蚂蚁社会比人类社会高明？所以……咱们还是按老路走下去吧，说不定，自私基因才是历史发展的最基本动力。[3]

一方面坦承人性的自私性，而另一方面认为自私可成为前进动力，可见小说中对于人性的要求经历了从完美主义的、道德乌托邦理想到现

---

1 王晋康：《蚁生》，第240页。

2 同上，第240页。

3 同上，第243页。

实主义的、实用主义的转变。

刘慈欣的《魔鬼积木》是一个关于基因工程的故事。怀有"物种共产主义"理想的非洲裔美籍生物学家奥拉在美国军方的支持下秘密开始一项"创世计划"，旨在通过组合人类与其他物种基因的方式来为美国军队培养出具有敏捷、凶猛、冷酷、狡猾、忠诚等优点的军人。然而，计划在实施过程中产生了大量具有生存能力的废品组合体，成为人类恐惧的对象。军队无法接受异类的潜在威胁而对该计划产生的"废品"进行了灭绝，并与持物种平等理念的奥拉分道扬镳。奥拉在桑比亚军政府的秘密支持下制造出了具有完美基因组合的"鸟人"，最终打败了美国军队。小说从结局而言似乎是"物种共产主义"的这一乌托邦理想得以实现，但若是从多重视角来看，小说不仅描述了基因工程带来的"后人类"对人类的威胁，更加质疑了上帝/先祖在创世工作中的作用。

作为小说《天使时代》的扩充和修改版本，《魔鬼积木》做了最重要的两处修改：其一是大篇幅地增加了对基因工程开始和中间阶段的"失败和成品"的细致的、可怖的描述，突出了人类对"合成品"，即"他者"的强烈恐惧；其二是通过非裔美籍科学家奥拉对美国和桑比亚的身份认同的转变，而将第一世界与第三世界的矛盾，民族主义与物种共产主义之间的冲突，进行了复杂化处理。修改之后的版本将原来清晰和绝对的善恶对比、第一世界的冷漠和第三世界的绝望对比、人类与后人类的对比变得含糊并且复杂。因此，主人公奥拉教授用基因工程所创造出来的新物种的胜利就并非简化为"乌托邦的实现"。

表面上，奥拉"物种共产主义"目标所示的是一种超越于人道主义的蓝图："要实现所有物种平等的超大同世界！"然而，奥拉也清楚，这个伟大理想的实现需要战斗——

为了人类各种族的平等，我们已战斗了很长时间，但为地球上所有物种平等所进行的革命还没有开始，要实现所有物种平等的超大同世界，可能还要进行成千上万次南北战争。我愿意为这样一个世界而献身，实现人类与其它物种基因的组合，将首次把物种平等的问题呈现在全世界面前，也可能是这场革命的开始！[1]

"成千上万次南北战争"并不是虚指战斗精神，而是真正的腥风血雨。奥拉非常清楚，要为"这场战争"所付出的代价：无数一出生就被称为"废品"的生命和人类自身。

当妻子质问奥拉："那你对人类的生命岂不是太不尊重了？"奥拉反问："亲爱的，你真的认为在这个世界上，人类的生命受到尊重吗？"[2]出于对人类自身之间不平等的不满，对人类压迫其他物种的不满，而试图以上帝创世的方式来推行物种平等，这是乌托邦主义的一贯逻辑。小说进一步展现了乌托邦与反乌托邦的一体两面：奥拉这个创始者一方面批判人类无法接受异类，无论是政治上、文化上还是种族上的异类；另一方面却一直回避去理解和接受人类对异类的本能反应。当他发现自己的女儿的死亡真相是对他所制造出的他者的恐惧时，他既无悔意和反思，甚至没有表示同情和理解，只是一味批评"人类中心主义"一叶障目。从人类角度而言，他只看到人类种族在基因上的差异甚小，而无视人类个体在情感与理性层面的差异。为完成目的甚至支持专制军政府利用民众身体为"创世计划"提供子宫，不仅不择手段地用基因技术追求绝对的同一性，而且是从物种共产主义直接倒向专政。从后人类角度而言，他虽然标榜物种平等，但从未考虑过为这个终极平等的理想所牺牲的无数个体。明知实验过程中会产生无数牺牲品，他不仅未在胚胎状态时对它们进行人道处理，反而为了技

---

1 刘慈欣：《白垩纪往事·魔鬼积木》，武汉：长江文艺出版社，2017，第145页。

2 同上，第143页。

术改进的需要，任其成长，制造大量废品。在面临人类的排斥时，作为先祖的奥拉既未阻止人类对后人类的屠杀，也并无试图去缓解人类与后人类之间的矛盾。他鼓动后人类们奋起反抗突围，认为"只要能让外部世界知道你们的存在，就是一个伟大的胜利"[1]，这与其说是同情组合体，不如说利用它们作为战争的急先锋，用生命的代价为遥远的理想而冲锋陷阵。

那么，暴露"物种共产主义"在建构过程中的"不择手段"，是否意味着作为其对立面的"爱国主义"具有合理性？并非如此。小说展现两者从合作到"分道扬镳"的过程。正是因为两者最初的合作意向是建立在"各取所需"和"互相利用"之上，而缺乏任何道德共识，因而当两种意识形态出现冲突时，便以各自的封闭和绝对的理念为原则，来铲除"他者"。因此，"爱国主义"与"物种共产主义"在小说中展示出共同逻辑：一、只在意目的，无视程序正义；二、只追求同一性、整体性理念，无视个体。这些亦是乌托邦主义的特点。

《蚁生》和《魔鬼积木》看似不同：以"文革"为背景的前者，其反乌托邦的政治隐喻相对容易辨识，而杂糅着反殖民主义背景和后人类主义议题的后者却需要从乌托邦叙事中提炼出反乌托邦的视角。但是，两部小说异曲同工地塑造了一个追求"完美秩序"的"上帝"，如何用科学理性构建一个同一、机械化和简单化的世界，而将人性或物种个体的复杂与差异性压制至最低。相比于《蚁生》的单一意识形态导向的乌托邦计划，《魔鬼积木》更进一步展现了多重乌托邦计划之间的竞争。如果说前者是关于经典形式的乌托邦覆灭的故事，那么后者则不免让我们质疑多元化乌托邦计划的可能性。当世界从"历史的终结"到全球化和多元化时代，"乌托邦主义者不再致力于某个特定的机制或蓝图，而是致力于以各种各样的方式想象可能的乌托邦"[2]。诺齐克曾描述这种

1　刘慈欣：《白垩纪往事·魔鬼积木》，第176页。

2　Fredric Jameson, *Archaeologies of the Future*, p. 217.

新形式的乌托邦社会："结论是，将来的乌托邦中并不会有单一形式的共同体存在或单一形式的生活主导。乌托邦将包含着乌托邦，包含着许多不同的，相左的共同体，其中人们在不同的制度下过着不同的生活。有些类型的共同体可能会比其他的更有吸引力。共同体会繁荣和衰亡。人们会离开某个共同体去到其他地方，也可以毕生生活在一个共同体内。乌托邦是许多个乌托邦的框架，是这样一个地方：在一个理想的共同体内，人们自愿平等地聚集去追求，去尽力实现他们自己关于美好生活的愿景，但是没有人可以将自己的乌托邦愿景强加于他人。"[1]诺齐克将这种"乌托邦社会"称为是"元乌托邦"（Meta-Utopia）。然而，《魔鬼积木》提醒我们，元乌托邦并不能解决乌托邦主义所附有的压迫性、同一性和封闭性问题。

三、恶托邦叙事：技术时代的无力

安东尼斯·巴拉索普洛斯指出："恶托邦有别于反乌托邦的几个方面：1.它们并不预设或它们的结果并不是对乌托邦冲动或乌托邦抱负的全面拒绝；2.它们的批判是全然主观的，比如，明确地由主体在具体情境中的位置而定的，而不是来自于推定性的客观评判位置；3.本质上，它们绝大多数是叙述性的，而非论争性的，所以不常包括非虚构性作品。4.正因为上述原因，它们在政治上和意识形态上的倾向性是含糊的。"[2]

韩松的《地铁》和郝景芳《北京折叠》两部作品虽然被标签为"反乌托邦小说"，但从严格意义上说，它们更应属于恶托邦文学。它们共同描述了技术时代的梦魇——前者被喻为"技术时代的聊斋志异，电子

1　Robert Nozick, *Anarchy, State, and Utopia*, Blackwell, 1999, p.312.

2　Antonis Balasopoulos, "Anti-Utopia and Dystopia: Rethinking the Generic Field," *Utopia Project Archive*, School of Fine Arts Publications, 2011, p.63.

囚笼中的卡夫卡"，而后者则暴露了自动化与技术进步导致的失业和经济停滞。但两部小说均没有说明恶托邦是由乌托邦的蓝图所致，并且两者在渲染了技术恐惧之后，展现了叙述上的虚无与无力感。

被标签为"华文世界反乌托邦的新长征"的小说集《地铁》由五个独立的中篇小说组成。五篇小说有个共同的主题：在地铁上发生的失踪、变异的故事。韩松自述写地铁的原因在于："地铁已成为了凝聚当代中国人情感、欲望、价值、命运的一个焦点。"[1] 他希望通过对这一焦点的展现来还原中国的真实："至少在我的成长岁月里，那些偶像般的作家们，并没有把中国最深的痛，她心灵的巨大裂隙，并及她对抗荒谬的挣扎，乃至她苏醒过来并繁荣之后，仍然面临的未来的不确定性，以及她深处的危机，在世界的重重包围中的惨烈突围，还有她的儿女们游荡不安的灵魂，等等这些，更加真实地还原出来。"[2]

地铁系列被评论者认为是对飞速发展的"中国梦"的反思。那么，当小说指出"整个中国，都在拥抱一场地铁的狂欢"[3]，具体指向哪些社会现实？我们不妨选取《地铁》系列中最具有探究意味的《符号》为例来看看韩松的鬼魅美学是否挖掘出了地铁狂欢背后的秘密。

《符号》的故事是关于一个名叫小武的男青年从地铁站到地铁隧道，试图寻找这个 S 市"宇宙化"的秘密。小武"不知道自己出生在哪里，不清楚为什么"，"他也不知道自己是什么时候，是怎么来到 S 市"[4]，他只是从一张身份证辨识到自己的名字。他被一个叫卡卡的貌似知道地铁内幕的女孩引领着进入地铁隧道，进入前，卡卡还提示他："难道不可以说，我国也新近加入了无历史的技术型国家的行列？"[5]

1　韩松：《地铁》，上海：上海人民出版社，2011，第 11 页。

2　同上，第 12 页。

3　同上，第 8 页。

4　同上，第 94 页。

5　同上，第 110 页。

　　所谓"技术型国家"具体体现在哪些方面？小武的地下游历除了见到各种光怪陆离的人——记者、侦探、农民、外商、学者、妇人和孩子以及他们诡异、恶心的变异之外，就是从他们口中听到关于新型地铁的各种猜想："一千个人有一千种看法……有人说是力场扭曲，有人说是磁极倒转，有人说是电子病毒，有人说是时间回旋……"[1]还有外星人袭击地球，宇宙地铁网、虫洞，被跨国资本控制的NASA等等浮光掠影，令人眼花缭乱的描述。有评论者因此称其为"形容词小说"："我们从中看不到任何活生生的人和事，只有形容词，形容词，形容词。"[2]小说充斥着类似的描述："这些在洪水中竭尽全力用一己之躯阻止溃坝的生物，光是小武能认出来的，就有苏格拉底、荷马、欧几里得、莎士比亚、牛顿、弗洛伊德、爱因斯坦、卢梭、华盛顿……忽然，一队骄傲的飞侠俯冲下来，从像是嘴巴的部位伸出长长的、锯齿状的口器，噗地戳入水兽的天灵盖，从那里美美地吮吸脑浆。"[3]对于主题——"技术导致异化"的表现则似乎就想通过密集的技术名词的罗列和形容词的强化效应来完成。

　　有学者将此解读为："韩松选择了另一条道路来结构其文本形式，一方面，他将技术的发展视为理所当然的既成事实，而另一方面，他抛弃情节，转而通过'感觉'，通过描述技术时代的魑魅一般的不安，来让人'体验'，而不是'理解'技术异化之可怖。从而在感性，而非理智，在感染力，而非说服力上，达到批判技术异化的效果。"[4]感官层面的形容词加技术层面名词的堆积是否就意味着"技术异化"？是否就能达到如赛博朋克中常见的"高科技、低生活"的效果？效果并不显著。因为小说不仅没有论证变异与技术的逻辑关系，甚至对技术的描述也是似是而非。

1　韩松：《地铁》，第158页。

2　张定浩：《一个地狱的受害者》，《文汇读书周报》2011年6月3日。

3　同注1，第187页。

4　康凌：《如何批判技术异化——读韩松〈地铁〉》，《南方文坛》2012年第1期，第5页。

比如，小说中有一段话试图解释地铁异象：

英尼斯是它的外星学名呀！也就是制造宇宙地铁网的基本材料。不知道吗？宇宙地铁网是一种时空媒介。它的功能，说来也很简单，就是让宇宙重新生长出具有记忆互联功能的垄断拓扑结构，恢复它那基于观察的全息量子计算模块并保持数据链的畅通，哦，就可以用来纠正信息失衡了。知道吗，一场亘古未有的剧变正在发生，在末日性质的灾难中，诸世界发生了翻转，宇宙的视神经力场被来自其内部的新生活性智慧系统破坏了，很不幸地丢掉了它储存在介质中的全部资料。不仅仅物质和能量乱成一团，形成了壅塞，更糟的是连宇宙自己也丧失了记忆，造成一切正严重地向空间方向倾斜，处理不好时间的持续问题。[1]

这段话与其说是给予解释，不如说是用各种自创的术语增加了含混性。这一术语链不仅不能作为技术理性的象征，反而可视作为与人体和环境一样的"变异"景象。

总而言之，在《地铁》中，与其说技术理性导致异化，不如说，技术本身是异化之后的景观之一。小说固然在某种程度上，如韩松自陈，浓缩地展现了"她的儿女们游荡不安的灵魂"，却没有真正去探究"为什么游荡"。正因为如此，小说由一系列"不知道"而始，而仍然终于"不知道"："在这样史无前例的宏伟工程中，他却不知道自己该做些什么，他只能看着。""噢，妈妈啊！——不，喂，喂，孩子们，救救我吧。我名叫小武，是顶着调查者的名义才进入这个世界的。是的，我被叫作小武"……[2] 小武的调查并不是调查，只是对一种恶托邦景象的描述。他问了很多为什么，但只是为了呈现一番"无从解释"的景象。

1　韩松：《地铁》，第 190 页。

2　同上，第 199 页。

如果韩松将"异化"本身当作是对当代中国的隐喻，那么，我们从《地铁》中所得到"中国印象"只是一个抽象的景观，却无法从中辨识现实中国。正如评论者所言，"假如只存在一个抽象的'中国'，那么她所有的痛苦、挣扎、不确定性乃至危机，正如她所谓的繁荣、和谐、发展一样，不过是一体两面，都是可能被预设和被控制的"。[1]

2016 年 8 月，继刘慈欣之后，中国作家郝景芳以《北京折叠》斩获"雨果奖"最佳短篇小说奖，再次将中国科幻带入世界读者的视野。小说把当今中国日趋明显的阶级固化问题作了空间化和时间化的呈现：整个北京城被折叠成三个时空，由三个阶层的人来分享。第一空间居住着 500 万权贵阶级，享受头一天早上 6 点到第二天早上 6 点的24 小时；第二空间住着 2500 万中产阶级，享受第二天早上 6 点到晚上 10 点的 16 个小时；第三空间住着 5000 万底层劳动者，每天只有晚上 10 点到早上 6 点的 8 个小时。三个空间相互折叠，不可随意穿越，三个阶层平行生活，流动无望。小说以第三空间垃圾工老刀非法进入第一、二空间送信为主线，借他之眼，描述了三个世界的不平等并试图揭示造成这种差异的原因。

作者坦承："实际上我不认为它是一篇幻想小说，我写的也根本不是一个不存在的未来。"[2] 的确，除了城市"折叠"与时间分配之外《北京折叠》的科技含量很低。然而，这似乎越发凸显出小说的现实指涉性。

然而，细看之下，若抽离科幻标签，以现实主义的标准来衡量，小说虽有"反乌托邦文学"之形，却无其实质。尽管小说详尽地描述了三个空间种种不公平，然而，在探究这种不平等的"折叠城市"的形成原因时，小说"在政治上和意识形态上的倾向性是含糊的"[3]。这种含糊性体现在两个方面：

---

1 张定浩：《一个地狱的受害者》。

2 郝景芳：《北京折叠写作感言》，2015 年 10 月 21 日，新浪博客。

3 Antonis Balasopoulos, "Anti—Utopia and Dystopia: Rethinking the Generic Field," p. 63.

一、小说不是道出"真相"，而是道出"苦衷"。让来自第三世界的老刀误闯折叠城市三十周年庆祝会场，探究该计划的"前世今生"，原本既可揭示整个不平等的计划背后的深层原因，又能以反差而产生强烈的讽刺意味。但"真相"道出的方式如此之简单，仅借用一个在第一空间获得工作的原第三空间居民的一段话即解释了"折叠城市"的背景：

> 其实当初的情况就跟欧洲二十世纪末差不多，经济发展，但失业率上升，印钱也不管用，菲利普斯曲线不符合……人工成本往上涨，机器成本往下降，到一定时候就是机器便宜，生产力一改造，升级了，GDP上去了，失业也上去了。怎么办？政策保护？福利？越保护工厂越不雇人。你现在上城外看看，那几公里的厂区就没几个人。农场不也是吗？大农场一搞几千亩地，全设备耕种，根本要不了几个人。咱们当时怎么搞过欧美的，不就是这么规模化搞的吗？但问题是，地都腾出来了，人都省出来了，这些人干嘛去呢？欧洲那边是强行减少每人工作时间，增加就业机会，可是这样没活力你明白吗？最好的办法是彻底减少一些人的生活时间，再给他们找到活儿干。你明白了吧？就是塞到夜里。这样还有一个好处，就是每次通货膨胀几乎传不到底层去，印钞票、花钞票都是能贷款的人消化了，GDP涨了，底下的物价却不涨。人们根本不知道。[1]

这番"真相"是由一个跨越了空间隔阂的管家老葛来道出，并且"老葛的话里有一股凉意"。他甚至直白地说："只是这么多年过来，人就木了，好多事儿没法改变，也只当那么回事了"。[2] 因而，客观效果上，

---

1 郝景芳：《北京折叠》，台北：远流出版公司，2016，第38-39页。

2 同上，第39页。

与其说是揭示"真相"，不如说是道出"苦衷"。将折叠计划归因于生产力本身的飞跃，而没有归罪任何人，也由此得出了"没法改变"的终极结论。

不仅不怪任何人，而且还刻画了一个殚精竭虑的管理者形象。作为折叠城市的总设计师，白发老人不仅不像其他乌托邦小说中的"上帝"那样目空一切，为抽象的完美理念而无视个体和社群，恰恰相反，他是个颇为现实主义的人。当第一空间的精英们提出用溶液技术处理垃圾的方案，进一步推进"技术理想"时，老人予以了否定："事情哪是那么简单的，你这个项目要是上马了，大规模一改造，又不需要工人，现在那些劳动力怎么办，上千万垃圾工失业怎么办？"[1]

可见他不仅并不以"技术乌托邦"为目标，还切实站在底层的垃圾工角度考虑。小说还描述他的尽责，"他经常工作到午夜"，"白发老人终于疲倦地倒在办公室的小床上"，等等。[2] 这一形象冲淡了讽刺性，使得整个折叠计划看起来是对付科技发展不得已而为之的，且是又实际又有效的上策。

二、"不了了之"的无力叙事视角。整部小说借老刀的视角来游历三个空间，描绘出各自特征形成强烈反差，然而却没引起老刀的太大反应。在整个游历过程中，叙述视角始终是描述性的、而不是批判性的。他对一切都不予置评，更不打算"有所行动"。例如，"他也跟着鼓了掌，虽然不知道为什么"[3]；"他反复想着吴闻和白发老人说的话，自动垃圾处理，这是什么样的呢，如果真的这样，是好还是不好呢"[4]；"老刀有点明白老葛的意思了，可他不知道该说什么好"[5]，

1　郝景芳：《北京折叠》，第 36 页。

2　同上，第 43 页。

3　同上，第 35 页。

4　同上，第 37 页。

5　同上，第 39 页。

"他不知道糖糖什么时候才能学会唱歌跳舞，成为一个淑女"[1]，等等。这种木讷甚至于冷漠的形象并不足以承担起反乌托邦小说通常该有的反抗力量。那么，这种"不了了之"的风格是否出于反讽效果呢？并无迹象显示其反讽性，因为缺乏可反对和批判的具体对象。如果将阶级固化和隔离归结于生产力的发展，那么，折叠城市所造成的不平等景象则是一个既情有可原又无解的结果。受此结果支配的底层人们似乎只有接受这样的命运，甚至于还要对于第一空间尚未决定推行"自动垃圾处理"感到庆幸。于是，从小说一开始就写到曾经穿越于各个空间的走私贩和冒险家彭蠡已是"胸无大志只知道吃喝的怂包"模样；而到了小说结尾，从第一空间回来的老刀，也是"他看看时间，该去上班了"[2]。

《地铁》与《北京折叠》虽然风格迥异：前者鬼魅怪诞；后者偏向现实主义。然而，它们在主题上和叙事的氛围上却十分类似：表面上属于"技术反乌托邦"，而实际上既见不到"高科技"与"低生活"之间的关联，亦看不到对这种既定生活秩序的反抗。郝景芳在获奖感言中亦解释了"改变"的无力："这样一个有关不平等的故事，得到许多人认可，说明周遭世界的不平等如此昭然若揭。这种不平等不一定是邪恶，但一定意味着许多许多人生存的艰难。在我日常的工作中，我们是如此努力致力于研究并消除整个世界的不平等，可是最终也许一切都是徒然，就连人类历史上所有为不平等而奋斗的浴血奋战最终也只是制造了更多不平等。"[3]

1　郝景芳：《北京折叠》，第45页。

2　同上。

3　郝景芳：《北京折叠写作感言》。

四、结论

从以上四部作品可见，中国当代反乌托邦与恶托邦科幻在现实批判上存在明显的差异，尤其是对意识形态议题的不同处理。前者详尽地显示了乌托邦主义是如何反转为反面乌托邦，由此具体化为对某种或某几种意识形态的乌托邦主义进行了反思与探讨；而后者尽管描述了"发展神话"破灭之后的恶托邦状态，但只将问题归结于"科技发展"本身，而回避了意识形态议题和权力追踪。然而，有趣的是，中国反乌托邦小说中残存了乌托邦冲动——如《蚁生》中临近结尾时秋云仍想要体验利他主义的快感，《魔鬼积木》中鸟人对于人类战争的短暂胜利，说明尽管"乌托邦模式／规划"（Utopian Models/Projects）被质疑，而"乌托邦冲动／欲望"（Utopian Impulse /Desire）却若隐若现。而中国恶托邦小说叙事中虽然因回避意识形态问题而削弱了现实批判性，而叙事模式中普遍的虚无感和无力感，却又透露出一种对于乌托邦主义的彻底拒斥。但是，恶托邦叙事透露出的不信任却未必会转化为一种反乌托邦、反同一性的力量，因为虚无主义或是犬儒主义阻止了其行动。例如，《地铁》与《北京折叠》中经常出现的"不知道"和"不相信"不仅意味着对探究真相的放弃，更表示对改变现实的放弃。如果说《蚁生》和《魔鬼积木》更接近于经典模式的反乌托邦小说，立足于个体，质疑同一性和"大同世界"，那么《地铁》和《北京折叠》很大程度上反映了"历史终结"之后全球资本主义的"没有天敌"与后现代"不确定性"症状。詹明信在《未来考古学——乌托邦欲望和其他科幻小说》追溯了乌托邦议题从冷战到晚期资本主义时代的演变历程，借用萨特"反—反共产主义"结构，提出"反—反乌托邦主义"建议："也许相类似的情形可以给后来的乌托邦旅行者以提示：确实，对于那些——对乌托邦批判的动机过于谨慎、但同样意识到乌托邦在结构上的含混性，那些注意乌托邦观念和计划在我们这个时代的真实政治功能的——人们而言，'反—反乌托邦主义'的口号可能也许提供了最好的作战策略。"[1]也许，在整体性乌托邦计划遭到普遍质疑之后，想要避免虚无与犬儒，"反—反乌托邦主义"或不失为一种策略。

原载《扬子江评论》2019 年第 4 期

1 Fredric Jameson, *Archaeologies of the Future*, p. 217.

反乌托邦小说对"消费乌托邦"的预演与批判

——以《美丽新世界》与《华氏451度》为例

王一平

长久以来,学界对《美丽新世界》(*Brave New World*, 1932)、《华氏451度》(*Fahnerheit 451*, 1953)等反乌托邦小说的考察往往囿于反极权主义、反科技至上主义等视角,忽略了它们蕴含的当代意义:此类小说所描绘出的繁荣的"消费乌托邦"是对当代西方"丰裕社会"及其存在问题的深刻预见。美国社会学家李斯曼认为,从20世纪40年代开始,资本主义社会出现了第二次革命,即向消费社会的转型:"第一次革命在过去的400年里涤清了曾存续于人类大部分历史时期的、以家庭或家族为核心的传统生活方式。这次革命包括文艺复兴、宗教改革、反宗教改革、工业革命以及17、18、19世纪的政治革命等,而且仍在进行之中;但在最发达的国家,尤其是在美国,它正让位于另外一种形式的革命——即随着由生产时代向消费时代过渡而发生的全方位的社会变革。"[1]在文学领域，英国作家赫胥黎在 20 世纪 30 年代就已经把对这一趋势的体验与忧虑融入小说之中：如果说此前他的反乌托邦小说《我们》（We，1921）仍是对以生产为核心的早期工业化社会的描绘，《美丽新世界》则开始预见了影响深远的消费社会的前景。在赫胥黎所设计的消费乌托邦中，人类的物质资料已然极为丰盛，而对消费车轮运转的维持则占据了社会的中心位置，并全面地控制了新世界人的生活。对此，赫胥黎曾在 1947 年回顾《美丽新世界》时表明："这场真正革命性的革命不应该在外部世界进行，而应该在人类的灵魂和肉体上进行。"[2]实际上，《美丽新世界》对这场"灵魂和肉体的革命"的预言具有高度的前瞻性，它所渲染的"乌托邦"已经不仅仅是传统的、专制的一元化世界，而是一种富裕的、控制隐秘且更加难以撼动的一元化世界。而此后，与《美丽新世界》一样对现代社会进程与方向体察入微的美国科幻作家布雷德伯里的《华氏 451 度》也描绘了具有警世意味的消费乌托邦社会场景，以文学的形式呼应了当代左翼理论思潮，生动地演绎出反乌托邦小说的"消费乌托邦批判"这一独特维度，值得研究者细加考察。[3]

一、作为"拟消费社会"的"美丽新世界"

《美丽新世界》自问世至今，一直被不同时代的广大读者及评论家反复阅读、阐释，"美丽新世界"更是成为 20 世纪英语世界中一个使

1　David Riesman，Nathan Clazer, and Reuel Denney，*The Lonely Crowd：A Study of the Changing American Character*，New Haven & London：Yale University Press，2001，p. 6.

2　Aldous Huxley，*Brave New World*，New York：Bantam Books，1966，foreword x.

3　本文以下所引的《美丽新世界》译文参考了赫胥黎：《美妙的新世界》，孙法理译，上海：译林出版社，2000。《华氏 451 度》译文参考了布雷德伯里：《华氏 451》，竹苏敏译，重庆：重庆出版社，2005。

用频仍的词语。[1] 美国社会学家波兹曼曾说:"正如赫胥黎在《重访美丽新世界》里提到的,那些随时准备反抗独裁的自由意志论者和唯理论者'完全忽视了人们对于娱乐的无尽欲望'。在《1984》中,人们受制于痛苦,而在《美丽新世界》中,人们由于享乐失去了自由。"[2] 写出了反思权力的《1984》的奥威尔担心人类会毁于他们所憎恨的东西,而赫胥黎则担心人类将毁于他们所热爱的事物;真正可能全面实现的不是奥威尔的预言,而是赫胥黎的预言——即使人类明知消费乌托邦会带来最终的堕落,却也无力回天,而只能接受由被规约了的欲望所控制的无心抗争的结局,这也许便是人们对极具现实性的消费乌托邦最深的忧惧所在。

《美丽新世界》篇首引了俄罗斯思想家别尔嘉耶夫的话:"生活正向乌托邦前进。一个新的世纪也许可能开始,那时知识分子和有教养的阶层会梦想以种种方式逃避乌托邦,回到非乌托邦的社会。"[3] 考虑到别尔嘉耶夫被布尔什维克政权流放的经历及其自由哲学思想,小说可能会被认为是对斯大林极权政权的讽刺,但美国学者雅各比(Russell Jacoby)却一语中的地说:"倘若……《美丽的新世界》中有一个恶魔的话,那就是亨利·福帝,他体现了个体的让渡与机械化。"[4] 福帝[5] 作为"美丽新世界"的精神象征,代表的是 20 世纪美国汽车大王福特以及福特式的资本主义标准化生产模式;作者还把福特公司生产出著名的 T 型汽车的 1908 年设定为"新世界"的纪元元年。《美

1　"美丽新世界"一词在当下的使用频率依然频高且外延扩大,如,它既被用于对儿童的基因测试表示担忧(See David Shenk, "A Brave New World in China?", in *The Atlantic*, Aug. 8, 2009.),亦出现在系列短片《斯蒂芬·霍金的美丽新世界》("Brave New World with Stephen Hawking," Channel 4, 2011)之中,中性地泛指科技的探索、突破及其对人类生活带来的影响。

2　尼尔·波兹曼:《娱乐至死》,章艳译,桂林:广西师范大学出版社,2004,前言第 2 页。

3　Aldous Huxley, *Brave New World*, epigraph.

4　拉塞尔·雅各比:《不完美的图像——反乌托邦时代的乌托邦思想》,姚建斌等译,北京:新星出版社,2007,中译本序第 3 页。

5　"福帝"即美国福特汽车公司创始人亨利·福特(Henry Ford, 1863—1947)。在《美丽新世界》中,福特业已取代上帝而成为人类的精神偶像,故汉语多以"福帝"译之。

丽新世界》作为反乌托邦小说，针对的正是现代消费乌托邦的可能性。小说题目"美丽新世界"源自莎士比亚的《暴风雨》，乃天真的米兰达对人类的赞美之语，而《美丽新世界》以此为题，则意在反讽。在福帝632年，所谓的"新世界"已如现代乌托邦的始祖威尔斯所愿，成了"世界国家"，科技昌明、人民富庶。"新世界"取消了家庭，甚至利用流水线来按需生产不同等级的婴儿，并通过先天制造和后天控制，让人从婴孩时期就认同既定的社会地位与意识形态；成年之后，则靠肉体享乐、感官电影等声色之娱和迷幻剂来消灭激情与差异，进入到消费—享乐的"平静的幸福"之中。在此，赫胥黎拟造了一个没有苦难的世界，人们都看似各就其位而各安其命，人类的发展史终结于消费乌托邦。

而在这个以消费体系为社会轴心的乌托邦中，由于科技带动了生产力的发展，人类世界已经由此前的物质稀缺性社会进入到了一个丰盛社会，出现了法国社会学家鲍德里亚所说的"一种由不断增长的物、服务和物质财富所构成的惊人的消费和丰盛的现象"[1]。在早期生产力水平相对落后、物质稀缺的时代，由于人类生产出的物质财富尚不能满足人们的衣食住行等日常需要，因此"尽一切可能发展生产力，从而创造尽可能多的物质财富以满足人们的基本需求就成了一个最为重要和紧迫的任务"[2]；但在一个丰裕的乌托邦之中，"关于开支、享乐、非计算（'请现在购买，以后再付款'）的主题取代了那些关于储蓄、劳动、遗产的'清教式'主题"[3]。在《美丽新世界》中，基督教之所以被新世界镇压，原因便如新世界元首所斥责的，它是"低消费的伦理学和哲学"，这在消费乌托邦中是"反社会的罪行"，因为此时，随着生产力的迅猛提高，消费业已落后于生产，在人类的基本需要已

1　让·鲍德里亚：《消费社会》，刘成富、全志钢译，南京：南京大学出版社，2008，第1页。

2　夏莹：《消费社会理论及其方法论导论》，北京：中国社会科学出版社，2007，第191页。

3　同注1，第64页。

经完全被满足之后，大量的剩余产品成了生产与再生产之间的严重障碍，如何消耗掉这些多余产品以保证社会生产的持续性，是丰裕社会的重大难题。

新世界的元首便苦恼如何让生产与消费的机轮均衡而稳定地转动起来，"机器转动着，转动着，而且必须继续转动，永远转动。机器停止运转就意味着死亡"（*Brave*：28）。面对这一难题，消费乌托邦认为最行之有效的解决方法便是扩大消费，在基本需求之外制造新的需求。消费社会批判理论揭示出物的二重维度——物质性（功能性）维度与意义性（符号性）维度："物质性维度是指物对人的现实需求的直接满足。物在此直接表现为某种功能，例如食物对于饥饿，衣服对于寒冷……但物的意义性维度指向的则是一种对价值层面的追求。物在此摆脱了它直接的功能性而以符号、意义的形式表现出来，因此也可以称之为符号性维度。"[1] 为了保证消费机轮的顺利运转，消费社会就突出了以符号化为表现形式的物的意义性维度：在一套符号体系之中，物通过比较而表现出一种差异化的符号价值，进而成为一种差异性的身份、地位的象征，"人们总是把物（从广义的角度）用来当做能够突出你的符号，或是让你加入视为理想的团体，或参考一个地位更高的团体来摆脱本团体"[2]。消费社会因此形成了以"消费区分阶层"的需求体系，这种区分构成了人心理上永恒的、向上的追求动力，因而"必然产生（出）处于需求体系中的人的'心理的贫困'。需求体系使得人的需求永远得不到满足"[3]，需求变成了一种永远指向下一个目标的无限的"欲望"，而正是这种"欲望"保护了消费，维护了消费社会的运行。

"美丽新世界"与消费社会非常相似，它通过欲望的刺激、需求

---

1 夏莹：《消费社会理论及其方法论导论》，第192页。

2 让·鲍德里亚：《消费社会》，第41页。

3 同注1，第137页。

的扩大来维持一个高消费的社会，是乌托邦 / 反乌托邦小说中少有的
丰裕社会（多数反乌托邦小说展现的是匮乏而均等、力倡禁欲的世界）。
当然，作为幻想型的作品，同时也是当代消费之光普照之前的小说，
《美丽新世界》中新世界的运转模式和对消费者的驯化方式与后来的
主流消费社会理论仍有着内在差异，因此更准确地说，它应该是"拟
消费社会"：作为乌托邦，新世界的"消费"仍然仰赖于一个总体性
的庞大规划，如在一场地震造成的损失之后按计划该补充多少人（消
费者）；在阶层差异上，新世界分为以阿尔法阶层为首的五大等级，
也以不同的符号标示差异化的身份，如不同等级的儿童分别穿灰色、
绿色和卡其色等不同颜色的服装，但阶层之间的关系较为固化，不存
在流通的可能性，各阶层的欲望既被鼓动，又被限制在既定的范围内。
总的来说，美丽新世界作为"拟消费社会"，表现出一种荒诞却具有
某种真实性的颠倒：新世界是按照消费计划来设计人的"需要"与"欲
望"的，人只是为了完成"消费"任务才被流水线生产出来，其存在
的唯一意义便是维持消费系统本身的运转，而这指向了消费社会中人
的"异化"（Alienation）。由此，虽然列斐伏尔曾称，其意指"消费
主导的新型社会形态"的"消费引导性官僚社会"（the Bureaucratic
Society of Controlled Consumption）这一概念与文学和社会哲学没有
渊源关系，[1] 但事实上，在文学世界中，他所强调的消费社会中的消费
主导、人的被控制与异化，早在数十年前的《美丽新世界》等作品中
已经得到了精心的模拟。

1　See Henri Lefebvre, *Everyday Life in the Modern World*，trans. Sacha Rabinovitch，New York：Harper & Row Publishers，1971，p. 60.

二、"匿名"统治与"主体"幻觉："消费乌托邦"的操控方式

在《美丽新世界》中，新世界与消费社会一样，其主流的操控方式已超越了全面施行暴力惩罚的阶段，而以价值观的诱导、灌输等和平方式为主。对此，赫胥黎指出："毫无疑问，没有理由表明新极权主义一定会跟老极权主义相同。倚仗大棒和死刑执行队、人为的饥荒、大规模监禁和流放来统治的政府不仅是不人道的，而且是明显缺乏效率的……一个真正有效率的极权国家应该由大权在握的政治大亨和他们的经理人大军控制所有的奴隶。而对奴隶无需胁迫，因为他们喜欢被奴役。"[1]所谓有效率的、"喜欢被奴役"的方式，正是将消费、享乐至上的价值观注入人们头脑中的无形控制，使人们认可人作为消费者方能合法地存在这一基本的价值观。由此，《美丽新世界》独具想象力地描写了具有象征意味的条件反射、"睡眠教育"等心理、生理上的多重控制方式。如在小说中的育婴场所"伦敦中央孵化与条件设置中心"里，婴儿们一旦接触鲜花和书本便会遭到电击，在反复数百次的条件反射训练下，婴儿们形成了对花与书本的不可逆的"本能"厌恶，而此种设计正是为了达到扩大消费的目的。孵化中心主任讲解道，一个世纪前人们曾被设计为喜爱鲜花、热爱自然，理由是为了让人们去乡村游玩而花费交通费，但不幸的是：

> 樱草花和风景都有一个严重的缺点：它们是免费的。爱好大自然无法使工厂生意兴隆。于是人们对大自然的爱被取消了——至少对低等级的人是如此——但却并不取消他们花交通费的倾向。因为他们仍须到乡村去，即使憎恶也得去，那是最重要的。问题在于要在经济方面为交通消费找出更适当的理由，

1　Aldous Huxley, *Brave New World*, foreword xi.

而不是喜欢樱草花和风景之类的。适当的理由后来找到了。"我们设置了条件反射，让人们不喜欢乡村，"主任的结论是，"却又设置了条件让他们喜欢一切乡村运动，同时又注意让乡村运动消耗精致的运动器材，让他们既消费工业品也花交通费。"（*Brave*：14-15）

大自然本身是免费的（作为前消费社会的象征），无法形成额外的消费，因此在新世界中，它仅有的价值便是被用来作为刺激消费的辅助物；而以电击培训"本能"等操纵所显示的，则表明"欲望"是被悄然地虚构和制造出来的。除了电击之外，此类制造方式还包括通过成千上万次"睡眠教育"（"心理催眠"）进行的伦理观、价值观的灌输、谕诚等。在此不难发现，新世界对"欲望"的制造，显然并不是以强制的方式，而是以象征性的隐蔽方式来进行的，并完全融入人们的生活、生命本身之中。

《美丽新世界》中的社会阶层是原始的等级制，但看上去却非常和谐有序，因为消费乌托邦对人的宰制是隐形的、高度组织化的，这种组织化是"匿名的统治"，是人们"被控制但找不到控制的主人"[1]的统治。对此种"找不到控制的主人"的统治，赫胥黎认为需要生理控制手段的全面配合——条件反射技术、人才识别科学、麻醉药和完善的优生学体系都必不可少，但身处20世纪30年代的他难以设想的是，数十年后随着电子媒介的普及，现代广告等成了毫不逊色于生理改造的控制武器。广告刺激、制造出欲望，巧妙地把强制掩藏于自由的幻象之下，是当代消费社会最具代表性的利器。不过，新世界其实也有拟广告物——潜意识广播口号。新世界相信道德教育不能诉诸理智，因此绝大部分消费观都是通过不断的潜意识广播进入到人们的脑海中。这些广播口号如"我的确喜欢乘飞机""我

1　仰海峰：《西方马克思主义的逻辑》，北京：北京大学出版社，2010，第275页。

爱新衣服""我们总是把旧衣服扔掉，扔掉比修补好。修补越多，财富越少""只需吞下一小片（唆麻），十种烦恼都不见""让我们现在就汇流到一起，有如您闪光的（福特）轿车一样迅疾"等等，和广告一样规约了欲望，而以"我……""我们……"开头的句式则提示出消费者的"主体"地位。但实际上，"真正决定消费过程的，不是消费者的主体需求及其日常生活实际需要，而是商品制造者和推销者的赚钱和宰制'需求'，是商品制造者所制造出来并强加于消费者身上的'需求'"[1]。正如列斐伏尔所指出的，这种消费者的主体意象不过是幻象，消费的意识形态已经取代了作为能动的人的自主想象，消费者乃至消费品都变得无关紧要，重要的是形成人（消费者）作为"主体"的幻觉，以此压抑其可能产生的对于自身异化的意识。[2]在此，消费乌托邦中人被消费所异化、控制，但却反以为是自身自由意志的结果，新世界的潜意识广播的确有效地完成了消费价值观的深度传播和消费意识形态的奠基。

当然，新世界的潜意识口号毕竟和广告不同，一方面，字面意义上的"潜意识广播教育"不会发生在当代社会；另一方面，更为重要的是，新世界是不会允许出现一个"被'餍足型'消费逻辑所引导着的，也就是可怕的'时尚'这种消费周期所牵引的焦虑不安的文化心理世界"[3]的，新世界所追求的，是乌托邦式的绝对稳定，新世界的车轮要求的，是人们要做像"枢轴的轮子一样稳定的人，理性的人，驯服的人，安于现状的坚定的人"（Brave：28），否则乌托邦便将崩溃。在《美丽新世界》的后半部，成长于新世界之外"保留区"的部落青年约翰以局外人的身份进入新世界，在一开始的赞赏之后，他很快便对此种以消费与享乐为尊的社会导向表示厌憎，

1　高宣扬：《当代法国思想五十年》，北京：中国人民大学出版社，2005，第431页。

2　Henri Lefebvre, *Everyday Life in the Modern World*, p.56.

3　刘怀玉、伍丹：《消费主义批判：从大众神话到景观社会——以巴尔特、列斐伏尔、德波为线索》，《江西社会科学》2009年第7期，第51页。

他向元首抗议："我不要舒服。我要上帝，要诗歌，要真正的危险，要自由，要善良，要罪愆。……我在要求受苦受难的权利。"（Brave：163）但元首虽然名为领袖，实际上却也只是这一无主的、数字化运转的官僚体系中的螺丝钉，他无力超越这一体系本身；同时他也相信，非乌托邦式的"苦难、自由"所代表的差异性、多元化必定会带来不稳定，使人们回到前乌托邦时代的堕落与黑暗中去，因此，尽管他对约翰等人颇为同情，但为了新世界的一统与安稳，他最终把异端们都流放出了新世界。

总之，尽管小说家不可能、也并不打算通过文学作品来预测一切具体的未来，但《美丽新世界》对消费乌托邦噩梦的描绘，却是极富预示性的。赫胥黎曾声称"美丽新世界"是比《一九八四》中的大洋国更具有终极性的国度，此言非虚。从当代社会的现实来看，极权政治的恐怖统治或许是相对短暂的，但消费社会的阴影却可能久久挥之不去，也正因为如此，赫胥黎式的预言，才在数十年后的《华氏451度》等小说中得到了延续。

三、虚假的"影像"与真实世界的"看客"："消费乌托邦"的"景观"

在《美丽新世界》出版的年代，电视机尚未出现，但随着电子媒介的扩张，影像世界开始构成一个超越于社会本体的独立世界，对此，20年后的《华氏451度》作出了夸张但并非毫无现实性的设想：在未来，人们大部分时间都生活在四面都是巨大的电视墙的房间中，被无休止的影像世界所包围，而这种包围，正是更为晚近的消费时代中最为引人注目的现象之一。

《华氏451度》是美国当代著名科幻小说家布雷德伯里的代表作，这部创作于加州大学洛杉矶分校图书馆里的作品描写了未来世界中所有图书被禁绝、人们不再反思与批判的故事，也是为数不多被主流文学界广泛接受的科幻小说之一。[1] 而且，"华氏451度"也与此前出现的"美丽新世界""1984"一样，成为反乌托邦小说为英语文学界贡献的最具影响力的词汇之一，它所意指的纸质书本的燃点（约等于摄氏233度），即所隐含的"焚书"一意，已经成为钳制思想自由、以消费欲望湮灭批判精神的景象的代名词。[2]

《华氏451度》不仅延续了《美丽新世界》对人们被隐性操控的考察，更演绎出第二次世界大战后经济复苏、媒介发达、人们生活在由娱乐消费物堆积而成的世界中的情状。此种情状，用法国哲学家居依·德波（Guy Debord）描述消费社会的"景观"（Spectacles）一词来概括或许相当切合，此种"景观"是一种视觉上的包围，空间上的无限制"布展"，代表着"当代社会存在的主导性本质……一种被展现的图景性"，[3] 而这种"被展现的图景性"指的是"真实的世界被优于这一世界的影像的精选品所取代，然而，同时这些影像又成功地使自己被认为是……现实之缩影"（《景》：13），多数人在"'一种痴迷和惊诧的全神贯注状态'中沉醉地观赏着'少数人'制造和控制的景观性演出"（《景》：11），其结果便是景观的操纵者实际上操纵着整个社会，而大众则沉迷于景观而丧失了对本真生活的追求。在《华氏451度》中，这个被展现出来的、具有蛊惑性的影像世界从不表现真正的苦难，它遮蔽了不完美的现实社会，使人们在被视觉规训、入迷地观看影像的同时，心甘情愿地成为了消费社会中的景观乌托邦的俘虏。

在《华氏451度》描写的表面安稳、快乐的未来乌托邦中，人们沉

1　关于《华氏451度》的主要评论，参见 *Ray Bradbury's Fahrenheit 451*（Bloom Harold, ed. Chelsea House Publications, 2001），该书与《美丽新世界》《一九八四》等同属 "Modern Critical Interpretations" 系列丛书之一，这也从一个侧面反映了其作为现代文学经典的地位。

2　如轰动一时的政治纪录片《华氏911》（*Fahrenhei 9/11*, 2004），其题目即源自"华氏451度"。该片通过对"911袭击"前后美国政治生活的展现，借用"华氏451度"的意涵，一语双关地指出"在这个温度（911）之下，连自由也会被焚烧"。

3　居伊·德波：《景观社会》，王昭风译，南京：南京大学出版社，2006，代译序第10页。

溺在电视墙提供的似幻亦真的影像与娱乐生活中，很少面对面地交往，并拒绝一切令人不快的现实，连思想也随着影像一起被平面化。书籍因为容易引发主体的自觉意识和自由思想，成了绝对的禁品，消防员们摇身一变成了纵火员，担当起烧书的任务。消防队长毕缇曾告诫消防员蒙泰戈说：

> 书就是隔壁房间里一把上了膛的手枪。烧了它，取走手枪里的子弹，钳制人们的思想，谁人能知谁会成为满腹经纶者攻击的目标？我？我一分钟都不能容忍这些。所以当房子最终变得完全防火时，世界……就不再需要消防队员的旧职责了。他们被赋予了新的使命，成为了维持思想和平的监管者。[1]

而在禁毁书籍之外，朝人们头脑中填充各种信息的多媒体便取代了书籍，乃至造就了一个娱乐主导性的、乌托邦式的独特世界。电视墙提供的信息包括"流行歌曲的歌词、州府的名字或者去年爱荷华州产了多少玉米"等等，海量信息的充塞让人产生在思考、进步和幸福的错觉，同时必须注意的是，"不要让他们通过像哲学或社会学这种难以捉摸的东西来认识事物，那会让他们感到忧郁。在今天，任何一个能把电视墙拆开又装回去的人……都比一个企图计算、测量和换算宇宙的人要快乐"（*Fahrenheit*：61）。在此，作者从痛恨书籍、热爱空虚享乐的角度对景观乌托邦加以了批判，不过这并非是因为认可麦克卢汉的"媒介即信息"，或波兹曼从思维习惯角度得出的、唯有阅读才能促进理性思维与分析能力的认识；[2] 在《华氏451度》中，退休英语教授费博曾说，"书籍只不过是一种我们存储那些害怕遗忘的事物的容器而已。书本身根本就没有任何魔法。魔法在于书里的内容"

1　Ray Bradbury, *Fahrenheit 451*, New York：Ballantine Books，2003，p.58.

2　尼尔·波兹曼：《娱乐至死》，第56-77页。

（*Fahrenheit*：82-83）。显然，作者并未走向媒介决定论，他所真正痛惜的，乃是书籍被焚所代表的自由精神的沦丧、人们对一种具有虚假一致性的景观乌托邦的自愿妥协。

在《华氏 451 度》中，消防员蒙泰戈一直从事"焚书"之业，但疑问在他的心中逐渐滋生，喜爱思考的少女克拉丽丝则给了他直接的启发。在一次任务中，他因目睹一位老妇和她的书籍一起化为灰烬而深受刺激，此后他偷偷地读书，并结识了爱书人费博，却被妻子米尔德里德所举报。蒙泰戈打死了试图抓捕他的队长毕缇并逃跑，此后全城展开了一场声势浩大的追捕，电视直播让"机器猎犬追踪蒙泰戈"成了一档大型娱乐节目，而已经开始了的真正战争却无人关心。蒙泰戈幸运地逃到了山区，并结识了一群用背诵的方式来保存书籍的人们——"活动图书馆"。不久战争爆发，城市被炸毁，而蒙泰戈一行人则怀着希望准备回到城市，开始世界的重建。

《华氏 451 度》自出版以来，一直被认为是一部反对审查制度的小说，但事实上，小说对现代社会作出了更深刻的反思，它的描绘不限于自由思想遭到了明显的钳制，正如作者布雷德伯里所说的，他"并不担心'自由'（审查制度），而是担心电视把人们变成了愚民"[1]。一方面，小说中人们在地铁上愉快地和着洁齿剂广告打拍子的场景，极佳地展现了消费社会乌托邦在提供愉悦感方面的巨大魔力；另一方面，小说对米尔德里德沉迷于影像世界的描绘，则全面渲染了广大"愚民"们的日常生活状态。米尔德里德和她的朋友费尔普斯太太、波尔斯太太等人的世界是以电视墙为中心展开的，各种欢乐画面并不只是她们生活的一部分，而已经构成了生活本身。她们生活在一个"视觉表象化篡位为社会本体基础的颠倒世界"（《景》：9）里，影像聚集出的景观世界不是"附加于现实世界的无关紧要的装饰或补充"（《景》：3），而成了"现实社会的非现实的核心"（《景》：3）。

1　Amy Johnston, "Ray Bradbury: Fahrenheit 451 Misinterpreted," *LA Weekly*，May 30，2007.

景观通过新闻、宣传、广告、娱乐表演等形式，主导和统治了人们的实际生活。米尔德里德就认为只有电视中出现的人才是真实的，书所代表的"不光滑"的世界反而是不真实的；而费博也认为电视墙的确看似是"真实"的、是即时的、有维度的，"它和这个世界本身一样真实。它就要成为，或者说已经是真实的"（*Fahrenheit*：84）。影像乌托邦里的演员们被人们称为"家人"[1]，而五分钟的电视短剧远比实实在在的战争更值得关心——其实战争也不过是一出 48 小时的电视节目罢了。

更为致命的则是，在这样的影像乌托邦中，人们被彻底贯彻了被动的、静观式的"看"的行为方式，人人都变成了"景观的看客和想象者"。[2]正如费博告诫蒙泰戈的：

> "它告诉你应该想些什么，而且一股脑地塞进你脑子里。它肯定是正确的，听上去绝对正确。它如疾风一般把你推向它自己的结论"，而同时"你不能让他们闭嘴，说'等一等'，……一旦涉足电视厅，谁又能让自己逃离那只紧紧抓住你不放的魔爪？"（*Fahrenheit*：84）

人们在影像世界中成为单向的接受者、丧失了反抗与批评能力，这与德波的判断一致，即景观实际上是独白式的、拒斥对话的："景观是对人类活动的逃避，是对人类实践的重新思考和修正的躲避。"（《景》：6）在景观背后的操纵者的控制下，人们丧失了对本真生活的欲求，"那些总是关注地静待下一件事情发生的人绝不会有任

1　电视演员被观众视为"家人"，是因为"新媒介引发了新型的社会关系，这种关系是有中介的，但是它在心理上类似于面对面的交往。观众开始感到他们'认识'在电视上'邂逅'的人，这与认识朋友和同事的方式是相同的，媒介使用者面对社会关系的反应就像在典型的真实的社会关系中一样"（刘扬：《视觉景观的形而上学批判——居伊·德波景观社会文化理论述评》，《社会科学家》2009 年第 2 期）。

2　仰海峰：《西方马克思主义的逻辑》，第 290 页。

何行动"[1]。在《华氏451度》中，人们在电视墙面前几乎都极为欢乐、顺从，而对视觉画面之外的现实世界与活动则漠不关心，如米尔德里德对影像世界的迷恋，便和她对现实中苦恼的丈夫、恐怖的战争的漠然形成了鲜明的对比；又如，电视上机器猎犬追捕蒙泰戈的直播引起了观众们热切的关注，但在电视直播不间断的指引下，人们既不关心蒙泰戈为什么会藏书、杀人，更不去思考焚书政策是否合理，而是用视觉紧紧跟随摄像机镜头去追踪蒙泰戈；由于大规模搜索太费时费力，在一段时间的搜索无果之后，媒体便与警察合谋，将刺死一名无辜散步者的画面当做杀掉蒙泰戈的情景呈现给了观众们，最终，观众们足不出户地、毫不质疑地接受了影像世界给出的结论："读书是反社会的罪行""反社会的罪行已经得到正法"。至此，观众们乖乖地保持了自己的看客身份，臣服于此种布雷德伯里所谓的"仿真陈述"（Factoids）[2]之下。当然，在影像世界中偶尔也会有伪主动性的假象出现，比如米尔德里德加入到了一档节目的对话中，但她实际上不过是按要求照着剧本念台词而已（"我觉得很不错！""当然同意！"），这些节目的设计，不过是意在"获取观众对节目的官方意识形态的认可，同时又制造出观众自己也参与到了此种意识形态的制定中来的幻觉"[3]。

因此，也正是由于影像世界具有不可反抗也无需反抗的乌托邦性，人们才在现实中自觉地焚烧书籍、镇压异端。现实是"一座该死的巴比伦塔"，充满了不同的声音，唯有让各种呼喊都失声，人们才能够不受干扰地逃入到美妙的影像乌托邦中。正因为如此，蒙泰戈朗读英国诗人马修·阿诺德的名诗《多佛海滩》引起了费尔普斯太太的伤感和哭泣，才遭到了波尔斯太太的咒骂。然而，虚幻的布景毕竟不可能

1　Guy Debord, *Comments on the Society of the Spectacle*, trans. Malcolm Imrie, London: Verso, 1990, p.22.

2　"factoids"一词为诺曼·梅勒所造，此处意指不可靠或不真实的信息在不断的报道和重复之下被认为是真实的（参见《牛津英语词典》）。

3　M. Keith Booker, *The Dystopian Impulse in Modern Literature: Fictions as Social Criticism*, Westport, Connecticut: Greenword Press, 1994, p. 107.

没有裂痕与漏洞，实际上生活在其中的人们的空虚感极为强烈，米尔德里德就曾吞下大量安眠药而差点死去，饱读诗书的毕缇队长对蒙泰戈的故意挑衅，颇有借蒙泰戈之手结束自己生命的意味；而众多深夜驾车狂飙伤人的人群，也是意义沦丧之后由纯粹的感官之欲刺激而出的产物。

面对如此的"看客"的沉沦，布雷德伯里已无法将希望寄托在被景观围困的城市居民身上，因此不得不以浴火重生的方式来展开突围：城市被彻底炸毁，僻居偏远之地的"活动图书馆"们则幸存下来，人类或许能借此打破景观世界的迷局，将主体的创造性、自觉的内省能力重新释放出来。在小说结尾之处，希望也是朝向此处延伸的。不过，对消费乌托邦中"看客"身份的打破方式，不论是《美丽新世界》中"新世界/保留区"的隔绝相峙，还是《华氏451度》中感伤而富有诗意的"城市/山区"的二元对立，反乌托邦对乌托邦的批判一旦以另一个（如空间上的）乌托邦为目标，就转向了乌托邦式的摧垮一切的激进革命，重新落入了大拒绝式的思维窠臼，其前路亦与乌托邦一样黯淡。20世纪60年代德波等人将日常生活艺术化的"情境主义国际"运动的黯然收场，或许便在某种程度上代表了约翰、蒙泰戈们的未来。

《美丽新世界》《华氏451度》等反乌托邦小说描绘的拟消费乌托邦的噩梦，虚拟与预见了建立在高科技基础上的现代消费社会的情景。在此，人类社会已经成为一个由消费所主导的、以大众传媒的影像为中介的世界，一个人类被欲望符号系统所宰制、在匿名的统治中丧失了主体性与创造力的世界。正如波兹曼所言，赫胥黎的深刻性在于他指出了"在一个科技发达的时代里，造成精神毁灭的敌人更可能是一个满面笑容的人，而不是那种一眼看上去就让人心生怀疑和仇恨的人"[1]。当文化已经整体沦为一场滑稽戏，当消费已经成为社会的轴

1　尼尔·波兹曼：《娱乐至死》，第202页。

心、成为人确认自身的唯一标准，消费乌托邦中的人们便不再需要极权统治者（如"老大哥"）警惕的注视，每个人都会为自己编织一个乐居其中的囚笼。[1]反乌托邦小说早在20世纪上半叶便对"消费乌托邦"作出了生动的预演与深刻的批判，[2]而至今，人们似乎仍在这座消费的全景敞视监狱中徘徊踯躅。

原载《外国文学评论》2013年第4期

1　事实上，在《华氏451度》出版的1953年，美国图书馆协会就曾发表宣言强调"阅读自由"对民主的重要性，并呼吁保护这种不断受到攻击的权利，由此可以窥见人们对丧失阅读自由等的可能性并非毫无警觉。但赫胥黎、布雷德伯里及波兹曼所尤为忧虑的，并不仅在于这种受到宪法保护的自由被外力所剥夺，更在于人们对此种自由以及与之相联系的独立、严肃的思考、自我的价值自决等（作为自由的负担）的主动放弃。

2　当然，值得思考的问题还在于，在消费乌托邦中，人类被激发而出的欲望是否全然虚假而不具有任何正当性？如有，则其正当性的边界在何处？高度发达的媒介是否只可能成为意识形态操控的工具，而非人类自主认识与介入更广阔世界的途径？对于这一系列复杂的问题，小说并未作出进一步的理论探索。小说作者们主要是出于一种文学精英的现实关怀之情来展开创作的，因此，此类作品总体上都具有明确的批判倾向与警谕意味。

自我与他者

存 目

奴仆、镜像与它者：西方早期类人机器人想象

程　林

"Robot"概念源于捷克作家恰佩克的剧作《罗素姆的万能机器人》（1920），但它所指事物却绝非突然从无到有。机器人，特别是本文探讨的与人自我认知紧密相关的类人机器人，在当代机器人成为技术现实两千多年前，就已开始出现在西方神话、传说、构想、哲思和文学作品中。从古希腊时期至19世纪末，人类从未停止在头脑和现实中进行自我技术复制的尝试，青铜巨人、机械骑士和仿人自动机等早期机器人形象在西方文化史上虽不常见，却直指"人的自我想象、解构和认知"等核心话题。当代机器人叙事非无源之水，谈论和理解当代机器人文化，就不能忽视与之一脉相承的早期机器人想象。

一、何为早期类人机器人

在 17 至 19 世纪的德、法和英文本中，早期机器人多被称为 Automat、Automate、Automaton，它并非当今的自动售货机，而是人形自动机器、仿人自动机或自动机械人偶。[1] 其古希腊语词源 ατματον 意为"自动的、自力推进的、自行驱动的"，现代希腊语中的 αυτματο 意为"自动机器"。18 世纪的德国作家让·保尔将当时的仿人自动机称为 Maschinenmann[2]（"机器"和"男人"复合而成），默片《大都会》（1926）使用了德国学界至今都在使用的类似概念：Maschinenmensch（"机器"和"人"），两者均可字译为"机器人"。此外，Androide（现为"类人机器人"）的概念在 17 世纪中已出现，由古希腊语 ανήρ 和 ειδ ος组成，中意为"与（男）人相像的"。相比在捷克语中原意为"劳役"和"苦力"的"Eobota"（Robot 词源），以上表达更贴近中文"机器人"的字面之意。尽管早期与当代机器人概念的词源有所差异，但这并不意味着两者就有天壤之别：这种仿人自动机或"机器人"虽无当代机器人的电子和程序驱动，但能通过机械装置完成特定动作，堪称机器人雏形，经过传说或文学虚构后也具有了更多类人属性。此前，欧洲文化史中还出现了青铜巨人、金属门卫和机械骑士等类机器人形象。尽管学界对"当代机器人"的起点尚无严格界定，但"Robot"概念的出场无疑至关重要，当代机器人叙事的起点也应大致在 20 世纪前期。本文将 20 世纪之前在西方思想史上可自成一体的各种仿人机器统称为"早期机器人"。[3] 在当

1　需要注意到是，Automat 并非仅是对人的模仿，也有少数模拟动物，如法国机械师伏康松制作的机械鸭，但本文仅探讨 Automat 作为仿人自动机的情况。

2　"Maschinenmann"来自让·保尔的早期讽刺作品《"机器人"和他的特征》（德：*Maschinenmann nebst seinenEigenschaften*），被收入让·保尔的早期讽刺作品集《选自魔鬼之作》（*Auswahl aus des Teufels Papieren*，1797）。

3　不同译法或意味着话语体系的差异，准确把握概念非常重要。现有相关概念的汉译还有待商榷：将 Automat 等早期机器人形象保守地视为"机器"或"自动机"虽非错误，但限制了其作为人类镜像的潜能；不加限定的机器人译法冒进，不利于厘清早期与当代机器人的边界，"人形自动机"则暗含其仅模仿人形之意，但它们还模仿人的行为甚至"智能"。笔者认为，仿造人形的 Automat 应译为仿人自动机或自动机械人偶，早期机器人则可概括青铜巨人、机械骑士、仿人自动机和让·保尔式"机器人"及后来的"蒸汽人"等在内的各类早期仿人机器。

下语境中，"Robot"也包括工业机械手臂等非人形自动机器，而本文探讨的早期机器人更具类人属性，如无特殊说明，本文中的"早期机器人"即指"早期类人机器人"。

机器人近年来渐入日常，但机器人不仅是技术造物和现象，相关人文探讨也不可缺席，而且学界不仅要探讨当下、预言未来，也要追根溯源。在现有研究中，早期机器人经常被放在"人造人"（Künstlicher Mensch）框架下。20世纪60至90年代，国外学界（例如德国学界）在西方早期人造人母题传说、哲思、史料和文学汇编与研究方面成果斐然。施瓦多达、弗尔克和德鲁克斯等德国学者将早期机器人与成活雕塑、泥人哥连、霍蒙克鲁斯（Homunculus）和傀儡人偶等作为整体来研究。在德鲁克斯眼中，"几乎所有的文学人造人形象都是奴仆或帮工——或是女性"。[1] 此时，学界还没有构建（早期）机器人研究话语的强烈需求。如将人造人形象放在历史语境、当代视野以及古今对比中，早期机器人形象与其他亚类的界限会变得清晰，而且其定位也不局限于德鲁克斯以上所言。近年来，国外学者邓斯坦等开始研究"文化机器人学"（Cultural Robotics），即将机器人视为"文化的参与者和创造者"[2]，但对机器人人文文化的历史维度重视不足。此外，国内学界对当代英语机器人叙事之外的机器人想象遗产似乎知之甚少。当今机器人新时代和研究现状给了国内学界新视野和新要求，对早期机器人想象史研究的需求超过以往任何时期。本文分析古希腊至19世纪末西方早期机器人想象的代表性历史站点和核心特征，为接下来更全面细致的探讨抛砖引玉。

---

1 Rudolf Drux, "Nachwort," in Ders, *Die lebendige Puppe. Erzählungen aus der Zeit der Romantik.* Frankfurt a. M.: Fischer Taschenbuch Verlag, 1986. S. 247.

2 B.J. Dunstan et al., "Cultural Robotics: Robots as Participants and Creators of Culture," Jeffrey T. K. V. Kohet al. eds., *Cultural Robotics. First International Workshop, CR 2015*, Switzerland: Springer Nature, 2016, p. 3.

二、西方早期类人机器人想象掠影

以下四个时期里的西方早期机器人形象虽然称谓有差异，分布在史诗、传说、哲思和小说等不同文类中，侧重点各异，但在差异背后都有着仿人机器的内核，在展现早期机器人想象主流定位的同时，也在后期孕育了当代机器人叙事的雏形。

（一）古希腊时期与中世纪：青铜和机械仆卫

古希腊神话传说中不仅有各具个性的神灵，还有多种成为后世西方文艺母题的人造人形象。2018 年，美国科技史学者 A·梅尔的著作《诸神与机器人》甫一问世，就吸引了古典学界与机器人领域的广泛关注。该书从当代科技和古代工艺的视角来观察古代人工生命想象，论述了青铜巨人塔洛斯、代达洛斯的活雕像、皮格马利翁的雕像、潘多拉等多种人造人形象。[1] 但只有塔洛斯具有典型的人形机器人特征。它由宙斯授意锻造之神赫菲斯托斯打造，为米诺斯守卫克里特岛。在阿波罗尼俄斯的《阿尔戈英雄纪》中，伊阿宋等乘船远征夺取金羊毛，欲在克里特岛靠岸休息。塔洛斯发现不速之客，遂发起进攻。它"身躯与四肢都由青铜构成，刀枪不入，唯独在脚踝处的筋腱下有一条血管，而这条决定生死的血管，只由一层薄薄的表皮包裹着"；众人正要逃避，美狄亚用巫术迷惑了塔洛斯，它举石攻击时误伤了自己的阿基琉斯之踵，"灵血就像融化的铅一样喷涌而出"[2]。它犹如巨松被伐倒，轰然倒地。阿波罗尼俄斯在塔洛斯身上着墨不多，但它也有多重身份。它像神一样体内流淌灵液，又像人一样没有不死之身，同时还是极具古希腊特色的人形机器：它有可自主运行的青铜之躯，青铜是古希腊常见的塑形材料；灵液流出如"熔化的铅"，金属胸腔可加热，抱住敌人将其烧死，这都令人

---

1 Adrienne Mayor, *Gods and Robtos: Myths, Machines, and Ancient Dreams of Technology*, Princeton & Oxford: Princeton University Press, 2018.

2 阿波罗尼俄斯：《阿尔戈英雄纪》，罗逍然译，北京：华夏出版社，2011，第 208 页。

联想到古代的锻造工艺；守卫海岛的任务对应当时的海战，而仆卫身份也符合机器人的传统伦理定位。用人造人来完成重复性或艰辛的工作，堪称人类的千年梦想。在古希腊人造人体系中，潘多拉代表的是诱惑与危险同在的女性，皮格马利翁雕塑的故事蕴含了男性梦想，塔洛斯则是从事重复劳动的机器奴仆。

在现实中，古希腊时期也有不少精密仪器制造和自动机器设想[1]。例如，亚里士多德在《政治学》中畅想道："倘使每一无生命工具都能按照人的意志或命令而自动进行工作……倘使每一个梭都能不假手于人力而自动地织布，每一琴拨都能自动地弹弦，[倘使我们具备了这样的条件，也只有在这样的境况之中，]匠师才用不到从属，奴隶主（家主）才可放弃奴隶。"[2]亚式假设已初涉机器代人话题，但他并未将自动机器视为对人的威胁。

继承了古希腊罗马技术的阿拉伯和拜占庭地区是中世纪时期机械技术最发达的地方，据传曾出现过怒吼的狮子和唱歌的小鸟等神奇机械。类似技术何时反传入欧陆难以考证[3]，但它的确为后来17、18世纪欧洲宫廷的仿人自动机风潮提供了前期技术基础。据传，13世纪的德国天主教百科全书式学者大阿尔伯特（Albertus Magnus）曾用皮革、木头、蜡和金属造了一个门卫，被17世纪的法国学者C·诺德称为Androis/Androide。[4]它依来者意图决定是否放行。学生托马斯·阿奎纳见到它时备受惊吓（另传他无法忍受其不断说话），将其捣毁。大阿尔伯特见状喊道："哦，托马斯！你毁了我30年的工作成果！"[5]18世纪的德国神学家E·D·豪博认为，阿奎纳这样做是因为他只懂形

---

1 赫尔穆特·施耐德：《古希腊罗马技术史》，张巍译，上海：上海三联书店，2018，第153-166页。

2 亚里士多德：《政治学》，吴寿彭译，北京：商务印书馆，2017，第12页。

3 Helmut Swoboda, *Der künstlichr Mensch.*, 1967, S. 33-54.

4 Eberhard David Hauber, "Der Android des Albertus Magnus," in: Klaus Völker (Hg.): *KünstlicheMenschen. Dichtungen und Dokumente über Golems, Homunculi, Androiden und liebende Statuen.* München: Deutscher Taschenbuch Verlag, 1976, S. 94.

5 同上，S. 95.

而上学，而不懂物理和机械学。[1] 中世纪的类人智能机器传说一方面均与知识渊博的学者有关，它是博学的一种表现与附属，另一方面又被赋予了魔法色彩。这在大阿尔伯特死后才出现的金属门卫传说中，他"超越了禁忌知识的边界"[2]，因此被与魔法甚至魔鬼联系在一起。这在中世纪并非孤例。时人无法通过当时的神学和知识解释自动机械想象或现象，故而为其涂抹上魔法或超自然的色彩，这种现象随着人们溯因时由魔法到科学的演进而日渐式微，但直到 19 世纪都未彻底改变。

从青铜仆卫和金属门卫的例子及从亚里士多德的自动机器设想中，早期机器人或自动机器的伦理定位显现出来：从事重复劳动的仆从（即对工具的拟人和浪漫化）。作为人造人定位，它在之后的任何时代都未完全消失，至今仍是机器人伦理探讨的重要参考定位之一，机器人作为"帮手"的定位亦脱胎于此。

（二）人体机械论时代：人机类比与机器镜像

相比大阿尔伯特的金属门卫，列奥纳多·达·芬奇的"机械骑士"（Automa Cavaliere）更有技术依据，是将仿人机械从魔法中解脱出来的初步尝试，也凸显了早期机器人的另一重要存在形式：镜像与参照物。达·芬奇是勤奋的"人学"研究者，不仅勤于人物和人体画，也是解剖学实践者和人形机器设计者。他的机械造物兵工厂里不仅有飞行器和装甲车等众多跨时代的设想，也有仿照当时德意骑士的机械骑士。机械骑士草图出现在 1495 年，于 1957 年被重新发现。此后，机器人学家和历史学家就试图在著作和现实中回构"列奥纳多遗失的机器人"[3]。达·芬奇"对人的身体和机器也做了类比。他将肌肉及躯体运动与他从工程学

1　Eberhard David Hauber, "Der Android des Albertus Magnus," In: S. 96.

2　Monika E. Müller, "Der Androide des Al bertus Magnus-eine Chiffre für die übertretung der Grenzendes erlaubten Wissens?," in *Jahrbuch kirchiches Buch- undBibliotheskwesen*, NF 3, 2015, S. 83.

3　"列奥纳多遗失的机器人"是机器人学家 M. 罗斯海姆著作 "Leonardo's Lost Robots"（2006）标题。

研究中学到的机械原理进行对照"。[1] 鉴于他对人体与机械、解剖学与工程学的双重兴趣，机械骑士设想并非难以想象。达·芬奇的初步人 - 机械类比虽远没有法国医生和哲人拉·梅特里的"人是机器"论断那般彻底，却早了两个多世纪。

在 J·斯莱德克的科幻小说《提克 - 托克》（*Tik-Tok*，1983）中，莱利博士对机器人提克 - 托克说："在我看来，仿人自动机或机器人概念本身就是哲学概念，催生关于生命、思维或语言以及更多问题。没错，有时我会想，机器人被发明出来是否是为了回应哲学家们的提问。"[2] 机器人是人的复制，而人是哲学研究的主要对象，借助机器人显然可以进行哲学探讨。机器人可催生多少哲学问题暂且不论，但在人本主义、理性主义和仿人机械技术发展（下文详述）的背景下，人机对比在笛卡尔这里正式进入到哲学讨论不足为奇。"求自识在笛卡尔哲学中成为哲学思考的中心趋向"[3]，他"求自识"的参照物除了动物，还有仿人机器。在《谈谈方法》（1637）中，笛卡尔假设道，"如果有一些机器跟我们的身体一模一样，并且尽可能不走样地模仿着我们的动作"，他认为"还有两条非常可靠的标准，可以用来判断它们并不因此就是真正的人"：

> 第一条是：它们决不能像我们这样使用语言……向别人表达自己的思想。因为我们完全可以设想一台机器，构造得能够吐出几个字来……可是它决不能把这些字排成别的样式适当地回答人家向它说的意思，而这是最愚蠢的人都能办到的。第二条是：那些机器虽然可以做许多事情，做得跟我们每个人一样好，甚至更好，却绝不能……在生活的各种场合全都应付裕如，跟我们依靠理性

1　沃尔特·艾萨克森：《列奥纳多·达·芬奇传——从凡人到天才的创造力密码》，汪冰译，北京：中信出版社，2018，第 418 页。

2　John Sladek, *Tik-Tok*, New York: DAW Book, 1985, p.72.（除汉译本来源外，本文的外文引用均由本文作者翻译）

3　倪梁康：《自识与反思——近现代西方哲学的基本问题》，北京：商务印书馆，2002，第 11 页。

行事一样。[1]

这两条堪称"图灵测试"前的"笛卡尔标准"，仿人机器只有克服了语言和行为通用性欠缺才能与人相提并论，但这两点至今仍是人工智能技术的瓶颈。主张心身二元论的笛卡尔设想的是凝结了人的身体和部分能力的"仿人"，与人对比时凸显了人之为人的核心特质，即人类语言和行为所体现的理性；与心灵或思想物（Res cogitans）不同，人的身体作为一种物质性存在或广延物（Res extensa）是次要、可复制的。以上引文不仅透露了笛卡尔关于人之为人的核心思想，也体现了早期机器人的核心镜像功能。仿人机器是人的一种镜像，但不是人在平面镜里看到的自己。提出"动物是机器"的笛卡尔并不反对人体被视为机器，但人作为整体却不是，理性是人和动物、机器的本质区别。鉴于笛卡尔的相关思想，以下传说的出现并不令人意外：据传他曾一度随身携带以他去世女儿命名的人形机器，以缓解失女之痛，客观上使用了机器人或人偶作为人之复制的重要功能：弥补特定人的缺席。在一次海上旅行中，船长发现了笛卡尔的"女儿"，惊恐地将它扔到了惊涛骇浪中，以避免其带来厄运。

继承笛卡尔衣钵的拉·梅特里让"人体机械论"更进一步，他在《人是机器》（1747）中将人的一切"还原为物理的、化学的和机械的运动"。[2]在他看来，人和动物都是机器，只是人机器构造更复杂。一方面，拉·梅特里"人是机器""人是钟表"的思想冲击了人的自我认知和宗教伦理根基。因为不希望生命被机器所模仿或被解密为机器，西班牙的宗教裁判所曾用审判与酷刑来威胁制造类人自动机的机械师[3]，拉·梅特里也不得不隐名发表其作品。另一方面，这些机械论人体观为现实中对人进行机械复制提供了更绝对化

---

[1] 笛卡尔：《谈谈方法》，王太庆译，北京：商务印书馆，2018，第 45 页。

[2] 肖慧欣：《拉·梅特里"人是机器"的思想及其现代审视》，《中国医学伦理学》2018 年第 7 期。

[3] Lienhard Wawrzyn, *Der Automaten-Mensch. E. T. A, Hoffmanns Erzählung vom Sandmann*, Berlin 1976, S. 98.

的理论推力[1]。

人不仅通过观察动物、他人或人际交往来认识自己，也通过自身的技术复制：达·芬奇、笛卡尔和拉·梅特里无疑都从机器和仿人机器镜像中观察、界定或解析人类自己。在此，早期机器人伦理问题隐退，其镜像功能成为主流。三者横跨 15 至 18 世纪，西方在如此长时期里存在着并行的但也不排斥交集的多种思想时空。而三者观点所支配的思想时空也不妨被称为早期机器人想象史甚至欧洲文化史上的"人体机械论时代"，以下时代精神同样是这种说法的依据。

（三）德国暗黑浪漫派时代：恐惑异类与机器它者

在 17、18 世纪里，人的身体与机器及其机械运动的类同被凸显，这不仅体现在思想界将人体比喻成机器，与之相对应的还有技术界对人体的机械复制尝试。至晚从 17 世纪开始，钟表渐成人体比喻，钟表机械能工巧匠仿佛相信自己解密了生命与身体，竞相制造会写字、演奏的自动机器。这显然不是工业革命技术，而是长久以来不断精进的手工机械特别是钟表机械技术。沃康松制造了"吹笛手"和看似可咀嚼甚至消化的机械鸭，雅克 - 德罗父子的代表作是"写字者""绘图者"和"奏乐者"。这些自动机械人偶在西方上层社会一时风光无两，还被当作西洋奇货送往清廷，经改造后可写汉字，深受乾隆喜爱；仿如在 9 世纪初，拜占庭世界将神奇机械赠予查理大帝。在电影《费里尼的卡萨诺瓦》（1976）中，卡萨诺瓦在戏遍女性花丛后，也与自动机械人偶在冰冷大厅中翩翩起舞，与之行床笫之欢，而后者的机械和冰冷与卡萨诺瓦渐失情感的机械性爱近乎异曲同工[2]，两者营造的画面诡异而荒诞。这个"传奇情圣"是否真曾有过机器情人难以考证，但无论是这个电影情节还是机器舞偶在当时均非天方夜谭：一方面，在巴

1　Klaus Völker, "Nachwort," in Ders. (Hg.): *Künstliche Menschen. Dichtungen und Dokumente über Golems, Homunculi, Androiden und liebende Statuen*, Müinchen: DTV 1976, S. 370.

2　Rudolf Drux, *Erläuterungen und Dokumente zu E. T. A. Hoffmann*: Der Sandmann, Stuttgart: Reclam 1994, S. 154.

洛克式上层社会舞蹈艺术中，自然人的机械性显然更容易被自动机械所模仿；另一方面，卡萨诺瓦生活的 18 世纪不仅是思想史上的机械唯物论与启蒙时代，也是技术史上的"机械技师的世纪或类人机器人的时代"[1]。

当今机器人已走向功能多样化，完全复制人并非机器人工程学的普遍追求，但在 18 世纪仿人自动机的风潮中，机器对人亦步亦趋的模仿却是机械师技艺的最高评判标准。部分仿人自动机不仅模仿了人的外观和动作，还被认为具备了本神圣不可触及的人类智能。匈牙利技师 W·V·凯佩伦制造的"下象棋的土耳其人"甚至曾被视为"18 世纪最伟大的发明"[2]，成为 E·T·A·霍夫曼小说《仿人自动机》（1814）中"土耳其先知"的原型，也是爱伦·坡《梅尔策尔的象棋手》（1836）的讨论对象。仿人自动机与"人造智能"当时特别是在 18 世纪所引发的轰动效应并不亚于当今的 Alpha Go，这从《仿人自动机》和《梅尔策尔的象棋手》开篇可窥一斑，在此仅以前者为例："能讲话的'土耳其人'引发了全面关注，他几乎让全城为之躁动。"[3]这些描述虽自文学虚构，却也大致反映了仿人自动机曾引发的轰动。现实中的仿人自动机风潮，思想界的机械主义人体和世界观、逐渐兴起的人类学与解剖学促使人在 1800 年前后欧洲社会动荡与思潮群涌的转型时代里重新发现和定义自己。在对"真人"的兴趣与"造人"的弄潮中，仿人自动机甫一亮相，便与长久在位的动物一起，成为时人最重要的参照物，这不仅体现在笛卡尔与拉·梅特里的哲思中，也体现在 1800 年前后让·保尔和霍夫曼等德语作家的杂文和小说中。

面对仿人自动机风潮，社会舆情半是惊叹半是不安，这种接受张力为文学介入铺设了温床。霍夫曼的小说《沙人》（1816）和《仿人

---

1 Klaus Völker, "Nachwort," S. 368-369.

2 Marion Faber (Hg.), *Der Schachautomat des Baronvon Kempelen*, Dortmund: Harenberg, 1983, Schutzblatt.

3 E. T. A. Hoffmann, "Die Automate," *Ders.: Die Serapions-Brüder*, hg. von Wulf Segebrecht, Frankfurt a. M. 2001, S. 396.

自动机》正是时代精神与德国"暗黑浪漫派"（Schwarze Romantik）文学结合最富深意的产物。论及文学中的机器人，读者多想到阿西莫夫三法则，但恰佩克式反叛机器人在现实中从未出现；让人感到恐惑不安的机器人却早已有之且一直存在，《沙人》中的奥林匹娅便是此类典型。奥林匹娅以物理学教授"女儿"的身份走出深闺，看似美丽，却又常露非人破绽，冲击了人的同类认知，令人产生人竟如此的不安，并成为 E·延齐和弗洛伊德探讨"恐惑美学"（Das Unheimliche）时的焦点案例——而森政弘的机器人"恐惑谷"理论实际上近 15 年来才广受关注。"内心撕裂"[1] 且被神秘力量所支配的男主人公纳塔奈尔无法辨清其机器本质，痴爱上了这百依百顺的寡言缪斯，乃至完全忘记了青梅恋人克莱拉。纳塔奈尔所有的情感、欲望和危机都投射在了这机械人偶身上。暗黑浪漫主义式的人机情感交互在字里行间创造了难以忽视的恐惑氛围。奥林匹娅自带的机械性也成为作者讽刺时人被规训的机械性的工具。作为人的异化复制，与机器人相像实际上经常是为人所厌恶的状态。面对不再有共同语言的克莱拉，纳塔奈尔大骂道："你这没有生命、该受诅咒的仿人自动机"。[2] 类似情况出现在《简·爱》（1847）中，简发出了女权主义世纪质问："你［罗切斯特］以为我是一台仿人自动机？没有感情的机器？"[3] 当今学界已开始讨论机器情感，但长久以来，机器人都是情感缺失的代表；无论是机器人取代女性，还是将两者类比，都是对女性自然性的异化和矮化。

霍夫曼的《沙人》还难以算作科幻小说，但在对当今机器人设计与人机情感交互等问题所带来的启发方面不亚于科幻作品。霍夫曼与笛卡尔借助早期机器人间接或直接回应了"何以为人？"的时代追问。尽管不排除机器人被视为完美伴侣的个例或如拉·梅特里使用"人是机器"

1　E. T. A. Hoffmann, "Der Sandmann," *in: Ders.: Nachtstücke. Klein Zaches. Prinzessin Brambilla. Werke 1816-1820,* hg. v. Hartmut Steinecke, Frankfurt a. M. 2009, S. 49.

2　同上，S. 32.

3　C. Brontë, Jane Eyre, Oxford: Shakespeare Head Press, 1931, p. 17.

的比喻，但人一般不愿或无法与这低人一等的自我复制共情或等权，机器人在西方传统语境中难以获得人的伦理地位和"他"的语法身份，而且此时的早期机器人形象还不是伦理主体。笛卡尔设想中的类人机器、简心中的仿人自动机和常人不愿与之交往的机器女孩奥林匹娅，都是一种"它者"[1]，是理性缺席的"蹩脚"复制、情感匮乏的欠缺存在，也可能是令人恐惑不安的异类。

（四）19世纪下半叶：从奴仆、它者到弑主者

法国作家利斯勒-亚当的小说《未来夏娃》（1886）再现了人造女性作为男性欲望结晶这一德国浪漫派文学典型图景，成为浪漫派人造人叙事传统余音的同时，也作为西方文学史上首部较成熟的机器人科幻小说孕育了新开始。埃瓦德的女友外貌惊艳却灵魂乏味，在"发明大王"爱迪生眼里不过是布偶。爱迪生认为伏康松等人的创造只是雏形，他的类人机器人（Androïde）才是完美发明。这个"未来夏娃"集所有优点于一身，可帮助埃瓦德彻底掌控情爱与女性。但满载技术乐观与男性欲望的造物难免以"幻灭"收场，本就装在棺材里的未来夏娃最终葬身海难。从技术角度讲，机器人在未来夏娃这里从达·芬奇的机械时代走向"爱迪生"的电子时代，当代机器人呼之欲出。用完美人造人来替代现实女性或将女性矮化和驯化为人偶或机器人，是皮格马利翁以来的千年男性执念，这一主题被现当代西方文艺不断演绎，至今仍是人机关系的热题。

19世纪中后期是早期到当代机器人叙事的转型时期，这也体现在英美文学中：从技术上讲，此时英美文学的主要机器人形象仍是仿人自动机，但在早期通俗科幻中先后出现了极具工业革命时代特色的"蒸汽

---

1 鉴于此，本文使用"它者"的写法而非"他者"。关于机器人是"他"还是"它"的话题到了当代科幻中仍是未解话题，例如在美国电影《机器人与弗兰克》（2012）和瑞典电视剧《真实的人类》（2012）里都有关于机器人是"he"还是"it"的争论。

人"（Steam Man）和"电子人"（Electric Man）[1]；从角色上讲，随着奴仆和"它者"逐渐失控，当代机器人叙事中常见的"弑主者"形象始现。在《白鲸》作者 H·麦尔维尔的短篇《钟楼》（1855）中，敲钟的"金属仆人"撞死了工程师和机械师班纳多纳。它的名字"Talus"令人联想到塔洛斯。不同于读者尚无法确定塔鲁斯是否具有弑主意图，美国作家 A·比尔斯短篇《莫克森的主人》（1899）里下棋自动机器的确因输掉棋局恼羞成怒杀死制造者。[2]它是从 18 世纪开始就为文化界所熟知的下象棋的仿人自动机，但在叙事者眼里又貌似猩猩，似乎预示着智能机器可能蕴含的兽性，机器人逐渐开始成为伦理主体。这种创作者 - 造物二元对立背后是人的世俗造物主焦虑和"弗兰肯斯坦情结"[3]，西方机器人叙事中常见的恶托邦图景在《罗素姆的万能机器人》上演后更加深入人心，服务于技术反思的机器人形象在当代机器人科幻中成为主流之一，机器人反叛成为当代技术失控焦虑的显性呈现。

从 1800 年前后起，文学开始反思仿人技术的负面影响：霍夫曼展现了其带来的人的心理和自我认知异化，而当代机器人叙事展现的主要是机器人反叛和人的灭亡。1800 年前后至 19 世纪末的作品在机器人思想内容和艺术特色等方面都有深刻的历史特征，虽然在形象塑造、人机关系模式和想象力等方面远远没有当代机器人叙事那般丰富，但也在这些核心方面深刻影响了后者。当代机器人叙事与实践是对早期机器人想象的逐渐演变与发展，两者之间的过渡值得另文深论。

---

1 "蒸汽人"源自美国作家埃利斯（Edward S. Ellis）的通俗科幻小说《草原上的蒸汽人》（*The Steam Man of the Prairies*，1868）；"电子人"源自美国作家塞纳任斯（Luis Senarens）的通俗科幻小说《电子人或小弗兰克·瑞德在澳洲》（*The Electric Man, or, Frank Reade, Jr. in Australia*，1885）。

2 有当代学者认为杀人的"象棋自动机"实为故事中神秘的海利先生，参见 Franz Rottenstener, "Who Was Really Moxon's Master?" *Science Fiction Studies* 15.1 (1988): 107-12. 但这个故事显然也可以并且实际上一直以来也被当作早期机器人科幻来阅读。

3 阿西莫夫在短篇小说《汝竟顾念他》（*That Thou Art Mindful of Him*，1974）中提出了"弗兰肯斯坦情结"（Frankenstein complex），借由玛丽·雪莱小说《弗兰肯斯坦》中主人公名字体现了关于人造人（例如仿人机器人）反叛或取代人的忧虑。

三、余论

可见，尽管不同时代的西方早期机器人想象各有特色，但早期机器人主要可归纳为奴仆、镜像或"它者"三种存在状态，女性机器人还是男性欲望的显影，而弑主者形象在转型时期初现。刨除中世纪宗教背景下的仿人机器想象，西方早期机器人想象史各阶段主流可大致缩影如下：早期机器人先是忠实地代人从事重复劳动，然后助人认识自我，最终在技术反思中成为陌生它者和隐患所在。但这些功能不是完全非此即彼。

其中，镜像和参照物作用尤为重要。于人而言，早期机器人并非胎生，而是出自人脑或人手的技术自我复制；但一旦成型，就是自然而然的参照物和镜像，不管它被哲人和文人赋予何种迥异的功能。机器人是在多棱镜中的镜像。通过多重视角和想象力，哲人或文人回答或演绎着关于人的种种话题。作为人技艺、欲望、情结与顾虑的外向投射和物化结晶，不同时期的西方早期机器人想象除反映时代精神，还折射出人自我认知的更迭和自我实现的追求，帮助解答"何以为人"追问的同时，间或也带来了自我认知危机和心理困惑，成为"镜像它者"。在当今机器人新时代里，人面对的并非崭新课题，而是某种程度上的新瓶旧酒，新的是它形形色色的外在角色（如工具、帮手、伙伴或伴侣等），旧的是它并未质变的存在潜能：机器人再次显性地成为人的参照物和镜像，客观上催促人不断自我定义与适从，在当下语境和未来展望中去回答"何以为人"和"人将何为"的人本主义永恒追问。

现代技术不断追逐人类夙愿，机器人史不仅是技术史，也是人工生命想象史和人文史。如果早期机器人想象和探讨是人文的"机器人学"，那它长时间里无疑是坚持人本主义的"人学"。在古希腊到 19 世纪末为数不多但又内涵深刻的早期机器人想象之后，当代机器人在 20 世纪逐渐成为大众文化符号。伴随着恰佩克和阿西莫夫等人的作品与机器人科幻电影，作为技术人造人的机器人甩开了曾与之经常相提并论和相互勾连的成活雕塑、泥人哥连和霍蒙克鲁斯等传统奇幻人造人亚类，开启了其作为科幻文艺母题的黄金时代。

原载《文艺争鸣》2020 年第 7 期

后人类

存　目

后人类状况与文学理论新变

王　峰

引子：新时代，新世代

　　凯瑞·沃尔夫曾做过一个有趣的调查，"2008 年夏，如果你在谷歌上搜索'Humanism'，记录是 3840000；搜索'Posthumanism'，记录仅为 60200。"[1] 纯粹为了记录，我在 2019 年 2 月底，也搜索了一下 Google，我使用的是完全匹配搜索。Humanism 记录是 15700000，Posthumanism 记录是 567000，也就是说，Humanism 的记录比 11 年前增长了 4 倍左右，而 Posthumanism 的记录增长了 9 倍多。

　　我们总是认为，我们所处的时代是最独特的，具有无与伦比的特殊性。的确，每个时代都可能如此，这也许是现代性的一种表征。虽说如此，我们依然认为，现在这个时代的确出现了独特的情况，甚至是以前从来没有出现过的。这一新的变化在最近几年才如此夺人眼目，让我们处于持续震惊的状态，它以 2016 年以来的 Alpha Go 战胜李世石和柯洁两位围棋界顶尖棋手为代表。我们从来没有发现人工智能离

1　Cary Wolfe, *What Is Posthumanism?*, Minneapolis：University of Minnesota Press，2010，p. XI.

我们这么近，我们总是认为一种可以与人相媲美的人工智能形态还很遥远，然而，2016 年 Alpha Go 的胜利像一场袭击人类社会的暴风雪，从此，人类计算智能再也无法跟人工智能相提并论了，它之所以如此让人震惊，就因为它标志了未来超越人的某种存在形式的诞生，而这种存在形式是人类的造物。其实这并不算突兀，1997 年就已经出现了类似事件，只是我们擅长遗忘。当时国际象棋界最伟大的棋手卡斯帕罗夫输给了电脑程序"深蓝"，这引起了剧烈的社会震动。但当时还只是把"深蓝"当作一台电脑来看待，并不认为它是一种智能形态[1]，也不像现在这样把它称为人工智能。从"电脑程序"到"人工智能"场景对象[2]的转换，反映了时代的整体特性的变换，我们已经开始从程序的时代走向了智能时代。在这个时代里，程序不仅是完成某一任务的电脑设计，它与人的身体和大脑结合在一起，它的触角深入人的生活的方方面面，紧紧地抓住生活，成为生活的组成部分，进而更深刻地成为我们身体的一部分。改变身体，是这个时代的最主要特征。离现在并不太远的过去，20 世纪 90 年代还出现了一个震动世界的事件，同样指向身体的改变，那就是克隆动物的成功。克隆动物成为时代风云的一出科学正剧，但也引起了人们的深深忧虑，因为从克隆动物到克隆人类，这是一个多么合乎逻辑的科学发展，但这一发展是可怕的，因为它明显会带来一系列难解的伦理和社会问题，从目前的人类状况来讲，基本是无解的。世界上各个领域的专家学者都开始讨论克隆人类可能带来的问题，最终结果是动用法律禁止克隆人类，阿根廷、澳大利亚、加拿大、哥伦比亚、欧盟、俄罗斯、中国、印度、塞尔维亚、

1　尼克：《人工智能简史》，北京：人民邮电出版社，2017，第 125 页。

2　大致相同的对象，在不同的文化场景当中被赋予不同的名称，我们可以将之称为场景对象。"场景对象"一词表明，一个对象，特别是在不同文化中呈现的对象，往往在不同的文化场景中呈现出不同的偏重面，它可能保持一定的延续性，更多表现出变化的一面。在不同的文化中，可以用"概念旅行"来表达它，但这一概念偏重于概念本身，对文化场景的强调不够。"场景对象"这一概念强调概念和场景两者的结合，两不偏废。同时，"场景对象"比"概念旅行"在适用范围上更广阔，它可以是不同文化间的变化，也可以是同一文化中的改变，同时，这也不是一个普遍性的概念，而是一种综观性使用。在人工智能上，同样存在这样的场景对象的转化。

南非、美国等 70 多个国家寻求立法禁止克隆人，联合国也通过非立法性禁止克隆人宣言。[1] 如果我们暂时忽略技术上的难度就会知道，虽然克隆人在技术上比克隆动物难度大得多，但是只要有大量的人力和资金投入其中，假以时日，克隆人类最终一定会成功，只是这样一来，就会带来很多难以处理的社会和伦理难题。

综此种种可以发现，我们处在一个非常特殊的时代，这一时代往往被认为是 16 世纪开始的现代科学进程的一部分，但同时它也是一个非常特殊的发展阶段。现代科学最初主要是机械方面的发展，帮助人类获得生活中的各种便利，我们可名之为"外假舟楫"；最近几十年的基因技术和人工智能技术则对准了一个特殊的目标：人类身体和大脑，我们可名之为"内取诸身"。我们发现技术在这里悄悄地进行了一个转向，它开始由外及内，开始不满足于外部的机械性的进展，而是转换到人的身体和大脑内部，对人进行全面的分解模仿，并在某个层面上对人的身体和大脑进行增强，使人类更强健、更聪明；甚至超越功能性增加，进行身体和大脑的功能替代，并创造远超人类智能的人工智能，如此等等。这些都表明，我们身处一个新的世代，从人类纪转向后人类纪的世代。

一、"后人类"状况及其维度

这些状况向我们指出一种新的变化，它会随着科学技术的进展而不断推进，最终从凡庸的主流生活中挣脱出来，自成高格。这些状况本来只是一些碎片化的存在，但随着科学和技术的发展，以及各种文学和电影等文化想象活动所产生的社会想象形式的塑造，我们逐渐将它们聚拢起来，形成了一种新的状况，包含一系列新的观念，即使它目前还仅仅

1　参见维基百科"human cloning"条目。

是初露端倪，并未真正汇流成社会文化的洪钟巨吕，但是它已经在公众观念中孕育成形，呼之欲出了。

这就是后人类状况。福山指出，"我们也许即将跨入一个后人类的未来，在那未来中，科学将逐渐赐予我们改变'人类本质'的能力。在人类自由的旗帜之下，许多人在拥抱这一权力"[1]。福山主要讨论基因生物技术所导致的人类身体的变化，相对而言，凯瑟琳·海勒对这一身体改变所导致的文化变异感受深刻，她认为，"在后人类看来，身体性存在与计算机仿真之间、人机关系结构与生物组织之间、机器人科技与人类目标之间，并没有本质的不同或者绝对的界限"[2]。这两种看法是目前影响最大的后人类观念。但关于什么是后人类依然不易说清，与后人类相关的名称有超越人类主义（Transhumanism）、无人类主义（Abhumanism）、非人类主义（Nonhumanism）等等，这些范围到底属不属于后人类也众说纷纭。比如诺思乔姆认为超人类主义是连接人类主义和后人类主义的桥梁，[3]布拉依多蒂等人认为超越人类主义不属于后人类主义，这是两个运动，[4]如此等等。这里把这些范围都放在后人类之内，把后人类状况视作一个宽泛的运动，而不是一个静态的范畴。相对而言，它比单纯的后人类主义范围更广泛一些，因为它并不通过界定一种单纯的后人类，为我们划定某种后人类范围，而是通过寻视所有与后人类相关的实践，将其聚于一处，使其成为一种与人类主义实践明确区分的社会实践形态。[5]因而，此文在使用术语时，

1　弗兰西斯·福山：《我们的后人类未来：生物科技革命的后果》，黄立志译，桂林：广西师范大学出版社，2017，第 216 页。

2　凯瑟琳·海勒：《我们何以成为后人类：文学、信息科学和控制论中的虚拟身体》，刘宇清译，北京：北京大学出版社，2017，第 4 页。

3　Nick Bostrom, "A History of Transhumanist Thought," *Journal of Evolution and Technology* 14.1 (2005): 2.

4　Rosi Braidotti and Maria Hlavajova, eds., *Posthuman Glossary*, London: Bloomsbury Academic, 2018, p. 438.

5　此处所用方法论是维特根斯坦的语言游戏观念，强调游戏的延伸性，放弃内在核心属性归约，走向具体实践的连接性。当然这些实践相互间必须具有实际的连接形式，但这一具体的连接形式不是由一般性的形式来达成连接的，一般性形式必然走向内在本性，而实际连接强调实际使用中的连接可行性，并且不强调明晰的边界，更容易接受边界的开放性质。语言游戏观念参见维特根斯坦：《哲学研究》，陈嘉映译，上海：上海人民出版社，2005，第 38 页。

采用"后人类状况"的表述，而尽力避免"后人类主义"这一表述，以保持后人类实践的弹性。

这里先提供一个极简定义，以展开后面的讨论。这个极简定义是这样的：一切与人的自我意识不认同的状态，都是后人类状况。这一定义当然是模仿曼海姆对乌托邦的定义得出的。曼海姆这样来定义乌托邦："一种思想状况如果与它所处的现实状况不一致，则这种思想状况就是乌托邦。"[1] 一般来说，人类状况中包含着基础性的人类自我认同。回溯历史，返观启蒙时代，我们就会发现这一自我认同的重要性，它张扬了人的价值，并将人树为宇宙的中心，对人的自我认同就此成为人类主义的基本内涵。不可否认，人文主义（Humanism，同时也是人类主义的英文对译词）对人的张扬是极其有力的，几百年的历史已经证明了人文主义的成就，但现在，它已经到了必须反思乃至改变的阶段。比如人成了这个地球上的主宰，他的地位独一无二，这样不可避免地造成对动物的伤害，以至于我们在现代科技之中发现暗含着对动物的冷漠，甚至是直接屠杀。虽然屠杀动物在人类原始时代就已经存在，在人类发展阶段也大量存在，但在现代科技水平获得极大提升之前，这毕竟还不足以造成反噬人类自身的恶果，因为那时人的能力还没有达到如此"宏伟"的地步，即灭绝动物物种，破坏地球环境，以致反噬自身。只有到了现代，我们才发现人类对地球物种的伤害，这样一来就引起了动物伦理的反省。同样，我们也看到人对整个地球的伤害，由此引发生态保护主义观念。所有这些其实都是对人类中心主义观念的反拨。

当然，很容易推论出，人的自我意识不认同有可能导致集体性精神分裂，其实并非如此。这里的自我意识不认同并不代表精神分裂。精神分裂式的文化实际上是自我意识的混乱，不是自我意识的不认同，由于混乱所以不能带来另外一种更清晰的自我意识的发展，而人对自我意识的不认同是一种自我意识的批判性反思。它是一种中介状态，实际上是

1　曼海姆：《意识形态与乌托邦》，黎鸣、李书崇译，北京：商务印书馆，2000，第196页。

对现状的一种反省和改变，最终指向新的自我意识的认同，那就是后人类状况。它不仅仅是我们前面所指出的当代文化各种新变化，这些不过是先导情况，将我们引向新维度，把我们带到借助于科学技术来改造人类身体、意识，进而改造周遭世界的方向上。这种后人类状况其实依然以人类为基础，只是这样的后人类是一种改变了人类中心主义的人类之"后"，它将形成一个更具进取性的人类新形态，这也是我们所期待的。当然，我们也不认为进入后人类就解决了人类主义阶段的所有问题，像福山提醒我们的那样："后人类的世界也许更为等级森严，比现在的世界更富有竞争性，结果社会矛盾丛生。它也许是一个任何'共享的人性'已经消失的世界，因为我们将人类基因与如此之多其他的物种结合，以至于我们已经不再清楚什么是人类。"[1]任何一种形态不可能只有好处，没有坏处。从实际效果上讲，也许人类的每次改变最终带给人类的幸福感从来没有增加多少，也没有减少多少，因为幸福感是一种整体性对比，只有变革期才可能产生打碎旧物之后的高度愉悦，一旦进入适应期，幸福感大致与此前时期相近。然而，除"变"之外，人类不可能找到其他维持自身的道路。

那么，后人类的"后"怎样理解呢？

第一，这是一个时间上的维度。就像后现代之于现代一样，后人类之于人类，也可以是一个时间意义的区分。后人类之"后"，首先映入眼帘的就是时间性质。这一时间性不仅是社会实践意义上的时间，还是一种理论时间。这一理论无疑是晚出的，它以人类主义为批判基础，是对人类主义的一种反拨。无论是在社会实践上，还是在一个理论的分析时间上，后人类在时间上的"后"都是名副其实的。同时，时间之"后"不可避免地起到强化不同发展阶段的效果，让我们产生突然跃入后人类纪的印象。然而，如佩波瑞尔所指出的，某种程度上，后人类这一状况"在

1　弗兰西斯·福山：《我们的后人类未来：生物科技革命的后果》，第217页。

最近几十年甚或一个世纪中早已伏脉千里，但它看起来却宛若新生"[1]，这其实是时间区分产生的效果。一般来说，单纯时间区分从来不是理论研究的目标，它更多是要表明"新"这层含义，并且只有与理论区分相结合，才形成其真正的概念指向。

第二，这无疑是一种文化观念上的区分。后人类状况不仅是时间区分，还是社会文化观念的区分。在提出时间上，它比人类主义观念晚，但是，这并不表明它完全处于人类主义之后。如果进行观念系统的追溯，我们就会发现后人类纪与人类纪在某些事实上甚至是同步的。——当然，这是一种后设反思方法，以某种现代观念为视角，重溯既往，在岁月中"源头"和各种遗迹，把它们串联起来，赋予连贯的整体性，由此形成某种历史逻辑。这一历史逻辑无疑是后设的，但它也具有事实基础。从具体实践角度来说，我们可以把20世纪的后人文主义批评实践视为后人类状况在观念上的准备，也就是说，它既是人类主义阶段的，又从观念上开启了后人类主义状况的可能性。这样一来，我们就建立起后人类的文化观念脉络，对这一脉络的追溯造成人类主义的世界整体观念的颠覆。

第三，关于人身体的改变。文化观念上的后人文可视为后人类的先导阶段，真正的后人类是激进的，它首先是人的身体（包括大脑）的改变，只有在此基础上，激进的后人类状况才得以成型。在此之前，外部资源改造型的机械科学技术是主线，同时也发展出人类中心主义的文化观念。20世纪以来，在人文主义或者人类中心主义的反省中，后人文主义受到关注，这主要是对人类中心主义的批判，但这些都是在观念上进行的；只有到了当代，出现改造人的身体和大脑的科学技术，我们才真正地开启一个新时代，它带给我们真正的巨变，人的身体的改变。通过对人的身体和大脑的改变，我们发现此前对人类中心主义的批判实际上都有一个前提条件，即必须以人类身体改造为基础，而此前所有后人

1　Robert Pepperell, *The Posthuman Condition: Consciousness beyond the Brain*, Bristol: Intellect Books, 2003, p. 1.

文主义[1]的讨论在此都将转换为激进的后人类观念的准备。这样一来，当代文化中的后人类才与此前的超越人类中心主义的观念得以真正地区分，同时也与它建立真正的联系。[2]

二、后人类身体与赛博格

身体的改造是后人类状况中最显著的现象。身体改造古而有之，从头部到脚，几乎每一处都可进行改造，比如束发、缠足、耳饰、眼镜等等，但这些改造往往只及表层，不至腠理。后人类状况的身体改造却是从内部进行的，比如早期的机械性植入，如输液、输血、心脏支架、骨骼夹板等，直至改变身体的基因技术。福山特别地将生物基因技术与后人类的身体改造联系起来，[3]正是这一做法，我们才明确意识到后人类时代的来临。后人类与其他各种"后"主义的最大不同在于，其他的"后"主义或"后"状况多是基于政治经济制度之上的文化形态，确切地说，最多相当于后人类第二层次上的后人文状况，它改变的是具体的生活观念和人文观念。但只有第三层次的后人类状况才是极其特殊的，因为它所改变的是我们的身体，只有这个因素才是我们得以划分这个时代的真正标尺，并且由这一标尺，我们获得了一种新的眼光，让我们得以重新梳理此前所有的人类历史，并赋予其后人类的历史脉络。激进者如克拉克说，对后人类主义的探讨就是"关于这种转变的故事，其植根于人类本性中某些最基本、最有特点的事实。我想让你们相信，人类天生就是

1　在此遇到一个中文表达上的特殊之处。人文主义、人类主义都是一个概念 humanism，但在中文语境中却有比较大的区别。在具体使用中，采用合取概念的方式，只为了语句顺畅，无差别地使用两者，其含义比任一单纯的中文词"人文主义""人类主义"都要广阔，是两者的合集。

2　Pepperell 表达过相近的观点，他把后人类与超人类中心主义直接联系起来。Robert Pepperell, *The Posthuman Condition: Consciousness Beyond the Brain*, preface 9.

3　弗兰西斯·福山：《我们的后人类未来：生物科技革命的后果》，第 20 页。

赛博格"。[1]

后人类状态是这样一种状态，人类运用自己发明的科学技术手段来改造身体，以达到此前乌托邦幻想中才会发生的改变，由此，一切与人相关的意识、心理、观念、文化以及周遭世界都随之发生改变。与其他的后 - 状态进行对比，这一点会看得更清楚，比如说后现代状态。后现代状态是一种时间或者一种社会形态的描述，它对现代主义所主张的启蒙、自由、人类本体等宏大叙事进行质疑，这些质疑将我们带到后现代主义状况中。从社会文化形态和事实形态来看，它都是一种不同以往的社会状况，其中包含社会观念的巨大变革。[2]但在后现代状况当中，身体的改变其实是被忽视的一个环节，从目前的阐述来看，后现代虽然包含了一些身体方面的阐述，但其身体维度更多是文化性的，而非以技术改造为基础，[3]从此，我们可以看到后人类状况与后现代状况是纠缠在一起的。在此，我们把它们剥离开，是为了显示出从后现代向后人类演化的轨迹。实际上，人类身体的任一细微改变，都是牵一发而动全身的。只有从后人类状况开始，我们才发现身体是可以改变或者替代的。在此之前人类也有手段对身体进行改造和介入，这些都是为了恢复身体健康而采用的医学手段，它可能引发相应的医学伦理，但这些伦理问题与身体的基因改造比起来，相对较为简单，可以在传统的伦理学框架内得到解决。但身体的基因改造却超出既有伦理学范围，比如，20 世纪 90 年代的克隆人实验在很多国家被禁止。虽然从长期来看，禁令不可能真正制止克隆人的出现，但毕竟为社会心理和伦理观念赢得了宝贵的缓冲时间。2018 年中国基因科学技术出

---

1 Andrew J. Clark, *Natural-born Cyborgs: Minds, Technologies, and the Future of Human Intelligence*, New York: Oxford University Press, 2003, p. 3.

2 利奥塔：《后现代状态：关于知识的报告》，车槿山译，南京：南京大学出版社，2011，第 213-214 页。

3 赛博身体属于后现代主义中比较激进的维度，它不仅属于后现代状况的一部分，同时也是后人类状况的一部分，甚至更进一步说，它是后现代状况转入后人类状况的过渡共享部分。其关键区别在于，在后现代状况中，赛博身体是一个特异主题，而在后人类状况中，它是一个普遍主题。

镜，这同样引发了科学伦理的强烈争议，[1] 可以想见，在不顾伦理禁区的激进科学家与社会伦理观念之间将存在着复杂的博弈变量，这并不是一个容易解决的问题。未来学家库兹韦尔认为 2045 年奇点来临，非生物智能达到所有人类智能的 10 亿倍，人类将会永生，[2] 这一预测不知能否实现，但是，基因技术的发展会不断强化身体的改造，从目前趋势上看却是确认无疑的。

由于基因技术可能导致不可预测的伦理风险，对社会心理也可能产生伤害，所以改造身体基因这一方向是非常谨慎的，相对来说，身体辅助技术更容易让人接受，比如可以植入身体的机械芯片或生物芯片。这样的芯片目前来看大多存在于资深玩家或疯狂玩家那里，但随着互动游戏的广泛发展，这样的尝试可能慢慢普遍接受。如果我们把芯片植入体内，可以进行一系列的电脑操作或汽车操作，那么我们很可能就会把生物芯片当作一种附加于身体的可以接受的方式。古人早就说过"假舟楫"，其实就是使用附属工具来扩展人的功能，但是这些扩展一般都有一个尺度，就是不进入人的身体，除非一些特殊的要求，比如说假肢，或者眼睛的晶体，这都是为了使有缺陷的身体重新回归到平衡状态的手段。它们是被动性的，而主动性的增强身体功能则是后人类状况的典型表现。"我们的许多工具不仅是外部支持和辅助工具，还是问题解决系统里的深层和内部构件，我们认为这一系统就是人的智能。这些工具最好被认为是构成我们意识的计算装置的适当部分。"[3]

可以看到所谓后人类状况，与科学技术的发展密切相关，尤其与身体直接相关，没有身体技术的新发明和新应用，我们就没办法确定后人类的状态是怎样的情况。当代技术对人的内部和外部的双重改造已经指明，赛博格（人机结合体）其实是一个急不可耐的后果。身体

1　贺建奎修改胚胎基因不仅违反了一般基因伦理共识，重要的是他还违反了基因实验的程序伦理。

2　库兹韦尔：《奇点临近》，李庆诚、董振华、田源译，北京：机械工业出版社，2011，第 80 页。

3　Andrew J. Clark, *Natural-born Cyborgs: Minds, Technologies, and the Future of Human Intelligence*, pp. 5-6.

的改造，或至少是某种技术性植入，必然是未来的一种文化形态，长期来看，甚至可能是主流文化形态。但目前，赛博格还只是一种激进亚文化形态。尼尔·哈比森是这一亚文化的标志。他是一个狂热的技术发明者和使用者，他将一个特殊的器械装入他的头部，通过脑神经将机械与大脑连接。这样做有其生理上的需要：他天生色盲，为了解决这一问题，他植入了一个声波探测器和转换器，可以探测到声波信号，并将其转换为颜色信号，直接传输入大脑神经，这样一来，就绕过了眼睛无法捕捉外部色彩这样一个缺陷，因此，哈比森成为赛博格的代表。某些狂热的游戏玩家将游戏控制器装入自己手臂，直接用自己的手来控制游戏的进行，这也是赛博格的一种形态，但是我们对这样的赛博格似乎就不像对哈比森那样推崇，因为这里边有一个简单的伦理判断：对身体进行改造的科学技术应该为了弥补身体的缺陷而引入，如无必要，不得改造身体。如果我们单纯为了增强感官的享乐效果而改造身体，在伦理上就显得不太正当。但是我们回想一下 20 世纪 80 年代曾经出现的赛博朋克小说《神经漫游者》就知道，活在另外一个世界，摆脱肉体束缚，由此产生的无上快感已经在人类幻想当中出现。科幻作品往往提前折射出人们的狂热欲望，它所提出的技术状况往往要比实际的技术状况提前很多年，甚至上百年。它反映了一种人性趋向，这一趋向不可能在前科学时代出现，它只能出现在科学发展的后期，即从外部的机械科学转向内部的神经和基因科学，通过改造人的身体，形成新的人性，并促成新的身体技术。它也预示着未来可能用各种替代性的方案来达成一个目标：赛博格必将是人类的一种正常状态，如果它不能成为一个主流文化的话，它也必将成为一种重要的亚文化状态。相对而言，时下流行的赛博格左翼不过是一种运用赛博格进行政治反抗的初级方式，"数字造反试图测绘风行世界的新抵抗逻辑"，[1] 这一逻辑看似政治性的，其实它的方向却是消解政治的，它只是表明了一

1　Todd Wolfson T, *Digital Rebellion: the Birth of the Cyber Left*, Urbana: University of Illinois Press, 2014, p. 3.

种赛博格正当性的姿态，它要求由亚文化跃升为主流文化，并且为赛博格身体开拓道路。一旦赛博格政治消解为赛博格身体，人类赛博体必然寻找新的政治和文化方向，而不再单纯是一种无政府式的造反，它将变成一种复杂的社会实践形式。

三、科幻与后人类社会想象力

后人类状况具有一个明显特征，即它有硬的方面，也有软的方面。硬的方面指科学技术，有四种科学技术构成整个后人类的技术基础：基因技术、石墨烯技术、纳米技术和新媒介技术。这些技术保证了人类在身体改造上得以顺利进行：基因技术改变人的身体构造；石墨烯技术保证植入人身体的材料能够相对轻便；纳米技术则保证了设备介入身体的微小友善性质，只会导致微创，不会产生大的伤害；而新媒介技术为外部设备接入身体提供了普遍的可行性，同时它也提供了人工智能与身体结合的可能性。这些都是后人类的技术基础。同时，后人类也有一个非常重要的构成部分，可以将它称为软的部分，即科幻叙事。科幻叙事是19世纪以来一种特殊的文化形态。我们一向认为，文学是塑造社会想象力的重要手段，它通过各种各样的方式诉诸我们的社会想象力，比如，出版、印刷、经典认定、发布排行榜单、专业宣传、职业教育，等等。然而文学与社会想象力之间毕竟不能等同，它们是两种方向上的文化形态。文学具有其自身的形式化追求，它可能跟社会想象力无关。只有在后人类状况当中，科幻作为一种类型文学直接与科学和社会发展状况联系在一起，同时也与当代文化紧密结合在一起。回顾 200 年[1] 的科幻文学发展，我们可以看到它渐渐成为塑造当代文化想象的重要力量。科幻叙事（包括小说和电影）成为流行文化的主体。甚至我们可以说一个国

1　这一时间点是以 1818 年雪莱夫人创作《弗兰肯斯坦》为起点的，一般认为，这部小说是现代科幻文学正式出现的标志。

家的科幻小说和科幻影视有多发达，其后人类状况就发展得有多成熟。[1]
科幻叙事与后人类的关联构成当代文化的独特性质。单纯的技术发展
并不能构成后人类状况，技术发展与似乎虚无缥缈的科幻叙事相结合，
后人类才有了真正落脚之处。相对而言，叙事带有某种先行性。在科
幻叙事中，我们发现未来进步的雏形，虽然这并不表明科幻具有预言
的功能，勒古恩明确指出，"预测只是科幻小说的一个元素，并不是
这场想象游戏的全部意义"[2]，但把科幻看作一种预言，却给我们带来
一种特殊的愉悦感，同时在现实中发现了它的某种"实现"也让我们
产生震惊；甚至由于叙事和技术发展的双重冲击力，这一震惊效果是
呈指数上升的。

福山在《我们的后人类未来》中，以两部科幻作品的未来预设开章：
一部是奥威尔的《1984》，一部是赫胥黎的《美丽新世界》。[3]《1984》
讲述的是奥威尔时代所想象的未来信息技术发展，这在我们这个时代已
经大部分实现了。赫胥黎的《美丽新世界》描绘的是我们这个时代将要
大行于天下的新技术：生物技术。《1984》和《美丽新世界》都是著名
的恶托邦小说，《我们的后人类未来》中隐藏的焦虑不安由此可见一斑。
相对而言，《我们何以成为后人类》的基调则要平静很多，海勒更多地
将科幻文学视为后人类技术的引导性文本。海勒写作此书的 1999 年，
后人类还只是一种理论设想，所以她更多地倚重科幻文本，而在 20 年后，
这一理论设想已经通过技术变为现实，人工智能和基因技术成为这个时
代的突出特征，我们在此可以看到此书的前卫性。罗杰·戈斯登作为生
殖医学家同样借用了科幻小说《弗兰肯斯坦》为其基因学著作《设计婴

---

[1]　中国科幻小说以刘慈欣《三体》为代表，而中国科幻电影恰巧以 2019 年春节档期上映的《流浪地球》
为代表，这部电影改编自刘慈欣的同名科幻小说，被誉为中国科幻电影元年。王秉："《流浪地球》或开
启中国科幻电影元年"，新华网，2019 年 2 月 4 日；"《流浪地球》为什么引发'中国科幻电影元年'大
讨论"，澎湃新闻，2019 年 2 月 14 日。

[2]　Ursula Le Guin, *Left Hand of Darkness*, New York: Ace Books, 1976, preface.

[3]　弗兰西斯·福山：《我们的后人类未来：生物科技革命的后果》，第 7-8 页。

儿：生殖技术的美丽新世界》开头[1]，并且借用了"美丽新世界"这个社会想象，但很明显，他的基调是乐观的，"美丽"二字没有任何反讽的意味。

科幻如何塑造社会想象力？我们首先来看"科幻"这样一个名称，它由两个部分构成：一个是科学，一个是虚构。科幻所涉及的科学无疑与现代生活当中的科学密切相关，虽然其使用方式与平常的科学完全是两回事，它所涉及的只是一些科学元素，并不是实际应用的技术。如果用实际科学标准来衡量，这些元素无疑更多属于幻想，而不属于科学，因为科学是极其严格的，必须使用计算和推导的方法得出结论，属于严格的科学讨论范围，阅读对象是科学同行。科幻则不同，它所涉及的科学不是通过推导的方法得出，而是通过描述外观的方式。它的目的是引发读者阅读兴趣，因而，科幻必须结合表达技巧和故事情节，科学元素不过是作品类型化的一个叙事元素，它与各个元素之间的配比关系由具体的文体形式来决定。当然，科幻所涉及的科学与实际科学技术并不是绝缘的。实际的科学技术背后都有一个整体的科学系统，这个科学系统是科幻作品用来建立自己世界背景的主要工具，它在具体运用中有不同的方式，有的作品中表现为夸张性运用，有的作品为将科学的结构性元素通过想象性的发挥，把它们与生活可能产生的影响结合起来观察，假设未来发生这样的技术变革，人的行为、心灵状况和社会结构会发生怎样的变化。如科幻作家勒古因所说的那样，任何一部科幻作品都是一场思想实验。[2]科幻思想实验与哲学思想实验有异曲同工之妙，只是哲学思想实验主要提供基本原理，而科幻思想实验则主要在一个实验框架中放入行动个体，将思想实验进一步生存化、具体化。"思想实验可以展示观点，娱乐，说明一个谜题，显露思想

1　罗杰·戈斯登：《设计婴儿：生殖技术的美丽新世界》，徐凌云译，上海：上海科学技术出版社，2004。

2　Ursula Le Guin, *Left Hand of Darkness*, preface.

上的矛盾，并推动我们提出进一步的澄清。"[1]可见，科幻作品的主要
成分虽然是虚构，但是它有意识地利用了现代科学系统，把它当作一
种文本结构的元素，以达到特殊的以言取效[2]的用途。由此，我们就会
发现，科幻作品的主导元素实际上是文本的新奇性，它要引起读者兴趣，
科学元素只是读者兴趣的催化剂。当然，这一催化剂也是科幻这一类
型文学所必需的，作品必须合理地运用科学理论，在文本的整体虚构
基调内，科学理论必须与整体虚构相适合，从这个角度讲，合理的科
学运用是科幻作品情节的基石。当然，我们同时也知道，任何一种科
学的奠基作用实际上不过是摆入作品的一个要素而已，整体上，它必
须听从虚构的调遣。我们依赖虚构的情节来判断科学运用的适当性，
而从来不依赖科学来判断情节构思的优劣。失去这一恰当性，就不免
用科学标准来要求科幻作品，回顾一下中国当代科幻文学的短暂历史
就知道它曾经历过多么啼笑皆非的遭遇。[3]

　　科幻作品具有一种奇特力量，它结合了当代技术和某种社会文化
形态，形成一种科幻乌托邦，由此，给整体社会想象添加一层特异色
彩，通过想象与现实的互补作用，为我们塑造了一个类似实体的东西，
并且把它树立为我们的欲求目标，并努力去实现它。因而，它是某种
想象，又最终成为我们必将实现的现实，这一点类似布洛赫所说的"现
实的可能性"[4]。但是我们也不得不看到这一具有乌托邦气质的社会
想象力同时也会被滥用，比如，讨论具体科学技术的时候，却加入科
幻叙事塑造的社会想象力的成分，一个具体例子是目前流行的人工智
能是好是坏问题，其中很大成分是在动用科幻叙事塑造的社会想象力，

1　Susan Schneider, *Science Fiction and Philosophy: from Time Travel to Superintelligence*, West Sussex: John Wiley & Sons, 2016, p. 1.

2　以言取效是言语行为理论术语，指文本中的语词取得文本外的效果，这一概念比单纯的阅读更强调词语的连贯性以及其与实际生活的关联。奥斯丁：《如何以言行事》，杨玉成、赵京超译，北京：商务印书馆，2013，第97页。

3　陈洁：《27天决定科幻界命运起伏》，《中华读书报》2009年3月18日第11版。

4　布洛赫：《希望的原理》卷一，梦海译，上海：上海译文出版社，2012，第283页。

而不是运用冷静的分析，这不可避免使整个判断滑向虚构，偏离理性判断的轨道。[1]当然这也跟目前后人类的初期状况有关系，它的发展方向还不够明晰，不可避免地依赖科幻叙事来开辟道路，因而难免倒果为因。

四、后人类的事实伦理与叙事伦理

后人类对人类中心主义提出了尖锐挑战。这一挑战不仅表现在科学技术方面，也表现在社会文化方面。在这一具有未来气质的文化状况中，我们不仅发现物质文化状况的改变，也发现这一未来气质侵入当代文化想象中，形成想象性与事实性状况并置一体的情况，虽然这一情况在所有的文化状况中都不同程度地存在，但在后人类文化状况中，它表现得如此明显，以致我们看到在目前重要的后人类论述中处处展现出科幻叙事的踪迹。比如前面提到的后人类开拓性的理论著作《我们的后人类未来》《我们何以成为后人类》等等。这是后人类研究的独特之处：现实性与虚构性混杂在一些，叙事影响现实，同时，现实也改变叙事。这一后人类状况其实是一种特殊的伦理状况。罗顿认为，后人类话语首先出现在科幻小说领域，菲利普·迪克、考德怀纳·史密斯、布鲁斯·斯特林、威廉姆·吉布森等作家通过小说塑造了后人类的最初话语，"20世纪90年代中期之后，严肃的后人类讨论从科幻领域转入生物伦理、批判理论等当代话语讨论，甚至大众媒体也讨论了技术进步的长期影响"[2]。

后人类伦理包括两种成分：事实伦理和叙事伦理。这两种伦理成分混杂一处，形成一种特异的后人类伦理形态。我们首先来看事实

1　详细的批判参见王峰：《人工智能科幻叙事的三种时间想象与当代社会焦虑》，《社会科学辑刊》2019年第2期。

2　David Roden, *Posthuman Life: Philosophy at the Edge of the Human*, London: Routledge, 2015, pp.4-5.

伦理。它包含非常广泛，格鲁辛德在讨论非人类转向时列出了一个理论系谱，基本包括了后人类事实伦理的范围：动元网络理论（Actor-network Theory）、情动理论（Affect Theory）、动物研究（Animal Studies）、块茎理论（The Assemblage Theory）、新脑科学（New Brain Sciences）、新物质主义（The New Materialism）、新媒介理论（New Media Theory）、思辨实在论（Speculative Realism）、系统论（Systems Theory）。[1] 当然，这里如果再能加上生态保护和基因技术就会更完整一些。这些实践主要包含事实部分，当然其中也留有一定的叙事空间，但并没有明确指出科幻叙事在后人类状况中的重要地位。

后人类状况包含了与此前人类主义观念不同的思考：一方面，它包容了后现代状况中的生态保护和动物伦理，强调环境与人、人与动物的依存和平等关系；另一方面，它也提出激进见解，强调物与人的平等关系，这无疑属于激进的观念改造。更重要的是，它推崇人的身体改造，并视身体改造为后人类的核心内容。麦考麦克认为，"后人类伦理可以称作后人类身体，因为身体在后人类哲学中占有关键的地位。身体是后人类所有事件的基础和场所，它超越了表象和表象感知形成的外部和意识性真实，重构了身体关联和伦理显现"。[2] 如果说生态保护、动物伦理、平等的物系统还暂时是对人类中心主义的一种调整，人的基因改造则直接改变人自身，这可能对人类有史以来超稳定的人类中心结构造成巨大的冲击，因为这样一来，它直接冲击人类的天然本性，人类将拥有超越天然的能力，这样一种能力在此前文化形态当中只是想象，而随着技术的发展，人类改造身体，获得超出天然身体的能力（无论这一能力是通过外接设备获得，还是通过基因改造获得），将导致世界的体验方式发生巨变。在某种程度上，我们实际上将自己提升为一种"神人"的高度，当然，如果我们的文化没有跟上这种"神人"的高度，将导致巨大的麻

1　Richard Grusin, ed., *The Nonhuman Turn*, Minneapolis: University of Minnesota Press, 2015, pp. viii-ix.

2　Patricia MacCormack, *Posthuman Ethics: Embodiment and Cultural Theory*, Farnham: Ashgate Publishing Limited, 2012, p. 1.

烦，就像《人类简史》所警告的，我们既获得了这种神灵般的能量，又不知对它加以约束，再也没有一件事情比这更危险的了。[1]这些情况带给我们整个文化和世界图景的伦理召唤，这一伦理变革将是整体的、彻底的。

任何一项后人类的事实伦理都离不开科幻叙事，这是后人类状况的特质。在其他社会文化中，科幻叙事也许是微不足道的，但在后人类状况中，科幻却是一个影响相关社会意识和文化形态的文类。任何一种社会伦理其实都包含着叙事的成分，隐藏在各种文学艺术作品当中，隐藏在宗教信仰的仪式当中，也隐藏在日常是非短长之中，这些构成了复杂的伦理形态。后人类伦理的不同之处在于，很多伦理情况并未实际出现，但我们已经在各种科幻叙事当中看到了它的轮廓，虽然这一轮廓还只是一种象征，未来真正可能的进展一定与之不同，但是不管怎样，这种科幻叙事毕竟对当前的社会伦理观念带来新的内容，与当前技术发展和社会文化观念结合为新整体，并形成特殊的伦理形态。

从目前来看，后人类事实尚不充分，但从其发展态势来看，它必将不可阻挡。也许我们在不久的未来就会遇到成熟的后人类，或遇到它的变形；而且我们假定，技术进步是加速度的，如果没有事先的观念准备，我们就可能在迅疾出现的后人类状况面前手足无措，社会文化和社会价值发生剧烈震荡，人类被自己创造的技术所伤害。科幻叙事的一大功用是提供了观念训练的实验场，它可以提前培植社会观念，提前造就后人类的伦理根基。所以，在事实伦理与叙事伦理相结合的角度上研究后人类状况，是一个应有之义，同时也是一个艰巨任务。

1　尤瓦尔·赫拉利：《人类简史》，林俊宏译，北京：中信出版社，2015，第408页。

五、后人类给文学理论带来什么？

从上面的讨论当中，其实后人类状况能给文学理论带来什么这个问题已经呼之欲出了，因为整个科技水平和时代文化发生了巨变，与这一特定文化和特定叙事结合紧密的文学理论必然出现新的变化，形成新的理论趋向。那么，作为文学理论趋向的后人类状况的改变主要发生在哪里呢？首先是世界观念的转变，表现为从人类中心主义转向超越人类中心主义，这是一种温和的、让步的超越人类主义。超越人类中心主义在后现代状况当中已经出现，解构理论、后历史理论、生态理论、动物伦理等都为我们展现了它的维度，让我们警惕启蒙时代以来形成的根深蒂固的人类中心主义倾向。这一倾向对于启蒙时代的人们来说具有解放的力量，但是随着科学技术和社会文化的发展，曾经的解放力量逐渐成了束缚人类心灵的枷锁，人类中心主义观念导致了对周围世界的伤害，有鉴于此，必须超越狭隘的人类中心主义，反思人类力量，限制人类力量。在这一观念转变中，我们发现人类可以与动物、环境、外物和谐相处，并发现改造身体及人与机器结合的可能性。这样一来，一种具有超越性质的后人类中心主义就可能成型，它不仅仅是超越人类中心主义观念，它甚至是将人类从狭隘的天然宇宙观中解脱出来，形成人类改造的新观念。

世界观念的转变将彻底给文学理论带来新的变化。我们会看到，在后人类状况中，人们关心文学的方式必将跟人类中心主义时代完全不同：他们会关心游戏，关心各种身体介入方式，关心一系列新书写和新影像，关心新的身体体验，比如，他们会以虚拟现实为文学和影像的基本载体，并以赛博格的形态加入文学实践之中，这时，文学真正是一种交互式的书写实践。这些都会给文学理论研究带来新变化，打开新领域。当然，这样的变化是逐渐发生的，我们从理论上发现它的可能性，并对它进行推测性描画，不可否认，其中存在不确定性，但这是后人类状况的一个特质，因为从根本上说，后人类状况在行进中，不断发生变化。我们只有把这一特质接受下来，并把它加入文学和文化状态的描绘当中，才能更好地发现文学理论的新形态。不可避免地，这是一种包含未来期许的理论状况，我们不仅在对着事实说话，同时还对着虚构说话，事实和虚构相结合的后人类状况才成为一个有机的结合体。怎样分析这一新状况富有挑战性。

由此，我们发现后人类伦理观念的叙事性。后人类状况基于某些事实，也植根于各种科幻叙事，即使我们没有在实际的事实当中看到后人类具体状况，但我们依然可以通过叙事文本将后人类从虚构中仿如真实地描画出来，并发现未来是可能如此发展的，这是叙事的重要特征，也是叙事的力量。我们并不因为叙事是虚构的就认定它是虚假的，相反，我们从叙事中发现了一种极其强大的能量：虚构建构事实并形成事实，同时事实也恰好坐落在后人类的科幻叙事当中，并不断衍生为周遭事实，并且在这个事实当中铸造出坚不可摧的文化状态，以及塑造出我们与之相适应的心灵状况。

进而，我们必须调整文化考察坐标，转换概念系统，按照转换过的新系统、新坐标去重新观照我们面对的后人类文化状况，同时我们也依赖这一新系统去反省此前的文化状况，寻找历史脉络，发现新的历史逻辑。这不仅是一种虚假的理论构想，它更是一种塑造方向的实践性的理论行动。兹举奇点为例。奇点本来是物理学概念，不是叙事的概念，但在科幻叙事和社会叙事中，奇点成为一个意义重大的转向标，"奇点是未来的一个时期：技术变革的节奏如此迅速，其所带来的影响如此深远，人类的生活将不可避免地发生改变"。[1]"奇点将代表我们的生物思想与现存技术融合的顶点，它将导致人类超越自身的生物局限性。在人类与机器、现实与虚拟之间，不存在差异与后奇点。"[2]奇点是一个标志，它表征我们就此进入新状态，我们依赖奇点考察新

1　库兹韦尔：《奇点临近》，第1页。

2　同上，第2页。

的文化形态，并且围绕奇点展开社会文化叙事，因此，我们不得不面对一个激进态度："如果我们的意识状态中接入、扩展并融进非生物的东西，以此形成我们的基本人性，那么问题就不再是我们是否走这条路，而是我们以什么方式积极改造它，塑造它。通过将我们自身视为真正的自己，我们就有机会将我们的生物技术联合体变得更好。"[1]这是一个尚未发生的乌托邦世界，但从目前技术发展来看，它必将发生。这一趋向无可逆转，除了分析它、研究它，将它接受为人性的一部分，大约别无他法。

再次，创造新概念是表达新世界的基本手段。新概念是新世界系统的支架，依靠它们，我们得以观望一个新世界。它是我们观察当下和未来的一个视角，在这一视角下，后人类状况才得以显现出来。我们一般是从生物学意义上理解视角概念，仿佛它是眼睛所看到的一切。视角仿佛是实际的"看"，其实它完全是逻辑性的。整体视角是具有内在一致性的概念组合体，即系统。具体视角遵从系统所提出的原则，达成的效果就是具体视角与事实相一致。具体视角、系统与事实之间是融洽的，没有哪一个更根本、更基础的问题。我们看到的事实，绝不是孤立的，而是与所处系统相一致的视角结合在一起。后人类就是这样的系统，也是如此展现的事实。我们从来不主张事实逐渐发展为理论，而强调事实必须在理论所提供的视角观照下才呈现为某种事实，前者是人类学的历史主义观念，后者是一种语言分析观念。我们在此对后人类状态进行分析和研究，其实就是以一种语言分析方式来进行的。我们看到后人类状况在这个世界当中起到的作用，并且发现这一作用依赖于新的理论系统和规则，由此，我们一边分析后人类状况，一边进行实践，同时，这也是在创造新的事实，为理论模型提供新原则，并建立起新结构的过程。它们是相辅相容的关系。

如前所强调的，后人类状况包涉广泛，富有弹性，它不存在某种固

---

1 Andrew J. Clark, *Natural-born Cyborgs: Minds, Technologies, and the Future of Human Intelligence*, p. 198.

定的本性或性质，而是一些具有相关性的社会实践和叙事实践。此处只是从整体性的宏观视角对后人类状况及其理论关系进行描画，它必然与当前所有人类主义理论的研究不同，我们需要对这一新的文化状况的动力结构和运行方式进行分析，以发现新的事实，获得更深入的理解。我们还有很漫长的道路要走。

原载《文艺争鸣》2020年第9期

科幻诗

科学与情感——汉语科幻诗谈屑

李国华

嘉应黄公度算是晚清特别推崇"奇技淫巧"的诗人。所谓"技进乎道"，他不仅"吟到中华以外天"，关心异域事物，而且写下了这样的诗：

> 星星世界遍诸天，不计三千与大千。
> 倘亦乘槎中有客，回头望我地球圆。[1]

写诗之时，黄公度正好乘船从日本横滨前往美国。大概远渡重洋的稊米微身之感刺激诗人的诗思逸出小小寰球，使诗人想出天外，诗里所写的槎中客，转译成现代汉语的表达，说是"星际人"，肯定不算拉郎配。诗人说天上有很多星星，多到不是佛书所说的三千大千世界所能描述的，这可以理解为诗人所看到的"世界"不再是佛书所描述的世界，而是从新的知识构型中看到的全新的世界。因此，他所设

---

1 黄遵宪：《黄遵宪集》（上卷），天津：天津人民出版社，2003，第150页。

想的"倘亦乘槎中有客"，那槎中客自然不是神仙和佛陀，而是别一知识构型之下的幻想人物。这一幻想中的人物与"地球"相对应而成立，而神仙和佛陀都是相对于苍天、大地而成立的。地球和苍天、大地，分析起来有很多相关处，但它们属于截然不同的知识构型，是没有疑义的。那么，那个"回头望我地球圆"的槎中客，就只能是一个和"我"这样的地球人相对的、在宇宙星辰间穿越的"星际人"，一个拟想中的球外智慧生物。这意思大概不难理解，不易理解的是诗背后的科幻思维。也就是说，公度此诗是科幻诗，是在新的知识构型下展开的对于人、地球和宇宙的幻想。诗中的"星际人"虽然还被包裹在道教神话典故的重衣中，但其回望的标的不再是鳌戴山抃的方形大地，而是悬浮在空中的圆形地球，表现出明显的异质性。这种异质性不仅是与道教神话相比而言的异质性，而且更重要的是，与地球文化相比而言的异质性。已有的语言，像是一件借来的衣裳，呈现着表面的相似性，但因为诗歌背后的思维已经不是屈原式的"天问"，相似的表面之下，异质彰彰。不过，这并不是说黄公度是从异质性的原则出发而想象"星际人"的存在。恰恰相反，诗人的幻想遵从的是相似性原则，他设想宇宙星辰中有与地球人类似的智慧生物存在，但其能力远远超过地球人，能够在星际旅行。黄公度还不知道后世送给"星际人"的是宇宙飞船、UFO 等星际交通工具，只是幻想"星际人"在星际乘槎旅行。在这里，诗人的科幻思维撑开了古典汉语的表达空间，使得原来致密的神话结构出现巨大的豁口，以腾挪出容纳"地球圆"在语词编织中的位置。

但是，黄公度并不是一个自觉的科幻诗人，或者说，虽然偶有想出球外的壮举，诗人的写作仍然更加紧贴大地、紧贴古典汉语的传统。在《八月十五夜太平洋舟中望月作歌》一诗中，诗人虽然清楚地知道"举头只见故乡月，月不同时地各别"，但感慨的乃是"九州脚底大球背，天胡置我于此中"[1]。黄公度之前的诗人吟月,虽然在感情的作用下会觉得"露从今夜白,月是故乡明",将故乡的月亮想象成另一月亮,但并不是在实体的意义上认为那是另一轮月亮。他们的典型态度是万川印月的,认为"海上生明月,天涯共此时",认为"共看明月应垂泪,一夜乡心五处同",月亮是同一轮月亮,时空是同一的时空,连看月亮的心情也是一样的心情,彼此以月亮为桥,形成一种共通的感觉结构。而"举头只见故乡月,月不同时地各别"的表达,将古典的时空体从一致性想象中分析出来,时间是不同的,空间也是不同的,那么,月亮难道不应该是不同的月亮吗?但诗人认为月亮仍然是那枚"故乡月",是同样的月亮。这种看法背后延续的与其说是万川印月、古今一月式的古典情感,不如说关联的是新的物理知识,即月亮是地球唯一的卫星。因为月亮是地球唯一的卫星,所以诗人虽然处在"月不同时地各别"的时空之感中,却仍旧认为举头所见的月亮乃是故乡的那枚月亮。但在新的知识构型中意识到无法"一夜乡心五处同"的诗人,虽然在相歧的时空中重新确认了月亮的同一性,但对地球的理解并没有多么明显地越出古典传统的轨范。当诗人说"九州脚底大球背"时,一方面固然呈现了地球作为球形物的存在,另一方面则以"脚底"一词表明,地球虽然是球形的,但它仍然在人的"脚底",诗人仍然是脚踏实地的。既然诗人仍然是脚踏实地的,那就意味着悬浮在空中的、无法区分上下左右的球体被当成了可以进行上下左右区分的大地来理解,地球仍然以大地的方式存在。而因为地球仍然以大地的方式存在于诗人的感觉结构之中,于是太平洋舟中望月的诗人发出的天问就是"天胡置我于此中",他在大地上,像古典的诗人一样,向天发出了疑问。在这种天、地既相互勾连又相互对立的感觉结构中,黄公度离那个担心天会塌下来的杞人,那上古时代的悲观的人类,其实是不太远的。

1　黄遵宪:《黄遵宪集》(上卷),第159-160页。

而在这样的逻辑中，即使是一些有机会比黄公度更为完备的科学知识和环球旅行经验的当代诗人，似乎也没有走得太远。比如下面这首诗：

七夕夜的星际穿越（写给小曼）

一架纺车把天琴座光芒缠绕进不眠夜

遥遥相对的小阳台上，幻听者凭栏
并没有看真切，蓝色太空围拢的
伊大嘉
——她是否又在让快进的梭子
趁着黑快退？正当暑夏繁星
全都倒映在楼下游泳池，被一小朵
乌云般黝暗的胖墩儿救生员
用一根细竹竿一颗颗戳灭
织机上她拆散
不打算完工的爱的新乐章

化为乌有的也是旧乐章；用白昼之弓
她每天奏弹的，也是无限往昔的音尘之
旧絮
喜鹊们倒没有因此而厌倦，星际人
更殷勤，
想要把未来所有的此时此刻与
此情此景，
充注银河间往还摆渡不已的
航天船。幻听者隔空再去想象

388

救生员抛出
游泳池圆月的一小半之际，尤利西斯
恰在归途，会遭遇怎样险阻的歌喉

天琴座光芒将一架纺车缠绕于不眠夜
而他用的是高倍望远镜。掠过游泳池
他的观察，轻易刺穿了大海的灰皮肤
确切地，攫夺大海深蓝的血
并且，他可以
随便叼取更为理想的无限天青色
经由任意伸缩的镜筒，它们会溢满
完善于翱翔的心室和心房
——主动脉弓
向右的泵，开始急切奋力地搏动

（……比附的情人节催促闪电
被戳灭的倒影，又要聚集起新的乌云
尽管已经不再是雀鸟，宇宙空间站
还是喧嚷着人神间架桥，依旧允许
胖墩儿救生员膨胀黝暗。而闪电
闪电——闪电催促比附的情人节）

他是否真的来自天鹰座？
来自比基尼姑娘
一边在沙滩上吃着烧烤，一边感动的
那颗星星？
——正当一对翅膀打开，正当
服务于寂寞的男公关凌空，扯住一根

　　时光线头，

　　像收回风筝般把不眠夜卷拢于

　　吧台上一泓清亮的金酒

　　奏弹者端起了水晶杯盏，

　　打算接着……话说下一回[1]

　　这样一首写于 2014 年的诗，从诗题《七夕夜的星际穿越》开始，就展现出在古典与现代、神话与科幻之间写作的质地。"七夕"是一个古典的符码不用多说，而"星际穿越"则是 2014 年风靡全球、誉满天下的一部科幻电影的名字，谁也无法否认，诗人的写作肯定受到了科幻电影的刺激。事实上也正是如此，《七夕夜的星际穿越》重写的是与郭沫若《天上的街市》一样的牛郎织女的爱情神话，但与郭沫若相比，就表现出了科幻气质。在郭沫若的想象中，在天街上游荡的女郎织女，除了"街灯亮了"的表达增加了一点现代工业生活的人间气息，"提着灯笼在走"的男女既是古典的，也是神话的，其中有幻想的味道，但简直毫无科学的气质。郭沫若的宇宙大概比黄公度还要古典，虽然一个是用白话写作，一个是用文言写作。《七夕夜的星际穿越》与郭沫若拉开了距离，诗里出现了"星际人"，而且"星际人""想要把未来所有的此时此刻与 / 此情此景，充注银河间往还摆渡不已的 / 航天船"，诗人的想象借助"航天船"，试图摆脱大地的牵引。如同电影《星际穿越》中的人物需要借助航天工具才能进行"星际穿越"一样，诗人也需要借助"航天船"这样的现代科技事物才能摆脱古典传统对诗歌内在秩序的牵引。但是，应该说非常遗憾的是，电影配备给航天工具一整套现代科学知识，如虫洞、黑洞等，诗人配备给"星际人"的除了"航天船"和"宇宙空间站"，不过是一系列大地上的事物。其中最具有象征性的是"望远镜"。对于伽利略来说，望远镜只不过是大地上的神的子民用来寻找

1　陈东东：《宇航诗（外一首）》，《山花》2015 年第 23 期。

神之踪迹的工具，它完全属于地上的人们，而且贴得过于紧致。这在《七夕夜的星际穿越》中，几乎没有任何变化，类似"而他用的是高倍望远镜。掠过游泳池／他的观察，轻易刺穿了大海的灰皮肤／确切地，攫夺大海深蓝的血"的表达，不仅没有超越伽利略的意图，而且将望远镜的方向从宇宙转向了大地。需要通过科学幻想才能理解的宇宙，被比喻成与大地上的人有切身之近的大海。在这个意义上来看，《七夕夜的星际穿越》虽然受到电影《星际穿越》的刺激，表现出相比郭沫若《天上的街市》而言的科幻气质，但与其说它是一首科幻诗，不如说它是一首反科幻诗。也许正因为如此，诗中才会出现"尽管已经不再是雀鸟，宇宙空间站／还是喧嚷着人神间架桥"这样的表达。宇宙空间站就像是给人间的牛郎和天上的织女提供相会场所的鹊桥，这种想象力也是惊人的，但以宇宙空间站置换鹊桥，诗中另有各类舍不得的"喜鹊""尤利西斯"的语词，则表明诗人的想象秩序并没有因为现代科学带来变革。他只是换了几幅插图，故事仍然是古典的故事。甚至与古典的纯净相比，《七夕夜的星际穿越》还多了现代人的粗俗和爱欲。比如诗第一段后面的几句"正当暑夏繁星／全都倒映在楼下游泳池，被一小朵／乌云般黝暗的胖墩儿救生员／用一根细竹竿一颗颗戳灭"，将浩瀚星空装置在"楼下游泳池"，救生员"用一根细竹竿"就能将星星"一颗颗戳灭"，精彩是够精彩了，粗俗也是够粗俗的了。而当救生员再次出现在诗尾，与吃烧烤的比基尼姑娘、服务于寂寞的男公关和清亮的金酒缀系在一起，就在欲望化的现代人生活场景中凸显了现代人的粗俗和爱欲。这个粗俗和爱欲的世界要显现，当然要将星星"一颗颗戳灭"，要从浩瀚星空落到地面，要从星际穿越落到情人间的交换温柔。与那心系大地而忧天倾的杞人相比，这个当代诗人似乎并没有从现代科学获得什么有意思的想象力，他没有借助科学进行幻想，而是站在原地打转，幻想科学。他甚至都没有心系大地，只是心系一汪浅浅的游泳池罢了。

而且，如果读到另一位当代汉语诗人的极有关联的诗，即会发现诗人不仅站在原地打转，而且反对借助科学进行幻想：

我们就如此安于落后的人类躯壳

寄生在落后的二十一世纪

身披纤维但始终渴望皮肉摩挲取暖

不嫉妒同性也保持与异性的温柔和平

做爱之后依旧像野猪般感伤

做梦时依旧抱紧床沿如纸莎草灵船

失眠便以更落后的巫术

比如白酒和烟叶

来挺过独自面对沉甸甸的星空

我们大多数仍然不懂

和虚拟的灵魂较量

混淆光年与余生为一样的短暂

对大地上遍布的蚁穴、天空中

拥挤的祖先视而不见

我们哭泣时流泪的毫升

与巴比伦陷落时她们哭的差不多

没有忘记在泪水中放盐来防止它凝结

没有忘记在翻动书页的时候小心翼翼

就跟你们在未来

检索我们的全息影像一样

你们没有忘记

加密我们的诗来防止悲观

和那个世纪末我们哭的差不多

你们撤离地球时

你们放弃服用控制绝望的药

对星云间遍布的陷阱、黑洞边上

挣扎的探险船视而不见

混淆三岛由纪夫与鲁迅为一样孤独的运动员

你们大多数仍然不懂和神调情

独自面对被传送轨道切割的星空时

甚至没有多少巫术

比如圣经和摇滚来抵挡梦魇

做梦时被电子羊一点点吃掉脑中光纤

做爱之后忘记关掉二进制的呻吟

与一个外星染色体

交换快感编码之后突然想

问一问它的父母们

是否依然存在于某个坐标点

它们摩挲是否足以温暖

你们穿越的光年

偶尔想想落后的二十一世纪

那些小人儿用一生与速朽的肉体

达成和解

为纯粹的虚空增加 21 克的重量。

2015.10.31[1]

　　这是一首比《七夕夜的星际穿越》更深地卷入了科学带来的想象的诗，它想象了人类的后代借助某种交通工具撤离地球的一些情况。这种人类具有一定程度上的后人类特征，他们"做梦时被电子羊一点点吃掉脑中光纤 / 做爱之后忘记关掉二进制的呻吟"，所谓"脑中光纤"和"二进制的呻吟"都意味着人类的生物性身体已经被人工智能改造，而"与一个外星染色体交换快感编码"这样的表达也说明人类的后代与外星智能体交流的方式是类似于人工智能的方式。那么，这种可以称为人工智能型的后人类，他们是高于作为祖先的"我们"的吗？诗

1　廖伟棠：《春盏》，成都：四川文艺出版社，2016，第 244-245 页。

人明确认为"你们大多数仍然不懂和神调情 / 独自面对被传送轨道切割的星空时 / 甚至没有多少巫术 / 比如圣经和摇滚来抵挡梦魇"，这也就是说，人工智能型的后人类，虽然具有更加发达的科学和技术，但是无力"抵挡梦魇"，反而不如"我们"。而"我们"，因为拥有"圣经和摇滚"，拥有"更落后的巫术 / 比如白酒和烟叶"，却是足以"挺过独自面对沉甸甸的星空"的，足以在悲伤和绝望中"为纯粹的虚空增加 21 克的重量"。在这里，人类和后人类的对照，其实延续了中国现代史科玄论战中玄学派的思路。玄学论者认为科学不足以解释人类的灵魂问题，甚至认为科学不仅不能解释人类的灵魂问题，而且还会造成人类的精神空虚。人工智能型的后人类与"我们"一样盲目，"我们"是"大多数仍然不懂和虚拟的灵魂较量 / 混淆光年和余生为一样的短暂 / 对大地上遍布的蚁穴、天空中 / 拥挤的祖先视而不见"，而他们是"放弃服用控制绝望的药 / 对星云间遍布的陷阱、黑洞边上 / 挣扎的探险船视而不见"，二者生存的处境极其相似，盲目的情状也极其相似。看起来，科学和技术什么也没有改变，但人工智能型的后人类却没有了人类的巫术，丧失了灵魂。因此，诗人要反科幻。诗人进入科学的逻辑进行了一番幻想之后，却发现科学之前的那些被科学反对的事物，如宗教和巫术，才是能使人类得救的，这的确是一首反科幻诗。因此，假如不去考查诗人的科学理解的成色，而是仅仅去理解和解释诗人为什么站在原地打转、不借助科学进行幻想的话，那么，就只能说，对于一些当代诗人来说，他们乐于站在科学的对立面，以对立的方式驰骋科学开辟的场域。这些当代诗人笔下的科幻诗，不管安插进了多少科学的词汇，其实都不过是一些眷眷于大地的写作，甚至还不如黄公度笔下的槎中客，能够将地球文明相对化，在相对化中寻找到某种重新理解大地的维度。在这个意义上，当写下《七夕夜的星际穿越》的诗人在另一首取名《宇航诗》的诗里写"在万有引力弯曲的想象里 / 穿过宇宙学幽渺的针眼"时，一定要更加关注诗的结尾是"透过盥洗室舷窗的黎明递送宇航诗"[1]，它幻想的逻辑起点仍然不在科学那边，而在大地上，而且贴得过于紧致。

有必要进一步强调的是，《反科幻诗》比《七夕夜的星际穿越》更加赤裸裸地表现了对粗俗和爱欲的世界的迷恋。它虽然把圣经和21克的重量作为宗教、信仰、灵魂的符码编织进了诗行，但更加信任的是"皮肉摩挲取暖"，并因此"安于落后的人类躯壳 / 寄生在落后的二十一世纪"。《反科幻诗》就像是一首爱欲的说教诗，而且显得很粗俗，过于明显地强调了人类躯壳和皮肉摩挲的重要。如果说黄公度的槎中客幻想，像是一只飘离大地的热气球在万有引力的作用下，始终心系大地，是"偶开天眼看红尘"，《反科幻诗》人工智能型后人类的想象，就像是面对一场宇宙灾难的惊惧反应，龟缩在大地浮尘之中，是心即宇宙的爱欲版。科学技术大概还没有带来什么真正的宇宙灾难，但关于宇宙灾难的惊惧反应已经在诗人的幻想中出现了。从理解科学与诗的关系的角度来说，诗人的脚步未免走得太急了一些。

但这也许就是汉语科幻的特点。比如这些年名满江湖的刘慈欣《三体》，其主人公罗辑就是风流放荡之辈。刘慈欣毫无疑问是汉语科幻的主动力之一，但他在科幻世界中展开的基本逻辑与《反科幻诗》的作者有异曲同工之处，道德诉求都处于一种原始、自然的状态。也许，科幻作者都免不了会认为，科学作为具有反自然性质的知识构型，当其发展离原始、自然状态愈遥远时，就愈需要唤醒人类原始、自然的记忆，以之为救赎的路径。的确，经历过第二次世界大战的现代人与之前的人类是不可同日而语的，原子弹在日本升起的蘑菇云以及日后世界的核均势恐怖让人很难不想到科学和技术可能带来的灾难，那不是个体伦理问题，而是人类作为一个庞大的种群如何重新与自然建立关系的问题。人类存在的本质是什么呢？是可以以科学进行解释的部分，还是科学无法解释的部分？初次面对现代科学带来的新世界的黄公度，在百年之前，他大

---

1 陈东东：《宇航诗（外一首）》。

概是相信科学可以解释的部分即是人类的本质。而对当代汉语诗人来说，当他们对科学和技术表达意见时，就往往是批判性的，甚至是否定性的了。批判和否定也许真的是必要的，如果能给予科学和技术的探索一定的坐标和伦理的参照，那么，就算诗人的脚步未免走得太急了一些，倒也不是无益的。不过，诗人的脚步所奏响的大地上的自信，那种对于爱欲的迷思，也不是不应该批判的。人类大概还是过于相信爱欲的力量，连所谓硬科幻的典范之作《星际穿越》，也未能免俗。在电影中，受困于另一维度的父亲所以能与地球上的女儿沟通，除了借助万有引力的知识传递信息，就是无法知识化和信息化的爱。无法知识化、信息化的爱，的确具有穿透维度的能力吗？这应该不过是一种爱欲的迷思吧？在这个意义上，回忆李白《夜宿山寺》一诗是必要的。李白写："危楼高百尺，手可摘星辰。不敢高声语，恐惊天上人。"对于未知的恐惧，使诗人诗中的想象有了天然的边界和秩序，诗人因此在谦卑中感觉到了超乎一己之知识和理解的原始、自然的状态，这是一种默契，远比大声说出什么要动人。从比喻的意义上来说，这也就是科幻世界流传的黑暗森林的古典汉诗版。宇宙是一片茫无边际的黑暗森林，里面活跃着不同的生物种群，当彼此处于大寂静的状态时，相安无事。一旦有声音出现，打破了寂静，听到声音的种群不一定会感到欣喜，也许会感到恐惧。一旦感到恐惧，就容易出现自卫式的暴力，朝着声音开一枪；而那一枪，也许就是毁灭的一枪。因此，就算借助天文望远镜看见亿万光年之远，有光帆驶来，你也不一定就要欢欣鼓舞，发出声音。此之谓"不敢高声语，恐惊天上人"。适度的敬畏，大概是可以破解爱欲的迷思的。

至于紧贴大地的问题，是无可如何的。因为人类终归是地上的种群，只要真正的星际旅行尚未成为现实，就只能以地球为唯一的家园，紧紧贴在大地上。譬如最近风靡汉语世界的《流浪地球》，当地球灾难将临，人类的办法便是带着地球一起去流浪。如果抛开以科学为基础的基本设计不谈，《流浪地球》实在不过是"鸡犬升天"故事的科幻版。鲁迅说："我们有一个传说。大约二千年之前，有一个刘先生，积了许多苦功，修成神仙，可以和他的夫人一同飞上天去了，然而他的太太不愿意。为什么呢？她舍不得住着的老房子，养着的鸡和狗。刘先生只好去恳求上帝，设法连老房子，鸡，狗，和他们俩全都弄到天上去，这才做成了神仙。也就是大大的变化了，其实却等于并没有变化。"[1] 经鲁迅一解释，地球上的人类，再怎么想出天外，也仍然是地球上的人类，漂浮在云天的时候，他们是要把大地弄到云天上去的。如果说《流浪地球》作为一部电影，当它影像呈现想象时，不得不更多地借助人类既有的经验，只能做有限的变形处理，那么文字是否能做到更多呢？至少从汉语科幻诗来看，文字似乎也没有做到更多的。例如对现代科学和技术兴致盎然的诗人吴望尧，他在1978年写了一组科幻诗，诗题《科幻组曲》，下辖《光子旅行》《时光隧道》《太空城市》等题，每一题背后都有具体的科学理论支撑。《光子旅行》的理论支撑是"最接近地球银河系的仙女座，离我们二百万光年，但根据'相对论'，我们仍可以接近光速漫游宇宙，可是当你归来，只长了五十五岁，地球却过了三百万年"，但诗人最感兴趣的却是"许你便是神 / 从自己的家里出去 / 而变成飞碟的神 / 回到地球"[2]。诗人不知道接近光速的宇宙漫游能发现什么球外文明、河外文明，只能幻想光速漫游也不过是抛出去的飞去来器，在时空的错愕中"变成飞碟的神，回到地球"。如果科学影响下的文明真的是呈直线发展的，三百万年的时间大概不是不能发展出识别三百万年前出发、而现在归来的"神"不过是史前的人，就像刘慈欣《微纪元》所写的那样，微纪元的人类对于此前的宏纪元的人类是了如指掌的，怎么可能呼为"神"呢？这就意味着，诗人虽然借助科学驰骋幻想，但神话的思维更深地制约着他诗思的展开。他的《科幻组曲》不管离大地多么遥远，借助了多么高深的现代科学理论，如果不能从神话的范型中挣脱，就仍然无法从大地生产的有限经验中建立不紧贴大地的幻想。

1　鲁迅：《且介亭杂文·中国文坛上的鬼魅》，《鲁迅全集》（第6卷），北京：人民文学出版社，2005，第156页。

2　吴望尧：《吴望尧自选集》，台北：黎明文化事业股份有限公司，1979，第118页。

而且，吴望尧是乐观的诗人，他遵从相似性的原则，认为"时光隧道"的那一头有"他们"，"他们"将"先锋十号"看作"只是冲出太阳系的""一只孩子们玩的纸的飞标"，但"我们的子孙仍会努力 / 来访问你们，从时光的隧道"[1]。看起来，诗人认为"他们"是可理解的，也是可接触和亲近的，宇宙并不是一片茫无边际的黑暗森林。诗人甚至幻想，"在庞大的太空城市热闹的空间站 / 正有无数的智性生物举着彩色的旗帜 / 欢迎来自太阳系的那个叫地球的居民"[2]，这简直是把星际移动当成了民间联欢，确实是不能更乐观了。从历史的角度看，吴望尧的乐观似乎带有某种 1970 年代的具体特点。这从《科幻时代》1979 年的一首《并非诗人的幻想》可见一斑：

小序

我曾经有过许多幻想，
把它当作几何的图形，
我相信未来的科学，
会对它一一作出求证。

一

每当打开那香水的瓶盖，
满屋就闻到一股芬芳，
瞧那么小小的一个瓶子，
能够把那么多香味储藏。

1　吴望尧：《吴望尧自选集》，第 119-120 页。

2　同上，第 121 页。

为什么不能有那么个瓶子，
白天从太阳那里收集光亮，
等到了晚间打开瓶盖，
室内就亮过那灯火辉煌！

二

春天的柳絮在空间飘游，
那么自在，那么轻松，
它利用空气的浮力，
来托起自己的行踪。

如果我们穿上特殊的衣裳，
也能像柳絮在空间浮动，
那么，只消拿一把扇子当桨，
我们将逍遥云端来去如风！

三

电流既然能传导声音，
为什么不可以传导气温？
必定有一把导温的钥匙，
能够打开这神秘之门。

要是南北交织的电线，
像传声一样把冷热载运，
南方的酷暑会自膏退隐，
北方的严冬将温暖如春。

四

矛盾的双方构成事物，
这是辩证法的基本原理；
我们既然知道地球有引力，
必能找到抵消引力的东西。

我设想我们乘坐的车辆，
在没有引力的情况下腾空而起，
让地球的自转代替行车，
万里外的目标奔来眼底！[1]

　　除了乐观的情绪，这是和吴望尧的诗完全不同的另外一种诗。尽管如此，还是必须首先看到，在 1970 年代的汉语文化中，科学被认为是足以解释和解决一切的，那是对科学感到充分乐观的时代。《并非诗人的幻想》一诗，虽然通篇都是诗人的幻想，但诗人敢于坚称"并非诗人的幻想"，就是因为"我相信未来的科学，/ 会对它一一作出求证"。再看诗人"幻想"展开的逻辑，有的是从香水瓶储存香味这样的人工现象出发，有的是从春天的柳絮在空中飘荡这样的自然现象出发，有的是从电流传递声音这样的物理现象出发，还有的是从辩证法的基本原理出发，应该说，逻辑的起点都是不够科学的，至少是不符合当时既有的科学认识的。因此，诗人说"我相信未来的科学，/ 会对它一一作出求证"。从科学最早萌生的逻辑和科幻文艺作品最早出现的一些情况来看，《并非诗人的幻想》可谓典型的科幻诗。但是，"未来的科学"要"对它一一作出求证"，却是困难的。虽然太阳能现在

1　转引自郭曰方、方竟成选编：《中国科学文艺大系·科学诗卷》，长沙：湖南教育出版社，1999，第126-127 页。

已经得到广泛应用，但以太阳光为光的室内照明并未实现。至于"特殊的衣裳"、运载冷热的电线和没有引力的车辆，虽然不能说没有类似的发明正在应用，但离诗人所幻想的科技创造的日常生活情况，还遥不可及。这也就是说，"环球同此凉热"和"坐地日行八万里"都还只是诗人的浪漫想象，都还只是一种隐喻，并没有因为诗人对"未来的科学"乐观自信，而兑换为现实。某种特定时代的乐观情绪，也许足以在科学的指引和影响下，打开汉语诗的一些空间，建构一些独特的诗歌类型和情绪，但也仍然不能摆脱大地浮尘的遮蔽。即使是幻想摆脱了万有引力，诗人的世界也还是紧紧围绕地球而转，不过是"让地球的自转代替行车"而已。

科学作为一种独特的知识构型和思维范型，到底能在多大程度上改造汉语和汉语诗学，也许是一个很大、很有价值的论题。从上述一些汉语科幻诗来看，即使是在相对集中和极端的文学形式实践中，汉语和汉语诗学发生的变化也是有限的。这也许是因为汉语具有强大的韧性，始终模塑着汉语诗人的思维和表达，也许是因为科学与神话、巫术、宗教的关系，也不是那么容易切割的。不管是从怎样的路径出现的，科学似乎总是在激发或唤醒汉语诗人对于神话、巫术和宗教的记忆，使他们的幻想总是在科学与神话、巫术、宗教的羁绊中展开。在这样的层面，也许很难说是汉语诗人的科学知识和素养不足，从而很难严格按照科学的逻辑展开诗思。因此，当黄公度的月亮仍然是那枚"故乡月"，当代汉语诗人的世界纷纷围绕地球而转，甚至于转而乞灵于神话、巫术和宗教之时，关注科幻文艺的人们，也许不妨想一想，科学原不过是人类文明的一个分支而已。即使是信仰科学者，也难以切割出一个纯粹而完整的、叫作"科学"的对象来吧。

原载《广州文艺》2019 年第 11 期

朝向"后人类诗"——陈克华诗的科幻视域

刘正忠

> 而我终要走入自己的演化
> 再见了，人类。虽然
> 并未领悟，但我不作预言
> 再见了，WS。我不再耽溺于你了。
>
> ——陈克华《星球纪事》

一、前言

　　"科幻"并非单纯地嫁接"科学"与"幻想"，作为一种叙述载体，它打破了既成的疆界，建构属于自己的认知方式和审美取向。[1]换言之，科幻本身的性质即是暧昧且不稳定的，一旦与诗——特别是逐渐远离史

1　刘人鹏：《"科幻"不等于"科学＋幻想"》，原文 2003 年发表于台湾交通大学科幻研究中心"科幻讨论网页"（已关闭），兹引自台湾清华大学亚太／文化研究室网站。

诗或叙事诗传统,而更讲究压缩、断裂与跳跃的"现代诗"——相遭遇,遂形成更为繁复的反差与变异,累积了更多扰乱秩序的潜能。

当代科幻小说家、诗人兼批评家柯林斯(Michael R. Collings)曾经归纳出写作"科幻诗"(SF Poetry)的三种途径,分别关涉科学、虚构、诗等三种要素。其中在诗的向度上,他指出:

> 科幻诗的第三种途径是远离传统的形式、语言以及 / 或者内容,以声言其"异质性"(Alienness),一种内在于诗人社群的他者性质。诗人对于科幻诗的探索,集中在具独特性的科幻视域(SF Vision),并以相对等的独特性语言来传达此种视域。[1]

科幻原本具有显著的"叙事性",要想充分展现其精妙,常须在情节铺衍上有所发挥。因此,它进入小说、电影、动画等载体,似乎较为理所当然。一般现代诗,并非不能叙事,却不以此为特长。至于科幻诗,作为诗之另类或异数,叙事性虽强于一般诗篇,但仍弱于别种科幻文类。因此,其间的"科幻"元素,不再全盘贯注于叙事,而是适度利用诗在意象迸发与语言凝铸上的优势,营造一种"视域",藉此更新诗的性能,扩大诗的指涉。

近几十年来在台湾,也曾有不少创作者致力于科幻诗的试验,一时风起云涌,颇受瞩目。但或许所涉的问题较为复杂,迄今罕见论述性专文,探讨诗与科幻交融互涉的现象。介绍台湾科幻发展史的论著,大多会提到陈克华的《星球纪事》,可惜存而不论,仅止于"提到"而已。[2]研究台湾现代诗发展的论著,在涉及 1980 年代的部分,则会零星地谈到科幻诗的概念,但大抵放在"新世代""后现代"与"都市书写"等

---

1 Michael R. Collings, "Dialogues by Starlight: Three Approaches to Writing SF Poetry, with a Checklist of Related Works," Patrick D. Murphy and Vernon Hyles ed., *The Poetic Fantastic: Studies in an Evolving Genre*, Westport, CT: Greenwood Press, 1989, p.166.

2 吕应钟、吴岩:《科幻文学概论》,台北:五南图书公司,2001,第 30 页;黄海:《台湾科幻文学薪火录(1956—2005)》,台北:五南图书公司,2007,第 72 页。

框架之下。孟樊甚至把"科幻诗"与网络诗、方言诗、生态诗、都市诗、情色诗等共计十二种类型放在一起，而统归为"后现代时期的诗作特征"。[1]这种解释路向，似乎只是拿科幻来"例证"后现代风潮而已。如陈大为认为"科幻—都市"具有不可分割的"血液关系"，他指出："科幻文明"是人类对"下个纪元的都市文明"的大胆预测，是一幅"未来都市的蓝图"。[2]于是仅在"都市"脉络下梳理"科幻"，不遑处理与此无关的科幻元素。

事实上，"科幻诗"也并非单纯地融合"科幻"与"诗"，它仿佛边地游侠，自成一路，不必依傍或附属于什么。但其身世与性格仍是可被描述的，本文将试着爬梳文学史料，先综合考索科幻诗在台湾的发展脉络，厘清若干关键概念，以便建立一个较周密的诠释框架。然后聚焦于最重要的一位科幻诗人——陈克华，细读其代表性文本，梳理相关的诗学议题。思考的重点，约有数端：一、诗的特殊体式与方法，如何表现科幻元素？相对于习见的叙述模式，具有什么优势或难题？二、科幻的题材、思路与视域，一旦入诗，在诗意转换与诗语变革的历程中，发挥了哪些作用？三、就陈克华自身而言，反复运用科幻——特别是"后人类"概念——是否隐含着额外的美学效用与伦理意涵？

二、"科幻—诗"的台湾脉络

（一）泛现代派中"原子诗人"

科幻诗之蔚为风潮，大约在 1980 年代初期。当时这股风潮的塑造者或参与者，似乎都没有注意到，吴望尧很早便写出了具备科幻意味的

1　孟樊：《台湾后现代诗的理论与实际》，台北：扬智文化公司，2003，第 99-102 页。

2　陈大为：《对峙与消融——五十年来的台湾都市诗》，《亚洲阅读——都市文学与文化（1950—2004）》，台北：万卷楼图书公司，2004，第 32 页。

诗作。例如总题《廿世纪组曲》的五首诗中，便有一首涉及后人类想象：

> 白象牙雕刻的日子终于溶化
>
> 铝质地壳上轰立起塑料的大楼
>
> 现代的必成过去　未来的必将来临
>
> 看乳色的荧光玻璃调节温度和光线
>
> 看生理机械师在人类心脏的小涡轮加油
>
>
> 换一个螺丝
>
> 看电子仪器控制人的思想　吃学问的维他命丸
>
> 看白发的婴儿诞生　学步时已伛偻
>
> 看试验室里氧化了相对论的胡子
>
> 看光波和声波咬噬着　电波和宇宙线纠缠着
>
> 　　然后像万千条热带蛇之痉挛者死去
>
> 　　　　　　　被埋葬在葡萄架下[1]

　　根据希腊神话，艺术家皮格马利翁（Pygmalion）以"白象牙"雕刻成女体，并深深爱上"她"。爱神维纳斯（Venus）受其真诚祈求所感动，终使雕像变成活人。吴望尧把它联结到现代"人造人"的科幻想象，如这两行："生理机械师在人类心脏的小涡轮加油""电子仪器控制人的思想"，展示了机电系统对血肉之躯的改造，在当时颇富新意。按张晓风的《潘渡娜》一般被视为台湾科幻小说较正式的开端，恰好涉及类似的题材。[2] 比较起来，可以看出两种文类各自的利处：张晓风的小说不甚处理科技运作的细节，而着重描述其后果，意念铺展得较为完整；

1　吴望尧：《白象牙雕刻的日子》（1958），巴雷（吴望尧）著、希孟编：《巴雷诗集》，台北：天卫文化公司，2000，第284-285页。《廿世纪组曲》发表的年代资料，参见吴望尧：《吴望尧自选集》，台北：黎明文化公司，1979，第107页。

2　张晓风：《潘渡娜》（1968），张系国编：《当代科幻小说选Ⅰ》，台北：知识系统出版公司，1983，第15-67页。

吴望尧的诗（整整早了十年）虽只能呈现几个片段，但通过浓缩的语言和精选的意象（特别是关于机体工程控制的部分），也自有一种强度。

吴望尧本人并未直接标举"科幻诗"的名目，当年评论者亦多着重于强调他诗里的"科学"质素。如覃子豪评论他的《我航行于火星的运河》时，认为诗中许多叙述，"均有科学上的根据，非凭空的捏造。这种以科学的智识来发现诗的一种新的趣味，是一种值得尝试的实验，这一点非常符合巴那斯派（Panasse）的科学精神。"[1] 这段评述虽多赞扬，却忽略了吴诗"虚构""想象"的成份，以之比附于陈旧的诗派，也难以切中其精义。倒是稍后痖弦有一篇综评，颇值得注意：

> 我们所期待的"原子诗人"莫非就是吴望尧吗？
>
> 从第一枚火箭的击中月球，科学已带给我们一个新的恐龙时代；一种核分裂的焦虑和星际间的无尽狂想，一种作为灵长类之一的人类的渺小感、绝灭感和败北感，一种时空无限的大寂寞和大烦忧，迫使我们原有的旧想象世界宣告破产。而新想象的世界应运而生，当属极自然之事。明乎此，诗人吴望尧的诗随宇宙飞船与人造卫星以俱来，也就不必视为怪诞了。
>
> 但他决非儒勒·凡尔纳一流，更不宜将之与正在西德流行的科学空想小说相提并论。他的诗虽以正确的科学知识表现其对于科学世界的奇想，但作为一件艺术品的重要质素之"人的关系"并没有自他作品中失去。[2]

所谓"原子诗"原为吴瀛涛的提法，虽然强调"科学精神"与"原子放射力的破坏性与建设性"，但主要还是在以原子比况诗的"纯粹

1　覃子豪：《现代中国新诗的特质》（1959），《覃子豪全集Ⅱ》，台北：覃子豪全集出版委员会，1968，第345-346页。

2　痖弦、张默主编：《六十年代诗选》，高雄：大业书店，1961，第68页。

自由性"。[1] 痖弦援用之余，已经转移了阐释重点，强调诗对于"现代性体验"的表现。第二行以下，用一连串形象所堆叠出来的感受，即更接近本雅明所说的物质技术进步所带来的"新奇"（Novelity）和"震惊"（Shock）。[2] 痖弦发现，科技迫使"旧想象世界"宣告破产，与之相对应的，便是吴望尧这类处理新题材的诗作。有趣的是，痖弦特别提到吴诗不同于"科学空想小说"，以凸显其中具备"正确的科学知识"，以及作为艺术核心的"人的关系"——这个评论自然颇有问题，但至少是首次有人拿诗和科幻做比较。关于科幻的多样性和艺术性，当年台湾文坛能接收到的信息还很有限，难以充分滋长。但吉光片羽，今天看来，仍是值得珍视的。

按吴望尧早年为蓝星诗社健将，风格奇诡，对科技、都市、文明等当代事物尤敏感。创作之余，又长于化学，自行研制新型清洁剂若干种。乃于 1960 年只身到越南创设化学工厂，经营有成，终因越战爆发，家产被没收，仅以身免。[3] 他的创作虽然断断续续，对这类新颖题材的尝试（包含旅越期间），总是不绝的。直至 1977 年自越南历劫归来，还曾作了一首《复制人加工厂》，诗前标注"新闻诗"，并有后记："联合报刊出'复制人'（'照他的形象'）的报道后，引起各界的注意和兴趣。近来各报陆续有评述文字出现，成为茶余酒后的话题。"[4] 此诗描述复制人技术盛行的年代，可能遭遇的趣事，仍然具备诗的想象，并非报道的延续而已。[5]

1　瀛涛：《原子诗论》，《现代诗》第 3 期（1953 年 8 月），第 55 页。

2　Walter Benjamin, *Charles Baudelaire: A Lyric Poet in the Era of High Capitalism*, trans. Harry Zohn, London, New York: Verso Press, 1989, pp.120-135.

3　有关吴望尧早期的创作成就，可参看余光中：《简介四位诗人》（1958），《左手的缪思》，台北：时报出版公司，1980，第 65-78 页；其人其诗的综合回顾，另详余光中：《铜山崩裂——追念亡友吴望尧》，《文讯》第 282 期（2009 年 4 月），第 37-43 页。

4　吴望尧：《复制人加工厂》，《联合报》第 12 版（联合副刊），1978 年 5 月 2 日。按"新闻诗"的概念系由当时联副主编痖弦提出，此诗当即应邀示例之作。

5　吴望尧其实也写过一篇《迦得和地球人》，寄寓反共之意，被视为早期具代表性的"科幻小说"，收录于张系国编：《当代科幻小说选 I》，第 171-178 页。唯当年报纸刊出时，标注为"科幻散文"，《联合报》第 8 版（联合副刊），1979 年 8 月 1-2 日。

除了人造人之外，幻想在火星上访问，穿越时光隧道，进行光子旅行，[1] 这类奇思异想在吴望尧的诗集里尚多。这固然是泛现代派运动中，崇尚"诗的新大陆探险"之极致表现。也可说是，诗人本身对于物质、科学、现代具有一种独特的敏感。其贡献是新诗材的开发，而其局限则为停留在"猎奇"的层次，思维尚未臻于细致。

（二）1980 年代的"科幻诗风潮"

时序进入 1980 年代，就读医学系三年级的陈克华，即以长诗《星球纪事》获得第四届中国时报"甄选叙事诗奖"。[2] 来年又以同样运用科幻元素的《水》获得"甄选叙事优等诗"。当时台湾尚无专设的科幻文学奖，中文科幻小说的书写也还不算盛行。《星球纪事》连续五天配上作者自绘的多幅插图，大篇幅地刊载出来，相当引人瞩目。[3] "科幻诗"一词在台湾的出现，几乎是跟随着这首诗而来的。此后在文学奖得奖诗作之中，渐多此类题材。[4] 这些作品反复铺陈"核爆后"的想象，演示毁灭与重生，反思人类的恶念与愚行，可以说是紧扣住当时笼罩世局的冷战情势（美国与苏联的核弹对峙）——相对之下，陈克华诗里虽显然有更多复杂的质素，为别人所难以追摹，这部分将待后文细论。

科幻与诗更为广泛的交涉，与新兴诗刊的推动密不可分。首先，《草根诗刊》第 45 期（复刊 4 期），推出了"科幻诗专题——走向未来的

1　吴望尧：《未来组曲》一组十一首，巴雷（吴望尧）著、希孟编：《巴雷诗集》，第 288-302 页。

2　有关《星球纪事》的创作系年，陈克华自己在诗集里标明：1979—1980，这是作者自我认定的创作时间。按这一届的时报文学奖于 1981 年 8 月 5 日截止收件，同年 10 月 2 日揭晓，唯陈克华此诗迟至 1982 年 12 月 20—24 日才刊登出来。

3　不过，检视当时的报纸资料，得奖名单及得奖作品虽被大篇幅地呈现出来，但既未刊出"决审纪录"，也没有随文刊登"评审意见"。因此，我们无从得知评审与主编怎样定位这篇作品。事实上，到目前为止，也没有人细论过这首重要的长诗。

4　例如，李渡予以《螺旋》获得《中外文学》现代诗奖首奖（1984），被评为"表达了诗人对未来宇宙的关怀"。江中明以《出谷记》获得同一竞赛的优胜奖（1984），其设定背景为"公元两千年，核战爆发，一架太空梭冲出大气层，里面载着科学家——摩西，及数百对男女，他们叫亚当、夏娃"。沙笛以描写核爆之后人类意识重构历程的《蜕之后》，获得第八届时报文学奖新诗类甄选奖（1985）。刘涤凡又以描写世界浩劫前、浩劫时、浩劫后的《永恒的乡愁》，获得第十届时报文学奖新诗类优等奖（1987）。

景深",全版展出八位诗人的八首科幻诗。[1] 随后崛起的两种较具实验性格的新世代诗刊《四度空间》《地平线》（皆创刊于 1985 年），也经常可以看到似乎具备科幻元素的作品。[2]——然而这些作品，是否可以径称之为"科幻诗"？或者反过来问：所谓科幻诗是否具有可兹辨识的特征或标准？它们是否带来新的意义，展示新的质地与方法？检视相关文学史料，我们发现，诗刊上的散篇多较薄弱，有时仅仅用了一些科技藻汇而已，诗意仍是旧的。倒是几个主要诗人——包含陈克华、林燿德与林群盛——都有大举试验科幻素材的诗集，主题集中，形式多样，成就也较显著。在讨论陈克华之前，稍稍考察另两位重要诗人的同类创作，当可更为立体地呈现科幻诗的面貌。

林燿德是极少数同时写科幻诗和科幻小说的作者，两种文类不免形成互文。在论及罗青的《野渡无人舟自横》这首描写航天飞机的诗时，林燿德首次提到自己对"科幻诗"的认知：

> 科幻诗的成立要件较科幻小说有更大的伸缩余地，主因在于科幻诗可以脱离叙事格式的局限，而如"野"诗一般，仅仅以不做任何主观诠释的观眼，冷静地扫瞄这些非叙事性质的道具和布景，并且，以此自足。[3]

这里主要考虑到"尺有所短，寸有所长"的文类特性。意象之于

---

1 白灵主编、林燿德企划：《草根》第 45 期，1985 年 5 月 20 日。本刊为全张海报，无页码。八首诗分别为：罗青《野渡无人舟自横》、许常德《上帝箴言》、黄丽芳《浩劫后》、林婷《未来神话 Ω》、杨笛《以此类推》、陈克华《末日纪》、林燿德《U235 组曲》、陈勇志《星星一度流落的都市》。

2 抽样举例如下：陈克华《逃往阿非利加——记最后一名人类》，《地平线》第 4 期（1986 年 12 月）；林群盛：《冰河记事》《战争美学》，《地平线》第 5 期（1987 年 4 月）；李维伦：《末日传说之 I —黑色票房——唉！这世界该以何种方式毁灭呢？》《末日传说之 Ⅲ——星球黄昏》，《地平线》第 7 期（1988 年 5 月）；林群盛：《迷航记》，《地平线》第 8 期（1988 年 11 月）；谢政芳：《未来诗》，《地平线》第 9 期（1989 年 6 月）；田运良：《个人城市》，《地平线》第 9 期（1989 年 6 月）；洪凌：《末日变奏曲》，《四度空间》第 8 期（1994 年 12 月）。

3 林燿德：《前卫海域的旗舰——有关罗青及其"录影诗学"》（1985），《一九四九以后》，台北：尔雅出版社，1986，第 11 页。

诗，正如情节之于小说。相对于科幻电影与科幻小说之叙事能力，科幻诗的特长，并不在生产故事，而是利用既有的科幻母题、叙述模式、经典角色，加以改造或发挥。但这并不意味着，科幻诗只能跟在"小说／电影／动画"的后面，拾其牙慧而已。叙述体所难以容纳或不及发挥的，经常便是"诗"登场的时刻，它既可以铺陈事件，也可以仅仅是事件与事件之间的缝隙、灵光或渣滓。

上述原则，同样适用于林燿德本人的创作。他的《双星浮沉录》（1984）（后来改写为长篇《时间龙》），经营了较为饱满的情节脉络：跨星系的宇宙帝国与反殖民行动、复杂而无情的权力倾轧、星海与航舰上的爱欲情仇，还有多位尖锐的人物形象。但在他同时期写作的科幻诗里，这类繁复的枝节都下沉为"背景"，直接聚焦于一组隐喻、意象或情感，从而凸显科幻视域下的瞬间。以诗集《银碗盛雪》来说，便可看到"科幻—抒情—诗"的独特品类（这部分便无法以"都市诗"来概括）。例如《星球之爱》一组三首：《幽浮篇》以幽浮与星球的碰撞来隐喻男女爱欲，《双星篇》将恋爱场景"宇宙化"，以互相环绕的两颗恒星隐喻肉身，让光束、辐射尘、小行星在彼此之间飞舞。《黑蝶篇》写的是拥有人工智能与合金躯体的太空飞行器，遨翔宇宙的壮烈与哀伤。[1] 除此之外，描述浩劫的《U235》，灵活地运用图像诗的技术，把毁灭的刹那凝固为一种建筑式的文字，意图达成无限"延展"的震撼效果，充分显示"诗"作为一种文类，强烈关注语言文字本身的特点。[2]

这类诗作，篇幅虽长，叙事性其实很微弱。但其间展现的科幻视域，确乎提供了一种"抒情转换"的契机。在《上邪注》这首古典变奏曲里，尤其明显。按乐府《上邪》所谓"山无陵，江水为竭，冬雷震震夏雨雪，天地合，乃敢与君绝"的灭绝之爱，传诵已久。林燿德却把它改写为核

1　"星球之爱"（1985）为系列连作，各篇独立。《幽浮篇》《双星篇》《黑蝶篇》分别见《银碗盛雪》，台北：洪范书店，1987，第143-146、147-150、151-154页。

2　林燿德：《U235》(1984)，《银碗盛雪》，第141页。

爆式的震撼，通篇表演了"核爆—火光"与"交媾—精液"相互指涉与抗衡的画面，可以说是把 S 经验的诗意表演。不过，更细致的诗例，或许应举《光年外的对望》。按早年杨泽有一首《光年之外》，写道："而那里，吾爱／那里便是没有爱的死去已久的地球——"。[1] 林燿德进一步拉大视野，变换位置。"妳"在地球，而"我"则被放逐到遥远的光年之外，只能遥遥往地球窥视与呼唤：

> 扰攘的骑楼中电子奴仆搬运着主人的货品
> 机械的装甲警察不时地在转角处踏步出现
> 喷射车辆在穿越巨厦的透明驰道上飞掠
> 在九〇式陆艇上启动自动驾驶器
> 妳一面不解地向天空望去[2]

这里我们看到未来世界里，街道上充满森严冷肃的钢铁秩序——电子奴仆、喷射车辆、机械战警。爱或者人性，就在这样密不透风的禁锢氛围里，微弱而困难地游移着。依据上下文，"我们"曾经并肩进行反机械之战，但最后，"我"被放逐到多次元空间的无人孤星，"妳"则被洗掉了记忆和个性——这当中的意象与喻旨颇为精彩锐利，原来渺渺"科幻"，居然步步指向人间现实。在论述上，林燿德曾称张系国等人架构庞大而企图包容人类"全史"（过去、现在、未来）的作品为"宏观科幻"，他本人则提倡一种仔细处理局部问题的"小科幻""微观科幻"或"轻科幻"。[3] 科幻抒情诗，或许可以算是这种边缘性科幻的一环。

陈克华和林燿德的科幻资源是多方面的，他们既关注台湾科幻发

1　杨泽：《光年之外》(1976)，《蔷薇学派的诞生》，台北：洪范书店，1977，第 97 页。

2　林燿德：《光年外的对望》(1984)，《银碗盛雪》，台北：洪范书店，1987，第 167 页。

3　林燿德：《台湾科幻文学》(1993)，杨宗翰编：《黑键与白键——林燿德佚文选 03》，台北：天行社，2001，第 161-178 页。

展历程，也熟悉欧美科幻经典。陈克华很早便接触到科幻名著《火星纪事》，以及张系国的小说，和他编译的《海的死亡（科幻小说精选）》《最佳科幻小说选》。[1]后来《飞车冲锋队》（Mad Max II）之类的美系科幻电影，更直接刺激他的科幻写作。[2]林燿德则着迷于阿西莫夫的"基地"三部曲、"银河帝国"三部曲所建构出来的宇宙未来史图像。但不同于张系国等先驱，他还深受东洋科幻漫画——例如大友克洋的《アキラ》（阿基拉，Akira）——的震撼与启迪。这部作品描绘未来世界凌乱残破的印象，其间充斥着战后失序的都市、人体脑部实验、生物变异体、愤怒少年飞车党等元素。类似的暴力画面，在林燿德的诗和小说里，同样十分盛行。

林群盛的诗，较少文学经典影响的痕迹，甚至与美系科幻电影的关系也很微弱。他的创作养分，大多自非纯文字的日系通俗文化产物——卡通、漫画、电子游戏，而非中外诗集（这颇不同于陈克华与林燿德传统定义下的丰厚文学素养）。就诗史发展脉络而言，这是一大断裂；就跨文化跨媒材转换而言，这是新型态的"横的移植"或"视觉翻译"。1970年代下半叶以降，正是五、六级生的青少年成长时期，电视上播放几部著名卡通影集——《原子小金刚》《无敌铁金钢》《科学小飞侠》，使得许多"科幻观念"成为普遍认知和共同记忆，就在这样的背景下，一代人的"童年家园"与"科幻异界"也就叠合为一种"科幻—童年"了。林群盛大约从1986开始发表作品，他大量以文字转译"日系科幻卡通漫画"的视觉经验，内容新奇，产量庞大（自称一年间写了"近四千首"）。这种新的文学生产模式，在当时是颇令人骇异的。

在陈克华或林燿德太空歌剧式的作品之中，星际航行通常是浩劫后的逃亡与追寻之旅，充满悲壮的情怀。但在林群盛这里，宇宙形象单纯而美好，仿佛巨型的童话森林。作为"漫游者/叙述者"的我，自由穿

1　陈克华：《阅读是我一生的宝贝》，《中央日报》第21版（中学国语文）1997年8月7日。

2　陈克华：《长诗之路——〈星球纪事〉序》，《星球纪事》，台北：时报文化公司，1987，第7-8页。

梭于星球、黑洞与异次元之间，进行如梦似幻的闲晃与呓语。试举《宇宙被高密度的喷嚏撑醒（PTV）》这首长诗为例，[1] 表面上构成一个颇具规模的太空叙述体，但它所铺陈的，仅是"我靠近妳"的历程，而用宇宙场景来妆点少年情怀。四处绕飞的星体，竟如宠物或饰品，伸手可及。不同时空畛域里的事物，特别是"远古动植物意象"与"太空星际场景"，经常被自由拼贴，形成一种奇景。至于雷龙、贝壳、星云为什么可以并现，诗人则没有交待。

然而，林群盛也有几首意象新颖、思维精锐的作品，深受瞩目，例如《那栋大厦啊……》。诗里的叙事者，穿越淡漠的人群与车流，进入一栋"玻璃构筑成的大厦"，走入电梯，直升顶楼而发现这样的异象：

> 我疑惧的缓缓走近栏杆，惊骇的看到了一颗、一颗心——一颗超乎想象的、几乎和大厦一般的巨大的心脏被放置在这栋中空的大厦，平稳的跳动着；从心上蔓延的两根粗大的血管分歧出数万根微血管纬绕纠结在大厦的内壁……啊，那似在沉眠中的，充塞整座大厦的心脉不正和我的心跳同频且共鸣吗？[2]

在情节机杼上，这种由常入幻，逐渐逼到一个惊愕点的写法，似乎颇有商禽、苏绍连散文诗的痕迹。但就内容所涉的科技意象与身体意象的契合，则在当时，确有其新义。科技所带来的"能量"与"体积"上的震撼，以及随之而来的神经痉挛式的反应，也不同于前辈诗人源自个体创伤的撕裂、变形与悲怆。这种科技眩惑下的变形模式，在当时日本科幻动漫里并不罕见，一旦与台湾既有的超现实诗学相融合，便成了一种新品种了。

1　林群盛：《宇宙被高密度的喷嚏撑醒（PTV）》（1987），《超时空时计资料节录集Ⅰ：圣纪竖琴座奥义传说》之35，台北：作者自印，1988。（按本书每首诗皆有编号，但无页码）

2　林群盛：《那栋大厦啊……》（1987），《圣纪竖琴座奥义传说》之63。

（三）后现代—科幻—雄浑美学

除了创作实践之外，历史现场中的批评与论述，对于"1980 年代科幻诗风潮"的形塑，也发挥了不小的作用。其中尤以罗青、张汉良这两位中壮辈评论家，最为重要。罗青在一篇序文中宣告"后现代状况出现了"，他认为：1960 年以后出生的这一代诗人，长成于"相当信息化了的后工业社会"，作品中充满浓重的"后现代主义气息"。[1] 全文重点揭示了经济、社会、物质文化变迁与诗歌创作走向互为表里、密不可分的关系，初步绾结了"后现代主义—都市诗、科幻诗—新世代诗人"的诠释框架，被视为台湾后现代诗学定调之作。不过，他的论述太偏向于形式试验与社会现象的罗列，在美学分析上较为不足。

张汉良主编的《七十六年诗选》，明确揭示编者既是读者也是"再—作者"的观点。他特别关注断层现象，"偏爱与传统切断的作品，无论素材的选择或语言的运作皆然。"[2] 因此，全书大胆地贬抑所谓"皮相的社会写实作品"，揄扬了包含科幻诗在内的新锐诗作。在导言中，他反复提到"科幻"与当代诗潮的交涉，并指出：

> 至于提倡（？）前卫的新锐，他们固然未能提出相应后现代状况的理论，却多半能以创作的实践面临这个时代（不是皮相的、经验性的现实）的巨变，如媒体的改变、信息的革命，以及核爆的现代启示录。透过诗作，我们可以看出他们对诗媒体意识的再觉醒（包括质疑与实验），对科技文明的参与（如程序语言的可能），尤其是对利奥塔乐道的后现代美学新规范——雄伟感（the

---

1 罗青：《后现代状况出现了》，柯顺隆、陈克华、林燿德、也驼、赫胥氏〔合著〕：《日出金色——四度空间五人集》，台北：文镜文化公司，1986，第 3-19 页。

2 张汉良：《诗观、诗选，与文学史——〈七十六年诗选〉导言》，《七十六年诗选》，台北：尔雅出版社，1988，"序言"第 3 页。

Sublime）——的探讨，科幻诗便是明证。[1]

此文彰显"后现代—科幻—新世代"的结构，理路似乎与罗青相同。但有些关键的差异，颇值得注意：首先，张汉良不同于专从现象或形式着眼的论者，他"发挥"利奥塔（Jean-FranÇois Lyotard）关于"the Sublime"的概念，屡次运用于实际批评之中，为当时方兴未艾的后现代诗潮找到一套美学框架。同时，他特别标举出"科幻诗"（而非更为宽泛的"都市诗"），将此视为"后现代—雄伟感"新美学的高度展现。此外，不同于尔雅版其他年度诗选尽量"全面"综谈各种创作风貌，这篇导言极具主见，援以为年度案例的三篇作品——林群盛《那栋大厦啊……》、陈晨《那些迹像模糊如妳》、陈克华《锇实验》，全属以诗表现"科幻—雄伟"的例证。通观导言与其自撰的各篇"编者按语"，张汉良十余次提及"科幻视域""科幻诗""科幻境界""科幻世界"等观念。[2]事实上，以上种种已经使这部诗选成为科幻诗最重要的"宣言"式文献。

按"the Sublime"作为几经演变的美学观念，精彩而繁复，中文化的过程亦颇纷歧——曾被王国维译为"宏壮"、梁宗岱译为"崇高"、朱光潜译为"雄伟"，诠释上亦各有所重。王建元细评诸说之后，权译为"雄浑"，有时则干脆以"S"代称——他指出，旧译多未能扼要攫住 S 经验的关键特征："反面性"或"负性"（Negativity）。[3]如将重点放在这个面向上，依照王建元的整理：S 本身为一喻词，是某种不肯定的负性形成了在不同论述层次之间的"隔断"（Discontinuity），它是一种"可怕的愉快"（Terrible Joy）或是"怡人的恐惧"（Delightful

---

1 张汉良：《诗观、诗选，与文学史——〈七十六年诗选〉》"序言"第 6 页。

2 按尔雅版年度诗选体例，各篇诗作后附有"编者案语"，多数由主编自撰，但也有一部分由其他编辑委员代撰。张汉良自撰的部分，在美学理路、术语运用上明显自成脉络。除了前举三首诗之外，在他的"案语"中，被援以为科幻诗例者，还包含侯吉谅《电动玩具超人》、林渡《问》等两首诗。

3 关于"the sublime"在西方美学论述中的回顾与评论，详王建元：《崇高乎？雄伟乎？雄浑乎？一个从翻译到比较文学的课题》，《现象诠释学与中西雄浑观》，台北：东大图书公司，1988，第 1-38 页。

Horror）。S 经验乃是人类置身于外界自然事物的"力"与"体积"的威胁下而产生的无限超越性，形成了一种纯理念的满足。[1]

至于利奥塔理论脉络下的"雄伟感"（the Sublime），既前有所承，也可以说是颇经"重写"的美学概念。在他看来，美确如康德所说，是不涉利害的。然而 S，无论在伦理或审美的层次上，都不具有普遍可传达性。它是一种他者在"衍异"（Differend）暴力中所做出的破坏，这种衍异无法强求与其他思想沟通。[2]利奥塔更关注的是："艺术能被说成什么？"而 S 经验，恰恰提供了前卫艺术"呈现那难以呈现的存在"的美学动力。因此，他特别发扬柏克（Edmund Burke）S 美学中的负性：S 乃是在眼下的"虚无"之威胁下激发出来的，对于各种丧失（Privation）的恐惧。尤其是"并未发生""停止发生"赫然发生了（It happens that does not happen, that it stops happening.），随后又能获得一种缓解。[3]——就在利奥塔开始建构这套理论之初，张汉良就拿它来解释当时方兴未艾的"台湾—科幻、都市—诗"，对于悄然进行着的新世代诗歌革命，颇具鼓舞的作用。

今天看来，藉由后现代雄浑美学，张汉良有力地阐释了一种新颖的"诗质"，突破了仅从主题内容去辨识科幻与都市，仅从语言形式去辨识后现代的局限。不过，"科技雄浑感"作为一种关键特质，乃是新世代诗学区别于前行代的重要差异点，却不是唯一而绝对的。事实上，许多浮泛的科幻诗并未触及雄浑之境，反过来说，优秀的科幻诗也未必尽在张扬雄浑之美。再者，张汉良仅就关键诗篇立论，未遑全面考察一位诗人的风貌，不免有所罅漏。如林群盛的诗，十之七八停留在童稚的趣味，

1　同上页注 3，第 12-14 页。

2　Jean-François Lyotard, *Lessons on the Analytic of the Sublime: Kant's Critique of Judgment*, §23-29, trans. Elizabeth Rottenberg, Stanford: Stanford University Press, 1994, pp. 233-239.

3　Jean-François Lyotard, *The Inhuman: Reflections on Time*, trans. Geoffrey Bennington and Rachel Bowlby ,Cambridge: Polity Press, 1991, pp. 99-100.

柔美单纯，其实和所谓雄浑感格格不入。[1]至于像林燿德和陈克华这样的诗人，也有许多不能被雄浑所覆盖的诗情。仅以陈克华来说，科幻里隐含着身体思维、同志意识、科技省察与社会批判，姿态繁多，各有其触动人心的意蕴与美感。这些都必须回到文本，更全面地加以考察。

此外，有关"科幻"与"都市"两种质素在当代诗中的关系，也应略加辨析。张汉良先前径称《那栋大厦啊……》为"科幻诗"，但随后则以之为"都市诗的佳例"，并称："以都市为基础的科幻作品是目前台湾都市诗的另一主流"。[2]言下似谓都市诗为一"大类"，科幻诗则为被含括在内的重要"次类"。事实上，两者（都市与科幻）的概念与范畴，确实颇有重叠之处——无论就论述、创作或编辑设定而言。然而，"科幻"又有独立而难以被"都市"所涵盖的部分。因此，本文在论述策略上，主张不必勉强划出"科幻诗"的范围，而陷入分类的泥沼。实际上，无论是"都市诗"或"身体诗""同志诗""叙事诗""物质诗"或其他各种新兴类型的划分（包含"科幻诗"本身），都有其权宜性，它们也都"可以"含蕴着一种"科幻视域"——这也正是本文着重发挥的。锁定这种具有审美意义的关键因素，聚焦于一位重要诗人的文本，应该更能彰显问题，并脱出窠臼而别有发现。

如上所述，1980年代纷然而起的"科幻诗"，有一大部分其实不甚具备"科幻视域"。而科幻诗作为当时极其被"看好"的创作区块，也并不如预期般蔚为大宗，反至有沦为历史名词之势，似乎终归一时风潮而已。它曾是"后现代—新世代"文学运动中，一面极为鲜明的旗帜，但并未形成充足的作者群与作品量。三个主要诗人，林燿德英年早逝，林群盛的创作活力渐趋沉寂，不像当年那样受瞩目。唯有陈克华诗里的科幻，既居于时代的先锋，又不随群体风潮而衰歇，自当有其独特的意

1　简政珍：《序：由这一代的诗论诗的本体》，简政珍、林燿德主编：《台湾新世代诗人大系》，台北：书林出版社，1990，第13页。

2　张汉良：《都市诗言谈——台湾的例子》，孟樊编：《当代台湾文学评论大系·新诗批评卷》，台北：正中书局，1993，第179页。

义可堪指认。以下我们将试着追问：单从陈克华这位创作逾三十年的重要诗人来看，科幻在他个人的创作历程中地位如何？这个在前期颇为显著的特殊元素，是否绝迹于其中后期，或者有所转化、新生？

三、人字溃散：《星球纪事》的后人类图像

《星球纪事》这首长达 760 行的叙事诗，无论就主题、结构、语言而言，在现代诗史上都别具意义。但也由于题材特殊，全诗不无艰涩，迄今未被充分阅读。这里我们将顺着叙事脉络，尝试厘清其寓义。并藉由较精细的文本分析，带出科幻视域所蕴含的诗学议题。尤其聚焦于"后人类图像"，以及由此延伸的，朝向"后性别""后身体""后诗歌"发展的潜能。

（一）"回归"与"逸离"的拉扯

叙事诗在台湾的发展，常出于特定文艺体制的倡导。中国时报人间副刊主编高信疆，原本即为《龙族》诗社的健将。他为第二届中国时报文学奖增列"叙事诗奖"（1979），可说是以主流媒体的力量，实践了1970 年代新兴诗社关于"在抒情传统的发扬之外，开拓叙事传统"的呼吁。[1] 我们考察历届得奖作品，可以发现大致是以"古典—叙事""社会—叙事""民族—叙事"为主调。因此，陈克华戛然独造的"科幻—叙事"，不仅违离了主流的叙事诗想象，"天马行空"的内容与方法，也与"回归"诗潮形成异趣。[2] 稍早，张汉良曾把当时台湾现代诗的精神，概括为"田园模式"（Pastoralism）的变奏，除了指涉狭义的自然与乡土之外，还兼及"诗人对生命的田园式观照与灵视，诸如对故国家

---

[1] 向阳：《七十年代现代诗风潮试论》，陈幸蕙编：《七十三年文学批评选》，台北：尔雅出版社，1985，第 93-142 页。

[2] 照一般诗史的描述，1970 年代台湾诗坛的主要特征是"回归"（向民族性、社会性、本土性、开放性、世俗性）。古继堂：《台湾新诗发展史》，台北：文史哲出版社，1989，第 401-418 页。

园、失落的童年,乃至文化传统的乡愁"。[1]然而,陈克华的科幻书写,已经明显涉及这种模式的破坏,不仅是变奏而已。

《星球纪事》正文共计760行,分成四章,"第一章:劫后"描写末世灾难降临,万物崩坏。叙述者"我"急切地寻觅(表层)受讯者"WS"的方位,WS则催促着我快快离开地球——去与留形成一种拉扯。我终于逃向外层空间,在宇宙无止无尽的前进与回返,体验黑洞、光波、星尘,而后栖止于一新的双星(被命名为WS)。叙述者"想象"自己历经"分解"以便"再结晶":

> 我如最初无知的甲烷
> 于永无休止的碰撞中偶然有轻便乙炔
> 强韧的氢键同结实的磷酸
> 前来携手。遂以搭建完成的第一颗蛋白酶
> 催化生命的演进
> 在无垠静谧的温暖海洋如是孕育出
> 一生命形式繁复我们简称它作
> 爱。WS,说好了
> 如果它长成一朵花我们就称作玫瑰
> 如果成鸟我们必赋予它青色的象征
> 而后释于你恒晴的双睫;
> 如果成人我们将不再离弃这颗星……[2]

以上这个片段,描述"我"在新星体上组构新生命的愿望。诗人动用了"甲烷""乙炔""氢键""蛋白酶"这一类科学认知,来描写从

---

1 张汉良:《现代诗的田园模式——〈八十年代诗选〉序》(1976),《现代诗论衡》,台北:幼狮文化公司,1979,第159-176页。后来张汉良在前引《都市诗言谈》一文中,修正旧说,自评"田园模式"有采二元概念以化约诗史之弊。事实上,这种"与时俱进"的论述,颇能与当时的创作实践相对应。

2 陈克华:《星球纪事》,《星球纪事》,台北:时报文化公司,1987,第26-27页。

无机物进展到有机物，"一分子一分子地"艰难地发生的过程，这种用"生化意象"带出情感的手法，堪称陈克华的独诣，具有奇颖性。但后半部所追求的景象，却很"传统"。即便"花"和"鸟"已是全新的品种与类型，"我们"仍要顽固地赋予"玫瑰""青鸟"这类旧名称与旧象征——代表"爱"。如果更进一步，能够演化出"人"的生命型态，新星体便有了"家"的意义，不再被"离弃"。也就是说，"我"似乎仍带着"地球"的旧概念，去寻求"一颗全新的地球"——仿佛鬼魂意图附着新体以求重生。如此说来，此诗虽安排了"离弃"的姿态，最后仍不免形成另类的"回归"；虽将场景拉到远渺的"星球"，终于只是在太空重建"田园"而已？

接着，"第二章：传说"的主要内容，便是叙述者在"外星"缅怀怀着地球的神话、艺术、战争与灭亡。整章的基调是"追忆"，情节主轴被推动得很缓慢，抒情性则有跃居主导之势。[1]四个小节就像四首平行并列的抒情诗——太空流亡者追忆他的地球岁月的爱与死之歌。例如第Ⅳ节《星爆》里的一个片段：

> 那是七月，西天隐约可见
> 第一次血红的星爆，我们共同谱就的乐章
> 因此有了很长很尖锐的休止符
> ＷＳ，让我们继续专心作曲及做爱
> 且梳洗你的长睫和白鬓
> 褪了标志的华袍
> 往后蹒跚的世纪，我们崎岖的星球表面
> 将只覆满苔草和晶兰，和
> 我们依记忆建筑的游戏城堡（ＷＳ

1　陈克华这首"叙事诗"，其实有很强的抒情成分。施塔格尔（Emil Staiger）曾经提出"抒情式风格: 回忆""叙事式风格: 呈现""戏剧式风格: 紧张"的诗学概念，主张它们可以并存于一首抒情诗或叙事诗，甚至戏剧里。这种以移动式的"风格"代替类型划分的作法，颇切合本文的分析对象。施塔格尔：《诗学的基本概念》，胡其鼎译，北京: 中国社会科学出版社，1992，第1-6页。

种种古老有趣的图腾终将泯灭失传

当它仅仅曾是一种游戏罢

一种只有我们会玩却又都输掉的游戏……)[1]

"血红的星爆"既是末世当下的情景,也是爱欲交欢的隐喻。整个片段描述一对爱侣以宇宙为背景,相互依偎谈爱。单就主题、风格而言,都颇接近同时期收入《骑鲸少年》的抒情之作。事实上,"爱"字在整首长诗里共出现22次,"诗"则出现了13次。看起来年轻诗人对于古老的精神价值,仍然充满了乡愁。时间拉到辽远的未来,空间拉到外层空间,而又频繁地动用星球、计算机以及生物科技意象,但他最关注的主题似乎仍旧是"爱"。不过,如果说整首长诗只是借科幻素材为符征,承载爱情的符旨,恐怕也有简化之嫌。事实上,符征的改变必将牵动符旨的内涵,反之亦然。因此,科幻与爱情的关系,应是交互影响的。一般的科幻文类,大多着重于叙事,不遑停在一个情境里反复渲染情感。陈克华这首科幻诗,则更接近"歌剧式"的叙事手法,具有较多咏叹的成分,适度发挥了"诗"的特长。

(二)"人"的破裂与重构

整首诗较富于叙事性的部分应属"第三章:人类的故事"。其间"回顾"了叙述者的地球岁月,并涉及"人类"的历史发展,以及随之而来的生命形态与价值理念的重组。第I节《人字雁》,想象"我正回到距离十个世纪/十个光年的地球上空",重新逡巡于浩劫前的世界。那大致是核战后陷入"第四冰河期"的死寂大地,幸存之"我"坚持以"人字队形"航行于末日地球的上空。只见:

(那人字陡地溃散,我无由泪下)

于是我匆忙藉第十三代计算机向你传送疲惫、取暖

---

[1]　陈克华:《星球纪事》,第46-47页。

> 以及迷航的讯号
>
> 我呼救（ＷＳ，听得到我吗？）
>
> 并忏悔（一种尊严如人字溃散）[1]

"人字"当即是人类的象征，更细部而言，则包含其生理特征与精神价值。在核战巨变之后，所谓"人之所以为人"的尊严也已经不复存在。人字溃散的意象，不仅意味着"人类"的灭亡，同时也暗含着人的定义将崩解而重组。

接下来，情节再往前回溯，第Ⅱ节《西部公路》，描述人类曾像牛仔拓荒于西部一样，在太空开辟"星际公路"，进行移民，而今只剩散落的卫星残骸以及严重的辐射污染。第Ⅲ节《肉食植物》，则又以反讽的句法，指出弃绝了诗与爱的人类，不过是一种肉食植物而已。直到第Ⅳ节《混血婴儿》里，叙述者乃交待自己的"身世"：

> 自那次母亲有意跌落精子池中
>
> 和一具懂得作爱的计算机受孕
>
> 我即在切断输送程式的脐带后
>
> 成为战后最后一名
>
> 通过智力测验出生的混血婴儿
>
> （ＷＳ，你有血统证明书么？可以获奖的）
>
> 之后我曾向一棵榉树认同，喊他兄弟
>
> 高举双臂的姿势是祈祷
>
> 躺入泥土为再生。同时
>
> 风媒不断在我身上撒满精子
>
> （后来是一只交配期的甲虫惹恼了我

1　陈克华：《星球纪事》，第 52-53 页。

WS，这才明白四季是我早已退化的本能）

之后我和一部计算机结婚
每夜我显影在终端机的萤光屏上
兴奋地阅读硬蕊的速成定理
然后绝望地自慰

（WS，后来是战争毁了我的婚姻。那次我
一把砸毁他灼热的性器然后成为极端的和平
主义者。）

之后在计算机战争的末期接受心理治疗
疯狂爱上一枚螺丝钉
在生产线全面罢工浪潮时
间接导致动力系统的瘫痪
于是工业考古学附页上的插图中
我是一种机率
（我的任务是为一个良知浅薄的时代制造难题
如性无能大麻和音乐神童等）

WS，相信我所曾努力过的
我崇拜那产生纳粹的国家哲学
还有贝多芬的右耳
甚至我尝试分析爱的操作型定义
生化效应以及催化剂
并尝试以逻辑推论人类和计算机的成长极限
基因工程的突破发展，心理学与神学的结合

> 最值一提的是我在神龛上装置了真空管，ＷＳ
>
> 只要你愿意我帮你寻找上帝的频道[1]

至此我们应可确认，这个"我"并非循旧模式生产的传统人类，而是哈拉维（Donna Haraway）所谓"Cyborg"，[2]在此或可称之为"机体人"：[3]他——或许应该称之为"铷"——几乎是"无父"的，有则为"一台懂得做爱的计算机"或现成的"精子池"。就连居于主导地位的所谓"母亲"，也是构造暧昧的（未必是纯粹的血肉之躯）——诗人没有多做交待，至少生产过程里并无子宫或产道的相关描述，而只见"输送程式的脐带"（这是一个机械制作或组装的意象）。

铷像作物般被栽培成长，但却无法向有机生物（榉树、甲虫）寻得"认同"。"四季"之所以成为"早已退化的本能"，乃是因为其构造已是非自然的半有机体。于是，铷只能与"计算机"结婚、交欢，这里我们看到，机体人如何艰难地操作欲望——精细的仪器与程序仍然不能顺畅地"验算出"快感。这段情节里隐含着公共（文明）与私我（身体）之间的价值冲突：作为一具"半人工智能体"（体液与机电媾合的产物），幕后的制作者（机构或机制）比较关心铷是否拥有卓越的"智力"。而这种智力发展至极，却产生了认同和欲望的问题。制作者为铷进行"心理治疗"（可能系指程序或软件的修正），使铷能够回到广

1　陈克华：《星球纪事》，第61-64页。"惹恼"原作"惹脑"。

2　依照哈拉维的定义，cyborg（cybernetics + organism）是一种受控有机体，一种机器与有机体的混合体，它既是社会现实的活物，又是虚构的活物。社会现实是活生生的社会关系，是我们最重要的政治构造，一种不断变化的社会的机构。Donna J. Haraway, "A Cyborg Manifesto: Science, Technology, and Socialist-Feminism in the Late Twentieth Century," *Simians, Cyborgs, and Women: The Reinvention of Nature*, New York: Routledge, 1991, p.149.

3　有关 cyborg 一词的中译，暂处于分歧的状态。主要有如下数种：一、"机体人"，见蒋淑贞：《两性战争可休矣？——当代女性科幻小说的叙事模式与性别政治》，《中外文学》26卷8期，1998年1月，第35页。二、"人机复合体"，见王建元：《文化后人类——从人机复合到数位生活》，台北：书林出版公司，2003，第44-45页。三、"机器·动物·人"，见刘人鹏：《在经典与人类的旁边：1994 幼狮科幻文学奖酷儿科幻小说美丽新世界》，刘人鹏、白瑞梅、丁乃非：《罔两问景——酷儿阅读攻略》，桃园：中央大学性／别研究室，2007，第172-173页。由于本文讨论的对象，仍居于"拟人"的主体位置，同时为了行文简便，姑采"机体人"的说法。

义的"生产线"上，像螺丝钉般，为时代、文明、组织而贡献。但伴随高智力而来的自主性，使鉎们具有"罢工"的抗议能力。正因机体人时或逸出原先设定的方向与目的，故成为"一种几率"。为时代"制造难题"，则显示鉎同时具有强旺的创造力或破坏力。引文末段所列举的，即是这位"混血婴儿"的丰功伟业，综合而言，便是改造一切精神性的范畴——哲学、艺术、爱、宗教——使它显影于机械或程序。于是千疮百孔的"文明"，也就逐一变成新的复合体。

诗人在这里，以精细的诗语，勾勒了人机混血婴儿的苦恼，颇具原创性。

（三）"血肉"与"机电"的交契

第三章第Ⅴ节《死囚之日》，更尖锐地触及人类进化的课题。诗人的医学背景，使他能够较细致地想象这种过程——有机性与电机性的艰难复合——从而逼出一些耐人寻思的议题。事实上，叙事者"我"在这一节里，即以类似医生角色的高智慧机体人，反过来"操刀"改造旧版的人类：

> ＷＳ，那时已长出新生婴儿脸孔的死囚们
> 正成群如墓碑般仰立，上空
> 杀手卫星系统正逐渐解体
> 午夜起人们将被正式剥夺调整时间的权利
> 强迫性人格的塑造接近完工，我们举杯同时
> 以断面扫描出内在惧光畏寒
> 且擅于掘穴掩藏的意念（ＷＳ
> 这是器官移植后常见的轻微排斥现象）
> 亟须销毁的符号偶尔会在脑门
> （……
> ……）我举旗自意识流的下游出发

> 沉浮溯源经过清洗干净的脏器
>
> 充血贲张的心膜紧掩住记忆转换的机制
>
> （……）
>
> 我提起剖尸刀指向电波微弱的脑前叶
>
> 或更深邃黝暗
>
> 更酷寒的内里[1]

　　所谓"死囚"，当即是指实验室里待改造的原版"人类"——他们的新生命既有（后人类的）"新生婴儿脸孔"，从传统生命形态的角度看来却又"如墓碑般仰立"。从此"人们"进入到一种难以回头的演化程序，一种崭新的存在方式，也就失去"调整时间的权利"。"我"可以藉由仪器"扫描出"被改造者的"意念"，则此处所进行的改造，不只是器官或零件之间的硬件衔合而已，似乎还包含"软件"的重建：故有"塑造—人格""清洗—脏器""销毁—符号"的过程，并且安排了"记忆转换的机制"。那隐藏在"脑前叶"以及更深更冷的"内里"，或许便是待改造的"人性"了。

　　这些被改造而获得新生的"死囚"，显然包含，或者说主要就是ＷＳ——此诗最显层的受讯者。故下文说：

> 终于我自泪腺一隅浮现宣告手术结束
>
> （ＷＳ，请你哭泣）
>
> 偌大的圆瞳我们隔着水幕对望
>
> 当阳光将彩虹射向虹彩，我感觉出
>
> 你睥睨的眼神仿佛重申
>
> 人体进化的不可超越

1　陈克华：《星球纪事》，第 65-67 页。

（他们说由于未能完全消毒人性

所以种种并发症使死囚们幻听着诗歌

幻象着末日）

而我仍无法确定灵魂

和爱的解剖位置，松果体或其他

更隐蔽的腺体皆已停止代谢

萎缩成老死的色素细胞。

战事正突破卫星的防御进入大气 [1]

"我"（操刀者）自"你"（被改造者）的泪腺浮现，既宣告手术结束，也开启了一种新关系。其中特别强调"泪腺""哭泣""眼神"，似乎暗示着这个新生命体（ＷＳ）仍保有原版人类的情感能力。"睥睨"的高傲神态，仿佛在护卫或宣扬一种想法：无论"人体"如何"进化"，外力如何介入，"你"仍坚持着一种人类的内在特质。关于这种现象，依照"他们"的解释（一种取得权力认可的公众认知），那是未完全涤尽"人性"（被"他们"视为一种病毒）的结果。但"我"对于"人性"显然有更多的眷恋和好奇，其具体内容更偏重于情意（以"诗"和"爱"为代表），而非道德，这也反映出年轻诗人的特殊关怀。

经由改造的手术，"我"在人体寻觅"灵魂和爱"（亦即"人性"的根源）的位置，却不得其解——这似乎也暗示着，"我"和"他们"的认知差距：他们视"爱"如病毒，我则视之为"人"神奇奥妙的一部分。包含"松果体"（位于大脑与小脑之间，常被视为灵视的器官，笛卡尔称之为"灵魂的王座"）在内的各种腺体，乃是有机生物运作的重要渠道。移植了人工"器官"之后，一切腺体的"代谢"都止息了，而"你"（ＷＳ）居然还能高傲地分泌出"泪"来。——诗人十分郑重其事地写"泪"，动用了"水幕""阳光""彩虹"等意象，使之

1　陈克华：《星球纪事》，第67-68页。

427

辉煌起来。这不是一般所谓感动而已，变成机体人而能坚此百忍地挤出泪来，这是"有机性"最后的挣扎。

诗人同时安排了一场日趋剧烈而预告着毁灭的星际大战，改造"死囚"的目的，似即在因应这场"战事"。但机体人虽能暂免于外来威胁（例如核污染），却须面对新的内部冲突：

> 当第一只超速进化的细菌接近地球表面
> 我们终究未能免疫而落入自己设下的轮回
> （有机组织与金属零件的融合终归失败
> 我们的情绪与记忆的机制
> 逐渐因锈蚀而出血、坏死）[1]

整个改造计划，应该在使"身体"升级。诗人虽然仔细描写"有机组织"与"金属零件"两个系统联结的过程，却也再三流露一种忧虑，例如：前面提过的"人体进化的不可超越"，以及这里的"融合终归失败"。特别是对"有机组织"这一面向所蕴含的"精神性"，似乎与"金属零件"的纯物质性之间，仍然多所扞格：

> 健康和死亡的临床定义修定了，我们对未知
> 对感伤仍缺乏抗体，
> 仍要在行为病理实验室和因回忆及思索
> 所迸发的种种幻象搏斗下去——[2]

经由改造手术之后，机体人得以超越传统意义的病、伤和死。但既残存着部分的血肉成份，便无法抵御病毒般的"感伤"侵入身体，无法

1　陈克华：《星球纪事》，第69页。

2　同上，第70页。

阻止"回忆""思索"与"幻象"在大脑里萌生——而这些也正是抒情所以成为可能的重要关键。

（四）"科幻诗"还是"同志诗"？

"第四章：新生"想象灭绝后的重生。本章第Ⅰ节的《人类的故事》与第三章的章名完全相同，可以算是一种简要的回顾与总结。这几行尤具概括性：

> 而我终于要走入自己的演化
>
> 再见了，人类。虽然
>
> 并未领悟，但我不作预告
>
> 再见了，ＷＳ。我不再耽溺于你了……[1]

后面三行同时也被提到篇首题目下，作为卷前引言，[2]可见其意义颇为诗人所看重。这是一种既悲伤又决然的"告别"姿态，对旧有的"人类"的历史、文化以及演进方向。紧接着的第Ⅱ节《击壤歌》，描述所谓的"新生"，却是用最原始的方式栽培新的有机组织：

> 撒下解冻后的种子
>
> 然后齐以左耳贴地
>
> 让七寻以内的砂砾
>
> 雨水和腐植质
>
> 皆感知我们的心跳
>
> 和祈祷时的微温[3]

1　陈克华：《星球纪事》，第78页。

2　同上，第13页。

3　同上，第79页。

有别于前文对生命科技的细致描摹，这一节忽然密集使用土地与农耕的意象。机体人重唱"日出而作，日入而息"的《击壤歌》，看来颇为突兀。他拒绝使用科学"分析土壤的结构"，只想感应潮汐"永恒的节拍"，似乎显现出对于"有机性"的强烈乡愁。然而"重新演绎"毕竟不同于"返回开端"，因此这里似不能简单解释为田园模式的复辟，而应该是在复杂而困难的演化之后，对于失落之物的一种追悼。

我们不能不注意到，这首诗通篇采取"我对你倾诉"的情歌结构。对说话者而言，这个"你"（ＷＳ）自然是极其重要的。事实上，此诗参赛时原题《ＷＳ·星球纪事》，出刊前才依主编高信疆建议，删去"ＷＳ"。[1] 同时，自序里也强调：

> "星球纪事"有人说他是科幻诗，我深深不以为然。科幻不过是层外衣，不过是我采取了一个灭亡者的故事，不过诗里大胆采用了些科技辞典里头才翻得到的名词。[2]

显然，陈克华不愿此诗被框限为一种类型，但科幻这层"外衣"，究竟包裹着什么"内质"？当时诗人虽未明说，最简明的答案应是"爱情"。[3] 晚近，他自述早年创作此诗的背景，已经直接用"同志诗"来重新定位这首"科幻诗"。[4] 这类言谈主要关涉到作者创作动机的问题，不能过度扩张，甚至取代正文（Text）成为解读的绝对根据，但仍有助于我们理解诗的深层旨趣。

1　陈克华：《长诗之路——〈星球纪事〉序》（1987），《星球纪事》，台北：时报文化公司，1987，第6页。

2　同上，第6-7页。

3　事实上，"科幻题材／爱情主题"分别对应"外／内"的二分法，有可能简化问题。依照前文的分析，我们知道科幻作为一种"视域"，其实全面牵动了方法、形式与内涵。此外，应该指出，陈克华早年虽曾"否认"《星球纪事》是科幻诗，但在他后来的言论里，也曾多次以科幻诗来指称这首诗。

4　"'我的第一首诗就是同志诗！'陈克华不讳言，他得时报文学奖的成名作《星球纪事》就是写给同性爱人。他认为，自己写的每首诗其实都是'同志诗'。"陈宛茜：《陈克华出书出柜出唱片》，《联合报》（文化）2006年8月31日，C6版；廖之韵：《作家不可告人的青春秘事》，《联合报》（联合副刊）2009年4月9日，E3版。

在禁锢的年代里，藉由科幻来表达不被保守社会接受的同性之爱，似乎出于不得已。然而，依照我们在前文的分析，科幻并非"掩饰"的工具而已，它在诗里已经生产出了更多额外的意义与价值。首先，这首诗揭开了一种全新品种的"自我"隐喻（肉身母亲与计算机父亲的"无爱的结晶"）。生殖方式及人体构造被改写之后，伦理、美学与知识体系也不得不进行重组。正如哈拉维所指出的，机体人既由机械与肉身杂交而来，便会产生一种超越家庭论述的潜意识结构，形成多元的主体性。它破坏了肤色、种族、性别、意识形态的樊篱，迎向一种新的组构模式。[1]因此，虽然"机体人"在陈克华当时的经验世界里，更多地属于"隐喻"或"想象"，而非活生生的现实。但它的出现，确实深深撼动了叙事与抒情的模式，独力完成一次诗的革新。

不过，应该指出，个体的性别认同与机体认知都可能处于逐步演变的状态。至少在陈克华这首诗里，机体人并不像哈拉维所描述的那样决然——迎向未来、不恋母、没有乡愁。诗人根据他的医学体验，细致展示了肉身与机械"嫁接历程"的艰难，他笔下的机体人叙述者，充分认知到：人体边界的瓦解，以及随之而来的生命形态与价值观念的重组，乃是不可违逆的方向。但"鍫"对于"血肉—自然"成分（以及其中所含带的"人性—人格"）怀有一定程度的眷恋，惶惶地迎向"机电—非自然"成分所蕴含的暴力与惊奇。

因此，鍫处于犹疑的主体状态：一方面体认到两种成分（有机生物与坚硬机件）既亲融又扞格的关系，一方面也敏锐地察觉新的复合体足可根本地改变二元结构的任何一端。鍫既明确向"人类"告别，也试图重新亲近"土壤"。这种辩证关系，显示出二十岁的年轻诗人还在不安地追寻试探，虽然不无缺陷或矛盾，却也是此诗所以含蕴丰厚的原因。特别是对于"人类／后人类"生命形态的反复追问，在当时近乎独得之

---

1 Donna J. Haraway, *Simians, Cyborgs, and Women: The Reinvention of Nature*, pp.150-151.

秘，在台湾科幻史上应记上一笔。[1]而部分科幻诗的追随者却只能追摹"核爆阴影"下的时代焦虑，两相比较，自有深浅之别。

陈克华在《星球纪事》里所展现的"后人类思维"，主要源自他的"同志"关怀，以及对既有性／别框架的质疑。不过，同志之爱不必然衍生后人类主体，而后人类思维所含带的跨界与解构的倾向，则不仅有性别重组的作用，同时也寓有社会批判与诗学反思的潜能。我们知道，陈克华在台湾诗坛上属于颠覆性格极强的诗人，他的部分诗作常有游移于"诗／非诗"之际的危险。有时似乎是表现上的残缺、杂沓、率易，而导致艺术上的"失败"。但身为前卫诗人，他事实上是在以诗质问世界之际，也质问了诗本身：诗有边界，或天生自然的本质吗？

审美与伦理之间，总是存在着微妙的关联。经由本节对《星球纪事》较为全面性的细读，我们发现，陈克华年轻时即经历一场激烈而困难的自我辩证。藉由科幻叙事诗，他找到了一种介乎"人类／后人类"之间的彷徨主体，不准备符合传统"人类"或"诗人"的标准。这既是伦理的反思，同时也带动了审美的变革。就此而言，单面地以"科幻诗"或"同志诗"来标记《星球纪事》，恐怕都有所不足。应该说，那是一首具有科幻视域的叙事诗，扣触到后人类思维，潜藏着同志意识，同时具备诗质转换与诗语革新的美学意义。

四、无的放矢：科幻作为一种思维与技术

1980 年代中期以后，陈克华虽不再写作长篇巨制的"科幻—叙事诗"，但来自科幻的思路与方法，仍然是他诗里重要的资源。也就是

1　台湾科幻"小说"对后人类的深刻思维，要到 1994 年才告彰显，其间同样蕴含着同性思维。相关现象的精要述评，刘人鹏：《在经典与人类的旁边：1994 幼狮科幻文学奖酷儿科幻小说美丽新世界》，《罔两问景——酷儿阅读攻略》，桃园：中央大学性别研究室，2007，第 164-166 页。

说，"科幻"已转为一种思维与技术，引出众多充满未来性的隐喻、意象或情感。同时，又以灵活而繁复的方式，与其他元素（都市、环保、政治、身体、性／别）相互融合，创生为新颖的品类。几乎在陈克华的每个阶段，不同类型的诗作里，都可以看到"科幻"元素的运用——这或许正是他不肯被"科幻诗"一词框限住的主因。论者或将科幻诗理解为科幻叙事的"诗化"而已，但陈克华更着重于运用科幻的生产力。仔细想来，科幻未必是他所追求之"的"（目标），而是寻的之"矢"（手段）。他藉此来寻找新的语言、新的内涵、新的生机，进而指向新的诗意。本节将以陈克华具有科幻视域的短篇诗作为观察对象，试着理出几项主要特质：

（一）自成一格的"科幻身体感"

在第一本诗集《骑鲸少年》中，"身体"因素已经构成诗里显著的特征。它们进一步与"科幻"相结合，便形成一种同时期诗人所绝少触及的"科幻身体感"。收入《日出金色》的"末日记"一辑四首诗，便展示这种视野。诗里的叙述者，经常居于"后人类"的位置。如《巨柱》里的"我"，可能是一架有脚的流浪的计算机，能够感受与思考，逶巡于"脑死"的地球，观览人类的遗迹。[1] 又如《对话—— World War III 以后写》的"我"，则是不断纵容"想象"，佩配着"记忆"，具有"肌膜与血脉"，内设"计算器"与"人工智慧"的生命体。在"人类的潮水远退"之后，断续追问："我从谁而来？（不会是那具钢铁铸成的子宫罢）"。[2] 在这类诗里，叙事者的目光不仅扫向世界，同时也反复凝视自己的身体，两者之间的互为隐喻更属常见。应当由于医学专业的敏感，陈克华总是着重发挥"由人类到后人类之间"机体磨合的历程，以及随之而来身体经验与心灵状态。

陈克华诗里——包含科幻诗——经常出现阳具、勃起、精子等"性

1　陈克华：《巨柱》（1984），《日出金色——四度空间五人集》，第74-78页。

2　陈克华：《对话—— World War III 以后写》（1982），《日出金色》，第79-91页。

意向群"以及其他种种或分离或重组的器官。一般认为，这是二十世纪末，新世代文学"情欲泛滥"的表征。然而，从后人类的研究视角看来，这类身体语码的频繁出现其实别具一种抒情的意义。例如《逃往阿非利加——记最后一名人类》，描写地球不再可居之后，作为"最后一名人类"的"他"，寄居于"生态圈的最边缘，地心引力的极限"，人工卫星上头的"太空站"。这个人找不到任何别人来分享孤独，只能对着星球释放"精子"。这个意象就像《星球纪事》末章里的"解冻的种子"，蕴含着新生命的可能，故下文即有植物生长的想象。

这个设想似乎蕴含着一种"精子本位神话"的迷思？但进一步读下去，我们发现"精卵对立"的二元思考正是诗人意欲解构的对象：

> 在地球引力的极限
> 之外，他是属于动物园里豢养长大的人类
> 懵懂地，知道了此宇宙
> 业已回到雌雄同体的洪荒，呵
> 我逃往心灵的阿非利加，
> 让生命补充一些丰饶的意象：
> 那些无性生殖的原始生命在水上植物浓密覆盖下
> 溢满了他的头盖骨，蠕动
> 复蠕动，一如蝌蚪与蛆的缠结
> 一如精虫[1]

全诗不断出现"地心引力"一词，除了表层意义之外，其实还有一种象征性：古老的"地球"及其生命形态、社会价值与文化成规具有一种牵绊之力，凡是置身于"地球"（世界）的力场之内，便要接受其影响。——而此刻的"他"恰好位于太空中"地力"的边缘地带，在被控

---

[1] 陈克华：《逃往阿非利加》，《日出金色》，第94页。

与自控之间。充满规矩被比喻为"动物园",分类管理了人类的思维与生活,而"他"则向往一种总称为"阿非利加"的"洪荒状态"(那不仅是地理上的非洲,还是心理上的非洲),浮现于脑海("溢满了他的头盖骨")的具体意象则是:"无性生殖的原始生命"蠕动复蠕动,"一如精虫"。在传统神话原型思维,或再现这种思维的言谈里,经常把"洪荒"描绘成"母性大地",把生命的诞生归诸于"乾父坤母"的交合化育。但在陈克华的认知里,洪荒却是"雌雄同体"的,真正原始的创生方式则是"无性生殖"。

也就是说,性别是生命分化以后的现象,并非生命的本质。在这种视域之下,"精子"是中性或双性的:牠们是父,也是母;既是精子本身,也是另一种意义上的"卵子"。于是"射精"成了肉身逃亡的一种延伸。"太空站的翼桨"是个高点,"地心引力"相对最弱,"只达到鼠蹊而以",因而他还能释放体内的精子,让它们逃向"阿非利加"。[1]——这里隐含的意思是,"社会成规"制约了"生理想象",只有攀上边缘,"引力"鞭长莫及的地带,生命才能找到重新演化的契机——但在这个"力场"的交界处,老地球毕竟能施其余威到"鼠蹊"位置。因此,射出去的精子,可能"向上"飞扬到太空,也可"向下"沉沦回地球。所以"他"以那种"弓身"之姿,吃力地要把自己以及自己的化身,朝着"所有可能殖民的星球"(新的生命场域)射出去。这个太空站上的自慰者,以全部生命之力孤注一掷地投注在"释放"的行动,射精遂被描绘成仿佛"流泪""流血"般悲壮了。

仔细分析起来,前面这首诗里的太空场景(或者"科幻情节框架"),其实已退入背景,而身体因素则被"前景化"了。孤独太空站的意象,使得诗里的自渎行动,取得一种宇宙性的雄伟感,演示了诗人对于身体自由的渴望。诗集《我捡到一颗头颅》(1988)的自序,陈克华曾把自己比喻成"从宇宙某个隐秘的一端"射出的离弦之箭,在茫茫宇

---

[1] 陈克华:《逃往阿非利加》,第94-95页。

宙间飞行，敏锐的神经"在高速的无餍追求与以太的频频摩擦中，得到持续的无上快感。"他拥有一个方向，但"没有人承诺他会有一副靶"，他也渐渐质疑"为什么一枝箭就必须有一副靶呢？"[1]这种没有"标的"的飞行状态，既造成失落，也打开更多的可能。诗人藉这个"箭"在星际之间流浪的寓言，同时描述了自己的前卫性格与情感状态：

> 他回忆起那根弦。那根最初最初，以生之欲望绞紧的弦啊……在他意识尚在明昧之际就将他远远抛进寒凉宇宙的弦啊……他说出：
> 然而
> 我孤独啊。[2]

离弦之箭如果是在空气中疾行，因为地心引力的作用，转瞬就会落地。但若在浩渺的太空中推进，则在"中的"以前是不会休止的。陈克华把自己的创作，比喻成一场星际航行，一种"离开"的行动。那弦，就像"地球""人类""家园"提供了原始的力量；而箭，则是不受拘绊的自我，着力向前去寻找崭新的所在。他为离弦而离弦，虽然还没有找到任何一块确定的"阿非利加"。他在表演一种"自由"，而代价则是"孤独"。最后诗人说："他第一次泣出了泪水，像阳具第一次泣出了悲哀而绝望的精液。"[3]把射精比喻成"流泪"，看似拟之不伦，但将诸种体液（肉身具体而微的象征）联结起来，使"情、欲、思"相互交融，实为陈克华颇具特色的诗法。

（二）由科幻衍生的"另类抒情"

从《星球纪事》看来，叙事并非抒情的对立面。科幻所含容的非常

1　陈克华：《箭——序〈我捡到一颗头颅〉》（1987），《我捡到一颗头颅》，台北：汉光文化公司，1988，第2页。

2　陈克华：《我捡到一颗头颅》，第3页。

3　同上。

情境，可以带出一种另类的抒情。由于主体的衍异，"怎么抒"和"什么情"都成了新的变量。于是，抒情活化了科幻叙事，而"科幻—隐喻"作为认知世界的一种方法，也常使思维或情感跳出既定的表述框架。例如《锇实验》这首"情诗"：

> 悄悄我在你体内置入一颗发光的
> 锇元素。当相冲突的
> 两道血流在你逻辑迂回的软件里
> 初次遭遇，额头陷入了长考
> 鼻子观测心灵
> 有一座迷你的星系围绕着思想的铅笔，
> 终夜打转，啊是否
> 遽然发光的左右大脑半球
> 暗示着地球本质的从此撕裂——
> 当毒瘾发作的知识分子亟于选择一道潮流
> 跳入，幽浮撞毁在十字路口
> 旅鼠于城市广场聚集
> 午后的祭神仪式里
> 精液骤下如雨——
> 这世纪末最大规模的祈雨呵
> 心灵交会的电流紊乱
> 我看见，悄悄拔下插头的人世
> 渐渐没入一种看不见的黑暗里
> 空洞的建筑只有
> 衰竭的心音回荡其中，我也不问
> 你胸中是否有爱
> 只有那颗锇元素让我轻易
> 在远隔着一百场核爆与酸雨

之后

将你的尸骸

轻易辨识。[1]

　　张汉良诠释这首诗时，指出："我中有妳，你中有妳"的陈腔滥调，被更新为"锇中有镞，镞中有锇"的科幻视域。但本文认为，这首诗里的"我—你"并非处于同等位阶上进行互植（至少"我"中并没有"镞"元素），同时"男—女"的框架也不适用。我们或可延伸《星球纪事》的阅读经验，把诗里的"你"理解为机体人，则这首诗的表层，描写的正是一种"人类／后人类之爱"。叙述者"我"仍居于制作者的主导位置，而"你"则只能被动地承受——请注意是"你"，而不是"妳"，全诗也完全没有提到"镞元素"。重点应是人类与机体人之间的"跨类"之爱，而非异性相吸。

　　所谓"锇元素"乃是提炼自"我"的一种成分（在此应包含情感、性格与记忆等等，而主要仍是"爱"）；"你"的"逻辑迂回的软件"，则近于"人工心智"的意象。锇元素被"悄悄—置入"你的内部，居然产生极大的震荡，这是两套生命系统整合必然遭遇的冲击，也是跨类之爱的困难。在未来世界里，科技与血肉的嵌合并非理所当然的顺畅，它们将造成"地球本质的从此撕裂"。万物都好像被置入了一些并不稳定的指令，冲击其本然，使它们从轨迹里急遽地逸出，例如：幽浮失去侦测的能力，旅鼠化作广场的群众——正如"我"要支配"你"。在这个遍植指令的世界里，布满人工的痕迹，欠缺真实的生命。万物祈求的是"精液"，一种生命力的表征。最后，靠"电流"撑起来的人世，终于被拔掉了插头，"我"所构建的"你"随之破灭。但在碎尸万段之后，我总还可以找得到"锇"。由于"天覆地灭"的模式和强度改变了，个体关系也被更新，于是情之为物，也就能够以崭新的方式呈现出来。

1　陈克华：《我捡到一颗头颅》，第122-123页。

晚近几年，随着动物复制试验的成功，复制人已逼近现实，非仅想象而已。陈克华又发表了《给复制人的情诗》一组十二首，[1] 全诗长达三百行，堪称科幻抒情的力作。诗里的"我"，面对复制人的心态更加复杂而细致，兼含同情与不安。诗人自称：

> 这是一首（组）藉由科技"复制"人类的情节，反思何谓生命及人的诗作。全诗由爱欲无明作出发的原点，广义而言，也可视为原始佛教"十二因缘"的演绎。[2]

所谓十二因缘，系指始于"无明"经"行、识、名色、六入、触、受、爱、取、有、生"而终于"老死"的生命历程。那么，这组以生物科技为题材的创作，可被解读为别树一帜的"宗教诗"。整组诗被设定为"情歌"，自然采取一种我对"你"——实质上像是"另我"（Alter Ego）——倾诉的语调，因而又可以读成"同志诗"。诗人不再像年轻时那么激昂，急于批判或示爱。由于科幻情境几乎就是现实了，他也没有必要在情节叙述上大肆渲染。虽然仍布置了一些巧思，例如第二首是《你拥有和我一样透明的唇》，第三首为《让我为你解释为什么你没有肚脐》，便在你我之间，展开同中有异的辩证。但大抵说来，整组诗的基调是"咏叹"，不同于早年在《星球纪事》的掩抑，这首诗里的同志之爱是极为彰显的。但从另一个角度来说，那也是"后性别时代"的后人类之爱，既描述现在，也指向未来。科幻小说虽然铺陈了较饱满的情节，但通常不遑环绕于一个顶点，抒发较细密的情感。陈克华以他独造的非叙事性科幻，弥补了这种缺憾。

从吴望尧的《白象牙雕刻的日子》到陈克华的《给复制人的情诗》，恰好相距半个世纪。前者将"人造人"视为新奇的客体，并未投注什么

1　陈克华：《给复制人的情诗》，《自由时报》（自由副刊）2009 年 8 月 24 日，第 12 版。

2　陈克华：《关于本诗》，陈义芝编：《2009 年台湾诗选》，台北：二鱼文化公司，2010，第 157 页。

情感。后者赋予复制人一种主体性，"我"藉由观察并参予一种新形态的"人"的形塑，重新逼视着自我与群体的生命。古老的"宗教教义"与当下的"科幻情境"相遭遇，同志意识与生命哲思并现，这种"另类抒情"使情诗变形，宜为值得仔细聆听的新声。

（三）以科幻批判既成体系

陈克华历来的诗，除了持续关注身体之外，也着力呈现"身体与世界的交涉"。并在这种交涉过程中，体验到权力、体制、公共价值的压迫，从而提出质疑与批判。科幻视域的精准运用，使他能够以诗鞭辟到科技社会的深处，现代体制的底层。在这个层面上，他经常"以科幻反攻现实"——有时甚至形成一种反科幻的科幻。

单以《与孤独的无尽游戏》（1993）一集来说，便有几首运用科幻视域来"反科技""反体制""反物化"的短篇创作，颇为精巧有力。如《哪吒》一诗：

> 此刻，我和我的机车正安静躺在这安静的山谷公路
> 四周只有远山不断呼喊着我的名字
> 我被远远抛出的躯体有如一把被遗弃地上的匕首
> 腐蚀性的沙尘正试图掩埋并融化我
> 而我心爱的，我最心爱的机车不知是否已经死了
> 黑色的血液正从他兀自翘起的车首汩汩流下
> 在我胸前凝结成一块迅速扩张的地图
> 是的，太阳不久即将气化我
> 那已经被机械兽发射升空的太阳
> 正无所不在地搜寻并击毁四处窜逃的神族
> 幸好我没有灵魂也不配备电脑
> 但我和我的机车仍要朝命运的关卡超速前进
> 迂回绕过人类遗留下来层层愚蠢的路障

那些堆满人肉罐头与核子弹头的壕沟

我想化身为速度、温度和色度。速度速度速速度度啊

是的,一切只是我想而已

此刻我和我的机车正安静躺在这安静的山谷公路

连我莲瓣塑成的肉身也不知道

是什么力量的撞击能使我超硬合金的关节粉碎脱臼

想必新一代的超人杀手已经出现

大地连一根瘦弱的野草也都镶满侦察的电眼

更别提那镇日蔚蓝晴朗,说谎的天空了

而四周远山为何还不断呼喊着我的名字

难道鈯们已认出我,并追溯出我的身世,

呵呵,难道鈯们连我仅剩的一缕精魂也要取走

我,还有我心爱的喷射引擎机车

还有我密藏在腰间,伺机便捅机器人一刀的那把匕首……

注:鈯,机器人的"他"[1]

我们知道,哪吒作为叛逆青少年的神话原型,不仅背离礼法,甚至"剖腹、剜肠、剔骨肉,还于父母",断绝了血缘上的根源。经太乙真人以莲花荷叶重新组构人形,"祂"的一缕精魂始得新生,法器与能量并因此而提升。此诗将叙事者设定为"哪吒",即在召唤古典神话、翻成现代科幻,用来指涉肉身经过改造的后人类(科技成了新的仙术)——他同时具有"莲瓣塑成的肉身""超硬合金的关节"。似乎"没有"完整的"灵魂",但是还有"仅剩的一缕精魂"。此诗背后隐伏的情节,大致可以复原如下:核战之后,"人类"灭绝,他们所创造的"机器人"却独霸着世界,极力消灭异己——包含"四处窜逃的神族"。这里的"神族",疑即像"我"(诗里的哪吒)一样,

---

1　陈克华:《哪吒》(1991),《与孤独的无尽游戏》,台湾:皇冠出版社,1993,第180-182页。

肉身经过改造、再生、升级的"机体人"的自我命名。"鉝"们（诗人以"鉝"字，指称机器人。以此类推，如要指涉血肉与机电成分的机体人，则仍以"鉝"字为宜。）虽"割肉剔骨"还于人类（进化序列上的形式"父母"），似仍残余着类似的感受、欲望与想法，故为机器人所排斥。只见天地万物——太阳、野草、天空、远山——都被"机械化"而为攻击、侦察、欺瞒的工具。整首诗呈现了另类的末世图像，仿佛省思了人类、自然与科技的三角关系。

陈克华还有一种"反神话式"的逆向写法，也就是通过一种仿拟的科幻题材来解构科幻的叙事模式、奇幻氛围或科技价值。例如《飞呀飞呀小飞侠》便是这方面的力作，在原版科幻动画里，小飞侠是消灭恶魔的"正义"化身，自由遨游于天际。但在诗人笔下，却是：

> 科学小飞侠的羽毛生病了，今天早晨
> 拯救世界的任务依旧繁忙，科学小飞侠睡眠不足
> 却仍精神抖擞地按时跃出窗口
> 然后白色羽翼开始一路蜕落，终于
> 高空中坠落在一座电动玩具店里
> 周围他的观众都已成年秃发
> 忘了晚间连续剧里地球原是多么需要保卫
> 机械兽的气体硫酸提升了空气污染指数
> 原子光炮的炮管依旧坚挺地高举
> 等待一举射穿那些萤光幕前期待被强暴的阴户；
> 飞啊飞啊小飞侠。他想正义的化身公理的守护神
> 不应抵挡不住一客三层蛋塔汉堡冰淇淋的诱惑
> 然而他不明白他的羽毛为何如此迅速大量蜕落……
> （没有医生警告过他在军校体检时）
> 关于青春期发育迟滞的彼得·潘症候群：
> "因为过度（而且过早）地喂食国家机器所调配的真理特

餐……"

　　在一个理发匠学徒眈出的午梦里头

　　恶魔党壮大的阴影掩盖了这个不曾善待过儿童的城市

　　飞呀飞呀小飞侠。看小飞侠独自对抗庞大的邪恶势力——

　　在这时代苍黢的磷光的心里

　　小母亲轻吐着光明向上的催眠曲

　　孩子们的摇篮边供着父亲英挺的遗照

　　天使与魔鬼齐声合唱：

　　飞呀飞呀小飞侠

　　飞呀飞呀小飞侠

　　飞呀飞呀………

　　………………[1]

　　观众们老去，恶魔党人持续进行阴谋，科学小飞侠作为永恒的 "青少年"，虽然生理机能悄然退化，仍得疲惫地护卫人们所期待的公理法则。正义使者相信自己是在为善良的群众而 "保卫地球"，但曾经死忠的观众呢？却早被世俗的连续剧所吸引，忘记 "地球原是多么需要保卫"——这里暗示，热爱正义和平的小孩观众们，长大以后，恐怕也不自觉地成为破坏地球的帮凶。更难堪的是，群众真的那么热爱公理与正义吗？ "机械兽" 持续释放气体硫酸， "原子光炮" 依旧炮管坚挺——原来，环境污染与集体暴力，都是观众共构的现实，而非科幻。诗人暗示，观众既是侵略的恶魔党人的一部分，也是 "等待" 被侵略的天使。在这 "施暴—受虐" 同时并生的扭曲结构里，只有被 "国家机器" 喂以 "真理特餐" 的小飞侠们，被植入保卫地球的指令，局促在纯洁青少年的形象，愚蠢地被 "飞呀飞呀小飞侠" 的主题曲挟持着，不得不飞出窗口。

1　陈克华：《飞呀飞呀小飞侠》（1992），《与孤独的无尽游戏》，台湾：皇冠出版社，1993，第132-134页。

　　诗里的科幻意象并不刻板，足以托寓繁复而多样的情思。诗人表面上是在嘲弄科幻动画的"幼稚"，实际上却是在批评现实世界比科幻更加地虚妄而残暴。公理、正义、和平等等之类的"道德"诉求，更与机械兽无异，常常伪装以欺人。《大金刚经》这首诗便谐仿了电影《金刚》的桥段，并添加了核爆阴影与科幻想象。原诗分四节，仅过录其第二节：

> 牠此刻终于意识到即使核爆之后仍旧不被摧毁的城市道德
> 那确然已偏离了地球最原始的意图然而
> 牠思考的姿势已逐渐接近直立：地球啊
> 地球却已偏离最初设定好的航道
> 在宇宙间茫然飘浮如一颗无助的白血球
> 而我们，大金刚的前额陡然膨胀：
> 我们不也是一群额叶稍嫌发达的草原杂食性动物……[1]

　　这首诗藉由"金刚"的位置，尖锐地处理了"兽"（本性）与"科技世界"对立与逆转的课题。"城市道德"代表一种虚假而顽强的价值体系，支配着人为的社会，但却"偏离了地球最原始的意图"——这也就是说，道德违背了自然。白血球具有对抗病毒的功能，这里却被拿来反向譬喻"无助的"地球，这同样显示诗人的医学背景对意象选择的作用。

　　在《星球纪事》里，虽然有很精彩的后人类想象，但当时的陈克华，对于"人类"及其价值，有时仍怀着"新生"的期望。但愈到后来，他逐渐"认识到"人类的局限性，告别人类的意志也就愈为彰显。《狂人日记·一九八九》十二首系列组诗，或探究各种形态的"人—兽"复合，或直接切入"人类"定义的边界地带，逼视与追问得颇为犀利。先过录

1　陈克华：《大金刚经》（1992），《与孤独的无尽游戏》，台湾：皇冠出版社，1993，第128-131页。

《变蝇人》的后半首：

> 对了，我还擅长传播真理呢你无时不刻从我拍击的双翅隐隐
> 发出的蝇蝇
>
> 蝇　蝇　蝇　　　　　　　　　　　　　（所有分子
> 　　蝇　　　　　　　　　　　　　　　　生物学家
> 蝇　蝇　　　　　　　　　　　　　　　皆俯首聆听
> 　　蝇　蝇　　　　　　　　　　　　　而不能明白
> 蝇　　　　　　　　　　　　　　　　　人蝇结合
> 蝇　蝇　　　　　　　　　　　　　　　在资本主义
> 蝇　　　　　　　　　　　　　　　　　社会运作下
> 蝇　蝇　　　　　　　　　　　　　　　的终极意义。
>
> 　）是的
> 好莱坞或者是对的，我不知道
> 或许这世界人类制造的垃圾还不够多，我不知道，蝇蝇蝇，蝇，
> 蝇……[1]

这首诗表面上是以苍蝇的立场，调侃好莱坞挑中了牠们来与人类结合。但一路描摹下来，我们发现，这些"蝇性"其实都是"人性"的一部分。也就是说，藉由形体上的"人蝇结合"，有助于揭露人蝇原本相通的部分。"牠们"传播的可能是病菌，却自以为"擅长传播真理"。

同一系列的《豆荚人》，讲的便是像豆荚般轻易被复制出来的人类（按科学史上对"基因"的认识，始于对"豆荚"的观察与分析）。兹录诗的后半部如下：

1　陈克华：《变蝇人》（1989），《欠砍头诗》，台湾：九歌出版社，第83-84页。

你竟可以任意统计我预测我杂交我

复制我（包括我耳垂的形状）

织好的梦里睡着蜕化接近完成的蛹

走过去唤醒他：都醒来吧，豆荚人

我亲爱的第九十九颗豆子

而第一百颗已经逃逸。不过没有关系

和大多数在一起总是安全的

我们已经成功地取代了地球上的地球人

迟早我们要逮捕并处死并气化并忘记他

（历史上从来没有地球人存在）

我是百分之一百的豆荚人。[1]

  两个段落的声音，乍听之下，似乎是相互连续的。不过，仔细玩味起来，我们觉得这首诗其实采取了双声交错的叙述手法，刻意造成一种淆乱的效果。前一段乃是"被复制"的原版人类的声音，他正在被复制。过段之后，复制完成，叙事者的声音已经转移到九十九个复制版的其中一个。逃走的"第一百颗"其实正是原版人类。于是豆荚人宣称自己"成功地取代了地球上的地球人"，早晚可以消灭"他"（也就诗行一开始，被复制的"我"）。这是质变与量变交互为用，原始的人类意义或将就此松脱、毁坏、重组。

  由此看来，陈克华短篇诗作对科幻视域的运用，可说是既深且广。此一因素在他的诗歌创作里，仍持续蕴酿着，并且时有新变。然则科幻与诗相碰撞所产生的能量，确实不可低估。

---

1 陈克华：《豆荚人》（1989），《欠砍头诗》，台湾：九歌出版社，1995，第88-90页。

五、结语

经由上面的讨论，我们发现：陈克华诗里的科幻书写虽然可以与 1980 年代的"科幻诗风潮"合观，但更重要的，他也可以独立于这个风潮之外，自划一区。从时间点而言，他几乎是以先行者的姿态开创了"科幻诗"的类型，当风潮消退，众人偃旗息鼓，他却持续地有所发展。可以说，"科幻"始终构成他创作的一大利器，提供了重要的观念与方法。因为他并非得自风潮，所以也不随风潮而退，时至今日，仍持续酝酿着。他诗里的"科幻"远较别的作者生产出更多的"意义"与"情感"。台湾文学里的"科幻诗"，主要便是通过他的文本实践出来的。

陈克华的医学背景、浪漫性格，以及对欲望机制的迫切逼视，使他的"科幻"至少具有三个重要特质：其一是特别关注血肉与机电交契的临界点，同时点出其新生意义及艰难历程。其二是通过科幻来做另类抒情，扩大指涉，更新传统的诗质想象。其三则是藉由科幻来省思社会成规、性／别框架、权力本质与生命意义，进行提出批判。整体而言，科幻元素使他得以跳离"正常的"人性、人类或人体。再加上其他各种资源的配合，他的诗里展现了罕见的"后人类"视域，决然独自远航，到达"人"迹罕至的地方。

时报文学奖的征文"题旨"说是："为当前现实留下活泼有力的见证"，"肯定人性尊严，反映社会现代化面貌，激励民族爱与同胞爱"。[1]陈克华的《星球纪事》虽从这个奖出发，但在科幻的辅助之下，他似乎渐渐地脱离这个题旨。特别是关于"人性"，在人文主义的主导下，"文学表现人类价值"似乎成为一种无可置疑的"应然"。既有的诗意模式，也常常为"人性""人情"所局限。但在后人类视域下，恐怕这个应然

---

1 《第四届时报文学奖征文办法》，《中国时报》（人间副刊）1981 年 4 月 23 日。

也要逐渐受到挑战了。[1]

后人类在宇宙场景中形塑"鉰们"的"后人性"，假使鉰们写诗或谈爱，也应该是后诗歌与后爱情了。陈克华在他的诗里，曾经多次召唤、制作、扮演后人类；后人类也就反过来帮他思考、感受、创作。这样的诗，虽然不能直称为"后人类诗"，但也至少是一种仿拟或逼近了。虽然在有限的地球岁月里，这终究只是人类的手笔，但谁说后人类一定不读我辈之诗呢。噫，地球有尽，宇宙无涯，矢飞太空，而弦安在哉。

原载《台大文史哲学报》2013 年第 78 期

---

[1] 科技对"人"的定义和以"既有人类"为中心的思维所造成的冲击，可参见王建元：《文化后人类》，第 215-216 页。

科幻翻译

存 目

世纪末的忧郁：科幻小说《世界末日记》的翻译旅程

潘少瑜

一、前言

> 今天早上，在听完一名天文学家讲了十亿个太阳的事之后，我就放弃梳洗了：还梳洗干么呢？
>
> ——Emil M. Cioran

地球和人类的历史是否可能终结，又会在何种状态下终结，是千古以来无解的谜题。最近几年，在新闻媒体、网络、影视文化的推波助澜之下，"世界末日"重新成为全球关注的焦点，各种天马行空的猜测和推论纷纷出笼，几部卖座的好莱坞灾难片更造成人心惶惶。追本溯源，今日吾人所谓"世界末日"的概念，原来自于犹太—基督教传统，在19世纪时透过宗教和文学的载体传入东亚地区，其后又结合了新兴的科学论述，成为深具意义的集体想象。

　　所谓的世界末日，是一种植基于"终末论"（Eschatology）[1]思考模式的概念。终末论可说是人类对世界历史的终极关怀与大胆想象，此论基于宗教性或道德性的理由，认为人类所居住的世界将会在某一特定时期陷入极大的混乱与灾难，终致全盘毁灭。这不仅是一个时间上的概念，也是目的论（Teleology）的概念，相信万物皆朝向一特定之目的而演变发展，直至达成天意神谕的终局，而此终局不单指时间的结束，更是正义与一切价值的最后保证。[2]对其核心意义而言，终末论可说是对于人类罪恶的一种响应或解答方式，虽然在眼前所见的世界中，黑暗邪恶的势力似乎压倒了光明正义的一方，但在时间的终结处，正义势力必将大获全胜。[3]终末思想的主要根源为犹太—基督教传统，《圣经·旧约》中预言，末世将有一位弥赛亚（希伯来文作 Messiah，即希腊文之 Christos，中文译为"基督"）降临为王，拯救犹太民族脱离苦难，开创太平盛世[4]；而《圣经·新约》则直指耶稣即为弥赛亚／基督，祂为世人的罪受苦钉死在十字架上，三日后复活升天，有一日必要再来，审判全地，彰显公理正义。在耶稣基督再度降临之前，必有毁灭性的天灾人祸，旧世界将被完全摧毁，继之以新天新地的诞生。[5]尤其在《圣经·新约·启示录》的第 6 到 22 章中，对于世界末日、最后审判，以及圣城新耶路撒冷，有着历历如绘的长篇描写，画面奇诡恐怖，充满了暴力、死亡、阴郁的色彩，但在极度黑暗战惧笼罩之时，却又怀抱对光明新生的强烈希望和呼唤。这样鲜明的宗教意象，激发了两千年来许多文学家

1　"Eschatology"一字的字源，来自于希腊文的"eschatos"，为"最终"之意，因此"eschatology"可说是一种探讨万事万物最终结局的学问。

2　孙大川：《末世、颓废与救赎：一种哲学人类学的反省》，《联合文学》77（1991.3），第 12 页。

3　参见 Jerry L. Walls, "Introduction," in Jerry L. Walls ed., *The Oxford Handbook of Eschatology*, New York: Oxford University Press, 2008, pp. 4-5.

4　见《圣经·旧约》的《以赛亚书》第 11-12 章、第 61 章；《弥迦书》第 4 章 1 节、第 5 章第 5 节；《但以理书》第 9 章第 24-27 节。

5　见《圣经·新约》的《马太福音》第 25 章第 31-46 节；《马可福音》第 13 章；《使徒行传》第 17 章第 30-31 节；《罗马书》第 2 章第 1-16 节；《希伯来书》第 9 章第 24-28 节；《彼得后书》第 3 章第 3-13 节。

与艺术家的想象和创作能量，因而产生无数"天启"式（Apocalyptic）的作品，形成重要的文学艺术传统。[1]

18世纪以降，西方科学突飞猛进，随着天文学和地质学的发展，科学家们对地球的生成和终结、行星与彗星的性质及运转轨道等，提出了诸种新的理论假说，衍生出科学预测的世界末日概念，遂逐渐远离了终末论的宗教传统。于是，世界末日的预言不再只是宗教家的天启灵光、道德呼吁，更有着科学家的精密推算、言之凿凿，二者并行，加剧了普罗大众对自身命运的危惧不安。从此以后，关于世界末日的理论层出不穷，从地球转速减缓、太阳或地球的冷却或升温、月亮或彗星撞击地球、火山爆发、地震、海啸、飓风等不可避免的自然现象，到人为因素所造成的地球暖化、资源耗竭、环境污染、生态破坏、大规模毁灭性战争等等，都成为被广泛讨论的"世界末日方案"。现今我们耳熟能详的各种世界末日理论，已大幅降低了宗教性、道德性的意涵，对多数人而言，地球和人类的毁灭未必代表着上帝对世人罪恶的终极审判，而更像是大自然对恣意妄为的人类的全面反扑。

世界末日虽然是当今大众集体想象的重要内容，但除了自然科学领域以外，学术界对此课题的研究主要限于神学、宗教学、社会学，或是西洋文学、哲学、艺术史等领域；相较而言，汉学界对此着墨较少，且研究者多半将"末日"或"末世"视为约定俗成的词语，以之作为切入

1　参见 Elinor Shaffer, "Secular Apocalypse: Prophets and Apocalypics at the End of the Eighteenth Century," Malcolm Bull ed., *Apocalypse Theory and the Ends of the World*, Oxford UK & Cambridge USA: Blackwell Publishers, 1995, pp. 137-158; Heidi J. Hornik, "Eschatology in Fine Art," in Jerry L. Walls ed., *The Oxford Handbook of Eschatology*, pp. 629-654.

点或理论架构，进行文学文本与社会文化现象的研究[1]，而并未将末日想象本身视为研究对象。简而言之，在这类论著中，世界末日尚未被"脉络化"（Contextualize）为一个值得探讨的课题，更不用说考察此意象及其意涵的跨文化传播与转化过程了。事实上，以终末论及线性历史观为基础的世界末日概念，有着漫长的发展过程，不应被视为单纯不变的观念或既成之事实。因此笔者欲将"世界末日"本身视为一个具有研究潜能的"问题"，参考学界对于终末论思想的相关论述成果，厘清"末日"概念的历史脉络和内涵之转变，说明它经由不同渠道传入东亚地区（尤其是中国和日本）之后，如何在文学作品中被呈现出来，而东亚文化脉络对于此一意象内涵又进行了怎样的融会转化。这种跨文化译介过程的复杂性，可以用一篇法国科幻小说在近代日本和中国的文本旅行为例来说明。

据目前所知，第一篇以世界末日为主题的中译小说是梁启超翻译的《世界末日记》[2]，其底本为日本作家德富芦花（本名德富健次郎，1868—1927）的译作《世界の末日》[3]，而该译本所根据的则是法国天文学家弗拉马利翁（Camille Flammarion, 1842—1925）所创作的英

1　在晚清文学与文化研究方面，例如林瑞明：《〈二十年目睹之怪现状〉与晚清的末世现象》，氏编：《晚清小说研究》，台北：联经出版社，1988，第243-268页；胡晓真：《秩序追求与末世恐惧——由弹词小说〈四云亭〉看晚清上海妇女的时代意识》，《近代中国妇女史研究》8（2000.8），第89-128页；许丽芳：《末世之抒情——试论晚清小说作家于序跋中之自我书写》，台湾中山大学清代学术研究：《清代学术论丛》第5辑，台北：文津出版社，2003，第369-384页；李欧梵：《帝制末日的喧哗——晚清文学重探》，《中国文哲研究通讯》20: 2（2010.6），第211-221页。在现代文学研究方面，则如王宏图：《文明末日劫难前的颤栗——中西文学末日意识比较》，《探索与争鸣》1991年第1期，第56-61页；杨照：《末世情绪下的多重时间：再论五〇、六〇年代的文学》，《文学、社会与历史想象：战后文学史散论》，台北：联经出版社，1995，第123-134页；陈建忠：《末日启示录：论陈映真小说中的记忆政治》，《中外文学》32: 4（2003.9），第113-143页；张新颖：《日常生活的"不对"和"乱世"文明的毁坏——四十年代张爱玲创作中的现代"恐怖"和"虚无"》，《文学的现代记忆》，台北：三民书局，2003，第145-169页；陈允元：《末日预言——陈克华的末日意象与都市诗》，《国文天地》19: 5 & 6（2003.10 & 11），第64-67页、第55-58页；代田智明：《基于鲁迅思考之上的"复仇"与"末日"》，《鲁迅研究月刊》2007年第10期，第8-15页；陈洁仪：《西西〈我城〉的科幻元素与现代性》，《东华汉学》8（2008.12），第231-253页。

2　饮冰（梁启超）译：《世界末日记》，《新小说》1902年第1期，第101-118页。

3　德富健次郎：《世界の末日》，《近世欧米历史之片影》，东京：民友社，1893，第219-235页。

文短篇科幻小说[1]《地球末日》（*The Last Days of the Earth*, 1891）[2]，故事内容描述数百万年后的人类与地球逐渐走向灭亡的过程。德富芦花和梁启超的译本都保留了原著的基本架构和主要情节，并非近代常见的大幅变更故事内容的"豪杰译"[3]，因此这三篇文本的面貌大致相近，却又由于法、日、中三国的社会文化脉络不同，而在细节处折射出各具特色的思想意涵。必须说明的是，因为过去部分学者在研究中国近代翻译小说时，忽略了日译本在形塑中译本和媒介东西方文化方面的重要性，而直接对读西文原著与中译本，遂误以为中国译者不顾原作构思，大胆改写人物形象和情节内容，但其实日译本往往才是决定中译本走向的关键。有鉴于此，笔者将《地球末日》的英、日、中三种语言版本均纳入研究范围，对它们进行细部的分析。

关于弗拉马利翁其人其事，在西方学界已有相当的研究成果，包括弗拉马利翁的生平经历、他所受的科学教育、在学术上的贡献、他的科幻小说创作等等[4]，不过限于欧美学者的研究视野，这些论著并未论及弗拉马利翁的作品在东亚地区造成的影响。至于德富芦花翻译的《世界の末日》，似乎并没有引起学界太大的注意，就笔者所见，仅有中村忠行《德富芦花と现代中国文学》一文简略提及[5]，其余的研究者则多

1　虽然晚清时期多用"科学小说"一词，但为求行文方便，避免困扰，本文统一采用"科幻小说"（science fiction）的概念来讨论弗拉马利翁的作品及其日译和中译。

2　Camille Flammarion, "The Last Days of the Earth," *The Contemporary Review* 59 (Apr. 1891), pp. 558-569. 按：笔者与国外友人多方考察世界各大图书馆网页、搜索引擎、电子数据库及弗拉马利翁著述目录，均未见该篇小说之法文版，而相关学界论著所引用者均为英文本，且未有注明其为翻译者，故该篇小说似乎原本即以英文写成，而非翻译自法文。根据弗拉马利翁多次以英文发表学术论文和杂文的事实来推论，他应该具有流利的英文写作能力，直接以英文创作短篇小说似非不可能，何况其内容又以他所熟悉的天文学知识为主干。

3　参见王晓平：《近代中日文学交流史稿》，长沙：湖南文艺出版社，1987，第 161 页；"明治初年的翻译者，还常改变原作的主题、结构、人物。严格说来，只能称作改写或缩写。这种翻译的方式，被称作'豪杰译'，或许有译者自命豪杰，挥动大笔，对原作宰割挥斥之意。这种'豪杰译'在晚清也颇多见。"对"豪杰译"更进一步的梳理和讨论，可参考蒋林：《梁启超"豪杰译"研究》，上海：上海译文出版社，2009，第 33-39 页。

4　例如 A. F. Miller, "Camille Flammarion: His Life and His Work," *The Journal of the Royal Astronomical Society of Canada* 19 (Feb. 1925), pp. 265-285; Robert Silverberg, "Introduction," Camille Flammarion, *Omega: The Last Days of the World*, Lincoln: University of Nebraska Press, 1999, pp. v-xi; Philippe de La Cotardière, *Camille Flammarion*, [Paris]: Flammarion, 1994; Danielle Chaperon, *Camille Flammarion: Entre astronomie et littérature*, (Paris: Imago, 1998).

5　中村忠行：《德富芦花と现代中国文学（一）》，《天理大学学报》1: 2-3 (1949.10)，第 1-28 页。

半将焦点放在德富芦花较著名的作品如《不如归》《黑潮》《自然与人生》等书。至于专门以梁启超的翻译小说《世界末日记》及其原著底本为题的学术论文，也是寥寥可数，目前只有李艳丽的《清末科学小说与世纪末思潮——以两篇《世界末日记》为例》[1]，以及郑怡庭的"Three Ends of the World: Intertextuality among Camille Flammarion's *Omega: The Last Days of the World*, Liang Qichaho's *Shijie moriji*《世界末日记》, and Bao Tianxiao's" *Shijie moriji*"〈世界末日记〉"[2] 两篇专文。两位学者的研究对此论题各有贡献，但也各有不足之处。[3] 此外如颜健富《广览地球，发现中国——从文学视角观察晚清小说的"世界"想象》[4] 一文，则分析了多部以世界末日为主题的晚清著译小说，说明时人如何由"世界"观点重新"发现"中国，对笔者颇有启发。

基于上述理由，本文将以弗拉马利翁的科幻小说《地球末日》从法国到日本、再到中国的文本旅行作为研究案例，对照阅读《地球末日》《世界の末日》《世界末日记》三篇文本，分析比较三位作 / 译者各自的写作或翻译策略，并以 19 世纪末、20 世纪初欧洲与日本、中国的社会背景和文化脉络作为基础，对三篇文本的意涵进行较为深入的诠释，并探讨世界末日的概念与意象如何在日本和中国产生在地化的现象，进而开启新的思考角度和创作可能。

1　李艳丽：《清末科学小说与世纪末思潮——以两篇〈世纪末日记〉为例》，《社会科学》2009 年第 2 期，第 175-192 页。

2　该文发表于《中国语文学论集》72（2012.2），第 457-495 页。

3　李艳丽对相关文本的来源进行了考证，爬梳《世界末日记》的原著及其辗转翻译的过程，然而其论述往往点到为止，未能深入剖析。郑怡庭则偏重于中英文本的对照阅读，但他误以 *Omega: The Last Days of the World* 一书为梁译《世界末日记》的底本，又略而不提日译本的中介作用，因此为本文留下很大的发挥空间。

4　颜健富：《广览地球，发现中国——从文学视角观察晚清小说的"世界"想象》，《中国文哲研究集刊》41（2012.9），第 457-495 页。

二、末日与救赎：弗拉马利翁的《地球末日》

弗拉马利翁是 19 世纪法国著名天文学家及作家，曾任法国天文学会的会长，长期在巴黎天文台工作，创办《法国天文学会公报》（*Bulletin de la Société astronomique de France*）。他一生著作甚丰，包括科普书籍如《大气》（*L'Atmosphère*, 1871）、《大众天文学》（*Astronomie populaire: description générale du ciel*, 1880），科幻小说如《流明》（*Lumen*, 1867）、《地球末日》[1]（*La Fin du monde*, 1894, 后英译为 *Omega: The Last Days of the World*），以及探讨超自然经验的《未知事物与心理问题》（*L'inconnu et les problèmes psychiques*, 1900）等等。[2] 其中以《大众天文学》一书最受读者欢迎，被翻译为多国语言，极为畅销。弗拉马利翁藉由诸多科普书籍和科幻小说的写作，向一般大众推广天文学知识，居功厥伟，可说是 19、20 世纪之交最具影响力、也最受媒体关注的天文学家。弗拉马利翁深信外星生物的存在，更举证历历，认为世界末日必将到来。他曾预测 1907 年会有巨大彗星撞击地球，又预言 1910 年哈雷彗星（Halley's Comet）尾部扫过地球时，大气中的氧气会跟彗尾的氢气结合，在短时间内造成生物窒息，受害最深的将是日本与澳洲等地，因此引起民众的恐慌暴动。[3]

随着 19 世纪天文学的发展，科学家领悟到地球和人类终将有灭亡之一日，观测遥远的星空仿佛预见了自身的黯淡未来，天文学遂成为一门"忧郁的科学"，天文知识的普及激起了悲观主义，也带动了"世

1　这部长篇小说是以短篇小说《地球末日》为基础发展而成的，因此二者的情节有部分重叠之处，导致部分学者误以为此书是梁启超译《世界末日记》的底本。除了《地球末日》以外，清末还有一篇弗拉马利翁的作品中译，题为《地球灭亡之豫言》，但目前仍未确定其底本为何。《地球灭亡之豫言》，《申报》1910 年 8 月 -12 日，第 12 版。

2　这几部法文著作的中文书名，除《大众天文学》之外，均为暂译。

3　Philippe de La Cotardière, *Camille Flammarion*, pp. 306-309；李艳丽：《清末科学小说与世纪末思潮——以两篇〈世界末日记〉为例》，第 163 页。

纪末"（fin-de-siècle）文学的风潮。[1] 弗拉马利翁的天文学著作不仅具备严谨的科学论理，更运用带有浓厚感伤情绪的文学性修辞，创造出迷人的文体，洋溢着"废墟的诗意"（Poétique des ruines）。[2] 例如在《大众天文学》中，弗拉马利翁以图像搭配奔放的诗意和热情，将月亮描述为"梦与谜的天体，是夜里苍白的太阳，是漫步于沉默苍穹的孤独星球"[3]，而流星则是"从生命册划去的崩毁世界残骸"[4]。如此生动而能激起读者无限想象的写作技巧，应是来自于弗拉马利翁长期为报纸撰稿的经验磨练。[5]《大众天文学》清楚描述了未来地球和太阳逐渐冷却，人类移居热带地区，但仍无法避免灭亡的命运：书中多幅插图呈现了"早衰废墟"（Ruines anticipées）的艺术主题，例如一名男子独坐在巴黎凯旋门的残迹之前，遥想当年的繁华盛况[6]；以及地球上最后的一个家庭，沦为极地寒冰中相拥的三具骨骸等等。[7] 弗拉马利翁感叹：

> 自然历史学家可以于未来如此写道：这里曾住着生活在这世界的所有人类！这里曾见证各种野心梦想、光荣战士的战役、巨大的商业成功、不完美科学的各种体系以及镜花水月的爱情誓言！

1　参见 Danielle Chaperon, *Camille Flammarion: Entre astronomie et littérature*, p. 103. 按：法文"fin-de-siècle"一词中译为"世纪末"，包含二义：一、指 1870 至 1900 年代西方人普遍对文明前景抱持之倦怠悲观情绪，以及厌世心理；二、统称当时兴起的文学家和艺术家如波德莱尔（Charles Baudelaire）、马拉美（Stéphane Mallarmé）、王尔德（Oscar Wilde）、毕亚兹莱（Aubrey Beardsley）等人及其作品，他们以颓废姿态拒绝艺术的道德与社会功能，并倾向唯美主义。肖同庆：《世纪末思潮与中国现代文学》，合肥：安徽教育出版社，2000，第 5-16 页；颜健富：《广览地球，发现中国——从文学视角观察晚清小说的"世界"想象》，第 1-44 页。

2　参见 Danielle Chaperon, *Camille Flammarion: Entre astronomie et littérature*, p. 100.

3　Camille Flammarion, *Astronomie populaire: description générale du ciel*, p. 183: "Astre de la rêverie et du mystère, pâle soleil de la nuit, globe solitaire errant sous le firmament silencieux."

4　同上，p. 825: "débris de mondes en ruine rayés du livre de vie."

5　参见 Philippe de La Cotardière, *Camille Flammarion*, p. 13.

6　同上，p. 49.

7　同注3, p. 101. 关于 18、19 世纪法国文学之"废墟的诗意"及其对弗拉马利翁的影响，可参考 Danielle Chaperon，*Camille Flammarion: Entre astronomie et littérature*, pp. 96-102.

　　这里曾拥抱地球所有的美景……但没有任何墓碑标志这个可怜星球咽下最后一口气的地方。[1]

　　这样的描写可说是文学性的，且富有"世纪末"的情调，与一般的科普著作大异其趣，而在稍后发表的短篇小说《地球末日》中，弗拉马利翁也采用文学手法来呈现极为类似的末日景象[2]，以及"世纪末"的唯美与颓废之感。

　　在《地球末日》的开头，弗拉马利翁以冷静的科学家口吻，说明地球生物的漫长历史可区分为六个不同的时期，在数千万年间，陆地、海洋、空气等地理和气象因素的演变，以及太阳的衰老，导致地球的逐渐降温，最后使得全球除了赤道地区以外，均被冰雪覆盖，大都会如罗马、巴黎、伦敦等地，皆消失无踪。时至公元二百二十万年，人类文明达到了精致享乐的巅峰，人们不再需要体力操作，一切事务均由机械代劳。世界上仅存的人类文明，位于赤道非洲中部的桑达文（Suntown），这是一个高度发展的都市，人们贪图享乐，追求无止尽的强烈感官刺激，却换来了生命的早衰耗竭。更糟糕的是，没有女人愿意放弃舒适的生活而忍受怀孕生子的不便，生养下一代因此变成了社会低阶层妇女的责任。但是当严寒气候来袭，这些妇女也失去了生儿育女的诱因，人类就此加速迈向灭绝。桑达文的市民召开会议商量对策，青年阿美加（Omegar）[3]自愿赴赤道探索适宜人居的地区，并寻找剩余的人类。然而他率领的飞船所到之处，均为一片冰寒荒凉，船上人员亦因冻饿而死亡殆半。他们抵达亚马逊河畔一座废弃的城市时，终于看到一小群幸存的人类，为首

1　Camille Flammarion, *Astronomie populaire: description générale du ciel*, p. 103.

2　《大众天文学》和《地球末日》在内容和遣词用字方面有许多近似之处，例如地球生物进化的几个阶段、欧洲城市将被掩盖在冰雪之下、人类灭亡后的地球犹如坟墓般持续绕行太阳等等。Camille Flammarion: *Astronomie populaire, description générale du ciel*, pp. 99-104, 380-382, 387; Camille Flammarion, "The Last Days of the Earth," pp. 558-559, 569.

3　Omega 是希腊字母的最后一个，写作 Ω。《圣经·新约·启示录》第 21 章第 6 节，上帝说："我是阿拉法（Alpha），我是俄梅戛（Omega），我是初，我是终。"弗拉马利翁将男主角取名为 Omegar，应是意指他是最后的人类。

的长老向众人解说了地球气候的变化和文明的兴衰，并且抨击历史上人类的野蛮行为。由于在这里没有女性可供传宗接代，船员们失望地继续踏上征途。

在南亚的锡兰岛上，仍住着地球上最后的五名女子。长期以来，此地因为女性在社会上掌握大权，男性的教育不受重视，导致他们各方面的能力都逐渐低落，生育率也随之下降，而女性出生人数又高过男性，代代如是，终至男性全数灭绝。阿美加率队抵达锡兰岛，发现此处尚有女子，万分惊喜，而其中最年轻的爱巴（Eva）更与阿美加一见钟情。[1]众女子随队回到桑达文，却发现人事全非，当地居民因传染病而纷纷死去，最后仅剩下阿美加与爱巴。他们前往尚存一丝暖意的埃及，见到屹立在风雪之中的金字塔，地球上最后的两人遂藏身于这象征文明起始的古老建筑里，相拥而亡。

表面上，《地球末日》描写的是数百万年之后的人类社会，但从人们耽溺感官刺激、追求物质享受、不愿生育、性别角色颠倒……情况来看，它所呈现的却是 19 世纪末法国的社会现象，亦即所谓"世纪末"的颓废（Decadence）[2]场景。弗拉马利翁的描写不仅跟当时欧洲医学界对人种堕落退化的论述若合符节[3]，与文艺杂志对法国社会的观察极为类似[4]，也和德国社会批评家麦克斯·诺尔道（Max Nordau, 1849—1923）的名著《退化论》（Entartung, 1892；法译 Dégénérescence, 1893）相互呼应，可见这是时人共同关注的普遍现象。诺尔道极力批判当时欧洲上层社会人士对感官刺激的无厌追求，以及其道德堕落、精神耗弱和歇斯底里症所导致的各种病征，认为"世纪末"所代表的其实是欧洲人种（尤

---

1 爱巴（Eva）即《圣经·旧约·创世记》3—4 章所记载的夏娃，为亚当之妻，乃人类的始祖。《地球末日》故事描述爱巴与阿美加恋爱，即象征着人类之最初和最终的结合，而两人死于金字塔中，亦有结合人类文明之最初与最终之意。

2 关于 19 世纪末法国社会的"颓废"之风，可参考 Eugen Weber, *France, Fin de Siècle*, Cambridge, Mass. & London: The Belknap Press of Harvard University Press, 1986, pp. 9-26.

3 例如道德败坏、智力退化、身体畸形、懒散、疯狂、神经衰弱等等。Eugen Weber, *France, Fin de Siècle*, pp. 10-12.

4 Eugen Weber, *France, Fin de Siècle*, p. 24.

其是上层社会）的末日。[1]

由终末论发展的脉络看来，弗拉马利翁在《地球末日》中所描绘的世界末日景象，可谓综合了科学和宗教两种思维模式：他一方面以科学理论为基础，预测末日来临的时刻、原因，以及人类生活所遭受的剧烈改变；另一方面，又继承了终末论的道德预设，批判欧洲国家的文明堕落，表现出对"世纪末"的危惧不安，认为人类要为自身种族的绝灭负起相当的责任。然而吊诡的是，弗拉马利翁在字里行间却显示了他自己对于死亡美学的着迷，而这本身也可说是一种"世纪末"的心理表征。换句话说，《地球末日》虽是一篇批判"世纪末"文化的作品，但它同时也散发着浓厚的"世纪末"气息。

尽管《地球末日》预言的末日景象相当令人绝望，但是在小说的结尾部分，弗拉马利翁仍加上了一笔温暖的色彩，带来一丝救赎的希望：人类的历史文明虽然归于虚无，而永恒的"爱"仍长存于宇宙之中[2]，等于是以特殊的角度重新诠释了"爱"与"死"的文学主题。弗拉马利翁所谓的"the Eternal"（永恒者），对照《大众天文学》书中的论述，指的未必是基督宗教的上帝，而更像是一种永恒的创造法则。[3] 弗拉马利翁以此种诗意的天文学来取代弥赛亚信仰，认为人们无须为地球甚或太阳系的毁灭感到悲伤，因为宇宙间还有无数的星球重复着这必然的旅程[4]，若人们能够放远眼光，从无限广阔的宇宙整体角度来观察，便会发现生命是永恒存在的，永远不会有绝对的"末日"，而过去的时光也会永远存留，只要我们能找到适当的观察点——譬如从距

1　诺尔道认为当时欧洲富裕的知识阶级普遍出现一种躁动不安、绝望、怀疑、预感世界即将毁灭的情绪，此即为"世纪末"的表征。他在《退化论》书中举出大量的例证，分析批判当时欧洲社会在时尚、室内摆饰、艺术品位、音乐、文学等方面所呈现的病态"世纪末"现象。参见 Nordau, *Degeneration*, trans. from the second edition of the German work, London: William Heinemann, 1898, pp. 1-2, 9-15.

2　Camille Flammarion, "The Last Days of the Earth," p. 569: "And in all the worlds peopled with the joys of life, love continued to bloom beneath the smiling glance of the Eternal."

3　参见 Camille Flammarion, *Astronomie populaire: description générale du ciel*, pp.104, 380-381.

4　同上，pp. 104.

离一千光年以外的地方，就能看到一千年前的地球景象。[1] 弗拉马利翁相信，宇宙间不只有地球能孕育生命，在无数的星球上还有无数的生命形态存在，个别星球的毁灭只是宇宙中的小插曲，毁灭之后随即是另一个星球的诞生，如此生生死死，循环不息。弗拉马利翁作为一位科学家，他对于宇宙奥秘的沉思，跳脱了犹太—基督教的末日观和弥赛亚信仰，而推导出他个人的信念及救赎之道。

弗拉马利翁将天文学知识带入科幻小说《地球末日》的写作，藉由揉合科学预测和浪漫幻想的世界末日主题，针砭法国的"世纪末"社会乱象，并表达个人的宇宙观和神秘信念，将气氛悲凉的故事结局提升到超然的精神境界，而这样的独特视野，在日后被译介到东亚地区的过程中，会经历什么样的改变？这是本文接下来所要探讨的问题。

三、当明治维新遇上末日想象：德富芦花译《世界の末日》

德富芦花为日本明治时期的著名作家，其代表作为小说《不如归》（1899）、《黑潮》（1903）、随笔小品集《自然与人生》（1901）、游记《顺礼纪行》（1906）、自传性小说《富士》（1925）等。[2] 德富芦花的兄长德富苏峰（日本战犯），相当积极强势，跟内向易感的德富芦花可谓南辕北辙。德富苏峰曾主持民友社，并创办《国民新闻》（报纸）、《国民之友》（杂志），德富芦花在兄长的监督之下，在社中

1　参见 Michael R. Finn, "Science et paranormal au 19e siècle: la science-fiction spiritualiste de Camille Flammarion," *Dalhousie French Studies* 78 (Spring 2007), p. 46.

2　关于德富芦花的生平、思想，以及他和家人之间的关系，参见 Kenneth Strong, "Introduction," Kenjiro Tokutomi, *Footprints in the Snow: A Novel of Meiji Japan, trans.* Kenneth Strong, London: Allen & Unwin, 1970, pp. 14-46; 李艳丽：《清末科学小说与世纪末思潮——以两篇〈世界末日记〉为例》，第 165 页。

担任编译撰稿的工作长达十四年，翻译自己不甚感兴趣的文章[1]，其抑郁不得志可以想见。德富芦花所译的《世界の末日》，最初即发表于《国民之友》的 119 号及 120 号（1891），后收入他自己纂辑的《近世欧米历史之片影》（1893）书中。该书除了《世界の末日》以外，还收录了《猛鹫旗下の一名将》《户外の巴里》《商业界の奈破烈翁》等短篇，多半是跟近世史有关的名人或史实。这些短篇原本是刊载在各期《国民之友》"杂录"栏内的译文，成于不同作者和译者之手，因此内容较为驳杂，不过德富芦花认为它们具有幽静的文学趣味，是值得一读的小品。[2]

令人好奇的是，在明治维新后奋发昂扬的日本社会里，德富芦花何以选择翻译弗拉马利翁的《地球末日》这样一篇气氛阴冷悲戚的科幻小说？根据现有材料，固然难以论断德富芦花的动机，但仍不妨进行一些合理的推测。例如李艳丽认为，可能是因为当时德富芦花与德富苏峰理念不合，有志难伸，心情消沉，而产生了对人的淡漠感。[3]然而从日本明治时期科幻小说的创作和翻译脉络看来，《世界の末日》或许具有更深刻的时代意义，而不只是一篇寄托德富芦花私人情感的译作。

科幻小说是西方社会现代化过程的副产品，明治时期的日本社会在急速现代化的过程中，也对科幻小说发生了高度的兴趣。当时的日本不仅积极翻译了欧洲科幻名家如儒勒·凡尔纳、阿尔伯特·罗比达等人的作品[4]，更培育了一批本土的科幻小说作者，包括杉山藤次郎、村井弦斋、幸田露伴、押川春浪等，开启了日本科幻小说的丰富传统。科幻小说的情节虽为虚构，却往往与社会议题紧密相关，能够触及大

1　德富芦花在民友社任职期间所翻译的文章底本来源，包括 *Pall Mall Budget*、*London Graphic*、*Scribners* 等英美杂志，此外他也翻译了一些名人传记。Kenneth Strong, "Introduction," p. 23.

2　德富健次郎：《例言》，《近世欧米历史之片影》，东京：民友社，1983，第 1-2 页。

3　李艳丽：《清末科学小说与世纪末思潮——以两篇〈世界末日记〉为例》，第 165 页。

4　参见长山靖生：《日本科幻小说史话——从幕府末期到战后》，王宝田等译，南京：南京大学出版社，2012，第 15-18、35-37 页。

众的深层心理，而明治时期的著译作品也不例外。一方面，19世纪西方的天文学家如鲁道夫·法尔布（Rudolf Falb，1838—1903）、弗拉马利翁等人，屡屡提出地球即将毁灭的预言，其说经由报纸媒体传入日本，造成人心惶惶[1]；另一方面，西方"终末小说"的译介也刺激了日本作家的写作灵感和模仿风气。

明治时期翻译的西方"终末小说"，包括德富芦花译《世界の末日》、无名氏译《天外来魔》（1897，原著为 Herbert George Wells，*The War of the Worlds*，1897）、黑岩泪香译《暗黑星》（1904，原著为 Simon Newcomb，*The End of the World*，1903）等；而在日本本土的科幻小说创作方面，早期有石川鸿斋（1832—1918）的《混沌子》（一名《大地球未来记》，1894），根据佛教的循环式观点，叙述地球的毁灭与再生，与一般的"终末小说"有所差异[2]；其后作品如中川霞城（1850—1917）的《世界灭亡》（1898）、松居松叶的《亡国星》（1900）、押川春浪《千年后の世界》（1903）、木村小舟《太阳系统の灭亡》（1907）等[3]，则是偏重描绘植基于西方天文学新知的世界末日想象。综观明治时期之前的千余年历史，终末思想在日本文化中并非主流，亦未有世界

---

[1] 石川鸿斋《混沌子》（1894）文末宠以子评曰："近时西洋人动有论地球灭没之期者，妄动摇人心，玩弄愚民，或有图写灭尽之状鬻之市中者，吁！亦何等狂态也。"石川鸿斋：《东齐谐》，王三庆、庄雅州、陈庆浩、内山知也主编：《日本汉文小说丛刊》第1辑第2册，台北：台湾学生书局，2003，第565页。又如在1880到1899年间，《读卖新闻》曾数次刊出地球毁灭预言的相关报道，均为天文学家的预测。见《读卖新闻》1880年9月8日2版《欧罗巴の或る天文博士》、1888年9月29日2版《世界灭却の话》、1889年4月25日1版《学者の豫言》、1899年11月8日2版《茶ばなし》。资料来源为《読売新闻》数据库，"ヨミダス历史馆"网站，网址：https://database.yomiuri.co.jp/rekishikan/（最上上网日期：2014年4月20日）。长山靖生：《二〇世纪の终わり方：近代日本"终末小说"事情》，《ユリイカ：诗と批评》31：2（1999.2），第170页。

[2] 石川鸿斋：《东齐谐·混沌子》，第564-565页。

[3] 长山靖生：《日本科幻小说史话——从幕府末期到战后》，第76页；长山靖生：《二〇世纪の终わり方：近代日本"终末小说"事情》，第171-172页；长山靖生编著：《懐かしい未来：苏る明治·大正·昭和の未来小说》，东京：中央公论新社，2001。木村小舟另有一篇科幻小说在1904年被中译为《蝴蝶书生漫游记》，但原著标题不详，故暂不列入。木村小舟著，茂原筑江译意，王本祥润辞：《蝴蝶书生漫游记》，《科学世界》1（1903），第79-83页；3（1903），第83-88页；5（1903.7），第95-105页；8（1903.10），第51-58页；10-12合本（1904），第51-114页。又，部分刊次缺月份，故未注明。

将会彻底毁灭的思想，勉强能与"末日"概念相比附的，是佛教的"末法"观。[1]到了明治时期，急速的西化过程成了日本人的身份认同危机，再加上日新月异的天文学研究，人们被未知的无垠太空所吸引，却也同时担忧难以驾驭其潜在威胁，因而逐渐形成日本科幻小说中的"终末叙事"[2]，而此种线性叙事的"末日"观，与传统佛教的循环式"末法"观已有极大差异。

在明治时期的科幻小说翻译和创作成果中，德富芦花所译的《世界の末日》属于较早期的作品，它将西方作家以天文学知识为基础而重新塑造的末日想象带入日本读者的视野，同时也反映了时代的焦虑，以及德富芦花的悲哀心境。在宇宙星球不断地诞生和死亡的轮替之中，人类文明无可挽回地走向毁灭，如此带有命定论与"世纪末"忧郁色彩的故事，打动了德富芦花这样一位厌恶封建家庭和军国主义、又在不久之前才痛失爱人的青年作家[3]，应是不难理解的。也许德富芦花在明治日本积极将自身建设为强大帝国的集体意志中，看见了未来不可避免的战争阴影，以及文明繁盛之后的颓败——正如弗拉马利翁一般，德富芦花在"世纪末"的抑郁情绪里幻想着世界末日的来临。从他早年即信奉基督教的事实看来[4]，德富芦花可能早已熟稔宗教上的世界末

1　"末法"意指佛法的衰落期，社会动荡不安，道德沦丧。日本佛教末法观的流行以平安时代（794—1185）晚期、镰仓时代（1185—1333）中期，以及江户时代（1603—1867）中晚期为主，它反映了下层民众对现世生活的不满和对佛国净土的向往，有志者藉此推动改革，甚至聚众攻击富裕阶层，追求社会的公平正义。参见 Motoko Tanaka, *Apocalypse in Contemporary Japanese Science Fiction*, New York: Palgrave Macmillan, 2014, pp. 31-34.

2　参见 Motoko Tanaka, *Apocalypse in Contemporary Japanese Science Fiction*, p. 39.

3　德富芦花对封建家庭及军国主义的批判，可参考神立春树：《德富芦花"不如帰"における时代描写》，《冈山大学经济学会杂志》23.1（1991.6），第 37-39 页；张昆将：《明治时期基督教徒的武士道论之类型与内涵》，《台大文史哲学报》75（2011.11），第 208 页。关于德富芦花在 1890 至 1891 年间的忧郁心境，可参考 Kenneth Strong, "Introduction," pp. 22-23. 至于日本对"世纪末"概念及文风的接受和实践，可参考李艳丽：《清末科学小说与世纪末思潮——以两篇〈世界末日记〉为例》，第 165-167 页。

4　参见德富健次郎：《思出の记》，《芦花全集》第 6 卷，东京：芦花全集刊行会，1928，第 256-257 页；Kenneth Strong, "Introduction," pp. 44-46. 按：在德富芦花的《日本から日本へ》（1921）书中，曾提到美国某天文学家预言 1919 年 12 月 17 日为世界末日，但德富芦花并不认为世界会在目前的状态下结束，《圣经》中所谓的"新天新地"，也并不一定代表着地球的毁灭，可见他对于这两种模式的"世界末日"有着清楚的区分。德富健次郎：《日本から日本へ》第 3 卷，《芦花全集》第 14 卷，东京：芦花全集刊行会，1930，第 122-123 页。关于明治时期日本人对基督教观念的吸收与转化，可参考张昆将：《明治时期基督教徒的武士道论之类型与内涵》，第 181-215 页。

日概念，而弗拉马利翁的《地球末日》，则提供了一种发人深省的末日版本，更加贴合现代文明的危殆处境，这也许是这篇小说能吸引德富芦花的原因之一。德富芦花的基督教信仰，使他较能理解弗拉马利翁原著的文化背景和宗教性，例如在阿美加的名字首次出现时，德富芦花便加注"最终の义"四字，解释此人名所寄寓的深意[1]（虽然弗拉马利翁并非单纯用 Omega 一字，而是在字尾多加了一个 r）。从这个人名的使用也可看出，弗拉马利翁以天文学知识为基础所描写的世界末日，仍有其与犹太—基督教传统的连结。

比对弗拉马利翁的原著和德富芦花的译文，可发现一些明显的差异，主要是行文风格的改变，但并未影响到情节的发展和小说整体结构。例如在《地球末日》卷首，弗拉马利翁使用了大量的古生物学名词来描述地球历史的六个时期，而德富芦花则将许多专有名词删除，并将整段文字撮译为寥寥数句，使文章的风格变得简洁许多。[2]德富芦花的做法，或许是为了方便一般读者阅读，同时也替自己省去了翻译专有名词的麻烦，但是对于原文那种精细繁复的知识体系，不免有所损伤。其后梁启超的中译，便以此为本，更进一步削弱了小说中的科学论述。其次，原著对亚马逊河畔老人沧桑面容和性格的细部描写，也被德富

1　德富健次郎：《世界の末日》，第 222 页。按：德富芦花虽没有解释爱巴之名的含意，而梁启超则在中译本的"其遗存于最后者，仅有阿美加及爱巴之两男女"后面，加上了"与数千万年前之亚当夏娃相对峙"一句，可见梁启超了解原作人物名字的深意。饮冰（梁启超）译：《世界末日记》，第 113 页。

2　原文见 Camille Flammarion, "The Last Days of the Earth," p. 558: "The earth had been inhabited for about twenty-two million years, and its vital history had been divided into six progressive periods. The primordial age, or formation of the first organisms (infusoria, zoöphytes, echinodermata, crustaceans, molluscs —a world of the deaf and dumb and almost blind), had taken not less than ten million years to go through its different phases. The primary age (fish, insects, more perfect senses, separate senses, rudimentary plants, forests of horse-tails and of tree ferns) had then occupied more than six million years. The secondary age (saurians, reptiles, birds, forests of coniferæ and of cycadaceæ) in order to accomplish its work, required two million three hundred thousand years. The tertiary age (mammifers, monkeys, superior plants, flowers, fruits and seasons) had lasted half a million years. The primitive human age, the time of national divisions, of barbarism and of militarism, had filled about three hundred thousand years; and the sixth age, that of intellectual humanity, had reigned for nearly two million years." 对照德富健次郎：《世界の末日》，《近世欧米历史之片影》，第 219 页："地球は殆ど二千二百万年の间生物の住所たりき。而して其间六期に分かれたり、太初第一期一千万年、生物原始期六百万年、生物发生期二百三十万年、高等生物发生期五十万年、原人期三十万年、人智开发期二百万年。"

芦花完全删去，仅约略点出老人的身份与穿着[1]，使得人物形象显得平板单调。德富芦花对原文里较为零碎的细节或陈述段落，也做了一番裁汰繁冗的工夫，例如弗拉马利翁对古代文明的种种残忍酷刑有长篇的叙述和评论，德富芦花便将这一大段文字简化[2]，或许是因为前文已经对古代刑罚的残酷做了说明，此处不需再多加解释。

就《世界の末日》一文来说，德富芦花的翻译并没有对原著进行大幅度的改写或添加，也不是明治时期流行的将外国小说"在地化"的"翻案"重写。简洁扼要可说是德富芦花在这篇译作中一贯追求的风格，他的翻译策略主要是删减一些无碍于故事情节发展的科学知识背景，或是对人事物较为琐碎的形容与评论，将这篇小说变成较易阅读消化的短文。换句话说，德富芦花意在将弗拉马利翁的科幻小说转化为适合在夜阑人静时阅读回味的抒情小品，亦即他在《近世欧米历史之片影》例言中所谓"一夜灯前的伴侣"[3]，而非传播新知的理性论述。当然，德富芦花之所以能轻松地达到这个目的，也是因为弗拉马利翁原著即具有相当程度的抒情性。德富芦花删减文句的做法对于后来梁启超的中译本具有决

1　Camille Flammarion, "The Last Days of the Earth," pp. 561-562: "At the head of the group stood an old man enveloped in reindeer skins. Of commanding stature, his hollow black eyes shaded by bushy white eyebrows, with a long beard as white as snow, and his skull as yellow as antique ivory —it was felt that his was one of those energetic characters who have endured all the trials of life without yielding, but whose heart has bidden farewell to every hope." 对照德富健次郎：《世界の末日》，第 223 页："群中一人の老人あり、身に鹿皮を着け、相貌自ら一群の長と見へたり。"

2　Camille Flammarion, "The Last Days of the Earth," p. 563: "Criminals were murdered with the sword, with poison, or with a remarkable choice of varied weapons. Then they cut up the bodies into small pieces. Society in turn killed the criminals in various ways. Here their heads were cut off by means of axes, swords and guillotines; there they were strangled or hanged; further on they were impaled or drowned. On certain days of revolution, in the midst of the capitals of this pretended civilisation, the victors were seen to place the vanquished quietly along the walls and shoot them down by the hundred. Historians state that at a period not far removed the most civilised nations kept executioners who were exercised in crushing the limbs, quartering, taking off the skin, burning with red-hot irons, pulling out the eyes and the tongue, breaking the limbs, and torturing in every manner the victims, whom they generally ended by burning in the public squares on holidays. The commentators are right in saying that these ancestors of our species did not yet deserve the title of men." 对照德富健次郎：《世界の末日》，第 225 页："当时罪人は刀剑毒药の类を以て杀され、社会は种々の方法を以て其罪人を杀せり。此自称文明社会の中心なる大都に于て大革命ありし时の如き、人を壁に立たしめて之を铳杀したることあり、断头机械を以て几多の人を草の如く斩杀したることあり、残酷实に至らざるなかりき。近世の史家、吾人の祖先たる此等の民种を指して、未だ人类の名を附するに足らずと谓へるは真に当れり。"

3　德富健次郎：《例言》，《近世欧米历史之片影》，第 2 页。

定性的影响，因为梁启超并未参照弗拉马利翁的原著，而是直接以德富芦花的日译为底本来进行翻译。日译本的简洁文风和语言的可亲性触动了梁启超，让他着手翻译这篇小说；在此同时，却又因为日译本所包含的信息有所缺损，而"屏蔽"了梁启超对原著的认识，使得中译本更加偏离原著的构思或风格，类似的现象在晚清时期实是不胜枚举。

在明治维新的急速西化过程中，日本吸收学习了西方现代性的正反双面性格，既有积极乐观的"文明开化"蓝图，也有"世纪末"的颓废与怀疑精神，更有以东亚文明为基础而进行的对西方现代文明的反思，而科幻小说正是这些相互矛盾的观念冲激汇聚之处。在这样的状况下，才会出现如押川春浪《千年后の世界》一类的科幻小说创作，抨击人类盲目追求物质文明的进化，将导致精神文明的堕落和地球的毁灭。西方现代性的复杂性格，以及日本作家基于自身文化传统而对其做出的批判，将在梁启超翻译的《世界末日记》中被进一步转化改写，成为日后中国文学创作的重要资源。

四、晚清脉络中的末日想象与梁启超译《世界末日记》

在中国古典传统中，原有类似"末日"的概念，例如"末世"一词，意谓朝代衰亡、家族残败，《史记·太史公自序》："末世争利，维彼奔义"，《红楼梦》第五回："才自清明志自高，生于末世运偏消"，皆属此义。又如佛教原有"劫"（为梵文 kalpa 之音译）的概念，古印度传说世界经历数万年毁灭一次，成住坏空，周而复始，这样的一个周期叫作一"劫"，又如"劫数""劫烧"等词，所指称的是世界的毁灭和燃烧。南朝梁佛典《经律异相》（516）中的"三小灾""三大灾"，也生动地描绘了劫末之时世界毁灭的过程：

劫初时人寿四万岁，后转减促止于百年，渐复不全乃至十岁。……水旱不节田种无收，米谷转尽食粒惊贵。扫择粃糠街巷落叶以目连命，粃叶既尽穿凿地下食草木根。……天地始终谓之一劫，劫尽坏时火灾将起，一切民人皆背正向邪竞行十恶。天久不雨所种不生，诸水泉源，乃至四大駛河皆悉枯竭。……大地须弥山渐渐崩坏，百由旬永无遗余。金银铜铁之类皆悉流铄，消就枯竭山皆洞然。诸宝爆裂崩㟪砰磕烟炎振动至于梵天。一切恶道及阿修伦皆悉荡尽。[1]

道教受佛教"末法"思想影响，亦谈"劫数"和"劫运"，又有"阳九""百六"之说，同样指涉末世无可避免的失序与灾难。[2]然而，这些概念背后所预设的，均为循环式的历史观，认为在大小灾劫过去之后，天地又会恢复原有的秩序，而非一路奔向彻底毁灭，此与立基于线性历史观的西方世界末日概念有相当大的差异。[3]因此，严格来说，佛教和道教并未具有绝对"末日"或历史终结的概念。

犹太—基督教传统中的"世界末日"概念，最晚在明清之际已由传教士带入中国，而到了清末时期，更曾在传教士的著作里被多次提及。例如，马礼逊（Robert Morrison, 1782—1834）的《圣经之大意》[4]、韦廉臣（Alexander Williamson, 1829—1890）的《约书略说》[5]、慕维

1　梁·沙门僧旻宝唱等集：《经律异相》卷1，《大正新修大藏经》第53册，台北：新文丰出版社，1994，第4-5页。

2　关于道教各派对"末世"的看法，可参考李丰楙：《传承与对应：六朝道经中"末世"说的提出与衍变》，《中国文哲研究集刊》9（1996.9），第91-126页。至于道教劫变观念所吸收的佛教影响，可参考马西沙等著：《中国民间宗教史》，北京：中国社会科学出版社，2004，第57-59页。

3　关于线性历史观在晚清时期的传入与影响，可参考 Luke S. K. Kwong, "The Rise of the Linear Perspective on History and Time in Late Qing China c.1860-1911," *Past & Present*, 173 (Nov. 2001), pp. 173-190；王汎森：《近代中国的线性历史观——以社会进化论为中心的讨论》，《新史学》19:2（2008.6），第1-46页。

4　博爱者（马礼逊）纂：《圣经之大意》，《察世俗每月统记传》1：9（1815.8），第10页："为恶者，神将报之以祸，此死后之祸与生前之祸亦大不同，生前之祸乃暂时不长久的，死后之祸不变无尽于世也。到世间之末日，万死者定必复活，致善者得此真福，而恶者受此永祸也。"

5　韦廉臣：《约书略说》，《六合丛谈》1：1（1857.1），第8页："约翰见逐于拔摩屿，囚禁数年，上帝示以异象，乃作《默示录》，俱系[隐]语，自古至今，其言有能解者，有不能解者，待天地末日，上帝必大为彰明，而人始昭然若发蒙矣。"

廉（William Muirhead, 1822—1900）的《劝友勿固守邪俗论》[1]和《总论耶稣之道》[2]、艾约瑟（Joseph Edkins, 1823—1905）的《灵魂不死》[3]等文皆然。此类文章多半旨在发挥基督教教义，以末日审判为劝人向善入教之法。在传教士的集体努力之下，《圣经》中的世界末日之说在中国逐渐为人所知，曾有多位晚清知识分子撰文评论此说，如谭嗣同的《仁学》[4]、梁启超的《宗教家与哲学家之长短得失》[5]及《论佛教与群治之关系》[6]、潘无朕（生卒年不详）的《十九世纪时欧西之泰东思想》[7]、蒋观云的《佛教之无我轮回论》[8]、章太炎的《无神论》[9]等等，将犹太—基督教的末日审判概念与相近的佛教概念对举，以"格义"的方式诠解之，并加以臧否。

1　慕维廉：《劝友勿固守邪俗论》，《六合丛谈》1：6（1857.6），第8页："以此奉劝，庶几身心交益，君等亦尝自觅一便益处，奈何求悦于人，不务在己，至世界末日，栗栗危惧，岂不大愚乎！"

2　慕维廉：《总论耶稣之道·耶稣预言论》，《六合丛谈》1：12（1857.12），第2页："（耶稣）又谓其徒曰：'尔往招万民为徒，以父子圣神之名施洗，且许之必得，遂以其言，我常偕尔至世末焉。'福音之徒，以耶稣为主，敌诸异教，期奏凯旋。历代教会，自微而显，宣之广而播之速，虽随在皆有凶人为敌，而其教至今尚存，特预言亦未全验，必待至世界末日，而后可验其全。"慕维廉：《总论耶稣之道·耶稣传道论》，《六合丛谈》1：13（1858.1），第4页："（耶稣）又言，斯国之民，享上帝恩，获有不拟罪，至审判日，即世末日，帝俞旨，置于右，为至荣至贵之处，享永生之福焉。"

3　艾约瑟：《灵魂不死》，《西学略述》卷3（1886），第3页："耶稣教之新约书中言，末日人复生后，判定善恶，即有永乐永苦之别，尤为详尽。"

4　谭嗣同：《浏阳谭氏仁学（续）》，《清议报》5（1899.2），第300页："况佛说无始劫之事，耶曰末日审判，又未必终无记忆而知之日也。"

5　中国之新民（梁启超）：《宗教家与哲学家之长短得失》，《新民丛报》19（1902.10），第6页："泰西教义虽甚浅薄，然以末日审判、天国在迩等论，日日相聒，犹能使一社会中中下之人物，各有所慑，而不敢决破藩篱。"

6　中国之新民（梁启超）：《论佛教与群治之关系》，《新民丛报》23（1902.12），第6页："景教之所揭橥也，曰永生天国，曰末日审判。夫永生犹可言也，谓其所生者在魂不在形，于本义犹未悖也。至末日审判之义，则谓人之死者，至末日期至，皆从冢中起，而受全知全能者之鞫讯，然则受鞫讯者，仍形耳，而非魂也。"

7　无朕（潘无朕）：《十九世纪时欧西之泰东思想》，《浙江潮》1903年第11期，第56页："夫耶苏教国者，皆谓世界末日，死者复苏，出荒凉之古坟，受永劫之裁判。"

8　观云（蒋观云）：《佛教之无我轮回论（三）》，《新民丛报》3：20（1905.5），第48页："今全地球学者所俱不能解答者，灵魂有无之一问题是也。今若以为无者勿论，若以为有，则将信基督教所谓永存之说，而待末日之审判乎？"

9　太炎（章太炎）：《无神论》，《民报》8（1906.10），第3页："既已超绝时间，则所谓末日审判者，以何时为末日？果有末日，亦不得云无终矣。若云此末日者，惟是世界之终，而非耶和瓦之终，则耶和瓦之成此世界、坏此世界，又何其起灭无常也！"

另外，根据目前所见，最早将科学的"世界末日"论介绍到中国者，可能是英人傅兰雅（John Fryer, 1839—1928）。傅兰雅曾积极参与晚清的洋务运动，在江南制造局长期从事翻译工作，又主编《格致汇编》，大量介绍西方科学新知，对近代中国影响深远。1877 年，傅兰雅在《格致汇编》上发表《混沌说》一文，指出西方科学家近年对人类演化历史的考察日益深入，"设以考求初生为有益之理，则推察末日亦开心之义"，人类之起源与终结同等重要。因此，他在文中列举十种关于世界末日的科学假说，包括海洋淹没陆地、地球重心改变、彗星撞击地球、地球转速减缓、空气日渐稀薄、太阳毁灭、地球气温下降等。[1]

在傅兰雅发表《混沌说》四年之后，《申报》1881 年 11 月 18 日的头版刊登了一篇作者不详的长文《天末奇谈》，这或许是西方的"世界末日"预言第一次在中国报纸上出现。文中提到，坊间盛传该年 11 月 15 日为"世界末日"，但时日已届，天地如故，谣言不攻自破。作者介绍了西方"世界末日"概念之由来，以对照中国固有的天地开阖、运终会极之说，也应用天文学知识，对所谓的"世界末日"做出了科学的解释推断，结论是：

> 此次所推，云末日在于本年西历十一月十五日，则为时已过，安然无恙，不啻为天下庆更生之福，从此前之惴惴焉惟恐其末，且恻恻焉深信其末者，皆可以欢然开颜矣。华人有疑此说为西人所造作者，不知时日之推算由于后人，或有不能确凿之处，而天地之运会有开必有阖，华人亦早有此言，福音书中又为西人之前知者明示其义，又岂可以非而笑之？昔国侨有言："天道远，人道迩"，人固不可囿于迩，要亦不可骛乎远。天道之运行，听之自然，人道之当为，尽之在己，此即圣人罕言性与天道之意，而

1　详见傅兰雅：《混沌说》，《格致汇编》2（1877.8），第 6-7 页。

无事惊奇怪诧，亦不容讥讪诋诽焉尔。[1]

这篇文章平衡报道了各方观点，不但不以此次日期推算的错误为口实，更极力为《圣经》福音书中的末日观念开脱，说明中西宇宙观的相通之处，以示互相尊重之意。文章最后回归儒家圣贤之道，认为人有当尽之本分，无须随人言起舞，欲将末日谣言的影响降到最低，可说代表了《申报》在这场"末日风波"中的稳健平和立场。

从上述背景看来，在梁启超翻译《世界末日记》时，中国读者对西方的世界末日概念已非全然陌生。梁启超以《世界の末日》为底本，译成《世界末日记》，并发表于他主编的《新小说》杂志第 1 号。这篇翻译小说刊出后颇受时人瞩目，顾燮光认为其"语极凄惨奇凿，译笔典雅，足以达之"[2]，而黄遵宪更有"如闻海上琴声，叹先生之移我情也"[3] 的好评。从这些评语看来，他们似乎将《世界末日记》纯粹当作抒情作品，而不在乎其科学性及预言性，而这篇小说也被编者标为"哲理小说"而非"科学小说"，由此可见时人的解读角度。梁启超译文的抒情成分，除了承继自德富芦花日译本以外，还有他个人的恣意发挥，例如描写男女主角最后来到埃及的金字塔，见到这人类文明最初的标记：

> 二人循此以行，止于层冰峨峨之尼罗河上。骋目一望，但见布拉密之大金字塔，庄严如故，伟大如故，屹然立于千里一白之间。於戏！此人类第一之华表，而太初文明之纪念碑也。彼其几何学的硕大之建筑，与天地相终始。彼以其僇然物外之冷眼，觑尽此世界无量家、无量族、无量部落、无量邦国、无量圣贤、无量豪杰、无量鄙夫、无量痴人、无量政治、无量学术、无量文章、无量技

1　不著作者：《天末奇谈》，《申报》1881 年 11 月 18 日，第 1 版。

2　顾燮光：《小说经眼录》，阿英编：《晚清文学丛钞·小说戏曲研究卷》，北京：中华书局，1960，第 533 页。

3　黄遵宪：《与饮冰室主人书》（1902 年 11 月 11 日），丁文江、赵丰田编：《梁启超年谱长编》，上海：世纪出版集团、上海人民出版社，2009，第 197 页。

艺、乃至无量欢喜、无量爱恋、无量恐怖、无量惨酷、无量悲愁。一切人类所经营所构造，其得遗存于世界之终末者，惟此一物，惟此一物。于是乎，世界最后之人与最初之王者，卒乃同求安身立命之地于此一抔土之下。於戏，不亦奇哉！不亦奇哉！[1]

晚清时期醉心佛学的梁启超，在译文中频繁使用佛教语言和排比的句法，造成强烈的情感效果，所谓"无量家、无量族、无量部落……"云云，乃是梁启超的夸大渲染，德富芦花日译本和弗拉马利翁原著里并无此等文字。[2] 又如：

> 于时放最后之眼界，一瞥太空。万有之形，一切既死。万有之相，一切既死。万有之色，一切既死。万有之声，一切既死。惟余雪风飒飒，薄击劫劫尘尘不灭之金字塔。地球上独一无二之形相声色，于是乎在。[3]

梁启超从形、相、声、色四方面来塑造世界末日的万有寂灭之感，强化其情感效果，也添加了"劫""尘"等佛教的时间概念，使得译文染上佛教色彩，由此可见其"归化"（Domestication）的翻译策略。

梁启超在《世界末日记》中刻意混入了晚清文学常见的国族复兴论述和批判锋芒，也运用了当代最时兴的进化学说，例如他在译文里添加的"盖遗传淘汰天演之作用使然也"，以及"人治退去，天行猖狂"等语句[4]，都是来自严复所译赫胥黎（Thomas Henry Huxley, 1825—1895）《天演论》（1898; *Evolution and Ethics*, 1893）书中的概念。又如弗拉马

1　饮冰（梁启超）译：《世界末日记》，第114页。

2　对照 Camille Flammarion, "The Last Days of the Earth," p. 568；德富健次郎：《世界の末日》，第232-233页。

3　饮冰（梁启超）译：《世界末日记》，第116页。对照 Camille Flammarion, "The Last Days of the Earth," p.569；对照德富健次郎：《世界の末日》，《近世欧米历史之片影》，第234页。

4　饮冰（梁启超）译：《世界末日记》，第109页；对照德富健次郎：《世界の末日》《近世欧米历史之片影》，第228页；Camille Flammarion, "The Last Days of the Earth," p. 565.

利翁在《地球末日》文中批判欧洲人的野蛮，梁启超则趁机一吐对欧洲列强的怨气：

> 昔尝有探险远征者，入冰中以探古代巴黎、伦敦、柏林、维也纳、圣彼得堡之旧迹，所至往往见其所用种种兵器。窃计当时之人类实与禽兽相去不远，盖为一种野蛮之族类，无可疑也。（夹注：骂尽欧人）彼其野蛮情状，征诸今日图书馆所存古书，亦可见其一斑。彼时有犯罪者，以刀剑毒药种种残忍之方法以杀之，而号称文明中心点之大都会，往往有大革命之起，填尸如陵，流血成河，或悬人于壁而铳杀之。有所谓断头机者，杀人如草，不闻声云。此等风俗，实今日吾人所不可思议者也。近世史家指吾辈之此等远祖，谓未可加以人类之名，诚哉其然也！（夹注：骂尽欧人）[1]

梁启超运用夹注的方式，两次强调这段文字"骂尽欧人"，可见其关切重心所在。此外又如：

> 当前此纪元十九世纪二十世纪之顷，彼中号为文明之极轨者，曾不数百年，遂以灭亡而一无所存。彼欧洲诸国，因其人群组织之方法离奇妖怪，卒自澌灭于其本身之血海之里。当时之宗教家、政治家、经济家，侈然以为永久宏大之荣华幸福，集于彼等，嚣然以天之骄子自命。岂意曾不旋踵，遭支那人复仇之袭击，遂狼狈散乱，而无一足以自保也。[2]

在这段故事情节里，弗拉马利翁呈现了 19 世纪末欧洲流行的"黄

1　饮冰（梁启超）译：《世界末日记》，第106-107页。

2　饮冰（梁启超）译：《世界末日记》，第106页。

祸"焦虑[1]，认为欧洲各国将因自相残杀而逐渐败亡，甚至遭受中国之入侵[2]，但梁启超却以自豪的语气在译文后以小字加注："壮哉我支那人！译至此不禁浮一大白，但不知我国民果能应此豫言否耳！"[3]由此看来，梁启超对于弗拉马利翁所描绘的世界末日惨况，似乎抱着隔岸观火的态度，他并不认为欧洲人的末日也会是中国人的末日。追根究底，弗拉马利翁之所以想象欧洲全面冰封，而人类仅能存活于南亚、非洲、南美等地，除了基于他对全球气候变化的科学认识之外，更重要的，恐怕是他对欧洲文明将在极度繁盛之后灭亡，而人类群体的生命仅能在亚非等"边陲蛮荒地带"苟延残喘的悲叹。或许是因为文中如此明显的"欧洲中心主义"观点，使得梁启超难以认同其说，不惜使他的评论跟小说内容脱节，也要将欧洲人对自身命运的忧惧，转化为中国国族复兴的乐观前景。

除此之外，梁启超对于弗拉马利翁担忧的诸种"世纪末"现象似乎也难以体会。例如故事中提到，人类曾经具有的力量，包括感情、理性、自由意志等，未来都会随着长期的心智和肉体怠惰而萎缩，而女性接受高等教育也将导致男性地位衰落，甚至使他们逐步退化而灭绝。这样的观点，原属欧洲"世纪末"文化中流行的"退化论"[4]，德富芦花虽将原文忠实译出[5]，但这段文字在梁启超的眼里不过是一种有趣的说法，并无深刻意味，因此他在译文"以健强之女子，代柔弱之男子"

1　参见杨瑞松：《病夫、黄祸与睡狮："西方"视野的中国形象与近代中国国族论述想象》，台北：政大出版社，2010，第83页："另外一项加深欧洲关于人种问题的危机意识的历史因素，则是欧洲在19世纪末，随着社会发展而来的一些新现象，包括普遍生育力的降低，新兴的女性自主意识和社会地位提升，与避孕节育方法的流行等发展。这些因素加上长期以来有关种族冲突的公共议题刺激，以及……欧洲人对亚洲巨大人口的潜在心理焦虑等因素，酝酿了欧洲人的'黄祸意识'。"

2　Camille Flammarion, "The Last Days of the Earth," p. 563.

3　饮冰（梁启超）译：《世界末日记》，《新小说》1902年第1期，第106页。按：对照来年（1903）梁启超所写的《爱国歌四章》，更可见他对这种能让西方人敬畏的"黄祸"的洋洋得意之情。杨瑞松：《病夫、黄祸与睡狮："西方"视野的中国形象与近代中国国族论述想象》，第94页。

4　参见孙隆基：《世纪末思潮——前无去路的理想主义》，《二十一世纪》27（1995.2），第37页。

5　原文见 Camille Flammarion, "The Last Days of the Earth," p. 564. 对照德富健次郎：《世界の末日》，《近世欧米历史之片影》，第226-227页。

之后只加上了轻描淡写的"趣语"二字。[1]在晚清社会中，女性的身体自主权、受教权均在萌芽阶段，尚未形成对男性地位与权利的明显威胁；而知识分子所关注的"退化"问题，则是偏向于生殖或政治能力等方面的探讨[2]，因此弗拉马利翁小说对未来世界将因女性占据绝对优势而使人类灭种的预测，并未引起梁启超的共鸣。换句话说，在梁启超看来，《世界末日记》只是一篇颇具诗意的"寓言"，而不是具有相当可信度的"预言"。

五、现代性的忧郁：从世纪末法国到晚清中国

对情节和文字风格来说，弗拉马利翁的《地球末日》是一篇充满忧郁气息的作品，而"末日"概念所默认的线性历史观，则体现了现代性的时间。梁启超选择翻译这样一篇作品，不但为中国读者引介了西方的末日想象和线性历史观，也有意无意地透露出他自己心境彷徨。梁启超在 1902 年《新小说》第 1 期上发表译作《世界末日记》，同时也开始连载他的创作《新中国未来记》。这两篇表述了对未来截然不同的极端想象的著译小说，竟都出自梁启超之手，且刊载在同一种杂志的同一期，不能不说是值得注意的现象。

1902 年，梁启超三十岁，客居日本，因反对保教之事而与其师康有为往复争辩，而政治立场则在革命和改良之间摇摆不定，"保守性与进取性常交战于胸中"，持论往往前后矛盾[3]，他内心的煎熬可想而知。梁启超曾在《三十自述》中感叹："尔来蛰居东国，忽又岁余矣，所志所事，百不一就。惟日日为文字之奴隶，空言喋喋，无补时艰。

1 　饮冰（梁启超）译：《世界末日记》，第 108-109 页。

2 　孙隆基：《世纪末思潮——前无去路的理想主义》，第 37 页。

3 　梁启超：《清代学术概论》，台北：启业书局，1972，第 142 页。

平旦自思，只有惭悚。"[1] 也许是基于这样的复杂情绪，使他动手创作《新中国未来记》和翻译《世界末日记》。这两篇小说都是对于现代性时间概念的运用，然而一喜一悲，一积极一消极，恰是相反相成。对梁启超来说，由西方传入的线性历史观和进化论，一方面指向令人期待的"少年中国"辉煌远景，另一方面却也明示了人类历史必然有其终点，而不是传统观念中所谓盛极必衰、否极泰来的循环兴替。梁启超将这两篇性质迥异的小说并列，恰巧具现了现代性时间的美好与残酷。

然而，梁启超在刚开始推动"小说界革命"之时，便译介这篇描述人类灭亡的小说，或许还有更深的原因。梁启超在《世界末日记》的文末，道出了他的翻译动机：

> 此法国著名文学家兼天文学者佛林玛利安君所著之《地球末日记》也。以科学上最精确之学理，与哲学上最高尚之思想，组织以成此文，实近世一大奇著也。问者曰："吾子初为小说报，不务鼓荡国民之功名心、进取心，而顾取此天地间第一悲惨杀风景之文，著诸第一号，何也？"应之曰："不然。我佛从菩提树下起，为大菩萨说《华严》，一切声闻凡夫，如聋如哑，谓佛入定，何以故？缘未熟故。吾之译此文，以语菩萨，非以语凡夫、语声闻也。谛听谛听，善男子、善女人，一切皆死，而独有不死者存。一切皆死，而卿等贪著、爱恋、瞋怒、猜忌、争夺胡为者？独有不死者存，而卿等畏惧恐怖胡为者？证得此义，请读小说报，而不然者，拉杂之，摧烧之！[2]

梁启超推崇这篇小说兼顾科学与哲理，并指出它虽然描述了末日的绝望景象，但其重点在于"一切皆死，而独有不死者存"，读者若真能

1　梁启超：《三十自述》，《饮冰室合集》第 2 册，北京：中华书局，1989，第 19 页。

2　饮冰（梁启超）译：《世界末日记》，第 117-118 页。

领会此义，便能超脱于贪嗔爱欲之外，也不会因为世界末日之说而畏惧不安。颜健富认为，如此一来，梁启超便能够以世界末日的叙事鼓荡国民之进取心，使得原属西方"世纪末"的精神困境"在地化"，成为中国脉络的政治忧患。[1]的确，透过文本对照，明显可见"一切皆死，而独有不死者存"这句话是梁启超自己加入的警句[2]，在英、日文本里均不曾出现。此外，我们很难将梁启超文中的"不死者"确指为"精神"或"灵魂"，只能说它大概是带有佛教真常论色彩的概念[3]，接近所谓的"如来藏"。大乘佛教认为，众生在不断的生死流转之间，而"如来藏"本身则不生不灭，是某种维系轮回众生相续不绝的事物[4]，这或许可勉强比附于弗拉马利翁所歌颂的宇宙中的"永恒者"。[5]弗拉马利翁的宇宙观，原本以浩瀚的宇宙和无数的星球作为无限生命形态生生不息的基础，藉此超越对人类自身灭绝命运的悲哀，而梁启超则以"独有不死者存"来安慰中国读者，将科幻小说转化为某种佛教寓言。同时，佛教作为能够救治"物质文明烂熟，而'精神上之饥饿'益不胜其苦痛"的西方世界的一帖良药[6]，也能让小说中"世纪末"的颓废情绪获得升华。

在《世界末日记》的结尾，太阳和地球上的一切归于寂灭，但在无垠宇宙之中仍有漆黑天体兀自运行，散发出一种奇特的宁静和美感：

1　参见颜健富：《广览地球，发现中国——从文学视角观察晚清小说的"世界"想象》，第30页。

2　梁启超在男女主角死前的对话中加入了以下的段落："少年曰：'虽然，我辈有不死者存。'少女曰：'然。我辈有不死者存，一切众生，皆有不死者存。'"饮冰（梁启超）译：《世界末日记》，第115页。

3　张治认为，《世界末日记》文中之"不死者"指的"想必对是物质和'吾人内体'的原素"，因而断定这是"机械的唯物论"，理据似嫌不足。张治：《晚清科学小说刍议——对文学作品及其思想背景与知识视野的考察》，《科学文化评论》6：5（2009），第89页。严复译《天演论·能实第一》中亦曾使用"不死者"一词，文曰："而官品一体之中，有其死者焉，有其不死者焉；而不死，又非精灵魂魄之谓也。可死者甲，不可死者乙，判然两物。如一草木，根荄支干，果实花叶，甲之事也，而乙则离母而转附于子，绵绵延延，代可微变而不可死，或分其少分以死，而不可尽死。"但此处之"不死者"指的是遗传物质，似异于梁启超译文所指。见严复译著，冯君豪注解：《天演论》，郑州：中州古籍出版社，1998，第250页。

4　关于"如来藏"的内涵，可参考印顺：《如来藏之研究》，新竹：正闻出版社，1981，第132-145页；谢如柏：《从神不灭论到佛性论——六朝佛教主体思想研究》，台北：台湾大学中国文学研究所博士论文，2006，第23-24、204-206、332、382-383、418-422、476-477、529-530页。

5　Camille Flammarion, "The Last Days of the Earth," p. 569.

6　梁启超：《清代学术概论》，第178-179页。

　　自兹以往，漫天之大雪，益降积于地球之全面。

　　而地球尚自转本轴，向无垠之空中，孳孳汲汲，飞行无已时。

　　太阳，依然也。然其如死之赤光，历永年后，卒全消灭。窅然一黑暗的天墓，长在深夜之里，绕此厖然一大黑丸以运行。

　　群星历历，尚依然灿烂于无限之空中。

　　无限之空中，依然含有无量数之太阳，无量数之地球。其地球中，有有生物者，有无生物者。

　　其有生物之诸世界，以全智全能者之慧眼，微笑以瞥见之"爱"之花尚开。[1]

　　梁启超这段译文的用语和风格相当贴近德富芦花的译作，情调与弗拉马利翁的原著亦相去不远[2]，不但富含诗意，甚至予人以"散文诗"的印象，而其所呈现的可说是"世纪末"的死亡美学，与鲁迅的《野草》（1927）气息相通[3]。从宇宙整体的视角观察，无数生命在无边无际的空间中旋起旋灭，不断流转；但是对个别星球来说，其生灭变化却是依循直线进行，无可挽回。在"寂灭"与"永存"这两种看似矛盾的宇宙现象背后，是否有某位主宰在操纵或是凝视着一切？由此

---

[1]　饮冰（梁启超）译：《世界末日记》，第116-117页。

[2]　参见德富健次郎：《世界の末日》，第234-235页："斯くて其尽雪は地の全面に降り积れり。/而して地球は尚ほ昼夜其轴を回转し无限の空间を飞行せり。/太阳は辉けり、然れども死せる如き赤色の光明は永年の后全く消灭し、一个暗黑なる天の坟墓は深夜の中に巨大なる黑丸の周围を回转せり。/群星は尚ほ无限の空中に灿烂たり。/无限なる宇宙には尚ほ数亿万の太阳と数亿万 の游星とを保有せり。其游星には生物の有るあり无きあり。/其生物ある诸世界には全能者の微 笑せる瞥见の下に爱の花は尚ほ开くなり。" 对照 Camille Flammarion, "The Last Days of the Earth," p. 569: "And the snow continued to fall in a fine powder on to the entire surface of the earth. / And the earth continued to turn on its axis night and day, and to float through the immensity of space. / And the sun continued to shine, but with a reddish and barren light. But long afterwards it became entirely extinguished, and the dark terrestrial cemetery continued to revolve in the night around the enormous invisible black ball. / And the stars continued to scintillate in the immensity of the heavens. / And the infinite universe continued to exist with its billions of suns and its billions of living or extinct planets. / And in all the worlds peopled with the joys of life, love continued to bloom beneath the smiling glance of the Eternal."

[3]　学者普实克（Jaroslav Průšek）和李欧梵指出，鲁迅的《野草》与波德莱尔所作散文小诗情绪和文字相近，或许是因为厨川白村曾在书中引用后者诗句，而使鲁迅受其吸引。李欧梵：《铁屋中的呐喊》，尹慧珉译，香港：三联书店，1991，第101、117页。按：若此说可信，那么身处法国"世纪末"文学潮流中的弗拉马利翁，他的作品被译成中文之后，竟然会跟鲁迅《野草》的风格有几分相似，便不无道理了。

一关键概念的呈现方式，不难辨识三位作 / 译者迥异的宇宙论观点：弗拉马利翁所谓的"永恒者"被德富芦花译为"全能者"[1]，梁启超又将其扩增为"全智全能者"，三者均有深意。如前文所述，弗拉马利翁的"永恒者"近似于创造法则，为大自然运行的规律，未必指涉宗教概念中的"上帝"；而德富芦花则将此词译为"全能者"，将其改变为具有"上帝"的位格，应该是受到他自己的基督教信仰影响；其后梁启超又在此基础上做了进一步的变化，加进了"全智"和"慧眼"等修饰词，使之更为人格化。对照梁启超同时期的文章所使用的"全知全能者"一词[2]，可知此词所指的原是基督信仰的上帝，但从《世界末日记》译文的脉络和修辞方式来判断，此处所谓"慧眼""微笑"的"全智全能者"，却恐怕比较接近"佛"的形象。

葛兆光指出，佛学在晚清时期曾经盛行于改革派的知识分子之中，塑造了一种追求超越狭隘的群体意识与界域观念的思想倾向，在理论上瓦解了过去拥有至高地位的思想话语霸权，为思想提供一个批判、整合和重建的新基点。[3] 或许因为如此，再加上佛教的抽象词汇和想象色彩较为丰富，晚清文人在翻译域外小说中的末日景象和宇宙万物变化时，似乎也偏好嫁接佛教的概念。举例来说，包天笑翻译的短篇小说《世界末日记》（1908，原著为木村小舟《太阳系统の灭亡》）罗列多种末日理论，以佛教的轮回之说来开脱人类面临末日的绝望感[4]；而在另一部翻译小说《千年后之世界》（1904，原著为押川春浪《千年后の世界》）中，包天笑更刻意掺入了大量的佛教概念。[5] 从中国近现代文学发展的

1　德富健次郎：《世界の末日》，《近世欧米历史之片影》，第 235 页："其生物ある诸世界には全能者の微笑せる瞥见の下に爱の花は尚ほ开くなり。"

2　参见中国之新民〔梁启超〕：《论佛教与群治之关系》，第 6 页："景教之所揭橥也，曰永生天国，曰末日审判。……至末日审判之义，则谓人之死者，至末日期至，皆从冢中起，而受全知全能者之鞠讯。"此处的"全知全能者"，显然是指基督信仰中的上帝。

3　参见葛兆光：《从无住本，立一切法——戊戌前后知识人的佛学兴趣》，《二十一世纪》45（1998.2），第 40-41、43-44 页。

4　参见天笑〔包天笑〕：《世界末日记》，《月月小说》19（1908.8），第 4-5 页。

5　参见天笑生〔包天笑〕译：《千年后之世界》，上海：群学社，1905，第 106-117、140 页。

脉络来看，梁启超译《世界末日记》的重要性，不仅在于运用佛教资源来转化末日想象及其内涵，更在于这篇小说具体呈现了带有浓厚"世纪末"色彩的世界末日。在线性历史观的基础上，它一方面唱出了颓废忧郁的调子，另一方面却对宇宙间的芸芸众生仍抱持乐观希望，可谓预示了五四文人的积极精神与"世纪末"情调之间的吊诡结合。例如鲁迅、周作人、陈独秀等人的创作和论述，在鼓吹自由独立的启蒙精神之时，却往往带着些许对理性与进步的怀疑、对中国文明没落的感叹，甚至是"退化论"的悲观论调，呈现出激越却又颓唐的矛盾情绪。[1] 或许就数量而言，直接受到《世界末日记》影响的作品不多，但是梁启超此文首先为中国读者引进了法国的"世纪末"文风（尽管是透过日本的中介），其中又混合了抒情风格与颓废思想，以及梁启超的启蒙企图和佛教观念转化，使得这篇翻译小说不但在中国近代文学史上具有开创性的意义，也为五四文学的复杂性格埋下了种子。

六、结论

本文藉由对照弗拉马利翁的科幻小说《地球末日》、德富芦花日译的《世界の末日》和梁启超中译的《世界末日记》，分析了三位作／译者的写作／翻译目的及策略，说明了末日想象在他们的作品中，不仅是各自文化脉络与社会历史背景的投射对象，也是他们的终极关怀之汇合点。综观三位作／译者的思想情感脉络和写作手法，反映了"世界末日"这一特殊文学题材中所蕴含的心理危机和他们对近现代社会剧烈变动的不安：弗拉马利翁身为一位科学家，致力于推广天文学知识，他的科幻小说《地球末日》结合了科学理论和社会观察，向 19 世纪末欧洲的颓废文化现象提出针砭，也以独特的宇宙生命观为读者提供情感出路。德

1　参见李欧梵：《铁屋中的呐喊》，第 94-119 页；孙隆基：《世纪末思潮——前无去路的理想主义》，第 35-38 页；肖同庆：《世纪末思潮与中国现代文学》，第 24-30、171-196 页。

富芦花作为一位爱好文学的忧郁青年，从弗拉马利翁的小说中提炼出幽微的文学趣味与抒情式的末日想象，这样的想象不但折射出明治社会的集体焦虑，也结合了德富芦花个人的基督教信仰，使得《世界の末日》染上了些许基督教色彩，而其追求简洁、删去多余背景知识的翻译策略，更决定性地影响了日后的中文译本。清末民初的启蒙思想家梁启超在推动"小说界革命"之初即翻译《世界末日记》，与自己的创作《新中国未来记》一同发表，形成饶富深意的对比，且形塑了基于线性历史观的对未来世界的两种极端想象，而贯穿其中的，则是梁启超对于中国国族命运的关切和他自身的彷徨挣扎。梁启超将澎湃的情感注入《世界末日记》译文之中，以佛教概念转化了原著的宇宙论和生命观，并试图以较为光明的角度诠释此篇色调灰暗的故事，一方面为清末民初的文坛开启了末日想象之门，另一方面也预示了五四文学中启蒙精神与颓废心理的复杂纠结。

原载《成大中文学报》2015 年第 49 期

当代中国科幻小说：试论一个文类的翻译

裴尼柯（Nicoletta Pesaro）

中国是当今世界上为数不多依然憧憬未来并为之奋斗的国家之一。作为蕴含乌托邦与恶托邦视界、偏向未来的文学类型，科幻小说自然最好地表征了当代中国的困惑及其决定亿万民众命运时日益强烈的自我意识，这在一定程度上将会，实际上也已经影响到世界上其他国家和地区。

作为一种文学类型，科幻小说有各种不同的定义。亚当·罗伯茨（Adam Roberts）认为科幻小说很难界定[1]，并在自己的书中描述了该文类的几个主要特征：（a）科学性：科幻是"艺术与科学的交汇之处"，科学是"富有想象力的创造"[2]；（b）技术性：罗伯茨也用了"知识虚构"这一术语，因为"工具和机器是绝大多数科幻小说的核心要素"[3]；（c）推想性：因为可以分析科幻小说在什么程度上呈现

1　Adam Roberts, *The History of Science Fiction*, London: Palgrave Macmillan, 2016, p. 1.

2　同上，pp. 6-8.

3　同上，pp. 10-11.

了关于宇宙和未来的思考[1]。本文将采用本定义，分析中国的文学场域。

吴岩是中国最重要的一位科幻学者，认为中国科幻小说源自国外，但是有其自身的重要性，可比肩并丰富西方科幻传统，"中国科幻小说的发展表明，一种外来的文学观念（而非文类）是如何在出人意料的地方以出人意料的方式扎下根来的"。[2]

文学与翻译是分析文化关系的有效工具。人类学家迈克尔·阿加（Michael Agar）认为，"文化不是他们的财产，也不是我们的财产，而是一种人工造物，使得他们和我们之间的沟通、来源国与目的国之间的交流成为可能。文化是主体间性的"[3]。中国科幻小说日益繁荣并在国际上崭露头角，成为新的文化表达与交流场域，受到广泛关注，还具有重大的政治意义，并如那檀蔼孙[4]所言，根植于 19 世纪中国对现代性的追寻。科幻文类的历史和发展无疑是北美文学主导的，如今正在成为一个文化和意识形态介入的场域。翻译可以是其中强有力的推手。刘宇昆[5]将中国顶尖科幻作家如刘慈欣和郝景芳的作品翻译成优秀的英语作品，助力他们获得重大的国际文学奖。中国科幻迎来一波出版和研究热潮，还获得政治加持，说明在提升国家软实力、确立国家形象的过程中，科幻小说处于中心地位。事实上，"文类动态地体现一个社群的认知方式、存在方式和行为方式"[6]，可以跟文本一样进行翻译。

基于劳伦斯·韦努蒂（Larence Venuti）和伊塔马·埃文 - 佐哈尔（Itamar Even-Zohar）的翻译理论，以及帕斯卡莱·卡萨诺瓦（Pascale Casanova）关于文学资本挪用的观点，本文将考察构成上述过程的主

1　Adam Roberts, *The History of Science Fiction*, pp. 19-20.

2　Wu Yan, "'Great Wall Planet': Introducing Chinese Science Fiction," *Science Fiction Studies* 40.1 (2013): 2.

3　Michael Agar, "Culture: Can You Take It Anywhere?" *International Journal of Qualitative Methods* 5.2 (2006): 6.

4　Nathaniel Isaacson, *Celestial Empire: The Emergence of Chinese Science Fiction*, Middletown: Wesleyan University Press, 2017.

5　英文名 Ken Liu，美国华裔科幻作家和翻译家。

6　Anis S. Bawarshi and Mary Jo Reiff, *Genre: An Introduction to History, Theory, Research, and Pedagogy*, West Lafayette: Parlor Press, 2010, p. 78.

要因素：首先是作为一种述行行为（Performative Act）的文类概念。文类的转化或翻译可以是一种"异化"行为，将一种异质的文学价值体系引入本土价值体系中，排挤或者改变本土价值，但同时也使得某种典型的西方文类被"归化"，在中国文学体系中占据一席之地。另外，本文还将聚焦使"翻译"成为可能的因素：如翻译主体和影响翻译过程的历史、社会和文学因素。

一、研究问题

本文关注的重心是关于中国科幻小说的话语，而非中国科幻小说本身。对一系列研究问题，本文将在以文类研究和翻译研究为主的分析之后予以回答。前文已述，文学类型可以跟文本一样进行翻译。文类可视作大于文本或词汇的翻译单位，因此我们可以借用最适合的翻译理论提出初步假设，思考当代中国科幻小说作为一种文学类型，是否更多的是一种内生过程（而非外来引进）的结果。另一个问题是：如果中国科幻小说是上述内外两个过程交汇的产物（也非常可能），那二者之间是如何相互平衡的？除此以外，本文还将从科幻翻译的角度探讨促成中国科幻小说新浪潮的原因，又是否与上个世纪美国科幻小说的崛起有相通之处。为此，本文必须要明确这个（文类）翻译过程中的"主体"[1]包括哪些人，他们在什么程度上挪用、同化了这一外来文类。这些研究将为进一步的翻译策略研究打下基础。

为了较好地回答这些基本的研究问题，至少是初步的尝试，本文将从历史和文学角度考察形成美国科幻小说的主要条件，然后运用翻译模型，分析为什么当代中国的科幻小说新浪潮，会成为二三十年来的现象级事件。为了分析"翻译主体"，明确建构中国新科幻的过程和途径，

1　John Milton and Paul Bandia, eds., *Agents of Translation*, Amsterdam and Philadelphia: John Benjamins Publishing Company Press, 2009.

学术文献与非学术文献均被纳入考察范围。

二、一个文学类型的兴盛

2017 年 12 月 1 日，《中国日报》欧洲版刊登了一篇封面文章，专门讲中国新科幻小说，认为这是文化和经济发展的标志。这种繁荣不仅是文学上的，更是一种转喻和隐喻，表明中国正惊人地转变为一个强有力的生产国，生产着先进技术、文化和娱乐业。该期杂志刊登文章的关键词包括"未来""技术进步""进取精神"和"创造性"等。知识探索和管理技能相结合，中国过去几十年经济和政治发展特有的能量爆发，似乎已经在科幻小说中找到文学和艺术的表达。

科幻小说紧密地与文化、政治和经济交织在一起，吸引了不同领域（或埃文-佐哈尔所谓"系统"）的关注，包括出版业、文学评论、学术界甚至企业界。探究当代中国科幻小说蓬勃发展的原因时，不可忽视中国永远的"他者"（西方）的强势存在。本文中，我们将聚焦美国。

从各个国家和文明的文化历史可见，文类不仅是认知和审美范畴，用来框定并描述文学、艺术和文化，而且还如前文所言，"动态地体现一个社群认识、存在和行为的方式"。[1]确实，通过文学类型的兴衰沉浮，我们可以理解并且更好地展望一个社群对世界和现实的态度的变化，也就是特定时空条件下一个社会的价值体系的变化。借用埃文-佐哈尔关于"经典性"（Canonicity）的概念到中国的多元系统结构，不难发现，科幻小说已经从中国文学系统的边缘向政治系统的边缘移动，而且可能正向文学系统的中心靠近。

为了勾勒中国科幻小说的繁荣状况，本文将简要概述其在 20 世纪

1　Anis S. Bawarshi and Mary Jo Reiff, *Genre: An Introduction to History, Theory, Research, and Pedagogy*, p.78.

的发展。众所周知，中国科幻最早出现在晚清时期，是以实验性小说的形式出现的，饱含着学习科学知识的热情，思考衰落中的中华帝国在未来的可能性。其间，翻译发挥了非常重要的作用，因为正是儒勒·凡尔纳小说的影响和魅力，激发了中国第一批科幻创作者[1]的灵感。[2]接下来的第二波浪潮在中华人民共和国成立初期，部分归因于新一轮的科学发展冲动以及苏联模式的影响[3]，第三波浪潮出现在文革结束后的"文化热"[4]初期，其原因在于科学家们对中国现代性的乐观主义，相信理性引领人类进步。[5]最后是当下的第四次浪潮，"由政府推动的中国成为世界大国的乌托邦愿景，交织着梦魇般非人类的社会和伦理效果"[6]。这波新浪潮的特点是作家和风格空前活跃，科幻小说第一次不再仅仅是一种"异化的"外来亚文类。本文希望通过文类研究和翻译研究的双重路径，探究这一独特文学现象的原因。需要注意的是，每一波浪潮时期都伴随着较多外国科幻作品的翻译，但是不能据此认为，那些影响中国新科幻发展的因素是这些文本翻译的结果，恰恰相反，这些因素更多的是一个复杂的"整体翻译"过程的结果：这是一个接受并改写各种文学标准和文化思潮的过程，与 21 世纪中国特定的社会经济条件相适应，呼应着个人和集体的希望与忧虑。

1　其中包括梁启超和吴趼人两位重要作者。

2　Jiang Qian, "Translation and the Development of Science Fiction in Twentieth-Century China," *Science Fiction Studies* 40.1 (2013): 118.

3　童恩正、王国忠等作家为这一阶段的科幻文学做出了贡献，目标读者主要是年轻人和儿童。

4　文革后，1980 年代的"文化热"经历了创作繁荣和激烈的思想文化论战，尤其是关于科学和科学思想的。

5　郑文光和叶永烈的作品是其中的优秀代表。关于本阶段的一些具体情况，参见 Rudolf Wagner, "Lobby Literature: The Archaeology and Present Functions of Science Fiction in the People's Republic of China," *After Mao: Chinese Literature and Society 1978–1981*, ed. Jeffrey Kinkley, Cambridge: Harvard University Press, 1985, pp.17-62.

6　Song Mingwei, "After 1989: The New Wave of Chinese Science Fiction," *Chinese Perspectives*, No.1(2015): 8.

三、文类研究法

本文将探讨美国科幻小说与中国科幻小说的关系问题。为此，我将用到文类研究和翻译研究的方法。大卫·菲谢洛夫（David Fishelov）有一个比较适用的定义，认为文类是"一个有代表性的原型要素集合，有一套灵活的规则，适用于某些层次的文学文本和某些作者，通常不止适用于一个文学时期，也不止于一种语言和文化"[1]。

文类是非常灵活且极富活力的，本质上是超越民族与文化界限的，构成文类整体的元素（规则）是可以替换的。关于科幻小说，杰里·卡纳万（Jerry Canavan）和埃里克·卡尔·林克（Eric Carl Link）认为：

所有文学形式在一定程度上都是跨文化跨国度的，这在 20 和 21 世纪日益全球化的文学界，尤其如此——两百年来，科幻小说获得发展，繁荣兴盛，并最终主导了美国和世界的大部分文化景观。[2]

近年来文类理论有很多有意思的进展，从一些新的角度（主要是修辞和社会视角）分析科幻小说的状况。在这里我们也需要借助这种概念和分类方法，以便从整体上理解文学和传播。

任何文类研究都不可忽视这样一个事实：文类跟文本一样，都有其历史、文化甚至种族的维度，运用比较法的时候，如果同时考虑到本土特点和文化习惯，将会卓有成效。除此以外，文类并非处在真空中一成不变，死板地容纳作品和作家而已；相反，文类是动态、"鲜活"、可变的力量，将人类的文化生产和想象组织起来并加以理性化，成为可识别的群体、思潮和形式。过去常用来描述文学类型的"生物隐喻"布伦蒂埃、韦勒克早已被摒弃，如菲谢洛夫就强调文学类型的发展伴

1　David Fishelov, *Metaphors of Genre: The Role of Analogies in Genre Theory*, University Park: Pennsylvania State University Press, 1993, p. 8.

2　Jerry Canavan and Eric Carl Link, eds., *The Cambridge Companion of American Science Fiction*, Cambridge: Cambridge University Press, 2015, p. 1.

随着丰富、流动且基本不可预测的可能性。[1]但是，菲谢洛夫也认为"将生物领域和文学的领域并置"是可能且必要的，可将"有机个体比作单个文本，生物物种比作文学类型，自然环境比作文化环境。从这个角度来看，自然选择就变成文学和文化选择"。[2]菲谢洛夫的理论不是决定论，因为他认为"新的作品，新的分支，新的趋势，（包括之前的），都不是由环境决定的，而是由理论推设出来的"。菲谢洛夫在阐释自己的达尔文式隐喻时指出，"不同于自然界，文化中的选择力量是由价值体系引导的"，而"文学环境是一系列制度化的价值观（审美、政治和意识形态）构成的，会支持某些价值观，排斥另一些价值观"。[3]

所以在考察中国科幻小说近几十年的兴起时，我们需要考察在中国的文学环境和社会环境中出现了什么样的价值观，造就了这一快速成长的现象。除此以外，在追问这一文学类型为何近来如此多产的时候，我们还可以转向另一种文类理论：近来被重新发现的卡罗琳·米勒（Caroline Miller），认为文类是一种社会行为。她首先指出，文类跟福柯意义上的话语一样，是一种社会行为，呼应并影响现实。她认为"从修辞上讲，文类定义的核心不能是话语的内容或形式，而应该是利用话语达成目标的行动"。[4]在米勒看来，"关于文类理论的修辞境况，最重要的是这些境况重复出现"：但是"重复出现的"，"不是某个物质状况（真实、客观、实际的事件），而是我们对某一类别的阐释"。[5]简言之，米勒已经告诉我们，文类是对重复出现状况的重复回应。我尤其要提到米勒在解释文类时提出的第五个特征："文类是一种修辞手段，调和私人意愿和社会规约之间的关系，它的激活靠

---

1   David Fishelov, *Metaphors of Genre.* p.34.

2   同上，p. 36.

3   同上。

4   Caroline R. Miller, "Genre as Social Action," *Quarterly Journal of Speech* 70 (1984): 151.

5   同上，p.157.

的是个人与公共的对接，单现和复现的连通"。[1]

因此本文认为，中国科幻小说的兴盛是一种文类的（再）建构，通过翻译和挪用各种文类模式，呼应着一些反复出现的社会和文化境况。我将考察为了满足某些集体和个人的需求，调和私人和公共空间的关系，美国和当代中国的科幻小说是如何被建构起来的。同时，还将考察作为权力关系编码形式的文类这一概念。

四、翻译研究法

在正式开始前，还需要阐明翻译研究何以有助于我们将中美两国的科幻小说相并置。近年来，部分学者已经注意到文类或者跨文类翻译的概念，认为翻译的单位是文类而不是文本。

例如，钱德拉尼·查特吉（Chandrani Chatterjee）就在自己的专著中，通过分析某些西方文类如何被孟加拉文学吸纳，拓展了传统的以单词和文本为核心的翻译研究疆界。她认为，"文类翻译的过程表明其是各种社会文化因素的结果"[2]。在分析科幻文类的翻译时，我们需要注意"文类是一种传播策略，而不是用来描述文学作品的"[3]。另外，"文类研究不仅可以揭示文类的形式和技巧特征，还能揭示其出现的社会、文化和政治语境"[4]。

中国的科幻小说新浪潮表现出一些当代美国科幻小说的典型性特征，可看作是不同的主体采取的一种"传播策略"，将中国科幻小说与西方模式相提并论，让部分中国科幻作品在国内外都得到认可，被视作

1　Caroline R. Miller, "Genre as Social Action," p.163.

2　Chandrani Chatterjee, *Translation Reconsidered: Culture, Genre and the "Colonial Encounter" in Nineteenth Century Bengal*, Cambridge: Cambridge Scholars Publishing, 2009, p. 38.

3　同上，p. 48.

4　同上。

同一个文类传统的作品，并且因为自身的特色而有助于世界科幻本身的拓展与丰富。我将在后文讨论"翻译主体"的作用问题。这里只需指出，中国科幻小说于最近开始了其经典化过程，至少是从中国文学（多元）系统的边缘向中心移动。这在一定程度上与作家的愿望有关，他们希望"自己的作品被看作是某种典范的体现，且是成功的体现"。[1]这个典范其实就是西方的模式，确切地说是美国模式。尽管当前中国的科幻小说越来越重要，但我们谈论的还只是一个"未经典化的资源库"，或者说是刚开始经典化的资源库，比如出版的文集[2]，"经典"杂志发行的科幻特刊。[3]

前文提到过，中国文学吸收、再造科幻文类的方式可以借用埃文-佐哈尔的多元系统理论进行考察："翻译是中国科幻小说发展的一个必要阶段，中国科幻小说目前依然不够成熟，还有待建立起自己的深厚传统。"[4]埃文-佐哈尔的理论非常有助于界定文类挪用这一复杂现象：

> **为了满足自身需求**，（文学）系统势必尽量增加备选方案。当某个系统成功地积累起足够的库存后，只要不发生巨大的变化，就足以维系自身的运转了。否则，系统间的转移就是唯一（至少是最具决定性）的解决方案，会立即进行，**无论有何抵制**。[5]

那檀蔼孙的研究表明，中国作家在 19 世纪末 20 世纪初并没有抵制西方科幻小说，尽管后者具有殖民主义和东方主义色彩，但是中国作家

1　Itamar Even-Zohar, "Polysystems Studies," *Poetics Today*, 11.1 (1990): 19.

2　如韩松主编、四川人民出版社出版的《2001 年度中国最佳科幻小说集》。关于中国科幻小说的历史资料和整理，参见李广益：《史料学视野中的中国科幻研究》，《清华大学学报（哲学社会科学版）》2015年第 4 期。

3　最有影响力的《科学文艺》1991 年改为《科幻世界》。

4　Jiang Qian, "Translation and the Development of Science Fiction in Twentieth-Century China," p. 127.

5　同注 1，p.26.

们将其纳入自己的现代文学工程，就是为了"增加备选方案"[1]。当前正在发生的现象与此类似，尽管所处的语境已经截然不同，所处的权力关系网也极不一样。正如查特吉所言，译者不仅翻译文本，还引进一系列适应或挑战本土环境的社会文化因素。在这个过程中，中国作家遵循的准则，跟美国作家是一样的。其中一条是，克服时间和理性的局限、在文学景观中展望未来的能力：科幻作者在相信或忧虑科技莫测能量的过程中，跨越了可能性的疆界。此外，跟美国"黄金时代"的科幻作家一样，中国科幻作家对未来和社会的想象源自他们自己的土壤，这片土地给他们提供了现实和虚构的素材，激发他们一系列既乐观又末世的经济政治扩张想象。他们的新颖之处在于将焦虑与社会批评投射到未来，而不是投射到过去，后者是中国新历史小说[2]的通行做法，"将过去与现在陌生化"[3]。

文类的翻译也许是为了达到某个文学目标或者满足本土特定的社会文化需求。埃文-佐哈尔的多元系统理论不失为一个有用的方法论视角，因其关注的是社会文化的变革，这种变革目前正发生在中国的文化环境中，而在这之前，中国科幻小说还处在边缘地位，不受学术和体制的认可。

> 为什么转移会首先发生，转移发生的原因，又是如何实现的，这些都是多元系统理论日益关注的问题，所以近年来越来越多地被运用在案例分析中。[4]

1　Itamar Even-Zohar, "Polysystems Studies," p.26.

2　"新历史小说"是中国评论界创造的一个文学术语，特指 20 世纪最后 20 年中国的一类长篇小说，具有实验风格，以一种非理性的方式重建历史事件。

3　Jeffrey Kinkley, *Visions of Dystopia in China's New Historical Novels*, New York: Columbia University Press, 2015, p. 35.

4　同注 1, p.14.

姜倩是这样描述这个过程的：

> 科幻小说在 20 世纪后半叶逐渐成为中国的一个文学类型，
> 但是在国际范围内一直处于"边缘""薄弱"的状态，由于资源
> 有限、传统不厚，中国科幻小说容易受外国模式的影响，在新中
> 国成立后学习的是苏联模式，1980 年代和 1990 年代又转向美国
> 模式。[1]

这种引进／改写"外国模式"的方式不仅对新中国科幻小说的建
立有用，也是"脱离过去浅薄传统"的唯一方式。[2]韦努蒂关于归化／
异化的理论不仅适用于文本的翻译：还从文类翻译的角度，指出了一
群知识分子或作家寻求"文化多样性的需求，……动摇翻译用语中的
等级制"[3]。

中国的科幻作家，如刘慈欣、吴岩和夏笳，可算是这个"知识分
子群体"的一员，在他们的学术写作和科幻创作中，一直在追求"文
化多样性"，冲击中国当代文学的经典传统，"动摇"中文内部的"等
级制"，探索曾经被主流文学视作边缘甚至摒弃的文学主题与风格。
以中国科幻小说"新浪潮"为例，宋明炜认为这个术语借自英美传统，
"指向具有颠覆性、先锋性的文学实验"[4]，即 21 世纪的中国科幻小说。
过去二十年，科幻长篇和短篇的出版迅猛增长，形成一种新的文学类型，
跟中国科幻小说之前的各波"浪潮"截然不同。"新浪潮"的奠基人
刘慈欣、韩松和王晋康，在 1990 年代初开始发表作品时，"文化热"
中的文学创作热刚过去几年，但此时中国的文学消费已处于更商业化、

1　Jiang Qian, "Translation and the Development of Science Fiction in Twentieth-Century China," p.125.

2　同上，p.126.

3　Lawrence Venuti, *The Translator's Invisibility: A History of Translation*, London and New York: Routledge, 2008, p. 266.

4　Song Mingwei, "After 1989: The New Wave of Chinese Science Fiction," p.8.

全球化的时代。我们或许还可以将这一现象同当时年轻的先锋小说作家相比较，如余华、苏童和格非，都在 1980 年代有意从西方借用了现代主义或后现代主义的叙事技巧，为自己创造一种新的文学空间。出于各自不同的原因和动机，这群新一代的科幻作家显然不满足于那个时代的文学常规和叙事风格，也转向西方传统，尤其是美国模式，寻求新的意义和新的表达形式。有必要指出的是，他们的努力逐渐获得关注与认可，要归功于 1990 年代和 21 世纪前 10 年日趋复杂的社会环境和日益广阔的文学市场的支撑。近年来更年轻一代科幻作家的加入更充实了科幻小说的生产，他们大都出生于 1980 年代，被称为"80 后"作家，比如陈楸帆、马伯庸和郝景芳，他们赋予科幻写作新的元素，借自美国模式的新元素，比如世纪之交对环境恶化、社会关系异化的关切。同时，这些年轻作家也具有"内生"特征：扎根典型的本土现象，如激烈的教育和就业竞争，各种网络审查，脆弱的社会福利体系，技术对个人生活和情感的威胁等。

鉴于导致科幻文类出现的原因是复杂多样的，我们在解释这一转移时，将考虑到"翻译主体"（作者、译者、出版机构、文化推广者和各类机构等），他们"是引进者，也是翻译者，从外国引进自足正规的国际作品（文类），改造文学资源，最终推动本国文学的自足化进程"。[1] 这一现象发生在中国科幻小说早期阶段，又以新的方式发在过去 20 年里。我们可以从这一文类翻译过程中的四个方面进行观察：（1）第一阶段对外国科幻小说的挪用伴随着文类再造或改写的政治，如鲁迅的翻译；（2）跟之前情形极为不同的是，关于科幻文类的学术研究正出现在期刊和杂志中；（3）中国出版机构对科幻小说表现出极大的兴趣；（4）最后但并非最不重要的是，主流文化和政治正将科幻小说视作一种新的"战略叙事"，代表中国的软实力（中国学者更倾

---

1 Pascale Casanova, "Consecration and Accumulation of Literary Capital: Translation as Unequal Exchange," *Critical Concepts: Translation Studies*, ed. Mona Baker, London: Routledge, 2010, p.295.

向于"文化软实力"的表述）。[1]

五、翻译主体与科幻文类的上升之路

另一个值得探讨的问题是：在这个跨文类翻译的过程中，主要有哪些行动者？根据约翰·米尔顿（John Milton）和保罗·班迪亚（Paul Bandia）的定义，"翻译主体"指的是：

> 将大量精力甚至生命投入到外国文学、作家或文学流派的事业中的个体，翻译作品，撰写文章，从事教学……他们可能背离传统，挑战常规和当代认知。[2]

本文中，翻译主体指中国学者、科幻作家和译者、出版机构和期刊编辑，如吴岩、刘慈欣、刘宇昆等。我们还应该阐明各类机构与政治、经济因素在促进科幻小说兴起过程中所发挥的作用。

> 通过翻译，主体造就重要的历史、文学和文化转型 / 变革 / 革新。[3]

作家是这场文类翻译背后的主要推动力量，他们既是外国（美国）科幻小说的读者，同时也是译者，刘宇昆即是典范之一。

姜倩认为，"1990 年代，以书的形式出版的外国作品超过 470 部，

1　Claire Seungeun Lee, *Soft Power Made in China: The Dilemmas of Online and Offline Media and Transnational Audiences*, New York: Palgrave Macmillan, Press, 2018.

2　John Milton and Paul Bandia, eds., *Agents of Translation*, p. 1.

3　同上，p. 3.

杂志中估计数量更多"[1]，她还指出，"1980 年代和 1990 年代，在将科幻小说从儿童文学和科普读物（新中国成立以来形成的传统）桎梏中解放出来的过程中，中国作家再次转向外国科幻小说模式"[2]。

中国作家还意识到中国科幻小说可以具有国际吸引力，近年来越来越多地参与到由国内外的文学和学术机构组办的活动。另一个事件是世界华人科幻协会的成立，让中国的科幻作家早在 2010 年就随着星云奖的设立而获得了正式的认可，使他们越来越具有自觉意识，并形成中国的科幻"集团"。中国文学有个特点，个人和集体行为常以（布尔迪厄意义上的）人际网络（Networking）为基础，这也是中国文化史上的一个特有现象。[3] 我还发现另一个特征，使得新浪潮科幻作家和他们的美国同行区别开来，那就是他们有着更强烈的身份认同，并努力争取获得本国的认可。刘慈欣和韩松的很多作品都体现出对中国历史和社会的精准观察，希望再现对中国未来的乌托邦想象和批判性思考。刘慈欣经常将故事设在过去，比如短篇小说《圆》中的秦始皇时期，[4] 名作《三体》中的"文革"时期，重写郑和下西洋神秘之旅的短篇小说《西洋》（1998）中的明朝，就是"或然历史"的例子。韩松尤其偏重描写在一个不祥的未来，中国面临着作为新的世界超级大国的挑战，如短篇小说《长城》（2002）《安检》（2014），长篇小说《火星照耀美国：2066 年之西行漫记》（1999）。

学术领域的贡献也是考量中国科幻小说发展的有趣维度。回顾西方科幻小说的历史会发现，在很长一段时间内，科幻小说是不被主流文学承认的类型，也非学术研究的对象。但是这种状况在上个世纪中叶时发生了巨大的变化，如马歇尔·蒂姆（Marshal B. Tymn）[5] 认为：

1　Jiang Qian, "Translation and the Development of Science Fiction in Twentieth-Century China," p.123.

2　同上，p.125.

3　韩松等科幻作家都是中国作家协会的正式会员。

4　《圆》其实改编自长篇小说《三体》中的一个章节，2014 年由刘宇昆翻译成英语。

5　Marshall B. Tymn, "Science Fiction: A Brief History and Review of Criticism," *American Studies International* 23.1 (1985): 48.

"随着科幻成长为一种通俗文学，出现了科幻研究学科并获得认可。从 1950 年代开始，科幻小说逐渐获得学术'尊重'……"〔这离玛丽·雪莱发表《弗兰肯斯坦》（许多学者认为这标志着现代科幻的开端）已经 200 多年了，离根斯巴克开创性的科幻出版事业也差不多 30 年了〕。有趣的是，在这些年里出现了第一本学术期刊和第一个科幻研讨会，但是直到 1970 年代，"科幻才得以更上层楼，因为 1970 年成立了科幻研究协会，汇聚了关注各个阶段科幻研究的学者，也大约是在这个时候，关于科幻的课程开始增多"[1]。

除此以外，一些最具原创性的科幻研究，也是文类研究的重要资源，在这 10 年中出版，如苏恩文（Darko Suvin）的《科幻小说变形记：科幻小说的诗学和文学类型史》（*Metamorphoses of Science Fiction: On the Poetics and History of a Literary Genre*，1979）和布赖恩·奥尔迪斯（Brian Aldiss）的《十亿年的狂欢：科幻小说的真实历史》（*Billion Year Spree: The True History of Science Fiction*，1973）。[2]

在中国，科幻小说长期以来一直（现在依然）是被主流学者低估甚至忽视的，[3] 尽管吴岩指出，"中国科幻小说越来越受欢迎的一个结果，就是科幻研究领域的发展。中国研究科幻小说的学者有时候跟西方有所抵牾，但是很多时候也从西方学界汲取资源"[4]。在中国内地可以发现，20 世纪下半叶有一些零星但是重要的文章发表[5]，但是直到最近 5 到 10 年，研究中国文学的中外学者对科幻小说的兴趣才逐渐显现出来。从中

1　Marshall B. Tymn, "Science Fiction: A Brief History and Review of Criticism," p. 48.

2　1986 年与大卫·温格罗夫（David Wingrove）合著再版，题目为 *Trillion Year Spree: The History of Science Fiction*。

3　这场科幻文类从中国文化系统的边缘向中心移动的过程仍在进行中：阿德里安·蒂雷特（Adrian Thieret）认为，"国内外的科幻作品仍然缺席中国零售畅销小说排行榜，占据榜单的是商业宠儿郭敬明和韩寒，外国作品翻译，经典文学老将余华和莫言等"。Adrian Thieret, "Society and Utopia in Liu Cixin," *China Perspective* 1 (2015): 36.

4　Wu Yan, "'Great Wall Planet': Introducing Chinese Science Fiction," p. 5.

5　同上。

国大陆学界[1]的情况来看，吴岩和王瑶等学者的努力表明，对科幻小说的严肃研究正在升温，表现为一些关于中国科幻小说的论文集和专著的出版，如王泉根主编的《现代中国科幻文学主潮》（2011）。

与此同时，西方的汉学界也对中国科幻小说表现出浓厚的兴趣，比如宋明炜、那檀蔼孙等，表明国际学界对中国科幻小说的认可。

回顾美国科幻小说的历史，会发现出版机构的重要性是无可置疑的，尤其是在早期阶段。小说和杂志的崛起和科幻迷的出现，都要归功于约翰·坎贝尔（John Campbell）和雨果·根斯巴克（Hugo Gernsback）。[2]同样，中国出版机构在科幻传播中扮演的角色也不可小觑，正如姜倩所言，"越来越多主流出版社都在出版科幻作品，著名的例子有文学类出版社，如北京的人民文学出版社、桂林的漓江出版社和南京的译林出版社"[3]。

最后一个重要的翻译主体是读者。在科幻领域，读者和科幻迷不仅在决定科幻小说的经济成功方面举足轻重，还进一步影响着科幻亚文类和主题的发展方向。"科幻迷对美国科幻小说成长和进步的影响是不胜枚举的"。[4]

类似的情景也发生在中国科幻话语影响力的建构上，"很多科幻作家、评论家和编辑都出身科幻迷，成为科幻社群的驱动力，直接影响着中国科幻小说的发展"。[5]

弗雷德里克·波尔（Frederik Pohl）认为，"几乎所有科幻……都

1　中国香港地区和中国台湾地区的科幻小说发展本文暂未给予讨论。

2　关于根斯巴克对美国科幻小说发展的影响，详细论述参见 Gary Westfahl and R. D. Mullen, "An Exchange: Hugo Gernsback and His Impact on Modern Science Fiction," trans. Andrea Lingenfelter, *Science Fiction Studies* 21.2 (1994): 273-283.

3　Jiang Qian, "Translation and the Development of Science Fiction in Twentieth-Century China," p.123.

4　Gary Westfahl, "The Mightiest Machine: The Development of American Science Fiction from the 1920s to the 1960s," *The Cambridge Companion to American Science Fiction*, eds. Gerry Canavan and Eric Carl Link, Cambridge: Cambridge University Press, 2015, p. 22.

5　同注 2, p.126.

带着一定的政治性"[1]，同样，中国和美国的政府和领导人都间或注意到科幻文类的存在。据报道美国科幻小说曾受到官方的打击，当然原因是社会舆论（如认为小说含有露骨的性和暴力内容）的推波助澜，而不是真的出于某项政治禁令的需要。[2]

科幻文学有时候更像是一种对抗话语，尤其是对中国新浪潮科幻作家来说，科幻已经是一种强有力的对抗各种主流文化和政治的批判工具。科幻小说蕴含乌托邦和恶托邦两种话语，在近年来的语境中得到很大的认可。

当今中国的媒体会经常提到科幻，比如前文提到过的《中国日报》：

> 吴岩指出，科幻小说被用来促进科学和文化产业的发展。"在新世纪，国家开始思考将中国转型为创新型国度，希望丰富创意产业，并丰富一种新的科学。我们希望通过更先进的科学来与美国竞争。政府正在思考这个问题，认为科幻热爱并理解科学，也推动了中国创意产业的发展。"[3]

根据另一篇来自香港《南华早报》的文章，我们可知：

> 30多年后，新的黄金时代已跟过去大不一样，但依然有政府的支持。在去年发布的科技发展计划中，国务院指出有必要提高国民的科学素养，相关政策包括设立国家科幻奖、举办国际科幻节等。[4]

1　Frederik Pohl, "The Politics of Prophecy," *Political Science Fiction*, eds. Donald M. Hassler and Clyde Wilcock, Columbia: University of South Carolina Press, 1997, p. 7.

2　Derek Jones, *Censorship: A World Encyclopedia*, London and New York: Routledge, Press, 2001, pp. 2170-2171.

3　David Blair, "New Golden Age. Rapid Rise of China's Science Fiction Reflects the Dynamism of its Culture and Economy," *China Daily*, Global edition. 22, (Dec. 2017): 6.

4　Rachel Cheung, "Science Fiction's New Golden Age in China, What It Says about Social Evolution and the Future, and the Stories Writers Want World to See," *South China Morning Post*, May 14, 2017.

最后一个能说明中国政府关注科幻小说的例子，是政治高层对科幻小说的关注，如 2015 年，时任国家副主席李源潮接见了包括刘慈欣在内的部分顶流科幻作家。中国领导人和政府机构在推动或控制中国科幻小说发展中所起的作用，必须放在当代中国的文学和政治关系图式这一"惯习"（Habitus）中进行考察。和美国模式相比，这是一个完全不同的关系图式，也是为什么中国政府和领导人能在科幻"翻译"中发挥重要作用的原因："走向世界"的战略（下文即将论述）即是一例，表明中国政府机构依然强劲地主导着文化的生产。

六、平行分析：历史、社会和文学因素

通常来讲，在两个完全不同的文化体系和历史时代间进行平行分析是有风险的，甚至可能有过度简单化之嫌。但是既然文类分析的形式型范式已被更为动态、更具历史性的范式所替代，我们也不妨采取一种批判性的、以时间为导向的方法。确实，"历史范式受偏爱是因为它有助于以更丰富更复杂的方式去理解文类，涉及到社会性的分析参数，而非仅仅是文学参数"。[1] 所以，我在分析中将主要比较社会-历史相似性，想在此说明的是，"文类的翻译"是以多种方式进行的，涉及一系列的干预手段和前述所有行动者。"美国模式"通常是由这些行动者提出来的，指一系列促成并能解释中国科幻小说兴起的主要因素。要实现对"某一类别的阐释"（米勒语），涉及大量的修辞法。

作为价值观和意识形态的来源，文类可以被一个多元系统结构所接纳，以便通过文化娱乐推广某些价值观，这些价值观既能满足民族叙事的需要，又能满足国内的社会期待。转变由此发生，文类从系统的边缘向中心移动，在此处指从中国文学系统的边缘向政治系统的边缘移动，

---

[1] John Rieder, "On Defining SF, or Not: Genre Theory, DF, and History," *Science Fiction Studies* 37.2 (July 2010): 193.

后者越来越意识到，该文学类型不仅具有经济潜力，还能在宣传和教育中发挥作用：

> 比如可能发生这样一种移动，某个项目（元素或功能）从一个多元系统中某个系统的边缘转到相邻系统的边缘，然后向或不向后者的中心移动。[1]

关于美国科幻小说在"黄金时代"崛起和中国科幻小说在当代兴盛之间的关系，我认为创伤性历史事件可算是一个催化剂。对美国而言，那就是"二战"的结束以及随后的"冷战"：面对具有巨大破坏力的新武器（比如美国人用来终止战争以及随后维持与苏联长期拉锯战的原子弹），人们意识到人类和世界各国的脆弱性，这种意识随即在类型文学中表现为一种恐惧，恐惧来自神秘外部世界的袭击，恐惧科技发展给人类生活带来末世毁灭的可能性。这里我们可以说，这种文类的诞生很大程度上是恶托邦恐惧和渴望强大的结果。

为了分析科幻小说在塑造中国当代文化政治和文化生产的过程中发挥的作用，我们可以启用一些罗伯茨提出的关键词来界定这个文类：科学的，技术的，推想的。[2] 后两个定义项是相互关联的："如果我们不将技术等同于小器小件，而是视作海德格尔意义上框架世界的模式，"科幻小说或可被看作"本质上是一种哲学观的显现"。[3] 根据罗伯茨的定义，我认为中国新科幻得以兴盛的文化和政治环境，非常有利于其繁荣发展，原因如下：（1）科学话语在当代中国的地位日益上升；（2）中国想象国家的命运并将其投射到未来的能力；（3）中国全球形象叙事的继续；（4）过去几十年来中国的国情：日益增长的文化娱乐需求以及主流与通俗小说之间的张力。我将以一些平行分析来阐述这些原因。

1　Itamar Even-Zohar, "Polysystems Studies," p.14.

2　关于这三个因素，本文开篇已有详细描述。

3　Adam Roberts, *The History of Science Fiction*, p. 19.

（一）科学话语在当代中国的地位日益上升

在一篇著名的社论中，出版人雨果·根斯巴克写道："科幻小说……极大地滋养了科学教育，激发了读者想象力，或许远超我们所知道的任何事情。"在解释美国科幻小说 20 世纪早期无可争议的成功时，加里·韦斯特法赫尔（Gary Westfahl）指出，"'科幻小说'是有效且颇受欢迎的，原因有几个。它将这个文学类型和科学联系在一起，由于技术持续不断地改善了美国人的生活，科学正越来越受公众的尊重与瞩目"。[1] 相似的信仰也伴随着中国科幻小说的生产，只是有不同的表现形式：20 世纪早期浪潮，"文革"后浪潮，当前时期。瓦拉普拉萨达·多拉（Varaprasad S. Dolla）认为：

> 从政策和发展来看，当代中国的科学和技术已经发生了一系列翻天覆地的变化。促成这种巨变和转型的一个主要原因，是中国领导人坚信改革更需要科技政策，才有助于经济发展、赶上发达国家这一双重目标的实现……所以，中国得以成为一个潜在的技术大国。[2]

中国软实力理论家王沪宁认为，"科技进步不仅提升了国家的经济和军事实力，还提升了和国家实力相关的所有方面的实力"。[3] 有趣的是，"中国的软实力观念，……包括基于经济和技术实力的'影响力'"。[4] 科学正越来越普及并受到欢迎，不仅体现在新技术的研发获得经济投入上，还体现在普通人越来越意识到先进的现代基础设施和设备对个人生

1　Gary Westfahl, "The Mightiest Machine: The Development of American Science Fiction from the 1920s to the 1960s," p. 18.

2　Varaprasad S. Dolla, *Science and Technology in Contemporary China: Interrogating Policies and Progress*, Cambridge: Cambridge University Press, 2015, p. 281.

3　Paul S. Lee, "The Rise of China and Its Contest for Discursive Power," *Global Media and China*, 2016, 1(1–2): 102–120. https//doi.org/10.1177/2059436416650594. Accessed 26 May 2018. p. 104.

4　同上，p. 104.

活所起的正面影响上。

技术不仅是"提升软实力"最重要的方式，还能极大地统一认识并增强人们对政府的信任，相信政府有能力领导人们朝向一个更美好未来。这里我们再次提及根斯巴克那篇著名的社论，认为在激发新技术和有用设备的发明方面，科幻小说可以发挥积极的作用："严肃的科幻读者会热切地汲取这些故事中的知识，所以有些作家的故事往往会成为推动有些人着手某个设备或发明的动因"。[1] 就中国科幻作家而言，在谈论《三体》的时候，刘慈欣说，"该书甚至对科学家和工程师都有影响"。[2] 前述那期《中国日报》中，另一位翻译"主体"、企业家李兆欣也认为，科幻小说是促进民族工业发展的有用工具：

> 中国人应该向美国学习，努力建设一个良好的生态系统，为不同类型的科幻创作者提供适当的发展空间。除此以外，还应该推进产业的专业化，耐心而专业地创造一个更美好的产业未来。[3]

对技术的普遍乐观，相信机器对于人类福祉来说是有用甚至不可或缺的，这是黄金时代最具代表性的作家艾萨克·阿西莫夫（Isaac Asimov）作品的主要特点。除此以外，"美国科幻，尤其是杂志系列的科幻，长期以来的基调一直是认为科学与技术将最终引向一个更美好明亮的未来"。[4] 很多当代中国科幻作家的作品表明，对科学力量的信仰隐含双重意义和矛盾价值。一方面，以夏笳的《童童的夏天》为例，护

1　Hugo Gernsback, "The Lure of Scientifiction," *Amazing Stories*. 1.3 (June 1926). https://manifold.umn.edu/read/the-perversity-of-things-hugo-Gernsback-on-media-tinkering-and-scientifiction/section/f006a58b-1cb7-4471-a0f3-7f118982ec05. Accessed 25 November 2018.

2　Liu Cixin, "The Worst of All Possible Universes and the Best of All Possible Earths: *Three-Body* and Chinese Science Fiction," *Invisible Planets: An Anthology of Contemporary Chinese Science Fiction*, trans. and ed. Ken Liu, London: Head Zeus Press, 2016, p. 362.

3　Li Zhaoxin, "China Has Upper Hand in Development of Genre," *China Daily* (Dec, 2017), 22-28:8.

4　Darren Harris-Fain, "Dangerous Visions, New Wave and Post-New Wave Science Fiction," *The Cambridge Companion to American Science Fiction*, eds. Gerry Canavan and Eric Carl Link, Cambridge: Cambridge University Press, 2015, p.34.

理机器人可以在日渐老龄化的"独生子女"社会里展开健康护理和社会救助；另一方面，韩松的很多故事（如《安检》）表明，技术的巨大进步会给注重安全和生存的国家带来不良影响。

（二）中国想象国家的命运并将其投射到未来的能力

西方社会一直对任何形式的未来想象抱着清醒且悲观的态度。具体而言，如法国人类学家马克·奥热（Marc Augé），认为20世纪"宏大叙事的消亡"意味着各国机构放弃"设计"未来。但这未必是一件坏事，因为"那样一种未来建构的缺席，实际上是一个真正的良机，让我们可以基于具体的历史经验来进行变革"。[1]

但是在乌尔里克·布勒金（Ulrich Bröcking）、格雷戈尔·多布勒（Gregor Dobler）和史明（Nicola Spakowski）看来，"进入未来的路径在全球范围内差异极大"。[2]就欧洲和"西方世界"以外的态度和集体情感而言，我们就可以看到非常不同的立场："补偿过去耻辱的民族主义、身份认同问题、差异性和特殊性的观念"，与此同时是"对事关民族兴亡的国家主权和稳定性的强调"[3]。"首先意味着对计划的一贯信任，也意味着对预测和控制未来的能力的自信"[4]。

除此以外，我们还应注意到，人们越来越意识到迅猛的工业发展给当前和未来环境带来的巨大压力。这些都造成一种强有力的趋势，那就是对未来的思考中既充满希望（如何复兴中华民族、增强中华文化的国际影响力），也不乏焦虑。事实上，科幻文类在政治上扮演着批评和支持的双重角色："该文类……历史上都有隐喻政治精英的传统，批评

1　Marc Augé, *Future*, London & New York: Verso Press, 2014.

2　Ulrich Bröcking, Gregor Dobler and Nicola Spakowski, eds., *Multiple Futures—Africa, China, Europe*, Leipzig: Leièziger Universitätsverlag Press, 2016, p. 8.

3　Ulrich Bröcking, Gregor Dobler and Nicola Spakowski, eds., *Multiple Futures—Africa, China, Europe*, p. 8.

4　同上，p. 9.

他们在国内国际上的所作所为"。[1] 此外，

　　由于有"哲学推想实践的根源，"科幻在探讨社会的新问题上，无论是关于革命、帝国衰落、环境灾难还是即将来临的恶托邦，都是"非常具有建设性的"（Paik 2010，p.2）。另外，科幻还能"通过想象性的方案帮助解决真实的社会难题"（Csicsery-Ronay 2003，234）。[2]

　　最引人注目的一个例子是《荒潮》（2013），新锐科幻作家陈楸帆的第一部长篇小说，其叙事基调就是对当代无度开发导致环境破坏的关切。小说描述了一个恶托邦式的都市，由于巨大的有害电子垃圾岛，面临阶级冲突和疾病的威胁。普丽西拉·沃尔德（Priscilla Wald）在论述 1960 年代的美国科幻小说时指出，"'二战'后的几十年里，末世焦虑造就了一个庞大的科幻文类"。[3] 弗兰克·赫伯特（Frank Herbert）的《沙丘》（Dune，1965）系列是当代最著名的"环境保护论"科幻作品，但是很多评论者认为，陈楸帆的路子更偏向威廉·吉布森（William Gibson）的《神经漫游者》（Neuromancer，1984），后者融合多种不同的类型：科幻小说、间谍故事和社会批判。

　　中国对环境恶化的忧虑，有力地促成了另一种亚文类的兴起，那就是与科幻相接、有时甚至重叠的生态文学。[4] 另一个颇受欢迎的主题是通过技术全面控制人的强权力量，比如马伯庸短篇小说《寂静之城》（2015）中的"健康网"，美国威廉姆·泰维斯（William Tevis）

1　Robert Saunders, "Imperial Imaginaries: Employing Science Fiction to Talk about Geopolitics," *E-International Relations*, June 8, 2015. https://www.e-ir.info/2015/06/11/imperial-imaginaries-employing-science-fiction-to-talk-about-geopolitics/. Accessed 26 May 2018.

2　同上。

3　Priscilla Wald, "Science, Technology and Environment," *The Cambridge Companion to American Science Fiction*, eds. Gerry Canavan and Eric Carl Link, Cambridge: Cambridge University Press, 2015, p. 184.

4　关于这一中国文学新趋势的分析，参见 S. Estok and W. Kim, eds., *East Asian Ecocriticisms: A Critical Reader*, New York: Palgrave Macmillan, 2013.

的《知更鸟》（*The Mockingbird*, 1980），二者都借鉴了乔治·奥威尔（George Orwell）1949 年的《一九八四》。对中国未来抱持比较乐观态度的作品有短篇《圆圆的肥皂泡》（2004），作者刘慈欣，在批判社会的同时，以一种"阿西莫夫式"的风格描述一个技术发达的社会，并以人文主义的眼光看待科学研究。

（三）中国全球形象的叙事

跟上一点相关的另一个原因，也促成了一个推想技术进步对人类生活影响的文学类型的出现：国家的未来不再局限于本国疆域或仅仅取决于国内社会和政治状况。相反，中国的未来已经成为全球性的事件。宋明炜认为，"在某种程度上由于大清帝国行将崩解，晚清知识分子普遍具有的危机感，使得科幻文类在 20 世纪初出现以来，就一直以中国崛起为大国作为自己的核心主题"[1]。一个世纪后的今天，中国已经被认为是国际政治经济舞台上举足轻重的全球参与者。当前由中国人自己以及其他行动者倡导的关于中国的战略叙事，讲述的是一个"崛起中的国度"的故事。[2]

早在 1980 年代，中国领导人和中国知识分子就意识到，中国是时候"走向世界"了，也就是向海外输出其知识和文化，发挥越来越大的国际政治经济影响力。在关于现代科幻小说的研究中，那檀蔼孙（2017）和罗伯特·桑德斯（Robert Saunders，2015）提出了如下的见解：

> 科幻是一种关于空间的文类，包括外太空，也包括地面、地形、"地域"等。小说探讨的问题无非是探索边疆、开发资源和（通过技术）控制他人，所以科幻小说跟帝国主义有非常密切的联系，所谓帝国主义，也即"以远距离治理的方式，牺牲其他欠发达国家，

1　Song Mingwei, "Variations on Utopia in Contemporary Chinese Science Fiction," *Science Fiction Studies* 40.1 (2013): 86.

2　Alister Miskimmon, Ben O'Loughlin and Laura Roselle, *Strategic Narratives: Communication Power and the New World Order*, New York and Oxon: Routledge Press, 2014, p. 56.

维持（或扩大）本国国家权力"（Dittmer 2010，55）。[1]

将科幻文类引入中国的叙事模式中，是过去几十年一直在做的事情，"具体到帝国地缘政治的子领域，科幻对权力说真话易如反掌，就如其强化现有霸权（有时甚至想象一个新的霸权）一样"[2]。美国参加二战前夕，亨利·卢斯（Henry Luce）在《生活》（Life）杂志上那篇著名的社论中，突出了当年人们对美国历史使命的普遍看法：

> 这个国家孕育于冒险，致力于人类进步，如果不是因为从缅因州到加利福尼亚州的血管里都流淌着目标、进取和决心的血液，是不可能真正持久的。从 17 世纪到 18 世纪再到 19 世纪，这片土地上充满了各种规划和宏伟目标，最重要的是，也是把这些规划和目标编织在一起成为全世界乃至整个历史上最激动人心的旗帜的，是自由必胜的目标。正是在这种精神的召唤下，我们每个人都在自己的能力范围内，在自己最宽的视野中，创造了第一个伟大的美国世纪。[3]

卢斯敦促国人"全身心地接受我们作为世界上最强大最重要国家的责任和机会，从而在世界范围内发挥我们的影响"。[4] 为了加强这种平行比较，我将引用马修·科斯特罗（Matthew Costello）的论述，他认为美国作为一个全球大国，与当代科幻漫画中超级英雄的出现之间是有关系的，美国的科幻英雄是美国宏大叙事的一部分："科幻小说和漫画中的超级英雄叙事促成、反映并挑战了美国在二十世纪作为超

---

1 转引自 Robert Saunder, "Imperial Imaginaries: Employing Science Fiction to Talk about Geopolitics."

2 同上。

3 Henry R. Luce, "The American Century," *Life* (Feb, 1941): 17, p. 65.

4 同上，p. 63.

级大国的地位"。[1]

那檀蔼孙在其开创性的著作中指出，科幻小说"密切地联系着意识形态和帝国话语"。[2] 卡纳万和林克认为，科幻文类"有力地检视着文化的盲目性和对他者肆无忌惮的侵犯问题"[3]，但是"科幻小说中重视民族—国家的传统也是无可置疑的"，"科幻中民族的重要性，最好的体现，莫过于作品中的核心总是作为超级大国的美国及其军工体系"。[4] 刘慈欣《三体》中的宏大末世叙事，韩松关于帝国冲突的恶托邦预言，都证明民族形象的确立和科幻文类的崛起之间存在着强有力的纽带关系。韩松在《火星照耀美国：2066 年之西行漫记》中描绘了一个比现在强大的中国，一举超过衰落的美国，只是在结尾处两国都听从于一个神秘的外星力量。这部小说显然刷新了文化和政治的辩证：为了想象并再现国家在未来作为新兴大国的形象，中国的科幻作家们经常自然而然地将目光投向其"重要榜样"：美国。在这个意义上，我们可以认为，一方面，当代中国科幻小说实现（同时也反讽）了晚清对未来中国的想象，希望中国通过输出其古老文明和关于"和谐社会"的睿智愿景，成为世界大国确保和维护世界和平。另一方面，20 世纪美国的经验，又给中国作家们提供了一种思路，供他们引进改编，以适应中国的现实和文化。

在促进科幻文类发展方面，学者和作家们都倾向于将中美两国相提并论，并考察两国作为新兴科幻大国在国际舞台上扮演的角色，一个是在 20 世纪初崛起，一个是在 21 世纪初露头。吴岩认为美国科幻小说的诞生和黄金时代跟中国是有相似之处的：

1　Matthew J. Costello, "U. S. Superpower and Superpowered Americans in Science Fiction and Comic Books," *The Cambridge Companion to American Science Fiction*, eds. Gerry Canavan and Eric Carl Link, Cambridge: Cambridge University Press, 2015, p. 125.

2　Nathaniel Isaacson, *Celestial Empire*, p. 22.

3　Jerry Canavan and Eric Carl Link, eds., *The Cambridge Companion of American Science Fiction*, p. 1.

4　同上，p. 3.

2007 年，我在北京师范大学组织了一个中美科幻高峰对话论坛，与会嘉宾包括来自美国科幻作家协会的大卫·布林（David Brin）和伊丽莎白·安妮·赫尔（Elizabeth Anne Hull），与星河、杨鹏、张之路、廖叶等中国著名的作家和编剧进行对话。我们的美国嘉宾注意到当代中国科幻小说和上个世纪三四十年代美国"黄金时代"之间巨大的相似性。经济发展和技术进步鼓舞着每一个人追逐自己的梦想。这是否就是中国"黄金时代"的开端？科幻小说的重心是否将从西方转到东方？西方世界是否应该将目光投向中国这个"他者世界"并准备好迎接一个新的未来？[1]

韩松在接受前文提到的那期《中国日报》的采访时也表示：

所有人都可以看到，"中国科幻小说"越来越受欢迎，这是与国家的崛起相伴而行的。这种情况如果发展，科幻也将更加流行。当美国成为一个世界大国的时候，科幻小说变得流行起来。在那之前，主导世界的是英国，那也是英国科幻的黄金时代。当苏联成为与美国抗衡的大国时，苏联科幻也进入黄金时代。连日本也在 1970 年代出现过大量优秀的科幻作品。现在中国就处在那样的关头，也许。但是聚焦中国文化和民族的未来，并不意味着中国科幻是民族沙文主义者。[2]

年轻的网络作家孙俊杰则提到 1950 年代的美国科幻小说：

"这跟 1950 年代的美国颇为相似，当时的美国正引领世界，并自认为应当承担世界责任，"孙俊杰说，"过去几十年中国发

---

1 Wu Yan, "'Great Wall Planet': Introducing Chinese Science Fiction," pp.1-14.

2 David Blair, "New Golden Age. Rapid Rise of China's Science Fiction Reflects the Dynamism of Its Culture and Economy," p. 6.

展迅猛，在尖端科学与技术方面日新月异，跟我同代的科幻作家自然会思考相关的大问题。"[1]

当然，我们也需要注意到，这类由科幻作家发表的言论，关涉到科幻小说与中国国际地位、政治影响和经济实力增长之间的关系，他们直接将中美科幻相提并论，更多还是一种修辞手段，旨在将科幻构建成世界认可的传统的一部分，根据卡萨诺瓦[2]在其《文学世界共和国》（*The World Republic of Letters*）中的说法，其最终目的是将他们的文类翻译行为合法化并"神圣化"。[3]

所以，很多翻译"主体"确实将中国科幻小说看作中国软实力的工具，用于建立适合中国当前国内外需要的叙事：

中国科技协会书记处书记王春法认为，学术界应加强关于科幻出版的理论研究和政策研究，高校应该开设相关的科幻选修课程。王书记还指出，科幻有助于国家软实力的提升，增强文化产业的国际竞争力，促进技术与经济的融合，推动慈善事业与商业的共同发展。[4]

（四）日益增长的文化娱乐需求以及主流/通俗小说之间的张力

当今中国科幻小说发展与成功的一个主要原因，无疑是 1990 年代以来文学的商业化，"类型小说"的重要性日渐凸显。1920 年代，纸

1　Yao Minji and Stanley Chu, "Science Fiction Going Mainstream in China," *Shanghai Daily*, 26 August, 2017. https://www.shine.cn/archive/feature/Science-fiction-going-mainstream-in-China/shdaily.shtml. Accessed 25 May 2018.

2　Pascale Casanova, *The World Republic of Letters*, trans. M. B. Debevoise. Cambridge, MA: Harvard University Press, 2004.

3　作者在该书第 235 页论及"译入"概念（in-translation），指作家借用外国资源丰富增强自己写作的方式。

4　Li Yongjie, "Academics Explore Sci-fi's Soft Power Potential," *Chinese Social Sciences Today*, 2015. http://www.csstoday.com/Item/1968.aspx. Accessed 26 May 2018.

浆小说推动了美国通俗文学的商业化，促成了科幻的兴起。根据雨果·根斯巴克著名且广为引用的定义，科幻小说是"一种糅合科学事实和预言性想象的迷人传奇"[1]。"迷人传奇"是一个关键词，帮助我们理解科幻文学在 20 世纪美国的流行，这种流行要归功于一些重要的行动者采取的高明营销策略，主要是出版人和编辑，如根斯巴克和坎贝尔。

中国科幻小说在 1980 年代经历了一个短暂的繁荣，随后中断，之后更广大的通俗文学市场的出现是一个主要因素，使当代中国科幻在过去 20 年复苏并进入快速发展期。我们应当考虑到 1990 年代以来日益增长的文化娱乐需求是中国的特点之一：这是中国的出版市场和类型小说繁荣的主要原因，或者说是中国二三十年来"文学消费"发展的原因。张颐武认为，中国文学在 20 世纪曾经几度承载严肃的政治功能，如今已经无法继续扮演这样的角色。他称这种现象为"类型的解放"。关于推动中国科幻小说繁荣最重要的因素，张颐武提到了"互联网的兴起"和"日益年轻化"的中国文学读者。[2]

七、初步结论

可见，考察当代中国科幻小说的发展时，会涉及一系列的问题。关于其与美国科幻的异同，我们确实可以在"文类翻译"的过程中追踪到部分相似性和大量差异性。在上述四个方面（科学的特殊地位、对未来的展望、民族主义、娱乐文学需求），今天的中国与 20 世纪早期的美国之间确实存在很大的相似之处。但是，正如米勒令人信服的论断所言，某种文学类型的翻译往往发生在需要对重复出现的状况做出恰当回应的时候，本文认为，除了相似之外，两国科幻之间还存在

1　Gary Westfahl, "The Mightiest Machine: The Development of American Science Fiction from the 1920s to the 1960s," p. 19.

2　张颐武：《类型小说的当下性》，《山花》2016 年第 15 期，第 121 页。

着不可忽视的差异。

差异之一是语境：中国关于未来的话语和管理由党和国家主导，注重生存发展问题。一个很值得探讨的问题是：不同的政治制度如何产生相似的文学类型？还需要考虑的是，中国在国内外利用类型文学和新科幻提升自身形象所取得的效果是不同的。科幻文学被认为非常有助于塑造一个更好、更现代、更未来的形象，可以推动中国战略叙事的传播，但是这一叙事面临不同的受众群体。保罗·李（Paul Lee）认为：

> 面对海外受众，新华社在国内有效的故事内容和风格，则不那么容易打开局面。这种策略面临的挑战是，海外受众可以接触到很多其他媒体渠道，因此会看到中国国内受众可能看不到的别样信息。[1]

另一个需要考察的因素是美国科幻小说（"来源"文类）和中国科幻小说（"目的"文类）之间的关系：

> 刘慈欣和绝大多数中国科幻作家和读者，都是读着艾萨克·阿西莫夫、罗伯特·海因莱因（Robert A. Heinlein）和阿瑟·克拉克（Arthur Clark）宏伟的硬科幻长大的，对这类故事仍然保留着比较传统的偏好，如关注人类整体作为一个物种所面临的问题，并试图解决这些问题。[2]

"中国新浪潮科幻"奠基人之一王晋康，在《上海日报》的一次采访中坦承，"中国科幻基本上还是一个很年轻的文类，针对的读者也

1　Paul S. Lee, "The Rise of China and Its Contest for Discursive Power," p. 109.

2　Yao Minji, Stanley Chu, "Science Fiction Going Mainstream in China."

很年轻，所以写作风格昂扬振奋，故事背景宏大壮阔"[1]。但是，王晋康也指出了中西科幻风格的一些差异，尤其是中国科幻作家的"社会"和"集体"情结与底色，西方作家则更具个人主义特征："我们没忘记科幻小说的社会责任，依然关注全人类的命运问题，西方作家则倾向内在探讨，描写个体与社会的斗争。"[2]同样，夏笳也认为，中国科幻小说更关注中国人的日常社会生活。

将一个国家的地位与该国科幻文类的崛起相提并论或许是再明显不过的了。在本文的初步研究中，我已通过一系列原因分析和由文类研究和翻译研究学者提出的理论，阐明了这种并置比较的合理性。

刘慈欣认为，为了适应更普遍的文类框架，中国科幻小说必然失去一些自身的特征：

> 到 1980 年……西方科幻对中国的影响越来越明显。……1990年代中期以来，中国科幻小说经历了一次复兴。新作家和新观念不再受上个世纪的束缚……中国科幻越来越多元化，也开始失去其独特性……当代中国科幻小说跟世界科幻越来越趋同，如美国作家开创的风格和主题，可以轻松地在中国科幻小说中找到相似对应。[3]

以下是我尝试性的结论，回答我最前面提出的研究问题，并给出一些建议，

（1）作为一种文学类型，当代中国科幻小说主要是引进外国科幻小说的结果，也综合了多种内部因素，如科幻与教育的结盟：这是一条从梁启超经过郑文光一直贯穿到夏笳和刘慈欣的主线。我在本文第 6 节已经阐明，根据本文初步、可能不完全的考察，如果比较二者之间的权

1　Yao Minji, Stanley Chu, "Science Fiction Going Mainstream in China."

2　同上。

3　Liu Cixin, "The Worst of All Possible Universes and the Best of All Possible Earths: *Three-Body* and Chinese Science Fiction," p. 364.

重，来自外部力量的推动更有效，这比较明显地体现在中国科幻小说中对情节和主题的选择上，也体现在对外国（尤其美国）科幻小说的象征的反复使用上。

（2）如果从战略性挪用的视角来回答第二个问题，我认为本文中的跨文类翻译可以从"模式重复"（Repetition of Patterns）的角度来进行分析：中国科幻小说新浪潮也是一个内生过程的产物，作家们通过借鉴外国文学技巧和资源库，探寻属于自己的文学空间。这已经在五四期间（1920 年代和 1930 年代）的一些文学流派中体现出来，也体现在1980 年代末中国先锋叙事的创作中。后者明显借用了现代主义和后现代主义的模式，以适应内部对新的语言和文学身份的需求。这种跨文化的挪用和外来因素（即美国科幻的某些元素）的内化，也可以用埃文 -佐哈尔的"翻译定律"（Law of Translation）加以解释：

> 在目标系统 B 中，不管是在同一多元系统内部还是在另一个多元系统里（取决于其相对于来源系统 A 是处于稳定还是危机中，是强势还是弱势），目标文本（文类）b 被生产出来的前提是各种转换过程以及目标多元系统内部之间的关系对转换程序的制约，这些转换过程和制约支配着目标系统中现存与未存的功能，也受这些功能的支配。[1]

（3）假定内生和外生两个过程都发生了，从"文类翻译"的角度看，促成中国科幻小说新浪潮出现的原因，与中国在全球的经济和政治影响力有关，也相应地与在国内外塑造中国现代化"技术"强国形象的主流叙事有关。最后，这种文类翻译也是为了满足中国新中产阶级日益增长的文化娱乐需求，同时也是对社会期待与环境关切的回应。

（4）在这个翻译过程中，主要的行动者（主体）是作家、编辑、出版机构和学者，但企业家、媒体和政府人员也很重要。不止一家报刊

---

1 Itamar Even-Zohar, "Polysystems Studies," p. 78.

涉足科幻小说，国内外关于科幻文学的会议和学术著作激增，精英文学圈与大众读者和科幻迷之间的互动，表明这是一个多面向的策略，从高层的出版人和文学圈，到底部的科幻迷和普通读者，都参与其中。

（5）为了探究各翻译主体在这一过程中是如何挪用消化外来文类的，还需要开展进一步的研究，对当代各类中国科幻作品进行深入细致的分析。这一类研究将通过分析主题和风格，探究采用了哪些翻译策略，如异化、归化、改写、挪用等。最后，这些分析将有助于揭示译者的实践和选择导致了哪些"翻译损失"（韦努蒂语），产生了什么样的影响，等等。

余泽梅译原载 *Journal of Translation Studies* 3.1 (2019, New Series): 7-43

科幻影像

存 目

四十二史

中国科幻研究十年精选

2011
2020

下册

地火行天

李广益

主编

重庆大学出版社

图书在版编目（CIP）数据

地火行天：中国科幻研究十年精选：2011-2020：
上下册 / 李广益主编. -- 重庆：重庆大学出版社，
2024.2
ISBN 978-7-5689-4312-3

Ⅰ.①地… Ⅱ.①李… Ⅲ.①幻想小说—小说研究—

中国—当代 Ⅳ.①I207.42

中国国家版本馆CIP数据核字（2024）第015558号

地火行天：中国科幻研究十年精选
（2011—2020）下册
DIHUO XINGTIAN：ZHONGGUO KEHUAN YANJIU SHINIAN JINGXUAN
（2011—2020）XIACE

李广益 主编
策划编辑：张慧梓
责任编辑：张慧梓 版式设计：张慧梓
责任校对：关德强 责任印制：张 策

*

重庆大学出版社出版发行
出版人：陈晓阳
社址：重庆市沙坪坝区大学城西路21号
邮编：401331
电话：（023）88617190 88617185（中小学）
传真：（023）88617186 88617166
网址：http://www.cqup.com.cn
邮箱：fxk@cqup.com.cn（营销中心）
全国新华书店经销
重庆升光电力印务有限公司印刷

*

开本：720mm×1020mm 1/16 印张：28.25 字数：415千
2024年2月第1版 2024年2月第1次印刷
ISBN 978-7-5689-4312-3 定价：188.00元（上、下册）

韩松

存 目

韩松与"鬼魅中国"

贾立元

作为当代最重要的科幻作家之一，韩松几十年如一日地坚持着独具特色的科幻写作，其文风诡异，内容荒诞阴暗，令众多科幻迷困惑不解，甚至被斥之为故弄玄虚和令人反胃，却也使一小批评论者欢欣鼓舞，视之为中国科幻的全新高度。后者以吴岩的评价为代表："（韩松）以别具一格的'后现代文学风尚'进入科幻文坛……他的小说几乎将科幻文学所有预设的内容规则全部颠覆，在寻找科幻文学本土化方面迈出了重要的一步……"[1]

韩松为何要把科幻写得如此"后现代"呢？"科幻文学本土化"是指什么？为此，有必要先考察一下韩松的基本立场。

1　吴岩：《1990 年代的中国科幻》，吴岩、吕应钟主编：《科幻文学入门》，福州：福建少儿出版社，2006，第 246 页。

一、"鬼魅中国"与两种态度

王德威认为，20世纪80年代中期以来的中国小说出现了一种美学范畴的转向，体现为风格上的怪诞，"对怪诞的认知"成为当代作家推陈出新的策略，其原因在于"过去四十年中国大陆的许多'怪'现状，只怕比载诸文字者更要令人可惊可诧"。怪现象如此层出不穷，甚至已被"正常化"为现实的一部分，当代作家的责任就在于把它们重新再表露出来，"力求写出不该说、不可说、也说不清的历史经验"[1]。我认为，正是传统中国向着现代中国蜕变过程中的诸种难以名状、不许直说只能婉言的中国经验，构成了所有文艺"本土化"的根本，也形塑了韩松作品的美学风貌。

不过，假如"怪诞"已成为现实的一部分，又何以判断哪些"本来"就是怪诞的呢？换言之，"怪诞"与否，取决于观察者的理想标准。就韩松而言，我认为，他继承的是以鲁迅为代表的、五四以来的文化批判与启蒙传统。对中国的现代化，这一传统有一个判断，即著名的"染缸"说。当代文学中的"社会主义新人"问题体现的正是对传统文化进行彻底改造的愿望。改革开放后，商品化浪潮冲击着社会，历史上的种种"鬼魅"再次复苏。对此，身为新华社记者、长期从事涉外工作的韩松比一般人有着更深刻的体悟："这个工作，能让你看到听到很多新鲜的诡秘的传闻，会发觉现实中有很多的科幻素材，当然也有阻碍，就是有些东西写出来，读者说看不懂或者说晦涩，因为我很抱歉没有向读者交待我的故事背景。"[2] 不过，小说写得晦涩的他在小说外却直言不讳：

> 中国科幻作家笔下的荒谬是不同于卡夫卡的荒谬的，它是五千年文明积淀下来的一种惯性，有着极强的民族特色……我

---

1 王德威：《想像中国的方法：历史·小说·叙事》，北京：三联书店出版社，1998，第376页。

2 陈楸帆：《诡异边缘的修行者——著名科幻作家韩松专访》，《世界科幻博览》2007年第9期。

自己便常常感受到这种荒谬在现实中的存在和泛滥，而这成为了促使我拿起笔来的重要原因。这种东西总是披着最神圣的外衣，无法无天地浸透于社会和人生的骨子里……而从普通公民到民族国家的利益，总是可以在一种义正辞严的会心默契中被出卖和牺牲。

……经济的繁荣、迁徙范围的扩大以及互联网上的自由讨论更容易给人造成某种美妙的假象。但五千年的固有逻辑并没有从根本上发生多大的改变。[1]

韩松认为，科幻在批判和揭露现实方面有其独特优势：超越鲁迅的民族劣根性批判，"进一步探讨在技术文明背景下中国人日益进化着的诡诈、卑鄙和阴暗，一种以信息化、法治化和富裕化为特征的新愚昧，以及科学-政治拜物教带来的身心压迫"[2]。因此，他笔下的"鬼魅中国"是对五四以来提出的诸多文化命题在新时代的拓展和再思考。

在《我的祖国不做梦》中，白天一盘散沙的中国人在夜晚被神秘的"黑暗委员会"所操控，以梦游的方式工作，效率奇高。"小纪"因为遇到来调查此事的外国记者而知道真相，并发现自己美丽的妻子在梦游中成为某"要人"的玩物。愤怒的小纪意欲向要人报复，但原本软弱的他被"必须以梦游实现中国的强大"的理由所挫败，认同了"在这个风云突变、危机四伏的世界上，中国人是可以不做梦的"道理，在痛苦和崩溃中只能选择带着梦游中的妻子自杀。在这里，鲁迅那著名的"从昏睡入死灭"的命题变成了"从昏睡入强盛"，后者以不容辩驳的力量使得"昏睡"成为无可替代的选择，惊醒者的"呐喊"也因此不合时宜，只能以自我毁灭来结束精神分裂的痛苦。

此外，鲁迅曾批判京剧中的男扮女，也即"中庸之道下的中国民

---

1 韩松：《态度是超越荒谬的一种武器》，http://pkusf.net/readart.php?class=khll & an=20041008234325。

2 同上。

族病态心理，以及封建性压抑下的性变态"[1]，而韩松亦在《想像力宣言》中批判了专制主义不容许人胡思乱想、禁止犯错，这种精神阉割使得"我们的男人，具有太多社会所期待的女性特征"[2]。在《柔术》中，他对以"阴柔"为特征的所谓国粹艺术的变态之美的书写，将传统文化中对人的身体控制的暴力成分予以具象化地展露。鲁迅说过"每一新制度，新学术，新名词，传入中国，便如落在黑色染缸，立刻乌黑一团，化为济私助焰之具，科学亦不过其一而已"[3]。而在《美女狩猎指南》中，神秘公司用生物技术，以工业化方式生产可以快速生长的人造美女，将这些"长有卵巢和子宫的纯种动物"放到一座岛屿上，供有钱而寻求刺激的好色男人狩猎。以真枪实弹武装的男人捕获女人后可以随意处置，但也有被女人杀死的危险。主持这一项目的博士竟说这种活动可以为当地经济作贡献。这里，科学的进步反而助长了最黑暗的欲望，而蒙受过性心理创伤、成年后又被僵硬的社会现实所掏空的男人们只有在极端残酷而诡异的环境中，在以死亡为代价的猎捕和征服中，才能重新找回生命的激情，以变态的方式释放被扭曲的欲望。

如果说，"染缸"给人一种滞重、无变化、静态的印象，韩松的"鬼魅中国"，更像是一种动态的、生长着的巨怪，它是"五千年的固有逻辑"与现代科技联姻的产物，是由西方发起的现代性工程遭遇所谓的"东方精神"后在扭曲与挣扎中的曲折展开。在某种程度上，韩松之所以写作，就是为了与这个巨怪抗争。因为，"在追求国家繁荣强盛这一点上，我与诸位都有共识"[4]。

不过，韩松之可贵，就在于他在启蒙和批判之外，还有更深一层"一切皆空"的态度，这使得他不仅眼望着巨怪，也望向巨怪身

1　钱理群：《结束"奴隶时代"——读〈论照相之类〉及其他》，《鲁迅研究月刊》2004 年第 11 期。

2　韩松：《想像力宣言》，成都：四川人民出版社，2000，第 214 页。

3　鲁迅：《花边文学·偶感》，《鲁迅全集》（第 5 卷），北京：人民文学出版社，2005，第 506 页。

4　陈楸帆：《诡异边缘的修行者——著名科幻作家韩松专访》。

后的虚无。

一方面，受量子力学影响，韩松对宇宙之神秘困惑不已：

> 人站在大楼的窗口边，看着天空，宇宙大得不可理喻，但通过一些简单的定律，让人这种偶然出现的生物也能感知到它的存在和运行，从而与一种更神秘也更本质的东西联系了起来，还要怎样呢？六月二十一日，我深深地觉得自己是"活"在宇宙中的。为什么呢？这种感觉并不是太好。[1]

在其成名作《宇宙墓碑》里，人类存在的意义，凝缩成了遍布宇宙的黑色墓碑，悲壮而又凄凉，而墓碑的集体神秘消失更把星空的深不可测推向极致。

另一方面，终日与现实世界的困厄和怪谬打交道，对启蒙和进步的信念不断遭到现实的挫败，自然容易使敏感的韩松产生人生无常之感。因此，现实的吊诡又可视为实相世界之虚幻、宇宙之莫测的一个投影。这种态度冲淡了他作品中的启蒙色彩，使得他对此岸既有批判和眷恋，又有所超越，使他游离于入世与出世之间。在《美女狩猎指南》的结尾，"小昭"在失手将自己阉割后，明白了"'无'，较之于'有'，大概更能让人返朴归真吧"的道理，因此整个故事又可以解读为对"色即是空"的体悟。《绿岸山庄》里，韩松把狭义相对论的哲学内蕴变成了中国现代化的一个象征：在彼此错过的参照系里，一代人为了祖国的荣誉所作出的牺牲，于宇宙本身的变得不可靠之后，失去了它的意义，沦陷成一种带有恐怖色彩的神秘而不可解的存在，由此产生了难以言说的悲凉和惶惑。这既是对中国在现代蜕变中的那种莫名和无所把握的感受的一种幽隐表达，又是对万事皆空相的一个慨叹。

正因此，科幻写作之于韩松，既是有力的社会批判，又是生命个体

1　韩松：《北半球最可怕的一天》，http://hansong.blshe.com/post/57/400315。

自我实现的一种"修行"[1]。而他的"鬼魅中国"，既是杰姆逊意义上的中国现代化的"民族寓言"，又超越了民族—国家层面，成为对宇宙和生命的普遍追问。

这双重态度，决定了韩松的独特风格：偏爱第一人称、软弱具有强烈羞耻感的男性主人公、时空错置和历史反转、无法解释却颇有味道的神秘情节、对暴力的直观展示、晦涩褶皱而饱满多汁的语言等等。以这些特征呈现出来的中国形象，显得暧昧、游离，令人若有所悟又若有所失。这种特异的书写策略，在他的重要长篇《2066 年之西行漫记》（以下简称《2066》中得到很好的展示。[2]

二、《2066》与"中国世纪"

时空错置和历史反转是韩松擅长的设定模式：《收音机时代》让无线电的发明终结了互联网时代，《红色海洋》让郑和下西洋发现了欧洲，《热乎乎的方程式或热乎乎的平衡》把西方科幻经典《冷酷的平衡》改写成弥漫着情欲意味的中国式暧昧，《逃出忧山》把乐山变成令人眩晕的幽闭空间，《台湾漂移》设想台湾岛向大陆漂移而来……凡此种种，皆制造出带有浓厚喜剧意味的怪谬和苍凉。而在《2066》里，他更以中美势力易位为焦点，构想人类的未来世纪：网络进化出了具有智慧的程序生命"阿曼多"，协助一百亿人脑配置资源和信息，成为"世界之心"，人类进入"梦幻社会"。美国衰落，中国则成为第

1　在陈楸帆对韩松的访谈中，当被问及科幻对他意味着什么时，韩松仅说了"修行"二个字。而当陈楸帆让他对读者说几句话时，韩松只说："科幻对诸位的回报可能会在生生世世中显现。"

2　科幻作家及研究者吴岩曾欲在全球范围内邀请华人作家，以 2066 年为背景，围绕中国写一套科幻丛书，但除韩松外，其他人均无所成。此前，韩松曾与人合著过《在未来世界的日子里》，情节上与《2066》享有一些相同的大时代背景设定，但由于是合著，文本内部存在着叙事的冲突。而他最富盛名的大部头著作《红色海洋》尽管备受称赞，但在我看来却是一个本该完成却未完成的文本。工作的繁忙迫使韩松采取将若干已发表的短篇连缀起来的方式，却没有很好地组织成一个整体，语言也有待打磨。相比而言，《2066》虽然印数不多，知者寥寥，却在叙事上高度成熟，是一部重要性被大大忽略的作品，也更适合本文的分析。

一强国,其文化风行全球,围棋取代足球成为第一运动。以此为背景,叙事者"我"讲述一段 2066 年的奇异故事:中国派出围棋团,意欲以文化外交开启美国复兴之路,不料美国发生动乱,主人公——围棋神童唐龙,在骚乱中和队友失散,在美国经历一番历险,见证了第二次南北战争,最终回到祖国。火星人来到地球,从此地球成为"福地",人类进入新时代。

据唐龙描述,2066 年的中国是一个"花园"般的强盛国度:国家控制着气候和人们的情绪,一年四季鲜花常开,多数中国人离群索居,在国家分配的信息室中度过一生,工作娱乐社交,一切都由阿曼多照料。政治家爱民如子,犯罪被消灭,没有离婚,人们寿命很长,以至于许多人快到 120 岁的时候就主动申请安乐死,用崇高的集体主义精神来减轻国家负担。

我们该怎样面对与"鬼魅中国"形成鲜明对比、如此令人神往的中国呢?

《2066》出版于 2000 年,当时中美关系刚经历过"五八事件"的冲击,国内民族主义情绪高涨,但只要明白韩松的"两种态度",就能确信这绝非一部意淫"中国世纪"的平庸之作。[1]同样,也不该视为对现实的简单反转及时代冲动的浅显批判,而应充分意识到作品中的多重反转以及体现出来的忧思与兴叹。我认为,"花园中国"有三重内涵:反讽与批判,推测与警世,及对两者的超越。

全书最重要的一个意象——围棋,是理解作者意图的关键。

在《2066》之后出版的《想像力宣言》中,韩松对所谓的中国文化持批判态度。他认为,千年的封建专制压抑着人的创造力,不许胡思乱想,人人不求有功但求无过,丧失掉了创新的可能性。而残存的想象力,就要以一种"基因突变"的扭曲方式获得表达,比如吃的艺术,斗争的艺术等等,围棋,即是其中之一:

---

1 确实有人做出这种低级的误读。韩松的稿件周转了 5 个出版社,有人认为丑化了未来的美国,会对中美关系造成重大影响,最后才由黑龙江人民出版社出版。韩松:《想像力宣言》,第 245 页。

只有中国人才能发明这种世界上最残酷最无情、最变化莫测的厮杀。紧张时，会导致棋手严重缺氧，如聂卫平之流；还会把人变成"石佛"……[1]

在韩松这里，围棋有使人丧失丰富性而僵硬成搏杀机器的危险，那貌似温和的东方文化背后对自由与活力的遏制就颇具肃杀之气了。因此，以下棋为人生目的的唐龙，感到了过早成名的压力。在十六岁生日后，他出现一种奇怪的症状，下棋时心中常会"忽然腾起一股张力"：

每当它爆发，我会觉得棋盘一忽儿成了一个巨大的星空，一忽儿又成了一个深深的地牢。我深陷其中，是那么孤独。我十分希望逃脱。更可怕的是，每当这种感觉来临，我的棋力便要下降。棋力的下降，又使我产生一种舒服的解脱感，但一旦清醒过来，我便又为此后怕不已。[2]

棋力下降的解脱，可视为潜意识里对国家统一规划与"阿曼多"万事包办的抗拒。于是，在出发之际，唐龙虽有不祥预感，"倒有一层幸灾乐祸的期盼"。后来，恐怖分子炸毁纽约防波堤，围棋团被洪水围困，唐龙"站在远离祖国的纽约世贸中心楼顶，脚踏实地，面对轰轰烈烈的实相洪水场面"，那股难受的张力才一分分消解了。

但若从反讽与批判的角度，将未来衰败的美国仅仅视为近代中国的镜像，也失之简单。

访美期间，《华盛顿邮报》等媒体对华报道的有意歪曲使韩松不禁

1　韩松：《想像力宣言》，第63页。"石佛"是韩国著名棋手李昌镐九段的绰号，以其表情全无变化而得名"石佛"。

2　韩松：《2066年之西行漫记》，哈尔滨：黑龙江人民出版社，2000，第110页。本文以下引用该书的部分，均出自这一版本。

感慨："美国人长期看这种'偏激的'报纸，会不会走向偏执狂？或者，他们的大脑是否本身已经不健全而失去分辨力了呢？我很清楚，'文革'正是在人们神经迷乱的时候发生的。"由此，他回顾历史："在自由和民主得到尊崇的这个国家，不是也有过排华法案并盛行麦卡锡主义吗？而这种仇恨同类的意识，从充满残酷竞争的原始时代积淀下来，很难因为时代的演进和信息社会的到来而消除。"所以，"万一美国哪天出现'文革'，并不令人吃惊。我相信美国人并没有脱胎换骨进化到神圣的地步。他们的心灵中也存在着人类共有的魔瘴"。[1]

因此，《2066》里前总统艾米丽被叛乱分子以批斗大会的方式所审判的场面，与其说是中国历史的翻版，不如说是明日世界真实走向的推测与追问：假如人类的魔瘴从中国转移到了西方，西方民主制度会被魔瘴击败么？在世间乱象面前，一向指责中国专制的西方，将会反过来渴求中国式的统一规划么？东方式高效率的集体主义将替代西方的个人主义，成为人类新的"普世价值"么？

如此来看，用围棋拯救美国，并非是将五四时代"西方文明拯救中国"的命题做了一个反转，而是将其拓展成"'鬼魅中国'对西方的反噬"：长辫子成为男人流行的发式，麻将、京剧受到追捧，德国老头能摆出兰花指，以及诸如"水面已经很稳定，并且像被皮鞭抽过的皮肤一样铮亮"这样看似随意却颇为奇怪的比喻……凡此种种，很难说是一种振奋人心的感受。而唐龙在美国完成的三层蜕变，也正对应着"花园中国"的三重内涵。

在洪水中被"诺亚方舟"号救起后，唐龙被迫加入日裔少年铃木为首的少年军团。这里虽然有铃木的独裁，远离祖国也使他感到惆怅和不安，但当孩子们赤身裸体在大海中嬉闹时，唐龙感到心中张力释放后的"一种彻底摆脱束缚后的愉悦"。这可视为"围棋"肃杀和统一规划的消退，激发了原始的生命活力和独立精神。"中国—围棋"既是他身在

1　李希光、刘康：《妖魔化中国的背后》，北京：中国社会科学出版社，1996，第301-305页。

异国的精神依靠，却也遭到了质疑。寻求独立的意识和对回归祖国的渴望标志着第一层蜕变，也促使他在华裔女孩苏姗的帮助下，逃离铃木军团，沿着波士顿著名的"自由之路"开始在美国漫游。

唐龙遇到了尾巴里贮存着美国文化的转基因男孩纽曼，一同见识了各种试图复兴美国的团体一幕幕近乎荒唐或悲壮的闹剧，体悟文明衰败的凄凉。纽曼不禁慨叹："谁能找到一个统一的想法让世界安定下来呢？"唐龙却觉得"这跟我没有太大关系，只要我尽快回到中国"。纽曼被人杀死，美国文化传统的复兴失去了历史的机会。第二次南北战争爆发后，唐龙被以山姆上校为首领的一支北军部队俘获并接受了改造。

山姆主张用神秘的东方文化重塑美国精神，并深谙语言"自动消灭异己"的力量，故而发明了一种由老式计算机语言、英语和古藏语混成的艾科迈克语，并在他的军队以命令的方式推广。唐龙到来后，山姆在艾科迈克语中加入了上海话，并反过来向已经淡忘了自己民族历史的唐龙讲述楚汉争霸等古代战争故事。这些"闻所未闻"的、关于人与人之间斗争技巧的故事，使唐龙预感到山姆梦想中的新美国将取代中国成为未来的主宰。这些都可视为对"鬼魅中国反噬美国"的注解，而山姆为唐龙取的新名字——布莱克·唐，象征着一种东西混杂的新精神将在离乱的美国中生长起来。当部队遭遇伏击而陷人绝境时，山姆对东方智慧的理解以极富戏剧性的方式表达出来——他将这位"亚洲之星"绑在一根测距杆上，作为活图腾来威慑敌军：

"中国人来了！"

头盔中，传来山姆的嚎叫。这使我全身紧绷。

"你们难道不怕吗？东方妖魔来了！牛魔王、白骨精来了！"

我也大叫。我想自己的样子一定很吓人。这时，"植物"对我说的话开始在脑海里回响：

朝鲜战争中的中国士兵，作为杀死上校先人的灵魂，在布莱克·唐身上附体呢。[1]

这极富仪式感的壮举竟神奇地中止了战斗。之后，唐龙也真正体悟到了战争和围棋之间的相同："在激烈的关头，要使人窒息过去。"他还亲手杀死了一个女兵，感到"一种让人心醉神迷的感觉，屠杀的丑恶是不存在的"，自己也"的确长大了"，他找到了青春的感觉，接受了布莱克·唐和"东方妖魔"的命名，"龙子"和"神童"则成了陈腐的词汇，就此完成第二层蜕变，成为山姆期待的"新人类"。这是一种东方式的专制主义和乐于奉献的集体主义精神在西方的土壤里与普遍的人性魔瘴和生命的原始活力混杂而生成的"东方妖魔"，它是假想中的"人性魔瘴"使西方民主衰败后，"鬼魅中国"反噬西方的产物。

至此，韩松已超越了"中国文化拯救西方"或者"西方民主拯救中国"的二元对立思维，将人性中普遍沉积着的黑暗力量、东西方文化的特殊性等问题推向更为复杂的探讨。

不过，乱象也催发了唐龙的第三层蜕变。早在铃木军团时，他就在一张写有"《独立宣言》第一次在此当众宣读"的古老纸条上感到"一种沦落的伤感"，铃木所作的悲凉俳句也打动着他。"我抬头看星空。它仍然跟棋盘一样。可是谁是天上对弈的棋手呢？"山姆临死前嘱托唐龙继续他未竟的事业，声称"只有中国能救美国"时，唐龙却说"还是找别人吧"。联合国维和部队终结了战乱，唐龙与苏姗一起回国后，"看到中国在世界劫难后保持着稳定和繁荣，我却并没有多激动"。因为"'旅行'使我长大成人，是它使我明白了生活本来就没有什么意义呀"。这是经历了兴衰替变、生死无常达到的一种"悟"。因此，全书另外两个重要的意象：天空中那诡异的红色火星，以及不时现身又神秘离去的外星飞船，就可视为宇宙或天道的代表，在它的寥廓、

1　韩松：《2066年之西行漫记》，第352页。

难解与莫测之前，人世的一切磨难与执著，仿佛都成了似无意义又有必要的"修行"。

《2066》是一部成长小说，全书九章，以"围棋的声音"启动离乱的世界，以第五章"阿曼多"的彻底死亡导致的"信息冰河"为转折，此前以唐龙第一层蜕变为主，此后以第二层蜕变为主，而第三层蜕变则始终潜伏在各章节，并至第九章"未来的阴影"彻底完成。在环境的改变与人物的成长勾连互动中，三层蜕变互相交错，情节之间也自然铺展，以成长的主题表达对文明的忧思，叙事成熟，见解独到。即便到此为止，也已足使它成为当代科幻文学中的一流作品。

然而更妙的是，这篇讲述未来的故事却采用回忆录的形式：叙事者是晚年的唐龙，他作为"世界上唯一能用这种语言流畅写作的人"，用即将消亡的艾科迈克语写作，向"福地"的子孙讲述往事。故事刚开始不足两页，"我"便亮出身份："我的本土名叫唐龙，曾经是一个中国人。我叙述的都是六十年前的往事。如果你们觉得太遥远，没有关系。"在叙事者苍凉而令人狐疑的声音中，原本可能令人期待的未来"花园中国"被倒置成了一段扑朔迷离的历史陈迹。此后，叙事者不时地打断故事进展，对读者发出神秘暗示："幻想的事情一般来讲是不可能实现的，也万万不能当真。所以，当你们听我讲述这个故事时，千万要留神啊。你们是福地的子民。"[1]当故事进入尾声，叙事者又忍不住登场：

> 这都是发生在福地创立之前的事情。我详细地向你们讲述这些，是因为我们缆绳一样的历史最终还是被无情地隔断了。你们也许会把我说的这些事情当真，也许不会当真，只是一笑置之。但是，都没有关系。它只是历史的一种吧。根据量子转世论，有

1　韩松：《2066年之西行漫记》，第280页。

好多种历史可供我们选择呢。[1]

外星人是以欧洲人隔断美洲土著人历史的方式来隔断人类的历史么？被隔断的，是人类独立自主追求进步的过程，还是血腥、残暴的人性黑暗，抑或是两者结合在一起的整个人类历史？"福地"是真正幸福的生活，还是一种隐晦的反讽？对此，叙事者没有任何交代。结尾处，世界恢复了和谐，人人都在谈论"福地"与火星人的到来，在外滩上，人群齐声高呼"福地"：

> 这时火星已经升上了中天，它剑芒般的光焰神气地直刺在我们身上，使我平添勇气。我哆嗦着去吻苏姗，却全然没有注意到不明飞行物在我们身后投下巨大的阴影。只有狗恐惧地狂吠起来。[2]

这只狗曾被认为能"感知到命运的神秘"，因此它的"狂吠"就给人类的"未来"投下了新一轮的"阴影"。看似释然的故事到这里忽然充满张力，却戛然而止，将宇宙的神秘推向高潮。

"我"为何要选择一种行将灭亡的语言来写这桩往事呢？一段长达六十年的空白使读者无从确认"我"的叙事意图，而陷入了"叙事圈套"：叙事意图"不可靠"的作家韩松讲述了一个叙事意图"不可知"的回忆录作者唐龙讲述故事的故事。分析者得到的任何结论，都既可能是作家韩松的真实意图，也可能是"不可靠"的假象，作者就这样从分析者紧抓住他的手里悄然溜走了。更有趣的是，韩松曾在高一时读过《西行漫记》，后又以记者身份访问美国，因此他在斯诺的纪实性报道问世六十多年后写下的这部虚构未来史，作为一个在历史中生成的文本，涉及到了内外五个层面：

1　韩松：《2066 年之西行漫记》，第 329 页。

2　同上，第 403 页。

第一层：未来的未来，二一二六年，老年唐龙向"福地子孙"讲述年少时在美国历险的故事。

第二层：未来，二〇六六年，中国少年唐龙在美国历险。

第三层：现在，二〇〇〇年，中国人韩松讲述老年唐龙向"福地子孙"讲述年少时在美国历险故事的故事。

第四层：过去，二十世纪八十年代，美国人埃德加·斯诺向少年韩松讲述四十多年前中国革命的故事。

第五层：过去的过去，一九三七年，美国人埃德加·斯诺向西方人讲述中国革命的故事。

在这里，文学叙事与历史叙事共振、真实与虚构叠影、过去与现实及未来交错，结构极度复杂，如万花筒一般，使故事的寓意在不同层面之间不断流转着、跌宕着、分解着、生成着，令人瞠目地极度丰富起来。

好在，韩松也并非那么"不可靠"，他曾说"美国之行，一方面把我变成了一个国际主义者，另一方面使我成了爱国主义者"[1]——也许我们还应该加上一个"宇宙主义者"。阅读《2066》，能感受到作家对美国的不满和对中国的痛心与关切，对生命及宇宙的困惑与守望，以及对现实的希求与超越。前面根据"两种态度"所做的阐释，其合理性在相当大的程度上是能够确立的。甚至，这"叙事圈套"本身也可以视作对读者自己去思考的邀请。这里既有良苦用心，也隐含着因超越态度而具有的幽默感。我们仿佛听见韩松说："中国的思想解放任务还没有根本完成，中国人快加油吧；'东方妖魔'可能会反噬西方，大家可要留神呀；这些事，请大家都来想一想吧。但这也许又不是真的。就算真的那样了，我作为一个科幻作家，又能怎么样呢？其实也没什么办法的呀，这就是宇宙的道理，我们又能懂得多少呢，所以就这样吧。"

1　韩松：《2066 年之西行漫记》，第 360 页。

正是如此复杂、丰富的生命体验与高超、缠绕的叙事艺术，使得《2066》成为中国当代科幻史上少有的杰作，也使韩松成为独一无二的。有人抱怨读不懂韩松，对此，不妨借《2066》中韩国少年说的一句话作为回答："你说谁搞得懂中国人呢？也许他们真的要主宰世界了呢。"[1]

原载《当代作家评论》2011 年第 1 期

1　韩松：《2066 年之西行漫记》，第 221 页。

信息爆炸时代的奇观营造者

——论韩松的小说创作

李松睿

提及 20 世纪 90 年代以来的中国科幻文学，韩松的名字是一个注定无法绕开的存在。这固然是因为评论家总是将他与刘慈欣、王晋康"捆绑"在一起，命名为这一时期写作历程最久、创作数量最多、影响范围最广的中国科幻"三巨头"[1]。但更重要的原因是，韩松的科幻小说创作所表现出的独特而诡异的风貌，使其作品极具话题性，并在读者群中产生了持久的争议。喜爱其创作特征的粉丝亲切地将这位小说家称作"韩大"，并热情地在网上发帖道"不能不吃饭，不能不看韩松的文"[2]；而反感韩松小说风格的读者则表示完全无法读，甚至会产生出某些生理上的反应，于是在上面那句网上流传的"段子"后面加上"也不能在吃饭以后马上看韩松的文"[3]。而文学研究界虽然整体上对韩松的写作评价很高，但在面对这位作家怪异、奇诡的创作风格时，多少

1　也有评论家将何夕、刘慈欣、王晋康并称为中国科幻三巨头。

2　百度贴吧。

3　同上。

都会表现出阐释的乏力，以至于一位评论家在反复阅读韩松的作品之后，不得不承认自己"仍不敢自信已经理解小说所有的形象或情节意义上的'符号'内涵"[1]。所有这一切，都使得韩松的科幻小说成了某种神秘、难以索解的接头暗号，让有着特定文学趣味、审美追求的科幻爱好者可以凭借它在茫茫人海中认出同类，却并没有得到充分学理化的阐释与分析。而本文则希望通过梳理韩松的各类科幻写作，分析其作品的优点与不足，为学界理解这位小说家的创作提供基本的线索。

一

韩松的个人经历比较简单，1965 年出生于重庆，1984 到 1991 年先后就读于武汉大学英文系、新闻系，研究生毕业后分配到新华社并工作至今。按照韩松本人的说法，由于参加了 1982 年联合国为配合第二届"探索与和平利用外层空间大会"而举办的"外空探索——中学生征文比赛"，使他开始了科幻写作并一生对科幻文学极为痴迷。[2] 不过与刘慈欣、王晋康等有着工程师背景的科幻小说家不同，韩松一直接受的是比较纯粹的文科教育，这也使得这位小说家的写作不属于以描绘未来科技见长的"硬科幻"，而是常常被归入更具人文性的"软科幻"的行列。值得注意的是，韩松在武汉大学读书时就已经持续地进行科幻文学的写作，而这一时期正好是先锋文学走上中国文坛，并深刻地改写了中国当代文学基本面貌的时候。考虑到中国科幻作家大多有着某种"受迫害"的心理症结，往往密切关注主流文学界对科幻小说的评价与态度，自觉肩负着一定要为科幻文学争取合法地位的"使命感"，再加上韩松本人也常常讽刺主流文学创作，表示：

1　宋明炜：《于一切眼中看见无所有》，《读书》2011 年第 9 期。

2　韩松：《后记：邂逅科技时代的文学》，《宇宙墓碑》，上海：上海人民出版社，2014，第 375 页。

看看一线作家们在过去 20 年做的事情，便可知他们的确老了。他们从抚摸伤痕开始，陷入沉重的反思，又没完没了地寻根，他们津津乐道于我爷爷、我奶奶……实在是生理和心理都接近衰老的表现。[1]

因此，我们有理由相信这位作家对当代主流文学非常了解，并熟谙同时代的先锋文学及其文化资源。

在这一背景下重新审视韩松早期创作的科幻短篇小说，那么这些作品携带有鲜明的先锋文学特征就显得顺理成章了。在《宇宙墓碑》《灿烂文化》《没有答案的航程》《天道》等作品中，韩松以类似于博尔赫斯的方式，用一系列颇为机巧的叙事手段，创造出了一个由悖论、迷宫、幽闭空间以及神秘的道具等组成的奇幻世界。除此之外，这位小说家还有意识地通过情节、意象、人物形象等叙事元素，探究人生的意义、人性的本质、宇宙的辽阔、时间的永恒、何为真实等颇为严肃的主题。于是，这些极为常见而又貌似深刻的命题，与独具匠心的叙事技巧结合起来，共同营造了迷离、恍惚、神秘、诡异的小说氛围。这也是韩松作品最精彩、最吸引人的地方。

以韩松早期最为人称道的小说《宇宙墓碑》为例，这篇以人类大规模向宇宙扩张为背景的小说没有描绘激动人心的太空殖民与星际战争，而是思考人类如何处理在征服宇宙的过程中牺牲的死难者的遗体。在韩松的笔下，伴随着人类在太空前进的脚步，宇宙中处处留下了规模异常庞大的墓碑群。这些用永不朽坏的材料制作的墓碑，标记着死者在艰苦卓绝的条件下探索太空的丰功伟绩，象征着人类面对未知世界勇往直前的勇气。可以说，这个意象本身所携带的庄严肃穆的气质，使每一位读者都无法轻松地面对这篇小说，并不由自主地心生敬意。不过正像大多数先锋文学那样，韩松在小说中书写一种价值的时候，紧接着就要宣判

1　韩松：《想像力宣言》，成都：四川人民出版社，2000，第 156 页。

这种价值的死刑。读者很快就会发现，由于某种无法索解的原因，那些位于远离地球的星系中的墓碑群不断地神秘消失。直到小说结束，韩松也没有为这一现象给出任何解释。因此，墓碑那永不朽坏的特性既是向人类勇于牺牲、不断进取精神的致敬，也解构了人类探索宇宙的意义和价值，再次确证了辽阔星空的神秘与恐怖。

此外，在叙事的层面，韩松也利用一些小技巧为这篇小说增添了几分诡异的色彩。《宇宙墓碑》分为上下两个部分，在第一部分所涉及的时代，人类早已放弃了立墓碑的风俗，而第一人称主人公则是一位对墓碑极为痴迷的考古爱好者。由于"我"年轻时曾带着妻子阿羽到月球参观墓碑，使其突然患上怪病，此后每年到了当初登月的日子，阿羽就会"神情恍惚，整日呓语，四肢瘫痪"[1]，让主人公痛苦不已。而小说第二部分则转换成一位修建墓碑的工程师留在自己坟墓里的自述。有趣的是，这位墓碑工程师在与阿羽相遇后，忽然患上怪病，经常"神情恍惚，四肢瘫痪，整日呓语"[2]。而他在领着阿羽参观一座设计独特的墓碑时，后者竟然因晕眩从几百米高的墓顶摔下而死，让主人公带着遗憾郁郁而终。在这里，韩松利用人物称谓和病情的相同，让两个相距遥远的时代、两个素未谋面的人物由某种冥冥之中的神秘力量连接起来。小说本来讲述的是身处未来的主人公对过去时代特定风俗的探究与迷恋，却在某种神秘力量的作用下成为过去对未来命运的先验决定。于是，线性发展的时间链条被破坏了，扭曲成了莫比乌斯环般的循环怪圈，整部作品的氛围也因此变得异常诡异。

除了设置上文所分析的那种循环往复的叙事圈套，韩松还以各种手段消解其笔下故事的意义，往往刚刚为某段情节提供一种解释之后，马上又抛出另一番截然相反的说辞，使得读者始终无法充分信任叙述者的讲述。似乎作家特别喜欢在叙事层面玩弄一些小把戏，让读者好像坠入

1　韩松：《宇宙墓碑》，《宇宙墓碑》，上海：上海人民出版社，2014，第24页。

2　同上，第38-39页。

雾中，在叙事的迷宫里迷离恍惚。最典型的例子，当属短篇小说《逃出忧山》。这部作品的主人公是一位名叫韩愈的国家重点实验室的科研人员，他的妻子因为婚姻感情破裂，"逼迫"丈夫一起到"乐止县"的"忧山大佛"旅游，重温最初相识的浪漫情境。我们仅从这些人名和地名的设置，就能够嗅到韩松与读者开玩笑的意味。韩愈夫妇来到忧山住下后，一觉醒来发现这里变得空无一人，而时间恰好回到了四年前他们初次相遇的那一天。在异常恐慌中，他们试图逃离忧山，但任何努力换来的都是回到起点的结果。此时，原本对科学知识一窍不通的妻子突然指责这一切都是韩愈的阴谋，认为后者发明了一种利用引力改变时间、空间的技术，而他们经历的正是这种技术的一次实验。如果读者以为这样就能解释韩愈夫妇的遭遇，那就会陷入韩松设置的叙事圈套。很快，韩愈先是发现妻子失踪了，而周遭的世界也全部坍塌，露出世界原本是由纸张构筑的真相。于是，韩愈终于领悟到，其实他原本是忧山大佛的化身，他以乐止县为中心制造了一个虚假的世界，自己跑进去后乐不思蜀，竟忘记了自己作为佛的真实身份，直到此时才突然醒悟。然而叙事进行到此处，作家竟然还没有玩够他那套叙事把戏，又一次推翻了主人公其实是忧山大佛的设定。作为忧山大佛的韩愈忽然闻到一股焦糊味儿，醒来后发现自己正在国家重点实验室。原来，他此前被缩小后一直在微缩山水中游荡，因实验过程中发生事故才突然醒来。就在此时，妻子忽然来到实验室，给韩愈送来去忧山大佛旅游的车票，而小说也恰恰终结在这个令人错愕的时刻。

从这里可以看出，韩松有着对循环、解构等先锋叙事手段的异常迷恋，因而乐此不疲地在自己的作品中反复运用。不过，这也带来一定的弊病，读者初读韩松的作品还会因为叙述手法的新异而感到有趣，但多读上几篇就会发现这位作家有着自我重复的重大嫌疑。此外，由于叙事手法本身在韩松的小说中过于醒目，使得科幻元素在作品中并没有发挥太大的作用，与人们通常所理解的科幻小说有较大的落差，这或许是读者一般将韩松的作品归入"软科幻"的原因。不过，当韩松并不那么执迷于先锋叙事的时候，其笔下的作品也会因科幻想象而改变我们观察生命、人生、社会等惯常事物的视角，引发一些意想不到的思考，显露出较高的艺术魅力。在笔者非常欣赏的短篇小说《冷战与信使》中，故事的背景设定在处于冷战状态下的星际社会。为了防止泄密，每个星球都发展出自己的信使组织，重要信息全部依靠信使以光速进行传递。由于宇宙中各个星球距离遥远，使得每位信使都不得不以光速飞行数年乃至数十年来递送消息。韩松借用很多人对狭义相对论的理解，启用当人以光速旅行时，时间对这个人来说是静止的这一设定。因此，当信使在旅行几十年后回到家乡，他的恋人、朋友都已老去，而他本人还是当年的模样。我们知道，爱情与友谊都需要靠时间来浇灌，朝夕相处的陪伴和共同经历的考验才能让人与人之间产生信任并共同生活在一起。这是人类社会在漫长的历史发展过程中积淀下来的行为准则和心理范式。然而，《冷战与信使》通过引入光速旅行这一科幻设定，一下子改写了读者习以为常的对时间、空间的理解。当女孩看着自己心爱的信使踏上光速之旅后，她不得不考虑这样的情境：她独守空房等待信使，承受着岁月蹉跎与生命苍老；然而信使在多年后归来时，时间却没有在其脸上刻下一丝印痕，甚至可能是一位几百岁的少年。在这种情况下，女孩坚守是否还有意义？他们的爱情又能否维持？这也是小说家提出的问题："没有时空做基础的爱情和婚姻还有什么意义？"[1]在这类创作中，韩松可谓"脑洞"极大，通过科技想象引人全新的视角，重新反观日常的生活与时空，并促使读者思考何为人，何为友谊，何为爱情，时间与人的关系，人与人相互交往的基础等重大问题。而这或许也是科幻文学要比传统文学更为深刻、更为动人的地方吧。

---

1 韩松：《冷战与信使》，《宇宙墓碑》，上海：上海人民出版社，2014，第103页。

二

需要指出的是，虽然韩松的很多作品都有着玩弄先锋叙事技巧的嫌疑，但他并没有像主流文坛的先锋派作家那样，单纯地热衷于新颖的形式创新，探索人性深处幽微复杂的面向，而是始终关注着中国社会面临的问题，反思中国文化的弊病与困境。在接受访谈时，韩松曾谈到自己在新华社的工作与其写作之间的关系："这个工作，能让你看到听到很多新鲜的诡秘的传闻，会发觉现实中有很多的科幻素材，当然也有阻碍，就是有些东西写出来，读者说看不懂或者说晦涩，因为我很抱歉没有向读者交代我的故事背景。"[1] 虽然题材的真实性与作品的价值并没有直接的对应关系，不过，这也从另一个侧面说明这位科幻小说家的写作与中国社会之间的紧密联系。

20世纪之初诞生的中国科幻文学从来无法自由、空灵地展开对科学、技术的狂想，而是始终保持着与中国社会无法分割的血肉联系。的确，在那个多灾多难、列强环伺的时代，现实情境的逼仄使得忧国忧民的中国作家无法超越残酷的社会现实，不得不思考富国强兵的各种途径，而科幻文学也由此肩负了异常沉重的社会责任。于是我们看到，无论是梁启超的《新中国未来记》，还是老舍的《猫城记》，抑或是许地山的《铁鱼底鳃》，始终都围绕着批判国民劣根性、寻找救亡图存之路的主题展开想象。这种借助科幻文学以改变中国落后地位的愿望是如此强烈，以至于心一在1907年翻译威尔斯的科幻小说《星际战争》（*The War of the Worlds*）时，硬要在那个关于火星人入侵地球的故事中，凭空添上"白种以天之骄子自称，自谓最灵。遂谓世间万物，莫非为人而设。自称骄子，遂谓杂色人种，但足以供驱策，必消灭之而后已"[2] 这样的表述，以批判西方列强的殖民侵略。因此，

1　陈楸帆：《诡异边缘的修行者——著名科幻作家韩松专访》，《世界科幻博览》2007年第9期。

2　威尔斯：《火星与地球之战争》，心一译，《神州日报》1907年7月3日。

中国有很多科幻作品会借用《乌托邦》《波斯人信札》《格列佛游记》这类幻想文学的叙事模式，以一位因偶然原因来到异邦的叙述者，展示那个在政治模式、文明形态、生活习俗等各个方面都颇为新异的社会，在两种价值观念的对照、碰撞中展开对本民族的批判，以实现启蒙、救国的宏愿，其中最为典型的作品，当属老舍的《猫城记》。

而韩松的大部分科幻创作也正是处在这样的传统的延长线上，因此，其小说一方面继承了那种忧国忧民、针砭时弊的高尚情怀，另一方面也沿袭了这一传统在艺术层面上的种种弊病。例如，由于《猫城记》这类作品的创作意图只是为了展示中国人因循苟且、贪生怕死、敷衍了事等一系列劣根性，使得老舍根本无意去塑造一位形象鲜明、性格丰满的小说人物。迫降在猫城的主人公始终让读者觉得面目模糊，他在小说中只是充当"眼睛"的功能。作家通过这双"眼睛"在象征着中国的猫城不断游走，为展示猫城人的种种弊病提供便利，并由此实现对中国人卑劣性格的批判。而韩松对待其笔下的人物同样浮皮潦草、敷衍了事，这一点仅从他为人物起名字的方式就可以看出。在韩松的小说中，我们经常会看到诸如韩愈、生物（《没有答案的航程》），蚼蠖（《红色海洋》），侦探（《地铁》）以及疟嗦（《驱魔》）等人物名称。虽然不能说作家起这些名字不够用心，毕竟写出疟嗦、瘘吚这类名字还是要花费不少查字典的时间，但它们要么过于空泛，要么佶屈聱牙，都不利于读者记住小说人物。这或许是造成我们读韩松的小说很难发现令人印象深刻的人物的原因之一。当然这很可能是作家有意识的创作选择，因为只有当人物性格不鲜明、形象不丰满时，他们才能任由作家摆布，充当作家在小说中思考社会问题、批判民族弊病的工具。

这一点最鲜明地体现在韩松的长篇小说《火星照耀美国》（又名《2066 年之西行漫记》）中。由于这部作品描绘了 2066 年中国取代美国成为新的超级大国，而后者则不可救药地走向衰落，因而在有些评论家那里成了 20 世纪 90 年代以来"中国崛起"的文学表征。[1]此外，《火星照耀美国》在寻求出版的过程中，正好赶上美国总统克林顿访华，使得很多出版社担心这本小说会损害中美关系而不愿出版，造成这部作品一直拖到 2000 年才得以问世。而韩松在小说中写到恐怖分子利用飞机撞击纽约世贸大厦这个细节，更是让很多科幻爱好者津津乐道，成了科幻小说家往往能成功预测未来的又一"铁证"。不过在笔者看来，上述这些说法都建立在《火星照耀美国》所呈现的美国社会单纯是指美国的基础之上。然而，这部小说其实是一部类似于《猫城记》的讽喻之作。就好像老舍表面上描绘的是猫城的种种怪现状，但实际上却把批判的矛头对准中国；韩松在《火星照耀美国》里看上去在呈现美国衰落后的一系列问题，却处处是对中国的讽刺。

在《火星照耀美国》中，作家为我们呈现的是中国围棋代表团成员唐龙到美国参加世界围棋锦标赛，因恐怖袭击而在北美大陆游荡，在遭遇了包括美国内战在内的一系列变故后回到上海的故事。这样的剧情架构，刚好让主人公唐龙成了一双行动的"眼睛"，读者跟随着唐龙来观看美国衰落后的一系列乱象，并用主人公所信奉的那套自由、开放、平等的价值观来审判美国社会的扭曲与古怪。这类描写在这部作品中层出不穷，由于篇幅的原因，笔者无法一一列举，在这里仅以几段引文为例：

> "可是，三十多年来，美国实行闭关锁国政策，我（一位美国宾馆经理——引者注）一直不能实现去中国看一看的梦想。现在，艾米丽总统执政了，实行对外开放，也许过不了多久，像我这样的普通美国公民也能去中国旅行和学习——不，去朝圣了。"……二十一世纪中叶，是个人都会说几句汉语，包括网络小国里的虚拟人。但美国的疯狂汉语培训班是这两年里才开办起

1　宋明炜：《中国当代科幻小说的乌托邦变奏》，毕坤译，《中国比较文学》2015 年第 3 期。

来的，水平在各国中最低。[1]

晚上的安排是出席纽约市棋协的宴请。我想在桌上发现狗肉，但是没有。曹克己俯在耳边悄悄告诉我，美国人因为知道中国人来自文明国度，恐怕不吃狗肉，所以就没有上这道名菜。[2]

"分裂是不得人心的。只有合众为一，才能使我国重新崛起于世界民族之林！我坚信伟大的中国在这方面能给我们以决定性的启示。只有与中国携手合作，才能使美国人的灵魂得到拯救。你们不嫌弃鄙国脏乱差，前来传经送宝，彻底消除了我们对外部世界的疑虑、担忧和恐惧。我（美国总统艾米丽——引者注）再一次代表美国政府和人民向你们表示衷心的感谢！"[3]

从表面来看，上述这些引文所呈现的美国人因长时间的闭关锁国政策，在物质和精神层面上都处在极度匮乏的状态，因而带着艳羡的目光看着富强、开放、自信的中国，并希望通过吸引中国的援助走上复兴之路。为了获得更好的境遇，美国人民还通过"疯狂汉语培训班"来恶补中文。此外，如果按照今天流行的中产阶级道德来看，2066 年的美国人竟然热衷于吃狗肉，简直就是毫无教养和同情心的野蛮人，不杀不足以平"汪星人"之愤。仅从字面来看，韩松的确是在通过自己的小说创作，展开曾经强大的美国终于走向衰落的狂想。

不过，在阅读韩松这些近乎意淫式的文字的过程中，读者有时也会感到些许不对劲儿。因为作家笔下那些对美国社会的辛辣嘲讽，总是让人生出似曾相识的感觉。2066 年美国的闭关锁国政策，似乎就是中国近代史的某种镜像；而国际社会联合中国的中产阶级，也正是从西方传统的道德观念出发，指责中国人吃狗肉的风俗灭绝人性；就连那个所谓的"疯狂汉语培训班"，也能直接让读者联想起前些年曾在

---

1 韩松：《火星照耀美国》（又名《2066 年之西行漫记》），上海：上海人民出版社，2012，第 21 页。

2 同上，第 22 页。

3 同上，第 28 页。

中国各大城市风靡一时的"疯狂英语"；而美国总统所说的那句"重新崛起于世界民族之林"，更是中国人在 20 世纪的反复言说，在这个意义上，《火星照耀美国》中对未来美国的所有批判与讽刺，最终都会"反弹"到今日的中国社会。于是，这部小说也就成了一部非常典型的讽喻之作。而对讽喻小说而言，决定其成败的关键并不在于人物形象、叙事结构以及情节设置等因素（毕竟这些小说艺术层面的东西只是作家表达自己观念的工具），而是写作者能否在作品中提出一整套具有创造性和启发性的思想理念、价值观乃至世界观。这就是为什么我们在讨论《乌托邦》这样的作品时，并不会因为其人物形象、叙事结构的呆板而提出批评，而是更关注托马斯·莫尔的政治理念和社会构想的原因。由此反观《火星照耀美国》，虽然我们可以从中感受到韩松对中国爱之深、责之切的深厚情感，但小说在将美国作为中国的镜像进行讽喻时，讽刺所依据的价值观完全没有超越五四以来的国民性批判，更没有像托马斯·莫尔那样提供一套新颖、富有启发性的社会构想，使得这部小说多少会让读者感到失望。

不过，当韩松没有那么急迫地要表达其对中国人、中国社会的批判与讽喻，而是将自己对社会生活的观察与思考结晶为某种独特的、带有奇幻色彩的意象时，其作品就会具备较高的艺术价值。以广受好评的中篇小说《再生砖》为例，这部作品的创作灵感直接来源于 2008 年震惊全国的汶川大地震和建筑师刘家琨利用这场地震留下的废弃材料制作的"再生砖"。因此，这篇小说有着非常直接的现实指向，稍有不慎就会因题材本身的惨烈、敏感而显得过于沉重。而韩松却"脑洞大开"，写出一位建筑师发明了一种由尸体、废墟和麦秸为原材料压制而成的再生砖，就地取材帮助地震灾区的居民迅速重建家园的故事。在小说家的笔下，这种再生砖封存了死难者的意识和声音，使居住在用这种建筑材料建成的房屋中的幸存者可以与自己死去的亲人相互交流，并走出心理阴影。此后，这种再生砖从灾区扩散开来，成了流行的建筑材料，甚至改变了人类对生命、死亡以及废墟的理解。有些年轻人竟然出于对废墟与死亡的迷恋，将自己的身体放入搅拌机中粉碎。再生砖也由此形成了一个巨大的产业链，废墟逐渐"成为一种比石油还要稀缺的资源，价格高涨，供不应求"[1]。为了大规模生产再生砖，人们甚至到外太空去制造废墟以供应充足的再生砖生产材料。小说《再生砖》以一场灾难作为叙述的起点，通过再生砖这个具有科幻色彩的意象，使故事不断繁衍生发开来，逐渐演变为一场由死亡、夸张、商业奇观构成的未来狂想。可以说，依靠再生砖这个意象，韩松举重若轻地在作品中描绘了一系列带有黑色幽默色彩的事件，并从中思考了生命的意义、死亡的沉重、生与死的界限、现代商业社会对灾难的消费等问题，使得整部作品显得隽永而耐人寻味。

三

正像上文所分析的，韩松一直受到先锋文学的深刻影响，经常在作品中使用诸如循环、解构等新潮叙事手法。由于对先锋文学来说，重要的并不是小说所描写的具体内容，而是形式层面的新颖与别致，使得这类写作风格天然地更适合短篇小说创作。毕竟，短篇小说本身容量有限，在形式层面进行一系列崭新的尝试比较容易出彩。而长篇小说则对情节结构是否复杂、内容的厚重程度、人物形象鲜明与否，乃至作家的思想深度都提出了极高的要求，机巧的叙事手法反而是非常次要的东西。因此，有些小说家在谈到托尔斯泰时，指出他的长篇小说"仿佛一头大象，显得安静而笨拙，沉稳而有力。托尔斯泰从不屑于玩弄叙事上的小花招，也不热衷所谓的'形式感'，更不会去追求什么别出心裁的叙述风格。他的形式自然而优美，叙事雍容大度，气派不凡，即便他很少人为地设置什么叙事圈套，情节的悬念，但他

1　韩松：《再生砖》，《再生砖》，上海：上海人民出版社，2016，第346页。

的作品自始至终都充满了紧张感"[1]，可谓深谙小说创作之道。而韩松近年来的长篇小说创作，如《地铁》《医院》以及《驱魔》等，我们会发现这些作品因为过多地在机巧的叙事手段上下功夫，总是显得格局狭窄、支离破碎，很难称得上是优秀的长篇小说。

而韩松的长篇小说创作出现这样的问题，首先是因为其写作似乎缺乏整体设计。以这一问题表现得最为突出的长篇小说《红色海洋》为例，这部作品由一系列互不相干的故事构成，并按照从未来到过去的顺序划分为四个部分。第一部《我们的现在》讲述核战后生活在海底的水栖人互相杀戮、吞噬，逐渐建立社会秩序的故事；第二部《我们的过去》讲述水栖人通过海底的种种文明遗迹，开始向往此前一无所知的陆地文明的故事；第三部《我们过去的过去》则忽然由五个毫无联系的短篇故事构成，作家为这几个故事设定的年代大致是人类由于核战威胁，认为在陆地上无法生存，因而利用基因技术培育水栖人这段时间；而第四部《我们的未来》同样由三个彼此无关的故事组成，分别以北魏时期的郦道元、明万历年间的兵部右侍郎佥都御史陈省以及三宝太监郑和为主人公。虽然有些评论家认为这部长篇小说是"最近20年内中国最优秀的科幻文学作品之一，也将被列为最近20年中国最优秀的主流文学作品之一"[2]，但我们仅从其结构安排就可以看出作家在写作过程中并没有通盘的考量。应当承认，韩松将这些故事摆放在一起，确实为读者呈现了一个规模宏阔的未来世界构想：由于核战彻底改变了地球的生态环境，迫使人类改变了自身的生命形态并在海底重建文明。可如果没有完整的故事作为支撑，这个世界充其量只能作为奇观让读者感到惊讶罢了，却很难收获更多的东西。当然，这种破碎感可以用所谓去中心化的先锋叙事手段进行解释，但考虑到《红色海洋》中的不少故事都曾作为短篇小说单独发表，我们有理由相信

1　格非：《列夫·托尔斯泰与〈安娜·卡列尼娜〉》，《博尔赫斯的面孔》，南京：译林出版社，2014，第162页。

2　吴岩：《序言》，韩松：《红色海洋》，上海：上海科学普及出版社，2004，第6页。

作家只是将这些写于不同时期的中短篇作品汇集在一起，组装成长篇小说，而缺乏整体的构思。

韩松长篇小说创作存在的第二个问题，是叙述语言和描写手段的粗糙、贫乏。短篇小说由于篇幅较短，因此某些描写重复出现的可能性并不是很大。但如果在写作长篇小说中对语言运用没有自觉，就很容易陷入自我重复的深渊。这一问题或许最突出地体现在长篇小说《地铁》中。随意从小说中摘引一段描写：

> 小武在地下迷宫中摸索行进，他意识到自己孤身一人了，不禁极度恐惧。他钻入一孔导洞，洞壁形如一环一环的黏膜，脓水咕噜咕噜从上面流出来……地上躺着一具肿胀的裸尸，充满脂肪的腹部龟裂开来，溢出了糜食般的鲜菇状"地铁之友"，连腥臭粗大的肠子里，也长满了密密麻麻、凹凸不平的绿灰色小颗粒——这就是爱的结晶吗？[1]

这段文字可谓极尽感官刺激之能事，飞溅的脓水、肿胀的尸体、腥臭的味道乃至暴露的内脏，作家似乎要把所能想到的全部恶心的事物都倾倒在读者身上，让读者产生身心上的不适。如果这类描写偶尔出现，那么这作为作家有意识设置的奇观，或许可以起到让读者印象深刻的效果。然而在《地铁》中，这类描写几乎出现在小说的每一页上，则难免让读者最初震惊，进而麻木，最后则感到厌烦。更为可怕的是，韩松对某些细节有着令人吃惊的执着，在很短的篇幅内反复书写，如果不是看了作家不少"脑洞清奇"的短篇小说，当真会怀疑他的想象力极为贫瘠。例如，在描写一个胆小如鼠的人物雾水时，韩松采用了如下方式：

1　韩松：《地铁》，上海：上海人民出版社，2011，第179页。

列车到站的一刻，雾水尿了裤子。[1]

雾水是一套陈旧的明黄色紧身连裤服（集便器已坏，下身已被遗出的尿液染成了褐色）……[2]

雾水又颓废坐下，说："不，我害怕。"他周身发抖，又要尿裤子了。[3]

雾水战栗不止，又不争气地尿了裤子。[4]

在相距并不遥远的几页里，作家竟然使用了完全一样的方式来描绘同一个人，其词汇量之匮乏、描写方式之单一、语言之粗糙，令人瞠目结舌。而且，这样的描写方法除了让读者产生难以忍受的身体反应外，其实并不能更好地呈现这个人物。上海评论家张定浩曾将《地铁》称作"形容词小说"，批评这部作品充斥了数不清的形容词，不断为读者细致地描绘一系列恶心、反胃的场景，却没有塑造出一个形象鲜明的人物，[5]可谓抓住了小说《地铁》的症结所在。

此外，过度迷恋叙事游戏，在作品中不断设置悬念、疑问与神秘的暗示，却拒不给出任何确定的答案，总是用开玩笑的方式打破读者的阅读期待，也是韩松长篇小说可读性较差的原因之一。以他2017年最新出版的长篇小说《驱魔》为例，这部作品讲述一位名叫杨伟的老年患者一觉醒来，发现自己身处一艘永远航行在海上的医疗船上，陷入一连串毫无意义的治疗、杀戮、倾轧以及探索的故事。与小说《地铁》一样，《驱魔》也可以称为"形容词小说"，作家为读者描绘了一个又一个充满脓液、碎尸、内脏、腥臭的奇观式场景，却不愿费心提供一个完整的叙事线索。如果我们认真梳理一下这部作品，那么它大致

1　韩松：《地铁》，第239页。

2　同上，第240页。

3　同上，第245页。

4　同上，第262页。

5　张定浩：《一个地狱的受害者》，《文汇读书周报》2011年6月3日。

可以分为三个部分。在第一部分中，主人公杨伟通过在医疗船上的不断游荡，逐渐体悟了这里的运行逻辑。他发现虽然控制这艘船的人工智能"司命"表面上以解救患者的痛苦为行动指南，但其运作机制已经发生病变。与关心患者的痛苦相比，它其实更注重维持自身的永久运行。最终，治疗的目的也就不再是治病，而是治疗这一行为本身。对此，大部分病人虽然都心知肚明，却异常配合司命，参与到这场治疗游戏之中。而小说的第二部分则突然进入到医生的世界中，原来，在司命管辖不到的阴暗角落，被排斥的医生用收红包、办私人诊所等方式，设立了影子医院，并密谋造反，重新夺权。不过与大多数表现人类反抗人工智能的科幻作品不同，韩松笔下的反抗者从来不会当真奋起抗争，勇于牺牲，恰恰相反，他们为争夺院长的位置陷入钩心斗角的政治斗争，从中可以看到韩松对人性的悲观理解。到了第三部分，前面的设定似乎全都被作者宣布无效，原来整个世界陷入了一场以病菌为武器的战争，而医疗船就是战争参与者在前线放置的一支奇兵。船上所有举措都是与敌人的病菌做斗争的手段。应该说，《驱魔》所提供的这三种设定虽然主题都算不上新颖，但至少都具有一定的可塑性，可以为小说家演绎故事、塑造人物提供广阔的空间。然而，韩松将这三种设定全部用在一部长篇小说中，则显得分寸失当。如果是在短篇小说里，应接不暇的设定改变的确能让读者惊叹作家叙事手段的繁复多样。然而在长篇小说中，读者刚刚读了一百多页来接受一种设定，作家马上就把前文全部推翻，如是者三，且每一部分都谈不上描写精彩，难免不会让人生出故弄玄虚之感。

结语

从上面的分析可以看出，韩松科幻小说创作的优点和缺点都极为鲜明。在《宇宙墓碑》《冷战与信使》以及《再生砖》这类优秀作品中，新颖的科幻想象与带有人文情怀的哲理思考有机地结合在一起，引发读者从新的视角对那些习以为常的事物进行重新思考，堪称中国科幻文学近年来最美的收获。然而在韩松这些年倾力创作的长篇小说中，由于作家热衷于展现一幅幅充满尸体、内脏以及腥臭的奇观式景象，无法提供流畅、完整的叙事，使得读者看过其作品后更多地感到的是困惑而不是快感。联系起韩松自己在新华社的本职工作，我们或许可以把这一作品风格称为信息化时代的写作。众所周知，在我们这个时代，各类新闻资讯要想获得足够的点击量，就必须以耸人听闻的标题、夸张的叙事，并配以刺激性的图片或视频来吸引人们的注意力。而今天传播这类信息最常见的形式，就是人们已经离不开的微信"朋友圈"。这一媒介形式的特点在于，信息的发出者是文化背景、社会阶层高度多元化的友邻，他们每天发送海量的信息让人应接不暇。所有这些信息都不断向我们展示社会的某个方面，但彼此之间却毫无关联，即使我们一天二十四小时都在刷朋友圈，也无法通过那些碎片化的信息拼合出完整的社会图景。这无疑是芜杂、庞大的现代社会带给现代人的难题：即使是在信息爆炸的时代，获取再多的碎片化资讯也不可能让我们获得对社会的整体认知，更无从把握社会运行的本质规律。正像我们在韩松作品中看到的，那一个个层出不穷的奇观式景象因为令人厌恶到极点，给读者留下了极为深刻的印象，人们也可以从中体察到作家通过这些奇观来表达自己对中国人、中国社会、中国历史、现代科技乃至国民性等一系列问题的思考与批判。但显然，作家暂时还没有足够的能力将这些芜杂、散乱的批判整合成某种对中国的整体性理解。因此，韩松刻意营造的那一个个奇观只能作为碎片散布在自己的作品中，而无法形成流畅、完整的叙事。在这个意义上，韩松可以说是信息爆炸时代的奇观营造者，其写作所表现出的种种特征，其实也正显影了我们这个时代的问题。

原载《名作欣赏》2018 年第 4 期

倾听（技术）异常：韩松《再生砖》探析

彩云（Cigarini Chiara）

绪论

　　中国的志怪故事能告诉读者关于中古现实的何种洞见？韩松的"怪诞"技术故事又能告诉读者关于今日现实的何种洞见？二者皆在内容与形式上呈现出奇怪的样貌。而就韩松及其文学创作而言，"奇怪"究竟有何深意？

　　正如中国中古文学一样，韩松重估了何为正常与真实，让读者通过感官（当视觉不足为用时便视听兼用）知晓一个可见的世界和一个不可见的世界，并同时对其提出质疑。除了认识论层面，韩松的创作与志怪文学还隐含着一种本体论框架，将"此世界与彼世界"相互交替，一面是日常生活，另一面是秘境与异境。

　　本文中我们将看到，不论韩松的叙事还是志怪文类，在认知并质疑当下世界的过程中，似乎都从历史和整体的维度上寻找答案。本体论与认识论就这样密不可分地交织一处，经由感官叙事表达出来，因而更能解释此世界与彼世界间的通联。

韩松是当代中国科幻"三主将"[1]之一，文风经常被形容为"奇怪"。倘若我们将"奇""怪"二字区分开来，或许会对韩松有更深刻的理解。"奇"可以描述他的非典型生活方式：白天新闻报道，夜晚科幻创作。"怪"则表明他科幻作品的独创性，以及他风格与主题的晦涩不定，还有他所描绘的黑暗、怪诞和梦魇般的场景。

从作家自己命名为"诡异边缘"的博客中我们可以看出，韩松是一位跨越界线的作家，界定他生活及作品特征的是那些分隔对立元素的界线：现实与虚构、科学与魔法、科幻与主流。韩松跨越了这些界线，既借助于他的新闻职业（使他能够讲述一个荒诞到似乎无法想象的当下），又借助于他的叙述者身份（使他能够创设未来情境，在其中投射当下时代）。

但韩松不仅是一位"奇怪"的作家，也是中国"热切的启蒙者"[2]——正如科幻作家兼学者贾立元（飞氘）所言[3]。南方科技大学教授、中国科幻权威专家吴岩在韩松小说《红色海洋》（2004）序言中指出，韩松的重要性还在于他对科幻文类"本土化"进程的开拓，因为他的小说已经达到了中国科幻叙事成熟性和中国性的顶峰，使中国科幻从西方模式中解放出来，从而也产生了丝毫不逊于中国主流文学的杰出作品。贾立元认为，这种"文艺本土化"根源于"传统中国向着现代中国蜕变过程中的诸种难以名状、不许直说只能婉言的中国经验"。[4]

1　Zhao Echo（赵蕾），"The Three Generals of Chinese Science Fiction," Accessed on September 22, 2019.

2　韩松是晚清知识分子（1901—1912年）智识觉醒的理想代言人，他为科幻文类的双重使命发声，科幻在不擅长想象和做梦的中国（正如韩松2000年的文集《想像力宣言》所示，以及他2003年的中篇小说《我的祖国不做梦》间接所示）具有"社会批判"功能［Jia Liyuan（贾立元）："Gloomy China: China's Image in Han Song's Science Fiction," *Science Fiction Studies* 40.1 (2013): 104.］。在这个广阔图景中，科幻能够"最大限度地拓展表达自由的空间"，有望更新民族之梦。韩松：《想像力宣言》，成都：四川人民出版社，2000，第394页。

3　Jia Liyuan, "Gloomy China: China's Image in Han Song's Science Fiction," p.104.

4　Jia Liyuan, "Gloomy China: China's Image in Han Song's Science Fiction," p.105.

笔者认为，为了更好地理解作家韩松，理解他的怪异以及他对中国科幻审美本土化进程的贡献，有必要转向贾立元在《鬼魅中国：韩松科幻中的中国形象》一文中的分析。文中强调，韩松故事里萦绕的是技术时代的鬼魅，而非传统超自然故事中的经典鬼魅。[1] 这一分析在某种程度上颇似李广益与那檀蔼孙（Nathaniel Isaacson）在《诡异的寓 / 预言：韩松科幻小说评析》[2] 一文中注意到的形式及主题异常与神秘主义的关系。李广益与那檀蔼孙在文中通过海森堡测不准原理和神秘主义，以及科幻作品中典型的多重可能世界，来解释韩松的怪异之处。值得注意的还有学者王瑶的解读，她的解读对本文很有帮助，因为她凸显了韩松作品中的神秘主义，强调了"诡物"与"诡境"两类科幻元素的结合。[3]

笔者旨在通过分析中篇小说《再生砖》，将其定位于一个更广阔的阐释空间，来强调韩松写作的非理性风格和明显的反科幻元素：在科幻框架中插入过去的超自然主题，通过视觉和听觉予以表达。韩松既为（技术）异常的中国现实发声，也为自己的世界观发声，从而开启了一个美学与诗学进程，笔者称之为"科幻复魅"。

韩松的科幻复魅

科幻并非奇幻，因为奇幻可信的标准并非源自科学，而是源自对生活的观察——在此或许指的是内在生活。科学可能性中的

1　Jia Liyuan, "Gloomy China: China's Image in Han Song's Science Fiction," p.103.

2　Li Guangyi（李广益）, Nathaniel Isaacson（那檀蔼孙）, "Eerie Parables and Prophecies: An Analysis of Han Song's Science Fiction," *Chinese Literature Today* 7.1 (2018): 28–32.

3　《二十世纪中国科幻史》手稿的韩松专章中提到了"诡物"与"诡境"的交替，此中并不伴有任何"科幻解释"，这与人们对科幻作品的预期恰恰相反。

错误并不会使科幻变成奇幻。它们只是错误。

———乔安娜·拉斯[1]

笔者的分析首先试图证明韩松关于"科学可能性"的"错误"未必是"错误"。

根据苏恩文的结构主义理论，科幻文类的特征是"陌生化"与"认知"二者围绕着"新奇"（Novum，"新事物"或"新异性"）的互动；源于想象但理性上可信的世界中出现的"新奇"，引发读者对自己所处现实的质疑。[2]如果韩松的作品一直被归类为此意义上的"科幻小说"，那么他的作品却包含着超自然与现实元素的结合，这种结合尚未得到充分阐释。

为了理解韩松的作品和他的科幻美学，首先必须注意到中国独特的文学史中强大的现实主义传统，这影响了本土科幻文类，以至于"科幻现实主义"成为中国科幻叙事的主要趋势之一，许多中国学者和作家都认为韩松是此中一位主要的倡导者。[3]由于表现出超自然与现实元素的有趣结合，他的作品也常与"魔幻现实主义"美学运动相提并论。

关于这种比照，需要注意的是，在呈现科幻、现实主义和魔幻元素相结合的同时，韩松的作品既超越了魔幻现实主义的美学（因前述科幻之"新奇"以及由此对技术的倚重），也超越了苏恩文对科幻文类本身的描述（因其包含的超自然元素）。因此，我们很难用现有的类别来界

1　本文以乔安娜·拉斯一篇文章中的表述为切入点。Russ Joanna, "Towards an Aesthetic of Science Fiction," *Science Fiction Studies* 2.2 (1975): 112-119.

2　Suvin Darko, *Metamorphoses of Science Fiction: On the Poetics and History of a Literary Genre*, New Haven: Yale University Press, 1979, p. 8.

3　为更好理解中国"科幻现实主义"，可参阅《中国科幻研究》（2016年）中的"科幻现实主义圆桌会议"一章。特别值得关注的是韩松在《科幻现实主义是一种新的文学表现手法》一篇中，将这个术语的使用追溯至2012年，当时在星云奖论坛上，科幻作家陈楸帆认为，中国科幻应该更加关注中国人脚下的土地，而不仅仅是天马行空。文中韩松还强调了许多中国科幻作家都有这种独到的表达技巧，这促使他们或直接或间接地探讨了中华文明的走向。韩松认为，科幻特别适合于这项任务，主要原因有二：一方面，由于科学技术变革导致中国社会进入了一个新的阶段，"科幻文学可能更适合描绘这个由农业社会、工业社会和后工业社会相交织的复杂机体"；另一方面则因为，在变革之时，中国社会自身也具有了科幻的特质。吴岩：《中国科幻研究》，武汉：湖北科学技术出版社，2016，第195-196页。

定这种叙事风格。而重要的是辨识出这些超自然元素源出何处，又在何时将"科幻现实主义"转换为一种似乎并不符合理性，也无法由科学技术化解的文学混合体。

从下文分析可以见出，韩松作品中读者逐渐熟悉的那些超自然与恐惑（Uncanny）元素，对于科幻文类并不典型，但它们也并非错误。这可以追溯到中国古代文学传统，20世纪90年代的中国主流文学也有所使用，正如王德威《1990年代中文小说》[1]一文所示。

韩松的写作中现实主义、奇幻、科幻相互作用，换言之，现实元素、超自然元素与技术元素皆扮演了角色。因而本文认为，理解韩松作品的关键并不是/不仅仅是未来（在一定程度上以时间维度界定了科幻文类），而是/而且是过去。

弥漫在韩松作品中的魔幻气息，一方面被解释为对发展神话的质疑和颠覆，另一方面被解释为旨在复苏过去和神秘主义从而指明向前之路。韩松认为，这些元素是思考未来的基本前提，过去和神秘主义都与人及其价值观念密不可分，而人及其价值观念又是韩松科幻作品的核心。[2]笔者称这一美学过程为"科幻复魅"，即通过在科幻作品（设定于未来的"空间"）中插入中国传统的魔幻元素（通过视觉与听觉来感知），韩松能够再现难以表述的当代中国现实，也能够回望过去及其价值，与此同时在本国与世界范围中质疑理性所扮演的角色，从而批判一种脱离了过去的、对未来的盲目渴望。

为了进一步厘清科幻复魅，不妨从"祛魅"这个显然将中国科

1　David Der-wei Wang, "Chinese Fiction for the Nineties," in *Running Wild: New Chinese Writers*, eds. David Der-wei Wang and Jeanne Tai, New York: Columbia University Press, 1994, pp. 238-258.

2　在《想像力宣言》（2000年）中，韩松强调了神秘主义对其科幻作品的重要性，"它（科幻）破坏旧的神权，因它打破一切定于一尊的道统。但它也建立新的神权，这就是神秘，这就是未知，就是对人生和宇宙的终极关怀，一种可以平衡科学的宗教感。因为它认为科学还有解决不了的事物。人类的知识和能力有限，因此，我们要对大千世界永远怀有敬畏"；在另一部非虚构作品《鬼的现场调查》（2001年）中，韩松强调了文学作品中神秘主义、人、超自然元素之间的联系。"神秘性是科学发现、社会进步的动力。艺术、哲学和宗教离不开神秘性。人类没有了对事物的神秘感，就会残废。神秘性是与心灵直接有关的。从这个意义上说，中国人需要鬼，需要蒲松龄……"韩松：《想像力宣言》，成都：四川人民出版社，2000，第394页；韩松、李自良：《鬼的现场调查》，成都：四川人民出版社，2001，第112页。

幻与科学和现代性联系在一起的概念入手。马克斯·韦伯（Max Weber）最早从弗里德里希·席勒（Friedrich Schiller）那里借用"祛魅"的表述，来定义这样一个历史和文化阶段：日常经验被剥夺了魔幻和神秘的成分，变成了"可恶的铁笼"；在这个时代，"没有神秘和不可测度的力量发挥作用，个人便可在原则上通过计算来掌控一切。这意味着，世界已经被祛魅了。不再需要如信奉神秘力量的野蛮人那般，诉诸魔幻的手段来操控或祈求神灵。技术手段和计算已经发挥了这种作用"。[1]

西方世界的祛魅，一方面，代表着从信仰超自然力量的牢笼中得以解放，人可能掌控自己的生活；另一方面，敲响了官僚主义牢笼的警钟，这个新的牢笼掏空了人类的意义，让人类陷入异化。

在此意义上，我们可以把晚清以来中国与西方技术和现代性的遭遇视为某种非常独特的中国式祛魅。一方面，科学技术是在中国接触西方列强后逐步引入的；另一方面，这也产生了将中国从超自然力量（某种程度上与传统相关）中"解放"出来的进步尝试，最终于1949年诞生了无神论的新中国。这个尚未完成的现代化进程，实际上导致了当代中国共存的三重体系，一为前现代，一为现代，一为后现代，[2]从而使得超自然维度及相关联的前现代经验从未得到彻底摒弃。

中国式祛魅的这两个特征（中国对科学技术的熟识和形式上被取消但实质上仍存在的精神维度）在韩松的科幻复魅中得到了某种反映和倒置。韩松之作既是对全球技术滥用的世界性批判，也是对中国现代化进程的民族性批判——通过回忆近代和前现代的历史与文化传统及这些历史所体现的价值。

---

1 Max Weber, *Science as Vocation*, translated and edited by H. H. Gerth and C. Wright Mills, New York: Free Press, 2004, p. 139.

2 为更好理解《共存的前资本主义、资本主义与后社会主义经济、政治、社会形式》，可参阅 Arif Dirlik, Zhang Xudong（张旭东），"Introduction: Postmodernism and China," in *Postmodernism and China*, Durham: Duke University Press, 2000, pp. 1-18.

　　这种叙事策略与齐格蒙·鲍曼（Zygmunt Bauman）的（西方）复魅理论[1]有些共同点，即回归魔幻维度的后现代社会文化过程，以此来批判科学和理性。作为现代性的要素，科学和理性无法解答当下的所有问题。在韩松的例子里，回归中国文学奇幻传统中的超自然元素，令其再度获得叙事活力，这与其他一些叙事元素一道构成了今日中国科幻的底色。[2]

　　总而言之，后现代性恢复了现代性自以为驱逐殆尽的世界；后现代性是对已被废除之物的复魅；后现代性所拆穿的是对意义的现代性自负——现代性竭力祛魅的那个世界。正是为现代性立法的理性被后现代性所揭露、谴责、羞辱。在后现代性的法庭上，被指控的正是那机巧、那理性和机巧的理性。[3]

　　韩松的美学也与迈克尔·萨勒（Michael Saler）的"现代赋魅"理论有一些共通之处，[4]即通过特殊的"反讽性想象""双重意识"来运作的叙事过程，它"允许对想象世界进行情感沉浸和理性思考"。[5]在萨勒的理论中，读者能够通过现实世界与想象世界之间的叙事互动"体验另类真理"[6]。这种叙事策略是世界祛魅的结果。萨勒所言祛魅意即，在"理性化、世俗化、官僚化的现代进程"中，传统世界失去了总体意义、泛灵互联、魔幻取向和精神解释。[7]韩松的科幻小说以某种方式回应了这个"科学"阶段。为了更好地表达与质疑当下时

1　Zygmunt Bauman, *Intimations of Postmodernity*, London: Routledge, 1992.

2　吴岩和姚建彬在《中国科幻小说极简史（A Very Brief History of Chinese Science Fiction）》一文中（第44-53页）解释了中国科幻小说的奇幻根源；另见 Wu Yan（吴岩），Xing He（星河），"Chinese Science Fiction: An Overview," translated by Brian Holton, *Pathlight*, (Spring 2013): 37-40.

3　同注1，p. 10.

4　在《仿如：现代赋魅与虚拟现实的文学前史》一书中，迈克尔·萨勒将他的现代赋魅概念解释为"祛魅的赋魅""同时进行赋魅与祛魅"，也解释为一种"自觉策略，既拥抱幻象，同时也承认此幻象的人造属性"，从而使"想象与理性相容，精神与世俗相容"。Michael Saler, *As If: Modern Enchantment and the Literary Prehistory of Virtual Reality*, New York: Oxford University Press, 2012, pp.12-13.

5　同上，p. 30.

6　同上，p. 14.

7　同上，p. 8.

代（此世界），韩松实现了与另一个次生和超自然世界的叙事互动，这使他既颠覆了科幻文类的一般特征，也颠覆了科幻文类所再现的科学和理性。

韩松充满超自然元素的反乌托邦想象，能够自由再现并且改变异常的过去与现在。他的叙事可以帮助读者想象小说之外的其他潜在世界，从而建立一个更好的未来，不仅基于磬竭技术发展，还基于人文主义和神秘主义等价值观。正如我们所料，这些价值观对韩松来说至关重要。这种关于未来的理念，让人想起叶纹（Paola Iovene）的"预期"理论，作者和读者随着生活的展开以积极主动的期望来谋划明天。[1] 韩松笔下的未来其实是以萨勒谓之"仿如"（As If）的方式而非"如此"（Just So）的方式呈现出来，这种时间维度的理念是主动而非被动的。需要注意到，根据萨勒的理论，韩松的虚构世界承载着思考另类未来的政治与社会意义。本文认为，韩松的另类未来是扎根于过去的。"在共同生息和共同阐释的视觉世界，许多人已经适应了接受差异、偶然和多元，因此采纳一种临时的'仿如'视角，而非本质主义的'如此'视角来设想生活。"[2]

由于这些原因，韩松的科幻复魅并没有收缩为想象世界对现实世界的美好替换，而是具有重要的社会价值。依彼得·斯托克威尔（Peter Stockewell）对科幻美学的定义，[3] 如果韩松作品的科幻价值可以参照"表达之美"（他的科幻诗学风格）、"结构之美"（他引人入胜的作品）和"世界之美"（他丰满的世界建构）这三个变量，那么本文所关注的既是韩松作品的文学价值，也是韩松美学的社会影响。为此，本文集中探讨其起源，及其不可被视作"错误"的超自然元素。其实这些都是萨勒认定的"原生世界"与"次生世界"间相互作用的结果。这既是韩松

1　为更好理解"预期"和"期望"这两个概念之间的区别，可参阅 Paola Iovene, *Tales of Futures Past: Anticipation and the Ends of Literature in Contemporary China*, Stanford: Stanford University Press, 2014.

2　同注 1，p. 21.

3　Peter Stockewell, "The Aesthetics of Science Fiction," in *The Oxford Handbook of Science Fiction*, edited by Rob Latham, New York: Oxford University Press, 2014, pp. 35-46.

作品的特征，也是志怪文学传统的特征，其中超自然元素的复归既具有美学价值，又具有道德价值。

倾听（技术）异常

> 苏恩文曾言，科幻乃"准中古文学"。
>
> ——乔安娜·拉斯[1]

借达科·苏恩文之言，科幻作家乔安娜·拉斯尝试强调科幻与西方中古文学的联系。拉斯接受科幻是一种与过去文学形式有相似之处的文类，那么韩松的科幻也与中国中古时期的志怪文学有着相同元素。

志怪一词被译为"异常事物的故事""超自然故事"或"异常的描述"，由两部分组成，志是"故事"的意思，让人联想到史志文类——其中便包括中古时期的志怪文献；怪是"异常"的意思，按照罗伯特·福特·坎普尼（Robert Ford Campany）的说法，就是"偏离常规"或"偏离中心"的东西——如果"常规"或"中心"所表达的是"原生世界"，那么在志怪文学中，偏离"原生世界"的元素则属于秘境与异境的"次生世界"。[2]

异常和怪异，原生世界与次生世界的交替，实际上是韩松创作的要素，也是志怪文学的要素。志怪文类在发展过程中围绕"超自然和奇幻"展开。志怪可以追溯到六朝时期（222—589），在作为文类首次出现时，便被赋予一种史志功能，即收集关于过去及日常生活中一

1　Joanna Russ, "Towards an Aesthetic of Science Fiction."

2　罗伯特·福特·坎普尼（Robert Ford Campany）将志怪视作一个文类。Robert Ford Campany, *Strange Writing: Anomaly Accounts in Early Medieval China*, Albany: SUNY Press, 1996, pp. 11-14.

些非想象的异常记载。[1] 根据高辛勇（Karl S. Y. Kao）的说法，"六朝时期对志怪的态度基本围绕着真实性问题，记录下来的现象一般被认为是真实的，并不会考虑到将志怪素材视为想象的产物，或视为纯粹的文学幻想（承认异常现象的事实价值，是六朝志怪区别于唐朝志怪的重要特征）"[2]。如高辛勇所言，第二波重要的志怪文学可以追溯到唐朝（618—907），在此期间志怪创作的美学方面得以发展。在新的志怪文学中，"视角已经从事实/虚构的对立转变为对美学表现的关注"[3]。这"主要是通过对旧文学的再加工以及对其语言特性和文学惯例的探索。这种创造力基于文学母题的使用，而非对外部现实的参照"[4]。可以由此推断，第二阶段的志怪文学，所承担的是一种审美和寓言功能。对六朝传统中超自然主题的恢复，侧重于审美和寓言式呈现，目的在于为作者的世界观代言。

因此，注意到韩松创作与志怪文类的平行关系是很有趣的，他似乎是综合了志怪文类。与六朝时期志怪文学的相似之处，在于对过去和当下日常生活中异常现象的再现，在于对异常但并非虚构的当下进行记录，只要写在纸上当下就会变成历史；与唐朝志怪文学的相似之处，则在于对超自然主题的审美和寓意式运用，借以表达作者的世界观。

正如所料，上述志怪书写与韩松的大部分小说，似乎都建立在原生世界与超自然次生世界的交替之上。韩松的原生世界是全球化和高度技术化的，他用异域元素（西方世界，特别是美国）或神秘元素（历史上属于中国文化的超自然元素，虽为"异常"，却并非全然想象，而是植根于中国人对自然的整体观念）加以表现，这使他得以再现一个"超越常规"的现实，正如六朝时期作为史志文类的志怪文学。与此同时，又

1　关于六朝志怪文学的史志功能，见 Robert Ford Campany, *Strange Writing: Anomaly Accounts in Early Medieval China*, Albany: SUNY Press, 1996. 及 Karl S. Y Kao, *Classical Chinese Tales of the Supernatural and the Fantastic*, Bloomington: Indiana University Press, 1985.

2　Karl S. Y Kao, *Classical Chinese Tales of the Supernatural and the Fantastic*, p. 21.

3　同上，p. 22.

4　同上。

如唐朝的志怪叙事，韩松似乎对超自然有一种审美和寓言式的呈现，并以此表达他的世界观。

如果说今日中国的经验现实因其反乌托邦和科幻性质（由于对社会政治议题高度技术化的全面管理）而确实显得"奇怪"，那么韩松通过描述中国的（技术）异常，得以用摹仿与修辞的方式重述了过去和现在。亦如古时干宝和蒲松龄这样作为官员或文人的志怪作者，韩松必须以科幻和超自然叙事来传达他白天的记者身份不允许他以非官方方式记录的内容，因此他在一个由现实和想象主导的叙事空间里记录下过去以及当下高技术时代的荒诞，这要归功于另类想象框架或新技术元素，即苏恩文称为科幻核心特征的"新奇"，而韩松以超自然元素加以"赋魅"，从而驱动了笔者称之为科幻复魅的诗学和美学进程。由此韩松写下了"（技术）异常故事"。

如同在志怪文学中一样，这种互动实际上具有认识论和本体论的双重功能。一方面，它关涉对现实（包括现实的异常方面）的再现和知识，可理解为对秘境与异境意义上"超常规"事物的解释；另一方面，本体论功能又通过日常世界与超自然世界的交替，对这两个世界的地位都进行了质疑。这些认识论和本体论问题似乎是韩松科幻复魅的共性，即对世界的认识论知识和对其本质的本体论质疑。

坎普尼在解释中国中古时期志怪文类的文化运作时说，它允许作家处理"'不可见和隐藏的'世界：神、鬼、精、魔、来世（如许多作品的标题所示）"[1]。他还注意到"在志怪文学中，另类世界是如何被驯化出可辨识的人世特征，这里所说的驯化并不意味着（完全）控制，而只是使人熟悉。"[2] 在强调志怪文学"熟识恐惑"[3]的功能时，坎普尼走向了学者王德威针对 20 世纪 90 年代中国文学所提出的类似但有

1　Robert Ford Campany, *Strange Writing: Anomaly Accounts in Early Medieval China*, p. 201.

2　Robert Ford Campany, *Strange Writing: Anomaly Accounts in Early Medieval China*, p. 201.

3　此提法由中国文学学者王德威所创，意在界定 20 世纪 90 年代中国文学的三个主要趋势之一。David Der-wei Wang, "Chinese Fiction for the Nineties," pp. 238-258.

所不同的策略，即超自然的文学再现有助于使人熟悉不可思议和荒诞的现实。韩松的作品亦然，他与志怪作家同样使"另类世界不再神秘，而使日常世界更加神秘。"[1]

韩松与中古时期志怪文学的平行关系也可从刘义庆著名志怪文集《幽冥录》的标题见出端倪。这个标题强调，存在着隐秘而不可见的疆域，与可见的世界相互对照。有趣的是，此描述既适用于志怪文学，也适用于韩松这样的中国当代科幻作家。这个标题在某种程度上也让我们想起宋明炜提出的"不可见诗学"[2]，即当代科幻再现国家社会政治现实的可见方面与不可见方面。

然而，韩松的诗学和美学复魅具有更广泛的意义，超越了"不可见诗学"的社会政治颠覆性。它一方面包括对异常（"超越常规"但未必政治敏感）的非想象记录，另一方面包括对超自然意象的修辞化运用。在这个过程中，为了呈现当下的可见之维及不可见之维，听觉与视觉同等重要。倘若仅仅调用视觉，难以充分理解叙事世界的审美"复魅"。

尽管韩松的创作与历史上两个主要阶段的志怪文学有相似之处，但当被问及这个问题时，韩松表示，他对（技术）异常的描述，以及他对志怪叙事主题的复兴，并非有意为之，而是文学传统的自然结果，其背后是中国五千年的历史；这个文学传统与当代中国文化相遇，生成了怪奇之物。[3]虽非有意为之，但我们仍强调韩松与志怪文学的类比，以及他对文学文化遗产连同其道德价值的恢复，因为这种相似意义深远。

其实对超自然元素的使用不仅具有再现现实和质疑现实的功能，而且对韩松来说，它还具有道德意义，正如我们在《鬼的现场调查》（2001年）一书中所见。书中他记录了对云南陆良"闹鬼"事件的调查，这个新闻调查的目的不仅在于了解可怖现象，还在于指出中国当代社会中所

1　Robert Ford Campany, *Strange Writing: Anomaly Accounts in Early Medieval China*, p.201

2　宋明炜：《科幻文学的真实性原则与诗学特征》，《中国社会科学报》2019年4月15日第4版。

3　此篇韩松访谈尚未发表。

缺失的一些价值，而鬼在某种程度上代表了这样的价值。韩松指出，中国传统文化即"鬼"。[1]

但"鬼"作何解？鬼，既是对过去的象征性表达，也是对整体世界观的非想象性表达，与其他超自然因素一起，由视觉与听觉感知。它携带着"有意义的信息"，真实写照了值得关注的"隐秘疆域"，亦如在志怪文学中，"留心隐秘之语者受益"[2]。

正如坎普尼论及志怪文学——尤其是六朝志怪——时所示，在阅读韩松的（技术）故事时，读者会感觉到一个不可见的世界正通过超自然异象与人对话，诸如鬼、魔、梦这些超自然异象，被理解为此世界与彼世界间的真实触点。而唐朝以来的志怪故事，乃至韩松的技术异常故事中，这些异象也呈现出"对当下情境的象征"。[3]

在韩松的作品中，这些象征不仅通过形象，也通过声音来表达，"例如，活着的人并不是简单地'看见'死者的灵魂，而是辅以其他清晰可辨的证据来确认视觉所见"[4]，正如在志怪文学中，对异常事件（例如，地震）的直接再现，往往交织了不可见疆域的具象画面与主人公听觉的叙述和感知。在表述诸如可怖的幽灵或赋魅的砖石这类事物时，听觉与视觉相辅相成。这就是为何坎普尼关于中国中古时期志怪文学的理论同样适合分析韩松的写作：

> 这些故事只是更大主题下一个深具修辞色彩的子集，强调对幻象的确认：即对于普通主人公而言，视觉或（偶有）听觉经验揭示出通常不可见、不可闻的世界中某些场景。当这些故事聚集在一起时，给人的印象是一个巨大无比、熙攘嘈杂的世界，它时

1　韩松、李自良：《鬼的现场调查》，第114页。

2　Robert Ford Campany, *Strange Writing: Anomaly Accounts in Early Medieval China*, p. 354.

3　同上。

4　同上，p. 355.

时刻刻在我们周遭自行其是，这是一个我们通常感知不到的世界，但如果我们眼观耳闻，可能便会沉浸其中，如果我们能够亲眼看见和亲耳听见，便会对它更加恭敬……通常不可闻的妖言鬼语被偶然听到。即便如家什、扫帚这等日用之物，也有妖鬼仙精居住，在极少数情况下会昭显它们的存在……[1]

正如下文对《再生砖》的分析所示，通过强化中国文化传统的整体视野，这些来自不可见世界的信息承载了道德意味，不仅针对个人，而且针对整个社会。韩松的作品也同志怪文学一样，"无论何种道德和虔敬都必得善报，而失德和不敬则必遭恶报"[2]。韩松的作品提供了个体和群体失德抉择的很多例子，宇宙对此是有所回应的。"所有这类故事的结局都表明，宇宙本身在道德上并非无动于衷，而是对人们的行为和意图作出敏感的回应。"[3]

韩松的创作与志怪文学中都有此世界（科幻和荒诞）与众彼世界（超自然）之间的互动，也正因此，韩松的科幻小说是"准中古时期的"。虽然作者自言，其（技术）异常故事更多归因于共同的文化遗产，而非刻意复兴志怪传统；但强调与志怪文学的相似性，凸显了韩松科幻创作独特的美学渊源。下文的分析就是一个很好的例子。

从科幻新奇到虚幻恐惑：以《再生砖》为例

如果批评家认为科学真相并不真实，或与他作为批评家的关切无涉，那么科幻就只成为了一系列"人类状况"的奇特隐喻（不

---

1 Robert Ford Campany: *Strange Writing: Anomaly Accounts in Early Medieval China*, p. 355.

2 同上，p. 356.

3 同上，p. 357.

同于任何关于宇宙的科学真相）。为何一位艺术家要从如此奇特、完全不属于文学的来源中汲取隐喻呢，尤其是当我们的（非科幻）文学传统中已经存在许多关于人类状况的更明智（也更明白）的表述？仅仅是因为科幻小说家们秉性怪异吗？或刚愎自用？抑或冥顽不灵？

——乔安娜·拉斯[1]

　　笔者将中篇小说《再生砖》作为关键文本进行分析，以解析前文所述的科幻复魅，同时尝试在韩松作品的语境下解答乔安娜·拉斯关于科幻作品中存在不真实的科学真相这一问题。

　　这个作品发表于 2010 年。故事以 2008 年汶川地震为背景，这次地震带来了重大的伤亡和破坏。故事围绕着损毁村庄的重建展开，一位建筑师发明了前所未有的由废墟和尸体制成的再生砖，使得重建成为可能。小说展开后，这些低成本的生态砖块开始发出来源不明的异常声音。尽管文中对这一神秘现象提出了各式各样的科学解释，读者最终还是会认为这是再生砖中死者鬼魂的声音。这些再生砖很快就在全世界变得非常流行，人们开始为它们着迷，并开始用它们来重建震毁的村庄，进而重建国家，最后甚至重建整个宇宙。

　　一方面，通过加强科幻故事所依托的科幻设定（苏恩文所言"新奇"），韩松能够更好地描述当下的异常情境，从而打开了反思的空间。科幻复魅的达成，乃是通过对现实中异常现象的模仿再现——不仅仅是地震，还有经历灾祸的人们，他们因灾祸而投机悲剧，忘却遇难者，甚至盼望新的灾祸带来新的再生砖材料。通过插入读者所熟悉的志怪传统中典型的超自然元素（如鬼魂、闹鬼之砖、凶兆之梦、谶语预言），韩松对荒诞却并非虚构的当下进行叙事再现，这使荒诞变得真实，即可能和可言。

1　Russ Joanna, "Towards an Aesthetic of Science Fiction."

以干宝写于 335—349 年的著名志怪作品《搜神记》为例，我们可以注意到其中一些重要的主题同样是韩松作品的核心，如"梦境""怪兽""异物""坟墓开启死者复生""鬼之故事""物之精灵""善恶报应"等等。[1]

另一方面，通过将这些属于中国早期文学的超自然主题插入科幻框架，韩松令一个寓言式赋魅的次生世界活灵活现，这使他能够质疑那些与中国现代化有关的发展神话，并同时开启对全球技术（滥）用的反思空间。此中，韩松强调了过去及其道德价值的重要作用，倘若缺乏这些道德价值，人类将会走向毁灭而非光明的未来。

《再生砖》的故事中，我们可以看到"科幻复魅"的两重面相（摹仿的一面与比喻的一面），以及这种诗学和美学策略在多个层面上的发挥，这归功于萨勒称之为"反讽"的想象力，而韩松则称之为"后现代黑色幽默"。故事中特殊技术制成的再生砖带来了国家及个人的再生。初读时这似乎是个"民族寓言"[2]，一个国家正朝着"富足与强大"奔跑。然而仔细阅读之下很快就会发现同一枚硬币的背面。韩松颠覆了经济上对"再生"一词的接受，在物质进化和精神复归之间制造了反讽式的重叠，也就是佛教中的再生观念。志怪文学中展现的"因果报应"，实际上将存在理解为无尽再生的循环，旨在使灵魂擢升或贬降。其所依循的原则便是，此生善恶、来世奖惩。[3]韩松描绘了一个在经济和技术上"再生"，却在人性和精神上沉沦的荒诞国度。他讲述了主人公们的故事，他们不再互相熟识，准备着以背叛人类价值的经济名义牺牲同伴。如果说一方面，这部小说建立在公民灵魂的精神复归与伴随现代化进程的经济发展这二者的鲜明对比之上，那么另一方面，需要记得这些促使经济

---

1 Robert Ford Campany, *Strange Writing: Anomaly Accounts in Early Medieval China*, pp. 58-59.

2 Wang Yao（王瑶），"National Allegory in the Era of Globalization: Chinese Science Fiction and Its Cultural Politics since the 1990s," in *Aspects of Science Fiction since the 1989s: China, Italy, Japan, Korea*, edited by Roberto Bertoni, Dublin: Nuova Trauben, 2015, pp. 62-82.

3 进一步探究志怪文学中再生主题的意义，可参阅 Zhang Zhenjun, *Buddhism and Tales of the Supernatural in Early Medieval China: A Study of Liu Yiqing's (403–444) Youming lu*, Leiden: Sinica Leidensia, 2014, pp. 102-106.

膨胀的再生砖是基于多灾多难的过去（地震废墟被赋予的意义，乃是遗忘了的远久过去）。

除了再生，志怪传统的另一个重要主题是梦境。梦境在《再生砖》中既有作为预兆事件的直接呈现，也有寓言式、含蓄式间接呈现。后者挑战了社会发展的国家范式，因为它建立在过去的废墟上，并且由技术进步所驱动——韩松以"后现代黑色幽默"的笔法将其描绘为泛滥成患的技术进步。这些再生砖实际上是低技术、民间乡土的人工制品，是由就地取材的地震废墟和遇难者的尸体碎片制成（因此迥异于硬科幻小说中的高技术发明）。这种低技术发明，一方面为造砖者带来财富和经济发展，另一方面却破坏和贬低了人类的价值。

《再生砖》又一个与志怪文学相关的超自然主题是鬼。鬼的主题与赋魅之物的主题混在一起，为故事中再生砖的神秘声音提供了一种可能的解释。鬼（或假想之鬼）的声音困在墙壁之内，被人听到。如前所述，这是韩松用来讲故事的工具，令现实不那么奇怪，可以用摹仿的方式表达出来，同时又用比喻和寓言的方式传达作者的世界观。尽管文中不乏（奇幻）科学解释，为再生砖中的奇怪声音赋予合理性，但这些解释都难以自圆其说或令人满意，最终都消融于一种深邃的神秘主义。再生砖最初被表现为科幻"新奇"之物，但很快就显露出实为死者声音侵扰之物——或可理解为鬼附之物。于是，科幻"新奇"被赋魅，产生的不是"认知陌生化"的效果，而是类似前述 20 世纪 90年代中国作家笔下那种"熟识恐惑"的效果，即在故事中加入鬼和其他无法诉诸理性的元素，使读者更易接受现实的荒诞（和异常）。对"另一个世界"的接受和感知是通过听觉进行的，在表达和阐释"次生世界"时，听觉是对视觉的补充。

志怪文学中再一个很常见的超自然元素是怪物，也经常出现在韩松的故事里，并以形象化的方式呈现出来。它与整个人类相吻合——准备放弃其他生命，从而拥有新的、"未来的"和"时尚的"再生砖。韩松在此超越了民族批判，进而思考我们这个时代的普遍商品化，思考经济再生对精神再生的影响，思考通过价值观和道德选择来团结人类的必要性——否则我们就会变成怪物。

李广益认为预言是韩松叙事的典型特征。[1] 有趣的是，这也是一个典型的志怪主题。韩松在故事中插入了预言这种超自然和非理性元素，作为连接现在与未来、连接"原生世界"与"次生世界"的桥梁。预言也是韩松推想创作的独到特征，即从现实提供的真实数据出发，将可能的另类世界想象成一个宇宙，这使他的科幻成为一种叙事性预言。在韩松的其他作品中，他预言了 2008 年金融危机、2011 年双子塔遇袭倒塌。

同样有趣的是，我们可以注意到这种复魅如何促生了个人以及世界在本体论意义上的多元化，这来自于对死亡的后现代反思，由（赋魅）坟墓这样的志怪主题所应许，并通过视觉与形象表达出来。就个人的本体论多元化而言，他们发现自己必须应对新的灾后身份。一方面，从死亡中逃脱的男男女女们，在地震后被时兴的再生砖所蒙蔽，几乎丧失了历史记忆；另一方面，他们也在思考自己死后——当轮到他们成为再生砖的时候——将以鬼魂形式获得的身份。就世界的本体论多元化而言，则是围绕着前述"原生世界"与"次生世界"间的相互作用，特别是关于（赋魅）坟墓的志怪主题。震后之城与再生之砖互为镜像，二者皆为坟墓主题，而这一主题在韩松的创作中相当常见（如《宇宙墓碑》），它包含了对死亡的思考。此外，正如中国中古时期的志怪故事，韩松的整体创作亦经常涉足"隐秘而不可见的疆域"，在此疆域中，次生世界（常关涉地狱或天堂）蕴含着对原生世界（当下世界）意义的反思。《再生砖》从地震造成的死亡开始，到生产某种意义上作为微型坟墓的再生砖，结束于砖内的"天堂"之声——貌似天堂却实为地狱，因为它销蚀了人类的价值。

从理论上讲，韩松的叙事一开始是科幻的，因为他聚焦于新技术

1　为更好理解韩松作品中"预言"的概念，可参阅 Li Guangyi, Nathaniel Isaacson, "Eerie Parables and Prophecies: An Analysis of Han Song's Science Fiction," pp. 28-32.

（再生砖）或另类设定，让读者感受到苏恩文的"认知陌生化"。然而，故事越往后发展，我们就越会发现，此中"新奇"并非真正可信和可以合理解释的技术。在"再生砖"的例子中，它最终是"恐惑"和"超自然"的，其声音最可能的来源乃是死者的鬼魂。韩松的叙事让读者体验了一种特殊类型的"认知陌生化"。由于作者的"反讽性想象"，不可置信的陌生化元素超出了认知和理性的陌生化元素，促成了对异常当下的记录，以及对超自然中国的寓言式、后现代式和幽默式再现。这种记录和再现不仅质疑自身，并且通过超越苏恩文的界定而质疑科幻文类所代表的理性。

结论

上述分析证实了，鬼魂、赋魅之物、再生及其他属于志怪传统的主题在韩松作品中被用来回忆过往、记录当下，并同时唤醒一个神秘、整体和道德的维度，以表达作者的社会政治观；因此，除了作品的自身特点和创作意图之外，作者的审美价值还体现于"科幻复魅"所带来的社会影响。正如本文所示，韩松颠覆了由理性驱动并与奇幻有别的科幻文类规则，这并非因为作者"秉性怪异"或"刚愎自用"（以乔安娜·拉斯的说法），而是为了回溯超自然传统，并以此质疑中国和世界对科学技术的盲目滥用。

因此，科幻"复魅"是一种叙事转换，从科幻"新奇"转换为古代与当代主流文学中的超自然，从而最终记录了现实，并对其进行反讽，以及后现代和寓言式的反思。这一点之所以能够实现，得益于再度唤醒了源于志怪传统的美学。而正如在志怪文学中那样，韩松的科幻"复魅"也是通过视觉与听觉等感官互补来加以表达的。自中国中古时期以来，便以这种视听互补的感知来表达"隐秘而不可见的疆域"。

韩松的科幻因此达成了吴岩教授所提的审美"本土化"。如果贾立元认为韩松的审美本土化植根于中国所经历的现代化进程，那么笔者本文则展现了它如何关涉中国传统文学中的美学。韩松唤醒了这种美学，同样以视觉与听觉等感官表达"隐秘而不可见的疆域"，并且将"此世界"与"彼世界"相连，旨在描述中国历史的重要性以及全世界对技术的过度依赖。

郭伟译，原载 *Frontiers of Literary Studies in China* 14.2 (2020): 228-253

"当代"与"现代"

存 目

《冷酷的方程式》与当代中国科幻中的"铁笼困境"

王瑶

1954 年，美国科幻作家汤姆·戈德温（Tom Godwin）在《惊奇》（*Astounding*）杂志上刊登了一篇作品《冷酷的方程式》（*The Cold Equations*）。小说将故事背景设置在星际拓荒时代，一艘急救飞船奉命去为目标行星上六名得病的探险队成员运送可以救命的血清。在旅途中，驾驶员发现飞船上藏匿了一名偷渡者。按照星际条例，"急救飞船内一经发现偷渡者，应立即抛出舱外。"因为偷渡者的额外重量，将使得飞船在降落时提前耗尽燃料而坠毁，造成驾驶员、偷渡者与六名探险队员死亡。没有想到，偷渡者竟是一位天真美丽的十八岁姑娘，为了去看望哥哥而偷偷躲进飞船。虽然于心不忍，驾驶员仍不得不将残酷的真相告知姑娘，然后执行了法令。[1]

实际上，小说的结局并非作者原意。戈德温原本打算设计一些巧妙的方法，让姑娘和驾驶员一起安全着陆，但《惊奇》杂志的主编约翰·坎

---

[1] Tom Godwin, "The Cold Equations," *Astounding*, August 1954.

贝尔（John W. Campbell）数次将稿件退回，坚持要求姑娘必须死，才有了现在的版本。小说发表之后引发广泛反响，许多读者写信给杂志编辑部，对故事结局表示不满；一些评论者则从工程技术角度，对故事中的逻辑"硬伤"提出批评；此外亦有多位科幻作家创作过类似故事，试图用各种方式改写故事结局。正是这些持续不断的争议，使得这篇看似简单的故事成为科幻史上的经典之作。[1]

1982年，《冷酷的方程式》中译版发表于《科幻海洋》第4辑，之后又陆续刊登在《科幻世界》和其他杂志上。过去30年间，相继有多位中国科幻作家或改写原作，或在自己的作品中讨论过类似的两难困境，刘慈欣的《三体》三部曲及其"黑暗森林"法则，正是其中最具影响力的代表。可以说，"冷酷的方程式"，或者说人在"理性铁笼"中的生存与道德困境，作为一种情结或核心意象，亦深刻地渗透于中国科幻作家的思考与写作脉络中。

需要指出的是，许多读者和评论者在谈及这些作品时，都倾向于将其视作"电车难题"（The Trolley Problem）的不同版本，并在相对抽象的语境下讨论故事中的两难困境（譬如是否应该为救多数人而牺牲少数人），在此过程中，小说作为文学作品所包蕴的丰富内涵则未能得到深入阐释。本文正是从后一种角度入手，首先对戈德温的原作进行文本细读，通过讨论故事中"方程式"所代表的四种不同层面的"法"，分析科幻小说如何自反性地暴露出作为其根基的现代性话语内部的裂隙和悖谬。在此基础上，本文进一步选取当代中国科幻文学中的相关代表性文本，分析其中对于"铁笼困境"的呈现和想象性解决方案，从而揭示原作中的现代性悖论如何与转型时代中国的种种社会文化焦虑之间产生共鸣。通过这些讨论，本文试图挖掘出中国科幻中的民族寓言维度，及其与资本主义文化危机之间的互动过程。

1　参见维基百科"The Cold Equations"。

一、四种法则、理性铁笼与"人之死"

《科幻之路》的作者詹姆斯·冈恩在评价这篇作品时谈道："我们必须学会法则，然后按法则办事。《冷酷的方程式》之中的法则就是太空边远地区的条件，就是人不能凭感情办事。"[1] 在小说中，"人"与"方程式"之间的对抗构成最核心的冲突，而方程式则代表着某种人力不可违抗的法则（Law）。但如果仔细审视，我们会发现，小说中的"法则"其实包含了四种不同的层面。其中前两种体现得较为明晰，而后两种则较为隐晦。

在小说中，"Law"这个词第一次出现时，指的是人为制定的"法令"。文中写道："这是法令，这是无情的星际条例（Interstellar Regulations）第八章第五十节里极其率直而明确地规定的法令：急救飞船内一经发现偷渡者，应立即抛出舱外。"[2] 之所以制定这样的法令，是因为太空拓荒地带（Space Frontier）的资源极为有限，而姑娘的错误则在于她在资源丰沛的地球上长大，对拓荒地带的法令及其制定的原因一无所知。这样一来，整篇作品便似乎可以解读为一个法律惩罚无知者的故事，而作者亦详细展示了作为"执法者"的驾驶员对姑娘进行"说服教育"的过程：经过反复解释，姑娘从最初的迷惑不解，到震惊恐惧，到痛苦悔恨，到最后心甘情愿"伏法"，自己走进气舱去接受死亡。正如冈恩所说，"最大的罪孽是无知……得救的唯一途径是通过学习，获取知识"。而姑娘所缺乏的"知识"，除了法令本身之外，还包括使法令的合法性得以成立的一整套知识话语与常识系统。

由此，小说顺理成章引出"法则"的第二层含义，也即客观的"物理法则"（Physical Law）。由于运动方程规定，"h 量的燃料不能给重量 m+x 的急救飞船供给安全到达目的地的动力"，于是姑娘就成了

1　詹姆斯·冈恩：《太阳舞：从海因莱恩到七十年代》，郭建中编，北京：北京大学出版社，2008，第170页。

2　汤姆·戈德温：《冷酷的方程式》，尚怀柏译，《科幻海洋》（第4辑），北京：海洋出版社，1982，第122页。

这个冷酷的方程式里不受欢迎的 x。继而，这条物理法则又被等同于具有普遍性的"自然法则"（Laws of Nature）："生存需要秩序。这里有秩序，自然的法则，不可废除，不可变更。人们可以学会利用它们，但是不能改变它们。"[1]宇宙遵循自然法则而运行，它会毁灭一整个星系，也会毁灭拓荒地带中的人类探险者，这些"必然王国"中的法则限制着人类的自由。在这个意义上，故事中所有角色，从驾驶员到那些同情姑娘命运的司令官和技术员，都不过是方程式中没有自由意志的运算符号，遵从自然法则而行事。正是这种必然性赋予小说以真正的悲剧色彩。

然而，小说中作者所提供的阐释，其实只说出了"法则"的前两个层面，却隐藏了另外两个包含在叙事逻辑中的层面。首先，在"急救飞船内一经发现偷渡者，应立即抛出舱外"的法令背后，其实存在着一种经济实用主义（Economic Pragmatism）的法则。正因为在航天工程中，每一克载重物都意味着巨额的成本投入，才必须借助数学工具精打细算，严格控制急救飞船所携带的燃料。反过来说，正因为严格控制成本与有限的生存资源，已成为太空题材科幻小说中普遍被接受和熟知的"常识"，才使得背后的经济法则变得不可见，亦无法被讨论。设想一下，故事中的立法者是否有可能制定一条新的法令，要求"急救飞船必须携带一定量备用燃料以应付突发情况"，从而废除"抛出偷渡者"的法令？这种可能性在逻辑上并无问题，但小说中却完全没有被提及，也很少有读者对此提出质疑。

最后，与经济法则同样隐秘的，还有一整套官僚科层制（Bureaucracy）的法则。在小说中，除了一张写有"未经许可，严禁入内"的警示之外，没有任何严格的安全措施阻止偷渡者上船，因此姑娘没有遇到任何阻碍便轻松溜进飞船。与之相比，惩罚偷渡者的制度则异常严苛，驾驶员甚至随身配备喷射枪，如果偷渡者不肯就范，

1　汤姆·戈德温：《冷酷的方程式》，第 128 页。

他有权将其击毙抛出舱外。显然，正是这样一套明显存在漏洞的管理制度，使得此类悲剧不止一次发生，小说明确告知我们，驾驶员在其职业生涯中经常需要处理偷渡者，以至于"早已习惯了无动于衷地看着另一个人活活死去"。然而，正是因为这套制度得到"法令"和"自然规律"的默许，使得身在制度中的每一个个体，包括驾驶员和其他决策者，都免除了对姑娘之死的道德责任，而不可能对制度本身提出任何质疑。[1]

在这个意义上，《冷酷的方程式》恰正印证了齐格蒙特·鲍曼（Zygmunt Bauman）在《现代性与大屠杀》（*Modernity and the Holocaust*）中所提出的核心问题。在鲍曼看来，"道德与实用相分离，是我们的文明进程取得的最蔚为大观的成就和最令人胆寒的罪行的基础"[2]。道德行为并非孕育于所谓的"现代文明社会"之中，恰恰相反，强劲的道德驱力有着前社会的起源（譬如对于他人的责任感），而现代社会的组织方式，则以各种方式削弱了道德驱力的约束力，使得行动者的行为"善恶中性化"，并以此将各种非道德的行为合理化与合法化。这一过程中最为关键的步骤，在于通过一系列技术性的操作手段，将作为道德行动对象的"他人的脸"抹去，从而使得那张脸所提出的道德要求变得不可见。可以说，《冷酷的方程式》正以戏剧化的方式展现了这一步骤：当姑娘第一次出现在驾驶员面前时，她天真美丽的面孔唤起了后者的不忍之心。但通过一整套"说服教育"工作（显然也是对驾驶员的自我说服），通过各种科学话语的计算和阐释，姑娘由一个活生生的人变成技术性操作手段所处理的一个对象。小说中写道"对她，对她哥哥，对她父母来说，她是个十多岁的，长着一张惹人喜欢的脸的姑娘；而对自然法则来说，她是 x，是冷酷方程式里

---

[1] 科幻评价者 Richard Harter 在讨论这一问题时，举了 20 世纪早期工厂的生产事故做例子。由于工厂恶劣的生产条件，工人很容易在事故中受伤致残，而事故的责任须由疏忽大意的工人个人承担。工厂主会采取一些措施提醒工人注意安全，但此类措施收效甚微。只有当法律规定工厂主同样为工人所受伤害承担责任时，问题才能得到有效改进。这一例子正与小说中的情境相类似。

[2] 齐格蒙特·鲍曼：《现代性与大屠杀》，杨渝东、史建华译，南京：译林出版社，2002，第 272 页。

不受欢迎的因素。"[1]鲍曼所说的"他人的脸"，正是以这种方式变为抽象的 x，变得不再可见。故事结尾处，驾驶员只是轻轻推下一根红杆，就完成了他的职责。"随着空气从气舱涌出，飞船轻轻地晃了晃，墙壁有点振动，好象什么东西在经过的时候撞在外层门上，接着什么也没有了，飞船又稳稳当当地下降着。"很快，"一件不成样子，丑得可怕的东西在他前面匆匆飞向沃登星球。"[2]

通过以上分析，我们会发现"冷酷的方程式"其实并非什么"自然法则"，正是现代文明这枚硬币上不可分割的冷酷一面。正如马克思在《德意志意识形态》中指出："单个人随着自己的活动扩大为世界历史性的活动，越来越受到对他们来说是异己的力量的支配（他们把这种压迫想象为所谓宇宙精神等等的圈套），受到日益扩大的、归根结底表现为世界市场的力量的支配，这种情况在迄今为止的历史中当然也是经验事实。"[3]那些似乎不能被人所了解和驾驭的支配性的神秘力量，其实不过是人自身经济活动的产物。从马克斯·韦伯的"理性铁笼"[4]，到卢卡奇的"物化"[5]，都是对这一现代性悖论的深刻洞见。在《冷酷的方程式》中，狭小而封闭的急救飞船，本身可以视作对于"理性铁笼"的一种生动的文学隐喻，而它所对应的其实是一整套使得资本主义文明得以顺畅运转的治理术（Art of Government），从地球到"拓荒地带"，从探险队到飞船驾驶员，都成为铁笼上精密的零部件。

与此同时，小说本身还包含了另外一个更加微妙的层面。一方面，

---

1 汤姆·戈德温：《冷酷的方程式》，第 128 页。

2 同上，第 133-134 页。

3 马克思：《德意志意识形态》，《马克思恩格斯选集》（第一卷），北京：人民出版社，1995，第 60 页。

4 在韦伯看来，现代社会依托新教伦理这一理性化的伦理实现了诸社会秩序的理性化之后，"物质产品对人类的生存就开始获得了一种前所未有的控制力量"。而对物质财富的追求，亦从一种宗教"天职"，变成无关道德的逐利行为，从清教徒肩上随时可以卸下的"轻飘飘的斗篷"，变成现代人所面临的"铁的牢笼"(Stahlhartes Gehause，英语中通常译作 Iron Cage)。马克斯·韦伯：《新教伦理与资本主义精神》，于晓、陈维纲译，上海：上海三联书店出版社，1987，第 142-143 页。

5 "由于这一事实（物化），人自己的活动，人自己的劳动，作为某种客观的东西，某种不依赖于人的东西，某种通过异于人的自律性来控制人的东西，同人相对立。"卢卡奇：《历史与阶级意识——关于马克思主义辩证法的研究》，杜章智译，北京：商务印书馆，1996，第 148 页。

驾驶员的说服教育过程,展现出"理性铁笼"作为一种阿尔都塞式的意识形态机器对于主体的传唤,而"方程式"无疑正占据了那个"独一的、中心的、作为他者的"主体的位置"[1]。最终接受了传唤并服从于主体的,不仅仅是自愿走向舱门的姑娘,也包括驾驶员自己。另一方面,从写作层面来看,小说中对"法令"和"自然规律"的大段解释,已不完全是驾驶员的心理活动,而更像是作者直接插入的"解说"(Exposition)。在这个意义上,每一个读者在阅读过程中,亦在接受戈德温-坎贝尔的"说服教育",当他们不得不从理性角度认同驾驶员的选择时,亦同时被传唤和安置在那一结构性的空位上,成为意识形态机器中的零件。

然而,如果我们因此断定这个故事的目的就是说教,就会忽略问题的其他层面。首先,作为科幻史上最有影响力的编辑之一,坎贝尔一直致力于提高科幻小说的社会地位,令其更加"严肃"。当他强行要求戈德温修改小说结局时,他其实是在对抗彼时作为通俗小说的"纸浆科幻"(Pulp Fiction)的某种叙事套路(Convention),即通过类似于"机械降神"(Dues ex Machina)的技术解决方案制造大团圆结局。这种纸浆科幻传统,反映出的其实是现代文明自身的发展主义逻辑——总有一种技术方案能够解决当前困境,哪怕要乞灵于那些看起来与魔法无异的"超自然"技术。当坎贝尔有意拒绝这类解决方案时,他其实是在向威尔斯式的更加幽暗冷峻的科幻写作传统靠拢,从而为美国科幻小说打开更多现代性批判的空间。

更进一步说,《冷酷的方程式》有意悖反"纸浆科幻"传统、打破读者的阅读期待,与其说是坎贝尔个人的偏好,不如说它作为美国科幻文化史上的一次断裂性"事件",深刻地暴露出作为科幻小说根基的启蒙理性和人文主义话语自身的悖谬。小说将背景设置在未来的

1　阿尔都塞在文中区别了作为个人的小写"主体"和作为意识形态机器的大写"主体"。路易·阿尔都塞:《意识形态与意识形态国家机器(研究笔记)》,陈越编:《哲学与政治:阿尔都塞读本》,长春:吉林人民出版社,2003,第 364 页。

星际拓荒时代，这一类关于人类文明进步的宏大叙事，其实内在蕴含着一组"非人—人—反人"的对抗性关系。在《冷酷的方程式》中，活跃在拓荒地带的先驱者（驾驶员、探险队员、司令官和技术员等），作为人类中的精英阶层，代表着"真正的人 / 理想的人"；地球上的普通民众（包括姑娘在内），代表善良却无知、有待被启蒙的"非人"；与之相比，偷渡者则被视作"不配做人"的"反人"，按照小说中的描述，他们应该是"失去常态的男人，卑鄙而自私，凶残而危险"，是"逃避法律制裁的罪人"和"神经不正常的怪人"。如果沿用纸浆科幻的叙事套路，驾驶员应该拯救姑娘（并与之恋爱结合）、消灭偷渡者，从而确立属于"人"（Man/ 大写的人）的神圣地位。《冷酷的方程式》则有意在姑娘与偷渡者之间制造某种短路，从而让我们看到人文主义话语自身的排他性与暴力性，是如何造成了"人"的神话的崩解与失效。在这个意义上，可以说这篇作品的核心议题其实是"人之死"——不仅仅指姑娘之死，更是指驾驶员作为科幻传统中"大写的人"、作为一个崇高的主体形象出现了问题。正是通过这种方式，这篇小说把握住了时代的核心议题、同时也是作为现代文明直接产物的科幻小说的核心议题，从而引发持续不断的争议与回响。

冈恩曾经断言："假如读者不能理解这个故事，或者不能欣赏它所试图讲述的关于人性、关于人性与环境之间关系的道理，那么这样的读者就无法欣赏科幻小说。假如读者老是认为飞船本来应该贴出一份比较明确的警告，认为故事控诉了当局的残酷无情和法则的残忍，认为飞船驾驶员应该想办法牺牲自己拯救姑娘，或者与姑娘同归于尽，而不是让她一个人去死，那么这位读者就不是在用正确的方法读这篇故事。"[1]这似乎意味着，所谓"正确读法"，就是放弃一切廉价的想象性解决方案，就是坚信"姑娘必须死"，就是承认"方程式"的合理性，拒绝反思和争论。但与此同时，我们也可以在承认"方程式无解"的基础上展

---

[1] 詹姆斯·冈恩：《太阳舞：从海因莱恩到七十年代》，第 170 页。

开一种批判性阅读，即将其视作现代文明自身的某种症候式再现：一方面，方程式从来都不是严丝合缝的，它总是会制造出作为冗余物的 x；另一方面，一旦 x 被凸显出来变得可见，则必然会扰乱方程式的平衡，暴露出其中的问题。

二、《冷酷的方程式》在中国

1982 年，《冷酷的方程式》首次被译介到中国，发表于《科幻海洋》第 4 辑。在篇首的作品介绍中，译者简要概括了小说的主旨："最大的罪过是无知，刽子手是宇宙——方程式是冷酷的，唯一挽救的办法是知识。"[1]1993 年，这篇小说被重新编译，以《冷酷的平衡》为名，发表于第 4 期《科幻世界》的"科幻名著欣赏"专栏。编辑在篇首简介中写道："作者所要展示的主题是：科学规律是无情的，有的甚至是冷酷的，铁定的，人的感情只能屈从于它而难以与之抗衡。小姑娘冒犯了它，遭到令人心碎的惩处。如果我们从那艘悲剧飞船把目光移向我们身边，看看人类冒冒失失干了多少蠢事，不正像小姑娘那样遭到科学规律的惩处吗？"[2]由译者 / 编者来向读者传递关于作品"中心思想"的"权威解读"，显然更进一步增强了其中的"说服教育"意味。而将"方程式"理解为必须服从的客观规律，也基本上成为中国科幻界的共识。

除此之外，另一个具有广泛影响力的"权威解读"，则来自科幻作家刘慈欣。自 2000 年至今，刘慈欣先后在多篇随笔、评论和访谈文章中提到这篇小说，称赞其"在小舞台一般简洁的虚拟小世界中，用两个符号一样的人物，准确深刻地展现出在宇宙铁一般法则面前传统伦理的脆弱"，并且认为科幻小说的意义，正在于通过类似这样的"思想实验"，让人们去思考那些日常状态下不会去面对的冷酷问题。继而，他还对故

---

1 汤姆·戈德温：《冷酷的方程式》，第 121 页。

2 汤姆·戈德温：《冷酷的平衡》，于小丽、周稼骏编译，《科幻世界》1993 年第 4 期。

事中的情境提出了新的假设：如果"全人类只剩下飞船上的宇航员、偷乘的小女孩和目标星球上那些生命垂危等待救援的探险队员，他们是人类文明的全部，该怎么办？"又或者"让地球上一亿人死，否则全人类六十亿一起死"，应该如何选择？[1] 随着《三体》系列的走红和刘慈欣个人名望的提升，此类讨论很快扩散至更加广泛的社会场域，而不只被科幻迷群体所共享。

　　表面上看来，中国的读者们似乎都已学会了用所谓的"正确读法"来阅读这个故事，即认为姑娘必须死。但如果将这篇小说的译介传播及相关回应还原到彼时的中国社会文化语境中进行考察，我们会发现，这种学习接受过程并非那样顺理成章。相反，原作中的现代性悖论与转型时期中国的种种社会文化焦虑之间发生的深切共鸣，催生出种种彼此相异的"读法"，并通过科幻作家们的重新演绎而不断被赋予更加丰富的文化政治内涵。20世纪70年代末至80年代初，大量欧美科幻被译介到中国，而本土科幻创作亦出现了一波高潮。这些作品一方面从第二次世界大战之后的欧美科幻中吸取了各种新的故事题材，包括生态灾难、生物科技、人工智能、第三类接触等等；另一方面，人道主义话语作为彼时一种极具整合力的主导性意识形态，成为作家们处理这些题材时的基本叙事框架。由此造成的结果是，作者往往会从某种抽象的、代表真善美的"人"的立场，对各种假恶丑的"非人"事物进行批判，而"人"与"非人"之间的区别似乎是充分"天然"的、不言自明的。至于"人"的概念如何随着科技发展日渐模糊，或者现代化方案如何与"人的解放"之间发生冲突，此类问题几乎很少在故

1　刘慈欣：《超越自恋——科幻给文学的机会》，《山西文学》2009年第7期。

事内部得到呈现。[1]

　　继而，随着 20 世纪 90 年代以来中国在全球资本主义格局中位置的变化，一个市场化与商品化的历史进程在经济、社会与文化领域全面展开。这一时期中国社会的主导意识形态，即一种追求效率和效益的经济实用主义，在某种意义上迅速变成社会各场域中"唯一的游戏规则"，并在思想文化领域引发一连串震荡。如贺桂梅所说："当 80 年代人道主义话语呼唤的现代化'远景'快速到来时，贫富分化、阶层／族群重组以及种种资本原始积累过程中的粗糙暴虐的现实情景，都在打碎人道主义话语所构想的那种'自由人'的理想镜像"，而 1993—1995 年关于"人文精神失落"的论争，实际上正显示出"80 年代人文学科与人文知识群体据以言说自身的人道主义话语，在面对新的社会现实时理论阐释和社会批判性功能上的失效。"[2] 可以说，20 世纪 90 年代中国文化的核心事件，正是"人"的神话在市场法则全面支配下的崩解。这一现实情境，为中国科幻小说中"人"与"非人"之间的二元对立注入了更加复杂的历史内容，而故事中主人公面对危机时的选择，则为此类困境提供了不同的想象性解决方案。

　　譬如说，青年作家潘海天在《科幻世界》上发表的处女作《选择》（1994），就明显是对《冷酷的方程式》的改写。故事中的驾驶员和姑娘是一对情侣，当飞船发生故障时，飞船主控电脑选择杀死姑娘保全驾驶员，驾驶员选择破坏电脑，和姑娘一起死，而姑娘则选择服毒自尽，把生的希望留给爱人。[3] 尽管结局一样，但电脑依据的是"机器的逻辑"，

1　以王桂海的中篇小说《无根果》为例，小说主人公达曼德是一个没有父母，完全在实验室环境下用生物技术制造出的"人工生物人"。小说主线围绕达曼德为保卫科研成果与外国间谍之间的斗争展开，讴歌了主人公热爱科学、正直善良、不畏牺牲的优秀品质。作品主题基本可以总结为用"人道主义"来反对"血统论"："对一个人来说，重要的问题不在于他是怎样来到世界上，而在于他给世界上留下些什么。"对于人造人所可能带来的伦理问题，作者几乎没有触及，包括达曼德与其"同胞妹妹"卡丽（另一名人工生物人）之间的爱情，也被处理为对主人公美好"人性"的一种表现途径。《科幻海洋》编辑部：《科幻海洋》（第 1 辑），北京：海洋出版社，1981，第 142-212 页。

2　贺桂梅：《"新启蒙"知识档案：80 年代中国文化研究》，北京：北京大学出版社，2010，第 53 页。

3　潘海天：《选择》，《科幻世界》1994 年第 3 期。

而姑娘依据的则是"人类的感情"。于是，原作中"人"在"方程式"面前的脆弱，就被反转为"人性"对"法则"、"感情"对"理智"的完胜。类似这样的处理方式，其实正是 20 世纪 90 年代中国科幻写作中一种受到广大读者欢迎的叙事套路。尽管人们普遍在现实生活中感受到种种冷酷法则的压力，却依然期待在科幻小说中看到"人"能够凭借其真善美而战胜"法则"。在这些故事中，"机器人"或者"电脑程序"往往会以冷酷无情的面目出现，并拥有对人类生杀予夺的权力。但在故事结尾处，它们或者被人类找到弱点一举击溃，或者被人的情感打动，最终变成具有人情味的机器。通过类似这样的想象性解决方案，"人"与"法则"之间的紧张关系得到了缓解。

在韩建国的《09 断臂》（1996）中，驾驶员变成外星文明派往地球考察的机器人"09"，姑娘则变为美丽的彝族少女。机器人根据主人制定的程序，将姑娘带回船上用作科学研究目的，却因为少女的天真美貌而逐渐产生类似于人类的情感。当飞船遇到紧急状况时，由于"机器人必须遵守法则"，它只能把姑娘抛出舱外。但在关键时刻，它却想出了既不违反法则又能救下姑娘的解决方案，即将自己的一条机械臂切割下来抛弃，以替代姑娘的重量[1]。这一方案显然同样沿用了"人性战胜法则"的套路，不过，小说真正耐人寻味之处，却在于对姑娘民族身份的设定。故事开篇处，作者借用机器人的视角，对姑娘美丽的黑发和鲜艳的民族服饰进行了一番赞美，与之相比，机器人的主人虽然文明程度更高，其外貌和服饰却单调乏味。由此机器人得出结论："人类向高级进化，虽然获得了越来越大的征服自然的能力，但也失去了自然原始的美。"类似这样对"高级文明"与"低级文明"关系的描述，在彼时的中国科幻小说中已成为另一种套路，其中的"高级文明"往往拥有强大的技术，却像机器人一样面目可憎，而"低级文明"则善良淳朴，拥有丰富的精神世界。并且作者在描写"低级文明"的

1　韩建国：《09 断臂》，《科幻世界》1996 年第 2 期。

"真善美"时，往往会借助各种与"中华民族"有关的能指，包括美食、诗词、民乐、自然风光等等。甚至在一些故事中，拥有先进技术的外星人/未来人会直接与中国历史中的人物相遇，并被后者身上的文化底蕴、或某种抽象的"精神力量"所折服。[1]在这个意义上，真正战胜"法则"的，并不是个体的情感，而是一种文化民族主义所构想出来的"文化征服"。

不过，在青年科幻作家刘维佳的科幻处女作《我要活下去》（1996）中，类似这样的想象性解决方案却被彻底颠覆。故事中，两位考察队员被困在一个与世隔绝的火星考察站中，因为食品匮乏陷入生存危机。他们所生活的考察站"莱文"，是由基因工程所制造出的活体组织，能够像智慧生物体一样思考、运算、生长、自我修复。其中一位队员提出，他们应该食用"莱文"充饥，而站长却认为，吃"莱文"就像吃人一样，是触犯道德伦理的野蛮行为，因此坚决不肯妥协。在等待救援队的过程中，队员因为吃"莱文"而背负"吃人"的心理阴影，最终精神崩溃自杀身亡，而站长则坚持到获救。故事结尾处，作者却揭示出令人错愕的真相：站长早就计算出考察站内的水和空气不够两个人使用，所以才有意将"不能食用莱文"的道德禁忌灌输给同伴，以此拖垮了对方，成为生存竞争的胜利者。[2]

小说真正富有冲击力的地方在于，作者一开始所展示的"要不要吃人（莱文）"的选择，正是建立在经典的人道主义话语之上，而最终结局的反转则彻底揭示出这种话语自身的虚构性。刘维佳曾表示，自己写科幻小说很多时候是为了抒发心中的愤懑之情，这种愤懑来自他所目睹的那些弱势者和底层者在社会转型期间的艰难境遇正是在这样的现实情境中，"人性战胜法则"的美好想象变成完全与人们真实经验脱节的空想，甚至是一种需要被打破的意识形态幻象。在这个意义上，可以说刘

1　王瑶：《火星上没有琉璃瓦吗——当代中国科幻与"民族化"议题》，《探索与争鸣》2016年第9期。

2　刘维佳：《我要活下去》，《科幻世界》1996年第8期。

维佳就像当年的坎贝尔一样，通过颠覆叙事套路，颠覆那些在读者看来仿佛是不言自明的预设和前提，从而把某种时代的核心议题真正暴露出来，并使之问题化。实际上我们会发现，在这一时期的科幻小说中，虽然温情、感伤抑或怀旧的人道主义立场依旧受到欢迎，但作家们却开始越来越频繁地触及这个令人纠结的问题：那些现代化方案曾经允诺的关于"人之为人"的美好愿景（譬如理想、道德、平等、精神世界的丰富、民族文化复兴等等），是否已变成"生存 / 发展 / 进化"的对立面？如果为了追求后者必须牺牲前者，我们应该如何选择？又或者其实根本没有选择？

三、从小镇到黑暗森林

根据前文的分析，我们会发现，当代科幻中那些涉及"人"与"法则"之间冲突的作品，某种意义上可以被视作展现"中国"在全球资本主义体系中处境的民族寓言。而作家们在处理相似的议题时，亦将彼此各自不同的情感、经验与焦虑带入其中，从而创造出一个内涵丰富的文化政治实践空间。在此基础上，我们可以将另外三部作品放在一起考察，它们分别是刘维佳的《高塔下的小镇》（1998）、王晋康的《生存实验》（2002）以及刘慈欣的《三体Ⅱ：黑暗森林》（2008）。这三部作品都并非对《冷酷的方程式》的直接改写，而是作家们结合自身观察思考所想象和描绘出的一种具有中国特色的"铁笼困境"，并凸显出主人公在其中"没有选择的选择"。对这些作品之间的共性及其与《冷酷的方程式》之间的不同之处进行对比分析，将有助于我们更好地把握当代科幻文学在讲述"中国故事"的过程中所生成的语法学和语义学。

《高塔下的小镇》的故事发生在一座无名小镇中，镇上的居民以农业为生，过着与世无争的和平生活。小镇中央有一座白色高塔，是三百年前建立小镇的人们修建的，它可以放射出死光，将一切企图进入小镇的生物当场击毙。小镇之外则是一个弱肉强食的世界，不同部落为了争当世界霸主而征战不休，但即便最强的部落也未能攻入小镇，只能止步于"生死线"外。然而，在镇上的一些青年们看来，正是由于高塔的保护，令小镇"用自我封闭来逃避进化"。过去三百年，这里的生产力水平与生活方式都毫无变化，仿佛"凝固在时间的长河里"。小说结尾处，一位勇敢而浪漫的小镇姑娘"水晶"下定决心跨过生死线，走向外面的世界，而另一位暗恋她的青年却只能留在原地目送她离去。[1]

王晋康的《生存实验》则将故事背景设置在一颗不知名的外星球上，一群不同种族的地球孩子们在一座人工制造的"天房"中长大，控制天房的机器人"若博妈妈"每天都用电鞭驱赶孩子们去"天房"外的丛林中接受"生存实验"。实验过程中，孩子们接二连三被恶劣的环境夺去性命，并对冷酷无情的若博妈妈逐渐产生恨意。他们策划反抗若博妈妈，夺取"天房"的控制权。反抗成功后，若博妈妈却对孩子们道出真相：天房的能源已所剩无几，无法维持其运转，这意味着孩子们必须尽快适应丛林生活才能活下去。生存实验虽然残酷，背后却隐藏着若博妈妈对孩子们的爱。故事结尾处，孩子们带着感伤与不舍与若博妈妈告别，然后列队离开"天房"，走向外面的丛林。[2]

而对刘慈欣来说"冷酷的方程式"始终构成其科幻写作中的一个重要问题。2007 年，在与上海交通大学江晓原教授的一次对谈中，刘慈欣提出了一个类似的"思想实验"，"假如人类世界只剩你我她（在场的一位女记者）了，我们三个携带着人类文明的一切。而咱俩必须吃了她才能生存下去，你吃吗？"换句话说，当人类集体面临生存危机的时候，究竟是要选择丢掉人性活下来，还是保持人性直到最终灭

1　刘维佳：《高塔下的小镇》，《科幻世界》1998 年第 12 期。

2　王晋康：《生存实验》，《科幻世界》2002 年第 12 期。

亡？对此，刘慈欣表示："我从开始写科幻到现在，想的问题就是这个问题（"生存"或"人性"），到底要选哪个更合理？"[1]可以说，出版于2008年的《三体Ⅱ：黑暗森林》，正是对这一问题的正面回答。故事中的人类发现地球之外是一个"零道德"的宇宙，各种外星文明仿佛处于霍布斯所描述的"自然状态"，进行着"一切人反对一切人"的恐怖斗争。为了地球文明的生存与延续，人类不得不放弃温情脉脉的人道主义和旧有的道德准则，进行一系列残酷的选择，从而"不择手段地前进"[2]。

对这三部作品，我们可以分别从以下三个角度展开分析。首先，三部作品都将戈德温原作中"人"与"法则"之间的冲突，转换为"温室"与"丛林"这两种空间形象之间的对立。从《高塔下的小镇》中的"小镇"与"外部世界"，到《生存实验》中的"天房"与"外星丛林"，再到《三体Ⅱ》中的"地球"与"黑暗森林"，在这些故事中，两个彼此隔绝的世界都受到两种完全不同的法则支配，而"生存竞争"和"文明进化"作为"丛林世界"的法则，相对于温情脉脉的"温室法则"，具有像"自然法则／宇宙法则"一样无可置疑的权威性。正因为"进化／进步"的历史阶梯，已先在决定了"温室"与"丛林"之间的等级秩序和发展方向，所以前者注定无法避免被后者击溃和侵吞的命运，而这也是造成主人公不得不选择后者的原因。正如同在《冷酷的方程式》中，"开拓边疆"代表着人类文明的发展方向，所以"拓荒地带的法则"（the Laws of the Frontier）虽然冷酷无情，却具有高于"地球法"的合法性。类似这样两个世界（或两种法则）之间的关系，其实早在马克思与恩格斯的《共产党宣言》中已得到生动描绘："资产阶级使农村屈服于城市的统治。它使未开化和半开化的国家从属于文明的国家，使农民的民族从属于资产阶级的民族，使东方从属

1　王艳：《为什么人类还值得拯救？——刘慈欣 VS 江晓原》，《新发现》2007 年第 11 期。

2　刘慈欣：《三体Ⅱ·黑暗森林》，重庆：重庆出版社，2008，第 446-447 页。

于西方。"[1] 在这个意义上，小说中的空间结构正深刻再现出 20 世纪 90 年代中国所面对的冷酷现实。[2]

在此基础上，我们可以进一步从这些作品的创作背景入手，去分别考察其中更加微妙的差异。其中，出生于 20 世纪 70 年代的刘维佳作为一个来自小城的文学青年，将自己高考失败后踏入社会的艰难生存经历反映在科幻写作中。与其他在大城市里接受高等教育的同龄作家相比，他更关注那些陷入绝境之中无路可走的小人物和左右他们命运的冷酷法则。可以说，《高塔下的小镇》不仅仅是抽象的文明寓言，也同时包含了对中国城市化进程与城乡关系变化的一种观察，而男女主角对于"出走"或"留守"的不同选择，也需要放在这样的语境下才能得到更好解读。

与之相比，王晋康作为一位经历过文革的老知青和一位父亲，则更致力于在作品中探讨笃信两套不同"法则"的"子一代"与"父一代"之间纠结的权力关系。在这个意义上，可以说《生存实验》也是一个有关中国式教育和"造反"的寓言。小说前半部分通过孩子们的视角，展现出他们对担任"执法者"的若博妈妈又爱又恨、又害怕又依恋的矛盾心理。然而，当濒临报废的若博妈妈用冷酷的真相对主人公小英子进行"说服教育"后，小英子立即涕泪满面地表示了忏悔，并拿起电鞭去惩罚造反的同伴，而同伴们亦悔恨不已。问题在于，就连若博妈妈自己也不知道，究竟是谁将这些孩子送到这颗遥远的星球上，目的又是什么。它的使命仅仅是按照程序抚养孩子们长大，训练他们通

1　马克思、恩格斯：《共产党宣言》，《马克思恩格斯选集》（第一卷），北京：人民出版社，1995，第 162 页。

2　1998 年，刘维佳在一次同学聚会聊天时谈到了中国的历史处境问题。他认为，如果世界是一个弱肉强食的战场，那么中国其实是不那么情愿地被卷进去的，若中国能够选择，历史可能会是另一番模样，《高塔下的小镇》即是伴随这样的思考写成的。郭凯：《从小镇到天堂——刘维佳的科幻乌托邦想象与 90 年代中国知识分子的心态》，《河北师范大学学报（哲学社会科学版）》2013 年第 4 期。关于这篇小说的更多讨论，可参见王瑶：《全球化时代的民族寓言——当代中国科幻中的文化政治》，《中国比较文学》2015 年第 3 期。

过生存实验，在这颗星球上生存繁衍。[1] 执法者只知道"非如此不可"，却不知其原因，而被管控者亦只能无条件接受这套法则。在这样的权力关系中，"造反"不具有任何合法性，亦没有改变现状的半点希望，这正是小说中最荒诞悲凉的地方。

最后，作为一位常年在三线城市工作的工程师，刘慈欣的早期创作中充满超越现实的浪漫想象。但正如他本人所说，在创作《三体Ⅱ》的时候，自己的生活环境发生了很大转变。由于电力系统调整，同事之间为了保住工作岗位而相互竞争、彼此猜忌，而他的写作风格也因此受到影响，增加了更多黑暗沉重的元素。当时的思想有一个重要的变化，即发现生存是最基本的东西，否则别的什么都没了。[2] 在这个意义上，"黑暗森林"与其说是作为"宇宙公理"的普遍秩序，不如说是对转型期社会全面失序状态的一种描绘。

正如詹姆逊所说："第三世界的文本，甚至那些看起来好像是关于个人和力比多趋力的文本，总是以民族寓言的形式来投射一种政治：关于个人命运的故事包含着第三世界的大众文化和社会受到冲击的寓言。"[3] 当代中国科幻作家们共同经历了中国现代化历程中异常剧烈而又复杂的一段转型时期，因而每个人反映在其科幻创作中的个人经验与感知，都必然以或隐或显的方式彼此勾连，并表露出集体性的文化政治诉求。

最后，需要特别指出的是，虽然这些作品打破了"人性战胜法则"的科幻写作套路，从而呈现出冷峻沉郁的艺术风格和艰涩沉重的思考，但另一方面，它们也尝试在看似无解的困境中重新建构"人"的神话。《高塔下的小镇》中，水晶之所以最终选择离开，是因为她将个人的生命意义与"人类进化"这一宏大叙事所描绘出的历史

---

1 机器人告知小英子，根据信息库记录，生存实验开始的时间被设定于 1990 年 4 月 1 日，这个带有黑色幽默意味的细节揭示出小说与中国现实之间的关联。

2 王瑶：《我依然想写出能让自己激动的科幻小说——作家刘慈欣访谈录》，《文艺研究》2015 年第 12 期。

3 詹明信：《处于跨国资本主义时代中的第三世界文学》，张旭东编：《晚期资本主义的文化逻辑》，上海：上海三联书店出版社，1997，第 523 页。

目标联系在一起。她指出："我们推掉了进化的责任，世界的进化动力就因此减弱了一些，因而我们人类到达那个我们为之无限向往的目的地的时间就要推迟一些。这不是可以视若无睹的无关紧要的事，这是使命！"[1]《生存实验》结尾，孩子们则虔诚地跟随小英子复诵着博妈妈留下的"训诫"，发誓要"永远记住算数的方法和记载历史的文字"，并将这个责任"一代代传下去"。而当刘慈欣将《冷酷的方程式》中的情境改写为"全人类剩下的最后几个人"时，问题的本质已经发生了改变，所谓的"生存"已不再是个人或少数人的生存，而代表着"人"作为种群概念的存续。正如他在与江晓原的争论中指出："人类的全部文明都集中在咱俩手上，莎士比亚、爱因斯坦、歌德……不吃的话，这些文明就要随着你这个不负责任的举动完全湮灭了。……现在选择不人性，而在将来，人性才有可能得到机会重新萌发。"[2]在《三体Ⅲ：死神永生》的结尾，作为人类最后幸存者的程心，正承担着将地球文明的全部记忆送往新宇宙的重要职责。在回忆录体的长篇独白中，她总结道："我的一生，就是在攀登一道责任的阶梯。"也即是从为个人生活负责，到为全人类甚至全宇宙的命运负责。而她最后留下的那枚看似无用的生态球，亦成为"人性"之真善美的象征与纪念物。[3]通过个体的记忆，"人"的历史、价值与理想依然有传递下去的希望，尽管这种希望非常渺茫，却构成整个故事道德与价值判断的根基。

富有意味的是，与《冷酷的方程式》中"姑娘必须死"的结局相反，在这个三个故事中，承载人类理想而活下去的水晶、小英子和程心，恰恰都是"姑娘"。实际上，在浪漫主义文学传统中，少女／儿童的形象，往往象征着"人"的灵性与超越性。因此，在《冷酷的方程式》中，一位天真美好的十八岁姑娘被扔出舱外，变成"一件不成样子、丑得可

1　刘维佳：《高塔下的小镇》。

2　王艳：《为什么人类还值得拯救？——刘慈欣 VS 江晓原》。

3　刘慈欣：《三体Ⅲ·死神永生》，重庆：重庆出版社，2010，第512-513页。

怕的东西"，作为"人之死"的象征，为我们提供了反思"铁笼困境"的起点。而在上述三部作品中，要在近乎无解的困境中将"大写的人／Man"的故事续写下去，也借助了"姑娘"的形象。

结语："铁笼"之外

厄休拉·K·勒古恩曾在发表于 1973 年的一部短篇小说《那些离开奥梅拉斯的人》（*The Ones Who Walk Away from Omelas*）中，讲述了一个发人深省的寓言故事：奥梅拉斯是一座童话般完美的城市，在城市的某个地下室里，有一个天生弱智的十岁孩子，他是整座城中唯一不幸的人。正是这个孩子的悲惨境遇换来全城人的幸福，但只要有任何一个人对那孩子说出哪怕一句同情的话，奥梅拉斯的所有繁荣美好就会在瞬间烟消云散。城里的人们知道这件事，他们会来看这个孩子，会感到震惊、气愤、痛苦、无能为力，然后逐渐找到各种理由来说服自己接受现实。然而，偶尔会有一两个人在见过那个孩子之后，选择离开这座城市。"他们一直走，他们离开奥梅拉斯，他们走进黑暗，一去不回。他们要去的地方对我们来说比这个欢乐之城更难以想象。我没法描述。或许那个地方根本就不存在。不过他们似乎知道自己的方向——那些离开奥梅拉斯的人"[1]。

厄休拉的故事可以被视作"铁笼困境"的另一种版本，而那个不幸的孩子正是铁笼中的 x。真正关键的问题在于，我们是否能够想象"铁笼"之外的其他地方，又是否有勇气去寻找？是接受现实而保持沉默，还是决绝地离开？类似这样的问题今天依旧在困扰着我们每一个人，亦需要我们真诚而艰难地思考，并作出自己的选择。

在这个意义上，当代中国科幻对"铁笼困境"的不断再现，以及

---

1 厄休拉·K·勒古恩：《那些离开奥梅拉斯的人》，易慕诗译，奥森·斯科特·卡德编，姚向辉等译：《大师的盛宴：二十世纪最佳科幻小说选》，北京：新星出版社，2012，第 289 页。

尝试打破和超越"铁笼"的努力，自然而然带出一系列内涵丰富的文化政治议题：一方面，中国当代科幻作家凭借对现实的敏锐感受和超前的想象力，将中国人在全球巨变中的复杂体验与艰难思考反映在其作品中，从而无形之中对全世界共同关心的问题做出了内涵丰富的回应，并取得广泛共鸣；另一方面，在当前人类共同的困境与危机面前，中国必须在深刻理解自身现实处境与历史挑战的基础上，向世界提供富有创见的中国方案和中国道路，以推动人类文明共同进步。理解这种关系，有助于我们更好地理解自己所身处的时代，并更好地去想象一种不一样的未来。

原载《文学评论》2017 年第 6 期

新世纪以来中国科幻小说的社会形态想象

陈舒劼

一

> ……歌者没有从仓库里取二向箔的权限，要向长老申请。
>
> "我需要一块二向箔，清理用。"歌者对长老说。
>
> "给。"长老立刻给了歌者一块。[1]

刘慈欣的科幻小说《三体Ⅲ·死神永生》里，太阳系的二维化坍缩就缘起于这次漫不经心的日常对话。文明层次远高于人类社会的外星智慧，用"二向箔"随手抹去了整个太阳系，几乎将人类彻底灭绝。相比于《三体》前两部中呈现出的"面壁计划""黑暗森林""思想钢印"等构思，歌者与长老对话的关键情节显得过于平淡，但对于包括《三体》三部曲在内的中国当代科幻小说的社会形态想象来说，它

1　刘慈欣：《三体Ⅲ·死神永生》，重庆：重庆出版社，2010，第392页。

却是个意味深长的症候。

　　歌者与长老的对话，涉及科幻叙述如何把握社会形态想象与科技能力想象之间的关系问题。歌者向长老申请了远超人类和三体人科技水平的武器"二向箔"，它以宇宙客观规律为攻击手段，将太阳系压缩成没有厚度的平面，充分展示了"二向箔"想象的恢宏气势。小说在对"二向箔"的原理、能力和效果做出详细交代的同时，却极为简略地带过了对话人之间的身份状态。读者能知道的，仅是歌者地位的低下和他对长老的无条件服从，这是观测他们的社会形态时所能确定的信息。通常认为，长老指年长的人或宗教团体中有较高地位的人，《三体》第一部中就将佛门高僧称为"长老"，宝树的《关于地球的那些往事》里，比地球文明高出几个层级的"中央世界"的统治群体也叫"长老会"。在中国传统乡土社会的语境中，"长老统治"意味着乡土社会中"爸爸式"的教化性权力，它"既非民主又异于不民主的专制"，与传统和经验关系密切，是"被社会不成问题地加以接受的规范"[1]。长老在小说中的出场，总是携带着不言而喻的权力优势。当然，小说中"歌者文明"的长老更为强势，他能进入下级的思想中任意翻找，并压迫下级自动删除某种思想。结合其他情节所携带的信息，读者大致能从这些描述和长老携带的身份信息中勾勒出"歌者文明"的社会形态轮廓：科技超常发达，成员间等级森严，权力不来自选举，有权者能进入下级的思想并任意改变其状态，存在的基本活动形态为剿灭其他智慧生命。

　　强烈的错位感，在以宇宙规律作为武器原理的"二向箔"与专制色彩浓厚的"长老"式社会形态之间出现了。若把"长老的二向箔"式想象放回人类历史经验的河床上，就可以还原出一幅部落长老命令奴隶发射巡航导弹式的图景。当然，这幅图景及其所包含的社会形态与科技水平的逻辑关系，从未转变为人类历史的真实存在。

1　费孝通：《乡土中国 生育制度》，北京：北京大学出版社，1998，第64-68页。

　　"歌者文明"的社会形态绝非孤证。或许是想象的特权能给予某些宽容，当代科幻小说对"长老的二向箔"式的社会形态想象总是津津乐道。《三体》里同样远超人类文明的"三体文明"，也遵循了这种高等科技与专制社会的配置想象。三体社会的反叛者1379号监听员，曾对他们的元首如此坦白："我们的生活和精神中除了为生存而战就没有其他东西了……当然没有错，生存是其他一切的前提，但，元首，请看看我们的生活：一切都是为了文明的生存。为了整个文明的生存，对个体的尊重几乎不存在，个人不能工作就得死；三体社会处于极端的专制之中，法律只有两档：有罪和无罪，有罪处死，无罪释放。我最无法忍受的是精神生活的单一和枯竭，一切可能导致脆弱的精神都是邪恶的。我们没有文学没有艺术，没有对美的追求和享受，甚至连爱情也不能倾诉……元首，这样的生活有意义吗？"[1]1379号监听员的控诉为"长老的二向箔"式的社会形态想象补充了许多细节，也使这种想象对社会形态和科技水平之间关系的理解得以更清晰地表达。"三体文明"与"歌者文明"之间，虽然科技水平有一定差距，但社会形态却大同小异。因保障自身的绝对生存需求而无限地发展以军力为核心的科技，同时又将这种高科技发展种植在专制色彩浓厚的社会形态土壤里，"三体文明"和"歌者文明"实属同一种想象逻辑的产物。

　　认同"长老的二向箔"式社会形态想象的，显然不止刘慈欣的"三体"系列小说，王晋康的《与吾同在》也是表现标准意义上"长老的二向箔"式想象的作品。小说里，地球人眼中的"上帝"就是一位掌握了高科技的恩戈星人，可是"上帝"所属的社会文明，基本上就是人类奴隶社会与封建社会的融混拼贴。"恩戈星文明"以王室为统治集团，以星际间的征服为主要生存方式，军事状态已经日常化。在"恩戈星文明"看来，议会制民主仅限于特定时期可用，是过于奢侈的装饰。为与军事

1　刘慈欣：《三体》，重庆：重庆出版社，2008，第268页。

征服行动相匹配，"恩戈星文明"实行军妓制度，太空战舰上配备一定比例的军妓，王妃随军时也不能例外，而得到周全照顾的恩戈星官兵，则必须将家人留在后方作为人质。[1]恩戈星的科技能轻而易举地降低人类智能并将人类作为家畜驯养，但它的社会形态却因独裁、设军妓、扣人质而散发出浓郁的专制甚至是法西斯气质。恩戈星的高科技文明就孕育于这种社会形态，并长时间维持其科技的高水平状态。生存危机的无限扩大、以摧毁其他文明为生存常态、对人类科技拥有压倒性优势、以独裁专制为社会形态的底色，《三体》和《与吾同在》在外星文明的社会形态想象上有太多的相似之处。

王晋康的另一部科幻小说《2127 年的母系社会》，似乎有意让早已消逝的母系社会在未来人类社会中复活。实际上，这部小说意在某种性别政治的戏谑，而非严肃探讨社会形态与科技水平之间的关系。让母系社会与高科技文明相配套的，是龙智慧的《后土记》。小说里，用光幕降智打击的方式灭绝人类的外星文明"MACU"，就极有可能是母系社会："以'母'为神或宗教领袖"，"该文明或许雌雄同体"，"可能具有强大的学习能力"，"制造和使用工具的能力或许不强"[2]。对"MACU"社会形态的描绘因其猜想性质而显得模糊，但不妨碍作者将母系社会与高科技水平强行缝合，并将有冲突之嫌的细节裸露在外。

"长老的二向箔"式想象的普及程度可能超出一般读者的想象，刘慈欣曾说："大部分科幻小说中所表现的未来社会，其社会形态并没有随着技术的发展而进步，相反却退回到现代社会之前的落后的形态中。"[3]这足以引发追问：以专制为底色的文明可能自主发展出使用"二向箔"这样的高科技手段吗？将宇宙规律作为武器使用的文明，是否可能以专制色彩出现？应该怎样想象未来科技与社会形态的关系？总之，低层级

1　王晋康：《与吾同在》，重庆：重庆出版社，2011，第 183 页。

2　龙智慧：《后土记》，沈阳：万卷出版公司，2018，第 341 页。

3　刘慈欣：《序言》，龙一：《地球省》，北京：人民文学出版社，2018，第 1 页。

的社会形态能否孕育、发展、维持高层次的科技水平？社会形态及其发展出的科技文明之间，关联的弹性是否有一定的限度？"长老的二向箔"只是科幻社会形态想象的一种，考虑到郝景芳的《流浪苍穹》、何夕的《异域》、龙一的《地球省》、江波的《洪荒世界》、宋钊的《世界的误算：完美缺陷》、宝树的《黑暗的终结》《关于地球的那些往事》，以及韩松的《地铁》《高铁》和《火星照耀美国》等文本对社会形态的多种描绘，更应该考虑"长老的二向箔"式想象所引发的当代科幻小说社会形态想象的整体性问题：当代科幻叙述还展示了哪些社会形态想象图景？这些想象图景的认知机制面临着怎样的知识挑战？当代科幻文学的社会形态想象是否已经陷入隐形的终结？这一想象的未来空间和生机又在何处？应当怎样想象未来的社会形态？

二

上述对当代科幻文学社会形态想象的一系列追问，已经隐含着对某些前提的默认。这些前提的核心是：无论当代科幻小说展示出怎样的想象，它都无法逃离人类经验或隐或现的制约。詹姆逊将这种制约描述为时代的意识形态，科幻小说中的乌托邦欲望也就被揭示为对被制度和习俗所压抑的美好愿景的重温。一切历史都是当代史，也都是思想史。如果将克罗齐和科林伍德的论断移入科幻文学研究，那么所有的科幻叙述同样都是当代史，都是思想史，"所有的未知之地都既是经验又是想象"[1]。包含着当下的历史仍然是决定性的："最典型的科幻小说并没有真正地试图设想我们自己的社会体系的'真实的'未来。相反，它的多种模拟的未来起到了一种极为不同的作用，即将

1　丹尼·卡瓦拉罗：《文化理论关键词》，张卫东、张生、赵顺宏译，南京：江苏人民出版社，2006，第182页。

我们自己的当下变成某种即将到来的东西的决定性的过去。"[1] 科幻小说的社会形态想象，总是依托于人性的认知与人类的社会历史经验。"只有被纳入到思维内的事物才是可思维的，你不可能思维那些与思维不相关的事物。"[2] 无论科幻想象的对象是否已然超出人类的理性认知能力，如果必须叙述，就只能转入人类经验的表达渠道，也就是说，只能叙述可被叙述之物。科幻小说对社会形态的想象史同样证实了这一点。

读者能从晚清以来的中国科幻小说中看到怎样的社会形态想象呢？梁启超于 1902 年发表的《新中国未来记》被认为是中国最早的科幻小说，作者将自己的政治理想倾注到这部未竟之作中，希望通过改良实现中国的共和制。至于这种政体具有怎样的社会形态表现，仅有五回的小说已经无意细笔勾勒。类似的情况也发生在碧荷馆主人 1908 年出版的《新纪元》里。这部小说开篇就宣称："原来这时中国久已改用立宪政体，有中央议院，有地方议会，还有政党及人民私立会社甚多。"[3] 小说剩下的笔墨几乎都花在了中国与西方列强的争战中，如《封神演义》中的斗法一般不断请出许多冠以科学发明之名的奇怪武器。这批新式武器诞生于怎样的社会形态、如何诞生于此种社会形态等问题，没有进入作者的考虑范围。老舍的《猫城记》依然延续了晚清以来知识分子对国家独立和民族富强的渴望，小说以反讽的方式表现半殖民地半封建社会的种种病态，"猫城""迷叶""外国人至上""大家夫斯基"等语汇的指向十分清晰。"猫人已无政治经济可言，可还是免不了纷争捣乱……有学校而没教育，有政客而没政治，有人而没人格，有脸而没羞耻。"[4] 这就是"猫城"的社会形态速写。有研究认

1　弗里德里克·詹姆逊：《未来考古学：乌托邦欲望和其他科幻小说》，吴静译，南京：译林出版社，2014，第 379 页。

2　孟强：《告别康德是如何可能的？——梅亚苏论相关主义》，《世界哲学》2014 年第 2 期。

3　碧荷馆主人：《新纪元》，桂林：广西师范大学出版社，2008，第 3 页。

4　老舍：《猫城记》，《老舍全集》第 2 卷，北京：人民文学出版社，2008，第 255 页。

为，从晚清科幻小说萌芽起直到中华人民共和国成立前，以科普为宗旨的科普型科幻是主流。[1]1949 年之后，科幻小说的科普性质依然鲜明，"这种科学文艺的内容、题材都非常狭窄，即被限定在对少年儿童进行科学知识普及的脉络里"[2]。不同的是，这一时期的科幻小说中，关于国家未来的想象比晚清民国时明亮了许多。在郑文光的《飞向人马座》《鲨鱼侦察兵》，童恩正的《珊瑚岛上的死光》等小说里，国家情怀和革命斗争意识还联系紧密，可在叶永烈的"小灵通漫游未来"三部曲中，科技主导下的便捷舒适就成为未来生活的底色。"未来市"里的人寿命较长、有小偷但不多、秉持劳动创造价值的观念，知识化、城市化乃至趣味化的生活场景替代了社会形态的描摹，崭新的国家面貌隐约就在眼前。

与国家命运前景紧密相关的想象贯穿新世纪之前的中国科幻小说中，当然这种梳理也可以有另外的线索。考虑到科幻小说在构建理想社会形态与乌托邦小说的相似性，许多科幻小说往往被视为乌托邦叙述的成员。苏恩文就认为："科幻小说一方面比乌托邦更加宽泛，另一方面又至少是间接地从乌托邦衍生而来。它即便不是乌托邦的亲生女儿，也是乌托邦的一个侄女——侄女通常羞于谈论其家世血统，但却无法回避其家族遗传之命运。"[3]因此，一些研究也将科幻小说纳入乌托邦及其演变的讨论范畴。[4]无论是以国家想象还是以乌托邦想象来梳理新世纪之前的中国科幻小说，社会形态在小说文本中扮演的角色，似乎总像高空的气流之于翱翔的飞禽一般重要却又隐形。更多的时候，社会形态影影绰绰地潜伏在科幻小说想象的字里行间，似乎理所当然

1　董仁威：《中国百年科幻史话》，北京：清华大学出版社，2017，第 2-3 页。

2　武田雅哉、林久之：《中国科学幻想文学史》（下），李重民译，杭州：浙江大学出版社，2017，第 2-4 页。

3　达科·苏恩文：《科幻小说变形记：科幻小说的诗学和文学类型史》，丁素萍、李靖民、李静滢译，合肥：安徽文艺出版社，2011，第 68 页。

4　此方面研究成果很多，如宋明炜和王振的《科幻新浪潮与乌托邦变奏》（《南方文坛》2017 年第 3 期）、王瑶的《从"小太阳"到"中国太阳"——当代中国科幻中的乌托邦时空体》（《中国现代文学研究丛刊》2017 年第 4 期）等，此不赘述。

地默默配合着想象开展的需求。可是，这并不意味着怎样摆弄它都是合适的。

科幻小说的创作者们对社会形态的随意安置，或许有着自己的理由。刘慈欣就认为，技术和社会形态之间的弹性关系足够强大。"先进的现代技术与落后的社会形态并非水火不相容，它们是可以在一定程度上融合的，现在那些仍处于封建体制下的中东石油帝国就是证明。"[1]人类文明外部或内部的灾变都可能导致高科技和落后社会形态的并存，如进入太空环境和人工智能飞速发展。当然，内、外因的共同作用更能提升这种情形发生的概率。刘慈欣对科技水平和社会形态关系的理解，再次呼应了他在《三体》中对"三体文明"和"歌者文明"的描述。不过，刘慈欣的支持是否足以支撑"长老的二向箔"式想象、赋予科幻小说的社会形态想象以无羁的自由，仍然需要进一步思考。"在20世纪，科幻小说已经迈进了人类学和宇宙哲学思想领域，成为一种诊断、一种警告、一种对理解和行动的召唤，以及——最重要的是——一种对可能出现的替换事物的描绘。"[2]科技想象与社会形态想象的关系，还必须经历人文知识的检视。

三

科技发展的水平和社会形态之间，多数情况下并未呈现直接而清晰可见的关系，毋宁说，两者之间的关系牢固而复杂。传统的马克思主义社会形态理论研究认为，"一定的生产关系是构成一定社会形态的骨骼"，"社会形态除骨骼外，还包括使骨骼有血有肉的上层建筑以及其他一切社会现象"，这"其他一切社会现象"中就包括自然科学在内。[3]虽然

---

1 刘慈欣：《序言》，龙一：《地球省》，第4页。

2 达科·苏恩文：《科幻小说变形记：科幻小说的诗学和文学类型史》，第13页。

3 赵家祥：《马克思主义的社会形态理论简论》，北京：北京大学出版社，1985，第16页。

机器大工业创造的体系"使得科学在直接生产应用上的本身就成为对科学具有决定性和推动作用的着眼点"[1]，可从科学技术发展的动态过程来看，社会形态的作用力极为巨大。"技术从来不是独立和自主的存在。从技术研发到应用，是一个政治的过程，即社会权力参与其中为实现自身的意图展开斗争的过程"；"技术既非现代化社会问题的'替罪羊'，亦非解决问题的'万灵药'。真正原因是应用技术背后具体的社会制度和意识形态"；"在任何时空中，组成科学的要素必定反映了那时那刻特定社会文化中的世界观和政治结构"[2]。问题的关键是，科幻小说中科技发展水平和社会形态之间既然有必然的关联，那么这种关联是否也有特定的限度？

到了必须以《三体》为例回应"长老的二向箔"式想象合法性的时候：《三体》既是中国当代科幻小说的经典之作，也标示着当代科幻小说想象社会形态的水准。"宇宙社会学"等构想占据了《三体》思想体系的核心地位，"长老的二向箔"既能概括《三体》的社会形态想象，也能代表《与吾同在》《后土记》等一批同样描绘未来社会形态的小说的想象方式。如果能诊察"长老的二向箔"症候，那么相关思考对其他科幻作品中的社会形态想象也同样适用。

"长老的二向箔"式想象实际上提出了这样的问题：独裁专制色彩极为浓厚、约处于人类奴隶制社会形态中的"歌者文明"是否可能出现？人类的历史经验表明，虽然"处在同一生产力发展水平的不同地区的国家和民族，社会制度可以迥然不同，而同一社会形态也可以经历不同发展水平的生产力"[3]，但这并不能推导出人类历史上的奴隶能使用核武器的结论，社会形态归结到底是由生产力水平所决定的。包括科技水平在内的生产力与社会形态之间的关联并非随意匹配。现代科学技术的大

1　戚嵩：《马克思社会形态理论研究》，合肥：合肥工业大学出版社，2014，第91页。

2　达拉斯·斯迈思：《自行车之后是什么？——技术的政治与意识形态属性》，王洪喆译，《开放时代》2014年第4期。

3　戚嵩：《马克思社会形态理论研究》，第92页。

规模、可持续发展，需要相对宽松的社会条件所提供的自由思考、交流便利与经济回报。这不是连艺术、文学和爱都已经绝迹，对内动不动就要大规模连坐屠杀、对外将所有他者文明视为寇仇的"歌者文明"和"三体文明"所能具备的。人类社会演进的历史经验，已经无声而坚定地驳斥了关于"歌者文明"和"三体文明"的科幻想象。人类社会发展到今天，开放、交流、包容是公认的优选。

或许部分读者还记得，刘慈欣曾以"中东石油帝国"的现实例子支持"长老的二向箔"式想象。然而，"中东石油帝国"能说明一般意义上科技水平与社会形态之间的弹性关系，但它支撑不了极端性的"长老的二向箔"。"中东石油帝国"的军事科技水平，绝不像"二向箔"和"水滴"那样具备压倒性的技术优势，也不能像"三体文明"和"歌者文明"那样持续地向外武力扩张。相反，"中东石油帝国"的例子恰好在暗示着"长老的二向箔"的虚幻。"中东石油帝国"无法自主掌握具有压倒性优势的军事技术，而"三体文明"和"歌者文明"所拥有的高水平军事科技，却是依靠自身研发的结果——根据《三体》以"黑暗森林"为核心的宇宙社会学，外来的侵略者不会同时留下先进的科技水平和被征服者的性命。《三体》中，"三体文明"征服地球却毫无保留地将先进科学知识传授给地球的行为，就是一个深谋远虑的幌子。因此，"三体文明"和"歌者文明"是怎么实现高科技文明所需的科技积累和突破的，在小说中有意无意地消失了。"中东石油帝国"的社会形态难以孕育出具有压倒性优势的军事科技，而可能研发出高精尖武器并同时进行大规模扩张的社会又无法维持至少数百年的独裁专制，那么，极端性的"二向箔"只能停留在想象的幻境之中，而无法从长老的手中掷出。同样是在必须兼具技术文明的长期积累和自主研发的前提下，刘慈欣所说的由灾变而导致的高科技和落后社会形态的匹配，也绝非一种文明的常态。无论如何，社会形态总是与一定的生产力和生产关系相匹配，奴隶制或法西斯体制从来没有孕育出稳定而长久的高科技文明形态，这或许是科幻小说区别于奇幻小说的社会学铁律之一。

"长老的二向箔"式想象，甚至在《三体》的叙事中也无法自洽。令人好奇的是，在残暴严苛的专制统治下，1379号监听员关于"美"和"爱"的种种向往是如何产生的？如果"美"和"爱"是三体人的本性，那"三体文明"如何能长时间压抑这种本性并在压抑之中发展高科技？考虑到一个在三体社会中几乎处于最底层的1379号监听员，就引发元首以"连坐"的方式处死包括负责监听系统的执政官在内的六千人，"三体文明"漫长的法西斯式统治是如何得以维持的？更不要忘记，科学执政官曾告诉元首，"三体世界中像1379号监听员这样的人其实是很多的"[1]。在"三体"的第二部《黑暗森林》中，罗辑承认"人性的解放必然带来科学和技术的进步"[2]，动摇了"三体文明"的发展逻辑。到第三部《死神永生》，三体世界又突然以改变极权体制的方式，实现技术爆炸。"为应对乱纪元的灾难而产生的极权体制对科学的阻碍，思想自由得到鼓励，个体的价值得到尊重"，从而引发"类似文艺复兴的思想启蒙运动，进而产生科技的飞跃"，"但其具体的过程却不得而知"[3]。自由体制与计划体制对科技发展的影响，是科技思想史上的大命题，深入讨论会涉及诸多变量，至少要包括生产力、生产关系、特定社会形态甚至是民族文化等因素。它会像一个旋涡，将许多可能并不直接相关的问题最终卷入，但如果仅是在与奴隶制和法西斯式社会形态相比较的意义上理解自由的概念，思想自由的确是科技发展的增量。然而，《三体》对科技发展的社会形态依托，又始终在自由与专制之间摇摆不定。"三体文明"在与地球文明接触前，始终以极权体制应对其客观环境，拥有了远超于人类文明的科学技术。遭遇地球文明之后，"三体文明"迅速向现代民主社会形态转轨，尽管这种转型"具体的过程却不得而知"，但叙述似

1　刘慈欣：《三体》，第282页。

2　刘慈欣：《三体Ⅱ·黑暗森林》，重庆：重庆出版社，2008，第335页。

3　刘慈欣：《三体Ⅲ·死神永生》，第148页。

乎有意放弃了落后社会形态与高级科技水平的配置。然而，"歌者文明"的出场又迅速翻转了这一切，"二向箔"在此是终结文明的高级武器，也是想象逻辑混乱的症状。或许，从曲率驱动、宏原子核聚变、概率云、弦论、量子力学，到思想钢印、猜疑链、黑暗森林和宇宙社会学，《三体》的科技想象已经足够缤纷多彩，对社会形态想象合理性的照顾不周也情有可原。

四

"长老的二向箔"式的社会想象虽然典型，但不可能覆盖所有新世纪以来中国科幻小说的社会想象。郝景芳的《流浪苍穹》、江波的《洪荒世界》、宋钊的《世界的误算：完美缺陷》及韩松的《地铁》，都有自己的社会形态想象的侧重点。

数字技术、人工智能等已经深深嵌入当今生活的现代科技，其未来发展在《洪荒世界》和《世界的误算：完美缺陷》对社会形态的想象中扮演了重要的角色。江波的《洪荒世界》虚构了一个由量子计算机自动执行民意的社会形态，民主制度具体实行中可能遭遇的一切疑难被尽数交给量子计算机，不再考虑民主不仅仅是票数的问题。宋钊的《世界的误算：完美缺陷》对数字虚拟技术更加倚重，世界交由算法统治，世界就是算法本身，所有的社会形态和人际关系都是算法运行的不同结果——算法就是社会形态。与《三体》《与吾同在》相比，《洪荒世界》和《世界的误算：完美缺陷》对社会形态的想象与描述更为简略，科技甚至完全主导了社会形态的结构.科技活动对社会形态的影响越来越大，这是人类社会发展的历史经验。就科技活动与社会形态中至关重要的经济因素的关系而言，18 世纪的工业革命是个分水岭。此前的科学活动基本上是跟随而不是引领经济活动，而工业革命之后，随着机器大工业需求的不断增加和发展，19世纪下半叶后的科学技术终于由配角晋升为主角，成为引领经济增长的主动因和第一生产力。[1]时至今日，还有什么比科技更能改变现实？尤瓦尔·赫拉利认为，依靠可称为"奇迹中的奇迹"的网络技术等工具，能与诸神相媲美的超人类很快就将诞生，人工智能、纳米技术、大数据或基因遗传学等科学技术的不断突破甚至拆除了人类社会发展的刹车装置，"我们正以如此高速冲向未知……没有人能够阻止"。[2]忧虑和犹疑自然滋生：应该彻底拥抱这科技驱动下高速发展的未来社会，还是要调整这种发展的趋势？在这个问题上的不同回答隐含了科幻想象立场的不同。基于社会形态发展的视角，达拉斯·斯迈思认为，"技术"被当作资本主义一切弊病的药方……只有在抱持不同世界观的社会主义中，技术才能在接下来的一个世纪里发展出一套完全不同的建设性的价值。[3]《世界的误算：完美缺陷》里的喟叹是："自由解放的时代来临了……人类被困在自由的陷阱里无法自拔。这就是我们的现状。"[4]虚拟计算技术隐藏在社会日常生活的每个细节之中，从室内的布置到街区的分类，算法成为这部小说社会形态的深层结构和内在主宰。这样沉默而又无处不在的技术控制令人恐惧，社会形态的运行和表现全部被替代接管，这似乎正是那个未来社会的"完美缺陷"。

在郝景芳的《流浪苍穹》中，未来社会形态的缺陷被分置于地球和火星之上——这暗示着某种价值选择的犹疑。大体而言，火星的人类社会是周密计划与部署的产物，地球的社会形态则显得宽松而杂乱。用小说里的计算机技术的比喻来说，"火星和地球的差异就是中央服务器与个人电脑，是数据库与网络"之间的差异。小说将火星的人类社会设定为一个全封闭的玻璃城市，"土地公有，高度智能控制，没有地产买卖，

1　刘则渊：《"李约瑟悖论"的理论内涵与经济背景》，《科学文化评论》2017年第4期。

2　尤瓦尔·赫拉利：《未来简史》，林俊宏译，北京：中信出版社，2017，第43-45页。

3　达拉斯·斯迈思：《自行车之后是什么？——技术的政治与意识形态属性》。

4　宋钊：《世界的误算：完美缺陷》，北京：新星出版社，2017，第52-53页。

没有走私，没有期货，没有私人银行"，按年龄发放固定收入，所有劳动成果都免费相互分享。在地球人类社会的眼里，火星社会是"邪恶军人和疯狂科学家控制的孤岛"，"全面高压政治和机器操纵人类的典范"，"伟大的自由商品经济的对立面"，"将地球上未曾实现的暴力乌托邦发挥到极致"。然而，火星社会形态的高度计划性又与内部的思想自由不相矛盾，它意图建立的"运行于数据库之上的城市"力图"保护所有人思想的自由"，"彻底将物质生产和精神生产分开成两个截然不同的领域"[1]。不过，看似决然对立的火星社会与地球社会，却一直有着千丝万缕的关联。创建火星社会，就是为了抛弃地球旧有的社会形态，但这种舍弃始终不彻底。火星总督默许对火星社会形态的某些批评，但在行为上却必须恪守职责，两个星球上的少男少女在成功互换生存环境之后，却又始终惦记着原先的社会形态。对抗与认可交织，疏离与接近同步，两个星球间的社会形态对峙与少男少女的情感相互映衬。《流浪苍穹》留给读者的启示是，与其在地球和火星两种社会形态中择一而从，不如思考如何融合两者优长而形成新的社会形态，或至少应该避免出现两者负面因素的对接。

这种最坏的可能似乎出现在韩松的笔下。自由总是被滥用而充满癫狂的气息，计划总是残缺且阴暗诡谲，韩松在地铁或高铁中建构出的社会形态，有着独特的诡异气氛。一列地铁在运行中不再停车、不断膨胀、不断变异："毫无疑问，列车此刻正在发生某种新的变化。或者，不是列车的变化，而是车厢中的人类社会在变化，也是整个物质世界和环境在加速变化。但谁也不知道这里面的究竟。"[2]无法阻止的恶行和丑态在各个车厢上演，"还有的车厢里，诞生了新型的社会组织结构"[3]，奔驰许多光年之后，终于下车的已经不是人类，而是蚁、虫、鱼、树、草。然而，小说叙述坦承，这一切可能也只是幻觉。韩松刻意营造这种

---

1 郝景芳：《流浪苍穹》，南京：江苏凤凰文艺出版社，2016，第23、34、63、209、210页。

2 韩松：《地铁》，《地铁》，上海：上海人民出版社，2010，第80页。

3 同上，第87页。

似是而非以刺激阅读过程中的不适感，目的或许是显影科技发展可能带来的身心压迫，在现代科技高速冲向未知之时，对人类文明走向和未来社会形态保留某种必要的距离。

五

检视新世纪以来科幻小说的社会形态想象，会发现众多想象之间的差异，也必然感受到对社会形态进行科幻想象的难度和限度。

社会形态想象相对于科技想象，其难度要高出不止一个层级。具体的科技想象要以详细的自然科学知识为基础，但在文学叙述的领域内，科技想象只是为了满足特定叙述目标的功能性需求。小说中的超级武器、光速旅行、空间折叠，其背后都必然有某种功能性想象在发挥作用。"二向箔"的原理再复杂，它还只是意味着无法抗拒的终极毁灭，而社会形态想象则复杂得多。"马克思认为社会形态不是由哪一种或几种要素构成，而是由多种要素构成……构成社会形态各个不同要素之间相互影响、相互作用，每一种要素都不能脱离社会形态而单独存在。每一个社会形态作为一个有机整体都是如此。因此，对于社会形态的结构，必须全面系统整体予以把握。"[1] 成功的社会形态想象意味着对整体结构、内在元素及其关系的恰当理解和处置，若在此之上还要进行想象的科幻创新，其难度无疑远超具体的、功能性的科技想象。

新世纪以来科幻小说想象社会形态的难度大致有两种表现。一是如"长老的二向箔"式想象，虽大体较为详细地呈现了未来社会形态的面目，但如前所述，这种未来社会形态难以承受细致的追问。另外，《三体》所提出的"宇宙社会学"等囊括而不止于社会形态想象的概念，同样无法避免来自不同方面的质疑。有学者指出，"《三体》的三观，机

---

[1] 戚嵩：《马克思社会形态理论研究》，第 58 页。

械自然观、朴素实在论的科学观、单向的社会进化观，都是陈腐的、没落的，有害的"[1]；"威权主义赖以存在的理论构成了小说的核心推动力，而这个理论又完全无法实现在文本内部的自洽"[2]。也有学者在价值中立的立场上认为《三体》体现了法西斯世界观，其小说的想象方式存在严重问题。[3]《三体》想象未来社会形态时所出现的种种症候，其意义绝非仅指向小说自身。

想象社会形态的难度，还直接表现在叙述社会形态想象的篇幅上——较为详细地呈现对未来社会形态的想象本身就已非易事。许多科幻小说的社会形态想象需要批评者的概括和提炼，差别只在于提炼的程度不同。如《三体》《与吾同在》所含有的社会形态信息量，就比《黑暗的终结》《洪荒世界》和《世界的误算：完美缺陷》要丰富很多。大多数科幻小说就算有直接涉及社会形态的想象话语，也常常语焉不详。《后土记》里的"技术史观研究小组"认为，在技术爆发式发展的未来，"人类无论是在生理层面还是伦理层面上都将成为一个全新物种，实现完整全面的三性一体。届时，政治、经济、文化等一切基于动物性的社会功能都将分崩离析，而被全新的社会形态所取代"[4]，但小说并没有进一步描绘这种"全新的社会形态"。《异域》中，西麦农场的时间进度是正常世界的四万倍，农场中"妖兽"的智能已经进化到与人类相当的地步，并形成了与人类社会没有质的差距的社会系统，可"妖兽"所置身的社会形态并没有清晰呈现。如果把检视范围放宽一些，读者也会在《小灵通再游未来》结尾的"历史的画廊"中，看到机器人为人类服务的时代开始之后，画廊呈现的是一片空白。有评论由此指出，《小灵通漫游未来》"以某种看似'超越'的方式实际上完成的却只是对问题

1　田松：《科幻的境界与原创力：文明实验》，《科学与社会》2018 年第 2 期。

2　刘竹溪：《〈三体〉：威权主义倾向的遗憾》，李广益、陈颀编：《〈三体〉的 X 种读法》，上海：上海三联书店出版社，2017，第 192 页。

3　龙马：《身边的法西斯——解析〈三体〉的世界观》，《文艺理论与批评》2018 年第 6 期。

4　龙智慧：《后土记》，第 276 页。

的暂时'搁置'。它只负责提供万花筒般的'未来'拼图，却无力结构出一个具有总体性的全新的未来"[1]。所谓的"总体性的全新的未来"，也指向社会形态想象所要求的整体性。

科幻小说想象社会形态的难处，最终都指向想象的无力与终结。类似于宗教总是人间苦难的镜像和安慰，科幻想象中的社会形态也无法摆脱既有的人类经验和理念的隐性掌控。《与吾同在》里的新世界大致是弱化边界，平均人口密度，收取统一的天税，建立统一的天军、货币、语言以及偶像[2]；《黑暗的终结》里的未来世界不过是"全银河的八百万个种族达成了一致，建立了联邦政府，甚至我们的形体也经过改造后，变得彼此一致了"[3]。包括今天在内的所有历史，已经成为决定未来的过去。詹姆逊指出："我们现在必须回到科幻小说和未来历史的关系上，并将对这种体裁的陈旧描述颠倒过来：关于它的正确描述实际上应该是，作为一种叙事的方式和知识的形式，它并不能使未来具有生命力，哪怕是在想象中。相反，它最深层的功能是一再地证明和渲染，尽管我们具有表面上看起来很充分的表现，但实际上对于想象和象征化地描述未来我们还是无能为力。因为这些似乎很充分的表现形式经过仔细的审查之后，被发现在结构上和本质上都是极为虚弱的，是一种在我们的时代中马尔库塞称之为乌托邦想象的枯萎，是对他性和极端的差异性的想象的枯萎；同时，这种体裁的深层功能还包括败中求胜，作为一种不知情甚至是不情愿的中介载体，它指向一种未知的东西，并发现自己无可救药地陷入过于熟悉的东西的泥潭，从而出人意料地变成了对于我们自己的绝对极限的思考。"[4]在詹姆逊的论述中，饱含着对科幻想象无力开拓出他性和差异性的不甘，潜伏着对跳出泥潭、冲破极限的渴望。《未来考古学》"反复强调乌托邦

1　李静：《制造"未来"：论历史转折中的〈小灵通漫游未来〉》，《文艺理论与批评》2018 年第 6 期。

2　王晋康：《与吾同在》，第 238-239 页。

3　宝树：《黑暗的终结》，《时间外史》，北京：作家出版社，2018，第 57 页。

4　弗里德里克·詹姆逊：《未来考古学：乌托邦欲望和其他科幻小说》，第 380 页。

之重要不在于它可以正面想象和建议的东西，而在于它无法想象和难以想象的东西。我认为，乌托邦不是一种表征，而是一种作用，旨在揭示我们对未来想象的局限。超越这种局限，我们似乎再不能想象我们自己的社会和世界的变化。那么这是想象的无能，还是对变化的可能性的根本怀疑——不论我们对理想的变化的想象多么诱人"[1]。无论如何体恤科幻小说想象未来社会形态的难度，都必须意识到这种想象的风险：如果科幻小说的想象不能提供更多合理的未来社会形态的可能，那么想象的终结就已经降临。

六

想象的终结意味着科幻小说没有能力从现今的政治、经济体系中推演出未来的图景，所有的想象都是历史中社会形态的改装。然而，我们面对的现实是历史并未终结、也不可能被终结。科幻小说如何才能走出想象的困境呢？

启示近在咫尺。《共产党宣言》开篇即宣告："一个幽灵，共产主义的幽灵，在欧洲游荡。"[2] 在现实的历史进程中，"共产主义的幽灵"始终未曾远离；在科幻小说的世界里，马克思主义的"幽灵"无处不在。新世纪以来科幻小说对社会形态的想象以及对这种想象的鉴赏、理解、批评，都期待着马克思主义的介入。马克思主义揭示了事物的本质、内在联系及发展规律，是人们观察世界、分析问题的有力认识工具和思想武器。海尔布隆纳感叹，"我们求助于马克思"，"是因为我们无法回避他"，"对于那些想要探索社会发

1　罗伯特·斯科尔斯、弗雷德里克·詹姆逊、阿瑟·B. 艾文斯等：《科幻文学的批评与建构》，王逢振、苏湛、李广益等译，合肥：安徽文艺出版社，2011，第 78 页。

2　卡·马克思、弗·恩格斯：《共产党宣言》，《马克思恩格斯文集》第 2 卷，北京：人民出版社，2009，第 30 页。

展历程的内在动力的人来说，马克思是权威性的人物，因为他首创了批判性研究方法"[1]。迄今为止，马克思所阐明的社会发展规律依然有效。对热衷讨论未来人类社会发展前景的科幻小说而言，离开辩证唯物主义和历史唯物主义，社会形态想象可能无所适从；要科学地呈现未来的社会形态，就无法忽视马克思主义理论。想象的错位、无力与终结等新世纪以来科幻小说中社会形态想象所出现的种种症候，都出于唯物主义和辩证法的诊断。

唯物主义和辩证法是否能直接将科幻小说的社会形态想象引出苦海？按照对马克思社会形态理论的一般理解，共产主义出现在资本主义之后，资本主义孕育着新社会形态的因素。然而，共产主义理论没有提供未来社会形态建构的清晰指南，小说家要做的远不止于空洞地复述理论概念，或简单地描绘某个科技发明的细节。当今时代发展的深度和广度远远超出了马克思主义经典作家当年的想象，马克思所希望的是其后继者接力向前，而非在马克思主义理论体系内寻章摘句。马克思早已指出："共产主义是作为否定的否定的肯定，因此，它是人的解放和复原的一个现实的、对下一段历史发展来说是必然的环节。共产主义是最近将来的必然的形态和有效的原则，但是，这样的共产主义并不是人类发展的目标，并不是人类社会的形态。"[2]未来的社会形态没有毫发毕现的理论面貌，清晰甚至意味着风险，小说家进行小说创作不等同于有能力完成符合社会发展规律的叙事。恩格斯也反对详细、具体地对未来社会主义的社会制度做出预言："这种新的社会制度是一开始就注定要成为空想的，它越是制定得详尽周密，就越是要陷入纯粹的幻想。"[3]要想叙述一种并非具体形态或周密计划的未来社会，马克思的启示是保持辩证唯物主义的立场和批判的思想气质。有时候，不满和批判就孕育着

1　罗伯特·L·海尔布隆纳：《马克思主义：赞成与反对》，马林梅译，北京：东方出版社，2016，第1、4页。

2　卡·马克思：《1844年经济学哲学手稿》，《马克思恩格斯文集》第1卷，北京：人民出版社，2009，第197页。

3　弗·恩格斯：《社会主义从空想到科学的发展》，《马克思恩格斯文集》第3卷，北京：人民出版社，2009，第528-529页。

新质。"共产主义并不是在未来才实现的东西，不是应然层面的'理想'，共产主义就在当下，就是现实的运动……这种批判、否定、改变资本主义现存状况的现实运动，不断指向未来更加美好的状况，运动永远在持续进行，没有终结。"[1] 科学的技术形态日新月异，但若马克思的"人的本质是一切社会关系的总和"依然是不刊之论，那么科幻叙事就应该保持思想的紧张和批判的锐气，保持科技细节建构之上的对未来社会形态的好奇。

回到马克思主义的路径上，寻找科幻小说想象未来社会形态的可能，是未来的科幻文学所应承担的责任。科学技术发展已经如此深刻地沁入当今社会的肌体，马斯克在 2019 年 7 月 16 日宣布"脑机接口"研究已在灵长类动物上取得成功，人脑和人工智能的融合指日可待。这就是文学尤其是科幻小说即将面对的现实，如果说文学话语的职责"不在于描述已经发生的事，而在于描述可能发生的事，即根据可然或必然的原则可能发生的事"，从而"表现带普遍性的事"[2]，那么，理解并表述这个属于科技的时代，文学就必须思考包括社会形态在内的重大主题。马克思主义其实一直在提醒科幻文学：虚拟数字技术、生物基因技术、空间应用技术正在全面改造日常生活，未来社会形态的想象还有多大的空间和能量？还能在多大程度上撬动资本主义政治、经济体系的结构，撕开一个想象的突围缺口，提供某种元气淋漓的批判激情？

原载《文艺研究》2019 年第 10 期

1　任洁：《共产主义"妖魔化"与回归马克思》，《马克思主义与现实》2014 年第 6 期。

2　亚里士多德：《诗学》，陈中梅译，上海：商务印书馆，1996，第 81 页。

中国当代科幻小说中的疾病与医疗书写

郁旭映

一、前言

　　相比学界对中国现代文学中的疾病隐喻的解读之深入，关于疾病与医疗在中国科幻小说中的书写特征及其作用的研究仍较少见。[1]然而，"病"与"医病"一直都是科幻小说中常见的议题。从晚清"科幻奇谭"

1　与科幻小说中的疾病与医疗相关的论文有以下几篇：Li Haihong 的《颠覆性文本：中国当代科幻中的疾病与残疾》（"Subversive Texts: Illness and Disability in Chinese Contemporary Science Fiction"）（2019），通过分析中国科幻小说中的疾病、残疾和身体政治，指出科幻如何通过疾病和残疾书写来抵制官方关于"健康"、"强大"和"干净"的叙事。贾立元的《人形智能机：晚清科幻小说中的身心改造叙事》（2019），探索了晚清科幻小说中的种种身心改造故事，来揭示当时的滑稽、夸张、具有戏谑意味的国民改造寓言背后对西方科学的崇敬。此外，颜健富的《"病体中国"的时局隐喻与治疗淬炼——论晚清小说的身体／国体想象》有部分内容以科幻奇谭为例讨论晚清小说中的医病想象，揭示"文学治疗民族痼疾的叙事"。另外，吴岩发表报刊文章《科幻小说中的流行病》（2020），介绍了多部以传染病为主题的中国科幻作品。Li Haihong，"Subversive Texts: Illness and Disability in Chinese Contemporary Science Fiction"，*Journal of Science Fiction*, 3.2 (2019): 24-39；贾立元：《人形智能机：晚清科幻小说中的身心改造叙事》，《中国现代文学》35（2019.6），第3-28页；颜健富：《"病体中国"的时局隐喻与治疗淬炼——论晚清小说的身体／国体想象》，《台大文史哲学报》79（2013.11），第83-118页；吴岩：《科幻小说中的流行病》，中国作家网，2020年3月18日，访问日期为2020年7月29日。

开始的"小说诊断学"，[1] 到最近韩松用《医院》三部曲对中国现实的医疗问题、现代人类医疗体系以及宇宙的本质进行全面审视，我们可以看到疾病与医疗已成为科幻小说反思现实、想象未来的重要切入点。然而，与现代启蒙文学不同，疾病与医疗书写在科幻小说中并不局限于"国族寓言"和隐喻式书写。除"虚写"之外，科幻小说的病和治病还有"实写"类型，即直接将应对疾病或改善医疗作为科幻小说的主要关注点，具体体现在灾难题材作品中的流行性病毒、对未来医疗技术和生物科技的畅想，以及医学伦理的探讨等。这些风格和主题上的虚实差异既是创作者基于特定的现实条件（如医学技术的发展水平）或依据当时的医疗政策而作出的不同想象，亦从深层次上反映出中国科幻小说中的现代性话语所经历的变迁。

中国科幻一百多年的历史大致经历了几个短暂繁荣期：晚清民初，十七年时期，20 世纪 80 年代、90 年代及新世纪。[2] 本文拟从中国当代科幻史梳理出一段粗略的"疾病史"和"医疗史"。选择以当代科幻为研究范围是因为科幻虽发端于晚清，却是在 1949 年之后"确定了'科幻'作为类型化叙事的亚文学地位"[3]。就现代性想象而言，晚清的科幻奇谭（Science Fantasy）无论在认识论层面还是在叙事效果层面均呈现出混杂特性和"淆乱的视野"（Confused Horizons），基本上

---

1 颜健富在《"病体中国"的时局隐喻与治疗淬炼——论晚清小说的身体／国体想象》如此定义"小说诊断学"："（晚清小说的）作者纷纷将'病体中国'推到手术床，以各种器物发明如透光镜、验脑机、解剖刀等检验解剖'身体'，实践文学治疗民族痼疾的叙事"。颜健富：《"病体中国"的时局隐喻与治疗淬炼——论晚清小说的身体／国体想象》，第 112 页。

2 关于中国科幻小说的分期，学界一直有粗细不同分法。宋明炜认为科幻小说的发展有过三次短暂的繁荣期："晚清最后十年；改革初期在大陆以及同时期在台湾的人文科幻浪潮；新世纪以来的十年"。刘慈欣则将中国科幻史细分为四个阶段：晚清和民国初年、二十世纪五十年代、八十年代、九十年代及之后。本文为深入区别现代性态度的差异性，在刘的分法基础上，再将九十年代与新世纪以创作群体加以区分。宋明炜：《中国科幻的新浪潮》，陈思和、王德威主编：《文学·2013 春夏卷》，上海：上海文艺出版社，2013，第 3-16 页；刘慈欣：《西风百年——浅论外国科幻对中国科幻文学的影响》，《刘慈欣谈科幻》，武汉：湖北科学技术出版社，2014，第 59-68 页。

3 宋明炜：《中国科幻的新浪潮》，第 5 页。中国现当代文学研究领域一般认为，十七年文学属于"当代文学"的范畴。不过，关于"当代文学"这一概念与当代文学研究的"历史化"议题学界尚有争议，相关讨论可见程光炜：《当代文学的"历史化"》，北京：北京大学出版社，2011 年。

是作为一个"文本竞技场"将现代性论争转变为文学修辞上的搏斗。[1]
当代科幻的类型化叙事虽未必高明，但在现代性议题及叙事风格上显
示出相对稳定、同一的阶段性模式。有论者指出晚清科幻的想象属于
"愿望模式"，五十年代开始"可能模式"，八十年代则进入"价值
观"模式。其中，从"愿望"到"可能"，意味着中国科幻"建立了
通过社会学或政治学理论去阐发未来世界发展路径的方法"[2]。换言之，
关于未来的想象与意识形态、现代性话语的关联在五十年代开始紧密
并且明确。本文将以四部医疗题材的科幻小说——刘兴诗《乡村医生》
（1963）、叶永烈的《爱之病》（1986）、王晋康的《生死平衡》（1997）
和陈楸帆的《未来病史》（2015）为主要例子来剖析当代科幻的疾病
与医疗书写的阶段性特征。这四部作品分别来自中国当代科幻史的四
次高潮——十七年时期、八十年代、九十年代与新世纪，代表着"中
兴代""新生代"和"更新代"的创作。[3]它们对疾病的描述和治疗方
案的想象一方面反映了当时医疗问题的焦点或对疾病的流行看法，另
一方面亦各自体现了这四个时期科幻小说的主流风格。具体而言，《乡
村医生》在题材上反映了十七年期间对农村医疗体系建设方案和社会
主义乌托邦的构想，风格上体现了技术乐观主义和儿童文学的特色。
《爱之病》通过对"资本主义舶来品"艾滋病的书写，反映改革开放
初期在现代性路径上的过渡性特征：一方面，冷战思维影响着对疾病

1　王德威：《被压抑的现代性：晚清小说新论》，北京：北京大学出版社，2005，第 291-297 页。王德威
用"科幻奇谭"取代"科幻小说"旨在强调晚清这一文类的混杂特性。这种混杂性既体现在认识论的相互
冲撞，也体现为文本修辞的相互竞争。科幻奇谭固然有西方科幻小说的影响，但也有传统神怪小说的许多
特性。宋明炜延用王的观点，指晚清科幻"呈现各种政治与技术杂糅、启蒙与怪诞同体、传统与现代混声
的潮乱视野"。科幻作家飞氘（贾立元）则认为"上世纪初，科幻还没有成为一种成熟和自觉的小说类型"。
宋明炜：《中国科幻的新浪潮》，第 4 页；贾立元：《晚清科幻小说概念辨析》，《中国现代文学研究丛刊》
2017 年第 8 期，第 74 页。

2　吴岩：《论中国科幻小说中的想象》，《中国现代文学研究丛刊》2018 年第 12 期，第 20 页。

3　就代际而言，这四个时期的作家可分为三代：二十世纪五十年代与八十年代的代表作家是同一群人，同
属于"中兴代""新生代"与"更新代"。董仁威和高彪泷综合其他学者和作家的断代方法，将晚清到现
在的科幻作家分为五代（以开始发表作品时间为区分标准）：于 1900—1949 年为"原生代"，1949—1983
年为"中兴代"，1991—2000 年为"新生代"，2001—2010 年为"更新代"，2011 年迄今为"全新代"。
董仁威、高彪泷：《中国科幻作家群体断代初探》，《科普研究》2017 年第 2 期，第 69-80 页。

的意识形态解读；另一方面，对医疗技术现代化的向往和试图用医学人道主义来超越冷战思维的努力折射出八十年代总体上倾向开放与现代化的氛围，在风格上摆脱科普型的束缚而增加了侦探和罗曼史元素以强化文学性。《生死平衡》则以九十年代盛行的"文明冲突论"为叙事框架，讲述号称"平衡医学"的民间理论如何挑战西方现代医学和建构另类医学的离奇故事，以免疫系统与病毒的博弈模拟文明之博弈，透露出对另类现代性（Alternative Modernity）的探寻，风格上代表了新浪潮科幻宏大叙事和"崇高美学"。《未来病史》作为一则警世寓言，报告了在技术笼罩下的未来人类病史，不仅在叙事上完全放弃了人物和情节，使得变异成为主角，揭示了后"常态"与"病态"的博弈掩盖之下人类主体与后人类主体的更迭过程。

总括而言，从新中国成立之初到新世纪，中国科幻小说中的疾病呈现不同类型和面貌，而反映的焦虑以及应对的措施亦大不相同。本文尽管不能涵盖医疗题材科幻作品的所有焦点与特征，但仍可从各个阶段代表作家作品中一窥当代现代性话语的变迁。

二、中兴代（十七年时期）：技术乐观主义

十七年时期，由于现实和社会主义现代性想像的需要，中国科幻小说蓬勃发展。1955年，《人民日报》发表了社论《大量创作、出版、发行少年儿童读物》。1956年1月，中国提出"向科学进军"的口号，成为现代科学技术发展史上的一个里程碑。同一年，成立国家科学规划委员会，制订了《1956—1967年科学技术发展远景规划纲要》，确立了"重点发展，迎头赶上"的发展方针。两大时代东风之下，科幻文学被"少年儿童"的"科普"部门收编，"担负起了向未来的社会主义接

班人——少年儿童——普及科学知识的重任"[1]。再加上苏联科幻文学创作和理论的影响，使得当时的科幻文学呈现出两大鲜明特色：科普功能和科学乐观主义。[2] 科普功能具体表现为："幻想以现实技术为基础，并且从已有的技术基础上走得不远；技术描写十分准确和精确；作品大多以技术设想为核心，没有或少有人文主题，人物简单，文学技巧即使在当时也是简单而单纯的"[3]。科学乐观主义是指"科幻小说中渗透着人定胜天的信念，科学以完全正面的形象出现在科幻小说中，对其负面影响基本没有考虑"[4]。这两个特色从五十年代开始，延续到八十年代时期的科幻创作。

然而，十七年时期的中国科幻亦表现出许多苏联科幻所没有的特色。刘慈欣将这些特色归纳如下：（1）"近未来特色：这一时期的中国科幻所描写的未来绝大多数没有超出一个世纪，小说中出现的社会生活场景基本上是当代的。"（2）"近空间特色……探索的空间距离基本上没有越出火星轨道。"（3）"纯技术特色：没有或少有人文主题，基本上是始于技术止于技术，而这种技术也是应用层次的，大部分只是现实技术向前一步，很少出现超级技术的描写，而因对未知世界的探索产生的哲学思考更是难以见到。"（4）"窄视角特色：科幻作品所描写的大部分是国内的局部社会，视角局限于国家和民族之内，少有把人类作为整体进行描写的作品。"（5）"少儿特色：当时的国内科幻小说，大部分是面向少儿读者的。"[5] 究其原因，是因为这些作品既在风格上，

1 詹玲：《1980 年代前期中国科幻小说的转型》，《二十一世纪》144（2014.8），第 65 页。

2 从 1952 年到 1958 年间，大量苏联科幻小说被翻译引进中国。1959 年苏联科幻理论读物《技术最新成就与苏联科学幻想读物》以及科幻理论被引入中国，对科幻作者与读者的培养都起到重要作用。据吴岩分析，在苏联科幻模式的影响下，当时科幻表现出以下特点：一、"首先是对先前理论的忘却。"指苏联科幻理论和创作的引入导致中国科幻理论的重构以及对晚清民国科幻理论的忘却。二、"全盘苏化。"三、"强调科学先导性。"四、"拥抱社会主义和共产主义生活。"五、"作品范围缩小。"吴岩：《中国科幻思想的流变》，傅光明主编：《在文学馆听讲座·文学的天空》，合肥：安徽教育出版社，2016，第 168-189 页。

3 刘慈欣：《消失的溪流——八十年代的中国科幻》，《刘慈欣谈科幻》，武汉：湖北科学技术出版社，2014，第 83 页。

4 刘慈欣：《西风百年——浅论外国科幻对中国科幻文学的影响》，第 62 页。

5 刘慈欣：《西风百年——浅论外国科幻对中国科幻文学的影响》，第 62-63 页。

也在内容上反映社会主义现代性的现实问题。

在医疗题材上，该时期的科幻史留下两部风格和主题相似的作品，《乡村医生》与《人造喷嚏》。[1]其中以前者的技巧较为成熟，更具代表性。1963年，刘兴诗发表短篇科幻小说《乡村医生》，讲述医疗队"送医下乡"的简短故事。不过，所送的"乡村医生"并不是活生生的医生，而是一台检索式自动诊疗仪。从村民最初的惊喜到遇到问题和质疑，再到改进技术、解决问题，最后成为农村公社可信赖的"乡村医生"，小说言简意赅地揭示了当时的农村医疗问题，并用质朴的技术性风格为当时农村的医疗问题安置了一个现实主义的解决方案。

以毛主席"六二六"指示为界，农村医疗发展可分为两个阶段：1949—1964年和1965—1979年。[2]第一个阶段整个卫生事业的方针是：面向工农兵，预防为主，团结中西医，卫生工作与群众运动相结合。尽管从政策上强调了对农村医疗的关注，也开始实验县、区、村三级保健系统[3]，但农村与城市的医疗资源分配仍显出极大的不平衡。[4]因而毛主席在1965年6月26日指示"把医疗卫生工作的重点放到农村去嘛"[5]。随后开始推行"赤脚医生"和农村合作医疗制度，即为第二阶段农村医疗的重点。

《乡村医生》是对第一阶段的中国农村卫生医疗问题的简略然而精确的回顾。小说开头即以农民之口点出农村医疗困境："我们这里已经

1　《人造喷嚏》发表于《中国少年报》1962年5月7日，作者迟叔昌。小说以儿童视角描述了学校配发的一台戴在手腕上的"病情发报机"，它与中心医院的电脑连接之后，可以识别出儿童的真假喷嚏。迟叔昌：《人造喷嚏》，《中国少年报》1962年5月7日第3版。

2　Peter Wilenski, *The Delivery of Health Services in the People's Republic of China*, Ottawa: International Development Research Centre, 1976, pp. 39-41.

3　杨念群：《再造"病人"：中西医冲突下的空间政治》，北京：中国人民大学出版社，2006，第508页。

4　到1964年，在卫生技术人员分布上，69%的高级技术人员在城市，31%在农村，其中仅有10%在县以下农村；中级技术人员，城市占57%，农村占43%，其中县以下农村仅占27%。在经费使用上，全年花费的九亿三千余万元中，用于公费医疗为二亿八千余万，占30%，用于农村为二亿五千余万，占27%，用于县以下卫生事业，占16%。也就是说，用于八百三十多万享受公费医疗的人员的经费，比用于五亿多农民的还多。中共中央文献研究室：《建国以来重要文献选编（第20册）》，北京：中央文献出版社，1998，第465页。

5　中共中央文献研究室：《毛泽东年谱（第五卷）》，北京：中央文献出版社，2013，第506页。

发展到好几万人了，可是还没有一个正规的医生。你们是医学院，无论如何也要支援一位医生来……。"[1] 小说所描述的正是毛主席所说的"广大农民得不到医疗。一无医，二无药"状况。[2] 接着，小说道出当时医学院的处境："我们没有办法满足全国各地迅速高涨的要求，遍地的人民公社，数不清的地质队、渔船和伐木场……如果都要马上解决，起码得上百万个医生才行。咱们慢吞吞地五年一批、五年一批地培养学生，怎么能适应这个形式飞跃发展的要求呢？。"[3] 这一"供不应求"局面固然凸显了社会主义事业的全面蓬勃发展，也同时揭示了彼时医疗事业中的另一个问题：即正规的医学教育无法及时解决农村医疗的现实问题。杨念群曾指出："协和医院刚成立的初期，它所培育出的'协和模式'在相当长一段时间根本无法和中国民众的生活发生实质性的关系，因为协和标准的封闭性管理和昂贵的医疗费用使它和北京民众的生活完全打成了两撅，互不相干。"[4] 1968 年推行的"赤脚医生"制度就是对城市学院体制医学教育的"反叛"，将"协和模式"常规化教育的八年学制缩短到三个月或几个星期，在纯西医训练中引入"中医"或"草医"技巧[5]，即试图以"在地化"的方式，最高效率地改善低经济水平的农村的医疗卫生情况。但在"赤脚医生"制度推行之前，自1955 年始，卫生部曾对医疗资源匮乏的偏僻地区，组织巡回医疗队，"即通过巡回医疗队的流动把城市的西医人才和药物资源尽可能地散播到乡村"[6]。这就是"城市救济农村"的补充方式。《乡村医生》的故事正是以"送医下乡"为背景。

1　刘兴诗：《乡村医生》，《失去的记忆》，北京：少年儿童出版社，1962，第93页。

2　1965 年 6 月 26 日，毛泽东曾同身边的医务人员谈话："告诉卫生部：卫生部的工作只给全国人口的百分之十五服务，这百分之十五主要还是老爷。而百分之八十五的人口在农村，广大农民得不到医疗。一无医，二无药。卫生部不是人民的卫生部，改成城市卫生部或城市老爷卫生部好了……把医疗卫生工作的重点放到农村去嘛！"中共中央文献研究室：《毛泽东年谱（第五卷）》，第505-506 页。

3　刘兴诗：《乡村医生》，第93 页。

4　杨念群：《再造"病人"：中西医冲突下的空间政治》，第614 页。

5　同上，第599 页。

6　同上，第506 页。

小说针对这一时期的医疗难题想象了一个方案：发明机器医生取代医生。"发明"是当时所倡导的"技术革命"的一个重要表征。有别于改革开放之后对于科学技术发展的推动，当时所倡导的"技术革命"是与群众运动相结合的。毛主席曾建议"编印一本近三百年世界各国（包括中国）科学、技术发明家的通俗简明小传（小册子）"[1]，用以证明：科学、技术发明大都出于被压迫阶级。领袖的号召迅速化为群众的实践，"以机械化半机械化为中心的技术革新和技术革命已成为轰轰烈烈的群众运动，发展异常迅猛"[2]。"技术革命"的群众性特征在很大程度上造就科幻上的"近技术"特点，即大多数的科幻作品的"发明"不是对艰深科学议题或超技术的突破，而只是应用技术上的"往前一步"，直面现实中的问题。

在题材上，用"技术发明"解决农村医疗问题可谓"一石二鸟"，同时响应了两大社会热点。在叙事上，小说呈现两大策略：展现"过程"与"两种时态的并融"。按照当时流行的苏联科幻理论，科幻作品需要刻画"过程"："作者要描写的，并不是那已经制成的机器或是仪器；他要描写的，不仅是人们活动的最后结果，而且也是那种机器或仪器的创作过程；他要描写当时所产生的各种困难是怎样克服的，阐明人的思想的复杂演变和创造性的思维过程，阐明一连串合乎逻辑的和有根据的推测和结论；这一切都会使他的科学幻想具有说服力和像是真的。"[3]

因小说并非聚焦于科技发明，而是农村医疗问题，所以对医疗诊断仪的描写并非着眼"发明"，而着重刻画了"改进"机器的过程和详细的"机器诊断"过程。"改进"主要描述了从"检索式自动诊疗机"到联合"轻型通话式电话收发机"的变化，即从单用机器诊断的局限到附加"电视医生"进行远程诊断这一过程，不仅强调了在医疗体系中"诊"

1　毛泽东：《卑贱者最聪明，高贵者最愚蠢》，《建国以来毛泽东文稿（第七册）》，北京：中央文献出版社，1992，第236页。

2　毛泽东：《中央关于加强技术革新和技术革命运动领导的批语》，《建国以来毛泽东文稿（第九册）》，北京：中央文献出版社，1996，第78页。

3　李赫兼斯坦：《论科学普及读物与科学幻想读物》，祁宜译，北京：科学普及出版社，1958，第32页。

与"断"的分工与合作，也反映出"送医下乡"在当时作用有限，因而用"电视医生"来进一步解决城乡空间上的不平等。"机器诊断"过程则包括了对疾病的症状的描述、检查各个步骤的分解介绍、再到诊断及给予药物的记录等流程。农村常见疾病，比如疟疾、胃溃疡、断骨、感冒、支气管炎等病的基本症状被一一罗列，甚至展示了准确的用药常识，比如用奎宁治疗疟疾。

叙事上，小说呈现了"两种时态的并融"，这是十七年时期的科幻常见的特征。"六十年代的科幻创作中潜藏着许多使两种时态融合的叙述与修辞"，作用是"将属于未来的'新奇景'日常化，就是以'未来'确认'现在'的一种强力模式"[1]。以小说的结尾为例，经过改进的机器恢复了东风公社村民们的信任之后，小说的叙述者人称忽然从原来的医务队视角"我们"转为老乡视角"咱们"，比如，"咱们的'乡村医生'名气越来越大了"，"咱们的'乡村医生'在老乡的嘴里，一下就从'那部机器'，突然变成'咱们的医生'了"[2]。"咱们的"不仅意味一种农民的视角，还意味着"未来所携带的异质感的完全消解"[3]（即"那部机器"的称谓所携带的异质感），"未来"已经成为了在地化的现实。这种时态的转换，最终体现了十七年时期科幻"要在现实主义中制造乌托邦的决心"[4]。

作为地质学家和科普作家的刘兴诗曾评论当时的科幻："其实，这并不是真正的小说。只不过先想出一个科学设想，再披上一件故事外衣罢了。颇有一丁点儿专治'科学知识贫乏病'的糖衣药片的意味。这就是那个时候的科幻小说的特点，严格定位在'儿童加科普'的位置上，我也不例外"[5]。"儿童加科普"在医疗科幻中也十分明显，迟叔昌的

1　王楠：《在"共产主义视镜"下想象科学——"十七年"期间的中国科幻文学与科学话语》，ScholarBank@NUS Library 2016 年 8 月 5 日，第 50 页，访问日期为 2020 年 7 月 27 日。

2　刘兴诗：《乡村医生》，第 100 页。

3　同注 1，第 51 页。

4　同上，第 57 页。

5　刘兴诗：《我的科幻小说观》，《刘兴诗佳作选》，郑州：海燕出版社，1998，第 1-2 页。

小说《人造喷嚏》甚至直接运用了儿童视角和校园故事外壳。

综上所述，在风格上，《乡村医生》完整地体现了社会主义时期科幻小说"近未来"——直面当时农村医疗问题；"近空间"——集中在一个现实的公社；"纯技术"——在整个过程描述中着眼于用技术发明解决医疗问题，而并无科学方面探询；"窄视角"——将视角局限在一台机器和一个公社，而不是扩大到整个中国，也使得这一幻想较为现实；"少儿性"——因其目标是少儿科普，因而所提及的疾病是常见病，而诊断方法亦基本为医学常识。在内容上小说呼应了十七年时期农村医疗卫生事业的发展需求，并利用"技术革命"的风潮，用技术"发明"的方式想象了医疗问题的解决方案，充满了革命乐观主义。

三、中兴代（八十年代）：姓社／姓资的疾病和医学人道主义

二十世纪七十年代末和八十年代初的中国科幻文坛再次经历了一个短暂的浪潮。在"科学的春天"这一时代背景下，科幻在创作理念上大体上延续了五十年代，但反思与挑战已经酝酿。1978 年 8 月，科幻作家童恩正在《人民日报》发表《珊瑚岛上的死光》成为一次转折性事件。它一则意味着科幻文学第一次被给予了主流文学的位置，二则引爆了一场关于科幻"姓文"还是"姓科"的争论。1979 年 8 月童正恩发表《谈谈我对科学文艺的认识》，被视作是科幻作家捍卫科幻文学性的战斗的开始。随后，鲁兵等科普作家批判当时的"不够科普的科幻"为"灵魂出窍"，论争的阵营就此分为"姓文派"和"姓科派"。从 1979 年到 1983 年，两派持续就"科幻小说是否灵魂出窍"，"是否应该发展科幻文学"等问题进行了辩论。争论最终以"姓文派"的胜利而告终，由此帮助中国科幻创作从儿童化和科普化的范式挣脱出来，开始着眼于科

幻的"文学性"。[1]但1983年随着针对文艺界和思想界的"清除精神污染"运动展开，科幻文学被扣上了"精神污染"的帽子。当年11月，《人民日报》发表文章，称"一些挂上'科学幻想'的招牌的东西已经在社会上流行起来，并已造成科学上和精神上的污染……尤其值得注意的是，有极少数科幻小说，已经超出谈论'科学'的范畴，在政治上表现出不好的倾向"[2]。自此，整个科幻创作的浪潮转入低谷。

在这次短暂的浪潮中，医疗和疾病题材科幻大量涌现。仅统计饶忠华《中国科幻小说大全》所收录作品，1977—1980年间大约就有二十篇医疗书写，分别幻想了脑、眼、心脏、冷冻技术、仿生技术等医学领域的种种成就。[3]它们大致延续了"近未来"和"纯技术"视角，但是对"近空间""窄视角"则有所突破，在情节上日渐增加曲折性和复杂性，力图挣脱少儿科普的类型约束。其中，国际关系为背景和精英知识分子为主角是这一时期所特有的两大元素，间接反映了改革开放和"科学的春天"的时代元素。

以《石油蛋白》《小灵通漫游未来》成名的科普作家叶永烈在1985年完成的《爱之病》充分代表了中兴代作家在维持科学性的前提下在文学性上寻求突破的努力。该小说的内容为：一位坚毅的女护士因未婚夫在美国感染了艾滋病而坚持在新疆大漠建立艾滋病医院，与专家一起用自行研制的"反滋一号"成功地抑制了艾滋病毒，引起了世界的注意。美国派女间谍潜入医院，盗取配方，被中国公安逮捕，但最后被

---

1 关于这段转型期的较详细的资料可参考詹玲的文章。詹玲：《1980年代前期中国科幻小说的转型》，第62-76页。

2 施同：《科幻作品中的精神污染也应清理》，《人民日报》1983年11月5日第3版。

3 关于人造眼球和声呐作为视觉的小说有：《一个盲人的手记》（1979）、《强巴的眼睛》（1977）、《他还在人间》（1980）、《双目失明的射击冠军》（1980）、《奇异的眼睛和眼睛》（1980）、《兰妮的眼睛》（1980）。关于大脑移植技术的小说有：《起死回生》（1979）、《利加港的风波》（1980）、《费鲁德大人的最后一次手术》（1980）。关于人造心脏及特殊心脏手术法的小说有：《没有心脏的人》（1979）、《心脏停止跳动以后》（1978）。之外还有关于仿生技术、冷冻生命、太空医院、基因技术、生物电流、远程诊断、流感疫苗等作品：《演出没有推迟》（1979）、《分子手术刀》（1979）、《金字塔医院》（1980）、《生命的奇迹》（1980）、《最后一个癌症患者》（1980）、《在001号医院》（1980）、《搏斗》（1980）；还有在当时较为少见的关于未来医疗机器人医学伦理问题和人工智能探讨的作品《机器人卡雷尔的悲剧》（1980）。

无罪释放，因为中国卫生部为了全人类共同战胜艾滋病毒，决定公开"反滋一号"配方并无偿培训各国医生。

1981 年，美国报告了全球第一例艾滋病病例。1982 年美国疾病控制中心将此病命名为"Acquied Immune Defciency Syndrome"，即 AIDS。1985 年，北京协和医院接收了一位美籍阿根廷病人，为中国确诊的首例艾滋病病例。当时的媒体报导，如《人民日报》一方面以"超级癌症"称之[1]，另一方面将艾滋病视作"西方人的疾病"，由"西方资本主义生活方式"带来。[2] "资本主义舶来品"的标签掩盖了两方面的问题：（1）在开始阶段，人们对 HIV/AIDS 在中国的可能发展讳莫如深；（2）艾滋病被污名化为一种"精神污染"的象征，由此发出一个警告，关于公众"性态度"和价值观念发生变化的一个警告："与 50 年代早期到 70 年代后期把性作为生殖的工具相比，80、90 年代人们对性有了新的看法。尤其是年轻人开始从快感、亲密关系与个人自由等角度看待性。"[3] 小说尽管同样使用官方话语，将艾滋病视为"资本主义特有的疾病"，但更为积极地想象了疾病治愈的方案，并且试图倡导一种科学的医学人道主义。[4]

从二十世纪七十年代末到八十年代，大量翻译引进英美法等国科幻作品，尤其是美国科幻作品及其理论为中国科幻小说带来了一个重要影响：惊险科幻小说，以及侦探推理的模式。[5] 受阿西莫夫（Isaac Asimov）、柯南·道尔（Arthur Conan Doyle）以及日本社会派推理

---

1 马文飞、范正祥：《谈谈"超级癌症"——艾滋病》，《人民日报》1985 年 10 月 31 日第 5 版。

2 关于《人民日报》上艾滋病相关报道的变化可参考彭涛的文章《中国媒体公众预警意识的演进——以〈人民日报〉对艾滋病的报导为例》。彭涛：《中国媒体公众预警意识的演进——以〈人民日报〉对艾滋病的报导为例》，《湖北大学学报（哲学社会科学版）》2007 年第 6 期，第 118-123 页。

3 张有春：《污名与艾滋病话语在中国》，《社会科学》2011 年第 4 期，第 90 页。

4 《爱之病》的发表经历亦反映了当时的"鸵鸟政策"和"恐爱症"。根据叶永烈回忆，小说本应该在 1985 年以连载方式在《羊城晚报》发表，结果因为广东省卫生部门的反对而撤下。卫生部门的理由是："我国迄今没有发现一例艾滋病患者，表明社会主义制度多么优越，而这篇作品却写艾滋病已经传入中国，发表后会引起'误导'，引起'新闻混乱'！"小说因此推迟一年才发表。叶永烈：《爱之病·爱滋病·爱资病》，《叶永烈搜狐博客》2005 年 12 月 1 日，访问日期为 2020 年 7 月 29 日。

5 詹玲：《1980 年代前期中国科幻小说的转型》，第 68 页。

小说影响的叶永烈便开创了一条侦探式的科幻之路。[1]《爱之病》虽然不同于叶永烈的"金明探长系列"是完全的侦探小说，但也是从报告文学记者追踪报道的叙事视角层层深入，嵌套一个通俗爱情故事和一个谍战故事，用层层悬疑，去揭开艾滋病输入中国的来龙去脉。叶永烈曾强调惊险科幻小说的要素：（1）运用现代科学技术侦破疑案；（2）给人以知识，激起读者对科学技术现代化的向往和追求。[2]总言之，科学性仍是基石。在该小说中，类似于侦探小说的叙事结构除了展现解决医学难题的过程之外，还有一个功能是运用"对比和交战"突出社会主义制度的优越性和与资本主义生活方式的腐朽。

首先，小说用罗曼史的发展来展现与疾病的交战过程，用"圣洁"对抗"堕落"。小说的男女主人公护士裴雪和飞行员黄杰是一对在大兴安岭火灾中相识相爱的恋人。然而，原本品学兼优的黄杰在美国留学时受到资本主义腐朽生活的侵蚀，感染了艾滋病。"具备东方女性传统的美德"，"圣女"般的裴雪不离不弃，将对未婚夫的小爱转化为对艾滋病人的大爱，不仅申请筹建了特殊医院，还亲自赴美将化名为"钱谷亨"（千古恨）的黄杰接回来，说服他接受治疗。治愈的黄杰与裴雪一起在艾滋病研究所为共同克服疾病而奋斗。

在这段看似感人的罗曼史中，多维度的二元对立被凸显。比如，裴雪的专一对比黄杰的堕落，裴雪是治疗"肉体创伤和心灵创伤"的拯救者，而黄杰是身体和道德上有缺陷的被拯救者；裴雪的"洁"对比黄杰的"脏"——即使两个人最后都在研究所工作，黄杰则主动承担了"脏活"，因为"他说，他反正已经'脏了'，不再怕'脏'"。桑塔格曾经指出："艾滋病有一种双重的隐喻谱系。作为一个微观过程，它像癌症一样被描述为'入侵'。而当描述侧重于该疾病的传播方式时，就引用了一个更古老的隐喻，即'污染'。"[3]

1　詹玲：《1980 年代前期中国科幻小说的转型》，第 69 页。

2　叶永烈：《惊险科幻小说答疑》，《读书》1982 年第 8 期，第 64 页。

3　桑塔格：《疾病的隐喻》，程巍译，台北：麦田出版社，2012，第 124 页。

小说中的"脏"固然是指病毒感染，但其深层的意思则是指道德污点。

在关于艾滋病的隐喻中，德行的决定性因素主要是"性"。在这场拯救与被拯救的罗曼史中，男女主人公虽然曾是亲密的未婚夫和未婚妻，但却维持着"无性"关系。拯救者裴雪保持了始终如一的"圣女"的无性形象，而曾经专注于精神修炼的"书虫"黄杰在美国的性行为则代表着"肮脏"和"堕落"。最后共同关注于"攻克"疾病的两人更像是"亲密战友"而非"亲密爱人"。

尽管已有很大改善，但八十年代总体上"整个性领域由一种刚性的规则（Rigid Code）所支配，它建立在'正确'与'错误'、'正常'与'反常'的高度选择和人为教导的基础上。它是以性行为和性意识能被同质地区分'错'与'对'为出发点的。'正确'意味着性实践的单一模式，即一夫一妻制。除此之外的性爱，如独身、同性恋、手淫，则是反常、病态和道德堕落"[1]。而艾滋病无疑被视作是"反常"以及"错误"的一个表现。正如小说所引用的媒体所言："艾滋病与其说是一种医学疾病，不如说是一种社会病"[2]。

其次，小说还嵌入了一个间谍事件。美国情报部门派遣了一名病毒携带者，以病人身份进入艾滋病医院，窃取了治疗效果良好的抗病毒药"反滋一号"以及研制数据。间谍虽被逮捕，却没有受到严厉惩处。中国官方以国际人道主义的方式对此事进行了处理：帮助治疗间谍，无偿转让药物制造技术，报告研究情况。因为"艾滋病是人类的共同敌人"，"艾滋病研究工作无国界"。如果说间谍事件更加凸显了社会主义与资本主义的精神境界之高下，那么从医学人道主义的角度来超越社/资则说明："开放"仍是八十年代的意识形态的底色。正如小说所陈述的，一方面，"对外开放，是我国的基本国策之一。……正因为这样，我国

---

1 赵芳：《性的社会属性、国家利用及其他——析〈中国的妇女与性〉》，《二十一世纪》77（2003.6），第 129 页。

2 叶永烈：《爱之病》，北京：人民日报出版社，1999，第 335 页。

也面临着艾滋病的威胁。如果不早作准备，一旦艾滋病在我国发现，那时才着手研究对策，就会为时过晚。'安定地带'并不安全。"另一方面，"考虑到艾滋病已成为全人类的大敌，我国作为占世界总人口五分之一的大国，也负有战胜人类共同敌人的重大责任"[1]。未雨绸缪的防护和国际责任的强调均证明了"对外开放"这一方向的不可动摇。

第三，小说仍保持了科普性。尽管"姓文""姓科"的争论为八十年代科幻小说家尝试"文学性"赢得了机会，尽管通过侦探小说、罗曼史和间谍故事大大增加了情节的曲折性和趣味性，但小说在讲述艾滋病的原因和扩散情况时，使用了大量数据，符合当时关于此病的主流科学解释，即是从西医角度的解释。小说的科普性一方面说明对十七年时期科幻风格的部分延续，另一方面则亦透露出现代性想象从社会主义现代性到西方现代性的过渡。

简言之，《爱之病》虽不是官方的命题作文，但其对于"资本主义舶来品"艾滋病的隐喻式刻画以及积极应对态度，折射出了八十年代主流现代性想象的特色：尽管社 / 资二元对立的冷战意识形态仍然持续并且影响着人们的文艺观和道德观，但"开放"和现代化已是基本方向和主流话语，所以，科幻试图用医学人道主义这一普世的价值立场去超越社 / 资二元对立。

四、新生代："平衡医学"对西方现代医学的挑战

如果说中兴代科幻小说不同程度上幻想通过科技变革来实现现代化，体现了一种科学乐观主义，那么九十年代以及新世纪的科幻中所提出的现代性方案则更为复杂和多元。其中文化和文明因素的凸显，使得对西方现代性的向往走向对西方现代性的反思。这一转变既是对

1　叶永烈：《爱之病》，北京：人民日报出版社，1999，第338页。

中国"后社会主义"语境，又是对"历史终结"之后，全球化和多元化的世界秩序的回应。从中国语境来看，以"西学热"与"新启蒙运动"为标志的八十年代现代性方案遭遇挫折，使得九十年代的思想界与知识界出现了鲜明的"文化转向"和"保守转向"。从全球语境来看，随着"冷战结束""历史终结"，"文明冲突论"喧嚣而起，预言"后冷战时代"，世界秩序将根据文化重组，"非西方文明"将崛起挑战"西方文明"，形成新的冲突。尽管该论遭到诸多批评，但不可否认的是，经济的全球化并没有带来同质的世界文化；多元化和本土化的冲突日趋激烈。在此背景下，文学中所折射的现代性话语，开始从对西方现代性的顶礼膜拜转为对另类现代性的寻找，而科幻小说的医疗叙事亦从前期的科学解读转向文化和哲学解读，从现代医学转向替代医学。

王晋康的《生死平衡》（1997）表达了一套具有中国文化特色的替代医学观：平衡医学。小说讲述的是2031年一个中国民间游医用祖传的"平衡医学"理念和办法，在科威特扑灭了大规模流行的天花病毒，赢得了爱情，并挽救了新一轮海湾战争危机的离奇故事。小说的主人公皇甫林号称平衡医学传人。此医学理论批判西方医学"过分关注个体而忽略整体""绕过人体免疫器官去直接同病原体作战"的治疗思路，认为西方现代医学看似灿烂，实则走到了"辉煌的末路"，因为"无所事事的人体免疫能力日渐衰弱，经受超强度训练的病原体却日渐强大"[1]。平衡医学主张"人类应回到自然中，凭自身的免疫功能和群体优势去和病原体搏斗"，"在不影响自然选择效应的前提下，用科学手段把这个平衡点尽量移向生的一边——但绝不要妄想彻底摒除疾病死亡"[2]。据小说后记，此小说的创作缘起是作者从民间医生王佑三的《明天的医学向何处去——我的平衡医学观》一书得到共鸣，因而小说中平衡理论的发明者皇甫佑三的原型是王佑三。王佑三曾是安徽蒙城一个农村赤脚医

1　王晋康：《生死平衡》，南京：江苏少年儿童出版社，1997，第114页。

2　同上，第53页。

生，在六十年代开始构思这套平衡理论，并研制了号称包治百病的膏药"华夏一号"。尽管平衡医学以传统中医逻辑为基础，但它号称不同于东西方的传统医学，是"对古今中外各种传统医学的全面总结和发展"[1]。且不论这一理论正确与否及其膏药是否有效，或此人是否是"有意无意的骗子"，从为此理论量身定做一套游历故事可以看到王晋康对此医学观念的认同，并据此质疑现代医学。[2]

首先，小说将故事空间设定在中东，暗含"文明冲突论"的历史背景。"文明冲突论"是美国政治学家萨缪尔·亨廷顿（Samuel Huntington）于1993年所提出关于冷战之后世界局势的预言。亨廷顿预言："在后冷战的世界中，人民之间最重要的区别不是意识形态的、政治的或经济的，而是文化的区别。"[3]他将全球分为八大文明，包括西方文明、中国文明、伊斯兰教文明、日本文明、印度文明、东正教文明、拉丁美洲文明和非洲文明。他认为冲突将主要发生在西方文明，与以中国和伊斯兰文明为代表的非西方文明之间。[4]小说中的伊亚特国和科里白国虽是虚构的，却分别影射了伊拉克和科威特。伊国总统萨米为"阿拉伯统一大业"，用已灭绝的天花病毒向科国发动生物战争，窃取石油控制权，扩充军备的故事情节基本上是根据1990年"伊拉克入侵科威特"的历史加以夸张处理。但是，与海湾战争史实不同，小说所构想的世界秩序已经有了明显的变化。在真实的海湾战争中担当"世界警察"的美国将角色让位给了中国。按小说中美国大使的话："二十一世纪是亚洲的世纪，坦率地说，美国已无力组织这次国际范围的干涉了，请你找那几位气势逼人的亚洲邻居吧。"[5]寻求西方援助的科国不堪一

1　王佑三：《平衡医疗方法学——人体健康的钥匙》，北京：北京出版社，1990，第272页。

2　2003年，恰逢SARS期间，王晋康在《南方周末》发表评论文章《生死平衡》阐述与其小说一致的平衡医学观，遭到方舟子和赵南元的批判，其理论被斥为伪科学。

3　Samuel P. Huntington, *The Clash of Civilizations and the Remaking of World Order*, New Delhi: Penguin Books India, 1997, p.21.

4　Samuel P. Huntington, *The Clash of Civilizations and the Remaking of World Order*, p. 20.

5　王晋康：《生死平衡》，第10页。

击,接受西方教育的首相最先在疫情中丧命,最后依靠中国民间游医"擒贼先擒王"才得以解决危机。可见,"文明的冲突"——即伊斯兰文明、西方文明和中国文明的角逐构成了医疗故事的潜文本,与讲求病原体与人类平衡、反对抗生素和疫苗的平衡医学观形成呼应。有趣的是,小说中无论是伊斯兰文明还是中国文明在经济制度和生活方式上均已西化,而医学观念却成为一个关键窗口,透露出非西方文明对西方文明的挑战。这种挑战是以另类和边缘的民间医学对绝对主流的现代西方医学进行"修正"的方式来展现的。

这种"修正"可视为一种"逆向启蒙"。小说用皇甫林这一游医形象反映了"逆向启蒙"内涵。晚清谴责小说《老残游记》塑造了中国文学史上最重要的"游医"形象,它建立起了身体与国体之间的隐喻关系,使得通过身体疾病与治疗来讲述时局的方式成为现代文学中重要的叙事结构。刘鹗在第一回自评中所述的"举世皆病,又举世皆睡。真正无下手处,摇串铃先醒其睡。无论何等病症,非先醒无法治"[1],亦暗示了医者与启蒙者之间等位关系。与五四时期启蒙者常见的知识分子或精英形象不同,游医,即江湖郎中,必须具有一股江湖豪侠之气,他固然可以周旋于上流社会,但更象征了"礼失而求诸野"的社会气象。《生死平衡》中的游医皇甫林亦非医学院"正路出身",无论是生活方式还是行医方式都是离经叛道,为正统出身的协和医生所不齿,恰如其人物原型王佑三。被置于异域的江湖郎中,略显粗糙的救治方法,小说用这一形象挑战西方医学理念的同时也隐含着"大隐隐于市"的道家哲学。但与中国现代文学中疾病对应国民性、治疗对应西方现代性的常见隐喻结构不同,《生死平衡》几乎是一个相逆的"启蒙"过程:在西方医学为代表的西方现代性已成为绝对主流的情况下,用边缘来挑战中心,用非正统来挑战正统,用民间来挑战精英。王晋康在后记中坦承:"文中拿

---

1 刘鹗:《老残游记》,上海:上海书店出版社,1993,第8页。

协和医院做靶子，只是想找最大的权威试试刀锋。"[1]由洛克斐勒基金会创立于 1921 年的协和医院一直是中国近代医疗史上最精英、最国际化的医学象征，在中国医疗现代化的过程中具有里程碑意义。它在成立之初的目标即是"将使西方所能提供的最佳医学永远扎根于中国的土壤"[2]。小说多处用协和专家态度上的精英式傲慢和实际效果上的局促反衬游医的高屋建瓴，在对西方现代医学的讽刺之余，带出了中国传统医学所特有的整体性思维，即从人体整体角度来激发与生俱来的机能，来拯救陷入抗生素耐药性难题的现代身体，又从人类整体的角度来恢复自然选择的原则。

然而，尽管平衡医学崇尚自然和人体免疫本能的激发，是对道家养生理念和中医"相生相克"理念的实践，但总体而言来说是一种"被发明的传统"。普拉提克·查克拉巴提（Pratik Chakrabarti）曾在《医疗与帝国》一书中指出，传统医学在当代中国，其实是一种"被发明的传统"[3]。"把中医中药的知识和西医西药的知识结合起来，创造中国统一的新医学，新药学"[4]，"中国传统医学实际上就进入了被重新发明的过程。尤其是'文革'期间，关于中国传统医学的基本理论其实是对中国存有的各种医学理念的综合与简化，包括各种民间医学、西方的治疗学、对抗疗法（Allopathic Diagnostics）和药剂学等。"[5]这种"再发明"，一方面，将治疗与药物标准化以及将传统医学的训练制度化，对传统医学进行革命；另一方面，让西医学习传统医学，而让传统医者接受现代方法的训练，整合现代的医学概念与方法去振兴传统医学某些特意挑选出来的合适面向。"赤脚医生"这一创新模式即是传统

---

1 王晋康：《生死平衡》，第 175 页。

2 罗雪挥：《协和：西医东渐 90 年》，《看历史》2011 年第 9 期，第 116 页。

3 Pratik Chakrabarti, *Medicine and Empire: 1600-1960*, Basingstoke: Palgrave Macmillan, 2014, p. 195.

4 Pratik Chakrabarti, *Medicine and Empire: 1600-1960*, p. 196.

5 同上，p. 195.

价值与基础的西医技巧的结合。[1] 细观小说的原型人物王佑三在阐述平衡医学时所依据的医学知识，遗留着鲜明的"赤脚医生"痕迹：粗略地而非系统化地杂糅中医、中药以及西方医学的各种术语。尽管"赤脚医生"制度在1985年终结，但"中西医结合"却作为一门学科延续下来，并作为一项国家卫生政策确定下来。[2] 学者认为尽管现实条件和可负担性（Affordability）是当时推崇传统医学的重要驱动力，但其与国族认同之间的关系亦同样重要。因而查克拉巴提认为，"中国传统医疗是在文化大革命期间为了回应西方医学而重新打造"，"是文化大革命期间对国族认同追寻的一部分"[3]。而在全球化时代，在加入了诸如"后现代科学"等解构二元对立的思想元素之后，传统医学一方面被纳入全球性流行的另类医学（Alternative Medicine）体系之中，另一方面亦保留了、甚至强化了国族认同的成分。如小说所示，在处理完海湾危机之后，皇甫林婉拒科国邀请，表示："对于平衡医学来说，科里白这个舞台未免太小，再者我也无法忘却对中国应负的责任。"并且不无讽刺地强调，"什么时候彻底根除这种出口转内销的状况，才说明中国在心理上具有了泱泱大国的风范"[4]。可见，即使"平衡医学"并不自认为"中医"，号称是对"东西方各种传统医学"的总结，但仍带有鲜明的国族认同标记。

与其说王晋康具有文化保守主义的倾向，不如说他对现代医学以至于建基于技术进步的西方现代性充满怀疑，故而执着于寻求"另类现代性"。在《生死平衡》之后，王又在《十字》及一系列生物工程小说中将平衡医学观和"低烈度纵火"理论拓展至世界语境，以及后

1　Pratik Chakrabarti, *Medicine and Empire: 1600-1960*, p. 196.

2　在1997年所颁布的《中共中央、国务院关于卫生改革和发展的决定》提出，"中西医要加强团结，互相学习，取长补短，共同提高，促进中西医结合"。中共中央、国务院：《关于卫生改革和发展的决定》，王振川编：《中国改革开放新时期年鉴1997》，北京：中国民主法制出版社，1997，第35-40页。

3　同注1。

4　王晋康：《生死平衡》，第172页。

人类语境，以暴露现代医学与生物技术的困境。[1] 有趣的是，如果说"现代科学是建立在受控实验所得到的公理之上，关键在于公理化"[2]，那么王对于现代医学的挑战却仍不自觉地落入"公理化"窠臼。将平衡医学作为普适标准，或者反复强调"上帝只关爱群体，不关爱个体，这才是上帝之大爱所在"的医疗原则，仍是现代性的同一性逻辑的体现。王晋康并非孤例。新生代另外一位代表韩松的《医院》三部曲，尽管是以荒诞、黑色、虚无的叙事揭示"医院"所代表的现代医学对人的统治，但正如王德威所言，在沉疴重症"被浪漫化、道德化、政治化、寓言化"的现代文学操作上，《医院》三部曲作了一大跃进[3]，再加上小说"救救孩子"的呼吁，可见韩松仍在现代主义和启蒙话语里。

五、更新代：人类的死亡和后人类的诞生？

新世纪以来，"80后"作者加入科幻创作，形成了有别于"新生代"的"更新代"。[4] 韩松曾概括"更新代"的特点："他们正在创作我们不熟悉的却充满感性和个性的，灵异而深刻的，并常常是饱含剧痛和奇喜的神作。他们表现出来的感知力更加敏锐。他们体现了别样的国家观和生命观。一个新的时代正在来临。年轻人正像他们小说中的人物

1　据王晋康自述，他在多部小说中使用的"低烈度纵火"理论灵感来自于美国物理学家马克·布坎南的《临界》："系统内的势能积聚到某个临界点，从而只要出现一个不能预知的局部变化就能引起系统稳定态的崩溃"。布查纳提出用"低烈度纵火"的办法来防美国黄石公园的山火，化解临界态，而王晋康提出此法可以用于对病毒临界态的防御，用散播温和病毒的方式来增强人体免疫力以防止超临界态。（王晋康：《驳赵南元、方舟子（之一）》，《新语丝》2003年5月16日，访问日期为2020年7月26日。）这种医学观在他的医疗与生物题材作品中被反复宣扬，除了《生死平衡》《十字》之外，还有《亚当回归》《生命之歌》《类人》三部曲等。对于王晋康而言，"低烈度纵火"与"平衡医学"是配套理念。

2　金观涛、凌锋：《破解现代医学的观念困境》，《文化纵横》2018年第2期，第60页。

3　王德威：《鲁迅、韩松与未完的文学革命——"悬想"与"神思"》，《探索与争鸣》2019年第5期，第51页。

4　"更新代"作家包括陈楸帆、飞氘、长铗、拉拉、江波、宝树、张冉、钱莉芳、程婧波、迟卉、郝景芳、夏笳、陈茜、谢云宁、罗隆翔、刘维佳、梁清散、糖匪、万象峰年、米泽、龚钴尔、何大江等。较为详细的介绍可见董仁威与高彪泷的《中国科幻作家群体断代初探》。

一样，在拼尽全力创造出被上一代人耽搁了的中国和世界。"[1] 这种"别样性"，用"更新代"作家王瑶的话说，即"现代性态度"的转变。在王瑶看来，刘慈欣、王晋康为代表的"新生代"普遍表达了一种"现代性态度"，即"通过将个体的感性体验提升到历史和国家层面，从而实现为我们所熟悉的那种具有感召力的崇高的美学形式"；他们用仰望星空式的美学来指向"具有终极目的感的人类整体历史"，以及"试图在个人生存与这一历史目的论之间建立联系，并在这样的现代主义图景中赞颂'大写的人'"[2]。相比之下，"更新代们则对那星空所象征的总体性保持疏离和警醒的态度"[3]，而代之以一种"后现代状态"。虽然未必所有"更新代"作家都采用后现代主义技巧，但他们所揭示的时代症候与挑战是类似的，诸如"历史感消逝""未来不可知的迷茫""混沌且无序的现实涌流""不确定的后现代状态"[4] 等。[5] 他们的应对明显反叛前辈的"崇高美学"，回避宏大的历史叙事和道德的激情，甚至对个体生活经验和主体性的刻画也变得不确定、混沌和模棱两可。

在后现代性论述中被反复强调的"人之死"和"真实之死"（the Death of the Real），具体在"更新代"的疾病与医疗书写上，体现在对"后人类身体"与后人类主体性的发掘与探讨上。疾病固然以各种形式——瘟疫、癌症、忧郁症、幻想症等出现，却共同指向对人类主体性的质询：或借精神疾病来反观自我，或通过描写正常与病态的模糊边界来

---

1 韩松：《"更新代"作家眼中的别样"中国"》，飞氘著：《中国科幻大片》，北京：清华大学出版社，2013，第 228 页。

2 王瑶：《"新青年"的科幻进行式——新世纪青年科幻作家笔下的中国与世界》，陈思和、王德威主编：《文学·2014 春夏卷》，上海：上海文艺出版社，2014，第 44 页。

3 同上。

4 王瑶：《"新青年"的科幻进行式——新世纪青年科幻作家笔下的中国与世界》，第 50 页。

5 不可否认，"更新代"作家创作的个人风格十分多元，如陈楸帆的"科幻现实主义"，飞氘的"古今杂糅"的"油滑"风格，郝景芳偏向现实主义的"无类型写作"，夏笳的"稀饭科幻"等。但诚如王瑶（夏笳）所提醒，仍需"关注他们的科幻叙事中呈现了怎样的'后现代状态'，以及这些叙事中暴露出的症候性"。王瑶：《"新青年"的科幻进行式——新世纪青年科幻作家笔下的中国与世界》，第 44 页。

揭示人类本质的含混性。[1] 而意识植入、人工智能、记忆与人体复制等科技的介入，无论是作为医疗工具还是治理手段，均将人的定义与边界推向复杂、流动和多义。可以说，后人类议题的流行，一边是对于技术现实的响应，另一边是对后现代的主体解构的继续深化。

陈楸帆是"更新代"作家中对变异的意象最为执着的一位。[2] 他所有创作中都贯穿着一个异化主题，且在他看来，"后人类，这是当前历史阶段最为深刻的异化过程"[3]。通过对异化的聚焦，他关注人类在与科技互动中，所面临生理、心理到社会关系的结构变化。对于这一过程，他并不完全抗拒或者悲观。他试图超越二分法。宋明炜曾评价陈楸帆的《荒潮》，认为它表现了"一种新的自我意识的萌动，一种不惮于吸收技术以建构自我的新技术，以及一种对于后人类身份的自觉认同"[4]。其发表于 2015 年的短篇小说《未来病史》更是集中和全面地呈现了他对后人类议题的思考。通过描述未来人类的九种"子虚乌有病症"来呈现由人类到后人类的变异过程，他提出了如下问题："究竟在人类与后人类之间，是否存在着一条泾渭分明的界线？"以及"终有一天，我们所爱之人，甚至我们自己，都将成为与以往千百万年来根深蒂固的人类定义截然不同的个体，我们该以何种姿态和表情去面对这一切。"[5]

小说以后人类代言人"斯坦利"对人类所说的话为开端："让我由你们熟识的事物开始，沿着未来之河溯流而下，去探寻明日之后的

1　以上所指作品为燕垒生的《瘟疫》（《科幻世界》2002 年第 10 期）；郝景芳的《永生医院》（《长江文艺·好小说》2017 年第 11 期）；夏笳的《晚安，忧郁》（《科幻世界》2015 年第 6 期）；汪彦中的《症候》（《科幻世界》2012 年第 5 期）。

2　在陈楸帆的创作中，"异化"比较鲜明的作品包括：《坟》（2004）、《丽江的鱼儿们》（2006）、《深瞳》（2006）、《递归之人》（2007）、《第七愿望》（2007）、《双击》（2009）、《鼠年》（2009）、《丧尸》（2009）、《开窍》（2011）等。陈楸帆、胡勇、董美圻：《专访陈楸帆：科幻是最大的现实主义》，《钛媒体》2015 年 9 月 10 日，访问日期为 2020 年 7 月 29 日。

3　陈楸帆：《当我们在谈论异化时，我们在谈什么？》，《最小说》，搜狐网 2017 年 4 月 21 日，访问日期为 2020 年 7 月 29 日。

4　宋明炜：《再现不可见之物：中国科幻新浪潮的诗学问题》，《二十一世纪》2016 年第 157 期，第 54 页。

5　陈楸帆：《后记》，《未来病史》，武汉：长江文艺出版社，2015，第 299 页。

人类病症，无论肉体或心灵，直至历史的终点。"[1] 小说以未来完成时回顾了人类向后人类的转变，恰如"我们如何成为后人类"的具体演绎。九大病症表面上各自独立，实则层层递进，完整地描述了后人类的形成过程：从机器成为身体感官必需之媒介开始；"拟病态美学"中身体经过技术改造，成为"疾病模仿"的装置；赛博时代的人格失调，以及意识的分裂和被操控；DNA 和生长周期的改变；仪式感与充满仪式感的"仪式戒断"；时间感与记忆的丧失；及至人类旧有语言的丧失。最后，当未来代言人以全新的语言逻辑宣布"不再是我说话，而是话说我"[2]，即宣布后人类主体的诞生与后人类时代的来临。

然而，尽管以未来代言人的视角来讲述故事，小说的叙事立场却十分可疑。一方面，从结尾来看，叙事者代表后人类对人类进行了"宣判"。在揭示了人类创造"美丽新世界"的种种伎俩及其后果之后，如科学家以"发条橙"的升级版对人进行皮层刺激和信息输入来强行延长幼儿学习期，如统治者利用时间紊乱症来奴役国民劳动，又如在新生儿的大脑语言区植入防火墙进行信息控制等，代言人以"神启"方式宣布了结局："似乎是智慧的神灵对愚蠢的人类丧失了耐心，被挑选出来的代言人带着全新的语言逻辑，指导浑沌未名回到原始社会状态的人类重新认识世界，建设文明。"[3] 但另一方面，小说将人类到后人类的变化过程冠以"病史"之名，似仍以人类为"正常"标准，视任何对人类主体性的偏离或变异为"病态"或"变态"。作者集中展现技术和媒介的异化过程，又让读者感到一种人类视角的忧心忡忡。而当"病史"追溯完成之后，未来代言人现身解释其出现的原因，向人类喊话，再次让读者聚焦人类与后人类这两者的关系：

> 科学家们发明出时间机器，发现了时间线理论，他们派出代

1　陈楸帆：《后记》，《未来病史》，武汉：长江文艺出版社，2015，第 125 页。

2　同上，第 142 页。

3　陈楸帆：《后记》，第 142 页。

言人到不同时间线的平行宇宙中去，传播福音，避免其他世界的
人类重蹈覆辙。他们中的许多人下场可不怎么美好。

这就是我，斯坦利，来自未来的代言人出现在这里的原因。
出于无法透露的原因，我将结束本次旅程，离开你们的时间线，
跳跃往另一个未知的世界。

在你们的文明中，九为大数，象征永久、轮回、至高无上。
愿我的九篇言说能陪伴这个世界的迷惘灵魂穿过末日之门，永劫
回归。[1]

可见，通过双重叙事立场和"对话"，小说力图呈现后人类主体与
人类主体的一种复杂共生的状态：一方面，"病史"象征着人类主体的
变异与"死亡"；另一方面，人类并没有因为后人类时代的来临而彻底
消失，而是经由后人类的"指导"而"重新认识世界，建设文明"。换
言之，人类主体是在经历了某种"死亡"之后借助后人类主体得以重生。
是后人类的出现带来新的机会，让人类免于"重蹈覆辙"，得以"穿过
末日之门"。那么，死亡的是什么？新的机会又是什么？

表面上，小说所渲染的种种"症状"为一般"技术恶托邦 / 反乌托邦"
（Technological Dystopia/Anti-utopia）的共有特征。但不同的是，小说
并没有展现一般意义上后人类与人类的缠斗或竞争。陈楸帆曾明确表示
"如今已不再是一个草莽英雄的时代"[2]。"病史"中只有疾病的名称
和群体症状，而无"个人英雄"的面目。后人类群体总是处于弱势和消
极抵抗的状态："他们什么也不做，什么也不说，只是那么静静地躺卧
着，等待着肢体衰退、生命耗竭。他们用虚无来反抗意义，用不自由来
消解自由，用丧失自我来建构自我。"[3]正像所有的仪式戒断都成为仪式，

1　陈楸帆：《后记》，第142页。

2　陈楸帆、董牧孜：《专访陈楸帆：科技监控的世纪如何谈反抗？》，《香港01哲学》2018年4月17日，
访问日期为2020年7月29日。

3　陈楸帆：《未来病史》，第136页。

所有的技术都在权力作用下成为异化手段："有神的地方必然会有魔鬼栖身之处，正如光与暗不可分离。"[1] 如果说"未来病症"本质上是由人类的自我中心发展到极致的结果，是现代性产生的"恩威并施的美丽新世界"的话，那么，后人类以看似放弃意识、放弃自我、放弃语言的方式来抵抗，其实是对人本主义式的自由主体的否定。在"终章：异言症"中，小说回顾了语言与人类自我的变迁：从语言参与"自我"建构开始，到语言成为意识形态工具，再到自带过滤机制的语言变成潜意识，直至一切归零。这也正是人本主义主体从诞生到解构的过程。

反乌托邦的经典文本仍被当作人本主义的范本，用来表达对自由主义主体丧失的焦虑。[2]《未来病史》的"主体之死"则展示了有别于人本主义式批判的努力：陈楸帆想引入新的元素去打破"人类历史上所有去中心化的努力最后都演化为了新中心的形成"这一循环[3]，这就是后人类视角。人类主体与后人类主体的关系一直是后人类论述中的关键。悲观者将后人类视作威胁，预计人类时日无多[4]；而乐观者则试图证明后人类与人类主体不仅不断裂，甚至认为后人类主义即人本主义的自我批判，因人本主义本身即寻求自我超越[5]。海尔斯（Catherine Hayles）在《我们如何成为后人类》提醒我们，"后人类不需要是反人类，也不必然是毁灭性的"[6]；关键在于人类如何定义自己。如果我们沿用自由人本主义的假设去概念化地定义人类主体的话，那么后人类极易被视作是危险的。从自足自主的主体角度而言，"如果边界被破坏

1　陈楸帆：《未来病史》，第 140 页。

2　例如，法兰西斯·福山（Francis Fukuyama）在《我们的后人类未来：生物科技革命的后果》(*Our Posthuman Future: Consequences of the Biotechnology Revolution*) 就以《美丽新世界》(*Brave New World*) 作为其立论的基础："这本书的目的是为证明赫胥黎是对的，当代技术带来的最大威胁在于它可能改变人类的本性，从而将我们带入历史的后人类阶段。" Francis Fukuyama, *Our Posthuman Future: Consequences of the Biotechnology Revolution*, New York: Farrar, Straus, and Giroux, 2002, p. 7.

3　陈楸帆、董牧孜：《专访陈楸帆：科技监控的世纪如何谈反抗？》。

4　海尔斯：《后人类时代：虚拟身体的多重想象和建构》，赖淑芳、李伟柏译，台北：时报文化出版社，2018，第 391 页。

5　Neil Badmington, "Theorizing Posthumanism," *Cultural Critique*, No.53 (2003): 16-22.

6　同注 2，第 397 页。

了，就无法阻止自我完全解体"[1]，因此人机界面意味着机械异物对人类身份的污染。但是，如果我们将人类视作是"分布式认知系统"（the Distributed Cognitive System），而非具有既定的本质，那么人类反而可以通过后人类来扩充认知能力，更丰富地塑造自身[2]。[3] 所以海尔斯认为，"后人类并不真正意味着人类的结束。它反而标志着人类某种概念的结束，这种概念，充其量也许已应用于拥有财富、权力和休闲概念的一小部分人类，将他们自己概念化为自主的生命，并透过个人代理和选择来行使意志"[4]。这里结束的人类概念也即人本主义的主体概念。

人本主义主体的消解恰恰是一次机会，让我们得以展望新的主体和愿景。尽管《未来病史》并未进一步展示人类如何在后人类的指导下"重新认识世界，建设文明"，但是显然，回到了原始状态的人类需要以后人类的参照来重定义人类自身，方能建立"更为和平光明美好的新社会"[5]。虽然未来的主体特征浑沌未明，但意味着新的可能："复杂动态性、不可预测的本质，意味着主体性是新出现的，而不是假定的；是分布式的，而非只定位在意识中；从混乱的世界中出现，并整合进入一个混乱的世界，而非占据一个已被移除的掌握的位置。"[6]

无独有偶，"更新代"的其他后人类医疗主题作品，如郝景芳的《永生医院》和夏笳的《晚安，忧郁》也同样借后人类之镜反思人类的情感关系、心理模式和身份认同，帮助改善和修补人类主体的裂痕。作品都

1　同 641 页注 2，第 399 页。

2　同上。

3　海尔斯所使用的"分布式认知系统"这一概念来自于认知科学家埃德温·哈钦斯 (Edwin Hutchins)。哈钦斯通过对海洋船只导航系统的研究，发现成功实现导航的认知系统不仅存在于人类，还存在于环境中的复杂交互里，包括人类和非人类。海尔斯借用此概念以及约翰·塞尔 (John Searle) 的"中文屋"(Chinese Room) 的论证来说明后人类的分布式认知特点，它代表着隐藏在主体性之下的基本假设发生了改变。在自由人本主义中，自我是一个具有能动性、欲望或意志的个体，并且不同于"他人的意志"；这一假设在后人类概念中被破坏。后人类的集体异质性意味着它的认知分散在各个部分，而且彼此可能只有微弱交流。海尔斯：《后人类时代：虚拟身体的多重想象和建构》，第 397、56 页。

4　同 641 页注 2，第 395 页。

5　陈楸帆：《未来病史》，第 142 页。

6　海尔斯：《后人类时代：虚拟身体的多重想象和建构》，第 399 页。

展望了后人类在"医疗"上的成功作用，除了描述科技工具性的辅助作用之外，亦坦然接受了后人类主体的合法性和合理性。它们审慎乐观地看待后人类与人类的关系：后人类对于了解人类而言，必不可少；而要了解后人类，则必须考虑什么是人类。[1]

六、结论

以分别来自于中兴代、新生代和更新代的科幻作品为例，我们可以一窥当代中国科幻中疾病和医疗书写的变迁。第一，小说中的"病"经历了隐喻化和抽象化的过程：从《乡村医生》中的普通常见病，到《爱之病》中作为"资本主义舶来品"的"超级癌症"艾滋病，到《生死平衡》中用作"生物武器""文明冲突"工具的大规模流行性病毒，再到《未来病史》中各种"子虚乌有"的身心变异。疾病从客观的身体异样被分别赋予了意识形态的、文化的和时代症候的附加意义。第二，相对应地，小说应对疾病的态度经历了如下变迁：从技术乐观主义，到试图超越意识形态的医学人道主义，到对西方现代医学和科学的挑战，再到后人类主义。从医学角度而言，前两者的医学观念仍体现了对西方现代医学的认同，也体现了对科幻文学科普功能的坚持。而后两者看似都解构了西方现代医学或技术本身，但本质上背道而驰；《生》在医疗全球化的背景下宣扬了一种结合了民间医学与传统医学的另类医学理论，而《未》揭示了技术如何引致人类向后人类的变异，以及人类与后人类复杂共生的状态。第三，从更深层意义上而言，疾病与医疗叙事的变化反映的是从中华人民共和国成立之初到新世纪，中国当代科幻小说中现代性想象的不同阶段：以技术乌托邦主义为核心的社会主义现代性；从社会主义现代性到西方现代性的过渡；对西方现代性的反思和替代性方案

1　Catherine Hayles, "Afterward: The Human in the Posthuman," *Cultural Critique*, No.53 (2003):137.

的寻找；从后人类角度来超越现代性。第四，伴随着现代性的想象变迁是人的主体性建构方式的差异：《乡》只有医疗队的集体行动和诊疗仪的"非人性化"存在，凸显了集体主义的主体性；《爱》用"圣洁"的医护形象塑造了带有意识形态标签的个人主体性，具有个人英雄主义色彩；《生》塑造了"礼失而求诸野"的游医形象，代表具有文化特征的个人主体性；《未》则描述了人本主义主体的消解过程与后人类主体的建构过程，以及人类借助后人类重构主体的可能。

文学的现代性除了响应政治、技术的"现代化"之外，自身在形式与美学上有"求新求变，打破传承"的要求。[1] 以上四部作品亦折射出中国当代科幻文学中美学风格的突破。从创作的篇幅上来看，这四个时期的主流医疗科幻经历了从短篇，到中篇，到长篇，再到短篇的变化。十七年时期是"革命现实主义和革命浪漫主义相结合"的简洁明快风格，用"发明发现"的浪漫想象解决近现实问题。20世纪80年代在"参观记、误会法、揭开谜底"[2]的创作套路之上，增加惊险小说、谍战小说元素，以加强故事的悬念和戏剧性。[3]该阶段由"姓科姓文"争论所带来文学性的自觉主要体现在情节的复杂化和惊奇化，而非人文思想内核。"新生代"带来了一种新的诗学和政治可能，虽然作家的个人风格迥异，但如宋明炜所言，他们都是"先锋文化精神孕育出来的结果"[4]，一方面颠覆之前的类型化书写，另一方面则对终极真理和崇高意象不懈追求。他们的作品总是洋洋洒洒，"充满现代主

---

1 王德威：《被压抑的现代性：晚清小说新论》，第17页。

2 肖建亨：《试谈我国科学幻想小说的发展——兼论我国科学幻想小说的一些争论》，黄伊主编：《论科学幻想小说》，北京：科学普及出版社，1981，第24-25页。

3 中兴代代表作家肖建亨在1981年的一篇文章中曾说："无论哪一篇作品，总逃脱不了这么一关：白鬓苍苍的老教授，或戴着眼镜的青年工程师，或者是一位无事不晓，无事不知的老爷爷给孩子们上起课来了。于是，误会——然后谜底终于揭开；奇遇——然后来个参观；或者干脆就是一个从头到尾的参观记——一个毫无知识的"小傻瓜"，或者一位对样样都表示好奇的记者，和一个无事不晓的老教授一问一答地讲起科学来了。参观记、误会法、揭开谜底的办法，就要变成我们大家都想躲开，但却无法躲开的创作套子。"肖建亨：《试谈我国科学幻想小说的发展——兼论我国科学幻想小说的一些争论》，第24-25页。

4 宋明炜：《再现不可见之物：中国科幻新浪潮的诗学问题》，第45页。

义激情的悲壮美感"[1]。"更新代"的疾病与医疗书写又回归短篇，或寓言式、或童话式、又或科幻现实主义，但都放弃了具"有感召力的崇高美学形式"，而力图克服人类中心主义和二元对立的叙事结构，在审视技术中拥抱技术，在不确定中重寻主体的定义。

原载《中外文学》第 49 卷第 3 期，2020 年 9 月

1　王瑶：《"新青年"的科幻进行式——新世纪青年科幻作家笔下的中国与世界》，第 44 页。

陈楸帆

存 目

当代中国科幻中的科技、性别和"赛博格"

——以《荒潮》为例

刘　希

　　在《三体》之后，新生代作家、世界华人科幻协会会长陈楸帆的《荒潮》是当代中国科幻界最有影响力的小说之一。这部被刘慈欣称为"近未来科幻的巅峰之作"[1]的作品在 2013 年 10 月获得全球华语科幻星云奖最佳长篇小说金奖，并在问世以来受到了中外科幻研究界、"后人类"思潮研究者们的极大关注[2]。《荒潮》由《三体》著名译者、科幻作家刘宇昆（Ken Liu）翻译成英文，在 2019 年 4 月由北美最大的幻想文学出版社 TOR 出版，并已卖出英国电影版权。作为"科幻现实主义"的主要倡导者，陈楸帆将这部小说作为一个重要的思想实验，在科学幻想中注入对全球化背景下诸多国际和社会问题的讨论和批判，也通过一个极具冲击力的"赛博格"（Cyborg）形象"小米"表达了对科技、人性、

1　陈楸帆：《荒潮》，武汉：长江文艺出版社，2013，封底。

2　何平、陈楸帆：《访谈："它是面向未来的一种文学"》，《花城》2017 年第 6 期。

"后人类"等问题的思考。

对科技、性别、社会与文化之间复杂关系的呈现是《荒潮》的最大贡献。"小米"作为一个基于女性身体的"赛博格"是当代中国科幻中非常重要的"后人类"主体形象。这个与科技结合的新型身体能否逃离阶层、地域、性别等权力机制的宰制呢？被精彩刻画的"人机融合"与"赛博女性主义"（Cyber-Feminist）所期待的可以打破自然/人工、有机体/机器、身体/心灵、男/女等二元对立的"赛博格"是什么关系？性别又在新的生物技术和人工智能所带来的"后人类"主体的想象中起到了什么作用？同时，小说中尖锐的性别现实批判与正面描绘的女性形象是否挑战了传统中国科幻的理性中心和男性中心，实现对科学、科技等议题的多元思考？在小说的具体文本上，女性形象有没有摆脱被符号化、他者化的命运而展示出积极的主体性和能动性？目前对《荒潮》的研究并没有充分讨论这些问题，而本文将通过分析试着给出解答。

一

经过几十年剧烈的社会变革，中国的现代化进程取得了巨大的成果，但也伴随着相应的社会问题和矛盾出现，这些问题在当代科幻作家如王晋康、韩松、陈楸帆、郝景芳等人的作品中再现并加以批判。作为当代中国科幻直指社会现实的力作，王晋康和韩松的作品书写经济高速发展背后的人力成本问题，郝景芳对新技术服务于社会分割和阶层固化题材情有独钟，陈楸帆的小说则关注科技发展可能带来的人的异化问题。

完成于2012年的《荒潮》是一部关于"近未来"的科幻小说，背景设在科技和信息高速发展的2025年，但是每个故事情节都直指现代社会发展中的种种问题：环境污染、生态灾难、资本侵入、社会割裂、阶层分化和性别压迫，等等。小说中"硅屿"的原型是陈楸帆故乡广东汕头附近的"贵屿"。这个小镇在 20 世纪 90 年代后发展出回收处理电子垃圾的大小企业和家庭作坊，成为全球最大的电子垃圾处理场之一，但同时也成为广东省污染最严重的地区之一。

以电子垃圾回收产业为切入点，小说描写了本地宗族企业对外来打工群体的压迫，"硅屿人"与"垃圾人"（打工者）两个阶层之间的对立，也揭示了跨国的科技和环保企业以第三世界国家可持续地发展经济、增加就业、治理污染为名，进行资本输出赚取更大利益，同时攫取稀有资源。男主人公、跨国企业惠睿公司雇用的华裔翻译陈开宗原本对公司有着"消除全球化带来的负面影响，拯救他们（注：岛民）于水深火热"[1]式的迷思，但随着故事进展，陈开宗发现这个公司在发展中国家建立工业园不仅为了盈利，还从消费类电子垃圾中回收稀土元素作为军事用途。"他们为人民带来工业园、发电站、清洁水源及机场，骗取他们的信任，继而成群结队走入厂房，在恶劣环境中如奴隶般长时间机械劳作，换取比他们父辈更为微薄的薪酬。"[2]跨国大企业的到来对本地垃圾回收企业形成巨大冲击，故事就在这两股势力与"垃圾人"的层层对抗关系中展开。《荒潮》深刻揭示出中外企业对原材料和人力资源的争夺是跨国资本主义和本地新式宗族资本利益冲突的根源。

从某种意义上讲，由垃圾回收产业所支撑的硅屿是中国城市化进程的一个写照。有研究者在梳理西方科幻小说传统时提出："在赫伯特·乔治·威尔斯（Herbert George Wells）之后，对于工业化、技术化的城市的负面印象一直是科幻小说当中的重要母题。大工业生产模式下，城市中的两极分化，城市自身的无限制扩张，以及对传统历史乃至人性本身的消解成为当时作者所集中书写的问题。"[3]当代中国科幻作家特别是

---

1 陈楸帆：《荒潮》，第 42 页。

2 同上，第 125-126 页。

3 姜振宇：《赛博朋克与数字时代的生活经验》，《山东文学》2016 年第 9 期。

韩松、陈楸帆和郝景芳都在作品中涉及了城市化带来的分裂和冲突。《荒潮》中"硅屿人"与"垃圾人"之间的冲突一定程度上是中国大陆城市化进程中城市居民与打工者社会分化的缩影。无论是宗族、本地资本的壮大还是外来的跨国资本的争夺都是以对廉价的外来打工者的剥削为基础的，并且在经济剥削之外形成文化上的压迫。对此，小说中有着精彩的描写："城市功能分化是不可逆转的大趋势，但在这些国家里似乎演变成一种痼疾：被分化的不仅仅是功能，还有政治、经济、文化、科技、民族、宗教、社会地位，甚至尊严。城市人自觉地被划分为市民与流民，享受着截然不同的待遇，彼此排斥、仇视、畏惧，地理版图被认为添加上一个虚拟的意识形态图层。"[1]

《荒潮》还涉及城市化、科技化背景之下的中国传统文化的走向。作者看到了传统文化在"经济发展""科技进步"的现代化进程中受到的冲击，但也注意到有些传统和民间信仰并没有完全崩解消失，而是被强化以抵消现代化、城市化进程所带来的某些巨大冲击和负面影响。如以保护同族的名义聚拢在一起的传统宗族，传统的节日如盂兰盆节的保留等都有抵御现代化过程中的"脱位"或者安抚心灵的作用。在《神经漫游者》的吉布森（William Ford Gibson）之后，很多西方"赛博朋克"（Cyber-punk）的科幻作家都会涉及全球化这个主题。而《荒潮》描绘的是现代性和全球化浪潮中各种"意识形态图层"，即各种压迫性的势力和话语：其中既有对中国传统宗族势力的揭示，也有对全球资本主义的批判；既有对现代性的批评，也有对延续的地方传统文化的审视；既有对传统的质疑，也有对新科技的迷思的问询。小说像数把双刃剑，同时戳向压迫性的新宗教、新殖民者，地方保守主义和全球资本主义现代性，新科技和封建迷信思想。

有趣的是，《荒潮》里这些批判的视角恰恰是通过对"近未来"世界的想象和虚构达成的。刘慈欣曾经在一篇访谈里说："科幻小说在本

---

[1]　陈楸帆：《荒潮》，第 30 页。

质上是超现实的，与童话和奇幻不同的是，它不是超自然的。它是一种可能性的文学，把未来不同的可能性排列出来，其中只有一小部分可能成为现实。科幻的意义正是在于这种基于科学更改的超现实。"《荒潮》的作者陈楸帆既不从"超现实主义"，也不从"后现代主义"的科幻文类"赛博朋克"的角度探讨自己的作品，他所关注的是在魔幻或幻想风格背后的"现实主义"或现实相关性。2012 年，在"星云奖"的科幻高峰论坛上，陈楸帆第一次提出"科幻现实主义"这个概念："科幻在当下，是最大的现实主义。科幻用开放性的现实主义，为想象力提供了一个窗口，去书写主流文学中没有书写的现实。"[1]并且对"真实性"如此解读：

> 我在讨论的是"真实性"。"真实性"不等于"真实"，它是一种逻辑自洽与思维缜密的产物，这或许是"科幻现实主义"不同于"现实主义"，并将后者往前推进的那一步。而迈出这一步，则海阔天空，整个宇宙和历史都将成为我们的游戏机和试验场。我们设置规则，这些规则基于我们对现有世界运行规律的认知和理解，然后引入一些变量，它们有些会很极端，引发链式反应，变化从个体开始，蔓延到群体、社会、技术和文化，整个世界都将为之产生改变，但这一切都是可理解、可推敲的，却是符合逻辑的，我们的故事便会在这样的具有"真实性"的舞台上演。[2]

陈楸帆承认其"科幻现实主义"并非真正的作为传统文体的"现实主义"，但是它通过推理或者幻想引发的离开客观现实的实验又无疑有着一定的现实指向性，比起外在的事实，它通往的是从现实世界

1　陈楸帆：《对"科幻现实主义"的再思考》，《名作欣赏》2013 年第 28 期。

2　同上。

的秩序和逻辑延伸出去的"真实性"。陈楸帆对这种"符合逻辑"的"真实性"的解读与著名科幻学者苏恩文（Darko Suvin）对现代科幻小说是"认知疏离"（Cognitive Estrangement）的论断相近。苏恩文认为科幻小说的"必要的和充分的条件是陌生和认知的相互作用，其主要形式就是给作者的经验世界提供一个替代性的想象框架"[1]他对"认知"的理解是它"不仅仅是现实的反映，还是对现实的反思"（not imply only a reflecting of but also on reality），它"不是对作者所处环境的静态反射，而是通过一种创造性的方式试图对环境有一个动态的改造"[2]，所以在苏恩文看来，20世纪的科幻小说"已经进入了人类学和宇宙学的思考，变成了一种诊断，一种警告，一种对理解和行动的召唤，更重要的是一种对可能的替代性方案的描画"[3]。可以看出，苏恩文强调的是陌生化了的"认知"对现实环境的思考、警示和对其他可能性的想象。同样，杨庆祥在《作为历史、现实和方法的科幻文学》一文中曾谈到科幻文学本身有着"越界性"，其中就包括它会提出"或然性的制度设计和社会规划"，它"不仅仅是问题式的揭露或者批判（自然主义和现实主义的优势），而是可以提供解决的方案"[4]。这就是"科幻现实主义"有鲜明的思想实验性又有现实批判性之处。

在当下中国语境中提出"科幻现实主义"的概念，其背后也是一种相似的通过科学幻想进行现实再现和批判的观点。在中国现当代文学史上，"五四"时期的"自然主义""现实主义"，革命和社会主义时期的"革命现实主义""社会主义现实主义""批判现实主义"都是先后流行过的文艺思潮。"科幻现实主义"与这一谱系形成对照和对话，并贡献出新的思维方式和文本策略。尽管再现现实的方式非

1　Suvin Darko，"On the Poetics of the Science Fiction Genre," *College English* 34.3 (1972). 中文乃笔者自译。

2　同上。

3　同上。

4　杨庆祥：《作为历史、现实和方法的科幻文学》，陈楸帆：《后人类时代》，北京：作家出版社，2018，第7页。

常不同，"科幻现实主义"却与传统的"现实主义"一样回应现实语境，探讨与批判社会问题。在《荒潮》或严密推理或大胆想像的情节背后，其追求的"真实性"就是再现全球资本主义迅猛发展背后种种压抑性的现实秩序和思维方式，并做出挑战和反思。这也是其他中国科幻作家如王晋康、韩松、刘慈欣等的共同追求。

二

在对现代性和全球资本主义的反思之外，《荒潮》最出彩的部分当属对未来的信息技术社会乃至科技本身的描绘。2025 年的硅屿仍然是一个阶级分化和对抗的社会，在这个等级化的技术社会中，科技并没有帮助人们对抗或挑战以族裔、阶层、性别为基础的歧视和不平等，反而是通过新技术的运用放大了这些不平等。在小说中，社会上层可以无限享用高速信息通道和高科技的产品（如功能强大的义体），然而对底层而言，"违反限速令，这是一项重罪"[1]。文中有一段超现实主义的对于技术社会的描摹：

> 舞会邀请码会发送到电子义眼以供虹膜扫描，肠胃未培植强化酶的人群无法在超市购买特定食品饮料，基因中存在可遗传性缺陷的父母甚至拿不到生育许可证，而富人们可以通过无休止地更换身体部件来延长寿命，实现对社会财富的世代垄断。[2]

对高速信息网络、高级生物技术和高科技义体的获取，是以对"少数派"的歧视、排挤和剥夺为基础的。而阶层固化和阶层滑落的危险也令人担忧：一个人不可能永远成为多数派，却有可能永远成为少数

1　陈楸帆：《荒潮》，第 199 页。

2　同上，第 191 页。

派，这是因为，人与人之间的不平等，很可能因为生物技术的进步从政治经济领域渗透到生命政治领域，从身体基因上被固定下来。小说揭示出赛博空间（Cyber-space）、生物技术作为科技的成果，同时也是一种社会文化产品，可以折射出现实生活中的种族、阶级、性别等各种身份和社会关系。男主人公陈开宗最后发现，"义体不再是残障者的辅助工具，也不仅仅是身体可自由替换的零部件或装饰品，义体已经成为人类生命的一部分，它储存着你的喜怒哀乐，你的阶级，你的社会关系，你的记忆"[1]。能否负担得起义体，会购买具有何种功能的义体，都是与一个人不同的社会地位和需求勾连在一起的。故事中的孩子们渴望拥有高科技的义体可以帮助自己踢球，甚至情愿用自己的血肉之躯去交换。高级的义体不仅仅拥有新的功能，还具有象征社会地位和身份的文化资本，因此被平民孩子所深深向往。小说中的"垃圾人"只能负担得起过时了的二手"增强现实眼镜"，"而增强现实对于他们的意义，也并不像那些信道开放区域的现代人，花上几百块钱月费，可以查看任何规定权限范围内的信息，天气、交通、即时搜索、购物比价、虚拟游戏、浸入式电影、社交通讯……"[2]。即使花钱买了二手的"增强现实眼镜"，"垃圾人"也并不能适应相应的上层阶级的生活方式，他们购买数字毒品"数码蘑菇"是为了逃避现实，暂时忘记自己悲惨的打工、流动生活的沉重而沉浸于对过去的回忆之中。

《荒潮》对未来的信息技术社会的另一个犀利解剖就是预测它有可能成为赫胥黎《美丽新世界》一样娱乐至死的社会。技术成为追求感官刺激的方式，成为消费主义意识形态的领土，表面的愉悦和享受代替了深度的思考。"小米看见更多的孤独者、赌博者、成瘾者、无辜者……他们躲藏在城市明亮或昏暗的角落里，腰缠万贯或不名一文，

1　陈楸帆：《荒潮》，第186页。

2　同上，第62页。

享受着技术带来的便利生活，追逐人类前所未有的信息容量与感官刺激。他们不快乐，无论原因，似乎这一功能已经退化，如同阑尾般被彻底割除，可对快乐的渴望却像智齿般顽固生长。"[1] 而在这个娱乐至死的信息技术社会中，科技是否能作为工具帮助底层劳工实现反抗和团结？小说也探讨了这一问题。硅屿的底层人的确通过科技紧密连接在一起，"数百个垃圾人通过增强现实眼镜与小米互联，共享视野"[2]。小米"赛博格"因此引领并且操控着底层劳工的抗争行动。这种抗争并非建立在"垃圾人"自我意识觉醒或是协商一致的基础上，而是由于背后有不可控力量的主导，掌控和"编程"。"李文近乎痴迷地看着她，又恼怒地清醒过来，这种虚幻的崇拜感不过是人工植入的小把戏，并借助视觉病毒感染每一个垃圾人"，这些人"像条被重新编程的芯片狗"[3]。小说由此引申到对"赛博格"本身的讨论和反思。

1985 年，哈拉维（Donna Haraway）在《赛博格宣言：20 世纪晚期的科学、技术及社会主义女性主义》一文中提出了"赛博格"的概念，将其建构为一种"社会主义女性主义"的神话。她提出："赛博格"作为一种控制论有机体，是有机体与机器的杂糅。她认为通信技术与生物科学的发展可以模糊机器与有机体之间差异的界限，人和机器之间可以变成相互依赖、相互融合的关系。哈拉维提出这个乌托邦式的概念是为了打破有机体与机器、大脑与身体、自然与人工、物理与非物理的界限等西方传统思维中的二元对立模式和本质主义的范畴，探索可以"跨越边界"的革命性的身份认同、社会关系乃至思维方式的重组。她的"赛博格"是打破一切二元论、等级制的控制的"后人类"政治身份，是"社会主义女性主义"必须编码的自我，能够帮助我们重新安排植根于高科

1　陈楸帆：《荒潮》，第 212 页。

2　同上，第 209 页。

3　同上，第 199 页。

技促发的社会关系里的种族、性别和阶级。[1]

在此视角的启发下，我们可以考察《荒潮》中"赛博格"与种种边界的关系，探讨其在"近未来"高科技社会里主体性为何。小说的女主角小米是潮汕宗族与跨国资本主义冲突之中一个被压迫的底层人物，在遭受了非人的凌辱和未知病毒的感染后，她变成了一个"赛博格"，她的人格中分裂出另一个具备强大的机械力量，冷漠而邪恶的"小米1"。

> "我是偶然。我是必然。我是一个新的错误。我既是主宰又是奴隶，是猎人又是猎物。"另一个小米爆发出尖笑声，比冰更冷，"我是幼态持续的人类文明对飞跃式进化的呼唤。我是现代科技在自组织洪流中卷起的非随机漩涡。"[2]

"小米1"显然并没有与有机体"小米0"完全融为一体，在两次精彩的合作以反抗强权压迫以外，主要是一种对立、互相不认同乃至竞争的关系。它在表面上是一个流动的、不固定的形态，实际却是一个技术中心主义的掌控者。"小米1"似乎有读心术，可以以人力不可及的方式帮助"小米0"实现她的一些愿望，但是更多时候是在操控着"小米0"，反对"小米0"的"人类软弱"，将超能力置于道德之上。"小米0"则"不想变成怪物"，不想杀人，不想被当成实验品。[3]

《荒潮》里的"赛博格"被塑造成一个收编、剥夺、压制人的自主意识的形象，在这过程中它不是利用理性、逻辑，反而诉诸"信仰""宗教心理"来将自身神话化，使人抛弃理性。如同《太空堡垒》中并没有个体化思维，而是被外在植入了群体思维的赛隆人。"究

---

1 Donna Haraway, "A Cyborg Manifesto: Science, Technology, and Socialist-Feminism in the Late 20th Century," in *Simians Cyborgs and Women: the Reinvention of Nature*, New York: Routledge, 1991, pp. 149-181.

2 陈楸帆：《荒潮》，第235页。

3 同上，第246页。

竟是什么左右着人们的行动，是所谓的自由意志，还是来自群体的感官冲动？"[1] 科学发展和技术力量并不一定都会成为社会变革的动力，小米"赛博格"的确得以进化成为一个有着巨大的反抗性和召唤力的控制论有机体，但在这一过程中人类却面临着被剥夺自主意识的危险：

> 万一她是个全新的造物呢？上帝按照自己的模样创造人类，人类探究世间万物的秘密，发明理论，创造科技。人类寄望于造出更接近自己的造物，让科技模仿生命，不断进化，力图接近金字塔的顶点，而人类却轻易地将自己全盘托付给科技，退缩为坐享其成的寄生物，停滞前进的步伐。[2]

对生物技术、人工智能和赛博空间所带来的"后人类"的想像，对科技文明的反思和对技术异化的警惕一直都是新世纪中国科幻的焦点。陈楸帆曾经在一段访谈中谈及"科技"可能带来的异化以及科技与人性的复杂关系：

> 科学是人类所创造出来的巨大"乌托邦"幻想中的一个，这并不是说我们要完全走向反对科学的一面，科学乌托邦复杂的一点是它本身伪装成绝对理性、中立客观的中性物，但事实上却并没有这样的存在，科幻就是在科学从"魅化"走向"去魅"过程中的副产物，借助文字媒介，科幻最大的作用就是"提出问题"。[3]

对小米"赛博格"的塑造正是作者"提出问题"的方式，"赛博

1　陈楸帆：《荒潮》，第 229 页。

2　同上，第 240 页。

3　何平、陈楸帆：《访谈："它是面向未来的一种文学"》。

格"有着何种主体性？技术与道德之间是什么关系？理性和非理性在后现代、"后人类"的技术奇观中应该被置于什么位置？《荒潮》中的"赛博格"绝不是哈拉维所想像和召唤的革命性的"后人类"主体，而是一个技术中心、利益中心的象征，被塑造为人文主义的对立面。这个当代中国科幻中重要的控制论有机体形象被想象为有权力欲的、熟稔人性又可以利用人性以达到自身目标的、不择手段的唯目的论者，它可以收编各种被阶级、种族、性别不平等所压迫的人群，却无意真正对抗资本主义、种族主义或父权制。小米"赛博格"最终被认清其真面目的正义的人类合力杀死，足以颠覆世界、改变人类的力量并没有出现。在警惕科技可能导致的人的异化、重新肯定人文主义上，这个"伪""赛博格"作为一个重要的修辞和能指发挥了重要的文本功能。

三

哈拉维的"赛博格"概念作为一种机器和生物体的杂糅体，是一个可以帮助我们重新思考人和人类的"政治性的本体论"。它是一个刻意打破西方传统思维中各种二元对立模式包括性别二元论的乌托邦概念，是后现代社会中一个去本质化、去整体论、反对任何他者化的流动的新身份，因此它被作为基础以建立一个生态负责的、反种族主义的、去阶级的、女性主义的和性别平等的社会。从性别视角去审视小说中"赛博格"的意义和文本功能非常必要。《荒潮》中的小米"赛博格"是基于一个女性身体的控制论有机体，而女主角小米是当代中国科幻小说中重要的正面女性形象，突破了以男性正面形象为中心的主流写作模式。但这部小说有没有可能创造一种新的性别逻辑，一种超克男性中心主义的主流性别观的另类想象呢？

首先，小说以强烈的对性别压迫的批判，揭示出新的科技、赛博空间可能继续是男性中心的。有些赛博女性主义者认为网络科技可以成为一个反抗压迫女性的政权制度的有效工具，她们希望"由于科学、技术的进步，当今社会男性与女性的身体已经无法同技术相分离，因此同社会性别相关的权力差异将减弱，与技术相结合的新型身体将听命于新一套的规则而与父权制社会的男性宰制无关"[1]。然而赛博空间也是一种社会文化产品，会折射出现实生活中的种族、阶级、性别等各种身份和社会关系，也是性别化了的。"实际上电子媒介并没有使社会性别中性化，反而更加强化了社会性别，因为网络使用者在试图构建网络身份时往往夸大男性特质或女性特质。因此可以说，并不存在社会性别完全被消除的赛博空间。相反，赛博空间经常复制传统的男性与女性特质。男性霸权主义倾向依然存在，赛博空间仍然相当保守，因为它沿袭了传统父权制话语对女性的建构。"[2]小说中，流传在硅屿地下论坛的强奸视频是"用增强现实眼镜录制的，带着强烈的第一人称视角风格，摇晃、失焦，却又具有无比真切的代入感"，李文"终于明白自己异乎寻常的愤怒并非来自强奸本身，而是来自呈现强奸的方式。暴徒利用第一人称视角的技术，让每个观看视频的人都成为强奸犯，体验施虐的快感"[3]。新的电子媒介和信息通道只是用了新的技术手段延续并且加深了对女性的暴力倾向和对女性的物化。这种对女性的暴力和物化通过新的媒体介质被传播给更多人，男性的凝视在传播中并没有被挑战，反而被共享和增强。

"小米1"曾经求助于一个"不归属于任何国家、政党或者跨国企业"的"低轨道服务器站群的数据存储及远程计算服务"，这个名为"安那其之云"的无政府主义赛博空间表面上是一个自由的空间，它宣称："我们是一群来自世界各地的无线电业余爱好者（笑），纯粹的自由意志信徒，希望我们的服务能够帮助您在短暂的肉体生命中远离强权、

1　都岚岚：《赛博女性主义述评》，《妇女研究论丛》2008 年第 5 期。

2　同上。

3　陈楸帆：《荒潮》，第 165 页。

反抗控制、拥抱自由、平等与爱。"[1]但即使宣称是纯粹自由意志信徒的数据信息平台的背后也有一个收集名人大脑模型爱好者，从而使得"安那其之云"愿意接受"小米1"的"海蒂-拉玛的意识模型"的贿赂。这是"人类历史上最美貌、智商最高的女性，CDMA之母，而且风骚性感，一生艳事不断"[2]。非常讽刺的是，这个乌托邦式的赛博空间即使可以抵抗权力和商业逻辑的规约，最终无法去除其根深蒂固的男性视角。小米"赛博格"为了掌控"垃圾人"而表演了女性的柔弱特质，从而争取到男性的信任。它成功的原因在于与男权意识形态共谋以迎合男性对女性的性别歧视和刻板印象。如果说赛博空间和"赛博格"都深深刻写着社会权力关系，那么J·斯科特（Joan W. Scott）所提出的"指征权力关系的基本方式"[3]——社会性别，与其相关的权力也依然存留于其中。

有研究者在分析当代西方赛博朋克小说时发现，大多数赛博朋克小说都像一个男孩俱乐部，"主人公几乎总是男性。当女性人物真正出现的时候，她们很难超越女性的传统的固定形象"[4]。《荒潮》中重要的人物：冲突的宗族老大们、重要的政府官员、跨国公司代表、华裔青年都是男性。整部小说中只有三个女性人物：宣扬封建迷信的骗人的神婆、"垃圾人"中的凶狠的女打手刀兰和女主角小米。前两者的故事情节非常少，而小米这个背井离乡来到硅屿打工的"垃圾人"中的柔弱女孩被塑造成弱者中的弱者、底层中的底层，是潮汕族群内部矛盾和外来资本争夺垃圾回收业故事线索的中心人物。她虽然是弱者，但仍然变为一个反抗者。她在遭受病毒侵袭后成为人机结合的控制论有机体，带领饱受压迫的外来劳工奋起抗击，但又拒绝做失去人

1　陈楸帆：《荒潮》，第216页。

2　同上，第217页。

3　Joan W. Scott., "Gender: A Useful Category of Historical Analysis," *American Historical Review* 91.5 (1986) :1053-1075、1072-1073.

4　卡伦·凯德拉：《女性主义赛博朋克》，王逢振编：《外国科幻论文精选》，重庆：重庆出版社，2008，第21页。

性底线和伦理基础的以暴易暴的反抗者。这是当代中国科幻中非常重要的第三世界底层女性形象。小说对她两次反抗的描写非常精彩，这个角色承担了延续人文精神的重要的文本功能。

　　然而对于这个重要女性形象书写中的性别政治，有学者曾质疑："《荒潮》最终成为对女性苦难的陈列，并且止于陈列。作者虽然始于对其现实生活经验的反复考察、想象和渲染，但最终却仅仅是在讲述困顿世界当中的悲惨故事，女性的苦难经验因而沦为被观察和审视的对象——这的确是一个好故事，但文本之外的更多可能性，便也无处寻觅。"[1]女性的苦难被视作一个对社会问题的再现和反思的便利方式。小米在小说中一直是各种男性人物包括本地宗族、流氓、西方企业的代表、复仇的"垃圾人"领袖、华裔青年精英等人故事中的对立面：她是本地宗族、流氓、外来资本压迫的受害者，是最后激起"垃圾人"集体反抗的重要导火索，是李文借以怀念妹妹和复仇的契机，是男主人公认识自身在海外弱势处境的一个镜像，还因其柔弱善良而成为邪恶的"小米1"即"赛博格"利用和控制的客体，她是各种男性主体身份构建中的他者。

　　小米展现出的最强烈的能动性当属被跨国资本主义代表斯科特挟持后，拒绝去做"杀人的怪物"，反而请求陈开宗毁灭自己来毁灭已经无法控制的第二人格，成为人类良心的化身。"小说中最值得注意的部分是发生在小米的人类良心和可怕的后人类控制体之间的强烈的斗争。小米0和小米1的分裂人格或许指向复杂的全球政治经济突变带来的后人类处境的精神分裂。她快速发展出的超人类能力和向人类报仇的渴望表征着一种悖论：即后人类的对技术强大的信仰和对技术的实际限制的深刻质疑的结合。"[2]小米的行动力主

1　姜振宇：《停滞的女性意识——评科幻文学中的性别问题》，《文学报》2016年7月14日第19版。

2　Song Mingwei, "Representations of the Invisible," in Carlos Rojas and Andrea Bachner (eds.), *The Oxford Handbook of Modern Chinese Literatures*, New York: Oxford University Press, 2016, pp. 546-559, p. 560. 中文乃笔者自译。

要在于反抗"小米1"的完全掌控，在小米完成最重要的行动——请求别人毁灭自己之后被电磁枪击中，脑中的定时炸弹被拆除，但"她的逻辑思维、情感处理及记忆能力退化已不可逆转，仅能终生维持在三岁小孩的水平"[1]。除了担任各种男性角色，以及邪恶的"小米1"的客体、他者和镜像，小米这个女性形象本身的自我成长不够明晰。她在小说中始终承袭着柔弱的女性刻板印象，成为善良、道德等人性意义上的承担者，是对"恶"的"后人类"的质询中关键的文本修辞。但这个人物更多地被符号化，人物形象本身相对扁平和简单。可以说，这种对于"后人类"情境的想象最终让作者回归且确认了传统的人文主义立场：新的控制论有机体很可能是技术中心的、非道德的，而不愿被它操控的人类仍是理性的、反抗的、反对技术神话的、有良心和道德的。有学者在研究现代性和科幻文学的关系时发现，科幻作者"也会将视线聚焦于沦为机器附庸的人类个体，甚至从这种并非赛博格的'机械/生命综合体'当中，窥见人类主体性的消解和人类'本质'的弥散——在许多时候，这种从人走向非人的过程，往往居于科幻审美的核心"[2]。显然，《荒潮》中对小米"赛博格"的想象也贯穿了这种基于传统的人文主义的对人类主体性的确认和维护。

但是当我们深究这种人文主义立场的展开，发现其文本书写仍基于一种二元的、本质主义的性别观念。不是小米，而是宗族老大和陈开宗在小米帮助下完成了反思或者成长，小米在"完成任务"后就变成了"3岁小孩"，供男主角陈开宗永远地怀念。这种人文主义的想象借助了本质化的性别转义才在叙述中完成：小米本身是柔弱的、被动的、善良的、道德的和不变的。周蕾曾经在《社会性别与表现》一文中提示我们：

1　陈楸帆：《荒潮》，第251页。

2　姜振宇：《现代性与科幻小说的两个传统》，《南方文坛》2016年第6期。

如果按照当代文化政治再三强调的那样，表现与社会性别、种族、阶级和其他涉及等级地位及从属关系的差异问题是不可分开而论的，那么斯皮瓦的文章则说明，我们也必须关注问题的逆命题：即使而且特别是对社会最下层人的关注，如"第三世界"的女性弱势人群，也不能回避表现中的物质实体——那些负责传达意义且不能简单地归结为法律和经济的实证主义替代物——的结构与比喻等修辞手法。[1]

她警示我们，即使是再现第三世界底层女性的经验，也要注意到文本修辞手法中所隐藏的性别、种族、阶级等差异性的范畴。《荒潮》中的人文主义想像正是基于一种本质化的性别差异话语。可以说，小说对性别压迫的揭示与正面书写的女性形象挑战了传统科幻中的男性中心主义，但女主人公最终没能摆脱被本质主义化的文本修辞命运，对其主体性的想像因基于传统自由人文主义的立场而是有限的，无法创造关于"性别"身份的新的可能性。

正如性别是想像"现代性"的一个关键修辞一样，它也是当代中国科幻小说中刻画人性和"后人类"的一个重要的修辞手法。除了《荒潮》中的小米"赛博格"，刘慈欣的科幻短篇《微纪元》（2010）和韩松的科幻小说《地铁》（2011）中的《符号》也贡献了另外两个重要的"后人类"女性形象。《微纪元》中地球上的微人"最高执政官"是一个孩子气、快乐、无忧无虑的女性，在这个关于"后人类"的乌托邦故事中，女性被作为单纯的、没有历史意识和危机感的一个文本符号；在《地铁·符号》的"后人类"地下世界里，男主人公遇到一个恐怖恶心的女性"再生变异体"，因为这个女性已经无法帮男主角重建其男性主体认同，最终被他杀死。可见性别修辞是中国科幻想像和批判"后人类"世界的重要文本能指和动力。可以说，《荒潮》也是如此，性别问题推动了小说

---

1 周蕾：《社会性别与表现》，马元曦、康宏锦编：《西方女性主义文学文化译文集》，桂林：广西大学出版社，2008，第39页。

对生物技术和人工智能所带来的"后人类"种种问题的批评和反思，但可惜小说仍有隐蔽的偏颇视角。《荒潮》里的女性控制论有机体并没能成为哈洛维所想象的，可以超越不平等性别秩序的、去本质化的全新物种"赛博格"，而是成为全球化时代可能带来的压迫性的新秩序的象征，成为科技爆炸的新时代里破除科技迷思，肯定理性、道德的传统人文精神的重要载体。

结语

在一个访谈中，陈楸帆曾谈及科幻在当下的意义：

> 我们每一个人都会像本雅明笔下背向未来，被进步之风吹着退行前进的天使，我们愿意看着过去，因为那是我们所熟悉，感觉安全舒适的世界。我们需要厘清什么是人？人类的边界在哪里？人性究竟是所有人身上特性的合集还是交集？究竟一个人身上器官被替换到什么比例，他会变成另一个人或者说，非人？这种种的问题都考验着我们社会在科技浪潮冲刷下的伦理道德底线，而科幻便是最佳的引起广泛思考的工具。[1]

可以说，《荒潮》即是一个提出问题、并进行深入思考的重要作品。它以"科幻现实主义"的批判视角，描画资本主义现代性和全球化浪潮中各种压迫性的势力和话语：中国传统宗族势力和地方保守主义，现代性和全球资本主义的批判；它呈现了一个被资本主义、新殖民主义和父权制所裹挟的想象世界，表达了祛魅的、反思的科技观，揭示出新的科技空间与现实生活中种族、阶级、性别等各种身份和社会关系的密切联

1　何平、陈楸帆：《访谈："它是面向未来的一种文学"》。

系；它以一个第三世界底层女性的形象指征全球化时代的各种不平等的关系：国家、城乡、阶级、性别、科技，等等，并用这一形象来完成对技术过度发展的反思，具有很大的感染力。这是当代中国科幻中"科幻现实主义"取得的实绩，是科幻这一特殊文类对于全球化时代的现实批判做出的独特贡献。

但是，《荒潮》中这个重要的第三世界底层女性的形象基于传统的人文主义话语，在具体文本书写中则被他者化和本质化了。这种性别书写和修辞并非特例，恰恰是很多当代科幻小说特别是男性作家作品共有的特点。在哈拉维所期待的不仅仅是性别意义上的，更是阶级和族群意义上的多重主体性上，尚未有当代中国科幻作品贡献出有力的探索，以真正符合苏恩文所期待的那种以"创造性的方式试图对环境有一个动态的改造"[1]和杨庆祥所提出的"或然性的制度设计和社会规划"[2]，从而对全球资本主义下种种压抑性的现实秩序和思维方式做出更有力的挑战。

赛博女性主义艺术家 F·威尔丁（Faith Wilding）曾说过："如果女性主义具备探索赛博空间的潜能，它就必须紧密跟随变化中的社会现实和生活状况，因为通讯技术和技术科学对我们的现实生活正产生巨大的影响。使用女性主义的理论洞见和策略工具与网络空间中存在的性别主义、种族主义和军事主义相斗争，这正是赛博女性主义者的任务。"[3]在这部小说中，科技并没有变成实现解放的工具，反而成为可能实施压迫的工具。小米"赛博格"成为对资本主义、男性中心主义传统的承袭、逻辑的复制，并没有带来新的、政治性的、打破边界和规定性属性的可能性，未能呈现新的理解世界的方式。《荒潮》可以说是关于人类在被科技变异后能否达到解放的一个失败的故事，警示我们在未来构架中设想新的科技与人的关系。性别仍然是小说的重要修辞方式，但是《荒潮》

1　Darko Suvin, "On the Poetics of the Science Fiction Genre."

2　杨庆祥：《作为历史、现实和方法的科幻文学》，第 7 页。

3　都岚岚：《赛博女性主义述评》。

未能贡献出一个去本质化、去整体论、反对一切他者化的、流动性的身份，包括性别身份。陈楸帆本人也承认，"中国当代科幻对于性与性别议题的书写与探索依然稀缺，或是停留在表层的符号层面，尚未真正进入到文化基底之中，这与整个社会性别意识的觉醒程度亦是密不可分"[1]，他非常愿意在这方面做出自觉的探索。

因此，笔者期待在未来中国的科幻创作中，有从赛博女性主义视角对"赛博格"的想像和形塑，在"后人类"问题的探讨中克服二元对立和本质主义的书写模式，贡献出一种试验"跨越边界"的革命性的身份认同、社会关系以及思维方式的科幻文学。

原载《文学评论》2019 年第 3 期

1　陈楸帆：《科幻中的女性主义书写》，《光明日报》2019 年 9 月 26 日第 14 版。

"现实"与"真实"

存　目

贡献与误区：郑文光与"科幻现实主义"

姜振宇

1981 年 11 月 12 日，郑文光在参加文学创作座谈会时提出："科幻小说也是小说，也是反映现实生活的小说，只不过它不是平面镜似的反映，而是一面折光镜……采取严肃的形式，我们把它叫作科幻现实主义。"[1] 无论中外，这一提法都前所未见。而郑文光本人在 1984 年直陈："……外国人说我是科幻现实主义，这个名词在他们那里是贬义，但我却恰恰想致力于搞现实主义的科幻小说。"[2] 结合两者，我们在出版于 1981 年 5 月的 *ASIA2000* 创刊号上，找到了《中国科幻小说之父》[3] 一文，其中已然有"社会性科幻"（Social Sci-Fi）的表述方式；同年 4

1 郑文光：《在文学创作座谈会上关于科幻小说的发言》，中国科普创作协会科学文艺委员会主编：《科幻小说创作参考资料》（第 4 期），1982 年 5 月。

2 郑文光：《谈幻想性儿童文学》，中国作家协会辽宁分会、辽宁少年儿童出版社编：《儿童文学讲稿》，1984，第 249 页。

3 Liu Meiyun, "The Father of Chinese Sci-Fi," *ASIA2000*, Hong Kong, 1981, p.5. 中文版见刘美云：《中国科幻小说之父》，中国科普创作协会科学文艺委员会编：《科幻小说创作参考资料》（第 2 期），陈珏译、陈冠商校，1981 年 10 月。

月 5 日，郑文光在接受香港《明报》记者潘耀明访谈时，也曾明确提出：
"我和一些志同道合的朋友，则想建立这样的流派——社会性的科幻小说，探讨社会问题，并把它视为现实主义文学的一部分"[1]。由此可知，这便是"科幻现实主义"的实际内涵。

尽管"科幻现实主义"这一词汇在中文语境下的首次出现要迟至 1981 年，但就郑文光个人的创作理念来说，早在 1979 年底，他便已明确提出："好的科学幻想小说无论假设故事发生在多么遥远的未来，也应该和当前社会的现实斗争密切相关。"[2] 在此之后，郑文光还做了许多阐释，例如"我尝试着用科幻小说的形式来表现我们的社会现实"[3]，"想创造一种类似科幻小说又不是科幻小说的东西；我想把写科幻小说的方法拿来写现实题材"[4]，或者"我们要提倡写些现实主义的科幻小说"[5] 等，这些表述大同小异，并未发生本质变化。这一创作主张延续到其晚年。在因中风停止创作十余年之后，作者在重述其创作主张时，仍旧反复强调"一个社会问题，我不是直写，我通过幻化、通过变形表现出来……往往比现实主义作品反映得更真实"[6]。

科幻小说应当关心现实

郑文光对"科幻现实主义"的提倡，是建立在对其本人从 50 年代以来的一系列科幻创作观念的反思和发展之上的。

郑文光于 1929 年 4 月 9 日生于越南海防。1954 年 4 月在《中国少

1　彦桦：《中国科幻小说的现况及发展》，《明报》1981 年 7 月 8 日。

2　郑文光：《科学文艺杂谈》，黄伊主编：《作家论科学文艺·第一辑》，南京：江苏科学技术出版社，1980，第 94 页。

3　郑文光：《前记》，《郑文光科幻小说》，长沙：湖南少年儿童出版社，1981，第 2 页。

4　郑文光：《谈幻想性儿童文学》，第 249 页。

5　郑文光：《谈儿童科学文艺》，刘杰英编：《作家谈儿童文学》，长沙：湖南少年儿童出版社，1983，第 49 页。

6　郑文光：《现实和幻想》，《中国青年科技》2000 年第 6 期。

年报》上发表的《从地球到火星》[1]是其个人的科幻处女作，也是中华
人民共和国成立后正式发表的第一篇短篇科幻小说，作品一度在北京地
区引发了火星观测热潮。郑文光在十七年期间陆续创作了八篇科幻小
说，其中《火星建设者》获莫斯科世界青年联欢节大奖，是中国第一篇
获国际大奖的科幻作品。进入新时期之后，郑文光的一系列科幻作品在
当时获得了广泛的影响，作者有时甚至被尊为"中国科幻小说之父"[2]。
多年以后，新生代科幻作家韩松写道："郑文光是真正抓住了科幻本质
的大家"[3]，而吴岩则直陈："郑文光是我们时代的科幻伟人"[4]。

郑文光的科幻创作道路是从科普工作开始的。早在中华人民共和国
成立前，郑文光就曾辗转海内外多地，以教学和撰写科普文章谋生；在
1951 年 2 月进入中国科协担任编辑之后，科普更成了他的本职工作。
仅 1954 年一年，他就创作了 100 万字的科普作品[5]，其中"光是关于人
造地球卫星的科普文章他就写了 120 篇"[6]。在准备开始科幻创作之时，
郑文光预先广泛接触了当时已经被译介到国内的不少科幻作品和理论，
其中又以对凡尔纳、阿达莫夫、齐奥尔科夫斯基、阿·托尔斯泰等人的
接纳和分析最为深刻。

1956 年，郑文光在《谈谈科学幻想小说》[7]里旗帜鲜明地表达了自
己在这一阶段的创作理念："科学幻想小说就是描写人类在将来如何
对自然作斗争的文学样式。"[8]在郑文光看来，虽然现代自然科学（以
及它的发展）是这一文类"产生的基础"和描写的"出发点"，而科

---

1 郑文光：《从地球到火星》，《中国少年报》1954 年 5 月。

2 Liu Meiyun, "The Father of Chinese Sci-Fi," pp. 45-46. 中文版见刘美云：《中国科幻小说之父》，中国科普创作协会科学文艺委员会编：《科幻小说创作参考资料》（第 2 期）。

3 韩松：《郑文光——我面前的一堵墙》，北方网，2017 年 4 月 28 日查询。

4 吴岩：《论郑文光的科幻文学创作》，《大庆高等专科学校学报》2002 年第 2 期。

5 陈洁：《亲历中国科幻——郑文光评传》，福州：福建少年儿童出版社，2006，第 63 页。

6 同上，第 73 页。

7 郑文光：《谈谈科学幻想小说》，《读书》1956 年第 3 期。修改后以《往往走在科学发明的前面——谈谈科学幻想小说》为题收入《怎样编写自然科学通俗作品》，北京：科学普及出版社，1958。

8 同上。

幻小说"固然也能给我们丰富的科学知识"，但它却明确地"不同于科学文艺读物"，因为它所书写的，乃是"成为了自然界主人的真正的人的面貌"[1]。

应当承认，要在20世纪50年代初期提出这样的观点，不但需要敏感而深刻的洞察力，更要求论者有充分的理论勇气。但如果仔细考察这一观点的内部逻辑，我们依旧能够发现其中尚存在一些无可回避的内部矛盾。

首先，郑文光在提出科学幻想小说是"一种文学作品"之后，仍旧将这一文类放在了"向科学进军"的语境当中，科学似乎既是这一文类的背景、出发点甚至是其阅读门槛，同时又是其外部的功利性目的。在这样的情况下，无论郑文光如何试图通过不断强调"深刻的思想内容"来谋求文类自身的独立性，显然都是难以奏效的。其次，郑文光在否认"科学幻想小说是未来人类的生产活动和生活的最精确的预言"的同时，却又着重指出，这一文类的价值在很大程度上来源于它"虽然只是作家的幻想，但是却往往走在真正的科学发明的前面，也就是说，它往往是在相当大的准确程度上'预言'着未来的"。此外，这种观念上的模糊和自我矛盾同样也表现在对小说中的科学内容之"正确性"的游移上：郑文光一方面提出"科学幻想小说在它的出发点上，必需有科学根据"，但又要求"容许作者在技术问题上违反科学（原理）"[2]。

这些概念和逻辑上的模糊与冲突，已然大致框定了此后三五十年间，在国内针对科幻小说展开的大部分争论。郑文光以及国内整个20世纪的绝大多数科幻作者、研究者，鲜少能够充分厘清科幻文类的这些内部、外部问题。郑文光在此时的游移恰恰是中国科幻发展历程当中的典型状况。在这样的基础之上发展起来的创作理念，

1　郑文光：《谈谈科学幻想小说》。

2　同上。

自然也难以稳固而有说服力。实际上，从童恩正、郑文光、叶永烈，到金涛、魏雅华、王晓达等，他们在"新时期"以各种形式展开的理论探讨和创作实践，几乎都是以对这些问题的部分解决或整体悬置作为前提的。

郑文光在 1979 年迅速地集中改写和创作了一大批作品，除了见于杂志的《太平洋人》和《鲨鱼侦察兵》之外，还有《鲨鱼侦察兵》和《海姑娘》两个短篇集。此时的郑文光似乎放弃了原本要将科幻文类从"科学文艺读物"独立出去的激烈态度，甚至对科幻小说的科普功能，做了强有力的强调和推广："为什么要给少年朋友写科学幻想小说？这是因为，我希望我国广大少年掌握科学，又掌握善于幻想的艺术"[1]，"科学和幻想的结合，诞生了科学幻想小说。……科学幻想激发了不少人从青少年时代起就对科学事业产生热爱，鼓舞着许多人向科学事业作不屈不挠的进军"[2]。

这表明，郑文光此时在谈论科幻小说的时候，已经接纳了它是"科学文艺"框架之下的一种文类这一思路。这种"妥协"，要放在他个人的科普创作观念当中进行考察——实际上郑文光对于"科学文艺（读物）"一直抱有一种相当超前的观念。

早在 50 年代，郑文光在接触以伊林、高尔基等为代表的大量苏联作家的科学文艺理论之后，就已然开始颇为激烈反对以"科学性、思想性、艺术性"来指导、评价科学文艺的做法。他将"科学文艺读物"释读为"带有文艺性质的科学读物"，进而一方面承认"科学读物的主要任务是给读者以科学知识"，另一方面又反对在科学知识之外加入一点"文艺性"来使科学读物"生动"起来的创作方式。[3] 他强调科学文艺作品在地位上与科学幻想小说相并列，并且认为它们对于青少年读者，

1　郑文光：《鲨鱼侦察兵》，北京：中国少年儿童出版社，1979，第 1 页。

2　郑文光：《飞向人马座》，北京：人民文学出版社，1979，第 281 页。

3　郑文光：《少年儿童科学读物的创作问题——读"少年儿童知识丛书"后所想到的》，《读书》1956年第 7 期。

在"发展他们的想象力，培养他们的辩证唯物主义世界观和勇敢、大胆、进取精神等方面有重大作用"[1]。

郑文光科普观念的核心——同时也是其最为独到之处——是他认为，科学文艺读物之所以具有"文艺性"，能够深刻地打动读者，是因为作品能够"正确地、深刻地表述科学原理、阐述自然现象"[2]，他援引苏联科普作家伊林的说法来解释作品的"感染力"："只有作者写得激动，才能让读者激动"。郑文光随后将这里所提倡的"激动"的来源，进一步细化为"推动他们在认识自然界的道路上前进一步"，而"要从这些现象和原理中体会到自然界的内在规律和真实的面貌"，"所讲的即使只是一滴海水，也应当让孩子们看到大洋"[3]。

进入新时期之后，郑文光的这一观念并未发生本质变化："首先是科学的思想，科学的态度，科学的精神"[4]，"科学文艺读物并不只是要求宣传具体的科学知识，而是透过这些具体的科学知识去阐明科学的思维方法、科学的世界观和方法论"[5]。但与此同时，他也意识到了"科学文艺"所面对的巨大问题："科学界认为它是文艺作品；搞文艺的，又认为它是科学，结果成了童话中的蝙蝠：鸟类说它像耗子，是兽类；兽类说它有翅膀，是鸟类。"[6]此时的"科学文艺"这一概念已经将科幻小说容纳在内，同时也淡化了科学普及的任务。这种变化显然是受到科幻作家童恩正的直接影响——后者在《珊瑚岛上的死光》发表之后，在不同场合都要求明确区分科学文艺与科

1　郑文光：《在全国青年文学创作者会议上的发言》，中国青年出版社编：《全国青年文学创作者会议报告、发言集》，北京：中国青年出版社，1956，第389页。

2　同上。

3　有意思的是，在50年之后，刘慈欣也用了类似的比喻，来阐述科幻小说中具体内容与所处之世界的联系。刘慈欣：《从大海见一滴水》，《科普创作》2011年第3期。

4　郑文光：《科学琐语》，《光明日报》1978年6月4日。

5　郑文光：《科学文艺杂谈》，黄伊编：《作家论科学文艺·第一辑》，第84页。

6　郑文光：《应该精心培育科学文艺这株花》，《光明日报》1978年5月20日。这一说法后来在层层发酵中，逐渐酿成科幻小说"蝙蝠论"和"姓'科'还是姓'文'"之争的导火索，这倒应当是郑文光本人所始料未及的。郑文光：《科学文艺小议》，《人民文学》1980年第5期。

普读物[1]——问题在于，此时郑文光的立场并不如童恩正一样绝对化，他甚至对童恩正所提倡的作为"情节小说"的科幻作品[2]，尤其是《星球大战》之类"一点科学性也没有"的"很大一个流派"，持有明确的批评态度。[3]

具体到创作实践当中，郑文光认为科幻作家们应当自觉承担"要在这片物质和精神的瓦砾堆上，培养造就一代社会主义新人"[4]的重要任务。为了达到这一目的，作者们需要塑造一个"前所未有的，崭新的典型"，也即理想化的"80年代的社会主义新人"[5]，而这后一个概念被进一步明确为"为现代科学技术武装的人""一种掌握现代化科学思维方法的人"[6]。我们可以发现，此时的"新人"，与50年代"成为了自然界主人的真正的人"[7]已经相去不远，不过显得更加脚踏实地、贴近现实生活的发展脚步而已。

郑文光"科幻现实主义"的提出，恰恰是在上述理论发展的逻辑脉络当中的。1981年11月12日，郑文光提出"科幻现实主义"乃是"现实主义和浪漫主义的统一"。一方面，郑文光认为科幻小说是可以反映现实问题的，他甚至提出"只把科学幻想的设计作为背景，实际上是表现社会现实，反映人生的作品"的"软科幻"是长期存在的，甚至"如今已成为一个重要的文学流派了"；另一方面，"科幻小说这种文学形式，特别适合表现我们人民的革命理想主义"，"总之，要写社会主义新人。对比于今天的现实，可能有点理想化了。但是，理想化正是科幻小说的重要创作原则"。这就是"立足于现实基础上的充满理想光辉的

1　童恩正：《谈谈我对科学文艺的认识》，《人民文学》1979年第6期；童恩正：《关于〈珊瑚岛上的死光〉》，《语文教育通讯》1980年第3期。

2　童恩正：《谈谈我对科学文艺的认识》。

3　郑文光：《科学文艺杂谈》，第90页。

4　郑文光：《〈三个孩子去蛇岛〉的启示》，《中国出版》1981年第2期。

5　郑文光：《从科幻小说谈起》，《文艺报》1981年第10期。

6　郑文光：《科幻小说要塑造社会主义新人》，《科普创作》1982年第4期。

7　郑文光：《谈谈科学幻想小说》。

科幻现实主义"[1]。

以"科幻现实主义"来统摄科幻作品与现实问题之间的关系，固然属于郑文光独出机杼的构想，但科学幻想小说这一文类与"现实"之间的复杂关系，在当时已然有不少作者和从业人员以各种方式进行过较多的论述。香港的译者、编辑杜渐的主张最为激烈，他认为"科幻小说的本质，是反映现实的"[2]，"是形象思维的产物，是反映现实的文学作品。它没有传播科学知识的功能"[3]。杜渐所提倡的"现实"，尤指现代化过程所导致的急速变迁当中的社会，而科幻小说是要"为人们精神和心理上的适应能力作必要的训练和演习"[4]。这一观念其实与童恩正提倡"宣传一种科学的人生观"[5]有着类似的前提。童恩正认为"我国历史已经进入了一个崭新的时代"[6]，而"这种文学形式只有在我们建设民主富强的社会主义新中国的过程中发挥了积极的作用，人民才需要它"[7]。

问题在于，在他们的论述当中，"现实"主要是作为基本的创作背景存在，他们鲜少要求作品直接、具体地对社会问题作出回应。一个需要指出的事实是，他们往往是针对着"科幻小说是'逃避主义'"[8]的批判，才不断强调科幻小说存在一个现实性的根源。在实际的争论过程当中，金涛、杜渐、童恩正等人时常在论证"幻想"之合法性的同时，将"现实"的意涵混同于"科学"与"真实"，进而又将"幻想"与"文艺性"乃至"社会思想""社会主题"彼此联系。这就导

1　郑文光：《在文学创作座谈会上关于科幻小说的发言》，中国科普创作协会科学文艺委员会编：《科幻小说创作参考资料》（第4期）。

2　杜渐：《不要把读者当阿斗》，《明报》1980年5月19日。

3　杜渐：《谈谈中国科学小说创作的一些问题》，《开卷》1980年第10期。

4　同注2。

5　童恩正：《谈谈我对科学文艺的认识》。

6　同上。

7　童恩正：《创作科学幻想小说的体会》，中国科普创作协会科学文艺委员会编：《科幻小说创作参考资料》第3期，1981年11月。

8　董鼎山：《特约稿》，《大公报》（副刊）1980年4月17日。

致科幻小说所表达的主题，往往止于空洞地叙写"作者所向往的理想人物"[1]、"'劳动创造世界'这一真理"[2]、"揭露老殖民主义者吹嘘自己是万能的虚伪性……也大灭了现代种族主义者的威风"[3]之类。同时，他们当时在创作方法、题材选择上，也还多以断言式的直觉判断为主，普遍缺乏深入的理论思考。

这种概念上的纠缠很快招致了大量批判，这些批判虽然多不中的，但其中不少却颇有威胁意味："科学幻想小说之所以有生存的权利，就在于她不仅姓'文'，而且姓'科'"[4]；"这样来规定科学幻想小说中的'科学性'，与其说是在肯定科学文艺应当有科学性，不如说是在取消科学文艺对自然科学的特殊要求"[5]；"科学文艺是以传播科学知识为其宗旨的，失去科学性就失去它的灵魂"[6]，"科学文艺失去一定的科学内容，这就叫灵魂出窍"[7]。

此时再来看郑文光的观点，就可以见出他在理论建设方面所作出的不懈努力了："它的主要特征使用浪漫主义手法，透过科学幻想这面折光镜去反映人生"，"科学幻想小说虽然是虚构的故事，又往往幻想的是未来，但是其实还是要取材于现实生活的"[8]。与郑文光观点类似的，还有刘兴诗、金涛、魏雅华等作者，他们的头脑相对更加清醒，也都从不同的角度给科幻现实主义以自己的阐释和支持。刘兴诗"打开联系现实的道路"的要求，虽然出发点还在宏大的科学话语当中，并且在题材上也仅止于从日常生活当中"寻找未知的科学之谜"，从而"更直接地为四化服务"，但毕竟已然意识到科幻小说有"在描

1　金涛：《读〈书海夜航〉所想起的》，《读书》1981 年第 3 期。

2　蔡景峰：《多给孩子们写些好的科学故事》，《科普创作》1980 年第 1 期。

3　张大放：《科学的现实美妙的幻想——评〈美洲来的哥伦布〉》，《科普创作》1983 年第 1 期。

4　建安：《漫谈科学幻想小说》，《山花》1979 年第 9 期。

5　赵之：《名实之辩》，《中国青年报》1980 年 11 月 20 日。

6　高士其：《科普创作的两个方面》，《科普创作》1980 年第 1 期。

7　鲁兵：《灵魂出窍的文学》，《中国青年报》1979 年 8 月 14 日。

8　吕辰：《访问中国 SF 作家郑文光》，《开卷》1980 年 5 月。

写先进的未来科学技术问题的同时，勾勒出与其相适应的当时的社会面貌"[1]的需求。而金涛的创作理念则十分明晰，他回忆当时所面对的状况，是"中国的科幻小说长期以来实际上是游离于现实之外的，它仅限于表达理想的追求，或者是简单化地阐释科学、普及知识的故事，很少去触及现实，更谈不上对现实的批判了"[2]。魏雅华就显得更为激情澎湃："谁说科幻小说是一种虚无缥缈的远离生活的小说？不，它同样深深地扎根在现实生活的沃土之中。"[3]

科幻现实主义的创作实践

金涛《月光岛》的创作始于中国海洋学会科普委员会1978年冬季在厦门鼓浪屿召开的会议。彼时"文革"刚刚结束，某天晚上金涛、郑文光等作者在日光岩上闲聊，谈及所经历的磨难，便诞生了小说创作的想法。据金涛后来回忆，是郑文光"毫不犹豫地建议我尝试写成科幻小说"[4]，而在当时郑文光的推荐文章中，"写一篇科幻小说"的念头，则是由金涛本人"对我宣称道……"[5]

《月光岛》是"新时期"以后，国内第一篇成功地以科幻小说的形式，针对具体的现实问题，进行反映、剖析和批判的作品。小说自发表之后，多次被各种科幻选集收录，也长期被视为"科幻现实主义"的代表作，影响较大。《月光岛》的故事背景设定在"文革"期间，情节主要分为两条线索。主人公是海洋生物学高才生梅生，他在被发配月光岛之后，依旧在"平静的台风眼"继续此前和他老师孟教授一起进行的"生

1　刘兴诗：《打开联系现实的道路》，《光明日报》1981年2月16日。

2　金涛：《我对科学文艺创作的反思》，《科普研究》2016年第1期。

3　魏雅华：《我写〈瞳孔〉》，《芒种》1983年第9期。

4　同注3。

5　郑文光：《要正视现实——喜读金涛同志的科学幻想小说〈月光岛〉》，《科学时代》1980年第2期。

命复原素"研究。在当地渔民的帮助下，梅生利用自己的研究救活了老师的独生女孟薇。两人一起生活三年之后，梅生获得了参与留学考试的机会，又在机缘巧合之下偶遇被释放的孟教授，但等他们共同回到月光岛，孟薇却已然离开。而在孟薇这边，起初她父亲受诬被捕，母亲因病去世，自己又被大学除名，便跳海求死。在被梅生救活之后，两人非但产生了爱情，更成为科研路上的同志。三年后两人相约考试归来便即刻成婚，然而在等待期间，孟薇获悉梅生的前途将因为他的"社会关系令人遗憾"而毁于一旦，便于伤痛中欲再度赴死。此时一直伪装成当地渔夫的天狼星考察队适时表明身份，与孟薇一道远赴天外。

郑文光认为，《月光岛》作为一篇新人新作，其重要意义在于，它"如此尖锐地提出一个问题：科学幻想小说要不要正视现实？"[1]应当说，金涛非但在作品当中直截了当地回答了这个问题，甚至奠定了这一时期"科幻现实主义"的基本创作逻辑。

在叙事框架上，《月光岛》深受"伤痕文学"的影响，尤其在对"文革"当中个体磨难的描绘的模仿最为突出。与此同时，我们也应当关注到，小说还将大量的笔墨倾注在了对"文革"结束之后，当时社会现实状况的描述和剖析上："文革"虽然结束，但现实当中其"遗风"犹存。小说通过设置主人公利用"生命复原素"起死回生的情节，将批判和反思推向深入：即便承受、征服了"文革"带来的伤痛乃至死亡，仍旧存在科学与爱情都无法跨越的问题，"梅生虽有起死回生的手段，毕竟不能阻止爱人的'失踪'"[2]。

在充分运用了"文革"题材之后，作者借由外星人之口，对"人类"作出了评判："地球人要进入文明的理想境界，大约需要再经过一百个世纪。根据我们的研究，他们比起宇宙中其他星球的人，无论是科学技术，还是社会公德都差得太远太远。"[3]这一来自人类文明之外的

1　郑文光：《要正视现实——喜读金涛同志的科学幻想小说〈月光岛〉》。

2　同上。

3　金涛：《月光岛》（续），《科学时代》1980 年第 2 期。

观察视角，以及由之产生的批判，在这一时期的科幻作品当中引发了争相模仿。

应当指出，金涛在此时的处理，还显得相当生硬粗糙，尤其渔夫显露自己的外星人身份一节，颇有"机械降神"之感。因而后来读者在脱离了当时语境的情况下再看文本，对作者的意图多有误读。日本学者林久之认为"的确很像是传奇剧。会让人联想起中国古典而闻名的《牡丹亭记》和《人面桃花》这些死者生还的故事"[1]还算可以勉强接受，至于有研究者得出"对孟薇来说，去了外星球不啻去了天堂"[2]的判断，就已经离题万里了。

郑文光当时对金涛这种将科幻视为手法，用以折射社会现实的创作方式颇为欣喜，1981年，《郑文光新作选》由湖南少年儿童出版社出版，收录创作于1980年的新作八篇。在选集《前记》中，郑文光说："我尝试着用科幻小说的形式来表现我们的社会现实"[3]，集中选文也大都确实是按照这一理念进行创作的。

其中《地球的镜像》[4]一篇最具特色，集中反映了郑文光的各种探索实践。这篇小说几乎没有情节，仅仅借宇航员之口，描绘了外星人通过全息电影所记录的中国历史："就像人们去参观笼子里的动物，未必总是选它最威武、最美丽、最生气勃勃的一瞬间。"[5]但作品当中所展现的历史片段，则显然是经过精心选择的：红卫兵武斗的场景与郑和下西洋、火烧阿房宫并列。此时郑文光将不断被咀嚼、反思的"文革"题材，放在了更为宏大的历史进程当中进行考察，"伤痕"在此时蜕变为文明与野蛮之间的复杂关联。外星人在与中国人正式接触之前彻底离开，仅仅留下全息影像，这种回避毫无疑问已然表明了他们

1　林久之：《中国科学幻想文学馆·下》，东京：大修馆书店出版社，2001，第113页。

2　李英、尹传红：《打开幻想的魔盒》，《名作欣赏》2013年第2期。

3　郑文光：《前记》，《郑文光科幻小说》，第2页。

4　郑文光：《地球的镜像》，《上海文学》1980年第10期。

5　郑文光：《地球的镜像》，《郑文光科幻小说》，长沙：湖南少年儿童出版社，1981，第119页。

的态度。作者在文本中，极度简化地表达了自己的观念："对于有些地球人，最恰当的比喻是——洪水猛兽"，这显然是针对当代人发出的激烈批判。小说最后又以"他们只是到达了我们到达不了的角落"[1]走向结尾，作者在此处昭示的不可抵达之处，显然不是空间上的距离之远近的概念。

在经过了种种尝试之后，《命运夜总会》[2]应运而生。小说的情节框架直接来自作者本人远赴香港的一次旅行。郑文光在中华人民共和国成立前后曾在香港逗留，其间积极兴办进步报刊，并参与了不少当地的时政活动。"文革"结束后，郑文光携妻陈淑芬抵港，当时不少耳闻目见的经验，夫妻相处的体验，乃至作者此前往来大江南北之时所经受的种种考验，都被写入了小说当中。

《命运夜总会》的主人公耿定源初到大都市 H 港时颇不适应，却在一家名为"命运"的夜总会里获得了忘我沉浸乃至陶醉之感。这种沉浸感实际上来自"SS–万能超声仪"，"这种超声对脑神经的作用，犹如一种致幻剂……比鸦片和大麻都强"[3]。夜总会因此而门庭若市，但这种刺激有强烈的副作用，稍有不慎便会酿起血案——它本是某技术科长用以审讯拷问的工具。

《命运夜总会》的成功之处，并不在于其科幻构思，而在于精巧的情节排布和栩栩如生的人物形象。小说中的头号反派徐国甡是个白面书生，虽然在"文革"中辣手整人无数，而后又奔赴香港投机淘金，生活中却是一个风度翩翩温文尔雅，思想相当丰富而深刻的形象。他一方面将"命运"视为推诿的对象，因而对利用万能超声仪作恶丝毫不以为意；但另一方面又极度依赖机器带来的短暂慰藉，以致过度使用，如其他受害者一样精神崩溃。"甡"有"众多"之义，作者给主人公起名"国甡"有明确的暗示意味，他甚至在小说中直陈："戴眼镜的白面书生，不是

1　郑文光：《地球的镜像》，《郑文光科幻小说》，长沙：湖南少年儿童出版社，1981，第 121 页。

2　郑文光：《命运夜总会》，《小说界》1981 年第 2 期。

3　郑文光：《命运夜总会》。

很多、很多吗？"[1]

鲍昌在附于小说之后的评论文章中认为，这是"一篇把科幻和现实结合得较好的作品"，不过也直陈"科幻的色彩又淡了些"[2]。但如果我们将这部作品放入到"科幻现实主义"创作思路当中，会发现这一创作理念引导下的变化实在乃是题中应有之义。文中的科幻构思"SS-万能超声仪"直接作用于人的精神，在低强度时能够供人以慰藉，稍微加强或者长期使用，便会致人疯狂。这种疯狂的后果并不可控，每个人都处在危险当中——此时汇聚在先进机器身上的具象化隐喻，已经呼之欲出了。

鲍昌以为："在科幻作品中的现实主义因素，不必理解为细节上的真实，而主要看它对于现实生活本质的概括。"[3]这就极为精准地把握到了"科幻现实主义"的内在逻辑。科幻小说的虚构特征，使得作者可以凭空构造出种种灵药和机器。在"科幻现实主义"这里，它们看似是为了满足人类的某种需要而被"发明"出来的产物，实质上几乎都是作者之"概括"，其隐喻现实的目的和功能往往毫不掩饰。这一手法成熟于《命运夜总会》，此后郑文光本人在《哲学家》等作品当中也一再实践，而同时代的其他科幻作者也多有借鉴和效仿。

与郑文光同时的叶永烈、魏雅华、王晓达等人也曾经参与到"科幻现实主义"的创作实践当中。其中，叶永烈的《五更梦寒》《腐蚀》和魏雅华的《温柔之乡的梦》《我与机器人妻子的离婚案件》同样影响广泛，不少甚至一度引发争论和批判。

郑文光等人对"科幻现实主义"的理论探索和创作实践，很快得到了期刊编辑和科幻评论界的不少认可。彭钟岷、彭辛岷在合著的《中国科学幻想小说的崛起》[4]当中，明确将它们视为"社会性科幻小说"，

1　郑文光：《命运夜总会》。

2　鲍昌：《把未来和现实放在一起思考》，《小说界》1981年第2期。

3　同上。

4　彭钟岷、彭辛岷：《中国科学幻想小说的崛起》，《文艺报》1981年第15期。

这是对郑文光此前表述的直接引用。饶忠华的《幻想·创新·科学——1979—1980 全国科幻小说读后感》也高度赞扬金涛等人"开拓反映社会现实的新作品"[1]。与此同时，诸如叶永烈、童恩正等作者，则开始积极地在世界科幻史当中，为这一创作主张寻找依据，他们惯常的做法，是将赫伯特·乔治·威尔斯的创作视为与儒勒·凡尔纳相对抗的一派。论述中或者直接引用"社会性科幻"的称谓，或者冠以"软科幻"的名称，其后续影响直至今日。

1983 年 4 月，郑文光因中风停止写作之后，魏威和陶力等人在回顾其创作生涯时，不约而同地将他对"科幻现实主义"的探索和提倡视为其最重要的贡献之一："我国科幻小说的发展正处于一个重要的转折关头，其中郑文光的一批现实主义力作更是集中地体现了这种历史发展的必然趋势"[2]，"他所达到的现实性的深度与广度，在科幻领域内都是十分突出的"[3]。吴岩对这一判断有所深挖，他认为在"直接反映现实生活"方面，"将文化大革命题材引入科幻文学的创作郑文光是提倡最多、作品也成就最大的作家之一"[4]。

郑文光与"科幻现实主义"的误区和启示

我们可以发现，此时的"科幻现实主义"，在语义上应当释读为"现实主义科幻"。郑文光等人的这一创作主张，最初是面对此前来自科学界和科普界的批判乃至挟持，为反对功利性的创作观念而进行的"出奔"。在做出有益探索的同时，也存在着诸多不足。郑

1　饶忠华：《幻想·创新·科学——1979—1980 全国科幻小说读后感》，《科普创作》1981 年第 2 期。

2　魏威：《科幻小说的发展趋势和郑文光的科幻现实主义》，文学评论编辑部编：《文学评论丛刊·第28 辑》，北京：中国社会科学出版社，1985，第 213 页。

3　陶力：《郑文光论》，《当代作家评论》1984 年第 4 期。

4　吴岩：《论郑文光的科幻文学创作》。

文光虽然将科幻现实主义抬高到"现实主义与浪漫主义的结合"的高度，但其中对于现实主义和浪漫主义的理解都存在系统性的问题，而郑文光本人此前在创作观念上的矛盾也并未得到解决：这就导致了作者们在消解了对于"预言性"的要求之后，依旧深陷于"科学性"的魔咒当中。

在当时"科学文艺"或者"文艺性的科普读物"语境下，对科幻小说的创作要求，基本是从各种"性"[1]的角度出发的，这些颇为僵化和具有明确功利性质的科普导向，在由童恩正引发的"姓'科'姓'文'之争"，以及郑文光提出"蝙蝠论"之后，受到了全面的挑战。在这一背景下，郑文光等人主要从两个方面对"科幻现实主义"进行了论证。

首先，在描写对象上，郑文光等人试图以关注现实问题来突破科学主题、科学构思的垄断。

此时的"现实主义"，似乎回归了它的字面意涵：关注现实。这种理解显然是过度窄化的：郑文光等人之所以要关注现实问题，恰恰是为了走向"非现实"之科学主题的对立面。那么现实主义这条"广阔的道路"，以及它对"写真实"的要求与讨论，在科幻作家们这里似乎被集体屏蔽了，他们着墨最多，成就相对也最大的方向，仅止于"文革"题材和现实当中的"文革遗风"。

当科幻小说被纳入"科学文艺"框架之下的时候，其题材在许多科学、科普界人士眼中，仅限于科学题材，而人物因而也只能被框定在与科学相关的若干类型化、脸谱化的形象之内。钱学森甚至以为，科学幻想要书写的乃是科学家眼中的幻想[2]，温济泽则嘲讽不少科幻作

---

1 "科学性、预见性、文学性"，饶忠华、林耀琛：《现实·预测·幻想》，《光明日报》1979年4月18日；"思想性、科学性、艺术性、通俗性"，温济泽：《关于科普创作的几个问题》，黄伊主编：《作家论科学文艺·第一辑》，南京：江苏科学技术出版社，1980，第45页；"文艺性、科学性"，高士其：《科普创作的两个方面》，《科普创作》1980年第1期；"科学性、艺术性、思想性、趣味性"，《科学性和艺术性完美结合——吉林省召开科幻小说讨论会》，《中国青年报》1982年7月17日。

2 于中宁、李逢武：《钱学森同志谈科教电影》，《电影通讯》1980年第13期。

品"着力于资产阶级生活方式，甚至讲科学家谈情说爱"[1]。这种批判理所当然地激起了郑文光等人的反抗："……有些同志提出个问题，说科幻小说应该尽其幻想，应该写那些科学家头脑里的幻想，好象是预测一种科学。我说这是不可能的事情。"[2]童恩正则直陈："我们往往忘记了科学工作者也是人，也是社会的产物。除了科学，他们还有家庭生活、社交活动和业余爱好。他们也谈爱情，也生孩子，也有自己的喜怒哀乐。"[3]但细察之下，这种反抗往往是直觉式的。一如童恩正在前引文中也认同："科学幻想小说是以各种科学事业为主题的，因此在作品中经常出现的人物，往往就是……知识分子"[4]，即便其中出现的记者、儿童，或者是作为科学（家）的传声筒，或者是作为科学发展的接班人。

我们可以发现，这一创作理念的内在核心，乃是这样一个几乎意识形态化了的尴尬观念：科学并非"现实"的一部分，尤其并非现实社会的一部分。

理念中的科学是理想，现实的科学研究活动则是通往理想之路，因而两者都被自然地隔绝于现实之外。"科学活动"的主体，被限制在了狭小的实验室和工厂之内。刘兴诗、童恩正等人虽然提出科幻小说要为"四化"服务，似乎在面向对象上有所扩大，但又因为"四化"乃是现实社会发展的进程和目标，科学幻想因而必须去书写完成时态的未来理想。郑文光此前对"共产主义新人""社会主义新人"的提倡，同样也是建立在面向未来的基础之上。

在这样的背景之下进行的科幻文学创作，自然也只能将科学视作与社会现实并不相容的他者；至于科学家以及其他科幻作品当中的常见人

1　温济泽：《创作更多更好的科普作品献给祖国和人民》，《科普创作》1981年第3期。

2　郑文光：《谈儿童科学文艺》，第47页。

3　童恩正：《创作科学幻想小说的体会》。

4　同上。

物，也随之成为非现实的形象。[1] 狭隘的题材取向，脸谱化的人物形象，以及自然与这两者相始终的套路化、模式化的文类惯例，严重限制了这一文类的发展空间。而"科幻现实主义"的提出，多少在某一个方向上，昭示了打破束缚的可能性。

其次，在对"科学"的阐释上，郑文光将之视为"理想化"乃至"幻想"的工具，从而悬置了对于科幻小说中"科学性"——科学知识之正确性、精确性——的要求。

这一路径与对"浪漫主义"的狭隘理解密切相关：它被更加简单地标签化为"幻想"或"夸张"。1978 年，叶永烈和童恩正联名发表了《幻想是极其可贵的》[2]，彼时全国科学大会刚刚闭幕，叶、童两人通过引用会议式上郭沫若的发言和列宁的名言，来高扬科幻小说中"幻想"的重要意义。虽然列宁、郭沫若的描述，实际上依旧是在重述"科学是需要幻想的"，但这毕竟使得郑文光得以将之阐述为"理想化"。

有意思的是，这种"理想化"在"科幻现实主义"中又几乎总是通过对"科学"的"幻想"来实现的。[3] 此时的"科学"，在其地位和内涵上都发生了衰变。一如前文所述，"科幻现实主义"小说中的科幻构思往往成为现实生活中某些（往往是负面的）概念、问题、倾向的具象化身。至于科学上的真实性、技术上的可行性，则被彻底悬置。

与此同时，这一时期的科幻小说还提供了一个远离现实人类——往往以外星人的面目出现——的观察视角，现实生活因此得以被放置在更宏大的历史进程当中进行考察。尽管这种视角本质上来自于科学技术的发展，但此时作者们更加倾向于从科幻小说的文类传统（而非科技史）当中去寻找支持——在更多的时候，他们甚至仅仅求助于直觉。郑文光以"折光镜"来进行譬喻，以为科幻小说可以从更高的角度表现现实生活的真实，正是从两个角度出发的。

---

1 徐迟的《哥德巴赫猜想》虽然是报告文学，但在描写陈景润时，着力突出的也是其"古怪"的一面。

2 叶永烈、童恩正：《幻想是极其可贵的》，《文汇报》1979 年 1 月 20 日。

3 高尔基：《论主题》，《作家论科学文艺·第二辑》，南京：江苏科学技术出版社，1980，第 13 页。

在今天看来，以这种方式来处理"科学"显然会同时招致两方面的尴尬。在科幻创作界之外，来自科学界对于科技上的知识性错误与不可能，乃至"并非科幻"的批判从来不绝于耳；在文类之内，"科幻"成为表现现实的隐喻和讽喻手法，其自身独立性也因此在其根源处遭受了严重的冲击。

此外，对于国外科幻文类自身的理论发展，无论来自苏联还是英美，基本都并未得到认真的研究。尤其早在 20 世纪 50 年代就被引入的苏联科学文艺观念，虽然还局限于科普话语当中，但本身就已经较为完善地给出了一批颇为成熟的创作理念："不要把科学和技术写成储藏着现成的发现和发明的仓库，而应该把它们写成具体的活生生的人克服物质和传统的抵抗的斗争场所"[1]，"在进点上的，应该是人……而技术应该看作他们的活动"[2]。总结起来，基本上都是要求将科学视为生活进程当中的一部分，这一观念在国内虽然偶有提及，但毕竟未能被广泛接受。

实际上，在科幻小说的漫长发展过程当中，对科学、科幻之位置的提法，早有可供参考的资源。早在启蒙运动的年代，浪漫主义诗人们即已高呼要将文学艺术的表现对象扩展到科学技术身上；而时至 20 世纪，美国科幻作者甚至有这样的表述："即便是在遥远的关于星际问题的题材中……也要体现出彻底的现实主义。"[3]至于国内，20 世纪 50 年代对各类工程、机械的夸张赞颂虽然失之肤浅，至少还能觉察到人类个体经由科技所能够抵达的与现代世界（及其发展进程）之间的密切联系。作者们似乎已经在潜意识当中，察觉到科技正在逐渐成为社会生活的一部分，科技已然引发的、将要引发的、可能引发的各类问题，自然也是社会现实的问题——虽然直到改革开放之后，这些"问

1　胡捷：《论苏联科学幻想读物》，《作家论科学文艺·第二辑》，南京：江苏科学技术出版社，1980，第 99 页。

2　保罗·A·卡特：《今日的夸张小说——明日的严峻现实》，赵启光、赵毅衡译，《作家论科学文艺·第二辑》，南京：江苏科学技术出版社，1980，第 189 页。

3　吴岩：《西方理论对中国科幻的作用》，王泉根主编：《现代中国科幻文学主潮》，重庆：重庆出版社，2011，第 536 页。

题"依旧常常转换为带有革命乐观主义色彩的"发展"或"增长"。但我们毕竟可以发现，在科幻现实主义的创作实践当中，已经有不少作品从各自角度，在谨小慎微地实践着这一观念。例如，《命运夜总会》之主人公徐国甡乃是科学技术的实施者和受害者，而非研发者；在魏雅华的《温柔之乡的梦》中，主人公同样是科技产物的使用者，甚至是消费者。

郑文光等人对"科幻现实主义"的探索，是中国科幻作者建构本土传统的尝试，集中反映了一代科幻作者深刻的现实焦虑与强烈的自我认同欲望。吴岩认为，从童恩正发表《谈谈我对科学文艺的认识》开始，中华人民共和国成立以来我国科幻小说创作的"功利主义"时代便开始走向终结。在不同的创作方向上，童恩正、叶永烈、刘兴诗、郑文光们都做出了自己的探索，而郑文光是其中步伐最为稳健、思虑也最为深刻的一位。

他们以敏锐直觉观察到的核心问题，在此后数十年间科幻文类的发展当中，以种种面目一再复现。如何在作品中接纳、处理、批判现实？如何深入理解和发掘科学活动、科学家们的形象？如何判断科技发展、社会现代化进程当中个体的复杂处境？如何与科幻小说漫长的文类传统进行对话？或许还有更为"现实主义"的疑问：向何处谋求这一文类的正当性与影响力？不同年代的科幻创作者和阅读者，都不得不，却也往往是极为主动和自觉地，参与对这些问题的探讨。

他们所试图传达的基本理念，也成为中国科幻的理论与实践发展的重要资源。科幻应当关注现实问题，特别是当下这个科幻经验逐渐日常化的科技社会；科幻可以具象化地表达思想概念，因而它成为表现哲学思考、进行思想实验的最佳阵地；科幻也能够提供超越日常经验的观察视角、审美态度和价值评判立场，这使得我们能够将个体生命拓展到微观世界和宇宙尺度，现实生活便由此呈现出别样的风景。

原载《中国现代文学研究丛刊》2017 年第 8 期

刘慈欣

存 目

弹星者与面壁者：刘慈欣的科幻世界

宋明炜

弹星者来到我们的星系，以太阳为乐器，演奏的乐曲以光速传到所有的时空。弹星者弹奏太阳，与你何干？

面壁者只想隐藏自己，但需要辩明真伪，他的生存取决于博弈，对面壁者来说，有弹星者存在的宇宙是零道德的黑暗森林。[1]

一、刘慈欣与中国新科幻

在中国科幻读者心目中，刘慈欣给这一文类带来前所未有的光荣与梦想。迄今为止，刘慈欣已写作八部长篇小说[2]，三十余篇中短篇小说，连续八年获得中国科幻银河奖。对刘慈欣科幻小说的赞美，莫过于严锋

1　"弹星者"与"面壁者"的形象均来自刘慈欣的小说，下文有具体分析。我在本文写作过程中，与严锋先生多次交谈，受到许多启发，特此致谢。

2　这八部小说是《中国2185》《超新星纪元》《球状闪电》《白垩纪往事》《魔鬼积木》《三体》《三体Ⅱ·黑暗森林》《三体Ⅲ·死神永生》。其中较早写作的《中国2185》尚未在纸面媒体上发表。

所说的这段话："在读过刘慈欣几乎所有作品以后，我毫不怀疑，这个人单枪匹马，把中国科幻文学提升到了世界级的水平。"[1] 他的最新长篇小说《三体Ⅲ；死神永生》出版之前在网络上引起的期待与兴奋，使"三体"迅速成为流行文化的重要名词。不夸张地说，刘慈欣之于中国新科幻的至高位置，已仿若金庸之于武侠。

科幻本来是中国文学中不发达的文类。王德威将晚清一代的科学小说称为"科幻奇谭"（Science Fantasy），因其中杂糅乌托邦式的政治狂想与新异诡奇的科技描写，在中国现代文学兴起之初，一度形成"淆乱视野"（Confused Vision）。然而当时这种"淆乱视野"并未延展出更丰富的文化实践，而是作为"被压抑的现代性"之一种[2]，很快在启蒙呐喊与民族忧患构筑的新文化空间中烟消云散了。1950 年代以后，在苏联文学体制的影响下，社会主义文学给科幻以正统的地位，曾出现郑文光、童恩正、叶永烈等专业的科幻作家。但当想象力被政治正确的要求所束缚时，对未知世界的描绘并不能提供真正的差异性，而只是复制已被意识形态书写完成的"现实"与"未来"。这个局面一直延续到改革开放初期，当时在科技现代化的政策号召下，中国科幻的形象凝聚在叶永烈塑造的"小灵通"身上：面对未来无忧无虑，洋溢着对技术的乐观，这时的科学幻想几乎等同于面对儿童写作的科普文学。

直到 1990 年代，中国新科幻的浪潮开始形成——事实上，刘慈欣并非孤军奋战的科幻作家，在过去十多年间，他与王晋康、韩松、星河、潘海天、何夕等作家一起，共同创造出科幻的新浪潮。称之为"新浪潮"（New Wave），是借鉴美国科幻文学史的概念，指打破传统的科幻文类成规，具有先锋文学精神的写作。[3] 在这个方面，中国当代的新科幻几乎完全颠覆以往的科幻写作模式，仿佛构建叙事的思想观念

1　刘慈欣：《流浪地球》，武汉：长江文艺出版社，2008，封面；刘慈欣：《魔鬼积木·白垩纪往事》，武汉：长江文艺出版社，2008，封面。

2　王德威：《被压抑的现代性——晚清小说新论》，宋伟杰译，台北：麦田出版社，2003，第 329-406 页。

3　关于英美上世纪六七十年代出现的科幻新浪潮，参阅 Adam Roberts, *The History of Science Fiction*, New York: Palgrave, 2005, pp. 230-263.

解码本被揉碎了重新改写，整合过，科学想象失去了小灵通式的天真乐观，更多地呈现出暧昧、黑暗和复杂的景象；作家笔下的过去与未来，可知与未知，乌托邦与恶托邦之间，逐渐没有截然可分的界限。这一点也植根于当代科学领域内的知识型的转变。过去二三十年间，唯物主义决定论在改革后中国科学界的地位开始受到挑战，而量子力学，超弦理论，人工智能等新潮科学观念正在重新塑造世界的形象（这与人文领域中出现的先锋派文化和批判理论有着有趣的同步性）：从有序走向混沌，从必然走向模糊，从决定走向启示。

科幻文学曾在1980年代初"清除精神污染"运动中遭到打击，正是因为这一文类本身在文本与意识形态之间构成张力，往往诞生出"政治不正确"的幻像。直到十年之后，科幻文学再度兴起，仍与主流形态之间有着紧张的关系，虽然这种情形随着流行文化空间的多元化格局出现，已经得到很大改变。但就科幻的文类表征符号而言，无论是外星人，还是异时空，更不用说新科幻作家（特别是刘慈欣）笔下频频出现的新潮科学意象（如量子幽灵、三体的混沌模式、高维宇宙等），都可能蕴含着正统意识形态所不能解释的"另类"意义，而这些意义背后又有着"科学话语"的强大支撑，也无法被传统的文学模式所轻易驯服。

在我看来，崛起于1990年代初期、在最近十年中日趋成熟的中国科幻新浪潮，已经发展为一种自成一格的文学想象模式。它其实不能算是晚清科幻的"嫡传后代"，这中间的历史隔膜太大，两个世纪初的科幻文学虽然遥相呼应，尤其是对"新中国"的狂想，尽管话语有别，却仍有可对话的余地，但在这两者之间毕竟无法画出一条发展的直线。这里还需要指出的是，我所界定的"新科幻"与近年来迅速走红的奇幻文学有所不同，后者孕育于当前的流行文化，但"新科幻"更强烈地体现着对中国现代性及其问题的反思，也因此有超越"文化消费"而介入文化建构之中的努力。相比之下，中国科幻新浪潮与台湾1970年代之后出现的科幻文学潮流更为相似，都有着精英化的立场，也都对国家和历史问题更为关注，但很难确定，张系国这一代作家对中国新科幻是否有直接的影响。

如果把韩松，刘慈欣、王晋康等看作新科幻的代表作家，我认为他们所直接汲取的文化养料，是1980年代文学中的开放精神与批判姿态。1990年代至今，当主流文学消解宏伟的启蒙论述，新锐作家的文化先锋精神被流行文化收编，那些源自于1980年代的思想话语却化为符号碎片，再度浮现在新科幻作家创造的文学景观之中。也可以说，科幻文学处在主流文学格局之外，却于当代文学已历经嬗变、丧失活力的时候，以新奇的面貌将文学的先锋性重新张扬出来。在这个意义上，新科幻像是被放逐在正统文学体制之外的"幽灵"，它自由跨越雅俗的分界，漂浮在理想和现实之间，显现出文学想象中丰富而迷人的复杂性。

以刘慈欣为例，他的创作开始于80年代初期，但直到90年代末才开始发表作品。他最先发表的一批小说如《带上她的眼睛》所具有的抒情色彩，《流浪地球》体现的悲壮理想主义，《赡养人类》对当代社会贫富分化的尖锐批判，都与正在消解浪漫、理想的当代文学形成强烈对比。阅读刘慈欣的作品，令读者可以在一个想象的空间里，重返当代思想文化最激荡的变动场景之中。刘慈欣写作的第一部长篇小说《中国2185》，时在1989年，其中以未来世界的虚拟空间为载体，将大尺度的未来幻想与迫切的现实危机感对接起来。这部小说写的是未来中国的危机与重生：2185年，统治中国的女性最高执政官年仅二十九岁。在一个偶然的机会下，一个年轻人潜入天安门广场上的纪念堂，将伟大领袖的大脑用计算机模拟再生，成为存在于虚拟空间中的一个思想实体。这对年轻的最高执政官来说，不啻造成一种潜在的威胁。但打击却并非来自伟大领袖的"电子幽灵"，而是同时被数字化的另一个普通人的思想。后者通过无限的自我复制，在网络中迅速建起一个"华夏共和国"。这个"共和国"的子民，全部是这个普通人自己的复制品，亿万复制的普通人"幽灵"以激进的观念，威胁着现实中的政权，一场迫在眉睫的战争即将把虚拟世界和现实世界带入冲突之中。最后，执政官果断地拉断全国电网，所有计算机瘫痪，"华夏共和国"遂灰飞烟灭。对人类来说，这个"共和国"只存在了几个小时，但在高速的电子空间中，它的历史已长达六百年，多少历史兴衰在其间上演。伟大领袖的"电子幽灵"虽然仅是旁观者，但他的政治人格却以曲折的方式，完成了对年轻执政官的启蒙教育，这预示着一个"新中国"的再度重生。[1]

　　这部小说迄今尚未公开出版，却可视作为中国新科幻起源的坐标之一。它以宏伟奇丽的想象，将 1980 年代知识精英的理想和困顿，重现于"另类历史"的构想之中。小说有着自觉的"问题意识"，切入现实的角度尖锐而准确，同时也有意制造出批判的距离，将对现实的反思融入对一个异世界的总体性构想之中。在此之后，刘慈欣的作品始终保持着严肃的精英意识，在看似天马行空的科幻天地里，注入关于中国与世界、历史与未来，以及人性和道德的严肃思考。他的许多作品不仅在科幻读者群中已经变得脍炙人口，而且迅速成为公认的新科幻经典：从《球状闪电》到《流浪地球》，从《乡村教师》到《中国太阳》，从《诗云》到《微纪元》，从《赡养上帝》到《赡养人类》，从《三体》到《三体Ⅱ：黑暗森林》到《三体Ⅲ：死神永生》，刘慈欣的创作逐渐形成独特的个人风格，他的每一部小说都包含着精心构思的完整世界景观，同时又兼有切肤的现实感。可以说刘慈欣的写作，使中国新科幻的发展有了坚实的"基石"[2]。

1　刘慈欣对这部小说进行过多次改写，这里依据的是中国科幻网上登载的文本。

2　这里借用"中国科幻基石丛书"主编姚海军的词语，姚海军：《写在"基石"之前》，刘慈欣：《三体》，重庆：重庆出版社，2008，第 1 页。

二、"像上帝一样创造世界再描写它"

刘慈欣科幻小说的魅力，更来自于他独特的美学追求和艺术风格。在中国新科幻作家中，刘慈欣被称为"新古典主义"作家[1]，这可能不仅是指他的作品具有英美"太空歌剧"（Space Opera）或苏联经典科幻那样的文学特征，而且也因为他的作品场面宏大，描写细腻，甚至令人感受到托尔斯泰式的史诗气息：对于大场面的正面描写、对善恶的终极追问、直面世界的复杂性、但同时保存对简洁真理的追求等。也有论者指出刘慈欣在经过先锋文学去崇高化后的今天，给中国文学重新带来了崇高或雄浑的美感。[2]这种崇高美感在一定程度上来自于他对于宇宙未知世界心存敬畏的描述，在这个意义上，他的写作在世界科幻小说的历史发展中也自有脉络可循。

刘慈欣心仪英国科幻作家阿瑟·克拉克（Arthur C. Clarke）——英语世界"硬科幻"（Hard Science Fiction）的重要代表作家。刘慈欣这样描述自己读完克拉克小说后的感受："突然感觉周围的一切都消失了，脚下的大地变成了无限伸延的雪白光滑的纯几何平面，在这无限广阔的二维平面上，在壮丽的星空下，就站着我一个人，孤独地面对着这人类头脑无法把握的巨大的神秘……从此以后，星空在我的眼中是另一个样子了，那感觉像离开了池塘看到了大海。这使我深深领略了科幻小说的力量。"[3]

刘慈欣描述的正是经典意义上的康德式的"崇高"（Sublime）：崇高是无形而无限的事物引发的主体感受。刘慈欣自称他的全部写作都是对克拉克的模仿，这种虔敬的说法也道出他从克拉克那里学习的经典科幻小说的母体情节（Master-Plot）的意义——人与未知的相遇；刘慈

---

[1] 吴岩、方晓庆：《刘慈欣与新古典主义科幻小说》，《湖南科技学院学报》第 27 卷第 2 期，第 36-39 页。

[2] 贾立元：《筑就我们的未来——90 年代至今中国科幻小说中的中国形象研究》，北京师范大学硕士论文，2010。

[3] 刘慈欣：《SF 教——论科幻小说对宇宙的描写》，转引自贾立元：《筑就我们的未来——90 年代至今中国科幻小说中的中国形象研究》，第 36 页。

欣在自己的作品中企图做到的，正是如克拉克那样写出人面对强大未知的惊异和敬畏。写出《三体》系列的刘慈欣，应该与克拉克站在同等的高度，特别是阅读《三体Ⅲ：死神永生》带来的那种无边无际、浩瀚恢宏的体验，如同小说中描写的人物在进入四维空间之后突然看到无穷的感觉：

> 人们在三维世界中看到的广阔浩渺，其实只是真正的广阔浩渺的一个横断面。描述高维空间感的难处在于，置身于四维空间中的人们看到的空间也是均匀和空无一物的，但有一种难以言表的纵深感，这种纵深不能用距离来描述，它包含在空间的每一个点中。关一帆后来的一句话成为经典：
> "方寸之间，深不见底啊。"[1]

但克拉克小说中的崇高感，保留着康德的超验性的界定，即在崇高的感受之中，精神的力量压倒感官的具体经验。在这一点上，刘慈欣显示出与克拉克的不同。克拉克的世界在描写无限的未知时会着意留白，保留它的神秘感，使之带有近乎于宗教的先验色彩。如《2001：太空漫游》（2001：A Space Odyssey）写到打开星门的一瞬，对那个奇妙宇宙的描绘，止于主人公的一声惊叹："上帝啊，里面都是星星！"[2]这近乎神性的语言，或许回响着康德传统下的大写宗教理性，这在刘慈欣笔下很少看到。与克拉克相比，刘慈欣采取的描写方式更具有技术主义的特点，但这会使他在惊叹"方寸之间，深不见底"之后，进一步带我们深入宇宙（比如奇异的"四维空间"）中去认知它的"尺寸"。在描写的链条上，这样的层层递进产生一种异乎寻常的力量，他在与无形无限搏斗，试图把一切都写"尽"。

---

1 刘慈欣：《三体Ⅲ·死神永生》，重庆：重庆出版社，2010，第195页。

2 Arthur C. Clarke, *2001：A Space Odyssey*, New York：The New American Library，1968，p.191.

或者说，他不遗余力地运用理性来编织情节，让他的描写抵达所能想象的时空尽头。用刘慈欣自己的文学形象来打个比方：他让"崇高"跌落到二维，在平面世界中巨细靡遗地展开。

在《三体Ⅲ：死神永生》中，刘慈欣描绘太阳系的末日。来自未知世界的高级智慧生物"歌者"，飞掠过太阳系边缘时，抛出一个状如小纸条的仪器——"二向箔"，它更改了时空的基本结构，整个太阳系开始从三维跌落到二维平面之中。太阳系逐渐变成一幅巨细靡遗的图画："二维化后的三维物体的无限复杂度却是真实的，它的分辨率直达基本粒子尺度。在飞船的监视器上，肉眼只能看到有限的尺度层次，但其复杂和精细已经令人目眩；这是宇宙中最复杂的图形，盯着看久了会让人发疯的。"[1]

这段描述，以及它给"观察者"（读者）带来的感受，可以用于描述刘慈欣的小说本身。他的科幻想象包容着全景式的世界图像，至于有多少维度甚至时空本身是否存在秩序，在这里并不重要。关键在于，它巨大无边，同时又精细入微，令人感到宏大辉煌、难以把握的同时，又有着在逻辑和细节上的认真。它的壮观、崇高、奇异，建立在复杂、精密、逼真的细节之上，可以说宇宙大尺度和基本粒子尺度互为表里，前者的震撼人心，正如后者的令人目眩。

来自刘慈欣的科幻世界中的逼真感与奇幻性的并存，或者说是凭借一种不折不扣的细节化的"写实"来塑造超验的"崇高"感受，打破了通常意义上的写实成规。文学上的写实成规，本来自有"摹仿"（Mimesis）传统之下建立起的与现实世界之间的对应关系。但刘慈欣的写作却可能有着一种不同的目的，在他的笔下，对科学规律的认知、揣测和更改本身，往往才是情节的基本推动力；而他的"写实"方式，即依循这些科学规律的变化而做出相应的细节处理，这有如在更改实验条件之下所作出的推理和观察。他的"写实"面向未知，但以严格的逻辑

1　刘慈欣：《三体Ⅲ·死神永生》，第 413 页。

推演来塑造细节，由此创造出迥异于我们日常世界的"世界"。

比如设想一下这些物理条件下的宇宙和人生：《山》设想在某个遥远行星的内部有着一个封闭的"泡世界"，那里的智慧生物生存在半径三千公里的球形空间，他们仰望"天空"看到的只有固体岩石，"泡世界"的物理学家信奉密实宇宙论，刘慈欣所要处理的现实细节，是一代代的"泡世界"探险家如何通过不懈努力，来认知他们所在的宇宙的真相。[1]《球状闪电》写科学家发现"宏原子"，揭示出在这一新的物理规律下我们世界的面貌，"球状闪电"指向飘浮在另一个"宏世界"的原子，它们构成的最微小物质比我们世界中的整个星系还要巨大。[2]《微纪元》写人类面临灭绝性灾难，为了生存而修改基因，将自身缩小到几微米的大小，于是当太阳氦闪时在地层下面幸存下来，刘慈欣描绘出生动的"微世界"，其中的微人类身体几乎没有重量，他们生活也如儿童一般没有重量，这对于政治和伦理都发生影响，微纪元是无忧无虑的纪元。[3]刘慈欣的两篇早期小说《微观尽头》和《宇宙坍缩》，以激进的科学推理为支撑，展示出的宇宙更加奇异，前者写夸克撞击之后，宇宙整个反转为负片，后者描写宇宙从膨胀转为坍缩的时刻，星体红移转为蓝移，但更不可思议的是，时间开始逆转，连人们说的话都倒过来了——在那个世界中，以上复述应呈现为这个样子：了来过倒都话的说们人连，转逆始开间时，是的议思可不更但……[4]这样的例子在刘慈欣的小说中比比皆是，甚至在《三体》这样的长篇巨制里，宇宙规律本身的更改也是支撑起情节的最主要支点。

在这个意义上，刘慈欣在细节上的写实恰是对于现实世界进行"实验性"的改写，在文学表现上怀有着与再现式的写实文学传统背道而驰的特点。这意味着强调出科幻小说作为"观念"或"点子"小说的

1　刘慈欣：《山》，《时光尽头》，石家庄：花山文艺出版社，2010，第229-258页。

2　刘慈欣：《球状闪电》，成都：四川科学技术出版社，2004。

3　刘慈欣：《微纪元》，《微纪元》，沈阳：沈阳出版社，2010，第87-108页。

4　刘慈欣：《微观尽头》《宇宙坍缩》，《微纪元》，沈阳：沈阳出版社，2010，第161-169、171-182页。

特质，在这方面，刘慈欣比当代其他科幻作家或许更有自觉意识。我不想把这种艺术特征简单地归纳到"幻想"（Fantasy）的范畴——"幻想"与现实之间的关联有着更加幽秘的路径，如博尔赫斯的"交叉小径"，但刘慈欣并非博尔赫斯式的作家。他对"世界"的把握，是"正面强攻""毫不取巧"的[1]，也是理性的。可以说他在科幻天地里，是一个新世界的创造者——以对科学规律的推测和更改为情节动力，用不遗余力的细节描述，重构出完整的世界图像。正是在这个意义上，刘慈欣的作品具有创世史诗色彩，他凭借科学构想来书写人类和宇宙的未来，还原了现代小说作为"世界体系"（the World-System）[2]的总体性和完整感。

在此认识基础上，值得再探讨"硬科幻"[3]的问题，即科幻想象需要建立在合理坚实的科学话语基础之上。中国科幻界近年来开始流行"硬科幻"的说法，且不论是否真的有许多作家可以称得上"硬科幻"，在中国文学的语境中，这种吁求旨在打破此前科幻创作的意识形态色彩。如果回顾历史，我们不难发现，从晚清"科幻奇谭"到新时期的科幻小说，虽然让读者见识到从"贾宝玉坐潜水艇"[4]到"小灵通漫游未来"[5]的种种科技奇观，但这些描述往往将科学技术作对象化的处理，将其束缚在历史或现实决定论的寓言框架之中。有论者提出，过去的科幻有着"人定胜天"的乐观精神，宇宙的凶险在共产主义面前黯然

1　这个意思借用自严锋为《三体 Ⅲ·死神永生》写作的序言《心事浩渺连广宇》。刘慈欣：《三体 Ⅲ·死神永生》，第 Ⅲ 页。

2　有关将小说定义为"世界体系"的观念，参见 Franco Moretti, *Modern Epic: The World-System from Goethe to Garcia Marquez*, London: Verso, 1996。

3　有关西方科幻文学中"硬科幻"的定义和阐释，参见 Kathryn Cramer, "Hard Science Fiction," in Edward James and Farah Mendlesohn eds, *The Cambridge Companion to Science Fiction*, Cambridge: Cambridge University Press, 2003, pp.186-196. 事实上，一般意义上的"硬科幻"仍有很大的协商余地，并非一定代表"科学主义"，而经常反过来对"科学主义"进行挑战。

4　贾宝玉坐潜水艇的情节，出自吴趼人：《新石头记》，上海：上海改良小说社，1908。

5　《小灵通漫游未来》是叶永烈出版于 1978 年的科幻小说（北京：少年儿童文学出版社），曾创下三百万的销售纪录。

失色，面对宇宙的未知已毫无悬念。[1]

但刘慈欣借以构筑世界的那些科学理论，在科学界也都属于"先锋"理念：从相对论到弯曲空间，从超新星到暗物质，从量子论到超弦理论，都在打破思维的决定论模式，设置出超越常识的可能性，推导出更加充满悬念，引入更多面对未知的精细推理。也就是说，"硬科幻"并不是定义性的科普解说，而是恰好相反，它打开了文本中更加丰富的可能性和差异性。"硬科幻"的奇观不是点缀性的，而是情节本身的逻辑依据，它与现代科学有着一致的精神，即在一定已知条件的基础上，探索未知的规律与世界的多重走向。在这个意义上，与克拉克相似，刘慈欣式的"硬科幻"最基本的情节模式其实也只有一个，即人与未知在理性意义上的相遇，而且他要将这个假想中相遇的过程精心记录下来。

在一个更曲折的意义上，刘慈欣的科幻世界延续着 1980 年代以来的文化精神，这既是要回到主体源头的精神，同时也是面对世界保持开放性的想象。刘慈欣把"世界"作为可能性展示出来，面对崇高不止步于心存敬畏，而是要揭开世界与主体之间关系中的所有隐秘细节。相对于被他统称为"主流文学"的个人化或内向化，碎片化的当代文学——也就是面对"世界"而无法再把握其完整感，从而丧失了与之搏斗的主体精神的文学，刘慈欣本人这样赞美科幻的力量："主流文学描写上帝已经创造的世界，科幻文学则像上帝一样创造世界再描写它。"[2]

三、弹星者与面壁者

我用"弹星者"和"面壁者"这两个形象来概括刘慈欣科幻世界中的两重意义：富有人文主义气息的理想精神，与应对现实情景的理性姿态。这两个瑰丽的文学形象也是他所创造的世界中最基本的"人物"或

---

1 贾立元：《筑就我们的未来——90 年代至今中国科幻小说中的中国形象研究》，第 36 页。

2 刘慈欣：《从大海见一滴水》，《流浪地球》，武汉：长江文艺出版社，2008，第 277 页。

概念，其中纠结着科学与人文、宇宙与现实、外部与主体之间错综复杂的关系。

"弹星者"的形象出现在一篇题为《欢乐颂》的短篇小说中，刘慈欣描写宇宙间的高级智慧生物，来到太阳系，以我们的恒星为乐器，弹奏音乐，最后应人类的要求，奏响贝多芬的《欢乐颂》，乐曲以光速向宇宙传播。[1]这个作品是刘慈欣创作的"大艺术"科幻系列的一篇。同一系列的另一篇小说《诗云》中，有着超级技术能力，视人类为虫子的外星人，在毁灭地球文明之际，意外地迷恋上中国人的旧体诗，于是化身为"李白"，穷尽太阳系的能量来创作、储存由所有汉字排列组合而成的一切"诗歌"（尽管这些诗歌百分之九十九以上都是无意义的汉字矩阵）。最终太阳系的能量被耗尽了，作为一切诗歌存储容器的"诗云"，处于已经消失的太阳系所在位置，变成一个崭新的星系。[2]

这两篇小说中的宇宙形象，在展现超人类的巨大尺度的同时，也包含着浓郁的人文色彩。外星人"李白"是坚定的技术主义者，自信以穷尽一切的技术能力可以"写"出古往今来以及未来所有的一切诗篇。但只有地球上的诗人、他的俘虏伊依，才能够判断什么是"诗"。外星人的技术主义最终成功，他制造出直径一百亿公里，包含着全部可能的诗词的星云，同时他却也失败了，因为他无法从这些"可能性"中得到真正的诗。

无论"欢乐颂"，还是"诗云"，都体现出刘慈欣科幻世界中最高端的艺术形象，它兼有着人类不可企及的宇宙的崇高感，与凭借艺术方式本身传达出来的人文主义信念。这一形象在科学和人文两方面，都是超越现实的想象力产物，它既令我们对头顶的星空产生无限敬畏，也对我们自身——人类文明保持理想主义的信念。我以"弹星者"来命名这

---

1 刘慈欣：《欢乐颂》，《时光尽头》，石家庄：花山文艺出版社，2010，第103-127页。

2 刘慈欣：《诗云》，《微纪元》，沈阳：沈阳出版社，2010，第109-139页。

一形象，也兼指其背后的想象主体。刘慈欣在《三体》系列中还描绘过另一种"弹星者"，那是通过弹拨自己的星球寻觅其他生物，贸然进入宇宙间残酷的生存斗争的"低等"智慧生物，如人类中的叶文洁、罗辑。但在我看来，进入我们星系弹拨太阳的"弹星者"，与不明宇宙真相的卑微、无知的人类"弹星者"，其实具有相似的秉性，他们或者是已经超越了隐藏欺骗的本能，或者还未失却人性的天真。他们的行为有着令人迷醉的光彩，因为几乎完全超越我们生活中的现实世界。他们所在的精神层面，是纯粹凭借物理规律和人文信念建构的理念世界或意境，其中没有那种视生存为一切要义的现实主义或犬儒主义的精神。"弹星者"的宇宙是光明的，弹拨太阳发出的声波中蕴藏着理想主义和浪漫主义的交响。"弹星者"，也是作为科幻作家的刘慈欣，呈现给读者令其陶醉的自我（创造者）形象。

但刘慈欣的科幻世界，还有另外一端迥异于"弹星者"的形象，几乎在一切方面都是浪漫主义和理想主义的反面：最有代表性的，就是他在《三体Ⅱ：黑暗森林》中塑造的"面壁者"。"黑暗森林"是刘慈欣对零道德宇宙的命名，即有限度的宇宙空间中，所有的生命存在，都处在你死我活的关系之中，因此为了生存，需要"藏好自己，做好清理"，即不可以暴露自己的存在，同时要毫不留情地打击已经暴露的其他文明。《三体Ⅱ：黑暗森林》描写人类已经暴露自己的文明，即将面临黑暗森林打击，联合国设计出战略性的面壁计划："面壁计划的核心，就是选定一批战略计划的制定者和领导者，他们完全依靠自己的思维制定战略计划，不与外界进行任何形式的交流，计划的真实战略思想、完成的步骤和最后目的都只藏在他们的大脑中……面壁者对外界所表现出来的思想和行为，应该是完全的假象，是经过精心策划的伪装、误导和欺骗，面壁者所要误导和欺骗的是包括敌方和己方在内的整个世界，最终建立起一个扑朔迷离的巨大的假象迷宫。"[1]

1　刘慈欣：《三体Ⅱ·黑暗森林》，重庆：重庆出版社，2008，第 82 页。

零道德的宇宙，看似与"弹星者"的光明世界完全不同，如同宇宙突然转为负片，一切皆转为狰狞残酷。其实两者应该有并行不悖的关系，从《欢乐颂》到《黑暗森林》，刘慈欣一直呈现出来的宇宙形象，本就是天地不仁的所在——弹星者来弹奏你的恒星，与你有何相干？但前者描写宇宙与人类是相互认知的对象，为人类保留有尊严的主体空间；后者却让宇宙整个地倾覆在我们的世界之上，危机产生，即在于主体地位的丧失，有道德的存在被卷入零道德的生存竞争之中，不得不屈服于来自外部的游戏规则。

在这个意义上，"面壁者"在宇宙中所处的位置是被动的，他所面对的世界对于主体有着无法抵抗的摧毁性。"面壁者"的生存，取决于降低道德自主性的犬儒思维，用欺骗和伪装加入宇宙的博弈之中。事实上，与"弹星者"高蹈的浪漫理想主义形象相比，"面壁者"具有鲜明的现实感。不仅在于"面壁者"在形势制约之下须采取现实主义的态度，而且这一形势本身与近代以来延至今日的政治现实有着直接的相关性。毋庸置疑的是，"黑暗森林"法则令人联想到中国被卷入"千年未有之大变局"后所被迫接受的那种现代知识分子视为天演之道的"社会达尔文主义"，后者对中国道德传统的摧毁，是中国知识界在向现代社会转型过程中丧失主体意识的一个重要原因。同时，处在危机之中的人类，赋予"面壁者"以专制的绝对权力，这也点出了博弈之中的反民主色彩，即在与敌人殊死较量中有能力并敢于挪动棋子的，只有那些熟悉新型世界秩序的"精英"。

如果说"弹星者"将读者带入广袤无边的宇宙之中，但其内在意义仍延续着古典人文信念，"面壁者"却是重新构筑起宇宙想象与现实世界之间的逻辑并行关系。《三体Ⅱ：黑暗森林》中唯一成功的"面壁者"是中国人罗辑，他是一个花花公子式的学术界"混子"，原本既无理想，也无斗志，却在劣势之中出奇制胜。罗辑的成功是一番惊心动魄的故事，比起人类与外星势力之间正面战争的悲壮色调来，却更具有环环相扣的真实感。事实上，小说里并没有写到"战争"，人类在木星轨道建立庞大舰队，以英雄主义的姿态迎战敌军，却毁于三体世界送来的一颗"水滴"。但"面壁者"的博弈却于无声处改变了形势。罗辑悟出"黑暗森林"中的生存法则，或者说从自身的人性弱点出发，以此捕捉到宇宙中一切生命的"人性"弱点——博弈中无穷无尽的猜疑链，注定了博弈的双方都会最终排除善意的可能。他明白这一点后，将与敌人同归于尽的做法当作博弈的筹码，最终威慑住三体世界。恰恰是在这种原本是弱势的情形之下，"面壁者"用非道德的方式——这包括让敌我双方的文明整体灭绝，由此重构了主体的强大攻势，但也真正地将人类从原本身在"黑暗森林"之外的天真汉，变成为其中的一员。

"弹星者"和"面壁者"是刘慈欣科幻世界的两极，他并没有明显地对其中任何一种做出单一性的选择。这使刘慈欣憧憬宇宙的浩淼无限、展示给我们看壮丽的时空画卷的同时，也保持着低调的务实和理性，不惮于在光明中揭示出黑暗的一面。他的作品中交集着这两种力量的冲突，在《三体》系列中推动出波澜壮阔的情节发展。

四、三体世界

刘慈欣写作《三体》系列，用了五年的时间。随着《三体Ⅲ：死神永生》的完成，他创造出一个完整的世界体系，并将一切都写"尽"，抵达了时空尽头。《三体》系列是中国新科幻的巅峰之作，也是中国文学中罕见的史诗性作品。小说长达八十八万字，以众多的人物和繁复的情节，描绘出宇宙间的战争与和平，以及人类自身道德的选择困境。刘慈欣在其中精心建构的"世界体系"充满惊人的想象力，严谨的科学推理令人叹服[1]，而小说情节发展中高潮迭起，令人手不释卷，而又发人深省。

---

1 当然这并不意味着小说中借用的科学理论都有可证实性。

如上文中已经引述的段落中所描述的那种不同维度的世界，无论是"方寸之间，深不可测"的四维空间，还是整个太阳系被二维化过程时壮丽而惨烈的景象，都使《三体》这部作品将中国科幻的想象力扩大到了前所未有的强度。刘慈欣对所有这些看似无法言传的景观，毫无保留地以全景细密的"写实"方式加以刻画，他的文字精准而结实，使幻想变得栩栩如生。面对这些壮丽的宇宙景观和精妙的物理设想，我想说的是，我在读完《三体》之后，犹如刘慈欣本人读克拉克小说后那样，只想出门去看星空，那种感觉就像离开池塘见到了大海。

另一方面，科幻奇观的惊异效果取决于陌生化（Estrangement），但前提仍是它所描绘的世界似曾相识。或者说，优秀的科幻作品在呈现惊人的"差异"（Difference）同时，魅力仍部分地来自与现实之间的相关性。[1] 刘慈欣的科幻小说能在科幻土壤贫弱的中国迅速获得众多读者，除了辉煌的科学想象之外，也在于他创造的世界有着读者可以认同的鲜活的历史感和现实感。刘慈欣的科幻世界与现实之间的连接点，在很大程度上是"中国经验"。

《三体》第一部中有一段精彩的情节：地球上的三体组织为了让人类理解三体文明面临灭绝的危难处境，设计出一套网络游戏，借用地球历史中的人物和事件，重构三体文明的样貌。在这套游戏中，我们一上来就遇到周文王，他正走在去朝歌的路上，自信已经获得三体恒星运行的规律，乱纪元快要结束，恒纪元马上就要来了。这个在小说中具有功能意义的隐喻性情节，在指向"差异"的同时，却是使用了我们熟悉的历史材料。"差异"点在于，三体世界有三颗恒星，运行没有规律，随时会使这个星系中的文明遭遇灭顶之灾。但此处表达"差异"的喻体，却是借用读者熟悉的中国商周历史，由此与现实世界之间发生另一种更直接的关系："乱纪元"的意象借自史书记载的生灵涂炭的纣王时代，对"恒纪元"的预测脱胎于周文王倾心向往的太平世。在接下来另一层

1　Adam Roberts, *Science Fiction*, London: Routledge, 2000, pp. 7-12.

游戏之中，秦始皇时代制造出世界上第一台计算机，游戏的隐喻指向三体文明对恒星运行规则的大规模科学运算。但秦始皇的集权政治，是这台计算机能够运行的前提条件，因为计算机的运算部件是三千万听话的秦国士兵。

游戏的这两个层级不能代表刘慈欣全部的构想，这里举这两个例子，是为了说明《三体》叙述语法的一个独特而复杂的方面。情节层面对"三体世界"的隐喻表达，以历史（或现实）为材料，而在这之后，这些材料引向更为直接的现实感：三体是一个危机重重、灾难不断的世界，为了度过危机，求得生存，三体文明走向高效的集权社会。最终当我们读到对那个孤独的1379号监听者在高度集权社会中感到生不如死的描写时，已经很难分清三体世界与现实之间究竟谁是喻体。这个在整个小说中唯一得到正面描写的三体人，与对自己的社会和物种感到绝望、最先发出信号将三体文明引向地球的叶文洁，互为映像。他对地球美好世界的憧憬和爱护，与叶文洁对三体文明的盲目信仰如出一辙，都建立在对自身所处社会的不满之上。他们所处的世界也互相映现，"三体世界"真的与我们的世界有那么不同吗？

除此之外，在《三体》的情节中有许多一望可知的现实因素："文革"、最高领袖指示、军队现代化、大国之间的角力。但更为关键的一点，仍是关于社会制度的解决方案：处在黑暗森林中的人类集体，需要的是民主，还是集权？《三体Ⅱ：黑暗森林》中令人难忘的人物之一是军官章北海，他始终把自己的真实想法深藏不露，为的是在必败的太空战役中为人类保留最后的战斗力量。他的计谋使五艘星舰幸免于难，形成脱离地球的星舰文明。新文明诞生之际，章北海思考的是体制问题。大多数人认为应该保留军队体制，章北海反对，认为专制社会是行不通的。但当有人提出，星舰文明可以建成真正的民主社会时，章北海又摇摇头："人类社会在三体危机的历史中已经证明，在这样的灾难面前，尤其是当我们的世界需要牺牲部分来保存整体的时候，你们所设想的那种人文社会是十分脆弱的。"[1] 章北海的忧思在小说后来的情节进展中不断再现，例如《三体Ⅲ：死神永生》中写建立了威慑体系的罗辑，拥有绝对权力，引发人民的不满，他在人们心目中的形象从救世主变成暴君。关于这一情形，小说里有这样一段精辟的议论：

> 人们发现威慑纪元是一个很奇怪的时代，一方面，人类社会达到空前的文明程度，民主和人权得到前所未有的尊重；另一方面，整个社会却笼罩在一个独裁者的阴影下。有学者认为，科学技术一度是消灭极权的力量之一，但当威胁文明生存的危机出现时，科技却可能成为催生新极权的土壤。在传统的极权中，独裁者只能通过其他人来实现统治，这就面临着低效率和无数的不确定因素，所以，在人类历史上，百分之百的独裁体制从来没有出现过。但技术却为这种超级独裁的实现提供了可能，面壁者和持剑者都是令人忧虑的例子。超级技术和超级危机结合，有可能使人类社会退回黑暗时代。[2]

《三体》比刘慈欣的其他作品更具有深切的社会意识，小说中逐渐浮现出来的"宇宙社会学"，纠结在制度建构与人性道德的冲突之上，实际上也更为直接地将"中国经验"此时此刻的难题投放在整个宇宙的尺度之上。可以说刘慈欣构思的"三体世界"尽管有上亿光年的时空，其实却并不遥远。这部小说，起点是"文革"，终点是我们这个宇宙的终结，在这两点之间竟有着不可思议的逻辑关联。正是以这一现实情景为基点构想出的《三体》的宏大世界，明确地建立在道德追问之上："如果存在外星文明，那么宇宙中有共同的道德准则吗？"更具体地说，《三体》中描绘了两个层面的道德：零道德的宇宙本身——

1　刘慈欣：《三体Ⅱ·黑暗森林》，第405页。

2　刘慈欣：《三体Ⅲ·死神永生》，第100-101页。

更高智慧如"歌者"向太阳系抛出二向箔，使太阳系整个二维化，人类文明从此灭亡，我毁灭你，又与你何干？但刘慈欣着力去写的还有："有道德的人类文明如何在这样一个宇宙中生存？"[1]这两种假想条件放在宇宙背景中，看似是空想，却深深地扎根在人被卷入历史困境时的切身境况之中。

《三体》中多次写到生死攸关的抉择时刻，关系到文明的兴亡，人性的存灭。这些时刻映现出与作者和我们都面对的现实历史息息相关的道德困境。《三体》第一部写文革中人与人之间的猜疑、迫害，使女科学家叶文洁对人类的道德感到绝望，她最先引来了四光年外三体文明的入侵，也发展出"黑暗森林"的宇宙道德模式，即所有文明之间的关系，是你死我活的战争。《三体Ⅰ：黑暗森林》写人类不得不屈服于这一模式，"面壁者"在此登场，将人类带入"黑暗森林"的游戏规则之中。其中还有另一段情节写逃逸到太空中的人类飞船，在给养不足的情况下，指挥官必须决定是否先发制人，将同路人消灭，以使自己幸存下去。这样的道德选择在后来的故事中有了结果：幸存者知道，进入"黑暗森林"的人已不再是人了。《三体Ⅲ：死神永生》的女主人公程心与叶文洁不同，始终保持着对生命最大的善意，她在三体文明入侵的那一刻，成为威慑三体文明的防御系统的"执剑人"，手握两个文明的生死大权，却最终因为内心的善良而失去行动力。但她充满不忍的放弃，并不能给人类带来善果，三体文明在瞬间已经开始打击地球。人类被迫迁移到澳洲，所有物质供给被截断，人类开始弱肉强食，自相残杀，程心在这个时刻失明，她不忍再看这个世界。

由此，刘慈欣的情节构思纠结在两个向度的道德上：一切为了生存的零道德，与有善恶之分的道德。他铺展的宏伟叙述，最终展现的情节走向，是有道德的人类（或任何生命）无法在零道德的宇宙生存

1　刘慈欣：《三体》后记，《三体》，第300-301页。

下去。《三体》跌宕起伏的故事线索，是人类一次次凭借理想和理性为保存自身作出努力，最终"歌者"来临，黑暗森林打击到来。但刘慈欣让程心一直活了下去，她成为三体和地球文明的最后幸存者之一。这个存亡攸关的宇宙史诗之中，整个物种和世界的灭亡，与一个人的保存构成了平衡。

可以说刘慈欣的小说中兼有着古典的浪漫人文理想，与冷酷无情的博弈理性。在当代语境中，后者或许比前者更具有现实感。"黑暗森林"是宇宙尺度上的博弈论，它更直接地令人联想到人文理想越来越难以为继的社会情境。《三体Ⅲ：死神永生》透露出的宇宙历史，是不断降低维度的过程，即从维度丰富的和平"田园时代"，在宇宙战争中不断向十维、九维、八维次第减落。当太阳系与宇宙其他部分被降至二维后，那些强大的文明仍将继续将其降低到一维乃至零维。高维向低维的跌落，并非自然的宇宙过程，而是人为的结果，因为遵从"黑暗森林"原则的文明为了生存不惜以降低维度的方式打击其他文明。博弈的终局不是你死我活，而是鱼死网破。《三体》中有力量的人物都是现实主义者——叶文洁、罗辑、章北海、维德，他们在不同程度上将人类更深地带入"黑暗森林"之中，在生死攸关的时刻，他们会选择博弈，哪怕最终结果是同归于尽。

从刘慈欣把宇宙的初始状态命名为"田园时代"来说，不难看出他的"怀旧心理"。就在《三体》情节之中，同时展开的另一场"博弈"是理性与情感之间的较量。但面对压倒一切的生存问题，刘慈欣笔下的人物也许很难有怀旧的空间。服从"黑暗森林"的游戏规则，才能获得生存的权利。但刘慈欣仍留给我们另一个未曾叙说的想象空间：进入"黑暗森林"以前的世界，那个曾经存在的高维田园时代，是什么样的呢？也就是说，刘慈欣最终在"黑暗森林"和"死神永生"的宇宙（也就是零道德的宇宙）之外，暗示出降维之前的宇宙图景是和平的景象。

这一描写，近乎于让人想到鲁迅给《药》的结尾增添"曲笔"，为了给人留有希望；但另一方面，这个暗示非常重要，它扭转了整个《三体》故事中一直在推动情节发展的"零道德"理论，也即照亮了人类在认知宇宙零道德本质过程中的那些犹疑和不忍：叶文洁对人性恶的认知背后，本有着最富同情心的善良；罗辑成长为坚毅的"面壁者"，为的是以牺牲自己的方式来换得和平；章北海超越个人良知，不择手段地实行自己密谋已久的计划，但他在对其他星舰发起打击之前，心中最后的柔软使他有了几秒钟的迟疑，而最终丧生于太空；程心的天真与维德的凶残形成鲜明对照，但她与维德实际上能互相谅解；甚至灭绝太阳系的"歌者"，当得知整个宇宙都将要二维化的时候，也感到莫大的悲哀。

《三体》里没有绝对意义上的光明世界中的"弹星者"，所有的生灵都忙着应对变局，参与博弈，被形势拖着走，无限延伸的猜疑链使他们认为一切存在"恶"。所有人都是被动的"面壁者"，即便那看似威力无比的恒星灭绝者。但刘慈欣在希望之后写出绝望，又在绝望中透出希望：那田园时代的高维宇宙是否存在呢？这希望也许还是虚妄，因为小说中的人物不知道"大宇宙"是否能重新进入高维时代，甚至即便当高维宇宙再度出现之后，恐怕又会出现"黑暗森林"的局面，它将不可避免地再度被降维。

但以上我的假想并非小说情节的终点，"三体世界"故事的真正终结，收于对"写作"本身意义的显现。刘慈欣写到地球、太阳系、人类的终结，以至我们这个宇宙将要终结的时刻。当一切都终结以后，"未来"是完成时的，刘慈欣把他所有的叙述命名为"往事"。《三体》第一册出版时，封面印有"地球往事三部曲之一"的字样。《三体Ⅲ：死神永生》在开头有一段简短的叙述者自白，把后面的记述称为"时间之外的往事"，并说："这些文字本来应该叫历史的，可笔者能依靠的，只有自己的记忆了，写出来缺乏历史的严谨。其实叫往事也不准确，因为那一切不是发生在过去，不是发生在现在，也不是发生在未来。"[1]

将未来命名为往事，将记忆从历史中分离出来，将写作放在时间之外；在此意义上的《三体》，回归科幻写作的意义。它打开通向"未知"的路径，其意义不仅在于对"现实"和"历史"的记录，解释和构建，而更多的在于启示：仍有未曾发生的、时间之外的可能性。如《三体Ⅲ：死神永生》中那个"无故事王国的故事"，当一切都不可能的时候，仍"有可能"讲述故事，讲故事的人内心中有关切，所以无论他的故事多么凶险叵测，其实却有着焦灼的愿望，将"现实"的秘密告诉你的同时，仍要为了向你证明，他的"讲述"不只是为了追忆逝水年华，也是为了相信尚未发生的可能。"讲述"或"写作"，如《诗云》里耗尽太阳系的能量，存留下文字的世界，是在历史的喧嚣和现实的嘈杂之外，建立想象的空间。这想象的种子来自心灵，可能如茫茫宇宙中的漂流瓶那样渺小而虚弱，但它以自己的存在赋予世界以意义。

在《三体》的最后，当轰轰烈烈的太空史诗走到尽头，大宇宙正在死灭之时，刘慈欣描述已经空寂的世界中一个宁静的场景：

> 小宇宙中只剩下漂流瓶和生态球。漂流瓶隐没于黑暗里，在一千米见方的宇宙中，只有生态球里的小太阳发出一点光芒。在这个小小的生命世界中，几只清澈的水球在零重力环境中静静地飘浮着，有一条小鱼从一只水球中蹦出，跃入另一只水球，轻盈地穿游于绿藻之间。在一小块陆地上的草丛中，有一滴露珠从一个草叶上脱离，旋转着飘起，向太空中折射出一缕晶莹的阳光。[2]

原载《上海文化》2011 年第 3 期

---

[1] 刘慈欣：《三体Ⅲ·死神永生》，第 1 页。

[2] 刘慈欣：《三体Ⅲ·死神永生》，第 513 页。

铁笼、破壁与希望的维度

——试论刘慈欣科幻创作中的"惊奇感美学"

王 瑶

关于"何谓科幻"的讨论似乎总绕不开 C·P·斯诺所说的"科学与人文"这"两种文化"之间的分立。而刘慈欣的出现则让这些讨论变得更加复杂了。一方面，无论是在其作品还是在各类随笔访谈中，刘慈欣总是旗帜鲜明地站在"科学理性"的立场上，对"人性"或"温情脉脉的人道主义"提出挑战。譬如他曾提出，随着科学技术的发展，人在宇宙中的地位不断边缘化，因此科幻小说不应该像主流文学那样以描写人为中心，如果承认"文学是人学"，那么科幻应该与这样的文学划清界限。[1]但另一方面，当我们谈到他作品中那种宏大的美感，那种人对于宇宙的敬畏，或者"仰望星空"的情怀时，就不得不追溯到"人文"的思想脉络中去。正如同康德在《判断力批判》中所指出："对自然中的崇高的情感就是对于我们自己的使命的敬重，这种敬重我们通过某种偷换而向一个自然客体表示出来（用对于客体的敬重替换了对我们主体

---

1 刘慈欣：《超越自恋——科幻给文学的机会》，《刘慈欣谈科幻》，武汉：湖北科学技术出版社，2014，第 111-121 页。

中人性理念的敬重），这就仿佛把我们认识能力的理性使命对于感性的最大能力的优越性向我们直观呈现出来了。"[1]

对这一问题的反思构成了本文的论述前提。在这里，笔者尝试提出一种新的论述框架，对刘慈欣作品的美学特征进行分析，并进一步探讨这种美学特征背后的文化政治内涵。

一、"惊奇感"与"两个世界"

刘慈欣曾说过，"科幻之美"其实来自于一种很浅薄的，对科学、对未知、对宇宙的惊奇感。这种惊奇感不同于主流文学所营造的细腻美感，从而构成科幻文学的核心价值，而刘慈欣本人在多年科幻创作中致力去探索和表达的，也正是这种惊奇感。[2]

在发表于 1999 年的短篇小说《宇宙坍缩》中[3]，刘慈欣便充分展示了这种惊奇感。小说中的物理学家丁仪预测出了宇宙由膨胀转为坍缩的准确时间，但这一事件并没有引起公众的关注。在坍缩到来的最后一小时之内，丁仪与一位"省长"在国家天文台展开了一场对话。在省长看来，宇宙虽然宏大，却毕竟离普通人的衣食住行太遥远，不可能真正影响人们的日常生活。对此丁仪无奈地叹息道：

> 我们的世界，小的尺度是亿亿分之一毫米，大的尺度是百亿光年。这是一个只能用想象来把握的世界；而你们的世界，有长江的洪水，有紧张的预算，有逝去的和还活着的父亲……一个实实在在的世界。但可悲的是，人们总要把这两个世界分开。

1　康德：《判断力批判》，邓晓芒译，北京：人民出版社，2002，第 96 页。

2　王瑶：《我依然想写出能让自己激动的科幻小说——作家刘慈欣访谈录》，《文艺研究》2015 年第 12 期。

3　刘慈欣：《宇宙坍缩》，《科幻世界》1999 年第 7 期。

如刘慈欣自己所说，他的大多数作品都是在刻画这样"两个世界"之间的关系："一个是现实世界，灰色的，充满着尘世的喧嚣，为我们所熟悉；另一个是空灵的科幻世界，在最遥远的远方和最微小的尺度中，是我们永远无法到达的地方。"[1]惊奇感首先建立在两个世界之间的巨大"视差"之上，正如在《宇宙坍缩》中，物理学家所看到的世界和"普通人"看到的世界截然不同，这种视差暴露出的是不同主体经验之间不可消解亦不可逾越的深刻鸿沟。

在小说结尾处，丁仪告诉省长，宇宙坍缩同时也是时间反演，这意味着人类的全部历史都将终结于这一刻，因此现实世界中的成败得失生老病死都不再有意义了。紧接着，作者跳脱出二人之间的争论，以一种近乎上帝的视角描绘出时间反演的奇观：

> 蓝移倒计时五秒，四，三，二，一，零。
> 宇宙中的星光由使人烦燥的红色变为空洞的白色……
> ……时间奇点……
> ……星光由白色变为宁静美丽的蓝色，蓝移开始了，坍缩开始了。
> ……
> ……了始开缩坍，了始开移蓝，色蓝的丽美静宁为变色白由光星……
> ……点奇间时……
> ……色白的洞空为变色红的烦燥人使由光星的中宙宇。
> 零，一，二，三，四，秒五时计倒移蓝。

在这一瞬间，读者被粗暴地拉出"普通人"的现实世界，进入一个宏大而超越的科幻世界，而惊奇感正是来自于这样一种跨越视差鸿

---

1 刘慈欣：《重返伊甸园——科幻创作十年回顾》，《刘慈欣谈科幻》，武汉：湖北科学技术出版社，2014，第107页。

沟的"飞跃"。在刘慈欣的很多作品中，都出现了对此种"飞跃"体验的描写，譬如在《球状闪电》中，当宏原子秘密被揭示之后，主人公表示："我这时第一个感觉是可以呼吸了，我的思想已被窒息了十几年，这期间，我像是潜行在浑浊的水中，到处是一片迷蒙。现在突然浮出了水面，呼吸到了第一口空气，看到了广阔的天空，盲人复明亦不过是这个感觉。"[1] "而在《三体Ⅱ》中，当罗辑领悟黑暗森林法则的时候，"他看到了宇宙的真相"，"他知道，从这一刻起，星空在自己的眼里已经是另一个样子，他不敢再抬头看了"。[2] 这些描写，实际上都非常类似于刘慈欣自己第一次阅读阿瑟·克拉克的《2001：太空漫游》时的感受：

> 记得二十年前的那个冬夜，我读完那本书后出门仰望夜空，突然感觉周围的一切都消失了，脚下的大地变成了无限伸延的雪白光滑的纯几何平面，在这无限广阔的二维平面上，在壮丽的星空下，就站着我一个人，孤独地面对着这人类头脑无法把握的巨大的神秘……从此以后，星空在我的眼中是另一个样子了，那感觉像离开了池塘看到了大海。这使我深深领略了科幻小说的力量。[3]

可以说，这种"离开池塘看到大海"的感觉，正是刘慈欣终其一生致力于在作品中表达的"惊奇感"。问题在于，支撑这种惊奇感的"两个世界"，与斯诺所说的"两种文化"之间究竟是怎样一种关系？

郭凯曾在硕士论文《刘慈欣科幻作品中的科学形象研究》中，提

---

1 刘慈欣：《球状闪电》，成都：四川科学技术出版社，2004，第118页。

2 刘慈欣：《三体Ⅱ·黑暗森林》，重庆：重庆出版社，2008，第200页。

3 刘慈欣：《SF教——论科幻小说对宇宙的描写》，《刘慈欣谈科幻》，武汉：湖北科学技术出版社，2014，第88页。

出了一个极富创见的观点：科幻小说的审美内核，实际上来自于托马斯·库恩在《科学革命的结构》中所说的"范式转移"（Paradigm Shift）。科幻作者通过虚构出一套新的科学范式，来挑战彼时绝大多数读者所普遍认可的旧范式，从而制造出一种类似于"哥白尼革命"那样，从新的视角看到新鲜世界的感觉。而这种感觉，正是苏恩文在《科幻小说变形记》中所描述的"认知性陌生化"（Cognitive Estrangement）的审美效果。郭凯进一步指出，运用文学手法虚拟"科学革命"，正是刘慈欣作品的主要特色，这一点实际上联系着他本人的科幻观念。一个颇具说服力的例子是，刘慈欣曾在一篇文章中，将科幻小说中的"硬伤"分为四种。前三种都是由于作者对于科学知识的疏忽、无知等原因造成的，应该尽量避免，而第四种"灵魂硬伤"则恰恰相反："它幻想的是宇宙规律，并在其上建立一个新世界。这是最高级的科幻，因为没有比幻想宇宙规律本身更纯粹的科学幻想了。"[1] 所谓"硬伤"，指的是科幻小说中明显违背科学原理的科技论述。显然，刘慈欣所说的前三种硬伤，对应于库恩所说的"常规科学"研究中的错误，而"灵魂硬伤"则相当于"科学革命"中的新发现、新范式，其意义正在于挑战常规科学中的旧结论和旧范式。[2]

回到《宇宙坍缩》这篇作品，我们会发现，刘慈欣所说的"两个世界"，基本上相当于"两种范式"。在旧范式中，宇宙坍缩只是空间尺度上的变化，而在新范式，也即狭义相对论的解释中，时间和空间是一体的，空间收缩同时是时间反演。当新范式颠覆旧范式的时候，惊奇感便产生了。在这个意义上，我们不应该把刘慈欣笔下的"科幻世界"与"现实世界"之间的二元对立，直接对应于斯诺所说的"科学"与"人文"，恰恰相反，二者之间的关系更像是浪漫主义文论中所讨论的"诗"与"科学或纯事实"。实际上，无论是科学研究还是人文艺术领域，都

1　刘慈欣：《无奈的和美丽的错误——科幻硬伤概论》，《刘慈欣谈科幻》，武汉：湖北科学技术出版社，2014，第 74-77 页。标题中"无奈的错误"指的是前三种硬伤，而"美丽的"则指"灵魂硬伤"。

2　郭凯：《刘慈欣科幻作品中的科学形象研究》，北京：北京师范大学出版社，2010，第 26-31 页。

存在新旧范式之间的对抗与张力，都存在"常规的"和"革命的"这两种不同面向，或者从知识社会学的角度来说，是"意识形态"与"乌托邦"之间的对立。[1]当人们将"科学"与"人文艺术"对立起来讨论时，往往突出的是前者中常规的一面和后者中革命的一面。而当刘慈欣站在科学立场批评"文学是人学"的陈规时，则是用前者中革命的一面来反对后者中常规的一面。通过下图，我们能更清楚地把握这些概念之间的关系。如果将人类的知识都放在一个圆圈中的话，那么前一组概念聚焦于圆圈内部，而后一组概念则是要探索边疆。

	常规的（旧范式）	革命的（新范式）
惊奇感：	现实世界	科幻世界
范式转移：	常规科学	科学革命
浪漫主义：	科学或纯事实	诗
知识社会学：	意识形态	乌托邦

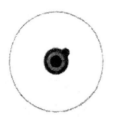 

二、"铁笼"与"希望的维度"

让我们在这样的论述框架之下，进一步考察刘慈欣笔下的"两个世界"。这其中的"现实世界"，是一个完全服从于"常理"的世界，这些常理实际上既包括"物理"也包括"伦理"。这个世界中的"常人"

1　卡尔·曼海姆：《意识形态与乌托邦》，黎鸣、李书崇译，北京：商务印书馆，2009。

被常理所束缚，缺乏自由。这种不自由既是身体上的，也是思想上的，正如同《宇宙坍缩》中那些为日常琐事而奔波操劳的普通人。刘慈欣曾将这些常理比作"沉重的现实引力"，这种引力将人束缚在大地上。从另一个角度来看，我们也可以认为这个世界就是马克斯·韦伯所说的"铁笼"，铁笼中的人们被一套充分合理化的"现实原则"所限制，不知道自己身处笼中，也无法想象铁笼之外的另类可能性。

与此同时，"科幻世界"则位于铁笼之外，或者换用一种科幻式的比喻：科幻世界位于一个更高的维度上，正如四维空间与三维空间的关系一样。一方面，当读者跟随刘慈欣的笔触，从现实世界进入科幻世界时，会得到一种感知经验的刷新，就像《三体》中人类宇航员第一次进入四维空间一样。这种震撼体验会让人用一种全新的视野看待世界，正如同"离开池塘看到大海"。另一方面，这种新的视野反衬出现实世界的局限性，它让人们看到，这个看似无所不在、自古皆如此的世界，其实是一座封闭而有限的铁笼，是可以被打破的。在这个意义上，这个更高的维度带来的不仅仅是感知经验层面的冲击，同时还承载了一种文化政治上的积极能动性。因此，我将之命名为"希望的维度"。[1]

在刘慈欣笔下，"希望"是一个重要的、却又有些许微妙的概念。在《乡村教师》中[2]，贫苦的农村孩子们凭借教育改变命运的机会微乎其微，但小说最后一句话写道："他们（孩子们）将活下去，以在这块古老贫瘠的土地上，收获虽然微薄、但确实存在的希望。"在长篇小说《球状闪电》结尾处，丁仪告诉主人公，变成量子态的林云，其存在的概率会越来越小，"但存在态不管概率有多小，总还是存在的。就像希望。"而在《流浪地球》中，全体人类离开了太阳系，在茫茫

1　在后革命时代的批判理论中，"希望"是一个重要概念。本文中对"希望的维度"的命名与思考，参考了布洛赫、詹姆逊、德里达、汪晖等人的相关论述。

2　刘慈欣：《乡村教师》，《科幻世界》2001 年第 1 期。

宇宙中流浪，许多人因为绝望而自杀或堕落。[1]小说主人公的父亲却这样对家人说：

> 我们必须抱有希望，这并不是因为希望真的存在，而是因为我们要做高贵的人。在前太阳时代，做一个高贵的人必须拥有金钱、权力或才能，而在今天只要拥有希望，希望是这个时代的黄金和宝石，不管活多长，我们都要拥有它！

实际上，在刘慈欣的许多作品中，主人公都不能确定希望是否真的存在，至少在现实世界中，按照"常理"来推断，希望存在的可能性几近于无。然而，看不到希望并不能成为放弃希望的理由，相反，主人公必须离开自己所习以为常的地方，必须突破现实世界的边界，去遥远的、不可知的"外部"追寻希望。一方面，对现实世界中的人来说，"外部"是完全的未知，没有人能够证明那里一定存在希望；另一方面，在那样一个物理与伦理法则都完全不同于常理的维度中，希望的不可能性亦被悬置了。正如同德里达对"幽灵之不对称性"的阐释，"希望的维度"对人类而言，同样具有这种不对称性。"要有希望"的道德律令，正建立在这种关于希望的辩证法之上。[2]

需要特别指出的是，刘慈欣笔下的希望并不简单等同于技术乐观主义，甚至在很多情况下，这种希望是反理性、反技术决定论的。譬如在长篇小说《中国2185》[3]中，未来中国由"电脑总网"全面管理，当总网被病毒入侵时，整个国家濒临崩溃。唯一的办法，是由"最高执政官"

1　刘慈欣：《流浪地球》，《科幻世界》2000年第7期。

2　汪晖结合德里达在《马克思的幽灵》中对于"幽灵之不对称性"的阐述，将鲁迅"反抗绝望"的哲学与其笔下的"鬼世界"联系在一起。鬼与幽灵的世界外在于个人所熟悉的现实世界，从而无法被看到和感知到，无法被证实，却也因此无法被证伪。既然无法否认那个鬼世界所包含的各种可能性，也就不能够否认希望。正是在这个意义上，"绝望之于虚妄，正与希望相同"，对鬼世界所蕴含希望的承认同时构成了对绝望的反抗。汪晖：《鲁迅文学的诞生——读〈呐喊〉自序》，《现代中文学刊》2012年第6期。

3　该作完稿于1989年1月，迄今尚未正式发表。此处参照的是作者本人提供的网络电子版。

亲自前往一个位于京郊的秘密基地给电脑总网断电，然而由于交通系统已全面瘫痪，执政官被困在人民大会堂寸步难行。一筹莫展之际，执政官依旧相信"还有一个希望"。正在这时，一群骑着"飞摩托"的孩子们从天而降，载着执政官飞往基地，化解了危机。将孩子们引来这里的，不是任何一种通信技术，而是 22 世纪的科学家们无法解释的"心灵感应"，这种科学世界之外的神秘之物，带来了技术手段无法实现的"希望"。作者这样写道：

> "这是您说的'希望'吗！？"有人在震耳的轰鸣声中伏在最高执政官耳边问。
>
> "是的！我的心和这些孩子们的心好像是通着的，他们想干的事我早就感觉到了！怎么，这难道不是希望吗！？"

另一个具有代表性的例子，是短篇小说《混沌蝴蝶》。[1] 小说开头写道："混沌学的现代研究使人们渐渐明白，十分简单的数学方程完全可以模拟系统如瀑布一样剧烈的行为。输入端微小的差别能够迅速放大到输出端，变成压倒一切的差别。这种现象被称为'对初始条件的敏感性'。例如，在天气系统中，这种现象以趣称为'蝴蝶效应'而闻名。意思是说，今天一只蝴蝶在北京拍动一下空气，就足以使纽约产生一场暴雨。"这一科学原理在故事中被用于军事用途。小说主人公是一名南斯拉夫气象学家，在北约对南联盟发动军事袭击期间，他在一名苏联科学家的协助下，利用超级量子计算机计算出全球大气敏感点。通过在敏感点制造微小的温湿压变化，从而为南斯拉夫送去了阴雨和大雾，以抵挡北约空军的轰炸。

实际上，混沌学中的"初始条件敏感性"恰恰是为了说明，无论输入端的改变多么精确，只要存在毫厘之差，结果都会谬以千里，所

1　刘慈欣：《混沌蝴蝶》，《科幻大王》2002 年第 1 期。

以不可能通过操纵一只蝴蝶而制造出一场风暴。也即是说，小说中的科幻设想其实正与混沌学基本原理相违背。然而，刘慈欣本人在网上贴出这篇小说时却加了这样一段前言："这篇小说中所描写的事情是不可能发生的，不是人类能力的局限，而是从大自然的物理和数学本质上不可能。但科幻小说的魅力之一是：它可以对自然规律进行一些改变，然后展示在这种改变之后宇宙是如何带着硬伤运行的。"这意味着，小说中的"混沌蝴蝶"并不是作者的疏漏，而正是一种刻意违背已知科学原理的"灵魂硬伤"，一种以科学面目出现的"反科学"。在美军压倒性的技术优势面前，南斯拉夫科学家更像是一位部落巫师，通过召唤空灵的"混沌蝴蝶"，将原本不可能存在的希望带给绝望中的南斯拉夫人民。

在《全频带阻塞式干扰》[1]中，一位俄罗斯天体物理学家根据对太阳数学模型的精确计算，驾驶空间站去撞击太阳表面的敏感点。这一微小的扰动在太阳表面产生连锁反应，喷发出强烈的电磁辐射，造成地球上无线电通信全面中断，最终帮助俄罗斯在与美军的军事对抗中赢得了胜利。与《混沌蝴蝶》一样，这样的计算其实同样违背了混沌学原理，但正是通过这种"灵魂硬伤"，令不可能变为可能。这一时期刘慈欣发表的多篇作品，如《光荣与梦想》《天使时代》《镜子》《乡村教师》《圆圆的肥皂泡》《赡养人类》《球状闪电》等，都刻画了这种仅仅存在于另一个维度中的微弱希望与现实世界的沉重引力之间的对抗。这种对抗既是对现实的批判，也是对一种追寻正义的另类可能性的呼唤。

1　刘慈欣：《全频带阻塞式干扰》，《科幻世界》2001年第8期。小说原稿中的交战双方是北约与中国，正式发表时改为北约与俄罗斯。

三、"常人"与"破壁人"

上文中对于"铁笼"和"希望"的分析，同时引出另一个重要议题，即刘慈欣作品中的英雄形象。不少批评家都曾指出，刘慈欣笔下的人物形象单薄刻板，是其写作中的一块短板。但总体来看，这些角色的塑造方式主要是由其承担的结构性功能决定的。在刘慈欣作品中，主要有两种类型的角色，一类是"常人"，另一类则是"英雄"。这些英雄是始终相信希望、追寻希望的"内心高贵的人"，是不甘被现实引力束缚，勇于打破游戏规则的反抗者，是与常人背道而驰、忤逆常理的"反常之人"。与此同时，这些角色的反常不仅仅停留在言说层面，而更是要通过一种大无畏的行动，通过选择一条少有人走的艰难道路，通过牺牲与苦难，在常人看来是铜墙铁壁的地方开启一道通往希望的门。在这里，我用"破壁人"这个词来命名这一类角色（这个词借用自《三体Ⅱ》，但不同于原作中的意义）。通过打破铁笼之壁，"破壁人"将希望带回现实世界，而故事中最具戏剧张力，也最能带来惊奇感的时刻，正是"破壁"的瞬间。

在一些作品中，破壁依靠的是天才科学家的灵感与创见，譬如在《宇宙坍缩》和《球状闪电》等多部作品中出现的理论物理学家丁仪。在另一些作品中，破壁的动力则纯粹来自于一种英雄气概，一种"知其不可而为之"的执拗姿态，而与角色的性别、年龄、种族、阶级地位、教育背景并没有绝对关系。譬如《光荣与梦想》中的辛妮，《乡村教师》中的李老师，《中国太阳》中的水娃，其实都承担着"破壁人"的叙事功能。

以《光荣与梦想》为例，这篇小说设想了一场异想天开的冷酷游戏：在联合国的调解下，"西亚共和国"和美国同意用一场奥林匹克运动会来代替战争，比赛结果将决定西亚共和国的命运。[1]实际上，由于双方悬殊的实力对比，西亚人民面对的是一场没有胜算的、令人绝望的游戏。在"公平竞争"的游戏规则之下，隐藏着"强者必胜"的潜规则。然而，

1　刘慈欣：《光荣与梦想》，《科幻世界》2003年第8期。

女主人公辛妮，一位出身贫苦、天生聋哑的长跑运动员，却在女子马拉松比赛中勇敢挑战美国名将。尽管辛妮最终输掉了比赛，并牺牲在终点，但她的表现却鼓舞了同胞。小说结尾处，曾一度接受了必败命运的西亚人民自发组织起来保卫祖国。尽管这是一场必败的反抗，但这种行动的意义正在于挑战游戏规则本身。

在短篇小说《朝闻道》中，刘慈欣则通过另一个戏剧化的极端情境，展现出破壁人那种近乎于悖论的行为逻辑。[1] 小说中，一个来自高级文明的外星使者降临地球，并告诉地球上的科学家们，为了维护宇宙安全，高级文明不能向低级文明传授知识，也不允许他们探索被誉为"宇宙终极真理"的"大统一场理论"。唯一的办法是，外星使者将终极真理告诉科学家，然后杀死他们，而选择权则在他们自己手中。上至各国领导人，下至科学家的亲人们，都尝试用各种办法劝阻他们，但科学家们依旧不为所动，义无反顾地走上"真理祭坛"。他们甚至承认，自己从事科学研究其实并不是为了全人类利益，而是只为了个人的精神满足，就好像"拿公款嫖娼"一样。

这篇小说发表之后引起了广泛争议，一部分读者认同科学家们可歌可泣的选择，另一部分则认为这种疯狂的举动不可理喻。实际上，与其说这是一个歌颂科学家为真理而献身的故事，不如说刘慈欣是在刻意挑战读者的心理底线。因为按照常理，追求科学知识是为了增进人类共同利益，不能实现这一目标的知识既没有价值也没有意义。"为真理献身"的正当性其实建立在"真理有用"这一功利主义的前提之上。如果承认这个前提是唯一的游戏规则，那么只有选择不上祭坛才是合理的。然而，刘慈欣却偏偏要让这些科学家们以一种甘冒天下之大不韪的造反姿态去挑战常理，并通过科学家与"常人"们的争论，暴露出"两个世界"之间深刻的视差鸿沟。

富有意味的是，在小说结尾处，刘慈欣通过外星使者之口告诉人类，"真理有用"只是现阶段地球上通用的伦理法则，随着文明进化，最终

1　刘慈欣：《朝闻道》，《科幻世界》2002 年第 1 期。

宇宙中的所有文明都会认同另一种更普遍的法则，那就是非功利的、"对宇宙终极真理的追求"。因此，科学家们的选择在一个更高的维度里又是合理的。在这里，刘慈欣其实不自觉间回到了一种建立在进化/进步这一宏大叙事之上的阐释方案。科学家的牺牲，被理解为人类文明进化为"高级文明"所必须付出的代价。以小的牺牲换取大的收获，使得牺牲重新变得"有用"，这种处理方式在某种程度上消解了"破壁人"的激进性与革命性。[1]

以上这些分析，为我们理解《三体》提供了另一种思路。[2]《三体》三部曲可以说是一个"不断破壁"的过程，通过不断突破人类认知的局限，不断进入更高的维度，不断引入新的范式、新的游戏规则，从而像放烟火般一次又一次绽放出惊奇感。然而，在这些惊奇感背后，其实隐藏着一个贯穿始终的严肃问题，那就是，除了弱肉强食这唯一的游戏规则之外，究竟还有没有其他的生存之道。可以说，"不断破壁"正是为了追寻这个问题的答案。

在《三体》中，罗辑通过参悟"黑暗森林法则"，将以弱胜强的希望带给了人类。[3]就像《混沌蝴蝶》中的气象学家一样，罗辑同样是凭借一己之力迎战技术先进的强敌，而他的制敌法宝，同样是一组看似不起眼的坐标。这种四两拨千斤的"不对称战法"，在刘慈欣笔下并非第一次出现。然而，正如同在经典的"囚徒困境"中，抢先出卖同伴是唯一合理的博弈手段，在"黑暗森林"中，"一切人反对一切人"也变成了唯一的游戏策略。在《三体Ⅲ》中，成为"执剑人"的罗辑，实际上失去了选择的自由，变成一个无力反抗常理的常人，一个囚笼中的囚徒。[4]

1　在《地火》《地球大炮》《乡村教师》等作品中，主人公对当下现实的抗争及个人牺牲，最终都通过"文明进步"和"明天会更好"的发展主义逻辑而被赋予意义，这不仅暴露出刘慈欣个人的意识形态局限，同时亦联系着20世纪中国现代性方案所遗留下来的历史债务。

2　刘慈欣：《三体》，重庆：重庆出版社，2008。

3　刘慈欣：《三体Ⅱ·黑暗森林》，重庆：重庆出版社，2008。

4　刘慈欣：《三体Ⅲ·死神永生》，重庆：重庆出版社，2010。

与之相反，在《三体Ⅲ》中，唯一一个自始至终都在反抗黑暗森林法则，并最终打破了囚徒困境的人，是女主角程心。尽管程心的每一次选择都极不合理，并因为这些不合理的选择而遭到广大读者的谩骂与嘲讽，然而，正是这些不合理的选择不断为故事带来新的转机，并不断提示读者，在看似没有选择的冷酷绝境面前，人类依然有做选择的自由。直到《三体Ⅲ》的结尾处，程心决定保留那个小小的玻璃球时，都依然保留着这种可贵的自由。在这个意义上，程心其实是整个《三体》三部曲中最终极的"破壁人"。

结语：超越现实

在创作《三体》之前，刘慈欣发表了一篇名为《吞食者》的短篇小说，这部作品可以被视作《三体》三部曲的雏形。[1] 小说中设想了一种靠不断吞食其他星球而维持自己生存的外星文明，而地球则不幸地沦为牺牲品。一个幸存下来的地球战士质问吞食者："难道生存竞争是宇宙间生命和文明进化的唯一法则？难道不能建立起一个自给自足的、内省的、多种生命共生的文明吗？"对此，吞食者回答道："关键是谁先走出第一步呢？自己生存是以征服和消灭别人为基础的，这是这个宇宙中生命和文明生存的铁的法则，谁要首先不遵从它而自省起来，就必死无疑。"显然，"黑暗森林"法则正是从这一——"铁的法则"脱胎而来。

然而，这个冷酷的回答其实并没有真正说服地球人。吞食者离开之后，满目疮痍的地球上只剩下了最后几个地球战士和一窝蚂蚁，此时地球战士们竟决定自我牺牲，让蚂蚁吃掉自己。这一看似没有意义的选择，正是为了向"铁的法则"宣战，通过主动迈出至关重要的"第一步"，去争取那尽管微不足道，却未必不存在的希望。这样一种"抵抗绝望"

---

[1] 刘慈欣：《吞食者》，《科幻世界》2002 年第 11 期。

式的行动，正是刘慈欣笔下所有"破壁人"们共同的道德立场。小说结尾处写道："夜晚降临了，残海平静如镜，毫不走样地映着横天而过的银河。这是这个行星有史以来最宁静的一个夜晚。在这宁静中，地球重生了。"我们可以将这"重生"视作某种一厢情愿的许诺，正如《三体Ⅲ》结尾处的"归零者"们试图通过"回归运动"让宇宙重返"田园时代"一样。但另一方面，"重生"也体现出一种"不破不立"的乌托邦冲动。面对"黑暗森林"式的文明绝境，"破壁人"们依旧相信，一种更好的整体性的生存方案有可能存在。

或许可以说，刘慈欣作品的魅力正来自于此，他在一个消弭了另类可能性的后革命时代，尝试重新创造出一种想象激进变革的文学空间。这种文学空间的构建虽然借用了科学的语言，但很多时候却以挑战和颠覆作为意识形态霸权话语构成的"科学"为目标。尽管刘慈欣本人在创作时未必有明确的政治自觉（甚至多次否认自己的小说有任何政治诉求），也未必能够在理论或形式上自圆其说，但他对于"惊奇感"的营造，对于希望的执着，毫无疑问与一种渴望超越当下现实的高强度的精神追求紧密联系在一起。

从这个角度来看，刘慈欣虽然与韩松在创作形式上大相径庭，但二者却有内在的相通之处。如果说韩松是从一种"向下超越"的"鬼视角"[1]，来反观现实世界的不合理性，那么刘慈欣则是从另一种"向上超越"的、希望的维度来否定现实世界。无论是刘慈欣笔下的"破壁人"，还是韩松笔下的墓碑、废墟和鬼魅，都为我们审视自己今时今日的境况提供了别样视角，而这恰正是科幻小说作为苏恩文所说的"认知性陌生化"的意义所在。

原载《现代中文学刊》2016年第5期

1　这里引用了汪晖对鲁迅笔下"鬼世界"的解读。汪晖：《鲁迅与"向下超越"（三联版跋）》，《反抗绝望：鲁迅及其文学世界》，北京：三联书店，2008，第448-462页。

总体性、例外状态与情动现实

——刘慈欣的思想试验与集体性召唤

刘大先

我们不能设想任何先于保存自我的努力的德性。

——斯宾诺莎

表象的现实性是非存在本体的实效。它是现实的剩余——它还未发生，但吊诡的是，它已成为事件，并且在事件中，它正好产生了令人惊讶的转变，即转向更确定的存在。

——布莱恩·玛苏米

一

在一篇访谈当中，刘慈欣谈到："我写的这种以创意为核心的科幻……对我来说最大的瓶颈就是获得创意的过程，之后的故事和人物是凭借努力就能完成的，但是创意部分凭努力完成不了，可没有这个核心的创意不行。"当被问到如果某个激动人心的科幻内核与现实中的科学技术有矛盾，将如何取舍时，他回答说："得看这个科幻内核的故事资源如何，如果这个内核有许多故事资源，同时它也有一定的科学依据，我就不会放弃它……只能在科学上尽量加以修改，尽量符合，尽量不要有太大的漏洞。"[1] 也就是说，他的科幻小说是一种以某个创意观念为中心的微型思想试验，故事和人物都是为了铺陈、展示、烘托、凸显、阐明这个内核而来。这属于"概念先行"，却是科幻文类的传统——它总是倾向于讨论一些宏大的观念性命题，不惜为意造文，因而在以审美为核心的文学史中往往美学评价不高，处于纯文学话语等级制中的低端。

在晚清、五六十年代及八十年代初的几波短暂热潮之后，中国的科幻文学在新世纪以降的当下再次成为不容忽视的文学现象。[2] 这背后当然有着科技迭代更新与受众群教育水平提升等因素的综合效应，但它能够形成新兴的文学现象和学术研究关注的话题，显然有着科幻自身所具备的思想试验这种总体性思维的素质作为基础。刘慈欣内在这个潮流之中，而其特异之处在于，即便在科幻文学群体中，刘慈欣也是一个孤峰独起的现象。这当然不仅指他获得了某些国际性奖项——那当然在客观上起到了吸引眼球、推波助澜的作用，但在此之前他实际上已经经受了堪称苛刻的市场的检验，在普通读者那里获得了广泛认可。更主要的原因是，刘慈欣有能力进行思想试验，而不光是设置某个新奇别致的核心观念后敷衍成文，而是让各类观念集束式出现并繁衍生长，形成了某种世界观。他的思想试验关乎和平、战争、生存的基本母题，进而延展为道德、契约、博弈、集体的普遍性话题，使得某个灵光乍现的"点子"（这种创意式"点子"在各种哪怕是平庸的科幻作品中也并不少见）跃升为了思想命题。这些思想命题之所以

---

1 王侃瑜、刘慈欣：《科幻文学可以是任何文学》，《萌芽》2016 年第 3 期。

2 宋明炜在《新世纪科幻小说：中国科幻的新浪潮》一文中对此有简明扼要的梳理，陈思和、王德威主编：《文学·2013 春夏卷》，上海：上海文艺出版社，2013。

重要，在于它们不是纯粹的卖弄机智、思维训练与智力游戏，而是将某些基于现实的回应转化为全新的文学论辩。

这一点在当代中国文学之中显得尤为重要，原因在于面对高度技术化、符号化与碎片化的语境时，如今的现实既不是史诗时代那种浑然未分的和谐，也不再是小说时代的二元分离，而是在新媒体语境中，现实已经融入到心灵之中。当变化了的"现实"无法被既有文学书写方式全面把握的时候，"现实感"就成为文学的基本内容。这种变化从20世纪初就开始了，如同卢卡奇在一战期间欧洲启蒙现代性进程面对巨大挫折时所说，那种"存在和命运、冒险和成功、生活和本质，就是同一概念"的"史诗时代"已经完结，世界处于"先验的无家可归"的状态[1]，当古典艺术"高贵的单纯和静穆的伟大"[2]终结之后，小说应运而生，只不过它不像史诗"可从自身出发去塑造完整生活总体的形态"，而是"试图以塑造的方式揭示并构建隐蔽的生活总体"[3]。从现代性祛魅的"神的死亡"到由于科技与消费带来的作为主体的"人的死亡"，出现了"存在的被遗忘"状态，"过去，笛卡尔把人提高到'大自然的主人与占有者'的地位。现在，对于力量（技术的、政治的、历史的）而言，人变成一种简单的东西，他被那些力量超过、超越和占有。对于这些力量来说，人的具体的存在，他的'生活的世界'，没有任何价值和任何利益：他预先早已被黯淡，被遗忘。"[4]

与这种在哲学本体和认识论上的转型映照，"传统小说"在经历20世纪以来一系列的题材内转和精神空间收缩过程之后，诸种文学形态与手法都失去了从总体上把握世界的能力，似乎已经对现实无能为力，我们进入到一个后纯文学时代。后纯文学时代的文学往往体现为

---

1 卢卡奇：《小说理论》，上海：商务印书馆，2016。

2 温克尔曼：《希腊人的艺术》，邵大箴译，桂林：广西师范大学出版社，2001，第17页。

3 同注1。

4 米兰·昆德拉：《小说的艺术》，孟湄译，北京：三联书店，1995，第2页。

总体性的失落，"现实在当下文学的书写当中的不同变体呈现出的既值得珍视又有待改进的面貌：它们或者竭力平视等同于现实，这是对来源于现实又高于现实的现实主义经典律令的转移，却有可能在技术性的精确中放逐了目的和伦理旨归，从而使得价值判断远离，而让文学成为一种平面的反映之镜；或者低于现实，而刻意谋求某种巨细无遗的'真实'，但是在追影摹踪上，书写永远跟不上外在世界的流动嬗变，尤其是当摄影、电视、网络已经全面侵占到原先许多属于文学的领地的时候，文字的技术无法匹敌声光影像的立体式呈现。如此种种，会带来片段化的现实书写。"[1] 科幻小说反倒在想象性思想构拟与文本操演中将自身的对象设置为现实感，从而实现了对于现实的总体性思考，并且难得地摆脱了"资本—权力"这一新时代总体性逻辑的掌控。

总体性的理论基础无疑得益于卢卡奇的阐发，他在 19 世纪那些伟大的现实主义作家比如托尔斯泰、陀思妥耶夫斯基那里看到了某种"新世界"的可能性，进而恢复了总体性范畴在马克思主义思想脉络中的核心位置："总体的观点，使马克思主义同资产阶级科学有决定性的区别。总体范畴，整体对各个部分的全面的、决定性的统治地位（Herrschaft），是马克思取自黑格尔并独创性地改造成为一门全新科学的基础的方法的本质。"[2] 也就是反对单纯考察社会的某一方面，主张把社会生活各个方面在总体的相互作用中所呈现出来的联系作为考察对象，从而在总体上把握社会，应当将一切局部的东西看作整体的一部分，从而把历史理解为一个统一的辩证过程。但卢卡奇所谓的总体性也不再适用于当下的现实融化、现实感成为对象的语境。在这种情形之中，如果想要摆脱片面与片段的困扰，必须重起炉灶，找到一种适应于时代的总体性赋形方式，就文学而言，刘慈欣提供了一个可

---

1 刘大先：《现实主义的复归与更新》，《光明日报》2016 年 4 月 4 日。

2 卢卡奇：《作为马克思主义者的罗莎·卢森堡》，《历史与阶级意识——关于马克思主义辩证法的研究》，杜章智、任立、燕宏远译，上海：商务印书馆，1996，第 76 页。

资借鉴的个案。他的走红不仅仅是某种类型文学的胜出，而毋宁说是无意中满足了阅读受众对于一种新文学的渴望。这是一种后纯文学时代的自然选择，它不满于数十年来"纯文学"话语所形成的关于人性、个人、内在精神以及"片面的深刻"式的模仿、表现与象征，显示了文学作为以超越性为内在支撑的艺术的回归。

二

政治与人本身关乎思想试验的根本，是刘慈欣科幻世界中始终围绕着的宏大议题。

在纯文学以来的"去政治化"书写中，政治被偏狭地理解为需要对抗的党派政治或者是政治行为，文学被视作需要对此做出叛逆或疏离的姿态以保持自身的纯正性。在这种思路之下，"批判"本身的路向被预先设置好了，转化成了立场与价值观，从本质上来说还是延续了政治意识形态的逻辑，它一开始具有特定历史时代的合法性，此后当外部社会已经发生变化的时候则日益变成无所用心者刻舟求剑的路径依赖。刘慈欣的过人之处在于，他重新将政治讨论"理想类型"化，而不是像一个在观念派别菜市场中的家庭妇女一样对日常的行为选择锱铢必较。就政治观念而言，刘慈欣在小说中常用的手法是设置极端情境和"例外状态"，在应对与处理紧急状态中突出了主权的合法性。他常被评论者认为是古典主义的原因正是来自其政治与社会认知上的古典政治思想，即带有功利主义理性色彩的阶级与社会判断，赋予在微观政治语境（比如纠结于身份认同或者性别取向的政治正确而忽略了现实中更为迫切的压迫与阶层差别）中的共同体以更广阔的维度，进而实现集体性对个人主义的超克，重新在广袤的时间与空间中建立一种新的现实感性。而这一点，对于普遍琐碎化和犬儒化的当代文学思想格局而言，无疑是一种革新。

　　《超新星纪元》（1991）中的故事就可以视作一个微型的国际关系与地缘政治模型。由于死星爆发造成的高能射线辐射到地球，全世界十三岁以上的人将在不久的未来全部死去，这便是一种远超出平常与日常的例外状态。超新星纪元带来的存亡绝续危机，使得人类重新回到霍布斯（Thomas Hobbes）意义上人人各自为战的"自然状态"中，社会退缩、政府独大，强势国家成为"活的上帝"——主权者。人们所获得的和平和安全保障都是从主权者那里来："这就是一大群人相互订立信约、每人都对它的行为授权，以便使它能按其认为有利于大家的和平与共同防卫的方式运用全体的力量和手段的一个人格。承当这一人格的人就成为主权者，并被说成是具有主权，其余的每一个人都是他的臣民"[1]。为了避免只有孩子的世界分崩离析，各国首脑采取了紧急措施，成立了"中央非常委员会"，面对应该在全国范围内选拔未来国家领导人的质疑，总理的回答是："成人世界随时都可能丧失工作能力，在这人类最危难的时刻，我们绝不能让这个国家处于没有大脑的状态——我们还能有别的选择吗？所以，我们与世界上的其他国家一样采取了这种非常特殊的选拔方式。"[2]这个"非常特殊的选拔方式"就是政府（主权者）无视既有法律和制度程序，直接任命新一代领导人。"主权就是决定非常状态"，[3]用施米特（Carl Schmitt）的术语来说，中央非常委员会的举措就是主权者基于法的"委任独裁"，而新一代的主权者则可以接过超越于法的"主权独裁"的接力棒。[4]而在这之前，山谷世界中已经按照成人世界的政治逻辑通过游戏对孩子们进行了国际政治的模拟训练。之所以如此，是因为有种挥之不去的世界大战的威胁感笼罩在每个人的心头——这依然是一个以民族国家

1　霍布斯：《利维坦》，黎思复、黎廷弼译，上海：商务印书馆，2014，第132页。

2　刘慈欣：《超新星纪元》，重庆：重庆出版社，2009，第43页。

3　施米特：《政治的神学》，上海：上海人民出版社，2014，第24页。

4　关于施米特概念的更详细讨论，不是本文主题，参见杨尚儒：《施米特思想中的主权、委任独裁与主权独裁》，《政治思想史》2017年第1期。

为单位的世界体系，时刻面临的是地缘政治、资源争夺、联盟与竞争等问题。主权者的决断在这种生死存亡的竞争中尤为关键，因为只有它才有能力阻止可能出现丛林竞争般的无政府状态，让国家凝聚为一体，高效率地应对危机。在危机爆发的转型时期，新旧权力尚未交接成功的悬空时代，出现了全球混乱，这个时候充当主权者的是数字国土和量子计算机。但是主权者必须唯一，一旦孩子们接手权力就必须要独占权力。刘慈欣在小说中设置了"全国大会"的情节，因为"数字国土"上出现的虚拟社区使得在现实国家之上叠加了一个虚拟国家。虚拟公民就是集体人格的代言者，在准全民大会的虚拟民主之中，绝大部分人都会追求一个非理智、非逻辑的"好玩儿的世界"，而不是有着理性自觉规划的世界。刘慈欣借助这个情节嘲笑了民主的堕落天性，因为最终还是精英主权者具有理性的决断能力，如同施密特一再强调的。有意味的是在小说里几乎没有人对主权决断产生任何异议，显示了一种潜在的国家主义倾向——个人在其中无关紧要，他们要服从绝对的集体和国家利益。刘慈欣的现实感和对集体的信仰于此可见一斑。

在这部早期尚带有"儿童文学"色彩作品中，刘慈欣按照势力均衡的原则重新在孩子国家间演绎了一部当代政治史，可以说是出于对后冷战时代地缘政治的切实感受，折射出的是现实世界中的核威慑逻辑。《球状闪电》（2001）里中外战争也正是因为宏聚变而可能造成的全球衰退而不得不停止。这一"威慑与平衡"的思路后来被刘慈欣在"三体"系列小说（2006—2010）中发展为更精细的"黑暗森林"法则。如果注意到该作的写作时间正是华沙条约组织解散，及至苏联解体的那段时间，这部小说可谓意味深长。虽然就历史进程而言，这是冷战体系的结束或者所谓多极化世界的兴起，但并不意味着意识形态对立的消解，而甚至可能更为严重，只不过在大众文化和消费主义所营造的幻觉中变得隐蔽了，刘慈欣用科幻的方式表达了自己的回应。

对自然状态的不满与对人性本能的不信任，使得在刘慈欣看来，科技才是文明的关键，宇宙的正义（法的观念，法与是否邪恶没有关系）由更高一级的文明者界定。在他架构的世界观之中，技术实际上充当了神的角色。循着这种逻辑，必然悖论性地导致"黑暗森林"法则的诞生：因为宇宙本身不可穷尽，技术与文明也就没有尽头、无法预知（神不可知），因而导致终裁权的丧失，事实上宇宙中是无法确定主权者的，这是宇宙秩序堕落为混乱的自然社会的根源。在《三体Ⅱ：黑暗森林》的结尾罗辑与史强的对话中，罗辑说道："在这片森林中，他人就是地狱，就是永恒的威胁，任何暴露自己存在的生命都将很快被消灭。这就是宇宙文明的图景，这就是对费米悖论的解释。"[1]宇宙图式似乎成为一种"他人即地狱"般的场景，这里显示出存在主义式的自由、选择与责任的议题，但是我们可以看到刘慈欣在处理叶文洁与罗辑的不同选择时对个人主义式自由的超越。

因为"自然"（野蛮）与"文明"（道德）是一体两面的事情，自然状态中人与人（或外星人）彼此为敌，但这并非道德问题，将这种宇宙秩序搬到地球上来，具体到《三体》中背负创伤记忆的叶文洁身上，关于正义与邪恶的痛苦思索就耐人寻味："也许，人类和邪恶的关系，就是大洋与漂浮于其上的冰山的关系，它们其实是同一种物质组成的巨大水体，冰山之所以被醒目地认出来，只是由于其形态不同而已，而它实质上只不过是这整个巨大水体中极小的一部分……人类真正的道德自觉是不可能的，就像他们不可能拔着自己的头发离开大地。要做到这一点，只有借助于人类之外的力量。"[2]她没有反求诸己，从人类自身寻找根源，而是将裁夺权交给外来者，试图让"三体"文明来取代地球文明。计划让具有更高技术的外来者统治地球，这是精英主义者的自以为是和主体性丧失。当她诉求"人类之外的力量"

1　刘慈欣：《三体Ⅱ·黑暗森林》，重庆：重庆出版社，2008，第447页。

2　刘慈欣：《三体》，重庆：重庆出版社，2008，第70页。

之时就是另寻一个主权者，不仅仅是针对自身所在政府的主权者，而且针对整个地球，这让她必然陷入文明悖论的境地，使她成为邪恶的肇始者。

叶文洁的选择就是放弃了责任，而将权力移交给他者（三体外星人）。按照萨特的说法，存在先于本质，"通过人的自由选择的行动，人才成为他那样的好人或者恶人"[1]，人只有通过自我选择才能决定自我存在，获取真正的自由。放弃主体自我的叶文洁因而也就是失去了作为人的自由。与叶文洁形成对比的无疑是执剑人罗辑，他的强大的主体性使他足以承担起地球主权者的角色，与三体的威胁相抗衡。罗辑对三体人采取同归于尽的威慑斗争，不惜以全部人类的命运做赌注。这让他背负了无情暴君的罪名，但这却是自然状态中不得不行之的博弈。"黑暗森林"建构的宇宙图示很容易使人将其与霍布斯联系起来，而威慑斗争则更是在现实中似曾相识。"霍布斯认为人是理性的利己主义者，主权是一切人看得比什么都要紧的东西。因此，一个主权者率尔任其主权承受胜负的战争风险，未免愚蠢。在一个什么都说不定的世界里，明慎的主权者当然会备战，但真正开战是另一回事。"[2]罗辑肩负黑暗的闸门，承担了在彼此威慑中处于平衡状态的责任，实际上是与外来他者强行达成了一个契约。他代表的就是终极意义上的理性之"法"和"道德"，而不是浅薄的小市民般的人道主义温情。

法与道德平时是以日常的生活方式和社会结构无意识出现的，只有在被破坏时才会浮现出其真切的面容。既然技术高的文明就是天然主权者，低级文明无法与之讲道德——"毁灭你，与你何干"。罗辑明白自身主权者的责任，要超越于法之外，所以他可以杀伐决断，残酷地用整个地球的命运与外星人做生死博弈。但他的后继者程心却不明白。程心

---

1 萨特：《存在主义是一种人道主义》，周煦良译，上海：上海译文出版社，2012，第3页。

2 麦克里兰：《西方政治思想史》，彭淮栋译，北京：中信出版社，2014，第209页。

的问题在于她无法认识到正义与法之间的关系，主权者没有法可言或者说超越于法律之外，因而它本身就是正义——在它那里，不存在毁灭整个人类是否是恶这样的道德问题。作为一个地球的主权者，她是超道德的，为了维护地球所做的一切，哪怕是反常伦理的都是合法的。在自然状态的"黑暗森林"中，她的最大道德应该是不惜一切代价采取任何手段来进行保护人类，就如同斯宾诺莎在《伦理学》中所说"我们不能设想任何先于保存自我的努力的德性"[1]，"绝对遵循德性而行，在我们看来，不是别的，即是在寻求自己的利益的基础上，以理性为指导，而行动、生活、保持自我的存在"[2]。当自我保存都无法做到的时候，何谈道德？她认识不到这一点，存有妇人之仁，反倒毁灭了地球。很多读者会在程心"圣母式"形象中看到刘慈欣"直男"的一面，其实这倒并非是刘慈欣的性别歧视，而是冰冷理性对于小资式温情的嘲讽。如果将小说中的地球置换成中国，"三体"置换成其他国家，其象征性是不言而喻的。

三

"三体"系列中的地球始终处于危机的例外状态之中，如果类比霍布斯写《利维坦》时代的英国内战，则"三体"世界是一种宇宙内战的局面。基于对紧急危机、特殊状况、例外状态的暂时性举措如果常态化，很可能导致一种从政治哲学的角度来说的极权状态，就是阿甘本（Giorgio Agamben）所谓的："现代极权主义可以被定义为，透过例外状态的手段对于一个合法内战的建制。这个合法内战不仅容许对于政治敌人，也容许对于基于某种原因而无法被整合进入政治系统的整个公民范畴的物理性消灭。从此以后，故意创造出一种恒常性的

1　斯宾诺莎：《伦理学》，贺麟译，北京：商务印书馆，1997，第 186 页。

2　同上，第 187 页。

紧急状态（即便在技术意义上可能并未宣告），便成为当代国家的重要实践之一，包括所谓的民主国家。……面对着被称为'世界内战'的无法停止的进展，例外状态越来越被称为当代政治最主要的治理典范。这个从暂时与例外手段到治理技术的转型，极可能根本地改变了（事实上，已经明显地改变了），传统上在不同的宪政形式间所做出之区分的结构与意义。确实，从这个观点来看，例外状态就像是民主与专制之间的一道无法确定的门槛。"[1] 在阿甘本看来，这是一种法的悬置状态，在这种状态中，法和道德是零度状态，或者说它是形式有效而适用无效，这意味着开启了另一个崭新历史时代的可能性：建立新的法、道德和人。刘慈欣在对例外状态的描写中显示了他高度的现实感。

　　现实感不等于现实，或者是一种主观现实，因而它的对象是非表象和非具象的，这里体现出我们时代认识方式的一种转型，即不再是哲学式的囊括所有——那是康德及康德前时代的方式；也不再是理论式的究其一点、不及其余——那是体系化思考破产后的权宜之计；而是德勒兹所谓的情动状态（Affective）。德勒兹从斯宾诺莎的再解读中发展出这种理论，进而成为一种认识论的转型："观念的形式现实……自身就是某物"[2]，即通过非表象性的思想样式，人们就确定了一种观念性现实，而并使得这种观念性现实成为客观现实的一种。这在 21 世纪以来的"后事实/后真相"[3]时代中表现得尤为明显，即不安全感始终笼罩在人类社会的上空，从而导致了情动的"例外状态"成为全球政治的常态。不安全感的来源一方面是风险社会的来临，各种不可控因素增多，比如工业化带来的污染、分配不平等导致的贫富分化和阶级冲突、极权主义、种族歧视、核危机、金融危机、恐怖主义等。人

1　阿甘本：《例外状态》，薛熙平译，西安：西北大学出版社，2015，第 5 页。

2　吉尔·德勒兹：《德勒兹在万塞讷的斯宾诺莎课程（1978—1981）记录》，姜宇辉译，汪民安、郭晓彦主编：《生产·第 11 辑，德勒兹与情动》，南京：江苏人民出版社，2016，第 5 页。

3　即人们的言论、观点和行为更容易受到情绪和个人信仰的影响；塑造人的思想的不再是事实，而是情绪和情感。Peter Pomerantsev，"Why we're post-fact?"，https://granta.com/why-were-post-fact, 20th July 2016.

们由此也对风险有了一种认识，"风险意识的核心不在于现在，而在于未来"[1]；另一方面则是由于科技的发展，认知能力打开了更多的未知领域，从而打开了更多恐惑的空间。未来与未知产生了一种玛苏米（Brian Massumi））所谓的威胁的政治本体："面对未来的威胁，恐惧就是此刻预想的现实，是作为非存在的感受现实，是事物若隐若现的情动现实"。[2] 它不是真实和事实，而是极度真实和情动的事实。依据情动而定事实的逻辑带有假定性，也就为先发制人的逻辑提供了合法性，比如美国的预防性的反恐措施，是"预先确保安全依靠的是预先防御行动带来的不安全"[3]，而这种逻辑事实上从美国蔓延到了整个世界，比如中国在各地加强的反恐预警和维稳措施。我们看到，无论是《超新星纪元》，还是《三体》，从临时政府到叶文洁及罗辑，尽管动机不同，都是面对来自未来和外太空无穷威胁的无限恐惧中的情动反应——科幻小说简直是对现实的直接反应，其中的人物处理的并非真实事件而是"符号—事件"，当下的行动是未来可能性的往回投射的结果。

这种威胁及消弭的情动举措看上去荒诞，却是无可回避而必须面对的现实。从世界政治历史进程而言，第二次世界大战结束后的冷战局面尽管在现实中结束于 20 世纪末，但历史并没有终结，事实与想象中的对立依然在从经济、政治到文化、意识形态各方面展开。正如有论者发现的，自杀袭击式的量子化军队、集权主义式的思想钢印和同归于尽式的水星核爆……这些刘慈欣设想的科幻场景，与其说是某种新的抵抗形式或战争形式，不如说是 20 世纪最为清晰的灾难与创伤，如法西斯主义、人种改造与人体实验、核武器与军备竞赛等的抽象呈现，"历史这种幽灵般的在场方式隐约提醒我们，当代科幻叙事或许具有一个潜在功

---

1 贝克：《风险社会》，何博闻译，南京：译林出版社，2004，第 35 页。

2 玛苏米：《诞于未来的情动现实——关于威胁的政治本体》，姜宇辉译，汪民安、郭晓彦主编：《生产.第 11 辑，德勒兹与情动》，南京：江苏人民出版社，2016，第 24 页。

3 同上，29 页。

用，即将目光从历史转向未来、从此地转向宇宙，以超越性宏观想象逃离 20 世纪的灾难历史"。[1] 但我倒并不认为科幻叙事是一种"想象性解决""令我们摆脱现实的沉重负担的'安慰剂'"，毋宁说刘慈欣将新兴的风险社会现状所加深了的焦虑不安通过科幻呈示出来，而在一种去个人化、反人性论和集体性回归的意义上加以处理。

刘慈欣从一开始对世界对抗的清醒乃至残酷的认知就是来自于 20 世纪 90 年代后的世界局势和现实处境，社会转型的一系列情形在刘慈欣的中短篇科幻小说中都有所映射。当然，作为发电厂的计算机工程师，刘慈欣本人的生产与生活并没有受到社会转型太多影响，但转型带来了一种情动，就像《球状闪电》中所说："那些可怕的东西，可能有一天会落到你的同胞和亲人的头上，落到你怀中婴儿娇嫩的肌肤上，而防止这事发生的最好办法，就是抢在敌人或潜在的敌人前面把它造出来！"[2] 林云在用球状闪电攻击反科学的恐怖分子时，面对被挟制的儿童人质丝毫没有人道主义的感伤情绪，这才是残酷的真实。刘慈欣相信"那些能让大多数人陶冶性情的美是软弱无力的，真正的美要有内在的力量来支撑，它是通过像恐惧和残酷这类更有穿透力的感觉来展现自己的"[3]，这个无疑是情动性的预防性举措，同时也是非人性的。

刘慈欣在各种场合和文本中都透露出"后人类"与非人性的观念。在早期的一些短篇中，他就已经解构了人道主义以来关于"人"的观念，《天使时代》重写了 H·G·威尔斯《时间机器》中被压迫的莫洛克人（Morlocks）的故事。非洲莫桑比克的穷人通过基因改造可以靠吃草和树叶生存，这违反了西方的人道主义观念，但在挨饿的人看来，"人类文明的基石是有饭吃"[4]。基因改变后长起翅膀的黑人们

1　赵柔柔：《逃离历史的史诗：刘慈欣〈三体〉中的时代症候》，《艺术评论》2015 年第 10 期。

2　刘慈欣：《球状闪电》，成都：四川科学技术出版社，2004，第 269 页。

3　同上，第 263 页。

4　刘慈欣：《天使时代》，《时间移民》，南京：江苏凤凰文艺出版社，2014，第 257 页。

对西方军队而言，既像魔鬼又如同神灵，是对基督教伦理观念、西方强国碳政治的反讽。星舰地球在被三体人的"水滴"攻击之后，为了生存互相残杀，最后只剩下"蓝色空间"与"青铜时代"两艘飞往外星系的黑暗之船。这个时候他们已经"非人"了，刘慈欣忍不住给予其超越人类道德的隐喻式解释："宇宙也曾经光明过，创世大爆炸后不久，一切物质都以光的形式存在，后来宇宙变成了燃烧后的灰烬，才在黑暗中沉淀出重元素并形成了行星和生命。所以，黑暗是生命和文明之母。"[1]

在《2018》里，刘慈欣直接对人本主义进行反思："自我的概念本来就很可疑，构成自我的身体、记忆和意识都是在不断的变化中，与简简分别之前的我，以犯罪的方式付款之前的我，与主任交谈之前的我，甚至在打出这个'甚至'之前的我，都已经不是一个人了"。[2]后人类是去个人化的、非人本主义的，然而这种反人本主义却又指向最根本的人类生存，这里又显示出卢卡奇的总体性辩证法。人的内涵与外延并非某种本质主义的界定，而是客体与主体的统一，直接性与中介性的统一，理论与实践的统一，过程与目标的统一。从这个意义上来说，刘慈欣的科幻是一种"从绝对不可知中诞生的绝对的现实主义"[3]，承接了中国科幻开端时候的政治关注。他的广受欢迎，一方面可能暗合了大国崛起的意识形态和民族主义情绪，与主流意识形态形成了同构；另一方面正因为他的绝对现实主义的当代性，结合了卢卡契的总体性与布莱希特的形式上变革，并且灌注了科学技术的幻想试验，从而体现了我们时代现实主义文学的发展，即它走出时间是为了回到历史，想入天外的幻想基于对科学基础理论的逻辑推理，和对贫富分化、金融贸易和国际斗争的切实判断之上，已经突破了19世纪正典化的现实主义，和20世纪以来内倾性的现代主义小说，而在"类型

1　刘慈欣：《三体Ⅱ·黑暗森林》，重庆：重庆出版社，2008，第423页。

2　刘慈欣：《2018年》，《2018》，南京：江苏凤凰文艺出版社，2014，第9页。

3　刘大先：《和世界互相猜测——关于科幻与刘慈欣》，《未眠书》，合肥：安徽教育出版社，2014。

文学"中发展出一套冷峻、平面化、非人道主义式的科幻的现实感，指向的是新人与新伦理。

四

刘慈欣的科幻现实感置入当代文学语境之中，无疑是对长久以来占据文学主潮的人性论的反拨。事实上，科幻小说从其诞生伊始，便具有反现代性的科技恐惧症，弗兰根斯坦对其创造者的反噬，意味着人对能够控制自身发明的科学技术的惶惑。20世纪以来，因为与现实政治话语的结合，并且因为人工智能之类新技术的潜在威胁，反乌托邦式的主题成为科幻文学的主流。放在中国科幻文学发展的历史上看，尽管最初有着"新中国未来记"这样洋溢着乐观自信的民族主义狂想，但很快科幻的形式就被挪用来批判政治腐败与科技异化的压抑。在与江晓原的一次对谈中，刘慈欣曾经讨论过这个问题，他所持的主张是"冷酷的但又是冷静的理性"科学主义，虽然科学有可能造成诸如人性的异化、道德的沦丧之类问题，但人性是一个历史性范畴，所以不应该拒绝和惧怕变化。"我认为那些认为科学解决不了人所面临的问题的人，是因为他们有一个顾虑，那就是人本身不该被异化"。[1] 那种对人的静止与固定的看法，缺乏长时段的历史意识，其实也折射当代文学书写之中，刘慈欣的反对正显示出他的历史感。

通过超经验论的思想试验，刘慈欣重新解释了历史与现实之间的关系。这在《镜子》（2004）这篇颇具代表性的中篇小说中体现的最为明显。在这个将正剧写成荒诞戏的小说中，心怀理想与责任感的纪委干部宋诚在软件工程师白冰的帮助下获得了省里官员腐败的一系列证据，并且牵涉到首长。技术狂热爱好者白冰是通过在偷来的超弦计算机上建立

1　刘慈欣、江晓原：《为什么人类还值得拯救》，《新发现》2007年第11期，第86、89页。

了一个数学模型，从而能够在计算机中看到现实世界的运动演化，得知现实世界一切事物的真相。程序模型显示了历史决定论的不可避免："物理学穿过量子迷雾之后，宇宙又显示出了因果链和决定论的本性。"[1]但在现实中却又回到了存在即合理的观念。因为镜像世界让世界袒露无疑，再也没有困惑与暗角，因而变得乏味与无聊，最终退化毁灭于单一苍白之中。也就是说，现实的意义恰在于它的杂乱混成、善恶并行与参差多样，一个已经有了注定答案的世界则令人绝望。对于人类乃至宇宙宿命论的认知，并不妨碍依然要在现实中努力、挣扎与充满希望。尽管在某些时候，刘慈欣在处理危机与生存问题时不免显得有些功利主义倾向，从思想观念上来说，他像一切通俗文学一样倾向于保守，尤其是在政治哲学上，重新演绎了霍布斯式的自然状态和契约关系，最后似乎又回到了永恒回归式的救赎之中。

关于政治与人的思想试验，在刘慈欣的科幻世界中是统一在一起的。政治必须摆脱空洞的说辞，而落脚于生死攸关的现实，道德具有特定社会性，科学理性在历史之中摒弃一切感伤的人道主义温情。因为在极端情境中，那些全无用处甚至会成为败事的弱点。程心作为"持剑人"时候因为一丝犹豫而毁灭了整个地球就证明了这一点。这里虽然会陷入到一种"电车难题"的伦理困境[2]，但刘慈欣义无反顾地选择了为了多数人的生存可以摒弃世俗伦理牺牲个体，而之所以能够具备如此勇气，恰在于他没有将"人"仅仅视为个人，而是作为一种类、群、集体的存在，人类本身成为一种共同体，他们的命运纠结在一起，个体在其中的牺牲是为了服从"人类命运共同体"的利益。从这个意义上来说，刘慈欣创造出了一种新时代的史诗，史诗的本质特征就在于它的英雄绝不是一个个人，"史诗的对象并不是个人的命运，而是

1　刘慈欣：《镜子》，《时间移民》，南京：江苏凤凰文艺出版社，2014，第53页。

2　"电车难题"是关于能否牺牲少数拯救多数的伦理困境，晚近的讨论参见戴维·埃德蒙兹：《你会杀死那个胖子吗：一个关于对与错的哲学谜题》，姜微微译，北京：中国人民大学出版社，2014。

共同体的命运"[1]。如果从思想资源来看，这可以视作刘慈欣对社会主义早期意识形态观念中"集体性"的召唤。

在《三体Ⅲ·死神永生》的最后，刘慈欣以其宏阔的笔致写到"回归运动"，因为各自为政、自谋自利的小宇宙，"宇宙的总质量减少至临界值以下，宇宙将由封闭转为开放，宇宙将在永恒的膨胀中死去"，"为了避免这个未来，只有把不同文明制造的大量小宇宙中的物质归还给大宇宙，但如果这样做，小宇宙中将无法生存，小宇宙中的人也只能回归大宇宙，这就是回归运动"。[2]"小宇宙"与"大宇宙"之间并不构成对立，而是相互依存，没有对"大宇宙"的回归，"小宇宙"根本就无法生存。"小宇宙"和"大宇宙"在这里构成了个人与集体的换喻，这番话清晰明了地显示出，为了共同体的利益牺牲小我其实最终还是为了彼此共同的存在。这是一种目的论式的理想情境，用小说中的话来说："每个文明的历程都是这样：从一个狭小的摇篮世界中觉醒，蹒跚地走出去，飞起来，越飞越快，越飞越远，最后与宇宙的命运融为一体。对于智慧文明来说，它们最后总变得和自己的思想一样大"。[3]

让思想成为通向广阔空间的途径，最终将个体的命运融入到共同体（国家、社会、宇宙）之中，这使得刘慈欣在语言的使用中尽量透明，因而很少见纯文学作品中的含混与暧昧；而人物性格的刻画也并非其所长（他的人物更多是具有古典式高贵的单纯和坚定信念的类型人物），他的重点在于阐释环境与关系，这也是他被许多批评者诟病"文学性不足"的地方。然而狭隘的"文学性"显然并非刘慈欣的追求，他正是要通过仿科学的语言和叙事来达至对于新时代总体性思想的探索，因而从某种程度上构成对既有文学观念的超克，这让他成为我们时代为数不多具有思想冲击力的作家。他通过描写上宏大时空的恢宏磅礴，叙述上大

1　卢卡奇：《小说理论》，第59页。

2　刘慈欣：《三体Ⅲ·死神永生》，重庆：重庆出版社，2010，第507页。

3　同上，第509页。

刀阔斧、摧枯拉朽的速度与节奏，风格上的粗粝阳刚与残酷冷硬，一反小确幸、小清新、颓靡与衰丧的主流中产阶级美学范式，呈现出一种反潮流的写作。正是这一切使得刘慈欣将自己树立为一个特例，成为后纯文学时代文学书写的一个方向。

原载《小说评论》2018 年第 1 期

新颖的刘慈欣文学：科幻与第三世界经验

罗雅琳

　　刘慈欣的科幻小说近年来在学院内引发了极高热度。复旦大学严锋教授关于中国科幻已被刘慈欣"单枪匹马提高到世界高度"[1]的断言、王德威教授 2011 年的北京大学演讲将刘慈欣与鲁迅并列、2015 年北京师范大学吴岩教授开始招收科幻文学专业博士，以及 2015 年 7 月刘慈欣《三体》英文版获科幻文学世界两大最高奖项之一的"雨果奖"之后大量刘慈欣研究论文的发表，都是这一热潮的证明。然而，文学研究者往往感到，读时并不晦涩的刘慈欣小说阐释起来却有些困难。究其原因，首先是科幻文学所使用的语言和描述对象与 80 年代以来的主流文学——"纯文学"——有所差别，难以套进平时惯用的人物、情节、环境三要素的分析框架之中；其次，则是科幻始终被视作一种"圈子化"的类型文学，因而被想象为与"纯文学"不可通约。此外，当刘慈欣小说被放置于科幻小说谱系内部，它们也同样显出独特色彩。

1　刘慈欣：《流浪地球》，武汉：长江文艺出版社，2008，第 3 页。

吴岩等研究者认为刘慈欣科幻具有"新古典主义"的风格，对科学技术的力量持有乐观肯定态度和英雄主义的情怀，因而区别于"中国已经进行了长达 20 年之久的科幻小说'先锋''新潮''解构'式的革命"。[1] 然而，这种风格被视为对凡尔纳传统的继承，而非一种具有独创性的中国经验。

如何理解刘慈欣科幻的新颖之处？刘慈欣 20 世纪 80 年代末开始写作，但在 20 多年之后的今日大热，它反映出科学已经如此深入日常经验之中，塑造着人们感知现实和想象未来的方式，更构成了这个小说衰败的时代最强劲的叙事动力。但刘慈欣绝非单纯地鼓吹科学理性，他的小说在全新的科学元素之下继承了大量中国 20 世纪 50—70 年代文化精神和第三世界经验。他在科学与社会、中国与世界的关系中展开寓言式的写作，从而创造出一种独特的文学形式。

一、"新颖的刘慈欣"：第三世界的"普遍性"批判

刘慈欣小说中的英雄人物，并不全是掌握高级技术的知识精英，相反有着大量的普通人。这些人成为英雄的关键之处，不是因为技术如何高超，而是因为他们的眼光越过了目前的生存处境，能够展望到遥远的未来，为人类和共同体做出长远的谋划。比如《乡村教师》中在偏远小山村也要为孩子讲解牛顿三大定律并最终拯救地球的民办教师，比如《中国太阳》中献身外太空探索的农民水娃，比如《光荣与梦想》中为祖国免遭美国殖民而誓死抗争的西亚共和国运动员，比如《混沌蝴蝶》中利用"蝴蝶效应"造雾、为祖国对抗北约轰炸死而后已的南斯拉夫科学家亚历山大，比如《地火》中为了彻底解决煤炭能源危机、矿工安全与矿区百姓生计问题而冒险研发汽化煤的工程师刘

1　吴岩、方晓庆：《刘慈欣与新古典主义科幻小说》，《湖南科技学院学报》2006 年第 2 期。

欣……这些人的努力也许一时失败，却激发了千千万万人的勇气和希望，为共同体的幸福和发展前仆后继。

刘慈欣笔下的英雄形象唤起了我们对于 20 世纪 50—70 年代文学的记忆，也即：有限的个人之所以成为英雄，不仅是因为他做了什么，而且是因为他最后融入人民和历史这样的无限范畴之中。前面提到的这些人物，如果无视其中的科学技术元素，简直就是我们熟悉的王二小或者董存瑞的故事。刘慈欣特别强调，科幻小说对"人物形象"的概念进行了扩展，"以整个种族形象取代个人形象"，或者"一个环境或一个世界作为一个文学形象出现"。[1] 刘慈欣常被批评为人物形象过于扁平，他却依然坚持科幻应该将此发展为"自觉的表现手法"。[2] 这到底是通俗小说的弊病，还是刘慈欣寄托遥深的新颖之处？

如果我们回溯 20 世纪 50—70 年代的文学及其批评史，就会发现赵树理也曾遭遇这样的批评。日本学者洲之内彻曾经批评赵树理文学"人物常常是贴上标签的苍白模型，不具特色，性格得不到充分的展开"，缺乏现代小说创作的基本方法——心理分析，因而是不够"现代"的文学。贺桂梅曾引用竹内好的《新颖的赵树理文学》一文，指出赵树理小说的意义"恰恰在于超越了'个人和社会的对立'的'苦恼'，在更高层次上实现了一种'悠然自得、自我解放的境界'"。作为"现代文学"支点的"典型人物"，采取的是将个人从整体中选择出来的办法，从而使个人/社会（整体）的二元对立成为现代性的必然。赵树理则呈现出一种"东方的现代"对于"西欧现代性"内部困境的超克，塑造出一种"个体就是整体"的新型状态。因此，他也挣脱了那种单一维度的、限定在"人生观或美的意识"等固定坐标上的现代性——这种现代性自视为放

1　刘慈欣：《超越自恋——科幻给文学的机会》，《刘慈欣谈科幻》，武汉：湖北科学技术出版社，2014，第 116 页。

2　刘慈欣：《从大海见一滴水——对科幻小说中某些传统文学要素的反思》，《刘慈欣谈科幻》，武汉：湖北科学技术出版社，2014，第 54 页。

之四海皆准，其实是一种霸权。[1]

刘慈欣与赵树理具有写作位置上的共同性，他们面对着同样的"现代文学"的困境。20世纪90年代以来，建基于"人学"之上的"纯文学"实践已经逐渐丧失其最初的政治意图，而成为自律的审美场域内的语言游戏。其背后的深层原因，则是抽象的"人"从其原本身处的、完整的政治经济领域中抽离出来，成为文学场域中"固定的坐标"。刘慈欣曾多次在访谈中表示对主流文学以"人"作为基本尺度的不满，"文学给我的印象就是一场人类的超级自恋"，而他写作的科幻文学则试图突破这一尺度，"超越自恋"，致力于"体验更多的东西，而不想只把精神局限于宇宙中的一粒灰尘上"。[2] 他的这些表述，往往被理解为刘慈欣的"冷酷"。[3]"冷酷"之类的评论便是陷入对以"个人"为基准的、单一样态的"现代文学"迷思之中。就刘慈欣的创作实际来看，与其说他是否定"人性"本身的积极意义，不如说是不满"人性""文学即人学"这些概念背后的单一现代性标准和自居于"普遍"的压制性力量。而他强调以种族、环境、世界取代个人，则是在其写作中寄寓了颠覆"人学"的野心，转译成他自己的话就是，科幻可以超越人类中心的"自恋"，是"对主流文学理念的颠覆和拓展"。[4]

刘慈欣之于主流文学的"新颖"因此有了一种批判意味。他的写作具有明显的边缘视野，涵盖了一幅广阔的第三世界地图：比如《天使时代》和《魔鬼积木》中的非洲桑比亚国、《混沌蝴蝶》中的南斯拉夫、《光荣与梦想》中的西亚共和国、《全频带阻塞干扰》中的中国。在这些描写美国（和北约）与第三世界国家战争的作品中，他永

1　贺桂梅：《赵树理文学的现代性问题》，《历史与现实之间》，济南：山东文艺出版社，2008，第241-245页。

2　刘慈欣：《超越自恋——科幻给文学的机会》，第111-112页。

3　刘慈欣被另一位科幻作家何夕评为："一个冷漠的宇宙观察者，冷酷的道德评判者，再加上一个冷静的思想者"。黄永明：《每一个文明都是带枪的猎手——专访科幻作家刘慈欣》，《南方周末》2011年4月26日。

4　同注2，第113页。

远将令人激动的英雄形象设置在第三世界一方。《光荣与梦想》是一篇典型的讽刺作品，它讲的是，在比尔·盖茨的倡导和联合国的主持下，美国与被美国制裁十几年的西亚共和国以体育比赛的形式决定胜负。常年受制裁、国力远低于美国的西亚共和国当然无法战胜美国，但这场比赛因为使用了"非战争"的方式，因而被视为是"人道"的竞争，呈现出"人类大同的理想社会"的曙光，美国也相应被称作人类战争史上"最崇高的战胜者"。《光荣与梦想》所道破的正是那些自居"普遍"之物的遮蔽之处：所谓"普遍"只是霸权所有者以自身状况为中心制定的标准。此一标准通过霸权推行为"普遍"，被压制者如果陷于这种逻辑，除了向作为中心的霸主低头别无其他命运。《光荣与梦想》中，美国提出通过体育比赛比拼"综合国力"的计划，正是以"综合国力"这一看似中立、普遍的标准将自己的扩张行为合法化的狡计。通行于西方地理学、历史学、生物学之中的"中心—边缘"学说，背后也暗藏了同样的逻辑。

再举两篇小说为例。刘慈欣的小说《西洋》假想当年郑和下西洋没有至非洲而返，而是成为哥伦布式的新大陆探险，中国中心因此取代了欧洲中心，从而以一种语言游戏的方式完成了对西方地理学的反转。在《魔鬼积木》中，美国的基因工程"创世"希望通过组合人与动物的基因制造出高素质的军人。培育过程的早期产生出的那些人类基因成分在70%以下，因而与人的形象相距较远的怪物被无情屠杀。"创世"的负责人、黑人科学专家奥拉博士某次回到自己的家乡桑比亚国，被亲美政府领导下的贫富极端分化所震惊。在桑比亚的亲美政府被推翻之后，奥拉博士偷偷将一批强大的变种人转移到反美的新桑比亚政权之下，最终打败了美国。《魔鬼积木》挑战的是所谓"人"与"非人"、"高等人"与"低等人"的界定，这种界定通过生物学研究固定为一种"科学"标准，成为西方殖民扩张中种族屠杀的依据。

当代中国科幻最有力的推动者之一吴岩教授曾在2005年"励耘学术论坛——如何进入儿童世界"的会议上做过一次名为"中国科幻与

第三世界"的发言。他谈及王晋康、刘慈欣等人对中东问题和非洲问题的科幻书写，并构想：中国科幻作家如果意识到自己的第三世界身份，就不应该使"中国儿童和青年仅仅关注自己的生存，自己的世界"，应该致力于"希望下一代关心全球。并立志成为一个全球村的公民做好准备"。[1] 此处可以追问的是，中国科幻的"第三世界"身份到底意味着什么？这一特殊位置与"科学"所携带的普遍性想象（即吴岩教授所说的"全球村的公民"的主体想象）之间应该构成一种什么样的关系？

正如张旭东指出的，在当代文化关系中，任何文化和集体性的社会存在"都必须在一个超越了自身抽象的普遍性幻觉的基础上，在具体的历史的现实关系中将自己作为一种普遍的东西再一次表述出来。不然的话，这种文化或生活世界最根本的自我期许和自我定义就只能作为一种特殊性和局部的东西，臣属于其他文化或生活世界的更为强大的自我期许、自我认识和自我表述。"[2] 刘慈欣科幻的"新颖"之处，正在于其以第三世界立场反抗启蒙主义式的"人"之形象，从而挑战西方话语所携带的"普遍性"霸权，申明自身生活方式的正当性与合法性。

二、"落地"的科学："游击队员"与第三世界

从上文的分析中，我们已经发现刘慈欣科幻中"科学"的特别所指。他所着意的"科学"，其核心从来不是某种高深复杂、难以获得的知识，正如《乡村教师》中的牛顿三大定律，《地火》中的汽化煤。甚至在他最"硬"的科幻小说《三体》系列中，地球人决胜三体人所凭借的，也

1　吴岩：《中国科幻与第三世界》，http://blog.sina.com/cn/s/blog_484a22af10002ei.html。

2　张旭东：《全球化时代的文化认同：西方普遍主义话语的历史批判》，北京：北京大学出版社，2005，第2页。

不是前几位面壁人将宇宙舰队量子化或者在水星埋氢弹等大动干戈的方案，而是成本相对较低的"宇宙社会学"定理。只有《三体Ⅲ·死神永生》是例外，除此之外，他很少像亚瑟·克拉克、阿西莫夫等西方科幻大师那样将主要笔墨用于描写遥远的宇宙场景和与他的同代人几乎不相干的未来。此外，他小说中的正面人物也多是非体制、从事实际工作的人物，极少学院内的"科学家"。

刘慈欣的大量小说都关注着力量悬殊的战争较量，这来自于对中国近现代历史处境的高度浓缩。因此，他笔下独特的科学观念就别有意味。科学发展与国家体制的组织有着密切关系，第三世界国家却缺乏一个强大稳定的体制来保障科学研究，要想在与强敌的对抗中取得胜利，就要依靠非体制的力量。也正因此，游击战成为第三世界革命运动中最常见的反抗形式。游击战的特点在于，虽然深入广大内地，却并非农民运动，而主要是出身于中产阶级或者农村小资产阶级的年轻知识人的作为。[1]游击队虽然在现代战争理论中是"不正规"和"非法的"，却因为反抗帝国主义殖民战争、守护乡土生活方式而成为真正的"大法"，"游击队员"通过反对自命普世理念的资本主义而展现出另一种现代性的普世理念。[2]

类似于"游击队员"的特点正体现在刘慈欣笔下的人物中。《三体Ⅱ·黑暗森林》中，章北海刚一出场就说；"在这场战争中，地球文明不需要正常的普适的军事理论，一次例外就够了。"[3]而罗辑与其他几位面壁人的不同之处，就在于对作为整体的地球和人类的守护。罗辑也恰好是面壁人中最"不像面壁人"的人，近似一名非正规的"游击队员"。《混沌蝴蝶》中孤身奔赴各地利用蝴蝶效应造雾、保卫南斯拉夫免遭北约空袭的亚历山大，也和罗辑属于同一"游击队员"形

1　霍布斯鲍姆：《极端的年代1914—1991》，郑明萱译，南京：江苏人民出版社，1998，第657-658页。

2　刘小枫：《游击队员与中国的现代性问题》，《儒教与民族国家》，北京：华夏出版社，2007，第195-224页。

3　刘慈欣：《三体Ⅱ·黑暗森林》，重庆：重庆出版社，2008，第53页。

象序列。《光荣与梦想》的结尾，更是让在奥运会上失败的西亚共和国人民以游击战反抗殖民占领：他们违反了奥运会前的约定，这是"非法的"，但他们是为自己祖国的独立而战斗，这是另一种更高的"法"。这一系列充满光彩的人物，都与第三世界独立运动中的"游击队员"们有着千丝万缕的关联。

与反抗殖民、守护乡土的"游击队员"们形成对照的，是一些不切实际的"科学家"。对这类人最典型的讽刺出现在《格列佛游记》中对飞岛"勒皮他"的描写里。勒皮他上住满了狂热的发明家，他们热衷于各种精巧机械和高深理论，因此与不懂这些"知识"的老百姓隔离开来。实际上，他们缺乏真正做事和与老百姓打交道的能力，从个人生活到国家政治都一团糟。斯威夫特的讽刺针对的是那些因追求科学"真知"而背离民众生活（即所谓"常识"）的科学家们。[1] 在刘慈欣的《三体》系列中，也有着这样一批醉心于脱离实际的创制的"科学家"。

《三体》中，叶文洁进入了秘密建立的寻找地外高智慧文明的"红岸工程"，无意中发现了向地球之外远距离发送信息的方法，并接收到三体世界的消息。她坚信技术发达的三体世界一定具有比地球更高的文明和道德水准，在对人类的绝望中她向三体发出信息；"到这里来吧，我将帮助你们获得这个世界，我的文明已无力解决自己的问题，需要你们的力量来介入。"随后，深奥精妙的三体游戏让一大批地球上的精英知识人被三体世界吸引，他们组成了地球三体组织（ETO），以"消灭人类暴政，地球属于三体"为口号，希望三体人能带来更美好的文明，改变地球的落后状况。然而，三体人并不如想象中善良，他们因自己环境恶劣而希望向地球殖民，从而引发了整个银河系的大灾难。

以叶文洁为代表的"地球三体组织"便是那种脱离民众的"科学家"代表。三体游戏提供了普通人难以理解的深奥内涵，是专门为知识精英设计的智力游戏。借用作为资深玩家的老哲学家的表述：三体游戏

1　冯庆：《培根与斯威夫特笔下的科学政制》，《古典研究》2015 年第 3 期，第 70-87 页。

"那深邃的内涵，诡异恐怖又充满美感的意境，逻辑严密的世界设定，隐藏在简洁表象下海量的信息和精确的细节"[1]令玩家非常着迷，并让他们觉得现实无比平庸与低俗。更可怕的倾向在于，他们也不愿安于个人的沉思生活，还要结成社团、行会，攫取权力。精英们认为大众的生活是不值得过的，却并不回到大众之中帮助大众，反而是站在大众之外指手画脚，甚至想要毁灭这些他们眼中的平庸生活。这是知识人最危险的倾向。

此处切中了《理想国》最著名的问题之一：受过教育的人应不应该回到没受过教育的人当中。刘慈欣 2001 年创作的小说《朝闻道》几乎是对这一问题的直接展示。小说中，科学家们为了得知宇宙中的终极真理走上"真理祭坛"，与高智能的外星来客完成"生命和真理的交换"。他们提出的问题包括："哥德巴赫猜想的最后证明"和"地球上恐龙灭绝的真正原因"等。即使得到答案的十分钟之后就要化为火球，这些全世界最顶级的科学家们依然宁可抛弃生命、爱情、温暖的家庭和对人类社会的责任心，为了能领悟宇宙的终极真理和终极和谐之美在所不惜，可谓"朝闻道，夕死可矣"。

在《朝闻道》中，围观科学家们以生命交换真理的普通人们"能清楚地感受到那些人的兴奋和喜悦，像是一群在黑暗的隧道中跋涉了一年的人突然看到了洞口的光亮"，[2]这便是关于"启蒙"的经典比喻：被光照亮。《理想国》卷七讲述了"洞穴之喻"。在苏格拉底看来，洞穴中的囚徒必须先走出洞穴、直视太阳，然后再重返洞穴。囚徒走出幽暗的洞穴，是因为"灵魂不断地渴望向上"，因为对美好真理的追求使他们不断超越自我。而返回洞穴，则是为了城邦中共同的生活——一方面，只有这样，才能让幸福"分布在整个城邦之中"，而不是"让城邦中的

1　刘慈欣：《三体》，重庆：重庆出版社，2008，第 169 页。

2　刘慈欣：《朝闻道》，星河、王逢振选编：《2002 中国年度最佳科幻小说》，桂林：漓江出版社，2003，第 104 页。

某一阶层过上与众不同的幸福生活"；[1]另一方面，洞穴中的生活自有其存在价值，知识人对民众的生活传统必须保持敬重，不能因为获得了洞穴之外的知识就回来指手画脚。只有同时拥有了洞穴内外的视野，才能达到对真理的整全认知。

启蒙运动带来的，"不止是国家与教会的分离，而且是政治权力与所谓'市民社会的机构'及其知识分子手中的意识形态权力的相对分离"。[2]这也是20世纪80年代以来"新启蒙"运动的后果：启蒙知识人成为一股独立的力量，不仅凭借其知识自视为立法者、对抗统一的政治权力，也与人民大众相分离。从刘慈欣对于ETO的刻画中，可以看出中国80年代"新启蒙"思潮的影子。从将"邪恶黑暗"的"文革"作为叶文洁对人类极端失望的原因，到叶文洁向地球之外发送信息"我的文明已无力解决自己的问题，需要你们的力量来介入"的"超稳定结构"式的表述，再到认定高科技的三体文明必然拥有更高文明形态的"现代化"意识形态[3]和期盼三体文明通过殖民地球来改造人类文明的"河殇派"思维，再到作为ETO成员之一的女作家说"人类是什么？多丑恶的东西，我上半生一直在用文学这把解剖刀来揭露这种丑恶"的"启蒙"与"疗救"话语，这些细节都表明：即使刘慈欣不是有意反讽，也可以说ETO与"新启蒙"有着相同的成因。而刘慈欣的科幻写作，正开始于80年代末的反思之中。

刘慈欣笔下有一组强烈的意象——上升与下降，这正是《理想国》中描述的走出洞穴与重返洞穴的道路。在《中国太阳》中，飞向外太空的水娃心中始终牢记着中国、自己的村庄和村前的小路。在《乡村教师》中，民办教师临死前给孩子们讲授的知识传向宇宙中的星际战舰，宇宙智慧生物因此感慨万千，吟唱出的歌谣传遍了整个银河系，而与此同时，

---

1 柏拉图：《理想国》，王扬译注，北京：华夏出版社，2012，第256页。

2 陈越：《领导权与"高级文化"——再读葛兰西》，《文艺理论与批评》2009年第5期。

3 当被问到为何叶文洁相信三体文明能够改造和完善人类社会时，叶文洁回答："如果他们能够跨越星际来到我们的世界，说明他们的科学已经发展到相当的高度，一个科学如此昌明的社会，必然拥有更高的文明和道德水准"，而另一位ETO成员则认为西班牙人对美洲的殖民是有利于当地文明进步的。

乡村教师的学生们"沿着小路向村里走去，那一群小小的身影很快消失在山谷中淡蓝色的晨雾中"[1]，他们将给这块古老贫瘠的土地带去希望。在《光荣与梦想》中，西亚共和国的马拉松运动员辛妮最终与圣火合而为一，这最终激发起西亚人民的反抗：虽然以美国为首的多国部队开进首都，西亚军队解散，重武器被收缴，但"轻武器都散落到民间，现在，如果有一阵狂风吹开西亚所有的屋顶，您会看到每扇窗前都有一个射手"。[2]在《地火》中，工程师刘欣的最后一个动作也是走下喷着地火的矿井。在"上升"所产生的前进感和"下降"这一动作所携带的对共同体的深厚感情之间，形成了一种特殊的张力，这便是刘慈欣小说中最动人心魄之处。

在为《三体》英文版所写的前言《东方红与煤油灯》中，刘慈欣采取一种"上下穿插"的形式来讲述自己科幻道路的起点。作者思绪在天空与大地之间的徘徊，构成了这篇文章的基本框架：第一、二段是"上升"，回忆1970年中国第一颗人造卫星"东方红一号"给自己带来强烈的好奇与向往；第三段"下降"，写"与这些感受同样记忆深刻的，是我肚子中的饥饿"和"村中的破旧的茅草房中透出煤油灯昏暗的光"；第四段再"上升"，写人造卫星让幼年时的刘慈欣觉得满天群星也离自己很近；第五段又"下降"回现实，写父母在煤矿的工作和"文革中武斗的枪声"；第六段再度"上升"，写自己阅读《十万个为什么》天文卷，被那些超出人类感官范围的极大与极小尺度所震撼；第七段又"下降"，"就在我被光年所震撼的那一年"河南驻马店58座水坝坍塌的惨烈景象。刘慈欣总结说："就这样，人造卫星、饥饿、群星、煤油灯、银河、文革武斗、光年、洪灾……这些相距甚远的东西混杂纠结在一起，成为我早年的人生，

1　刘慈欣：《乡村教师》，韩松主编：《2001年度中国最佳科幻小说集》，成都：四川人民出版社，2001，第124页。

2　刘慈欣：《光荣与梦想》，《带上她的眼睛：刘慈欣科幻小说精品集》，上海：上海科学普及出版社，2004，第362页。

也塑造了我今天的科幻小说。"[1] 这种上与下、远方与近处相穿插的写法看似缺少章法，却别有深意：它呈现出一个统一、融合的世界观，曾一度被自命精英的启蒙知识人独立出来的科学领域又重新恢复了与生活世界的联系。

《三体》中，刘慈欣展现出一个爱因斯坦与砸石子的贫穷男孩相遇的情景，并借叶文洁外公之口说出："在中国，任何超脱飞扬的思想都会砰然坠地的，现实的引力太沉重了。"这正是对第三世界文化状况的感叹。这样的"科学"也许不够"纯粹"，但同时也意味着，中国科学不仅是启蒙主义式的"超脱飞扬"，还必须拥抱我们的具体生活世界和存在方式。

三、"先锋队"意识与科幻的中国经验

上文已经论及，刘慈欣集中处理的问题之一是：当力量对比悬殊之时，弱何以胜强？他的小说注意到了具有"游击队员"品性的第三世界知识人在反抗殖民战争中的重要作用。但另一忧虑是，如何防止科学技术的高低成为判断文明水准的标准、进而使技术落后的文明丧失生存的合理性？这一逻辑正是资本主义国家向第三世界殖民扩张的根本逻辑。倒过来讲，也正是《三体》中 ETO 成员轻易臣服于三体星人的逻辑。鲁迅当年在《破恶声论》中就批判过这种"崇强国""侮胜民"的"第二等兽性爱国"逻辑，如果以推崇霸权的方式去反抗霸权，依然摆脱不了"奴子性"。真正有效的反抗，应该是在自己的"本根"上"自立"。[2]

人们很容易注意到刘慈欣小说中强烈的中国形象。罗辑（《三体Ⅱ·黑暗森林》）、李白（《诗云》）、中国乡村教师（《乡村教

1　刘慈欣：《〈三体〉英文版后记：东方红与煤油灯》。

2　汪晖：《声之善恶：鲁迅〈破恶声论〉〈呐喊·自序〉讲稿》，北京：三联书店，2013，第81-87页。

师》）拯救了地球；中国农民水娃（《中国太阳》）飞向外太空；章北海（《三体Ⅱ·黑暗森林》）强调在战争中"思想政治工作先行"，并批判"技术崇拜和技术致胜论"而产生的"失败主义"与"逃亡主义"，简直就是《论持久战》的翻版。甚至在《光荣与梦想》中，西亚共和国运动员辛妮也是在成千上万名中国人的鼓舞中跑向终点。刘慈欣本人更是声言："我坚信，最美的科幻小说应该是乐观的……反乌托邦三部曲已经诞生，我们应该从中国的土地上创造出科学的乌托邦三部曲。这个使命可能只能由中国人完成，因为同西方文化相比，中华文化是乐观的文化！"[1] "中国"在刘慈欣的科幻中不仅是背景和元素，更赋予了他笔下人物敢于挑战强敌的自信。

回到前文关于第三世界何以面对资本主义国家自立的问题，毛泽东1970年同坦桑尼亚政府代表团和赞比亚政府代表团谈话时给出了一个答案：

> 要破除迷信，不要迷信那个什么帝国主义。当然，我不是说帝国主义国家的人民都要反对，也不是说帝国主义国家的技术不可以学习，而是说，对帝国主义的政治的迷信，对它们那套欺骗，要破除。[2]

以氢弹、原子弹、飞机到处占领的办法，是"老牌帝国主义英国的办法"，而英国"现在比较乖乖的了"。帝国主义的侵略战争是"老牌"的，新兴的力量在于"第三世界"。因此，"帝国主义怕第三世界"。其中颠倒旧有统治结构的志气与对于自身力量的自信，正与刘慈欣相合。而刘慈欣早在创作于1989年、从未出版的小说《中国2185》中就

1　刘慈欣：《天国之路——科幻和理想社会》，《刘慈欣谈科幻》，武汉：湖北科学技术出版社，2014，第73页。

2　毛泽东：《帝国主义怕第三世界》，中华人民共和国外交部中共中央文献研究室编：《毛泽东外交文选》，北京：中央文献出版社，1994，第587-588页。

对毛泽东有过致敬。

与他的同龄人韩松在《地铁》等小说中书写的科技使人异化的反面乌托邦相比，刘慈欣的"科学"理念接近于更早的一代人。这体现为两点：一是坚信底层民众中也有着不输于学院科学家的智慧潜力，二是对于科学的乐观主义态度。

在叶永烈 1977 年发表的、轰动一时的科幻小说《世界最高峰上的奇迹》中，为从恐龙蛋中复活恐龙起到关键作用的人物，不是科学院的专业科学家，而是青年玉石雕刻女工、有四十多年孵鸡经验的老贫农和翻身藏族农奴。这些人不是从科学知识的推演而是从其日常工作的经验中获得启迪。类似的情节出现在刘慈欣的《中国太阳》中，农民工水娃凭借擦高层建筑外墙的技艺，代替专业宇航员进入太空。根据莫里斯·迈斯纳的分析，破除体脑劳动的分界，将农民视为创造力的源泉和对体制化的不满，正是乌托邦特色所在。[1]

叶永烈的创作经历，还关联着中国科幻在 20 世纪七八十年代之交从积极转向消极的重要转折点。《世界最高峰上的奇迹》发表后，遭遇《中国青年报》"科普小议"栏目"违反科学"的持续诘难。1983 年的"清除精神污染"运动中，以叶永烈《黑影》为代表的科幻作品更被以"伪科学"和"散布对社会主义制度的怀疑和不信任"的名义遭到批判，中国科幻小说跌入谷底，被称为从舞台上悄然退场的"灰姑娘"。[2]叶永烈遭到批判的原因，与七八十年代之交中国的意识形态转型使"科学"的内涵发生变化有关。与之相应，"客观规律"在 50—70 年代本意味着一种历史必然性的保证，允诺人们可以通过积极的行动抵达乌托邦；而到了 80 年代，它们则成了"一种警告，提醒人们客观规律总是严格地限制着人们的行动和社会变动的可能性"。[3]"科学"的内涵

---

1 迈斯纳：《马克思主义、毛泽东主义与乌托邦主义》，张宁、陈铭康译，北京：中国人民大学出版社，2006。

2 叶永烈：《是是非非"灰姑娘"》，福州：福建人民出版社，2000，第 480-746 页。

3 同注 1，第 193 页。

也因此从一种通往未来的积极可能性，变为一种束缚着人类行动的"客观规律"。所以，叶永烈的科幻作品因为幻想过多而被视为"伪科学"，而从20世纪60年代就开始创作的叶永烈却认为幻想成分还不够，"要以未来的眼光看待科幻"。[1]

刘慈欣与叶永烈都继承了来自20世纪50—70年代的对人民潜能的信心和乐观主义精神，但其内涵并不完全相同。在叶永烈《世界最高峰上的奇迹》中，翻身工农的智慧高过专业科学家，这是对启蒙主义理念中精英/大众关系的激进翻转，但也显得有些虚假。刘慈欣从未普遍地认定哪一群人的智慧一定高于另一群人，而是借用革命年代的经验，书写如何打破已有强弱关系的问题。这最集中地体现在《三体》系列里：一方面，即使暂时处于弱势，也必须有抗争的勇气，因此他首先就讽刺了臣服于三体强力的ETO成员和那些被吓垮的"逃亡主义者"。但这种勇气是建立在打破"强者迷信"和对自身潜力的自信之上，而非盲目乐观。比尔·希恩斯向人类植入"胜利主义"的思想钢印最后却变成了"失败主义"钢印，就是对此的一个教训。另一方面，以弱胜强的战争需要有一群人作为先导。《三体》中有一组鲜明的形象：为人类谋划深远的"未来史学派"和章北海、老科学家丁仪、在孤独中履行执剑人任务的罗辑，先"只送大脑"后又冒着危险为地球人巧妙传递关键情报的云天明……人类被宣告末日之后的反应有很多种，但真正被三卷本长篇《三体》系列推向前景的，是这一小群人为了守护地球进行的反复、坚定的抗争：对"反面乌托邦"的反抗，或许反而是最具有乌托邦精神的英雄行为。

我们阅读刘慈欣作品时那种熟悉而陌生的感受，正来自于这一小群人其实是在全新环境中出现的，我们在中国历史中反复阅读过的高贵人物——"先锋队"：

1　叶永烈：《是是非非"灰姑娘"》（第2卷），第325页。

这种先锋分子是胸怀坦白的，忠诚的，积极的与正直的；他们是不谋私利的，唯一地为着民族与社会的解放；他们不怕困难，在困难面前总是坚定的，勇往直前；他们不是狂妄分子，不是风头主义者，而是脚踏实地富于实际精神的人们。他们在革命的道路上起着向导的作用。[1]

在艰难的任务面前，中国共产党当仁不让："我们共产党是无产阶级的先锋队，同时又是最彻底的民族解放的先锋队。"[2]在《三体》之前，《混沌蝴蝶》和《光荣与梦想》中为了祖国独立死而后已的亚历山大和辛妮也是这样的先锋队。而《三体》将先锋队的作用从民族解放战争放大到地球文明存亡绝续的尺度，则试图表明：先锋队的精神不只限于一时一地，而具有真正的普遍性。正是刘慈欣科幻中内蕴的这段中国独立与解放的历史，成就了其真正反叛精神，也是它们能够打动众多读者的根本原因。

如果我们意识到，上面这段关于先锋队的论述出自毛泽东1937年在陕北公学纪念鲁迅逝世一周年大会上的讲话《论鲁迅》，刘慈欣的科幻写作就变得更加意味深长。《论鲁迅》的一开头就说："我们陕北公学主要的任务是培养抗日先锋队的任务"，然后以鲁迅作为一个典范、一个"给革命以很大的助力"的"民族解放的急先锋"进行阐述。文化教育的意义，正在于树立可以仿效的典范。通过学习，那些有潜能的人们成为新的先锋队，承担起维护共同体和传承文明的责任。我们可以将刘慈欣的科幻写作也视为这样一种文化教育的方式：不是直接灌输知识，而是一种对于趣味、视野和心性的培育与训练。刘慈欣所说科幻能使人"超越自恋"、克服麻木感、通过惊奇产生对理想社会的不断向往，都指向这样的功能。《中国太阳》中，没有霍金在太空中与农民工水娃的

---

1 毛泽东：《论鲁迅》，中共中央文献研究室编：《毛泽东文集》第2卷，北京：人民出版社，1993，第42页。
2 同上。

交谈，水娃后来也就不会有探索太阳系外宇宙的愿望。《乡村教师》里即使在贫病交加中也要向乡村孩子讲授牛顿三大定律的教师，体现的也是这样的精神。

结语

在"刘慈欣热"中，《三体》系列的"黑暗森林法则"是最著名的情节。这一关于冲突永恒的理论之所以深入人心，其实是重复了霍布斯在《利维坦》中早已有过的、人类在天性上就互相冲突的"自然社会"判断。刘慈欣大部分作品都在描绘这种争斗与混乱的场景，因此在根本意义上具有了对人类文明的寓言性。他没有止步于描绘，或者寄希望于强力的解决，而是从第三世界反抗殖民的艰难历史中借镜，试图开出解决混乱的药方。刘慈欣科幻的厚重情怀来自第三世界知识人反抗殖民、守护乡土的"游击队员"品性，抗争的豪情则可追溯到中国在第三世界独立运动中的先锋队位置。科幻文学对主流文学的挑战，在于打破了"人学"的范畴，从而有可能洞见启蒙主义观念所携带的普遍性霸权。刘慈欣的科幻，则进一步通过对第三世界经验的创造性容纳，帮助后革命时代的我们想象另一个世界如何可能，为人类文明寻找未来道路。这是对另一种普遍性的表达，也是"新颖的刘慈欣文学"的真正灵魂所在。

原载《现代中文学刊》2016 年第 5 期

中国转向外在：论刘慈欣科幻小说的文学史意义

李广益

　　自从《三体》赢得雨果奖和世界声誉，文化界和学术界都对刘慈欣及其科幻创作产生了越来越浓厚的兴趣。正在经典化的《三体》三部曲不仅是刘慈欣个人的杰作，也是中国科幻文学自 20 世纪 90 年代中期复兴以来最重要的收获；在此之外，更有敏锐的学者指出，相对于狭隘琐碎的当代主流文学，刘慈欣的科幻创作体现了"重建整体性"的雄心。然而，刘慈欣科幻小说的独特性及其在文学史上的意义，仅仅放在新世纪以来的文学发展图景中，尚不足以彰显。借由刘慈欣科幻小说的特征，反观 20 世纪初以来中国现代文学发展变迁的历程，我们在过去的文学史研究中所忽略或轻视的，主要由科幻小说等边缘文类所承担的重要面向，便会在新的历史视野中浮出水面。

一

近代之前，除了宗教、志怪题材的书写，和一些出使纪行的诗作，中国文学的表现对象较少越过本土的疆界。不多的几部笔走异域的名著，如《山海经》《西游记》《镜花缘》，也往往将赤县神州之外的地方写成充斥着奇风异俗、珍禽怪兽乃至神魔鬼怪的异质空间。只有在经历了晚清"开眼看世界"的知识和观念更新后，对中国之外的广阔世界进行写实的文学呈现和世俗的文学想象才成为一种潮流。较之繁盛一时但却具有精英属性的海外游记，晚清小说书写世界的热情更具有指征意义。1902 年，刊登在《新民丛报》第十四号上的广告《中国唯一之文学报〈新小说〉》，列出了这本即将引领"小说界革命"的刊物拟刊载的十五种文类。在"政治小说"的标题下，梁启超给出了《新中国未来记》的内容概要：

> 此书起笔于义和团事变，叙至今后五十年止。全用梦幻倒影之法，而叙述皆用史笔，一若实有其人，实有其事者焉。其结构，先于南方有一省独立，举国豪杰同心协助之，建设共和立宪完全之政府，与全球各国结平等之约，通商修好。数年之后，各省皆应之，群起独立，为共和政府者四五。复以诸豪杰之尽瘁，合为一联邦大共和国。东三省亦改为一立宪君主国，未几亦加入联邦。举国国民，勠力一心，从事于殖产兴业，文学之盛，国力之富，冠绝全球。寻以西藏、蒙古主权问题与俄罗斯开战端，用外交手段联结英、美、日三国，大破俄军。复有民间志士，以私人资格暗助俄罗斯虚无党，覆其专制政府。最后因英、美、荷兰诸国殖民地虐待黄人问题，几酿成人种战争，欧美各国合纵以谋我，黄种诸国连横以应之，中国为主盟，协同日本、非律宾等国，互整军备。战端将破裂，匈加利人出而调停，其事乃解。卒在中国京师开一万国平和会议，中国宰相为议长，议定黄白两种人权利平等、

互相亲睦种种条款，而此书亦以结局焉。[1]

　　尽管《新中国未来记》最终只写了五回就戛然而止，内中并没有这等大开大合的战略博弈，梁启超的狂想却显示了不容忽视的文学新变。"中国"不再是"天下"的同义或近义词，而成为"万国"的一员，与其他国家（相当一部分比中国更加强大）共同构成纷争的世界。而对这个春秋战国般群雄逐鹿的世界进行想象和书写，成为小说和文学的当务之急。遍观梁氏开列的文类，除政治小说外，哲理科学小说、军事小说、冒险小说乃至历史小说都是在"世界大舞台"上展开的故事。沿此思路，《新小说》第一号上出现了《新中国未来记》《海底旅行》《世界末日记》等多种具有世界视野的创作或译作；受此影响，晚清的小说家们纷纷展开了世界尺度的想象。碧荷馆主人先后出版的《黄金世界》（1907）、《新纪元》（1908），就内容来看，后者脱胎于《新中国未来记》概要，前者的灵感则来自于同一份广告上的《新桃源》（一名《海外新中国》）概要。其他"向外看"的作品，如《新年梦》《新石头记》《新野叟曝言》《电世界》等，亦多受《新中国未来记》启发。国事日蹙，文学家们却热烈地想象着强大起来的中国如何重塑世界秩序，这里面除了进化论与大同理想相结合的乌托邦精神，天朝上国心态的残留也发挥了相当的作用。

　　这种"转向外在"的文学趋势在民国初年遭受了严重挫折。政局动荡、军阀当国的惨淡现实，让许多曾经对立宪改制寄予厚望的人陷入沉默甚至颓唐。一些报人作家转向娱乐市民的写作，而观照世界的文学写作只在无政府主义乌托邦中得到了延续。[2] 新文化运动兴起后，内省的、自我批判的思想倾向表现在文学中便是对国民生活与精神的审视。无论是写乡土，还是写自我，五四时期的文学都转向了中国的

1　《中国唯一之文学报〈新小说〉》，《新民丛报》第十四号，1902 年 8 月 18 日。

2　耿传明：《清末民初"乌托邦"文学综论》，《中国社会科学》2008 年第 4 期。

内在。尽管周作人提倡"个人主义的人间本位主义"，"顾虑人类共同的运命"，但也说，"偶有创作，自然偏于见闻较确的中国一方面"。[1]这不能简单地归因于现实主义的取向。说到底，这个时期的知识分子，无论是成名学者，还是初出茅庐的青年学生，都侧重于民族国家从个体到整体的内在建设。中国现代文学从一开始就深受外国影响，同时也不乏异域书写。这些关于异国的文字里面，既有《赤都心史》《欧游杂记》《椰子和榴莲》等游记，也有《沉沦》《二马》《南行记》等小说。但这些作品若不是往复于中国人自己的苦痛和忧思，便是像徐訏、无名氏那样，将异域作为浪漫传奇的背景。真正具备世界格局和视野的，大概除了老舍的《小坡的生日》，唯有巴金的《亡命》等异域小说。[2]在民族危机深重的岁月，巴金这样的信仰坚定的无政府主义者，摆脱救亡图存的时代主题，蔑视一切种族、民族、国家和地方的区隔，真正身体力行周作人所说的，"我只承认大的方面有人类，小的方面有我，是真实的"[3]，并把谭嗣同早在《仁学》中便憧憬过的"地球之治也，以有天下而无国也。……无国则畛域化，战争息，猜忌绝，权谋弃，彼我亡，平等出……视其家，逆旅也；视其人，同胞也"[4]落实到自己的创作实践当中。

中华人民共和国成立后，文学界更新了自己的世界视野，这与国家的引导和支持密不可分。由于国家将翻译工作视为"伟大的文化新高潮"的"一个非常重要的构成部分"，并高度重视、大力投入文学翻译，外国文学的译介工作在短时间内突飞猛进，尤其在以往匮乏的亚非拉文学领域有了很大的拓展。[5]不过，体制化的文学环境在促使世界各国的文学作品纷至沓来的同时，也对中国作家对世界的书写构成

---

1 周作人：《人的文学》，《新青年》第 5 卷第 6 号，1918 年 12 月 15 日。

2 沈庆利：《现代中国异域小说研究》，北京：北京大学出版社，2009，第 110-125 页。

3 周作人：《新文学的要求》，《晨报》1920 年 1 月 8 日。

4 蔡尚思、方行编：《谭嗣同全集》（下册），北京：中华书局，1981，第 367 页。

5 季羡林、刘振瀛：《五四运动后四十年来中国关于亚非各国文学的介绍和研究》，《北京大学学报（人文科学版）》1959 年第 2 期。

了种种限制。知名作家虽然有不少到国外访问的机会，但一般而言只能在官方设定的文化交流轨道上写命题作文。与主流文学相比，响应"向科学进军"的号召而再度勃兴的科幻小说，较少受到"写实"的限制，反而有机会遥想实现现代化之后的社会主义中国给世界带来的变化。《黑龙号失踪》《边防暗哨》等反特作品尚未超越从晚清到民国时常出现在科幻小说中的"科技卫国"主题，郑文光的获奖之作《火星建设者》则更进一步，展现了人类共同的壮丽事业。小说中，火星勘探队长薛印青回忆道：

> 要把火星建设成为人类的第二故乡，成为人类征服宇宙空间的基地，这个伟大的理想就在那时刻萌芽了。……后来呢，您大概知道了：有51个国家参加了这个规模宏大的壮举。那时候，"向火星进军"的浪潮差不多席卷了整个地球！[1]

火星建设开启了新的纪元："生活在沸腾，人们在战斗——人类成为地球以外自然界的主人的时代开始了。"这不禁让人想起五十多年前蔡元培对大同社会的期待："（废除国家后）立一个胜自然会，因为人类没有互相争斗的事了，大家协力的同自然争，要叫雨晴寒暑都听人类指使，更要排驭空气，到星球上去殖民，这才是地球上人类竞争心的归宿呢。"[2]在社会主义大行于世、科学技术造福人类的乐观期待中，晚清以来不绝如缕的人类整体意识在郑文光笔下再次高扬，两大阵营的矛盾获得了想象性的消弭或回避。当然，这种矛盾在冷战的时代语境中还有另一种充满激情的解决方式，即"东风压倒西风"，但承载这种狂放想象的文学作品，如以手抄本形式流传的《献给第三次世界大战的勇士》，要到思想和书写的规范遭到破坏的"文革"时

1　郑文光：《火星建设者》，《中国青年》1957年第22期。

2　蔡元培：《新年梦》，高平叔编：《蔡元培全集》（第一卷），北京：中华书局，1984，第241-242页。

期才会出现。

进入改革开放时期，中国在思想文化领域的动向与政经趋势颇有契合之处，一方面广泛引进和吸纳以现代西方为主的文艺创作和学术成果，另一方面，尤其在文学领域，逐渐告别宏大叙事，转向个体化、私人化、碎片化的写作。正如程光炜在反思 80 年代寻根思潮时所言，在 1985 年之后的小说史中，"我们还没有看到一个能够令人信服和有能力地概括'最近三十年'历史生活的'主人公'。我们无法在这些小说名作中找到自己所亲身经历过的生活的全部，痛苦、欢欣、困惑和迷离，向他们倾诉自己内心的剧痛"。[1]同样，我们也很难在三十多年来的中国文学作品中看到兼具艺术规模和思想深度的世界呈现，尽管中国作家的国际化程度已经超过了历史上任何一个时期。科幻小说也不例外。文类特性促使作家去想象外国和外星，但多数时候这些异域仅仅是布景性的存在。即便其中的某些文本承载着某种真切的关怀，也多是内向的、自我指涉的。像《美洲来的哥伦布》（1980）那样清晰地表达反帝反殖思想的作品，只是上一个时代的余响。

以上粗枝大叶地回顾了中国文学的百年历程，着眼点是对世界的书写和思考。可以看到，中国文学在晚清出现了转向外在的热潮，到五四之后逐渐向内转；它的世界观照在新中国的"前三十年"得到恢复和扩大（但实际收获不丰），又在"后三十年"萎缩甚至失落。这里区分"内"与"外"的关键，并不是文学作品中是否出现了外国人物，故事是否发生在异域他乡，也不是有没有受到国外文艺思潮或名家名作的影响，而是文学家是否以包举天下、囊括宇内的气势和胆识，运用艺术的手法表现、剖析甚至重新规划整个世界的政治经济格局。这样的追求对于今天多数中国文学家来说，或许是久已不闻（如果不是闻所未闻）。然而，以文学以至文艺自近代以来具有的地位和影响而论，置身于全球化程度日益加深的时代，对文学提出建立或恢复整全视野

1　程光炜：《重看"寻根思潮"》，《文艺争鸣》2014 年第 11 期。

的要求，自在情理之中。刘慈欣科幻小说的文学史意义，因而浮出水面：它们既是中国文学再次转向外在的重要指征，又为"文学外向"的深化提供了极具价值的参考。

二

作为当代中国最杰出的科幻作家，刘慈欣对科幻怀有非常纯粹的热爱："科幻对于我们已不仅仅是一种文学形式，而是一个完整的精神世界、一种生活方式。"[1]他钟情于从"冷酷的方程式"中解放出科学之美的科幻小说，这样的小说"除了技术内核什么都没有，它的文学描写都集中在技术内核上，试图使技术诗意化"[2]。不过，这类"技术内核型"小说在刘慈欣的科幻创作中并不是主流。对于偏离"初心"，更多地触及现实政治与社会的作品，刘慈欣称之为"曲线救国""迎合市场"，也就是功利色彩浓厚的权宜之计。但他在2003年《超新星纪元》出版之际写下的回忆文章告诉我们，初稿写于八九十年代之交的《超新星纪元》和同期写作、至今未能出版的《中国2185》，真实地反映了其政治思想。[3]在《中国2185》中还主要是背景的国际博弈，到了《超新星纪元》就变成了残酷的世界战争。刘慈欣曾在《三体》中借人物之口感叹："在中国，任何超脱飞扬

---

1 刘慈欣：《我们是科幻迷》，《最糟的宇宙，最好的地球——刘慈欣科幻评论随笔集》，成都：四川科学技术出版社，2015，第62页。

2 刘慈欣：《筑起我们的金字塔——由银河奖想到的》，《最糟的宇宙，最好的地球》，成都：四川科学技术出版社，2015，第8页。在刘慈欣看来，这种最为纯粹的科幻小说所蕴含的美感是无与伦比的："世界各个民族都用自己最大胆、最绚丽的幻想来构筑自己的创世神话，但没有一个民族的创世神话如现代宇宙学的大爆炸理论那样壮丽，那样震撼人心；生命进化漫长的故事，其曲折和浪漫，也是上帝和女娲造人的故事所无法相比的。还有广义相对论诗一样的时空观，量子物理中精灵一样的微观世界，这些科学所创造的世界不但超出了我们的想象，而且超出了我们可能的想象。"刘慈欣：《混沌中的科幻》，《最糟的宇宙，最好的地球》，成都：四川科学技术出版社，2015，第2-3页。

3 刘慈欣：《第一代科幻迷的回忆》，《最糟的宇宙，最好的地球》，成都：四川科学技术出版社，2015，第69-74页。这篇对于理解刘慈欣科幻创作史有重要意义的文献的未删节版可见于网络。

的思想都会砰然坠地的，现实的引力太沉重了。"[1]事实上，正是"现实"的介入使他的飘逸想象接了地气，呈现出厚重与空灵相结合的审美特征。

刘慈欣成为《科幻世界》作者后陆续写作的《全频带阻塞干扰》《混沌蝴蝶》《天使时代》《光荣与梦想》等几个短篇，更加集中地体现了对民族危亡的警惕。《全频带阻塞干扰》（2001）以俄罗斯的雪原为背景，讲述了一场信息化时代的卫国战争。北约在叛军的协助下大军压境，俄罗斯奋起抵抗，却因电子对抗方面的极度劣势而连连失利。危急时刻，孤身一人留守"万年风雪"号太空组合体的天体物理学家米哈伊尔，操纵这座用于科研的庞大航天器驶向太阳，通过对太阳的精确撞击使这颗恒星喷发出强烈的电磁辐射，造成地球表面绝大部分无线电通信中断，一举扭转了战局。故事最初设定在中国，正式发表时因为可以理解的原因改成了俄罗斯，但这个改动并不全是技术性的。一方面，作者在小说的题辞中向俄罗斯人民致敬，表示"他们的文学影响了我的一生"；另一方面，能够在"正面抗击北约"的叙事构架中替换中国的，也只有俄罗斯，甚至可以说后者更为合适——这让人很自然地想起"短二十世纪"以来这两个非西方大国对西方主宰的世界格局接连的冲击。但若故事局限于后起之秀和老牌强权之间起因并不清晰的较量，就不过是"去政治化"的"修昔底德陷阱"之演绎，而刘慈欣在叙述中宕开的一笔使这个故事具备了更多的内涵。美军司令帕克将军因假牙共振而心烦意乱时，想到的竟然是万里之外，美军曾经驻扎的克拉克空军基地，因为他的两颗门牙正是被他抛弃的菲律宾情妇打掉的。

> 帕克默念，我的孩子，现在你在哪儿？你是和母亲在马尼拉的贫民窟中度日吗？你的父亲现在某种程度上是为你而战。

---

[1] 本文所有对刘慈欣小说的引用，均依据重庆出版社 2016 年出版的"刘慈欣科幻作品典藏"。

俄罗斯的民主政府上台后，北约的前锋将抵达中国边境，苏比克和克拉克将重新成为美国在太平洋上的海空军基地，那里将比上个世纪更繁荣，你会在那儿找到工作的！如果你是个女孩，说不定像你妈妈（她叫什么来着，哦，阿莲娜）一样能认识个美国军官……

这个充满讽刺和戏谑意味的段落，让我们意识到这场战争对整个世界的意义。殖民者重返殖民地，恩赐给当地人民"繁荣"和"幸福"，不啻宣告 20 世纪世界革命成果化为乌有。但即便殖民者并未卷土重来，非西方世界或者更准确地说第三世界的人民仍然遭受着霸权主义和强权政治的威胁。《混沌蝴蝶》（2002）中被狂轰滥炸的贝尔格莱德，《天使时代》（2002）中耀武扬威于非洲小国桑比亚沿海的航母战斗群，《光荣与梦想》（2003）所描绘的因长达十七年的封锁和制裁而奄奄一息的西亚共和国，都凝结着刘慈欣对不久之前发生的国际事件的充满愤慨的直观感受，而这样的情感在很大程度上源自作为中国革命遗产之一的"第三世界意识"。"他的写作具有明显的边缘视野，涵盖了一幅广阔的第三世界地图……在这些描写美国（和北约）与第三世界国家战争的作品中，他永远将令人激动的英雄形象设置在第三世界一方。"[1]

显然，对于第三世界的认同并不是出于置身事外的同情，而与中国在历史和现实中的感同身受有着密切关系。鲁迅和周作人译介以东欧受压迫民族文学为主的《域外小说集》，有唤起国人同仇敌忾之心而"转移性情，改造社会"的用意[2]；刘慈欣对第三世界的科幻书写，

---

1 罗雅琳：《新颖的刘慈欣文学：科幻与第三世界经验》，《现代中文学刊》2016 年第 5 期。

2 周作人指出，"豫才那时的思想我想差不多可以民族主义包括之，如所介绍的文学亦以被压迫的民族为主，俄则取其反抗压制也。"知堂：《关于鲁迅（之二）》，刘运峰编：《鲁迅先生纪念集》（上册），天津：天津人民出版社，2007，第 338 页。

同样借助共同的苦难体验，表达了中国人的民族情感。[1]比周氏兄弟更进一步的是，他想象了第三世界人民运用科技来反抗侵略压迫、争取自由解放的不屈斗争。诉诸民族情绪是通俗小说的套路之一，但晚清以来的通俗小说往往把"科技强国"想象得过于轻易，甚至流于浅薄庸俗，但在刘慈欣笔下，这样的反抗有的最终仍不免失败，即便成功也要付出巨大的代价，如《天使时代》中桑比亚人对"人类伦理"的僭越。这种悲剧色彩让人深刻地感受到反帝反殖斗争的艰难和沉重。更重要的是，刘慈欣非常清醒地和大行于网络的"爽文"逻辑保持着批判的距离。新世纪的两部最负盛名的历史穿越小说《新宋》和《宰执天下》，在国家治理和建设的思路上有不少分歧，却不约而同、毫无愧色地将殖民扩张视为强国之道，洋洋得意于"封建南海"之类霸权想象。相形之下，刘慈欣早在1990年代创作的《西洋》，已经辛辣地讽刺了这种在意淫中由自卫转向侵略的民族主义迷梦。《西洋》是一篇典型的或然历史（Alternate History）小说：1420年，郑和率领的庞大舰队航行到非洲东海岸的摩加迪沙后，没有返回大明，而是继续远航，从而改变了历史。在另一个历史时空中的1997年7月1日，中国是主宰世界的超级强国。虽然按协议向英国交还了北爱尔兰，中国仍然是世界警察，国土包含新旧两块大陆，人民币是国际市场上的硬通货，中国画充斥欧洲……这似乎是在迎合很多人对于"进取开拓版"郑和下西洋的憧憬。但小说中主人公的儿子一登场，作者的意图便昭然若揭。这个大概正在上初中二年级的十五岁少年是个咄咄逼人甚至歇斯底里的民族主义者，沉浸于光荣的欧洲征服史，主张用不交会费来增加中国在联合国的权威，动辄逼问"你是不是中国人？！"，并流露出赤裸裸的种族歧视。与之相对，在中国新大陆留学的英国姑娘

1　《三体》三部曲中地球人对三体人入侵的英勇抗争，亦可作如是观。网络上流传着一个笑谈："三体"这两个汉字的笔画加拆解重组，就可以形成"日本"。这或许是一个巧合，不过刘慈欣确实说过这样的话："在银河系文明中，全人类也就是一个民族。您能指望一个1940年的汉奸在2140年外星人入侵时为地球文明献身吗？"刘慈欣：《〈球状闪电〉访谈》，《最糟的宇宙，最好的地球》，成都：四川科学技术出版社，2015，第127页。

艾米，朴素、内敛但却坚韧，以传承本土艺术为己任。此间臧否，一石二鸟，既嘲讽了现实世界中的霸权行径，又对民族主义的做派和妄想嗤之以鼻。刘慈欣借主人公之口道出，人类文明的进步得益于东西方的交流与融合：

> 我们来到了一个陈列柜前，里面陈列着许多黄得发黑的欧洲中世纪的拉丁文旧书，有荷马史诗，有欧几里得的《几何原理》、亚里士多德的《物理学》，还有柏拉图的《理想国》和但丁的《神曲》……其中很多是十五世纪欧洲宗教裁判所的禁书。这些都是郑和到达西欧后让翻译给他读过的。
>
> 我对艾米说："看，他读你们的书，从你们那儿得到了很多他没有的东西：他有指南针，却没有远航必需的欧洲精确钟表；他有比你们当时最大的船还大三倍的船，却没有欧洲绘制精确海图的技术……特别是基础科学，那时的明朝落后于欧洲，比如在地理学上，中国人仍相信天圆地方的世界。没有你们的科学，或者说没有东西方文化的融合，郑和不会接着向西航行，我们也不会得到美洲。"

富有自省精神的主人公还告诉儿子和艾米一段惊人的往事：郑和虽然征服了欧洲，却被健壮美丽的古希腊风格雕塑所代表的西洋文化所震撼，在迷茫和忧郁中产生了深深的乡愁，从而在一路向西的回家旅途中发现了新大陆。面对历史，《西洋》表现出清明的理性，跨越一个世纪的时光，与鲁迅对"兽性爱国之士"和"崇侵略者"的批判产生了共鸣。[1]

---

1 鲁迅：《破恶声论》，《鲁迅全集》（第 8 卷），北京：人民文学出版社，2005，第 33-36 页；李广益：《"黄种"与晚清中国的乌托邦想象》，《中国现代文学研究丛刊》2014 年第 3 期。

三

　　刘慈欣在国际政治层面表现出的鲜明立场引起了不少学者的关注。[1]尽管他们的理解和判断颇有差异，但其论析都会或多或少地聚焦于"民族"——既是源远流长、拥有五千年文明史的"文化民族"，更是近代以来饱受侵略、压迫和奴役，对"富国强兵"孜孜以求的"政治民族"。这样一来，弗雷德里克·杰姆逊的"民族寓言论"就顺理成章地成为刘慈欣研究中的一个非常重要和便利的理论视角："第三世界的本文，甚至那些看起来好像是关于个人和力比多趋力的本文，总是以民族寓言（National Allegory）的方式来投射一种政治：关于个人命运的故事包含着第三世界的大众文化和社会受到冲击的寓言。"[2]这一论断的回响，在王瑶的论述中最为分明："在当代中国的科幻文本中，甚至那些看起来超越了政治目的和功利主义的要求，超越国家与民族'小我'，以'全世界人类共同命运'为书写对象的文本，依然或隐或显地以民族寓言的方式表露出文化政治的诉求。"[3]而"刘慈欣那些关注'人类在宇宙中命运'的科幻小说，譬如《流浪地球》《吞食者》或《三体》，读起来都俨然像是有关当代中国的民族寓言"[4]。在"民族寓言"的意义上解读刘慈欣科幻小说，的确是把握其政治维

1　除了前引罗雅琳论文外，贾立元和王一平的观点也很有代表性。前者指出，"尽管科学本身是最国际主义、最超脱世俗的，却在成长于红色年代的刘慈欣身上与一种公民对所属政治共同体的责任感奇妙地结合在一起，那最空灵的幻想无法不与中国最现实的创痛关联在一起"，刘慈欣的科幻小说体现了"中国人百年自强的历史经验与中国作风"；后者认为，"刘慈欣总是以序列底端的弱小种群应对重大危机的设想来展开小说。这种朝不保夕的危机感、力量悬殊的种群斗争，既是为了小说趣味性的设计，却也显示出本国族历史与现实的心灵烙印，即一定的民族寓言色彩"，但又表示，这些小说中对危机的抗争和克服"展现了正面的中国人形象及其力量"，亦即"所谓崛起中的大国力量和风范"，因而得到了官方和主流社会的肯定。贾立元：《"光荣中华"：刘慈欣科幻小说中的中国形象》，《渤海大学学报》2011年第1期；王一平、王卫英：《尘世之外的一瞥——刘慈欣科幻小说论》，《科普创作通讯》2015年第4期。

2　弗雷德里克·詹姆森：《处于跨国资本主义时代中的第三世界文学》，张京媛主编：《新历史主义与文学批评》，北京：北京大学出版社，1993，第235页。

3　王瑶：《全球化时代的民族寓言——当代中国科幻中的文化政治》，李广益编：《中国科幻文学再出发》，重庆：重庆大学出版社，2016，第169页。

4　王瑶：《全球化时代的恐惧和希望——当代中国科幻文学与文化政治（1991—2012）》，北京大学博士学位论文，2014，第280页。

度的有效路径，上文论述对这一视角也多有吸纳。然而，有必要重申"民族寓言论"的局限性。[1] 如果我们满足于或过多地使用"民族寓言"来界定刘慈欣科幻小说，就有可能将其封禁在从鲁迅的《狂人日记》以来的"民族寓言"序列之中，而忽视这些文本不能为"民族寓言"所涵盖的面向。准确地说，刘慈欣承继着近代以来中国人救亡图存的民族情怀，对曾经灿烂于红色岁月的"第三世界"国际主义精神亦不能忘怀，但他的创作还具有真正意义上的普世关怀。

在发表于 2010 年的科幻创作十年回顾中，刘慈欣表示，自己最初执着于"纯科幻"，对"人和人的社会完全不感兴趣"，在第二个阶段则"由对纯科幻意象的描写转向刻画人和大自然的关系"。[2] 这里讲的"人"，并不是主流文学中常见的有典型意义或象征意味的个体，而是人类整体；对人和大自然之间关系的刻画，也不是要追求"天人合一"的和谐，而是以宇宙意义上的"自然"对人类的限制和约束为前提，积极地想象人类怎样运用技术来克服生存困境，过上更加美好的生活。刘慈欣曾经设想，人类可以通过基因工程、纳米机械等技术，把自己的形体变成小白鼠甚至细菌般大小，减小自身尺度以扩张生存空间，实现"文明的'反向扩张'"。[3] 随着脑科学和信息技术的进步，人类也有可能彻底抛弃"沉重的肉身"，生活在赛博空间。[4] 不过，他赞赏和追求的还是文明的"正向扩张"，也就是向太空进军。《远航！远航！》《一个和十万个地球》《拥抱星舰文明》等多篇相关随笔的标题都昭示了他在这方面的激情和梦想。刘慈欣主张，从人类整体的

1　王钦认为，无论是赞同者，还是以艾哈迈德为代表的批评者，对杰姆逊的"民族寓言"概念都产生了根本性的误读。"民族寓言"应该被理解为形式而非主题或内容。王钦：《杰姆逊的"民族寓言"：一个辩护》，《文艺理论研究》2014 年第 4 期。王钦的解读为我们准确把握"民族寓言"提供了重要参考。不过，这里引述的王瑶、贾立元、王一平等研究者都是在"主题或内容"这层意义上来使用"民族寓言"概念的，因而本文仍将在这个层面展开商榷。

2　刘慈欣：《重返伊甸园》，《最糟的宇宙，最好的地球》，成都：四川科学技术出版社，2015，第 217 页。

3　刘慈欣：《文明的反向扩张》，《最糟的宇宙，最好的地球》，成都：四川科学技术出版社，2015，第 81 页。

4　刘慈欣：《关于人类未来的断想》，《最糟的宇宙，最好的地球》，成都：四川科学技术出版社，2015，第 190 页。

立场出发，应该以各种方案开展宇宙航行，向太空移民，因为"地球的资源有限，总有枯竭的那一天；同时，地球生态圈同样是一个不稳定的系统，在未来有可能因为人类或自然的原因发生剧变，进而不适合人类生存"[1]。由于地球生态系统的极度复杂性、地球环境自然波动的烈度和人类生存发展需求的高速增长，仅仅依靠被动的环境保护是不能真正解决环境问题的，而整体性地主动调整和改变地球环境所需要的资金和技术，远远超过了太阳系内的行星际航行。[2] 太空移民面临的障碍和挑战，除了技术，更多地来自于政治和经济方面："短时间内对地球人类几乎没有什么看得见的效益；相反，在政治上比较有远见和想象力的人，还能预见到发展成熟的地外殖民地闹独立的麻烦。"因此，"真正大规模太空移民的启动，首先要求人类社会的另一次思想和文化的飞跃，这比技术进步更难。"[3]

刘慈欣的相当一部分科幻小说，可以视为致力于这种"思想和文化之飞跃"的启蒙读物。《流浪地球》（2000）和《微纪元》（2001）都是太阳灾变题材的小说，故事中人类用不同的方式顽强逃生；《吞食者》（2002）、《赡养人类》（2005）和《三体》三部曲（2006—2010）则用外星文明入侵的生动想象提醒读者，对人类还存在着另一种威胁；写于2016年的《不能共存的节日》用讽刺的口吻表达了对"反向扩张"的否定：在外星观察者眼中，尤里·加加林进入太空的1961年4月12日，有可能成为人类的"诞生节"，而脑机连接技术实现突破的2050年10月5日，却因开启了人类放弃现实、遁入虚拟世界的进程，而最终成为人类的"流产节"。执着于书写关于人类的故事，是刘慈欣的科幻小说观使然："作为一个科幻小说作者，我倾向于把

1　刘慈欣：《拥抱星舰文明》，《最糟的宇宙，最好的地球》，成都：四川科学技术出版社，2015，第262页。

2　刘慈欣：《一个和十万个地球》，《最糟的宇宙，最好的地球》，成都：四川科学技术出版社，2015，第233-235页。

3　同注1，第263-264页。

全人类看作一个整体。在科幻文学的潜意识中，人类就是一个人。"[1]
科幻小说的特点不在于塑造个体形象，而是描绘整个种族或世界，"种
族形象或世界形象是科幻对文学的贡献"[2]。但这种执着，又不仅仅源
于文类自觉或形式追求，还有更深层的思想动因。

刘慈欣在饱读百年来的中外科幻小说后感叹："我们如同走在一条
由黑暗、灾难和恐怖筑成的长廊中。……在对未来的黑暗和灾难的描写
中，科幻作家创造了最让人难忘的幻想世界，挖掘了最深刻的主题。"
在学术研究中，科幻小说的批判性、预警性屡屡得到称许，反思科技对
现代社会的负面影响被认为是这个文类最重要的文化功能，刘慈欣对此
却有不同看法。他回忆道，父亲的一位老战友曾对他说："科幻小说好
啊！干了这么多年革命，到现在我们也没让老百姓知道共产主义到底是
啥样儿。"而这句话"至今仍是我听到过的最深刻、最让我铭心刻骨的
科幻评论"[3]。这种刻骨铭心缘于革命与建设的历史，也缘于科幻小说
的不孚众望：

> 每个人之所以能忍受各种痛苦走过艰难的人生之路，全人类
> 之所以能在变幻莫测的冷酷大自然中建起灿烂的文明，最根本的
> 精神支柱就是对未来的憧憬。如果所有的希望都已破灭，可能一
> 只蚂蚁都难以生存下去。只描写人类刻意避免的世界，而不描写
> 人类做出了难以想象的巨大牺牲，世世代代用全部生命去追求的
> 世界，这绝不是完美的科幻。
>
> …………

---

1 刘慈欣：《走了三十亿年，我们干吗来了？——〈太空将来时〉序》，《最糟的宇宙，最好的地球》，
成都：四川科学技术出版社，2015，第281页。

2 刘慈欣：《从大海见一滴水——对科幻小说中某些传统文学要素的反思》，《最糟的宇宙，最好的地球》，
成都：四川科学技术出版社，2015，第113页。

3 刘慈欣：《理想之路——科幻和理想社会》，《最糟的宇宙，最好的地球》，成都：四川科学技术出版
社，2015，第25-26页。

　　把美好的未来展示给人们，是科幻文学所独有的功能，在人类的文化世界绝对找不出第二种东西能实现这个目标。主流文学没有这个能力，它对现实的描写，使我们对人类走过的艰难历程有了鲜活深刻的记忆，但对人类所要去的地方却一无所知。……人类生活最基本的寄托是对未来的希望，而唯一能把这种希望变成鲜活的图景的科幻文学在这方面无所作为，不能不说是一个极大的遗憾，这种遗憾可能已远远超出了科幻的范围，它可能是人类精神生活中的一个惨痛的损失。[1]

　　对希望的坚守，让人想起"反抗绝望"的鲁迅，而在文学层面对理想社会的召唤，与王尔德、曼海姆、布洛赫等乌托邦的捍卫者遥相呼应。他相信，"最美的科幻小说应该是乐观的"，并号召中国的科幻作家投身于光明未来的书写："我们应该从中国的土地上创造出科学的'乌托邦'三部曲。这个使命也许只能由中国人完成，因为同西方文化相比，中华文化是乐观的文化！"[2]虽然寄望于中华文化的乐观属性，其旨归仍是全人类。在刘慈欣最有代表性的"科技乌托邦"《微纪元》中，太阳的能量闪烁使地球表面变成了炼狱，但人类将自身体积缩小了十亿倍，从而在灾难降临之时全体迁移到地层深处，躲过了浩劫。地球的生态无法恢复到以前，但足以供给"微人"们近乎无穷无尽的物质资源，生活在无忧无虑的"微纪元"：

　　一小片草地对微人意味着什么？一个草原！一个草原又意味着什么？那是微人的一个绿色宇宙了！草原中的小溪呢？当微人们站在草根下看着清澈的小溪时，那在他们眼中是何等壮丽的奇观啊！地球领袖说过会下雨，会下雨就会有草原，就会有小溪的！

1　刘慈欣：《理想之路——科幻和理想社会》，第26-27页。

2　同上，第30页。

还一定会有树，天啊，树！先行者想像一支微人探险队，从一棵树的根部出发开始他们漫长而奇妙的旅程，每一片树叶，对他们来说都是一个一望无际的绿色平原……还会有蝴蝶，它的双翅是微人眼中横贯天空的彩云。还会有鸟，每一声啼鸣在微人耳中都是一声来自宇宙的洪钟……

清丽而壮观的"微纪元"想象或许过于空灵，而"中华文化是乐观文化"的判断又太简单，但纵观刘慈欣的科幻小说和随笔不难发现，他并不是一个肤浅的乐观主义者。事实上，他的笔下少有"微纪元"这样让人"心旷神怡"的图景，更多的是对人类命运的忧虑。从冰河期的到来，到太阳异动、近距离超新星爆发等太空灾难，都有可能造成人类的毁灭，而人类醉心于个体幸福的追求，很少考虑整体的传承，在理论和现实上都没有做好应对灾难的准备。《三体III·死神永生》中连同地球在内整个太阳系的毁灭，初看是执剑人程心的责任，但借用书中人物智子的话说，人们选择了她这个"人性"和"道德"的化身，也就选择了这个结局。

即便自然界的巨变不曾到来，人类同样有可能陷入灾难性的境地。《赡养人类》讲述了一个贫富极度分化的恶托邦：在遍布世界的高技术执法系统"社会机器"护持下，私有财产不可侵犯的"神圣法则"强有力地支配着整个人类社会，导致富人和穷人分化成了不同的物种（让人想起威尔斯在《时间机器》中的类似想象），并最终使这个世界的资本主义达到了顶峰上的顶峰，百分之九十九的财富集中在一个人手中，这个人被称作"终产者"。大陆、海洋和天空都是终产者的私人财产，其余的二十亿穷人则在全封闭的住宅中苟延残喘：

我的家坐落在一条小河边，周围是绿色的草地，一直延伸到河沿，再延伸到河对岸翠绿的群山脚下，在家里就能听到群鸟鸣叫和鱼儿跃出水面的声音，能看到悠然的鹿群在河边饮水，特别是草地在和风中的波纹最让我陶醉。但这一切不属于我们，我们的家与外界严格隔绝，我们的窗是密封舷窗，永远都不能开的。要想外出，必须经过一段过渡舱，就像从飞船进入太空一样，事实上，我们的家就像一艘宇宙飞船，不同的是，恶劣的环境不是在外面，而是在里面！

同样是草地，对微人是取之不尽的宇宙，对穷人却是可望而不可即的禁区。刘慈欣写下的这个恶托邦，既是能在"占领华尔街"运动中"我们是99%"的怒吼中听到回响的社会批判，又表达了他的一贯观点：人类不应固守"人性"和地球。倘若画地为牢，人类即便不亡于社会矛盾的总爆发，也有可能因权力的恶性膨胀而成为"非人"。无论是乌托邦的幸福，还是恶托邦的苦难，体现的都是刘慈欣对整个人类的关怀。他的慨叹、悲悯、讥嘲、疾呼，都具有现代性批判的普世品格，对"道德"和"人性"充满怀疑："敬畏头顶的星空，但对心中的道德不以为然。"[1]其特异之处在于，"破"的同时，他还是"立"的大胆而深刻的想象者和鼓吹者。

该怎样理解刘慈欣的人类书写？的确，我们可以清晰地看到红色岁月留下的痕迹，也可以由"大航海时代""生存空间""殖民地"等语词感受到现代性逻辑的重复，还可以在小说中进一步深挖"政治无意识"；然而，一定要把这些小说视为舍此无他的民族意识投射，而对其中关于人类共同处境和问题的实实在在的意象呈现和思想实验视而不见，也就堕入了主流文学研究的惯性思维，潜意识中不相信文学有超越个体生活经验的局限书写整个世界的可能，不相信文学家不仅可以徜徉于历史与现实，还能够成为未来的立法者，不相信"不谋万世者，不足谋一时；不谋全局者，不足谋一域"在当代思想者空前广阔的时空视野中完全可以在字面意义上去理解。刘慈欣曾经说，弱

1　刘慈欣：《为什么人类还值得拯救》，《最糟的宇宙，最好的地球》，成都：四川科学技术出版社，2015，第182页。

化人物形象、刻画种族形象的科幻文学，给了以人物为中心的文学一个"超越自恋"的机会；[1] 我们也可以说，深切关注和思考人类命运的刘慈欣科幻小说，给了自囿于本土经验和惯常题材的当代中国主流文学一个超越自大和狭隘的契机。

结语

刘慈欣的科幻小说，一头植根于近现代中国历史，一头联结着人类的未来，中间则是当代中国人，或者更准确地说，生活在"平凡的世界"的中国人的困窘和希望。[2] 他的作品体现了一个以托尔斯泰和巴尔扎克为榜样的文学者和思想者的宏大抱负。[3] 全景性的观照和关怀，使他的小说在拒绝具有心理和性格深度的个体而"转向外在"时，没有沦为空洞的"星辰大海"或是"大国崛起"的图解，而是表现出思考世界、书写世界进而参与世界的能激昂也能沉静的雄心。这个世界并不是一度占据中国人视野的那个基本由欧美日加中国构成的残缺的世界，而是有着第三世界纵深，与真实的世界图景更为接近的文学世界，同时也是群星之一的小世界，在它之外还有浩渺星空中无穷无尽的三千大千世界。这样的书写，要求的是辽阔的视野、广博的知识和宏大的胸怀，而这由刘慈欣笔下游心天地、纵横宇宙的叙事和描写，对弱小者的悲悯和同情，以及对人类整体的呈现和思考，得到了有力的佐证。他在世界文学场域取得的成功，以及由此在国内引发的科幻文学与文化热潮，是一座里程碑，同时也是一

1　刘慈欣：《超越自恋——科学给文学的机会》，《山西文学》2009 年第 7 期。

2　"我长期身处基层，对广大科幻读者所处的草根阶层有较多的了解，知道他们对未来的渴望是什么样子，知道星空在他们眼中是怎样的色彩，自己的想象世界也比较容易与他们产生共鸣。"刘慈欣：《重返伊甸园》，第 221 页。他的《地火》《乡村教师》《中国太阳》等作品，都在一定程度上具有"底层书写"的意义。

3　"描绘一个世界从社会底层到金字塔顶端的立体全景，这是所有主流文学和科幻文学作者的终生梦想，但实现这个目标非常人所能及，托尔斯泰和巴尔扎克毕竟不多。"刘慈欣：《写在〈三体〉第二部完成之际》，《最糟的宇宙，最好的地球》，成都：四川科学技术出版社，2015，第 172 页。

个新的起点。当中国的成长真正带来文明的自信和自觉，我们将在中国文学中看到更多"转向外在"、更加整全的书写，看到天下情怀乃至大同梦想的归来。

原载《中国现代文学研究丛刊》2017 年第 8 期

小说与实验

——以刘慈欣的《地火》为例浅谈技术型科幻小说与现实的关联

天行一云

刘慈欣出生于中国盛产煤矿的山西省，大学时主修水电工程，并具有火力发电站的工作经历。熟知煤炭与火力发电知识的刘慈欣，于2000年发表了一篇以煤炭的地下气化技术为中心的短篇科幻小说《地火》。[1] 该作品把时间设定在了离小说发表年份不远的2003年，并以出生地山西省为舞台描写了一个跟煤炭地下气化实验有关的故事。

作品发表后，因其与现实存在密切关系而受到了关注，被指"极具厚重的现实感"[2]。刘慈欣本人也曾明确指出，《地火》中厚重的现实感主要与小说中描写的煤炭地下气化这一技术有关，因为该技术在现实中真实存在。刘慈欣还坦言，该作品是专门模仿20世纪80年代中国科幻界出现的较为独特的技术型科幻小说而创作的，这类小说中

1　刘慈欣：《地火》，《科幻世界》2000年第2期，第14-28页。

2　《刘慈欣访谈》，《星云Ⅱ·球状闪电》，四川：四川科学技术出版社，2004。

的技术"如果投入足够的资金的话也有可能实现"[1]。也就是说，《地火》中的煤炭地下气化技术，是完全基于现实中正在被研发的技术来描写的，这一技术在近未来极有可能被广泛应用到现实生活中。

但是，在重视想象的科幻小说中，为什么要选择一个在近未来极有可能被广泛应用的科技来描写呢？而且，像《地火》这类基于现实中真实存在的技术来创作的技术型科幻小说，对我们现实社会又具有怎样的意义呢？

《地火》的研究专论并不多，目前除了一篇名为《脚踏实地的科学幻想——论刘慈欣〈地火〉》[2]的论文以外，没有发现更多的论述。本文为了探究上述问题，以《地火》中的煤炭地下气化为切入口，分析作品中的这一技术与现实中的异同。另外，埃米尔·左拉（Émile Zola）的《实验小说论》（Le Roman Experimental）论述了基于现实的科学知识来创作的小说对现实社会的意义。本文将结合《实验小说论》，探究《地火》这类基于真实技术而创作的技术型科幻小说对现实社会的意义。

一、现实中的煤炭地下气化技术

该部分将对现实中的煤炭地下气化，与《地火》中所描写的这一技术来进行比较分析。首先来看其发展历程。

煤炭地下气化，英文 Underground Coal Gasification，简称 UCG（以下均用简称）。这是一项把煤层直接在地下点燃、气化的技术。这项技术的历史可以追溯到 19 世纪。早在 1888 年，德米特里·门捷列夫就提出了该技术的构想。20 世纪 20 年代，英国在实验室里实施了世界首次

1　刘慈欣：《消失的溪流——八十年代的中国科幻》，《星云》2000 年第 2 期，第 14-15 页。

2　张志敏：《脚踏实地的科学幻想——论刘慈欣〈地火〉》，《科普研究》2017 年第 5 期，第 75-79、111 页。

煤炭地下气化的实验。[1] 之后，苏联也在 30 年代开始了 UCG 实验。[2] 自 20 世纪 70 年代的石油危机之后，煤炭的重要性被重新审视，中国、美国和日本等很多国家都对 UCG 展开了全面研发。

那么现实中的 UCG 技术与《地火》中的是否一样呢？先来看看《地火》发表之前中国对 UCG 的研发情况。

（一）中国的 UCG 技术

UCG 在 20 世纪 40 年代被作为苏联的一项煤炭技术介绍到中国[3]，并于 1958 年在山西省大同市开始研发[4]。之后，UCG 的研究开发曾一度中断，但很快又于 20 世纪 80 年代，以中国矿业大学为中心开始了全面研发。[5] 目前对 UCG 的研发不仅仅局限于盛产煤矿的山西省，在四川、内蒙古等地也都有。[6]

经过梳理 UCG 的相关论文发现，UCG 在中国被分成两种：有井式和无井式。有井式是有矿井的，而无井式则不需要挖掘矿井，"利用钻井技术的优势，完全采用地面作业"[7] 即可。

但是，从中国开始全面推进 UCG 技术研发的 20 世纪 80 年代到《地火》刊载的 2000 年之间，只做过一次无井式的现场实验。[8] 直到 2009 年才在内蒙古建立了实验基地。[9]

熟知《地火》的读者都知道，小说里描写的类似于无井式。也就

1 大贺光太郎、板仓贤一、出口刚太：《露天堀炭鉱における石炭地下ガス化試験》，《石油技术协会杂志》2012 年第 6 期，第 435 页。

2 北海道 UCG 调查研究会：《北海道の石炭地下ガス化研究会报告书》，1990，第 3 页。

3 俞大卫：《煤炭地下气化研究》，《化学世界》1947 年第 8 期，第 12 页。

4 胡鑫蒙、赵迪斐、郭英海等：《我国煤炭地下气化技术（UCG）的发展现状与展望——来自首届国际煤炭地下气化技术与产业论坛的信息》，《非常规油气》2017 年第 1 期，第 111 页。

5 张明、王世鹏：《国内外煤炭地下气化技术现状及新奥攻关进展》，《探矿工程（岩土钻掘工程）》2010 年第 10 期，第 14-16 页。

6 同注 4。

7 王志勇：《无井式双通道煤炭地下气化岩层移动规律模拟研究》，中国矿业大学硕士论文，2018。

8 杨兰和、梁杰、余地等：《徐州马庄煤矿地下气化实验研究》，《煤炭学报》2000 年第 1 期，第 86-90 页。

9 张明、王世鹏：《国内外煤炭地下气化技术现状及新奥攻关进展》，第 14-16 页。

是说，在现实社会中，无井式煤炭地下气化实验，在《地火》发表后的第九年得以实施。

另外，值得注意的是，无井式对煤层燃烧的控制，不同于《地火》。现实中似乎并没有采用小说中提到的通过数学模型来控制煤层的燃烧，而是主要利用催化剂。对于催化剂，小说指出，其价格远远高于煤气，是煤的地下气化至今仍未普及的主要原因之一。[1]这一点在很多论文中都得到了证实。[2]于是，《地火》针对现实中的难题，提出通过数学建模来控制燃烧。小说提出，先向地下煤层钻一系列的孔，然后往里放入传感器。通过收集传感器送来的关于燃烧信息的声波，在计算机里"生成一个煤层燃烧场的模型"[3]。根据这个模型，可以通过注水抑制燃烧，或加入高压空气、水蒸气来加剧燃烧。

可见，通过数学模型来控制燃烧这一点与中国现实中的研发情况差别最大。那么，《地火》中提到的这一做法是否是作者随意幻想的呢？

通过研究调查发现，各国对 UCG 的研究方向各有不同。目前的确有国家正致力于通过建立数学模型来控制煤层燃烧的研究。日本就将 UCG 的研究重点放在了"煤炭地下气化数学模型"[4]这一方面。那么，日本的 UCG 技术是否与《地火》中描写的一样呢？接下来一起来看看日本的研发情况。

（二）日本的 UCG 技术

日本于 1959 年设立了"煤炭地下气化专业委员会"（"石炭地

1　刘慈欣：《地火》，第 16 页。

2　相关论文较多，此处列举两篇较为主要的论文。井云环：《煤催化气化技术进展》，《当代化工》2016 年第 6 期，第 1273-1278 页；刘洪涛、赵娟、王媛媛等：《煤炭地下气化废水催化气化褐煤实验研究》，《煤炭转化》2015 年第 2 期，第 28-31 页。

3　同注 1。

4　梁新星：《煤炭地下催化气化特性及工艺的研究》，北京科技大学博士论文，2015。

下ガス化専門委員会"），并由此开始了正式的 UCG 研究开发。[1] 目前，以室兰工业大学和北海道大学为中心，主要在北海道的三笠市展开 UCG 技术研发。

日本的 UCG 无需挖掘矿井，是一项"向地下煤层钻注入孔和生产孔，在地表将空气和氧气等氧化剂通过注入孔输送到地下煤层"[2]，在地下将煤层直接点燃，并在原位直接"回收生成的一氧化碳、二氧化碳、氢气和甲烷等气体的技术"[3]，并且通过查阅记载了 UCG 实验中的煤炭燃烧方程式的论文可知，日本的 UCG 未采用催化剂[4]。由此看来，日本的 UCG 与《地火》中的极为相似。

另外，2009 年，室兰工业大学 UCG 的研究团队在实验中导入了一种名为 AE/MS 的探测器，它可以收集到煤层燃烧时产生的爆破音和微振动。他们企图通过收集燃烧时煤层龟裂的相关数据，来建立数学模型，以此达到对燃烧的控制。该实验一并证实了探测器 AE/MS 在 UCG 的煤层燃烧控制上的可用性。该团队就如何将 AE/MS 探测器利用于燃烧控制，进行了以下描述："AE/MS 可以测量到因燃烧而引发的地下煤层周围的岩石龟裂情况，并将其以波形传送出来。通过对波形的分析可以掌握到地下龟裂的情况，并且，能够以此控制和调节注入的气体，从而防止过分的龟裂。"[5]

可见，当时日本的研究方向主要是不挖掘矿井，不使用催化剂。力图通过探测器收集到的数据，来组建数学模型，从而达到对助燃气体在

---

1 北海道 UCG 调查研究会：《北海道の石炭地下ガス化研究会报告书》，第 21-22 页。

2 滨中晃弘、苏发强、板仓贤一等：《コンパクト同軸型石炭地下ガス化システムにおける燃焼・ガス化の性御に関する研究》，煤炭能源技术特刊《煤炭能源的开发与利用》2018 年第 134 期，第 81-89 页。

3 出口刚太：《石炭地下ガス化——世界の技術開発現状》，*Journal of the Japan Institute of Energy* 1.93 (2014)：1133。

4 同注 1，第 435-437 页。

5 Ken-ichi ITAKURA, Masahiro WAKAMATSU, Masahiro SATO et al., Tatsuhiko GOTO, Yutaka YOSHIDA, Mitsuhiro OHTA, Koji SHIMADA, Alexey BELOV and Giri RAM, "Fundamental Experiments for Developing Underground Coal Gasification (UCG) System. Positions," *Memoirs of the Muroran Institute of Technology*, No. 59 (2009): 51.

注入时间和量上的控制，进而实现对煤层燃烧的控制。

2011 年，日本在北海道的三笠市，首次将 AE/MS 投入到 UCG 的现场实验中，用数学模型实现了对燃烧的控制。[1]通过收集相关资料可知，日本至今仍致力于数学模拟在煤层燃烧控制方面的研究。[2]可见，日本于 2011 年开始了与《地火》中描述的 UCG 实验极为相似的现场实验。反言之，《地火》先于日本 11 年在小说中进行实验。

通过上述对中日两国 UCG 技术的梳理可知，创作于 2000 年的《地火》里所描述的实验，在十几年后的社会中成为现实。如此看来，《地火》中的 UCG 实验，虽然在当时看似天方夜谭，但的确是依据已被证实的科学知识而提出的设想。那是否可以认为该小说对其发表后社会上 UCG 的研究可能具有一定的参考价值？当然，本文并非意在指出是刘慈欣提出了数学模型控制燃烧的方法，而是想说，这种就已知科学知识提出的假设，虽然被放置在了充满幻想色彩的科幻小说里，但由于没有任何超越自然规律的部分，所以，这样的小说其实是写在了已知科学领域的延长线上。那么，这类小说可否被认为对未来的科学研究或许有着一定的参考价值？

关于这个问题，本文参考了左拉的《实验小说论》。该著作论述了基于真实科学知识创作的小说与现实社会的关联。

二、左拉的《实验小说论》

法国作家埃米尔·左拉于 1880 年发表了《实验小说论》。他在该著作中提出了实验小说这一概念。文学研究界对于实验小说并不陌生，

1　北海道 UCG 调查研究会：《北海道の石炭地下ガス化研究会報告書》，第 437 页。

2　滨中晃弘、苏发强、板仓贤一等：《コンパクト同軸型石炭地下ガス化システムにおける燃焼・ガス化の性御に関する研究》，第 86-89 页。

很多论著都喜欢用其中的遗传学视角来剖析文学作品。但是，左拉在《实验小说论》里的观点，并不排斥建立遗传学以外的自然规律与小说之间的关联。

左拉指出，小说的作者应兼具观察者和实验者两个身份，是"合着观察与实验家二者而成的"[1]。小说作者的观察"应该真确地呈出自然"[2]"呈出他所观察的事实"[3]。然后，把观察到的事实聚在一起，"考究这些事实的种种关系，如情况与环境的变动能生多少影响之类，永不离自然的法则"[4]。很明显，左拉并没有拘泥于遗传学，而是将整个自然与小说联系了起来，并且，他强调了创作的真实性。这里的真实性是指创作的时候，无论观察还是思考，都必须遵循自然规律、自然法则，尊重已经存在的事实。

但，这并不表明左拉反对作者在小说中放置自己的想象。对于小说中的想象部分，左拉是这么说的：

> 我们当然从真实的事实出发，因为这是我们不可拔的基础；但是我们若想指出这些事实的种种关系来，我们便须创造，便须领导许多现象了；这就是我们在作品中一点杰出与发明的地方。[5]
>
> 我们必须严密地领受已确定了的事实，在这些事实上，不宜轻用有贻笑大方可能的个人情感，自始至终，须立足在科学已经占领的地域上；次之，只有在"未知"前，可以实施我们的直觉，跨前科学一步。[6]

1　埃米尔·左拉：《实验小说论》，张资平译，上海：新文化书局，1930，第14页。

2　同上，第12页。

3　同上，第14页。

4　同上，第16页。

5　同上，第20页。

6　埃米尔·左拉：《实验小说论》，第96页。

科学是与自然法则紧密相连的，科学向人类展示了自然界中各个事物之间的联系。左拉认为，依据这些已被证实的联系，小说的作者可以发挥自己的想象，在未知的领域里提出自己的假设。这样的假设，在左拉看来，是走在科学的前一步的。但是，左拉并不认为这样的假设就一定是正确的，他明确指出，这些假设需要未来科学的验证：

> 诗人也表现他们的情感[1]，次后科学家来检查假定，确定真理……一旦科学家把一种真理确定了的时候，著作家即须抛弃他们的假定，采用这种真理；否则，他们固执地守株待兔在错误中，是无益于人的。科学就是如此——当它前进时——给我们这些作家以一坚固的场所，我们欲奔到新的假定里去，须立足在这场所上。总一句话，一切假定了的现象推倒了它来代替的假定，于是我们须把定再搬这一些[2]，放在新出现的"未知"中。[3]

可见，左拉并没有说这类小说中的假设一定就是正确的，他只是坚信，如果坚持这样的创作方式，这类小说终究会对自然科学的研究、科技的开发起到一定的作用，并且，在自然科学得以进一步发展后，这类小说的创作也将会受到来自科学的推动。所以在他看来，描写由自然法则、科学规律而推导出的假设的小说，是可以跟自然科学的研究产生互相促进关系的。而且，左拉也承认了这类小说家与科学工作者有所不同。这类小说家永远只能在作品中提出假设，而这些假设正确与否还得靠科学工作者通过真正的实验去证实。而小说家能做的就是不停地遵循已知的自然法则、科学知识与技术，在小说中提出自己的假设。这类小说的创作过程，被左拉称为实验；这类小说，则被称为实验小说。当然，由上述引用可知，左拉很明白小说中的实验并非

1　根据上下文，这里的"诗人"可以理解为作者。

2　原文疑有脱字，根据上下文，应是"把假定再搬……"。

3　埃米尔·左拉：《实验小说论》，第 95 页。

真实世界中的科学实验。

由此可见，想要创作实验小说，想要在文学与自然科学间建立互相促进的关系，关键在于小说中提出的假设必须是严格遵循已知的自然法则、科学知识的，不能有任何超越自然规律的部分。虽然左拉并未指出，但这其实是在要求实验小说的作者们必须熟知自己想要创作的领域的自然法则、科学知识与技术。如若不然，则无法提出符合自然规律的假设。那么，最符合这项创作要求的应该就是活跃在各个科学工作岗位的工作者。如果他们把自己对该领域在未来的设想，以及在现实中因种种原因而无法实施的实验写入小说的话，那么与科学研究能够产生互相促进的关系的实验小说就会诞生。加入实验小说创作行列的科学工作者越多，实验小说对人类社会中自然科学的研究、科技的研发产生推动的可能性就会越大，科学反过来促进实验小说创作的可能性也就会随之增大。这将是一种良性循环，将会在文学与自然科学的研究、科技的研发之间形成一种相辅相成的关系。

所以，熟知煤炭知识的刘慈欣创作的这篇严格遵循自然法则、煤炭技术的技术型科幻小说《地火》，正是一篇实验小说。《地火》中关于UCG的描述，对2000年后UCG的研究可能是有一定参考价值的。而这类可以被称为实验小说的技术型科幻小说，也正如左拉所主张的那样，将会在文学与自然科学研究、科技研发之间产生互相促进的关系。这也是这类小说对现实社会的意义所在。

三、技术型科幻小说——中国科幻小说的特色

熟知刘慈欣的人都知道，他在成为一名职业科幻作家之前，曾是一名工作在火力发电站的计算机工程师。生于山西、熟悉火力发电知识的他，固然熟悉煤炭的相关知识。他在自己已知的科学知识的基础上严格遵循自然法则，写出了自己对UCG未来发展方向的一种假设，

即未来 UCG 的普及应该与数模控制燃烧有着密切的关系。这一假设，虽然十几年后的确被付诸实验，但未来 UCG 是否能够普及，普及时是否真的采用这种控制燃烧的方式，都不得而知。重要的是，身为一名熟知煤炭知识的工程师，刘慈欣在小说中严格依据自然法则提出了自己的设想，并做了一个在当时的真实世界里因技术条件等客观原因而无法实施的实验。

正如左拉指出的那样，一旦未来的科学证明了实验小说家提出的假设是错误的，则需放弃这种假设，投奔到新的被证实的知识中去，再次提出新的假设，不必守株待兔。所以，我们在乎的应该是不断提出符合自然规律的假设，而不必在乎这些假设是否都是正确的，更不能要求所有的实验小说都是正确的，也不能因为大多数实验小说的假设最后被现实否定了，而质疑它们存在的价值，从而不再给予其发展的空间。相反，只有坚持不懈地创作，坚持不懈地为实验小说、技术型科幻小说提供发展的平台，才能让文学与科学最终达到相辅相成的关系。

关于技术型科幻小说，刘慈欣曾指出，这类小说曾在 20 世纪 80 年代的中国大量涌现，形成了当时"中国科幻的一条支流"[1]。但遗憾的是，这类技术型小说"即使在当时也几乎不为人知"[2]，并且，他还提到这类小说"技术描写十分精确，其专业化程度远远超过今天的科幻小说"[3]。它们"技术构思十分巧妙，无论与历史上还是同时代的作品都极少重复，很多本身就是一项美妙的技术发明"[4]，在刘慈欣的这篇文章中并没有找到合适的词去形容这类技术型小说，但他明确表明 20 世纪 80 年代在中国出现的这类技术型科幻小说从世界历史上看是新生物，是中国特有的科幻小说。他说，"我不知道该如何称呼这些小说，可以叫它们技术科幻、发明科幻等，但都不能确切表述它们的

1 刘慈欣：《消失的溪流——八十年代的中国科幻》，第 14 页。

2 同上。

3 同上。

4 同上。

特点。我们应该关注的一点是：作为一个整体类型，这样的科幻小说在世界科幻史上是第一次出现……这些作者是为了说出自己的技术设想才写小说的……可以毫不夸张地说：这是中国创造的科幻！"[1]并且刘慈欣还非常明确地表示，"现在我写的《地火》，就是模仿那些小说的风格，其中很大的愿望就是想让读者看看那支已消失的溪流是什么样子"。[2]

虽然20世纪80年代的这类技术型科幻小说，无论在故事情节还是在技术描写上都不如《地火》丰富，但是，它们都与《地火》一样可以被称为实验小说。而且，这类技术型科幻是中国特有的，极具中国特色的。

其实早在20世纪80年代，中国就一直在强调中国的科幻小说一定要有中国自己的特色。在1986年第一届银河奖的颁奖典礼上，就强调了这一点：

> 中国风格和中国特色是第一要素。遗憾的是不少作者，包括一些获奖作者，根本没有国外生活的感性和理性知识，却动辄以外国景物外国人为描写对象。这样的作品即使花了很大功夫，也因此减色不少。科幻小说作者同样有个熟悉生活的问题。我们的科幻小说作者，要根植于中华大地，在丰富多彩的现实生活中吸取营养，才能写出上乘佳作。[3]

很显然，没有中国特色的中国科幻是无法在世界上立足长久的。刘慈欣曾指出，"科幻界有一种被大家默认的看法，中国没有自己的特色科幻，中国科幻只是西方科幻的模仿"[4]。模仿者的名字永远不会

1　刘慈欣：《消失的溪流——八十年代的中国科幻》，第14页。

2　同上，第15页。

3　《科学文艺》杂志社：《祝贺与期望》，《科学文艺》1986年第4期，第5页。

4　同注1。

被历史记住。所以，中国科幻必须要有属于自己的特色。而《地火》这类展现了近未来的技术型科幻小说就是世界上独一无二的。这类可以称之为实验小说的技术型科幻小说，不仅能代表中国科幻屹立于世界科幻之林，亦能如左拉所说的那样，将会使文学创作与科学研究相互促进，引导出一个两者相辅相成的未来。当然，这就不可避免地需要大量的科学工作者投入到实验小说、技术型科幻小说的创作中去，因为他们才是最熟悉自己领域的自然法则、科学知识与技术的。他们可以在小说中进行现实中无法实现的实验，可以大胆地提出自己的设想。支持并给予这些作者最大的发展空间也是我们每一个科幻人应尽的责任。我们应该鼓励这种小说的存在，而不应该让它就此消失。这类科幻小说有鲜明的中国色彩，如果能够大量发布、传播出去，中国科幻就会旗帜鲜明地在人类的历史长河中永存，这样才能为人类创造一个文学与科学研究相辅相成的未来。

不过还需强调一点，本文并非鼓吹所有的科幻小说都应写成《地火》这样的实验小说，而是想指出，如果在中国科幻小说的领域中，包含这类技术型科幻小说的多元化的现状能够持续下去的话，文学创作与科学研究互相为对方作贡献的未来将不会是神话。

四、结语

本文先分析了《地火》这篇技术型科幻小说中所描写的技术 UCG 与现实中的异同，指出作者刘慈欣在作品中放置了自己对 UCG 未来发展方向的假设，并发现这一假设在十几年后被付诸实验。然后又参照了左拉的《实验小说论》，指出左拉认为如若严格遵循自然法则，在已知的科学知识和技术上提出了假设的小说，可以被称为实验小说。实验小说对现实社会是有一定意义的。它们严格遵循自然法则提出的假设对科学研究有可能有一定的参考价值，而这种参考价值，终将会让文学创作与科学研究产生互相促进的关系。之后，本文又将左拉的这一观点与《地火》相连，指出《地火》这类技术型科幻小说，可以被称为实验小说。而这类技术型科幻小说对现实社会的意义就正是左拉所提到的实验小说对现实社会的意义。

本文还进一步指出，这类技术型科幻小说创作的最佳人选是活跃于各个科学工作岗位的工作者。只有他们加入到《地火》这类技术型科幻小说的创作中去，大胆地在小说中提出自己的假设并进行现实中无法实施的实验，才能创造文学与科学、科技互相促进、相辅相成的未来。也提出希望科幻小说相关产业能为这类小说的创作和发展提供更为广阔的空间。最后，本文还指出，《地火》这类技术型科幻小说，是中国特有的，极具中国特色的科幻小说，若能让这类小说得到充分的发展，中国科幻不仅能够永远留名于世，还能开创一个文学与科学、科技相辅相成的未来。

原载《科普创作评论》2020 年第 4 期

《三体》的 X 种读法

存 目

"整体性"的缺失与呼唤

——论《三体》之于当代中国文学的意义

杨宸　罗岗

一

2006 年，正当刘慈欣开始在《科幻世界》上连载《三体Ⅰ》[1] 的同时，社会上发生了一场关于中国当代文学思想性的争论。在《南都周刊》登出的《思想界炮轰文学界——当代中国文学脱离现实、缺乏思想？》一文中，多名学者集体"开炮"，直斥中国当代的文学创作"缺乏思想"，他们认为在当前的文学创作中"看不到对当下中国人生存境遇的思考，看不到对人生意义的思考，更看不到对终极价值的思考"，而这种思想的匮乏"根本还在于文学失去了现实生活的源泉"[2]，在这种情况下，作家向商业利益靠拢，文学脱离大众成为"小圈子游戏"。虽然"思想界"

1　《三体》三部曲分别为：《三体》《三体Ⅱ·黑暗森林》《三体Ⅲ·死神永生》，又称"地球往事三部曲"。为论述方便，本文《三体》三部曲简称《三体》，第一部简称《三体Ⅰ》，以此类推，之后不再注明。刘慈欣在《科幻世界》2006 年 5 月刊上开始连载《三体Ⅰ》。《科幻世界》2006 年第 5 期，第 8-35 页。

2　黄兆晖、陈坚盈：《思想界炮轰文学界：当代中国文学脱离现实、缺乏思想？》，《南都周刊》2006 年 5 月 12 日。

的言论确实过于偏激，而针对这一批评，许多作家和批评家也站在"文学现场"进行了强烈而有力的反驳[1]，但不可否认，被"思想界"批评的"中国当代文学"在2000年之后的确逐步地"老龄化、圈子化、边缘化"[2]，其"所创造的文学形象、情节和故事中，也几乎没有被公众视为对世态人心的精彩呈现，而得到广泛摘引、借用和改写的"[3]，这也就难怪许多曾激烈反驳"思想界"的批评家在几年后又纷纷指出当代文学缺乏思想深度、需要思想的回归[4]。当然，应该明确，在这场争论中被讨论的"中国当代文学"主要指的是我们通常所说的"严肃文学"[5]，而"严肃文学"显然并非"中国当代文学"的全部。正如王晓明所言，21世纪的中国当代文学已然形成了一种"六分天下"[6]的局面，如果说作为"六分之一"的"严肃文学"缺乏思想，那其他文学又如何呢？情况不容乐观：以产业化方式经营网络文学的"盛大文学"和以郭敬明为代表的"新资本主义文学"走的完全是商业化路子，"思想性""现实介入性"等根本不在这两类文学的考虑范围之内，而"博客文学""体制外文学"和其他多媒介的文学表达虽偶有灵光闪现，但终究难在社会上产生广泛的现实影响，且常常沦为资本和媒介的狂欢。[7]由此看来，不仅是"严肃文学"缺乏思想，"中国当代文学"恐怕还面临着双重

1　黄兆晖、陈坚盈：《文学界反击思想界：不懂就别瞎说》，《南都周刊》2006年5月26日；丁丽洁：《"思想界炮轰文学界"引发论争》，《文学报》2006年6月8日，第001版。

2　邵燕君：《传统文学生产机制的危机和新型机制的生成》，《文艺争鸣》2009年第12期，第12页。

3　王晓明：《六分天下：今天的中国文学》，《文学评论》2011年第5期，第78页。

4　如曾尖锐反驳"思想界"的文学批评家李敬泽就在2009年的一次文学论坛上表示："面临当下如此复杂的时代和经验，很多文学家几乎没有什么思想力。"陈竞：《文学如何重振思想能力？》，《文学报》2009年12月3日，第003版。

5　这里的"严肃文学"借用王晓明教授的说法："这是一百年前由新文化运动催生的中国现代文学在今日的直系继承者，也是我这个年纪的人通常都会认可的文学的正宗。今天大学中文系和中学语文科所教授的'当代'文学，各级作家协会及所属报刊以及大多数评论家所理解的'当代'文学，也都主要是指这一种文学。"王晓明：《六分天下：今天的中国文学》，第78页。

6　王晓明教授的"六分"分别为："盛大文学""博客文学""网络上多媒介的文学表达""严肃文学""新资本主义文学"和"体制外文学"，六者互有相通相类，因此这一划分并不绝对，只是一种"方便法门"。王晓明：《六分天下：今天的中国文学》。

7　王晓明：《六分天下：今天的中国文学》。

乃至多重的"思想性"的失落。在这一背景下观审文学内外的"《三体》热",我们很自然地会产生这样的猜想:《三体》之所以引起社会各界如此广泛的关注与讨论,是否是因为它具有"中国当代文学"所缺乏的介入现实的思想性呢?

依循这样的思路,许多论者开始着力挖掘《三体》这一科幻小说的现实意义。典型的观点如聚焦于《三体》呈现出的"中国形象",指出《三体》的现实意义在于"使国人长久被困于革命历史叙事的国家认同感终于可以投射进未来的空间,在刘式宇宙观美学中尽情展开着他们对未来中国的想象与期许,初步释放了'中国的未来在哪里'的文化焦虑"[1]。这种观点具有一定的合理性,但却过于表层化——在这类解读中,《三体》的故事内容与现实存在着一种直接映射的关系,但显然,正如科幻理论家达科·苏恩文所言,"科幻小说不是——根据定义不可能是——传统的寓言,其各种成分与作者现实中的成分一对一相对应;其特殊的存在形态是一种反馈式的来回摆动"[2],这种"反馈式的来回摆动"意味着如果以直接映射的方式来解读科幻文学作品,虽不能说不对,但至少是不够深入和全面的。

于是又有论者通过全面论述刘慈欣的文学创作风貌来探究《三体》的魅力,在这一类的分析中,宋明炜的《弹星者与面壁者:刘慈欣的科幻世界》一文具有相当的代表性。在此文中,宋明炜借用刘慈欣科幻小说中的两个形象,分析刘慈欣科幻作品的理想精神与理性姿态,通过对刘慈欣的《三体》及其他作品的解读,指出以刘慈欣为代表的"新科幻"在"当代文学已历经嬗变、丧失活力的时候,以新奇的面貌将文学的先锋性重新张扬出来"[3],并展示出了反思中国现代性与介入文化建构的努力。其中,宋明炜重点论述了刘慈欣小说的创世史

---

1 贾立元:《"光荣中华":刘慈欣科幻小说中的中国形象》,《渤海大学学报(哲学社会科学版)》2011年第1期,第39-45页。

2 达科·苏恩文:《科幻小说变形记:科幻小说的诗学和文学类型史》,丁素萍、李靖民、李静滢译,合肥:安徽文艺出版社,2011,第78页。

3 宋明炜:《弹星者与面壁者:刘慈欣的科幻世界》,《上海文化》2011年第3期,第19页。

诗色彩，认为刘慈欣通过"像上帝一样创造一个世界再描写它"[1]，"还原了现代小说作为'世界体系'（the World-system）的总体性和完整感"[2]，从而与无力把握"完整"世界的"主流文学"相区隔，显示了非同一般的精神能量。宋明炜的分析较为全面，但仍然无法充分回答"《三体》热"的问题。因为，精细地创造一个世界，并且使这样的创造富有理想精神与理性色彩，这种方式在科幻文学、奇幻文学乃至动漫作品、网络游戏中都并不罕见，田中芳树的《银河英雄传说》、托尔金的《魔戒》皆是如此，这并不能完全地解释《三体》的文学与社会价值所在。

现实的直接对应性和世界的总体完整性都不能全面、准确地把握《三体》之意义，但这两种思路却给我们提示出了一个合二为一的思考路向——《三体》乃是通过思想层面（而非事实层面和故事层面）的"整体性"介入现实语境，以其"整体性"的呼唤显示出其在当代文学与社会中的独特意义。在这里，我们提到了"整体性"，前述宋明炜对刘慈欣作品创世色彩的表述实际上已含有类似意思，但其论述仅仅局限于科幻小说中"世界"的"整体"，并未加以深入，严锋也曾指出刘慈欣的作品"为中国文学注入整体性的思维和超越性的视野"[3]，但也只是一带而过，未能详加阐发。所以，有必要在明确界定"整体性"的基础上，重新回到《三体》文本之中对这一趋向进行探寻。

我们这里所说的"整体性"，其理论脉络自然与来自西方马克思主义的"总体性（Totality）"密切相关，詹明信曾这样评论卢卡奇的《小说理论》的"总体性"概念："这种作品可以使生活和经验被视为一个总体：它的所有的事件，所有的部分事实和要素，都作为一个总体

1　刘慈欣：《从大海见一滴水——对科幻小说中某些传统文学要素的反思》，《刘慈欣谈科幻》，武汉：湖北科学技术出版社，2014，第 46 页。

2　宋明炜：《弹星者与面壁者：刘慈欣的科幻世界》，第 22 页。

3　严锋：《创世与灭寂——刘慈欣的宇宙诗学》，《南方文坛》2011 年第 5 期，第 77 页。

过程的部分而得到直接把握"[1],换言之,在早期卢卡奇的思想中,"总体性"的意义在于文学作品的内容与形式及所表达的思想与其所处的社会语境实际上是一个统一的整体,其中的每一环节都可以作为一个总体的一部分而被把握,反过来说,如果说一部作品是"总体性"的,那么其形式、内容、思想都会具有一种整一、统一而富有秩序的趋向,而我们也能够将这一作品与其置身的社会语境进行整体性的把握。然而,卢卡奇当年的"总体性"构想并不限于"文学理论",而是与他对"现代性"的反思直接联系起来,正如已有论者指出,卢卡奇早期的文学研究关注的是"现代性"的"合理化":一面是如何将所有现实进行抽象从而加以操纵,使得所有对象成为同一因而变得没有意义;与此同时,更关键的是他还进一步质疑这种合理化的对立面,它通过主体任意地为对象灌注审美意义,进而陷入相应的"非理性"的境地。卢卡奇的"总体性"构想就是试图克服这两个方面,从而与当时流行的"浪漫主义"的情感性修辞和碎片化叙事区分开来。[2]卢卡奇当时还没有成为一个马克思主义者,"总体性"构想主要是试图超越韦伯的"现代性"范畴,但如果要为"总体性"构想寻找到一个坚实的社会理论基础,那么他走向马克思主义就可谓事所必然。因为就像詹明信描述的那样,"马克思主义"作为"总体性"提出的"主导符码"(Master Code),并不像人们惯常认为的是简单的"经济"或者狭义的"生产",以及作为局部事态 / 事件的"阶级斗争",而是一个十分不同的范畴,即"生产方式"本身。"生产方式"作为"主导符码",其意义在于制定了一个完整的共时结构,在阐释学的意义上,形形色色的方法论的具体现象都隶属于这个结构。也就是说,马克思主义不会排斥或者抛弃别的主题,这些主题以不同的方式表明了破碎的当代生活中客观

---

1 弗雷德里克·詹姆逊:《语言的牢笼:马克思主义与形式》,钱佼汝、李自修译,南昌:百花洲文艺出版社,2010,第154页。

2 参见约翰·麦考米克著,徐志跃译《施米特对自由主义的批判》一书中对早期卢卡奇与早期施米特的比较研究,特别是第一章第一节"技术思想的二律背反:尝试超越韦伯的现代性范畴"。约翰·麦考米克:《施米特对自由主义的批判》,徐志跃译,北京:华夏出版社,2005。

存在的领域。因此，马克思主义对各种各样阐释方式的"超越"，并不是废除或解除这些模式的研究对象，而是要使这些自称完整和自给自足的阐释系统的各种框架变得"非神秘化"。[1]

当然，从早期卢卡奇的文学研究到詹明信的马克思主义阐释学，涉及的只是"总体性"的某个方面，由于"总体性"概念本身牵涉面广，内涵十分庞杂，本文并未在完整的意义上采纳"总体性"的理论范畴，仅从上述论述中加以延展，尤其需要强调的是，在告别所谓"宏大叙事"的同时，当代文学纷纷拥抱各类"琐碎叙事"，实际上重复了早期卢卡奇批评的"现代性"的"合理性"与"非理性"的二元对立，它所需要的恰恰是某种"总体性"的超越；而所谓"当代文学，六分天下"，一方面固然突破了以往"纯文学"独大的局面，给各类不同的"文学"争取到"表达"的空间，似乎形成了众声喧哗的局面，但另一方面，如果我们把"各类文学"都视之为不同的"重写的运作"（Rewriting Operation），那么，作为文学描写对象的"社会生活"实际上是按照各类"文学模式"被重新书写过了，各类"文学模式"的"主导符码"对应着破碎的当代生活的某个侧面，封闭了从"整体"上理解生活、把握时代的可能。因此，对"当代文学"缺乏"思想"的批评，不只是"当代文学"不再提供任何具有"思想含量"的内容——固然在这方面，当代文学确实也贫乏得可以——更要彰显"当代文学"严重缺乏从"整体"上把握时代的自觉追求以及将这种追求转化为"形式"和"文本"的能力。

本文之所以用通俗显白的"整体性"以示和意涵复杂的"总体性"区分开来，就是为了避免过多的概念纠缠，更清晰有力地指涉文学对文本整一、宏大的内在秩序的自觉追求，同时进一步表明这一追求包含了从整体上把握时代的可能性与必要性。不妨再次借用詹明信的说法，文学的"整体性"意味着其作为最终和不可超越的"语义地平线"（Semantic

---

1　詹明信：《马克思主义与历史主义》，《晚期资本主义的文化逻辑——詹明信批评理论文选》，陈清侨等译，北京：三联书店，1997，第 145-148 页。

Horizon）——同时也是"社会地平线"——的重要性，显示了各类不同、花样繁多的"文学模式"都有其隐藏的封闭线。[1]

难能可贵的是，对"整体性"的追求完整而深刻地贯穿于《三体》之中。固然我们对《三体》在"整体性"上所达到的思想强度和艺术高度还可以进一步讨论，但这部作品之于"当代文学"的独特位置——不同于"纯文学"的"类型小说"、区别于"浅阅读"的长篇巨著、迥异于"读者寥寥"的"持续畅销"——在于它不去拥抱各类"文学模式"津津乐道、反复玩味的欲望、身体、语言、性别和传媒等时髦话题，转而对"文明"的冲突与毁灭、"政治"的民主与极权、"道德"的善与恶、人与非人、人类与反人类等"宏大议题"进行正面强攻，而且将对这些议题的思考融入"文本"内部，转化为作品的"形式"：既揭示出各类"文学模式"隐藏的"封闭线"，譬如被各种"文学"消费的"人性"在《三体》"人"与"非人""地球"与"宇宙"的架构中就被"相对化"了；又较为全面地显示出用"文学"方式完整地把握"时代"的可能，《三体》能够被当代各种话语在不同层面上解读就是这种"可能性"的显现；而《三体》在"当代文学"中位置与议题之间的反差，更能凸显"当代中国文学"面临的深刻危机以及《三体》之于"当代中国文学"的重大意义。

二

在《三体》中，人类为解决自身面临的末日危机做出了种种努力，这些不同的反应与行动涉及重要的道德命题，末日因而成为对人类自身道德的考验，并凸显出了不可忽视的道德困境，由此就形成了《三体》情节中的道德模式。刘慈欣曾自述写作《三体》的初衷在于探讨有道德

1　詹明信：《马克思主义与历史主义》，第147页。

的人类文明如何在零道德的宇宙中生存[1]，可见道德模式对理解《三体》文本的重要意义。

在《三体》里，道德模式既存在于对人物的刻画当中，也体现在对人类群体行为的描写中，甚至其宇宙的宏观图景本身也是针对道德的设计。而这些不同层面的道德模式却都关涉到一个相同的道德论题。下面我们就由故事中的人物入手展开讨论。

三部曲人物众多，但仔细分析可以发现其中存在着不少同型人物。所谓同型人物，就是有着相同的构造法则，但具体而言又有着明显差异甚至是对立的一对人物，比如我们即将进行探讨的这两组同型人物：

> 叶文洁——程心
>
> 章北海——维德

叶文洁和程心是《三体》中争议比较大的两个人物，其中读者普遍反感程心[2]，而对叶文洁则多有宽宥。但实际上，叶文洁和程心是同一种人，怎么说呢？叶文洁向三体人发送讯息的原因是，在她看来，"人类真正的道德自觉是不可能的，就像他们不可能拔着自己的头发离开大地。要做到这一点，只有借助于人类之外的力量。这个想法最终决定了叶文洁的一生。"[3]之所以要"借助人类之外的力量"是由于"人类真正的道德自觉是不可能的"，什么是"道德自觉"呢？在叶文洁的经历中，我们常常看到这样的道德观审："人类恶的一面已经在她年轻的心灵上刻下不可愈合的巨创"，"她拒绝忘却，而且是用理性的目光直视那些伤害了她的疯狂和偏执"，"叶文洁对人类恶的一面的理性思考，从她看到《寂静的春天》那天就开始了……人类的非理性和疯狂仍然每

1　刘慈欣：《三体》，重庆：重庆出版社，2008，第301页。

2　读者对程心的反感，曾有硕士论文进行过分析，见韩嫚：《刘慈欣科幻小说论》，东北师范大学硕士学位论文，2014。

3　同注1，第70页。

天都历历在日"[1]——叶文洁将"人类无法做到道德自觉"的症状表述为"恶""疯狂"与"非理性",反过来,所谓"道德自觉"就是向善和理性,联系到叶文洁遭遇到的暴力、陷害与欺骗,加之她作为"科学女性"对人的理性的重视,我们可以认为叶文洁"道德自觉"的实质是对人性——这种人性是善与理性的结合,理性在其中占有重要位置——本身的尊重。所以当"文革"结束后,她找到当年打死她父亲的红卫兵,因为"她只想听到这些凶手的忏悔,看到哪怕是一点点人性的复归"[2]。但她所期待的"人性"最终没有复归,于是"将宇宙间更高等的文明引入人类世界,终于成为叶文洁坚定不移的理想"[3]。从这一系列的表述中我们看到,叶文洁是如此看重对人性本身的尊重以至于当她认为人类已经丧失这种对人性本身的尊重("没有道德自觉")后,不惜冒着毁灭人类的风险(她"知道后果"[4])招来外星人,同时也是由于她对人性本身的尊重,她才没有像伊文思那样以毁灭人类为志业,反而留下了制衡三体世界的两条宇宙社会学公理。基于叶文洁对人性本身的尊重的道德,我们可以将她称作"道德主义者"。

而这样的"道德主义者",除了叶文洁,还有程心——一个叶文洁所期待的"道德自觉"的人类。在程心的生活历程中,"责任"是非常重要的关键词:瓦季姆认为程心"超出工作层面之上的责任心,我很少在其他姑娘身上看到"[5],艾 AA 说程心"责任使你让出行星,良心使你保留恒星;责任又让你放弃恒星的能量"[6],执剑人候选者告诉程心"你除了善良和责任感外什么都没有"[7],维德评价程心"你知

1　刘慈欣:《三体》,第 70、200 页。

2　同上,第 225 页。

3　同上,第 228 页。

4　雷志成曾质问叶文洁是否知道向外星人发送讯息的后果,叶文洁的回应是"我当然知道"。刘慈欣:《三体》,第 214 页。

5　刘慈欣:《三体Ⅲ·死神永生》,重庆:重庆出版社,2010,第 55 页。

6　同上,第 91 页。

7　同上,第 108 页。

道什么是对的，也有勇气和责任心去做"[1]，在太阳系二维化之后，智子也认为程心"还是在为责任活着"[2]，而对程心自己来说，在太阳系二维化之后，她想到的是"在肉体上她当然会活下去，但那仅仅是尽责任，避免残存的地球文明的人口数量减半的责任"[3]，当她回顾自己的一生时，她也认为"我的一生，就是在攀登一道责任的阶梯"[4]。正如康德所言，"道德的强制性，是约束性，出于约束性的行为客观必然性，称为责任"，"只有出于责任的行为才具有道德价值"[5]——这种"责任"的强烈表达，恰恰是一种"道德自觉"的表现。所以，她才不会"把妈卖给妓院"[6]，才不会毁灭地球和三体两个世界来实现威慑，所以她才会在必须牺牲几个太空城的人类来捍卫光速飞船研究时说"我选择人性"[7]。

康德的绝对命令之一是"你的行动，要把你自身中的人性，和其他人身中的人性，在任何时候都同样看作是目的，永远不能只看作手段"[8]。在这个意义上，叶文洁和程心都是同样的道德主义者，因为她们都将"人"本身当作目的而尊重人性，纵然这种尊重最后带来了毁灭性的后果——叶文洁和程心分别从反面和正面两个角度展现了这种"对人性本身尊重"的道德。当然，这里要指出的是，叶文洁和程心的行动并非全然出于一种纯粹的"道德"，叶文洁之所以招来三体人，除了对人类失去"道德自觉"的绝望和恢复"道德自觉"的强烈渴望，还有着一种潜在的复仇心理（"她已向包括她们在内的全人类

1　刘慈欣：《三体Ⅲ·死神永生》，第 342 页。

2　同上，第 508 页。

3　同上，第 466 页。

4　同上，第 508 页。

5　康德：《道德形而上学原理》，苗力田译，上海：上海人民出版社，1986，第 49、93 页。

6　"你会把你妈卖给妓院吗？"这是维德问程心的问题，程心的回答是否定的。刘慈欣：《三体Ⅲ·死神永生》，第 42 页。

7　同注 1，第 382 页。

8　同注 5，第 81 页。

复了仇"[1]）和对献身于伟大事业的向往（"她曾是一个理想主义者，需要将自己的才华贡献给一个伟大的目标"，"我找到了能够为之献身的事业，付出的代价，不管是自己的还是别人的，都不在乎"[2]）；而程心的生活，除了"责任"，更是伴随着爱/母性的本能，"母性和责任不一样，前者是本能，无法摆脱"[3]，所以她既高兴"终于有机会为爱做些事了"[4]，也因"母爱"而担心"孩子们饿着"[5]，更忏悔自己"两次以爱的名义把世界推向深渊"[6]，在程心身上，责任与爱有时斗争（"她果断地封死了情感的一切出口，只是对自己默念：记，只是记，记住一切。"[7]），有时合流（"我选择人性"），往往难以分开。但这一切并不妨碍我们将叶文洁和程心视为"道德主义者"，因为"一旦我们看到了义务的动机，我们就能甄别良好行为的特征，这些特征赋予这些行为以道德价值"[8]，她们的道德动机并不为她们身上的其他情感所遮蔽，所以她们依然是尊重人性本身的"道德主义者"。

而章北海和维德则不一样。章北海可以为了实现自己的目标而欺骗战友、长官，甚至杀死他认为应该杀死的人，维德为了达到目的可以"把妈卖给妓院"，可以毫不顾惜他人性命，可以"不择手段地前进"[9]。

---

1 刘慈欣：《三体》，第225页。

2 同上，第202、216页。

3 刘慈欣：《三体Ⅲ·死神永生》，第111页。

4 同上，第112页。

5 同上，第174页。

6 同上，第451页。

7 同上，第245页。

8 迈克尔·桑德尔：《公正——该如何做是好？》，朱慧玲译，北京：中信出版社，2011，第136页。

9 同注3，第50页。

他们都可以为了"追求最大的功利"[1]而对叶文洁–程心式的"尊重人性的道德"不以为然，而在《三体》的核心设定中，"最大的功利"就是人类的生存。他们两人的不同点在于，章北海将自己的目的表达的非常明确：为了军人的责任，为了人类的生存（"一个尽责任的军人，为人类的生存而战"[2]），在这里，章北海也将自己的行为表述为"责任"，但这种"责任"实际上是建立在一种功利计算基础上的，比如"为了得到能够在恒星际航行的飞船，必须消灭他们！而他们的死，也应该看作为人类太空事业做出的最后贡献……。如果真的多死一两个人，他也不在意"[3]，因此它与程心式的尊重人性的"责任"不能混同，章北海因而也并非叶文洁–程心式的道德主义者；而维德的目的在文本中表达得并不明确，但从他想要达到的目标——推进"阶梯计划"，让人类直接接触三体人；力争当上执剑人，而"他的威慑度全顶在百分之一百"，"如果他成为执剑者，这一切都不会发生"[4]；研发光速飞船——和艾 AA 对他的评价（"混蛋、恶魔、杀人犯、野心家、政治流氓、技术狂人"[5]）来看，维德更多的是出于个人意图而兼及人类的功利。但无论如何，在某种程度上，他和章北海都是可以牺牲一部分人的利益来实现整个人类最大利益的"功利主义者"。

分析到这里，我们一开始提出的同型人物对便可以换一种表达：

道德主义者：叶文洁——程心

功利主义者：章北海——维德

1　这里借用功利主义的说法，"当某项行为所具有的增大共同体幸福的倾向大于其减少共同体幸福的倾向时，该行为便可以说是符合功利原则的，或简而言之，是符合功利的（就整个共同体而言）"；"功利主义的标准不是指行为者自身的最大幸福，而是指最多数人的最大幸福。"杰里米·边沁：《论道德与立法的原则》，程立显、宇文利译，西安：陕西人民出版社，2009，第 3 页；约翰·穆勒：《功利主义》，叶建新译，南昌：江西教育出版社，2014，第 12 页。

2　刘慈欣：《三体Ⅱ·黑暗森林》，重庆：重庆出版社，2008，第 349 页。

3　同上，第 230 页。

4　刘慈欣：《三体Ⅲ·死神永生》，第 146 页。

5　同上，第 344 页。

但从故事的最终结局来看，两位道德主义者，一位直接联络三体世界，导致了人类面临灭顶之灾，一位则错过两次机会，间接导致了太阳系的灭亡；而两位功利主义者，一位以果决的行动保全了部分人类星舰，对人类保存种族、走向太空有开创之功，一位极力推进的"阶梯计划"和光速飞船研发最终都被证明是拯救人类的重要方法，而他们两人最后也都因为没有坚持自己一贯无视人性道德的"最大功利原则"——章北海"不再是那个冷静又冷酷、深思熟虑行动果敢的强者"[1]，放弃了在"黑暗战役"中首先发动攻击的机会；维德目光中"露出了罕见的无助与乞求"[2]，遵守了对程心的承诺——导致了最终的失败。于是，我们便可以进一步地补充我们的表述：

道德主义者 / 毁灭者：叶文洁——程心

功利主义者 / 抵抗者：章北海——维德

这是否意味着《三体》在传递这样一种思想：生存功利高于人性道德？作者刘慈欣确实表达过这样的观点，他认为"在这冷酷的宇宙中，人类必须勇敢地牺牲其中的一部分以换取整个文明的持续"[3]，在一次和别人讨论为了人类文明的延续是否应该吃人时，他的选择是吃人，"你选择的是人性，而我选择的是生存"[4]。但完全以作者意图来取代文本最终呈现出的思想倾向，显然是有失偏颇的。其实，我们如果以一种"整体性"的眼光来看待《三体》，就不应该仅仅只是看到人类这一微观层面，还应该涉及宏观的宇宙层面。

《三体》的整个宇宙世界是由三个科幻的核心设定——三体世界、

1　刘慈欣：《三体Ⅱ·黑暗森林》，第406页。

2　刘慈欣：《三体Ⅲ·死神永生》，第382页。

3　刘慈欣：《从大海见一滴水——对科幻小说中某些传统文学要素的反思》，第52页。

4　刘慈欣、江晓原对谈，王艳记录：《为什么人类还值得拯救？——刘慈欣 VS 江晓原》，《新发现》2007年11月号，第91页。

宇宙的黑暗森林状态以及因为战争而不断由高维向低维跌落的宇宙图景——建构起来的，而这三个核心设定无一例外都是以生存功利为其逻辑基础：三体人为什么要来到地球？因为要生存；歌者为什么毁灭太阳系？因为要生存；宇宙为什么由高维向低维跌落？因为每个维度的生命都想生存。但恰恰是这种对生存功利的追求，使得宇宙不断降维，最终使所有追求生存的宇宙生命都再也没办法生存，而试图解决这一问题的反而是不以生存为先，而是要承担起责任与道德的"归零者"。那这是否又意味着人性道德最终是高于生存功利的呢？

到这里，我们就发现，微观的结论与宏观的结论形成了明显的矛盾，而这一矛盾也体现在《三体》对群体的描写和对社会制度的讨论上。

《三体》中的群体常常表现出反复无常的特点，他们对三体人、罗辑、"蓝色空间"号等的看法常常都在发生变化，以对"蓝色空间"号的看法为例，"黑暗战役"发生后，群体认为它是"黑暗邪恶的东西"[1]，因为它"背叛人类最基本的道德准则"[2]，而在引力波宇宙广播启动后，"蓝色空间"号又变成了"拯救之船"，是"人类伟大精神的象征"[3]，而待三体力量撤离后，他们又认为"蓝色空间"号诅咒了两个世界，因而是"黑暗之船、魔鬼之船"[4]——这些不断改变的看法实际上就是人性道德与生存功利在不同情境下互相压倒对方的结果，是道德和生存二者矛盾的表现。章北海在思考星舰地球应该采取怎样的社会制度时曾形象地道出过这种矛盾："中世纪和大低谷的事实都证明，专制制度是人类发展的最大障碍，星舰地球需要活跃的新思想和创造力，这只有通过建立一个充分尊重人性和自由的社会才能做到。……人类社会在三体危机的历史中已经证明，在这样的灾难面前，尤其是当我们的世界需要牺牲部分来保存整体的时候，你们所设想的那种人文社会是十分脆弱

1　刘慈欣：《三体Ⅱ·黑暗森林》，第428页。

2　刘慈欣：《三体Ⅲ·死神永生》，第83页。

3　同上，第212页。

4　同上，第229页。

的。……我想得太简单了，这个问题在整个人类历史上都没有答案，怎么可能在一次会议上解决呢？"[1]

从以上对各个层面的分析看出，《三体》的道德模式始终都被这样的矛盾所贯穿，而这一矛盾就是刘慈欣所言的"有道德"和"零道德"的矛盾，是人性道德和生存功利的矛盾，简言之，就是道德与生存的矛盾。而造成这一矛盾的原因则在于《三体》的科幻核心设定——尤其宇宙的黑暗森林状态——所造成的整个人类文明的"生存死局"，这就是《三体Ⅲ·死神永生》题目的含义："一切都会逝去，只有死神永生。"[2]

那么如何解决这一矛盾呢？

应该承认，《三体》最终也没能解决这一矛盾，即便是被叙述者高度评价的罗辑（"纵观文明史，他的胜利无人能及"[3]），也只能通过一种威慑制衡的方式搁置矛盾，而当这一威慑被打破时，矛盾便立时浮现。但我们要指出的是，《三体》道德模式的意义并不在于对矛盾的解决——这一矛盾甚至连伦理学家也无法解决——而在于通过呈现这一矛盾而提供的意识表达。

借由制造"生存死局"来突出道德与生存的矛盾，这在文学作品中——无论是类型文学还是"纯文学"——不乏先例，譬如大家熟悉的金庸武侠小说《连城诀》描写狄云、花铁干等被困雪谷，而诺贝尔文学奖获得者戈尔丁的《蝇王》则叙述拉尔夫、杰克等少年流落荒岛，文类虽然有别，但他们通过这一情节想要表达的思想却是相似的：在《连城诀》中，花铁干为了活命不惜吃掉自己结义兄弟的尸体[4]，叙述者由此充分展现了这一所谓"正派""侠客"的丑恶、卑劣；在《蝇王》中，杰克率领下的少年逐步走向野蛮与疯狂，在自相残杀中丧失人性[5]。很显然，

1　刘慈欣：《三体Ⅱ·黑暗森林》，第 405 页。

2　刘慈欣：《三体Ⅲ·死神永生》，第 312 页。

3　同上，第 134 页。

4　《连城诀》中《羽衣》一章涉及这一情节。金庸：《连城诀》，广州：花城出版社，2008。

5　威廉·戈尔丁：《蝇王》，龚志成译，上海：上海译文出版社，2006。

在以往的这些文学作品中，通过"生存死局"中的道德与生存的矛盾，叙述者所表达的都是对人性恶的强烈批判。但奇怪的是，在《三体》的道德模式中，同样是同类相残相食，同样是极权专制，当它们都关系到整个人类文明的生存时，我们却突然发现这些行为非但不再那么"恶"了，反而还具有了一种迫不得已的"悲壮"，当我们在思考是否"生存功利"真的高于"人性道德"时，宏观宇宙层面的事实又让我们发现，纯粹地追求生存而缺乏道德，最终仍是导向如《蝇王》结局一般的"灭亡"。这种因情境不同而产生的道德认知的矛盾，实际上传递了这样一种"整体性"的意识表达：我们所谓的道德判断不应该仅仅依赖于一些既定的原则，它还需要被整合进具体的生活实践当中，统一到具体的情境当中。

由此出发，《三体》通过凸显道德与生存的矛盾似乎提供了一种被伦理学者称为"道德反思"的行为："当遇到这种张力时，我们可能调整我们对何谓正当之为的判断，或重新考虑我们最开始拥护的那个原则。当遇到新的情形时，我们在自己的各种判断和原则之间左思右想，用一个来修正另一个。在这种从行动领域向理性王国来回思考的过程中，所发生的思想上的转变，就是道德反思。"[1]而《三体》所体现的对"有道德"和"零道德"关系的"反思"，可能比学者描述的在具体情境中进行"道德反思"要更深入也更艰难。美国伦理学家麦金太尔曾提出人"本质上都是一种讲故事的动物"，因此在道德判断与实践方面，"如果我能够回答先在的'在哪个或哪些故事里我们发现自己是其中的一分子？'的问题，那么我只能回答'我要做什么？'的问题"[2]，明白自己处于怎样的"故事"之中，才能回答"要做什么"——借用这一观点，《三体》的道德模式用与前此文学表述中不同的角度展现了这样的观念：人和人存在于其中的"故事"是一个整体，对人

1　迈克尔·桑德尔：《公正——该如何做是好？》，第 30 页。

2　阿拉斯戴尔·麦金太尔：《追寻美德：道德理论研究》，宋继杰译，南京：译林出版社，2011，第 274 页。

的道德判断不应该脱离它的"故事",只有将我们所依赖的一些道德原则与具体情境统一起来,将道德律令整合进实践情境中,我们才能真正地反思我们的"道德",从而使得原本视为绝对的道德律令——譬如什么是"善",什么是"恶",什么是"人性",什么是"非人"——可以"相对化",而这恰恰体现出《三体》借助"科幻小说"的"不可能性"思考"道德"问题所能达到的深度之所在,显示了文学极具想象力地与"社会"对话和自我创新的能力。

三

评论家拉斐尔·努德曼在评价两位重量级英语科幻作家菲利普·迪克和勒·奎恩时曾指出,迪克的想象世界中的主导趋势是"走向秩序和统一的瓦解,走向所有形式的毁灭",而在勒·奎恩的想象世界中,"主导趋势是走向一体性,一体性是勒·奎恩世界的自然状态"[1]。与勒·奎恩的创作类似,我们看到,在《三体》中同样存在着某种"一体性"。

这种"一体性"突出地表现于《三体》对"道德"的复杂情境的揭示中:小说通过在各个层面上对人性道德和生存功利的矛盾进行展示,提示了道德原则与具体情境的不可分割,从而起到了反思"道德"的功用。但是,这种"反思"却是借助"三体危机"这种"现实"看来的"不可能性"得以完成的。齐泽克曾经引用过罗伯特·希克利(Robert Sheckley)的科幻小说《星球商店》来说明主体与欲望的"不可能性":这是一部"劫后余生"式的科幻小说,描述的是核战争(或类似危机事件)之后的日常生活,这样的"危机"已经使我们的文明土崩瓦解,所有的叙述都是从这种从"现实"来看的"不可能性"展开的。齐泽克认

---

1 转引自达科·苏恩文:《去异化的寓言:勒·奎恩的逆日性舞蹈》,《科幻小说面面观》,郝琳、李庆涛、程佳译,合肥:安徽文艺出版社,2011,第 323 页。

为，这篇小说的全部效力建立在这种"不可能性"上，这种"不可能性"不仅指的是从"现实"看来"危机"摧毁"文明"的"不可能性"，更关涉"欲望"的"不可能性"：我们以为"事情本身"在不断地拖延，其实不断拖延这种行为，正是"事情本身"；我们以为自己在寻觅欲望，在犹豫不决，其实寻觅欲望和犹豫不决这种行为本身，就是欲望的实现。也就是说，欲望的实现并不在于它的"完成"和"充分满足"，而在于欲望自身的繁殖，在于欲望的循环运动。也即看上去是无限期地拖延，阻止自己充分满足欲望，这种行为本身恰恰是欲望的满足。欲望的这种"不可能性"使"主体"进入到不断地繁殖"匮乏"的状态，而"匮乏"本身，却是欲望之为欲望的根本。[1]

如果不拘泥齐泽克这段论述过分浓烈的"拉康"色彩，我们不妨再加以引申：对"当代文学"缺乏"思想"的批评，也可以看作一种不断繁殖"匮乏"的状态，"批评"本身的存在而不是努力去寻求有"思想"的"文学"，成为"当代中国文学"的"新常态"。而《三体》的横空出世，以其在当代文坛"不可能"的位置——正如我们在第一部分所指出的那样，以"类型文学"承担起"思想"的重任，以及叙述上的"不可能"——以未来的"危机"设置突显出对"时代"的把握，相当触目地标示出"当代中国文学"的危机。

如前所述，21世纪的当代中国文学已然形成了"六分天下"的局面，在这样的局面中有两处比较突出的"叙事景观"：无论是在"严肃文学""体制外文学"中，还是在"新资本主义文学""博客文学"中，我们常常能发现一种"小叙事"，这些小叙事热衷于回到个人生活的"小世界"，描述的都是"小人物，小故事，小感觉，小悲剧，小趣味……"，它既不仰仗历史情境的阔大，也不依赖于思想力量的磅礴，而是"仅仅凭借文学叙述、修辞与故事本身来吸引人"[2]。与此形成强烈反差的

1　齐泽克：《斜目而视：通过通俗文化看拉康》，季广茂译，杭州：浙江大学出版社，2011，第10-12页。

2　陈晓明：《小叙事与剩余的文学性——对当下文学叙事特征的理解》，《守望剩余的文学性》，北京：新星出版社，2013，第62页。

是在网络文学（尤其是"盛大文学"这类产业化的网络文学）中十分常见的"大叙事"。这种"大叙事"首先反映在篇幅上，网络小说动辄几百万字，与纯文学中长篇小说的体量不可同日而语，伴随着这种超长篇幅而来的，是急剧的情节化——网络文学追求"情节的提速和直线化"[1]，繁多的情节成为网络文学最大的卖点，而且在玄幻、盗墓类的小说中，往往还呈现出一种"超级大叙事"：要么人物力量强大，在"非现实化的超自然世界"[2]中纵横驰骋，动辄劈山蹈海、上天入地，要么活动范围广阔，昆仑冰川下的九层妖楼、塔克拉玛干的精绝古城、秦岭的神树、山东的七星鲁王宫[3]……这类表达通过激烈的爱恨情仇演绎和层出不穷的奇观化展示宣泄着极端的大叙事能量。

而这两处"景观"实际上也根植于更大的社会语境之中。詹明信曾将文化的历史分期与资本主义的发展阶段相对应，指出晚期资本主义的文化主导是后现代主义。[4]而所谓"后现代"，用法国哲学家利奥塔的话来说，就是"对元叙事的怀疑"，是对"差异"与"元素的不可通约性"[5]的强调，正是在这种怀疑与强调中，现代的"整体确定性"和"宏大叙事"解体了，取而代之的是后现代的"局部决定论"[6]和"小叙事"。后现代文化与晚期资本主义或多国化资本主义的发展密不可分，而中国在2000年之前便已被深深地卷入到了全球资本主义体系的涌流中，"后现代"自然也对中国的社会文化产生了巨大的影响。但由于中国自身的现代性历程的独特性，中国社会实际上处于"现代性的未完成与后现代的初露端倪并行不悖"[7]的状态，于是：一方面，"宏大叙事"受到致命

---

1 邵燕君：《传统文学生产机制的危机和新型机制的生成》，第18页。

2 陈晓明：《中国当代文学主潮》，北京：北京大学出版社，2009，第553页。

3 以上为两个网络小说系列天下霸唱的《鬼吹灯》和南派三叔的《盗墓笔记》中曾出现的地点。

4 詹明信：《晚期资本主义的文化逻辑》，陈清侨等译，北京：三联书店，2013，第349-350页。

5 让-弗朗索瓦·利奥塔尔：《后现代状态：关于知识的报告》，车槿山译，南京：南京大学出版社，2011，第4、7页。

6 同上，第5页。

7 陈晓明：《小叙事与剩余的文学性——对当下文学叙事特征的理解》，第61页。

的怀疑，它"不再被生产，也不再受到渴望"[1]，对"差异""个人"的强调日益突出，在迅速占据人们生活时空的网络影响下，整个社会朝着资料库模式进行运作[2]，差异化、零散化、碎片化的思潮甚嚣尘上，面对汹涌的讯息潮无所适从的"孤独的个体"选择躲入"小叙事"中接受心灵的抚慰；另一方面，现代性的未完成使得人们对宏大叙事的需求依然存在，但又不得不面对宏大叙事已然解体的事实，于是，电影、动漫、游戏等文化产业迅速跟进补位，以取代现实中"宏大叙事"的作用，表现在文学上，便出现了网络文学等里的"大叙事"。

但实际上，"后现代"往往也暗藏着"陷阱"。对于渴望自由的人而言，极端的个人主义与零散化、碎片化的思维方式使其意识不到自身正处于一个更大的同一化进程之中，正如戴锦华在分析90年代中国文化时所指出的，后现代"成功地遮蔽了90年代中国最重要的社会文化现实：呈现为商业化和市场化过程中的全球化进程、跨国资本的进入、新的权力结构的形成……"[3]，到《三体》连载和发表的2006—2010年，跨国资本主义的同一化和普遍化趋势更深切地影响到了中国社会，正如韩少功所言，"作家们的生活都在雷同……在模式化的中产阶级生活里乐不思蜀"，"当这些作家像挤牙膏一样挤掉自己的一些往事记忆之后，他们还能有多少经验资源和感觉资源？"[4]，于是，吃完老本的"严肃文学"作家和本就安然于"个人世界"的"新资本主义文学"作家们一同躲进了"小叙事"的"小宇宙"中，不愿、不屑更无力再以"思想性"去把握纷繁复杂、四散分离的社会现实，而

1　东浩纪：《动物化的后现代——御宅族如何影响日本社会》，褚炫初译，台北：大鸿艺术出版社，2012，第6页。

2　这里借用日本学者东浩纪的说法，东浩纪认为现代世界是一种树状图形，而后现代社会则是资料库模式，与树状图形相比，资料库深层不再具有大叙事，其模式与网络的双层结构相近：一边是符号化的资讯的积累，一边又有为了让浏览者读取而设计的许多网页。东浩纪：《动物化的后现代——御宅族如何影响日本社会》，第55-57、60页。

3　戴锦华：《隐形书写：90年代中国文化研究》，南京：江苏人民出版社，1999，第233页。

4　韩少功：《文学：梦游与苏醒》，林建法主编：《中国当代作家面面观：文学的自觉》，上海：复旦大学出版社，2010，第11页。

网络文学的"大叙事"空有其"大",却只是一个"大字节的微文本"[1],它的情节仅仅胜在数量的繁多,而非内里的统一,其众多的类型化表达、壮阔的世界和多样的奇观以刺激性为根本的美学追求[2],以满足"孤独的个体"通过"对'自我特性'的寻找与建构来确立自我在这个不确定的世界中的身份和位置"[3]的"悦己"需求,这种内在分裂、零散的"大叙事"所展现的实际上是资本涌流之中"娱乐至死"的消费逻辑,更遑论以思想介入现实。于是,在这样一个零散化、碎片化的时代中,思想匮乏的"小叙事"和"大叙事"都无法再提供一个宏大而统一的视野,这时,《三体》的"整体性"意识趋向所具有的强烈的现实介入意义就在思想层面上凸显了出来。

《三体》既不同于专注于个人小世界的"小叙事",也不同于以刺激性为主要追求的"大叙事",它所具有的可以称为"史诗性的宏大叙事"。"史诗",是评论者在评价《三体》时常用到的词汇[4],而我们在这里使用的"史诗"则是卢卡奇意义上的"史诗"。在《小说理论》中,卢卡奇认为在古希腊的史诗时代,人和世界是统一的整体,生活和本质是同一的概念,在那个时代诞生的伟大史诗"从自身出发去塑造完整生活总体的形态",其对象"并不是个人的命运,而是共同体的命运"[5]。在卢卡奇的表述中,"总体"/"整体"成为史诗的重要内容。我们挪用这一理解,因为《三体》所提供给中国当代文学和当代社会的恰恰是这样一种"史诗性的宏大叙事"——其内核在于整体性意识趋向的表达。这正是《三体》思想性介入现实的能量之所在,也是《三体》"热"的原因之所在:

---

1 邵燕君:《传统文学生产机制的危机和新型机制的生成》,第18-19页。

2 陈晓明:《中国当代文学主潮》,第553页。

3 同注1,第19页。

4 如宋明炜称《三体》是"中国文学中罕见的史诗性作品",高尔雅称其为"宇宙史诗"。宋明炜:《弹星者与面壁者刘慈欣的科幻世界》,第25页;高尔雅:《从刘慈欣"地球往事三部曲"看当下科幻写作观念》,《文学报》2013年6月27日第021版。

5 卢卡奇:《小说理论》,燕宏远、李怀涛译,北京:商务印书馆,2013,第21、53、59页。

置身于"缺乏思想"的当代中国文学场域中，面对着零散化、碎片化的社会语境，《三体》既没有躲进程心的"小宇宙"，书写着个人的"小叙事"，也没有在大宇宙里依循着黑暗森林法则随波逐流，刘慈欣的《三体》所做的，是通过构筑起一个"不可能"的"想象世界"，并以潜藏于其中的整体性意识趋向，凝聚起了一种"史诗性的宏大叙事"，重新召唤并确认了反思价值的终极可能，从而以强烈介入现实的思想性，在"中国当代文学无思想"的批评声中，在当下四散分离的社会语境中，发出了"整体性"的强有力的呼唤。这声呼唤就如同《三体》里的地球文明，虽然可能只是"漫漫长夜"里的一颗"流星"，但"宇宙"却终将记得它曾带来的光明。

原载石晓岩主编，《刘慈欣科幻小说与当代中国的文化状况》，
社会科学文献出版社，2018年版

《三体》与"文学"

李　杨

对文学读者和研究者而言，《三体》带来的感受是复杂的。一方面，《三体》的巨大影响力几乎超越了同时期当代中国的所有文学作品。在近年公布的年度中国作家版税排行榜上，《三体》之后没有出版过重要作品的刘慈欣始终排名第一。根据刘慈欣一部不太出名的中篇小说《流浪地球》改编的同名电影，更成为华语电影历史上票房最高的作品之一。一方面，《三体》热不仅未现消退之势，反而越烧越烈；另一方面，在部分读者眼中，作为一部小说的《三体》，却并不是一部足够好的作品。小说中的人物刻画刻板，"结构"也差，尤其是主要人物扁平单薄、苍白无神，不是有血肉灵魂的"有情"人，而是承担特定叙事功能的脸谱化工具，用于呈现作者的抽象理念。小说的"文笔"也受到批评，在文青聚集的"豆瓣"上，有读者甚至吐槽《三体》只有"《故事会》的水平"，所谓的"三体"其实"是故事会体、知音体和小学生作文选体。"有批评者干脆认为刘慈欣的语言表达能力根本无法承载他的想法。即使是一些《三体》的拥趸，也会附和这种"文学评论"，如《三体中的物理学》的作者、理论物理学家李淼教授也说："我和不少人的看法类似，认为《三体》明显的不足的地方在文学性以及人物塑造。"[1]

不过刘慈欣似乎并不太在乎——至少看起来不太在乎这种来自"文学界"的批评。每当论述起自己成长为科幻作家的路径时，刘慈欣都会强调自己出身于正统的"科幻迷"而非"文学迷"。他声称自己的养分来自儒勒·凡尔纳、阿瑟·克拉克、海因莱因和阿西莫夫这些科幻作家，他说自己对文学漠不关心。——"我从来没有对文学产生过兴趣，直到现在。"[2] 显然，刘慈欣对《三体》的定义，并不在我们熟悉的"文学"内展开，用刘慈欣的朋友姚海军的话来说，刘慈欣"要把科幻从文学中剥离出来，认为科幻不是文学"[3]。

尽管姚海军认为刘慈欣有意"说得很极端"的话并不可信，但将刘慈欣对"文学"的蔑视或抗拒仅仅理解为他对不怀好意的文学批评的"回怼"乃至"意气用事"显然简化了问题。因为刘慈欣在不同的场合，多次陈述过自己的文学理解：

> 人们现在其实有一种错觉，就觉得，好像我们现在这个"主流文学"是文学的常态，文学是要去反映社会、反映人性，现实主义。但是，你把整个人类五千年的文学史看一看，你会很惊讶地发现，百分之九十的人类文学史那都是幻想文学，真正的现实主义文学是很近才出现的，具体来说，也就是在欧洲的那个启蒙运动以后，甚至，在工业革命之前、文艺复兴之后的那么一段时间，大概就二三百年的时间，这二三百年之外的所有的人类文学其实都是幻想文学，不是奇幻就是魔幻再有就是神话，是这类东西。你到上古时代或是古代去找现实主义的文学，还真不容易找到，所以说，这个不是文学的常态。……文学如果只局限于"人"这么一个狭窄的范畴，而不把人和更大的世界的关系进行描写，

1　李淼：《〈三体〉就是一部神话》，《三湘都市报》2015年8月31日。

2　佟佳熹：《未来往事》，《生活月刊》2015年7月刊。

3　洪鹄：《刘慈欣：装在格子衬衫里的人》，《人物》2015年10月号。

它肯定是有缺憾的。当然，现实主义文学有它存在的理由，但是，作为文学评论界和研究文学的学术界，你只关注于这么一种题材也是狭窄的。因为，现在主流文学或者说“纯文学”，它本身已经变成一种“类型文学”，它很“类型”，无论从它的写法、从它的行文结构、从它的读者群，它就是一种“类型文学”，它远不是“主流”了。那么，在这种情况下，文学评论界只关注一个“类型”，类型文学中的“主流”类型或者“纯文学”类型，这肯定是有缺憾的。[1]

刘慈欣提醒《三体》的批评者，“现实主义文学观”并不就是“文学观”，它只是众多文学观中的一种，而且历史极为短暂。那些指责《三体》在“人物塑造”、结构及语言等方面存在的诸多缺陷的批评家并未意识到的是，他们用于评判文学好坏的标准——无论对“人物塑造”，还是结构乃至语言等层面的要求，并不是“文学”的标准而是“某种文学”的标准。譬如说，我们不能以“现实主义”的文学成规去评判“现代主义”文学，不能以分析十九世纪作家巴尔扎克、狄更斯的标准去解释卡夫卡、普鲁斯特、乔伊斯，同样不能用“现实主义文学理论”去解读《三体》这样的“科幻小说”。

从华北水利水电学院毕业后，一直在山西娘子关发电厂当工程师的刘慈欣并未受过系统的文学史与文学理论训练，但刘慈欣将“文学”“历史化”的理论直觉，却使他比那些过分相信文学“常识”的专业批评家和读者更接近包括福柯、伊格尔顿等当代批评大师对“文学”的重新定义。在福柯和伊格尔顿这些理论家那里，我们今天使用的“文学”（Literature）是一个历史性的范畴，在西方也只有不到200年的历史。也就是说，“文学”产生于特定的历史语境，当这些语境不存在的时候，“文学”完全可能不存在了。或者即使存在，也

1　《刘慈欣：三体流行是偶然现象》，腾讯文化 2015 年 6 月 25 日。

会改变原有的形态与功能。事实上，没有"文学"的世界其实并没有我们想象的那么可怕。因为在历史上的大多数时间人类并不拥有这一"装置"——当文学不在的时候，会有新的审美方式出现，并取代它。刘慈欣正是基于这一理解得出了如下结论："我不同意固守小说的形式，因为整个叙事文学，现在都处于一种衰弱的状况。小说一定要向其他的媒介形式发展。"[1]

科幻写作，完全有可能就是替代"叙事文学"的诸多"新媒介形式"的一个代表。正是在这一意义上，《三体》的横空出世，或许还没有强大到成为压垮老迈的文学骆驼的最后一根稻草，但其蕴含的无限潜能，其草蛇灰线，却值得"文学理论""文学批评""文学史"乃至整个"文学共同体"共同思考和面对。

一

在享誉世界的代表作《想象的共同体——民族主义的起源与散布》中，安德森将现代政治社会的政治主体"民族国家"（Nation-state）称为"想象的共同体"（Imagined Communities）。因为民族国家认同与建立在血缘、种族、宗教、语言甚至文化之上的传统认同不同，是一种抽象的政治认同，所以需要"想象"才能完成。在想象民族国家的媒介中，有两种最为重要，一种是报纸，另一种就是小说。安德森的理论影响深远。柄谷行人的《日本现代文学的起源》与刘禾的《跨语际实践》都可视为这一理论的具体体现。在对中国现代文学的知识谱系进行了细致的追踪之后，刘禾在《跨语际实践——文学，民族文化与被译介的现代性》得出了如下结论："如果说中国现代文学破土而出，成为这一时期一个重要事件，那么，这与其说是因为小说、诗

1　《刘慈欣：科幻未来的方向可能会向多媒体转换》，腾讯文化 2015 年 6 月 21 日。

歌以及其他文学形式是自我表现的透明工具,忠实地纪录了历史的脉搏,不如说是因为阅读、书写以及其他的文学实践,在中国的民族建设及其关于'现代人'想像的/幻想的(Imaginary/Imaginative)建构过程中,被视为一种强有力的中介(Agents)。"[1]简言之,全部中国现代文学的意义,即是在"个人"与"民族国家"这两个现代主体之间扮演中介。这意味着,全部的中国现代文学都是为民族国家的认同服务的,这里的"全部",不仅指那些直接想象与建构"民族国家"的作品,同时还指那些想象"个人"的作品。因为"五四"启蒙文学"发现"——"发明""个人"的目的,说到底是为了将中国人从传统的封建家族关系(家族主义)中解放出来,"个人"的创造最终是为"民族国家"的认同服务的。

《三体》显然不在刘禾梳理的这个"中国现代文学"谱系之中。"民族国家"不仅不是《三体》的认同对象,而且是《三体》的解构对象。《三体》以"人类"与"外星人"的冲突取代了中国读者熟悉的"我"与"我们",或是民族之间,阶级之间的冲突,作为人类"他者"的"三体人"最初是人类的希望所在,最终却被证实其实是终结人类文明的魔鬼。从本质来看,这个"他者"其实是一面人类反观自身的镜子。在冷酷无情的外星文明面前,地球文明本身已经成为一个不可分割的整体。当灾难来临之时,所有人都不能幸免。极为偶然活下来的人,其实代表着人类的幸运,他们既不再代表自己,也不代表国家,他们是人类文明的种子。

在《三体Ⅰ》中,男主角汪淼无意中被卷入了一场陌生的战争中。书中对他刚进入"作战中心"的心态有两段描写,都表达了他对于这场战争的惊讶。因为汪淼面对的是一个由中、美、英等国军方高级将领组成的一个指挥部。这个机构的领导者是一个名叫常伟思的中国陆军少将,还有四个外国人,其中两个是军人,分别是美国空军上校和英国陆军上

1　刘禾:《跨语际实践——文学,民族文化与译介的现代性(中国,1900—1937)》,宋伟杰等译,北京:三联书店,2002,第3页。

校，职务是北约联络员，另外两人居然是美国中央情报局的官员。这些人聚集在一起，应对人类面对的安全威胁。常伟思其实只是全球战区的一个指挥官而已。而全球战区，就是这样一个超民族国家、超意识形态的组织。人类一起面对物理学发现的人类困境，面对共同的生存威胁。在这种来自外太空的危险面前，人类本身的分歧、文化的差异、意识形态的差异、政治制度的差异都变得微不足道。

将军请汪淼来，是打算派他去神秘的科学组织"科学边界"做卧底，汪淼想都没想就拒绝了。将军也毫无办法。我们常见的说辞，包括使命，中国人对国家的责任等这些都没有搬出来。因为汪淼首先是个世界公民，一个个人主义者，而不是我们熟悉的"中国人"。将军对汪淼的劝说，在另一个层面——维度展开。将军告诉汪淼：从更大的宇宙空间看来，我们现在所有看到的一切包括坚如磐石的制度与国家乃至个人的生命，其实都是一种偶然，整个人类的历史也是偶然，很容易结束。换言之，我们现在所有的平衡，所有的理性都建立在一种非常脆弱的假设之上，这个假设其实一点都不可靠，岌岌可危，随时可能颠覆。

《三体Ⅱ》中，这种团结更加紧密，无论主流的防御工事还是面壁计划都是以联合国整体的名义进行；在等待三体舰队到达的这一时间里，地球始终处于一种紧急状态中，也因此，新诞生的地球统一体首先将这一时期命名为"危机纪元"，用变更历法的方式宣示着现代主权国家体系的消亡和新的权力运作机制的诞生。尽管合作中仍不时会出现民族国家的幽灵显影，比如面壁计划的人选：美国、欧盟、发展中国家、中国各有一个名额，委内瑞拉前总统的行为受到美国等发达国家的讽刺，等等，但在三体危机迫在眉睫之时，国家之间的抵牾冲突云散烟消。当罗辑他们苏醒过来，向人们讲述大低谷的情形，听到有人提到了"第二次法国大革命"，罗辑马上惊呼：还在法国？！很快有人告诉他，这是世界各地，只不过还是沿用了旧名。不难发现，在人类共同面对的威胁面前，国家已经名存实亡。

到了《三体Ⅲ》中，人类已完全生活在这个"人类命运共同体"中。不仅仅是政治意义上，文字也是如此，甚至人名都已经成为混杂。艾 AA，白 ICE 等人，都体现了中英混杂的特点，国家之间的差别已经几乎无存。虽然最后的掩体中似乎是按照地理区间进行划分的，但这样一种划分已经不再具有政治共同体的意义。在"三体"这个"他者"面前，人类之间的差别也就是微不足道了。面对"三体入侵"的威胁，整个人类的命运被凝结在了一起，宛如神话中的诺亚方舟向着共同的终点进发。

美国科幻小说或好莱坞电影的观众，对这种面对外星威胁，人类建构共同体的故事一定不会感到陌生。用美国科幻小说家詹姆斯·冈恩的话来说："科幻小说所涉及的事件，其重要性大大超过个人或社会的意义。在科幻小说中，往往是整个文明或整个种族处于危亡之中"，因此，人类"必须把自己看做一个种族，而不仅仅是一个部落，一个民族，或一个国家的国民。"[1] 以宇宙为背景来思考人类的困境、文明的命运，这才是科幻小说应有的格局。这种老桥段在某种意义上，也可将其理解为美式价值观——人权大于主权的再现，只是这样的场景出现在中国作家笔下，尤其是在一部以中国人为主角的中国文学作品中，却显得非比寻常。毕竟对于一直以感时忧国为天职的现代中国作家而言，国家想象是很难被超越的。

《三体》完整表达了刘慈欣对这一定义的认同。在《三体》的英文版后记中，刘慈欣指出："科幻是全人类的文学，它描述的是地球人共同关心的事情，因而科幻小说应该是最容易被不同国度的读者所共同理解的文学类型。总有一天，人类会像科幻小说中那样成为一个和谐的整体，而我相信，这一天的到来不用等到外星人出现。"[2] 而在接受记者访谈的时候，也一再指出："我希望美国读者看我的小说，首先因为它

---

1 詹姆斯·冈恩：《钻石透镜：从吉尔伽美什到威尔斯》（英文版序言），北京：北京大学出版社，2008，第1-2页。

2 刘慈欣：《童年的星空——〈三体〉英文版后记》，《读者》2016 年 15 期。

是科幻小说，然后再因为它是中国的科幻小说。"[1]

这种对"人类命运共同体"的认同，使得刘慈欣与全部中国现当代文学划清了界限。《三体》备受诟病的文学缺陷，即人物形象的单薄和粗糙导致的文学性的缺失，并非因为刘慈欣文学功力的匮乏，而是这种以"人类"为对象的科幻书写的共同特征。

"人物形象的塑造"之所以成为"文学"——准确地说是"现实主义文学"阅读与批评最重要的范畴，是因为"人物形象"承载着建构"想象的共同体"的重要功能。对于文学"典型"而言，血肉丰满、真实可感的人物形象之所以成为必不可少的要素，是因为只有通过"个人"的塑造与建构，建立在抽象的政治认同之上的"民族国家"才可能"道成肉身"。"个人"成为"民族国家"的镜像和投影，成为杰姆逊所谓的"第三世界的寓言"。正是基于"民族国家"与"个人"的这种互文性，当《三体》取消了"民族国家"的正当性之后，"个人"也就失去了确认自身的"他者"。正所谓"皮之不存毛将焉附"。与现实主义文学以历史主体的建构背道而驰，《三体》再现的是历史主体的溃散，连接"个人"与"想象的共同体"之间的通道"道德""人性""文明"均被一一关闭。与其庞大的宇宙叙事相比，无论是个体的人，还是"国家"都显得太过渺小，其失魂落魄也就无法避免。在生生不息的无垠宇宙中，自诩为"万物之灵"的人类其实与朝生暮死的"虫子"真没什么区别。在这一意义上，要求《三体》对人物形象精雕细刻，无异于缘木求鱼——你不能要求刘慈欣情深意长地书写"虫子"！

---

[1] 《黑暗森林将出修改版》，腾讯文化 2015 年 6 月 22 日。

二

　　《三体》不同于我们熟悉的小说，还因为《三体》的故事不仅仅发生在"时间"之中。而被文学读者熟悉的现代小说（Novel）恰恰就是一种"时间的艺术"——一种发生在"线性时间"中的叙事。伊恩·瓦特认为，正是现代小说的时间性，才把小说与传统散文叙事区分开来，同时这种时间性正是工业革命和欧洲资产阶级日益成熟的产物，现代人对个性解放和个人自由的诉求触发了现代小说形式的形成，使它有可能在差别细微的时间进程中呈现一个自主的个体——即如何以自己的"一生"来建构独特的主体性这一过程。笛福、理查逊和菲尔丁的作品，被瓦特当成了现代小说的起源。[1]伊恩·瓦特对现代小说的这种"时间性"的描述其实是西方小说理论界的共识。在卢卡奇的《小说理论》《心灵与形式》中，在巴赫金关于小说时空和成长教育小说的论文中，在"启悟"了本尼迪克特·安德森的民族国家思考的奥尔巴赫的《模仿论》中，都有对"时间"的本体意义的论述。巴赫金依据"时空型"理论把现代小说理解为一种时间艺术，由此将"成长小说"视为"现代小说"的起源。这里的"成长"指的就是建立在线性时间之上的"历史意识"的生长过程。[2]

　　《三体》的故事发生在"时间"之外——准确地说，是发生在现代性的核心范畴——"线性时间"之外。如果说，在讲述故事起源的《三体Ⅰ》中，故事还多多少少在现代史中"有迹可循"，但小说的叙述很快就脱离了三维空间，进入到更高的维度，最高时竟达到了十一维度——值得注意的是，这十一个维度并不包含时间维度。到了《三体Ⅱ》和《三体Ⅲ》，一茬又一茬的小说主人公完全脱离了我们熟悉的历史时空，穿行于"危机纪元""威慑纪元""广播纪元""掩体纪元"……如同天

1　伊恩·P·瓦特：《小说的兴起——笛福、理查逊、菲尔丁研究》，高原、董红钧译，北京：三联书店，1992。

2　钱中文主编：《巴赫金全集》（第五卷），白春林、顾亚铃译，石家庄：河北教育出版社，1998。

马行空，无际无涯。

《三体Ⅲ》开头是主角程心的回忆录，叙述者程心在一段简短自白中，把自己的讲述称为"时间之外的往事"，她说："这些文字本应该叫历史的，可笔者能依靠的，只有各自的记忆了，写出来缺乏历史的严谨。其实叫往事也不准确，因为那一切不是发生在过去，不是发生在现在，也不是发生在未来。"这是就程心的结局而言的。《三体》虽然给出了"纪年对照表"，但线性的时间在这个历史范畴里已经逐渐消隐，并最终失去效力，故事开始进入与现实平行的另类未来。程心等人进入小宇宙之中，脱离了大宇宙。这不仅仅是一种空间的脱离，事实上，在他们转入小宇宙之中时，他们也已经脱离了大宇宙的时间体系。以大宇宙为参照系，时间仍然在流逝，但是对于小宇宙的人而言时间却已经终止。线性时间的失效造成的后果是多重的。这里所谓的"往事"并不是今天之前的"往事"，而是从将来的角度回溯中的"往事"，这一"往事"发生在今天之后、地球毁灭——"将来"之前。时间在这里是以"今天—过去—将来"的逻辑演变的。这是一种在"今天"和"将来"两端游移的叙述，是一种立足于当下且以将来为起点，从将来的角度对当下展开的反思。当下意识、将来视角和反思立场的结合使得《三体》获得了我们熟悉的"文学"所不具备的维度。

在刘慈欣创立的小说时空结构关系上的"将来过去时"中，"人在时间上可以直立行走"。时间被撕扯、被拆解、被扭曲、被折叠，不再是不可撼动的因果相承的链条。与之而生的是巨大的荒谬感：失去线性时间的人类如何在失落的历史之中理解自我？为现代小说念兹在兹的"成长"在这里失去了方向，个人不再具有成为历史主体的潜能。时间的终点被作者定格在了公元 18906416 年——我们读到的是一串无意义的数字，它既代表永恒也代表虚无。从人体冷冻技术的应用开始，人类不再能够以出生年份序齿，遵循数千年的伦常遭到破坏；漂泊在太空的"蓝色空间"号和"万有引力"号向全宇宙广播三体星系坐标，地球和星舰分别进入了广播纪元和银河纪元；太阳系跌落二维后程心出逃，为了躲避扩散的死线而来到"时间开始后约170亿年"，随着三体故事的展开，原本处于同一线性时间上的过去、现在与未来不再向着同一方向延伸，具有方向感的时间之流被打乱了。《三体》故事开始在现在与未来的两端游移，对于叙述者而言，《三体》中的故事是已然发生的"往事"；而对于现代人类而言，则是他们所面临的未来。在线性时间中，未来宛如从时间的蚕茧中抽出的、无限绵延的丝线，它的无限性、不确定性也意味着任何乌托邦式的理想世界在未来都有创造与实现的可能，但《三体》中人类的未来又被预设下确定的结局。当"万有引力"号决绝地向宇宙发射出引力波，地球与三体世界的位置便暴露在了"黑暗森林"之中，三体世界走向毁灭后不久，一片从宇宙中某个遥远的位置飞来的二向箔吞噬了整个太阳系，地球文明与人类为了挽救它所作的种种努力都在三维空间向二维坍塌的过程中灰飞烟灭。"历史"走向了终结。在这一意义上，"地球往事"并非传统文学话语中建基于线性时间之上的历史，而是未来人类已经从线性历史中分离的一种群体"记忆"。当程心和关一帆穿越时间真空，"他们失去了时间感，代之以一种跨越感，在一切之外跨越一切的感觉"，在某种意义上，他们从大宇宙进入小宇宙的过程是对时间的逃离，主人公虽然侥幸从二维化的末日灾难中逃离，却置身于一个无时间的世界，生命的意义又将如何定义呢？

《三体》出现了人类进出四维空间的情形以及对宇宙维度变迁的讨论：宇宙起源于田园时代，也就是十一维空间，随后神级文明战争，维度不断下降，最终变成如今我们生活的三维空间。读者透过扭曲的时间看到了曾长期被线性时间所覆盖和遮蔽的生命的真相，它所招致人类的结局正如《三体Ⅲ》的书名所告诉我们的：生机寂灭，死神永生。这一结局使得宇宙的真相在最后一刻谜底揭晓之时爆发出震撼人心的力量——在黑暗森林的生存法则之下，维度攻击是终极武器，高等文明通过不断降维打击的方式摧毁其他文明，并通过自己率先降低维度的方式自保，最终使得宇宙从高维不断坍缩，成为一个奇点并再次爆炸，将一切归零。

在《地球往事》的尾声，叶文洁站在雷达峰的顶端，在西方的天际，正在云海中下沉的夕阳仿佛被融化了，太阳的血在云海和天空中弥漫开来，映现出一大片壮丽的血红。"这是人类的落日……"叶文洁轻轻地说。当太阳跌落至二维平面时，"太阳真的在融化，把它的血铺展在二维平面中，这是最后一次日落。"叶文洁看见的日落也就是这般，"三维太阳就在这血色火海的中央缓缓沉下去"。

在科幻小说中经常出现的这种时间的多维性及其混杂，使得科幻小说与人们熟悉的现实主义小说具有完全不同的认识论基础。一维数轴，二维平面，三维立体，这是我们初中学的常识，作为三维生物的人类，活在四维空间里。《三体》的故事首先在我们生存的地球上的三维空间的线性历史时间中展开，跨度从公元 1453 年一直到公元18906416 年，《三体》中的三维空间只是宇宙十一个维度中的一个而已，人们在不同的时间维度中穿梭，人类可以通过冬眠技术去往未来世界，而宇宙中存在许多可以在时间中穿梭的智慧文明。多维时空类似于科学家研究的梦境，许多学者在这一领域留下过足迹，譬如弗洛伊德将文学艺术视为艺术家的白日梦，有学者认为梦境只是人的大脑皮层的活动，并非真实存在，更有科学家将梦境视为四维空间的入口。一般情况下我们是不知道自己在做梦的，只有醒了之后才意识到刚刚做了梦。但是当你觉得自己醒过来的时候，就真的是醒来了吗？好莱坞电影《盗梦空间》就提出了这样一个问题：我们醒来之后所面对的现实世界会不会也是一个梦境呢？

如果说《三体》对现实主义文学的超越，首先体现于对"民族国家"这一现代小说的政治形式的超越，那么，对"线性时间"的超越，对《三体》这样的科幻小说，就具有更为本质的意义。"民族国家"是历史意识的载体，用杜赞奇的话来说，"从民族国家进入历史"。对中国这样"被现代"的非西方国家而言，进入现代的唯一途径，就是将自己变成"民族国家"。而要变成"民族国家"，就必须首先接受建立在线性时间观之上的启蒙历史观。线性历史，这个起源于西方宗教传说的历史意识，随着西方全球化的进程，成为现代世界牢不可破的信仰。以耶稣基督的降生为标志，时间被划分为公元前与公元后，在这个意义上过去、现在与未来被视作一条不可逆的时间线上的流逝，这个故事是西方线性时间观念的起源。在线性的时间维度上，时间所指向的未来包含着无限可能，文明由落后向先进的发展、历史主体的生成都是在向未来不断延伸的线性时间中发生的。时间是道德、爱、责任、文明这些所有"人性"的基石。也就是说，这些元素只有在时间中才是有效的，一旦时间不在，所有的一切都将土崩瓦解。

与"现代主义"致力通过"暗示""隐喻""象征""通感""意识流"等艺术手法恢复"时间"的"空间性"以再现"生命"的多维性不同，《三体》将地球这一三维空间中的线性时间直接抛掷到宇宙的多维空间之中，"多维"变成了比线性时间更真实的"超真实"（Hyperreality）。文学关系中最重要的关系——"文学"与"现实"的关系被改写了。科幻写作的故事不再在"时间"中展开，超时间的世界必然是一个"超现实"的世界。我们已经无法在原有的时空关系中理解小说的能指与现实的关系。"现实主义"的阅读方式在这里已经完全无效。——我们无法将《三体》的具体情节和人物解读为历史或现实事件、人物的简单影射。在《三体》这样的科幻写作中，地球上的现实人生被这个超现实照亮，文学不再是对"现实"的再现或表达，而是相反，现实变成对这种"超真实"的隐喻再现。"文学"变成了《红楼梦》里的风月宝鉴。在这里，"隐喻"不仅仅是修辞术，不是碎片，而是"现实"本身，是比我们看到的"现实"更为"真实"的"超真实"。我们置身的"现实"不过是这种超真实的投影和幻象。这种革命性的体验，是包括"现代主义文学"在内的所有"文学"所无法提供的全新经验。

当我们意识到从前用于理解现实的时间只是一个时间的维度，当时间的维度被打开，"在时间中理解"转变为"从空间理解"——这个空间，甚至并不是我们习惯的"三维空间"，我们又将如何理解我们熟悉的"文学"的意义呢？

三

文学读者在阅读《三体》时产生的不适感，在相当大的意义上，是在《三体》中遭遇了"人之死"。就"文学是人学"的意义而言，"人之死"必然意味着"文学"之死。

现代人道主义、人本主义、人文主义的思想基础都是人为万物之灵。文艺复兴强调人的价值，为资本主义的萌芽和发展奠定了基础。在破除了神学和宗教的束缚之后，"人"的地位得到了空前的提升和承认，人类获得了关于自身的强大自信，人类是万物的灵长和宇宙的精华，"人"从手段变成了目的。所谓的"人性"其实就是"人"的自我定义，其对立面——"他者"就是所谓的"兽性"。什么东西构成了人性呢？譬如人的道德、责任、爱与信仰，及其构成的"文明"，在《三体》中，我们目睹了这些元素被一一拆解。

《三体》去道德化的书写首先体现在人物的刻画上。叶文洁是《三体》第一部的主人公，其实也可以说是整个《三体》三部曲的主人公，因为她是整个地球的三体危机的始作俑者，是她改变了整个人类的命运。可以说是因为她的背叛，导致了整个人类的毁灭。叶文洁走上这条不归路与她的个人经历有关。"文革"中，叶文洁父亲惨死、母亲疯癫，重新给她温暖的记者白沐霖为自保而陷害她，热情和蔼的程代表因为没能成功哄骗她揭发父亲就立刻翻脸。这一切荒谬都在红岸基地的寂静中沉淀进她内心深处，但寂静背后仍是恐怖，雷政委的欺骗与利用，使她再度濒临绝境。种种痛苦的经历和记忆，导致了她将政治等同于虚伪和谎言。在这种对人类极深的失望或恨意的驱使下，叶文洁向"三体"这个未知的外星文明寻求拯救，她发出了邀请的电波："人类文明已经无法解决自身的问题。"最终酿成了人类文明的毁灭性危机，成为全人类的罪人。叶文洁因此被戴上了"反人类""反道德"的标签。与传统文学作品中的道德败坏者不同，叶文洁对道德的背叛最为彻底，因为她背叛了整个人类。以叶文洁为精神领袖的地球三体组织 ETO（Earth-Trisolaris Organization）一直以"借助外来力量拯救腐朽的人类社会"为最高宗旨，莫不是因为对人类道德的绝望而转向三体的降临或拯救，最终摧毁人类的正是人类自以为傲的"道德"。

《三体》的所有人物都是刘慈欣解构人性的媒介。可以与叶文洁媲美的还有《三体》第三部的主人公程心。这个柔弱的女性，被命运一次次推到其力所不能及的位置——替人类抉择命运。程心善良、怜悯、博爱，她热爱这个世界，热爱人类文明，哪怕为此牺牲自己也在所不辞，这个集人性中的一切正面特质于一身，可以说是当代社会人性与道德的典范与最高体现的人物，却数次作出错误的抉择，不仅没有能够保护人类，反而将人类推向毁灭的深渊，而促成她失败的原因恰恰是她内心的爱与善。人类生存下去的希望之火，一次又一次被掐灭在她圣母般的光辉中。在宇宙这一"黑暗森林"中，生存是唯一的目的，"爱"与"道德"不仅不能拯救人类，而且是死神的毒药。对于程心这个人物，刘慈欣曾在一个访谈里给出这样的评价："她其实很自私，但这种自私和普通的自私不一样，因为她自己觉察不到。遵循道德的人其实很自私，因为他们除了道德和良心什么都不管，程心恰恰就是一个这样的人……"

刘慈欣提出"牺牲良心"，并直斥"良心"源于"自私"，主张"超人"。对"良心"的质疑古已有之，毕竟"道德"是分层次的。比如中国古人追求的"修身齐家治国平天下"这四种境界中，"良心"的限度有目共睹——但很少会有人要求"牺牲良心"，人们努力的方向常常是平衡不同层面的良心。可见《三体》中的"牺牲良心"不是一个道德范畴，而是一个政治范畴——刘慈欣其实是通过"人类"这个历史主体的责任和政治行为，把道德降格为一个次级的目标。

在某种意义上，让三体文明从半人马座星出发的，是被人性野蛮一路逼上绝路的叶文洁；但让三体人真正降临地球的，却是被人性文明一路簇拥着走上神坛的程心。两个故事的互文性似乎表明，给人类带来悲剧的不是人性之恶，而是人性本身。或者更准确的，借用作者本人两次在书中所写，"弱小和无知，不是生存的障碍，傲慢才是"。这里所谓的"傲慢"，其实就是"人本主义"，也就是人对自身的定义，也是我们熟悉的人道主义文学的基石。自从文学告别了史诗进入雅思贝尔斯说的"轴心时代"，文学就是良知和道德律的守护神。刘慈欣将科幻理解为一种反道德的文类，宣称"道德的尽头才是科幻的开始"[1]，认为走不出道德，就走不出人类的视域。这一理念，对文学而言，无疑是致命一击。

叶文洁求助于外星人，与人类在困厄中求助于上帝，功能是一样的。只要我们不放弃，或回归爱与责任，我们终将在最后的审判日获得拯救。无论是"仁慈的天父"，还是"西天如来"或"救苦救难观世音菩萨"，所有宗教功能都是为现世的苦难提供救赎。每种宗教总会设置一个"主"，上帝——这一西方宗教之"主"的功能是让人类看到一个彼岸世界，让人类审视自己。叶文洁称呼三体文明为"主"，她和所有地球三体组织的成员一样，呼唤和期待拯救者的到来，却不料等来的是视人类为"虫子"的三体侵略军，他们没想到"上帝"会有朝一日提刀来见！我们总是把超自然的力量想象成"神"，很少有人想到——或愿意想到这个"神"，这个"上帝"完全有可能是"兽"！如果"上帝"——外星人不是"神"而是"兽"，人类又如何能够指望获得救赎？《三体》的"黑暗森林理论"彻底否定了人类向彼岸世界寻找救赎的可能。"神"不在，"人"怎么办？或许正如《国际歌》里唱的："从来就没有什么救世主，也不靠神仙皇帝。"《三体》宣告了上帝的幻灭，也昭示了生命的真相。《三体》通过"神之死"讲述的，仍然是"人之死"这一寓言。

1　《刘慈欣访谈：道德的尽头就是科幻的开始》，《南方都市报》2008 年 9 月 1 日。

四

　　"道德"与"信仰"的终结意味着"文明"的终结。在某种意义上，"文明"是"人类"的同义词。"人类"是因为拥有了"文明"才与动物不同的。人是文明的载体。刘慈欣在《三体Ⅱ》中向我们描绘了一个黑暗森林："宇宙就是一座黑暗森林，每个文明都是带枪的猎人，像幽灵般潜行于林间，轻轻拨开挡路的树枝，竭力不让脚步发出一点儿声音，连呼吸都必须小心翼翼：他必须小心，因为林中到处都有与他一样潜行的猎人，如果他发现了别的生命，能做的只有一件事：开枪消灭之。在这片森林中，他人就是地狱，就是永恒的威胁，任何暴露自己存在的生命都将很快被消灭，这就是宇宙文明的图景。"这个所谓的"黑暗森林理论"并非刘慈欣新创，因为它实际上是地球曾经经历的"丛林法则"的再现。所谓的"丛林"也就是原始状态的人类生活，一直被视为"文明"的前史。从达尔文的丛林法则——在资源有限的丛林中，所有个体都遵循着物竞天择，适者生存，弱肉强食，优胜劣汰的规则，到霍布斯人类社会丛林——在原始状态下，每个人的生活都是"贫穷、孤独、肮脏、残忍和短命的"，没有道德，没有怜悯，没有互助，有的只是冷冰冰的食物链，所有人都不关心别人，所有人都不惜牺牲别人以让自己生存，再到以民族国家为主体的现代社会丛林——每个国家都视其他国家为自己生存的威胁，只有将对方消灭，才能确保自己生存下去，都在描述人类在"自然"状态下的生存处境。但从自然界的"丛林"到"人类社会"，情况发生了巨大的改变，那就是作为高等智慧生物的人类，为了摆脱孤独与弱小无助的状态，保障自己的安全，通过契约的方式把自己的权力部分让渡给共同体的首领——主要是"君主"以获得保护，这就是"社会契约论"。在后来，民族国家确立为现代政治主体之后，通过不断的战争，最终仍然通过契约的方式把自己的部分权力让渡给以联合国为代表的国际组织以获得公平正义，通过这些方式，摆脱了自然状态的人类，得以进入"文明"。

"文明"使人类成为一个享有共同价值的整体，尤其是面对共同威胁的时候，"文明"让人类得以战胜"野蛮"。

但这种人类的"文明"在《三体》中完全失效，《三体》故事集中描述的正是这种"文明"的溃散。面对"三体"的入侵，天真的人类一直相信"兄弟齐心，其利断金"，相信即使是"虫子"，只要团结起来，也会有改变命运的力量。相信"人定胜天"，因为我们拥有"文明"，因而拥有战胜"野蛮"的力量。于是，人类反抗三体暴政的联合舰队出航了。"舰队体开始加速，但阵列丝毫不乱，这堵太阳的巨墙以雷霆万钧的气势向太空深处庄严推进，向整个宇宙昭示着人类的尊严和不可战胜的力量。两个世纪前被三体舰队出发的影像所压抑的人类精神，终于得到了彻底的解放。这一时刻，银河系的星海默默地收敛了自己的光芒，大写的'人'与上帝合为一体，傲然独步于宇宙间。"几乎全人类都对这一场景发出如同面对上帝般的狂欢，在这场人类的光荣盛典面前，多少还保持一点冷静的罗辑和大史显得卑琐和无情。紧接着，狂欢的泡影迅速坍塌，水滴对联合舰队的灭绝让世界噤声，人类的反抗灰飞烟灭。

尽管依靠"面壁者"罗辑的突发奇想——一场豪赌，帮助人类暂时躲过了灭绝，但这只是苟延残喘，人类最终无法逃离最后的覆灭。整个地球的毁灭，伟大的人类文明的倾覆，完全没有我们想象期待的悲壮。地球文明完全不可解的三体问题被毁灭其母星的光粒干净利落地彻底解决了，而针对地球文明这个特殊的"弹星者"，"歌者"启用了看起来像一块二维薄膜的晶莹剔透的透明纸片状的"二向箔"。

　　他突然想到清理弹星者是不能用质量点的，这个星系的结构与前面已死的那个星系不同，有死角，用质量点可能清理不干净，甚至白费力气，这要用二向箔才行。可是歌者没有从仓库里取二向箔的权限，要向长老申请。

　　"我需要一块二向箔，清理用。"歌者对长老说。

“给。”

《三体Ⅲ》中描述地球灭亡的文字合计只有107字。人类的拼死斗争，值五个字：“他突然想到”，人类的技术手段，值三个字：“有死角”，人类的命运裁决，值一个字：“给”。自文艺复兴以后经过代又一代“浮士德”的艰难跋涉，一步一步登上思想、知识与科学巅峰的人类的谢幕，竟是如此短暂和平静，如此讽刺而悲壮。在这一猝不及防的覆灭面前，所有人类，包括程心，包括万有引力号船员，甚至包括智力远在人类之上的三体人，每一个站立于“文明”巅峰的主体，都在运用所有的智慧算计与安排，殊不知在真正的神级文明眼中，只是“对他们的存在感到恶心和羞耻”，更不屑于“知道他们的历史和生存状况”。“清理”这些连“虫子”都不如的生物，如同清理一小块垃圾，只需要随手做一次“3-1=2”的减法！这是何等简洁的公式美！只有从命运共同体角度，我们才能理解章北海最后为什么说“没关系的，都一样”；而那些在打击警报来临之时，全然不顾他人死活，在人群中直接启动核发动机开始逃亡的人们，与一群虫子又真有什么差异呢？！

对普通读者来说，恐怕最让人心惊肉跳的，还不是毁灭地球的“歌者”的“冷血”，而是刘慈欣的“冷静”乃至“冷血”。刘慈欣之所以如此“冷血”，恰恰是他试图以此摧毁人类的“超级自恋”。在刘慈欣眼中，文明是虚假的，野蛮才是这个世界的真相。如果一定要在“文学”的框架中理解科幻小说，那么，表现野蛮的科幻才是真正的“现实主义”作品。与科幻相比，传统的文学用来表现人类的自恋，是“瞒”和“骗”的文艺。

甚至与很多的科幻小说不同，《三体》没有表现人类文明的最终胜利或重生。《三体》的结局，一切文明间的猜忌、斗争都停止了，文明间所有的差别也都走向了消解，因为所有在时间之中的文明都已经灭亡，宇宙回归到了一体的原点。《三体》以地球的覆灭作结，但这只是一个事件。在这之前，刘慈欣其实已经完成了对"人"的屠杀。他靠呈现人的悖论来呈现人类思想与知识的局限。这种方法其实是对人本主义的釜底抽薪。但我们真有理由依照过去评价文学的伦理尺度与价值标准去判断《三体》所表现的这种"伦理缺失"吗？

在"文学原教旨主义"眼中，刘慈欣的《三体》绝对不是一部好作品，但如果这位读者同时又是一位当代西方哲学的爱好者——譬如一位福柯、拉康、齐泽克的粉丝，感受大约会迥然不同。恰如福柯指出的：20世纪是一个非人的时代。在《三体》中读到虚张声势的人类联合舰队被一颗水滴秒杀的瞬间，面对伟大的地球乃至更为伟大的太阳系在一张二向箔面前灰飞烟灭的刹那，很多人可能不知道这其实是福柯早就描述过的情景："人，行将消失，'扑哧'一声无影无踪，就像衬衫上的皱褶被熨斗烫去一样！"[1] 福柯最重要的著作《词与物》曾以此作结："关于'人'的标准理想很快就会被抹去，恰似一张埋在海边砂砾里的面孔。"[2]

刘慈欣《三体》的意义，完全可以——而且应该在一个比"文学"更深广的时空加以讨论。不过，那已经是本文之外的话题了。对于本文论述的"文学"而言，尽管在刘慈欣本人的眼中，"文学"并不是一种适合表达科幻的文类。或者说，"文学"只是他表达科幻思想的一个中介而已，这大约也是刘慈欣在完成《三体》之后放弃科幻小说写作的原因。然而，科幻能否找到表达自己独特世界观的艺术形式，既取决于这些科幻作家的努力与机缘，取决于被刘慈欣寄予厚望的"多媒体"的创新与发展，同样，也取决于"文学"的自省与回应。

原载《当代文坛》2020年第2期

1　詹姆斯·米勒：《福柯的生死爱欲》，高毅译，上海：上海人民出版社，2003，第196页。

2　米歇尔·福柯：《词与物》，莫伟明译，上海：上海三联书店，2016，第392页。

《三体》中的"朴素主义社会"与 "最初的人"

闫作雷

　　《三体》中的人类未来社会，其实是当下某些人宣称的终结了历史的社会的延伸，然而在宇宙文明之战中，这个"美丽新世界"的文明法则成为人类生存延续的障碍。《三体》通过设置地球与三体世界的生死战，直达人类"最后的社会"。在自然状态的宇宙中，"最后的社会"中的"最后的人"如何应对这场生存危机？基于此，《三体》从宇宙视角审视人类文明，揭示现代性弊病的同时，试图超克"最后的社会""最后的人"。

　　"地球往事"三部曲设想的"最后的社会"，具有宫崎市定所谓的"文明主义社会"的特征，它导致了一种烂熟的文明病。在与三体世界的对比中，在对人类"最后之觉悟"的描绘中，《三体》勾勒了一个"朴素主义社会"的轮廓，以及"睁眼看宇宙"、具有强烈斗争意志的"最初的人"的形象。引入"朴素主义"，不是使其与"文明主义"截然对立，而是带来反思"现代社会"的契机。

一、科技与道德

《三体》要上演这出社会实验的戏剧，必须跳出人类文明自身的经验。只有将人类的"文明主义社会"置于自然状态的宇宙中，才能在危机时刻暴露人类文明的弱点，让"最后的社会""最后的人"的局限一览无余。而要做到这一切，必须先破除普遍主义的宇宙道德观，因为一个可以结束自然状态的人道主义宇宙，仍不过是人类文明自我想象的延伸。

《三体》是从叶文洁的故事开始的，但若仅从她的遭遇来看，类似故事在新时期初期的科幻中已有不少。比如《三体》后记中提到的《月光岛》。读过《月光岛》会发现，两部小说女主人公的经历几乎完全一样。《月光岛》的故事同样发生在 1960 年代末。主人公孟薇是一位大学教授的女儿，父亲被诬为间谍隔离审查，母亲因此心脏病发作去世，她本人也被考上的大学拒收，无奈之下跳海轻生；后被梅生救活并与之相恋，但却因家庭背景连累了梅生。小说最后，绝望的女主人公跟着月光岛上的外星人，"自由的天狼星人"，离开地球飞往天狼星。与叶文洁一样，与外星人的接触使孟薇获得了从地球之外审视人类、人性的视角，她深深同意天狼星人对地球人的评价："在我们看来，地球人还未最终脱离动物的状态，野蛮！自私！褊狭！虚伪！怯懦！残暴！粗野！"在离别之际，孟薇已认同天狼星人的道德和价值观，并在精神上将自己作为天狼星的一员，在给梅生的永别信中写道：我将永远"离开你们的地球，到那个遥远的星球上去"。

发表于 1980 年的《月光岛》[1] 提供的通过对外星人的想象和向往来摆脱人类危机、治愈同类人施予的伤痛的尝试，在当时其他科幻中也能找到。比如一篇小说写地球不再适宜居住，人类的太空飞船在茫茫宇宙中找到一颗存在智慧文明的玛雅星，这颗星球科技发达，没有压迫、剥

1　金涛：《月光岛》，《科学时代》1980 年第 1-2 期。

削和不幸，"到处是繁荣昌盛的景象"。当地球使者向玛雅王表达移民的想法时，得到的回答居然是："没问题，没问题！这事包在我身上！"[1]另一篇小说写遥远的 SZ1350 星球人极富同情心，专门派 UFO 来地球搭救那些陷入绝境之人。SZ1350 星球人仿佛救世主、正义之神。[2]确实，如刘慈欣所说，新时期初期的科幻小说，"外星人都以慈眉善目的形象出现，以天父般的仁慈和宽容，指引着人类这群迷途的羔羊。金涛的《月光岛》中，外星人抚慰着人类受伤的心灵"[3]。

今天已很容易发现这些科幻中的文化政治寓言。外星人通常以金发碧眼的西方人形象出现，"飞离地球"无不是离开中国、移民到更"先进"文明的隐喻。在冷战松动的背景下，新时期初期的人道主义思潮、人性论从地球扩展到了全宇宙。而当充斥丛林法则的市场经济到来时，这一美好想象只能土崩瓦解，1980 年代言情小说中的"白莲花"纷纷让位给新世纪之后的"黑莲花"[4]。《三体》中的黑暗森林法则也正是这个新时代现实的折射。

叶文洁的故事在《月光岛》中已初露端倪，孟薇再向前走一步就是叶文洁。然而，刘慈欣并不是要重复书写"伤痕科幻"的故事，相反，正是要与《月光岛》等科幻小说对话。《三体》通过反思叶文洁的思想和选择，打破宇宙人道主义的幻想，发出"刘慈欣之问"："如果存在外星文明，那么宇宙中有共同的道德准则吗？往小处说，这是科幻迷很感兴趣的一个问题；往大处说，它可能关乎人类文明的生死存亡。"[5]进而重审科技与道德的关系。事实上，支撑新时期宇宙共同道德观念的另一个重要想法，是一个文明的道德水平与其科技发展程度成正比。

1　吴狄：《飞向玛雅星》，《科学文艺》1982 年第 2 期。

2　潘洪君、张会群：《归来兮》，《科学时代》1981 年第 3 期。

3　刘慈欣：《后记》，《三体》，重庆：重庆出版社，2008，第 300 页。

4　王玉玊：《从〈渴望〉到《甄環传》：走出"白莲花"时代》，《南方文坛》2015 年第 5 期。

5　同注 3。

刘慈欣打碎普遍主义宇宙道德观的起点，即是展现叶文洁思想行为的可怕后果。叶文洁对人类彻底绝望的原因是"文革"伤痛、黑暗人性及生态灾难。值得注意的是，叶文洁回复三体人并邀请其占领地球的时间是 1979 年，此时叶哲泰已获平反，她本人也即将回清华大学教书，但她"拒绝忘却"，继续用"理性的目光"审视"那些伤害了她的疯狂和偏执"[1]，她要三个已沦落到社会底层的前红卫兵忏悔道歉，不接受她们借用的电影《枫》的解释。恰恰在这个"人性复归"时刻，她精心策划谋杀了"红岸"政委雷志成，而且不惜让她无辜的丈夫一起陪葬，这与她母亲背叛叶哲泰没多大区别；她关于人类文明需外力介入的执念，与她妹妹叶文雪对理想主义的坚守也大同小异。说到底，叶文洁仍是一个理想主义者[2]，她的精神结构是那个时代形塑的，"需要将自己的才华贡献给一个伟大的目标"[3]。意志顽强、科技发达的三体世界的出现，对于她，仿佛意义失落的"潘晓"一下子找到了替代性的价值目标。"冷静、毫不动感情地做了（指杀害雷志成与杨卫宁）。我找到了能够为之献身的事业，付出的代价，不管是自己的还是别人的，都不在乎。"[4]那些"别人"中也包括让她感受到温暖的人们，如她生杨冬时照料她的齐家屯的朴实百姓。这同样也是一种"疯狂和偏执"。受到失去"人性"伤害的叶文洁，变本加厉地照搬了曾伤害过她的那些行为方式。

叶文洁对三体人幻想的自然延伸即是人权高于主权。"三体"游戏玩家聚会，讨论的重要话题就是人类社会的主权与人权问题，如果赞同西班牙殖民者介入"黑暗的"阿兹特克帝国，就会被地球三体组织（ETO）接纳为同志。这是 ETO 成员的基本共识。但反讽的是，作为精神领袖的叶文洁根本无法管控组织的分裂，拯救派和降临派复制了"文革"时期红卫兵组织的发展逻辑，出现了严重的分歧和斗争。

1　刘慈欣：《三体》，第 200 页。

2　吴飞：《生命的深度：〈三体〉的哲学解读》，北京：三联书店，2019，第 40 页。

3　同注 1，第 201 页。

4　同上，第 216 页。

降临派对拯救派一些成员进行肉体消灭，为了迎接三体人主持的最后审判，其下设的"环境分支"专门制造"环境灾难"，"生物和医疗分支"专门制造"滥用抗菌素灾难"[1]，至此已完全背离环保主义和"物种共产主义"的初衷。即使温和一些的叶文洁，也同样相信宇宙正义和普遍的宇宙道德，相信三体世界的人道主义光辉将照亮地球的黑暗，拯救人类于水火。在她那里，科学意味着德行，科技并非中立的"事实"，而是一套价值观念：

> 审问者：你为什么对其（三体人）抱有那样的期望，认为它们能够改造和完善人类社会呢？
>
> 叶文洁：如果他们能够跨越星际来到我们的世界，说明他们的科学已经发展到相当的高度，一个科学如此昌明的社会，必然拥有更高的文明和道德水准。
>
> 审问者：你认为这个结论本身科学吗？
>
> 叶文洁：……[2]

作为"事实"的科学同时也是"价值"之源，这个观念并不新鲜，它在近代科学诞生时期的思想家和现代落后国家的人们那里非常常见。培根设想的科学乌托邦"本色列"的终极目的是在全世界收集、传播科学之"光"，其科学庙"所罗门之宫"的规章仪式类似于宗教，在这里，发明家享有圣徒的荣誉，科学促进繁荣，也是德行之基。[3]圣西门主张未来社会应建立以万有引力为基础的科学宗教[4]，以牛顿代替耶稣行使上帝的精神权力，让牛顿"教导和命令一切行星上的居

1　刘慈欣：《三体》，第184-185页。

2　同上，第260-261页。

3　弗·培根：《新大西岛》，北京：商务印书馆，1959，第35-37页。

4　圣西门：《论万有引力》，《圣西门选集》上卷，北京：商务印书馆，1962。

民"，同时以"牛顿协会"代替罗马教廷[1]。1920年代发生在中国的"科玄之争"中的科学派，比如吴稚晖、唐钺等，皆认为科学可提升人类公德[2]，产生"大我"，导向"人类大公"[3]，这些看法都或隐或显将科学昌明程度与社会道德水平相联系。

与继承了上述观念的新时期科幻相比，"地球往事"三部曲展现了一个零道德的宇宙，科技与文明体的道德不存在正比例关系。叶文洁最终对宇宙中科技与道德的关系有了全新领悟，并在女儿墓前把宇宙社会学公理告诉了罗辑。叶文洁的很多观念来自新时期，但在最后一刻，叶文洁超越了孟薇，超越了自我，甚至超越了1980年代。另外，《三体》对ETO成员的年龄有过一次说明，ETO成员主要是中老年社会精英，年轻人非常少。[4]或许，在丛林社会中野蛮生长起来的年轻人，有着拒斥童话般宇宙人道主义的潜意识。[5]出生于1980年前后的罗辑，这个公元世纪的年轻人，一个学术混混，即将开启其"明心见性"（吴飞的用语）的未来之旅。

二、朴素与文明

三体世界对地球的入侵，终结了普遍主义的宇宙道德观。地球被置于宇宙的黑暗森林中，一个不可能摆脱自然状态的丛林。人类"最后的社会"中的"最后的人"被迫迎接末日之战，与三体世界对决。

面对整个文明的生死存亡，人类应该采取什么样的社会形态以整

1　圣西门：《一个日内瓦居民给当代人的信》，《圣西门选集》上卷，北京：商务印书馆，1962。

2　吴稚晖：《一个新信仰的宇宙观及人生观》，张君劢、丁文江等著：《科学与人生观》，山东：山东人民出版社，1997。

3　唐钺：《科学与德行》，《科学》1917年第3卷第4期。

4　刘慈欣：《三体》，第168页。

5　陈颀注意到汪淼、叶文洁对待科学与文明关系的不同态度，与他们所处时代有关。作为年轻一代的科学家，汪淼没有"文革"伤痛，没有"河殇"情结，会不自觉认同、捍卫自己的时代和文明。陈颀：《文明冲突与文化自觉——〈三体〉的科幻与现实》，《文艺理论研究》2016年第1期。

体应对危机，个人应葆有怎样的精神状态，以及怎样处理个人与集体、民主与集中的关系，应该是首要议题，毕竟地球处于紧急状态。《三体》第一、二部也曾涉及对人类未来社会形态的想象。比如 ETO 成员潘寒基于环保理念和"温和技术"，设想并付诸实践的"新农业社会"——"中华田园"。但随着 ETO 被剿灭，该社团不复存在。再如雷迪亚兹为对抗资本主义，并吸取社会主义社会的教训，在委内瑞拉建立的"二十一世纪社会主义"，"南美洲各个国家纷纷仿效，一时间，社会主义在南美已呈燎原之势"[1]。"二十一世纪社会主义"，从《三体》对未来社会的设定看，应消失于"大低谷"之后。同时，小说悬置了中国的社会形态在未来几百年中的潜在可能。而危机初期的"技术公有化运动"惨遭失败，"它使人们认识到，即使在毁灭性的三体危机面前，人类大同仍是一个遥远的梦想"[2]。"战时经济大转型"产生了带有军事色彩的社会，导致了"大低谷"。这样，刘慈欣便堵死了人类未来社会形态多元化的可能，只保留了唯一一种社会形态。

此社会形态即"高度民主文明的高福利社会"[3]。自"大低谷"结束到掩体纪元 300 多年，人类生活在这样一个"文明主义社会"中，文艺复兴、启蒙运动提倡的人文主义原则得到彻底实行。这个历史终结处的人类社会，崛起于危机纪元后期，鼎盛于威慑纪元，衰落于掩体纪元。危机纪元后期的信条是"给岁月以文明，而不是给文明以岁月"[4]。这个基于私有制的"美丽新世界"曾一度让罗辑"泪流满面"，但在末日战役中证明不过是不堪一击的花瓶。"威慑纪元弥漫着自由和懒散的享乐主义"[5]，"文明主义社会"发展到极致，"爱"是这个社会最可贵的品质。文艺的美学风格是"一种从未有过的温馨的宁静

1　刘慈欣：《三体Ⅱ·黑暗森林》，重庆：重庆出版社，2008，第 84 页。

2　同上，第 31 页。

3　刘慈欣：《三体Ⅲ·死神永生》，重庆：重庆出版社，2010，第 217 页。

4　同注 1，第 309 页。

5　同注 3，第 238 页。

和乐观"，批判性、革命性艺术消失得无影无踪。[1]《三体》以公元男人的视角，称其为没有"男人"的女性化时代。

作为人类社会的对比，小说也写到与地球文明接触后，三体世界发生的变化。总体来说，三体世界更具历史连续性。以地球时间算，三体世界从收到地球信息的1975年到被光子摧毁的2275年（广播纪元5年），300年间经历了两个阶段：威慑纪元之前的"高科技＋专制社会＋本土文化"阶段，之后的因与地球和平交往而产生的"高科技＋不明社会形态＋混合文化"阶段。在这个过程中，思想透明的三体人学会了地球人的欺骗和计谋。人类社会面对危机制订了令人眼花缭乱的各种计划，而学会了地球人谋略的三体人的计划，小说并未正面描写。《三体》的基本设定是：地球人惧怕三体世界的高科技，三体人则惧怕人类文化。人类一直有一种文化优越感，三体世界对地球"人文主义"这个最可怕的武器，一直是防范的。三体人认识到，"文明主义"可以瓦解三体，但同样可以摧毁人类自身，依据这个认识，三体世界实际上也制订了针对地球"文明主义社会"的计划。于是，"朴素主义"与"文明主义"的竞争在两大文明间展开。

最明显的莫过于三体世界的"反射文化"计划。1379号监听员对地球文明的向往，让三体的"宣传执政官"意识到，"地球文明在三体世界是很有杀伤力的，对我们的人民来说，那是来自天堂的圣乐。地球人的人文思想会使很多三体人走上精神歧途"[2]，所以三体元首制定了严格限制地球信息流入的政策。值得注意的是，地球文明对于三体高层和曾经的三体人来说并无新意，因为自由民主的文明主义社会在三体世界也曾存在过："你向往的那种文明在三体世界也存在过，它们有过民主自由的社会，也留下了丰富的文化遗产，你能看到的只是极小一部分，大部分都被封存禁阅了。"[3]因这种文明在宇宙中的脆

---

1 刘慈欣：《三体Ⅲ·死神永生》，第102-103页。

2 刘慈欣：《三体》，第282页。

3 同上，第268页。

弱性，三体世界摒弃了这一社会形态。所以对三体人来说，如果想要这种社会，无须自外输入，只需将自身封存的遗产敞开就可以了。

因此可以肯定，威慑纪元时代，三体世界接受地球文化有一定的欺骗性；反向输入到地球的"反射文化"（三体人依据人文主义原则创作的文艺作品）正是三体宣传部门的计谋，目的是麻痹地球人，而他们自己对这种文化一直是有保留的。三体世界确实接纳了部分人类价值观，思想自由促进了科学进步。这或许是真的，但至于说三体世界向地球通报，三体社会形态发生了巨变，半个世纪中爆发了多次革命，其政治体制和社会结构与地球越来越相似，基本可以判定是为了迷惑人类。

首先，如果三体也变成了地球上那个丧失战争意志、没有"男人"、弥漫着"爱"和人道主义的文明主义社会，就决不会在程心接任执剑人时突然攻击地球，如果两个社会已经高度相似，执剑人也没必要存在，和平就会降临（程心就是这样认为的），但事实证明，六个水滴一直随时待命，攻击—占领—灭绝三部曲，是三体人蓄谋已久的计划。其次，如果三体已高度民主，是否攻击地球，应该由三体人集体投票决定，但显然在那关键时刻，攻击命令是三体元首直接下达的。三体世界有过因"文明主义社会"毁灭的教训，不会毫无反思地接受地球文化。最后，真实的三体文化究竟什么样子，人类其实不得而知，"三体世界本身仍然笼罩在神秘的面纱中，几乎没有任何关于那个世界的细节被传送过来。三体人认为，自己粗陋的本土文化现在还不值得展示给人类"[1]，而"粗陋的本土文化"对三体人来说才是重要的，才是需要隐藏的，他们清楚，输入地球的"反射文化"是致命的麻醉剂，它将会在人类"最后的社会"中塑造一个又个"末人"。

三体世界并没有完全人文化，而是保留了"朴素主义"传统，尽管这是一种冷酷的"朴素"，却是历经无数次毁灭和重生的三体世界的主

1　刘慈欣：《三体 III·死神永生》，第 104 页。

动选择。在恐怖的威慑平衡中，三体在"朴素"基础上引入"人文"，在集中基础上引入民主，以便在威慑纪元形成对地球的竞争优势。这一变化让三体世界更有弹性。至此，三体世界有了"菊"与"刀"两副面孔。而地球人则只有一副姣好但也柔弱的文明主义面孔。相对于地球世界总是摇摆于两个极端（要么民主，要专制；要么人性，要么兽性；要么精英，要么庸众……），三体世界开始注意文明与延续、朴素与人文、民主与集中的辩证平衡。

三体世界"菊"与"刀"的两面，由三体世界的大使智子完美体现出来。智子是一日本少女形象，刘慈欣的这一设定（包括对三体世界"耻感文化"的描写），意味深长。[1]两个文明和平交往时的智子，身穿素雅和服，头插小白花，痴迷茶道，沉醉于"和敬清寂"之境界。这位少女大使可爱又礼貌，无害而美好。"这时，程心已经忘记眼前是一个外星侵略者，忘记在四光年外控制着她的那个强大的异世界，眼前只是一个美丽柔顺的女人。"[2]但这只是一面。当水滴疾速向地球飞来，程心扔掉引力波发射器之际，智子已与之前判若两人，"她身穿沙漠迷彩"，围着"忍者的黑巾"，"背后插着一把长长的武士刀"，"英姿飒爽"中透着"美艳的杀气"[3]。为了恢复保留地澳大利亚的社会秩序，智子直接诉诸暴力，用滴血的武士刀教训人类："人类自由堕落的时代结束了，要想在这里活下去，就要重新学会集体主义，重新拾起人的尊严！"[4]三体人并不敬畏地球的"文明主义社会"，相反，是深深地鄙视。

所谓"朴素"并不等同于专制（专制并不意味着朴素），也不是不要文明，而是要避免一种烂熟的文明病。正如宫崎市定对"东洋的朴素主义民族与文明主义社会"的观察：

1 露丝·本尼迪克特：《菊与刀》，北塔译，南京：译林出版社，2011。

2 刘慈欣：《三体Ⅲ·死神永生》，第105页。

3 同上，第144页。

4 同上，第158页。

　　文明社会的先进文化影响着周围的野蛮民族，同化着周围的野蛮民族。然而，野蛮民族在文明化的进程中并不是没有任何牺牲的，他们失去的往往是本民族最为宝贵的东西。我将这种最为宝贵的东西叫作"朴素性"。文明社会表面上繁花似锦，香气四溢，但其内部却不乏光怪陆离，诡计多端。文明社会的种种弊端，生活在其中的人们是很难察觉到的，而尚未受到文明的毒害、尚具纯真性的野蛮民族从外部却能看得非常真切。[1]

　　宫崎市定对元朝蒙古人接受中原文化后"野性的朴素"的消失非常遗憾，认为那些东西"伤害了政治"[2]。相比于清王朝贪图安逸丧失了朴素性，相比于欧洲社会"也在不知不觉中向纯粹的文明主义社会变质"，其弊端已在毒害社会，宫崎市定骄傲于日本的"朴素主义精神"尚未泯灭："我国的国民成功地将科学移植到了日本，以至于最终掌握了如何使文明生活和朴素主义相互协调的关键。"在他看来，明治维新的成功正是做到了朴素与文明的平衡，而"建立一个近乎完整的朴素主义社会"，正是"东方社会对我们的希望"[3]。宫崎市定的观点虽然可被用来论证日本入侵东亚文明主义社会的所谓正当性，但不妨碍文明与朴素辩证法的启示意义。

　　《三体》第三部写威慑大厅中的罗辑，目光威严，"穿的整洁的黑色中山装格外醒目"[4]。当罗辑决定穿"黑色中山装"践行使命，他一定悟出了朴素与文明的辩证法，这是真正"明心见性"的时刻。他或许从这件已消失了两百多年的衣服中，感受到一股刚健质朴的力量。穿"黑色中山装"的罗辑，凛然不可侵犯，以剑客的目光逼视着三体

1　宫崎市定：《东洋的朴素主义民族与文明主义社会》，《宫崎市定亚洲史论考》（上），上海：上海古籍出版社，2017，第26页。

2　同上，第120页。

3　同上，第127-129页。

4　刘慈欣：《三体Ⅲ·死神永生》，第131页。

世界，"这目光带着地狱的寒气和巨石的沉重，带着牺牲一切的决绝，令敌人心悸，使他们打消一切轻率的举动"[1]。在沉默中坚守了半个世纪的罗辑，终成不可战胜的圣斗士，"他的胜利无人能及"[2]。"黑色中山装"并非圣物，没必要夸大，它仅在象征意义上联系着一个遥远的朴素主义时代，但也展示着与病态文明主义及极端个人主义决裂的姿态，三体世界一定能深得其味。

"地球往事"三部曲让地球处于紧急状态，然后顺着"人性"向前推，投其所好，给出最好的因，结出最坏的果，以宇宙视角观察着小小地球的"最后的社会"：看它起高楼，看它宴宾客，看它楼塌了。这也是从当下推演未来，反思"现代社会"，在历史的终结处，想象一种容纳"朴素主义社会"的可能，在"朴素主义"与"人文主义"的辩证中开出新路径。逃向太空的"蓝色空间"号应实行什么样的社会制度，章北海的决定是：既非三体世界的专制社会，也非地球的"文明主义社会"，而是尝试建立一个能平衡个人与集体、民主与集中关系的社会，"需要经历一个漫长的实践和探索的过程才能为星舰地球找到合适的社会模式"[3]。如此，历史并不必然非此即彼，就没有终结。

三、"初人"与"末人"

福山意义上的历史终结后的社会，就是一个"文明主义社会"。宫崎市定在与"朴素人"的对比中归纳"文明人"的特征："文明人有文明人的教养，朴素人有朴素人的训练；文明人善于思考，朴素人敏于行动；文明人是理智的，朴素人是意气的；文明人情意缠绵，朴素人直截了当；文明人具有女性的阴柔，朴素人具有男性的刚强。更进一步说，

1　刘慈欣：《三体Ⅲ·死神永生》，第132页。

2　同上，第134页。

3　刘慈欣：《三体Ⅱ·黑暗森林》，第405页。

文明人崇尚个人自由主义，朴素人囿于集体统制主义，总之，在几乎所有的方面，两者都表现出了相互对立的特征。"[1] 而卢梭所谓科学与艺术腐蚀尚武精神、败坏风俗，也是在说"文明主义"的负面作用，背后也联系着两种社会两种人。[2] 如果说宫崎市定、卢梭的分析稍显粗陋，那么福山则试图从哲学、心理学层面对"最后的社会"中"最后的人"进行思考。

历史终结之后，"自由社会最典型的产物"是一种"布尔乔亚的新型个体"[3]。这些"最后的人"专注于身体安全与物质满足，缺乏共同体意识，自私自利。这是福山赞美历史终结的最大障碍。"最后的人"，马克思已从"左"的方面揭露其虚伪，但福山认为最难以回避也最难反驳的是尼采从右的方面的无情批判。尼采认为"现代社会"的造物是一群发明了"幸福"的"末人"，他们的道德、教养和平等意识显示的是奴隶本性：

> 他们有某种可以自豪的东西。那种使他们自豪的，他们把它叫做什么？他们称之为教养，这使他们显得比牧羊者优越。
>
> 因此他们不爱听对他们"轻蔑"的话。因而我要就他们的自豪来谈谈。
>
> 我要对他们讲述最该轻蔑的人：末等人。[4]
>
> 没有牧人的一群羊！人人都要平等，人人都平等：没有同感的人，自动进疯人院。[5]

---

1 宫崎市定：《东洋的朴素主义民族与文明主义社会》，第26页。

2 卢梭：《论科学与艺术的复兴是否有助于使风俗日趋纯朴》，北京：商务印书馆，2011。

3 弗朗西斯·福山：《历史的终结与最后的人》，桂林：广西师范大学出版社，2014，第176页。

4 尼采：《查拉图斯特拉如是说》，北京：三联书店，2014，第12页。

5 同上，第13页。

"末人"固守他们发现的道德价值，失去了创造新价值新道德的超越性。即使在福山那里，"最后的人"也不过是"丧失了激情的自由人"。一切都得到满足的"后历史动物"，突然置身于自然状态下的宇宙文明之战中，置身于人类文明可能毁灭的历史进程中，他们会如何应对？《三体》正是基于这样的问题意识展开社会实验。《三体》中，"高度民主文明的高福利社会"中生活的"最后的人"，奉行"人文原则第一，文明延续第二"[1]，没有斗争意志，以自我保存、物质生活与道德原则为全部满足，而一旦面临灭顶之灾，又只会祈求于救世主和宗教，冷漠理性中潜藏的却是最大的非理性。抽象"爱"的背后又是牢不可破的个人主义。这些观念与自三体世界输入的"反射文化"一起，织成一张布尔乔亚意识形态的天罗地网。这就是为什么刘慈欣认为《1984》中的社会要好于《美丽新世界》中的社会的原因，因为前者通过改变还有恢复人性的可能，而后者则以满足人性的名义失去了人性。[2]

三体世界在威慑纪元的另一个计划可称为"末人计划"，准确地说，是要在"末人"中寻找代理人，通过干预执剑人选举确保"末人"当选。因为"最后的人"失去了行动力，更不愿承担责任，所以第二任执剑人在七个"公元人"之间展开，六个维德那样不择手段的恶徒，一个善良有爱的天使。在这一时刻，智子出来鼓动程心竞选："我们女人在一起，世界就很美好，可我们的世界也很脆弱，我们女人可要爱护这一切啊。"[3]而六大恶人却劝程心不要参选："在公众眼中，最理想的执剑人是这样的：他们让三体世界害怕，同时却要让人类，也就是现在这些娘儿们和假娘儿们不害怕。这样的人当然不存在，所以他们就倾向于让自己不害怕的。你让他们不害怕，因为你是女人，更因为

---

1 刘慈欣：《三体Ⅱ·黑暗森林》，第335页。

2 刘慈欣：《我的科幻之路上的几本书》，《我是刘慈欣》，太原：北岳文艺出版社，2016，第32页。

3 刘慈欣：《三体Ⅲ·死神永生》，第106页。

你是一个在她们眼中形象美好的女人。这些娘娘腔比我们那时的孩子还天真，看事情只会看表面……现在她们都认为事情在朝好的方向发展，宇宙大同就要到来了，所以威慑越来越不重要，执剑的手应该稳当一些。""难道不是吗？"程心问。[1]这里，刘慈欣并非要触犯女性主义的政治正确，而是以极端方式揭示"末人"的幼稚病。然而让人感到压抑的公元男人，反而激发了程心参选的决心。当然，程心当选，威慑失败。而这一切都在三体世界的预料之中："你做出了我们预测的选择。"[2]"宇宙不是童话。"[3]最终，人类在计谋和欺骗上也输给了三体人。

在自然状态的宇宙中，放弃寻求承认的斗争，就是甘居奴隶地位，然而更可怕的是，宇宙文明博弈是零和博弈，奴隶本身会被肉体消灭，这意味着宇宙文明间不存在黑格尔阐发的那种在主奴辩证法中生成历史的机会。《三体》设置了这个生存死局，堵死了奴隶"返回自身"成为"自为存在"的可能。[4]宇宙的自然状态，就是你死我活、做奴隶而不得的状态，它无法像人类那样，在地球自然状态中经历"一切人反对一切人"的悲剧后，达成社会契约，进而创建一个保护他们的利维坦。[5]宇宙智慧文明的差异首先是物种的差异，人类的"文明主义社会"在宇宙中可能不过是一个特殊存在。

这里顺便提及一个问题，就是对《三体》中"高科技＋专制社会"这一社会形态的质疑，认为高科技不会与三体世界这样的专制社会并存，"长老的二向箔"显示了刘慈欣未来乌托邦想象的贫乏。[6]这个话题很

1 刘慈欣：《三体Ⅲ·死神永生》，第 108 页。

2 同上，第 144 页。

3 同上，第 145 页。

4 黑格尔的主奴辩证法，参见黑格尔：《精神现象学》（上），北京：商务印书馆，2011。

5 霍布斯：《利维坦》，北京：商务印书馆，2011。

6 陈舒劼：《"长老的二向箔"与马克思的"幽灵"——新世纪以来中国科幻小说的社会形态想象》，《文艺研究》2019 年第 10 期。

有意思。但对它的分析不能仅局限于人类经验。要考虑到，物种的生理差异是科技发展程度的变量。《乡村教师》中的碳基联邦人，他们科技的发达与其信息传播和接收方式、记忆可遗传等有巨大关系，这意味着他们更智能，在他们眼中，人类的生理构造非常原始，即使建立了文明型社会，科技也不可能走太远。同样，三体人的信息交流方式也有其优越性，而且记忆可部分遗传。歌者所在的大神级文明，"长老＋二向箔"，但歌者有自我意识，只不过他的生理结构使其可以删掉危害生存的思想，他们的文明词典中可能根本没有"专制""民主"这样的词汇，但这不妨碍他们科技发达。置身于自然状态的宇宙，人类自身经验是需要超越的，这应该是"地球往事"三部曲的主题之一。即使在人类文明中，辨析此问题也需要政治经济学视野。"中东石油帝国"那样的社会才是专制，还是说一切与欧美社会形态不同的社会都是专制？按照这个逻辑，印度的科技水平应该远远高于中国才是。刘慈欣对这个问题的认识确实混乱不堪。思想自由可以促进科技进步，但思想自由必须辅以利益诉求，在近代世界，是无"思想"的"奴隶"发明了技术，再经科学的资本化，这才促进了科技进步。[1]市场社会欲望驱动的竞争机制确实可以刺激满足人性的创新，尤其在民用领域，但当今时代重大科技突破越来越取决于资金投入及其背后的科研机制。

那么，如何超克"最后的人"？对于这些幸福的"末人"，尼采大呼"我教你们做超人"，"创造新事物和一种新的道德"[2]，"人是应该被超越的某种东西"，"一切生物都创造过超越自身的某种东西：难道你们要做大潮的退潮，情愿倒退为动物而不愿超越人本身吗"[3]？但这种疯狂的权力意志与现代社会的平等诉求背道而驰。福山为了拯救"最后的人"，将尼采的超人转化为类似贵族精英的"优越意识"，以平衡

1　闫作雷：《技术发明主体之争与1970年代的科学问题》，《文艺理论与批评》2018年第1期。

2　尼采：《查拉图斯特拉如是说》，第43页。

3　同上，第7页。

布尔乔亚的"平等意识",但其所谓的"优越意识"不过集中于艺术、体育竞技等去政治化方面。为了提升"最后的人"的共同体意识,福山又诉诸黑格尔的"最初的人"。

"最初的人"为寻求他人承认而斗争,斗争结果是主奴关系的确立。在黑格尔那里,主人是独立的自为存在,而奴隶则为对方而存在,[1]主人为捍卫名誉冒死而战,奴隶则屈服示弱,因而主人更有自我意识、更有人性,奴隶则未摆脱动物状态,所以导致这个承认也是不完满的:主人获得的不过是奴隶的承认,而奴隶则处于不平等状态。但其后,奴隶通过劳动"返回自身",有了平等诉求和自由意识,通过斗争建立的自由国家,主人和奴隶都得到了承认,所以自由国家保留了主人的高贵和奴隶的劳动。历史因此终结。而历史终结处,正是马克思、尼采批判的起点。福山对黑格尔的这番科耶夫解释,是为了借助"最初的人"唤起布尔乔亚丧失了的斗争激情,一种"战争唤起的德性和雄心"[2],因为"最初的人"超越动物本能,超越自私自利,可以让布尔乔亚具有共同体意识。但"最初的人"的斗争也可能带来破坏性,所以福山小心翼翼将之控制在一定范围内。

《三体》中的"最初的人"不同于黑格尔的"最初的人",因为他不寻求主奴关系;也不同于宫崎市定的"朴素人",因为他也有"文明人"的一面;更不等同于尼采的"超人",因为他不蔑视大众。只是在最低限度上,与他们共享着某些相似的精神品格。《三体》中"最初的人",是在自然状态的宇宙中,在危机时刻为挽救地球文明,以非道德的方式开创一条生路,在星辰大海中延续人类文明的人;是"睁眼看宇宙",超越人类文明经验,认识到宇宙残酷真相,为寻求其他文明的承认而斗争并不惜付出生命的人;是具有顽强意志,在文明冲突的紧急状态下触犯布尔乔亚的道德信条,创造新道德新价值的人。"最初的人"

---

1 黑格尔:《精神现象学》(上),第144页。

2 弗朗西斯·福山:《历史的终结与最后的人》,第336页。

的斗争意志与超越意识不是指向同类，而是针对外星入侵者，与其说他是救世主，毋宁说是面对宇宙神秘黑色方碑的好奇古猿。"最初的人"是英雄与恶魔的混合体，野蛮凶猛，疯狂有力。

执剑人交接时刻，罗辑如"孤独的铁锚"般，端坐于"像坟墓一样简洁"的威慑大厅。十分钟后，程心走进大厅。程心看到时间仿佛在这"死寂"的大厅中停滞，她决定首先要让这个"坟墓""恢复生活的气息"，这里将是她的全部世界，"她不想像罗辑那样，她不是战士和决斗者，她是女人"[1]。在这样的对比中，作者将两人斗争意志的差异不动声色地刻画了出来。简洁朴素的大厅，带着地狱寒气的决斗者的目光，以及它们的对立面，构成了一幅"最初的人"与"最后的人"辩论的画面。

在《三体》中，刘慈欣将"最初的人"具象化为一群公元人。维德的出场是从冒犯"文明人"的道德伦理开始的。他问新入职的程心："你会把你妈卖给妓院吗？"[2]这个不择手段前进的人，"就像一块核燃料，即使静静地封闭在铅容器中，都能让人感觉到力量和威胁"[3]，他的威慑度爆表，但他参选执剑人并不是要当独裁者，不是为了满足一己的权力欲望，而是出于随时牺牲一切与三体世界一决雌雄的决斗意志；在掩体纪元研发光速飞船并试图让星环集团独立，也是为了他所说的"事业"，这个事业就是为自由而战，"为成为宇宙中的自由人而战"[4]。苦心经营逃亡，在太空中创建星舰地球的章北海亦复如是。罗辑于危机纪元的最后时刻终于肩负起应有的责任，并在半个世纪的执剑生涯中道成肉身。公元世纪还是学术混混的罗辑最终"明心见性"，体会到"人可以被毁灭，但不能被打败"的斗争意志，用"最初的人"的威严目光警告

1　刘慈欣：《三体Ⅲ·死神永生》，第 134 页。

2　同上，第 343-344 页。

3　同上。

4　同上，第 381 页。

三体世界："地球可以被毁灭，但不能被打败。"

说到底，开创历史的"最初的人"，是终结历史的"最后的人"的镜像。

结语

确实，想象未来的社会形态是最难的，一个超克了历史终结的总体性社会[1]，一个令人期待的乌托邦，超出了刘慈欣的想象能力[2]。但顺势而为，在历史终结处演出一场人类生存危机的戏剧，给"现代社会"以警示和痛击，仍有其现实意义。《三体》显示，那个假定的"文明主义社会"，仍然存在政治不平等和经济鸿沟，且充满了布尔乔亚的虚假意识。未来的社会形态不就是在对宣称"最后的社会""最后的人"的反思批判中创生的吗？

"地球往事"三部曲为了让人类意识到黑暗是生存和文明之母，首先破除了普遍主义的宇宙道德观，然后在宇宙自然状态下布下零和博弈的战场。"睁眼看宇宙"，面对宇宙文明之战，人类文明也是自身的敌人。在此危急时刻，《三体》展开了对"朴素主义社会"与"文明主义社会""最初的人"与"最后的人"的辩证思考，一种在"文明主义社会"中容纳"朴素主义"，将"最后的人"转化为"最初的人"的努力。

星辰大海中，开创历史可能性的斗争，生生不息。

原载《中国现代文学研究丛刊》2020 年第 6 期

1　李静：《制造"未来"：论历史转折中的〈小灵通漫游未来〉，《文艺理论与批评》2018 年第 6 期。

2　陈舒劼：《"长老的二向箔"与马克思的"幽灵"——新世纪以来中国科幻小说的社会形态想象》。

文明冲突与文化自觉

——《三体》的科幻与现实

陈 颀

引言：科幻与现实

作为一种想象现代社会的未来图景的文学形式，科幻小说与现实社会的关系历来是科幻研究的焦点问题之一。[1] 可能是 20 世纪最具影响力的科幻小说家艾萨克·阿西莫夫指出，科幻小说的悲观主义和乐观主义与作家所处的社会状况有着紧密联系，因此科幻想象力的上限必然受制于作者所经历与了解的社会生活。[2]

在 2012 年一个访谈中，当被问及如何看待"科幻与现实"的关系时，当代中国最著名的科幻作家刘慈欣回答道："我并不想把科幻作为批

1　达科·苏恩文：《科幻小说面面观》，郝琳、李太涛、程佳译，合肥：安徽文艺出版社，2011；韩松：《当代中国科幻的现实焦虑》，《南方文坛》2010 年第 6 期，第 28-30 页；谷菁璐：《中国之现实，比科幻还科幻》，纽约时报中文网，2015 年 9 月 1 日。

2　艾萨克·阿西莫夫：《阿西莫夫论科幻小说》，涂明求、胡俊、姜男译，合肥：安徽文艺出版社，2011，第 96 页。

判现实的工具……把现实作为一个想象力的平台，从这个平台出发。"[1]
在 2014 年新年自述中，他继续谈道："中国作家缺的是想象力和更广
的知识……我们的文学是根深蒂固的现实主义传统……"[2]

从上面两个表述看，刘慈欣坚持"为科幻而科幻"的"硬科幻"
写作理念，反对把科幻作为批判或反映现实的工具。然而，奇怪的是，
就在同一个访谈中，他却明确表达对托尔斯泰式的文学"现实感"的
欣赏，并认同科幻文学是一个国家社会状况的敏感指针的说法。表面
上看，这两种说法似乎自相矛盾，不过，如果阅读刘慈欣的更多作品
和访谈，可以发现上述两个看法其实一以贯之，因为反对科幻文学成
为"批判现实主义"工具，与从"现实感"科学想象人类未来并不矛盾。
于是，有必要进一步讨论刘慈欣对科幻与现实的关系论述。

首先，科幻小说与现实主义的观察"现实"的视角不同。以人与人
之间关系为中心的"批判现实主义"关注的"现实"，并不等同于科学
视角关注的工业化、现代化的社会变迁观以及人与自然、人与宇宙之间
关系的"现实"。[3]传统文学对科技发展带来的现实变化可能并不敏感，
而科幻文学则恰恰相反：当下已经进入未来。每时每刻都有科学技术缔
造的奇迹正在被创造出来，身处其中的普通中国人不可能对身边发生的
这些奇迹一无所感，这是工业化和科技进步的"时代精神"。

其次，科幻的存在不是为了描写现实，而是为了科学幻想。在这
个意义上，非要让科幻反映现实，就等于让飞机降落在公路上，与汽
车一起行驶和遵守交通规则。在中篇小说《乡村教师》中，刘慈欣用
神奇的科学幻想将沉重的现实与空灵的宇宙联系起来。[4]在一个类似
《平凡的世界》般写实的贫穷落后的小山村里，李老师用尽最后一丝
力气给学生们讲完牛顿三大定律，就永远闭上了眼睛。这时候"中国

---

1 搜狐读书：《专访刘慈欣：我对用科幻隐喻反映现实不感兴趣》，搜狐网，2015 年 9 月 1 日。

2 刘慈欣、张东亚：《刘慈欣：未来早已到来》，《中国企业家》2014 年第 2 期，第 85 页。

3 刘慈欣：《刘慈欣谈科幻》，武汉：湖北科学技术出版社，2014，第 49-50 页。

4 刘慈欣：《乡村教师：刘慈欣科幻自选集》，武汉：长江文艺出版社，2012，第 337-368 页。

科幻史上最离奇最不可思议的意境"发生了：一场延续了两万年、跨越大半个银河系的战争波及地球，学生们被选为决定地球命运的"文明测试者"……[1]

最后，从科幻世界看现实，能使我们对现实有更真切和深刻的认识。想象和思考人类文明的未来变迁，是更好还是更坏，是科幻的使命。在这个意义上，从社会科学方法论角度看[2]，关于未来的科幻思想实验与反事实（Counterfactual）的历史研究类似[3]，都源于对各种版本的历史决定论的质疑，也都基于对形形色色的历史进步主义或悲观主义的拒绝：反事实的历史研究从现在思考过去的人思考过和可以探索的可能结果——我们的过去就是我们的未来，而科幻是基于当下思考未来可能性的思想实验——我们的未来取决于我们当下酝酿的各种可能。正如历史上实际发生的事情可能超出当时大多数见多识广之人的预料结果，未来将要发生的事情或许往往超出当代主流精英的合理想象。生活在当下的人们，却容易习惯性地认为当下的文明及其"进程"是唯一的，不会再有别的选择。而科幻却为人们创造种种不同于"当下现实"的文明进程，通过虚拟历史让人们能够跳出"当下现实"的纠结和束缚，体会到许多深藏在现实之下的东西。

总之，关于未来的科幻是当下正在酝酿的诸多历史可能性之一。通过科幻，我们穿越到未来，又穿越回来，对当下的处境有了更深刻的把握。在这个意义上，从文明存亡和人类未来的思想维度出发，我们得以理解刘慈欣所说的"科幻文学是唯一现实的文学"[4]。

本文讨论的《三体》三部曲，是刘慈欣最富想象力的一次科幻思想实验，不仅让众多读者如痴如狂，而且不少人还基于"黑暗森林"状态的"宇宙社会学"提出宇宙文明的各种理论假设，其中包括严肃的学术

1　刘慈欣：《乡村教师：刘慈欣科幻自选集》，第 337 页。

2　马克斯·韦伯：《社会科学方法论》，李秋零、田薇译，北京：中国人民大学出版社，1999，第 45 页。

3　尼尔·弗格森：《未曾发生的历史》，丁进译，南京：江苏人民出版社，2001，第 5-10 页。

4　刘慈欣：《刘慈欣谈科幻》，第 141 页。

研究。[1] 毫无疑问，《三体》系列的绝大部分科学和思想概念、人名和地名包含丰富的隐喻、暗示和象征。从左派到右派，从强国派到自由派，从新古典主义到后现代主义，从科学崇拜到生态主义，从男权主义到女权主义，从影射历史到创造未来……《三体》文本构成了一个神奇的场域，其中的解读路径包含几乎所有当代中国的主流思潮。

为了尽可能地避免误读（尽管不可避免），也为了更好地理解《三体》的科学幻想与现实社会的关系，本文采取类似于《三体Ⅲ·死神永生》中云天明童话的双层隐喻和二维隐喻的解读方式。[2] 首先是"双层隐喻"，尊重每一部文本的叙事方式，力求更为深入地从《三体》的故事背景设定推导和想象特定的叙事结构。其次，以刘慈欣解读刘慈欣的"二维隐喻"，从刘慈欣的科幻论述和其他作品的线索和坐标，锚定《三体》基本情节和人物所代表的特定立场和思维逻辑。

从上述基本假定和方法论出发，本文认为，在科学幻想的故事设定之下，《三体》的核心问题以道德与生存冲突构成人类与三体的文明冲突，以及文明冲突引发的文明终结和人类未来问题。由此出发，本文基本结构如下：第一节也就是本节，在科幻与现实的视野中引出本文的核心命题。第二节以《三体》第一部为中心，从汪淼代表的知识分子的叙事视角出发，讨论地球为何遭遇三体入侵的"文明冲突"问题。第三节以第二部《黑暗森林》为中心，从罗辑代表的英雄叙事视角出发，讨论绝对的科技差距下地球文明对抗三体文明的"文明冲突"的均衡威慑逻辑。第四节以第三部《死神永生》为中心，从程心代表的末人叙事视角出发，讨论末人时代的"普世道德"如何导致地球文明和历史的终结。第五节是结语，总结《三体》系列的"文化自觉"意义。

1　穆蕴秋、江晓原：《科学史上关于寻找地外文明的争论——人类应该在宇宙的黑暗森林中呼喊吗？》，《上海交通大学学报》2008 年第 6 期，第 52-57 页。

2　刘慈欣：《三体Ⅲ·死神永生》，重庆：重庆出版社，2010，第 2-13 页。

一、文明冲突的知识分子叙事

距离地球 4.2 光年的半人马座存在三个恒星，因为万有引力而互相牵引，产生了一种不同于地球的生存情境。地球人与三体人的文明冲突不可避免，这是《三体》系列基本假定和主要线索。不过上述的设定只是笔者对《三体Ⅰ》相关情节的概括和重构，而非小说叙事本身。在小说技巧中，设定是一回事，叙事则是另一回事。一个能让读者信服的设定，必须通过特定的叙述主体以巧妙的叙事方式加以表述和构建。

《三体Ⅰ》的叙述视角基本来源于科学家汪淼，其他人叙述以及有关三体人信息也是通过汪淼的视角转述。汪淼的主视角是以时间发展为顺序的线性叙述，然而《三体Ⅰ》中还存在叶文洁和其他人物视角在不同时空中的叙述，构成单线顺叙、多线（平行）顺叙与过去式插叙的复线叙述。另一方面，作为小说角色的汪淼并不是《三体Ⅰ》的最主要角色，三体人或地球三体组织（ETO）的精神领袖叶文洁，甚至是对抗三体的地球人代表警察史强（大史）在引出故事冲突中都起了更重要的作用。因此，汪淼在《三体Ⅰ》的真正作用是转述真正的（隐藏）叙述人所经历和认识的三体文明世界。从科幻理论家苏恩文的科幻文学的定义性特征出发，叙事时空体（时空定位）的"离间"与叙述人的"认知"构成科幻文学的"文本霸权"[1]。三体文明的设定构成了小说的叙述时空体（时空定位），汪淼转述的三体人、ETO 以及大史等人才是三体文明的真正叙述人，两者与作者以及理想读者所属社会的主流标准完全相左，却在认知上符合科学——唯物主义因果律。

《三体Ⅰ》为什么选择汪淼作为主要叙述（转述）视角？这是一个"文本形式"问题，也是一个"社会分析"问题，两者的结合构成科幻小说的基本"阅读契约"，即科幻小说的认知拟真性（Vraisemblance）

1　达科·苏恩文：《科幻小说面面观》，第 39-40 页。

和可信性。[1]简言之，选择汪淼作为主要叙述视角，目的是让读者认可三体文明的真实性。汪淼的三个最基本特征是：（1）中国男性；（2）科学家；（3）知识分子。一方面，在《三体Ⅰ》的汪淼叙事中三个视角贯穿始终。另一方面，随着情节发展和矛盾深化，三个视角之间的关系和地位也不断发展和变化。这三个视角也构成了刘慈欣的理想读者的基本特征。

在《三体Ⅰ》开篇，当听闻超自然／科学现象的发生，汪淼的第一反应是捍卫科学共同体的专业性和知识分子的献身精神。他鄙视警察大史的粗俗和不尊重科学，然而当得知他的暗恋对象物理学家杨冬在接触"科学边界"组织自杀后，在大史的嘲讽的刺激下，决定加入"科学边界"以求真相（第1章）。在亲身遭遇胶卷出现"倒计时数字"的超自然现象后，科学家的求真精神让他陷入了精神危机，但他仍然试图找出"倒计时"的阴谋制造者（第2-3章）。

在开篇阶段，汪淼的三个视角基本是均衡分配的。当然，科学家是他的首要身份／视角。在追寻真相的过程中，汪淼从"科学边界"组织获取并登录《三体》电脑游戏。在这个表面简单却蕴含丰富信息的虚拟游戏中，汪淼开始从人类的角度理解三体世界在生存与毁灭之间的无序交替的文明演进历程（第4章）。其间，汪淼认识杨冬的母亲，退休天体物理教授叶文洁（第5章）。在叶文洁的叙述中（第13-15章），汪淼得知曾是绝密项目的红岸基地的目标居然是搜索和接触其他宇宙文明。《三体》游戏让汪淼沉迷，叶文洁的不幸遭遇让他同情，红岸基地让他震撼，但让他崩溃的是违反物理学基本常识的宇宙闪烁，这正是科学边界预言的违反物理规律的天文现象（第6章）。遭遇科学信仰崩塌的可怕时刻，汪淼得到暗中保护他的大史的帮助和鼓励（第11章）。

在《三体》游戏中，汪淼投入了寻找科学边界真相的运动中。这一阶段，汪淼既具有科学家的身份，更具知识分子身份。三体文明的高级

1 达科·苏恩文：《科幻小说面面观》，第41页。

先进和生存危机与地球文明的落后低级和现世丑恶，考验着汪淼的道德和理想。无论是古代中国文明还是近现代西方文明，都未能拯救三体世界的危机，在谜一样的游戏场景中，汪淼发现三体世界的三颗恒星的基本宇宙结构（第 16 章），并试图通过三体运动的数学分析破解三体世界危机（第 17-18 章）。游戏进行到这个阶段，汪淼被允许加入《三体》资深玩家——都是社会精英——的现实聚会（第 20 章）。组织者、环保运动明星潘寒声称三体世界是真实存在的，并询问如果三体文明进入人类世界，玩家有什么态度？其他参与者都欢迎三体人的降临。原来《三体》游戏的目的正是集聚对人类文明绝望的社会精英。

在宣布三体问题数学不可解，三体文明必须在宇宙中寻找新的家园之后（第 21 章），精英玩家们迎来真正的聚会（第 22 章）。原来误导和暗杀科学家、在大众媒体妖魔化科学的幕后黑手就是他们的"地球三体组织"，其口号是"消灭人类暴政！世界属于三体！"[1] 更让汪淼震惊的是三体组织的领袖居然是叶文洁。当年在红岸基地，正是绝望的叶文洁向三体人发出地球坐标（第 23-24 章）。虽然这次三体组织聚会被政府军警镇压了（第 25 章），然而三体组织内部发展和分裂成遍布和渗透全球的降临派、拯救派和幸存派（第 26-29 章）。

也正是在现代人类文明是否值得完善和捍卫的根本问题上，同为社会精英的汪淼与背叛人类的三体叛军拉开了距离。当降临派灭绝人类的目的暴露之后，在针对藏有降临派与三体文明交流信息的"审判日"号巨轮的军事行动中，汪淼积极参与并贡献自己研发的纳米材料"飞刃"。不过，得知"飞刃"攻击巨轮很有可能"伤及无辜"时，汪淼有一瞬间的虚弱。然而行动本身让他的虚弱和憎恨"转瞬即逝"，并决定最终站在大史那边。[2]

如果说汪淼对幸存派和降临派都不感冒的话，那么他对叶文洁和拯救派的态度则更为复杂和微妙。拯救派以叶文洁为精神领袖，他们因为

1　刘慈欣：《三体》，重庆：重庆出版社，2008，第 329 页。

2　同上，第 255 页。

各种原因对现代文明和人类道德产生失望乃至绝望之情，希望通过拯救危机中的三体世界进而引入更高级和先进的三体文明拯救和规制人类文明。毋庸置疑，在《三体Ⅰ》乃至整个三部曲中，叶文洁或许是最为复杂和最难评价的一个人物。正如评论者指出的，叶文洁才是《三体Ⅰ》的主人公。她是地球三体叛军的精神领袖，又是一位比汪淼更具"道德反思"和"牺牲精神"的知识分子。因此，如何理解和评价叶文洁对人类的"背叛"，是分析《三体Ⅰ》"虚拟历史"的首要问题，也是理解三体与地球的文明冲突的首要因素。

理解叶文洁（以及拯救派）的道德逻辑，最关键的一句话是："人类真正的道德自觉是不可能的……只有借助人类之外的力量"[1]。对人类道德的失望，源于叶文洁的个人遭遇以及对现代（科技）文明的反思。叶文洁和拯救派之所以相信三体文明能够拯救人类，是因为她坚信一个科学（更为）昌明的文明必然拥有更高的文明和道德水准。正因为如此，三体人才被地球三体组织顶礼膜拜，成了能够拯救世界的神。叶文洁的"科学＝文明＝道德"信念逻辑构成《三体Ⅰ》最大的伦理学问题：一个社会道德和文明程度与其科学发展水平有必然联系吗？更有意思的是，叶文洁和拯救派对三体文明的真正了解非常有限。与三体文明有着最多交流的降临派首领伊文斯，牢牢控制有关三体文明的真实信息。拯救派主导和制作的三体游戏中的场景，是他们根据三体世界的少量信息结合地球的实际情况创造的，能在多大程度上符合三体世界的实际情况不得而知。这个虚拟现实的神奇游戏却让众多对现实社会不满的人类精英把三体文明当做上帝一样膜拜。

讨论完叶文洁的科学—文明—道德逻辑，现在我们可以回答为什么汪淼做出了与叶文洁不同的选择。汪淼与叶文洁最大的区别不在于对待"科学"与"文明"的态度，而在于他们所处的时代不同。年轻时代叶文洁经历不幸的个人遭遇，她的科学事业追求也遭遇挫

1　刘慈欣：《三体》，第 70 页。

折，这让她凝固和放大了自己的真实苦难，不仅放弃了在人类社会中发展科学的追求，更将人类文明视为罪恶本身。相比而言，汪淼年纪轻轻就成为中科院院士、国家纳米中心首席科学家，并拥有一个幸福美满的家庭。他成长于更加和平稳定的年代，没有留下的"伤痕"，也没有面对强势文明而对本文明自卑的"河殇"情结。在科学家和知识分子意义上，汪淼理解和分享了叶文洁的基本价值观。然而，汪淼的科学能力、责任心和道德感并没有帮助他成功破解三体文明和地球三体组织联手制造的"神迹"，在"倒计时数字"和"宇宙背景辐射闪烁"迷惑和摧毁之下，坚信科学世界观的汪淼毫无抵抗和还手之力。保护和帮助汪淼不成为下一个杨冬或叶文洁的是大史。大史的生活态度，让把科学视为终结和超越信仰的汪淼深有触动和反思，让他投入钻研三体问题的同时保持对"三体神"的清醒距离。大史让汪淼挣脱"为科学而科学"的思维怪圈，开始思考科学及文明的敌人问题。

《三体Ⅰ》的高潮是科学家汪淼与警察大史联手战胜了反叛人类的地球三体组织，这是区分叶文洁与汪淼新老两代科学家的关键。汪淼与大史合作具有非常强烈的文化政治意味，既是科学家与大众的社会结合，也是知识分子与国家政权共同对抗异质文明的政治弥合。在《三体Ⅰ》的结尾，汪淼获得了新的"文化自觉"：他们也认识到，一个科技发达的文明不等于拥有更高的道德水准，也意识到知识分子的思维容易局限于少数人的道德准则和实践，而把个人或少数人的遭遇和邪恶当成整个民族乃至全人类的罪恶，因此知识分子需要在文化上与人民大众相互理解。更为重要的是，他们也获得新的"政治自觉"：面对"先进"与"落后"的文明冲突，"落后文明"的真正问题不在于科学技术的差距，而在于"落后文明"对本文明的历史和传统有无信心，以及有无决心和能力反抗追赶"先进文明"。[1]

---

1 进言之，文明冲突的实质不在于"科技"或者说"现代化"问题，而在于"文化"问题。塞缪尔·亨廷顿：《文明的冲突与世界秩序的重建》，周琪、刘绯、张立平等译，北京：新华出版社，2011，第88页。

二、文明冲突的英雄叙事

地球文明与三体文明之间绝对的科技差距，以及三体人用"智子"锁死地球以理论物理为代表的科学发展，构成《三体Ⅱ·黑暗森林》（以下简称《黑暗森林》）的基础设定。作为敌人的三体文明已经确定，人类面临的问题是如何才能战胜敌人。在叙述方式上，《黑暗森林》一改《三体Ⅰ》的主视角统摄其他视角的顺叙方式，变为多线平行交叉的叙述方式。首先，《黑暗森林》的主人公和主叙述者是破解"黑暗森林"之谜的罗辑。其次，《黑暗森林》的多线叙述可以分为"精英"与"大众"两个基本视角。第一主人公罗辑和第二主人公章北海等反抗者属于"精英"；张援朝和杨晋文等散布于全书的各种"小人物"则属于"大众"。大众与精英在生存危机和文明战争的过程中种种表现，汇合成为文明危机时代从社会底层到精英顶端的世界全景。最后，从时间线索出发，可分为罗辑冬眠的2015年与200年后罗辑苏醒的两个时间阶段。

如果说三体第一部的汪淼属于当今社会的"主流精英"，那么在文明生死存亡的关头，能够拯救人类的"精英"则是一群超越或者说"僭越"现有科技思维和道德准则的"英雄"。就此而言，《黑暗森林》叙述主线是"落后文明"的英雄如何引领本文明抵抗"先进文明"的入侵。这些英雄代表是"面壁人"中国学者罗辑和中国军人章北海。在三体智子笼罩地球的科学设定下，以罗辑为代表的人类英雄不仅不能向三体人暴露自己的战略构思，更有意思的是，如果他们的计划需要大众牺牲并被大众所知晓，就必然会遭遇失败——因为故事里的大众无法接受以人类牺牲或灭亡为可能代价换取的胜利。换言之，罗辑与他的同志们是在以自我保存为最高价值的人性观支配的现代社会开展他们的英雄事业。

在《黑暗森林》的开篇，罗辑是一个游戏人生的青年学者。被行星防御理事会（PDC）选为四位对抗三体人的"面壁人"之一时，罗辑与读者一起觉得不可思议和无法接受。然而"面壁计划"的关键是面壁人完全依靠自己的思维制定对抗三体的（秘密战略）计划，因此罗辑本人是否接受这个使命已经毫无意义——因为没人（地球人或三体人）知道面壁人说的是真话还是谎言（战略欺骗），也没人知道面壁人是不是已经开始工作。果然，在正式拒绝面壁人使命后，罗辑仍然遭到 ETO 的暗杀。

不想承担任何责任的人，却被选择成为承担拯救人类文明使命的英雄。既然无法拒绝这个不能抗拒的使命，罗辑就用一贯懒散和自我中心的态度逃避被强加的责任。利用面壁人的特权，罗辑让 PDC 找到了他梦想中的隐居之地。他的下一步计划是拜托大史寻找只存在他的想象中的完美恋人。大史真的找来了罗辑梦寐以求的那个心灵伴侣，一个美如画的姑娘——庄颜。五年过去，外面的世界风起云涌，其他的面壁人都在大张旗鼓筹办各自的战略，唯有罗辑沉浸在"完美"爱情中，还收获了爱情的结晶：一个女儿。只愿在梦境中长醉不愿醒，可再美的梦境也有醒来的一刻。面壁人同僚泰勒的来访和自杀，让罗辑意识到，只有死亡或破壁才是面壁人的解脱，眼前的幸福生活不过是自我营造的幻境而已。庄颜和女儿的不告而别更让罗辑再也无法沉浸在自我世界中。这一次，他必须自己做自己的破壁人，直面自己的责任，找出"在全人类中，你是唯一一个三体文明要杀的人"的原因。[1]

在孤独的伊甸园里，罗辑终于开始认真思考三体人"害怕"自己的原因——这一切都源于九年前他与叶文洁在杨冬墓前的偶然会面。叶文洁建议罗辑从事"宇宙社会学"研究，并给出《黑暗森林》中两个最重要的概念："猜疑链"和"技术爆炸"，以及两个基本公理："第一，生存是文明的第一需要；第二，文明不断增长和扩张，但是宇宙中的物质总量保持不变"[2]。叶文洁去世后，罗辑是最后一个有可能通过"宇宙社会学"研究找出威慑三体文明的宇宙法则的地球人。终于，在一个

1　刘慈欣：《三体Ⅱ·黑暗森林》，重庆：重庆出版社，2008，第 187 页。

2　刘慈欣：《三体Ⅱ·黑暗森林》，第 197 页。

失足坠入冰湖的黑夜瞬间，罗辑在死寂的黑冷中发现了宇宙的真相。从此，头顶上的灿烂星空不再是罗辑赞美和崇敬的对象，而是残酷的宇宙生存图景。然而，如果人类文明的生存需要以死亡和丧失道德为代价，哪一个人类个体能够承担这个重若千钧的责任呢？为了验证自己对宇宙真相的猜测，罗辑通过太阳的增益反射效应，向全宇宙广播了带有50光年外某颗恒星坐标信号的"咒语"，并决定冬眠直到100年后观测到"咒语"发生作用的图像后才苏醒。

罗辑冬眠的二百年，人类文明发生了深刻的变化。罗辑苏醒之后，发现自己在新世界几乎格格不入。这个倡导人性解放的新时代的基础理念是：人文原则第一，文明延续第二。[1] 为了展示人类文明的强大和威仪，太空舰队决定出动所有战舰迎接三体舰队的探测器"水滴"。然而，在人类的最乐观时刻，"水滴"仅仅凭借自身的运动质能就轻易击碎整个太空舰队，带给了人类一场毫无心理准备的完败。

末日战役的完败让新时代的人类彻底崩溃了。数十万人规模的超级性派对，似乎代表着刘慈欣对时代的诊断：所谓人性解放的新时代不过是虚无、颓废和堕落盛行的"末人时代"[2]。当绝望的人类偶然从历史档案发现罗辑的"咒语"，观测到50光年外的恒星居然被摧毁时，人们——从大众到执政者——都膜拜于罗辑的救世主光环之下。罗辑被重新任命为人类文明的面壁人。在焦虑地等待救世主大显神通的过程之中，人们很快对罗辑失去了耐心和信心。仅仅一年半后，罗辑就被所在的社区驱逐了。人们可以接受罗辑不是救世主，但不能接受他给世界带来希望又亲手打碎了希望。

罗辑明白，他不是救世主。如果人类把希望寄托自身之外的救世主身上，那么人类的结局一定是灭亡。然而他并没放弃对抗三体的希望——就算（其他）人类已无法拯救，他仍然要拯救庄颜和孩子——被他的想

1　刘慈欣：《三体Ⅱ·黑暗森林》，第309页。

2　尼采：《查拉图斯特拉如是说》（详注本），钱春绮译，北京：三联书店，2007，第5-14页。

象带到现实中的两人。接下来的行动关系到两个世界的生死存亡，他不能确定自己是否一定能赢得胜利。然而，他确定这不仅是人类最后的机会，更是拯救妻女——也就是拯救曾经逃避所有责任和不敢面对内心的自私和绝望的自己——的唯一机会。

当曙光降临时，罗辑用枪指着自己的头，面向着天外那个遥远的世界，掀开人类最后的底牌，开始了地球文明与三体文明的最后对决。三体文明对地球文明长达两个世纪的无言和蔑视终于付出了代价。两个世纪以来无时无刻监视着人类的言行举止的智子，还是败给了罗辑的坚韧、勇气和智慧。最后一位面壁人罗辑终于完成了面壁计划。面对两个文明同归于尽的囚徒困境，三体明白，只有和平，才是最优选择。只能选择妥协的三体文明放弃对人类的技术封锁，入侵舰队立即转向。

罗辑基于黑暗森林法则建立的威慑非常简单明确：如果三体文明一意孤行要入侵地球，地球文明就对整个宇宙广播三体星系的空间坐标，然后更强大的外星文明就会将暴露的三体世界消灭。由此，罗辑本人也获得了挟持人类和三体两个文明的防御策略，三体人也不敢轻举妄动。以后的五十年中，罗辑成为维持地球对三体的有限威慑的"持剑人"。

从 32 岁被选择 / 任命为面壁人开始，到 40 岁对决三体文明的 8 年岁月中，最让罗辑困扰的问题是人类到底是否值得拯救。人类或许不值得拯救，罗辑不是也不想做救世主，但是在水滴沉默地毁灭人类世界的时刻，罗辑勇敢地承担属于自己的责任。罗辑（包括章北海）都不会为他们的选择而忏悔，尽管他们的选择突破了特定时代的道德底线。用黑格尔讨论历史发展的悲剧性的话来形容罗辑再准确不过了："一个伟大的人会是有罪的——他承担得起伟大的冲突，因此基督放弃了他的生命个性。牺牲了自我，但是他的事业，由他首创的事业，却永存下来了"[1]。用黑格尔式的话语进一步阐述，罗辑和章北海的英

---

1 黑格尔：《哲学史讲演录》（第二卷），贺麟、王太庆译，北京：商务印书馆，1978，第 106 页。

雄功业在于他们都充分意识到自己的内心召唤与延续人类文明的历史
使命。

三、文明终结的末人叙事

相比前两部故事，《三体Ⅲ·死神永生》（以下简称《死神永生》）
的故事背景从文明冲突的殊死搏斗扩展到整个宇宙的时空法则。故事背
景的宏大和丰富导致了文明内部和不同文明的叙述者的不同视角（叙事
主体的多元化），以及通过不同文体拼接而成的顺序、插叙、倒叙和多
线叙事（叙事方式的多样化）。在《死神永生》的复杂叙事结构中，最
为清晰的叙事方式是按照"人类纪元"的时间顺序构成六部分的章节结
构，最为重要的叙述视角来自程心。作为地球文明最后两位幸存者之一，
程心在不同时空的叙述和转述构成《死神永生》的叙事主线。

与广受赞誉的故事设定和叙事主线相比，程心的糟糕的文学形象被
认为是刘慈欣《三体》创作中最大的败笔。作为道德和人性的代表，程
心的性格极其单薄。人类文明经历的多次关键抉择中，程心的爱与人性
的思维和行动逻辑始终如一，毫无变化和反省。就算是同情和理解程心
的行动逻辑的读者，也极少人有认同感和代入感。花费大量笔墨创造这
样一个引起读者反感的角色，刘慈欣的目的与逻辑何在？其实，刘慈欣
对程心角色的不讨好具有高度的创作自觉，用宇宙灾难的宏大背景下永
恒人性的选择及其毁灭后果为主线，创作了程心的文学形象。一方面，
她如"圣母"充满爱心、人性和道德感（这几个词在《死神永生》中可
以互相替换），为了维持人类道德准则不惜牺牲人类本身，另一方面，
程心顽固的道德感背后是极度的自私，为了实现道德，她不管代价是人
类文明本身的毁灭。用政治哲学的话语概括程心之于《死神永生》的意
义，可以用福山那本引发巨大争议的著作的名字——《历史的终结及最

后之人》。[1] 一方面，程心及程心时代的人类的人性是永恒的，因此程心是人类文明意义上的最后之人，或者说末人；另一方面程心所在地球文明（而非人类文明）在末人时代自认为发现"普世价值"，因此（地球）世界（人类）的历史终结了。

从历史终结的角度出发，三体故事的结局中地球、太阳系和人类文明的结束不仅仅是物理意义上永久消亡，而且是在宇宙中人类历史的真正结束。这或许是大刘在写作计划中把《三体》的所有叙述命名为"地球往事三部曲"的真正原因。三体系列的"未来"是完成时的，程心是已经毁灭的人类文明的最后之人，她已经完全不可能延续原有的文明，也没能力创造新的文明。因此，她只有在"时间"之外的"未来"回忆关于地球文明的往事。地球文明已经不复存在，"地球往事"的读者恐怕是面向未来的不同于地球文明的新文明（如星舰文明，云天明创造的小宇宙），或者外星文明。

程心的出场源于云天明的回忆，或者说已在"时间之外"的程心追忆云天明关于程心回忆的回忆。故事开始于危机纪元四年，也就是二十一世纪初的某年。作为一个身患绝症的孤僻宅男，云天明自愿安乐死前最后的愿望就是送一颗星星给暗恋已久的大学同学程心。此时的程心已经获得航天专业的博士学位，进入战略情报局（PIA）工作。由于质量限制，PIA 最终选择向三体发射一颗人脑，云天明被认为是最佳人选。暗恋的女神带来死亡的讯息，绝望的云天明还是选择接受使命，不是为了人类文明，而是为了爱人。程心得知星星是云天明的礼物时已经太迟。为了爱情，也为了救赎自己的罪责，程心接受阶梯计划的未来联络员任务，进入冬眠。爱与责任，这是程心出场给读者的第一印象。

从危机纪元四年（201x）到威慑纪元六十一年（2269），程心经历了二百多年的冬眠时光。显然，《黑暗森林》中人类与三体的文明冲突

1　福山：《历史的终结及最后之人》，黄胜强、许铭原译，北京：中国社会科学出版社，2003，第 3 页。

构成这二百多年的人类文明的核心主题。威慑纪元的开创者是持剑人罗辑，他是成功威慑三体文明的人类英雄。不过威慑纪元的其他人，无论是大众还是社会精英，似乎都热爱和享受他们的幸福生活，他们并不喜欢随时可能毁灭两个文明的"独裁者"的罗辑。随着时间流逝，在一个追求民主和人权的新时代，罗辑从人类眼中的救世主变成了掌握毁灭两个世界权力的暴君，掌握超级技术的独裁者。这个时代的人们居然提出了"泛宇宙人权"，主张承认宇宙间所有文明生物都拥有完全平等的人权。[1] 而罗辑涉嫌用"咒语"摧毁 40 光年之外的可能存在文明的星系，因而面临司法指控。新时代的人们渴望寻找新的持剑人替换罗辑，他们的选择是程心。

全面女性化的人类社会最终选择程心成为第二任持剑人，三体文明等待和筹谋已久的机会来了。然而，持剑人的红色开关仅仅交换 15 分钟，三体入侵的警报毫无预兆地响起。不相信三体入侵可能的程心扔出了手中的控制按钮，选择放弃用威慑毁灭两个世界。其实，三体人的入侵计划一直没有停止，只是三体人也学会了隐藏和谋略。与人类文明互相交流后，三体文明开始自己的文艺复兴和思想启蒙，他们的思维渐渐地有了人类的影子，三体人对计谋的应用日渐成熟。因此，他们持续与人类交流科学技术，向人类传播以友爱和平为主体的文化产品，麻痹人类的思想，令人类对和平和仁爱的诉求日益高涨。于是，程心成为执剑人也就成了自然而然的事。即便程心不出现，也会有下一个程心继任，因为末人时代注定会选举一个能够代表末人们的价值和道德倾向的人选。从这点来看，威慑的瓦解，是末人们的选择，而程心，不过是做了遵从她内心的道德准则的事情罢了。

智子向全世界公布三体对人类的处置计划：全体人类一年内移民澳大利亚，并自生自灭。与聚集在澳洲自相残杀的大多数新时代末人相比，公元人领导的以罗辑为精神领袖的少数人类（150 万~200 万）

1　刘慈欣：《三体Ⅲ·死神永生》，第 100 页。

发起了地球抵抗运动，为人类最后的尊严而战斗。在澳洲，程心遭到了末人们的唾弃，被认为是人类的罪人。然而，当万里之遥的"万有引力"号触发引力波广播后，程心又成了英雄，因为她没有毁灭世界，"万有引力"号和"蓝色空间"号成为向宇宙深入进发的脱离地球的新的人类文明。引力波广播公布了三体世界的宇宙坐标，也间接暴露了太阳系的坐标。仅仅六年后，三体星系被未知文明彻底摧毁的图像就传回了太阳系。四光年之外三体世界其实四年前就毁灭了，仅存在少数在宇宙中远航的舰队和留在太阳系的三体智子和"水滴"。黑暗森林法则生效了，星系毁灭的可怕场面让末人们遭遇了比三体入侵更为可怕的精神崩溃。

在三体文明即将撤离太阳系的时刻，智子传来一个惊人的消息：云天明想见程心。谁也无法想象几百年来云天明在三体世界的遭遇。程心遇见的云天明，已经从那个绝望孤僻的地球宅男，变成一个成熟睿智的男人。正是这个可能遭遇过任何人类都无法想象的苦难并且被所有人类遗忘的男人用三个童话的形式，向地球文明传达拯救人类的信息。通过二维隐喻的解码，地球文明了解到自我隔绝的"黑域"和"曲率驱动的光速飞船"的两个拯救计划。获得云天明赠送星星的巨额财富，程心授权曾经的领导维德制造光速飞船，然而要求他保证自己的最终裁量权。当维德领导光速飞船的事业遭遇联邦政府和民众的反对并主张武装自卫时，程心第二次做出了抉择：停止光速飞船研究。程心自以为选择了人性，制止了兽性。正如所有读者都了解的，程心犯了第二次错误。刘慈欣写道："她两次处于仅次于上帝的位置上，却两次以爱的名义把世界推向深渊，而这一次已没人能为她挽回"[1]。这是程心在时间之外的回忆，也是刘慈欣为她写的判词。当然，程心的错误并非她的个人错误。自始至终，她依赖和反映的是整个末人社会的支持。末人们中止光速飞船的理由很多，而且貌似非常充分。在这个意义上，

1　刘慈欣：《三体 III · 死神永生》，第 451 页。

程心虽然也是"公元人",但她与威慑纪元之后的末人们共享同一个精神世界——他们都是末人。末人们傲慢地自以为"我们已发现幸福",殊不知维持他们的普世道德感和爱心的是彻头彻尾的自私,以及对人类生存的真正责任的逃避。[1]

在乘坐光速飞船逃离太阳系之后,程心在漫长的宇宙时空中获得云天明留给她的小宇宙。在大宇宙掀起质量回归运动,试图恢复和创造新的宇宙之际,基于全书的末人叙事基调,程心毫不意外地犯了第三次错误:为自己的小宇宙保留5公斤物质。尽管这个生存着小鱼和水草的生态系统看起来很美,然而对于新宇宙而言,缺乏这5公斤物质的回归可能导致宇宙重生的失败和毁灭的致命后果。这是《三体》系列的结尾:死神永生(Dead End)。

结语:刘慈欣的"文化自觉"

以《三体》三部曲为中心,本文尝试总结刘慈欣在科幻与现实之间的"文化自觉"。

第一,"硬科幻"是中国科幻作者介入现实的最佳方式。科幻是用文学塑造种族形象和世界形象的最佳方式。唯有"创造世界"的意义上,科幻文学才具有超越一般类型文学甚至主流文学的独特价值。反之,如果科幻文学丢掉科学设定和推理,这种文学不仅不可能因此融入主流文学,而且必然在成熟的主流文学面前瑕疵毕见、自曝其短。[2]

从国家经济和社会发展背景出发,欧美科幻特别是硬科幻近三十年的衰落,与欧美国家去工业化的社会背景不无相关。而近几年以刘慈欣为代表的中国科幻作家的崛起,与中国六十年来特别是近三十年来的全

---

1 尼采:《查拉图斯特拉如是说》(详注本),第13页。

2 刘慈欣:《刘慈欣谈科幻》,第113页。

面工业化的大时代背景有关，也跟刘慈欣本人的理工科背景和所具备的真正人文精神有关。因此，中国科幻文学的真正问题不是刘慈欣，而是为什么只出现了一个刘慈欣？

第二，如果未来（必然或很有可能）发生文明冲突和宇宙灾难，当代精英需要反思和推进自己现有的道德、文明和历史观。《三体》中有许多关于现代道德的反思叙事，的确涉及当下中国社会的某些核心道德争议。在每一部的结尾中，主人公都获得某种"文化自觉"。汪淼觉悟到"落后文明"的真正问题不在于科学技术的差距，而在于对本文明的历史和传统有无信心，以及有无决心和能力反抗和追赶"先进文明"。罗辑觉悟到，社会精英无权用自己的道德标准去要求和支配全体人民的生死存亡，一个真正的人类英雄应当秉承"信念伦理"，因此，政治行动的后果和责任高于个人的道德信念。程心/云天明觉悟到，人类应当摆脱末人时代的诱惑和束缚，勇于继续创造历史，这意味着人类的征途是星辰大海。

第三，英雄主义与历史必然性之间的纠结及其克服。刘慈欣曾说，科幻文学是英雄主义和理想主义的最后一个栖身之地。他的大多数作品都有英雄角色。另一方面，刘慈欣也反对"英雄史观"，于是，我们可以发现，刘慈欣给《三体》英雄安排的命运常常是悲剧。英雄主义与历史必然性之间的纠结，反映了刘慈欣对人类未来的悲观主义态度。在我看来，刘慈欣真正的觉悟和纠结之处，在于他在《三体》中创造和揭示了现代社会中精英与大众的深刻分裂。一方面是分裂的大众，每个人类个体都把"自我保存"和"个人权利"视为文明的首要价值，却无法组织和整合起来。另一方面是孤独的精英，可以在危难中拯救人类，却总是不被大众所理解，甚至遭遇报复和惩罚。刘慈欣曾经设想技术可以将人类用一种超越道德底线的方法组织起来，用牺牲部分的代价来保留整体。然而《三体》系列的悲怆结局中，精英和大众都没有找到适合人类延续的组织方式。不过，刘慈欣看到了问题，但没有或无法回答。《三体》的精英主义在末人时代无所适从。因此，我愿意用"文化自觉"而非"政治自觉"来描述和总结刘慈欣对于科幻与现实的自觉意识。

不过，正如时代的不同让汪淼最终没有成为叶文洁，我们或许不必苛责刘慈欣没有给出答案。因为这个时代本身尚在变化和波动之中，关于许多根本问题的争论尚未终结。历史没有终结，中国文明和人类文明的未来存在多种可能。[1] 如果未来历史中存在着一种调和英雄主义与历史必然性的解决方案，那么刘慈欣笔下的英雄与大众最终会达成和解。在这个意义上，我想刘慈欣会同意这样一个说法：我们需要未来，所以需要理解当下；我们敢于想像未来，所以认同传统。

原载《文艺理论研究》2016 年第 1 期

---

1 张旭东：《中国梦：终于到了可以谈梦想的时刻》，《社会科学文摘》2013 年第 7 期，第 85-87 页。

星空与道德律

——思考《三体》提出的道德问题

何怀宏

康德的有关星空与道德律的名言为人熟知。他说他对头上的星空和心中的道德律的思考越是深入和持久，就越是在他的心灵中唤起日新月异、不断增长的惊奇和敬畏。

在此，星空与道德律构成一种类比，一种是在外的，最为高远深邃的；一种是在内的，最为贴己深沉的。但它们都同样神秘，神圣和让人感到惊奇，感到敬畏。我们甚至可以说星空与道德律是互为支持的。道德律让人们寄望于星空的根据，星空加强了人们对道德律的坚信。星空还有一个特点，即它从来就是人可以看到的，但却又是无法触及的。即便到了科学发展的康德主要生活于其中的 18 世纪，星空也还是人可望而不可即的。它被看作大自然或上帝最宏伟的杰作，而且与同为造物的地球、大地还不同，它是非功利的，无限或近乎无限的。在一些信徒的眼里，最能展现上帝意旨或威严的，莫过于星空了。星空乃至就是上帝的一个象征甚至居所。在古代中国人的眼里，它常常就直接地简化扩称为"天"，"天"也是高高在上的，不可触及的，

882

乃至也具有一种人格和道德的意味，"天命"是需要人努力去承担或用自己的行为使之配得的，"天意"也是要努力去认识，但即便认识不清也须是顺从的。"老天有眼"是人间正义的一个根据，也是一种安慰。在具有艺术眼光的人那里，天空，尤其是星空还展示了大地上没有的一种美，一种无比浩瀚壮丽、神秘和谐的美。但现代人对星空的看法却有了一种大的转换。星空不仅离开了神意，也不再是神秘的了。道德律也同样不再那么绝对和神圣。随着科学知识和技术手段的飞跃发展，整个世界、各个方面都在离神脱魅。如海德格尔所说："天空是日月运行，群星闪烁……是白云的飘忽和天穹的湛蓝深远。"[1]终有一死者（人）和诸神分别栖留于大地和天空。但在技术的时代诸神开始逃离，因为诸神要待在人不可触及的地方。现在人的观测可及的地方是无比地向太空伸展了。在一部想象力恢弘的科幻小说巨著《三体》[2]中，更大尺度的星空进入了我们的视野，但却不仅是与道德律分离的，还呈现出一种尖锐的对立关系。星空不再是神圣纯洁的，而是残酷的生死竞争的战场，其生存法则甚至恰是对道德律的否定。我现在试图分析这一对道德的挑战。

一、《三体》所提出的道德与生存问题

《三体》出生伊始就注定是一部经典杰作。其立足于"硬科幻"基础上的想象力和细节描写的浩瀚、瑰丽和奇特，几无人出其右。但我认为，使之成为经典的还有一个重要原因，恰恰是因为刘慈欣并不是为科幻而科幻，为想象而想象而写作，而是提出了人类生存和文明前景的问题，尤其是提出了重要的道德问题。他在"后记"中说："如果存在外星文明，那么宇宙中有共同的道德准则吗？"他并且认为："一

---

1 海德格尔：《不莱梅和弗莱堡演讲》，孙周兴、张灯译，北京：商务印书馆，2018，第20页。

2 刘慈欣：《三体》，重庆：重庆出版社，2008。

个零道德的宇宙文明完全可能存在，有道德的人类文明如何在这样一个宇宙中生存？这就是我写'地球往事'的初衷。"[1]我们甚至可以将刘慈欣提出的这一问题或思路理解为《三体》的中心问题或者说思想主旨，它不仅为作者所直接申明和强调，也贯穿在《三体》全书的人物和情节之中。一个热爱思考的人越是钦佩和尊重作者，就越是要重视和尝试回答他提出的这些问题。

当然，这里的道德问题还是可以进行分析或分解的，看来可以分解为这样两个问题。第一个问题是：宇宙中是否有一种普遍的、不管生存物为何物，都应当共同遵守的道德法则？我们可以说这是一个有关道德律的"强命题"。而第二个问题是：不管有没有用于所有生存物的共同道德法则，也不管其他生存物遵守不遵守，人类自身是否应当始终遵守一种道德法则？我们称这是一个有关道德律的"弱命题"。

但如此分解就会遇到一个新的问题，那就是在人类与宇宙其他生存物之间是否有什么共同点？又有什么不同之处？地球人和三体人的关系看来是属于碳基生物的关系，他们之间的距离还是比较迫近的，还可以互通信息。但地球人和其他一些生存物的关系却不一定都是碳基生物之间的关系，而可能是一种碳基生物与硅基生物，或其他不知什么基的生存物之间的关系，比如小说中提到的"神级文明"，还有刘慈欣其他小说中写到的一些极其强大的存在物。它们可能有比碳基生物远为强大的控物力量，不一定有道德、艺术和信仰的精神，但却有意志和选择。人类与它们的关系如何处理？它们的"文明"其实已经不是我们所理解的"文明"。对有的强大存在物，我们甚或可以将其理解为一种宇宙灾难，就像我们在地球上遇到的自然灾难：地震、火山爆发，或者外来彗星的撞击等等，我们对这些灾难虽然也可以努力预防和应对，但如果避免不了，实际上只能坦然接受，而与道德律似乎没有多少关系。

---

1 刘慈欣：《三体》，第300-301页。

刘慈欣的《三体》及他的其他一些小说中所描写的宇宙灾难其实很大概率不会发生——不仅在我们的有生之年不会发生，在人类可见的未来看来也不会发生。但提出这样一些问题还是很有意义的。它们把我们的思想逼到绝境，逼迫我们思考人类文明的最终前景和道德律是否具有最大范围的普遍性。这种普遍性的有无对我们一般地看待道德律的性质和地位，以及处理人类内部的关系也是富有意义的。

换言之，在《三体》所提出的"宇宙社会学"与人类社会学之间还是有一种内在联系的，但两者之间是不是又有什么差异呢？《三体》中提出的"宇宙社会学"设定了两项公理：第一，生存是文明的第一需要；第二，文明不断增长和扩张，但宇宙中的物质总量保持不变。这样就会遇到生存扩展与资源有限的矛盾。加上"宇宙社会学"的另外两个概念——猜疑律和技术爆炸，就使这种矛盾到了你死我活乃至必须主动攻击的地步。"猜疑律"使某类生物即便抱有善意，也达不成相互信任，如果它无法指望自己的善意得到对方的善意回报，自己的善意就可能也不得不转成恶意或者始终的防范之心，换言之，就必须将其他的所有生存物都看作潜在的敌人。而"技术爆炸"则还使各类生存物即便对比自己弱小的生存者也无法容忍，因为弱小的对方也可能通过技术爆炸在短期内就超过自己的能力，所以，最好的办法看来就是不管其强弱与否，一发现它就主动攻击，消灭对方。这也就构成了宇宙"黑暗森林"的生存法则。这样，这后两个概念就将前两项公理推到一个极端：其他所有的宇宙生存物或者说地球外的其他文明都是敌人，而且最好要先发现对方，先发制人。每个宇宙文明在这黑暗森林中，就都应该是小心翼翼的猎手。"猜疑律"的概念将所有其他文明或生物都变成敌人；"技术爆炸"的概念则将所有的敌人都变成了需要主动攻击的对象。

在人类社会中，生存扩展与资源有限的基本矛盾也同样存在，不仅对整个人类存在，也对人类中的各个文明、国家存在。但人类各群体毕竟都是性质和能力比较接近的存在，都属于碳基生物中的"智人"，各文明、国家之间也有密切交流、建立互信的可能。猜疑率可能部分失效，科技的优势也可以迅速传播开去，当然，更重要的是人们心中的道德律和相应的制度机构等，使得今天的人类还是大致能和平地生活在同一个地球上。

但正如《三体》中所描写的，当抵御三体人的地球联合舰队劫后剩余的几艘飞船在共同庆祝生还之后不久，当决定前往新的目的地的时候，却都发现自己的燃料，配件、食物等严重不足，所有飞船的资源只能供一艘飞船之用，猜疑链这时也就同样出现了，结果它们因为害怕对方的攻击而都互相先行发动攻击，最后只留下了一艘幸存的飞船。也就是说，在作者看来，至少在一些特殊的边缘处境中，人类社会的内部也会按照黑暗森林的生存法则行动。"宇宙社会学"与人类社会学有着相通的一面。

而即便人们的行为常常是内外有别的，人们对道德原则的态度还是会互相影响的，如果说对待外星人的态度可以是不顾一切主动攻击、斩尽杀绝，那么，对自己人也是可以如此行动的。因为原则就是原则，原则就具有一种普遍适用性。如果将生存视作可以压倒一切道德准则的最高法则，那么，就可以应用于几乎一切对象和场合了。上面的人类残余飞船之间的互相攻击就是一个例证。

我们不知道人之外的其他外星生存物会如何行动，我们甚至不知道它们会是什么——比如是碳基生物还是硅基生物。我们更多的还是要考虑这后面的"弱命题"。当然，何谓"遵守"，遵守"什么样的道德律"，这道德律的要求还是会因范围和生存危机的程度发生变化的，我们也还需要解释。不难注意到，即便在人类的内部，道德要求的内容和强度也是有变化的，我们或许可以这样描述一种道德要求的实际趋势，将其称为一种"道德要求的递减律"。

这种"道德要求的递减律"主要随着两个因素变化：一个因素是群体范围的扩大和层次的提高；一个因素是生存危险性的增加。它们之间呈一种正比的关系。随着群体的扩大和危险的增加，道德的底线要求也会下移，也许是在趋近于零，即越来越多的是硬邦邦的实力、能力在说话而不是道德在说话。但我想捍卫的一个观点是：道德的要求在人类那里无论如何还是不会完全消失，道德永远不会是零。伦理即便在人类到了太空也不会完全失效。

从人类关系的内部到外部，这种主体范围与关系的几个重要节点是：个人或者说自我——国家之下的群体及其相互关系——国家及其间的关系，包括国家内部的各个群体、群体与国家、个人与国家的关系——人类及国际、各个文明之间的关系——宇宙及星际关系。

自我在只影响到自己个人的范围内是尽可以高尚的，虽然一般人也都需要履行作为一个人和社会成员需要履行的义务，但一个自愿的人也可以有无限的爱与自我牺牲的行为。甚至自愿结合，可以自由退出的群体也可以有相当高尚的行为。但是，在国家的层面上，对一个政治社会的所有成员就不能普遍提出过高的道德要求，而一个良好或正常国家的对内决策也要考虑到这整个政治社会的生存和发展，兼顾各个群体和所有社会成员的利益，而不能任由自己个人的高尚或爱的动机来做出决策。至于对外决策，在处理国际关系的时候，则除非是在涉及对整个人类非常重要，甚至生死攸关的事务上，一般国家都会以本国利益为优先。而人类在对待地球上的其他物种，也很难不秉持一种"人类中心主义"。但随着生态伦理学的发展，人类在近数十年来已经有意识地兼顾地球上其他物种的存在，这已经表现出一种跨人类的道德力量，而且一种"非人类中心主义"也有一种纠正以往的偏颇的意义。人类在面对能力远远弱于自己的其他生命乃至非生命的存在物的态度有一种"顾及"的态度，也说明强者并不一定要奉行无论如何要主动消灭其他存在的"生存法则"。

还有一个考量因素就是涉及生存的危险程度。作为一个人和社会的成员，个人有援助他人和同胞的一定责任，比如损失自己的一些利益让他人紧急避险的责任，但社会的伦理并不要求他牺牲自己的生命去挽救他人的生命，舍己救人只是一种值得我们钦佩的，自我选择的高尚行为。在一个政治社会内，个人是可以在自己的生命遭到直接威胁的时候正当自卫的，但却不可以过后自行复仇而只能交付给国家法律去制裁。一个国家在遭到入侵的时候自然应当奋起反击，但是否能对他国进行先发制人的攻击则大可质疑，而即便开战以后，武装力量也不应杀害对方的平民和已经放下武器的敌人。这些都和生存究竟受到多大的威胁有关。

所以，我们需要首先仔细分析"道德律"的内容，需要严格区分高尚的自我道德与基本的社会伦理，区分高尚的爱和道德的责任。

有关如何区分这样"高尚的爱"与"道德的责任"，或者说"爱心"与"道德律"，我们可以现成地以《三体》中的两个主人公为例。第二部的主人公罗辑可以说是坚守道德律或道德责任的一个典型，罗辑开始并不想充当救世主的角色挽救地球，他只想有一个爱人，一个家，有自己的一个好的生活。但是，一旦责任落到了他的身上，他就承担了这一命运，努力寻找到了能够威慑三体人的办法。他意志坚定，孤独坚守，最后连他挚爱的妻子与孩子也离他而去。他在该有情的时候柔情无限，该无情的时候也冷酷无情。他知道"同归于尽"的威慑有莫大的风险，但这也是唯一的挽救地球人的办法，甚至也是遏制和保存三体人的一个办法。他坚守的是一种底线伦理。

《三体》第三部的主人公程心则是另外一种类型。她在某种程度上是一个爱的化身，但她的这种爱不仅是对弱者的怜悯的爱，它本身似乎也是一种软弱。她的这种爱看来只宜用于自我或自愿的小团体，而不能用于大的，具有一定强制力——也就是说抉择人要替代他人选择的群体。结果她两次在人类生死攸关时刻所做的选择对人类造成了重创以致最后的毁灭。她以为她也是在追求责任，但实际上并不是，主要还是一种怜爱，而且是软弱的怜爱。

所以，罗辑的选择可以说是承担起一种道德责任，是遵守一种道德律，而程心的行为却并不如此。当然，我们也不可否定，一种恻隐之心也是道德的动力源头，爱是绝对不可或缺的。这种恻隐之心的爱在罗辑那里也是存在。但是，还必须加上坚强的意志和理性，听从一种道德责任和义务的呼声，才能说是真正遵守一种道德律。这也正是《三体》的一个重要意义：它大大开拓了我们的想象，也让我们明白应该放弃一些玫瑰色的童话。一直有一些科学家在警醒人们，不要浪漫地幻想外星人会对人类友好甚至热爱，甚至不要幻想我们一定能够和他们顺利地沟通和说理。《三体》可以加强这一警醒。其实对人类自身来说也是这样，刘慈欣冷峻地描述了生物本性和宇宙现实中无情的一面，描述了人的本性和现实处境，我们大概也应放弃一些自身的对完美社会的浪漫幻想，放弃一些非常高调的，但也不着调的所谓"道德"。

但是，《三体》所提出的问题本身也有一个问题，那就是它是在虚拟一个极其边缘的处境中提出这个生命挑战的问题的。这个问题极其遥远，或者说，假如它突然发生，这发生也是一个极其小的概率。而我们现在的生活和努力是否就要围绕着这个极小概率发生的事件来进行安排？那样付出的代价是否太大？更重要的是，我们是否就要为逃生概率极小的前景而马上破坏现有的道德规则？就比如，前面所说联合舰队劫后剩余的几艘飞船的资源即便都集中到一艘飞船，它逃生的希望也还是非常渺茫，难道为了这一非常渺茫的希望，它们之间就要开始自相残杀？概率太小的未来事件不应成为我们现在行为的主导。太遥远的问题也不是我们现在就要花大力解决的问题——尤其是如果还涉及颠覆我们现在生存的道德基础的话。

二、为什么还要坚持道德律？

《三体》是"地球往事"的三部曲——其实也只是片段的、地球人最后阶段的往事：地球人在其21世纪开始的近四百年里，被三体人威胁和进行摧毁性攻击，而最终还是连同太阳系一起被不知来自何处的降维攻击而毁灭。一开始，人类经历了危机纪元的二百多年，那时主要是地球人和三体人缠斗。而三体人或是进化得更早，或是在严酷的环境中开化更迅速，他们在技术上大大优越于地球人。他们在得知了地球人发来的信息之后，出动了飞船舰队要打败地球人，向地球移民。这一强大的舰队将在四百年后到达地球。人类初期除了主流防御计划，还有一个面壁人计划。被挑选的四个"面壁人"可以独自冥想克敌制胜的计划，然后不加解释地使用大量资源来实施其计划。

地球人精选的"面壁人"看起来是主张抵抗的胜利主义者，但其实骨子里全都是失败主义者，还有另外一位，一直以极其坚定的胜利主义者面貌出现的章北海其实也是失败主义者，他们都认定技术和实力的差距是绝对的差距，事实也的确如此。当然，失败主义也并不意味着完全不试图抵抗就投降，而可能是逃逸，但能够逃逸的只能是极少数。生活在地球上的人类无法逃逸，他们用什么来抗衡三体人呢？似乎没有别的办法，实力差距太大的弱者无法战胜强者。当然，由于这时他们面对的是一个差距很大，但差距还不是大到全无弱点的敌人，所以，如果能够找到并利用这一也是命门的弱点，就还可能实施一种保证"同归于尽"的威慑战略。建立这样一种"恐怖平衡"，似乎是弱者最有可能生存的策略了。

而在这危机期间，因为人类开始只考虑如何防御攻击而生存下去，这些计划耗尽了人类文明的绝大多数资源，导致中间出现了一个"大低谷"的时代，人类甚至曾经陷落到了人吃人的地步，但后来大多数人不想集中几乎所有资源来对付三体人之后，转而要"给岁月以文明，而不是给文明以岁月"，也就是转向一心发展经济和提高物质生活水平，这样反而又有了一个"技术爆炸"；地球虽然表面沙漠化，但建立了漂亮壮观的地下城；人们的物质生活提高了许多，而太空防御的技术水平也提高了许多。人类有点自负了。而其实还是强弱悬殊，在对三体人的战争中，仅仅三体人的一滴"水滴"（一种小小的强互作用物体）就让地球人庞大的联合飞船舰队几乎是全军覆没。

小说中写道：三体人先知道，后来地球人也知道了太空的"黑暗森林法则"：只要谁暴露了自己的坐标，迟早就一定会受到不知来自何方的敌人的毁灭性攻击。在这样一个黑暗森林中，每个文明都是小心翼翼的猎手，尽量地不暴露自己。罗辑终于找到了发射对方坐标的办法，建立了对三体世界威慑的60年，这期间地球还得到了三体人的科技输入。这是这四百年中最好的时代，人类社会科技空前发达，也"空前文明"，但这后面却是"一人独裁"。而程心接手罗辑成为具有威慑力的"执剑人"之后仅仅15分钟就丧失威慑力的两年，则是人类活得最悲惨的两年。两年后，三体人的坐标终于还是被游荡在外空的人类飞船万有引力号发射出去了，三体世界不久被毁灭了。但地球的坐标也同样保不住了。坐标发射之后的广播纪元的60年，重新获得喘息之机的人类则试图重整防御和重振科学技术，这时的敌人已经不是三体人了，而是几乎整个宇宙的可能攻击者。人类有了掩体计划、黑域计划和时断时续的光速飞船计划以图求生。但最后还是完全无法抵御将太阳系变为二维的攻击，太阳系不断地沉落为一幅巨大的二维画面，只有寥寥几个人逃逸出来，飘荡在太空中。

人类置身在这样一种生存险恶的宇宙环境中，是否还有道德存在的余地呢？面对幽深莫测，却可以直接迅速地互相作用的太空，人类文明现在是到了星际关系的范围，到了动辄以光年衡量距离，以亿年衡量时间的尺度上。不知其名的敌人有强大的能力能够瞬间毁灭人类，这时对人类道德的要求是否还是存在？道德的底线要求肯定还会递减，但是否就完全等于零？

康德的道德律的"绝对命令"只是考虑到了用于"所有的理性存在物"，在他的心目中也就是人类。现在却是出现了一个如此险恶的外星世界，人类此时还应不应当遵守一种道德的律令？这个问题的确是一个莫大的挑战。但笔者认为对这一问题的回答应该还是肯定的。当然，正如前面的"道德要求的递减律"所述，道德要求的强度会有所降低，或者说，道德的核心部分会收缩范围，但它们又和前面所述的各个关系点上的道德是核心相通的。道德还是有一个极小的坚固内核，不会是等于零。下面我就尝试提出人类应当仍旧遵守道德律的几点理由或论证。

首先，这还是为了自己，为了人类。人是合群的动物，必须通过合作才能有进步。而这合作的规则就植根于道德。可以设想，如果生存可以完全摒弃道德成为最高原则，任何个人或群体只要事关生存就可采取一切手段。那么，人类自身不要说"技术爆炸"式的发展，内部即便是维持低度的发展乃至存续也大成问题。或者有人说，不是可以内外有别吗？但是，如果说从根本上动摇和颠覆了道德的原则，如果说在星际关系中可以推翻道德的原则，在人类关系中不是一样也可以推翻道德的原则吗？我们很难说这不会影响到人类的内部。就像建立起来对外防御三体人的联合舰队，当侥幸逃脱的几艘人类太空战舰为了有限的资源争夺的时候，就开始了互相摧毁的攻击。一种对外的原则也就影响和延伸到了内部。

其次，这也是为了生存本身。生存的确无比重要。其实道德的核心内容也就是保存生命，但是，道德就意味着，不仅要保存自己的生命，同时也要在一种较低程度上兼顾其他群体的生命，甚至尽可能地保存其他的物种。也就是说，道德的第一要义就是"生生"和"止杀"。要想抗过三体人的毁灭性攻击而求得人类的生存，需要人类有坚定的责任感和道德的精神，另外，也不是没有这一可能，双方不仅需要在毁灭性的攻击之前达成一种各自的大群不想被毁灭的"恐怖平衡"，还可以考虑努力通过交流，寻找办法，从"恐怖平衡"各自退后一步，再退后一步，这也就需要一种道德的精神。

事实上，在《三体》里，人类在星际冲突中走向自己最后的四百年中，之所以没有迅速地毁灭，还是依靠了内在强固的道德格准的。比如说冬眠的维持，冬眠需要体外循环系统和及时唤醒，罗辑冬眠了185年，经过了那个人类资源极其匮乏、生存极其艰难的"大低谷时代"，但即便如此，他和他的妻女、同伴也没有被弃之不顾，而是被保存完好地唤醒，甚至他们近两百年前的存款及其利息还被计算得清清楚楚地可以照付。所以，如果没有一种强固的基本道德，那么，"外星人"也会大量出现在人类中间，不用等到外星人来灭了人类，人类早就自己把自己给灭了。

最后，我们的确可以承认，归根结底，遵守道德律这也是为了道德律本身，为了道德原则本身，为了人的精神和尊严本身。人类是除了肉身，还有精神和意识的动物。精神是唯一有异于物质的东西，我们也许还可以说，精神是唯一可以与物质抗衡的东西。我们不知道在外星，比如，硅基生物那里会不会有这种精神，但我们确凿地看到，在人类中是有这样的精神的。它似乎十分弱小，我们甚至还不清楚它产生的奥秘。人的高出于其他动物的尊严就在于他不是完全为谋生的动物，不是完全功利的动物、完全技术化的动物，就在于他能够以他似乎微弱的精神意识抗衡无比庞大和强悍的物质世界。也正是这一小小的精神意识，使他能够不仅意识到死亡，而且能够坦然地去死，高贵地去死。如果是面对实力悬殊，不可避免的死亡，那么，为什么要哭哭啼啼、惊慌失措，甚至自相践踏？为什么不高贵地死呢？不像一个不仅拥有肉体，还拥有精神的人那样去死呢？人终归有一死。人类也终归有一死。生存在某种意义上也无非是延长那不可避免的死亡到来的时间而已。这种延长就那么重要？值得我们牺牲一切，包括牺牲让我们有尊严的精神？如果一定会走向死亡和毁灭，那也就不妨在努力抗争之后从容地去死，安静地去死，接受命运的安排，体面地退场。就像《三体》中的主人公罗辑那样。如果是就只是认定生存高于一切，他是可以随着那艘逃离太阳系的飞船而继续存活下去的。但他没有做出这一选择。而是选择留下来和地球人一起终结。或者就像史强一样，不去多想，只是履行职责和做人的本分，过好日常生活，最后坦然消失，不知所终。

所以，群体的范围越大，越是掉到生存的底端，道德的要求可能越会趋近于零，但却还是不会是零。因为生命不会是零，存在不会是零，或者说精神不会是零。存在存在着，在在。总是会有一种看似极其微弱的精神意识在抵抗着所有压迫过来的物质存在——无论它是多么强大。从这种意识中既然能够生长起发达的认知和控物能力，也就能够萌生出一种发达的道德力量。道德也许经常失败或失效，但永远不会消失和无效。

三、生命的性质与尺度

我现在还想对《三体》中所述的"宇宙社会学"和"黑暗森林生存法则"提出一些疑问，因为这涉及其对道德提出的挑战的前提，以及我们如何理解我们生命的性质和尺度。

生存是文明的第一需要，而生存的资源不会无穷无尽。有限的资源和各个文明的生存总是会发生矛盾，甚至可以说这是一个基本的不会消失的矛盾。但是，认为文明会不断地增长和扩张并导致各文明之间的生死冲突却有一些问题。文明自身有萌芽、生长、扩张的时期，但也有停滞、衰落，最后走向灭亡的时期。即便没有其他的文明外敌入侵，一个文明最后也会衰亡。至少我们从地球上可以观察到，不仅人类的一些文明，还有一些群体，以及一些其他的物种是自生自灭的，或者说遇到了自然的灾难，而不是遇到了蓄意的攻击。而一个文明即便在其扩张期，也往往还是能够与其他文明共存。

而有猜疑也就有相信，猜疑只是互信度不够，但还是期望着信任。通过一定的交流也不是全无可能获得互信。总之，猜疑律并非一个铁律。连三体人也还相信程心的善意——虽然也许是过度的善意；否则，他们也就不会铤而走险了。至于技术爆炸，也可以有一个恰当的判断，有些技术的差距是在某些文明的"有生之年"绝对无法赶上和抹平的，还有些差距不可能改变是因为进化的方向完全不同。另外，有技术爆炸，同样也有技术停滞，甚至技术毁灭，技术毁灭的速度有时可能要比技术爆炸的速度还快。如果任何一个文明都不仅要消灭一切现实的敌人，而且消灭一切潜在的敌人，甚至消灭可能还处在刚刚萌芽状态中的可能敌人，那么，它们还怎么求自身的发展。如果这成为一个普遍的状态，未来可能很强大的文明大概也都在萌芽状态中就被消灭了。我们还是从地球上的经验观察：各个文明可能更多地还是会考虑自己发展的事情，而不总是考虑自己如何为了生存先发制人地攻击他者。

至于"黑暗森林"，我们就不妨回想一下我们对森林的经验，想象森林中会发生的一切事情。森林中会有各种各样的存在、各种各样的生命（或者说是各种各样的"文明"），他们基本上是各得其所，对不能构成自己食物的其他生命几乎是不屑一顾。即便是同类，都是动物或都是大型动物，我们也可以考虑动物在森林里会做的一切事情：采摘、捕猎、玩耍、结伴、休息，单纯为了自身的安全而总是想灭了对方的进攻和防御只占其中的一小部分。是的，捕猎也可以说是一种进攻，但是，这是以谋食为目的。没有什么目的的，不能为自己带来好处的进攻和消灭是很少有的，尤其是像《三体》中"歌者"那样任意挥洒地消灭其他坐标生命星球的行为是几乎没有的。所以，宇宙的"森林"大概也没有那么黑暗或总是黑暗，宇宙文明不会总是一种"生存死局"。

而且我们尤其不要忘记距离。森林中的生命还是密集地生活在一起的。而我们却需看到宇宙空间的宏大和各种外星文明或生存物之间的遥远距离——在人类已经达到多少万光年的观测范围内，我们到现在也还没有确凿地发现一个其他的类地文明。我们就更没有发现由另外一个文明星球攻击而遭毁灭的文明星球。有的星球的寂灭看来是出于自然的原因。当然，我们的知识还不够，也可以说这后面可能也有攻击。但设想宇宙在自然地运行，在自然地新生和毁灭，总比设想宇宙中到处充斥着攻击和毁灭的诸种文明意志要可靠得多。

世界是广阔无垠的。我们所写的"世界史"还只是人类活动的世界史，我们所说的"宇宙史"还只是我们所能观测到的宇宙史，而它已近乎无限。宇宙有膨胀，也有坍缩；有爆炸，也有热寂。星外有星，天外有天。

如果想象世界是有限的，是有边界的，那么，人们会问：在这边界"之外"是什么？如果说是虚无，那么，"虚无"又是什么？如果我们所见的宇宙源自一次宇宙大爆炸，说时间有开端或者说之前没有时间，那么，人们也还是会问：在这"之前"又是什么？"没有时间"又是什么意思？我们今天所能观测到的宇宙大大扩展了我们的空间观念，但它也还只是我们所知的宇宙的一个很微小的角落，我们所能影响和触及的世界就更小得是微乎其微了；另外，不仅想象整个世界的有限是难的，想象无限也是难的，想象无限近乎想象上帝。我们可能是处在那无限的世界的伟大的、永恒的循环之中的一个之中，但我们也不知道这循环是什么，更不知道在循环的那个点上。

但不谈整个世界时空的有限还是无限的问题，也不谈如果是无限，这"无限"是以何种形式存在或如何理解的问题。涉及任何具体的存在，它们则确凿无疑都是有限的。各种物体和生命各有各的有限，各有各的生命的尺度和范围。人类也不例外。也许真的在宇宙的另外一个更高层次，或者另外一些高的维度存在着"诸神级别的文明"的生死大战，但既然"你们是虫子"，[1]我们的大战，与你有何相干？或者说在地球上的微生物那里，也存在着生死大战，互相吞噬，但假如他们真能对人类说话，大概也会说，"你们是巨人"，我们的争斗，与你有何相干？

从人的肉身来说，甚至也从人的认知和技术能力来说，人都还是渺小和脆弱的。但就像帕斯卡尔所说，人真正伟大的可能正是他的一点精神意识，是人知道自己有死，个体有死，人类也有死。如果说还可能有比星空、比宇宙更广阔的，那就是我们的心灵或者说精神意识，

1　这里是借用小说中三体人的一句话，但他们和我们其实还是属于碳基生物，悬殊还没有那么大。

人的意识可以询问和思考我们所见和所及的这一切，人还可以越过观测和推理所见的范围，思考宇宙大爆炸之前，银河系之外，思考我们所知的宇宙的之前和之外，思考整个存在。我们的精神意识还可以思考无限，以及这无限和有限的关系。人还是会渴望无限。但这不应妨碍我们同时也还认识到这有限，甚至应该同时保持对这有限的认识和对无限的热望。这也是我们肯定道德律的一个根本原因，因为如果说人还是很伟大，还是很了不起，不是因为他有死的肉身，甚至也不是因为他的日益发达的认知、计算和技术能力，而是因为他的道德和信仰的精神。

人尽管微小，还是能够在自己的生命尺度上生生不息，在自己有限的生活中活得有滋有味。不少人不想这些，就像《三体》中所写，许多人一生也不向尘世之外望一眼。像史强这日常生活中的英雄也基本上全是面对日常生活。他们是对的。当然，思考这些的哲学家或宗教家也是对的，甚至更对，但想过之后他们也还是要回到日常生活，他们大部分的时间也都在日常生活中处理其中的问题。我们可以扩大我们的控物能力，但我们的能力总是会有一个限度。我们不做完全在我们能力之外的那些事情，不做绝望的事情。

不管科技如何发展，我们所知宇宙的奥秘，地球上生命的奥秘，还有人的精神意识的奥秘依然存在。我们可以描述和解释这过程，但无法解释其后的最终奥秘，经常只能说它们的产生极其偶然，是无数偶然条件的一个很不容易发生的偶然配合，就像《起源：万物大历史》的作者克里斯蒂安所说的"金凤花条件"。而这偶然同时也是个幸运，我们人类的幸运。而这还只是我们所知的世界的奥秘。还有我们目前所不知道的世界的奥秘。更高的超验存在问题并没有消失，而只是推远，远到这之间有足够多的自然奥秘还需要我们的科学去发现和忙碌。

《三体》是一部迷人的科幻小说。但科幻毕竟是科幻，科幻的美好也主要在其奇妙的想象力。虽然它用星空的想象来质疑道德律在理论上是有意义的，人可以将各种条件在想象中推到极致来检验各种理论，但我认为这种检验并没有否定道德律的理论。而即便这种质疑有一定道理，在实践中也无甚意义。因为按照我们人类的生命性质和尺度，我们主要还是在我们的生活世界中生存和发展。

原载《清华大学学报（哲学社会科学版）》2020年第6期

冷战的孩子

——刘慈欣的战略文学密码

王洪喆

德国汉学家瓦格纳（Rudolf G. Wagner）在 1985 年提出一个假说，认为中国自 1978 年以来爆发式流行的科幻小说是一种知识分子群体的"游说文学"（Science Fiction as a Lobby Literature）。瓦格纳发现，不像同时期外国科幻小说常呈现未来社会的各个部分（阶层），中国改革开放初期的科幻故事重复讲述的，是在远离了"阶级斗争"和"生产斗争"的边疆飞地，科研工作完全不受政治干预和资源限制地开展，同时在科学家主人公以外，政府、党、军方、工农都未扮演任何角色。因此瓦格纳认为，新的科幻文艺是这样一种文学：通过描绘科学家在未来社会中所扮演的主导角色，来展现知识分子群体对科技兴邦的诉求。

然而在上世纪八十年代，科幻文艺的矛盾在于，一个知识分子从政治运动中走出来的时期，也恰恰是国家科技预算大幅削减，尖端技术项目纷纷下马，武器和战略工程的"飞地"难以为继、逐步瓦解的时期。换句话说，在"科学的春天"的同时，也带来了"卖导弹的不如卖茶叶蛋的""脑体倒挂""以市场换技术"等说法。

因此当《三体》这样的故事，想要在现实历史的时间轴中检索出一块资源无限供给的飞地以安放一个地外生命搜寻项目，并以此开启另一条时间线时，这个另类历史的现世接口便只能安放在六七十年代。而现实历史也正好终止在红岸基地的解体，即刘慈欣所提示的八十年代国防预算的削减。其后，故事就进入了与现实平行的另类未来。

冷战与"文革"，这一二十世纪内部尚未被打开的时空褶皱，在刘慈欣的科幻文学中向我们展露了其危机与可能性并存的复杂面貌。不同于八十年代的科幻小说与过往的诀别，《三体》作为一个架空历史故事，从一开篇就是一段从冷战与"文革"中派生出的替代性未来史，就其对我们原有历史和文化经验的扰动而言，《三体》可算是一部十足的"冷战朋克""'文革'朋克"——在传统的建制性"文革"叙事中插入冷战元素，将历史的主舞台从城市政治运动转向大兴安岭深处的战略飞地和异端个体。沿着这条线索，由"红岸"和"地外生命搜寻"入手，考察这些冷战年代的科幻设定在二十世纪的起源，为我们提供了一条打开《三体》的知识图谱和文化感觉结构的可能路径。

与地外文明接触的尝试，串起了从古代通灵术到现代射电天文学的隐秘联系。在十九世纪末，叶芝所在的秘密会社"黄金黎明隐修会"（Hermetic Order of the Golden Dawn），已有借助"以太"和塔罗仪式进行太阳系通信和旅行的活动，而剑桥大学卡文迪什实验室（Cavendish Laboratory）在当时已经聚集了一批研究以太和灵媒的物理学家，在"二战"后成为射电天文学的重镇。可见在利用无线装置从噪声中搜寻交流的可能性这一点上，维多利亚时代的灵媒学与二十世纪的地外智能搜寻具有亲缘性。二者都希望和他者的接触是可能的，两种研究的对象都是人最痛切的关怀：哀悼、孤独、与死者和远方的接触。

与异类交流的渴望折射出人类对自身群体中异质性的焦虑，而这种焦虑恰恰在冷战的阴影中达到高潮，事实上美国国家航空航天局（NASA）生命科学部门地外生命搜寻（SETI）的第一波浪潮"奥茨玛（Ozma）工程"的历史基本与冷战重合（1959—1978）。而为了保证项目的国会预算，在冷战战略部门和科研机构中拥有多重身份的科幻、科普作家卡尔·萨根起到了关键的游说作用。他描写 SETI 的科幻小说《接触》获得 1985 年全美畅销书排行榜第 7 位，小说 1997 年由导演罗伯特·泽米基斯搬上大银幕，成为与同样出自他手的《回到未来》《阿甘正传》并称的主流美国故事。

相应地，对地外生命可能存在形式的探索，也就逻辑地派生自应答、安置和驯服他者的帝国知识。正如扬·梅杰（Jan Mejer）在他 1985 年的文章《迈向宇宙社会学：异形的构造》中写到，最早有关异形的接触经验可追溯到欧洲殖民者对"第三世界"的扩张，对欧洲人来说，土著是一种非人（on-human），建立在这种框架下对原始人的初民想象，反映了欧洲帝国文化的宗教哲学，进而将自身的社会问题投射到神话学式的解决方案中。因此，对冷战两大阵营而言，外太空既是充斥黑暗他者的未知领域，也是可能取得资源、治愈旧症、重获文明生命力的"新边疆"。

"红岸"与"新边疆"同源的证据，来自冷战时期阵营另一侧的苏联。在 20 世纪 60 年代的苏联学界，宇宙社会学的最早建构是多个有社会科学取向的地外文明研究方向的统称，比如地外文明的形成条件与可能形态、与其接触的预期情景及后果、未来太空殖民中人类如何与地外文明共存，以及星际旅行和空间研究对人类社会自身的影响。苏联天体物理学家卡普兰（Samuil Aronovich Kaplan）于 1969 年编写了这一领域的首部文集——《外星文明：星际交流问题》，后由专门为美国翻译苏联科技情报的"以色列科学翻译计划"（Israel Program for Scientific Translations）在 NASA 内部出版。卡普兰在开篇的导论中将宇宙社会学与宇宙生物学进行了对照性定义：如果宇宙生物学研究生命在地外环境下的起源和进化，则宇宙社会学要研究智能文明在此条件下的起源和发展，这一方面要借助对地球文明起源和成长的认识，另一方面要借助地外文明搜寻所可能获得的数据。

可见，地外社会学从一开始的主要目标，就是帮助理解和解决冷战时期的地球事务。早在 1961 年美国首席智囊布鲁金斯递交给 NASA 的报告中，就提出了空间探索对美国战略研究可能起到的广泛推动作用，报告建议 NASA 考虑开展关于和平利用空间的社会、经济、政治、法律和国际影响方面的广泛研究。在报告的最后专设一章梳理地外文明接触对人类社会的可能影响，报告认为：地球人是否可从此种接触中获益是个悬而未决的问题，文化人类学的大量案例显示，当一个社会被迫要与一个完全陌生的、持有不同价值观的文明接触时，往往发生的是自身的崩解，而另一些在此种经验中能够幸存下来，也总要付出惨痛代价，导致文明价值观、态度和行为的剧烈转变。

报告认为要通过持续的历史和经验研究，考察不同国家人民及其领袖在面对突发事件和完全陌生社会压力时的应对行为，哪些因素会影响到原始社会暴露在先进文明面前时如何招架，而这些不同会导致其中一些文明更加繁荣，一些苟延残喘，另一些直接灭亡。这类研究会给未来与地外文明的接触和斡旋提供对策，同时将帮助美国决定如何将这些信息透露给公众，或在多大程度上有所保留。

在七十年代，美国人类学会牵头召开了多次以"地球以外的文化"（Culture Beyond the Earth）为主题的会议来讨论地外生命搜寻的文化效果，卡尔·萨根和阿西莫夫等科幻作家和他们的作品深度卷入了这些讨论。这些跨学科对话重点研讨与不同地外文化间的接触对人类社会的可能影响，以及对"费米悖论"的各种解释路径。面对浩瀚星空中的"电磁静默"，学者们需要对"智能生命为何不与地球联系"给出合理推论。其中"动物园假说"认为地外文明已经在使用微型探测器观察地球，就像在观赏和研究动物园里的动物，这一情景从阿瑟·克拉克的小说《童年的终结》中获得启发，在这部 1951 年的作品的开头，外星文明对人类进行了持续数千年的观察，在人类即将飞向太空时降临地球，终结了意识形态对峙、军备竞赛和冷战。而另一种"死亡探测假说"则认为，具有猜疑和惧外特征的文明为了创造生存空间，可能一直在使用星际级武器系统性地消灭宇宙中的其他高等文明。这几乎是萨博哈根在六十年代《狂战士》系列故事的升级版，小说创造了一种可以自我迭代的人工智能，在宇宙中巡航猎杀智能文明，而飞出地球的人类后裔"太阳系人"成为宇宙中唯一具有情感、终结狂战士的正义种族。

这些宇宙社会学模型与其说在研究外星人，不如说是冷战军事对峙博弈的外太空操演。事实上在核威慑的暗影下，自五十年代开展了针对"核冬天"的情景战略工作，科幻作者跟国防部门、工业界人士、社会科学家已经被组织在一起，进行预测未来的跨学科对话和实验，其后衍生出大量如《疯狂麦克斯》的"废土文学"。而坎贝尔主编的科幻刊物《惊奇故事》在"二战"中一度遭到国防部门的严密审查，因其在 1945 年 8 月前刊登了一篇精确预言广岛原子弹打击的作品《死线》。可以说，作为在战争中针对未来的情景写作者，科幻作家堪称不确定时代的"面壁者"和"破壁人"。

因此，后世的未来学者认为，以阿瑟·克拉克为代表的美国黄金时代科幻写作，实际上是一种"应用文学"（Applied Fiction），因为它们不仅启迪了军事技术创新，还引发了关于未来朝向的社会对话。这不是对文学本体的缩限，而恰恰是对文学边界和社会功能的延展，科幻作家和他们的作品曾经占据了一种非同寻常的社会位置，沟通了通俗写作、纯文学、国防政策、科技创新和社会科学等多个场域。

被称作"中国克拉克"的刘慈欣，以宏大三部曲向我们展开人类与三体人之间的千年战争史诗，不经意间成为二十世纪冷战这一段特定历史时段的政治和文化逻辑在未来舞台上的再次展演——三体游戏是一个反复进行的多人情景创建，而四个"面壁人"就如同四个战争替代方案的科幻写作者，未来史学派则几乎复制了冷战中的跨学科战略智囊工作。纵贯全书的主线，外星人即是挑战人类本性的终极他者，也可能触发救赎人性的未来通路——这正是冷战构造的核心特征，在危机四伏的"黑暗森林"中反求诸己。

借由"东方红"与"煤油灯""红岸"与"地外文明"的寓言，刘慈欣从二十世纪的动荡、匮乏与超越性中开掘出的科幻道路，始终是一种在不连续时代试图书写和把握历史连续性的努力。而成就这个中国幻想故事的社会心理和文化记忆，在这歧义丛生、晦暗不明的地球往事里，长久缺席的中国经验被得以书写。

阅读《三体》的快感带给我们一个可能的思考，个体的想象力从来都是具体的、历史的产物，生成于特定时代的感觉结构和知识谱系中。由此，激活社会想象力的工程，即是激活一个社会自身历史与文化自觉的工程。

在一个健忘的时代，重新接续历史和未来的引线，二十世纪的丰饶正待叩访。

原载《读书》2016 年第 7 期

刘慈欣、阿瑟·克拉克与"再定位"

斯蒂芬·多尔蒂（Stephen Dougherty）

科幻小说是一种特殊的文学体裁，其繁荣离不开现代化进程的快速发展。有些人会认为，中国得益于其在城市、工业、技术、经济等领域的一系列改革和发展，已经成为世界科幻的一股新兴力量。不过，很长时间以来，科幻在中国都处在边缘化的位置。纵观整个二十世纪，科幻小说在中国并未得到足够的认可和关注。"文革"期间，很多形式的文化生产都受到压制，科幻小说自然无法独善其身；在1983—1984年间的"清除精神污染运动"中，科幻小说再次成为众矢之的，遭受重创。这样一来，中国科幻命途多舛，很难形成历史连续性，当代中国科幻作者们也就需要从其它地方寻求创作灵感。科幻翻译学者姜倩曾讲道："在二十世纪末，科幻小说在中国终于开始受到重视，但即便如此，中国本土的科幻作家依然会借鉴外国科幻作品。"[1]她进而强调，若没有对外国科幻的系统性译介和广泛传播，中国科幻将不会以现在这种形态呈现在读者面前。虽然中国科幻已经渐渐可以在更

1　Jiang Qian, "Translation and the Development of Science Fiction in Twentieth-Century China," *Science Fiction Studies* 40.1 (2013): 126.

为广泛的文化图景中找到自己的位置，但还远未发展到成熟阶段，也没有建立起属于自己的独特传统。[1]

刘慈欣所取得的成就是中国科幻发展的里程碑。作为一名计算机工程师和典型的硬科幻作家，刘慈欣曾九次赢得中国科幻银河奖，其代表作"三体"三部曲的英文版也在英国和美国取得前所未有的成功。尤为值得一提的是，三部曲的第一部《三体》（译者刘宇昆）在 2015 年获得雨果奖最佳长篇小说，这也是历史上第一部获得该殊荣的翻译作品。在本文中，我将从以下三个方面论述我的观点：一、一定程度上，刘慈欣的科幻灵感来自外国科幻作品；二、中国科幻受到中国现代化进程的影响，刘慈欣在其作品中也对此做出了回应；三、刘慈欣时常用"自恋"一词表达他对文学的整体看法，而在他看来，科幻小说可以提供一种"超越自恋"的可能性。"三体"三部曲无疑是刘慈欣赖以成名的著作，不过本文将要探讨的作品虽然知名度稍低，却可帮助我们理解上面三个问题——一篇写给英国科幻作家阿瑟·克拉克（Arthur C. Clarke，1917-2008）的悼词、一篇论述科幻写作的非虚构文章，以及故事集《流浪地球》（2013）中的几个短篇小说。这本故事集共收录了十一篇小说，其中五篇都是中国科幻银河奖的获奖作品。在这些故事中，恢弘的技术想象（纳米技术、超级计算机、近光速旅行等等）与朴实的城乡描写相结合，用科幻的方式，重构了我们现实当中的贫富差距、环境污染以及其它形式的天灾或人祸。

刘慈欣自称是英美"黄金时代"（Golden Age）科幻作品的忠实粉丝，然而从他的作品里并不能够直接看出他是承袭了黄金时代的风格。在我看来，虽然刘慈欣通常会在他所爱的英美科幻先驱者那里寻求灵感，尤其是阿西莫夫和克拉克，但在此过程中，他自己本人独特的文风，以及其作品中内在的"中国性"，反而更加凸显。显然，相较于阿西

---

1 Jiang Qian, "Translation and the Development of Science Fiction in Twentieth-Century China," p. 127.

莫夫，刘慈欣认为自己与克拉克之间的联系更为紧密。[1]在下面的探讨中，我会首先运用翻译理论家艾米丽·阿普特（Emily Apter）提出的"再定位"（Repositioning）概念，以此厘清并诠释克拉克对刘慈欣科幻创作的影响。

克拉克逝世于 2008 年 3 月 19 日，为表哀悼，刘慈欣在其博客上写道：

> 二十七年前，是他让我产生了写科幻的念头，《2001》告诉我科幻能够怎样展示宇宙的广漠和神奇，《与拉玛相会》则让我看到了科幻怎样像造物主般，创造出一个真实到精致可触摸的想象世界，以后自己的所有小说，都是对这两部经典拙劣的模仿。[2]

在这里，刘慈欣毫不掩饰克拉克对他的深远影响，而这些影响恰恰是他从事自身科幻创作的关键。虽然刘慈欣将这一过程视为"模仿"，但这无疑只是他的自谦，表现出他对克拉克崇高的敬意。不过，直观来看，即便刘慈欣自称是克拉克的弟子，两位作家之间的联系却不能过度解读，不能用来理解作为整体的"二十世纪英国科幻"以及"二十一世纪中国科幻"，毕竟他们的写作风格虽有些许相似，但同样也有很多不同之处。

当然，这不是说"模仿"一词本身是错误的，刘慈欣的确提到过克拉克给他带来的心理变化：

> 1980 年的一个冬夜，一位生活在斯里兰卡的英国人改变了我

---

1 阿西莫夫的影响同样也刻在刘慈欣作品的 DNA 之中，很多学者还是会将刘慈欣看作"传统科幻"或者"黄金时代科幻"的重要继承者。对刘慈欣来说，阿西莫夫的影响主要来源于其 1972 年的长篇小说《神们自己》（*The Gods Themselves*）以及 1941 年的短篇小说《夜幕降临》（*Nightfall*）。在一次采访中，刘慈欣引用了阿西莫夫的观点，并希望"当新浪潮退去后，传统硬科幻坚实的海岸将重新显露出来。" Preston Grassman, "The Three Body Problem and Beyond-A Q&A with Liu Cixin." Trans. Ken Liu (2016).

2 Joel Martinsen, "Chinese SF writers bid farewell to Arthur C. Clarke." (2008)

的一生，他就是西方科幻三巨头之一的阿瑟·克拉克，我看到的书是《2001：太空奥德赛》。在看到这本书之前，我曾经无数次幻想过一种文学，能够对我展现宇宙的广阔和深邃，能够让我感受到无数个世界中的无数可能性带来的震颤，在当时现实主义的黄土地上，那种文学与我所知道的文学是如此的不同，以至于我根本不相信它的存在。当我翻开那本书时，却发现那梦想中的东西已被人创造出来。[1]

这样看来，刘慈欣对克拉克的模仿更像是在模仿自己的梦。他潜藏在内心深处的想法在克拉克那里获得了共鸣，这种所谓的模仿成为了"自我确认"（Self-Confirmation）的过程。在克拉克身上，刘慈欣寻找到了自己的本心。所以，我们需要重新审视刘慈欣在悼念克拉克时谈到的"模仿"，或者我们可以用另一个词来替换——"转变"（Transition）。看到克拉克的作品时，刘慈欣发现自己最初的幻想由一种可流行的、可被大众接受的文学形式所展现，他对克拉克的爱，也就可以成为一种"自爱"（Self-Love），在震撼与激动之中，他意识到了属于他自己的创作冲动。[2]

不过，刘慈欣在文章《超越自恋》中描述的那种跨文化、跨主体（Intersubjective）的思想交流并不是哈罗德·布鲁姆（Harold Bloom）谈到的"影响的焦虑"（Anxiety of Influence）。虽然刘慈欣在其作品中有时候也会对克拉克进行揶揄，但他毕竟没有去刻意"误读"克拉克的小说。换句话说，他对克拉克的敬仰，既不是一味盲从，也不是毫无批判。这里克拉克对刘慈欣的影响，更应当看作阿普特眼中的"再定位"：

1　Liu Cixin, "Beyond Narcissism: What Science Fiction Can Offer Literature," *Science Fiction Studies* 40.1 (2013): 23-24.

2　同上，p. 24.

翻译是一种爱的行为，是一种破坏行为，是一种在世界和历史中重新定位主体的手段，是一种使自我知识异于自身的手段；它可以使某一区域的公民脱离自然的境遇，将他们带出国家空间、日常仪式和预先赋予的家庭安排的舒适区。[1]

由于克拉克的缘故，刘慈欣发现自己脱离了阿普特眼中的"舒适区"，即便他在原先那种"现实主义的黄土地上"也并未感到多么舒适。[2]在与克拉克的互动中，刘慈欣在世界和历史的谱系中重新定义了自己的位置。1978年后，克拉克逐渐为中国大陆读者所知晓并熟悉，这是因为邓小平领导下的共产党政府认为，克拉克的小说对改革时代的中国读者来说足够安全（同样获此认可的还有其他几位英美科幻界的代表作家）。知名科幻学者爱德华·詹姆斯（Edward James）曾将克拉克形容为"具有国际视野"的科幻作家，[3]而刘慈欣想必对此也会颇为认同，在《超越自恋》一文中，他强调了克拉克身上显现的国际主义元素，将其称为"生活在斯里兰卡的英国人"。[4]在阅读克拉克作品的同时，作为青年读者的刘慈欣发现了自己对于"推想小说"（Speculative Fiction）的浓厚兴趣，并在此过程中开拓了视野，为自己寻求了一个新的定位。所以，我注意到，通过阿普特的术语"再定位"，我们可以很好地理解刘慈欣在小说集《流浪地球》中表现的社会关切。正如小说集标题所暗示的，书中的很多故事都以令人遐想连篇的方式阐释了"启程""异变""偏航""危机""漂流""归属"与"放逐"等主题，因此在我接下来的分析中起到至关重要的作用。在《三体》英文版出版的前一年，英语读者首先通过《流浪地球》认识了刘慈欣，

1　Emily Apter, *The Translation Zone: A New Comparative Literature*, Princeton, NJ: Princeton UP, 2006, p. 6.

2　Liu Cixin, "Beyond Narcissism: What Science Fiction Can Offer Literature," p. 24.

3　Edward James, "Arthur C. Clarke," *A Companion to Science Fiction*, ed. David Seed, Malden, MA: Blackwell, 2008, p. 432.

4　同注2，p. 23.

并且对其作品独一无二的特性印象深刻。这些短篇故事大都有着全球视野，致力于描写某种"中间状态"（in-Between），将"过渡"（in Transit）与"巨变"（in Metamorphosis）作为主题。正如一位网络博主写的，《流浪地球》中的很多故事"都体现了一种悲戚情感"，而在一个挪威电子书网站上的宣传语中，《流浪地球》也被称作一首"地球颂歌"。[1]

因此，我对刘慈欣的解读正是围绕这种"全球再定位"（Global Repositioning）的过程。首先我希望强调，刘慈欣的创作主要源于他在克拉克基础之上的再定位与自我确认，而在另一方面，他在"模仿"克拉克写作风格的同时，也体现出了中国在世界框架中位置的变化。人们通常会将克拉克的作品与1930年代美国"纸浆科幻"（Pulp SF）相提并论，而他本人也认同这一点。在1992年出版的《阿瑟·克拉克传》（Odyssey: The Authorized Biography of Arthur C. Clarke）中，克拉克讲道："这些'纸浆'小说创意十足，充分激发起了我们的惊奇感，它们在我看来，理应成为最好的小说。"[2] 同样地，传记作者尼尔·麦卡勒（Neil McAleer）在书中也提到了克拉克收藏科幻杂志时表现出的热忱，在1939年，克拉克入手了一整套《惊奇故事》（Amazing Stories）和《新奇故事》（Astonishing Stories），这也是他"收藏"生涯的巅峰。[3] 于是，若没有克拉克的科幻收藏，若没有克拉克针对他自己的"再定位"，他也无法成长为刘慈欣所钦佩的作家。而在这一过程中，很多美国"纸浆科幻"的著名作家都成为克拉克的灵感来源，包括雷·卡明斯（Ray Cummings）、斯坦利·温鲍姆（Stanley G. Weinbaum）、杰克·威廉森（Jack Williamson）、约翰·坎贝尔（John W. Campbell）等等。这些科幻作

---

1 参见 "The Wandering Earth by Cixin Liu." For winter nights—A bookish blog: https://forwinternights.wordpress.com/2017/05/29/the-wandering-earth-by-cixin-liu/; Storytel. "The Wandering Earth." 〔译者注：没有在 Storytel 网站上找到"地球颂歌"的相关表述，有可能是在页面调整过程中删去了，但在下面的网址找到了这一表达：https://www.boktugg.se/bok/9781784978518/wandering-earth/〕

2 Neil McAleer, Odyssey: The Authorized Biography of Arthur C. Clarke, London: Gollancz, 1992, pp.20-21.

3 同上，p.20.

者之于克拉克,就像克拉克之于刘慈欣,他们所带来的异域风情,早已成为克拉克创作的一部分,并在潜移默化中,继续影响着克拉克的追随者们。我们同样可以这样推测,在大英帝国逐渐丧失往日余威的时候,克拉克的科幻小说能够帮助英国读者审视他们在国际社会中的位置,重新理解英国在冷战时期对美国霸权的依附。

在本文中,我将主要讨论科幻文学如何影响作者与读者的世界观。通过克拉克与刘慈欣的例子,我们可以注意到一个创作主体怎样召唤并激励另一个创作主体。当刘慈欣在那个冬夜读到克拉克的作品时,他在后者的视域中也寻到了他自己的影子,在"模仿"的同时,刘慈欣在创作中也融入了属于其自身的、独一无二的元素。当然,克拉克在阅读并学习美国"纸浆科幻"的传统时,并不需要"翻译"的过程,而翻译,恰恰是刘慈欣能够与克拉克产生共鸣的关键。在我看来,这里的"翻译"应当取最为广义的含义。刘慈欣对克拉克的模仿可被视为一种翻译行为,也就是阿普特眼中"爱的行为"和"破坏行为"。为了证明我没有过度诠释阿普特的术语,我在这里需要指出,阿普特在"翻译"与"再定位"之间建立的联系,实际上指代了某种"阅读"效果,属于读者接受的范畴。这一过程无关于读者究竟在阅读母语还是外语。知名翻译学者丽贝卡·沃克威茨(Rebecca Walkowitz)曾经指出,在"世界文学"的框架下,尽管近几十年来,我们对翻译的观念产生了巨大的变化,但我们并不真正需要新的词汇和相关概念来阅读翻译作品。"我们真正需要的新词汇,是一个可以将原作的文学史与翻译的文学史结合起来的词汇",同时,它还能够反过来,参与到英语内部的"翻译"过程中。[1]沃克威茨强调,像詹姆斯·乔伊斯这样的作家在其作品中融入了许多激进的语言实验,这就将"英语内部翻译"(Inter-Anglophonic Translation)的重要性凸显出来。同时,与之类似的翻译过程在"文体创新"(Generic Innovations)中也可以得到体

1　Rebecca Walkowitz, *Born Translated: The Contemporary Novel in an Age of World Literature*, New York: Columbia UP, 2015, p. 35, p. 45.

现。在 1930 年代，科幻小说获得日益显著的影响力，从而吸引了一大批像克拉克这样的忠实读者，因此也在呼唤一种新的阅读和理解文本的范式。由此我们可以意识到，语言不是单一的，其意义栖息于多重性与关联性之上。语言不会固守其当下的形态，也不会脱离其本身的意义网络而落入虚空。这种关系对于方言（Dialects）以及个人习惯用语（Ideolects）来说，同样是成立的。于是，我们可以将"翻译"视为一种隐喻，并且涉及"全球"（the Global）与"全球性"（Globality）的文学表征——正是这种隐喻，将刘慈欣和克拉克联系在一起。

在那个遥远的冬夜，刘慈欣通过翻译，接触到了克拉克的小说，大受震撼。[1] 他自己的科幻创作也因此受到了强烈影响。然而，我们应当如何批判地看待这种文学影响？这里为了引出下面的观点，我需要借用伊哈布·哈桑（Ihab Hassan）的一句话："一定程度的推测与不确定性，是不可避免的。"[2] 本文中，不管我如何评论克拉克对刘慈欣的影响，这些论断都建立在一种"喧闹却鲜有人留意的蜂鸣声"之上，用哈桑援引屈瑞林（Lionel Trilling）的话说，这种"蜂鸣声"回响在某一个特定的文化或历史时期，"并逐渐渗透到每一种文学关系之中。"[3] 所以，当这种蜂鸣声或白噪音成为文学史的一部分，普遍意义上的"文

1　当然，语言对刘慈欣本人的影响也至关重要，这一点我们无法忽略。与英美科幻作者相比，刘慈欣无法直接使用英语写作，在科幻市场上有着很大劣势。在正式跻身国际科幻出版行业之前，刘慈欣首先通过数字阅读平台来培养他的国际读者群。小说集《流浪地球》的英文纸质版在 2013 年 6 月问世，而在此之前，其电子版首先由北京果米科技公司负责翻译和宣传。在 2012 年，科幻网站"惊奇感"（Sense of Wonder）采访了北京果米科技公司的副主编费比纳（C. W. Verbena）。她强调了数字媒体技术在中国科幻的生产和传播中起到的重要作用，并且也指出，翻译并出版刘慈欣的作品是许多人的共同努力：早在十年之前，中国的"独立作者"（indie writers）便已经开始在文学论坛和网站上连载自己的作品，也让许多从业者早早养成了从屏幕上阅读的习惯。据最近的调研报告显示，中国的电子书市场已经有四百万人民币的产值。虽然亚马逊直到 2007 年才开发了电子阅读器 Kindle，略晚于中国的电子书产业，但很快，我们就看到有越来越多的独立作者愿意在 Kindle 平台上发表作品。这对我们来说是一个机遇，我们需要借此东风，促进中西方的跨文化交流，让更多中国文学作品走入英语读者的视野……

参见 "Interview with Verbena C. W., editor of Liu Cixin in English." *Sense of Wonder*, 2012: http://sentidodelamaravilla. blogspot.com/2012/05/interview-with-verbena-cw-editor-of-liu.html.

2　Ihab Hassan H, "The Problem of Influence in Literary History: Notes Towards a Definition," *The Journal of Aesthetics and Art Criticism* 14. 1 (1955): 73.

3　同上。

学影响"也就融入背景中，变得难以分辨。我也只能跟着刘慈欣回到1980 年那个寓意深远的冬夜，在《2001：太空漫游》（*2001: A Space Odyssey*，1968）（以下简称《2001》）和《与拉玛相会》（*Rendezvous with Rama*，1973）的字里行间，体会刘慈欣早已勾勒出的梦想。在重温这些阅读场景之后，我会试着阐释几个刘慈欣的写作场景，并且从克拉克的影响出发，着重讨论刘慈欣本人的创作特征，以及中英翻译在此过程中的媒介作用。[1]

那梦想中的东西已被人创造出来

首先，我们可以先熟悉一下《2001》中一段似乎平淡无奇的叙述：

> 在主控甲板的孤独时刻中，鲍曼不时倾听这些（来自木星的）无线电的声音。他会把音量开到整个房间都充塞了这种唧唧唑唑的声音，其中，在不规则的间隔中，又会传来一阵阵好像发狂的鸟叫，短促而尖尖颤颤。这真是一种诡异的声音，和人类的关系是如此漠然——这也真是一种孤寂而无意义的声音，一如浪涛冲上沙滩的沙沙声响，或远在地平线外的隐隐雷鸣。[2]

这一场景略显落寞，在漫长的星际旅行中，宇航员鲍曼孤身一人，甚至收音机接收到的噼里啪啦的电磁噪音，都能让他沉醉其中。这些噪音来自异星世界，对鲍曼来说毫无意义可言，但他还是将其与地球

1　华裔美国作家刘宇昆（Ken Liu）翻译了三部曲的第一部《三体》和第三部《死神永生》，而第二部《黑暗森林》的译者则是周华（Joel Martinsen）。在刘宇昆看来，翻译需要在不同语言、文化之间来回穿梭，原文意义在翻译过程中的丢失似乎不可避免，但是，"如果翻译做得好，我们也会有一些收获，其中最重要的，就是在不同读者之间架起一座桥梁。" Ken Liu, "Translator's Postscript," *The Three-Body Problem*, London: Head of Zeus, 2015, p. 398.

2　Arthur C. Clarke, *2001: A Space Odyssey*, New York: Signet, 1968, p. 109.

上的鸟叫声联系起来。这样的联想一方面可以让鲍曼在茫茫宇宙中感受到家一样的熟悉感，另一方面也会让他记忆中的地球逐渐变得陌生起来。我们不能理解鸟叫的含义，而同样地，即便宇宙中的电磁噪音在鲍曼耳中变成了"浪涛冲上沙滩的沙沙声响"以及"地平线外的隐隐雷鸣"，即便鲍曼的联想有着浪漫和怀旧的潜质，这些声音仍然是"孤寂而无意义的"。这段描述暂时弱化了人物角色的重要性，地球不再是"中心"，变成了怀念和渴望的"客体"。星际旅行中，宇航员的生活环境不可避免地发生改变，他也会自然而然地重新审视这趟旅程的意义。像克拉克的很多其他优秀作品一样，鲍曼的旅行象征宇宙的无边无际，这样的无限性会给读者带来深深的震撼，营造一种对"宇宙崇高"（Cosmic Sublimity）的敬畏。

实际上，在《2001》中，这样的"宇宙崇高"在其他情节中也有描写。海伍德·弗洛伊德博士（Dr. Heywood Floyd）在月球上看到的地球"像一个灿烂的信标，挂在北方地平线的上空从那巨大的半个圆球泄下的光，远比满月的光还要亮上几十倍，整个地面因而覆盖了一片冷冷的青色磷光。"[1] 而月球的光晕则显现出"倒锥形的珍珠色，往东方天际斜射而上。"[2] 在"发现号"飞船注定走向毁灭的旅行中，宇航员的意识中不断闪现他对于地球的回忆："随着他们进入越来越深的木星之夜，下方的光亮也逐渐越来越亮了。鲍曼有一次在北极光最盛的时节飞越过北加拿大。白雪覆盖的土地混合着荒芜与灿烂，和此景差可比拟。"[3] 在鲍曼的回忆中，地球显得那么的近，而在现实中，地球距他又是那么的遥远。但是，人工智能哈尔（HAL）却略显唐突地打断了鲍曼的无声遐想："地球传来的信号正在快速减弱。"[4] 这种对"距离感"的刻画是《2001》的叙事核心。鲍曼在来自木星的嘈杂噪音之中，

1　Arthur C. Clarke, *2001: A Space Odyssey*, p. 73.

2　同上。

3　同上，p. 112.

4　同上。

依然听到了来自地球的回响，在他通过飞船上的定向望远镜寻找故乡的时候，总是会脑补地球上的灯光，因此，"城市点缀成善良的光点……像萤火虫般明灭不定。"[1]

接下来，我们可以再看《与拉玛相会》中的一个桥段：

> 2077 年的夏天出人意料地美丽，这年 9 月 11 日，格林尼治标准时间上午 9：46，欧洲的大部分居民都看见，东边的天空中出现了一个炫目的火球。短短几秒钟之内，火球就变得比太阳还亮，划过天际——起初没有一丝声响——留下一柱滚滚烟尘。[2]

在人们发现"拉玛"及其内部的外星世界之前，人们首先注意到的是来自宇宙的毁灭性力量。在小说刚刚开始，克拉克刻画了一次陨石撞击，那是"一千吨岩石和金属，以每秒五十千米的速度撞向意大利的北部平原，刹那间火光冲天，人类几个世纪的劳动成果被彻底摧毁。"[3]第一章结束时，人们为了永远驯服这样的天灾，启动了"太空卫士"工程，调用了包括核武器在内的所有资源和力量，防止巨型陨石突破地球的防御圈。在如此这般崇高理想的加持下，人们得以实现与外星文明的初次接触，即便他们在这次行动中所接触的，更像是外星文明的某个遗迹。《与拉玛相会》的故事围绕一次太空考古，人们将一队宇航员送上了一个长达五十千米的迷你行星，这个行星名为"拉玛"，其内部有着巨大空间，看起来似乎没有生命迹象。但是，克拉克在叙事中，有意地在拉玛和地球之间建立联系。在考古行动的指挥官看来，"他认识这个地方。他曾经来过这里。"[4]他在拉玛内部的所见所闻让他记起了之前在阿兹特克神庙的经历："他在这里有同样的

1　Arthur C. Clarke, *2001: A Space Odyssey*, p. 95.

2　Arthur C. Clarke, *Rendezvous with Rama.*, London: Orbit, 1991, p. 9.

3　同上，p. 10.

4　同上，p. 79.

敬畏和神秘感，也同样为永远消逝无可挽回的过去感到悲伤。"[1]在这里，克拉克模糊了过去和现在之间的边界，拉玛中的一切"足有上百万岁，却显得如此崭新，其中必有蹊跷。"[2]指挥官为拉玛世界的过去感到悲伤，同时也为地球文明的当下感到遗憾。不论拉玛在百万年前经历了怎样的灾难，它都可以蕴含一种"冷战隐喻"，使读者联想到核威慑时期人们对于末日的恐惧。即便克拉克的小说没有直接借鉴冷战元素，拉玛世界中的失落文明还是能够与小说开头陨石撞击带来的毁灭相联系，这一点我们不能忽略。随着情节发展，拉玛成为人类各方势力相互斗争的筹码，成为核威慑新的目标。当年轻的刘慈欣看到这本小说，看到自己的梦想以这样的方式得以呈现之时，我们不难想象刘慈欣内心的激动和震撼，也不难想象这会激发出刘慈欣多么强烈的灵感和创造力。他继承了克拉克的衣钵，以某种黑暗的视角来回应现实中社会与政治层面的一系列问题。

刘慈欣在克拉克身上找到的共鸣在《黑暗森林》中体现得尤为明显。章北海在出发前往太空时，他在舷窗中看着向下退去的大地，想起"在第一次单飞时，他也是这样看着离去的大地，突然发现自己喜欢蓝天要甚于海洋，现在，他更向往蓝天之上的太空了"；而在罗辑意识到"黑暗森林"体系的时候，他感觉到"这天夜里比往常冷，他站在湖边，严寒似乎使星空更加纯净，那些黑色空间中的银色点阵，把那明晰的数学结构再一次庄严地显示出来"。[3]而在短篇小说《流浪地球》中，刘慈欣也写道："看到了吗？地球就是宇宙中的一个小水泡，啪一下，什么都没了。"[4]《黑暗森林》里，章北海的回忆表现出了对地球的敬畏，也表现出了逃离地球的冲动，

1　Arthur C. Clarke, *Rendezvous with Rama.*, London: Orbit, 1991, p. 64.

2　Arthur C. Clarke, *Rendezvous with Rama.* p. 9.

3　Liu Cixin, *Dark Forest*, trans. Joel Martinsen, 2015, London: Head of Zeus, 2016, p. 215, 222.

4　Liu Cixin, "The Wandering Earth," *The Wandering Earth*, trans. Holger Nahm, Leipzig: Beijing Guomi Digital Technology, 2013, p. 21.

两种情感互相牵制，互相平衡。他对大地的爱首先转变成对天空的喜欢，随后又变成对太空的向往。同时，"水"在刘慈欣的作品中，也起到了至关重要的叙事作用。《山》和《流浪地球》都描写了水源对生命的价值，而三体人也需要"浸泡"才能够在长时间休眠后重获生命，面壁者罗辑也正是在湖水之中，顿悟了击败三体人的关键。在一定程度上，章北海感受到的那种地理与空间的矛盾性，是科幻小说的普遍特征，但同时，这也能够帮助我们理解某位特定作家的写作风格。如我们所见，刘慈欣与克拉克的作品中，都能够体现这样的矛盾性。《死神永生》中，学生时代的程心对云天明说，他们所学的航天工程专业是为了在地球上生活得更好，而不是为了逃离地球。[1] 这种"逃离"与"固守"的双重情感在《流浪地球》中交融在一起，去往新星系的旅途上，人类没有抛下他们的地球家园，而是选择将地球一并带向远方。与此同时，人类的星际移民也让《2001》中的弗洛伊德博士陷入了短暂的忧郁。他同事的孩子出生在月球，博士上前去打了招呼，并且独自沉思："所以，这就是太空诞生的第一代了……未来几年还会有更多人出生。虽然想起来有点难过，不过这也带来了很大的希望。等地球完全被驯服了，宁静了，甚至有点疲倦了，仍然还有空间给那些热爱自由的人，那些强悍的拓荒者，那些永无止息的冒险者。"[2] 由此一来，在刘慈欣和克拉克的作品中，我们与地球之间的关系，通过现代科幻叙事，得以"重新定位"。人们的希望与悲伤相互纠缠，融为一体，经久不衰。

在章北海眼中，海洋既象征着人们抛在身后的过去，又召唤着尚未到来的未来。故事里章北海"注定是一个向高处飞、向远方去的人"，[3] 而海洋正是他在越飞越远时回忆的对象。无独有偶，刘慈欣在短篇小说《山》中，同样刻画了一个特别的海洋。突然降临的外星飞船吸引

1　Liu Cixin, *Death's End*, trans. Ken Liu, 2016, London: Head of Zeus, 2017. p. 54.

2　Arthur C. Clarke, *2001: A Space Odyssey*, p. 66.

3　Liu Cixin, *Dark Forest*, p. 215.

了地球上的海水，形成了一个高达 9100 米的高峰。主人公冯帆一路向上游去，在征服这座"海水高山"的同时，也实现了与外星文明的沟通。于是，地球成为天空的延伸，而海水则变成了交流的媒介。这一令人无比震撼的场景，无疑可以让我们联想到《与拉玛相会》中的"柱面海"。在那个圆柱型的迷你世界中，"垂直的大海在二十公里高的半空中围成一个完整的圆环"，[1] 成为拉玛内部最让人难以忘怀的场景。

同样地，在罗辑理解"黑暗森林"法则的时候，他正站在湖泊冰面之上，成为一个宏大的、优雅的几何体系的一部分。刘慈欣在此营造出的几何美学，自然离不开克拉克的影响，离不开后者作品中体现的数学抽象与独特魅力。在夜色与寒风中，银色网格状的星空变得更加"纯粹"，罗辑虽立于地球，但他却与群星产生了更为深刻的联系。刘慈欣笔下这种简洁明晰的数学图像，让人想到克拉克《神的九十亿个名字》中一颗颗熄灭的星星，以及《2001》中拥有完美几何构造的黑色石碑，它的长宽高比例"恰好是 1：4：9——头三个整数的平方"。[2] 在后面的故事中，石碑与"星门"前后呼应，而宇航员鲍曼也发现，星门中"满是星星"。[3] 对于"星门"这部分，库布里克的电影很好地再现了克拉克的文字，群星在这里显示出经过精心设计的晶体结构。

最后，我们再来理解一下为什么刘慈欣在《流浪地球》把地球比喻为"小水泡"。这样的比喻自然有些挪揄的成分，不过却表现了他与克拉克共同追随的科幻诗学。虽然科幻小说架构的宇宙观恢弘无比，但它同时也为我们揭露了地球和人类是多么脆弱。这种脆弱之下，显露出人们的集体归属感，个体归属于作为集体的人类社群，归属于作为家园的地球。在 2016 年英国《卫报》的专访中，刘慈欣讲道：

> 科幻作为一种文学体裁，兼具全球性与普适性，在所有文

1　Arthur C. Clarke, *Rendezvous with Rama*, p. 100.

2　Arthur C. Clarke, *2001: A Space Odyssey*, p. 167.

3　同上，p. 191.

化中都能够得到理解。科幻小说关注的是全人类共同面对的问题，其中刻画的危机对全人类都能造成威胁。这样的特点为科幻小说所独有，值得珍视。我们应当把"人类"视为不可分割的统一整体。[1]

在专访中，刘慈欣把他的观点推而广之，认为所有科幻小说都应如此。但准确来说，他只是阐明了科幻体裁下某种特定的叙事方式。他眼中人类的统一性与地球的脆弱性，同样也受到了克拉克的影响。在包括《夜幕降临》（*Nightfall*）[2]《历史课》（*History Lesson*）和《无常》（*Transience*）等克拉克早期作品中，地球的末日和终结是一个惯常的主题。《夜幕降临》想象的末日场景源自大规模核战争；《历史课》刻画了一场突如其来的冰河时期；而《无常》中的末日浩劫来自太空的某种暗影，"一种黑暗的、可怕的东西遮蔽了群星。"[3]此外，克拉克的许多其他作品都将地球与人类视为一个整体，共同受到某些事件的影响，比如《童年的终结》（*Childhood's End*）中的外星人入侵、《2001》与异星文明交流时产生的文化冲击，以及《与拉玛相会》中的彗星撞击。

于是，在克拉克笔下，地球与人类形成了紧密的、充满张力的命运共同体，这给刘慈欣带来了很大启发，[4]尤其是这种共同体在面对灾难

1　David Barnett, "'People hope my book will be China's *Star Wars*': Liu Cixin on China's exploding sci-fi scene." *The Guardian*. 14 Dec. 2016: https://www.theguardian.com/books/2016/dec/14/liu-cixin-chinese-sci-fi-universal-the-three-body-problem.

2　译者注：此处原文标明的出版年份是 1941 年，实际应为 1946 年，作者在这里将克拉克的《夜幕降临》与阿西莫夫的同名作品互相混淆。

3　Arthur C. Clarke, "Transience," *The Collected Stories of Arthur C. Clarke*, London: Gollancz, 2000, p. 103.

4　克拉克对"全球文化想象"（Global Cultural Imaginary）这一术语的发展起到了重要作用，在"二战"后，电子媒体的地位迅速提升成为文化传播的首要途径。在 1945 年，克拉克在一篇学术论文中论证了中继通信卫星的轨道，使全球即时通信成为可能。同时，他还在一系列虚构与非虚构作品中，表达了他对战后通信技术发展的支持，为"地球村"（global village）和"全球主义"（globalism）打下基础。其中最具代表性的，是克拉克在 1992 年出版的《天下大同：超越地球村》（*How the World Was One: Beyond the Global Village*）。此时，互联网时代刚刚崭露头角，克拉克却处于他写作生涯的晚期。但是，他依然延续了对通信技术的兴趣，在《天下大同》中重新梳理了通信技术的发展史，以此为全球化的发展添砖加瓦。不过，克拉克在这本书中同样也指出了人类—地球共同体的脆弱，以及技术发展带来的不确定性。

时显现出的脆弱性。不过，刘慈欣却对克拉克作品中的神秘主义持保留意见。刘慈欣曾经谈到，《2001》向他展示了宇宙的"宏伟"和"神秘"，但这里"神秘"（Mysterious）所指涉的，并不是神秘主义的相关元素（Mystic）。我们不能否认，《2001》所营造的宇宙神秘感，由于克拉克诉诸神秘主义的情节和叙事，变得逊色不少（当然，"神秘主义"一词有许多含义，可以用来形容宗教、超自然、魔幻、精神以及非物质等各个方面）。但无论如何，克拉克之所以享誉世界，不仅仅是因为他的"硬科幻"代表作，更是因为科幻与神秘主义的紧密结合。虽然刘慈欣从未明确点明，但我认为，他的作品在一定程度上同样融入了神秘主义元素。在《2001》第32章"有关E.T."中，叙事者总结了许多关于外星人智力以及科技发展水平的推测和理论。它们能飞多远？它们长什么样子？它们与技术之间发展出了怎样的共生方式？在这一章最后，"有些神秘倾向的生物学家"更进一步，指出高等文明或许已经脱离了物质宇宙。"根据许多宗教的提示，他们推测心智最终可以摆脱物质。"[1]在《2001》所想象的二十一世纪，人们对精神的信仰正逐渐消失，而正是在这种情况下，小说模糊了物质与精神的边界，构建了一种与物质本体论恰恰相反的哲学观。《2001》尝试着与高等生命对话，这些生命已经进化到极致，成为"精神化"（Spiritualized）与神秘化（Mysticized）的存在。同时，《2001》也在尝试回溯人类来自远古的祖先，他们以某种神秘主义的方式，被赋予智慧，心智得到开化，他们知晓了自己的使命，必须不断进化，来加入智慧生命的宇宙联盟，这种对远古的回溯在奥拉夫·斯特普尔顿（Olaf Stapledon）和德日进（Teilhard de Chardin）的观点中也有所体现。"在无休无止的实验中，"建造"星门"的外星文明"学会了把知识储存在空间本身的结构里……他们可以成为辐射能的生物，最终摆脱物质的束缚。"[2]

1　Arthur C. Clarke, *2001: A Space Odyssey*, p. 174.

2　Arthur C. Clarke, *2001: A Space Odyssey*, p. 185.

　　但是，刘慈欣并没有打破这种"物质的束缚"。在《2001》中，克拉克将科学与神秘主义结合在一起，将人类从现代暴力中拯救出来。宇航员鲍曼与人工智能"哈尔"之间的冲突可以看作人类历史上暴力与战争的缩影，可以追溯到人类文明的伊始，即人类刚刚学会使用工具、改变环境的时候（Homo Faber）。不过，在有关"发现号"的几章中，人类的敌人由技术所召唤，是人类自身的造物。这一点，恰恰是《2001》的核心，暴力与技术相辅相成，即使我们为技术赋予最崇高的意义，我们仍然逃不开技术带来的潜在威胁。幸运的是，这种威胁可以在"星门"中得到净化，而同样得到净化的，还有人类自身循环往复的暴力历史。人性得以解脱，人类获得重生，可以沿着进化的轨道走向更高等级的生命形式。这正是《童年的终结》中描述的桥段：以和平方式征服地球的"天主"（Overlord）重新启蒙了人类，使其走向新的历史阶段。当然，"天主"所做的努力只是一时的权宜之计，他们更重要的目的是召唤某种后人类儿童，他们是最后一代人类，有着通神的能力，能够充分进化，摆脱物质的束缚。

　　而与之相反的是，刘慈欣在其作品中表现出了强烈的达尔文主义，他强调竞争中的适者生存，人类是受制于物质的客体，而非掌控物质的主体。自然，人类对地球和其他星球宣称的主权，也便由此消解。在刘慈欣看来，人类只能依靠自己的力量，在激烈甚至残酷的生存竞争中努力赢得属于自己的未来。宋明炜曾评论，读者只需稍加注意，便会发现"刘慈欣的文学想象不仅仅局限在中国本身"。[1]包括生态恶化等许多现世危机影响着整个世界，而刘慈欣把握住了这些危机，在其作品中，表现出了中国在世界体系和地缘政治中的"再定位"。当下的中国与刘慈欣年轻时相比，早已大不相同。不过在当代文学的构想中，中国"再定位"的前景总是略显悲观。著名汉学家金介甫（Jeffrey C. Kinkley）将莫言、苏童、余华、张伟、李锐、王安忆、韩少功以及

1　Song Mingwei, "After 1989: The New Wave of Chinese Science Fiction," *China Perspectives* 101.1 (2015): 12.

格非等作家的作品归于"新历史小说"（New Historical Novel）这一体裁之下，[1] 并且指出，"大多数新历史小说都致力于描写'地方顽疾'（Endemic Evils）与人性扭曲，表现出人们一种'类达尔文主义'的（quasi-Darwinist）、对于'占有'（Dominance）的痴狂。"[2] 金介甫也曾说，"未来小说与科幻小说都在原则是可以看做历史小说的分支。"[3] 不论我们是否赞同这一点，即便刘慈欣不会将"地方顽疾"作为其故事的核心冲突，他的作品依然能够反映出金介甫眼中新历史小说普遍勾勒的"恶托邦"（Dystopia）图景。（"达尔文主义"本身并不是"恶"的，但"类达尔文主义"却将这一概念用在了不同语境之中，于是预设了"恶"的前提。）在刘慈欣看来，后人类时代中，由 "人类自恋"（Human Narcissism）带来的矛盾心理有助于解释当下这种对恶托邦叙事的偏好，不过，在这矛盾性之中，同样也孕育着希望的火种。这里我需要强调，恶托邦叙事并不只为中国文学所特有。金介甫在谈及新历史小说时也提到，"与《我们》《一九八四》《美丽新世界》所描绘的冷酷图景不同的是，新历史小说讲的故事并不仅仅关于某个特定的国家，而是将全人类都放在了一种抽象的乌托邦／恶托邦文学语境中，置于世界文学和历史批评的视角之下。"[4] 就像刘慈欣所认为的那样，中国的"再定位"过程，只是世界范围内权力关系变化的一部分。

刘慈欣的科幻评论往往略带戏谑之意，并且主要针对以下两个方面：首先，他并不赞成克拉克在其诸多知名作品中运用神秘主义元素作为科幻叙事的补充；其次，他也在质疑中国在实现现代化过程中显露的自视甚高，而这一过程，自然也离不开全球范围内日益深化的现代化、资本化与工业化进程。在下面的论述中，我会借助小说集《流

1　译者注：原文列举的作者还包括张艺谋，此为作者误读。金介甫在讨论苏童时，提到了张艺谋导演的改编电影《大红灯笼高高挂》（1991），作者混淆了张艺谋与其他几位作者之间的关系。See Jeffrey C. Kinkley *Visions of Dystopia in China's New Historical Novels*, New York: Columbia UP, 2015, p.4.

2　同上，p.5.

3　同上，p.4.

4　同上，p.17.

浪地球》中的故事来解读刘慈欣的观点，但在此之前，我会首先讨论克拉克的《童年的终结》来强调两位作家在创作上的区别（克拉克诉诸神秘主义与人类的超验救赎，而刘慈欣则专注于从唯物主义角度刻画生命的竞争关系）。当然，这些区别很大程度上应当归因于他们所处的不同历史语境，两位作家都有着强烈的全球视野，他们通过科幻叙事实现的创造性"再定位"，也反映了他们写作时的地缘政治与国际关系。

《童年的终结》中的外星文明"天主"自始至终都称自己为和平使者，他们向人类展示了其高度发达的科技水平，并以此在地球上打造了极为开明的政治体系：

> 按以往的标准，人类已经进入了乌托邦时代。无知、疾病、贫穷、恐惧统统消失了。战争，犹如被黎明赶走的噩梦，被人渐渐淡忘了，很快，所有活着的人都不会有战争的经历了。
>
> ……
>
> 这是个一体的世界。不同国名仍然在使用，但只作为一个便利的邮政区划。没有人不会讲英语，没有人不识字，没有人没有电视机，也没有人不能在二十四小时内到达地球的另一边。[1]

这两段描写既是预言，又是寓言。"天主"为人类规划的乌托邦社会，与正在形成的战后世界体系有相通之处。星际旅行变得日益普遍，英语逐渐成为最重要的世界语言，远程通信技术无处不在。如果你是那个时代的克拉克，你同样也会对这样的乌托邦心生向往。在这个寓言中，外星人"天主"可被视为一个诉诸"仁政"（Benevolent Governance）的跨大西洋政府，而英语作为其官方语言，传播到了世界的每个角落。从克拉克所建构的世界图景出发，我们不难联想到1953年的真实历史。

1　Arthur C. Clarke, *Childhood's End*, London: Pan Macmillan, 2010, pp. 60-61.

英国的地缘政治实力在迅速衰减，但他们发现，若建立密切的英美同盟，能够在一定程度上弥补英国日渐式微的国际影响力。克拉克深谙此道，他的创作生涯离不开英国与美国在工业、艺术、娱乐等领域的深入合作。他与美国导演斯坦利·库布里克（Stanley Kubrick）一同创作了《2001：太空漫游》的电影剧本，打造了科幻电影史上最伟大的作品之一。因此，克拉克的国际声望得益于二十世纪中叶特定的全球化语境。凭借技术、文化和地缘政治等方面的优势，英国的殖民主义（Colonialism）在"二战"结束后的很长一段时间都得以维持，而与此同时，美国的文化帝国主义（Cultural Imperialism）也在构建着新的世界秩序，克拉克 1979 年发表的作品《天堂的喷泉》中仍然体现了"新殖民主义"（neo-Colonialism）的叙事特征。当然，1956 年的苏伊士运河危机（Suez Crisis）已经表明，美国并不希望大英帝国长期存在，但对很多英国人来说，至少一段时间之内，英美之间的利益同盟是英国在后帝国时代必要的政治依靠，让他们依然可以感受到大英帝国的往日余威。这样的关系正是《童年的终结》所影射的。克拉克想象中"一体的世界"与丘吉尔所规划的不谋而合。他致力于建设一个以英语为基础的世界堡垒，勾勒一个"英国梦"。在梦中，帝国主义凭借英美同盟，继续统治整个世界。

遇见外星文明

由此看来，克拉克的小说里通常充斥着全球甚至宇宙范围内的末日灾难，并且总能提升到精神和神性的高度，而这些，都为刘慈欣的创作指明了方向。他的短篇小说《吞食者》收录在其故事集《流浪地球》中，在某种程度受到了克拉克《地光》（*Earthlight*）中一次战斗场景的启发。[1] 在《吞食者》中，一艘巨大的环形外星飞船入侵地球，暴力

1　参见《地光》第十七章所详细描写的太空战役。

攫取地球上的自然资源。与《流浪地球》收录的其他故事类似的是，《吞食者》对比了人类与外星人针对某些社会议题的观点。故事里一位考古学家受到联合国的委托，向外星使者"大牙"展示了一本画册，内容是人类文明与文化的灿烂传统，以此争取人类生存的机会。考古学家为人类悠久但脆弱的文明感到无比自豪，并且主动带领"大牙"参观了正在发掘的城市遗址，该遗址距今有五万多年。不过，"大牙"却不为所动，他让人们留意土壤中的生物，指出人类在发掘古城遗址的同时，破坏了一个同样古老的蚂蚁王国。在"大牙"看来，若放在整个宇宙中，人类并不比蚂蚁更加重要——实际上，二者都没有任何意义。唯一重要的是，"大牙"文明需要地球和其他星球上的资源才能够维系生存。因此，他们的文明必须要摧毁地球，任何道德准则在生存面前，都变得毫无价值。生存是他们的第一需要。故事中，中国元帅所做的决定是正确的，他动员了地球上所有军队，向外星人发起了猛烈的反击。不过，这场战争依然以人类的失败而告终，地球也变成了一片废土，只有蚂蚁还在顽强生存。

　　"大牙"作为故事标题中提到的"吞食者"，在表现出残忍本性之余，点明了"竞争"的重要性，这一点在《流浪地球》收录的其他小说中也有所体现。在故事最后一章，"大牙"向元帅坦言了"吞食者"文明的漫长星际殖民历史。他如是说："文明是什么？文明就是吞食，不停地吃啊吃，不停地扩张和膨胀，其它的一切都是次要的。"[1]究其本质，这非常像刘慈欣本人的发言。但是，在接下来的情节中，"大牙"的观点却被元帅的回应所动摇。在结局处，元帅和他的士兵牺牲自我，成为蚂蚁赖以生存的食物，他们躺在贫瘠、皲裂的大地上，脱下头盔，仰望星空：

　　　　时间在流逝，太阳落下，晚霞使劫后的大地映在一片美丽

1　Liu Cixin, "Devourer," *The Wandering Earth*, trans. Holger Nahm, Leipzig: Beijing Guomi Digital Technology, 2013, p. 353.

的红光中，然后，有稀疏的星星在天空中出现。元帅发现，一直昏黄的天空这时居然现出了蓝色。在稀薄的空气夺去他的知觉前，令他欣慰的是，他的太阳穴上有轻微的骚动感，蚂蚁正在爬上他的额头，这感觉让他回到了遥远的童年，在海边两棵棕榈树上拴着的小吊床上，他仰望着灿烂的星海，妈妈的手抚过他的额头……

夜晚降临了，残海平静如镜，毫不走样地映着横天而过的银河。这是这个行星有史以来最宁静的一个夜晚。[1]

《吞食者》中的救赎并不属于人类。但即便如此，故事的结局显示出了与克拉克的联系，传递了一种凄美的情绪，把战败士兵推上前台，使读者产生共鸣。[2] 这种情绪让我们回想起故事开始的考古学家，他为了博得"大牙"的共情，为人类争取生存机会，同样付出了很多努力。在这里，我会简单提及《吞食者》所制造的张力。一方面，刘慈欣在其拟人化的叙事中，注入了强烈的人道主义和情感冲动，表现出了克拉克式的叙事节奏和文学想象；而另一方面，他又强调了达尔文主义所推崇的生存竞争，并以此构成了星际战争"非道德"（Amoral）的伦理基础。

《吞食者》蕴含了丰富而复杂的文学隐喻，探讨了科幻作品中的重要主题"外星人来访"，而同样地，这一主题在《流浪地球》的其他故事以及克拉克的作品中也都有体现。不过，刘慈欣与克拉克刻画的外星人形象却截然相反，表现出了他们对于生命进化的不同理解。众所周知，克拉克的许多著名作品都探讨了人类进化，但在他眼中，人类进化并不应当完全遵循达尔文的理论。安德鲁·里西克（Andrew

---

1　Liu Cixin, "Devourer," p. 353.

2　《吞食者》（2002）最后一句这样讲道："在这宁静中，地球重生了。"这让我们联想到克拉克《无常》（1949）的结尾："来自月亮与无数星星的光洒在海面上，海滩躺在那里，安静地等待着终结。现在它是孤独的，恰如其诞生时分。" Liu Cixin, "Devourer," p. 353; Arthur C. Clarke., "Transience," p. 103.

Rissik）在 2001 年在《卫报》发表了一篇关于《阿瑟·克拉克小说选集》
（*The Collected Stories of Arthur C. Clarke*）的书评，他在文中指出，"在
科学进步与理性思维的表面之下，克拉克的小说总是被某种古老巫术
所影响，表现了一种对于神秘主义和'超验变形'（Metamorphosis）
的渴望。"[1]正是由于这样的渴望，克拉克总是能够以多元化的方式，
想象人类与外星文明接触的不同可能性。他笔下最为著名的外星人形
象与上帝无异，是宇宙中所有其他文明的导师与启蒙者。《童年的终结》
中的"天主"和"天神"（Overmind）将人类从自我毁灭中拯救出来，
并且与《2001》中的"星门"建造者一样，为人类进化指明了新的方向。
而在克拉克的短篇小说《救援队》（*Rescue Party*, 1946）中，如果人
类无法在太阳爆发之前拯救自己，外星人同样也会施以援手。

　　不过，在《吞食者》中，刘慈欣却刻画了截然相反的外星人形象，
整个故事发展也以资源有限、适者生存为基调。[2]《赡养人类》里准备
征服地球的是"哥哥文明"，他们来自一模一样的另一个地球（"第
一地球"），但在那颗星球上，由于新自由主义的不断深化，财富不
均带来的冲突也愈演愈烈。最终，当社会不平等发展至极致，所有生
产资料全部掌握在同一个人手中，人们称其为"终产者"。于是，世
界上所有其他人都变得一无所有，被"终产者"逐出第一地球，不得
不踏上漫长的旅程，寻找新的家园。来自"哥哥文明"的征服者并未
显示出任何善意，也并不打算分享任何资源。他们将地球上所有人视
为俘虏，以世界上最穷的人作为参照，一视同仁地向人类提供最基本
的生存保障。因此，地球上的有钱人在迫不得已之下，将自己的财富
重新分配给其他人，以此提高穷人的生活标准，这成了小说最吸引人

1　Andrew Rissik, "Magic Among the Stars—Review: The Collected Stories of Arthur C. Clarke," *The Guardian*. 20 Jan. 2001: https://www.theguardian.com/books/2001/jan/20/sciencefictionfantasyandhorror.film.

2　刘慈欣对外星人的刻画也有例外。文学杂志《译丛》（*Renditions*）在其 2012 年出版的中国科幻专号中收录了刘慈欣的《乡村教师》。故事中，一群来自偏远山区的孩子让外星人相信，地球文明已经拥有了一定水平的智力，因而得以免于灾难。《乡村教师》中的外星人对人类显示出了某种程度的同理心，这在《流浪地球》收录的小说中并不多见。

的桥段。

在另一则短篇小说《赡养上帝》中，刘慈欣更为直接地讽刺了克拉克式的外星人叙事。故事中的外星人只是二十亿向人类祈求食物的老人，"他们都有一些共同特点：年纪都很老，都留着长长的白胡须和白头发，身着一样的白色长袍。"[1] 他们曾经在其飞船上向地球播种生命，如今他们都已行至耄耋，又回到了地球，希望可以得到人类的赡养。在一开始，人们报之以善意和尊敬，但好景不长，不久之后人们便开始厌恶他们的造物主，负责赡养的家庭把他们赶了出去，而上帝们自己也认为，或许离开地球才是最好的主意。

我们该怎样看待这些故事？不论我们作何解读，这些故事显然都不是当代的道德寓言。即便有些故事确实有着对何为"正义"的讨论，但刘慈欣并不希望借此向读者灌输某种道德信条。"大牙"虽然谴责人类对蚂蚁王国的破坏，但实际上，这两种文明都不值得"大牙"道德上的关切。《赡养上帝》中步履蹒跚的年迈上帝们虽可怜，但也可憎，而《赡养人类》中"哥哥文明"的所作所为也很难站在道德高地上。更重要的是，比起克拉克故事中深谋远虑的外星导师，刘慈欣笔下的外星人形象更加强硬，也更加复杂，这无疑体现出了两位作家所处的不同历史与文化背景。中国在逐渐成长为世界大国的过程中，经历过无数困难和阻碍，这些都在刘慈欣的创作中留下了不可磨灭的印记，万万不可忽略。同样，我们也不难想象，"文革"时期给刘慈欣留下了怎样的印象。在 2017年的一次采访中，刘慈欣讲道："文革时的经历让我明白了人性和社会的复杂，也让我意识到，人类的未来同样也充斥着危险和不确定性。"[2] 我认为，在所有来自克拉克的影响中，刘慈欣最为珍视的，是一种书写"崇高科幻"（Sublime SF）和"宇宙科幻"（Cosmic SF）的可能性，

1　Liu Cixin, "Taking Care of Gods," *The Wandering Earth*, trans. Holger Nahm, Leipzig: Beijing Guomi Digital Technology, 2013, p. 363.

2　K. E Lanning., "In the Author's Universe: Interview with Sci-Fi Author Cixin Liu," *Futurism*. 28 July 2017: https://vocal.media/futurism/in-the-authors-universe-interview-with-sci-fi-author-cixin-liu.

并从此出发，思考中国和世界的过去、现在与未来。克拉克作品呈现的"惊奇感"（Sense of Wonder）主要源自超验主义，或者用知名科幻作家、评论者加里·吉布森（Gary Gibson）的话说，克拉克小说的魅力离不开某种"技术神秘主义"（techno-Mysticism）。[1] 在现在看来，这些元素都略显过时，而刘慈欣却为它们赋予了新的活力，他站在当代的历史境遇中，书写着中国的未来走向。

　　这样的策略显然不无道理，通过科幻小说，中国的当代历史也在呼唤着属于自己的惊奇感。不过，刘慈欣在故事集《流浪地球》中构建的惊奇感，同样也来源于另一个主题——生态灾难。地球对我们意味着什么？人类与地球之间的关系是什么？我们对地球又负有怎样的责任？在接下来的论述中，我们会发现，《流浪地球》中的小说为前面这些问题提供了许多答案，但这些答案互相矛盾，令人不安。一定程度上，这种矛盾性可以归因于刘慈欣的汉文化背景，但同时也反映出了他对"科幻"本身的复杂态度。

诉诸"自恋"

　　美国作家、记者詹姆斯·法洛斯（James Fallows）曾在《天降中国》（*China Airborne*）中介绍了中国的航天工业，并且强调，"过去三十年中，中国的战略发展一直围绕其工业化进程。"[2] 截至今日，我们仍然不能低估中国所取得的成就，与 1980 年使刘慈欣铭记终生的冬夜相比，中国已经发生了天翻地覆的变化。在《当中国统治世界》（*When China Rules the World*）里，作者马丁·雅克（Martin Jacques）写道，"中

1　Gary Gibson, "From Slide Rules to Techno-Mystics: Hard SF's Battle for the Imagination," *Strange Divisions and Alien Territories: The Sub-Genres of Science Fiction*, Keith Brooke ed., New York: Palgrave Macmillan, 2012, p. 7.

2　James Fallows, *China Airborne: The Test of China's Future*, New York: Vintage, 2012, p.56.

国仅在短短三十年间，就完成了从十八世纪到二十一世纪的飞跃。"[1]
中国正在经历人类历史上最大规模的人口流动之一，数以亿计的务工
者正从农村迁往人口密集的城市地区。简单来说，中国正在变得"现
代"，甚至已经可以召唤出西方视野中"现代性"的幽灵，但即便如此，
中西方的现代性仍有很大的差异。

在雅克看来，中西方现代性最为重要的差异源自双方对"文明"和
"民族"的不同理解。"对中国人来说，中国不是一个'民族国家'
（Nation-State），而是一个'文明国家'（Civilization-State），或者换
句话说，中国文明就像一个非常古老的地质构造，各个地层纵横交错，
共同构成了其'文明国家'的内核，而'民族国家'只是其表层的土壤。"[2]
他进而讲到，这种文明观不会把"现代性"看作某种激进的历史变革，
中国有着过于坚实的历史基础，形成了过于深厚的"地质构造"。像这
样的"文明国家"与土地的联系密不可分。"这种'地质构造'不断提
醒我们，'中华'文明一直处于世界的中心，与所有其它国家完全不
同。"[3]雅克认为，中国自始至终都有着这样的"中心意识"（Sense of
Centeredness），把自己放在人类历史中最为重要的位置。

与刘慈欣作品中的冷酷达尔文主义相对比，雅克的"中国文明论"
别具一格，为理解中国科幻提供了极有价值的讨论视角。对于这一方
面，刘慈欣并没有直白地予以认可，不过他在小说中却融入了基于"中
国文明论"的辩证关系。他并非沙文主义者，但"文明"仍然是刘慈欣
创作中的重要元素。让我们首先回想一下《吞食者》中的考古现场，
蚂蚁王国的覆灭也象征着"中国奇迹"所带来的环境危机。考古学家
自豪地向外星人介绍说，这是一个具有五万多年历史的人类遗址，这
个数字能够让我们联想到"中华上下五千年"的历史表述以及五十万
年前生活在中国地区的"北京猿人"。而如果我们站在故事中外星人

1　Martin Jacques, *When China Rules the World*, 2nd ed, New York: Viking, 2012, p. 208.

2　Martin Jacques, *When China Rules the World*, p. 244.

3　同上，p. 252.

的角度，人类并没有获得额外的关注。它们并没有诉诸"拟人主义"（Anthropomorphism），没有与人类产生任何共情，反对人类学家对人本主义的推崇。在《超越自恋》一文中，刘慈欣已经阐明，不论是在地球上还是在宇宙中，人类都不享有任何特殊地位。不过，在《流浪地球》收录的故事中，我们仍然可以感受到人类的"自恋"以及对自身地球文明的骄傲。虽然《吞食者》中的考古学家并没有给人类争取到更多生机，但他讲的内容却远非无足轻重。在故事最后，元帅的自我牺牲虽略显唐突，改变了小说的基调，却也在我们的意料之中。

但是，刘慈欣的"人类自恋"和雅克的"中国文明论"有何联系？其实，任何文明、民族、种族或宗教的沙文主义都与"人类自恋"有着千丝万缕的联系。中国文明确实有着"自恋"的倾向，它专注于构建某种神圣的、理想的图景来映射当下的人类文化。而同样的，克拉克所处的英美文明体系也离不开"自恋"的元素。在刘慈欣眼中，以人类为中心的"自恋"与"文明沙文主义"之间的关系是复杂的。他问道："能不能用文学去接触一些比人性更宏大的东西？"[1]对此，刘慈欣自己的答案是肯定的，他认为，科幻的作用正是帮助我们走出沙文主义和"自恋"的认知框架，但他同时也指出，"人类和文学都有自恋的权力。"[2]所以，"超越自恋"并不是要克服自恋，而刘慈欣这种看似冲突的观点，体现在了其作品中科学与文学的张力。在《超越自恋》的开篇，刘慈欣便讲道："没想到有一天能与文学走得这么近，因为直到现在，我也不是一个文学爱好者。"[3]在我看来，我们在这里讨论的，实际上是一种嫁接，一种"科学"与"自恋"的嫁接，一种"科学"与"文学"的嫁接。如果我们用"全球主义"（Globalism）来概括现代科技文化在世界范围内的扩散，那么我们也应当清楚这一术语的同质化倾向，它在全球资本的框架中，抹去了不同文化之间的

1　Liu Cixin, "Beyond Narcissism: What Science Fiction Can Offer Literature," p. 31.

2　同上。

3　同上，p. 22.

差异，而文学所书写的，是这些渐渐归于同一的差异性。刘慈欣断言："文学给我的印象就是一场人类的超级自恋。"[1] 我们只有在"超越自恋"的理论与哲学场域中，才能够正确理解这样的"自恋"，并用"后人类主义"（Posthumanism）的眼光加以审视。刘慈欣眼中的科学是通向真理和意义的康庄大道，科学所构建的未来也在呼唤着太空探索，重新定位着人类社会的道德准则。于是，在这样的未来中，文学与"自恋"仍然可以发挥重要作用。正像我刚才提到的，"超越自恋"这一过程并非对"自恋"的否定，而是将"自恋"放在了不同的历史和文化语境中。"自恋"对刘慈欣来说，是合理的。[2] 同样，其他生命与人类无异，也都是"自恋"的，我们对世界的认识取决于我们的感知能力，而我们的感知能力却永远无法挣脱物种的限制。就这样，以文化为依托，我们在生物学层面上的差异，成为人类自我崇拜的对象。

不过，人类这种生物学上的局限正逐渐被科学和技术所打破，[3] 宇宙对我们来说变得更加广阔，而刘慈欣跟随着克拉克的脚步，痴迷于这样广阔的宇宙，也痴迷于科技为我们带来的无限可能。他在《超越自恋》一文中同样写道，"科幻的源泉是科学"，[4] 在刘慈欣眼中，科幻是书写科学的方式之一。不过即便如此，他还是承认了文学性对科幻小说不可或缺的作用，与科学性形成互补关系。这种文学性，就是"自恋"的根源。科幻中的"科"与"幻"的元素相辅相成，缺一不可，哪怕是非常传统的"硬科幻"作者，也必须要在科学的冷酷方程与文学的"主观化"力量之间寻求平衡。

通过《超越自恋》，刘慈欣解释了他与克拉克的紧密联系，他们的

1　Liu Cixin, "Beyond Narcissism: What Science Fiction Can Offer Literature," p. 22.

2　同上，p. 31.

3　参见斯蒂格勒的《技术与时间：2. 迷失方向》。对斯蒂格勒来说，"族裔"本身即体现了人类在生物和文化层面的局限性。换句话说，"族裔"代表了某一社会群体对于"人类－科学"关系的不同理解。具体内容可参阅该书第二章"迷惑的生成"（The Genesis of Disorientation）。Bernard Stiegler, *Technics and Time*, Vol 2: Disorientation, trans. Stephen Barker, Stanford: Stanford UP, 2009.

4　Liu Cixin, "Beyond Narcissism: What Science Fiction Can Offer Literature," p. 23.

联系建立在科幻的文学性之上，而非阿西莫夫作品中那些不那么"艺术"的元素。与阿西莫夫一样，克拉克也是"硬科幻"的代表作家。在"二战"时期，克拉克是一位雷达技术专家，拥有数学和物理学两个学位，因此科学深刻地影响了克拉克的科幻写作。但与阿西莫夫不同的是，克拉克的作品氤氲着某种悲怆感，体现了人们对宇宙浩瀚的敬畏和对生命脆弱的悲悯，这在一定程度上更像是雷·布拉德伯里（Ray Bradbury）或刘易斯（C. S. Lewis）的写作风格。对刘慈欣和克拉克来说，成功的科幻作品需要保持一种微妙的平衡，即便最"硬"的科幻，也需要同读者的"自恋"相联系。可以说，刘慈欣的科幻表现了中国现代化进程带来的创伤和奇迹，他的文章《超越自恋》也的确论证了全球环境主义的可能性。但与此同时，他的作品仍显示出某种辩证关系，从中我们既可以读到绝对的人类中心主义和自我主义，又可以感受到宇宙的"非中心性"（Decenteredness）和"非人类主义"（a-Humanism）。这样的张力可以解释《吞食者》在结尾处显现出的矛盾性，将刘慈欣的宇宙观和人类中心论并置在一起，为"流浪地球"这一隐喻提供了文学基础。

在科幻语境中，"流浪地球"象征了不同叙事之间的矛盾性，人性的温暖与宇宙的冰冷你中有我，敬畏与放纵相生相克。地球得以流浪，不再固定于同一个位置，而刘慈欣亦是如此。小说《流浪地球》描写了地球在空间和物理上的不确定性，反映出意义和价值本身的模糊。这是在"超越自恋"过程中必然显现的模糊，是刘慈欣刻意追求的结果，最终将读者引向对于环境灾难的政治讨论。

地球在流浪

在《流浪地球》中，太阳行将枯竭，地球因此必须踏上漫长的征程，飞往新的恒星。在几个世纪的时间里，在数百万台地球发动机的牵引下，地球停止了自转，向半人马座比邻星慢慢加速。这些发动机使人望而生畏，却又有着崇高的美感。在故事中，人类没有抛下地球独自逃生，因为"只有像地球这样规模的生态系统，这样气势磅礴的生态循环，才能使生命万代不息。"[1]不过，在长达两千五百年的旅途中，地球资源会渐渐耗尽，而确切地说，在地球的星际流浪开始之前，由地球发动机带来的自然灾难早已经彻底破坏了地球生态。但尽管如此，地球发动机仍然可以看作自然与技术的混合，让我们联想到中国的大坝工程，比如三峡与小湾水坝。《流浪地球》的叙事者回忆了许久以前上学时参观地球发动机的经历，望着这些比珠穆朗玛峰更加宏伟的科技造物，他能够感受到"通过大地传来的震动"。[2]这些发动机遍布中国与北美的平原地区，将地球推向新家园的同时，也在消耗着地球本身。

毫无疑问，发动机是一把双刃剑，地球的损耗是人类为了生存必须承受的代价。人们将地球从太阳爆发中拯救出来，却也将其肢解得面目全非："各个大陆地热逸出，火山横行，这对于人类的地下城市是致命的威胁。从第六次变轨周期后，在各大陆的地下城中，岩浆渗入灾难频繁发生。"[3]为了理解人类对地球的破坏，我们需要知道山杉加代子在下面这段对话中的双重含义，她对主人公说："要知道，流浪地球在宇宙中是叫不到救援的！"[4]加代子的意思显而易见，人类无法向任何他者求助，在挣扎求生过程中，我们只有依靠我们自己。不过，加代子同样也讲出了地球的心声，我们的星球无法呼救，在面对人类的一味索取之时，地球是失声的。"地球，我的流浪地球啊！"——刘慈欣在故事中描绘的地球挽歌可歌可泣，却也令人感到不安。小说虽然表现了我们对宇宙的敬畏，但也毫不避讳由人类带来的生态灾难。

不能否认，刘慈欣的许多故事都体现了对地球的强烈关切，但他却并没有直截了当地阐明其环保理念。当下的技术创新会带来一系列潜在

1　Liu Cixin, "The Wandering Earth," p. 11.

2　Liu Cixin, "The Wandering Earth," p. 3.

3　同上，p. 22.

4　同上，p. 25.

的危害，但如果考虑到技术本身的价值，这些危害也就变得可以理解。《流浪地球》中的比邻星是中国和地球的新家园，在太阳系毁灭后，它将是人类文明唯一的灯塔。去往比邻星的征途，是一场豪赌，人类以整个文明的存续为筹码，不惜暂时毁灭地球，寄希望于在新家园能够开发出新的技术，让地球复生。

与之相似的是，在《地球大炮》中，技术创新成为人类的第一需要，并且不惜以环境破坏作为代价。这是《流浪地球》小说集最后一则故事，其开篇便制造了一种灰暗的气氛："随着各大陆资源的枯竭和环境的恶化，世界把目光投向南极洲。"[1] 于是，各个国家为了获取矿产资源，纷纷在南极展开激烈争夺。这一过程中，中国开凿了一条贯穿地心的"地球隧道"，由漠河直通南极大陆的最东端南极半岛，从而在竞争中处于绝对领先。这一工程称为"南极庭院"，得到了中国政府的大力支持，但同时，工程也带来了前所未有的巨大灾难。故事中邓洋向沈华北解释道，"最大的灾难还是这个超级工程本身，南极庭院工程在技术上是人类史无前例的壮举，而在经济上的愚蠢也是空前绝后的。"[2] 在人类的过度开发之后，"南极大陆与其它大陆一样成了一个弥漫着烟尘的垃圾场。"[3]

不过，这也是人类没有办法的选择。半个世纪之后，沈华北从休眠中醒来，发现自己置身于一个美丽的新世界。在他休眠时，全球环境进一步恶化，但新技术的发明扭转了局面，地球的生态平衡也在逐渐恢复。在故事最后，看着地球展现出的美丽图景，"沈华北被这情景陶醉了，再看看下面蔚蓝色的地球，他的眼泪涌了出来，他现在最大的愿望，就是让参加过南极庭院工程的每一个人，故去的和健在的，

---

1 Liu Cixin, "The Longest Fall," *The Wandering Earth*, trans. Holger Nahm, Leipzig: Beijing Guomi Digital Technology, 2013, p. 419.

2 同上，p. 461.

3 同上，p. 462.

都看看这些。"[1]不过，正像我们在前文中讨论的那样，沈华北最后的感慨虽然表面上指向了某种乌托邦式的未来，但实际上是可怜、自恋以及沙文主义的体现。他在这里想到的，是他的科学家同胞，而他看到的，正是这些科学家共同创造的技术奇迹，而非地球本身。他们曾经因破坏环境受到指控，但这些指控很快就变得无关紧要，在刘慈欣的小说中，科学家最终都会得到救赎，一方面，这是因为所有的灾难都能通过技术手段加以解决，而另一方面，人类的"自恋"也是不能忽视的影响因素。

但即便人类可以得到救赎，刘慈欣笔下的地球和中国仍然在流浪，而这些救赎也终究是不可兑现的。在人们的祈愿中，所有的希望都会无限期地推延到遥远的未来。显然，这样的描写本身便蕴含着批判，中国在其现代化、工业化和城市化过程中显露出的负面影响，在《流浪地球》收录的诸多小说中悉数得以展现。不过在刘慈欣看来，中国的现代化也表现出了独特之处。除去规模不同，中国完成现代化的那一瞬间总是被不断推迟，置于或近或远的未来之中。这里，我们需要强调刘慈欣和克拉克的另一个区别。总体上讲，克拉克的读者通常会对未来萌生希望，当然偶尔也会陷入对"崇高"的敬畏，这两种情感之间有着比较明显的界限。但在刘慈欣的故事中，这样的界限被打破，两种情感因此得以彼此交织。在小说集《流浪地球》中，"黄金时代"所预设的美好未来让位于一系列末世灾难。人类只有闯过地狱，才能抵达新的乐园，才能拥有更美好的命运。但是我们同样也可以说，地狱正是我们的命运，旅途本身就是一切。

与克拉克一样，刘慈欣相信于科学技术给人类带来的转变。但同时，刘慈欣也超越了克拉克所处的历史语境，他没有局限于二十世纪中叶英美科幻对冷战核打击的恐惧，反而强调，对科学的信仰无法脱离人类在"自我主义"加持下所犯的罪行。而"文学"本身在刘慈欣看来，视野

1　Liu Cixin, "The Longest Fall," *The Wandering Earth*, trans. Holger Nahm, Leipzig: Beijing Guomi Digital Technology, 2013，p. 476.

狭隘，令人担忧，除非它能够挣脱诸多限制，通过"再定位"的过程寻找新的视域。另外，刘慈欣也扬弃了克拉克式"惊奇感"所预设的超验主义，以想象的方式，刻画了中国在世界框架中的"再定位"，也思考了当今世界在人类历史中的"再定位"。金介甫在评论中国新历史小说时提到，"这一体裁摒弃了所有'后启蒙时代'（post-Enlightenment）人们对进步的信心。"[1]一定程度上，刘慈欣的小说也体现了上述新历史小说的特征，也确实描绘了更加黑暗、更加让人担心的未来图景。正因为此，与克拉克相比，刘慈欣的小说更加成熟，更加深刻地认识到了人类和科技的局限性，并且以更为敏感的方式再现了人类的历史创伤。不过，在对克拉克的模仿和翻译中，刘慈欣在其故事里通常也会留有一丝希望。这种希望若隐若现，在无比宏大的科幻叙事背景中召唤出来，从中我们依稀可以看到克拉克的影子。

吕广钊译，原载 *Science Fiction Studies* 46.1(2019): 39-62

---

1 Jeffrey C. Kinkley, *Visions of Dystopia in China's New Historical Novels*, p. 24.

刘慈欣"三体"三部曲接受与翻译中的（自我）东方主义和后东方主义

关首奇（Gwennaël Gaffric）

一、全球翻译市场中的刘慈欣"三体"三部曲

作家陈楸帆曾在日本发表演讲，讨论"《三体》之后的中国科幻"。他在其中指出，刘慈欣的三部曲（在海内外）的巨大成功，深刻地改变了中国科幻的文学场域，也极大地刷新了媒体、政治、文学以及学术领域对科幻这一文类的认知方式。[1]本文旨在批判性地审视刘慈欣《三体》系列在中国和国际上的翻译和接受语境，而我亲身翻译三部曲法文版的经验丰富了相关论述。在对这一论题进行详尽的学术探讨之外，我还希望借此机会反思自己的翻译实践，去理解在何种程度上，内在于全球翻译生态系统的译者可以对围绕着刘慈欣作品的多变投影拥有发言权。

---

[1] 卧虫：《乱纪元里的飘荡：后三体时代的中国科幻》，Pinwan 品玩 (2016). http://www.pingwest.com/chinese-sifi-after-three-body/. Accessed 27 February 2019.

　　"三体" 三部曲如今大约已有 15 种语言的译本（至少已译出第一卷）。其中绝大多数（韩语译本除外）是在第一卷的英文版，也就是刘宇昆翻译的《三体》（*The Three-Body Problem*）出版之后才翻译完成的。2015 年英文版《三体》斩获雨果奖，毫无悬念地促使这部作品洛阳纸贵（到 2017 年底共售出 76 万册[1]，第一卷在亚马逊中国 2018 年第一季度的纸质书畅销榜上排名第六，电子书畅销榜上位居第二[2]）。此外，对持有刘慈欣三部曲翻译权的文学代理机构而言，无论是译本内容还是副文本设计，英文版都可以作为参考。

　　因此，三部曲的意大利文版是由英译本翻译而来的，译者此前从未翻译过中国的文学作品。除了选择全文翻译英文版，还有许多蛛丝马迹使我们认识到外国出版商（以及译者？）赋予英文版三部曲的重要角色。这种影响不仅体现在翻译策略本身，在这些译本的副文本设置方面也显而易见，并且还以一种更加宽泛而系统的方式显现在生产这些文本的编辑流程当中。

　　就翻译策略而言，举个例子，好几种译本（法、德、西班牙、意大利、葡萄牙和土耳其语）都和英译本一样，将那颗位居三部曲核心的半人马座 α 的地外行星译作 "Trisolaris"，而其中文原名 "三体" 则更为中性。对于熟悉原文的读者来说，这个翻译选择更加费解，因为所有可能指涉原著标题的线索都被抹去了。与之类似，第一卷的中文标题只有 "三体" 两个字，而英文版译者 / 出版商却选择加上了实质性的 "问题" 一词。其他西方语言的译本也大都采用了这种译法。还可以指出，尽管西班牙文版据说是从中文原文翻译而来的，但其第三卷译名 "El Fin de la muerte" 却是英译 "Death's End（死亡尽头）" 的转译。这两个译名都与中文原题截然不同，和 "死神永生" 的字面意义相去甚

1　Jia Mei, "The Science of a Good Story," *China Daily* (2018), WS5bd25451a310eff3032849bd_3.html. Accessed 27 February 2019.

2　Ifeng.com 凤凰网，Yamaxun xinshu《亚马逊中国发布 2018 年中畅销书榜单新书榜单》half (2018).

远。[1] 在其他迄今为止出版的译本中，法文版译名"La Mort immortelle（不朽的死亡）"更接近中文原题的字面意义，意大利文版译名"Nella quarta dimensione（四维空间）"则更贴近小说内容。[2]

在副文本标准化的诸多例证中，尤其令人瞩目的是美国版的封面被许多译本重复使用。比如在英、德、意大利、波兰、俄、西班牙和土耳其语译本中，由著名法国艺术家（但在美国定居和工作）斯蒂芬·马蒂尼埃设计的，是完全相同的。

同样，这些译本中的人名翻译也是颠倒的，没有采用姓后跟名的顺序（如"Liu Xicin"），这样做既不符合中文习惯，也与这些国家的大多数中国文学译本的翻译惯例不同（例如，阎连科作品的所有德、意或西班牙语译本，总是将其姓名转写为"Yan Lianke"而非"Lianke Yan"）。

本文的目的不是去分析英译本怎样影响或启发了其他译本，这个问题有待全面研究。这里只举"Sophon"一词的采用为例。英、德和西班牙语译本都选用了"Sophon"来翻译中文的"智子"（三体人送到地球的智能侦查质子）一词。"智子"与"质子"同音，是个双关语，同时汉字"智（知识）"也与"质（物质）"构成双关。法文版将这个新词译为"Intellectron"。

中国科幻走红海外，这也需置入更广泛的背景中加以理解：在中文作品翻译和出版到国外的过程中，文学代理机构（私营的，但也有

1　译成"The God of the Death（死亡之神）"也不够恰切：在小说中，死亡既没有被个体化，也没有被神化。死亡比一切事物都更长久，它无边无际，是黑夜中最后的灯塔。由此可知，英文和西班牙文版的译法曲解了原意（因为死亡是没有尽头的）；更进一步，我们可以将这个标题理解为对如下看法的转化，即死亡的尽头是有限之物的终结（如果我们把死亡理解为封闭而确定的事物）。自然，不应由我来评判哪个翻译更恰当。我最多能说，如果"dead end"在英语表述中尚且具有双关含义，那么在对应的西班牙语译文中却没有。

2　有一件很能说明问题的趣事，说起来非常有意思：在法文版第三卷出版时，有位读者写信问我，为什么法文版的标题与"原版"不同，他想知道我是否有所误解。在此我必须申明，刘慈欣曾向我表达他的想法，即希望维持原标题不变，而不是另起炉灶。考虑到对作者的尊重，同时也是从紧扣原意的想法出发，我选择了"La Mort immortelle（不朽的死亡）"这个译名。

半官方的，比如"科学与幻想成长基金"）[1] 发挥的作用与日俱增。因此，这些文学代理机构安排译者完成英文版翻译——即使翻译权尚未售出——的情况并不少见。文学代理机构借助这些译文来向英语世界之外的出版商推广文本，从而，通过英译本，外国出版商得以更容易地评估这些文本，考量其中蕴含的种种风险。

这种做法并不只限于英译。举刘慈欣的小说为例，《球状闪电》的法文版是由代理机构委托翻译的，早在法国出版商获得小说翻译权之前就开始了。虽然这样做一举多得——代理机构可以将翻译权卖出高价，外国出版商则通常能以低价买到基本现成的翻译，也不用担心翻译过程会不会延期——但我们仍可对此有所保留：这类翻译通常是"出价高者"（要价最低、出稿最快的译者）当选，最终的译文质量则不在考虑范围之内。我们还可以质疑代理机构的编辑工作：译文的修改校对完成了吗？代理机构在"售出"译文前是否保有"润色"的权力？最后这点显然是个不确定因素。

二、接受与东方主义

综观三部曲的翻译在中国内外的接受情况，我们将认识到被投射在作者及其小说之上的文化主义与东方主义想象。

首先要注意的是，在大多数情况下，国外的期刊文章和文学评论往往会在标题中呈现这一事实，也即小说和 / 或作者是"中国的"，好像必须根据作者的国籍来理解这部小说一样。更为普遍的是，对三部曲的评论常常展现出将小说纳入（中国）民族文学体系的倾向。[2]

---

1 该基金于 2015 年在成都创立，旨在让科学创想与技术携手并进，推动中国科幻走出国门（比如借助展览会和国外科幻节的作者邀请函，确保中国科幻在国际上出场）。译者注：该基金 2015 年 3 月在深圳创立。

2 但应当指出，刘慈欣的三部曲当然不是文学市场上唯一被投影的对象——这种投影由一种观念构成，即把中国的小说作品视为中国当下社会的真实写照。有关莫言在法国的（文化主义式）接受情况，见 Zhang Yinde, Mo Yan, *Le lieu de la fiction*, Paris: Seuil, 2014，最后一章。

各大报纸反复使用"中国制造"的刻板表述（《环球时报》，2013 年 1 月 7 日；《国家报》，2016 年 9 月 26 日；《观点》，2016 年 11 月 18 日），给人留下的印象是，小说就像工厂产品，首先是国家和集体的创制，其次才是作者个人的作品。其他评论也用这样的工业隐喻来表示中国科幻"在全球市场上占据了一席之地"（《环球时报》，2018 年 1 月 30 日）。同样值得注意的是，有些美国和欧洲媒体使用了区分种属的"我们"（"我们"欧洲人 / 西方人）一词，以及一种让人联想起"黄祸论"的修辞（尤其是在标题中）。"外星人来啦！中国人也来啦！"（《桑达斯基日报》（*Sandusky Register*），2014 年 12 月 30 日），甚至是"中国科幻将要主宰宇宙"（《太空日报》（*Space Daily*），2016 年 8 月 25 日）。这种言论在今天更是比比皆是。国外的媒体和政治言论是不吝于使用如"征服""侵略"和"版图"这样的概念，来形容中国工程和中国成就的。

在标题之外，评论本身也与这种形象脱不开干系。在一本有关三部曲的法文期刊中，记者写道：

> 它（刘慈欣的三部曲）有助于我们理解中国人筹谋未来的方式。通过小说中一个准备自我牺牲的角色，作者将人类的命运托付给了一个个体，这反映了中国人不论怎样都需要有人领导的倾向：古有天子、皇帝，今有像毛泽东、习近平这样的中共领导人。[1]

请注意，那时"三体"三部曲尚未发售，实际上连英译本都还没有，因此这位记者不可能完整读过小说。所以，记者只是想当然地说出了他所想象的中国精神的内涵，而小说也将体现和揭示这些内容。

随着改编自刘慈欣短篇小说、由郭帆导演的电影《流浪地球》上

---

1 Claude Leblanc, "La science-fiction chinoise fait mieux que Stephen King," ［Chinese science-fiction wins over Stephen King］, *L'Opinion* (2016). Accessed 27 February 2019.

映，这种旨在推导出有关中国思想的普遍真理的，言之凿凿的（故意？）误读日益盛行。[1] 这里举个例子：李佳佳（Audrey Jiajia Li）题为"中国大片《流浪地球》的启示：危机时刻，集体行动高于个人自由"的文章（《南华早报》，2019 年 2 月 16 日）。

另一本法文杂志《探索未来（Usbek & Rica）》做了一期专辑，专门讨论中国视野下的未来，其中包括两篇有关刘慈欣小说的文章（及作者和译者简介）。这期杂志的封面极力呈现了对中国的刻板印象：一座造型怪诞的习近平瓷像，一只熊猫，一个监控摄像头，一位年轻性感的女郎，对"帝国"一词的使用，乃至一面插在欧洲大西洋边界上的中国国旗。它们是如此夸张，以至于人们有理由相信，这是有意识的东方主义意象。用玛丽·罗伯茨（Mary Roberts）的话说，在这里，"成见变作伪装"[2]。然而，罗伯茨所谓"伪装"（也即通过粗劣而荒诞的方式重现东方主义偏见，以此颠覆东方主义偏见）更多的是指这些成见在易受影响的人群中卷土重来，但《探索未来》杂志的封面显然并非如此。[3]

还有许多文章和专栏都能说明三部曲接受过程中的东方主义和文化主义。如前所述，在许多情况下，"中国性"会被用作论据，以论证这部小说的"别具一格"，或说明何谓中国，以及中国将何去何从。[4]

《三体》三部曲是否正如评论家所希望的那样，可以被解读为"对当今中国的反思"或一种"中国的未来构想"？或者，这种东方主义景

---

[1] 电影在中国上映时，这篇文章已处于修订阶段，所以我无法精确地衡量其在中国和海外的接受与推广情况。不过眼下看来，已经可以进行许多类比了。

[2] Mary Roberts, *Intimate Outsiders: The Harem in Ottoman and Orientalist Art and Travel Literature*, Durham: Duke University Press, 2007, p. 149.

[3] 《探索未来（Usbek & Rica）》是法国的叙事新闻季刊杂志，2010 年创刊。《探索未来》以"一本探索未来的杂志"为口号，关注电影、文学、技术、科学和社会议题。该杂志并不以争议性而闻名，但其封面却常常故意博人眼球。

[4] Gwennaël Gaffric, "La trilogie des Trois corps de Liu Cixin et le statut de la science-fiction en Chine contemporaine" [Liu Cixin's *Three-Body* Trilogy and the status of science fiction in Contemporary China]. *ReS Futurae* vol. 9 (2017). 下文对三部曲的接受情况展开论述，一定程度上是受到了之前这篇文章的启发。在此衷心感谢威廉·佩顿（William Peyton）所提供的帮助。

观——在文学作品中表现出了中国文化不可化约的差异——有无可能最终为鼓吹中国软实力的人所利用？在接受美国国家公共电台采访时，也许是因为被问到太多有关中国政治前景的问题，刘慈欣说他希望"有一天美国读者购买和阅读中国科幻，只因为它是科幻，而不是因为它是中国的科幻"[1]。

三、接受与自我东方主义

早在 2015 年斩获美国雨果奖之前，自然也是在该系列的第一部在影院上映以前（原定档 2016 年，但由于后期制作问题而一再延期），"三体"三部曲在中国已经售出了 120 万册，创下了科幻文学中首屈一指的纪录。[2]

只需在互联网上简单搜索一下，就可以了解到这部小说受讨论的程度：2018 年 10 月，中文搜索引擎"百度"给出了约 2200 万个结果。在同一个月里，豆瓣网的文学区中，有近 20 万条对三部曲第一卷的网友评论。至于颁发雨果奖的通告，阮帆认为这个新闻在微博（第一家中文微型博客网站）上的阅读量会超过 860 万次，新闻发布后的 10 小时内会有 19 万网友参与讨论。[3]

在雨果奖之前，《三体》系列固然成绩斐然，但这还是比不上获奖第二天声势浩大的媒体宣传，彼时铺天盖地的报道席卷了整个中国。雨果奖所引起的反响（由于是首次颁发给非英语作者，反响尤甚）不亚于 2012 年莫言获得诺贝尔文学奖的公布。

1　Anthony Kuhn, "Cultural Revolution-Meets-Aliens: Chinese Writer Takes on Sci-Fi," *NPR* (2015). Accessed 27 February 2019.

2　困困，《刘慈欣：〈三体〉之后，再难兴奋》纽约时报中文网（2014）。这里要补充说明的是，刘慈欣的绝大多数作品都很容易在网上找到（而且可以免费获取，有时会在违法边缘）。当然，我们很难估计这些数字阅读的读者数量。

3　Fan Ruan, "Hugo Award Winner: I'm Just Writing for the Beer Money," *Telegraph* (2015). Accessed 27 February 2019.

正如官方媒体欢呼庆贺莫言获得诺贝尔奖，认为现代中国文学的价值终于获得了认可那样，刘慈欣小说的成功直接被描述为一个国家（中国）的胜利，而不仅仅是作家个人的胜利。《人民日报》迅速报道了这一消息：

> 中国作家刘慈欣刚刚获得了世界科幻文学的最高殊荣。这无疑打破了对中国科幻的歧视性论断，折射出科幻文学在中国也有生长的沃土。其实，中国古代也有"科幻"——当然，不是现代意义上的科幻文学。[1]

自然而然，再版的三部曲也强调了作者的国际知名度，以及小说曾受到巴拉克·奥巴马、马克·扎克伯格和乔治·马丁等"名流读者"的称赞。2016 年的中文重印版（全集典藏本）用了以下宣传语："首部荣获世界科幻大奖'雨果奖'的亚洲小说。小说作者单枪匹马将中国科幻提升到世界水平。"

网络平台 360doc 是一个科学文化人士会在此分析时事的网站，我们也能从中看到这种沾沾自喜。科普作家李淼曾在刘慈欣小说启发下创作了一本科普读物，他郑重宣称，刘慈欣可以与荷马、但丁、莎士比亚和乔伊斯齐名，而这是自曹雪芹《红楼梦》以降，中国人所一直期盼的（作家作品）。有了刘慈欣，中国文学终于能够扬眉吐气，与其他国家一决高下了。

> 迄今为止，场景往往是这样的：你谈荷马史诗，我们有《红楼梦》；你谈《神曲》，我们有《红楼梦》；你谈莎士比亚，我们有《红楼梦》；你谈《追忆逝水年华》，我们有《红楼梦》；你谈《尤利西斯》和《芬尼根的守灵夜》，我们有《红楼梦》；

1　《人民日报》，《刘慈欣获奖：中国科幻"做好自己"》，31 August 2015. Accessed 27 February 2019.

甚至你谈魔幻现实主义，我们也有《红楼梦》。……眼下，多亏了刘慈欣，另一部我们需要的神话正在崛起。[1]

360doc 平台上的其他博主，比如戴一，则采用了民族对立的说辞，认为刘慈欣小说的成功实际上是对美国中心主义和欧洲中心主义的反抗。[2] 这种民族主义话语植根于不能忘却的历史苦难、伤害的逻辑以及一雪前耻的渴望。新华社也用"复兴"和"国力繁荣"来解释三部曲的成功，直言刘慈欣的获奖让中国文化在国际上有了"存在感"[3]。

获得美国雨果奖后不久，刘慈欣和其他科幻创作者一同受邀，与时任中国国家副主席李源潮座谈，讨论如何推动实现中国梦。李源潮表示，"科幻作家要努力点燃青少年的科学梦想，激发他们实现中国梦的理想信念"[4]。

2016 年，在李源潮亲自领导下，中国科学技术协会宣布，将探索建立奖励资助体系，以繁荣科幻文学创作。中国科协还表示将举办国际科幻节、设立科幻基金，推动中国科幻走出国门。[5] 科幻作家们被期待去畅想一个全然中国式的未来图景。

刘慈欣本人似乎坚持，具有中国特色的科幻小说是可取的[6]，他乐于看到中国梦在中国科幻中的体现[7]。然而，自从《三体》系列第一卷

---

1 李淼：《〈三体〉会成为〈红楼梦〉后崛起的新经典？》 *360doc* (2015). Accessed 27 February 2019.

2 戴一：《给岁月以文明，给世界以三体》*Shiwu yan* 十五言［15 yan］(2015). Accessed 15 November 2018.

3 新华网，《刘慈欣：〈三体〉让中国文化在国际获得"存在感"》29 October 2015. Accessed 27 February 2019. 这种寄托在科幻小说之上的救国希望，自然会让人想起清末民初的知识分子所想要赋予科幻小说的重任。

4 新华网，《刘慈欣：〈三体〉让中国文化在国际获得"存在感"》。

5 Guan Chao, "China to Set up Sci-Fi and Fantasy Awards," *CRI Chinese News* (2016). Accessed 27 February 2019.

6 Liu Cixin 刘慈欣《珍贵的末日体验》见王晋康《逃出母宇宙》，成都：四川科学技术出版社，2013，第 I–VI 页。

7 Guillaume Ledit, "La science-fiction, nouvelle alliée du régime chinois?" "Science fiction, a new ally of the Chinese regime?" *Usbek & Rica* 22 (2018). Accessed 27 February 2019.

的英译本出版后，除了一个短篇故事，刘慈欣几乎没有新作品问世。

由于其国际知名度，刘慈欣现在常常会和那些奇异的科学和外交项目关联在一起：从发现新的恐龙物种，到建造巨型射电望远镜，或者是探索火星的航天任务。[1]

当一再被问及对中国的未来以及科幻和中国梦之间关系的意见时，一则由新华社混剪的视频显示，刘慈欣认为科幻是响应中国梦的一种方式[2]，在中国之外，一些记者不假思索地（很可能是有些牵强地）将《一九八四》中的奥威尔式社会与今天的中国社会相提并论，而刘慈欣顶多只是避而不谈。[3]

经由考察翻译在海外的接受情况以及对这种接受的接受，我们可以通过反向效应发现，基于对他者的着迷和恐惧，欧洲东方主义与美国东方主义串通一气。在它们看来，他者野心勃勃，一方面要操控世界的命运，在不可调和的文明之间挑起战争，另一方面在冒充未来大国，假装有能力挑战美国和西方文化霸权。就此而言，科幻小说被接受的方式反映了这种共谋——当然是从广义来理解。

在这方面，刘慈欣获得雨果奖当然是一个可喜的结果。眼见三部曲在国外（尤其是在美国）取得成功，中国自然乐于将"科幻小说"作为提升其（国内外）软实力的动力。但是，如果仅仅把外国媒体、出版商和读者对中国科幻日渐增长的兴趣视为中国宣传的结果，那就太过简单了。同样，尽管这些行为方对想象中的未来中国的兴趣无疑促进了小说的成功，但必须承认，刘慈欣作品的内在品质及其被翻译为多种语言的

1　Gwennaël Gaffric, "La trilogie des Trois corps de Liu Cixin et le statut de la science-fiction en Chine contemporaine" *Liu Cixin's Three-Body Trilogy and the status of science fiction in Contemporary China. ReS Futurae* vol. 9 (2017).

2　新华网， "Liu Cixin: Science Fiction Closely Associated with Chinese Dream," 10 February 2019. Accessed 27 February 2019.

3　Zeit Magazin， "Ein Literaturheft Cixin Liu 'Wir müssen schnellstmöglich technologische Wunder vollbringen'" *Liu Cixin: "We need technological miracles as fast as possible"* (2018). Accessed 27 February 2019. 这篇刊登在德国《时代周刊（Zeit Magazin）》上的采访，在推特上也遭到许多中国网友痛批，其中有人将采访者（一位驻京记者）斥为"汉奸"。

过程，堪称科幻史上的里程碑。

四、译者的位置

从这个角度看，译者应当如何在全球翻译体系中定位自身，应当如何应对前文论及的期待和想象的投影？如何才能质疑、解构乃至对抗这些文化主义神话？

在一篇奠基性的文章中，陈晓明呼吁采用"后东方视点"，超越西方的文化成见和中国本位的民族主义。陈晓明的论点发人深思，他指出，"西方"的承认常常是衡量文艺作品乃至学术研究成功与否的至关重要的标准。[1]

当然，没有什么指导手册或可靠的策略，一定能让译者成为后东方主义者。不论愿意与否，译者都是内嵌在一个高于自身的全球体系之中的，对文本的推广和接受过程，他们通常无能为力。[2]

不过，在我看来，有几种方法可以让译者摆脱消极顺应的状态。以翻译刘慈欣三部曲法文版的亲身经验为例，我将在接下来提出一些思路。必须说明，提出这些想法并不是要给出示范，也不意味着将三部曲译成其他语言的译者比我更加认同所谓的小说具有的文化特殊性。在此我仅仅想通过自己的一些翻译和写作策略，质疑本文开篇即提醒读者去注意的文化主义话语。

我认为，首先，译者必须跳出这种观念，即把自己视作单纯的中介或传输工具。诚然，译者无须对作者的想法负责（不见得要赞同，但译者确实必须忠实于作者，言其所言，写其所写），但翻译的实践并非

1　陈晓明：《后东方观点：穿透后殖民化的历史表象》，张京媛编：《后殖民理论与文化认同》，台北：麦田，2007，第233-246页。

2　不得不说，在中国文学的翻译当中，译者往往更受关注。以刘慈欣三部曲的翻译为例，这一点就很明显。三部曲的译者，比如哈维尔·阿尔塔约（西班牙语版译者）、刘宇昆（英文版译者）以及我本人都曾接受过不同媒体的采访，谈论我们的翻译工作、小说原作者以及中国科幻的整体情况。

——对应的二元活动。

酒井直树将翻译作为关系实践和演说形式的研究在此很有启发性。译者务必要先把翻译理解和假定为一种"诗性社会实践"——如酒井所言，"在不可通约处建立起联系。这就是为什么如果我们将翻译界定为一种交流形式，翻译所固有的断裂性面向就会被彻底压抑住"[1]。按照酒井直树的观点，我们有必要去考虑译者在其间游移不定的位置。

同样，文本本身也是不确定的，在联结一个有机文化体时，文本天生就具有含混性。这并非从 A 文化到 B 文化的置换转写，正如翻译不是从 A 语言到 B 语言之间的连续、均质的桥梁。

巴赫曼 - 梅迪克（Bachmann-Medick）指出，文学文本不能仅仅被视为"鲜明的、植根于其文化渊源的个体认同"[2]。虽然巴赫曼 - 梅迪克特别强调，这一论断并不适用于来自多元文化和多语种环境的文本、作者和 / 或译者，但对任何类型的文本来说其实都是如此，它们免不了要去适应跨文化的语境，而翻译本身则在其中起着关键的作用。如巴赫曼 - 梅迪克所言：

> 有必要在外在于各个社会与国家的文化之间，创建一个"摆荡"地带。为的不是形成多种文化的综合体乃至"交响乐"，而是要让无调性的集合、边缘经验、矛盾、阻碍和冲突在这个地带中交错纠缠，焕发生机。[3]

试举一例：整个中国科幻史与文学作品和社科文本在现代中国的翻译历史密切相关，并对现代汉语的诞生产生了深远影响。因此，不仅仅是刘慈欣的当代科幻小说受其对外国科幻作家（阿瑟·克拉克、

1　Naoki Sakai, *Translation and Subjectivity: On "Japan" and Cultural Nationalism*, Minneapolis: University of Minnesota Press, 2008, p. 13.

2　Doris Bachmann-Medick, "Cultural Misunderstanding in Translation: Multicultural Coexistence and Multicultural Conceptions of World Literature," *EESE* 7 (1996): 7–96. Accessed 27 February 2019.

3　同上。

艾萨克·阿西莫夫和儒勒·凡尔纳，这里只列举与《三体》系列更具互文性的作家）的（译作的）阅读的影响，他所使用的语言本身也是杂交的产物，是随着 19 世纪末 20 世纪初科幻小说在中国的出现，才诞生和发展起来的。

我并不是要否认刘慈欣小说的原创性，而是想强调如下事实——与所有科幻作家一样，作者受到了一连串文本的启发，它们的（科学、文学或历史的等等）性质和诞生地都是混杂的。就此而言，我认为刘慈欣科幻小说的译者必须遵循同样的路线（这并不意味着要完全按照作者的脚步来）。刘慈欣在其三部曲中戏仿了多部科幻作品——从《星际迷航》到《基地》，从《2001：太空漫游》到《与拉玛相会》。在翻译三本小说的过程中，我也试图从这些不同的文本，以及其他属于这个全球科幻生态系统的科幻作品当中找寻灵感，以创造新术语，再造科学的奇异性。

这种从一定程度上是外来的共同遗产中寻求借鉴的方法，不仅使一个共同的参考领域得以可能存在，也通过语言的异质化阐释了全然是中式指称的文学作品中的概念。

"面壁者"和"破壁者"是三部曲中的关键术语。面壁者是由联合国所支持的人选，他们被授予几乎无限的资源，依靠自己的思维展开秘密计划，以阻止三体人的入侵。从字面上看，面壁者的意思是"面朝墙壁的人"。这个词也指隐居避世，在墙（或石头）前独自冥想沉思的佛教徒。用来指代地球三体组织的"反 - 面壁者"的术语，原文写成"破壁者"——"打破墙壁的人"。英译"Wallfacers"和"Wallbreakers"胜在简单直白、一目了然，但如果对应地译为法语"Facemureurs"或"Brisemureurs"，则会显得生硬呆板、有伤文雅。直接沿用英文概念也并不合适。在为"面壁者 / 破壁者"这对词语列出约 15 种不同的译法之后，我最终确定了"Colmateurs/Fissureurs"，大致等同于英文的"Pluggers/Crackers（那些填补墙洞的人，以及那些撞开墙壁的人）"。除了用词的确切含义，选用"Colmateurs"这一概念还受到了法国作家米歇尔·耶里（Michel Jeury）的系列科幻故事启发。在耶里的故事中，"Colmateurs"被用来指称一群阻止空间旅行者——他们能借助裂缝在多个世界之间互相渗透——潜入的人。当然，这有人为比附的成分，但耶里的小说构想与刘慈欣的是否相似并非问题所在，重要的是对现有语言策略的挪用。

上述例子之外，我在翻译过程中还多次受到其他科幻经典的启发。比如参考阿瑟·克拉克《2001：太空漫游》的法译本，用"hibernautes"来翻译"冬眠者"，又如借鉴迈克尔·穆考克《艾尔瑞克：白狼传说》，用"porte-épée"来翻译"执剑人"。

最后，我想谈谈目前正在做的一项工作——虽然不是学术研究，但它或许可以成为后东方主义写作过程的一部分。刘慈欣的《三体》系列已有同人作品出现，它们几乎都是用中文发表在互联网上的。[1] 我正在用法文——或者说用一种既非中文也非法文的翻译语言——创作三个短篇故事，它们都发生在刘慈欣的"三体"世界里。

《森林中的老圣徒》（Le vieux saint dans la forêt）讲述了当人类得知了地外文明的存在时（"危机纪元"之初），一位天主教神父的认同变更。《天空之女》（Les filles du ciel）是一支非洲海盗舰队如何组建起来的故事，发生在水滴进攻的前夜。《吞星者》，故事发生的时间不详，说的是有个地外文明记录了所有被黑暗森林攻击所摧毁的星星的历史。

在学术文章中诉诸小说创作计划，这似乎与众不同，尤其当它们是作者本人的写作计划时。我很清楚，对刘慈欣小说东方主义式和自我东方主义式的接受，这种元写作起不到具体的作用，但它或许恰好可以提供某种可能性，以疏离语言、民族和政治计划之间存在有机关联的前提假定。

所有翻译都参与了（或应旨在参与）一种新语言的创造。它不是将

1　在这方面，宝树的同人小说《三体X：观想之宙》值得一提。此书是唯一一本获得出版的三部曲番外，其西班牙文译本已经问世，此外，英译本和法译本也即将出版。

意义从一种具有独特性的语言转移到另一种具有独特性的语言之上；而是在两种语言之间创造出一个全新的成果，同时逸出了这两种语言。翻译不会导致语言和文化的倒退；相反，它将断裂和联结引入其间，并且就其本身而言，翻译是对抗在所难免的民族命运观念的有效途径。

如爱德华·格里桑（Edouard Glissant）所强调的那样，作家在世界上所有的语言和文学面前写作。[1] 刘慈欣也不例外：他的所有作品都是在阅读和借鉴其他作品——无论科幻还是其他——的基础上完成的。对译者来说同样如此，译者也是在共同在场的环境中写作的：除了原文，其他所有文本都可能会让他/她灵光乍现。如格里桑所言，翻译将成为"一个文本去探索另一个文本的可能性的冒险之旅"[2]。翻译是在陌生与熟悉、异域和本土之间穿梭游荡的历险记。科幻翻译更是如此——按照苏恩文[3]的说法，认知陌生化是科幻小说的基本要素。

苏心译，原载 *Journal of Translation* Studies 3.1 (2019, New Series): 117-137

1　Édouard Glissant, *Introduction à la poétique du divers,* Paris: Gallimard, 1993, p. 40.

2　Édouard Glissant, *Poétique de la Relation*, Paris: Gallimard, 1990, p. 130. 贝琪·温(Betsy Wing)的英译如下："从一个有风险的文本到使得另一个文本成为可能的旅程（a passage from a risky text to what is possible to another text ）"。Édouard Glissant, *Poetics of Relation*, trans. by Betsy Wing, Ann Arbor: University of Michigan, 1997, p. 116.

3　Darko Suvin, *The Metamorphosis of Science Fiction: On the Poetics and History of a Literary Genre*, New Haven: Yale University Press, 1979.

编后记：科幻十年

　　走进科幻研究这个"异域"的确切时间，我已经无从追忆了。可以肯定的是，在开始第一项研究工作之前，童年时代翻阅无数次的《奇怪的病号》《365夜科幻故事》《19号太阳门》，少年时代一期不落的《科幻世界》，以及上大学后参与的科幻协会活动，都为后来的选择和坚持做了日积月累的铺垫。但《贾宝玉坐潜水艇》一文的启发，仍是不可或缺的机缘。彼时王德威教授的"没有晚清，何来'五四'？"一说引发了学界对于晚清小说的强烈兴趣，而他的灵动文笔所揭示的晚清科幻之奇崛狂放，尤令我心折。一扇新的大门打开了，我的心之所好从此安顿于学术。

　　那时我在重建的北大科幻协会担任副会长，同时也是北大未名BBS科幻版的版主之一，写过几篇评论，打过几场笔仗，研究经验却谈不上。拉上宿舍对门的楸帆合作关于晚清科幻小说《新纪元》的论文，全凭一股子冲劲，跟接龙似的你一节我一节，就这样写出了我们的第一篇"成果"。虽然参加挑战杯无功而返，还被班主任老师劝诫应该研究经典作家，我却对科幻研究产生了真正的兴趣。

　　2003年秋天，我和王瑶（夏笳）去北师大旁听了吴岩老师的科幻课程。吴老师从这一年开始招收科幻研究方向的硕士生，我至今还清清楚楚地记得第一届三位同学的名字和面容——高福军、胡俊、肖洁。课堂颇为热闹，因为冯臻、杨蓓等其他专业的研究生以及几年后投入吴老师门下的郭凯这时都来旁听，讨论氛围很好。有时吴老师会放科幻电影并组织研讨，让我印象最深刻的莫过于由阿西莫夫小说改编的《两百岁的人》（又译《机器管家》），不止一个人观影时落泪。

吴老师的肯定和鼓励给了我更多的信心和动力。本科最后一个学期，我在科幻研究方面做了两项正式工作，一是以韩松为研究对象完成了毕业论文（其中一部分几年后在《当代作家评论》上刊出，成为我的第一篇期刊论文），二是与当时同为北大科幻协会骨干的挚友刘夙合作创建了"科幻理论网"。这个以收集和发布科幻研究文献资料为宗旨的网站存在了十一年之久，在很长时间里是中国大陆唯一一个科幻学术网站，保存着有志者的一点火种。

读研三年间，中国科幻发生了好些"事件"，比如《三体》横空出世，又比如陈楸帆和王瑶先后成为名动天下的科幻新秀。不过，我的硕士论文主题并不是科幻，这一方面是由于这时研究科幻仍有"旁门左道"之嫌，另一方面则和我的学术兴趣的发展有关。我由科幻小说接触晚清文学，又由晚清文学认识了近代中国乌托邦思想，受其宏大气象、不羁想象和深切情感的吸引而驻足。清末民初的乌托邦书写，泰半可以视为科幻创作，所以研究这一时期的"文学乌托邦"也可以说是从另一个角度进入科幻文学。若干年后，我才意识到，科幻与乌托邦本来就有极为密切的亲缘关系，北美学术界的科幻研究和乌托邦研究几乎同时兴起于1970年代，都是风起云涌的"全球六十年代"之余波。虽然殊途同归，我至今仍对进入乌托邦的思想史路径情有独钟。和西方学院中更为常见的理论或者文类史取向相比，这一路径不那么"文学"，但却能引导研究者将自己的工作与特定的时代精神联结，融入彼时最深刻的思考。毋庸讳言，在思想史的脉络中把握乌托邦并非易事，而要再藉由乌托邦的视角，恰切地论析科幻，这对研究者的分寸感无疑是更大的挑战。

我的求索过程与其他"野蛮生长"的中国科幻研究者有很多相似之处，因为通向这块处女地的道路虽多，却都是榛莽未除的小径。王瑶念完大气物理的本科之后去中传学电影，楸帆修了艺术学双学位，贾立元（飞氘）从环境工程专业转投到吴岩老师门下，研究城市和区域规划的张峰（三丰）在香港开始做"幻译居"网站……多年后大家重新聚首，为科幻研究带来了各自的新鲜气息。当然，道路千万条，文献第一条，这方面的需求促使我在读研时与更多的学者建立了联系，并从交流中获益匪浅。在做早期鲁迅科幻翻译研究时，我抱着不妨一试的想法联系日本的中国 SF 研究会会长岩上治先生，他很快寄来了《月界旅行》井上勤译本的影印件，给了我很大的鼓舞。而与林健群、上原香、张治等几位先行者的交往，更在文献资料之外，给了我更多治学和为人的启发。他们的共性是淡定——我记得，在北京初次见面时，上原香说，"我的人生过得很慢"——认准了自己感兴趣的东西，不求闻达，悉心搜集，细细揣摩，审慎落笔。这种细密严谨、言必有中的学风，在科幻论著与日俱增的今天，尤其值得研究者取法。

吴岩老师这个时候的学术工作开始变得立体，带学生、发论文、做课题、编丛书，逐渐造成了一点声势。他还试图在早年颇有名气的《星云》同人刊的基础上，创办一本同名学术期刊，但做了一期就无以为继。和早已体制化的主流文学刊物不同，科幻刊物除了《科幻世界》《科幻大王》等少数几家，都是小范围传播、旋起旋灭的同人刊物，这倒是与新文学草创时期的情形有几分相似。没有进入公共流通渠道并不尽然是坏事，至少从今天看来，它们体现了当时的科幻作者和爱好者们的真实看法，乃至一些公开出版物上难觅踪迹的重要材料，很有参考价值。这些不为人知的刊物，记录了若干名家的雏凤清声，也保存着一些湮没无闻者的不凡识见。

2007 年，我去美国念博士，从而与国内科幻界以及东亚地区正逐渐成形的中国科幻研究社群有所疏离，却又因缘际会地见证了北美中国学界对科幻研究燃起的热情。最初几年中，忙于适应环境、致力学业的我，并没有太多时间读科幻小说，除了"地球往事"第二部《黑暗森林》。待到有些余暇，我便和吴岩老师以及博士论文选题为晚清科幻的美国同学那檀蔼孙（Nathaniel Isaacson）一道，在2010年创办了"世界华文科幻研究坊"。和之前的"科幻理论网"相比，研究坊将视野扩大到整个华文世界，并邀请所有华文科幻研究者和关心华文科幻创作和研究进展的人士参与讨论。应邀加入这个群博式的研究坊的，除了海内外的华人学者，还有日本的上原香、美国的詹姆斯·冈恩（James Gunn）、英国的安迪·索耶（Andy Sawyer）、立陶宛的芭芭拉·德拉苏泰特（Barbora Drasutyte）、瑞典的迈克尔·哈斯（Mikael Huss）、意大利的马西莫·苏马雷（Massimo Soumaré）等。随之创办的《中国科幻通讯》（后更名为《中国科幻月报》），一直延续到今天。

这一年年末，中国科幻界翘首以待的《死神永生》问世，并在一些热心的媒体人士推动下，迅速出圈，掀起了超出所有人预想的"三体"旋风。研究坊也与时俱进地展开讨论：刘慈欣是否已经企及，或如坊间所言，将中国科幻提升到了世界级的水准？在作品畅销之外，世界级科幻作家还应具备何种品质？其他中国科幻作家能否与之并驾齐驱？非英语科幻作家如何赢得世界声誉？以及，刘慈欣是否有机会获得雨果奖？……冈恩教授强调说，《三体》要得奖，需要先翻译成英文呀，要不就得把世界科幻大会放中国开，或者中国读者组团参会。再次出乎所有人预料，这种在半开玩笑的研讨中出现的"what if"，数年后就经由刘宇昆的精妙译笔成为现实。

2010年无疑是中国科幻的"大年"。《三体》三部曲的壮丽竣工以及首届全球华语科幻星云奖的颁发，不仅让此前因《科幻世界》"编辑部的风波"而萎靡沮丧的科幻作家振奋起来，也有力地呼应了学术上的未雨绸缪。7月，"新世纪十年文学"国际研讨会在上海召开，大批知名学者、作家云集浦东。韩松和飞氘获邀参会并发言。本以为是陪衬或点缀，两位以修辞见长的科幻作家却以视角新颖、扣人心弦的发言，赢得满堂彩，向文坛和学界展现了科幻文学的实力和魅力。飞氘并置韩松和刘慈欣，以相反相成的方式指出，科幻"在深入处理某些文化命题和对未来的崇高叙事两个方面"，"为当代文学的创作和理论研究都准备了丰富的空间"。这篇注定载入史册的演说，以一个寓言式的双重预言收尾：

　　由于误解，科幻更像是当代文学的一支寂寞的伏兵，在少有人关心的荒野上默默地埋伏着，也许某一天，在时机到来的时候，会斜刺里杀出几员猛将，从此改天换地。但也可能在荒野上自娱自乐自说自话最后自生自灭，将来的人会在这里找到一件未完成的神秘兵器，而锻造和挥舞过这把兵器的人们则被遗忘。

　　"寂寞的伏兵"从此成为中国科幻的代名词，后来夏笳所编《当代中国科幻短篇精选》也用了这个标题。它让人想起遍及《野草》的"寂寞"。飞氘在面向"当代文学"发言时，不断地回溯鲁迅的表述，这既是中国科幻论证自身合法性的传统策略，又为研究者探讨当代中国科幻与鲁迅乃至五四文学之关联提供了线索。但同时，积蓄着力量，以待"斜刺里杀出"的"伏兵"，又让人想到《野草·题辞》中最具爆发力的意象："地火在地下运行，奔突；熔岩一旦喷出，将烧尽一切野草，以及乔木，于是并且无可朽腐。"

　　这股力量震撼了在场的所有人，对于提升科幻的学术生态位起到了很大的作用。执教于韦尔斯利学院东亚系的宋明炜老师，就是在这次会后投身科幻学术，并逐渐成为海外中国科幻研究的旗手。2011年，他的《弹星者和面壁者：刘慈欣的科幻世界》一文发表于《上海文化》，就我所见至今仍是文笔最细腻、最有感染力的《三体》品读。随后，他的一系列围绕"新浪潮"（New Wave）这一概念展开的论文，主编的两部英文版中国科幻小说选集，为《中国比较文学》《中国视角》《文学》等学术期刊组织的科幻专辑，以及在世界各地高校和研究机构举办的多场科幻主题学术讲座和会议，为中国科幻研究的繁荣提供了巨大助力。海外中国文学研究较少受到学科建制的束缚，这从哈佛版《新编中国现代文学史》可见一斑。这本煌煌千页的巨著，将收尾的荣光或重担交给了宋明炜老师承担的"2066：中国科幻展现后人类未来"这一节。同期出版的《牛津中国现代文学手册》和《哥伦比亚中国现代文学指南》也都包含了由他撰写的科幻专节。2019年的《剑桥科幻小说史》为当代中国科幻专辟一章，则彰显了向为英语或西方科幻主宰的科幻史写作对晚近中国科幻成就的认可。

我和宋老师首次见面，是2011年在夏威夷。这年三月，两个大型亚洲研究学会AAS和ICAS的年会在夏威夷合开，几千名各国学者参会，一时间群英荟萃，颇为热闹。那檀和我策划了一个侧重科幻小说的讨论组，题目叫作"书桌上的赛先生：中国现代文学中的科幻、冒险和乌托邦"，参加者除了我们还有韩倚松（John C. Hamm）、叶纹（Paola Iovene）、马邵龄等几位师友，吴岩老师应邀担任评议人。我们这一场人不多，但讨论气氛很好，吴老师讲了几个中国科幻的段子，把大家都逗乐了。宋老师也饶有兴致地参与进来，提了很有意思的问题。这可能是AAS年会上第一次成规模地出现中国科幻研究者，而会议地点回想起来也很有意思。夏威夷孤悬万顷碧波之中，被称为"太平洋的十字路口"，虽是美国治下，却总让人想到旧大陆和新大陆、东半球和西半球的分野。昔日梁启超横渡大洋，心潮澎湃，在夏威夷作《二十世纪太平洋歌》，尔后办《新小说》、作《新中国未来记》，中国科幻随之而兴；如今我们在任公曾经驻足之处，聚议中国科幻之复兴，岂非赓续前缘？

两年后，中国科幻研究者再次集体登上国际舞台，并产生了更加长久的学术影响。海内外学者的不断介绍，使得国际科幻学界对以《三体》为代表的中国科幻产生了越来越大的兴趣。这一领域的权威刊物《科幻研究》（*Science Fiction Studies*）遂因势利导，于 2013 年春推出了由吴岩老师和加拿大学者维罗妮卡·霍林格（Veronica Hollinger）共同主编的中国科幻研究专号。专号由吴岩撰写导言，收入了韩松、刘慈欣、那檀蔼孙、马邵龄、瑞丽（Lisa Raphals）、宋明炜、贾立元、姜倩、杨维等九位作家和学者的论文，涵盖理论、历史、作家、作品、翻译、电影等多个方面，后续研究多有征引。

这时我还在鏖战博士论文，所幸如期完成、顺利毕业并觅得教职，回到祖国进入人生下一阶段。在重庆大学人文社会科学高等研究院这个新的平台上，我首先策划的是两件事：

其一，包含 20 部译著的"科幻研究经典译丛"。此前，吴岩老师利用不多的国家社科项目经费辗转腾挪，出版了好几套科幻研究丛书，使得苏恩文的《科幻小说变形记》、奥尔迪斯的《亿万年大狂欢》等多部科幻研究名著有了中译，为科幻研究在国内的大规模开展打下了重要基础。然而，以海外尤其是英美学界科幻研究数十年来积累之丰，之前的译介还远远不够。因此，2011 年我在堪萨斯大学参加科幻教学培训班时，请教冈恩教授意见，拟定了一个涵盖较为广泛、学术品质亦有保证的书目。很快，世纪文景就对这套书表示了兴趣，但往下遇到重重困难，直到去年才出版了由姜倩翻译的《交错的世界：世界科幻图史》。其他出版社陆续出版了书目中的几部，但据说是为了营销而随意更改书名，造成了原题为《拉美科幻小说的诞生》、以早期拉美科幻为研究对象的著作顶着《拉美科幻文学史》的名头问世的滑稽场面。

实事求是地说，科幻研究著作的翻译颇有难度，译者不仅要熟悉国外人文社科学术的一般语汇，还得了解不少来自科幻作品或流行文化的自造词，不然很容易张冠李戴。至于组织译丛在经费、人员甚至政策上遇到的困难，更是不可胜数。此外，一部经典著作的译本能否从内到外都具备较高的学术品质，和出版社的水准有很大关系。因为这种种原因，酝酿多年的译丛到现在才有了点眉目，尚需时日方能与读者见面。

其二，举办"中国科幻文学再出发"学术工作坊。华文学界以科幻为主题的大型学术会议，之前只由叶李华主持的台湾交通大学科幻研究中心在 2003 年办过一次，而在大陆还是头一回。在高研院学术委员会、学院领导和科幻界的大力支持下，2014 年 5 月，工作坊在重庆大学文字斋顺利召开。与会者既有刘慈欣、韩松、吴岩、郑军、宝树等科幻名家，也有来自文学、史学、哲学、法学、政治学等众多学科的学者，以及慕名而来的科幻迷和媒体人士，气氛十分热烈。这次会议给人印象深刻的地方，一是科幻作家尤其是刘慈欣的妙语连珠，二是参会学者以年轻人为主，除个别人外都是讲师或者博士生，甚至还有几位硕士生，充分体现了科幻研究的"新兴"气象，三是多年不见的上原香提交了一篇极具冲击力的论文，通过扎实的史料工作考证出，顾均正写于抗战时期的多篇科幻小说实为译作，颠覆了对中国科幻史的惯常认知。会议论文后结集成吴岩和刘慈欣作序的《中国科幻文学再出发》一书出版，是为一众青年学者初试莺啼的纪念，他们中的多数现在已经成为中国科幻研究的中坚。

撸串是科幻作家们聚会时的保留节目，参加学术会议也不例外。在大刘率领下，几位作家围坐重庆的路边摊，品尝了著名的烤脑花。在"黑暗料理"的刺激下，宝树发明了"一人一碗云天明"的段子，一时传为美谈。

总的来说，科幻创作对知识量的要求，使得科幻作家整体上学历较高，不乏学者型作家，这也为他们参与学术讨论提供了基础和便利。这些作家基于创作经验的理论观点和文本分析，往往能体现"文学者"和"科幻人"的双重内部视角，弥补一般研究者的隔靴搔痒或简单粗暴。不过，学界最为关注的刘慈欣对文学领域的学术会议兴趣不大，只参加了2014年的重庆会议和2016年由宋明炜老师策划、复旦大学中华文明国际研究中心主办的科幻文学工作坊，对其他的邀约大都婉言谢绝。这对于后来的几次科幻学术会议是个遗憾，因为少了一位观点极为独到、发言机警幽默的嘉宾；然而，塞翁失马，焉知非福，作家与批评家和研究者的相对疏离，很多时候更有利于严肃讨论的深入展开，而这在当代中国是不乏反面教训的。

除了复旦的工作坊，海南大学和北京师范大学也在2016年分别举办了科幻主题的学术盛会。看上去，这是《三体》2015年获得雨果奖在学术界引起的反响和回应，但事实上都在更早的时候就开始了筹划。组织海大会议的刘复生老师作为当代中国最为敏锐和犀利的批评家之一，对科幻文学的崛起早有关注。正如会议名称"刘慈欣科幻小说与当代中国的文化状况"所显示的，文化研究力量的介入是这次会议的突出特征。会上，戴锦华、罗岗、刘复生等名家以及京沪琼三地青年学者的精彩论述，展现了文化研究的视角和方法应用于中国科幻研究的重要意义和巨大潜力，可谓"升维"。怀着前路豁然开朗的兴奋，我在随笔《再向海南行》中写道：

或许可以这么说：重庆会议代表着科幻界内部学术研究力量的兴起，而海南会议体现了科幻研究向整个文学研究界乃至学术界的扩散。

......

与会学者普遍具有的整体性视野，对当代中国和世界的总体状况进行观照和分析的研究旨趣，与《三体》的极富深度、复杂性和延展性的宏大叙事形成了共鸣。

直到这时我才知道，戴老师原来是一位资深科幻迷，对于科幻小说和电影都有浓厚的兴趣。后来慢慢发现，前辈学者中爱好科幻的不乏其人，只是并没有将这种爱好发展为研究方向的契机，而一旦进入"三体纪元"，大环境变了，他们也就自然而然地参与进来。

年末，再次聆听戴老师论科幻，这回是在"乌托邦和科幻研究国际会议"上。2016 年是托马斯·莫尔的《乌托邦》问世五百周年，堪称世界性的人文盛事。在人类文明史上，无问西东，一部经典著作在诞生五百年后仍然拥有丰沛的生命力，能够启发人们对善的思考和探求，都是值得学人一再研读的；对于科幻研究来说，《乌托邦》所承接和开创的思想和文学传统更是文类前史的核心部分，构成了开展学术工作的一条基本进路。因此，以《乌托邦》这部与科幻文学关系极为密切的文明经典诞生五百周年为抓手，组织国际学术会议，促进从事乌托邦研究和科幻研究的国内外学者之间的高水平交流，并进而推动国内这两个领域的发展，是我策划会议时的核心构想，并得到吴岩老师和姚建彬老师的支持，早在 2015 年年中就启动了筹备工作。但由于各种原因，大会迟至 2016 年 12 月才得以举行，在世界各地不计其数的纪念性学术会议当中差不多是最晚的一场——当然，由中国来收官，也是很有意义的。

这场大会是在北京的江苏大厦举办的。除预算方面的考虑之外，隆冬时节北京厚重的雾霾也让组委会倾向于减少户外活动，将所有事项安排在会场内进行。戴老师和著名科幻作家金·斯坦利·罗宾逊分别以"科·幻的魔方"和"乌托邦的未来"为题，做了精彩的主旨演讲。筹划的时候还考虑过邀请苏恩文和詹姆逊这两位科幻和乌托邦研究大家，但因为他们年事已高而作罢。整体而论，唱主角的是年轻人，尤其是国内的青年学者，大家对于科幻、乌托邦、未来这些与想象、探索和创造密切相关的话题满怀热情。印象最深的是王洪喆关于智利的控制论互联网革命的论述。在会议报告的末尾，洪喆写道，"在'全球60年代'燃尽之前，在冷战所开启和封闭的短暂时空中，在由工程师、革命者、工人、艺术家和电子机器所组成的事业里，我们匆匆瞥见了一条来自乌有乡的消息"——听到这段兼具修辞美感和思想力量的结语，因为高密度的学术研讨而有些疲惫的学者们，爆发出了雷鸣般的掌声。这是属于科幻和乌托邦的、画龙点睛的高光时刻。

为了张罗这场会议，吴岩老师和他的研究团队付出了极大的努力，甚至自掏腰包。好在吴老师已经开始招收博士研究生，姜振宇、肖汉等几位博士生和这时回到北师大做博后的贾立元在会务工作中挑起了大梁，确保了大会的顺利举行。作为"中国首位科幻博士"，姜振宇不仅好学深思、屡有建树，并有较强的组织能力，2019年毕业后来到四川大学文学与新闻学院工作，成为新创立的中国科幻研究院的骨干。中国科幻研究院是四川大学和四川省科幻学会、四川科幻世界杂志社有限公司联合共建的研究机构，其诞生既呼应了科幻研究水涨船高的态势，也体现了"科幻之都"的底蕴。同年，肖汉入职北师大，承继了吴老师所开创的科幻研究传统。大会后才入学的两位博士生同样大有作为：张凡在重庆移通学院先后创立的钓鱼城科幻中心和科幻学院，都是极富想象力和前瞻性的大手笔；意大利姑娘彩云将韩松置入中国和世界幻想文学传统中的一系列开创性研究，视野开阔，论述细腻，水准甚高。

2017年，乌托邦会议举办后不久，吴岩老师南下深圳，在南方科技大学开始了新的学术旅程。欣欣向荣的科幻方向博士培养不得不中辍，而以新成立的南方科技大学"科学与人类想象力研究中心"为依托的科幻教育、科幻艺术和科幻产业研究和实践扬帆起航，不禁让人想起艾青的名句，"一个盼望出发，一个盼望到达。"在某种程度上，这也代表了相关知识生产和运用的发展态势：走出中文学科，走出学术重镇，走出中心城市，走向以各种各样生机盎然的文化形式存在的科幻，在保持批判距离和张力的前提下，与之共同成长。2015 年《三体》获得雨果奖，2016 年 AlphaGo 在"人机大战"中战胜李世石，2018 年基因编辑婴儿诞生，2019 年《流浪地球》风靡大江南北……这一系列事件使得越来越多的学者开始关注科幻，探究这个文类所包蕴着的未来之萌芽。在对科幻小说、电影乃至游戏的研讨中，哲学家洞悉了生命的深度，人类学家思考着"后人类"的定义，法学家围绕面向未来的立法伦理唇枪舌剑……从此，科幻研究在中国也真正成为一个跨学科领域，并因汇聚了多个学科的问题意识、研究思路和学术激情而更具活力。

然而，仍有一些基础性工作亟待完成，如科幻史料的发掘整理以及在此基础上对于科幻文学乃至文艺史的梳理、考辨和陈述。2016 年，在盛夏的山城，编纂《中国科幻文学大系》这个雄心勃勃的计划迈出了第一步。《大系》的设想源自我的一篇论文，但在我最初的思考中，这是一项中远期的工作，要在各个阶段的科幻文学史研究积累到相当程度之后才能启动。不过正如对于当代科幻文学和科技人文的探讨并不会因为中国科幻史述的薄弱而逡巡不前，《大系》这项学术工程也终于以研究成果最为丰硕、史料爬梳相对彻底的晚清为突破口，踏上了千里之行。在卫纯等友人以及重庆大学出版社的协助下，我为《中国科幻文学大系·晚清卷》构建了一个精干的编纂团队，其中既有林健群、张治、贾立元、任冬梅等资深晚清科幻研究者，又包括季剑青、张春田、黄湘金、林分份、袁一丹等擅长清末民初文学文化研究的才俊。

饶是如此，读着以《中国新文学大系》和《中国近代小说大系》为代表的各种"大系"成长起来的我们，在自己着手编"大系"的时候，方深切感受到躬行不易。历经多位学者增删、复由健群审定的《清末民初科学小说编年目录（1851—1919）》为《大系》的编纂提供了基本线索，但在按图索骥的时候，我们却屡屡陷入"骥"之难寻甚至"骥"之不存的困境。事实上，二十年来近代文献数字化工作的进展为我们提供了极大的方便，否则很难想象一群面临巨大发表压力、手头资源相当有限的青年学者能够在短时间内汇集大量已经进入"古籍"行列的晚清期刊和图书文献。然而，毕竟《大系·晚清卷》拟收录的所有篇目都是一个多世纪之前的文本，其中绝大多数都没有再版，或虽有再版乃至晚近整理本，仍需尽量觅得晚清时的初版，按照古籍整理的学术标准，复原史籍的原貌，因此这里所说的"大量"仍不能满足《大系》的需求，编委们还是得多次亲赴或托人到各大图书馆的古籍库、特藏室查询没有公开的馆藏文献，再设法影印或现场阅览每次调阅有篇幅限制的善本。有幸掌握文本后，还要仔细处理各种普遍或特殊的文献问题。春田在一次整理工作会议中指出，"近代文献的整理跟纯粹的古籍整理或者现代文献校勘都不一样，古籍整理已经有了一套相对成熟的规范，而现代文献的辑佚和校勘也慢慢形成了一些原则，但是近代文献应该怎么选择和整理，如何考辨和校对，甚至如何标点（是用新式标点，还是尽量尊重当初的混杂状态），等等，这些问题都还没有固定的规范或者共识。……这套书（大系）或许可以提出一种示范或者引发更深入的讨论。"晚清科幻本是光怪陆离、天马行空的创作，被这些"古早"想象所吸引的学者，亦多为其特有的惊异感和时代情怀动容而投身于斯，并由此进入古今中西之间的若干宏大议题，可是《大系·晚清卷》的编纂要求的却是朴学功夫。此间张力，对每一位编委的学人心性都是一番砥砺。

经过漫长的打磨，完善了诸多细节，尽可能地消除错讹之后，《中国科幻文学大系·晚清卷》的第一辑终于在去年付梓。这时，距离这部丛书编纂工作启动已经过去了四年，而它的最终竣工还需要更长的时间。在这个"加速时代"，进展如此缓慢的学术工程实在令人汗颜。聊可自慰的，除了在项目和评奖上获得的肯定，以及来自社会各界的鼓励，另外就是其他研究者的类似努力，如《追梦人——四川科幻口述史》（侯大伟、杨枫，四川人民出版社，2017年）、《中国科幻文论精选》（吴岩、姜振宇，北京大学出版社，2021年），又如吴岩团队历十年辛苦而著成的《20世纪中国科幻小说史》。这体现了一种共识，即在"科幻热"中涌现的若干高论是根基虚浮、风流易散的，对"中国性"问题尤难给出令人信服的解答，而对百年中国科幻史的细致清理和考述可以弥补空言之弊，为后来者提供足资登攀的阶梯。

借乘风破浪的《三体》之势，中国科幻走过了一个辉煌的十年，但比起科幻创作和科幻产业举目皆是的繁盛，要等到这个十年的末尾，在人间节律的驱动下"却顾所来径"的时候，我们才能较为全面地感受到科幻研究的进步。《地火行天》所收录的从数千篇论文中遴选出的精华，不乏耕耘科幻多年者的收获，更多的是近年来感于时势而投身其中的学人贡献的心得。在后一类作者中，既有学界名宿，也有相继崭露头角的新生力量。放眼学界，在科幻这个热点上偶一驻足而匆匆离去者为数甚多，然而总有那么一些学者，并不以弄潮浪尖为意，而选择沉潜涵泳于科幻之海，从而真正地壮大了科幻研究的队伍。未来则更值得期待。今年夏天的首届高校青年教师/研究生科幻学术研习营上，数十位青年研究者的热忱给所有讲者留下了深刻的印象。置身当代中国，这既是一个新兴学术领域在现象级著作引领下的扶摇直上，更是敢于相信和想象未来的中国在文化领域的投影。

近年来，我深刻地感受到，人类历史正在进入一个新的时代。类似的提法可谓知识界甚至大众文化中的老生常谈，但此时此刻，由于高技术对全球人类日常生活的加速渗透，新时代的体验异常真切、迫近，科幻与现实的界限日渐模糊。特别是，得益于生物工程技术的进展，人类个体有史以来第一次获得深度甚至是根本性的改造，人的存在方式和社会的构造方式都将随之发生重大变革，既有的人文社会科学势必因应时势再次出发。在这样一个时代，科幻文学的研究者无须纠结这个文类的一时起伏，需要思考的是自己能否透过作为文艺现象的科幻，洞察技术社会的精神走向，能否藉由作为思想表达的科幻，诠解人类未来的观念萌芽，进而以知识人的方式击水中流，有力地、有意义地介入世界体系的运动变化。

而在时间的永恒流动中找寻自我，则是每一个脱离了麻木恣睢生活、有向上之追求者的命运。从想象中的未来回首现实中的过往，不禁有些感慨。十年乃至更长的时间中，那些曾经谋面或未谋面，曾经促膝长谈、畅想未来，曾经为着科幻和科幻研究而唇枪舌剑或同声相应的人当中，有的消失在人海，有的甚至已经作古，沉淀在终于以科幻为志业的一代学人的记忆中。感谢他们，也感谢上文提到的一路相携走来的同道，我因此从来不是一个人在战斗。同时我也要感谢我的学生们，尤其是协助我编选这部文集的张泰旗、程玉婷、王馨培、樊卓、尉龙飞、翟颖，感谢成长于新世纪的众多以科幻为"缺省配置"的一代青年，我通过你们，对自己的工作和生活有了更加深入、更为恰切的理解，得以坦然地走向中国科幻和我个人的下一个十年。

李广益

2021 年 10 月 5 日于文字斋